國家古籍整理出版專項經費資助項目
教育部人文社會科學重點研究基地首都師範大學中國詩歌研究中心規劃項目成果

翁心存詩文集

上

（清）翁心存 著
張劍 輯校

鳳凰出版社

圖書在版編目（ＣＩＰ）數據

翁心存詩文集 / (清) 翁心存著 ; 張劍輯校. -- 南京 : 鳳凰出版社, 2013.12
ISBN 978-7-5506-1927-2

Ⅰ. ①翁… Ⅱ. ①翁… ②張… Ⅲ. ①古典詩歌－詩集－中國－清后期②古典散文－散文集－中國－清后期 Ⅳ. ①I215.22

中國版本圖書館CIP數據核字(2013)第294666號

書　　名	翁心存詩文集
著　　者	(清)翁心存　著　張　劍　輯校
責任編輯	樊　昕
出版發行	鳳凰出版傳媒股份有限公司 鳳凰出版社(原江蘇古籍出版社) 發行部電話025-83223462
出版社地址	南京市中央路165號,郵編:210009
出版社網址	http://www.fhcbs.com
經　　銷	鳳凰出版傳媒股份有限公司
照　　排	江蘇鳳凰製版有限公司
印　　刷	江蘇鳳凰通達印刷有限公司 南京市六合區冶山鎮,郵編:211523
開　　本	880×1230毫米　1/32
印　　張	46.75
字　　數	1053千字
版　　次	2013年12月第1版　2013年12月第1次印刷
標準書號	ISBN 978-7-5506-1927-2
定　　價	190.00圓(全二册)

(本書凡印裝錯誤可向承印廠調换,電話:025-57572508)

書影一　翁心存像

（翁宗慶先生提供）

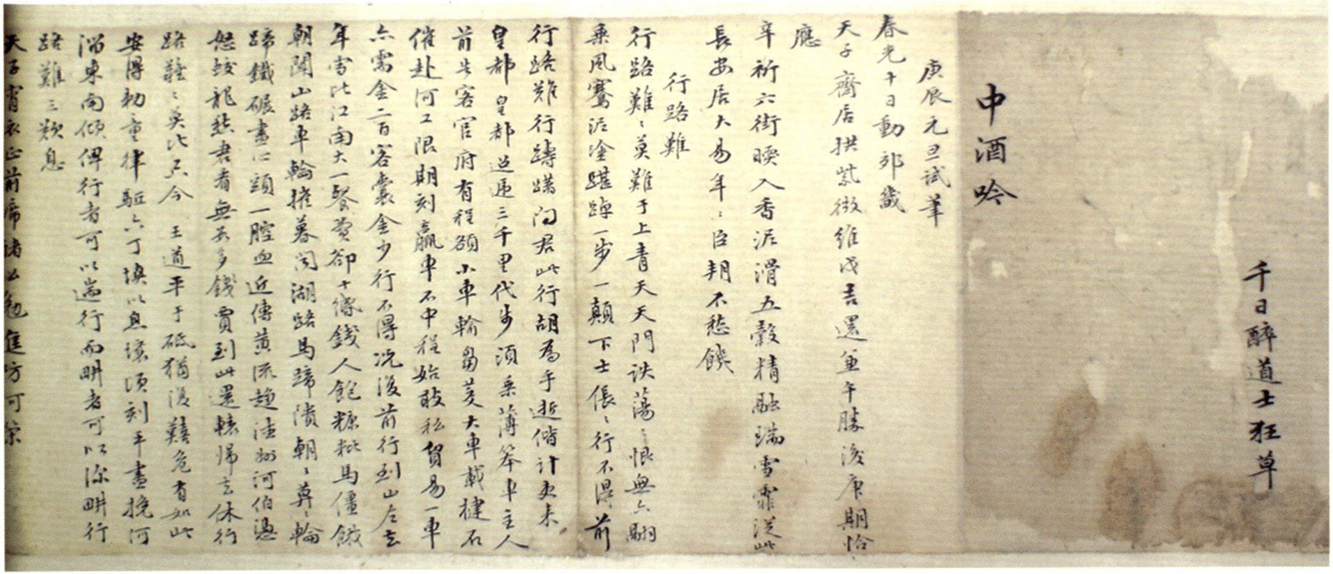

書影二　翁心存詩卷手記（翁宗慶先生提供）

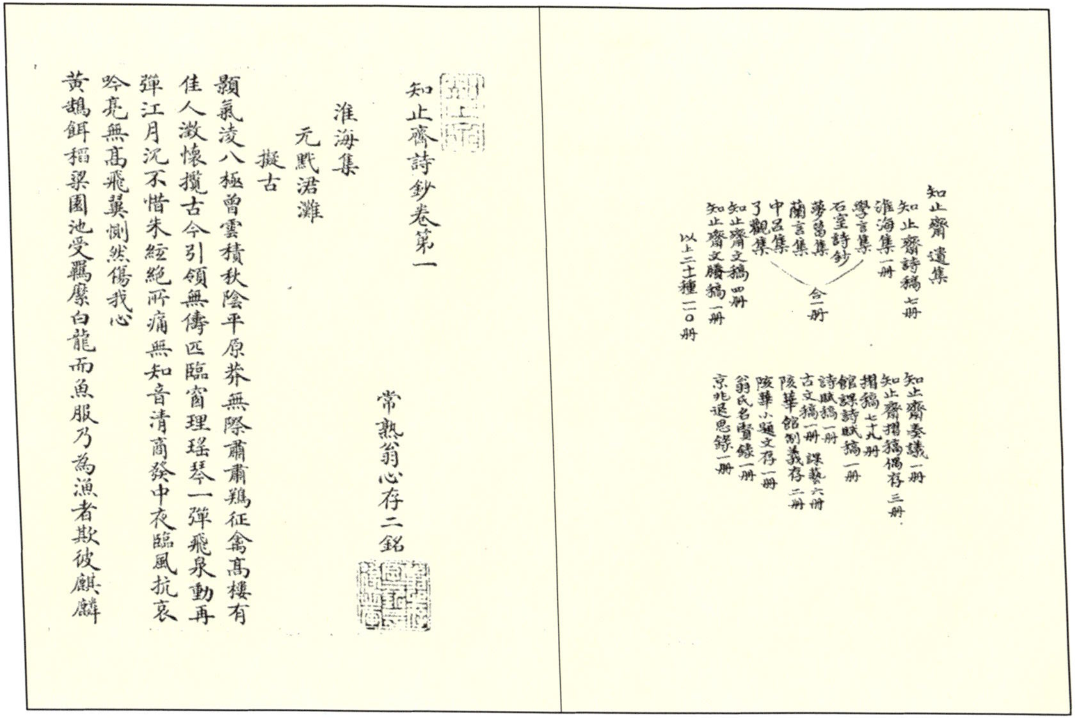

書影三　《知止齋遺集》稿本

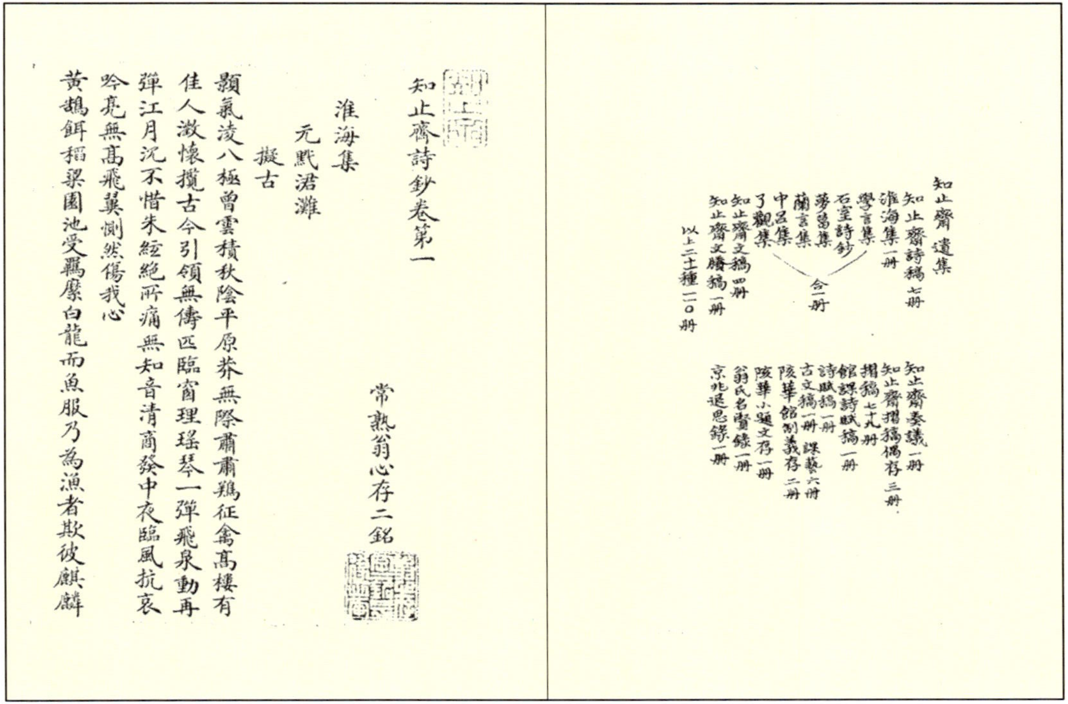
知止齋遺集
知止齋詩稿 七册
淮海集 一册
學言集
石室詩鈔
夢篋集
蘭言集
中呂集
了觀集
合一册
知止齋文稿 四册
知止齋文賸稿 一册
以上二十種 一一〇册
知止齋奏議 一册
知止齋擱稿偶存 三册
擱稿 七十九册
館課詩賦稿 一册
詩賦稿 一册
古文稿 一册 課藝 六册
陔華館制義存 二册
陔華小騷文存 一册
翁氏名賢錄 一册
京兆退思錄 一册

知止齋詩鈔卷第一
常熟翁心存二銘
淮海集
元黓涒灘
擬古
顥氣淩八極曾雲積秋陰平原莽無際肅肅鷄征禽高樓有
佳人激懷攬古今引領無儔匹臨窗理瑤琴一彈飛泉動再
彈江月沉不惜朱絃絶所痛無知音清商發中夜臨風抗哀
吟亮無高飛翼惻然傷我心
黄鵠餌稻粱園池受羈縻白龍而魚服乃爲漁者欺彼麒麟

書影三 《知止齋遺集》稿本

目録

前言

翁心存（一七九一—一八六二），字二銘，號邃庵，江蘇常熟人，道光二年（一八二二）進士，由翰林院庶吉士歷官編修，右中允，翰林院侍講，左右庶子，國子監祭酒，奉天府府丞兼學政，大理寺少卿，内閣學士，工部、户部侍郎，工部尚書兼署左都御史、刑部尚書兼管順天府尹，兵部尚書，吏部尚書，以户部尚書協辦大學士，體仁閣大學士；歷充上書房行走，日講起居注官，經筵講官，教習庶吉士，實録館、國史館、武英殿總裁，上書房總師傅，廣東、江西、奉天學政，福建、四川、浙江、順天鄉試考官等，咸豐九年（一八五九）因病奏請開缺，咸豐十一年（一八六一）起復，以大學士銜管理工部事務，充弘德殿行走（同治帝師）。謚「文端」。

一

在晚清文學史上，翁心存雖然並不著名，但這並不意味著他的文學没有值得稱道之處。翁心存七歲即能下筆，十六歲考取秀才，所爲詩文多出同儕之上。嘉慶十九年（一八一四）陳希曾督學江蘇，二十四歲的翁心存以《玉皇香案吏賦》被陳希曾列爲蘇太兩屬第一，陳至有「國士」之目。道光二年翁心存進士及第，入爲翰林庶吉士，散館試又以《任官惟賢才賦》、《小闌花韻午晴初詩得蘭字》列一等第一名。後來他屢典鄉試，數任學政，頗有知人之鑒，論對制藝文的精熟，當時恐無人出其右。他的詩歌，祁寯藻以爲「坡、谷兩融貫」（《次和遂庵相國〈謝詩舲尚書餉粉餈用東坡〈贈段屯田〉韻〉》），即兼得蘇軾和黄庭堅之長，這自然有溢美之嫌，不能算是很準確的評價。其實翁心存對宋詩派奉爲圭臬的山谷詩並不喜愛，受山谷影響極小，對東坡他倒是頂禮膜拜，有數十篇和東坡詩韻之作，至於化用、引用東坡詩句的例子更是不勝枚舉。不過，翁心存似受唐詩影響更大，李白、杜甫、白居易、李商隱等人的詩歌，是翁心存經常學習的對象。如《行路難》明顯受李白《蜀道難》影響；《有感》「文告已修干戚舞，何緣一使有苗平」則借用李白《古風》三十四「如何舞干戚，一使有苗平」；《擬何處難忘酒》已經標明仿效白居易的《何處難忘酒》，《香谷飲我》「青衫淪落天涯路，未聽琵琶淚已傾」則翻用白居易的《琵琶行》；《夜深獨坐玩月口占》「雨落月明若個知」化自李商隱《屏風》「雨落月明俱不知」，《山左懷古》其七「范泉此去無多路」、《晨發介休》「綿山此去無多路」、《張詩舲觀察以秋闈提調詩見示即次元韻奉酬》「雙江此去無多路」則均化自李商隱《無題》「蓬山此去無多路」；對於杜甫，翁心存更是心摹手追，除《寶應夜泊集杜一律》、《九日城外晚眺集杜一律》、《秋日書懷集杜一律》這樣的集句詩外，其他活用、化用、翻用杜詩者不下百首。錢仲聯在《翁同龢詩詞集序》里曾說：

阮元雄視嘉、道時期，祁寯藻導晚清宋詩派之先河，二銘詩結道光前宗唐之局，曾國藩爲山谷詩之首倡者，張之洞號稱以宋意入唐格，巍然鉅子，是皆宰相而無慚爲專家詩人，並足以領袖風雅。

認爲翁心存詩是「道光前宗唐之局」的結束，並認爲翁心存和阮元、祁寯藻、曾國藩、張之洞等人一樣，都是「宰相而無慚爲專家詩人」，這個評價是很有眼光的。只不過晚清文壇是宋詩派和桐城派的天下，詩宗唐風、文擅制藝的翁心存當然會淡出那些詩論家和文論家的視野，況且他本人也不以文人而是以文臣自居。

二

翁心存是晚清重臣，久歷部院，位極人臣，他文集中的史料價值，恐怕還要超過其文學價值。比如發生於咸豐年間的户部官票案和五宇奏銷案，波及到翁心存、杜翩、沈兆霖、基溥、寶鋆、劉崑、王正誼、台斐音、李壽蓉（譚嗣同岳父）等一大批中高級官員，牽涉官商民等數百人，可謂一場大案。户部官票案源於咸豐三年（一八五三），户部製造發行了五百文、一千文、一千五百文、二千文四種寶鈔，爲長號；咸豐五年（一八五五）又陸續添造五千、十千、五十千、一百千四種實鈔，爲短號。短號與長號相比，又有視長號爲零鈔，短號爲整鈔之别。整鈔因便於携帶，用來發放外省，爲了穩定都城物價，京師只許以長號零鈔易短號整鈔，而不准以外省短號整鈔易换京師長號零鈔，然而却有官票所官員違規以短號整鈔换出長號零鈔，涉嫌從中漁利（市間長號價值高於短號）。咸豐八年（一八五八）歲末，肅順調任户部尚書，次年八月風聞此事，遂派員訪查，結果發現自咸豐七年六月至咸豐九年五月，以短號换長號即有八十餘萬串。咸豐九年（一八五九）十月，肅順遂以户部名義上《謹奏爲查出官票所司員代换寶鈔顯有情弊折》，請求將經手兑换的具體官員忠麟、王熙震等聽候刑部傳訊。咸豐帝命怡親王載垣會同刑部審訊，忠麟、王熙震爲推卸責任，供稱曾經當時户部尚書翁心存、侍郎杜翻同意。咸豐帝遂兩次詔令翁、杜明白回奏。翁心存細思並無此事，遂據實奏明。載垣復奏以雖無確據，然「事涉兩歧，礙難懸斷，可否請旨飭下翁心存、杜翻再行明白回奏，抑或革去頂戴，聽候傳訊」，意欲傾陷。咸豐帝諭以忠麟、王熙震不得以「影響之詞，意存諉過」，著翁、杜兩人先行交部議處，無庸再行回奏，亦無庸傳訊。吏部議以「翁、杜均照防範不嚴降一級留任，例上加等，各議以降五級留任」，諭旨改爲「俟補官日革職留任」。然而事情並未完結，肅順、載垣等又以宇謙、宇升、宇豐、宇益、宇泰五所官錢號商人和經辦户部官員有添支經費，未經立案，即濫支經費，蒙混報銷行爲，發起了打擊範圍更廣的五宇奏銷案，一大批官員和商民被查抄入獄。最終當時的户部堂官翁心存、沈兆霖、基溥、寶鋆皆以革職留任論處，劉崑則降一級留任。這次收入《翁心存詩文集》中的《户部官票奏鈔》，具載控辨雙方奏摺及咸豐帝諭旨，則此案始末及中間曲折，可以完全清楚。

翁心存咸豐二年（一八五二）曾以工部尚書兼署左都御史，咸豐三年兼管順天府尹事務，該年九月，太平軍北進至直隸境内，天津戒嚴，京師震動，咸豐帝迅令加强京畿防務，「時郡王僧格林沁駐兵王慶坨，貝子德勒克色楞、大臣伊勒東阿分駐楊村、固安，衆不下二萬，鍋帳、火藥取給工部，而順天府則供槖駝車馬人夫之屬，設糧台於順天府署」。身爲工部尚書兼順天府尹的翁心存「文書旁午，日數十至」（《先文端公年譜》）。這次收入《翁心存詩文集》中的《京兆退思録》裏保存了當時諸多珍貴史料。比如僧格林沁軍隊的驕橫、殘忍和野蠻，就在翁心存《奏報出征官兵沿途滋事摺》中可窺一斑：

奏爲奏聞事。竊據良鄉縣稟稱：本月十二日據賓店甲長馮玉稟報，該村義和館店内有一人被傷躺歇，稱係跟提督府恩三老爺出京押包，行至琉璃河北，官兵嗔其阻道，用腰刀將伊腦後砍傷等語。又據琉璃河甲長高俊等稟報，十一日官兵行至該處，不知何故開放槍炮，並用刀砍扎，致死七人，被傷四人等情。該縣隨即馳抵賓店、琉璃河分別驗明各屍傷，捐棺盛殮，其餘各生傷驗訊生供，妥爲調治。至該兵丁等究係因何起衅開放槍炮，用刀傷斃七人之多，並内有一人割去首級，此外被傷四人雖有生供，究須查訊明確，方可核辦。該縣現已馳稟參贊大臣暨直隸總督，茲將驗訊各情稟報前來。臣等伏查此案既經該縣稟明參贊大臣，應由該大臣查明辦理，除仍飭該縣將被傷民人妥加照管，上緊調治外，所有驗報緣由，理合恭摺陳明，伏乞皇上聖鑒。謹奏。咸豐三年九月十六日。

如此軍紀，如此軍民關係，真是驚心觸目。這樣的軍隊怎會受到人民的擁戴和支持，又怎會形成真正强大的戰鬥力？讀罷不由讓人掩卷三嘆。

翁心存曾先後擔任過福建、四川、浙江、順天鄉試考官，試差經驗豐富。《翁心存詩文集》中不僅收入他赴任、到任、考試、試訖時所上的諸多奏摺，可以藉此瞭解當地民俗風情、士習風尚，而且還羅致到一篇《試差事宜》，這是一份異常珍貴的鄉試科舉文獻，記載了作爲鄉試考官所有應該注意的具體事項，如赴任沿途應答禮節：

初出都時，沿途州縣多不來見，繁劇處亦然，其他多有來迎並稟見者。來迎時須出轎閑握手致殷勤，見時必答拜，延上坐極意周旋，將弁亦然，並可隨手記其名字、行第、籍貫、出身，此中亦可留心人材也。往時不得答拜，須以帖謝。步回時亦可親答之。至佐雜末弁亦須加以禮貌，即停輿慰勞，答禮周諄，亦無不可。遠省致敬星軺，多有武職排隊出迎者，其官若係千把，亦不妨降輿款接（可先令家人馳往，下馬致意，稱不敢當）。若兵目屬櫜鞬領隊跪迎者，則不必停輿，拱手請起，叱輿夫疾趨過之，其兵丁則命轎頭大聲呼起去，墩汛兵丁迎者亦然，轎中略爲欠身亦可。……

再如刻印試卷及閲卷過程中須注意之處：

刻題刷題時，須將茶爐等物安放堂隅，令茶房伺候，將各門封閉，與内監試監視，毋任透漏。至喫點心、喫飯時，則兩主試分一人啓門放入，並傳飯與匠役食，食畢仍將門封固。蓋主試關會重在題目，而首場爲尤重，故須竭半日一夜之力親督之也。次日仍將咨部題紙刷好，即將題板起貯正考官房内，起板須遲至次日者，恐發題後外簾或來補取也。……

閲卷時佳卷固須圈點到底，不可遺漏以防磨勘，即不取之卷，亦必花點到底，詩亦點數句，三場俱要動墨（二、三場點行足矣），遇謄録脱落重寫錯誤處，只可抹出，不得用墨筆添改點去。堂上例設一木箱貯卷，凡未閲之卷及不取之卷，俱貯其中，每日退堂時將卷數、束數點明入箱（仍每日記一清單以備次日查核），親手加鎖，再加封條封固（官銜封條出京時須帶，如無則向闈中照例取），即退食及有他事暫離亦須加鎖，但不必封耳。木箱及屜戌均須極結實者，鎖者自用好鎖，闈中供應者多濫惡故也。其佳卷已中及備取者，並閲卷、收卷各簿，均用書布（或包袱）包好携歸住屋，不可疏忽忘記室中，另備一結實小箱安放卧榻旁，以便將佳卷收貯（退食及他事暫離時或一並暫存堂上木箱内，鎖固亦可），用極精之鎖鎖好。每夜將就寢時，所有現閲之卷及各簿亦均歸入，其鑰皆親身佩帶，不可暫離。

這些細緻入微的説明和提醒，給人一種强烈的在場感。《翁心存詩文集》還收録了作爲《試差事宜》補遺的《試差行李並各件清單》，其中連護膝、厚薄棉襪、夾襪、單襪、包脚布、浴布、鞋子、鞋拔、板刷、刷靴粉、胰脂肥皂、鼻煙、小算盤、戥子、嗽口盂、剪子、小洋刀、面盆、夜壺、防臭蟲的蚊帳、剃頭背心傢伙包等都一一開列；對於行李馱箱，還特别提示「鎖門須向下方，不透雨進去」，真是無微不至。鄉試考官們往往會多備賞對、賞扇，有時甚至多達數百件，其用途何在？《試差行李並各件清單》中也有揭示：

賞對、賞扇。每一尖賞一扇或一對，宿則扇、對各一，又有辦差家人、馬號、書吏另乞者，須扣算來往程途，臨時酌備，寧多毋少。到省後各官送禮送食物，及各項人求乞，所用尤多，每件在該省總用二百以外，連路途所用，遠省每件須五六百，即最近之省，每件亦須三百，買就即令人印圖章，對則卷整停妥，每十件爲一包，易於取用。

在各個環節，試差不僅要視情況給各色人等賞扇、賞對，還要有更爲實質性的賞銀：

路上賞轎夫，近京如良、涿一帶須略多，每站約二三百文，以後可略少，亦須視其道里之遠近，送數站則多至四五百文，近則一二百文，如半站即交卸，不賞亦可，劣者雖遠亦不賞。入本省可不賞，如暑雨艱苦酌賞。

每尖宿公館聽差人役一百文（尖或略少），民壯幫轎每交印約賞百文（半站者不必賞）。

州縣差役押行李者（間或有之），如出力無誤，酌賞一二百文，渡黄河江船數百文（辦差家丁予以扇對）……

差旋時公館衆人如厨夫、茶房、剃頭匠、轎夫各項，人夫、號房、吹炮手、門差、更夫、打掃夫等照例開單請賞（經巡捕手）。如四川則幾及三十千文，他省似略減，須照例給之（於起身前一日發）。

沿途來回或有督撫差弁護送者，或留或辭，辭則約賞二金並扇對，回帖令去，再致書謝（留則加厚，亦不過四金）。

沿途廟宇和尚香資三五錢不等，如係先賢祠廟有奉祀生者或酌送一二金，金山寺送水一兩（勿受其菜）。

復命時宫門内監蘇拉可托小軍機總包去，餘冒名來索者勿給（或帶二兩封兩個在身邊，如奏事門内内監索者酌給，不帶亦可）。

軍機章京相熟者托辦摺子及一切事宜，送土宜外酌送十金八金。

《試差事宜》和《試差行李並各件清單》是翁心存寫給兒輩的經驗之談。他的兒子翁同書和翁同龢均做過鄉試主考官，翁同書道光二十三年（一八四三）典試廣東，翁同龢咸豐八年（一八五八）典試陝西，《試差事宜》和《試差行李並各件清單》應是道光二十三年寫給翁同書的，因爲《試差事宜》中有「今年有閏，晚涼須防」，而該年七月閏月，與之正符，咸豐八年則不逢閏。正因爲是叮囑兒子，才將許多他人不道、他書不載的細節和盤托出，爲我們留下了洵爲寶貴的科舉史料。

從《翁心存詩文集》中，還可以探尋當時的吏治人心、皇室喪儀、工程勘修、京城物價、書畫題跋、文獻考訂、人物事迹（大名鼎鼎的錢泳墓志銘即載其中）等，以上所舉，僅其數端而已。

三

《翁心存詩文集》的整理難度，超過了原來的想象。翁心存存世著述，僅由翁同龢整理出《知止齋詩集》十六卷，於光緒三年（一八七七）十一月刊印；而二十七册手稿日記，直到前兩年才由筆者整理出版（《翁心存日記》，中華書局二〇一〇年版）。但他還有大量的詩文（包括制藝文與試帖詩）、奏摺、書札及各種雜著，散藏於各大圖書館和私人藏書家手中。僅以藏量最爲豐富的國家圖書館爲例，就藏有翁氏各種手稿數十種，其中又以《知止齋遺集》數量最大，也最爲龐雜，其扉頁曾開列目録，計：

知止齋詩稿七册；淮海集一册；學言集、石室詩鈔、夢葛集、蘭言集、中吕集、了觀集合一册；知止齋文稿四册；知止齋牘稿一册；知止齋奏議一册；知止齋摺稿偶存三册；摺稿七十九册；館課詩賦稿一册；詩賦稿一册；古文稿一册；課藝六册；陔華館制藝存二册；陔華小題文存一册；翁氏名賢録一册；京兆退思録一册。以上二十一種一一〇册。

雖然號稱有一百一十册，但《摺稿》七十九册其實只是七十九封奏摺，可以視爲一册，即使如此，亦有三十二册之巨。内中前後互見、反復塗乙處比比皆是，且多未經編次。再加上國家圖書館所藏其他手稿及南京圖書館、上海圖書館和私人手中所藏，如果全部予以搜集整理，既可能蒇工遥遥無期（尤其是書札），篇幅亦勢必大增。特别是制藝文與試帖詩，今天看來，因是遵命作文，其意義與價值都較有限。古人編訂文集，亦多不收制藝文和試帖詩，或是於文集之外，單獨編訂《制藝》、《試帖》，並常以「以貽家塾」、「留示子孫」等語表示不足外傳。因此這次整理，近四百篇制藝文和二百多首試帖詩暫未收入集中，書札亦僅就所見編次入集，不再求全責備。庶幾既方便讀者，又保留《翁氏詩文集》的主要價值。兹就體例簡單説明如下：

一、是集以文體分類，順次爲詩十八卷，賦二卷，贊、銘一卷，論議一卷，序三卷，題跋三卷，記一卷，書啟二卷，傳一卷，碑銘一卷，行狀一卷，祭文一卷，雜著一卷，奏議十四卷，統計五十卷。

二、詩文皆以《知止齋遺集》爲底本，詩集中部分詩作又有草稿和清稿之分，今以清稿爲基礎，與草稿互校，分別稱作「草稿本」與「清稿本」，另校以《知止齋詩集》刻本，並增補翁宗慶所藏詩卷；文集亦據各種來源對《知止齋遺集》予以增補。

三、每卷詩文大致按時間先後排列，不能確定時間者編入卷末。

四、原文所無的增補文字，或出校記，或加方括號以示區別。

五、爲便讀者檢核，每卷或每篇後皆詳細標注出處。

整理者水平有限，未妥之處，敬請讀者批評指正。

張　劍

二〇一二年十一月二十八日

翁心存詩集

卷一〔一〕

〔一〕刻本「卷一」下注：「古今體詩九十七首。起嘉慶十七年壬申，是年先公二十二歲，除潛虛府君服，秋，以劣生吴朝棟牽控事，赴海州，歲盡旋里作。」

淮海集〔一〕

〔一〕刻本無詩集名，下同此，不出校。

元默涒灘（壬申）〔一〕

〔一〕刻本無。原清稿本係太歲紀年，今以干支紀年括注其後，下同此，不出校。

擬古[一]

顥氣淩八極，曾雲積秋陰。平原莽無際，肅肅翔征禽。高樓有佳人，澂懷攬古今。引領無儔匹，臨窗理瑤琴[二]。一彈飛泉動，再彈江月沈。不惜朱絃絶，所痛無知音。清商發中夜，臨風抗哀吟。亮無高飛翼，惻然傷我心。

黄鵠餌稻粱，園池受羈縻。白龍而魚服，乃爲漁者欺。彼麒麟鳳皇，貴在人不知。不擇時地見，何異鴻與麋。多欲昧生理，寡識蹈危機。達人貴遺物，君子愼知幾。

庭中有孤松，鬱鬱淩青霄。託根早孤露，不受凡鳥巢。野葛來附之，蚪曲紛牽撓。引彼千尋蔓，繫兹百尺條。野葛日以滋，孤松日以凋。涼飈欻淩厲，草木上下飄。野葛柔且曲，盤結何堅牢。孤松勁而直，摧折不崇朝。

吾希魯朱家，能識髡鉗奴。吾慕孫賓石，能匿賣餅徒。古來稱俠士，椎埋納亡逋。嗟嗟此二子，卓犖大丈夫。一言脱患難，百口保艱虞。事成不受謝，長揖歸田廬。嘗讀黨錮傳[三]，鉤黨窮根株。刊章下討捕，敢舍伏重誅。連引布天下，郡縣爲邱墟。宗黨並殄滅，況乃亡身軀。惜哉史闕略，姓氏俱忽諸。誰能陳此義，此義今則無。

我行涉長淮，鶉火正在望。原禽化妖蜃，噓氣作駭浪。兩蛟挾船舷，鬐角怒相向。回飈入沙潬，逝將魚腹葬。中流坐歌嘯，氣足神逾王。拔劍天地摇，酣舞絶依傍。陽侯戢其威，徑度幸無恙。軒轅誅蚩尤，圖形纛旗上。大禹鑄九鼎，魑魅搜異狀。聖世物咸若，忍令神奸妨。乾坤屏纖翳，滌除志彌壯。不見蔿艾獵，殺蛇位楚相。不見周建威，斬蛟拜上將。

步出北郭門，登高望原野。側想千載人，長眠九京下。古棺化寒灰，衰草卧石馬。幽宫走驚鼯，陰房碎璠瓦。恩讎機已息，悲歡事成假。龍虎戰風雲，狐鼠穴城社。到此歸虚無，況復悠悠者。茫茫天地間，涕淚緣纓寫。

陽春二三月，夾道盈桃李。枝葉交扶疏，鄂跗燦紅紫。蓐收告休轅，百卉皆披靡。嘉植生南中，冬榮深谷裏。朱實垂緑柯，累累一何綺。錫貢入禹甸，作頌徵屈子。以兹堅勁姿，喻夫耿介士。嚴霜肅萬物，奪彼以予此。如何踰淮北，一旦化爲枳。

左徒忠不收，懷沙赴湘水。李廣功不封，自剄謝大理。微軀詎輕捐，激烈良有以。觥觥賈太傅，經濟信奇士。策名登中朝，年纔弱冠耳。奈何一不用，悲歌長江汜。投書問蛟龍，賦服代銘誄。可憐虚前席，鬱鬱竟憂死。丈夫生世間，豈但紆青紫。上爲廊廟儲，下爲蒼生起。得喪齊窮通，毁譽絶憂喜。希膏和其光，保身固有俟。人生駒過隙，羲馭不停軌。不立德功言，草木同朽矣。所以蔡中郎，亡命隱吴市。焦尾豈不悲，志在成漢史。

東海有勇士，名訢氏椒邱。逝將適楚國，飲馬河之洲。河神奪其馬，拔劍誓報仇。三呼復三躍，聳身赴洪流。三日鬥蛟窟，三夜探龍湫。左手曳龍尾，右手提蛟頭。雷公隨擊之，日夜不得休。一目雖云眇，叱咤風雲愁。揭來坐上坐，意氣隘九州。一聞要離言，折節爲純修。嗟哉百鍊剛，化作繞指柔。

饑不食鴆毒，寒不披荆榛。饑寒豈不患，大患在殺身。殺身亦有分，況乃以成仁。毒脯香且美，鴆酒清而醇。驚瀑鬱盤怒，危厓削嶙峋。摧此豫章木，根柢蟠輪囷。琴瑟不中伐，矯揉爲車輪。廟堂非所願，微命本勞薪。大圜覆萬物，霜露皆陶甄。蓼蟲不知苦，桂蠹不避辛。庶保耿介懷，用以質後人。

盜泉亦有波，惡木亦有枝。至人執大道，詎爲習俗移。於物何所忤，於世何不宜。虚衷和以天，真宰守其雌。楊朱嗟亡羊，墨翟悲素絲。堅白可磨涅，宣尼迺吾師〔四〕。

伯起隱關西，講堂下三鱣。孔明耕南陽，高吟《梁父篇》。謝公卧不起，絲竹陶東山。鄴侯少慕道，采藥衡湘間。四賢豈不偉，勳業垂千年。當其未遇時，耕鑿良安便。一邱一壑際，若將終身焉。豈料後日事，赫赫光史編。乃知豪傑士，窮達皆由天。富貴非素願，功名亦偶然。孰審出處交，貴在此志堅。處窮洵不易，處達良獨難。

象數渺難測，易傳推京房。不密乃失身，卒誤東平王。吞爻兆異夢，絶學傳仲翔。骨節恨不媚，萬里投炎荒。緬惟彼二子，元解窮陰陽。胡爲觸駭機，一旦掇禍殃。亢龍貴無位，未若安喪羊。勿幕澤雖遠，未若保括囊。所以忠信事，始可占黄裳。知足身不辱，守中悔乃亡。智士通其變，賢者循其常。

孟堅抱賜書，遂志賦幽通。季英守青簡，牧豕大澤中。悲哉茲兩賢，弱冠遘閔凶。遺經究終始，弗墜簪纓風。榮親豈在位，顯親豈在功。保此太素質，庶可對祖宗。荀君秉高行，才子號八龍。鄭君實達人，家學傳小同。潛德自有耀，不必爲三公。失足辱門户，不如布衣終。立身有遺訓，安可辭固窮。

〔一〕刻本下注「壬申」。草稿本《石室詩鈔》題作：「雜擬十四首。」

〔二〕草稿本《石室詩鈔》以上作：「白日忽以没，浮雲忽以侵。秋聲西北來，驚起幽棲禽。上有青天照，下有黄泉深。湛湛露華降，杳杳楓樹林。高樓有佳人，徘徊立花陰。引領無儔匹，回裾理瑶琴。」

〔三〕「嘗」，刻本作「吾」。

〔四〕此詩據草稿本補，清稿本及刻本無。

寄贈李香谷孝廉家蕙〔一〕

羽冠志耿介，微尚耽詩書。淮海事涉歷，風塵滿襟裾。孤懷誰與共，抱經鯉庭趨。荒陬得良友，情密嘆迹疏。

迹疏由交新，情密悟夙因。皎皎海中月，藹藹嶺上雲。澂觀契真賞，妙理攄高文。意愜方展分，緣慳俄離群。

離群天一方，世事胡可量。君游京華春，賢書覲國光。余抱河洛痛，輿柩還故鄉。升沈既殊致，引領徒心傷。心傷誰與言，忽忽祥琴彈。詎因風波阻，渝此金石堅。痼瘵竚音徽，果枉惠瑶箋。言探洞庭穴，來泊胥江船。胥江清復清，洞庭百里程。如何整歸櫂，閟兹金玉聲。徒勞鄭重意，祇增離别情。空谷儻存問，歡會申平生。平生慕雅游，肯睠山中幽。放懷攬八極，抗志淩千秋。奚必效苹鹿，得食鳴相求。勖哉崇令德，努力追前修。

〔一〕刻本無「贈」字。

醉歌行呈外舅許秋濤先生

丈夫生不能金華殿中草鳳書，又不能玉門關外騎龍駒。金莖露乾馬卿渴，安用吹老王門竽。十年羈滯長安道，覓食饑鴻啄粱稻。鷫鸘典盡黄金空，却悔抽身苦不早〔二〕。揭來補官得豫章，仙風吹衣過故鄉。故鄉酒徒共豪飲，末座容我終童狂。白雲變幻如蒼狗，風馬霓衣竟何有。舉杯酹天天不知，且拌爛醉杯中酒〔三〕。酒酣意氣如春雷，胸中墳起糟邱臺。鶴翎全鎩有傲骨，琴尾半焦無凡材。潑墨淋漓書素壁，怒猊抉石秋鷹擊。揮毫萬道走蛟螭，落紙一聲飛霹靂。書罷撲筆歌《離騷》，炎空灑雪天爲高。天公投壺玉女笑，金蛇煜煜隨奔濤。讀書萬卷成何用，枳棘從來困鸞鳳。璚闕珠宮不可攀，月明空作游仙夢。夜深更酌風打窗，蟆更閣閣燈幢幢。千杯百榼不快意，一口直欲吞章江。章江之水排空舞，瀉入懷間向南吐。化爲匡廬山頭千片雲，散作彭蠡湖邊數州雨〔三〕。

〔一〕「悔」刻本作「道」。

〔二〕「拌」，刻本作「判」。

〔三〕草稿本此處尚多數句云：「明朝乘風下大堤，峭帆直指西江西。陽侯避路老蛟伏，彈壓百怪然靈犀。嚴陵瀨深不可渡，梅嶺高高籠煙霧。好傍醉鄉築壻鄉，酒星客星一齊住。」

奉送秋濤先生之官江右

秋風秋雨滿江鄉，吹送雙鳬到豫章。水驛較多山驛少，宦情殊短别情長。全家南郭棲鴻廡，此去西江綴雁行。哲兄朗軒舅氏同行〔一〕。它日儻躬逢勝餞，可容宿構序滕王。

舟行應過子陵灘〔二〕，可有鱸魚上釣竿。半飽風飄收脚易，亂横石筍轉頭難。瀨前水駛漁謳少，山外雲深鳥夢安。裁得羊裘休獨被，一江煙雨緑蓑寒。

清絶舟居夢亦閒，畫眉不斷路彎環。酒波涌月銜煙立，詩稿和雲帶雨删。作客依然同骨肉，宦游難得好江山。此行書畫休多載，留取扁舟載石還〔三〕。地主多應下榻留，到時天與作中秋。百花洲近留青眼，五老峰高感白頭。豈有文人能巧宦，斷無名士不工愁。知公定補豐城令，夜夜龍光射斗牛〔四〕。

〔一〕刻本作「朗軒舅氏同行」。
〔二〕「舟行應過」，草稿本《石室詩鈔》中作「計程應到」。
〔三〕刻本無此首。
〔四〕此詩據草稿本補，清稿本及刻本無。

周孝貞女詩並叙

女，常熟人，父母没，立志不字，撫弱弟成立，爲取婦〔一〕，弟又蚤卒，撫孤姪如其弟，紡績以佐饘粥，積五十載，家累千金，其遇視北宫嬰兒子尤艱矣。紘其事，俟采風者。

謂女曰孝，匪奉雙親。謂女曰貞，匪稱未亡。人生不幸，作女子身。能以一身存一門，五十年不嫁，乃以貞孝聞。一解。父兮母兮，皆歸地下。有弟有弟，煢煢一個。姊去弟也寒，姊去弟也餓。匪女之不嫁兮，爲弟也不嫁。二解。弟也有婦，弟也有子，女可以嫁矣。天胡不吊，弟也又死。是呱呱者，將焉置此。孤兒寡婦，匪女何恃。三解。有鳥曰譆譆，中夜火起，火光繞屋飛。女曰事當從權宜，左手挈婦，右手抱兒，纚笄下堂曰免乎，曰免矣，賴我賢伯姬。四解。朝饔夕飧，左宜右有。教兒讀書，爲兒取婦。五十年相守，弟今有後。女將含笑，報地下父母。五解。父母得一愛女〔二〕，弟得一賢姊，兒失一義姑〔三〕。服三年喪，血兩眼枯，兒也搶地呼，兒今日始孤。六解。父老欽高風，連牘上大府。大府録奇行，一封奏當宁〔四〕。帝曰嘉哉，恩綸錫汝。巍巍綽楔金字題〔五〕，題曰貞孝古列女。七解。

〔一〕刻本無此三字。
〔二〕刻本無「一」字。
〔三〕「義」，刻本作「賢」。
〔四〕刻本作「一封達帝所」。
〔五〕「金」，刻本作「大」。

剜肉操並敘

孝婦曹，常熟人。事姑以馴謹稱〔一〕，姑患瘍創甚，不可爲矣，孝婦刲肉代膏，傅之，竟愈。

剜肉補創，一片肉香。貼肉肉骨，一腔熱血。瀝血作汁肉作膏，紉絲續命無此牢。一解。上堂拜阿母，阿母柳生肘。延醫來視，諸醫束手〔二〕。上入缺盆，不得收口。合家燒香拜北斗，男前女後。

回首顧視，不見新婦。二解。母萬福矣，母噉粥矣，母睡熟矣，創中纍纍生新肉矣。延醫來視，諸醫驚猜[三]，不知此肉纍纍隱起從何來[四]。三解。合家拜向天，天延吾母年。疾呼新婦來，新婦倀倀行不前。四解。阿母聞之大驚疑，袒臂視之，心酸涕下如綆縻。五解。骨肉團欒，稱觥舉斝。有兒有孫，羅列堂下。兒上其牘，牘刺血寫。我紘此詩，俟采風者。六解。

〔一〕「事姑以馴謹稱」，刻本無此句。
〔二〕刻本無「諸」字。
〔三〕刻本無「諸」字。
〔四〕刻本無「隱起」二字。

將赴朐陽留别諸同人

曲直何勞訟，升沈不可論。故人多惜我，此别最銷魂。亡命緣家累，刊章識吏尊。范滂親老矣，誰爲代晨昏。

九月望夜解維行邁同家朗若兄[一]

虞仲山頭月倍明，小舟大被覺霜輕。饑寒已分抛妻子，患難方知有弟兄。人影蘆中窺閃閃，雁行天際話聲聲。連床不作尋詩夢，共憶高堂寐未成。

〔一〕刻本無此首。

陳子準明經撰贈予文引淮陰事相慰感賦一絶〔一〕

寄食天涯剩此身，無雙國士合風塵。釣臺欲向城東問，笑殺淮陰市上人。

〔一〕刻本無此首。

毗陵道中順風

昨晨張輕颿，未晡風打面。予固任自然，順逆欣所便。今朝仍南風，五兩候羽扇。兩岸高于山，一瞥去如電。曈曈曉日光，擊檝蘭陵縣。却到丹陽城，炊熟正朝飯〔一〕。坦途本無營，造物每善變。何況世上人，翻覆起方寸〔二〕。菀枯異吹噓，進退戒繫援。篙工勿安眠，須防颿脚轉。

〔一〕草稿本此處多數句云：「此行非余懷，俗吏苦訶譴。回首望慈闈，一步一留戀。行且散牢愁，住亦愜素願。便作十日留，兀坐固無悶。如何夷坦途，風色昕夕换。吹萬雖在同，往往欺貧賤。天公弄狡獪，顛倒日千變。」清稿本及刻本改此數句爲「坦途本無營，造物每善變」兩句。

〔一〕草稿本此處多數句云：「蓬根植不深，若被秋風亂。菀枯理則一，進退事參半。家人齊得失，志士戒縶援。」清稿本及刻本改此數句爲「菀枯異吹噓，進退戒縶援」兩句。

途次雜感〔一〕

別岫孤雲一片歸，誰憐遊子寸心違。天荒似夢迷前後，路遠多歧認是非。無那涼風吹葉下，生憎秋雁背人飛。江魚值賤如泥土，争及家山采蕨薇。

萬樹垂楊宿鳥喧，江鄉風景似家園。潘輿日遠秋多感，姜被霜輕夢亦温。鸜鵒啄殘拋晚稻，脊令飛急下平原。黄昏更向前村泊，笑語聲中人閉門〔二〕。

令史偏遭弱冠孤，步兵無奈哭窮途。空教別恨縈千縷，何處容身覓一壺。石見水清魚避網，月明風定雁銜蘆。誰家擣練寒砧急，欲向湘潭問女嬃。

秋深萬象總凋傷，況值征人念故鄉。黄擁關山千里月，白摇蘆荻一天霜。心違去路嫌舟疾，夢不離家祝夜長。吟徹相思紅豆曲，激成商調感蒼茫〔三〕。

〔一〕草稿本《石室詩鈔》題作「舟居雜感四律」。
〔二〕刻本無此首。
〔三〕刻本無此首。

舟中述景[一]

秋聲滿天地，游子獨何之。社鼓群鴉鬧，江雲一鶴饑。蘆中煙外路，葉落日斜時。閒倚蓬窗坐，長吟有所思。

扁舟行不定，四顧野蒼茫。萬里江天白，三更海月黄。風遲嫌路遠，眠短覺宵長。獨有還鄉夢，時時繞北堂。

小泊收帆脚，浮家卧柂樓。故國羈客思，永夜大江流。雲黑盤鴉陣，煙青罩樹頭。晨鐘蕭寺動，起坐散離愁[二]。

岸闊寒潮涌，山平曉靄沈。天光臨水動，秋色過江深。獨抱幽憂疾，難爲離别心。浮生摇落甚，指點亂楓林[三]。

〔一〕「述」，刻本作「即」。
〔二〕刻本無此首。
〔三〕清稿本無此詩，據草稿本及刻本補。

揚子橋

萬樹垂楊翳，雙橋夾岸圍。寒螿抱葉語，江鳥學飄飛。天地增秋色，煙波失落暉。夜涼多水氣，客子尚單衣。

渡江書所見〔一〕

浩然渡江來，江城黯明滅。行行指前途，滿目色慘洌。饑民數十輩，懸鶉衣百結。負戴徙南邦，老幼互提挈。借問爾胡爲，鄉國輕離別。灑淚前致辭，欲語仍嗚咽。今年淮水大，湖泛堤崩裂。田廬漂没盡，如雨灌蛾垤。存者各逃生，死者便永訣。捨之不復顧，家鄉長決絶。縱教委蒿萊，幸免葬魚鱉。命薄當被災，生理焉可説。至尊今御宇，宵衣望治切。廟堂計已周，撫字理無缺〔二〕。胡爲淮陽郡，歲歲告河決。宣房宫乍築，瓠子口仍齧。國帑百萬糜，累爾民力竭〔三〕。我讀河渠志，三策緬前哲。我學周官書，荒政十二設。立國有大原，區區豈補綴。平生慕杜陵，自比稷與契。見爾含瘡痍，爲爾肝腸熱〔四〕。良久復自笑，杞憂一何拙。陶然進一尊，輕帆電光瞥。

〔一〕草稿本原題作「渡江見流民南徙惻然憫之」。

〔二〕草稿本此處多「況復俊乂材，濟濟在朝列」兩句。

〔三〕草稿本此處多「徑欲訴蒼穹，爾冤一昭雪。九關虎豹當，煩慮徒紆鬱」四句。

〔四〕草稿本此處多「賈生欲流涕，仲宣敢結舌」兩句。

邗溝

邗溝通道久，綿亘接淮陽。河水南流大，平湖隔岸長。修堤糜國帑，挽漕裕神倉。緬想潘公略，前型未可忘。

曉發淮安

連朝乏客船，今日著吟鞭。水抱村煙外，人行鳥夢先。橋平微露石，路暗欲蹊田。去去正難息，征途已一千〔一〕。寒郭帶殘月，長淮斷晚霞。樓臺雜蛟蜃，更鼓絶蝦蟇。日上紅連海，霜輕白誤沙。跨驢休續夢，子細路三叉。

〔一〕此詩清稿本與刻本皆無，據草稿本《淮海集》補。

即景口號

宿鳥靜深林，嚴霜被平野。衝寒客早行，已有先行者。

危堤

無主荒墳半夕陽，饑鴉銜肉上帆檣。陂塘亂颭菰蒲影，舂碓時聞餅餌香。良吏未遑興水利，書生有志議河防。危堤獨坐歌鳴犢，萬里波濤接混茫。

曉發〔一〕

殘月帶陂塘，平橋印早霜。河聲天上落，海氣日邊涼。魚眼翻波赤，雲頭罩霧黄。衝寒行更早，今日路彌長。

〔一〕草稿本《石室詩鈔》題作「曉發安東」。

早行安東大霧〔一〕

回首重闉鬱不開，前村霧氣撲人來。雲銜紅日滄波曉，浪卷黄河地軸迴。吟罷勞勞霑袖底，路迷左左陷溪隈。蹇驢欲策愁無力，顛頷征顔劇可哀。

〔一〕「安東」，刻本作「東安」，草稿本作「安東」。

朐城晚眺

峰前峰後抱迴環，一角孤城海岱間。四面風雲通鳥道，萬家煙火傍秋山。潮淤荻港横高堰，日落沙堆指故關。南北此曾争戰地，昇平無事戍樓閒。

城外滄波接大荒，城頭一片月茫茫。飛泉鳥護雙龍井，暮角人窺百雉墻。方罫曬鹽霏雪白，連村刈稻失雲黄。天邊無限哀鴻影，極目平原感慨長。

客夢〔一〕

長風吹客夢，夜夜到鄉關。葉卷一庭雨，雲歸千里山。慈親添白髮，少婦損紅顔。鼓角荒城曙，羈愁不可删。

〔一〕刻本無此首。

山城見菊花愀然有感〔一〕

三秋花事渾如夢〔二〕，到眼偏驚物候來〔三〕。已分寒香隨歲盡，尚餘傲骨帶霜開。朔風懔冽長吹帽，落日登臨數舉杯。忽憶故園人去後，定應零落委蒼苔。

〔一〕刻本題作「山城見菊花」。
〔二〕「三秋」，刻本作「一年」。
〔三〕「物候」，刻本作「秋色」。

游碧霞宫

心香虔禮碧霞君，山鬼遨嬉拜夕曛。古柏龍髯銜冷月，前峰馬耳切寒雲。波濤勢齧秦東碣，冰鐵聲留海外文。千古賢愚同一貉，荒原楊樹白紛紛。

偕張莩樓敦悌李香谷遊石室步東坡和蔡景繁韻

夫容洞中最深處，舊是城南讀書路。一朝辭親河洛間，操苦梁山泣風雨。萬樹桃花撲地飛，零落荒苔不知數。殯宮三匝集飛鴞，繐帳五更啼杜宇。却詵輿匶涉波濤，温序思歸葬邱墓。年年寒食桃花開，慟哭行楸酹芳醑。重來石室更淒涼，公門桃李花無主。黄雲獨鶴守石床，白日饑鼯走巖户。海上三山事渺茫，難覓仙查訪牛女。明月空弭帝庭節[一]，飛霞誰按天魔舞。韓門弟子盡豪傑，張籍李翺世無伍。相攜出郭招符郎，話到師恩意傾吐。自悲枯樹撼風煙，豈有爰居戀鐘鼓。攬轡澄清慕范滂，臨歧惆悵懷孫楚。窈窕時從山鬼遊，丁寧欲寄芳卿語。即今漂泊轉蕭瑟，秋雨秋風聽如許。江上夫容怨豔陽，山中桃核成塵土。才疏空負託成書，德薄敢將詩述祖。不堪重展傳經圖，坐對殘編撫今古。松泉猶作讀書聲，仿佛靈衣來日暮。

〔一〕「弭」，刻本作「停」。

香谷飲我

萬樹桃花十月開，銜杯猶憶舊時栽。蓬根帶雨飛黄葉，鶴迹和雲印緑苔。冀北離群嗟硉兀，江南作賦寫悲哀。歸途漂母祠前過，獨倚斜陽問釣臺〔一〕。

南山霧雨嘆迍邅，話舊尊前倍黯然。沽酒百壺逢亥市，讀書千卷誤丁年。蘭成身世悲枯樹，太白文章本謫仙。捫蝨庵中在州司馬治，石曼卿故迹。聽擊筑，羽聲慷慨近幽燕。

樺燭光迴拜後堂，停觴忽下淚千行。練裳冬月憐南客，宿草秋霜感北邙。重抱殘經尋石室，尚餘遺愛在桐鄉。香山老健微之殁，劍氣縱横繞白楊。令祖近亭先生爲州司馬，年逾古稀，精神尚矍鑠也〔二〕。

太息孤桐半死生，學書擊劍兩無成。景真歷盡風波險，孟博從教月旦評。憂患緣知游子賤，炎涼不改故人情。青衫淪落天涯路，未聽琵琶淚已傾。

〔一〕刻本無此首。

〔二〕刻本作：「令祖近亭先生時爲州司馬，年逾七十矣。」

王海門丈涇緒招飲丈，南昌人，以貲爲尉，能詩善飲〔一〕。

斜陽一帶緑莎廳，黄葉聲中盞不停。爲費酒錢支鶴俸，閒翻食譜點茶經。桃花萬樹栽東海，鵬翼三年隱北冥。惆悵夫容城外路，故交落落數晨星。座中諸子皆先子門生也。〔二〕

草没空庭一事無，消愁排日醉當壚。憐才不禁將軍獵，騎馬何妨款段租。偶到琴川攜愛女，先生側室昭文人也，早卒，愛女依外氏以居。今年春先生來虞訪予兄弟，不值。更回羊舌泣遺孤。年來腐鼠頻遭嚇，不是當初小鳳雛〔三〕。

衙鼓鼕鼕燭已殘，停杯話舊淚闌干。憶陪仙尉葫蘆杖，共醉先生苜蓿盤。丁卯春始識先生於海州學舍。梅福高風存吏隱，鄭虔無命老微官。腰間寶劍寒芒動，腸斷蘭成不忍看。

天涯游客話滄桑，念到松楸倍望鄉。時十月朔，值掃墓之期，異地飄蓬，不勝匒牧岡巒之感云。舊雨有人圖石室，新阡何日表瀧岡。波臣涸轍憐枯肆，海鳥知風感薦觴。他日仙鄉好尋覓，可容末座賦滕王〔四〕。

〔一〕刻本作：「海門先生南昌人，爲海州尉，能詩善飲。」
〔二〕此詩清稿本及刻本無，據草稿本補。
〔三〕此詩清稿本及刻本無，據草稿本補。

〔四〕此詩清稿本及刻本無，據草稿本補。

萼樓招余兄弟同香谷姚心田中孚小集聽秋軒〔一〕

如許秋聲不可聽，夫容城畔樹冥冥。相逢舊雨兼今雨，此會文星更酒星。率爾詠懷悲阮籍，陶然頌德學劉伶。棼杯擬酹山靈語，一曲《離騷》一涕零。

寒逼綈袍張酒軍，西風轉瞬惜離群。招來海上三山月，攜到江東一袖雲。欲賦幽通懷系氏，相期中説述河汾。龍門空有成書託，何日重紬石室文。

攜手河梁空復情，再來海國訂鷗盟。脊令原上棲雙影，家兄在座〔二〕。鴻雁風前話一聲。姚合指心田〔三〕。清新無俗韻，李翺指香谷〔四〕。跌宕以詩名。就中張緒風流甚，吟剩腰肢太瘦生。萼樓素有瘦沈之目，故戲及之〔五〕。

雄心欲著祖生鞭，不效昌黎屢乞憐。庾信誅茅仍七葉，禰衡懷刺已三年。鵬圖南海逢希有，風暖東門寓雜縣。椎碎玉壺吟未徹〔六〕，秋霜蕭颯望青天。

〔一〕刻本題無「小」字。草稿本《石室詩鈔》題作「小集萼樓聽秋軒感賦四律並示香谷姚心田中孚」。

〔二〕刻本無此注。

〔三〕刻本無此注。

〔四〕刻本無此注。
〔五〕刻本無「故戲及之」四字。
〔六〕「椎」，刻本作「捶」。

王藝畇茂材宜古索詩戲作長句贈之

酒令如山張酒兵，詩筒火急訂詩盟。杯因恨别銜難放，句爲愁多對未成。逃席追須防將種，偏師攻不下長城。也知金谷難辭罰，一夜安仁白髮生。

朐城雜興

隱約霞城起郁洲，蒼茫雲陣下龍湫。亂峰千點海邊雨，長嘯一聲天外秋。采藥好尋黄葉路，衝寒難覓黑貂裘。美人誰把瑯玕贈，空學張衡賦四愁。

黄兒墓草向黄昏，秦碣千秋尚作門。永夜星河長伏枕，滿天風雪獨開尊。蓉城莫問三山事，石室空傷萬古魂。淒絶桐鄉舊游地，桃花零落更誰論。

笳鼓聲高動戍樓，驚鴻影亂度城溝。黄雲罩海龍宫晚，白日銜山馬耳秋。雞叫舞殘小垂手，月明唱罷大刀頭。鄉關有信憑誰寄，一片寒砧暮未收。

壓樹寒雲黯不開，荒城滿目見沙埃。夢隨煙雨江南去，詩挾風濤海外來。聽徹烏啼空涕淚，錯疑蜃氣作樓臺。天涯又見關山月，嘆息征人尚未回。

朐陽紀事雜詩[一]

余曩居朐陽十二年[二]，熟悉其風土久矣，重游斯地，世態日新，時與一二故人剪燈話雨，追述往事，兼徵新聞，感慨之餘，不能默默，言雖不文，儻亦風人風刺之旨爾[三]。

皇天屯其膏，驕陽滿秦東。自冬徂春暮，終日號狂風。惟見沙漠漠，未覩雲霁霁。虹藏久不見，白日當晴空。老蛟卧不起，深潭睡神龍。健步憎旱魃，推車休雷公。倏然密雲布，竚俟陰雨濃。霾翳乍吹散，蘊隆旋蟲蟲。甌窶龜背坼，耕作妨三農。故老仰天嘆，無麥民命窮。占星望龍見，取水探龍宮。舞雩帥女巫，禮拜隨兒童。吁嗟而祈雨，哀聲徹蒼穹。州牧正開宴，坎坎伐鼓鐘。

瀕海水多鹹，衆喊苦鹻澀。城南雙龍井，甘冽差可汲。聊足供瀹烹，未敢溷庖湢。久旱泉源枯，竟日得涓滴。是時斗建辰，春意動淮北。山城鮮名花，郡齋多嘉植。棗香亭之前，寄柯齋之側。亭齋俱在州治。蘭蕙揚幽芬，牡丹豔國色。放衙笙歌沸，高讌賓僚集。百重錦障護，一片香雲逼。積旬雨未下，根枝皆槁立。促發調水符，有似催租急。百石未足供，十夫不暇給。泉竭贏其瓶，鞭朴即交及。旁有田舍翁，對此長嘆息。溉兹一畦花，奪彼千户食。

城東有大第，鬱鬱何盤盤。樓閣矗天起，複道交迴環。問是誰家第，此第屬太原。太原今府吏，富貴無比倫。十三爲小史，二十專府權。三十入貲選，當得丞簿官。家僮數千指，腴田連陌阡。前堂陳寶玩，後堂羅管絃。沈沈府中坐，府吏壽萬年。肩輿忽敂門，當關問何人。門外騶從答，云是州郎君。郎君上聽事，脱屣走遷延。再拜獻卮酒，願翁壽萬年。就席復長跽，細語何綿綿。兒奉大人命，命告吾翁前。明晨有一事，願翁相周旋。顧笑謂郎君，歸爲府君言。此事勿復陳，府君壽萬年。

十里聞酒香，酒樓臨大路。屋後倚女墻，門前蔭嘉樹。瓿盎列標題，豐沛及汾潞。游人游春還，到此足每駐。何來一老兵，顔色甚驕倨。入門坐上坐，清酒爲我酤。一斗買高粱，百壺買花露。紛綸進牛炙，大嚼並雉兔。傭保徵酒錢，酒錢排陌數。脱我腰下刀，且當酒錢付。肆翁挽衣道，此物無用處。老翁一何懦，老兵一何怒。赫赫中軍標，下令敢枝梧。明年考官時，看我作官去。

有客跨怒馬，手挑青絲韁。摩挲七寶劍，俠導重英槍。問客來何所，客言生大梁。自小喜椎剽，縱横兖豫疆。少長慕猗頓，貲財埒侯王。揭來東海畔，雄視淮北場。遂專盬鹽利，來往過六塘。前飛兩黄鵠，後載雙艅艎。黠奴百十輩，一一盡急裝。下馬入逆旅，逆旅皆驚惶。爲客拂鞍韉，請客坐後堂。椎牛買魚肉，錯雜羅酒漿。大婦調琵琶，中婦理箏簧。小婦前上壽，俠拜進一觴。上客且安坐，此樂樂未央。

愁雲連海氛，綿亘伊廬山。山中有一士，自小生孤單。弱冠娶新婦，新婦家前村。婦家何鬱鬱，婦姿何珊珊。娶婦才一月，比翼憐文鴛。晨粧花影豔，宵杼燈光寒。夜闌方就寢，門外何譁喧。闖然破户入，三五輩少年。腰間白刃插，頭上白布纏。自云奉府帖，村裏來捉人。夫婦各驚起，大聲疾呼冤。民實無罪過，何用相拘牽。群盜相顧笑，此婦好容顔。縛夫著堂柱，縛婦著門闌。婦跪前致詞，聽妾陳一言。妾有嫁時衣，一一箱中填。翡翠雙條脱，珊瑚間木難。上頭紫金鳳，壓底青銅錢。明珠三百顆，顆顆紅絲穿。不足獻義士，願報活命恩。群盜相顧嘻，此婦實大賢。拔女頭上釵，脱女耳上環。嘉女辭旨令，留女白璧完。抽刀斫床足，一散如雲煙。淩晨告郡將，郡將來門前。裴徊不敢捕，捕者視斫痕。

晨泊五丈河，河邊數百户。隻日人趁墟，喧闐聚行賈。高軒從北來，僕從雜風雨。傳呼聲甚厲，觀者如環堵。下車坐當街，羅拜列男女。鬑鬑四十餘，皤腹氣如虎。里保饋壺漿，市魁上計簿。某賢某不肖，一一爲覼縷。某也惰當罰，某也功宜叙。中有一少年，顔色獨慘沮。叩頭謝罪過，坐上拍案怒。罄女貲難償，擢女髮難數。鞭女背一百，後犯不貸女。諾諾復爾爾，解衣受捶楚。須臾處分畢，雜還進酒脯。從容上車去，日色正亭午〔四〕。借問道旁人，向者何官府。摇手道禁聲，附耳作小語。此是州茂材，此是吾集主。

〔一〕刻本無「雜」字。

〔二〕刻本無「囊」字。

〔三〕刻本作：「余居朐陽十二年，熟悉其風土久矣，重游斯地，世態日新，感慨之餘，不能默默，言雖不文，亦風人之旨爾。」

〔四〕「亭」，刻本作「停」，按「停」通「亭」。

篳篥

篳篥一聲哀，寒雲萬仞隤。秋風人中酒，落日客登臺。海氣連潮上，沙聲卷雁來。側身南望處，腸斷憶蘭陔。

慷慨看天嘯，艱難斫地歌。流光驚歲序，失足怕風波。日暮豺聲合，山荒虎迹多。索居殊寂寂，中夜故人過。

書懷簡香谷〔一〕

摇落天涯歲暮時，商飈中夜動愁思。未甘見笑同魚目，尚欲留名惜豹皮。傳世文章推白也〔二〕，少年瀟灑慕宗之〔三〕。他時珠樹棲丹鳳，可許鷦鷯借一枝。

〔一〕刻本作「簡香谷」。

〔二〕「推」，刻本作「惟」。

〔三〕「慕」，刻本作「有」。

題王藝畇江南詞後並示香谷

譜就江南絶妙詞，王郎愁緒正如絲。尊前莫唱家山好，腸斷青楓月落時。
夫容洞外舊停驂，重約芳卿夢裏探。彈徹胡琴海潮上，不堪回首望江南。
橘奴千顆乍經霜，榕樹峰高接故鄉。夢繞江南更南去，秋風吹雨上桄榔。香谷，閩人。

即事

披裘不受朔風侵，孤負延陵空見尋。季布何妨輕一諾，魯連豈肯受千金。籠中鶴有乘軒志，濠上魚無食餌心。莫笑吾生終未化，豈因淮海變微禽。

得失

得失雞蟲孰汝親，六根纏縛豈前因。可知毛遂無餘子，莫笑徐陵不識人。徐陵多忘，每不識人，人咎之，陵曰「公自難識」〔一〕。海上蜻能無我相，夢中蟻亦可憐身。不須舉扇還遮面，未必元規尚有塵。

〔一〕刻本無此注。

長相思

長相思，在何許，乃在陽臺之南峰，洞庭之北渚。波鱗鱗兮縢魚，山杳杳兮多虎。霧冥冥以晻靄，靁填填而震怒。秋聲一夜起秋浦，金支翠旗下漢女。陽侯抗音冰姨鼓〔一〕，黑螭歈簫黄虯舞。幽篁終日不見人，欲往從之不得語。長相思，淚如雨。

〔一〕「冰姨」，刻本作「馮夷」。

野田黄雀行

遊莫逐雕陵鵲，棲莫近瑶臺鶴。瑶臺露冷鎩羽翰，雕陵風高遇矰繳。黄雲夾隴粱稻肥，關河阻絶不得飛。鷗波浩蕩，鳥道險巇。鷹鸇下視，罻羅高施。黄雀行，聲正悲。野田餘粒啄欲盡，蓬蒿滿目將安之。

昏鴉

昏鴉依樹噪，憐爾欲何之。落葉疏林外，天寒日暮時。村荒銜肉過，雨細立枝危。努力避繒繳，人情正險巇。

雪

檻外舞猶急，檐端飛不齊。一從辭碧落，遂爾隔雲泥。著樹形難定，隨風勢欲低。紅鑪如可試，終勝墮荒谿。

感舊篇贈李大香谷〔一〕

乘槎亭子俯滄溟，環玦微茫一髮青。舊種桃花推半刺，令祖近亭先生爲州司馬。新開石室憶傳經。憶昔朐陽留滯日，謫仙才調知無匹。太學人争御李膺，香谷肆業國學〔二〕。鬱林碑好摹崔逸。雲臺山鬱林觀磨崖碑，唐州司馬子崔逸八分書。我也鱣堂效鯉趨，流蘇寶蓋屢停車。楊修纔解陳家果，趙括空能讀父書。西望長安愁不見，神交已久心常戀。南山七日未窺斑，北海三年求識面。僂指蘭成射策年，相逢海國喜前緣。解成進學書三上，詩補循陔笙六篇〔三〕。招攜同蹋城南路，石鼓歌殘叩銅鼓。鐵馬冰車斷續聲，江風海雨淒涼語。過從朝暮輒論文，馬耳峰高映夕曛。白也詩歌傾賀監，習之才學擅韓門〔四〕。春深南浦匆匆別，從此萍蹤相隔絶。駿馬長嘶冀北風，孤松獨倚秦東月。苜蓿荒蕪橡實空，杏壇倏忽起悲風。修文路阻重泉下，發識期占四月中〔五〕。成書受託空三嘆，難繼龍門與虎觀。馬遷遊洛正辭親，班孟偏孤纔弱冠。讀禮依然日過庭，案頭尚有讀書螢。殯宮一樹枯楊白，講席三更鬼火青。秋深河鯉傳書至，帖看泥金初破涕。敬告南豐一瓣香，而今方叔新登第。三十成名莫嘆遲，應憐鸞翮鎩褵褷。當君席帽離身日，正我牛車挽匱時。重趼千里還鄉葬，歸途又值邗溝漲。壓地黃雲卷怒濤，連天黑月翻隥浪。歷盡風波始得歸，歸來涕泗濕麻衣。墓田葉落雙魚拂，茅屋苔荒一鶴飛。碧桃無主棠梨謝，淒絶秋風春雨夜。秋風旅雁斷庚郵，春雨慈烏啼丙舍。丙舍松楸閒薜蘿，文狸赤豹日經過。幽篁灑淚悲風木，薤露哀歌廢蓼莪。玄廬乍啟歸塋兆，馬鬣崇封魂魄杳。蒿里從今掩夜臺，瀧岡何日題阡表。一枝且自託深林，未報春暉寸草心。顧影欒欒除素韠，成聲切切理焦琴。自憐塊處同桃梗，指點青楓吾谷靜。舊雨飄零逐斷蓬，晨星寥落存孤影。珠玉隨風落九天，江南蓮葉正田田。虎阜乍停書畫舫，胥江還泊孝廉船。朅來打槳吳趨道，咫尺天涯惜芳草。自是停雲我賦遲，不關落月君歸早。別緒愁悰不可刪，閶門楊柳那堪攀。誰知飛倦天邊鳥，又被風吹出故山。無端猘犬憎蘭佩，千里忽來櫟陽逮〔六〕。重遊東海感蒼茫，惜別南陽辭慷慨。班荆話舊意縱横，邀我高堂拜曼卿。淪落應揮司馬淚，艱難方見故人情。攜手相將尋石屋，雲關深鎖松花綠。古瓦霜濃紅鴿棲，空階霧翳蒼鼯宿。陵谷遷移指郁洲，蓬萊無路涌吞舟。高公島畔魚龍晚，孔望山頭草木秋〔七〕。海中蜃氣成煙霧，荒山魑魅迷前路。策蹇休猜薏苡裝，垂竿難罥珊瑚樹。吟成莊舄對南冠，捫蝨庵中共倚闌。赤弩浮樽蛇陣曲，青萍出匣電光寒。只今歲暮方回轍，關山隔絶紛紛雪。燭影闌珊月影低，鼓聲淒斷簫聲咽。此去應過胯下橋，長淮溢涌蹙波濤。城東漂母能分食，市上王孫怯帶刀。回首鴻泥竟如此，浮生聚散隨流水。解劍寧忘漁丈人，買絲好繡佳公子。愁雲縹緲起雲臺，落日悲笳雁影來。他年燕市重沽酒，擊筑狂歌劇可哀。

〔一〕草稿本題下注「並啟」，啟云：「僕才短篇，迹偏漂泊，欲抒幽憤，聊藉長歌。蚓竅蟬吟，么弦孤韻。客子下鷓鴣之淚，淚欲霑衣；羈人賦鸚武之文，文不加點。江文通之恨別，固已侘傺無聊；庾開府之傷心，惟以悲哀爲主。唱徹相思之曲，紅豆飄零；譜成感舊之篇，青楓蕭瑟。印雪泥於東海，休迷後果前因；操風土於南音，尚冀拋磚引玉。貢詩一章，凡一千九十二言，詞雖不工，伏希青睞，不宣。壬申十月廿二日某啟。」

〔二〕刻本無此注。

〔三〕草稿本此處多數句云：「傾蓋相逢肝膽豁，青雲偉器淩霄節。郭奕從教醉阮咸，馬援自欲羞朱勃。才訂鷗盟笠杖茅，飛飛燕子幕同巢。折巾難學林宗度，逆肆初締叔度交。」

〔四〕「學」，刻本作「地」。

〔五〕草稿本此處多數句云：「海上仙人騎鯉去，玉棺天賜王喬墓。甲子心傷耻酌罍（丁卯春，陶山先生以甲子罍移贈先君，作長歌謝之，有『今年贈罍祈我命』之句，先君之歿，適甲子一周，竟成詩讖云），戊辰腸斷勞陳賦。慟哭梁山風雨昏，室荒花老更誰論。春波泣盡枯魚索，夜月啼殘杜宇魂。」

〔六〕「忽」，刻本作「俄」。

〔七〕草稿本此處多數句云：「海外文章吾輩事，斜川難繼東坡志。謝客思憑述德傳，嵇康翻被多材累。北冥寂寂息莊鵬，哭向秋風被命憎。校尉窮途終白眼，仲翔吊客托青蠅。」

發朐城回望雲臺山淒然有感書此志別〔一〕

亭亭迴指是雲臺，丹幘青屏四面開。豈惜今朝成遠別，更知何日又重來。飛時祇恐隨靈鷲，沈去應難辨劫灰。還勸麻姑到東海，並鋤黄竹不須栽。

〔一〕刻本無「書此志別」四字。

泊中正疃

野岸横千頃，沙灘合四圍。蘆花飛不定，鷗鳥近忘機。舟子横篙卧，漁人打網歸。此中多樂意，静坐對斜暉。

舟行大伊山道中

蒼莽塵沙裏，孤舟一葉來。濤衝煙陣立，柁齧浪花開。天地穹廬合，風雲暮角哀。伊盧知遠近，指點亂峰堆。
樹鏁千山霧，帆分兩面風。凍雲横大野，饑隼下長空。日落村初暝，潮歸浦不通。水程今百里，回首憶秦東。

未至安東三十里日薄西山矣村路崎嶇口占二律

客程猶卅里，天半已斜陽。曠野迷平渡，驚飈撲大荒。緇衣染沙白，紅葉帶雲黄。何必向京洛，始嗟前路長。
瞑色壓吟鞍，誰憐行路難。近河風力壯，薄暮日光寒。蜚鳥投林急，饑烏啄肉殘。豺狼當路立，策蹇莫盤桓。

侵晨

解鞍方薄暮，策蹇又侵晨。野熟多堆稻，村荒不見人。殘霜留爪印，鎮日兀尻輪。髀肉消磨盡，風塵感慨頻。

旅寓淮陰志感〔一〕

平生作計嘆迂疏，獨守殘經破五車。李廣數奇當上簿，賈生年少欲投書。三冬雉入淮爲蜃，一斗波難壑縱魚。便擬乘風訴閶闔，豐隆無意竟何如。

〔一〕刻本無「志感」二字。

自題秋風感别圖

三洲鐘鼓浪湯湯，萬卷琳瑯石室涼。江上蘆花迷曉月〔一〕，山中橘影門新霜〔二〕。故人容我如張儉，老母教兒學范滂。擬向鬱洲就根矩，休將招隱問淮王。

有酒如淮醉不支，清流衹畏濁流知。觀濤我欲從枚乘，賣餅人誰識趙歧。近海樓臺驚幻夢，橫江風雪阻歸期。不堪重向圖中認，愁絶秋風笛一枝。

〔一〕「蘆花」，刻本作「黄蘆」。

〔二〕「橘影」，刻本作「丹橘」。

寓居淮陰僧寮一夕忽有武弁數人見訪且欲締交僕病未能從也感其意爲作長歌〔一〕

精廬闃寂依釣臺，蒹葭繞廬門不開。燈前苦吟聞剥啄，足音忽訝跫然來。啟關肅客攝衣起，鶡弁雄冠二三子。爲言竚聽讀書聲，定有奇才貌青兕。執手高譚大歡喜，縞紵請從今日始。有酒須傾胯下橋，揮金且過淮陰市。我生二十無知己，四海如君今有幾。當時若見韓王孫，肯讓酇侯識國士。惜哉摇落已如此，武達文通竟何俟。多謝殷勤脱寶刀，語客且休吾倦矣。于嗟乎，人生相值如浮萍，封侯骨相術不靈。馬周獨向肆中酌，伍喬空夢天邊星。齋堂鐘鳴客徑去，挑燈且誦陰符經。

〔一〕刻本作「淮陰僧寮一夕有武弁數人見訪固請締交僕病未能從也感其意爲作長歌」。

悲歌行

我今鬱鬱久居此土胡爲哉，鶴囚籠中燕巢幕，魯門風暖將爲災。羽翰摧殘六翮折，不能乘雲驂蜺容與遨戲乎九垓。鵷雛遇鼠嚇，鳳鳥爲鴆媒。荆璞遭刖足，隋珠含禍胎。竹以直而伐，蘭以薰而摧。古來豪傑迍邅嵲屼不得志〔一〕，橫被螅獭蛭螾相疑猜。飛霜擊地鄒衍恨，銷金鑠骨文通哀。男兒成名患不早，安能寂寞長煙苔。隆冬雪花片片吹落淮南宅，何人高築黃金臺。夢中忽然腰間寶劍化龍去，覺來灑淚成瓊瑰。鐺中餘藥雞犬亦舐盡，不如倒取玻璃杯。淩晨步上危堤望，黃河之水奔騰傾注而東來。天關撼動地軸側，盤渦轂轉如奔雷。洪濤洶涌浪澎湃，觸石激埼何喧豗。驚風駭猋翳白日，噴薄雲霧韭沙埃。木龍石埽撐拄黿鼉蛟螭不敢上，但見滇㴔淼漫潰泚泮汗陰雩而陽開。國家治河兼挽漕，東以高岸雲崔嵬。歲糜帑金百萬萬，厓隒泐嵃還崩隤。撫卷空懷賈讓策，論世緬想王尊才。河渠書並水經注，脈絡指掌誠恢恢。不朽事業貴自立，不然委謝隨蒿萊。流光易戢身易老，齷齪守此真凡材。胸懷鬱壹誰與語，茫茫獨立空徘徊。嗚呼我今鬱鬱久居此土胡爲哉。

〔一〕「嵲屼」，刻本作「杌棿」。

發淮安

檣烏聲作作，斜拂女墻過。四野星光大，三洲雁影多。篁青狐鬼嘯，月黑虎倀歌。擬就前村泊，還愁蜃氣譌。

阻冰寶應

天際驚聞十月雷，銀山遥擁亂流來。黄河浪迸聲初壯，白日暉沈凍不開。放溜衹通澌瀌瀌，積凌彌望雪皚皚。側身斷岸前途隔，彈鋏商歌迴自哀。

寶　應

湖水環其左，邗溝轉向西。萬家當孔道，百雉隱危堤。地少舟爲宅，徭多吏牧瓶。哀鴻中夜叫，四野有窮黎。

泊舟寶應南並叙

庚午九秋，余兄弟自海輿匱旋里〔一〕，月幾望，次淮陰，迺捨車而舟焉。清晨發櫂，順流駛下〔二〕，日未晡，已軼寶應而南，忽淮水異漲，邗溝東潰，舟距缺口不及里許，全家性命幾葬魚腹。植椿維舟〔三〕，進退罔措，老母憂傷，頭髮盡白，殆將匝月矣。適大吏來視河，鑿堤通湖，以引糧艘，挽舟從之，僅而後免，重泊故處，盡然傷心。感賦一章，潸焉出涕。

八寶城南甓社東，記懸性命亂流中。舟沈幾欲從廉范，水退何嘗爲庾公。卅口幸歸吴郡土，一飄又試楚州風。沿堤枯柳如相慰，曾見西華哭路窮。

〔一〕「海」，刻本作「海州」。

〔二〕「駛」，刻本作「直」。

〔三〕「椿」，刻本作「杙」。

邗溝道中

一飄飛鳥過，兩岸亂流分。湖氣吞殘日，江潮卷暮雲。沙驚黄浩浩，淩斷白紛紛。孤雁投何處，哀鳴不可聞。

泊瓜步疊前韻

江城循岸合，江水向人分。小泊依瓜步，長歌遏曉雲。烏鴉聲聒聒，蘆荻影紛紛。空憶桓伊笛，千年不復聞。

示内二律[一]

相離思若惄，相見痛方深。勞汝三更夢，知余一寸心。張儀空有舌，蘇季已無金。一笑推窗看，寒梅發故林。

折來當歲暮，斗酒就卿謀。對此晨葩潔，因之夕膳脩。慈烏啼往復，雛鳳語清柔。願保天倫樂，相依共白頭。

〔一〕刻本無「二律」二字。

卷二[一]

〔一〕刻本下注：「古今體詩一百十六首。起癸酉館張氏，甲戌館趙叔才先生家，歲大饑，饘粥不繼，乙亥仍館趙氏作。」

北麓集上

昭陽作噩（癸酉）

蘭言篇[二]

滋蘭蘭何榮，鉏蘭蘭何辱。蘭心人未知，蘭言我代録。不願秉蘭風，戲謔效桑濮。不願徵蘭夢，禋祀帶弓韣。願譜宣聖琴，猗蘭操雅曲。願歈孝子笙，陔蘭詩補束。願紉忠臣佩，秋蘭炫奇服。素心苟有託，不妨貢華屋。素心儻無偶，不如守空谷。湘累去千載，沅澧渺芳躅。采采欲遺誰，薺麥一庭緑。

〔一〕刻本無此篇。

孤館不寐用東坡次王鞏獨眠韻

騎龍上天飛尺木，手摘春星大如粟。素娥珊珊鳴佩玉，驂鸞邀我月中宿。天風吹夢斷不續，雲車載愁折車軸。三更寒雨打枯竹，簾波生霧燭花緑〔一〕。

〔一〕「花」，刻本作「光」。

巫山高疊前韻

陽烏呀呀登若木，涼蟾瞪目齧金粟。羲和珊鞭敲紅玉，吴質倚樹廣寒宿。日車月輪走相續，巫山高高翻折軸。麻姑東海栽黄竹，兩鬢如霜蹙蛾緑。

湘煙曲再疊前韻

金猊爇盡檀栴木，繡佛長齋禮金粟。盤中詩句落珠玉，門外雲塘鸂鶒宿。溝水東流不可續，欲借并刀鍥車軸。淚痕斑斑濕湘竹，湘山横黛湘煙緑。

誰是〔一〕

閒籠垂鶴翅，設醴累猪肝。孤館月波濕，一簾梅影寒。文模韓吏部，詩陋鄭都官。誰是知音者，休將劍鋏彈。

〔一〕此詩據草稿本《夢葛集》補，清稿本、刻本均無。

寄調許八兼廷誥時許爲都昌丞〔一〕

見説都昌枕鄱陽，城頭江月白茫茫。愁添霜鬢應千縷，淚濕青衫定幾行。商婦縱教憐白傅，小姑未必嫁彭郎。匡廬若有新居在，好葺東厢著孟光。

〔一〕此詩據草稿本《夢葛集》補，清稿本、刻本均無。

欲把群芳比定難，梅花嫌淡水仙寒。平生未解騷人意，不采春蘭采木蘭。

〔一〕此詩據草稿本《夢葛集》補，清稿本、刻本均無。

百花生日風雨祟朝摧折群芳曷禁惆悵已而煙迷柳眼珠濺苔鬚花夢乍蘇花心欲吐轉愁作喜情見乎辭長句二章即事感賦。〔一〕

綵條萬片落紛紛，無力珠幡卷浪紋。從古名花多薄命，嗔他神女又行雲。婪杯擬爲澆千遍，春色翻愁減二分。彩筆一枝忙不了，祝釐文罷乞晴文。

蓱號灑道迎花王，肯放封姨上下狂。鏁住緑雲環緑夢，添來紅雨助紅妝。浣分潭畔五香水，浴賜宫中三品湯。天爲群芳作生日，盡翻春海注瓊觴。

〔一〕此詩據草稿本《夢葛集》補，清稿本、刻本均無。

寄外舅秋濤先生時先生奉檄往南贑

書報尊前慰所思，開緘定值仲春時。遥知庾嶺梅花盡，轉寄江南第一枝。

十八灘頭深復深，鬱孤臺下月沈沈。鯉魚若過灘前去，一字真堪抵萬金。

秋風圖罷唱驪歌，又是春風染緑波。要訴青衫淪落感，恐添司馬淚痕多〔一〕。

夫容城中海色青，夫容江上樹冥冥。好將石室胡琴語，念與山中木客聽。録《淮海集》附去〔二〕。

〔一〕此詩據草稿本《夢葛集》補，清稿本、刻本均無。

〔二〕此詩據草稿本《夢葛集》補，清稿本、刻本均無。

入春以來濃陰不解仲春望後月忽晴朗喜而有作

天公畢竟怕無情，破例今宵也放晴。埽盡絮雲千片濕，洞開銀闕萬尋明。半春花事渾如夢，二月寒波分外清。料得常娥應恨晚，落梅如雪撲簾旌。

春恨闌珊夢不圓，魄生才喜見嬋娟。翻緣匝月愁難覩，博得通宵不忍眠。寶鏡久封偏皎若，良朋遠别倍凄然。倘教夜夜臨茅屋，便是多情只杜鵑〔一〕。

冰壺淨洗絶塵埃，快意今年第一回。萬里乾坤凝皓魄，半天風露下瑶臺。縱教明日光如舊，却憶前宵霧不開。莫放光陰容易過，當頭明月手中杯。

〔一〕此詩據草稿本《夢葛集》補，清稿本、刻本均無。

夜深獨坐玩月口占〔一〕

如此風光不詠詩，常娥也要笑人癡。世間一片華胥夢，雨落月明若個知。

〔一〕此詩據草稿本《夢葛集》補，清稿本、刻本均無。

二月十七夜月

連日雨迷漫，飛來白玉盤。如何光皎潔，已過影團欒。皓魄愁難補，清輝幸未殘。盈盈十五夜，争許外人看。

即事口占〔一〕

夢回已是日斜時，蝴蝶莊生兩不知。白傅當年慵未甚，一甌茗外一篇詩。

〔一〕此詩據草稿本《夢葛集》補，清稿本、刻本均無。

春雨感懷

春雨已愁絶，況當寒食時。更兼懷遠道，何以慰相思。風定落花急，霧深飛絮遲。因之夢胡蝶，明月照空枝。

清明苦雨追憶舊游有懷石室諸君子〔一〕

最難排遣是清明，忍聽風聲又雨聲。勾起新愁兼舊恨，剩來瘦影更離情。花縈柳線飛難定，夢繞梨雲數不清。記得秦東門外路，踏青時節訂鷗盟〔二〕。

萬丈紅霞石室開，一尊花下對雲臺。后蒼經義千秋業，石室諸子。李白文章八斗才。香谷。魚信銷沉鷩寂寞，龍門身世賦哀懷。他年錦繡空中現，記否春風舊日裁〔二〕。

萬樹桃花石室開，年時此時倒尊罍。竹鑪試茗分新火，銅鼓敲詩和晚雷。一自仙人歸碧落，祇今遺迹委蒼苔。江風海雨凄涼甚，憶著停雲首重回。

〔一〕刻本無「追憶舊游」四字。草稿本《夢葛集》題作「清明苦雨悵然有感追憶舊游懷香谷暨石室諸君子」。
〔二〕此詩據草稿本《夢葛集》補，清稿本、刻本均無。
〔三〕此詩據草稿本《夢葛集》補，清稿本、刻本均無。

和師白衡字韻疊作六絶句〔一〕

大吏何勞問姓名，儂家釣渚以詩鳴。夫容采采不盈匊，誰識當年陸士衡。

所嗟不立在修名，失意何妨假以鳴。從此清譚應更進，帳中秘本有論衡。

從來賢士嘆無名，孰辨黄鐘瓦釜鳴。湘水無波美人遠，四愁賦罷憶張衡。

也知造物忌浮名，敕下仙官霹靂鳴。鞭起燭龍光四照，雷車修罷好持衡。

爨桐亭竹未知名，蚓笛蚊雷空自鳴。俗耳何煩千斛洗，澆愁且辦醉糜衡。

我亦狂生浪得名，因君時作不平鳴。三年一刺空漫滅，莫向平源吊禰衡。

〔一〕此詩據草稿本《夢葛集》補，清稿本、刻本均無。

雨中海棠〔一〕

和露和煙上海棠，東君著意洗紅妝。銀雲漠漠蜀山暮，梨雨陰陰春晝長。膩粉重勻紅斷臉，輕紗淺映玉生香。太真卯醉微醒後，初試華清第一湯。

〔一〕此詩據草稿本《夢葛集》補，清稿本、刻本均無。

曉晴

亦知晴更好，底事太匆匆。雲擁峰頭白，煙烘日脚紅。清光纔北渚，暝色又東風。一夜瀟瀟雨，明朝路不通。

晚晴〔一〕

到晚晴方定，連朝第一番。夕陽留別浦，殘雨過前村。雲散擎山動，潮歸帶月吞。天公遲有意，好在近黃昏。

〔一〕此詩據草稿本《夢葛集》補，清稿本、刻本均無。

復　雨〔一〕

蚤晴晴不透，涼氣似秋陰。又釀一天雨，終成三日霖。殘更聽蛤吠，孤笛寫龍吟。夢繞飛花濕，沈沈不可尋。

〔一〕草稿本《夢葛集》題作「復雨不止」。

卷簾看花圖〔一〕

放下銀鉤匝月陰，闗心開後到而今。描成繡譜愔愔坐，轉過屏山曲曲尋。一角斜陽和影卷，十分春恨對花吟。昨宵紅燭高燒處，隔著重簾海樣深。

〔一〕刻本無此首。

碧桃篇壽孫母魚孺人五十〔一〕

上元夫人乘雲輜，手折碧桃壺中嬉。釀成春露甘如飴，盛以七寶冰頗黎。遍灑法界無等尼，醉此璚液皆期頤。夫人玉質天人姿，幼隨阿母居瑶池。璇閨華闕黄琉璃，服日月芒餐紫芝。長生妙訣傳刀圭，六甲左右符靈飛。瓊文寶笈森瑶琪，編以金縷纏素絲。偶來塵世驂虹霓，左倚采旄右桂旗。絳節直指西山西，大石嵯峨古宗祠。興世先生貞白師，神仙眷屬真靈娌。珊珊珠佩春江湄，手寫唐韻吹參差。一朝道咸升丹梯，蘇門嘯罷先長歸。女床寥寂寶婺嫠，棋函白石侍兩兒。大兒跨鶴被羽衣，曾貌白傅潯陽詩。琵琶聲停江月遲，小兒讀書然青藜。天臺作賦搜神奇，金聲擲地玉屑霏。春風駘蕩來蘭閨，一雙珠樹明階墀。辛夷玉蕊花開時，旖旎璀瑑交葳蕤。大衍之數設帨期，靈族高會稱璚卮。麻姑手爪如凝脂，擗麟行酒觴封姨。雙成飛瓊翠羽笄，靈璈雲笙紛相追。吾谷桃樹千萬枝，飛花片片靈風吹。化作桃水波淪漪，一杯上壽斟酌之。待到千歲揚春暉，蟠桃如斗累累垂。玉盤捧獻共祝釐，臣朔再進群真詞。

〔一〕此詩據草稿本《夢葛集》補，清稿本、刻本均無。

蘭花詩爲周蘭癡作〔一〕

廿年莳溉費工夫，臭味相投道不孤。好倩君家仲郎筆，爲君寫作祝蘭圖。
空谷何須貢玉堂，素心一點冠群芳。饒他百斛珍珠貴，難買人間第一香。
百和香熏一卷詩，望春樓下雨如絲。卅年名士誰知得，解愛蘭花定不癡。
我亦同心比斷金，荒谿窮谷恣幽尋。月明采采不知處，一徑蓬蒿三尺深。
庭階玉樹茁蘭枝，循彼南陔進壽卮。歌罷采蘭詩一闋，他年更補白華詩。

〔一〕此詩據草稿本《夢葛集》補，清稿本、刻本均無。

春陰〔一〕

小閣愔愔匝月陰，海棠開後到而今。結成楊柳千條恨，展盡芭蕉數尺心。水氣逼人仙夢濕，鐘聲閣樹落花沉。春潭漫説深如海，未抵春愁一半深。

〔一〕此詩據草稿本《夢葛集》補，清稿本、刻本均無。

石棋山房[一]

長嘯上山去，亂雲橫石門。寒光遮日月，清氣洗乾坤。屋角苔衣迹，墻頭瀑布痕。渾忘在城市，此景勝鄉村。

〔一〕此詩據草稿本《夢葛集》補，清稿本、刻本均無。

檢點[一]舊詩淒然有述[二]

棄擲誠何惜，删存亦有因。孤芳擢蕪穢，無益費精神。春雨憐青草，秋風感白蘋。回頭鴻爪在，敝帚也堪珍。

身後名無分，生前且自娱。删除緣忌諱，烹煉費工夫。句好難裁對，情真轉似無。書窗連日寫，火急似追逋。

筍束影何瘦，蟲號聲自寒。吟成新句易，改到舊詩難。莫鬥千篇富，先求一字安[三]。錦囊羞澀甚，生怕嘔心肝。

自抱龍門痛，回思鯉對時。城南符學進，海外過文奇。一慟承遺訓，三年廢業詩。祇今繙舊藁，血淚染烏絲。

〔一〕刻本無「點」字。草稿本《夢葛集》題作「檢點舊詩斐然有述」，另清稿本、刻本均無第一首、第二首詩。

〔二〕「莫門千篇富，先求一字安」，草稿本《夢葛集》此兩句作：「身世千駒隙，光陰一指彈。」

澆茗祭詩復成二律〔一〕

貧寒過賈島，酒脯亦難陳。奠汝一杯茗，清風如有神。新泉霏屑玉，活火静生春。更欲斟南斗，雲漿洗俗塵。

冰雪侵肌冷，醍醐灌頂酣。吟成思太苦，夢足味回甘。團月前身證，松風妙諦諳。肯將牙慧拾，詩理共禪參。

〔一〕此詩據草稿本《夢葛集》補，清稿本、刻本均無。

讀孟嘗君列傳〔一〕

雞鳴狗盜溷庭除，草具何嫌禮太疏。坐客莫勞持飰比，馮驩久已食無魚。

〔一〕刻本無此首。

讀莊子〔一〕

一以己爲馬，一以己爲牛。莊周即蝴蝶，蝴蝶即莊周。達人貴齊物，乏若不繫舟。物於我無忤，我於物無求。天地一稊米，泰山如培塿。蕉鹿幻夢覺，螻蟻侔王侯。蜉蝣昧朝夕，蟪蛄昧春秋。紛紛埳井鼃，不知滄海流。舍之乘雲去，揮斥隘九州。藐姑射山近，請從神人游。

鯤化潛北池，鵬運圖南冥。蝸角鬥蠻觸，蚊睫巢蟭螟。曠觀天地間，大小各有營。偉哉夫造物，物物無將迎。老龍起風雨，不聞雷霆聲。鵂鶹察豪末，不覩泰山形。螳臂當車轍，鵲翼留雕陵。鵷雛嚇腐鼠，鷽鳩搶榆枋。西江水迎鮒，東海游從鯖。瘡痂蝮魚味，瓦釜黄鐘鳴。愛憎既殊致，耳目詎有憑。瓦甓與屎溺，達觀何重輕。亡羊等臧穀，屠龍學朱泙。巧拙憐夔蚿，夭壽齊殤彭。我亦毋爾誑，爾亦毋我驚。之二蟲何知，果蠃與螟蛉。

〔一〕此詩據草稿本《夢葛集》補，清稿本、刻本均無。

張孝婦詩

鵂鶹月夜叫蘿徑，山鬼乘狸索禳禜。張家老母中鬼病，張家有婦祈母命。磨刀置水焚靈香，香煙一縷燭兩行。誓將割肉代醫藥，九關夜奏通天章。是時月黑風雨急，三更無人影孤立。叩頭拜禱北斗垣，精誠動天天亦泣。拜罷亟起手握刀，刀光電閃星辰摇。左手攘袂勒錦縧，右手揮刀起怒飇。刲肉一片如胡桃，臂血歕薄飛紅潮。淋漓濺灑三尺高，急裂襟幅四匝包。擲刀插地祆鬼號，以肉抵几色不撓。酌湯注釜慢火熬，洗肉投釜調作膏。威姑啜之如醱醪，二豎退舍服鳥逃。于嗟乎，吾聞介推稱義士，割股啖君君不死。又聞張密稱孝子，刲臂進母母疾起。此事竟出閨閣中，孝婦之名不朽矣。君不見張家奇孝萃一門，生女又作代死人。

曉起即事

雨洗山骨青，日透煙光紫。褰衣弄荷珠，珠翻衣濺水。

遣興

嘉樹扶疏静掩關〔一〕，似聞簾外雨潺潺。奇書合讓才人讀，清福能消永晝閒。剩有名心難免俗，只除詩膽尚嫌孱〔二〕。倦來欹枕尋仙夢，夢到蓬萊第一山。

〔一〕「嘉樹扶疏静掩關」，草稿本《夢葛集》作「十幅湘簾四面環」。

〔二〕「只除詩膽尚嫌豕」，草稿本《夢葛集》作「只餘詩思未除慳」。

壽陳玉川五十〔一〕

百歲中分五十秋，小山叢桂客方留。攜來曼倩三壺露，上壽元龍百尺樓。好乞湘蘭滋九畹，便教海鶴下千籌。慚無枚乘驅濤筆，酌酒調辛命蓐收。

廉讓中間好卜居，半生蹤迹溷樵漁。延年只辦千杯酒，有福能消萬卷書。紙閣蘆簾成小築，蘭孫桂子繞庭除。不須更羨仙人樂，衹恐仙人也不如。

〔一〕此詩據草稿本《夢葛集》補，清稿本、刻本均無。

九日偕曾石谿福謙陳梅江理兩茂才小集趙叔才上舍元愷總宜山房書感〔一〕

手把清尊望翠微，登臨力倦惜芳菲。山如有意留青眼，人自無言對白衣。酹酒可能催早鞠，循陔只願駐斜暉。商飈一夜林前到，落葉冥鴻下上飛。榜發，梅江登賢書，石谿中副車，此語竟成詩讖矣〔二〕。

〔一〕刻本題中無「小」及「書感」三字。

〔二〕刻本無「此語竟成詩讖矣」一句。

簡梅江孝廉[一]

落葉滿天地，悲秋深復深。功名同夢幻，身世託浮沉。枯樹無生意，孤桐半死心。元龍樓百尺，聊向一長吟。

十歲長于我，知君我最真。無慚三世德，莫負百年身。立志非謀食[二]，微名豈救貧。會當登要路，風俗坐還淳。

秋風曾小別，爲我補秋圖。江海片帆遠，冰霜一客孤。賓鴻懷故侶，退鷁感今吾。他日重披覽，鷗盟記得無。

〔一〕草稿本《夢葛集》題作「柬梅江」。共三首，清稿本、刻本均無第一首。

〔二〕「立志非謀食」，草稿本《夢葛集》作「立志寧長賤」。

梅江許和余詩遲久不至戲作小詩促之[一]

近來日讀陳琳檄，祇覺頭風痛不禁。却要乞君驚坐語，替他病鶴下神鍼。

〔一〕此詩據草稿本《夢葛集》補，清稿本、刻本均無。

感事

九服歸皇極，三辰拱帝居。如何揮白刃，竟敢犯丹除。幟立黄巾號，門填紫草車。由來畿輔地，防衛未應疏。

沴氣環黄道，妖氛貫紫垣。赤丸争斫吏，白土竟書門。豈有饑寒迫，渾忘教養恩。蘖芽萌已久，誰肯進危言。

蛾賊窺宫省〔一〕，纛旗傅苑墻。液池傳信炮，朵殿發神槍。智勇天心協，明威帝命彰。霆聲聞一震，狐兔敢潛藏。

祇謁三陵後，安驅萬乘回。百靈森翊衛，一騎縛渠魁。不有匡時略，誰知濟變才。九門開詄蕩，蚤已淨塵埃。

彗孛前年見，兵占兖豫州。黨連十常侍，星動五諸侯。赤縣今無警，潢池盜未休。王師聞奏捷，蚤晚滑臺收。

責己申明詔，求言訪直臣。歡嘑騰匝宇，涕泣捧恩綸。革面安遺孽，淪肌感至仁。敬共箴有位，勖爾戒因循。

〔一〕「蛾賊」，刻本作「白梃」。

重有感

左道傳青領，凶徒聚黑山。已殲荆蜀外，又煽濟河間。豺虎中原遍，貔貅列戍閒。承平寬大政，鑄象漏神奸。

虺毒京畿伏，狐鳴大澤呼。儻教同日發，或恐逭天誅。賴有神明宰，先捦桀黠徒。功存宗社鉅，烈烈況捐軀。

殺氣纏河朔，昏霾起滑州。占星環貫索，禡纛祭蚩尤。毅魄風霆迓，貞心日月侔。崇祠裒卞壼，大義炳千秋。

北望黎陽戍，連烽過大伾。令丞能仗節，慷慨共登陴。百戰摧封豕，孤城卧老羆。酬庸雖未及，簡策姓名垂。

指日中天討，膚功奏閫臣。長圍空四合，逆命已三旬。節鉞徵盧植，韜鈐借寇恂。清河威望重，破膽説江神。

一鼓堅城克，皇威撻伐張。荒津開白馬，小劫過紅羊。從此煙塵息，欣看玉鏡光。瘡痍猶未復，綏輯在循良。

鄧尉探梅限二十三漾韻〔一〕

羅浮高高在天上，吟魂夜繞梅花帳。鄧尉山梅笑煞人，縞衣入夢延幽訪。入山探梅梅未開，翦取寒雲學花樣。花香雲香一氣連，縷縷春心此中漾。山頭仙笛三兩聲，千花萬花一齊放。一白遮却青山青，花神合使山靈讓。青天飛下千玉虬，鐵幹槎枒怒相向。或低或昂或偃蹇，或卧或舞或紛抗。初疑瑶臺古月形，又疑峨眉積雪狀。雪耶月耶不可辨，白鶴中間自飄颺。翩然跨著鶴背游，萬樹明珠都在望。銀河無聲星斗寒，翠羽啁啾引圓吭。麻姑兩鬢元霜垂，緑華雙頰紅霞漲。手弄春星半天白，美人姗姗期夕張。酒酣維誦秋水篇，細嚼梅花轉惆悵。安得年年花下來，人與花俱壽無量。青山作主花作賓，爲花滿酌屠蘇盎。靈巖空嵌敞雲龕，元墓突兀撑晴嶂。具區滐泱涵靈根，洞庭幽窅開秘藏。萬山圍住太古香，留取乾坤氣清曠。問花不語抱花眠，白雲爲被山爲障。詩情花韻一齊飛，赤脚踏破香海浪。捉得羅浮山頭仙蝶歸，持與鄧尉山梅作供養。

〔一〕刻本無此首。草稿本《夢葛集》題作「鄧尉探梅放歌」。

新樂府四章[一]

相馬篇 物色駿材也

秋風獵獵秋草黄，萬馬昂首高騰驤。一馬歷塊誤一蹶，悲鳴錯莫卧道旁。雙瞳電閃氣淩厲，五華雲被神飛揚。于嗟女相非尋常，爲女拂拭生輝光。玉鞍珠勒金絲韁，逝將致女貢玉堂。中途逢伯樂，呼馬而告之。爾志倜儻，爾精權奇。爾蹻鑣轡，爾厭羈羈[二]。朝浴榑桑，夕税咸池。爾胡不馳驅服秋御，而徒奔踶泛駕爲。媚女骨節弭女姿，輧衡衛轂會有時。君不見金馬門高高百尺，門外七尺八尺金馬式。

識曲引 辨正文體也

楚引停繁音，吴歈佇緩唱。請爲一曲清商歌，歌聲響遏行雲上。正聲微茫新聲新，引商刻羽空入神。廣場揄袂朱唇破，坐而聽者無一人。乞君聽，邀君顧，不惜歌聲三日繞梁飛，願得知音指點曲中誤。擊齊瑟，彈秦箏，歈玉笛，炙銀笙，轉喉變調爲新聲，情到情至移人情。移人情，一再鼓，發揚荷，奏激楚，湘君揚旍天魔舞，姮娥抗音冰姨語。太容點頭按仙譜，天花簌簌落紅雨。昨日法曲頒太常，八風回回音喤喤。伶倫識其曲，曰此曲學鳳皇，奏之明光一片諧宮商。

書估行　購求異書也

生不能立致秘書賜萬卷，亦當坐擁異書列百城。不然遠從雞林賈，不然學作童子鳴。書香可療饑，書味可救渴。攤書書床塞書屋，書估一生書裏活。不願借書換酒券，不願獻書拜高官。願向嫏環福地住，盡發寶笈瑶編看。壁中簡，帳中本，壺盧中《漢書》，寶之莫蠹損。春江三月書船開，《離騷》一篇酒一杯。旁人錯把孝廉認，書臺高等黄金臺。書估樂復樂，書田歲播穫。邢家小兒强解事，楊家老子空投閣。笑殺偷書祖孝徵，衹須一部華林略。于嗟乎，絳雲樓瓦飛雲煙，汲古閣址成閒田。不如歲誦二十二萬言，孝先經笥書便便，撑腸拄腹卷五千。濃香薰，薇露盥，國家方開崇文館。

河兵謡　咨訪河務也

鳴金鉦，擊鼉鼓，催人夫，唱邪許。大家齊聲用力舉，萬斛金錢一尺土。一尺堤陷一尺補，上頭有官府，女休女卧不貸女。朝搶險外河堤，暮搶險裏河堤，朝朝暮暮腹苦饑，手足皸瘃面目黧。砉然一聲如崩雷，黄河之水天上來。木龍石埽撑拄，黿鼉蛟龍不敢上，餘勢鬱怒千縈回。三月桃花汛，六月礬山水，糧艘過盡十月中，舉手加額普慶安瀾矣。朝來出營房，官府告示何煌煌。銀一分，泥一筐，銀一百，柴一方。歲請帑銀數百萬，盡輪河庫完堤防。河防完，河兵多，昔防盜，今防河。安得三千鐵弩手，一齊射住黄河波，萬古不動如山阿。黄河捧土如可塞，老兵願先以身填河死報國。

〔一〕刻本下注：「學使陳公試士作，甲戌。」

〔二〕「轋」，刻本作「畢」。

游仙詩六首〔一〕

月宇沉沉響珮環，青童偷下戲人寰。回頭認取三山路，好馭飆輪穩穩還。

小姑居處本無郎，便飲瓊漿也不妨。底事仙舟勞問訊，可知上界有劉綱。

阿母西廂敞玉扉，雙雙青鳥著青衣。仙禽任傍瑶臺宿，只莫輕隨野鴨飛。

玉簡通名奏絳壇，王喬隨例授仙官。一雙凡眼何曾换，錯認飛鳧作綵鸞。

方平夜降蔡經家，寄語麻姑信已賒。攝取鮫人紅繡帔，把他權當赤城霞。

昔昔群真讌玉樓，罡風吹到海西頭。偶遺咳唾成珠玉，浪被烏龍吠不休。

〔一〕此詩據草稿本《夢葛集》補，清稿本、刻本均無。

龐氏孝烈詩〔一〕

火雅嗚啞啞，龐家屋上飛。龐公攜子出，龐家夜火災。龐母呼兩婦，婦走踰門檻。後堂有栗主，母亟思扶持。拜火火不滅，撲火火生衣。姒婦謂娣婦，尊姑死姑舅。尊姑爲孝婦，尊姑無孝婦。娣婦理後事，我死我不朽。娣婦謂姒婦，姒婦善自計。姒婦善持家，救姑我就義。反走捷争先，争先轉連袂。豔豔雙紅蓮，忽焚火中蒂。瑩瑩雙白璧，忽共火中瘞。入火急求姑，姑死婦隨侍。火花噴燭天，五色凝紫氣。嗟哉龐氏門，婦姑同煨燼。協句。姑死禮以秉，婦死孝以伸。伯姬知待姆，曹娥知救親。龐母與兩婦，千秋堪同論。

〔一〕此詩據草稿本《夢葛集補遺》補，清稿本、刻本均無。

秋　興〔一〕

詩筆淩雲健，詩情寫不完。亂流山影瘦，落葉雨聲乾。人靜夢魂斂，月明天地寒。秋光與秋意，併入畫圖看。

〔一〕此詩據草稿本《夢葛集補遺》補，清稿本、刻本均無。

閼逢閹茂（甲戌）

題孫文濤采蘭圖〔一〕

西城樓閣敞雲煙，一榻曾邀大石仙。折取素蘭爲供養，春山書畫緑楊船。梅村句。
萬樹梅花好在無，月明采采夢模糊。神仙眷屬宜男草，併作茅亭第二圖。

〔一〕此詩據草稿本《蘭言集》補，清稿本、刻本均無。

夜航船竹枝詞〔一〕

采蓮莫采並頭蓮，趁船莫趁夜航船。房裏心多花易謝，船裏人多夢不圓。
月上空灘人未來，船頭打鼓長年催。船梢嬌女晚妝罷，笑問今宵開不開。
開到長亭十里程，月華如水一船輕。人聲才靜鼾聲起，還有趁船人喚聲。
瓜皮艇子漾中流，洗脚欹眠湖上秋。三更潮上船須上，載得槎頭鯿百頭。
誰家櫂酒寄三瓶，熏得滿船人不醒。阿儂笑指天邊道，太乙船旁卧酒星。

鯉魚風起波溶溶，一個魚鱗波一重。儂船還比鯉魚快，一月寄書三十封。

船背輕霜白似銀，船中强半異鄉人。鄉音才要分明認，夢語模糊又不真。

雨堤紅日照高樓，樓上珠簾初上鈎。唱罷夜航新樂府，一天花氣近蘇州。

〔一〕刻本無此組八首詩。

二月望後一日大雪學使陳公希曾集試者五十六人命賦勵志酬知詩四章以舉實爲秋爲韻

惟皇撫寰區，宵旰勵當宁。雨兵洗欃槍，風教式樽俎。使星炳牛斗，銜命莅黌序。品望重李韓，手筆推燕許。挹將西江波，灑作南邦雨。宏開廣厦庇，兼采藥囊貯。四知絶餽金，三載陋刻楮。庶收大雅材，用以副盛舉。

三吴文物地，先民事著述。論文士衡才，賦雪思光筆。年來趨嚮歧，末學竟佔畢。蟬噪和以千，竽吹聽少一。雖歌白雪辭，誰操回春律。卿雲麗曾霄，夜光罔遺失。珠玉落九天，隨風化六出。共摛庶子華，毋忘家丞實。

橐筆來鎖院，節届中和時。祥霙積階墄，習習輕風吹。粉廊列多士，濟濟振羽儀。騰身跨白鳳，觸目信可師。願履中和節，夷坦行不危。願抱冰雪心，清白涅不緇。願五十六人，此志共矢之。嗤他聚星堂，白戰空爾爲。

鯫生實不材，弱冠事壯游。防身倚一劍，豪氣隘九州。仲華公未拜，正平薦不收。朅來謁宗匠，拂拭登膺舟。和風扇小草，廣海納細流。雕蟲媿薄技，知己恩難酬。師門許立雪，請上百尺樓。商略天人際，事業垂千秋。

論詩絶句十八首〔一〕

一代文章正始音，漁洋三昧印禪心。波羅蜜果都參透，却怪隨園論太深。王漁洋。

鴻博詞科侍從臣，曝書亭集映千春。華嚴彈指樓臺裏，幾個詞人是學人。朱竹垞。

精醇第一算愚山，古格高風孰可攀。字字性靈清到骨，凡塵一例盡教删。施愚山。

唱徹崎嶇蜀道難，荔裳身世累微官。宦途人海風波險，收入詩囊當譜看。宋荔裳。

紅豆山莊迹已沈，虞山詩學數誰深。默庵太峻湘靈僻，衣鉢終須屬鈍吟。馮鈍吟。

絶妙婁東十子詞，就中顧許更交推。殘膏剩馥皆珠玉，那不傾心祭酒詩。顧伊人、許九日。

文格真堪繼柳韓，詩才欲比阮亭難。堯峰全集分明在，莫把詩文一例看。汪鈍翁。

日下論詩孰最工，魚魚雅雅起隤風。一時餘子應低首，除却綿津數考功。颜脩來〔二〕、宋牧仲。

毛公真作五經師，諧語譚詩足解頤。駁得髯翁尤絶倒，春江水暖鴨先知。毛西河。

月明空唱大刀環，鐵馬冰車出漢關。蕭史青門成絶調，又傳一曲浚稽山。吴漢槎。
非非想本自天開，一卷談龍足辨才。米釀酒成花釀蜜，個中三味孰參來。趙秋谷。
重現髯蘇説法身，靈臺一點絶纖塵。白描好手傳神句，真個華嚴法界人。查初白。
浙派誰教别體裁，先生元是出群材。小倉山老詩中虎，曾到詩壇下拜來。厲樊榭。
承明通籍鬢毛斑，晚達如公遇亦艱。四卷原詩師説在，白頭風雨説横山。沈歸愚。
才名海内重袁絲，開出尖新派一支。還誦公詩作公贊，不相菲薄不相師。袁簡齋。
抗衡各各樹麾幢，此事推袁未肯降。石破天驚忠雅集，真教一口吸西江。蔣心餘。
宏詞全集已叢殘，葦碧軒詩半不完。賴有暨陽徵士在，滿江風雨一蓑寒。家霽堂。
删除綺麗見天真，誰作青蓮後替身。擬向詩仙搔首問，千秋定論付何人。

〔一〕刻本有注「應試作」。
〔二〕清稿本作「顔脩采」，刻本作「顧脩采」，皆誤。按此當指顔光敏，字脩來。

賦得客懷宜醉不宜醒〔一〕

春陰一片滿天涯，化作春情上客懷。無計可消愁似海，有錢難得酒如淮。黄金饒我才能賦，白眼從他倦不揩。檢點鷫鸘裘尚在，玉壺茅屋好安排。

太分明處惱難支，謝豹啼殘月上時。萬河關河霏玉雨，一春花鳥侑瓊巵。詩如有味嫌詩瀸，夢不離家祝夢遲。彈鋏欲歸歸未得，他鄉惟有醉鄉宜。

無那長亭更短亭，十分離恨樹冥冥。不圖此地成孤客，浪説前身是酒星。書只平安猶懶寄，笛多哀怨未堪聽。銜杯試把黄庭讀，一角青山夢儻醒。

〔一〕刻本無此三首詩。

王母張太君挽詞〔一〕

一夜銀雲壓太清，是日大雪。驚傳王母返瑶京。緑華已駕青鸞迎，玉女真騎白鳳迎。九轉有丹難駐景，百年無術祝長生。門前槐柳陰如舊，只少宣文講誦聲。

才侍慈親拜節姑，尊前上壽進璚壺。鹿原不老興能引，鳩合嬉春杖要扶。共説女貞花正茂，俄悲靈壽竹全枯。不知泉下逢邱嫂，説到能成宅相無。並追傷外祖母之逝也。

〔一〕此據草稿本《蘭言集》補。

閏花朝同叔才作[一]

東皇破例慶生辰，遞舉霞觴作主人。寒食尚遲三日節，好風重釀二分春。仙能逃劫方長命，夢到前生是化身。綵筆一枝忙不了，祝釐兩度拜花神。

〔一〕此據草稿本《蘭言集》補。

屈升九先生[振鏞]七十雙壽[一]

不修齋禁不逃禪，七十齊眉老謫仙。日指庚寅吾以降，人占甲子有疑年。家風高匹餘煙艇，夫人龔淵孟先生裔孫女。生計蕭疏少屈田。一卷離騷一杯酒，勝他真誥五千篇。

木公金母晉瓊卮，正值花朝佛誕時。二月八日先生生辰，四月八日夫人生辰。共佛長生持佛戒，與花同福祝花遲。恰將兩度稱觴日，併作三春補禊期。補禊見《梅村集》，上巳後三日也，今於是日稱觴。自壽詩成還壽內，雙桃花下譜新詞。

一代聲詩正眼看，先生繼起振騷壇。方共續選《海虞詩苑》。寫成三篋談何易，論到千秋事大難。甲乙朝簽銀管細，庚申夜守石林寒。玉臺詠莫愁難補，《詩苑》獨遺閨閣，先生擬補之。好向妝臺拜彩鸞。

〔一〕此據草稿本《蘭言集》補。

瞿靈千大年夜行中山道中因醉失足墮水詩以嘲之〔一〕

茆經誰爲哭井旁，眼花可要拜知章。平時浪説中山酒，此日真投周氏汪。危語幾曾聽半夜，狂泉不惜酌千觴。倘從太白騎鯨去，便合邀君住醉鄉。

〔一〕此據草稿本《蘭言集》補。

靈千墮水之明日仍泥飲總宜山房作詩箴之疊前韻〔一〕

酒星又過酒池旁，酒令重申法幾章。眼底諸公何滚滚，腹中萬頃想汪汪。迴波縱令歌千遍，喝月終須參百觴。還是醉鄉可長住，此鄉應號更生鄉。

〔一〕此據草稿本《蘭言集》補。

奉題許朗軒舅氏西江游草即用集中除夕元韻〔一〕

謝公才大自槃槃，吸盡西江到筆端。窮合工詩千首健，士求知己一人難。魚游涸轍春波減，劍入豐城夜氣寒。何似家園課孫子，草堂花下造賭闌。

絶少先生苜蓿盤，宰臯跕跕下雲端。點金有術求仙易，買骨無人作客難。孺子榻懸虚醴設，卯君飲罷嘆氈寒。詩成阿買應能寫，風雨連床燭未闌。

歷盡羊腸百八盤，未吟愁已上眉端。文能奪命終非福，貧只依人事本難。去日煙雲千里過，歸來風雪一身寒。編詩甲子從頭起，莫道詩情老易闌。舅氏今年六十初度〔二〕。

〔一〕此組詩第一、二首據草稿本《蘭言集》補。刻本題中無「即」、「元」二字。

〔二〕刻本無「初度」二字。

得外舅秋濤先生書奉答

彩雲一朵到蓬廬，欲激西江涸轍餘。臣朔苦饑懷少肉，小人有母食無魚。宦非得計何論客，身未成名且讀書。聞道明光方試士，故人今已坐高車。

書感〔一〕

和嶠胸中元有癖，魯褒筆底已成神。笑他口不言錢者，誤盡蒼生是此人。

〔一〕刻本無此首。

即事述懷〔一〕

豪氣空餘舞蔗竿，無能猶愧累豬肝。才名敢説擔當易，貧賤深知去就難。四海論交孤膽熱，十年多難一身寒。祇應趙酒能除悶，莫當尋常設醴看。

便欲飄然賦遠游，故鄉山色奈勾留。馬空冀北誰青眼，豕到遼東誤白頭。已分三年方脱穎，誰知五月自披裘。鴟夷多事相尋逐，萬里江湖一白鷗。

〔一〕據草稿本《蘭言集》補。

鼓吹[一]

鼓吹天然兩部加，官私誰爲判鳴蛙。書生寒相君休笑，一例晨昏也放衙。

〔一〕據草稿本《蘭言集》補。

旱

下酉成龜坼，初庚嘆魃驕。溝車空掛屋，海汊不通潮。水利應難復，妖氛或未消。桑林祈禱切，誰爲翊昌朝。

旱甚戲作一絶[一]

仲舒文只驗祈晴，休璉書詞浪得名。空想乞靈木居士，不知誰是東長生。

〔一〕據草稿本《蘭言集》補。

禱雨旗〔一〕

一幅生綃十丈絲，蛟龍雲物動蠖蜿。頗疑上帝須求畫，真個靈風不滿旗。執版通章煩道侶，攔街拍手鬧童兒。辛官禱罷停輿看，青蓋遮頭坐詠詩。

〔一〕據草稿本《蘭言集》補。

挽歸自庵〔一〕

回想清標倍惘然，烏衣才調竹林賢。可真麴糵能銷骨，如此風流合永年。事到傷心猶冀誤，病無多日倘成仙。招魂擬向巫陽問，寫盡山陰九萬箋。

〔一〕據草稿本《蘭言集》補。

慰趙信中悼亡〔一〕

玉池荷葉淨無瑕，聞道淩波化彩霞。莫道塵寰難久住，前身元是妙蓮花。

才聽歌成却扇篇，俄驚錦瑟斷湘弦。定知唐韻書難就，唱到同聲只半年。
纚笄虛説上高堂，直北雲山不可望。便到九原還有恨，此生猶未拜尊章。
繙罷靈飛六甲文，長生無術駐仙雲。從今曼倩傷心甚，伏日朝朝酹細君。

〔一〕據草稿本《蘭言集》補。

趙氏廢園雙桂歌

空山七月秋風涼，風吹叢桂開山房。房前房後擣芳麝〔一〕，散作十里天花香。花香醉倒花深處〔二〕，香夢迷離繞香霧〔三〕。主人邀我去看花，遥指前村南阮樹。南阮蕭條家絶貧，廢園池館委荒榛。割來半畮猶留券，剩有雙株未作薪。隔園花氣先薰客，入園恍入花王國。萬斛濃蒸玉露華，四垂飽孕金精色。一株撑破青溟濛，一株偃蹇迎秋風。連蜷枝老千秋碧，籠簌心含一縷紅。落英簌簌飛塵土，漂零似訴花無主。拾取殘花坐石磯，花前爲我低徊語。此園締構百餘年，此樹栽培賴主賢。地近桃源花似錦，家臨慈澗屋如船。春缸釀就中山酒，秋畦翦得林宗韭。巷外多停長者車，門前自種先生柳。每到花開花謝時，揭來花下賦新詩。酒仙歌罷飛千斝，繡佛龕前供一枝。一時豪興多群從，賞花埽徑延羊仲。喝月須傾鸚鵡杯，持螯欲陋伊蒲供。曾侍先人几杖來，尊前花底一徘徊。爲憐花影騎墻角，爲愛花香拂石苔〔四〕。誰知榮落須臾變，浮生彈指如流電。金粟前身夙夢醒，椒漿此際幽宫奠。一片冰輪化彩霞，孤兒出贅傍他家。素娥耐冷初生魄，桂子飄香待茁芽。園林地僻無人迹，薜蘿緣砌塵凝席。僵石全移到溉家，幽蘭半賣羅含宅。從此谿山日日非，有誰還解惜芳菲。春風幾度翻紅藥，秋水三更浸紫薇。惟有此花香不改，年年花發如金海。黄雪漫天月不波，白楊嘯雨人何在。話到傷心感莫禁，含辛擎涕幾霑襟。誰將示現維摩影，寫入淒涼山鬼吟。我聞此語三嘆息，賦就長歌愁點筆。七葉空增枯樹悲，八公苦乏留人術。更憶東郊也是園，黄金十二鑄飛仙。金魚鎖斷無消息，靜對涼蟾深閉門。吾家東郭逸園，錢遵王先生嘗居之，名也是園，今歸蘇氏，人猶呼爲翁園，中有十二桂軒。

〔一〕「房前房後」，刻本作「山前山後」。
〔二〕「醉倒」，刻本作「浸到」。
〔三〕「香夢迷離繞香霧」，刻本作「石路濛濛羃香霧」。
〔四〕刻本少「一時豪興多群從」至「爲愛花香拂石苔」數句。

總宜山房桂花盛開〔一〕

讀罷離騷懶拄筇，滿房花影護重重。韻兼秋氣三分逸，香帶春缸一味濃。擬侍常娥須耐冷，要參古佛未除慵。瓊樓自是清虚府，莫問廬山第幾峰。

〔一〕據草稿本《蘭言集》補。

月下玩庭桂〔一〕

露氣三更壓桂枝，攪人清夢夜眠遲。花如酒味初嘗後，秋到詩情恰好時。鼻觀細參香外相，心靈翻恐月先知。只愁此福難消受，擬乞金仙爲預支。

〔一〕據草稿本《蘭言集》補。

夜坐總宜山房桂華下聽李小霞山人馨彈琴

老幹得山氣，濃芬鬱秋陰。清微悟至理，幽曠涵道心。良夜招勝侶，坐石調素琴。一彈復再鼓，泠泠滌煩襟。空山萬籟寂，發此太古音。馥郁味逾澹，攫醳意轉深。仰視星月皎，不知風露侵。瑶華如可寄，招隱庶自今。

秋夜泛舟石湖

我騎白黿浮滄溟，回飈倒掛垂虹亭。長橋駕空浪澎湃，花山兩道長眉青。前途指石湖，冥冥弄煙霧。買得蜻蛉一葉輕，飄然竟入湖中去。沙棠之枻雲母舟，銀笙翠管坐兩頭。美人一去眇天末，半輪明月湖波流。湖波茫茫如此大，兩槳如飛望波拜。楞伽山色背人歸，影射湖心只如芥。高秋九月湖氣涼，蘆花瑟瑟驚飛霜。風鬟霧鬢杳難即，但見煙外雙兜央。船頭仙笛叫煙破，依稀月府歌霓裳。琉璃一片四圍合，便欲跳入壺中藏。鯉魚風起船尾立，揭起篷窗浪花入。雁外青天分外青，星斗無聲插波濕。我欲左攜陸魯望，右挽張季鷹。斫鱠射鴨誇精能，木蘭舟上乘風升。或言古人千載不可見，試看農圃堂阯蟠枯藤。三更轉櫂湖山靜，極浦漁舟載笭箵。歸到紅塵十丈中，夢魂猶帶吴江冷。羨煞當年范大夫，扁舟此去作陶朱。儻教網得西施日〔一〕，準擬秋風泛五湖。

〔一〕「儻教網得西施日」，刻本作「萬金散盡身無事」。

答曾韻卿茂才祐謙秋夜見懷之作即和元韻〔一〕

幾年抱刺走秋風，頑鳥投人語未工。迎鮒轍乾思大海，相牛經細辨陰虹。空將詩句吟三上，絶少文辭送五窮。一事傲君筋骨健，賃舂還可學梁鴻。

〔一〕刻本作「次韻曾韻卿茂才祐謙秋夜見懷之作」。

打稻辭

把稻稻穗輕，打稻稻床仰。不聞墜穀聲，但聞耞板響。

壽張雪帆五十〔一〕

消除豪氣隱江湖，收拾生涯付橘奴。句拍紅牙鶯度曲，春浮緑蟻鳥提壺。散花舊夢參天女，工香奩詩。鐫玉新銜署釣徒。有横塘垂釣圖。已過茅君成道歲，茅君四十九歲得道。勸君更寫煉丹圖。

〔一〕據草稿本《蘭言集》補。

王秋園六十雙壽夫人衛氏〔一〕

算合瑤華百二秋，王公王母住神洲。修仙古有成雙隱，圖佛人元第一流。瀹茗朝朝供石谷，買絲昔昔繡廉州。琅琊書畫由來重，好築東郊萬卷樓。

駐景何煩餌茯苓，慧車真設授丹經。撒珠合掌參神女，剪水雙瞳識歲星。潑墨圖成繪烏目，簪花格好寫黃庭。寧馨新製襴衫舞，映著瓊杯分外青。

〔一〕據草稿本《蘭言集》補。

叔才招同單師白學傳孫仲直文杓兩茂材小集總宜山房食蟹師白詩先成走筆和之〔一〕

昆湖蟹美誇吾鄉，金爪獨產雲和塘。豈知秋來陂澤竭，論價欲比兼金昂。篝燈椓斷不可致，幽夢一片飛菰蔣。山人山居酒新醅〔二〕，招客夜飲過三商。腥風怪雨撲燈燭，滿盤赤玉輪囷裝。擎來左右更羅列，椒橙醬醋鹽齏薑。老饕食指久跳動，伸手亂揣團尖忙。雙螯先拗免夾舌，半殼微露欣無腸。金鎞銛利刮翳膜，玉膏肥膩流脂肪。腦髓脚髓抉剔盡，要從四角周中央。以手佐口口代手，一擘再吸傾瓊漿。中食把酒漱牙齒，三嘆此樂非尋常。去年潢池警究豫，其民躁擾毛而方。怒鼃井底自尊大，妄效彭越稱侯王〔三〕。雷雨甲坼象占解，天戈迅指消欃槍。鯨鯢就烹妖蜃殄，春波滉瀁蘇疲尪〔四〕。稍銷金甲事耰棘〔五〕，還似枯蟹迎風僵〔六〕。今年亢旱地龜坼，江南江北愁饑荒。一畝五斗粟不穫，恐少子粒輸官倉。況聞湖面抗租稅，舉足觸網煩桁楊。明年稻蟹不遺種，吾徒那免餐秕穅。即今飽啖此亦足，口角何暇含雌黃。《爾雅》熟讀竟奚益〔七〕，蟲魚箋注譌偏旁。監州無福不願作，酒池遼遠思燉煌。蟹圖蟹譜滿胸貯，組議忍令刪將餹〔八〕。得蟹不飲飲不醉，明月怪煞人清狂〔九〕。襟邊袖底濕淋漉，一口直欲吞千觴。呼童秉燭更拭几，但見墻角堆蟹匡。客飽且莫遽逃席，師白詩有「衆飲將酣且逃席」句〔一〇〕。蟹鬚洗手煎蘭湯。主人夜炊粥方熟，汗流一啜香秔香。

〔一〕草稿本《蘭言集》題作「總宜主人招同孫小真文杓單師白食蟹師白詩先成作長歌和之」。

〔二〕《蘭言集》以上作：「霜稻作作垂纖芒，蟹魁執穗朝蟹王。大蟹横行小蟹負，一蟹一蟹相扶將。漁人篝火夜採捕，束縛百輩來山房。山房主人酒新酢。」

〔三〕《蘭言集》此兩句作：「兵戈劍戟森滿眼，拒斧故智師螳螂。」

〔四〕《蘭言集》此兩句作：「鯨鯢就烹蜃樓滅，春波滉瀁生魚秧。」

〔五〕「金」，《蘭言集》作「兵」。

〔六〕《蘭言集》此處多兩句：「青州蟹胥久不貢，濟鄆詎見浮輕航。」

〔七〕《蘭言集》作：「《爾雅》縱讀亦不記。」

〔八〕刻本無「蟹圖」兩句。

〔九〕《蘭言集》此處多兩句：「哦詩成癖笑單子，了更娬媚看孫郎。」

〔一〇〕刻本無此注。

師白性不飲以予詩有一口直欲吞千觴句謂予亦小户故設大言耳作詩見謿戲疊元韻奉答〔一〕

樊仲無才但弄脣，長卿入夢助詩新。明知妄語元虛憍，聊學曹洪諱倩人。

金波瀲灩繞杯唇，雙戟欣看拔隊新。時復中之饑欲死，臣今壯已不如人。
薄福難親妃女唇，酒徒挂籍姓名新。便教骨醉如糟蟹，終勝猪肝累主人〔二〕。
卷耳清才陋補唇，慣拈險韻鬥尖新。一雙白眼終朝醒，飽看橫行世上人。卷耳用韋慶本事，師白耳曲如弓，自號弭生，故戲及之〔三〕。

〔一〕刻本作「師白性不飲以予詩有一口千觴之句作詩見謿戲疊元韻奉答」。《蘭言集》原題作「師白性不飲以予前詩中有一口直欲吞千觴之句疑予故設大言欺之因作疊韻二絶相苦謂予亦小户非叔才敵意欲牽郭索而入蟺穴也疊韻奉和聊以解嘲並柬叔才」。後改如清稿本。
〔二〕此詩據草稿本《蘭言集》補。
〔三〕此注據草稿本《蘭言集》補。

附元作〔一〕

三蕉翁子乍沾唇，赤頰如湯煮蟹新。便説千觴吞一口，英雄從古善欺人。
弄翰才高等弄唇，横行氣概出群新。駕天輸浪豪情在，豪飲終須讓主人。

〔一〕據草稿本《蘭言集》補。

設想

一片鴻濛啟秘函，天根月窟露空嵌。它時須乞媧皇補，重待詩人逐日劖。

高閣

禮鼠銜書觸短檠，蘭膏無焰半床明。樹環高閣兜風勢，人擁孤衾數雨聲。結習只愁多識字，救荒無計況躬畊。城南二頃吾何有，且喜官租累尚輕。

承歡

强作承歡把悶排〔一〕，晨餐未辦拾枯柴。雨催菊意黄三徑，風卷葉聲紅半階。乞米帖工兒學字，典衣券厚婦捐釵。慈親一語關心記〔二〕，須信吾生自有涯。

〔一〕「作承歡」，刻本作「自抽書」。

〔二〕刻本作「安貧即是承歡法」。

題黄韻山丈泰巡檐索笑圖〔一〕

杜陵野老家襄陽，梅花萬樹環草堂。東西南北歸不得，一生孤負梅花香。襄陽小兒齊拍手，笑煞老去詩人狂。東游吴越歷齊趙，南陟天姥浮沅湘。北歸三賦奏天子，著作上媲虞與唐〔二〕。却從秦川西入蜀，芒鞋踏遍蠶叢疆。百花潭邊構新宅，誅鋤茅茨開榛荒。爰居避風戀鐘鼓，有似病柏枯楠僵〔三〕。壯心已隨短髮短，託命猶剩長鑱長。脊令原冷思弟妹，駕鵝飛去隨鶖鶬。夢中繁花忽照眼，覺來羈滯仍江鄉。遠枝健步不可致，徑欲捆載煩贏綱。苦吟詩句羨何遜，安得東閣開維揚。先生愛梅兼愛畫，詩學子美格老蒼。廿年隻身走萬里，梅花冷笑詩人忙。一官漂泊到巴蜀，峭颿徑進淩瞿塘。占星益部少驛使，寒香寫入圖中藏。閬山閬水看已遍，却對横素春茫茫。種花滿縣豈不好，忍令棣萼虚年芳〔四〕。上官苦留住莫府，要使處處栽甘棠。先生掉頭不肯顧，快過駿馬收危韁。錦江波來動天地，秋風詎少鱸魚嘗。故山息壤久不踐，得毋鐵石爲心腸〔五〕。歸來大笑索花答，花亦喜舞争低昂。拓室重開蔣陶徑，論詩俯劚曹劉墻〔六〕。即今秋晚氣蕭瑟，霜楓絢爛紛丹黄。賞菊新釀秔秫米，登高閒佩茱萸囊。有時開口向天笑，仰見落月窺屋梁。疏枝冷蕊解人意，衝寒已似回春光。兄酬弟勸避俗客，不辭一舉累百觴。少陵有知應妒殺，此願修到三生償〔七〕。我來披圖三嘆息，舉筆欲落神彷徨。先公大參有詩癖，細摘佳句盈巾箱。畫手通神蕭尺木，誰爲題者宋荔裳。此圖不知入誰手，石梅零落存荒莊。予六世祖大參公權關蕪湖時，曾屬蕭尺木畫杜詩三十幅，同年宋荔裳以詩紀之，詩載《安雅堂集》，寒家中落，此册久失去，予擬作《浣花詩思圖》以寓感，未暇也〔八〕。作歌兼懷七葉感，檐頭鐸語替戾岡。嚴詩他日編杜集，一例還索花平章。

〔一〕刻本無「題」字。
〔二〕刻本無「北歸」兩句。
〔三〕刻本無「爰居」兩句。
〔四〕刻本作「息壤在彼無時忘」。
〔五〕刻本無「故山」兩句。
〔六〕「劘」，刻本作「壓」。
〔七〕刻本無「少陵」兩句。
〔八〕刻本作「予六世祖大參公曾屬蕭尺木畫杜詩三十幅，同年宋荔裳以詩紀之，寒家中落，此册久失去，予擬作《浣花詩思圖》以寓感」。

師白游仙詩云金銀祇許成宫闕不判些兒與世人戲作一絶反之

珠箔銀屏相向開，黄金爲屋玉爲臺。刀圭争許凡人用，九轉丹成换得來。

四君詠同張椒卿鐸陶靜涵貴鑑兩明經作

大風芒碭起真王，下馬時時拜大梁。死後烝嘗留漢帝，生前圖畫走秦皇。單車往事開脩武，一擊先聲奪博浪。兵法多師魏公子，素書不合數張良。信陵。

從此中原少戰兵，千秋失計是長平。兩言空仗先生劍，一笑翻成豎子名。祇向遺書求趙括，更無奇策進虞卿。廉頗老去相如死，愁聽秦王擊缻聲。平原。

三窟營成計最工，薛公端合仗馮公。債因牛酒魚飧費，士賴雞鳴狗盜功。坐對偶人談土木，手操兩帝定雌雄。誰知道上傳呼寵，齒冷邯鄲一縣中。孟嘗。

同時一樣居奇計，八覽終輸大賈尊。吴地山川開霸氣，楚宫雲雨啄王孫。纔看刀劍羞珠履，轉瞬頭顱掛棘門。寂寞蘭陵荀祭酒，著書只辦萬餘言。春申。

四君之中，信陵爲上，平原次之，孟嘗特一反覆小人。春申則學文信侯而才又不逮者耳。鄙見如此，故四詩先後不依《列傳》之次。昨夕讀黄陶庵集，其持論正復與予同，可謂先得我心者矣。因附記之。乙亥正月廿日[一]。

〔一〕刻本自「昨夕」句下作「乙亥正月讀黄陶庵集，其持論正同，可謂先得我心者矣。因附記之」。

山館

窮陰寒谷逼，孤館敝裘親。白日不到地，青山還背人。狐鳴呼社鬼，樵語祝谿神。默坐時長嘯，端憂豈爲身。

夜飲

癡雲頭上壓，長劍撥難開。風力欺詩筆，寒威敵酒杯。眼中空四海，天上問三臺。起舞夜將半，荒郊鴻正哀。

郭外

郭外煙初合，山中日已昏。見人疑雜鬼，閉糴不成村。俗薄詩書賤，年荒盜賊尊。犬聲如豹吠，里正又敲門。

風　雪〔一〕

榑桑吹倒海雲殷，鐵騎冰車一夜還。作勢欲飛盤玉馬，餘威猶怒撼銅環。濤奔萬丈松如答，響入三更竹要删。曉起琉璃成世界，雪花裝墖禮寒山。

〔一〕刻本無此詩。

寒甚有凍死者惻然憫之

縱使陽回大地春，鳩形幾日幸存身。那堪風雪催殘命，可有梯栿乞比鄰。忍死儻能分振粟，偏荒無處作流民。四郊何限溝中瘠，還望賢良善拊循。

買刀謡

有田不可穫，有賊不可斫。賣得黄犢肉作羹，買得寶刀霜作鍔。賣犢賣田不賣身，磨刀殺賊不殺人。

陽　鱎

陽鱎紛紛上揭竿，清商哀角變新彈。漫勞門設蒼黄棒，豈有人探赤白丸。歉歲或憂虧正賦，窮民到底識尊官。偏災自古尋常事，不信今時卧治難。

轉　漕

轉漕東南帝曰咨，撫綏流冗在監司。饑荒幸免輸租調，振貸何勞費度支。聖主屢頒寬大詔，重臣終守太平規。富公成法蘇公策，只在忠良佐盛時。

至日侍家慈飲

北陸迎長日，南陔慶錫齡。雪窺雙鬢白，山映一衿青。就婦謀春酒，呼兒誦孝經。梅花消息到，采采發芳馨。

總宜山房曉起看雪放歌〔一〕

曉色光明射窗紙，童子大叫先生起。空中誰灑水精鹽〔二〕，一夜雪深三尺矣。披衣看雪山房開，凍雲壓山山爲隤。千峰萬峰一齊失，但見突兀撑瑶臺。房前便是清虚府〔三〕，玉節蹁躚樹幢羽。竹頭搶地强項僵，松頂掀天怒鱗舞。房後浩蕩臨平原〔四〕，藍田煙暖生瑶琨。角鷹側翅掠狐窟，饑鼠拱足啼鵝墳。雪花片片大于掌，玉龍夭矯三千丈。耳後風生少羽翰，胸中雪亮思晴曩。前年浪迹淮陰城，雪堆高與城頭平。樓臺直接白蜃窟，玻瓈倒卷黄河聲。今春遇雪玉山下，白戰文壇誰健者。春蠶颯沓揮秋毫，銀甲晶瑩盤玉馬。今我鬱鬱意尠歡，排空欲上黄雲端。鞭笞巽二叱滕六，揮手亂撒冰珠寒。却笑書生健腰脚，壯志空思窮六幕。横江風雪敢千人，不如高唱江南樂。主人坐擁狐白裘，銀瓶煮酒聲幽幽。平頭奴子進羊胛，只少侍女搊箜篌。須臾窗外梨花凍，房後房前翔白鳳〔五〕。急取床頭鐵笛吹，一聲驚破羅浮夢。

〔一〕刻本無「放歌」二字。
〔二〕「精」，刻本作「晶」。
〔三〕「房前」，刻本作「山房」。
〔四〕「房後浩蕩」，刻本作「山房之後」。

〔五〕「房後房前」，刻本作「山後山前」。

即事〔一〕

閉門且學袁安卧，十指排簽自課詩。鐵硯磨穿何用處，輸他帳下牧羊兒。

〔一〕據草稿本《蘭言集》補。

臘日祀竈

檢點瓶盆事事親，妻孥盥漱起淩晨。五辛轢釜驅窮鬼，六癸僉名祀竈神。微禄但能邀主簿，濁醪何惜請比鄰。今宵儻作靈公夢，定向君前細細陳。

幼艾歌成爇瓣香，竈陘司命坐中央。赬顏只辦雙弓米，赤手思營十一方。聊買猪肝求婦孝，何來蠟炬任人煬。良田千頃吾無分，不爲黄羊换瘦羊。

偶書

一陣涼颸腦後過，微翻蠟淚點銅荷。莫嫌風力尖能入，只是明窗空隙多。
酒力沖融到四支，三蕉聊復一中之。聖賢真樂吾能説，萬事無如恰好時。

從祖母費太君挽詞〔一〕

三鄰齊聲哭，衰宗失女師。竟難登上壽，倘爲忌良醫。晚飯神猶健，晨鐘病已危。滿天風雪慘，撇涕有餘悲。
王湖林下秀，挽鹿説于歸。櫂打雙雙迓，花歌緩緩飛。鳴雞知夢警，叱狗亦聲希。不愧尚書婦，清暉有嗣徽。
舅氏三齊去，兄公一宦閒。還歌中婦豔，不上望夫山。河水調馨膳，春雲護珮環。靈椿俄又謝，輿櫬共南還。
馬鬣經營地，牛衣涕淚痕。艱難鴻廡賃，辛苦鵲巢存。墮甑新炊熟，裁襦舊絮温。撑犁皇甫學，到底賴慈恩。

十年離息女，七秩念衰翁。身世干戈裏，音書夢寐中。得歸千里共，强笑一尊同。誰料悲風起，杯圈口澤空。

時上危樓拜，靈光尚巋然。家常情話久，少小愛恩偏。字學夫人格，書慚姊子賢。從今經舊里，怕到絳紗前。

〔一〕據草稿本《蘭言集》補。

不寐

滿耳淒涼喚奈何，披衣中夜起高歌。狐狸導鬼谿頭語，鸛鶚鉤魂屋角過。米價久愁凶歲貴，哭聲新傍亂山多。連村尚少流亡户，荒政應無猛虎苛。

謁傳

薄暮飛塵黯黯生，謁傳刁斗警嚴城。黑丸竟欲分曹部，黄册應難按姓名。未免催科傷太亟，可知賙恤尚持平。如何百里瀕江地，日聽哀鴻亂叫聲。

草澤倉皇唱董逃，縣庭桀黠竟横刀。窖中幾欲囚梁道，厠上真疑捕巨高。斷獄定須埋虎穴，餘殃祇恐煽牛毛。聖朝三尺森然在，未爲饑寒恕爾曹。

山城

山城鼓角暮雲隤，低入荒郊慘不開。賊掾竟難拘絜舜，富人競欲劫蘇回。鲘筩纔見投書進，建鼓俄驚剥面來。第一民風須整頓，深憂端不在偏災。

送竈詞

尊空聊復酌清泉，那得黄羊作薦筵。一飯未完聽轢釜，四郊强半斷炊煙。稍欣積雪能滋麥，但願來秋或有年。且莫塗醻醉司命，醉中恐忘告皇天。

卷三〔一〕

〔一〕刻本卷三自《病瘧》一詩始。

北麓集下

旃蒙大淵獻（乙亥）

元旦試筆〔一〕

空濛城郭鎖春煙，和雨和風送綵箋。人語但祈逢樂歲，天心似未厭凶年。戲抽佛筴當雞卜，豫遣奴星縛草船。愁絶客來無坐處，昨宵償責典青氈。

〔一〕刻本下注「乙亥」。

明妃詞〔一〕

一曲千秋絶妙辭，琵琶應勝漢宫時。明珠百斛金千鎰，合向君王贖畫師。
寧胡賜號禮尤尊，遠嫁終須戀主恩。太息江都王建女，金枝猶自降烏孫。
月下空聞響佩環，芳魂莫恨不生還。無情最是青青草，也帶春風出漢關。
陰山山色比燕支，一片荒墳萬古悲。試向陳留原上望，何人更吊蔡文姬。

〔一〕刻本無此四首詩。

郊　行〔一〕

真個泠然善，飈輪穩背尻。地中滄海日，天半廣陵濤。徹骨重裘失，驚心萬竅號。可憐路旁子，誰爲贈娣袍。

〔一〕據草稿本《中吕集》補。

登　山

穩趿芒鞋蹋濕煙，滿身空翠聳吟肩。登山未到三分地，已有游人望若仙。

梅江孝廉自寫梅江圖於扇頭索題率成二律用梅江二字爲韻〔一〕

夢回忽見縞衣來，搖蕩春風畫箑開。豈有詞傾三峽水，漫勞人寄一枝梅。橫江紺雪迷香國，隔岸青山入酒杯。著個逋仙太孤寂，可容鐵脚道人陪。

陪君岸上牽船住，萬樹明珠拓四窗。如此清流元第一，只除明月可成雙。諸天花雨真無界，背水詩城肯受降。它日枝頭消息到，相期擊檝渡春江。

〔一〕刻本無此兩首詩。

日　者

蠟屐衝泥一雨初，絶無行迹扣精廬。熱腸未試雷公炙，冷眼偷窺日者書。文字有靈憑福慧，命宮無印合樵漁。先生捧腹壺廬笑，莫學湘纍賦卜居。

前詩意有未盡作此申之〔一〕

鑄就生辰仗鬼王，六州頑鐵錯難償。人能吐鳳空西蜀，帝欲屠龍避北方。豈有賢愚同福命，最無憑準是文章。世間何限模棱者，日坐中書食萬羊。

〔一〕據草稿本《中吕集》補。

柬叔才病〔一〕

合掌尊前問起居，維摩斗室病何如。禪心莫被天花染，穩坐鍼氈讀道書。

〔一〕據草稿本《中吕集》補。

戲叔才〔一〕

鎮日便便卧，空支兩脚厨。是誰規以墨，不信夬無膚。四大安何處，三花聚得無。御風元有術，莫效舍人呼。

〔一〕據草稿本《中吕集》補。

叔才避流民之擾移居碧夫容山館事定將歸作此留之〔一〕

一樹寒梅對夕暉，暗憑青鳥語依稀。羅浮草草游仙夢，誰喚師雄又欲歸。

〔一〕據草稿本《中吕集》補。

偶　書〔一〕

曼卿老去歐公没，從此無人讀柳文。相國寺前書滿肆，經年誰問穆參軍。

〔一〕草稿本《中吕集》題作「紀事」。

二月廿八日姚子俊茂材錫範招同單師白譚石舲天成周遠薌敦濂三茂才小集城西烏目山房各賦五言見志分韻得一字〔一〕

天宇蕩纖氛，清游及良日〔二〕。山光澹容與，湖氣斂深謐。高樓俯曾城，盍龤得疇匹。數符珠緯五，才謝竹林七〔三〕。姚子發清唱，勢若風雨疾。周郎鬥奇麗，三秀幽巖茁。單伯暨譚公，懷寶等千鎰。二君詩未成。微言請具陳，撰異點鼓瑟。吾鄉山水靈，閒氣時傑出。九巫乘元雲〔四〕，升降定典秩。尚父坐茅漁，釣國隱蓬蓽。武城試牛刀，絃歌遍比櫛。鬱鬱昭明臺，文峰聳崔崒。自兹逮唐宋，文獻頗遺佚。琴川志雖存，軼事采猶失。有明三百年，更僕數可悉。張吳始高蹈，濂洛闡精密。處則爲醇儒，出則作良弼。流風被鄒邵，古訓是祗遹。名節謹大防，赴義甘斧鑕。臘肉兕可銘，拜疏鬼可叱。餘事及文章，專家有著述。桑楊跅弛才，文瀾恣洄汩。絳雲富琳瑯，汲古積緹帙。嘆息東皋堂，遺址莫可詰。虞山天柱傾，誰爲拄礎碩。邇來百餘載，末學競佔畢。卮言徒詹詹，穫實少挃挃。矧此都人士，衣冠改尹姞。泛祭誦茅鴟，太康刪蟋蟀。伊予秉微尚，年少氣狂逸。四瀆雖涉三，五嶽未登一。丈夫志四方，安肯事一室。俄泣枯魚銜，旋駭猘犬獝。粲粲承華趺，棲棲欒衡泌。北去息鯤鵬，南行夢丹柰。飲易撓三爻，癖左識六佾。讀書辨同瑁，説詩正沮漆。墨守城旦書，末學延平律。許身固已愚，致治詎無術。下士聞邱言〔五〕，粲然笑其咥。狗曲詆王生，鳥窮嗤趙壹〔六〕。諸君大雅材，各抱瑚璉質。或具靈運慧，或得延年筆〔七〕。芻蕘敢獻箴，去華存其實〔八〕。陽烏日以邁，疾比晨風駛。庶幾敦石交，風誼協僑肸。努力追前型，古井得修繘。夜深籤轉丙，語囈魚鯁乙。德星射牖明，情與山水溢。

〔一〕「俊」，刻本作「雋」，無「三茂才小」四字及「各賦五言見志」六字。草稿本《中吕集》有叙曰：「白文公有言：諂成之風動，救失之道缺，六義始刓矣。河梁之句，止於傷別，澤畔之吟，歸於怨思，六義始缺矣。嘲風雪弄花月，六義盡去矣。僕竊有志而未逮焉。廼者接武老成，間效長頭之問，緬懷曩喆，婁繙鑿齒之編。輒思寫以歌謠，形諸畢牘際，兹同志數人，偶言嘉會，一觴一詠，某水某丘，何庸廣引先賢，用資譚佐，然而性情所託，趣尚端焉。襲芳菲之奇服，企古昔之先民。烏能已也。知我者以爲山陰書佐瞻仰景行也。唯命。罪我者以爲魯國陋儒不達時務也。亦唯命。」

〔二〕草稿本《中吕集》此處多四句：「歲逢絳縣亥，漏報黄昏戌。向晦候應隨（卦氣隨二月節），享用西山吉。」

〔三〕「數符珠緯五，才謝竹林七」，草稿本《中吕集》作：「鯖符漢侯五，酒謝晋林七。」後又多兩句：「説甘侍中肉，頌賦左徒橘。」

〔四〕「元」，草稿本《中吕集》作「幻」。

〔五〕「邱」，刻本作「某」。

〔六〕草稿本《中吕集》此處多兩句：「劉四敢罵人，宗五又坦率。」

〔七〕草稿本《中吕集》此處多兩句：「雒生詠捉鼻，梁父吟抱膝。」

〔八〕草稿本《中吕集》此處多六句：「聞瑟慨貪狼，彈冠慎聚鷸。弦韋佩中和，桃殳戒奔軼。歧悲臧穀羊，蠹去韓非蝨。」

柬子俊〔一〕

西城闤闠踘塵地，中有高人鎮日醒。山色削成詩骨瘦，湖光養就道心靈。思廉此日通賢域，子騤他年是福星。借用鮮于侁事。我亦未除豪氣者，摩挲雙眼爲君青。

〔一〕據草稿本《中吕集》補。

蔣奇男上舍庸招同叔才集燕園賞牡丹適余上塚去不及與却寄一律並示叔才〔一〕

斸尊折簡遞丫童，報道新開一品紅。百樣名花都北面，十分春色待東風。不因上塚隨山子，敢效攢眉傲遠公。座中有僧。可惜羊求不同賞，月華三徑占西東。

〔一〕「適余上塚去」，刻本作「余有事」。

同叔才奇男習射疊前韻

充籠並夾付奚童，媿乏弓衣織錦紅。拂袂承簫懷抱月，鳴骹穿柳耳生風。它時投地誇朱穆，此日持籌效魏公。若使延年來署吏，翁歸材調任西東。

有謿余輩不能挽强者書以示之

挽弓豈必六鈞彊，男子由來志四方。欲向南山蹤猛虎，更浮東海掛榑桑。論書力或愁官笴，揚觶觀難學堵墻。試舉翿旌聽唱獲，采蘩容節叶宫商。

奇男以齒痛廢射作詩嗰之〔一〕

笑子何爲不執弓，齒牙分付與天蟲。定知掩口壺盧笑，孺子今番讓庾公。倘教我作王靈智，轉向甘蠅彎羿弧。愁煞君牙太遲鈍，可能齧鏑效君謨。

〔一〕據草稿本《中吕集》補。

戒酒

姬公戒困酒，坎坎繫勞卦。武公戒飲酒，抑抑慎出話。豈徒五禮坊，兼淨六根界。譬如糟中布，水濡日以壞。譬如陶家土，火化日以敗。想當入口時，一醽詎不快。而其潛相攻，蝥毒劇蠭蠆。重爲長卿渴，輕作齊侯疥。與其毉延緩，曷若觶揚蕢。伊余慳酒德，達人譏其介。近者中聖賢，稍稍破天械。其如鼴鼠腹，此中地本隘。一唾螽然空，七日甚矣憊。念昔趨庭時，飲恐家君怪〔一〕。指口但三嚌，舉手每百拜。音容既已邈，日月忽逾邁。立身訓頓忘，荒宴等聾聵。更念北堂母，當食發三喟。誓將跪母前，刺血寫遺畫。枕《孝經》一編，受孔子五戒。口不贊酒功，身免欠酒責〔二〕。酒箴反飲酒，羸瓶簪夬夬。

〔一〕「飲恐家君怪」，刻本作「節飲有深誡」。
〔二〕「欠」，刻本作「負」。

麥秋大稔畝得二鍾然一春無雨土堅如鐵稻秧未蒔米價日增吾輩仍難免饑寒之慼也五月十日快雨徹夜喜極不寐枕上口號〔一〕

芒種初交日進壬，雷霆滿腹蟄龍瘖。天田春晚曾攜角，太歲秋來合守心。萬頃黄雲收麥氣，一番紅霧作梅霖。明朝秧馬塍頭遍，始信天公用意深。

〔一〕「稻」，刻本作「新」。「吾輩仍難免饑寒之慼也」，刻本作「仍難免饑寒之慼」。

食杏

仙人董奉遺書至，乞我仙林藥一丸。懷核願栽千萬本，家家齊喫大還丹。

詠史

漢武稱得人，拔迹在羊豕。孫宏拜丞相，卜式爲御史。兒寬在北地，亦視畜數年。孟堅有深識，作傳乃合編。鄙夫作公卿，言利必纖屑。桑孔市井徒，遂至榷鹽鐵。

字物如字人，擾民如擾畜。苟能通其理，亦足爲良牧。張湯本乾没，毛摯同秋鷹。楊可告緡縱，郡國爲沸騰。封禪兼開邊，禍遂起巫蠱。迺知田野夫，終勝大腹賈。

讀張湯傳

江充前已興巫蠱，從此聲名達九重。劾鼠已摧中執法，烹羊兼筦大司農。園錢並欲傾青翟，皮幣惟聞鑄白龍。到底輸他儒吏福，兒寬猶得與東封。

告緡利已奪彊家，法網如荼四面遮。直指久聞行郡國，轉輸又欲鑿褒斜。錢通衹解同乾没，足病猶能惜爪牙。小史已亡豪賈散，詐忠何益使人嗟〔一〕。

報復由來命在天，心驚八輩到門前。舞文濫斷江都獄，密奏潛撓宰相權。仄目豈惟三長史，傷心猶恨五銖錢。惡名雖被能湔洗，地下應慚若母賢。

〔一〕此詩據草稿本《中吕集》補。

送朱子佑奎保歸金陵

琴河新漲七條絃，十里荷花送客船。媿我春風虚一室，與君秋駕遲三年。山圍北固江無際，路入南徐月定圓。它日扁舟相問訊，垂楊遥指白門邊。

山中夜雨〔一〕

萬籟響都寂，四山聲忽喧。疾雷才一震，飛雨已千村。屋角頑雲壓，峰頭毒霧吞。遥知三尺水，漸没稻花根。

饑鼠緣頽壁，修蛇卧曲屏。電飛穿牖白，燈死迸花青。罷讀書頻乙，成詩韻敵丁。中宵仍聒耳，飛瀑枕邊聽。

〔一〕據草稿本《中吕集》補。

戲詠西瓜燈〔一〕

黄瓤細剖翠皮鐫，鑿破玲瓏小有天。薄極已看花四照，挂來真與月雙圓。鎮心衹恐中添熱，抱蔓何妨骨並煎。恰似靈犀明一點，可憐碧玉破瓜年。

〔一〕據草稿本《中吕集》補。

詠史

漢高提劍起，大難遂削平。諒由良平力，外則資韓彭。乃聞淮陰侯，言帝善將將。側想萬人敵，本出項籍上。神武固天授，緊豈無淵源。淵源自信陵，兵法數萬言。當其爲布衣，雅游客張耳。耳昔少年時，曾客魏公子。所以穀城石，僅留侯葆祠。大梁一荒塚，迺歲歲祀之。

漢初學未立，勃興得賈生。其言綜儒墨，學本出荀卿。生年未冠時，吳公置門下。源流經指授，氣質就陶冶。吳公治第一，少曾事李斯。斯學於蘭陵，後貴乃背師。所以生著書，蔚爲王者佐。諸老先生言，竭思不能過。斯也志温飽，僅羨鼠盜倉。一旦禍機發，牽狗悲倉皇。苟能淡寵榮，自可逃秦法。或者佐張蒼，成漢萬世業。

倉海君河人，義出田横右。力士博浪椎，勝慶卿七首。惜哉史闕略，姓字俱莫知。徒令千載後，遥遥想望之。當良在下邳，進履圯上老。宗閥略不展，毋乃太草草。亮惟此數子，慮漢高罵人。沈幾豫韜晦，抗節不肯臣。晨會必先人，蹤迹頗詭異。即此是兵機，豈在立文字。子房善緣飾，黄石與素書。如從赤松游，詎有此事歟。彼商山四公，沖舉奮羽翼。聲名動帝王，終可羅而得。

舳艫蔽江下，赤壁燒曹軍。夷陵八百里，連營竟被焚。周郎暨陸公，天遺助王業。亦緣三吳人，本善火攻法。孫子十三篇，篇名標火攻。占星候箕翼，用火兼用風。時日固有宜，地利亦乘便。艨艟與翳薈，一炬若流電。阿瞞既多詐，又注孫子書。巧者有時拙，一黄蓋不如。

病瘧〔一〕

欹枕廩上。難定〔二〕，秘方求不靈。愁先生隔日，術未學占星。乞米呼庚癸，偷詩防去。甲丁。且驅煩惱去，高卧讀黄庭。

〔一〕刻本以《病瘧》爲「知止齋詩集卷第三」開篇，「卷第三」後又注：「古今體詩一百五十六首。起乙亥病瘧，丙子正月患疹，是秋舉於鄉，赴金山縣閲試卷，遂赴揚州試梅花書院，丁丑應禮部試，由里赴都作。」

〔二〕刻本無此注。

反譴瘧鬼辭

我不召取毉師灸師符詛師，亦不日誦子美花卿詩。瘧鬼勸爾一杯酒，我有一言爾聽之。齊侯若無爾，遄臺何由樂。趙羅不藉爾，定獻子姚幕。何況爾本水帝之子孫，屑屑萬古餘精魂。職司江水神所尊，倏而置我陰厓門。曾冰積雪通元根，跽跼手足連脽臀。腭反舌撟不可捫，忽然東暾槫桑暾。西陟頭痛山無垠，徑度炎土如雷犇。祝融火師相怒吞，沸湯滿杓力士掀。魂往廩爛非炮燔，陰陽二氣胎一洗髓伐毛兼益壽。逝將壘石爲門畿，留女長住此不歸。雲軿雜遝迎女妃，清泉一杯救女饑。手把璀瓈夫容旂，從女吸取日精月華昔昔天邊飛。

元。吹者寒噤噓者温，中有至精綿綿存。我生頑骨不可救，熱腸屢試明堂炙。賴爾九轉神丹成，

長夏逃暑日取史漢讀之偶有所得輒占一絶亦漫不省記矣入秋患瘧伏枕無聊追憶遺忘録存十首〔一〕

硎谷冬瓜實，坑儒往事明。如聞興禮樂，還有魯諸生。魯諸生。

習禮淮陽地，師傅勝渡中。何因設綿蕞，獨讓叔孫通。張良。

持議堅難定，應愁丞相瞋。鄭君違詔者，彼獨爾何人。鄭當時。

力可金張羽，云可賣魏現。如聞《游俠傳》，不數鄭當時〔二〕。鄭當時。

精兵久已盡長平，毛遂區區尚劫盟。驚走秦軍與梁客，解紛終仗魯先生。魯仲連。

無魚便啟馮公口，有酒能降聶政心。買盡山東豪傑士，只銷三十萬黄金。尉繚。

腐儒坑盡爲硎瓜，抱蔓歸來事可嗟。四百餘人同坎後，青門猶有故侯家。邵平。

劍履班聯絶上公，漢家事業起關中。夫人亦有封侯相，爭不心推第一功。蕭何。

帷闥中能制九州，區區平勃想安劉。吕公二女元人傑，姊作真王妹徹侯。吕嬃。

天子徒知皇帝貴，諸生競效聖人稱。子房一笑掉頭去，人各有能有不能。叔孫通。

已值高皇好罵儒，又逢文景尚清虛。致君堯舜真無術，枉讀司空城旦書。轅固。

局促真如轅下駒，東朝廷辯太模糊。田蚡死後當時貶，巧宦終輸汲黯愚。鄭當時，此首專論史公汲鄭合傳意〔三〕。

〔一〕「十」，草稿本《中吕集》作「十二」。

〔二〕此首據草稿本《中吕集》補。

〔三〕此首據草稿本《中吕集》補。

讀三國志雜詠

卓彼管幼安，陋哉華子魚。並坐汙吾席，矧乃登薦書。舉賢以分謗，失節頗自諱。不見魏司空，亦薦漢太尉。右華歆傳。

白馬將軍奮臂呼，七軍同没獨歸吴。一鞭纔免虞翻擊，又向高陵拜畫圖。

三十年來受主知，得歸雙鬢雪成絲。樓船雅會徵歌日，何似昌豨涕泗時。右于禁傳。

毋邱諸葛相隨盡，龍性依然不可馴。彈罷人間廣陵散，當塗從此更無人。右嵇康傳（康附王粲傳中）。

輸作當年徙上方，劉楨平視太風狂。南皮雅會浮瓜日，又令元城拜女王。右劉楨傳。

謇諤真堪媲史魚，上林詞賦陋相如。何當諫罷崇華後，一例分修封禪書。右高堂隆傳。

西軍才報敗猇亭，洞浦旋聞隕將星。從此秣陵無王氣，江南終古小朝廷。右吳志紀

白衣摇艣出奇兵，失計千秋恨子明。九錫纔聞通北使，六軍蚤已詔南征。若教白帝長屯戍，未必黄龍息戰争。它日樓船東下日，荆湘雖在竟何成。右吕蒙傳。

病卧小閣望月〔一〕

簾外虚窗織水紋，窗前老樹滃秋雲。樹頭明月圓如許，不透清光一二分。

〔一〕據草稿本《中吕集》補。

席芍階丈守芬屬題黄花比瘦圖〔一〕

護香香易滅，惜花花易折。折取曼殊花，綰就同心結。綰結連雙鍼，黄花如散金。是郎珍重意，是妾百年心。春花日以槁，秋花日以老。過時不采摘，零落隨秋草。秋草被空庭，秋階冷露零。盈盈當五夜，叩叩禮雙星。迴裾理瑶袖，花不如儂瘦。采采黄金英，何由鑄年壽。壽命紫煙銷，年華錦瑟

凋。花生是明日，花謝是今朝。姬以花朝前一日㘼，無子。秋花不結子，自抱秋心死。擘石寫巴箋，費盡銀河水。無術返花魂，香桃一捻痕。願將冰井月，長浸合歡根。

〔一〕刻本無此詩。

玉簫引

碧落仙人跨紫鸞，臨江斜倚玉闌干。簫聲吹緑洞庭色，幾點九疑生暮寒。天女前宵折佛花，乘雲來到玉皇家。偶經洞府作三弄，吹落碧桃千片霞。

夜坐桂華下

香氣浮林端，露華四垂合。微風吹不動，頂壓金㔶匝。濃芬鬱盤紆，萬縷穿小閣。聞花不見花，鼻觀先吐納。如開新酒甕，緑蛾聚滿榼。中之人自醉，清濁聖賢雜。如聞薝蔔香，未禮七寶塔。金粟影圓滿，覆此皈依鴿。我知無隱旨，宣説效老衲。未能罄一山，或可撮圭合。天花散繽紛，幻戲刻銀蠟。不知黄雪滿，但覺聲颯沓。檻前布金地，白足不敢踏。歸來抱花眠，香界安梵榻。

偶閲吴處厚青箱雜記戲作一絶〔一〕

荆公事事倫新莽，威斗園萎一例看。學罷周公學宣聖，又將論語换周官。沈存中《夢溪筆談》作澡豆，與此小異。

〔一〕據草稿本《中吕集》補。

秋日書懷疊韻三首〔一〕

據梧枯坐學心齋，負戴還欣孟曜偕。釀菊有方貧易辦，蓺蘭無地少逾佳。未甘乞食從彭澤，且擬連床學伯淮。博得慈親開口笑，更無餘事上幽懷。

昨夜秋聲到小齋，清風明月與人偕。半生著屐差爲累，萬事隨人且道佳。耽讀任教呼鈍漢，傭耕何幸作不讀如彪。淮。年來豪氣銷磨盡，絶少牢愁動壯懷。

苜蓿盤空馬作齋，清談聊復故人偕。山難入畫看尤好，詩到無心得自佳。瘧鬼已逃桓鎮惡，眼方初試范臨淮。攜鉏準擬尋仙藥，上壽高堂愜素懷。

〔一〕刻本無「疊韻」二字。

秋原校射

紅葉山中闢射場，天然錦幄四圍張。一聲鳴鏑捎狐兔，五石新弓拓鳳皇。此手雲中翻白雁，有人墓下唱黄麞。由來弧矢男兒事，莫笑書生骨未强。

干將篇[一]

精金躍冶爲干將，大冶咄咄呼不祥。鑄成拂拭吐紅豔[二]，薛燭眡之非良劍。良劍不貴徒屈伸，貴在生死能報人。此劍報生不報死，鑄者定非歐冶子。想當干將鑄劍時，赤皇命燭龍下窺。雷公鼓橐蹲竈眉，陰陽爲炭鑪兩儀。水火既濟交坎離，欲成不成爪髮糜。青白氣竭圓中規，雙龍帖帖貫月飛。雄者匿乃獻厥雌，闔閭闞怒爰戮之。此時兩道犇虹影，便應飛著吴王頸。一片孤兒寡婦心，血腥迸入冰花冷。不然便應深錮南山邊，蒼厓翠壁藏千年。神龍蠖屈亦常事，矧爲知己全其天。胡爲乎精光上見貫霄漢，牛斗斜衝南戒斷。華陰山土西江流，淬就霜鋒各分半。嗚嘑張雷二公非石交，豐城先化同幻泡。茂先寡識躓亂朝，銅駝屹立埋蓬蒿。延津會合雖有日，齷齪已溷凡兒曹。君不見徐君墓樹三尺雪，夜夜寒芒半明滅，中有一點丹心血。

〔一〕草稿本《中吕集》有叙曰：「意有所觸，援筆成篇，非賦實事也。見者勿哂考之未詳焉。」
〔二〕「吐」，刻本作「唾」。

卯酒

三杯卯酒陶然醉，銷盡江南萬斛愁。會得此中真趣在，不將一斗换涼州。
我亦新盟訂麴生，劇憐盞凸照窗明。三升官醞無從覓，此福終輸阮步兵。

讀陳和叔先生東莊遺集〔一〕

滿腹經綸竟未施，遺言猶足帝王師。縱横治水田畯叟，慷慨譚兵杜牧之。知己有誰如狗監，諸公空自媿牛毉。馬周開濟陽城戇，可惜無人佐聖時。乾隆初，有詔求樸直骨鯁之士如馬周、陽城其人者〔二〕，海寧陳相國奇先生，欲薦之，先生辭焉，乃不果。
日正光華月正圓，杞人何礙也憂天。危言自合容平世，遠慮終推議重邊。當日置身千古上，于今回想百年前。長沙痛哭江都策，一樣沈幾燭事先。

〔一〕刻本無「遺」字。《中吕集》詩題下有注：「先生陳姓，名黄中，字和叔，少章先生子。」

〔二〕刻本無「有」字。

説詩

説詩不説詩，乃得詩人恉。温柔敦厚教，可以通治理。申公不多言，願力行何如。王式以詩諫，是以亡諫書。訓故闕不傳，往往得大略。潤色且不肯，矧迺敢穿鑿。申公授弟子，趙綰及王臧。稍稍失師意，制作詩明堂。唐褚雖師式，誦説終見辱。主人歌驪駒，豎子詆狗曲。外此説詩者，嬰悍固則愚。司空城旦誚，毋乃繇是與。韋家父子學，相業亦相等。繼起者其誰，吾將問匡鼎。

山城〔一〕

冬冬街鼓聽分明，知是南風五兩輕。嶺上白雲忙不住，一時和夢度山城。

〔一〕據草稿本《中吕集》補。

雪中小集總宜山房〔一〕

寒鴉點點自呼群，小集寒齋共會文。酒氣絪緼蒸米雪，墨花揮灑化同雲。客來户外拖珠履，人坐窗前唱練裙。春信漸回山意覺，梅花消息已三分。

〔一〕刻本無「小」字。

總宜山房看雪

喜氣迎三白，飛霙遍萬家。松高當竹拜，山好被雲遮。酒量因寒長，歸塗覺路賒。春盤時節近，還就看梅花。

守　歲〔一〕

赴壑修蛇轉怒雷，願教力士拔山回。明知手覺終須放，且看横拖尾段來。

〔一〕據草稿本《中吕集》補。

柔兆困敦（丙子）

病中雜述[一]

春來浹日病纏綿，累得全家盡不眠。夜半呻吟猶未敢，白頭老母坐床前。

細撥櫻桃活火灰，彭亨鼎腹沸如雷。已煩慈母親調藥，更著山妻進藥來。

橋頭問卜索藑茅，暗數金錢細細拋。鈔得繇辭眉已蹙，剛占師卦第三爻。

漸漸膏肓二豎侵，返魂須仗紫團蓡。揭來蓋篋都搜盡，典到閨中約臂金。

斗室香煙一縷縈，三更細語不分明。內中忽露平安字，知是閨人禱佛聲。

心香爇遍氣如絲，爲問痊期未有期。老僕今年過七十，衝泥日日禮叢祠。老僕姚方性至肫篤，事余祖父以來四代矣。

書塾初開供課呈，瀾翻布穀齒牙清。黄鸝欲向上林去，初試新春第一聲。

轉嘆便便富五車，儻教竟死又何如。讀書未必人人誤，終望兒能讀父書。

緣病翻知辟穀方，一句曾未進壺漿。商山芝尚嫌多事，去去欲從張子房。

炯然眸子湛清虚，赢得饃餬病起初。留取一雙如月眼，近來半月不看書。

頗黎琢取水精宫，靉靆圓如日正中。不是借它光有耀，要他遮却一層風。

乍寒乍暖未平分，小坐床頭日又曛。底事春風太無賴，故翻紙帳作波紋。

春風應已遍天涯，欲待扶笻力未加。又恐怱怱花信去，思量健步致梅花。

十死才蘇百病身，嬌兒連榻又嚬呻。幾番欲起渾無力，且學忘情第五倫。

〔一〕刻本下注「丙子」。

二月二日曉夢乍醒聞子規聲甚淒切枕上口占

子規日日到齋頭，唤道兒歸不肯休。今日兒歸何處也，泉臺風雨夜悠悠。

似汝鍾情世所稀，春風下上叫斜暉。人間無限分離苦，盼殺兒歸竟不歸。

哭音保

衰宗神弗佑，奪此好男兒。一病才蘇後，千秋永訣時。憐余無福命，誤汝是庸豎。漫説憑天數，終傷我不慈。

曇花開一霎，愁爾太聰明。巧語人人喜，吟詩字字清。病中吾未死，夢裏汝猶生。慟絶誠何益，中心自不平。

夢音保

已矣今生事，翻嫌入夢頻。忍言兒是鬼，尚憶汝爲人。慧業銷沈劫，靈根悟夙因。金鐶如再到，知否記前身。

吾生

愁與春俱到，吾生合蚤衰。病危真負孝，貧甚最傷慈。忍痛緣親老，吞聲恐婦知。回腸如轉轂，雙鬢已成絲。

感念亡兒寢不成寐案頭適有篋中集一册繙閱數周覺苦雨淒風彌增怮怛雜用其韻以寫悲懷〔一〕

貧賤無慈親，惡歲多枉人。誰歌薤露曲，此曲不忍聞。念我所驕兒，去我杳無迹。春風折蘭芽，一旦忽蕪没。昨宵入我夢，指口苦道饑。攬衣欲就抱，一慟知已非。海水有時竭，兒行歸不歸。炊玉陳糁羹，東房設魂位。明知靈不存，且盡生人意。長風白浩浩，吹雪滿天地。恐增老母悲，欲哭復制淚。爾身尚單寒，爾齒猶童穉。風雪阻泉臺，魂來恐不易。呼爾爾不譍，靈旛動哀次。翦紙爲冥衣，衣成不能寄。

城頭烏夜啼，遥林聞哭聲。伏枕不能寐，惻然傷我情。搴帷影仿佛，顧影不見形。汝母晝夜哭，兩眼幾喪明。今生已如此，不願汝再生。

步出北郭門，言循東麓路。前日風雪中，輿機從此去。纍纍指荒墳，巋然見新墓。兒骨諒速朽，兒魂住何處。落日下平原，蕭蕭白楊樹。

〔一〕刻本作「感念亡兒寢不成寐案頭有篋中集一册繙閲數周雜用其韻以寫悲懷」。

連日風霾梅花將盡叔才忽乘興獨游維摩寺余病未能也歸述清游悵然有作〔一〕

腰脚輸君汗漫游，未知此福幾生修。香融慧日初升地，人立仙雲最上頭。嚼遍清芬迷夢蝶，袖歸寒玉舞潛虯。揭來丈室天花散，試看都消結習不。

争教錯過好春光，强自寬懷更自傷。潦草因緣拚決絶，飄零時候怕思量。即今無賴夭桃放，轉瞬多情亂絮忙。縱使廣平心鐵石，也應作賦怨淒涼。

〔一〕刻本無「忽乘興」三字。

古意二首

著意梳螺髻，留心點絳唇。妝成頻照鏡，不敢問旁人。

纖腰妾自知，下翦復遲疑。一自停歌舞，空箱疊幾時。

答單師白

實筏金繩占地寬，茫茫彼岸總迷漫。罡風吹到修羅剎，始信人天説法難。

廬山東望破頭雲，紫氣童童白氣分。莫道嶺南無佛性，傳衣也自祖庭聞。

不識西來意若何，佛衣交付蜜多羅。豐干到底多饒舌，且學嵩山老達摩。

重有答

罵佛佛不瞋，佞佛佛不喜。觀海者何人，趺跏豎一指。心安塔上鈴，諦觀一刹那。請看須彌山，只如芥子大。

夢中偕友人登一塔塔凡十三級已登其十一矣回視同游則迹都渺余覺寒甚亦凜冽而下〔一〕

千仞孤標勢鬱蟠，平看日月轉雙丸。銀梯躡到初桄易，香界探從絶頂難。未必仙緣無福證，果然高處不勝寒。回頭重向塵寰去，隨分心原自在安。

〔一〕刻本作「夢偕友人登一塔凡十三級已登其十一矣回視同游蹤迹都渺余覺寒甚凜冽而下」。

宿破山寺

高閣嵐光合，空潭月影懸。泉聲春夢碎，佛火罩燈圓。夜静花香發，山深俗慮捐。湛然無起滅，心在四禪天。

碧玉篇并叙

夏六月既望，夜夢入古寺，立彌勒座下，髡髮披衲，捧盋持具，儼然現比邱身矣。驚訝間〔一〕，一老僧循西廊上，手一水蒼玉，狀若珪，背鐫「碧玉」二字，填以金，授予曰〔二〕：「謹藏之。」把臂入殿，伏團蒲上，梵唄聲遏雲。予不解誦經〔三〕，但口唪佛號，起，隨衆繞佛三匝，已，有人唱曰：「參大師。」導入斗室，明窗洞開，檻外澄波浩渺無際，臨檻設一几一榻，紫衣師趺坐榻上。予膜拜之。師曰：「汝有法名不？」曰：「未也。」師曰：「名汝以了觀。」予敬諾。覩師方據几持牙籌作會計狀，竊意高行僧胡效田舍翁態耶。師已知之，曰〔四〕：「汝勿腹誹，出家人忙於在家人，大和尚更忙於衆和尚。汝它日行自知也。」予悚然謝不敏。見室中書甚富，問曰：「此藏經耶？」曰：「皆經史子集也。」問：「僧亦讀群書乎？」曰：「不讀群書，安得通内典也。」語次，有童子年十六七，神采秀慧，來謂予曰：「師召汝。」予曰：「吾師在是，奚事他師爲。」師曰：「余爲此寺總持，汝固自有本師在也。」指童子曰：「此汝兄矣。」予隨童子去，見一僧，狀貌瓌異，酣眠未醒。因問童子日日作何功課？曰：「亦誦經史耳。」問習何業？曰：「作文。」問：「古文耶？」曰：「時文也。」予笑不信，童子取案頭制義數十篇示予〔五〕，若世之塾課者〔六〕。其首篇題爲「君子以文會友」，予拊掌曰：

「我不耐作舉子業，故爲僧，迺爲僧，仍習此耶。」大笑而寤〔七〕。殘燈熒然，恍若有失。念生平夢境，未有若是了徹者，爰作詩紀之〔八〕，以俟異日徵驗焉。

空山無人清磬圓，幽夢忽墮蒼厓巔。拈花手呈彌勒前，金襴法衣學水田。左提軍持袒右肩，窺鏡自視童其顛。西廊尊宿來蹁躚，龐眉黄面高兩顴。贈我一片青琅玕，剡上方下如躬桓。背文碧玉兩字鐫，前身恍惚來竺乾。入門俯伏禮金仙，滿堂梵唄流水喧。繞佛三匝若轉圜，有人導我參戒壇。明窗十二七寶欄，欄前煙波何淼漫。坐中開士方無言，欲動不動非風旛。嘉名錫我曰了觀，洞徹三界周中邊。前歷千劫後萬年，恒河沙數兜羅綿。津梁告疲心孔艱，度人無術砭愚頑。由旬拘盧莫可殫，低眉布算聞微嘆。牙籤插架連屋椽，瑶函瓊笈開嫏環。汝能讀盡四部編，方許汝證天龍禪。重尋本師叩幽關，香龕寶地安且便。支頤攤腹跂脚眠，殷雷呼吸其神全。旁侍童子清且妍，冰雪綽約夫容鮮。覼縷道妙宣真傳，口誦經史如瀾翻。示我世俗文百篇，是心是法何因緣。我能習此自世間，安用鐃舌勞豐干。掉頭大笑魂蘧然，紞如五鼓月滿天。

〔一〕「驚訝間」，刻本無此三字。
〔二〕「予」，刻本作「余」。
〔三〕「誦經」，刻本作「所誦經」。
〔四〕「竊意高行僧胡效田舍翁態耶。師已知之，曰」，刻本作「心竊鄙之，師曰」。
〔五〕刻本無「予笑不信，童子」六字。
〔六〕刻本無此六字。

〔七〕「予拊掌曰……大笑而寤」，刻本作「予拊掌大笑而寤」。
〔八〕刻本無「爰」字。

棲霞阻風

塔杪鈴言替戾岡，果然旗脚轉危檣。荒蘆槭槭戰秋雨，衰柳垂垂空夕陽。鷁不因風先自退，山如欲語笑人忙。支離病骨餘生在，肯逐冥鴻下上翔。

聞江中有應試者遇風覆舟憮然有感〔一〕

如此風波惡，胡爲涉險行。浮沈原有命，得失況微名。縱出黿鼉窟，難爲漂泊情。千金軀可惜，莫抵一毛輕。

〔一〕刻本作「聞有應試者江中遇風覆舟爲之感喟」。

酬蔡二補梅 壽昌並叙

補梅，浙江德清人，予友張椒卿之高第也[一]。年甫弱冠，負儁才，趙季由先生學輶守湖州，試童子軍[二]，補梅以《白桃花賦》、《湖州竹枝詞》三十首爲趙公所激賞，以愛女妻之。椒卿爲予誦其警句，如《詠鏡》云：「攜將紅蓼谿邊過，一路菱花不敢開。」《詠帚》云：「記得前年埽黄葉，風流太守愛山臺。」可想其倜儻不群之概矣。予與補梅素未覿面，椒卿代申彼我之懷，補梅忻然願結神交，以詩因椒卿贈予，予感其意，輒作三章酬之，未知何日得把臂言歡也[三]。

霅川水清泚，虞山鬱嵯峨。乾坤兩閒人，涉足動相左。觥觥張夫子，情懷暢彼我[四]。寄詩慰匡居，遠逐鴟夷舸。開緘諷嘉言，清越兼帖妥。上言勵志節，觀物陋幺麽。下言當飛鳴，振翮慎推墮。我生寡朋儔，蚤歲足坎坷。相期拾瑶草，幸免謿飯顆。前楹寒鞠榮，淩霜燦雙朵。

覿日登泰岱，尋河遡崑崙。不到絶頂地，安知衆所尊。賈生年弱冠，上書數萬言。憂樂繫天下，舉念安黎元。生才固傑出，緊豈無淵源。方生未登朝，乃出吴公門。君今覯良會，冰叟守大藩。醇儒作良吏，緒訓陶甄存。他時振逸轡，草野覘經綸。毋徒事章句，道義古所敦。

鯫生秉微尚，博辯騁雄快。豪氣看寶刀，虚名困天械。涉江駭曾波，渡海濺驚湃。青冥靶詎紓，白鶂羽長鎩。揭來道味腴，始受孔子戒。方知日月寬，未覺天地隘。學勤疲十駕，心夷少五噫。立身慎脂韋，處世簪剛夬。遥遥聲氣通，有似珀取芥。庶幾相雕鐫，願勿廢菅蒯。

〔一〕「高弟」，刻本作「弟子」。

〔二〕刻本無此四字。

〔三〕「椒卿代申……把臂言歡也」，刻本作「補梅以詩因椒卿贈予，感其意，輒作三章酬之」。

〔四〕「情懷」，刻本作「懷情」。

林桂舟師招同門下士作消寒小集即席敬呈〔一〕

後堂絲竹雨中喧，桃李欣看聚一門。河濟並容滄海大，徂徠也傍泰山尊。寒銷夏屋裘應卸，人坐春風氣自温。明日片颿三泖去，客中小别亦銷魂。胡石夫、周味菘諸子將返吴門。

〔一〕刻本題作「林桂舟師招同門下士消寒小集即席賦呈」。

調周嘯霞茂才偶疊前韻〔一〕

乍聞春滿石家園，蠟屐衝泥早敂門。行雨定教神女妒，品花終讓牡丹尊。當筵顧曲知無誤，小坐餘香尚自温。宣説一番無隱旨，維摩雖病也銷魂。

〔一〕刻本無此首。清稿本上有浮簽：「《調周嘯霞》一首不寫。此條首見，故將姓名茂才四字補於《嘯傲圖》上。」

題嘯霞煙霞嘯傲圖並引〔一〕

嘯霞居士抱清曠之才，足煙霞之癖，潘文樂旨，羊體嵇心，奄擅其勝，與予同出唐陶山師門下，癸酉秋相遇秦淮水榭〔二〕，今復快聚柘湖官舍，花邊理曲，酒底論文，致足樂矣。甫訂新交，俄成小別，因出斯圖屬題，用綴蕪辭，聊當泥爪，他日空山譚道，據梧理琴，定當相視而笑也〔三〕。

十年前誦驚人句，想見霞標起赤城。蘭譜漫叨陪雁序，菭心早已證鷗盟。白門秋老花無恙，黃浦潮歸月有聲。彈徹移情水仙操，海山深處悟前生。

煙雲過眼易饃餬，無數霞光繞柘湖。纔絜新尊浮緑蟻，又添別緒唱《驪駒》。衝寒勞我懷中刺，長嘯輸君市上壺。他日蘇門相問訊，鸞聲猶似舊時無。

〔一〕刻本作「周嘯霞茂才儁煙霞嘯傲圖」。
〔二〕刻本無「水榭」二字。
〔三〕「花邊理曲……相視而笑也」，刻本作「因出斯圖屬題，用綴蕪辭，聊當泥爪」。

柘湖釣魚詞時在桂舟師金山署中襄閲試卷

料峭西風水國寒，柘湖東接海迷漫。莫言徹底魚能數，如許波深下網難。
新署頭銜作釣徒，蘆花如雪易饃餬。沈吟便欲收竿去，恐有驪龍未吐珠。

雪霽行丹徒道中

初融微雪靜飛沙，恰喜看山坐小車。塗附輪真生四角，路荒人欲誤三叉。高風影急銜蘆雁，落日林昏啄肉鴉。歲晚天心厭馳逐，旅人何事不還家。

雪後登北固樓

孤游淩積雪，高閣倚斜曛。玉琢南徐樹，囊探北固雲。寒光千里接，人語九天聞。歲晏不歸去，空令客思紛。
晴雪壓危巒，憑闌得大觀。濤聲吞鐵甕，山勢走銅官。很石千秋在，長江萬古寒。傳聞酒可飲，買醉且盤桓。

丹陽夜行

車聲聽歷轆，南繞練湖陂。雪浪浮千疊，銅輪隱半規。林光疑宿火，人影認殘碑。嘆息歲云暮，馳驅空爾爲。

征人自有程，衝夜過嚴城。欺雪月無色，打冰風作聲。厓㰦千尺迴，路入半空行。漸向寒郊去，荒雞正亂鳴。

卷四〔一〕

〔一〕刻本卷四自《微雨》始。

計偕集

强圉赤奮若（丁丑）

擬古〔一〕

黄鵠性耿介，超然謝塵氛。朝披洞庭霧，暮玐天門雲。逝與隨陽雁，逍遥窮八垠。群雁志粱稻，形影下上分。黄鵠引領顧，悲鳴呼其群。群雁俯而啄，千呼如不聞。乘危得一飽，交頸意悦忻。邪揄謂黄鵠，笑爾空辛勤。黄鵠去不顧，振翮淩蒼雯。物理各有適，焉用徒糾紛。

〔一〕刻本下注「丁丑」。

辭家

飄然解帶出蓬廬，席帽行縢上鹿車。一第詎爲榮世計，十年曾讀濟時書。敢因干禄違遺訓，留得初心慰倚閭。爲問山茨猿鶴侶，蒼生屬望定何如。

放舟

一笑長安去，扁舟汗漫游。東南望吴會，西北有高樓。書劍輕齎便，年華逝水流。會當淩泰岱，放眼看神州。

渡江

春色蓬蓬遠，江流淰淰平。煙開千樹迴，日暖半帆明。去燕時回睇，因風欲寄聲。家山花正發，何似廣陵城。

高郵阻風

清晨雲涌霧羃湖，舟行恍入壺公壺。榜人衝霧走十里，霧散雲收日垂珥。揭來午飯高郵城，檣烏作作微有聲。須臾東風動地至，百丈勢與洪濤争。是時長淮見光怪，塵沙澒洞浪澎湃。桐柏支祈掣鎖逃，甓湖老蚌張膕拜。天地黯黮蛟龍愁，陽開陰合構蜃樓。植椿纜舟日正昃，惡浪顛風行不得。我欲拔劍呼豐隆，更欲伐鼓馮夷宫。朝廷令甲急轉漕，舳艫銜尾來江東。風濤如此阻期日，得毋宵旰勞宸衷。况今桃花水異漲，畚鍤處處防河同。軒軒擺碇怒不息，晝夜搶險難爲功。河堤一旦有蟄陷，民命凋瘵神羞蒙。風師川后肯垂聽，爲我電埽開氛雺。逢逢打鼓發船去，銅輪晚射湖波紅。

袁浦

公路屯兵處，淮黄此合流。波平高堰樹，春到楚州樓。轉漕期方迫，防河策已周。魚鱗千萬户，無計避陽侯。

四望

六塘橋外路，四望倚危岡。土入徐州赤，雲生大澤黄。高原愁雨少，下地急河防。端賴賢良吏，綏循著善方。

邳州紀事

嚴城旌旆閃暾紅，持節歸來漢上公。已肅官方登白簡，更陳民瘼達蒼穹。阻饑自切唐堯念，活命終資富相功。試望荒原生意轉，垂楊萬樹帶春風。

秕穅雜和樹皮春，誰匿偏災不告凶。議罪條難寬執法，蠲租符亟發司農。鴻嗸聲尚盈阡陌，鳩集恩先下九重。父老莫愁苛吏在，春來雨露自天濃。

西來山勢接彭門，圯上千秋履迹存。白日暉沈芒澤大，黄流聲挾吕梁渾。時平未改屠沽習，地險終虞盜賊尊。且賣佩刀多買犢，汝曹端莫負皇恩。

下邳懷古

慶卿七首漸離築，絶技流傳到博浪。一擊遂教秦鹿失，十年終見祖龍亡。獨將秘記師風后，假託陰符佐漢皇。赤舃丹藜圖像古，隔儒吾笑孔文祥。

赤兔嘶風怒未平，白門樓下水縱横。英雄多爲妻孥累，反覆曾無父子情。縛虎肯容時少緩，連雞畢竟事難成。公臺枉爲温侯死，可惜知人鑒不明。

日昃腹枵投廢寺午飯感成一律〔一〕

院後開羊肆，龕前剉馬薪。荒墟喧趁集，古佛冷看人。脱粟登盤貴，巡檐乞食頻。黯然投箸起，三嘆爲流民。

〔一〕刻本作「日昃投廢寺午飯」。

劉靈墓〔一〕

一片荒墳葬酒星，土花猶帶酒痕青。生當易代天難問，死便長埋地不靈。作頌肯陳司馬德，解醒寧屑婦言聽。三閭慟哭先生笑，一樣孤忠異醉醒。

〔一〕「靈」，刻本作「伶」。

滕縣道中花生日和吴惠欽同年廷鈐韻〔一〕

斜風細雨度芳辰，漫説花開白似銀。人别江南方是客，天高淮北不知春。空教猿鶴多相怨，敢信文章自有神。莫笑出山成小草，樗材只合作勞薪。

〔一〕刻本作「花朝滕縣道中和吴惠欽同年廷鈐韻」。

滕文公祠

溝澮經環尚儼然，齊梁誰似此君賢。天心久欲除封建，古制何由復井田。卜正自隨周室替，岐陽難效昔人遷。祇餘野老陳芳醑，祠廟千秋託一廛。

冒雨行五十里暮宿南沙河〔一〕

淮沂二月寒猶緊，漠漠川原無隰畛。陽和不見春光回，跋涉何堪陰雨窘。風寒枯樹叫餓鴟，天曠平蕪下饑隼。蕭蕭急點濺帷裳，漸漸衝波没箱軫。荒墟杳杳巷無人，前路漫漫日將盡。雨行誰恤臧紇聖，痁作真同趙羅麋。陷泥車似曳尾龜，傍水村疑布空蜃。低頭茅屋且復休，洗脚繩床吁可哂。燎衣瑟縮僵癡蠅，疥壁欹斜走蟠蚓。空腸得酒轉轆轤，伏枕哦詩擢肝腎。夢醒轉訝風雨急，馬齕殘芻脱韁靷。

〔一〕刻本作「冒雨宿南沙河」。

伏枕

伏枕不能寐，高堂正倚閭。遥知江上信，已達潤州書。月黑宵傳檬，霜清僕守車。好祈今夜夢，安穩到吾廬。

鄒縣道中

蕭然襆被一身閒，九點齊煙入望間。閉置車中似新婦，何如驢背看春山。〔一〕
鞭絲席帽趁新晴，夾路桃花照眼明。飽看魯南好山色，茲游元不負平生。
東來山勢接滄溟，極目峰峰未了青。説與村人渾不解，斜陽何處問雲亭。
巑岏葛嶧對龜蒙，禹迹秦封想像中。下有魯諸生誦説，不知誰是叔孫通。
穀城書在終何補，梁甫吟成願竟虛。脱却寶刀事琴瑟，揭來漸近聖人居。

〔一〕刻本無此首。

謁孟子廟

葛嶧鍾神秀，巖巖氣象存。七篇明性善，三聖接心源。荒怪談天衍，俳優炙輠髡。蘭陵推祭酒，遷史漫同論。邪説排楊墨，微言闡孔顏。神功侔大禹，廟貌傍尼山。笠澤陳書切，盱江異論删。參天松柏影，仰止企賢關。

道旁見杏花一株嫵媚可愛感而賦此〔一〕

春冰乍碎鏘瑶玉，冷鎖峰尖含黛緑。嫣然紅暎一枝明，絶代佳人在空谷。晴沙浩浩波粼粼，川平野迥無行人。穠姿逸態孰見賞，令人却憶江南春。江南二月春正好，月影交横亂萍藻。孤負花前醉百觴，漫勞遠走長安道。長安碎錦城東開，石壇高倚紅雲裁。繁華寂寞休相妒，一樣天工費翦裁。

〔一〕刻本無「見」字。

中山店題壁

柳梢圓魄翦刀風，暢好清游二月中。山色初晴加倍緑，桃花將放自然紅。且抛愁緒酬歡伯，那有心情唱惱公。無主春光無奈夜，伯勞飛燕任西東。

過兖州

東來洙泗繞林坰，南指龜梟列畫屏。古殿不存春草緑，危樓長倚嶽雲青。桑麻平野開千里，秦漢遺文守六經。何日西行夢丹漆，金絲擬向壁中聽。

柳下惠墓

和風吹壠氣春温，遺直猶看斷碣存。死後一抔留敵國，生前三命阬臧孫。雷災宗祏天難問，謚定賢妻道始尊。太息東陵殊臭味，參辰難使薄夫敦。

西楚霸王墓

碭礉關外野茫茫，繫馬荒岡拜憤王。萬古疑寃戕義帝，一篇本紀代秦皇。驚飈晝起彭城黑，落日暉沈大澤黃。圖籙已交亭長去，可憐三户定天亡。

竟把頭顱付馬童，大王真不愧重瞳。一雙璧碎鴻門白，三月灰殘閣道紅。真主儻教擒霸上，建都何必定關中。江東父老吞聲哭，眼看龍顔唱大風。

亂山如玦月環營，數闋虞兮恨不平。豎子空提三尺劍，而翁幾作一杯羹。愁聞夜帳雞鳴曲，猶勝深宫雉雊聲。同是楚歌悲忼慨，戚姬舞罷淚縱横。

陰陵失路指驚瀧，隻手難將九鼎扛。百二河山歸赤帝，八千子弟散烏江。漢宫綿蕞方行禮，魯國弦歌未肯降。畢竟腐儒公道在，穀城終古勢硿谾。

京索成皋戰局收，伊廬還借故人頭。當時諸將誇功狗，異日庸奴笑沐猴。千古中原争鹿野，一條遺恨畫鴻溝。漢朝陵墓多風雨，渭水東流日夜愁。〔一〕

〔一〕刻本無此詩。

宿東阿舊縣〔一〕

峰影千重合，村煙一抹平。廢營尋尹卯，危徑塞夷庚。止濁膠無力，居人多售阿膠者〔二〕。燒畬石可耕。唱籌中夜喟，誰自壞長城。

〔一〕刻本無「宿」字。

〔二〕刻本無此注。清稿本此詩有浮簽：「居人七字不寫。」

舊縣夜發

半夜衝寒發，荒村叫曙雞。風回深谷冷，天入亂山低。明月聞魚梵，清霜蹙馬蹄。車鈴摇夢醒，已過萬峰西。

東阿懷古

偶託微詞諷洛神，楚騷哀怨比靈均。君王自有傷心事，肯向黄初賦感甄。

車中謡

郎當郎當君，馬白臣馬蒼。君馬駕飛黄，臣馬亦上襄。朝涉水，蹄凍僵。暮陟阪，項脱韁。朝朝暮暮不惜力，但願送君置君日月旁。山有木兮津有梁，求之不得兮我心内傷。獨漉獨漉，車兩輪，八尺轂。馬四蹄，一斗粟。胡爲乎使我朝不得休，暮不得宿，朝驅車輪碌碌，暮驅車蹄逐逐。蹄乎毋摧輪乎毋覆，短衣至骭猶可續，彼哉夷吾歌育育。

高唐曉行

百舌呼風燕語輕，齊音歷歷聽分明。綿駒死後何人繼，撥盡鵾絃調未成。

尋九河故道悵然有感〔一〕

胡蘇亭下暮煙平，屯氏河邊葭菼生。遂使宣房功獨絶，祇今碣石辨難明。馮逡書奏終無補，賈讓才高竟不行。驅馬古鄃城畔過，何人更憶武安名。

〔一〕刻本作「尋九河故道」。

東方朔故里

蚩尤中夜衝天起，太白光芒射西畤。東方失却蒼龍精，天遣歲星佐天子。兩人舁策金門來，一讀一乙月兩回。天子大臣合殊禮，毋令徒索長安米。齒如編貝目若珠，臣朔迺肯同侏儒。隴西良家亦待詔，先生不受期門號。伏日肉等蟠桃偷，細君一粲阿母愁。揭來大醉溺殿上，有眼那識孫丞相。傅鞴何人入殿中，謁者傳呼主人翁。朔來朔來辟交戟，先帝當年此前席。請鑒九市陳六符，甲乙之帳焚通衢。天子冁然可其奏，臣朔再拜前上壽。功成騎箕報高皇，猶恨生不烹弘羊。吁嗟乎，文成已食馬肝死，颯颯秋風渡汾水。腐儒纔進封禪書，宮中報掘桐人矣。歲星在旁十八年，羽衣海島方求仙。

矍鑠精神想潞公，指揮河北領元戎。貝州談笑擒王則，何似平淮第一功。

偶書

山左懷古十首

武城高嶺鬱崔嵬，會試牛刀禮樂才。吳地兵氛銷北向，尼山化雨盡南來。先生屋外春常滿，處士廬邊徑不開。從古烹鮮同一術，豈容陽鱎上琴臺。弦歌臺〔一〕。

仙雲幻出化人城，千古風高吏隱名。蝴蝶夢回香一國，髑髏人語月三更。波臣東去濠梁闊，河伯西來櫓堞平。猶有屠龍心事在，荒原劍氣繞縱横。漆園城〔二〕。

大航孔壁盡傳疑，劫火燒殘剩古祠。百代帝王尊博士，一家兒女作經師。硎瓜議已逃秦網，綿蕞人方習漢儀。獨抱遺編傳萬世，天留此老到期頤。伏生祠〔三〕。

坐鎮全齊七十城，堂皇曾此拜先生。力開一代循良治，獨擅三年宰相名。醇酒全銷功狗氣，楚歌難和野雞聲。安劉畢竟非公等，空使清言誤召平。蓋公堂〔四〕。

漢家四百年天下，一片荒臺萬古青。落日陰森啼大鳥，中垣芒角動台星。金銀氣避純臣節，暮夜聲聞上帝庭。回首華陰西去路，愁雲深鎖夕陽亭。四知臺〔五〕。

高車遥式鄭公鄉，書帶離離接禮堂。一代名卿多北面，千秋經學倡東方。潛銷兵氣安青部，獨證元心夢素王。太息慈明虧晚節，無雙應愧擅高陽。鄭公鄉。

白雲終古繞雲亭，直壓城樓入杳冥。吴會遥分雙匹練，乾坤中劃一條青。西來紫氣浮霄漢，南去蒼梧倒日星。投老浣花堂上住，猿聲哀抑不堪聽。嶽雲樓〔六〕。

巀嶭穹碑勒顯忠，甘棠亭畔扇仁風。十三策定安邊議，百萬人思活命功。蓋世勳名垂漠北，補天荒政在京東。范泉此去無多路，合絜新尊祀兩公。富相亭。

蘇李當年此地游，平生逸氣未全收。使君日下無雙士，散吏山東第二州。天驥不辭霜雪險，孤松合與棟梁謀。後雕心事譚兵舌，一曲伊涼萬斛愁。歲寒亭〔七〕。

北臨濰水想淮陰，西望雄關霸業沈。遥指南雲鐫馬耳，欲傾東海洗蓬心。江湖十載龍蛇駛，風雨重來杞菊深。譜就木蘭花一闋，笛聲時作水龍吟。超然臺〔八〕。

〔一〕草稿本《中吕集》「弦歌臺」後注云：「東昌府武城縣西上有子游祠。」

〔二〕草稿本《中吕集》「漆園城」後注云：「曹州府菏澤縣西南故冤句縣北。」

〔三〕草稿本《中吕集》「伏生祠」後注云：「濟南府鄒平縣東北。」

〔四〕草稿本《中吕集》「蓋公堂」後注云：「青州府諸城縣，東坡有記。」

〔五〕草稿本《中吕集》「四知臺」後注云：「萊州府昌邑縣東北。」

〔六〕草稿本《中吕集》「嶽雲樓」後注云：「兖州府城内古兖州城樓，杜工部登此賦詩，後樓毁，遂呼其故基爲杜甫臺。」

〔七〕草稿本《中吕集》「歲寒亭」後注云：「泰安府東平州治，宋待制李誠之建，與東坡會飲於此。」

〔八〕草稿本《中吕集》「超然臺」後注云：「諸城北城之上，東坡守膠西，因舊臺而新之，潁濱名之曰超然，東坡作記。」

董仲舒故里

漢代論儒術，先生學最醇。嘉謨媲伊吕，對策闡天人。屢作驕王相，誰知鴻筆臣。我來下馬拜，開閤恨平津。

漫河題壁

宣防虚費水衡錢，欲鑄黄金作石填。莫把荒唐笑五利，治河除是仗神仙。

過河間

春風吹遍柳條青，來上瀛洲第一亭。地接神京依紫極，天高勃海俯滄溟。灤邊鳥静飛都懶，城上烏啼夢易醒。我已無錢輸奼女，那堪榆莢更零星。

河間懷古

漢帝崇儒術，賢王翊贊功。雅音存樂部，古禮出淹中。策對三雍辨，身兼六藝通。淮南空好士，叢桂起秋風。

鄭州〔一〕

遼宋紛争日，巖疆此作門。至今陂淀際，應有國殤魂。壞壘千秋在，歸墟百貨喧。夕陽蘆渚外，漫畫尚翩翻。

〔一〕「鄭」，清稿本作「莫」，誤，據刻本改。

鄭州雜詠

瓣香虔禮藥王祠，願乞刀圭服上池。洗髓伐毛容易事，名心一點可能毉。

羖𦈡河邊飛上天，生來兒子總癡顛。高家婦女都奇絶，莫更傾城怨小憐。

雄關屹立仗奇謀，賓佐當年載酒游。今日太平無界限，月明風定蓼花秋。

趙北口

連橋宛宛策征驂，水似琉璃樹似篸。隔岸孤帆疑鷺白，際天新菼暎雲藍。塍浮方罫陳根露，灘覆團瓢淺漲涵。除却驚猋飛十丈，風光差不異江南。

龍潭鯉瀫勢縈紆，燕趙中央此奧區。落日魚鰕登亥市，春風楊柳接丁沽。無邊莽蒼山如礪，不定煙波屋似鳧。誰繼道園陳水利，東南民力或全蘇。

雄縣懷古

龍舟西上指燕山，日薄虞淵竟引還。從此幽雲長不復，千秋遺恨瓦橋關。

涿鹿懷古

畫角龍吟雁幟舒，辰星長護縉雲居。鏠旗氣散蚩尤霧，凹字城開帝頊墟。日落金臺高巇嵲，春來桑蓋影扶疏。滔滔涞水清如此，不見仙人赤鯉魚。

易水懷古

東宫池上抛金丸，珍羞絡繹進馬肝。華陽美人鼓琴罷，纖手一雙盛玉盤。丈夫意氣感知己，誓將一死酬燕丹。回風蕭條易水寒，壯士瞋目髪指冠。登車一去不返顧，白虹貫日雲漫漫。羅縠單衣裂而絶，背上鹿盧負而拔。祖龍不合死今年，八尺屏風劍尺八。木烏生足鬼夜愁，血殷衍水聲啾啾。督亢終歸吕政手，只憐枉斷於期頭。噫吁嚱，夏扶宋意不足遣，舞陽鄙人顔色變。徘徊不發待客來，可惜不逢魯句賤。

督亢陂

月池漭漾繞菰蒲，池畔荒亭問有無。巨浸儻疑奚養澤，秦宫久失督亢圖。秋風穲稏翻紅稻，春水淪漪浴白鳧。太息裴公遺迹在，誰將舄鹵變膏腴。

樓桑村

葆蓋長飄薊北雲，樓桑人豔指榆枌。千秋正統歸炎漢，一代英雄讓使君〔一〕。徐沛艱難經百戰，荆梁草創限三分。錦官城外祠堂柏，髣髴靈旗倚夕曛。

〔一〕「一代」，刻本作「天下」。

涿州道中

鬱鬱晴沙擁麗譙，峨峨雙塔聳層霄。黄塵匝地迷灰洞，白浪排空壓石橋。祇有虚名憐郭隗，更無靈氣惜燕昭。晚來浴馬潭前過，嗚咽寒風怒未銷。

戲成[一]

鳳池古院已無存，舞散天魔日又昏。不見文殊淡妝好，空餘殘月寫眉痕。

〔一〕刻本無此詩。

琉璃河[一]

琉璃河外曉煙霏，沙渚蒼茫野水微。橋畔鴛鴦在何許，春來雙燕掠波飛。

〔一〕刻本無此詩。

望諸君墓

千秋絶調報燕文，遺恨先王竟不聞。一自蒯生流涕後，更無人吊望諸君。

良鄉道中

塔岡突兀倚晴空，堤外垂楊帶曉風。三輔暖浮春草緑，五雲朝傍日華紅。煙嵐窈窕開青嶂，古館蒼涼問紫濛。拂拭征塵豪氣斂，觚棱遥指鳳城東。

度盧溝橋

西山横翠馬頭迎，脚底桑乾疊浪生。萬國梯航從此集，九天閶闔望中明。虹橋迢遰三千丈，仙閣參差十二城。曉月低迷春影麗，葱蘢佳氣指神京。

微　雨〔一〕

條風扇春城，一雨洗積坱。游絲罥落花，帖帖不敢上。甘滋潤土膏，滲漉滿盆盎。嘉樹含新荑，幽禽弄圓吭。檐牙乍吐溜，日脚已射幌。西山晚氣涼，排闥送清爽。野人愛幽討，本畏嬰世網。揭來走長安，饑驅掉塵鞅。燕郊雨絶少，如露掬仙掌。筋骨苦不舒，濯纓發遐想。頗憶江南春，煙波渺平壤。夢回風打窗，猶疑楔槔響。

〔一〕刻本下注「丁丑」。刻本卷四自此詩始，刻本卷四下注：「古今體詩九十八首。起丁丑會試下第，游大梁，應史望之先生聘，課其三子，戊寅，仍客大梁作。」

登黑窯廠

野鳬潭畔試躋攀，景物蕭疏鄠杜間。雲氣迢嶢開北闕〔一〕，煙嵐窈窕見西山〔二〕。盈眸玉沼新荷動〔三〕，回首金臺落照殷〔四〕。十丈紅塵冠蓋里，登臨能得幾人閒。

〔一〕「迢」，刻本作「岧」。

〔二〕「見」，刻本作「帶」。

〔三〕「盈眸」，刻本作「愁看」。

〔四〕「首」，刻本作「望」。

張鹿樵閣讀大鏞屬題種松調鶴圖

撫松恨不千尺高，放鶴恨不萬里翱。松心鶴骨自脩逸，肯溷齷齪凡兒曹。鹿樵先生大羅客，柏臺烏府承遺澤。節似孤松傲雪蒼，心如野鶴臨霞白。廿年管領清華班，五雲書判天邊頒。直廬閟邃足吟嘯，夢魂只繞江南山。天衢日日馳飛鞚，丹山苦欲羈鸞鳳。偶憶哦松聽怒濤，閒思養鶴分清俸。數椽卜築城南隅，一年休沐五日無。息壤有約久不踐，揭來豫寫看雲圖。晨興紅藥翻階蚤，夜深麻敕挑燈草。松在盆中鶴在籠，何如偃蹇山林好。先生掉頭歸去來，黃庭芝草呼龍栽。萬松書院參天色，好撥仙雲待鶴回。萬松書院在破山寺側，今故址尚存。

下第後作

文章得失寸心違，疏越遺音賞詎希。漫説坡公知李廌，祇應永叔黜劉幾。籠中病鶴氋氃舞，江上閒鷗浩蕩飛。巖嶫黃金臺已圮〔一〕，京華雖好不如歸。

〔一〕「已圮」，刻本作「下路」。

送梅江南歸

春明門外餞春天，同對飛花各黯然。此地客今餘幾輩，重來君又遲去聲。〔一〕三年。家貧漫説名心冷，母老仍愁望眼穿。苦欲相留留不住，渌波一櫂孝廉船。

鯉魚淀畔水冥冥，還向來時驛路經。嶺上雲心知客懶，道旁柳眼爲誰青。煙迷薊北春難駐，人到江南夢不醒。多少青衫淪落感，琵琶猶自泥人聽〔二〕。

擊筑聲殘惱不支，且沽滄酒盡金巵。藏懷刺恐三年滅，敵手棋偏半著遲。笛裏關山愁月缺，客中情緒怕親知。短書便擬憑君寄，争奈全枯筆一枝。

〔一〕刻本無此注。

〔二〕刻本無此詩。

沈華𠫊同年毅索米圖

人生識字憂患始，用東坡句。餓紋隱隱成從理。誦得二十二萬言〔一〕，臣朔固應饑欲死。沈子鬑鬑三十餘，玉立戍削仙儒臞。成均拔萃不見省，饑驅三載顔色枯。昨歲登賢書，仍復困公車。空腸轆轤不可療，解謿聊寫索米圖。闒吏索税官索租，皤腹大賈工索逋。破書百卷煑不得，轉向人索毋迺迂。況復長安冠蓋地，尺瓊尋桂憂空匱。夢醒黄粱熟未曾，飽餐白粲談何易。細君書札寄長安，報道晨炊無米難。賃舂但免棲皋廡，割肉何勞費大官。吁嗟乎，奉粟一囊錢二百，曼倩當年猶執戟。君今通籍知何時，那怪家儲無儋石。君不見城東漂母哀淮陰，一飯他日酬千金。又不見淵明乞食宰彭蠡，折腰僅爲五斗米。咄哉腐鼠盜太倉，安得竹實養鳳皇。腥羶寧死不肯食，下視百鳥何其忙。冥鴻高翔貴及早，莫向風塵覓粱稻。負米歸來慰倚閭，何如饑走長安道。余亦將爲梁宋游，飽喫青精拾瑶草。

〔一〕「三十二」，刻本作「四十四」。

邵蘭風上舍廣銓招同程心宇孝廉定謨季上圩布衣士訢華麐惠欽兩同年置酒話别即席口占留贈

白雲出岫與心違，又勒微風不放歸。窮鳥離巢仍漠漠，落花辭樹故飛飛。飄零似我身安託，去住依人計總非。同是天涯淪落客，那堪把酒對斜暉。

將有大梁之行作書寄家人疊韻三首

迢迢鄉國三千里，便是空函達亦難。若得萬金歸去矣，那須一紙報平安。明知花種當歸好，衹恐歸時菽水難。昨夜夢醒雙淚落，白頭老母説平安。飛蓬漂泊更無端，此去行蹤豫定難。遥想燈前小兒女，夜深猶自憶長安。

出都

浩然辭都門，鬱鬱誰與適。言從鄒枚徒，逝訪監門宅。群公動咨嗟，頗爲飄生惜。故人攬衣袂，欲語情脈脈。豈不念恩私，豈不樂昕夕。男兒名不成，去住總爲客。六街天風來，詄蕩九門闢。玉河靈波深，滉瀁通太液。出壑無縱鱗，排雲乏仙翮。枯魚轍既涸，窮鳥木安擇。揮手謝諸公，且復事行役。回首望西山，五雲絢丹碧。

昔我初來時，新緑萌垂楊。今我恝然去，二麥倏已黄。抽絲繭自縛，旋磨蟻自僵。日輪縱可繫，安得長繩長。驅馬西南行，林巒鬱相望。鳴蜩聲嘒嘒，百草久不芳。道旁積行潦，欲濟愁無梁。長征自兹始，落日下大荒。疾風吹浮雲，奄忽飛鳥翔。仰天發長喟，我比浮雲忙。

西上盧溝橋，行行屢回顧。天開恒嶽雲，煙鎖薊門樹。桑乾水剽疾，飛鳥不敢度。驚猋撲面來，黄埃四垂布。伸手不見指，矧迺覩五步。我車既攲傾，我僕亦顛僕。老馬迷前途，哀鳴如有訴。逸足思追風，合被皇天怒。微命猶力争，虚名每自誤。左左嘆路窮，冥冥又日暮。

日暮塗正遠，解裝投荒村。集衣塵一寸，目眩亡精魂。昏燈剔無焰，臭飯炊不温。土床展襆被，心亂夢亦繁。上念倚閭母，半載違晨昏。下念素心友，何時共酒尊。進不膺組紱，退不守邱樊。側身天地内，更欲投何門。冥鴻失其侣，落葉辭其根。辭根得新枝，失侣銜舊恩。江湖易失墜，常恐波浪翻。明發驅車去，襟袖餘淚痕。

涿州道中

驅車過涿鹿，攬轡登危橋。巨川會淶易，巖鎮環燕遼。聖朝大無外，函夏煙氣銷。雄關慎筦鑰，億載崇岧嶤。行行折西南，原野何寂寥。班馬求其群，悲鳴風蕭蕭。深箐嘯狐鬼，祆廟藏山魈。太陽一以照，罔兩不敢驕。敬謁桓侯祠，緬想英雄標。雲龍既契合，勳業遂炳昭。惜哉李將軍，射虎琱弓弨。數奇不受賞，麟閣圖票姚。

大激堡

道經大激堡，有水何清駛。回向道旁人，借問此何水。道旁人不識，但指橋上碑。碑上字歷歷，請君自讀之。下車捫穹碑，碑是土人立。云是康熙年，建橋萬金集。但紀土人姓，不載此水名。落日橋上立，流水嗚咽聲。

道旁謡

深一丈，道右川，高一丈，道左田。一丈深，水嗚咽，一丈高，龜紋裂。挹此一寸二寸之清波，注彼千頃萬頃之陂陀。噫吁嚱，萬牛回首挽不動，挽田之難難於挽天河。

道上怗怗黄塵飛，田中歷歷小麥稀。道上雨一寸，田中雨如噀，行人安穩居人怨。田中雨一犁，道上滑滑泥，居人歡喜行人啼。居人憂旱塊，行人嘆獨漉。不聞行人笑，但聞居人哭。噫吁嚱，安得剗田使低道始平，有駒可駕犢可耕。

保定道中

鈴鐸聲中曉氣清，濃陰成幄四圍平。黄雲卷盡緑雲繞，十里棗花香入城。

燕南

燕南趙北樹冥冥，戰伐千秋此地經。礪石當年成虎踞，陣雲終古帶龍腥。沙横大道無邊白，山劃中原不斷青。閒上高臺看兩戒，幾回含醉撫青萍。

定州懷古

威名蚤歲懾西羌，移節重開閲古堂。一代元勳安社稷，四朝遺老鎮巖疆。神功已慰三農望，晚節還占九月芳。他日歸來榮晝錦，平泉贏得大文章。

黨人朝局又重翻，誰遣擠排守北門。已分七年投嶺海，尚留一疏叩天閽。閒情且著松醪賦，逸興仍銘雪浪盆。遥指太行來突兀，雲車風馬迓忠魂。

過定州

荒墟過盡見平疇，餅餌香中入定州。麥氣蒸天黄霧涌，槐陰匝地碧雲流。登場喜見呼群雀，久旱新聞唤雨鳩。昨日保陽城畔過，火雲如繖正當頭。

正定懷古

擊筑聲中廣讌陳，瓔揚反側帖然馴。群雄尚未歸真主，兵法應須用美人。高會漆園纔幾日，外家金穴已成塵。君王自念微時劍，虛占椒風第一春。

征婦怨〔一〕

文鴛比翼願難酬，飄泊飛蓬不自由。寄語京華諸姊妹，等閒休上舊妝樓。
紫陌紅塵怗怗飛，隨風猶得上郎衣。自憐命比紅塵薄，獨倚清流望夕暉。
一樹驕陽蕩暮雲，渡頭微浪濺羅裙。挑燈疊起連環褶，消瘦腰圍又幾分。
風鬟霧鬢蹙鸞靴，紅淚零星袖底多。無限青山妒眉黛，那堪對鏡畫雙蛾。
侍婢山前去賣珠，新人定勝舊人無。篋中自少回文錦，羞采蘼蕪問故夫。

〔一〕刻本無此五首詩。

鉅鹿懷古

八千子弟起江東，力破秦軍蓋世雄。諸將若皆觀壁上，偏師安得定關中。五星天助炎劉運，三户人思項氏功。碌碌鯫生論成敗，先幾應媿楚南公。

白登卅萬困單于，婁敬和親計本迂。一飯未嘗忘鉅鹿，六軍空復次飛狐。甘泉烽火連中禁，細柳旍旗勞亞夫。他日圖形麟閣上，漢家良將未全無。

趙州大石橋〔一〕

清淺洨河滑似油，騎驢閒度石橋頭。城西劉整碑何在，空向斜陽問洦流。

長虹初月影難描，闌外毿毿映柳條。參破演公關捩子，不妨穩過趙州橋。

〔一〕刻本作「趙州大橋」。

涂中即事[一]

水雲斜壓火雲低，日脚横空界彩霓。一陣涼颸迎面到，遥知雨在隔村西。

〔一〕刻本無此首。

邯鄲

悲歌聽不得，莽莽上叢臺。落日長如此，清漳去不回。琴聲通幻夢，騎射信雄才。兒女終爲累，豪情化劫灰。

囊中毛遂劍，樓上美人頭。已分三年處，誰將一笑酬。才人厮養婦，名士賣漿儔。剩有殘杯在，臨風酹趙州。

盧生祠

一枕瞢騰入夢時，邯鄲又拜吕翁祠。睡鄉真味吾能説，祇恐先生轉未知。

投筆封侯萬里天，蓬萊何處有神仙。如何一覺黄粱夢，换却功名四十年。
雙眼摩娑鎮日醒，深山閉户誦黄庭。何當玉簡朝金闕，廣奏鈞天六日聽。
鈴鐸聲聲替戾岡，槐陰一樹對斜陽。從君乞取青瓷枕，日作游仙夢一場。

襄國懷古

胡雛倚嘯上東門，典午山河日月昏。地振軍聲鳴鼓角，天開神算勝吴孫。漚麻早釋鄰人怨，借箸能將漢史論。太息祖生空擊檝，何由恢復定中原。

五日過杜喬故里

跼天蹐地恨難伸，胡趙徒存碌碌臣。漢室衰微從此始，中朝倚望更何人。金蛇空貯司農庫，繡豸長埋刺史輪。淒絶夏門亭吏語，汨羅何必吊靈均。

鄴中懷古

王氣南陽已鬱葱，尚書猶自奉關中。能令真主稱佳吏，獨以孤忠報聖公。鬼語可憐誰見聽，婦言儻用或成功。叢臺置酒論心日，衹恨揚虛志不同。

本初氣俠自桓桓，慷慨升壇奉敦槃。坐上横刀訶董卓，幕中飛檄走曹瞞。家聲四世台司貴，霸業三州骨肉殘。誰召外兵成首禍，漢家天步遂艱難。

漳水東流蕩夕曛，銅臺高揭切寒雲。一家詞賦千秋業，六代傳摹九錫文。北海竟難支大厦，西陵何處吊荒墳。手持季豹汍瀾語，誰把餘香帳殿薰。

赤橋紫陌傍西臺，四塞河山付劫灰。一樹櫻桃中婦豔，千重錦甲美人來。銅駝淚向秋風灑，金鳳門臨夜月開。玉璽終歸江左去，奸雄空費右侯才。

唱徹聲聲阿得脂，魚羊妖讖兆鮮卑。家山遺恨三臺失，蓋世威名五木知。蚤日艱貞似箕子，暮年義旅縱苻丕。中興偉略真王度，垂翼終當奮澠池。

拓跋中分帝業微，蒙氈鑄像總危機。空教垂翅憐青雀，不見亡高有黑衣。狗脚竟遭丞相怒，犢車誰送故君歸。六宫慟哭循廊詠，眼看河邊羖䍽飛。

明月摧殘王氣收，涼風堂下鬼啾啾。朝綱已被盲人壞，要略先從秘監偷。豈有至尊翻乞食，可憐天子竟無愁。當年父子如龍虎，敕勒歌成涕淚流。

五王同盡少宗盟，肺附終應仗舅甥。黑獺已移三世祚，黄龍空練十州兵。倉皇翟義行師日，慷慨王淩慟哭聲。一樣興亡關氣數，白頭莫嘆事無成。

湯陰懷古

晋鄙昔救趙，堅壁屯蕩陰。逗撓不敢進，嚄唶同嗚喑。手提十萬兵，主命有不受。奈何亦畏秦，兩端若鼠首。鄙也誠宿將，伺便有老謀。秦兵如餓虎，詎輕以肉投。單車不聽代，兵法頗持重。想其部勒嚴，森然不可動。公子且不畏，矧乃一虎符。脱無朱亥椎，軍豈易奪歟。大功雖未就，身死名亦立。所以信陵君，潸然爲之泣。

嵇侍中墓

穹碑猶勒永興年，朝服登輿氣凛然。野草三春含碧血，秋桃一樹鎖蒼煙。凄涼鶴影歸雙表，喟息琴聲斷七絃。鬱鬱王儀墳上柏，有人曾廢蓼莪篇。

拜岳忠武祠

大樹南枝掛夕暉，祠堂千載尚崔巍。竟虚絶塞迴龍馭，不及還鄉著錦衣。内旨朱仙傳急召，中原赤子嘆何依。蕩陰長作腥羶地，祇恐忠魂未忍歸。

已割燕雲屬北荒，又傳索土夢錢王。渡河臣志同宗守，航海天心棄建康。他日厓山存塊肉，當年巨浸感空桑。陸沈嘆息神州遍，不獨漂流念故鄉。

侍中墓草對黄昏，一樣千秋碧血痕。豈謂兩言由哲婦，遂教三字抱沈冤。深宫問尚勞慈聖，報國忠難動至尊。畢竟馬家兒大黠，澣衣猶解慰貞魂。

落日陰森碧殿扃，年時里老薦芳馨。長城已壞朝廷小，浩氣來游草木靈。佞骨睢盱摹石像，神弦哀怨迓銀瓶。它年湖上瞻祠墓，願采黄柑酹緑醽。

湯陰道中遇大雷雨避入道旁空舍雨止復行宿宜溝驛感賦[一]

長涂畏炎氣，小憩湯陰縣。裴徊鄂王祠，瞻拜屢留戀。駕車出重關，風色倏千變。曾陰西北來，合沓四山眩。疾驅上高岡，驚猋亂石燕。絮雲未蒙頭，白點已打面。挽車避道旁，茅亭敞空傳。撼闗簸似舟，激霤疾于箭。潛蛟轟怒雷，金蛇掣犇電。乾坤一氣浮，黑入太陰戰。村農四五輩，荷鋤力已倦。燎衣嗟腹枵，顧我色猶羨。前路正未央，雨晴整鞅韅。水深軌已没，厓斷渦方轉。崩岸摧樹僵，驚湍齧橋穿。輪銜石齒欹，馬蹩浪花濺。迆邐登陂陀，突兀阻沙堰。行防轅欲壓，止恐濘仍旋。東南一抹痕，雨脚尚垂綫。回首望太行，明滅晚霞絢。客子心屢驚，僕夫竊相唁。古驛指宜溝，脱粟且充饔。我生多迍邅，蚤歲足貧賤。如何走風塵，造物苦訶譴。却憶今年春，亢旱亙幾甸。宸衷廑秏斁，祈禱山川遍。朅來冀豫郊，原隰喜沃衍。一雨地脈蘇，平疇色葱蒨。努力培秋禾，豐年兆行見。明發問前途，衝泥亦歡抃。

〔一〕刻本無「避」、「感賦」三字。

湯陰旅店戲題

豆粥香調小麥人，鏘然脆玉動牙齦。殘杯冷炙酸辛甚，猶勝東坡作逐臣。

淇　縣

杲杲開初日，焞焞見曉星。濤奔淇水白，山倚太行青。緬古邱仍帝，知時雨自靈。泥中吾有分，未敢詠榛苓。

利厚張魚網，時清少鶴軒。園連千畝潤，水會百泉渾〔一〕。盜賊于今息，關津識吏尊。三河都會地，好在撫黎元。

〔一〕「渾」，刻本作「喧」。

即景偶成〔一〕

隔斷孤村四五家，一重緑樹一重沙。沙岡行盡碧疇遠，簌簌打頭飛棗花。

〔一〕刻本無此詩。

比干墓

宗國悲淪喪，空懷六七君。三仁難悟主，一死足存殷。碣勒宣尼筆，碑留魏帝文。淇泉清徹底，千載繞孤墳。

衛輝道中

棗花十里暗香融，仄徑玲瓏曲折通。紫葚垂垂鳩婦雨，黄雲漠漠鼠姑風。繅絲暖曝三盆白，染草晴蒸百頃紅。遥指檣帆來碣石，危橋千尺倚長虹。

延津道中

茫茫禹迹經遷徙，莽莽中原幾廢興。漢代宣房沈竹石，宋朝宫闕失枛棱。雲迷官渡懷沮授，日落夷門吊信陵。試上金堤更南望，浮圖百級勢峻嶒。

卷五[一]

〔一〕刻本卷五自《渡河》始。

拾瑶草集

强圉赤奋若（丁丑）

抵汴

夷山崒屼向吾曹，歷覽中原快此遭。陟險且騎支遁馬，防身誰贈吕虔刀。黄河天半齊熊耳，黑月宵分出虎牢。莫漫臨風發長嘯，監門從古有人豪。

襟上滹沱雨未收，眼前如夢帝王州。荒墳曾下真龍拜，繁塔閒宜跨鳳游。千古治河憑下策，三條寶帶劃深溝。敖倉廣武吾何嘆，豎子英雄貉一邱。

曾與

曾與寒梅約，歸期指落花。春風不相借，送我又天涯。身賤仍爲客，書長未到家。今宵閨閣裏，應尚説京華。

高陽酒徒行

赤帝西馳雲氣開，高陽酒徒按劍來。儒衣通謁冠側注，軍門一叱聲如雷。杖矛雪足攝衣起，見長者敢倨床洗。長揖上坐譚縱横，焉能握齱多苛禮。將探虎穴誅暴秦，麾下迺不滿萬人。一行便得陳留粟，再試復降嶢下軍。入關徑掉三寸舌，勝奪剛侯四千卒。咄哉蕭曹刀筆徒，合讓狂生功第一。滎陽圍急真龍愁，誰爲陛下畫此謀。食前趣刻六國印，借箸幾費留侯籌。先生此法當失矣，天下壯士乃如此。丈夫舉事不細謹，成敗利鈍偶然耳。伏軾已下七十城，蒯徹一説夜度兵。而公賣齊不賣國，豎儒固合提湯烹。吁嗟乎，短衣楚製彭長纓，綿蕞朝儀一月成。天子方知皇帝貴，笑煞真儒魯兩生。

夷門懷古

萬古夷門色不秋，無雙名合冠諸侯。鼓刀有客能降虎，按劍吾君且縱鳩。晚節漸親醇酒味，當年曾報美人仇。平原空自矜豪舉，枉送樓中笑者頭。

七夕戲成一絶〔一〕

銀漢難憑弱羽填，西風吹淚自年年。别離豈是仙家好，只爲黄姑少聘錢。

〔一〕刻本無此詩。

秋日同謝裕蒼大令照童默生上舍泰樞謝生承堃史生悠寅璜登吹臺以踐夷門升吹臺爲韻分賦得吹字

商飈振林柯，初日下平地。撫劍忽不歡，登臨愜同志。晨策踐夷門，相將整逸轡。透迤古道寬，嵂崒平臺巋。危磴鬱盤紆，神宫肅清閟。上有禹廟，今名禹王臺云。畫壁森龍蛇，深箐走魑魅。搢圭延喜珍，掣鏁庚辰侍。微禹吾其魚，千秋秩祈衈。循闌俯窅窱，倒景極寥邃。萬象摇清光，兩戒入泱背。黄河一髮連，巨靈屹屓贔。少室卅六峰，雲色駭愕眙。秋聲西北來，髣髴列仙吹。我聞魏王罃，擇言此揚觶。又聞鄒枚徒，雅游探奇秘。陳迹既已湮，歲月渺難志。徑欲從松喬，空中書豫寄。青鳥語丁寧，排雲展雙翅。浮邱騎龍迎，巍峨冠霞帔。太容彈雲璈，靈斐鼓瑶瑟。飲我金莖杯，酡顔赬微醉。長生不可求，瑶池宴荒恣。安得聽鈞天，九辯奏雅肄。函夏静纖塵，陰崖轉寒燧。坐久來清風，歌長發遐思。下方九萬家，顥氣莽空翠。

簡謝崇之同年益並引〔一〕

別後一日即偕同人爲吹臺之游，臺在城東南三里許，繁塔對峙，牧澤右瀦，古木參天，炎曦不到，遥望敖倉、廣武隱約雲外，昔賢一嘆，千載如聞也。瞻禹廟之崇窿，仍羽人之彷彿，繁弦既歇，雅奏不興，撫今懷昔，感慨繫之矣。拈韻分曹，斐然有作，彙寫奉寄，兼綴短章〔二〕。

許昌官舍雙樺燭，鼓吹紛綸雜五經。知否列仙游樂甚，乘風高唱與君聽。

〔一〕刻本無「並引」二字。

〔二〕刻本無此序。

禱雨辭並叙〔一〕

延慶觀，宋時爲朝元萬壽宫，俗名龍亭〔二〕，蓋艮嶽遺址也，上有玉皇殿。秋日偕同人瞻禮，見村嫗群膜拜祈雨，其詞甚戇，噫，嗤嗤者何知〔三〕，儻猶是窮則呼天之旨與〔四〕，爰操管而寫之。

告皇天，告皇天，願天鑒憐，天不我憐，民將聞之官。官爲我結法壇，召黄冠，又費我百姓錢。一解。焚名香，斟美酒，炰鮮羔，擊肥牡，受帝厚恩，報帝亦云孔厚。二解。有木既童，有山既赭，有田既龜，有澤既瀉，高高下下，濯濯如也。我民餓死原野，誰爲帝炰羔擊牡斟酒焚香者。三解。帝城嵯峨，帝閽閌閬，帝亦賴我民供養，我民下入黄泉，帝忍安坐三十三天之上。四解。從神何官，其位孔尊，我民事爾亦勤，爾胡爲口銜雷霆手握風雲，不向帝前陳一言。五解。拜日君，拜日君，我禾如焚，我心如薰。願霽威神興油雲，賜我甘雨活我民，我民疾苦君應聞。六解。

〔一〕「並叙」，刻本作「並引」。
〔二〕「俗名龍亭」，刻本無此四字。
〔三〕刻本無「噫，嗤嗤者何知」六字。
〔四〕「猶是」，刻本作「亦」。

登祐國寺塔放歌

我來掛席浮黃河，南指汴城一剎那。雲霾浪涌迷雉堞，半空塔影高嵯峨。解裝便欲延幽訪，夜夜心安塔鈴上。紞如官鼓引夢魂，閒逐天風自搖漾。新秋七月天氣高，淩晨訪古呼朋曹。南登平臺拜禹廟，北上鐵塔觀飛濤。驅車入門景蕭瑟，碑趺剥蝕埋蓬蒿。啞鐘卧地落囓簴，獰佛露坐塵蒙袍。浮圖中空石作柱，誰爲戴者疑六鰲。振筦闢扉色黝黑，賈勇競進矜雄豪。錐卓千尺勢巀嵲，螺旋一徑環周遭。前者俯伏後者仰，滑不留趾代以尻。捫壁曲折盤磨蟻，縋繩歷碌升枝猱。洞精但驚雲浩浩，入耳微覺風嘈嘈。巡檻四望無欄櫓，失勢一墜那得取。徑思跨鶴乘罡風，手把天關與天語。黃河如絲雲际横，瀉入懷間作秋雨。羲和頓轡不敢到，寒粟生肌絶炎暑。遥觀下界火雲合，赤日懸空正亭午。山川城郭不可辨，一氣茫茫轉千古。風沙澒洞夷門昏，滄桑往事何足論。趙家宮闕化禾黍，艮嶽無復餘隤垣。傳聞此塔建五代，千餘年來巋獨存。即看壁間像端好，琉璃佛四十八尊。旁書洪武歲丙子，周王安奉酬慈恩。當時大都勢耦国，禍機已伏金川門。北平石燕蔽江下，倉皇易服哀王孫。惟王造此有深意，願禮慈雲蔭後昆。崇禎壬午九秋日，壞雲壓壘長圍急。龍工奮怒推雷車，倒卷黃河向天立。朱家馬家兩堤潰，一時水勢長驅入。八十萬户殫爲魚，親藩露次宫人泣。連雲榱棟填淤泥，白日鼃黽走城邑。是時佛力示神異，矗立寒空十三級。蒼茫懷古起牢愁，乘興欲登最上頭。同人牽復不肯上，我亦凜冽難久留。下梯脚軟目光眩，回瞻相輪色明絢。歸來欹枕且安眠，夢繞河流曳秋練。

秋氣中人寢不成寐即事感懷率成長句〔一〕

墻陰切切咽寒螿，數遍銅壺漏乍長。兩戒明河低伏枕，一丸涼月浸匡床。孤燈吐穗心先死，秋夢如雲影亦忙。吟罷商聲天籟靜，廿年陳迹怕思量。

惱人清夢夜眠遲，客裏情懷祇自知。望斷轉愁鄉信到，衣單應惹老親思〔二〕。傳家書願驕兒讀，無米炊憐病婦支。寂寂更教王儉笑，可堪雙鬢漸成絲。

〔一〕刻本無「率成長句」四字。

〔二〕「惹」，刻本作「繫」字。

對月感懷〔一〕

秋氣不可極，浩然風露侵。月臨中土靜，雲傍大河陰。花意澹無語，蟲號寒不禁。純鈎藏匣久，莫更作龍吟。

〔一〕刻本作「對月」。

九月十四日夜露坐和史生悠辰韻

疏鐘已沈相國寺，急榛初動侯嬴門。衆星斂芒讓月大，獨雁哀叫愁雲繁。依人寒鞠媚新影，何處暮碪驚旅魂。一尊在手且莫放，明日陰晴難具論。

寄内〔一〕

寒砭病骨鶴禠褷，蝶夢初闌有所思。一第慚余無福命，三年累爾且支持。秋風動袂朝參母，涼月窺燈夜課兒。料得素娥能耐冷，一彎眉樣似平時。

河流渺渺正愁予，徐淑書來問起居。鄉味好思嘗稻蟹，藥籠貯爲怕河魚。兔園陳迹尋枚叔，狗監何人薦子虛。他日歸裝無長物，新詩一卷倩卿書。

〔一〕刻本無此二詩。

題黄武陵大令景福中山授經圖（一）

皇帝文德溢九州，震聲日景燭八幽。南讋交阯西渠搜，北蕩漠北東東甌。三韓百濟靡不周，萬里候尉投鳴枹。孰爲不順春其喉，中山國古名流求。若煙若霧海一陬，黿鼉嶼畔落漈洲。三重塹栅環深溝，三十六姓生齒稠。帥以鳥了雄厥酋，氏歡斯名渴刺兜。波羅檀洞聚髑髏，古志荒怪語謬悠。邇來化洽思懷柔，其王嗣服職貢修。煌煌金册懸高樓，觀光思茈徑寸庥。爰遣子弟乘螺舟，厥包厥匭囊乾餱。乙針遥指占女牛，榑桑若薺鴉金虯。水豹吹浪海若愁，舌人重譯拜冕旒。授經慎簡國子儔，帝命司成拔其尤。僉曰臣景福實優，女往司鐸聲教遒。孟冬十月吉日諏，大昕鼓篋鳴鐘球。頌簫迭奏十二彄，肄雅鳴鹿歌呦呦。銀簪紅帽眉髟髟，寬博交衽皂布褠。朏臀踽踽躬傴僂，異薌馝馞荆金榴。桑皮硾紙光若油，佳蘇魚美水上羞。白龜幅布作束脩，成均西厢畫壁髹。梧楸雜植風颼飀，先生炯然雙清眸。揮麈微笑其神逌，都講就席衣俯傴。其文詩書易春秋，奎宿列像冠離婁。孟子《離婁》篇簡首獨列奎宿像。朱衣髟髟若點頭，秘本或從雞林收。金鏤紅縹工雕鎪，雌圖新義費校讎。依魯花義聲啁啾，同文覃訖孰敢咻。三年教成觀棘猴，文章解誦韓與歐。五言兼仿長城劉，司成上奏帝曰休。庸以墨綬功則酬，弟子放還傳邊郵。夐然鳥逝不可留，吾道東矣無煩憂。海外何用乘桴浮，即今挾策梁園游。翩然身著日本裘，甚口辯過談天鄒。鑿空欲嗤博望侯，相如文筆第一籌。子虚賦就恐暗投，儻給筆札陳嘉謀。會見建節鳴八騶，負韉挾弩夾兩軥。時無狗監心氏倜，他年聽鼓眠黄紬。鳴琴而理勿競絿，道傳絶域仁誼流。牖民孔易如毛輶，忍令三農或輟耰。努力爲續舂陵謳，遍諭父老宣皇猷。

〔一〕刻本無「題」字。

敗屋二首並叙

汴濱大河，地勢汙下，土多斥鹵，屋宇鮮爽塏者〔一〕，而學使者公廨特甚，三年一易，其主視若傳舍然〔二〕。余所居老屋三楹尤傾危湫隘。屋後故穢墟，夏淫雨水，瀌瀌從墻隙流，秋陽酷烈，土氣蒸人不可耐。始入時惴惴焉偲，既亦安之矣。十月廿八日夜，默生過余，剪燭清譚〔三〕，宵分未已，忽聞壁間墜土聲甚厲〔四〕，余覺有異，急聯袂疾跳〔五〕，才踰閾，則砉然一聲，北墻傾倒，適當卧所，繩床紙帳，蕩析無餘〔六〕，向使默生不來，余已擁被高眠，則竟成齏粉矣〔七〕。驚定而痛，作詩紀之自慰，實自傷也〔八〕。

噩夢連宵報不祥，果然東壁厄文昌。未聞公痤騎危術，且學檀弓避死方。微命漫勞收廣厦，依人那免立巖墻。驚魂乍定聽鈴語，猶似聲聲替戾岡。

敗瓦頹垣迴暮愁，溺人自笑杞人憂。由來入幕危於燕，不信營巢拙似鳩。藏壁定須成死友，排墻幾誤殺清流。明朝異事應傳遍，真個先生屋打頭。

〔一〕刻本此句作「屋鮮爽塏」。

〔二〕「三年一易，其主視若傳舍然」，刻本無此句。

〔三〕刻本無「剪燭」兩字。

〔四〕「墜土聲」，刻本作「有聲」。

〔五〕「余覺有異，急聯袂疾跳」，刻本作「余與默生聯袂疾跳」。

〔六〕「蕩析」，刻本作「摧折」。

〔七〕「余已擁被高眠，則竟成齏粉矣」，刻本作「則余竟成齏粉矣」。

〔八〕刻本無「自慰，實自傷也」六字。

雪中校射置酒以觴勝者率成四十字〔一〕

飛雪滿弓弢，淩晨逸興豪。佐尊寒菜美，打面朔風饕。力薄愁官笴，情深脱寳刀。何當臨絶塞，馬上酌葡萄。

〔一〕刻本無「率成四十字」五字。

飲香亭夜坐偶成〔一〕

西風作勢撼窗櫺，兀坐荒亭擁被聽。殘雪窺簾三面白，昏燈吐穗一痕青。鑪灰畫遍詩難就，紙帳寒生夢易醒。絶似去年瓜步下，怒濤千丈夜掦舲。

〔一〕刻本無「偶成」二字。

冬至夜作家書感賦三絶〔一〕

一封書就悄無言，手撥鑪灰火尚温。遥想夜深家祭了，合家團坐話梁園。

旅懷欲寫恐無端，重把魚箋細細看。莫道空函容易得，最難兩字是平安。

當頭皓魄一輪圓，重疊緘題意惘然。丁丑仲冬冬至寄，此書寄到是明年。

〔一〕刻本無「感賦三絶」四字。

冬夜書懷

寂寞空齋感歲華，悔彈長鋏走天涯。名心被縛深於繭，世味輕嘗薄過紗。短景崢嶸催急檏，亂雲輕重送昏鴉。何時重對鄉關月，獨荷煙鋤自種花。

淒清景物畫難成，定後微聞空外聲。倚壁寒燈還自語，打窗落葉作人行。無多雪壓攲斜瓦，不定風吹長短更。收拾雄心參妙諦，聲聞果已證三生。

瑩然性靜似潛魚，又聽蒲牢欲動初。石研冰生緣骨冷，銅銚湯泛驗心虚。要思出世聊爲客，幸未成名可讀書。他日幽探尋大藥，萬山深處構精廬。

殘月蒼茫掛樹梢，荒雞喔喔起寒郊。裘温漸覺微陽動，脚冷緣知半夜交。香燼撥灰留一寸，夢醒捫腹有三爻。詩成付與何人讀，十指排籤手自鈔。

著雍攝提格（戊寅）

簡春嵐同年乞蓍草〔一〕

君從太皞陵邊過，願乞去聲。神蓍代索茅。我是九巫山下客，前生早已飲三爻。

〔一〕刻本下注「戊寅」二字。

送史生悠寅之九江就婚〔一〕

昔者王文成，親迎至洪都。行入鐵柱觀，道士方跏趺。對之默然坐，邈與世俗殊。署中紙數篋，昕夕供臨摹。會心獨在遠，得精遺其粗。回謁婁一齋，妙論如醍醐。由兹遂精進，蔚然爲大儒。子今西江去，努力追前模。異人間世出，勿謂吾言迂。遥觀斗牛分，佳氣無時無。

〔一〕刻本詩題作「送史生悠寅就婚九江」。

紀夢

庚申夜守祝長生，寫遍星詞禮上清。三疊琴心通至理，六朝詩筆助吟聲。已抛仙蜕埋書窟，可有花封拜管城。夢繞落霞飛不定，虚壇清磬續寒更。

憶去年河間道上惠欽同年作折楊柳詞音節淒惋春日多暇爰廣其意復成四章〔一〕

折楊柳，柳眉鎮日垂。留取待郎畫，淺深儂自知。

折楊柳，折柳貫雙魚。得魚且莫食，恐有腹中書。

折楊柳，柳線緑絲絲。柳棉不可著，那得絮征袍。

折楊柳，楊柳拂征驂。郎行見楊柳，一樣望江南。

〔一〕刻本無「憶」字。

春日書懷

韶華轉瞬過清明，如夢鶯花惜舊盟。身似游絲經雨倦，愁如芳草到春生。風來高樹聲逾勁，地入中原勢漸平。忽憶去年燕市裏，酒兵文陣正縱横。

風箏

隋堤煙柳緑濛濛，襯出輕雲别様工。二月新愁生北郭，六朝舊恨付東風。聲傳牧笛參差外，春在游絲蕩漾中。料得江南芳草地，有人望斷晚霞紅。

内子書來云去年冬至夜内集方罷月可中庭嗟我懷人臨風感嘆寒氣襲衣病卧累日得君來訊迺正作於是時謝莊賦云隔千里兮共明月古今人正同此情也用酬其意兼以慰之〔一〕

高堂歡讌罷，持燭下蘭房。之子經年别，空閨獨夜長。清輝穿户牖，冷露滿衣裳。莫唱刀鐶曲，臨風易感傷。

〔一〕刻本無「得君來訊迺正作於是時」十字。無「夜」、「也」二字。

送春

人在天涯尚未歸，留春無計惜芳菲。花當深夜愁如夢，雲戀斜陽嬾不飛。三月偶然同小住，一年從此又相違。東風最是無情物，忍遣殘英上客衣。

一片輕煙蕩不開，隋堤漠漠笛聲哀。落紅似海飄春去，新緑如山擁夏來。小閣陰森人中酒，中原夷曠客登臺。何當瀉取黄河水，倒入婪杯作醱醅。

邵子山同年堂柳渚停橈園〔一〕

鴛鴦爲伴水爲家，踠地長條欲放衙。它日春風憑管領，只栽楊柳莫栽花。

垂楊落日蕩輕艭，初試新翻穩貼腔。愛趁水風歌水調，一時齊卸緑油窗。

停橈花下理吴絲，譜出江南絶妙詞。解誦新詩三百首，争教嫁與白衫兒。

紫蕉衫透晚風涼，唱徹玲瓏又夕陽。翠幕四圍花兩岸，神仙眷屬坐中央。

小碾龍團點石銚，蛾眉捧盌雪花消。靈心參破茶三昧，笑指楊花過板橋。

才撥鵾弦曲未終，船梢橫觵睡丫童。揚州明月江州淚，總在曹騰一覺中。

蛺蝶成團柳絮飛，鷗邊涼氣上單衣。玉肌不奈春寒薄，如此湖山忍便歸。

緑波無語正盈盈，如夢春雲畫不成。怪底寫花偏寫影，遠山眉黛未分明。

漠漠輕煙漾麴塵，一枝柔觵十分春。若教摢過前溪去，只聽歌聲不見人。

瓜皮艇子載媌婭，歸去柔絲緑滿汀。記否吴淞江上路，夜深倚櫂隔花聽。

〔一〕刻本無此組詩。

惠欽同年補宗學教習乞假南還今春北上宿中山店見余去年題壁之作和詩遠寄辭旨悲惋聲調激昂棖觸余懷疊韻奉答〔一〕

來往真乘九萬風，六千里路十旬中。纔經鄧尉探香雪，又到天街踏軟紅。自古鍾情惟我輩，可能乞食向諸公。四門學舍蕭條甚，也占春光小苑東。

滕縣春花嶧縣風，輸君身在畫圖中。一雙眼任看天白，二八顔能借酒紅。相骨有書憑日者，療愁何術問雷公。舊題拂拭應相惜，有客悲吟鄭圃東。

猶憶尋花趁晚風〔二〕，去年山店月明中。詩窮敢望籠紗碧，命薄旋遭勒帛紅。無地開鑪資富媪，有時脱矯笑天公。愁心應共春潮長，卧聽河聲日夜東。

隋堤漠漠柳花風，百代興衰在眼中。出匣刀凝秋水白，藏懷刺退研光紅。睡餘飽喫青精飯，吟罷時呼赤鯶公。欲訪孫登長嘯處，蘇門蒼翠太行東。

新詩遥寄愈頭風，無限淒涼託句中。明鏡自然今月朗，好花原遜古時紅。誰能入市求西子，我欲移山效北公。此去晤言知不遠，相期同醉薊門東。

〔一〕刻本詩題作「惠欽北上宿中山店見余去年題壁之作和詩遠寄辭旨悲惋疊韻奉答」。

〔二〕「尋花」，刻本作「開樽」。

鄖陽行 哀保康縣典史蕭公也〔一〕

公諱水清，字廉銓，號廉泉〔二〕，廣東平遠縣人，祖炎，福建興化府知府，父應鋭，貴州平遠州知州。公負奇才，連不得志於有司，乃入貲爲尉，分發湖北。乾隆乙巳，楚饑，大吏以公廉能，檄令襄理武昌各屬賑務。公悉心稽核，無冒無遺，補保康縣典史。嘉慶元年，楚匪姚之富等倡亂，剽掠州縣，尋至保康界屯白豁溝〔三〕，邑巨奸楊昭將謀應之〔四〕。有來告者，官吏皆不信。公託檢查丁籍，突入其室，盡得其與賊往來書，遂斬以徇。賊聞，怒甚，又偵知城中兵征苗未返〔五〕，乃於二月十五日進圍城，城故土築，高不踰丈，公慷慨誓衆，勉以忠義〔六〕，晝夜拒守，力不敵，二十日城陷，公巷戰死之〔七〕。長子其馨、幼子其芳、族姪祚超、妻弟林良鳳，皆從公力戰死。孺人林氏〔八〕、冢婦韓氏、孫女瀛仙，皆自刎。公幼女及長孫步丹年皆八歲〔九〕，啼泣尸側〔一〇〕，賊以矛刺之，殞於地，翌日復蘇，人以爲忠烈之報云。將軍恒公統大兵至，賊盡殲。公次子其薰，聞難自粵往輿公骨歸葬〔一一〕。事聞，贈縣丞，入祀昭忠祠，予雲騎尉世職，夫人林氏、長子其馨等入祠〔一二〕，予恤如例。

翼軫芒寒纏殺氣，鄖陽兵火連天沸。草木新沾戰血腥，風雷下迓英魂毅。蕭公簪仕尉保康，其時群盜方侏張。妖氛未豁饑荒告，公來善政始發棠。已聽勞魚歌父母，更看集雁免流亡。民安好待天心順，城小全憑衆志强。無何烽燧罔戀震，羽檄交馳傳反問。荒縣人誰習鼓鞞，盈廷吏尚參疑信。斯時城守專仗公，談笑從容惟坐鎮。刮寇先焚妖鳥巢，練兵纔布長蛇陣。春江三月水縈迴，白波如山動地來。填濠千騎奔濤涌，繞堞一聲畫角哀。當頭圓魄黯無色，四面隤雲蕩不開。慷慨提戈還誓衆，倉皇仗劍且登臺。蜂屯蟻附長圍合，困守土城勢逾急。鐵甲三重敂栅呼，雲梯百道排空立。雌蜺蟠營鬼哭多，欃槍吐彗刀鋋澀。轉鬥孤軍勇氣衰，環攻五日長驅入。城頭吹散鸛鵝聲，巷戰猶驅子弟兵。裂帛裹創顱已斷，結纓畢命面如生。罵賊捐軀袁景倩，闔門殉難卞忠貞。紅顏飲刃驂鸞去，碧血成虹貫日明。嗚呼公官一尉耳，昭明大義乃如此。臣忠子孝婦隨姑，烈烈七人同日死。梅福高風接釣臺，蔣侯靈迹崇禋祀。何似公能遏賊衝，獨以全家報天子。桓桓果毅來恒公，提師雷埽成大功。洗兵雨過晴川綠，劫火飈迴曠野紅。廓清端自由神武，翊助還應賴鬼雄。鐃鼓歡歌齊奏凱，絲綸光賁爲褒忠。中男扶匶還鄉葬，哭聲響徹雲霄上。擁住靈輿奠一觴，村夫野老皆淒愴。盛事傳來二十春，威弧早已淨煙塵。陰雲日暮荒城合，化作甘和福兆民。

〔一〕刻本無此題注。

〔二〕刻本作「保康縣典史蕭公諱水清，號廉泉」。

〔三〕刻本無「尋」字。

〔四〕刻本無「將」字。

〔五〕刻本無「又征知城中兵征苗未返」一句。

〔六〕刻本無「勉以忠義」四字。

〔七〕刻本無「公」字。

〔八〕「孺」，刻本作「夫」。

〔九〕刻本無「公」字。

〔一〇〕刻本無「泣」字。

〔一一〕「將軍恒公統大兵至，賊盡殲。公次子其薰，聞難」，刻本作「次子其薰」。

〔一二〕「入祠」，刻本作「並」字。

鄭烈女詩〔一〕並叙

烈女鄭氏，名顧姐，河南通許縣陳家集人，鄭子臣之次女也，幼字同邑栗七岡儒童李承伯〔二〕。女性沈毅，自孩提時不苟言笑，十歲受學於族叔生員鄭金鐸〔三〕，朝夕循誦〔四〕，手不釋卷，尤愛讀朱子《綱目》。年十三，失怙，當父病篤時〔五〕，日夜禱於天，願以身代。及居喪，哀毀骨立〔六〕，過於成人。父亡後，家益貧，女以鍼黹紡績佐母饔飧，盡孝無違，未嘗一日少懈〔七〕。嘉慶戊寅，承伯與女年俱十七矣，兩家請期，將以秋初合巹。三月六日，承伯忽遘疾卒，訃至，女色變，飲泣不食。母宛轉諭之，不應，竟於是夜投繯以殉〔八〕，顔色如生。夫家請於女氏，迎女匶歸，合葬於承伯之墓。邑人臚其事，籲請旌表建坊，並徵詩以備志乘之采擇焉。

子雲死作莽大夫，子魚生作魏司徒。婞婀取容事二姓，負此七尺堂堂軀。紫陽《綱目》明大義，爰以直筆伸天誅。綱常千古賴不墜，奇節迺出咸平姝。咸平岡巒鬱盤紆，鄭家有女玉不如。十齡婉娩誦《綱目》，常慕忠孝懲奸諛。冰心玉鑒別涇渭，往往掩卷長欷歔。十三嚴親遘癘疾，籲天虔禱搶地呼。願效緹縈代父死，願效孝娥投洪鑪。微忱雖達數先定，崦嵫日馭難回紆。北堂萲草顔色枯，于嗟黄鵠依其雛。承歡手治繭絲枲，習禮雜佩珩璜琚。隴西才子仙儒臞，香纓一繫永不除。女歸得所母願畢，三秋擬駕雙鸞車。暮春屋角蹲訓狐，玉樓下召遣九巫。傳來凶問母色變〔九〕，女心宛轉如轆轤〔一〇〕。女心久已誓古井，就義豈待重躊躇。躊躇未決爲老母，春暉欲報親勤劬。全生捐生各有分，區别輕重師前模。范滂王經有母在，皆以身殉時艱虞。殉夫殉君事等耳，大義一定終不渝。是時三月弦上初，纖纖月照西南隅。慈雲晻藹失珠彩，陰風慘澹號金鋪。生年十七死千載，取義至重非錙銖。宗黨唶嘖相嘆吁，天題綽楔旌門閭。兩家合葬起芳塚，上有連理花交跗。賢侯闡幽著奇節，直筆遠仿新安朱。乾坤正氣不磨滅，間世尤賴人匡扶。曹娥死孝惠風烈，《綱目》一編略弗書。考亭著書資治道，限於史例良非疏。旌淑別慝義雖一，國史邑乘體則殊。會看特立貞女廟，伐南山石刊其圖。重修志乘表芳躅，倬如皎日行天衢。録實上備太史采，風厲薄俗宣皇謨。

〔一〕刻本作「鄭烈女傳」。
〔二〕刻本無「栗七岡」三字。
〔三〕刻本無「生員」二字。
〔四〕刻本無此四字。
〔五〕「失怙，當父病篤時」，刻本作「父病」。
〔六〕刻本無「骨立」二字。
〔七〕刻本無此六字。
〔八〕刻本無「竟於」二字。
〔九〕「母」，刻本作「女」。
〔一〇〕「女」，刻本作「母」。

渡河〔一〕

步出北郭門，河聲在天上。排空殷怒雷，倒立蹙駭浪。驅車上危堤，平挹礬山漲。下視村墟煙，窅窅出深壙。黃流西北來，岐華扼其吭。自從下底柱，千里始奔放。豫州土墳壚，地勢更夷曠。日夜東南趨，一線賴隄防。峨峨黑岡口，衆力資捍障。全城萬户命，呼吸關得喪。我乘扁舟度，雒誦小海唱。亂流狎風濤，布帆告無恙。回視鐵塔尖，突兀正相向。憂懷夫如何，下策思賈讓。

〔一〕刻本卷第五自此詩始，卷第五下並注：「古今體詩九十六首，起戊寅六月，由汴梁送史氏諸生入都，九月還汴梁，己卯會試不第，客南昌戴相國家，庚辰會試，仍落第作。」

延津道中

紆回沮洳盡，對面沙巉嶂。長風吹不動，積此太始雪。得毋媧皇世，鍊石遺玉屑。或恐羽淵神，息壤漢濱竊。連天無草木，厚地豁崖穴。想見古黄河，蕩潏此融結。我行當季夏，亭午觸炎熱。仰瞻淨纖雲，俯視亂深轍。呀呿類渴鯨，嫛屑笑跛鼈。登陀四牡煩，下坂兩靷絶。遥指延津城，百雉影明滅。安得振羽翰，幽燕夕弭節。

彰德道中大雨

驅車鄴城闉，赤日正亭午。解轡憩荒坰，削瓜祛溽暑。羊角驚回風，龍公忽行雨。萬雹吐蛇豎，千霆殷鼉鼓。黑雲隤壞墻，白點射飛弩。騄馬銜難收，揮鞭闖遑數。寒生身上葛，濕盡橐中褚。邅迍越陌阡，延佇失徒侶。迷途陷左左，問津孰語語。平原莽無際，村店在何許。瞟黑投衡茅，明滅見秉炬。對竈且燎衣，踞觚聊酌醑。我生雖長貧，伏臘足安處。胡爲牽率行，甘受跋涉苦。季布輕然諾，吳札重縞紵。誓將披膽肝，甘復惜腰膂。翦絶招驚魂，斷帶續餘炷。宵分再三喟，感我長羈旅。

折脅

我行渡滹沱，河湑阻深淖。驪駒雖已駕，咫尺安可到。村農負我趨，力似足排奡。初如升枝猱，趫捷善騰趠。俄焉曳泥龜，蹴蹡漸踸踔。跕跕水上鳶，獵獵風中纛。祇虞鴻翅垂，忽作蛟尾掉。砉然左脅折，痛甚鵝項拗。范睢已瀕危，斛律竟遭暴。口噤但捫胸，魂蘇迺絶叫。晚來駐荒郊，疇侶相慰勞。是日野宿正定城外。束帛且裹創，行藥那能療。人疑魏犨傷，我愧子春孝。默坐蕪蔞亭，懷哉心自悼。

邯鄲懷古

公子翩翩誇雅度，諸君碌碌盡庸才。不如梁客辛垣衍，猶識先生玉貌來。

定州夜飲〔一〕

中山釀可沽，投店且提壺。爲問今宵醉，能支千日無。聊當河朔飲，難覓酒家胡。夜半婆娑舞，聞雞又戒途。州有聞雞臺。

〔一〕刻本無「夜飲」二字。

八夕詩爲厲樵山駕部同勳作〔一〕

幾點相思淚未乾，彩雲仙露總迷漫。分明一道銀河影，也似重泉見面難。
願寫青詞奏九天，裁量雲錦作瑤箋。千金展却今宵限，判費黄姑二萬錢。
纖纖缺月恨難磨，便是神仙奈若何。悟徹情生情滅旨，愛河從此定風波。
人間天上兩分離，到底仙家會有期。此夜玉階閒竚立，有人吹斷玉參差。

〔一〕刻本無此組詩。

將出都仍之汴感懷〔一〕

薊北風高葉乍稀，江南稻熟蟹初肥。如何去住都成左，其奈飄零與願違。家計愁無新置橘，行囊剩有舊縫衣。閒雲未準歸山約，羞與賓鴻一樣飛。

〔一〕刻本作「出都」。

出西直門遇雷雨即事偶成〔一〕

照眼金蛇動地雷，蕭然襆被出城隈。乍驚白點從頭撒，旋見濃陰撲面來。農事已憂秋孛轆，吴諺也，見范石湖詩注。我行況值馬虺隤。挑燈話雨前宵事，憶著停雲首重回。

暑雨來時已慣經，兹行秋雨復冥冥。果然身世同桃梗，合是生年直水星。深淺潢汙停軌轍，迷離煙樹鎖郊坰。却看人海知何處，惟見西山一髮青。

〔一〕刻本題作「西直門遇雷雨」。

定興道中

深林蕭槭咽哀蟬，山色雲光作態妍。幾點寒蘆明夕浦，兩行衰柳破秋煙。晚禾欲割猶垂穗，積潦初收漸露田。回憶來時觸炎熱，風塵褦襶倍堪憐。

拜楊忠愍公祠〔一〕

萬古流不息，蕭蕭風色悲。驅車渡易水，敬謁先生祠。有明當中葉，王道方淩遲。將相互鈎結，中外皆恬嬉。維公奮忠義，拜疏兩擊之。一擊投遐荒，再擊身遂危。椒山自有膽，安用蚒蛇爲。嚙齒剜杖痕，血肉何淋漓。堂堂員外郎，名高官不卑。遺蛻葬引村，精靈儻在兹。上堂拜遺像，下階讀穹碑。碑文典以則，正論兼微詞。以公比鄂王，忠義同所歸。顧其所遇主，優劣微有差。高宗太孱懦，疑獄懵莫知。世宗頗英斷，兩奸卒誅夷。雖則既誅夷，明室遂以微。柄臣相繼用，馴至不可治。匹如受病者〔二〕，諱疾忌良毉。二豎雖幸去，元氣終不支。我來瞻廟貌，俯仰有餘思。烈烈張夫人，百世列女儀。流芳照白水，配食禮亦宜。題詩吊忠魄，載告良有司。

〔一〕刻本無「拜」字。

〔二〕「匹」，刻本作「疋」字。

安肅大風

涼氣極蕭騷，秋聲入聽遥。無心雲影亂，得意馬蹄驕。蹙起波千縷，吹乾路一條。黄花須護惜，莫使落英飄。

客夢

西風吹夢去，一晌已還家。穉子情親洽，高堂笑語譁。覺來剛夜半，依舊在天涯。更欲尋殘夢，迷離路又差。

過臨洺關

莽莽拱千山，孤城燕趙間。秋風度洺水，晴日壓雄關。地險三河接，峰高四面環。畿南嚴鎖鑰，莫恃戍樓閒。

九日過盧生祠

斜日叢臺冷，西風落帽寒。津梁疲此子，屈曲拜仙官。我亦悲秋者，深知行路難。睡鄉雖有味，未敢醉鄉寬。

呂翁傳妙術，何似費長房。枕上功名幻，壺中日月忙。神仙終有劫，將相更何常。願借茱萸酒，臨風酹一觴。

九日邯鄲道中感懷〔一〕

登高無計兀征鞍，秋不勝悲強自寬。黄鞠花隨人意澹，白楊風戰雨聲乾。莫辭囊底三年處，便博樓頭一笑難。我已塵勞深閲歷，一雙醒眼過邯鄲。

〔一〕刻本題作「邯鄲道中」。

宿宜溝驛聞風雨聲寢不成寐和謝生承堃韻〔一〕

暮雨蕭蕭木杪風，淒涼孤館九秋中。澆愁濁酒釃難白，倚壁寒釭慘不紅。欲注南華慚郭象，擬游東國學梁鴻。何時乞得監河粟，便遣奴星送五窮。

〔一〕刻本無「寢不成寐」四字。

題蘆雁畫幅〔一〕

稻粱謀急好呼群，一飽歸來日已曛。頗憶江邊鷗夢穩，一天蘆絮浸寒雲。

〔一〕刻本無此詩。

調袁竹谿〔一〕

莫誦江東小史詩，袁絲情緒正如絲。流煙飛霧都銷歇，虛説盈盈十五時。

香肌素質玉螬蠀，論價明珠十斛高。鄴下名花千萬樹，一時齊讓鄭櫻桃。

東山絲竹事尋常，不許阿房養鳳凰。判與圍棋輸別墅，爭教焚却紫羅囊。

夢裏驚回喚小名，盤中詩句最關情。離筵已是銷魂甚，况聽陽關第四聲。

繡被孤眠感鄂君，低眉長把戒香薰。休文消瘦今如許，合著當年懺悔文。

〔一〕刻本無此詩。

題陳潤堂訪秋圖〔一〕

莽莽夷門道，相逢一笑難。菊花愁黯澹，蟹譜話尖團。風味江鄉好，生涯酒國寬。家山秋色老，行矣莫盤桓。

我亦悲歌客，依人作計迂。浮生同落拓，鄉夢易饃餬。何日乘扁舸，相從泛尚湖。攜尊尋釣叟，重繪問秋圖。

〔一〕刻本無「題」字。

童二泉山人泰階以所繪杞菊圖見贈走筆奉酬〔一〕

苦乏仙家大藥資，蓬壺方丈繫人思。憑君畫取靈苗樣，便去嵩陽尋本師。

霜林一色鑄秋煙，自注金銚釀菊泉。何必更求青石髓，團蒲穩坐近千年。
丹鑪小甑發幽馨，夜半焚香讀道經。忽聽雲間猧子吠，仙山靈藥已成形。
繞籬杞菊長芳叢，甫里當年隱此中。何日與君乘舸去，吴江秋雨緑濛濛。

〔一〕「以所繪」，刻本作「畫」。

得梅江書却寄

鯉魚風信上繁臺，帶得陳遵尺牘回。連夜月明吹夢去，昨宵燈語報書來。交從真極方能澹，氣到平時不露才。我是天邊倦飛鳥，寄聲鷗鷺莫相猜。

蕭疏老屋對蓬廬，聞道君來此卜居。闢地好延三徑月，當窗先妥一床書。家臨讓水廉泉際，人在羲皇太古初。尤喜比鄰多儉樸，未妨蹤迹溷樵漁。

多君能慰倚閭情，明歲公車絶意行。入世斷難容嘯傲，榮親原不在科名。由來人事無憑準，試較天倫孰重輕。愧我未除營欲念，三年留滯大梁城。

饑驅那得賣文錢，舌在囊空祇自憐。永夜河聲長伏枕，夷門山色總如煙。迢迢鄉國違千里，寂寂羈棲又一年。縱使鵷鵾戀鐘鼓，隆冬風暖也淒然。

空齋短晷感離群，彈鋏高歌每憶君。四面煙霞分宅占，兩家子弟讀書聞。深宵門外三更雨，小飲床頭一甕雲。何日歸來尋此約，過從朝暮細論文。

登高懷古悵然有作〔一〕

夷門高影鬱崔嵬，曾見千秋戰伐來。大地波瀾沈艮嶽，列仙歌管歇繁臺。悠悠兒女矜庸福，莽莽河山感霸才。欲吊信陵迷處所，斜陽蔓草使人哀。

〔一〕刻本題作「登高懷古」。

作書寄内紙尾綴詩四章〔一〕

又聽商音樹杪來，鄉書望斷費疑猜。秋雲引夢三千里，圓月窺人廿四回。霜信沈沈宵杼急，寒衣處處暮砧哀。頻年髀肉銷磨盡，莫照臨行舊様裁。

琅玕刻遍字平安，想見亭亭翠袖單。香篆心温縈曉夢，寶瓶膽小怯秋寒。嘗來月片三分苦，擘得霜橙一味酸。欲寄相思紅豆子，煙波南國路漫漫。

寒風淅淅透疏櫺，一點名心夢未醒。獨對香醪如面白，忍抛玉案傍眉青。添人愁緒花無語，誤汝華年鏡不靈。莫嘆紅顔多瘦損，高堂雙鬢已星星。

雙魚欲寄又頻更，旅迹從頭數不清。斷續那如潮有信，寂寥應訝雁無情。囊因金盡看何益，書爲愁多寫不成。併入豪端千萬疊，淒風苦雨助唫聲。

〔一〕刻本無此組詩。

詠　雪

天風横絶大河濱，一片飛霙散玉塵。竃底有煙休附熱，門前無路敢干人。瑶池飲罷將迴軫，瓊樹花開詎算春。底事天公工戲劇，任他落溷與飄茵。

風團霧壓影重重，冷徹陰厓禁蟄龍。大地儘將銀窟鑄，群仙都受玉樓封。松雖强項僵難起，竹解虚心拜亦慵。獨有梅花逋峭甚，忍寒猶在最高峰。

昏鴉瑟縮誤投林，空谷知難問足音。人隔重簾雲悄悄，天垂四面夢沈沈。彈成琴操寒凝指，嚼遍梅花冷到心。差喜舊時同調在，祇應乘興訪山陰。

藐姑仙子玉爲膚，稱到仙衣重六銖。撒手珠光原狡獪，彌天銀氣易糢餬。量來縞帶三分窄，融入紅鑪一點無。我也嗛山曾到過，那勞相餉貯冰壺。

漫云清質似瓊瑶，祇逐輕風故故飄。印月居然成璧影，擔簷時或仗冰條。常欺白屋横斜舞，也傍朱門下上驕。留得寒威長在好，只愁明日暖紅消。

屠維單閼（己卯）

渡淇水宿宜溝驛即事述懷〔一〕

東風吹暖入香泥，軟草如茵襯馬蹄。殘雪半融淇水北，夕陽多在太行西。平原土脈回春遍，出岫雲心潤物齊。且酌松花醪一盞，好尋野老話扶犂。

〔一〕刻本作「渡淇水宿宜溝驛」，下注「己卯」。

銅雀怨

繐帷風動泣紅冰，鴛瓦沈沈曉露凝。七十二墳春草遍，不知何處望西陵。

正定道中

滹沱東去暮煙屯，北戒河山此作門。恒嶽風雲通變幻，鎮州城郭帶黄昏。平沙重色兼輕色，軟草深痕又淺痕。如此春光都寂寂，霸圖千載與誰論。

自伏城至明月店紀事〔一〕

我行夜發伏城驛，平明將渡新樂河。層冰忽裂土橋斷，燈炬焰碧號明駝。始焉羊角觸石起，林木戛擊鴐鵝。繼焉驚飇動地至，疾似駿馬馳平坡。千夫如墻賈勇進，手擐鐵甲揮金戈。平沙浩浩走天半，摐金敲石鳴靈鼉。朝暾欲上復不上，銅鉦斜掛榑桑柯。贏綱瑟縮卧草際，車帷簸蕩飛蓬科。春雲悠揚卷旌旆，夏雨傾注翻蒲荷。前行不得且却走，我車歷亂登陂陀。後車眩轉陷左左，如磨旋蟻波旋螺。竭來招尋得野屋，瓜廬偪仄如蠡窠。下車拂衣塵一寸，雙目瞠視猶摩挱。魂搖口噤皮肉死，但餘涕泗交滂沱。圍鑪炙手微覺暖，尚聞屋角風聲過。自寅逮午勢稍息，整轡且復行逶迤。驅車徑宿明月店，小飲村醞赬顏酡。人生行樂貴及早，侵尋兩鬢將成皤。家山此際春正好，尚湖澹沲生緑波。柳絲千條蘸拂水，梅魂一笑環維摩。春光如此忍相別，坐令花事空蹉跎。饑來驅我豈得已，有田不歸神則訶。飛廉雖暴似相聽，盡埽纖翳開陽和。倒吹鄉夢度江去，三橋月影彎雙蛾。

〔一〕刻本無「紀事」二字。

花生日定州道中大風志感〔一〕

前年花朝過滕縣，雨絲濕衣風打面。夜來買醉去看花〔二〕，興酣題壁花光炫。去年花朝在大梁，梁園花事春茫茫。吹臺憑眺莽空闊，紙鳶飄泊斷人腸。不似今年更淒絶，中山道上花生日。那見花紅爛若霞，只愁沙白明於雪。護花旛影動林隈，漠漠飛埃卷地來。金鴉軒翥烘無力，玉鐸玲瓏蕩不開。妒花風裏衝風走，一生心事花知否。但使芳心抱得牢，落茵墮溷夫何有。長堤未覩柳毿毿，取次花叢好細探。待得春風迴薊北，定知花信遍江南。江南春好柔風颺，春雲翦出春花樣。何日歸來進一卮，人與花俱壽無量。離家忽忽已三年，每到花朝一惘然。幾度仙山風引却，今番香國夢應圓。上苑探花須及早〔三〕，何堪屢走長安道。折取瑶華春作粻，駐顔莫使韶光老。尋花不見替花愁，願與花王共唱酬。解鞍且買中山酒，閒立空庭祝石尤。

〔一〕刻本題作「花朝定州道中大風」。
〔二〕此句刻本作「折花注水瓦盆中」。
〔三〕「探」，刻本作「看」。

過郭隗故里有感〔一〕

馬死留其骨，豹死留其皮。皮骨且不朽，矧迺抱令儀。令儀人自具，所難在逢時。偉哉郭先生，故里傳在兹。韜精守其璞，白首不見知。一言感燕昭，擁篲奉爲師。名賢聞風來，冠蓋紛交馳。報讎雪大恥，霸業從此基。渭濱釣璜叟，夙具鷹揚姿。四皓未安漢，自采商山芝。先生才與德，詎足仿佛之。良由時變值，遂彰遇合奇。坐令身後名，赫赫百代垂。人生有顯晦，豈與夙志期。寂寂蘭陵令，千載使人悲。

〔一〕刻本題作「郭隗故里」。

劉伶故里

三馬同槽兆噩夢，太平引絶作三弄。嵇康死後更無人，先生迺著酒德頌。典午大事勢已成，逆之則死從則生。死誠無益生失節，爰隱於酒全其名。禪臺故事當如此，司馬家兒作天子。置君紛紛似弈棋，山濤王祥婦人耳。婦人之言那可聽，一國皆醉先生醒。諸公衮衮褌中蝨，奚翅果蠃與螟蛉。君不見靈均哀憤先生笑，一醒一醉真同調。酒酣脱帽讀《離騷》，湘水茫茫自憑吊。又不見步兵慟哭悲風塵，屈節曾爲九錫文。途窮祇覓三升醖，合讓先生作大人。

卷六[一]

〔一〕刻本卷六自《鹿樵閣讀觀察河東將行出家慶圖索題》始。

畏人集

屠維單閼（己卯）

邵鞠泉上舍曰誠許以羊肉相餉戲作長歌促之[一]

長安索米不易居，日日塵堁衝天衢。殘杯冷炙到處饜，面目黧黑飢腸枯。夜眠捫腹出芒角，幽夢一片飛江湖。長腰米催竈婢煮，缸面酒促奚奴酤。蠶豆莢看婦子摘[二]，貓頭筍課畦丁鉏[三]。金丸飣盤熟盧橘[四]，玉鱠入饌新鰣魚。覺來朵頤空嘆吁，鬱鬱居此胡爲乎。故人數日不相見，憐我刺促色不腴。傳語許餉熟羊胛，起舞徑欲歌烏烏。男兒快意在餔歠，須食萬羊登中書。不然爛胃得都尉，不然捋鬚得寶珠。黄羊詎爲沃産易，瘦羊已哂寒儒臞[五]。奈何看囊一錢無，换羊帖好孰肯沽。有石難叱鬼難唾，楚騷賦罷空煩紆。今日之羊子爲政，莫嫌狂語詩牘庵[六]。勸君火速開行厨，洗鬵爛煮調香酥。平頭奴子擔盒送，老饕正好供朝餔。爲君開口恣大嚼，金瀾之酒騰百觚。醉言豈辭出童羖，原兆定卜攘公羭。饞扠一了腸胃潤，飽睡不嫌羊蹴蔬。

〔一〕「肉」，刻本作「腔」。
〔二〕「看」，刻本作「肥」。
〔三〕「課」，刻本作「嫩」。
〔四〕「飣」，刻本作「釘」，誤。
〔五〕刻本無「男兒快意」至「寒儒臞」六句。
〔六〕刻本無「今日之羊子爲政，莫嫌狂語詩牘庵」二句。

鞠泉得詩即以肥羊見餽走筆謝之[一]

陶盤相餉賜緋羊，發器驚看五色光。怪底伏龍鞭不起，此中恐有雨工藏。時有小旱。
坡老文章供折菜，右軍書帖换籠鵝。惡詩博得羊淹喫，較似前賢福已多。

〔一〕刻本無「即」字。

紅豆山莊玉杯歌爲江靜蘿丈曾祁作

丈高祖湛源先生精醫術〔一〕，曾療河東君疾，應手而愈〔二〕，宗伯以玉杯一爲先生壽，子孫世守之有年矣，鍼鐍不謹，失去者垂三十載，丈復購得之〔三〕，徵詩紀事。余爲賦其緣起如此〔四〕。噫，同一物也〔五〕，趙文毅之兕觥，至今猶凛凛有生氣，而此杯之去留，不過用資譚助而已，然則君子其亦慎所守哉。

鯉魚風起夫容裏，欲落不落相思子。碧玉杯調九轉丹，返魂香暈霞文紫。山莊紅豆花開香，尚書風流壽正長。鵂鶹夜叫瑶姬病，骨出飛龍卧象床。此時儻絶尚書膝，異日存孤仗誰力。判將三寶謝神毉，祇爲佳人難再得。仙人鴻術生春風，骨青髓緑顔桃紅。一服刀圭能駐景，秘方鈔得自龍宫。尚書捧杯听然笑，當筵願比瓊瑶報。洞見胸中癥瘕來，杯唇湛湛蘭英照。絳雲轉瞚劫飛灰，不及玲瓏玉一杯。二百餘年明月影，曾經羽化却歸來。杯中春色長不老，紅豆山莊滿秋草。

〔一〕「丈」，刻本作「丈之」。
〔二〕刻本無此四字。
〔三〕刻本無「購」字。
〔四〕刻本無此八字。

〔五〕刻本無此四字。

送鄧翊庭孝廉復讚南歸

暑雨三千里，憐君匹馬歸。蹣難通耗問，老病念庭闈。積潦夐應没，連山鳥不飛。長涂須自慰，莫使涙霑衣。

簡心宇時余移寓横街〔一〕

荒荒人海裏，著我兩閒人。聚散忽無定，迢遥不可親。已愁成契闊，猶喜似比鄰。復恐秋風起，相思感白蘋。

深譚恒半夜，案户見明河。隔絶今如此，幽懷可奈何。始知身是客，漸覺語無多。鐘鼓未云樂，矧爲勞者歌。

樹老陰多合，雲輕閣不流。空齋風作雨，孤簟夏生秋。長日那消此，故人能過不。慊慊春石上，一飽且休休。

露氣空濛白，燈花慘澹青。有懷誰共訴，無夢不妨醒。鎩翮憐籠鶴，垂芒看客星。因君發狂語，騷屑那堪聽。

〔一〕刻本題作「簡心字」。

題鶴影圖並叙〔一〕

中州學使院西偏老屋三楹，余曩時游息所也，庭有枯樹一株，虬枝鐵幹，夭矯軒翥，月來窗北，輒寫其影，僵瘦獨立，宛似老鶴。憐其傲骨逸態，與余正同，徙倚興嘆，恒徹夜不寐〔二〕。童二泉山人就窗紙摹拓，目爲鶴影圖，屢屬余作歌〔三〕。人事匆促，未暇也。今年夏史生兄弟入都，復出斯圖見視，意有所觸，慨乎言之〔四〕。

蒼梧雲飛入大梁，化爲野鶴淩風翔。裴徊月下弄清影，失勢一墜形枯僵。銅柯鐵骨不可控，顧影猶疑作晴唳。乘時或恐變蛟龍，得地曾經宿鸞鳳。高齋永夜涼月陰，博山香燼停瑶琴。三更孤影向何處，太華西側黄河深。緱嶺仙人踏明月，口稱寡人帶凡骨。寧受千年霜雪侵，焉能從汝朝金闕。披圖忽憶泥爪痕，幽夢一片過夷門。不飛不鳴若槁木，三載靜對空黄昏。只今蕉萃風塵裏，太息婆娑樹如此。轉舞應憐尾半焦，孤撑忍令心先死。吾聞昔人游嵩山，路逢病鶴稱鳥仙，塗以臂血頃刻飛沖天。可惜世間人最少，遲爾高騫上瑶島。

〔一〕刻本無「題」字。「並」，翁宗慶藏詩稿長卷作「有」。

〔二〕刻本無「憐其傲骨」至「徹夜不寐」數句。

〔三〕刻本無「屢」字。

〔四〕「恒徹夜不寐」至「慨乎言之」，翁宗慶藏詩稿長卷作：「恒徹夜不忍寐。穎生昆季屬童山人二泉就窗紙摹拓，目爲鶴影圖，而余爲之作歌。」

次韻贈鹿樵閣讀〔一〕

牙籤錦贉散如煙，博識當今讓茂先。過瞑十行看葉埽，精心百步見楊穿。清芬人入芝蘭室，秘玩家藏書畫船。坐上自來無俗客，不妨寒具設方磚〔二〕。

埋首嗤他故紙鑿，前身元是侍香童。高情嚼遍梅花雪，逸興招來海鶴風。文字因緣小游戲，林泉位置大神通。何當共拄仙人杖，鎮日追陪躡華崧〔三〕。

枉讀司空城旦書，三年饑走研田枯。狂來自射劉蕡策，窮到仍循阮籍途。涉世勞勞轅下驥，浮生汜汜水中鳧。長安索米非容易，慚愧馮諼食上厨。

〔一〕「贈」，刻本作「答」。

〔二〕刻本無此首。

〔三〕刻本無此首。

鹿樵閣讀以新詩見示依韻奉和〔一〕

玉漏遥傳乙夜庚，蓬萊頂上綺霞生。鳳池清切三霄近，鴻筆紛綸七步成。領袖久爲黄閣老〔二〕，歸心只戀白雲程。故山梅信應相待，遮莫多情動廣平。

墻角垂垂掛盜庚，高齋野趣自然生。編籬様比前年好，栽竹陰看上番成。退直焚香時静坐，課兒學字日分程。從來大隱如君少，休更歸山羡子平。

〔一〕刻本無「閣讀」二字。

〔二〕「老」，刻本作「長」。

積雨再疊前韻簡心宇〔一〕

排日祈晴只望庚，四時農占，久雨望庚晴。蝸涎篆壁水衣生。客愁攙雨飄難定，秋夢和雲畫不成。念我勞勞盟息壤，替君緩緩計歸程。階前一碧清如許，鑒取澄懷水様平。

〔一〕刻本無「再」字。

秋雨浹旬獨酌排悶

無數癡雲屋角隤，倚天長劍撥難開。一生定著幾兩屐，排日須傾三百杯。秋井塌時驚白骨，空階平處長青苔。長安冠蓋交游盛，舊雨來今雨不來[一]。

[一]「舊雨來今雨不來」，刻本作「今雨不來舊雨來」。

秋雨述懷

四面雲頭閣不流，闌風伏雨幾時休。直傾萬斛天瓢水，併作連宵薊樹秋。侵曉鐘聲仍帶濕，滿城煙色迥含愁。人間咫尺應難辨，擬泛靈查問女牛。

撥盡銅鑪一炷煙，力微敢擬補天穿。漾開簾額波難定，滴碎蕉心夢不圓。自古悲秋惟我輩，而今聽雨況中年。破書敝簏床床濕，獨客情懷倍可憐。

激灩平階水一窪，飛鳧拍拍以爲家。浹旬只恐生禾耳，三尺多應没稻花。永夜空堂盤蝙蝠，衝寒殘榛學蝦蟆。明朝斗米還增值，嘆息吾生未有涯。

冷氣陰森徹骨寒，秋初已覺客衣單。被池綿薄裝仍綻，簟角黴生熨不乾。乳燕巢空求食急，饑鷹翅重欲飛難。庭前鞠藭伶俜甚，雨打風吹不汝寬。從來塗淖説江鄉，如此愁霖未慣嘗。無數水衣多繞榻，有時蝸篆亦緣墻。若爲桃梗嗟微命，欲療河魚少禁方。自信泥中吾有分，故園秋色莫荒涼。年時綺席倒金尊，秋雨秋風憶白門。連日心情如中酒，懷人況味最銷魂。附書南國憑潮信，翦燭西窗認夢痕。北巷東鄰車轍斷，寸衷脈脈與誰論。

送心宇歸里時心宇偕屈侃甫明經軼自潞河買舟南下（二）

白雲辭故山，朝夕尚相聚。秋風忽吹散，上下影回互。朝來君過我，别我江南去。謂當少從容，驪駒已戒路。君歸非得已，何迺太怱遽。豈不欲留君，知君不可住。功名水上漚，富貴草頭露。饑寒亦有分，妻子那不顧。我今自誤矣，安忍復相誤。灑淚從此辭，詎免别離苦。去留兩非計，同向秋穹訴。攜手上雙橋，夕陽滿雲樹。目斷望丁沽，煙波渺何處。兩度君送我，送我游大梁。新詞屢移贈，字字含清商。置之懷袖間，行橐生輝光。今兹我送君，何用壓君裝。贈君雙明珠，羞澀愁空囊。贈君七寶劍，刓頓無鋒鋩。不如贈君言，久要定不忘。久要夙所願，矧可得報章。立身互砥礪，舊學加商量。人生志氣合，豈隔天一方。後會雖難定，進德期無疆。勖君兼自勖，好修以爲常。

與君忝葭莩，泛泛僅相識。自從走京華，論交始莫逆。前年城東偏，小聚待射策。丁丑春同寓鍾仰山學士昌宅〔二〕。連床聽荒雞，披露見肝膈。一朝別君去，去作梁園客。契闊隨陽鴻，進退遇風鷁。去秋宣南坊，話雨數晨夕。余送生徒入都應試，君亦歸了向平之債〔三〕，復來京師，相遇鹿樵閣讀邸舍〔四〕，留連旬日。涼陰潤衣裾，冷氣逼几席。怱怱難具陳，鬱鬱復南適。今春重入都，同住茂先宅。橐筆入棘闈，再戰迺再北。自此交益堅，生死誓不易。心同臭似蘭，操苦介於石。伊余又適館，相去路咫尺。咫尺非云遠，已若千里隔。一日不見君，便覺愁思積。高樹生曾雲，虛堂晝昏黑。豫愁索居苦，默坐但淒惻。君今果遠行，何時展良覿。蚤知有此恨，寸陰亦珍惜〔五〕。深情託微波〔六〕，回首念陳迹。秋天皓月圓，夢寐見顔色。

昔君年少日，掉鞅雄文壇。詞高何落落，才大真槃槃。使之入著作，潤色必可觀。謂當排閶闔，直上青雲端〔七〕。豈知數不偶，一第登天難。論文三十年，畹晩得冷官。冷官亦何有，騎馬褐不完。猶勝風塵吏，齷齪奴婢顔。願君宜自愛，慎勿嫌其寒。祝君得善地，大好湖與山。生徒來問字，濟濟玉筍班。口講兼指畫，著述垂不刊。暇時訪隱逸，詩酒相往還。廢圃鉏花藥，閒庭長芝蘭。聽兒讀書聲，快若水瀉灘。此福世希有，莫謂造物慳。他年拏小舟，訪君尋舊歡。飽君苣藤飯，飫君苜蓿盤。

君有莫逆友，係出楚靈均。鯤鯨運滄海，雕隼盤丹垠。我與同里閈，欲交豈無因。頗聞其爲人，傲嫚不可親。褐來始相見，所見無其倫。古歡敦道義，語默皆天真。始知耿介士，多受俗子瞋。三上長安道，潦倒長風塵。萬金隨手盡，一笑忘賤貧。讀書務實用，絶學通天人。謂余後來秀，忘年交分申。銀河正案户，列宿光燦陳。深譚忘寢食，雄辯驚鬼神。五嶽起方寸，樹骨何嶙峋。侵尋老去矣，肝膽猶輪囷。子今同舟去，棲迹荒江濱。遥看雙龍劍，氣射牛斗津。

寒禽宿沙際，肅肅相因依。稻粱各有謀，羽翼遂差池。公等從此去，余亦當奮飛。豈不欲奮飛，憐余未得歸。高堂有老親，名心安忍灰。且過春試去，甘受樊籠羈。繫豈余本圖，寂寂竟何爲。愁心繞南雲，夜夜夢庭闈。昨朝婦書來，苦道寒與饑。遑惜一身饑，晨羞哺未炊。遑惜一身寒，所嗟兒無衣。念此意忉怛，涕下如綆縻。敝袍苟可解，典盡亦不辭。明知值幾何，饑寒庶共之。附君書一緘，中有菽水資。匪曰菽水資，聊慰倚閭思。君歸拂征塵，爲我敂柴扉。高堂儻垂問，爲我善致詞。勿云客中苦，恐傷慈母懷。

君年將半百，我年二十九。辱君弟畜我，遇事輒開誘。君德含沖和，氣味若醇酒。君才無不宜，何止論升斗。折節與余交，毋乃愛忘醜。相遺多瑯玕，欲報少瓊玖。顧余雖乏才，立志頗不苟。掞天無尺量，畫地有墨守。君之所取裁，得毋在是否。忘形契分深，披衷性情厚。道義同肩仔，瑕疵互攻剖。旁人頗疑怪，二耜爲一耦。豈知兩人心，相期在不朽。百年有窮期，此心知弗負。今者送君行，如失左右手。方嗟辭明師，陸心蘭師出守漳州。旋悵別良友。悠悠一寸心，搖曳風中柳。讜言日不聞，祗恐益余咎。新知滿眼前，孰是交耐久。世態如浮雲，白衣變蒼狗。熱腸向誰訴，從此三緘口。

〔一〕「買」，刻本作「同」。

〔二〕刻本無「昌」字。

〔三〕刻本無「歸了向平之債」六字。
〔四〕刻本無「閤讀」二字。
〔五〕「珍」，刻本作「可」。
〔六〕「微」，刻本作「長」。
〔七〕「上」，刻本作「入」。

簡鹿樵乞盂蘭餅餅名見《清異録》，吴人中元日祀先必作之，俗名茄餅。

從君乞得盂蘭餅，玉屑金銚莫漫論。領略飣盤風味好，客中三度過中元。
寂寂依人作遠游，懷哉空唱大刀頭。憑誰畫取團欒樣，一片月明江上秋。

登陶然亭次壁間盛蘭雪孝廉大士錢伯玉庶常寶琛韻

城畔荒亭一角孤，登臨聊藉瘦筇扶。秋雲弄影痕深淺，蘆雪摇空夢有無。極目巉巉淩上界，前身了了證團蒲。却來人外看人海，絶似煙嵐萬變圖。
擊筑悲歌調易孤，醉來狂舞倩人扶。愁生南國書難寄，澹到西山影似無。潑墨幾行留雪爪，窮交多半隱菰蒲。何當疊遍《陽關曲》，重繪秋聲第二圖。

九月十四夜月色澄朗旅館淒清因憶前年此夕在大梁與儕輩飲酒賦詩極客中之樂迺今不可復得矣倒壓其韻以遣愁懷〔一〕

十分涼意浸冰痕，圓缺升沈莫漫論。撩亂秋雲迷舊夢，零星寒柝斷吟魂。三年鴻爪驚蓬轉，九月燕郊木葉繁。愁絶梁園倦游客，那堪回首望夷門。

〔一〕「極客中之樂迺今不可復得矣」，刻本作「之樂」。

送譚藹香上舍謂廷游涼州

燕市一尊酒，别離千古愁。風雲方慘澹，君又去涼州。絶域悲歧路，寒威失敝裘。承平烽燧靜，無計覓封侯。

聊復依人耳，長塗那足論。防身磨古劍，放眼小中原。歲月愁邊過，文章塞外尊。西湖有舊侶，念爾更銷魂。時陸采三、周遠香客杭州。

到日應除歲，郵程記六千。春風酒泉郡，殘雪玉門天。賢主傾心久，慈親望眼穿。千金如可致，歸矣莫流連。

故人星散風雨淒其兀坐挑燈寢不成寐

一夜風兼雨，孤衾夢不成。檐頭鈴鐸響，都作別離聲。天意輕寒士，人情重友生。桑乾流太急，嗚咽那能平。

陽澤門內小馬圈是前明玉熙宫遺址

過錦排當想像中，勝朝曾此建離宫。一從鳧藻纏妖彗，無復龍舟漾彩虹。銅馬嵯峨籠曉靄，玉蛾淒斷泣秋風。惟餘實月亭前月，長向漸臺照綺櫳。

頭痛

嘉樹移淮北，爰居避海東。摇晴驚積雪，疏理怕當風。檄想披裘讀，鍼難用火攻。逌然還自笑，頭腦太冬烘。

雪後偕孫廉甫明經成彦踏月玉蝀橋

長安雪霽月滿天，沈沈萬户凝寒煙。朱門繡闥羅管絃，醉飽酣睡吁可憐。我生逸氣淩瀛堧，羈棲太液池西偏。孫郎同捨玉雪鮮，通眉長爪其神全。俯視塵世紛腥羶，相攜起踏瓊瑶田。長橋亘空虹蜿蜒，闌干百丈白玉鐫。橋東椶殿埤垸圓，古栝夭矯蒼藤纏。飛雲北度瓊島巔，窣堵波影垂白蓮。五竿高矗捎珠躔，玉虹金露址變遷。廣寒遥想明璣璇，趯臺南眺何渺綿。稻畦漫漫無陌阡，萬株雪柳迎風妍。憑闌四望光皎然，瑶華壓冰冰骨堅。蟾輝孤朗三更懸，寒波激射上下連。金碧晃耀映玉淵，空明世界涵大千。置身恍在方壺邊，徑欲駕鶴乘雲軿。前招洪厓後偓佺，翱翔九垓窮八埏。謫仙化去千餘年，惜哉此樂無人傳。相視大笑如雷顛，擊柝老卒車下眠。驚起瞠視疑真仙，歸來坐參雪竇禪。定中似聞金闕宣，衍波重賦春寒篇。

送竈詞

嬌女鍘童擁翠旍，粈盆樺燭薦芳馨。婦爲無米炊原慣，兒解譚詩跨亦聽。熱不因人觚自踞，煬寧有術夢難靈。三年索食長安道，老母尸饔鬢已星。

上章執徐（庚辰）

庚辰元旦

春光十日動郊畿，天子齋居拱紫微。維戊吉還兼午勝，後庚期恰應辛祈。六街暖入香泥滑，五穀精融瑞雪霏。從此長安居大易，年年臣朔不愁饑。

行路難

行路難，難莫難於上青天。天門詄蕩蕩，恨無六翮乘風騫。泥塗踸踔，亦云孔艱〔一〕。下士倀倀行不得，前行路難行躊躇。問君此行胡爲乎，逝偕計吏來皇都。都門迢遞三千里〔二〕，代步須乘薄笨車。主人前告客，官府有程額。小車輪芻茭，大車載楗石，催赴河工限期刻。贏車不中程，始敢私貿易。一車亦需金二百，客囊金少行不得。況復前行到山左，去年雪比江南大。一餐費却兩緍錢〔三〕，人飽糠粃馬僵餓。朝聞山路車輪摧，莫聞湖路馬蹄隤。朝朝暮暮輪蹄鐵，碾盡心頭一腔血。近傳黄流趨德州，河伯憑怒蛟龍愁。君看無數多錢賈，到此還輳歸去休。行路難，難莫比，只今王道平於砥，猶復蹈危有如此。安得敕童律，驅六丁，填以息壤頃刻平，盡挽河溜東南傾。俾行者可以遄行，而耕者可以深耕。行路難，三嘆息，天子宵衣正前席，諸公勉進防河策。

〔一〕「亦云孔艱」，翁宗慶藏詩稿長卷作「一步一顛」。

〔二〕「都門」，翁宗慶藏詩稿長卷作「皇都」。

〔三〕「兩」，翁宗慶藏詩稿長卷作「十」。

題瓦研齋圖并叙〔一〕

沔陽張蓮濤名錫穀，乾隆己酉進士。令貴州之開泰，甚有政聲。一日，縣人薛紹瑄餽銅雀瓦研一，述其叔文學某遺命以贈張公子者，然文學故未識張侯也〔二〕。研形圓而質堅，真贗不可辨，背鐫「圖園」二字，下方刻曰「儒林之寶」，聞出少鴻臚張公應詔家，「圖園」蓋其自號云〔三〕。張侯感其意，以名其齋，賦詩紀之，繪圖徵詩〔四〕。

賢侯愛民如愛子，不獨感生能感死。垂死高人寄結鄰，世間投贈應無比。訟庭闃寂晚衙開，繞膝芝蘭長玉階。花間兒讀掀髯聽，鈴下人喧捧研來。滿堂傳觀皆動色，金暈羅紋質蒼黑。中有泉臺一縷魂，千年不受風霜蝕。背銘歷歷鐫「圖園」，薛生寶之完不刓。遺言緘寄張公子，願效而翁作好官。生與張侯未識面，臨終乃遺銅臺研。地下脩文限已催，人間茂宰心猶戀。張侯感之繪作圖，高齋寶氣照四隅。悠悠生死知難報，且課佳兒好讀書〔五〕。漳河日夜清波瀉，鄴令風流誰嗣者。託物聊酬似水清，寄情寧在香姜瓦。觥觥張侯政有聲〔六〕，三載行書上考成。銀筆已看修治譜，玉堂佇見起家聲。丁令前知傳異事，魏公卓識稱高誼。郎君他日侍黄闈，莫忘畸士殷勤意。吁嗟乎，繐帷日落夜沈沈，賣履分香淚滿襟。英雄末路紆長算，争及酬恩一片心。

〔一〕刻本無「題」字。翁宗慶藏詩稿長卷此詩題下注：「代藝齋丈作。」

〔二〕翁宗慶藏詩稿長卷以上作：「沔陽張蓮濤（名錫穀，乾隆己酉進士），令開泰二載，頗有政聲。忽一日，縣人薛紹瑄來致銅雀瓦一，述其叔文學某臨終時感張侯之德，遺言命贈張公子者，然生與張侯故未識面也。」

〔三〕「自號」，翁宗慶藏詩稿長卷作「字」。

〔四〕「繪」，翁宗慶藏詩稿長卷作「且繪」。

〔五〕「課」，刻本作「看」。

〔六〕「聲」，翁宗慶藏詩稿長卷作「名」。

游仙詩〔一〕

群仙夜醉玉真家，有客來乘貫月查。洞口布成三里霧，教人難認碧桃花。

霧閣雲窗路渺冥，瑶英寄語浪丁寧。他年要息三山事，廣奏鈞天六日聽。

惱煞吴剛抱樹眠，霓裳不許外人傳。罰伊營室錢千萬，修取瓊樓面面圓。

〔一〕此組詩據翁宗慶藏詩稿長卷補入，他本無。

淮安龔翁九十壽詩〔一〕

虞山峰蟠鬱，尚湖波淪漣。湖山秀氣鍾，間世生俊賢。俊賢固不乏，疇能僉乎天。維翁得氣厚，耕讀世澤延。結茅近潭塘，汙萊無陌阡。翁獨創義舉，傾貲爲衆先。千金築圩堤，九派疏流泉。至今數千頃，盡成膏腴田。一鄉賴僉活，受福宜綿綿。遐齡開九秩，杖履春風前。一堂列五代，濟濟羅曾元。賢孫觀國光，佇換官袍鮮。沛艾正未已，鵲起還蟬聯。大吏上其事，綽楔恩綸鐫。熙朝盛人瑞，壽宇歸陶甄。吾鄉得未有，翁福膺其全。祥飈拂湖面，晴靄籠山巔。林容與水色，一一呈態妍。蘭陔歙華笙，麗景開綺筵。祝翁壽而康，永享彭鏗年。

〔一〕此詩據翁宗慶藏詩稿長卷補入，他本無。

葉節婦詩〔一〕

夫亡願從死，死易立孤難。況有高堂在，崦嵫日影寒。仔肩一身重，苦節百年完。綽楔恩綸降，貞珉永不刊。

莫釐峰下水，千尺靜而深。明月長如此，微塵那得侵。波瀾澄素志，冰雪鑒清心。陋彼高臺築，徒夸巴婦金。

〔一〕此詩據翁宗慶藏詩稿長卷補入，他本無。

又代星齋作〔一〕

太湖之水深復深，照見一片冰霜心。莫釐之松排風雪，鍊就千年後凋節。水亦有時竭，松亦有時枯。不如七十餘載貞心苦節，皎若皓月臨天衢。以婦代子子則孝，以母兼父父能教。入地下告兩事畢，地下亡人亦含笑。君不見莫釐之峰百尺高嵯峨，太湖三萬六千頃，淰淰揚清波。

〔一〕此詩據翁宗慶藏詩稿長卷補入，他本無。

三月十八日周鶴儕上舍堃招同周雪山榮鼎龔杏村棨盛朗莽泰符龐子方大堃四孝廉惠欽星齋兩同年泛舟通惠河爲補禊之會時鶴儕將南歸〔一〕

買得蜻蛉一葉舟，却將婪尾補遨頭。狎波鷗鷺偷窺客，夾岸菰蒲豫作秋。此去游蹤如退鷁，果然吾輩是清流。吴儂只合江鄉老，纔上輕航便遣愁〔一〕。

紅闌緑柱篛篷輕，宛似秦淮蕩槳行。兩脚扣舷元易穩，一心如水只宜平。已排舵尾安茶鼎，别繫瓜皮載酒鎗。忽憶湖田喧競渡，畫船簫鼓正縱横。吾鄉三月廿日大小湖田競渡最盛〔三〕。

澄觀未證達摩禪〔四〕，漂泊江湖近十年。三月三時如夢過，一花一葉動人憐。多情蝶抱將離蕊，無定雲隨不繫船。願得同游長健在，東陽宿草已芊芊。丁丑春，華麐屢約余同游，人事牽纏，未暇也，今華麐已化去二載矣〔五〕。

傷春傷别似司勳，怕見微風蕩縠紋。輕燕有心尋舊壘，游絲無力罥行雲。離情潭水深千尺，世態楊花薄二分。聚散升沈彈指事，不須惆悵倚斜曛〔六〕。

連舟並艤學兇央，不遣盈盈隔一方。酒氣暖蒸紅雨膩，歌聲吹破碧煙涼。西津池館榛蕪没，南國鶯花歲月忙。莫向天涯增感慨，坐中難得盡同鄉〔七〕。

相攜畫壁到旗亭，上舾濤聲不忍聽〔八〕。落日忽驚桃葉暗，迴風時帶鯉魚腥。狂傾東海翻波白，冷笑西山擁髻青。歸路軟紅塵裏去〔九〕，車鈴摇夢未曾醒。

〔一〕「歸」，刻本作「旋」。翁宗慶藏詩稿長卷題作：「三月十八日偕周雪山（棨鼎）龔杏村（棨）盛朗蕣（泰符）周鶴才（堃）惠欽龐子方（大堃）星齋（大奎）游通惠河爲補禊之會時鶴才將南歸。」

〔二〕「遣」，翁宗慶藏詩稿長卷作「解」。

〔三〕翁宗慶藏詩稿長卷此處多「傾城士女往觀」六字。

〔四〕「未證」，翁宗慶藏詩稿長卷作「肯學」。

〔五〕翁宗慶藏詩稿長卷注作：「憶丁丑春，華廔爲余言二閘之勝，約余同游，人事牽纏，不果也。今華廔已化去二載矣，追念良朋，潸焉出涕。」

〔六〕此詩翁宗慶藏詩稿長卷作：「荀香隔座已遥聞，翠被揚舲感鄂君。輕燕有心尋舊壘，游絲無力罥行雲。人憐春漲深千尺，我替花愁瘦十分。彈徹鵾弦幾行淚，尊前無語對斜曛。」

〔七〕刻本無此詩。翁宗慶藏詩稿長卷作：「連舟並艤學夗央，不遣盈盈隔一方。酒氣蒸爲花雨暖，歌聲摻入水風涼。綰將弱柳同心結，添取輕綿半臂裝。指點落紅成陣過，未妨杜牧是清狂。」

〔八〕「上牐」，翁宗慶藏詩稿長卷作「入耳」。

〔九〕「路」，翁宗慶藏詩稿長卷作「到」。

下第後作〔一〕

蒼茫前路感臨歧，又到花飛月墮時。草草歡場春夢過，悠悠心事水波知。劉蕡計議紆長策，羅隱聲名剩好詩。同是銜泥雙燕子，輸他先占最高枝。指鞠泉。

〔一〕翁宗慶藏詩稿長卷題作：「下第後作憶去年薌香遠香去都留别之作因和其韻録呈惠欽兼寄薌香遠香當同聲一哭也。」

四月十二日偕樵山駕部春嵐同年默生上舍及史生昆季重泛舟通惠河距余前游才二句許耳風物不殊儔侶頓散俯仰興感不能無詩[一]

不盡蒼涼擊筑聲，又來物外濯塵纓。眼前奉米知難索，身後傳書亦好名[二]。上客漫勞陳七發，荒亭何處問雙清。虛舟泛泛終非計，歸去滄浪託耦耕。濯纓、雙清二亭皆在通惠河側，今廢。

欲整歸裝路恐差，清谿笑我未還家。由來淺水無文鯉，自古淘金易揀沙。莫羨空倉多雀鼠，可知靈匹有匏瓜。拂衣揮手辭公等，準擬鄉關看菊花。匏瓜亭，元趙參謀別墅也，亦在河畔，今莫詳其址矣。

銜尊坐對落霞飛，柳色漫空不染衣。花似有情瞋復笑[三]，燕曾相識是耶非。觴因流水三分淺，春與停雲一例歸。剩得蘆中窮士在，江湖滿地欲何依。

歡蹤宛似隔年期，默坐愔愔有所思。下第已如中酒後，懷人況在落花時。即看此會都非故，那卜重來更共誰。寄語沿堤舊鷗鷺，他時相見莫相疑。

〔一〕刻本無「余」字。翁宗慶藏詩稿長卷題作：「潁生厚田招同厲樵山駕部（同勛）謝春嵐童默生上舍泛舟通惠河距余前游才二旬許耳風物不殊人事頓換俯仰興感不能無詩。」並有注云：「言者心之聲，此種詩太牢騷激楚，非壯年所宜也，雖曰途窮能無慟，然衷亦褊矣。戒之，戒之。遂庵自記。」

〔二〕翁宗慶藏詩稿長卷此兩句作：「眼前俸米知難索，身後文章合有名。」

〔三〕「瞋」，翁宗慶藏詩稿長卷作「嗔」。

鹿樵閣讀觀察河東將行出家慶圖索題〔一〕

廿年薇省領清班，今日揚旌絳霍間。移取全家圖畫裏，終朝飽看太行山。
法界同欣化雨霑，慈雲蔭芘遍窮檐。焚香細把牟尼數，一顆明珠一歲添〔二〕。
看花鎮日捋吟鬚，肯遣家山種木奴。文學莫興鹽鐵論，大夫不慣算錙銖。
新田土厚水泉清，吉貝花開似雪明。看取唐風如太古，家家燈下紡車聲。
清粹温醇玉不如，一雙雛鳳過庭初。三河年少知慚否，好放鞲鷹去讀書。
一家占得四時春，雨露恩濃敢乞身。願展和羹調鼎手，部民都作太平人〔三〕。
宅庭雞犬亦神仙，八節花開鬥笑妍。他日道旁停蓋問，絳人可更有疑年〔四〕。
沖瀜雅度扇仁風，指點樵夫與牧童。我亦蒼生中一個，要么添畫個漁翁〔五〕。

〔一〕刻本卷第六自此詩始。刻本卷第六後附注：「古今體詩一百一首。起庚辰下第後由潞河泛舟南還，道光元年辛巳赴戴可亭相國約爲章江之行，四月抵南昌作。」
〔二〕刻本無此詩。
〔三〕刻本無此詩。

〔四〕此詩據翁宗慶藏詩稿長卷補入，他本無。

〔五〕此詩據翁宗慶藏詩稿長卷補入，他本無。

虞山丙舍圖詩爲鹿樵觀察賦〔一〕

公叔達生死，樂哉嘆斯邱。惜無賢子孫，於此宮銘幽。世人惑地蔭，牛眠卜窀穸。但解求福田，豈爲安親魄。縱能安親魄，疇能安親心。白楊風蕭蕭，清晝猿狖吟。縹緲虞山巔，雲物神訶護。云是鄉先生，侍御張公墓。公昔生存日，山水託高情。歸田謝軒冕，騎尾返瑶京。棘人走荒山，麻鞋踏幾兩。何以慰公靈，佳城得龍養。地名龍養基。左挹維摩翠，右瞰雙湖澄。仙風吹浪浪，海氣陽烏升。千秋未闢山，天留待公到。日暮公靈歸，忻然鑒兒孝。公靈既在兹，公心喜可知。墓門清泉冽，丙舍夭桃緋。桃緋血染衣，泉冽淚霑臆。披圖靈風來，微聞公嘆息。

我家有先壟，迺在北山麓。植立僵不仆，形若槁死木。貞徽識力卓，卜葬此地宜。謂苟窮不濫，吉亦孰如之。先貞節母買得王氏廢地數弓〔二〕，卜葬兩世三棺，形家僉謂葬此子孫且長貧。先節母曰：貧斯濫乎。曰：形若枯木，僵而不仆。先節母曰：吉地也。〔三〕遂定兆域焉。果然一脈延，袝葬逮三世。先人馬鬣封，埏隧于斯閉。秋風萎宿草，春雨啼杜鵑。孤兒一滴淚，何由達重泉。灑淚向松梢，裵徊不能去。爽氣西山來，遥遥見公墓。不得到墓下，再拜奠一卮。徒勞生景慕，俯仰有餘思。思我先君子，與公契最厚。

論交輩行折，置醴周旋久。升沈雖殊致，不隔神與形。地下一執手，歡定如平生。山麓雲沈冥，山頭雲莽蒼。四更陰火青，靈旗照來往。

成童我歸試，值君廬墓時。見君貌骨立，負土十指疲。弱冠我偏孤，輿匶還鄉葬。陽侯逞回怒，失足駭陊浪。君時直薇省，不得磨鏡來。丐君書銘蓋，丹篆輝泉臺。前年入京師，示我圖一幅。述德中孝思，淒惻不忍讀。屬我作詩句，下筆且復休。撫衷有隱恫，夢繞家山秋。荏苒遂三年，旌旄蒞鹽澤。後會知何時，寧敢一言惜。子厚嗟芻牧，子瞻憶蜀岡。彼皆遷謫士，廬舍恐荒涼。君今銜恩命，致身期報國。况展篋中圖，宛見松楸色。他年樹節鉞，焚黄告墓門。親恩何以酬，努力酬君恩。獨我嘆漂零，饑走長安道。望斷白雲深，落葉悲不埽。瀧岡緩有待，我待胡爲哉。題詩涕漣洏，觸我展墓懷。

〔一〕刻本無「詩」、「觀察」三字。

〔二〕刻本無「數弓」二字。

〔三〕「曰：形若枯木，僵而不仆。先節母曰：吉地也」，翁宗慶藏詩稿長卷作：「曰：否，形類枯木，僵而不仆。先節母曰：善矣。」

送鹿樵觀察之河東

孟夏月初吉，帝坐明光宫。揮絃歌解阜，殿閣來薰風〔一〕。天顔睟有喜，温旨宣臣鏞。汝具練達才，汝矢端恪衷。汝職典絲綸，廿載滋益共。俾汝正鹽筴，整豸巡河東〔二〕。汝其效汲黯，坐鎮當要衝。下毋奪民利，上毋虧正供。臣鏞拜稽首，臣材本駑庸。任劇虞隕越，恩重歸陶鎔。願凜冰淵心，願守清白躬。載揚南風曲，仰答大造功〔三〕。解鹽汲水灌畦，必藉薰風鼓蕩而成。舜都蒲坂，南風之詩義取解阜説者〔四〕，謂即指此是也。〔五〕

三河古都會，河東尤沃土。由來郇瑕氏，國饒且近鹽。鹽池十有八，玆焉據其五。廣袤百廿里，膏液成潟鹵。不煩煎瀝功，不藉牢盆貯。江淮及析津，利藪安足數。猗氏纍千金，實由大腹賈。土沃民不材，昔賢豈虛語。蟋蟀與山樞，此風已成古。庶幾勤令德，或可比鄒魯。勸君酒一杯，開口向西吐。蒸爲中條雲，散作太行雨。

天地開利孔，顛倒億兆人。役役争錐刀，奔走寧顧身。强者日以厚，積若邱阜屯。弱者日以削，散若瓜豆分。不有司牧者，疇能使之均。周官重國實，虞衡必周巡。藉彼造物富，賑玆造物貧。本以興民利，夫豈曰病民。漢立鹽鐵官，乃自言利臣。二十有八郡，河東職尤尊。後來廢或置，議者徒紛紛。要在識大體，何損義與仁。畦户力宜恤，蠹商法必伸。行見真鹽鐵〔六〕，澤被三門津〔七〕。

鹽澤紀山志，鹽池詳水經。挹注終不竭，紫色常澄渟。黄河從天來，勢若屋建瓴。千里始一曲，融此奥衍形。有利必有害，消息驗物情。惟當護堤堰，力與客水爭。主水患其涸，客水患其盈。水盈鹽易敗，水涸鹽不生。宜受南谷水，水清鹽迺精。宜捍北谷水，水濁鹽難成。霡霂時一潤，顔色逾鮮明。淫霖或不止，泛濫防縱横。静言觀物理，政理可以平。不見包孝肅，一笑黄河清。孝肅嘗爲河東都轉運使〔八〕。

析利如絲棼，鉏奸似茅拔。苟能探其本，奚暇察其末。顆鹽賤易售，煎鹽利每奪〔九〕。奸民逞私販，那復顧刑罰。此輩無藉徒，厥魁多大猾。揮金結死士，豨突乃竊發〔一〇〕。聯艑過關隘，去若箭離筈。豈無兵與吏，拱手不敢詰。可憐蚩蚩甿，升斗求苟活。捕以塞考成，鴻麗魚網設。曩者客朐陽，此弊久深悉。惜無尺寸柄，攬腕憤所切。顆鹽直賤而質良，私販獲利尤厚。余幼時在淮北，知之最詳。河東地大物博，梟販越界以售者且下達江漢矣。君今秉旌旄，節制更遼闊。盟津波澒洞，崤函峰巀嵲。地大蘗芽生，乘閒或出没。欲期刑無刑，先貴殺止殺。

峨峨龍門山，滔滔横汾水〔一一〕。絶學應運昌，篤生文中子。太平十二策，天下可坐理。薪傳得房杜，不聞私福畤。麾蓋西南行，行當過其里。念君與先人，契分差可擬。鯫生讀父書，如括譚兵耳。光範三上迂，悲歌倚燕市。贈君詩六章，灑灑動盈紙〔一二〕。芻蕘儻可采，幸無菅蒯視。送君渡桑乾，余亦南歸矣。瓣香告先靈，九原定忻喜〔一三〕。未知後會時，面目各何似。驕陽蕩埃氛，福星爛紺紫。仁風一以扇，炎暍霍然起。和羹術可試，報國從兹始。

〔一〕「來」，翁宗慶藏詩稿長卷作「生」。

〔二〕此兩句，翁宗慶藏詩稿長卷作：「古稱股肱郡，命汝往河東。」

〔三〕「筈」字清稿本漏，據刻本補。翁宗慶藏詩稿長卷作「補」。

〔四〕「解皁説，謂即指此是也」，翁宗慶藏詩稿長卷作「解愠皁財説者，謂即指此」。

〔五〕刻本注作：「解鹽汲水灌畦，必藉南風鼓蕩而成。」

〔六〕「行」，翁宗慶藏詩稿長卷作「佇」。

〔七〕翁宗慶藏詩稿長卷此處有注：「宋陳恕拜鹽鐵使，太宗深器之，親題殿柱曰：真鹽鐵陳恕。」

〔八〕「嘗」，翁宗慶藏詩稿長卷作「曾」。

〔九〕翁宗慶藏詩稿長卷此處多注：「民間不樂食貴鹽，故官引多滯銷，私販必厚獲，而顆鹽尤直賤而質良，所以凡產顆鹽之區，梟販雲集，余幼年在淮北知之最詳。」而於「攬腕憤所切」下無注。

〔一〇〕「豨突乃」，翁宗慶藏詩稿長卷作「一旦虞」。

〔一一〕「橫汾」，翁宗慶藏詩稿長卷作「汾河」。

〔一二〕「灑灑」，翁宗慶藏詩稿長卷作「纚纚」。

〔一三〕「忻」，刻本作「欣」。

長歌一篇贈柏秋坪廣文文熙〔一〕

秋坪自稱六不居士，謂不論命，不談相，不持齋，不佞佛，不服藥，不作居間也，亦可見其定力矣。

去年識君人海中，尊前一笑當春風。今年同客平津邸，我累豬肝君置醴。相逢意氣皆雄豪，落落寡合真吾曹。味從澹處得至味，如水投水非投醪。金蘭已成莫逆契，爾汝遂訂忘年交。朅來一編手示我，語到真摯無牢騷。人生百歲如奔電，禄命無憑孰貴賤。顯官端由似筆頭，封侯豈必如田面。天食法食疇則能，即佛即心我何羨。副肌劙脈少十全，覆雨翻雲每千變。先生知命能安貧，先生脩髯貌絶倫。心齋久已淨六塵，奉佛言謹事二親。魚羹救疾誠通神，大還鍊得能保身。卅載旅食京華春，袁絲灌夫走且踆。六者先生宜自號，先生捧腹壺盧笑。空諸所依法自然，羅觀角根觀道妙。先生汪汪千頃陂，淵乎孰得窺其涯。有威有儀洵可則，亦夷亦惠無不宜。衣冠肅穆事邱嫂，詩禮誦習傳佳兒。鈔成薈萃書百卷，鄭虔有道真吾師。升沈世事胡可説〔二〕，智者徒勞巧者拙。夷曠何煩送五窮，文章早見誇三絶。即今伏日蒸炎氛，那有懷肉遺細君。披襟歷歷數疇曩，夢痕零亂飛春雲。贈君狂言詩一首，轉瞚秋風惜分手。他年飫君苜蓿盤，定須醉我茱萸酒〔三〕。

〔一〕翁宗慶藏詩稿長卷此處多「即題其自叙」五字，題下無「秋坪自稱……」序，而全詩後有跋云：「君自稱六不居士，謂不算命、相面、持齋、佞佛、服藥、作中保也。亦可見其定力矣。」

〔二〕「胡」，翁宗慶藏詩稿長卷作「寧」。

〔三〕翁宗慶藏詩稿長卷此處有注云：「王建《酬柏侍御答酒》詩云：茱萸酒法大家同。」

過圓通觀鞠泉庶常寓齋偕程春海編修恩澤坐小亭夜話

日暮陌塵合，華轂紛交馳。出門散幽慮，孤詣何所之。祇林訪良友，寂莫同襟期。嘉賓亦戾止，邂逅瞻風儀。滅燭坐小亭，林木陰蔽虧。竹石泫清露，櫩楹拂曾颸。涼蟾囓雲葉，幽蟲吐秋絲。既欣疊滓隔，彌動江湖思。太史隱朝市，矯矯鸞鶴姿。鴻才不世出，風雅真吾師。淵源導經史，金石鏘文辭。書工大小篆，術擅俞盧醫。高譚霏玉屑，逸興揮松枝。商榷到今古，申旦亡其疲。伊余秉微尚，抗志慕振奇。所惜乍相見，俄頃成乖離。起視心房星，冉冉西南移。浩歌分手去，此樂無人知。

擬何處難忘酒

何處難忘酒，長安下第時。已隨芳草歇，生怕落花知。神駿空圖骨，春蠶未盡絲。此時無一盞，何以解愁思。

何處難忘酒，朋儕意氣高。忘形相爾汝，直道在吾曹。歲月過中聖，心情託孟勞。此時無一盞，爭識酒人豪。

何處難忘酒，看花燕市中。泉分草橋碧，雲繞石壇紅。羅帕緘詞麗，銀杯度曲工〔一〕。此時無一盞，何以謝春風。

何處難忘酒，無聊獨倚樓。高標淩落日，放眼小齊州。西北軍都峙，東南碣石浮〔二〕。此時無一盞，爭釋古今愁。

何處難忘酒，頻年面目枯。養生求藥餌，飽死笑侏儒。誰買相如賦，真窮阮籍途。此時無一盞，何以慰饑驅。

何處難忘酒，三隨計吏車。中年仍作客，好夢不離家。鄉國音書斷，高堂屬望賒。此時無一盞，争得滯京華。

〔一〕「泉分草橋碧，雲繞石壇紅。羅帕緘詞麗，銀杯度曲工」，翁宗慶藏詩稿長卷此四句作「衝筵問名姓，嬌語出簾櫳。仙質亭亭迥，芳心叩叩通」。

〔二〕「西北軍都峙，東南碣石浮」，翁宗慶藏詩稿長卷此兩句作「西北連山合，東南大地浮」。

王玉如丈年過六十飾巾待盡豫圖已像以示子孫洵達觀也屬題數語於幀首因作長歌贈之〔一〕

太虚黄土摶爲人，如恒河沙如微塵。億萬口耳鼻舌身，紛紛孰識果與因。忽然而來火傳薪，飄然而去風吹雲。誰歟畫手夸通神，以鑑取物泥在鈞。豹皮鳥骨安足珍，人相我相皆非真。先生古昔之逸民，沖和粹穆温且仁。内行敦篤含清淳，周旋鄉黨何恂恂。年過指使福益臻，顔如桃花壽比椿。階前培養蘭與蓀，陶然樂道忘其貧。達人大觀超等倫，自營壽藏高嶙峋。寂居化臺結構新，絞紟衾冒左右陳。預圖真所示子孫，相視莫逆孰主賓。披圖索我題一言，我繹微旨請更申。人生自有不朽存，那在五藴與六根。解弢墮衺幽顯分，多此一障意何云。不如逍遥御尻輪，汜乎不繫游天垠。先生頷之進一尊，身後有名我不聞。形神兩釋意紛紜，凌雲一笑三千春。

〔一〕此詩據翁宗慶藏詩稿長卷補，他本無。

題龐薵香紹渠漁隱圖〔一〕

偶淪雙池構草堂，閒攜孺子濯滄浪。荷衣半袒收綸坐，六月天風徹骨涼。

萬事無如放手高，柳陰涼處繫輕舠。鱖魚肥美風波定，莫向滄江釣六鰲。

水雲迴繞路漫漫，截得珊瑚作釣竿。欲訪孤蹤須認取，天邊一點客星寒。

舊時鷗夢總迷離，三載京華兩鬢絲。何日扁舟載苓箵，與君同寫景天詞。

〔一〕此組詩據翁宗慶藏詩稿長卷補，他本無。

題歸訪齋采芝圖〔一〕

山鬼乘狸夜出游，采將三秀贈靈修。東風颯颯芳華歇，一闋離騷萬古愁。

夫容城闕路冥冥，遺蛻空留大夢醒。呼取玉龍種瑶草，笑他服食望延齡。

〔一〕此組詩據翁宗慶藏詩稿長卷補，他本無。

錢耐巖丈挽詩〔一〕

記得追陪杖履前，先人講畫共流連。霜華俄見盈雙鬢，風木深悲過十年。大運龍蛇驚噩夢，古稀觥斝罷開筵。他時墓碣徵先友，秉筆猶應一泫然。

〔一〕此詩據翁宗慶藏詩稿長卷補，他本無。

題屈司馬佩芷游天台山圖代菊泉作〔一〕

題與仙吏抱仙才，握手燕臺笑口開。萬八蓮峰攜袖底，素衣何處染塵埃。

異境分明入畫圖，煙雲縹緲擬蓬壺。瓊樓高聳排雙闕，還似當年神秀無。

金策鈴鈴度石橋，赤城南峙建霞標。休嫌宦味清寒甚，管領仙都要福消。

胡麻炊飯汲山泉，洞口桃花錦樣鮮。莫但侈談劉阮事，部民多半是神仙。

五芝含秀鬱輪囷，四境花敷慧日新。猜道是仙還是佛，無人知是宰官身。

猶溪踞坐濯塵纓，五界分流徹骨清。我愧興興寸草好，可能擲地作金聲。

〔一〕此組詩據翁宗慶藏詩稿長卷補，他本無。

挽陶約齋先生〔一〕

鄉間耆舊半凋零，又失人間柱史星。百尺喬松標楷則，千秋法器式儀型。等身著述文爲範，奕葉聲華德自馨。今日儒生齊下淚，九巫山色黯然青。

手挈新尊告幾筵，如公清福一生全。横經載酒三千士，種菊栽松四十年。白髮縣君無恙在，青箱事業有人傳。淵明暫出通明隱，高節多應媲昔賢。

菲材曾荷片言甄，累世通家誼倍親。往日春風陪杖履，幾傳仁福託比鄰。飛蓬浪迹過三載，磨鏡歸來隔一旬。重拜禮堂行坐地，瓣香爇罷更傷神。

〔一〕此組詩據翁宗慶藏詩稿長卷補，他本無。

挽王母周孺人蓉村母〔二〕

涼風吹落葉，寶婺忽韜輝。德足儀中壼，年才過古稀。金萱凋茂蔭，慈竹掩春暉。嗚咽城南水，清流寫素徽。

萬里隨游宦，炎荒霧不開。鳴琴應德化，輿還又歸來。令子承慈訓，華年抱儁才。他時朔上苑，鸞誥慰泉臺。

〔一〕此組詩據翁宗慶藏詩稿長卷補，他本無。

挽張母李孺人〔一〕

儒美閨範播琴川，彤史揚輝淑德傳。式穀端由慈母訓，德芬共仰大家賢。譜成寡鵠聲聲咽，丸到修態顆顆圓。嘆息春暉今永謝，他時鸞誥慰重泉。

〔一〕此詩據翁宗慶藏詩稿長卷補，他本無。

吴母蔣太夫人七十壽詩〔一〕

佳辰設帨古稀年，喜值春風二月天。兩姓共推門第貴，一時群仰母儀賢。諸孫競爽祥逾萃，有子多才福自綿。明歲此堂重介壽，宫袍應换綵衣鮮。

〔一〕此詩據翁宗慶藏詩稿長卷補，他本無。

爲史生昆季題棣華山館圖〔一〕

梧桐生朝陽，棲託地不卑。喬木敷遠蔭，鬱鬱蟠高枝。由來重簿閥，非爲誇門楣。去天尺五近，雨露恩常滋。見聞易以廣，學業易以恢。豈如王謝郎，烏衣事游嬉。史佚有賢裔，家枕邗江湄。一經世德衍，七葉清芬垂。鍾毓得偉人，望之學士。文章動上台。堂前三珠樹，交映生光輝。伯也振麗藻，仲也秉軼材。季也啟夕秀，各各淩雲逵。讀書共一室，協律調塤篪。中庭常棣華，鄂不何葳蕤。春風歙駘蕩，融融復怡怡。君家在南渡，蟬冕聯清徽。甲第亘四明，洞天摹九題。繡衣橋巀嵲，碧沚波漣漪。石室夾山澤，霞嶼連虹霓。流風幸未墜，紹承庶在茲。碧梧與翠竹，能稱其家兒。浮辭芟枝葉，敦行睦本支。根茂實必遂，努力光令儀。翳余一日長，抗顏而爲師。深感置醴意，願更申其詞。三子託乾蔭，況值承平時。脊令行有序，籩豆靜不違。鬩墻禦侮事，明知固無之。可畏不可恃，能勿深長思。葛藟芘其本，蔦蘿吐其絲。粲粲者門子，磨錯慎自持。晨葩戒點辱，潔白娱庭闈。華萼亦有集，棠棣亦有碑。他年慶譽處，載賡裳華詩。

〔一〕「史」，翁宗慶藏詩稿長卷作「穎」。

題史生悠辰讀書説劍圖〔一〕

書足紀姓名，劍僅一人敵。英雄欺人語難信，一事不成殊可惜。史生嶔崎歷落之奇才，逸軌不受繩尺裁。投書屢過朱亥市，仗劍時上燕王臺。爾來折節幡然改，青眼高歌看人海。吐鳳已驚文筆成，屠龍尚有豪情在。空山八月飛秋濤，三更銀燭光揺揺。開軒據案弋綈袍，壯夫旁侍頭虎毛。長吟動壁鬼出聽，拔鞘憑檻天爲高。縱譚連拄少府鹿，快意徑斬長橋蛟。生才雕龍貌青兕，目光爛爛巖電紫。曾誦周官繹桃氏，進賢樞具稱上士。方今六合無泥滓，況復文通世濟美。勉旃稽古登膴仕，忠孝皆從讀書始。莊生十九寓言耳，三劍何勞獻天子。二十萬言貯腹笥，一個壺盧括青史。愼勿干將誤補履，百鍊剛須柔繞指。嗟余蹴蹐塵埃裏，書劍飄零少知己〔二〕。多事南華記秋水，屢擲不中吾歸矣。歸時擬賃瑯嬛游，囊空無貲彈蒯緱。秋江閒把離騷諷，應有寒芒射斗牛。

〔一〕刻本無「題」字。翁宗慶藏詩稿長卷題作「豹人屬題讀書説劍圖」。

〔二〕「飄零少」，翁宗慶藏詩稿長卷作「囊書赴」。

將歸述懷

子規啼罷喚桑鳩，悔煞頻年事遠游。極望更無雲在眼，高堂況有雪盈頭。馮諼縱使營三窟，温嶠終居第二流。聞説慈烏能反哺，冥鴻空作稻粱謀。

張韻谿上舍定球以詩贈行依韻酬之即以志别〔一〕

不多時候坐團欒，節序推遷感素紈。燭影摇紅裁錦字，酒痕分緑上絲單。華年脱手黄金彈，舊夢當頭白玉盤。却怪媧皇太多事，苦將沙土把人摶。

潦倒情懷不可論，白雲回首了無痕。花因薄命方增豔，人到窮途易感恩。舊雨飄零憐斷梗，秋風歷亂轉孤根。心香一片燒都盡，煙滅灰銷那得温。

岧嶢僊闕畫夫容，知在黔霄第幾重。五色日華銀海眩，三山風緊玉壺封。世情已似秋光薄，歸興還如酒味濃。試向支硎最高處，梅花應自識孤蹤。

當花買醉且忘憂〔二〕，笑指桑乾日夜流。如此長貧猶作客，況兼思士易悲秋。三年似我甘漂泊，一樣依人任去留。幸有鷫鸘裘未典，勸君休唱大刀頭。

粗豪結習愧吾生，耿耿心頭一事横。漸覺鋒鋩隨分減，未知肝膽向誰傾。論交氣味須求澹，傳世文章莫近名。願保晨葩無點辱，相期白水證前盟。

〔一〕刻本無「即以志别」四字。

〔二〕「當花買醉」，刻本作「折花起舞」。

陽關詞〔一〕

素衣涴遍軟紅塵，旅食京華已四春。尚有閒情抛不得，西山無語對人顰。

彎彎月子鏁雙蛾，如此秋光奈别何。聽徹汪倫歌一闋，桃花潭外落霞多。

〔一〕刻本無此詩。

出都感懷〔一〕

遠歸當忻然，今我翻不樂。蹉跎竟若兹，悠忽復如昨。元音既已微，大雅何時作。識曲遺鳳簫，諧聲賞牛鐸。徒歌寧戚魚，疇薦禰衡鶚。窮於鮒嘘沫，拙甚燕巢幕。長安冠蓋地，俸米知難索。浪游走梁宋，放眼小河洛。清漳波澒洞，太室峰岞㟧。頻歲曠遲迴，吾生終寂寞。敝裘增蒙茸，寶劍斂鋒鍔。交游唯酒徒，商榷祇飲略。身名愧莛微，世味似紗薄。悠悠一寸心，契闊向誰託。早知久無成，悔不理芒屩。沿洄足煙波，登陟健腰脚。萊衣及時製，阮褌猶可著。伏臘對妻孥，池塘燦華蕚。時時讀異書，稍稍采大藥。胡爲兩失據，生理甘漂泊。念彼力田農，蓑蓑求厚穫。仰視隨陽雁，銜蘆避矰繳。霜輕欺孤花，風勁卷飛籜。極目望秋穹，浮雲莽寥廓。

〔一〕刻本題作「出都」。

通州

樓船輻湊氣如雲，控引江淮接海濆。南北重城闤闠合，東西二水潞沽分。治河自古無長策，轉漕何人奏上勳。安得通渠開鄭白，神皋沃衍盡耕耘。

登舟

自笑吾生未有涯，三年空悔客京華。乍聽鄉語渾如夢，舟子吴人。纔上輕航便似家。壯志秋風吹落葉，歸心涼月送飛霞。還山已準重陽後，叢桂應留數點花。

潞河晚泊雨

勞筋久已厭緇塵，上得輕舠自在身。惟有西山猶戀我，故將風雨送行人。
電光瞥似金蛇掣，雲氣昏如潑墨濃。絶肖夫容花萬朶，一匳鏡裏一夫容。
霜鬢零星不可梳，風來面面水窗虚。京華舊夢都如洗，不獨煩襟一埽除。

河西務道中〔一〕

潮回風定晚凉初，水色雲光接太虚。新雨白黏蘆絮濕，夕陽紅帶蓼花疏。北來細數雙雙燕，西上難憑六六魚。屈指歸期知不遠，無繇重寄數行書。

〔一〕刻本題中無「務」字。

天津舟次遇雨〔一〕

煙霧破空冥，扁舟鎮日停。風翻楊葉白，雨蹙浪花青。天地滄波闊，魚龍水氣腥。乘查如有路，吾欲泛東溟。

〔一〕刻本題作「天津遇雨」。

東光夜行

隆隆風打頭，曲曲水如鈎。落月猶西駐，清漳正北流。燈明漁浦夜，波漾蓼花秋。客子歸心急，孤檣嘆滯留。

臨清道中微雨

推篷涼氣襲單衣，煙樹冥濛拂釣磯。舊雨好將今雨續，清流常比濁流微。魚游淺水難求食，鷺集空灘亦倦飛。歸去黄花應未過，紫薑猶嫩蟹初肥。

分水龍王廟

汶水向西流，禹力豈不到。原其施功初，順性因利導。後人救時變，尺寸紛穿鑿。涓涓一線流，乃用資轉漕。沙土易滲漏，千里那不耗。元人築堈城，高下已顛倒。卓哉宋康惠，智勇力排奡。遏之出南旺，地勢據其要。水均測南北，如以權衡較。遵循三百年，利涉有成效。水性本就下，可瀦不可拗。當時雖順軌，積久終横暴。北流達臨清，曲折通奥窔。安山湖既湮，漳衛土多淖。每逢亢旱年，舟檝易淺膠。南流會沂泗，湍急勢騰趠。況復匯衆泉，横溢苦秋潦。魚臺滕沛間，每以偏災告。北流日以微，南流日以劇。蓄泄徒區區，疏浚祇稍稍。至尊深焦勞，俊乂在廊廟。成法貴變通，防患宜豫料。我乘扁舟來，俯仰發長嘯。懷哉神禹功，謨貢聖所誥。

昭陽道中

淺渚寒魚已可叉，湖邊蔆芡足生涯。荷衣新製裁雲錦，蘆被奇温聚雪花。漁子權牽船上岸，居人多以水爲家。勞筋羡煞煙波趣，兒女團欒笑語譁。

我欲移家此卜居，浮生泛泛水中凫。山妻進號稱鼉室，賤子新銜署釣徒。有酒可沽聊復爾，得魚不賣盍歸乎。他年此願如能遂，不效知章乞鑑湖。

放舟惠濟牐

長淮東去波滔滔，黄流南匯兩水交。馮夷咆哮支祈怒，地軸撼動天關摇。淮南十郡俯可數，一瀉杯水傾堂坳。溝通江淮昉自古，用以轉漕始勝朝。層層建牐禦衝突，重關疊鏁何堅牢。邇來黄河日淤墊，河身還比城頭高。淮流倒遏不得出，建瓴南注過林梢。我來過牐正九月，水落石露痕全消。放舟徑下勢剽疾，如箭離筈雕離巢。雲峰低昂拜石燕，員嶠震動鞭靈鰲。盤渦眩轉鵁鶄散，殷雷鬱怒黿鼉驕。百丈萬牛挽不住，舟師絶叫輿人號。霜花掠眼電煜煜，金錞聒耳風嘈嘈。平生逸氣頗自負，到此斂盡不敢豪。回看牐口匹練合，但見歕薄冰珠跳。入險出險魂未定，性命真覺輕鴻毛。今年儀封口未築，河流盡趨潁亳郊。清淮暢出盛怒減，此間行旅無停橈。頗聞磬山水漲候，懸流十丈飛洪濤。舟檝訇磕立齏粉，螻蟻微命何由逃。不見緣堤沙草際，斷篙折艣縱横抛。國家正供歲歲有，全恃一線轉萬艘。導淮南下非得已，宣防時煩役鼓鼛。危厓仍復屢蟄陷，哀鴻遍野鳴嗸嗸。決排疏瀹兩無策，聖心日夜深焦勞。吾儕行役敢憚險，空誦瓠子搴長茭。兹行過牐已五十，寸寸似挽瑚弓弨。及此適意弄清快，蘆花如雪波光摇。楚州城下過九日，細酌香醞持霜螯。揚舲擊汰渡揚子，擁被卧聽邗江潮。

卷七〔一〕

〔一〕刻本卷七自《苦熱》詩始。

南州集上

重光大荒落（辛巳）

將之江右留別家人〔一〕

纔得還鄉國，飄然又遠遊。春風二三月，孤櫂向南州。歧路誰青眼，高堂況白頭。故山叢桂好，歸計肯淹留。

〔一〕刻本此處下注「辛巳」。

雨中放舟

窺人雛燕語危檣，細雨如絲羃柳塘。别緒暗隨春水長，游蹤還比落花忙。懷中犀漫然牛渚，夢裏風難借馬當。今夜莫邪城畔過，恐教匣底嘯干將。

嘉興道中

杉青牐下艫枝柔，纔出江南到秀州。半邏花濃鶯滿樹，重湖風定客迴舟。斜陽欲下撈鰕渡，春水初生放鶴洲。且買新塍一壺酒，三更閒倚月波樓。

雉堞參差俯激汀，桃花里接菜花涇。劇憐春漲三篙緑，不見煙嵐一髪青。樵徑斜侵買臣墓，蘿陰涼上語兒亭。流黄莫漫當窗織，無數鴛鴦睡未醒。

石門

吴會原同壤，春秋此作門。霸圖當日歇，廢壘至今存。偶獲夫椒勝，渾忘檇李冤。潮痕通骨母，嗚咽寫忠魂。

過湖州

繞堤桑柘午陰圓，來泊吴江赤馬船。緑蟻傾尊判一醉，紅蠶上箔正三眠。下塘春水明于鏡，上若殘花碎似鈿。我愧才非狂杜牧，不須惆悵怨芳年。

峴山亭下俯晴波，露薤淒涼唤奈何。一笑洞庭當北户，千秋遺躅感東坡。誰從水閣尋耘老，欲著煙蓑學志和。更選苕谿深處泊，白蘋風起聽漁歌。

風雨舟發錢塘江

候潮門外緑波柔，微雨微風送客舟。兩岸天分吴越界，六時濤洗古今愁。西興煙樹三春暮，南渡江山半壁收。剩有孤標羅刹石，肯教容易向東流。

富陽江上

曉日曈曨過富春，嵐光波影碧粼粼。江流曲折初成字，山徑微茫似有人。好倚長鑱閒采藥，且尋磐石坐垂綸。行蹤底事如蓬轉，不及優游自在身。

清波難翦亦難描，峰轉帆迴路又遥。雲壑煙青燒槲葉，荇苗春碧插魚標。向來歲月同愁長，如許江山要福消。何日移家此間住，好將蹤迹溷漁樵。

桐廬道中

新詞唱罷柳耆卿，漠漠桐江畫未成。疊嶂似從天際落，扁舟疑入鏡中行。襲衣空翠深于染，如夢煙鬟數不清。最愛一泓澄澈好，塵心洗盡眼俱明。

苕苕萬朵碧夫容，一朵夫容影一重。百道飛泉新雨沁，千盤危磴古苔封。雲光映水天然媚，山色深春分外濃。欲訪桐君丹竈室，依稀猶在最高峰。

繡嶺丹崖爛若霞，滿山紅遍杜鵑花。似聞樵唱成三疊，不辨雲坳住幾家。圖佛定須由慧業，學仙未必駐韶華。何如領略江天景，長荷煙蓑撥槳牙。

富春

海門潮上吼晴雷，打過桐廬浪便迴。千載雲深孫策壘，三春花滿子陵臺。中台星宿遺孤客，絶代江山感霸才。我向邯鄲游已倦，一雙醒眼越中來。

七里瀧拜嚴先生祠

西京盛文物，士氣久頽靡。紛紛獻符瑞，名節埽地矣。新莽乘其隙，炎運遂潛徙。真人起宛雒，恢復興漢祀。咄咄嚴子陵，相助乃爲理。列宿依日光，碌碌因人耳。客星獨孤明，堅卧不肯起。采藥桐君山，濯足富春水。一絲重千鈞，藉兹振綱紀。斯人識廉耻，端自先生始。東漢獨後亡，實賴國多士。峩峩雙釣臺，高並九鼎峙。不然光舊物，豈與易代比。故人雖高尚，敢不臣天子。徒思仰清風，烏足達微旨。

東嚴懷方處士

新翻花樣鬱輪袍，孤負年年西笑勞。天與清才留缺陷，人憐寒相識皮毛。生前落魄諸公誤，身後榮名一代高。欲解先生長隱意，桐江東去水滔滔。

西臺吊謝皋羽

陰颸倒卷桐江水，落日沈沈呼不起。狂揮如意發哀歌，竹石一齊敲碎矣。古來亡國亦何限，不信天心忍如此。謝后僉名降表中，趙家塊肉鯨波裏。疊山死上都，文山死燕市。義旗吹散沙蟲飛，一縷孤臣心未死。酒酣獨上嚴陵臺，峰合谿深草木哀。漢朝炎運尚重續，宋室南遷竟不迴。君不見會稽崖葎陰房闃，攢宮曾是中興地。玉匣珠襦化劫灰，六陵慘澹銷王氣。幾樹冬青向晚凋，斑斑灑盡遺民淚。我來吊古群山横，耿耿心頭氣未平。子規啼血清猿和，猶似忠魂慟哭聲。

登釣臺

繡嶺環如屏，桐溪淨於掌。沿瀧積陰森，攬勝得高敞。周旋理芒屩，躋陟策藜杖。探身踏蘚危，拾級捫蘿上。嵯峩峙雙臺，逋峭落千丈。淩空躡高標，心目一以廣。振衣坐磐石，天地任俯仰。俯聽長松濤，仰挹層霄爽。江流正孤鶩，雲氣倏萬象。聊擴寰中觀，永懷物外賞。昔賢雖不作，遺迹尚可放。每期出世踪，得遂餐霞想。逝將攜妻孥，泛宅蕩蘭槳。此願儻可酬，何時脱塵鞅。坐久契天真，澄觀息擾攘。曖曖露村墟，沈沈視林莽。前峰人語微，絶徑樵斧響。時見鷗一雙，衝波自來往。

蘭谿渡船曲(一)

蘭谿春來多風波，儂船剪波去似梭。鴛鴦卅六波心宿，睡足春風若個多。
篛帽遮頭兩鬌鬆，帽簷低插桃花紅。儂顔還比桃花好，不怕朝南暮北風。
含情停橈手摻摻，偏著輕黄杏子衫。結束腰間紅綬帶，好教雙鳳一時銜。
郎來唤渡過蘭谿，谿邊春水正平堤。郎來須及月華好，莫待來時月已西。
送郎送到石蓮山，郎采蘭花儂采蓮。蘭花並蒂縱然好，蓮子心堅粒粒圓。

郎言今去上玉壺，阿儂定似玉壺無。買春須買長春駐，濃淡淺深郎自沽。
郎遺一束寶花綾，十樣花紋得未曾。綾紋争及水紋好，一個迴波縠一層。
兩頭纖纖月子彎，問郎今去幾時還。悔不江山船上住，送郎直過富春山。

〔一〕刻本無此組詩。

舟中雜興

聽風聽水去，閒倚上灘舟。秀嶺皆南拱，清溪自北流。濤聲春夢碎，煙色破春愁。不盡蒼茫感，悠然四望收。

平洲沙渺渺，夾岸柳依依。雙鳥向山没，孤帆衝水飛。丫童眠犢語，野女踏花歸。春事闌珊甚，尋芳與願違。

路轉風無定，崖欹水尚春。雲根何日削，石室幾時封。春入三巖秀，花開九朶濃。龍邱如有宅，吾欲躡高蹤。

安穩過回洑，前頭又急湍。石斜横柁礙，風緊著篙難。百丈牽猶滯，長年力已殫。兹行尚如此，況乃贛江灘。

風煙開漠漠，前路正悠長。向晚微雲合，清歌小海涼。結茅安水碓，壘石作魚梁。羡煞居人樂，浮生有底忙。野氣微茫白，漁燈隱約紅。落帆宿何處，宛在水當中。晚飯燒春筍，吟詩掩短篷。夜來攲枕聽，風響尚隆隆。

過龍游

姑蔑旌旗在，千秋尚有城。林間雙塔迴，雲外九峰明。風急帆無恙，濤奔石作聲。朝來行百里，水驛已兼程。

爛柯山

一闋仙歌聽却迴，斧柯爛盡已成灰。何如夢向鈞天去，只抵人間六日來。
天上群真底事忙，看栽黄竹又栽桑。千塵萬劫須臾事，莫羡仙家日月長。

衢州道中

獨倚東陽上水船，女樓飛舞儼臨仙。分明山水清如畫，人在青霞第八天。

燕泥啄盡草青青，閒上春風卷雪亭。一陣落花紅雨過，游絲飛入緑楊汀。

細石平沙水拍堤，輕飄直上定陽溪。緣籬支竹通幽徑，中有黄鶯恰恰啼。

繞過沙灘路一灣，前頭急溜又潺潺。篷窗午睡醒幽夢，夢見仙人響佩環〔一〕。

晴波蕩漾碧粼粼，波面東風著意皴。不信出山泉水濁，清溪十丈見游鱗。

瓜皮撥槳過魚梁，笑煞魚鷹底事忙。轉到山坳人迹少，鸕鷀一對立横塘〔二〕。

不羡人間萬户侯，木奴輸絹擁千頭。神仙那及商山樂，一局殘棋算未休。

茅檐煙散柳藏鴉，水碓無人静不譁。忽憶今朝寒食節，始知身是在天涯〔三〕。

〔一〕刻本無此首詩。

〔二〕刻本無此首詩。

〔三〕「是」，刻本作「又」。

次弋陽

垂楊堤畔繫輕艭，淺漲初平弋字江。鷗國涼侵孤枕夢，笛聲新换故園腔。空餘石室囷三百，那乞良田畝十雙。便向箬谿垂釣去，春風吹緑滿魚矼。

逆風

中流横柁氣如雷，對面艨艟蕩浪開。寄語來船休得意，昨宵我亦順風來。

鄱陽湖畔

彭蠡湖邊卅六灣，一灣清淺一回環。丫童横笛騎牛去，村女搴茭打槳還。宿霧未收堤畔草，曉雲猶護鏡中山。從教春漲添千尺，那有風波到此間〔一〕。

居人占地得湖壖，湖面無租不計年。竭澤用麋還用鹿，肥甘宜稻亦宜秈。桔橰手轉如蛇蜕，笭箵魚空集鷺拳〔二〕。莫笑浮家無樂事，一生衣食在漁佃。

魚鷹鎮日爲人忙，啄得鰷鮐未許嘗。荻渚周遭雲萬疊，漁莊宛在水中央。風前自曳煙蓑影，沙際猶沈畫戟芒。遥指康郎山色好，忠臣祠廟已荒涼。

〔一〕此首刻本無。

〔二〕「魚」，刻本作「中」。

水宿

水宿依湖岸，愁多客思紛。雁歸彭蠡月，春盡大江雲。野氣空濛合，波光上下分。青衫知早濕，休更撥鵾筋。

春暮感懷

落花如雪舞迴汀，九十春光一夢醒。南浦有情依舊緑，西山無語向人青。蠶因食葉方抽繭，柳到飛綿又化萍。别有幽懷誰與訴，夜深頻看斗牛星。

食鰣魚有感

兩年客大梁，飽喫黃河鯉。狸肪及鴨劙，浪得虚名耳。光州産果子狸，固始鵝鴨最肥。中間走長安，臣朔饑欲死。易酒常苦酸，冰鮮不盈篋。區區换羊書，肉食一何鄙。彈鋏歌無魚，徒倚過燕市。幽夢落江湖，煙波渺千里。平生垂釣心，寂寞竟誰俟。飄飄天際舟，肅肅秋風起。三吴稻蟹熟，九月蒓鱸美。時能潤饞扠，了未動食指。今年游洪州，峭帆溯江涘。左蠡多鯀鮎，尋陽足鱣鮪。風味吾鄉同，客懷差自喜。梅炎南浦蒸，舶趠風邐迆。鰣魚初出網，轉販集雕觜。把錢趁槳牙，冒雨蠟屐齒。入選提筠籃，歸烹洗蘭錡。紛綸雪落碪，羅列薌凝几。朐腴截玉白，鱗甲燦星紫。老饕朵我頤，不食五年矣。刺喉遑避鯁，抉腦不遺髓。中置忽三嘆，嘆亦胡爲爾。撫兹時物新，動念流光駛。悠悠寄鮓思，迢遞白雲裏。他鄉雖可樂，那忍誤甘旨〔一〕。素書夫何云，涸轍竟如此。逝將貸監河，儻激西江水。

〔一〕「誤」，刻本作「缺」。

尋孺子亭廢址並叙

孺子宅際湖南小洲上，見《水經注》。唐宣宗時塘東有三亭，曰涵虚，曰孺子，曰碧波，乾符中俱廢。曾南豐爲守，結茅爲屋，圖孺子像祀之，嗣後興廢不一，祠亦號孺子臺〔一〕，曰宅曰亭曰臺，皆即其處而世易其名也〔二〕。余景仰高蹤〔三〕，訪求遺迹，第見土垣頽缺，榛徑蒼涼〔四〕，破屋三楹，土人踞之，屋後臨湖亭址〔五〕，徒想像於荒煙蔓草間矣。昔潁濱作詩，尚嘆息於汝南之末祀，今乃並先生之祠而廢之耶。表章獨行，風厲當世，良有司詎無顧士則其人者與。

東湖南畔草成堆，千載祠堂付劫灰。不信有人能下榻，至今遺宅只荒臺。碧波深夜留明月，白社晴江轉怒雷。爲語當途陳仲舉，好分清俸翦蒿萊。

〔一〕刻本無「祠亦號孺子臺」六字。
〔二〕刻本無「也」字。
〔三〕刻本作「余至南州」。
〔四〕刻本無「榛徑蒼涼」四字。
〔五〕刻本無「土人居之，屋後」六字。

游普賢寺并叙

寺在惠民門内，晋故禪居寺，隆安四年武昌太守熊鳴鵠捨宅建，唐神龍元年改爲隆興院，會昌間觀察使裴休迎黄蘗山希運禪師居此，南唐保大二年袁州刺史邊鎬以鐵二十萬斤鑄普賢乘白象〔一〕，寺遂以名，明永樂中重建大殿，以楠木爲之，近燬於火，惟普賢像獨存〔二〕。

豫章城頭舶趠風，沿街拍手喧侲童。獨居鬱鬱不快意，幽探徑趨梵帝宫。入門頓覺氣蕭索，榛蕪塞路披蒙茸。隤垣肎屴厝寶鼎，焦木零亂揩洪鐘。緑房依稀劫灰後，紺宇想像飛煙中。龍神八部亦何有，一炬盡付空王空。就中普賢像端好，屹立不燬摩蒼穹。星豪月面塵土翳，丹脣青目炱煤蒙。白蓮照灼失光豔，玉象蹴踏開雲霿。合掌頂禮發三唄，妙理變化真難窮。吾聞此像鑄五代，袁州刺史參元戎。靈閼重啟追勝迹，璿瑠珠綱雕玲瓏。更摹寶相範金壁，廿萬斤鐵合冶鎔。大衆贊嘆得希有，莊嚴圓滿天人容。是時閩楚並割據，東西窺伺方交訌。邊侯受命制閫外，發宏誓願酬恩洪。果然所向輒摧破，十載竟以功名終。削平二國闢疆宇，洵由慧力非人功。邇來又閱千餘歲，坐鎮息壤降蛟龍。二禪天已火災滅，威德那不抗祝融。得毋智燈自吐焰，廣揚法炬驚愚矇。是空是色想非想，現身指示施神通。老僧局上劫甚急，有二僧弈方酣。叩之不答兩耳聾。拂衣大笑出門去，西山落日銅輪紅。

〔一〕「普賢乘白象」，刻本作「普賢像」。

〔二〕刻本無「普賢」二字。

藥師院看新竹

江雲帖帖南浦飛，江城清夏晝掩扉。鄙人生無肉食相，冷嚼冰雪骨不肥。尚餘一點俗緣在，妙藥欲仗空王醫。芒鞋徑踏藥師院，沙路細碎行人稀。深篁苞緑掩金碧，煙外但聞清磬微。攲肩拄策得幽徑，墜粉簌簌沾人衣。龍吟鸞嘯衆仙下，瑯玕萬个羃四圍。連天一氣碧雲合，不知林外停炎曦。移時靜對坐磐石，横出旁茁無不宜。嫩黄便娟態嫋嫋，空翠匼匝香霏霏。玉聲玲瓏風解籜，金影瓅碎波含漪。初生勁節不數尺，鬱鬱已具干霄姿。修柯似放一頭地，轉以側勢相撑披。此君我欲倒地拜，心虛真合爲人師〔一〕。山僧頗解禪悅味，留客且住攜軍持。洗銚細烹葉上露，兩腋習習清風吹。内觀了了見癥瘕，如飲大藥調上池。渭川千畝貯胸臆，千户侯吾不願爲。癡心思乘籜龍醉，呼童斸取捆載歸。寒酸笑殺白司馬，苦竹遶宅哦新詩。

〔一〕刻本無「此君」兩句。

游百花洲追和錢香樹家覃谿兩先生韻

漠漠輕陰覆柳塘，横波略彴度紅墻。堤邊花雨零星斷，水面荷風自在香。無定雲心隨去住，忘機鷗夢識行藏。何當蕩槳披煙笠，招取江城五月涼。

枕流疊石點苔斑，城市偏饒物外閒。積雪百年無此作，楚僧心壁結茅東湖之憩雲庵，一日宋漫堂先生讌百花洲，酒酣，易服，櫂小舟而游，岸上疏林掩映〔一〕，露一小庵，積雪覆户，一燈熒然，宋僞稱游客〔二〕，促膝譚詩，杯茗酬酢，遂爾至曙。高風千古有誰攀。左爲蘇雲卿蔬圃，俗名三洲蘇圃，乾隆四十二年巡撫海成築堤以通之，改亭爲祠。禽魚自得濠間樂，冰玉相看鏡裏顔。絶勝秋屏與滕閣，好從水外望西山。

〔一〕刻本無「岸上」二字。
〔二〕刻本無「僞」字。

小飲湖畔旗亭疊前韻〔一〕

招攜行散過回塘，簾影臨流拂短墻。濁酒法傳柑子釀，新茶味作豆花香。漁舟唱晚不歸去，水鏡涵空無盡藏。坐久渾忘天欲暮，憑闌祇覺袷衣凉。

愁絶清歌雉子斑，乾坤能得幾人閒。杏陰空嘆風流歇，杏陰小隱居，明洪武中黄德文所構，朱善有記。桂樹誰從月窟攀。面正對貢院〔二〕，是日郡太守試士於此。新漲碧波添渴蓋，夕陽紅影上酡顔。榆墩蔬圃荒凉甚，徐巨源榆墩亦在東湖畔。但見城頭一角山。

〔一〕刻本無「旗亭」二字。
〔二〕「面正」，刻本作「湖」。

佑清寺尋馬祖道場

喫肉乃是中丞禄，不喫也是中丞福。福禄如何修得全，日活千人噉斤肉。老僧微笑豎法幢，不下轉語心已降。豐干饒舌太多事，一口且試吞西江。箭鋒休矜弟一義，才上初桄未離地。圖名那比圖佛難，選佛何如選官易。我昔夢中參戒壇，本師授我青瑯玕。身輕乍著梅花衲，一點靈臺了了觀。我時繙經高座上，我師掉頭不相向。讀盡瑯嬛萬卷書，方許汝窺秘密藏。前生曾見宰官身，重到塵寰三十春。自從一脚當心蹋，翻作東西南北人。

寫韻軒

在惠民門外紫極宮，仙人吳綵鸞寫孫愐《唐韻》處[一]，劉辰翁、虞集皆有記。

岧嶢飛閣俯重闉，聞説星妃此降真。未必情天能免俗，本無仙子不長貧。金銀氣識樓臺幻，珠玉香留翰墨新。若道瑶池多富貴，鮫綃潛織又何人。

一髮西山碧似煙，塵寰小謫自年年。應從歷劫方生慧，解道憐才始是仙。上界花明秋不老，下方人定月初圓。瓊機莫羨天孫巧，浪費黄姑二萬錢。

甲帳虛寒百感生，碧桃開遍古情城。綵鸞好種碧桃丹桂，四時開花，古情城見《豫章古今記》，不詳建置始末[二]。研中秋露三銖薄，捥底春雲五朵輕。玉鉛量絲星界細，虞集記予凡見三四本，皆硬黄書之，紙素瑩潔，界畫精整。金刀裁葉霧綃明。黄庭堅跋張持義所藏綵鸞《唐韻》云：凡三十七葉，唐人所謂葉子也。予所見凡六本，此一本二十九葉，綵鸞書，其八葉後人所補，氣韻肥濁不相入[三]。長生不寫刀圭訣，應怕天機泄上清。

法苑珠林本行經，陳宏緒《寒夜録》：彩鸞曾游安成福聖寺，入小室中〔四〕，七日寫《法苑珠林》百二十軸，一夕去，不知所往，其紙黏連處至今不斷絶〔五〕。又寫《佛本行經》六十卷於導江縣迎祥寺。殘膏剩馥想芳馨〔六〕。書成鸞鳳窗前下，吟罷蛟龍檻外聽。江雨千年人寂寂，天風五夜韻泠泠。仙蹤應逐飛霞没，攝去休教恨六丁。

〔一〕刻本無「孫愐」二字。
〔二〕刻本無「不詳建置始末」六字。
〔三〕刻本無「予所見凡六本」至「不相入」一段。
〔四〕刻本無「入小室中」四字。
〔五〕刻本無「一夕，去不知所往，其紙黏連處至今不斷絶」十七字。
〔六〕「殘膏剩馥」，刻本作「殘縑斷素」。

南楚三首

南楚蛟龍窟，西江瘴癘天。由來尚禨鬼，更喜説神仙。獻罷婆娑舞，歌殘囉嗊篇。淫祠古有禁，吾憶狄公賢。

旁磔儀仍在，祈年禮豈無。如何陳盛設，祇爲飽淫巫。功德誠宜報，嬉游或太誣。鄉風安足怪，所恐惑群愚。

禳除逢惡月，競渡吊靈均。吾土誇金寶，斯邦信鬼神。因過章水曲，轉憶尚湖濱。更俗須循吏，誰爲第五倫。

賽神曲

豫章城中過端五，萬鬼行空日亭午。朱符緑艾影交横，列市如墟掩門户。滿城不聞雞犬聲，但聽紞如打柘鼓。前傳葩，後振羽，丱童跳，侲子舞，福我壽我我福主。統率天兵八千部，訶禁不祥孰敢侮。攔街迎來奠酒脯，我祀孔虔毋我怒。温司馬，黄司空，平浪侯，晏公傅聖毅鬼雄。二郎神傳蜀守子，八角廟報番君功。蒼梧死作髑髏語，白馬生入蛟龍宫。千秋萬載英靈在，西山白日號陰風。水鬼巫支祈，火鬼宋無忌，澤鬼委蛇竈鬼髻，速去遯藏勿爲祟。後者爲糧神所餌，慎莫近前效兒戲。吹竽擊瑟敲銅鉦，鑪香雙裊日月旌。麾幢羽葆壯士擎，七寶蓋纏珠珞瓔。神貌或端好或獰，操弧撫彗兩顴頳。兩夫舁舉彳亍行，舉以麻約微作聲。舁者距躍却復迎，低昂左右穩不傾。黑煙暮合火珠迸，萬家爆竹春雷轟。靈脩視鬼圖鬼狀，畫紙翦出龍船樣。黄帖催徵香火錢，日日排門索供養。夜來三匝繞城趨，動地讙呼沸天唱。攝取煩嬈向此中，疾走江頭付火葬。四更火燼光熒熒，寶露香飯灑淨瓶。瘦鬼攫食形伶仃，紙錢帖地灰血腥。靈駕歸廟陳芳馨，兩行列炬燦若星。神來肅然風泠泠，酒杯澹澹燭焰青。老巫披髮揺巨鈴，大衆閴寂側耳聽。白羽一麾萬燈滅，苦霧四塞雲沈冥。吁嗟異俗客莫笑，金谿更有青蛙廟。

試雙井茶疊和山谷送東坡雙井茶韻〔一〕

南州暑濕不可居，腰脚重腿坐讀書。蟹眼湯點白芽細，一啜快得招涼珠。燕支群婢媚骨腴，燕趙絶色乃不如。人間美惡何足道，徑乘一舸浮江湖。江干閉門鬱鬱居，石頭浮沈無報書。紅紗囊盛一片月，青玉案泛千明珠。清香乍添舌本腴，倦游消渴愁相如。西江一口吸不盡，歸夢已落昆城湖。

〔一〕刻本無「疊」字。

苦熱〔一〕

豫章俗簡陋，編屋初結茅。韋丹爲郡日，教民始用陶。闤闠雖改色，結構終不牢。豈無富厚子，華構干雲霄。齊民那有此，湫隘還塵囂。連甍比鱗櫛，斗室環周遭。小庭界方罫，旁牖通疏寮。薄櫨支欂散，籬壁編篾篣。稍稍施粉堊，僅僅黏漆膠。單層蓋瓴甓，四角維索綯。穿墉怕鼠穴，揭瓦防猫跳。明河影正逗，斜照光全捎。坐愁風雨至，予室嗟翹翹。疾風卷地來，甍桷皆動摇。一燈燐火閃，萬竅寒蟲號。猛雨天瓢傾，漏濕上下交。水衣漫階砌，瀑布飛堂坳。風雨未愁絶，愁絶惟炎歊。南州五六月，秋陽氣正驕。爋爋萬炬列，獵獵千林燒。呼吸鬱攸塞，藴隆匼匝包。竹木得火性，觸手疑灼焦。貼席汗已透，揮扇涼難招。時懷代馬感，那免吴牛謿。譬如蟹將饎，躁擾持雙螯。又如魚入釜，糜爛魂無逃。晚來庭畔望，一綫青天高。羡彼飲風露，嘒嘒吟秋蜩。頗憶尚湖畔，夜月停蘭橈。蓮房墜紅粉，瑟瑟迎清飈。安得騰身上，兩腋生羽毛。浩然歸故鄉，寥廓高翔翱。

〔一〕刻本卷第七自此詩始，卷第七下附注：「古今體詩一百十二首。起辛巳六月，在南昌，是年冬由浙河還里，歲暮抵家作。」

消暑分詠得浮瓜沈李

汲得清泉注玉匳，華堂深下水精簾。緑摇冰谷珠光冷，紅帶嵰山雪味甜。好佐碧筩杯共泛，相邀白戰子同拈。何須鎮向心頭卧，已覺消除正午炎。浮瓜〔一〕

高會南皮興未闌，安陽朱李墜雲端。盤傾寶月三霄露，波浸繁星數點寒。但覺中邊涼易透，應嫌紅縹味猶酸。笑他檢點牙籌者，汗出如漿手自鑽。沈李〔二〕

〔一〕刻本無「浮瓜」二字。

〔二〕刻本無「沈李」二字。

洪州古鐘歌 並叙

鐘爲唐南平王鐘，傳所鑄後爲火損[一]，南唐節度使林仁肇重鑄，舊在普賢寺内[二]，明洪武中都指揮宋晟遷於廣橋南，建樓以庋之。飛檐重屋，俯瞰晴湖，洵傑構也[三]。

豫章高樓庋古鐘，倒影俯瞰東湖東。蒲牢夜吼發幽響，迥異凡叩聲舂容。江濤怒翻白月没，似寫萬古牢愁胸。閒行摩挲剔落蘚，銘識一一詳前蹤。南平大王初捨此，中間劫奪於祝融。乾德五年歲丁卯，今來留守林侍中。奏聞重捨俸錢鑄，永充供養垂無窮。維唐末造失綱紀，藩鎮割據歸群雄。高安鎮撫負販子，顧盼絶特人中龍。夜深醉歸手搏虎，仿佛赤帝起沛豐。陷危乘險義弗取，能使策力資牢籠。後來折節更下士，廣興禮樂鳴笙鏞。吉金聲相得圓滿，廿載果以功名終。虎兒偉岸氣蓋世，戈麾落日彎琱弓。是時南唐勢日削，天水謠讖驚兒童。目營舊疆憤所切，思復淮甸争奇功。大聲噌吰豈窕槬，聾聵那復可使聰。威名竟遭敵國忌，巧設反間欺愚蒙。畫圖空館亦何有，杯鴆遽賜馳黄封。長城自壞不二稔，金陵王氣荒江空。二公才略頗相似，獲霑福利迺不同。時來運去有代謝，我欲扣爾諄蒼穹。重觀銘文三太息，丹誠耿耿句語工。上祈皇王綿福履，宗社呵護長興隆。歲華安吉禄位固，下保眷屬兼身宫。當年造劄陳大計，願捐百口成孤忠。身家殄滅復何恨，所恨不得開昏蒙。念家山破淚洗面，此際儻亦思林公。牽機畢命入地下，有何面目重相逢。宋年唐紀體似創，後人紛辯皆夢夢。主憂臣辱奉正朔，藩服敢不皆遵從。公也自援殷人例，特冠唐字知朝宗。周正商祀我聞昔，春秋鴻範取義通。功成歸國禍歸己，千載誰復明深衷。江州羅漢押綱去，此鐘幸未埋蒿蓬。初施乃在隆興寺，後徙傑閣尤穹窿。普賢鐵象近遭火，筍簴尚保唐時銅。雕鏤遠想梟氏巧，霧雨剥蝕留旋蟲。娉婷里前春草碧，南平宅在崇梵坊，旁有娉婷里，南平侍兒所居。齊城岡下秋花紅。南昌縣東十里仁肇墓在焉，仁肇有宅，在城東隅，宋時爲新建縣治，今遺址莫考矣。雄聲震響徹三界，西山夜夜號悲風。

〔一〕「爲火損」，刻本作「失火燒損」。

〔二〕刻本無「内」字。

〔三〕刻本無「飛檐重屋，俯瞰晴湖，洵傑構也」十二字。

附録鐘銘

安邊忠武功臣、宣猛將軍、前守池州刺史、池州團練使、寧化軍節度副使、在城馬步都軍使、知揚州軍府事、武信軍節度使、鎮海軍節度使、寧國軍節度使、建武軍節度使、守左神衛軍統軍、本軍都軍使、國城都城修開城壕都檢校使、武昌軍節度兼管屯使、靜江軍節度使、知南都留守、檢校太尉兼侍中、南昌尹、開國侯食邑一千户林仁肇，捨俸錢重鑄龍興寺銅鐘一口，永充供養。觀夫善人宏願，治民畢功，簨簴高懸，蒲牢迭應。無閑始息，奪震響於春雷；群動初驚，壓雄聲於曉鼓。結界之地，布金之園，設此堅牢，同爲壯觀。伏願上窮碧落歷淨方，而聽必咸歡；下徹泥犁遍業趣，而聞皆離苦。觸類聞此，俱脱羽鱗。然後軍度之間，城隍之外，具耳俱登於善道，止心長叶於妙缺〔二〕。宗社興隆，皇王福履以上，仁肇身宫克固，禄位恒延，保眷屬之利貞，踐歲華而安吉，所有衆心信士，福利同增。仗此良因，永爲不朽。時唐乾德五年太歲丁卯二月庚申朔二十五日甲申記。勾當鑄鐘講經論僧文機、僧惠徵、壇僧洪節、左街首座申報左右街僧録司公事長講經論大德賜紫洪義、鑄鐘匠人王思、王缺、王缺、郭德。此鐘是先南平大王捨於保大十一年内，因外延火入寺燒損，今來留守林侍中奏聞，自捨俸料錢，僱匠人重鑄，得聲相圓滿。願先南平鐘大王同沾福利。按此鐘文以莆爲蒲牢之蒲，以閒爲閒斷之閒，以具爲側，以止爲至，以杇爲朽〔三〕。又按鐘傳居江西三十餘年，天祐三年卒，則其爲鎮南軍節度使當在唐僖宗乾符初，至林仁肇重鑄此鐘，時已將百年矣。仁肇本南唐臣，南唐臣服於宋，故用宋年號，而仍冠以唐字。

〔一〕「奪」，刻本作「集」。

〔二〕刻本此處衍一「於」字。

〔三〕刻本無此幾句按語。

七夕雜詠

青雀西來使信通〔一〕，遠勞王母降虛空。如何夜半長生殿，不見雲輧杳靄中。
宦拙應非盡乏才，從知神駿委蒿萊。汾陽巧絕真無比，只乞人間富貴來。
高樓多是列仙居，錦繡光明日上初。我愧一身無長物，篋中犢鼻腹中書。

〔一〕「使信」，刻本作「信使」。

七夕獨坐感懷〔一〕

楚尾吴頭看女牛，星躔同照古揚州。生憎今夜西江月，不管離人兩地愁。
斜界明河有斷霞，飛空難見七香車。雙星應怕姮娥妒，巧作雲屏面面遮。
年年此夕準秋期，還向金風訴別離。我已五年爲客了，神仙比我更情癡。

〔一〕刻本無此組詩。

往歲戊寅在京師時與惠欽疊東字韻酬酢數四至七夕二篇余疲於奔命不能復和矣夜坐無憀戲詠牛女仍用前韻寄示惠欽〔一〕

澹澹羅雲瑟瑟風，鵲橋橫架九霄中。支機有石沈波白，貫月無查灑淚紅。宵杼定知愁帝子，聘錢應悔借天公。何時銀漢懷中墮，盡瀉漸臺水向東。

城郭森嚴靜不風，玉夫伺報過宵中。天衣露浣三秋碧，河鼓芒分六點紅。夜月機絲憐漢帝，飛霞環佩乞韓公。雙星例作詩人料，小雅材先詠大東。

〔一〕「往歲戊寅」，刻本作「曩」。刻本無「疲於奔命」四字。

秋熱

新秋無日不炎蒸，轉覺孤懷鬱滯增。雞肋每愁供白鳥，鶴翎生怕點蒼蠅。目迴紫氣朝衝斗，夢入黃河夜踏冰。安得好風吹汝去，停雲落月見良朋。

晚眺

自入秋來日日晴，林鳩啼急唤涼生。雄風乍卷雲微涌，雌霓旋横雨不成。屋角娟娟窺月額，天邊隱隱尚雷聲。閒攜矮榻中庭卧，衹覺銀河分外清。

對月有懷〔一〕

夢逐秋雲影，歡悰記去年。愁將花並發，人與月雙圓。南國三千里，西風十四弦。清光依舊好，腸斷木蘭船。

憶開金谷宴，爛醉玉兒家。今日空江上，長天有落霞。石頭沈錦纜，湓口咽琵琶。欲覓無雙信，誰爲古押衙。

〔一〕刻本無此組詩。

秋夜躍龍橋玩月

江城寂寂可憐宵，獨岸綸巾上畫橋。涼露滿湖雙匹練，嫩雲如水一枝簫。當頭圓魄逢三五，舊夢清商記六幺。最憶秦淮疏柳外，珠簾暮卷蕩輕橈。

月夜步百花洲上循東湖而歸

顥氣浮江城，離蟬暮已靜。獨游厭囂塵，曠矚得幽境。沿洄涉三洲，漭瀁俯千頃。澄潭秋茫茫，素魄光囧囧。渟泓涵萬象，上下合雙影。夜明樓閣摇，倒映星河永。濯足罥莕鬚，支頤憑槐癭。波間魚乍跳，沙際鶴先警。明滅見漁燈，微茫辨笭箵。人定月已午，漏深籤轉丙。歸塗遵東湖，回首望西嶺。沈沈卧煙嵐，淼淼亂風荇。露重蕉衫涼，香凝藕花冷。升沈悟幻泡，身世嘆浮梗。何當揮羽扇，長嘯從吴猛。

外舅秋濤先生攝永寧令受代還南昌喜得相晤敬賦一章奉呈

白髮酡顔矍鑠翁，扁舟贛石載清風。更無長物家園盡，欲典春衣宦槖空。户大年來豪興減，眼明燈下細書工。尚湖煙景何須買，莫戀西江涸轍窮。

螺墩二首

滄江異境闢林蘿，無數樓臺襯緑莎。四面虛窗秋影入，三分流水月明多。開顔新埽千重黛，彈指平添一匊波。最好煙鬟遥映處，糍成顆點石家螺。

小橋曲折柳當門，供養花王薦鬻樽。中有花王廟，像塑甚精〔一〕。六枳疏籬環蓼渚，雙江秋氣潄雲根。桂洲零落奇礓石，庭中立奇石高丈餘〔二〕，上鐫「桂洲」二字，八分書，蓋明夏忠愍家故物也〔三〕。梅嶺參差墮髻痕。試訪巨源招隱地，徐巨源榆墩在東湖側。他年莫認謝公墩。乾隆年間南昌令徐君午始鑿石構軒亭，遂爲南州勝地。

〔一〕刻本無「像塑甚精」四字。

〔二〕刻本無「立」字。

〔三〕刻本無「蓋」字。

九日陪朗軒母舅過楊明經宅同出惠民門游螺墩泛舟江中至蓼洲就江樓小飲步月而回〔一〕

江城高會説龍沙，龍沙在城北九日登高處。怕到登臨轉憶家。九日寒風吹木葉，十年游客走天涯。尋秋共訪幽人宅，乘興思浮上漢楂。悔不三家村裏住，更從春水望桃花。三家村在城西，桃花最盛。

纔出城闉到岸隈，亂山如玦擁千堆。野航偪仄三人坐，水閣周遭四面開。草草離悰催客去，茫茫秋色度江來。何時孤櫂游虔石，飽看螺亭積翠回。聽舅氏談虔州八境臺之勝，故及之〔二〕。

歸涂蕩槳翦波紋，同上江樓倚夕曛。沙鷺白翻蘆渚雪，估帆紅聚蓼洲雲。人喧亥市雙螯賤，酒買丁坊一盞醺。丁坊，江右酒名。閒插菊花開口笑，月華如水雁離群。

楊明經，忘其名字，年六十餘，貌古樸〔三〕，其先爲雲南宣慰司，康熙中改土歸流，安置南昌，受宅一區、田百畝，遂占籍焉。

〔一〕「回」，刻本作「歸」。
〔二〕刻本無「故及之」三字。
〔三〕刻本作「貌甚古樸」。

卷八〔一〕

〔一〕刻本卷八自《渡沂水》一首始。

南州集下

重光大荒落（辛巳）

鳴鑾路曲

灌城花落春歸去，鼉鼓沈沈咽朱鷺。盡日嬌鶯宛轉啼，低回猶認鳴鑾路。鳴鑾路創自南唐，翠輦經過御道長。淺草暗鋪金埒輭，游絲低拂玉塵香。南朝王氣千年竭，鈴聲淒斷鸞聲歇。法曲喧隨蚤莫潮，流珠舞破家山月。江潮江月總饃餬，保大曾無遠大模。五鬼錯教參議幄，六飛枉復向洪都。乘流癡想恢淮甸，宮車晚出長春殿。便到重泉拜永陵，可憐難見先王面。先王基業本艱難，五十年中江表安。東海魚飛符發讖，南郊月退照升壇。奇功屢黜謀臣計，錐處囊中待時勢。失算時嗤劉寄奴，開邊每笑隋煬帝。甌閩湘楚正縱横，王氏驕奢馬氏争。蓄鋭爲思先北略，按兵且緩議南征。漁家唱罷重酸楚，李花零落春無主。拓定中原志未酬，爲兒嚙指知心苦。嗣主雍容更好文，兩江蕖乂靜煙氛。化龍早兆西楹夢，琢玉争詩南嶽君。中年意氣思囊括，鐵騎長驅下潭越。仙子迎來耿道人，將軍替去邊菩薩。廊廟多材宋與馮，遺言在耳忽如風。當時記覓飛龍子，今日翻呼田舍翁。飛芻輓粟紛難紀，血戰頻年力憊矣。山東日夜望鑾輿，不見皇威投袂起。鴻鵠高翔養羽毛，如何覓食下平皋。德昌兵甲藏千萬，孤負先人締造勞。周師金鼓來天上，再戰全淮拱手讓。揭屋方知風雨狂，割江難恃河山壯。此際雄圖委逝波，此時無奈皖公何。上游根本雖牢固，地陋争容萬騎多。天狼夜擲殘獐脚，病翮褵褷憐老鶴。啖蔗從教味到頭，靈槎終憶崆峒樂。龍舟悠漾落星灣，玉輅巡行竟不還。腸斷那勞頻北顧，魂歸可尚戀西山。巢禽繞樹安枝少，堪嘆朝廷從此小。蟻夢沈酣卧榻旁，依然鼾睡忘昏曉。江北楊花作雪飛，江南李樹玉團枝。一池春水干卿事，已被人量采石磯。虎兒浩氣芒成彗〔一〕，虎蹲洲上長虹墜。誓死勤王未肯降，洪州不愧宸游地。霸業銷沈付劫灰，迎鑾江上起風雷。龍沙日暮陰雲合，可似中興御仗來。

〔一〕「芒」，刻本作「茫」。

洪州雜詩三十首

壺廬一個渡江東，來向南州采土風。地畫鬼方江以外，天連澤國水當中。虚論海鳥安鐘鼓，欲療河魚少鞠窮。悔未學通傒語法，擬懷鉛槧問揚雄。

荆揚江漢水朝宗，力扼中流此要衝。襟帶十川歸蠡澤，毗連三楚控鄰封。星分翼軫風如虎，地涌波濤劍是龍。北望匡山南庾嶺，鬱葱佳氣繞重重。

椒邱城壘拱名邦，突兀軍山怒未降。九派奔騰環寺步，重湖吐納貫章江。宗民租布輸三萬，盤石腴田墾百雙。不見松陽門内樹，扶疏千丈影幢幢。

邸閣環城枕水湄，倉儲建昉六朝時。均輸利自歸平準，積貯權尤重度支。地暖水耕多再熟，土膏精稻説重思。豐收薄賦民何幸，努力綏循在有司。

蕭仙戴笠鳳皇飛，下九潮生没釣圻。霧合四山多急雨，風號三伏長炎威。衝泥閣閣宜高屐，落絮陰陰易損衣。長似吴中梅綻候，秧鍼微露鱖初肥。

江水肥仁利導渠，奴耕婢織足安居。雞鳴布白霞相似，鸚啄秈紅玉不如。亥市賣喧雕觜舫，辰瓜耘倚鶴頭鉏。麤衣糲食差堪羡，猶是風淳太古初。

郝箎涂琴製作殊，牂柯杉枋鬼工輪。伐材久改隋時制，範像猶存晋代模。落日蓼洲横大艑，西風柴步集飛艫。明珠大貝雖銷歇，水陸由來是奥區。

聞道當年俗尚傒，長鳴怕唱汝南雞。黛螺曉鏡當壚掩，榆莢春風背面啼。釵釧羨他鹽客婦，蘼蕪悔學孝廉妻。生憎不及鴛鴦侶，纔過南塘亦並棲。

疏寮對啟四阿排，偪仄苔痕欲上階。明月照庭方似罫，秋陽緣隙薄於蝸。地寬聊擬禪中蝨，天小真爲井底蛙。不是武陽遺愛在，那能風雨庇吾儕。

閒徵軼事助謿詼，子夜休聽鬼唱哀。山外秦人仙洞閉，地中笨伯講堂開。思從彭澤求如願，儻遇風神解愛才。吟罷低頭弄明月，恐教木客笑癡騃。

蘭橈半渡上遼津，欲向空江采白蘋。風雨池邊花似錦，娉婷里外草如茵。西山秋月逢蕭史，南浦春雲送美人。譜就夜烏啼一闋，清商幽怨落梁塵。

江涵遠影蕩斜曛，帝子樓高歌管聞。盡日鷓鴣晴喚雨，一春蝴蝶暖翻雲。柘枝翾妙呈蠻舞，雀舫淒清感鄂君。此際尋芳倍惆悵，更無人憶杜司勳。

吸盡西江水太渾，鸕鷀典去舌猶存。宦情衹有三章在，士氣惟餘一榻尊。巨扇每銜晴雪影，仙書都化綵雲痕。饒他煉汞燒丹客，剩得空囊氣亦吞。

重綿初卸恰衣單，氣候殊方豫定難。山外乍陰還乍霽，江頭旋暖又旋寒。炎涼景自移昏晝，高下田多慮潦乾。遠客好加調護在，翻雲覆雨太無端。

晴和無侶共登攀，客緒如絲不可删。攬勝閒披古圖畫，卧游難得好江山。雲軿影逐罡風杳，玉佩聲從夜月還。多事飛仙自來往，可能天上勝人間。

休論鶴問與牛眠，此地由來小洞天。學士多矜習風水，居人每喜説神仙。靈槎遠憶三千里，留識虛傳八百年。我是夢中遺綵筆，曉寒曾奏衍波箋。

蜃窟龍宮靜泬寥，峩峩鐵柱鎮逍遥。虛堂罔兩秋無影，白日黿鼉氣不驕。倀子擎旛鴉啄肉，老巫揮羽鳳吹簫。由來機鬼風難革，擬仿靈均賦大招。

久夢風山簭六爻，巫咸休更索瓊茅。波臣不信江先涸，燕子偏疑幕可巢。中酒客能剸猛虎，揚舲吾欲斬浮蛟。澹臺友教聞三百，莫道今時少石交。

清霜五夜吼蒲牢，懷古空增夢寐勞。漢代權方歸太守，高賢位尚屈功曹。雲卿廢圃堆沙礫，嵩伯書堂半蔚蒿。莫向塵寰矜月旦，灌園磨鏡有人豪。

躍龍橋下玩晴波，一往情深喚奈何。風露娟娟上修竹，錦霞片片墜秋荷。船來贛水蘭香遠，雲近尋陽雁影多。裙屐少年高興甚，晚來連臂按新歌。

鎮日孤蹤看落霞，吾生空自嘆無涯。魚鰕江上難爲侶，雞犬雲中別有家。漫擬攢眉辭淨土，虛教忍淚聽琵琶。來時招隱曾相約，及早還鄉就桂花。

一洗逢時俗學場，探囊聊試合歡湯。高懷好住逃名地，慧業須登選佛場。自昔衣冠存四姓，何人翰墨繼三王。文壇詩派歐黄在，不獨南豐祝瓣香。

象牙江上舊屯營，吴楚中間此戰爭。急景霜凋蘇武節，高秋日落灌嬰城。浮雲西北千層幻，反氣東南一旦平。煙水沈沈樵舍外，金床玉枕夢難成。

東湖東去樹冥冥，傑閣千秋講武亭。谷鹿洲前雲氣黑，鳴鑾路畔柳條青。白衣西上思吞日，黄屋南遷指落星。强弱可憐均失計，偏隅終是小朝廷。

百粤關河控制憑，豫章高館築崚嶒。漢家將本從天下，秦戍軍真遍地輿。横浦波瀾通五嶺，樓船旗幟建三層。承平今日無烽燧，弩手休誇較射能。

蒼茫獨立上南樓，斫地看天倚蒯緱。高閣月明歌舞歇，情城花發古今愁。厭原群嶺皆西拱，章貢雙江正北流。極目鄉關東望遠，吴歈唱徹大刀頭。

豫章堇堇出黄金，枉自披沙鑿土尋。寶氣有亭終變化，石頭無信定浮沈。灘前苦竹應生筍，爨下焦桐孰斷琴。料得匡廬游已倦，龍門也怕聽南音。

閒攜酒榼與茶籃，勝景龍沙九月探。雙井細斟雲母液，三蕉新釀洞庭柑。秋屏窈窕窺層嶂，極浦空明映遠嵐。暢好洪都游玩地，風光總不似江南。

黑金入市客愁添，策策寒風朔氣嚴。略似飛茅連脊瘦，難求啖蔗到頭甜。謀生擬種三千橘，作序誰酬五百縑。剩有一枝斑管在，那堪才已盡江淹。

寂寂真同石闕銜，深源書竟達空函。疇敷李贅高人席，且脱成芳隱士衫。襆被一身餘短鬢，木蘭三翼理歸帆。壓裝賴有新詩卷，詞筆雖蕪莫浪芟。

西山廿絶句

拄頰朝朝讀《水經》，散原山色想娉婷。何當一舸浮江去，飽看煙鬟萬疊青。

鸞岡鵠嶺對參差，明月吹笙信有之。極目周遭三百里，仙都蹤迹少人知。

挹袖支筇又拍肩，洪厓蕭史日周旋。何須更羨飛昇樂，人在黔霄十二天。

藤橘丫童左右扶，長瓢巨扇雪精臞。衹今洪井飛橋側，還有先生杖履無。

不見仙人梅子真，飛鴻孤影碧嶙峋。神官護短憑愚甚，莫把封章上界陳。

鸞車龍駕起徘徊，拔宅沖虛事可猜。眷屬盡教天上住，只愁無地起樓臺。

多情始合列仙班，花雨繽紛響佩環。千載秦樓騎鳳後，又傳唐韻在人間。

星壇遥護九光霞，鍊汞燒丹此作家。我笑仙人太狡獪，蓮峰朵朵變桃花。

洞中聞有避秦人，洞口仙源好問津。今日太平無界限，不須苦戀武陵春。

敲金戛玉拂珠璣，風雨池邊木四圍。遮莫出山霑灑遍，休教空逐綵雲飛。

七寶莊嚴禮竺皇，香城風送梵聲長。死心去後雲峰住，大好江西選佛場。

雨華臺畔翠巖東，峭石修篁杳靄中。香界長留六朝月，紅塵吹斷一江風。

讀書堂下客星幽，鏖鳳中原不可求。千古高風陳處士，更無人説宋齊邱。

宰木蒼涼常侍墳，齊王祠廟走鼯鼪。南唐風物今何在，剩有荒江幾縷雲。
金龍玉簡鎮仙城，藥臼胡床瑑不成。怪底英雄老劉濞，神燈夜夜照銅精。
鐘磬清音左右懸，玉簾隔斷響濺濺。西江一口渾難吸，且試人間第八泉。
羅漢茶香含豆葉，將軍樹老偃虬枝。山僧自禮澄源塔，村女猶歌采葛詞。
斗牛紫氣識龍光，神物千年莫久藏。一盞空澆北巖土，深山無侶説干將。
石頭津下駐回橈，無準春風早晚潮。閬苑自多青雀使，那勞書札寄洪喬。
山南多是列仙居，山北精嚴構佛廬。我本非仙亦非佛，要來靈境讀奇書。

雙劍篇贈熊墨樵茂才兆麐並示劉滄洲孝廉士瀛

我攜長劍游南州，遥瞻雙龍躔斗牛。江聲嶽色蕩胸臆，一洗眼界無凡儔。南州豪傑人物海，就中弁冕推熊劉。劉子玉立鬢髯修，高吟獨倚百尺樓。西馳巴蜀北燕豫，江山勝概奚囊收。君才卓犖筆力遒，萬象囊括窮雕鎪。導江岷源漢嶓冢，詩派文體追黄歐。朅來劉子正倦游，君與角逐日倡酬。文壇掉鞅交衢舞，上駟各各矜驊騮。靡旌摩壘工力敵，部伍嚴整森戈矛。晉楚迭主執牛耳，不數小國莒與鄒。又如雙劍屹相向，下視群嶺疇則侔。揚瀾左蠡浴日月，吐納九派皆纖流。我來定交在杵臼，忘形豈藉縞紵投。自慚屠龍氣已盡，五色並見驚純鈎。龍沙九月風颸颼，佇見鷹隼翔高秋。一爲矯矯雲際鶴，一爲泛泛波中鷗。干將飛騰莫邪伏，神物變化茫難求。中宵鶉尾望紫氣，尚有一縷孤光幽。二君才力既相似，胡爲有售有不售。得毋至寶必韜晦，東序何以陳天球。儻云孚尹必旁達，雙刖乃是荆山璆。升沈遲速偶然耳，洵有天意非人謀。他年左提兼右挈，終當合力襄皇猷。所惜霜蹄暫時蹶，先鞭君竟輸一籌。江清木落攬敝裘，余亦囊空彈蒯緱。明春買醉燕臺下，獨與劉子相綢繆。散原飛雲不到眼，能勿南望歌四愁。贈君華陰土一甌，芙蓉爛發光躍韝〔一〕。延津會合定有日，詩成一笑淩滄洲。

〔一〕「爛」，刻本作「瀾」。

朗軒舅氏别已八年頃自永寧來南昌始獲追隨匝月而余又將買櫂東歸矣敬呈五章奉别〔一〕

八年違杖履，忽訝雪盈顛。詩律老逾細，旅懷窮益堅。算齡將七十，歸路近三千。唱徹刀環曲，臨風一黯然。

摇落已如此，蘼蕪胡不歸。稻粱知拙計，鴻雁惜分飛。世事隨緣度，家山與夢違。莫言鄉國好，祇恐淚霑衣。

記得城南宅，寒宵送客舟。一從帆放脚，幾度月當頭。落絮渾無主，飛蓬不自由。異方萍梗合，及此共淹留。

羇愁憐暮齒，壯志愧吾生。作客無秦越，周親況舅甥。同餐江右飯，不盡渭陽情。蹤迹殊相似，蹉跎恨未平。頻歲游蹤與舅氏略相似〔二〕。

頻歲游燕豫，遥知會面難。竭來江水外，仍隔楚雲端。相見曾無幾，將離慘不歡。秋風峭帆去，蘆雪影漫漫。

〔一〕刻本無「始獲」、「買櫂」四字。
〔二〕刻本無此注。

外舅秋濤先生置酒話别相對汍瀾敬留一章奉贈

手把離觴意未申，黯然推案起逡巡。十年宦槖貧如洗，一月宵燈話最真。何日牽船辭手版，便應漉酒脱頭巾。嚴光披得羊裘去，願約仙翁共隱淪。

發南昌

一笑揚帆去，扁舟又欲東。江湖同浩浩，歲月此匆匆。舊夢蕉藏鹿，游蹤雪印鴻。高堂懸望久，敢説鮒魚窮。

江干夜泊擁被孤眠聞根惱亂寢不成寐起而賦之〔一〕

客中愁思不堪聞，野曠天高衆籟分。殘角亂吹飛木葉，寒沙微瀉切江雲。濤銜隔岸孤帆急，人定鄰舟夜語紛。獨有征鴻聽不得，聲聲淒斷訴離群。

〔一〕刻本無此詩。

盱江道中

盱江北去水盤紆，一幅雲林絶妙圖。斷岸布帆明似鷺，守田瓜舍小於凫。望中霜葉迷深淺，天末煙嵐定有無。幾處荻花摇瑟瑟，前頭知近鄱陽湖〔一〕。

輕舟直下蕩斜曛，觸目淒清客思紛。微斷沙痕晴作雪，乍澄水面氣成雲。天寒漲落洲初見，港窄灣多路不分。只恐稻粱謀未穩，賓鴻無數尚呼群。

〔一〕刻本無此詩。

舟行偶興

水落平於掌，舟行路漸遥。歸雲無定影，寒樹未全凋。悔不驅黄犢，貧難辨黑貂。長涂蕭瑟甚，豪興已全消。

行行入干越，望望隔章江。遠岸洲三五，腴田畝百雙。鴉棲牛背穩，魚怯釣絲憁〔一〕。風物雖娱目，吾終戀舊邦。

冬來湖水斂，望不見番陽。汊轉帆三面，天高雁一行。烏杭炊飯熟〔二〕，蟹舍卧波凉。料彼安居者，應憐客太忙。

檣矗静無風，輕舟泊瑞洪。江沙微溜滑，蘆雪夕陽烘。景入詩情寫，愁將酒力攻。壯懷何所託，吟興掩孤篷。

〔一〕「怯」，刻本作「避」。

〔二〕「飯」，刻本誤作「飲」。

瑞洪晚眺

來時巨浸欲稽空，此際盈盈一望中。日漾晴波金瓅碎，風敲寒犨玉玲瓏。蒼葭映鷺參差白，烏桕漫山淺澹紅。估客落篷齊向岸，滿村鐃鼓賽蕭公。

禺中敲火折蘆吹，銀鱠登盤雪滿匙。檣畔穩翻鸜鵒舞，樓頭微唱鷓鴣詞。忘機心定鷗先覺，覓食謀空雁共知。打草人還喧渡口，晚來泊處更須移。

涂次即目

洲外蘆灘灘外田，重堤又界一條川。隔堤更有帆如馬，不辨蒼茫何處船。

鄱陽湖畔山多赤色絶少草木戲作截句謿之〔一〕

高標恍起赤城霞，一撮還疑句漏砂。想見仙人煉丹後，滿山紅影染桃花。

〔一〕刻本無此詩。

破帆二十韻

晨星浸湖光，冷氣破殘夢。檣烏微有聲，作作西風動。連艑銜尾開，巧借一帆送。我舟十幅帆，索敝篛亦洞。蕭蕭樹掛瓢，屑屑苞解䅉。飄揚似翦翼，破碎類鑿空。過簾篷脚輕，搏水船腹重。前舟去已遠，得意矜逸控〔一〕。後舟作氣前，飛翔擬鸞鳳。而我於其間，委蛇若賓從。我情自安閒，我僕互譏諷。風翮須有力，天衣貴無縫。何不補綴完，萬里任操縱。顧笑謂童僕，爾言一何瞢。雖非鵬圖溟，幸未鷁退宋。稍抑競進心，且免傾側恐。脱遇打頭風，帆好亦安用。履茲夷坦途，豈必越凡衆。銅鉦曉日明，霜葉晴霞凍。酌我酒敵寒，一醉與汝共。

〔一〕「控」，刻本作「鞚」。

餘干道中

琵琶洲畔樹零星，愁絶西風干越亭。帆脚遠連雲影白，船頭高擁浪花青。峰連上素明如畫，水接揚瀾氣尚腥。欲訪梅巖讀書處，谿山風雨不堪聽。

餘干懷古

甌閩揚越地毗連，在昔邊防此地偏。秦尉一軍屯讁戍，漢兵兩道下戈船。波濤北控鄱陽口，斥堠南通太末煙。今日承平中外謐，不須重問古山川。

早發黄金步

曉泊黄金步，衾寒夢乍醒。霧吞湖氣白，山剗燒痕青。販米村船集，陳魚野市腥。兹鄉何足戀，風順好揚舲。

金盤山吊英布冢[一]並叙

《史記正義》：英布冢，在饒州鄱陽縣北百五十二里十三步；《江西通志》以爲在安仁縣金盤山。未詳孰是，兹蓋就所經之地賦之。

秦鹿亡，楚狐起，五年吞屠殆盡矣。沛中亭長作天子，當黥而王安足喜。布欲何爲爲帝耳，四海埽蕩無纖塵。未央置酒擁美人，儲君未定孰撫軍。區區絳灌僅保身，猛士零落如秋雲。布也用兵號最神，東收吴會南甌閩。鼓行而西疇比倫，山東關右如絲棼。乃公力疾起自將，旗鼓相當會甀上。一戰再戰潰不收，兹鄉民竟得布頭。上策不用用下策，此事詎足爲布惜。所惜不能忍須臾，咸陽日落赤帝殂，宫中雉雊劉氏孤。布當此時奮臂呼，因利伺便真良圖。交結尉他通單于，成敗正未知何如。謀之不遠胡爲乎，坐令殄滅亡身軀。往年誅韓信，今年醢彭越，箭在弦上，不得不發，舉事可憐太倉卒。嗚呼布誠人中豪，雄略那得如漢高。鞭笞大將若兒子，布已久在掌握操。既能令布喜，亦能令布怒，甘聽隨何背西楚，楚今日亡明日虜。君不見三軍縞素屯滎陽，正名爲義帝發喪。誰歟殺帝者，迺是九江王，不反亦亡反亦亡。布果爲楚殺義帝，歸楚歸漢寧再計，胡爲反覆令人制。此事疑似終未明，漢家青史無定評。空教千載被惡名，焉知造計非陳平。噫吁嚱，愁雲萬疊連東嶠，庾嶺别名〔二〕。夜夜陰風發狂嘯。杯酒何人酹鬼雄，村民競賽番君廟。

〔一〕刻本無「吊」字。

〔二〕刻本無此注。

舠子船四十韻

鮒轍江波涸，萍蹤客思添。看囊金告罄，買櫂價貪廉。名號符雕觜，形模類鴨奩。迴殊三板亦江西船名〔一〕。闊，巧作兩頭纖。檣柱中央矗，牂牁四面鈐。帆安張十葉，舵薄夾雙尖。住插孤篙穩，行牽百丈阽。喧豗凫叫雜，咿軋艣聲嫌。鷁首支罏竈，舷旁溉釜鬵。裁篙弓執曲，編篛竹枝箝。半啟前艙便，全關後牖嚴。入時躬必俯，坐處意寧忺。寬恰舒衾幅，卑防礙帽簷。高低隨布席，界限只懸簾。六斷爻排耦，中連卦象謙。推移瓶蓋脱，匼匝屋茅苫。偶共鄰船泊，常虞惡客覘。縛加椶纜密，縮用鐵鉤銛。冒頂蝸藏殼，掀篷鏡側匳。欠伸蘇渴睡，顧盼得遐瞻。疏理侵嵐障〔二〕，回身避午炎。鬢輪沙鷺白，面逐曉烏黔。緣隙搖銀蠟，微痕印素蟾。未憂霜露重，最怕雨風兼。墨墨天長暮，床床霤欲霑。昏疑鑽故紙，悶甚下車幨。炊飯煙千縷，煎茶火一枚。目迷將霧障，衣點畏炱黏。作字書難辨，哦詩韻懶拈。破顔詢異俗，瑣事悉窮閻。籍貫鉛山隸，生涯鼎餗占。浮家真泛泛，傒語笑詁詁。硾紙油光滑，砂餹蜜樣甜。賤收江右米，貴販浙西鹽。江西惟廣信一府食浙鹽。春滿君陽樹，秋深蠡澤蒹。負舟同豕涉，踏浪比魚潛。微命勞筋力，長年飽麥䬯。裝輕資亦少，灘過夢都恬。急景雲霞暗，歸涂歲月淹。窮愁聊賦物，莫陋小言詹。

〔一〕刻本無此注。

〔二〕「障」，刻本作「瘴」。按「障」通「瘴」。

上灘二首

高溪從南來，緑崖聳列岫。蜿蟺蟠驚龍，蹲伏森猛獸。激束使水高，勇與石力鬥。漫漫蹴晴波，汩汩決奔溜。横空雪練寒，孤削雲根瘦。紙碓輪斜飛，魚矼矴微逗。噌吰鐃鼓喧，幽咽笙竽奏。千迴尚鬱盤，一瀉乃疾走。脱鞲鷹爪拳，中的箭鋒透。珠璣百斛翻，綺縠萬層皺。我行逆風濤，寸寸敦弓彀。篙師負舟趨，絶叫杖夾脰。失手一刹那，呼吸安可救。危乎履戈矛，凛若犯甲胄。目眩亡其精，齒冷不敢漱。何當宅煙霞，永享喬松壽。

我聞灩澦奇，岧嶤在天上。吾愛贑江險，乘興思一訪。兹行固坦坦，奇險安足望。豈知上水船，宛似登天樣。詰屈沿坡陀，突兀插屏障。盤渦忽雷鳴，挾石以風壯。擊檝進如墻，作勢怒相向。崩崖萬牛挽，動地千人唱。河魚鼓鬣飛，秋隼側身讓。轉鬥氣無前，深入力而抗。憶我初來時，正值春波漲。瞬息百里間，指顧見清曠。及此迴蘭橈〔一〕，舉足觸駭浪。幸免顛隮虞，布帆尚無恙。上下本一塗，夷險乃殊狀。涉險貴不驚，遵夷亦須防。始悟執偏隅，未足得圓相。持躬慎周旋，一笑吾其儻。

〔一〕「迴蘭橈」，刻本作「理歸橈」。

發玉山至常山竟日乘筐輿行萬山中風雨淒其煙嵐重疊聳肩愁坐擁鼻苦吟寒蟲之號不自知其絮絮也録之得十六截句[一]

曉霧惺忪凍不飛，陰陰如絮撲人衣。生憎無數癡雲影，苦戀寒峰未肯歸。

穿過重關上畫橋，石闌橫亘鬱岧嶤。灘聲一路琤琮響，尚有冰溪凍未消。

疏林行盡見平田，漠漠輕陰欲雪天。對面不知峰遠近，似濃還澹鑠寒煙。

早麥抽苗長未齊，初栽寒菜兩三畦。土膏融潤如酥滑，喜趁前宵雨一犁[二]。

縷縷飛雲釜氣蒸，輕於柳絮薄於繒。隨風颺過山尖去，橫抹山腰又一層。

亂峰如玦更如環，石徑微茫往復還。忘却身從雲裏過，但看風雨滿前山。

倚天長劍撥難開，凍雨廉纖拂面來。爲語東風休作惡，素心一點少塵埃[三]。

支頤莫恃筍輿安，滑滑衝泥寸步難。行到半山人迹少，亂吹寒籜雨聲乾。

半林紅葉濕燕支，偃蹇孤松露一枝。莫怪衝寒吟太苦，好山如畫雨催詩[四]。

山坳斷處野人家，茅屋雙棲瑟縮鴉。幾樹垂垂烏桕子，寒星萬點認梅花。

合沓層巒四面包，縈紆路向隔林鈔。還從山口回頭望，一帶人家在樹梢。

高廩團欒覆草黄，村童牽犢飲寒塘。長堤一線人如蟻，不信浮生有底忙[五]。

俟雁銜蘆鴶鵴呼，饑鷹側翅下平蕪。天寒歲晏風霜急，還有秋塍剩粒無〔六〕。

嵐氣空濛雨脚收，寒威漸緊失重裘。天心似念征人苦，閣住雲頭不肯流〔七〕。

突兀孤峰擁畫屏，幽篁環翠路冥冥。一聲長嘯哀猿和，如夢寒山唤不醒。

四山暝色不分明，樵唱微聞斷續聲。寒月半規雲外吐，萬家燈火定陽城。

〔一〕刻本題作「發玉山至常山箯輿行萬山中風雨淒其煙嵐重疊得十截句」。
〔二〕刻本無此詩。
〔三〕刻本無此詩。
〔四〕刻本無此詩。
〔五〕刻本無此詩。
〔六〕刻本無此詩。
〔七〕刻本無此詩。

常山旅舍題壁

偶御天風自往還，月明愁聽唱刀環。身如寒雀枝頭凍，夢逐浮雲嶺上閒。涸轍怕迎江右水，開顔重見越中山。青霞童子如相問，爲報凡情一例删。

常山放舟

放櫂緣溪去，風吹客夢醒。水過江右碧，山到越中青。雲氣千層幻，灘聲一路聽。登盤朱橘好，撲鼻發芳馨。

越山

越山青似黛，越女白如花。鏡照桐江水，鬟分繡嶺霞。留人烹日鑄，勸客飯胡麻。怪底劉郎去，頻年不憶家。

夜泊衢州〔一〕

三更依岸泊，四望眼俱明。月射中軍宅，雲高大末城。厭聽傒語重，漸覺越音清。莫作龜山操，臨風萬感生。

〔一〕刻本無「夜」字。

越中女

越中女，兩頰啼紅怨秋雨。生長江山九姓船，不識風霜與塵土。宛轉新翻《囉嗊》詞，低回慢按杯槃舞。越中女，豔如花，斜倚篷窗臉斷霞，輕衫雙髀鬢堆鴉。十三學箜篌，十四學琵琶，十五坐春風，盈盈正破瓜。頓喉一聲唱，嘖嘖萬人誇。不願萬人誇，羞顔半面遮。訴將無限心中事，博得纏頭養一家。一家恃女以爲命，曾費明珠百斛聘。描就青螺柳葉齊，糊成紅肉桃花映。姬水波平翦縠裙，女樓月落窺菱鏡。飛絮隨風不自由，可憐忘却耶孃姓。耶孃本住浣花村，繞屋桑麻緑掩門。貪看眼底金銀氣，割斷心頭骨肉恩。强隨中婦調銀柱，教向衝筵侑玉尊。一片寒潮朝暮上，爲儂嗚咽瀉啼痕。朝泛錢塘潮，暮宿桐江水，莫作女兒身，薄命竟如此。勸郎休采並頭蓮〔一〕，蓮房憔悴秋心死。羡煞鴛鴦卅六雙，雙雙穩睡煙波裏。

〔一〕「郎」，刻本作「君」。

江山船曲〔一〕

兩頭纖纖月子彎，郎看如此好江山。江心波靜儂作鏡，山外煙深儂作鬟。

籍貫虛稱占睦州，一生長住木蘭舟。富春山下年年過，只解煙波不解愁。

同鄉相識復相親，只有儂家九姓人。李家小妹錢家嫂，與儂代代結朱陳。

飛鳧拍拍鳴啞啞，阿儂真以水爲家。若許牽船榷就岸，爲郎山上種胡麻。

當頭三五月初圓，彈徹秋風十四弦。豆蔻含胎瓜結子，與郎生小只同年。

新婦巖前花影紅，女兒山下石尤風。朝南莫北雲無定，只在江流幾曲中。

船頭小小構紅亭，山壓篷窗分外青。一路畫眉聲不斷，催儂妝罷唱郎聽。

布帆十幅剪江開，曉日輕紅映兩腮。驀地思量情脈脈，分明昨夜夢歡來。

中婦吹簫阿妹彈，春風一笑下平灘。黃鶯掉舌桃花鬧，不信篙工著力難。

插天萬朵碧夫容，山影高低淺復濃。一個人牽一條纜，縈紆一線似游龍。

落篷齊宿向深潭，宛似沙鳧睡正酣。擫管微歌花十八，銜山斜挂月初三。

船頭搘柱仗雙篙，遞插波心似桔槔。薄命應如儂一樣，斜風細雨不辭勞。

晚來銀榼傾三升，流蘇四角垂羊燈。喁喁細語低低唱，只隔明窗紙一層。

宛文裁就合歡衾，雙燕玲瓏玳瑁簪。如許春光須愛惜，怪郎終日抱書吟。

千條萬縷結黃絲，網得金鱗寄所思。莫向若邪谿上去，荷花深處網西施。

采蘭時向蘭谿過，蘭谿渡頭姊妹多。日暮傍船閒笑語，羨儂來往少風波。

送郎西上歙江西，兩行苦竹緣青溪。郎行休似秋胡薄，忍使春風背面啼。

郎今過嶺閩中行，樂府青驄唱六萌。閩中鳥語渾難辨，争及儂音嚦嚦清。
郎言此去到西江，西江《囉嗊》翻新腔。琵琶撥盡青衫濕，記否儂歌字字雙。
寒星萬點認明珠，夾岸梅花影太癯。閒折一枝索郎笑，問郎可否似林逋。
眷屬温柔別有鄉，釣臺高峙水中央。嚴光長此披裘住，笑問郎今有底忙。
勸郎且食子陵魚，勸郎休戀江上書。七里瀧前今夜泊，明朝安穩下桐廬。
定包雲霧鎖岧嶢，隨郎東泛海門潮。郎心有準如潮信，那怕三山萬里遥。
艤榜錢塘罷玉樽，紅蘭浥露黯銷魂。鮫巾盛取靈芸淚，莫認杭州舊酒痕。

〔一〕刻本無此組詩。

夾岸疏林橘實盡矣想見秋杪冬初時朱迎朝旭黄鑄寒煙手摘盈筐日輪匹絹此中之樂何減商山耶因事感嘆率成長句〔一〕

一帶青林橘實空，歸期悔不趁秋風。衹餘鐵幹淩霜緑，無復金丸映日紅。萬户侯封歸掌上，千頭奴婢住山中。謀生自笑吾何拙，輸與江陵足穀翁。

〔一〕刻本題作「夾岸疏林橘實盡矣因事感嘆率成長句」。

題曾勉耘年丈濟歸耕圖遺照〔一〕

昔賢倦風塵，每作耦耕想。豈知數不偶，此志竟成枉。維公與先人，古歡結婣黨。同敦道義交，同上賢書牓。公蚤綰墨綬，吏事勞鞅掌。先人晚司鐸，東海開函丈。素書千里通，歷歷溯疇曩。相期急抽身，煙笠契幽賞。曰歸終未歸，寸心同悒怏。閩嶠雲沈冥，朐陽雲莽蒼。訟庭琴罷鳴，講堂瑟輟響。丹旐同歸來，鷗盟在泉壤。披公歸耕圖，肅然拜遺像。連峰宰木深，澗水春苗長。日暮虞山陰，先靈定來往。

躬耕活一身，代耕活萬民。代耕五斗米，躬耕三百囷。勞心與勞力，食報若未均。原其方寸地，萬象能生春。公初宦伊雒，後官於甌閩。如田亦有畔，如耦亦有畛。非種務盡去，良苗自懷新〔二〕。奚必課晴雨，始展四體勤。伊予先君子，石室紬遺文。桃花倚天紅，潟鹵開荒榛。行藏雖殊趣，教養皆陶甄。要先培其本，乃令善者伸。公如上農夫，力勤美報臻。季子修治譜，芸舫大令。世德傳貞純。顧予實寡昧〔三〕，大懼先業湮。播穫弗終畝，矧克荷析薪。種之必陳義，熟之必爲仁。補詩歌潔白，用以質後人。

〔一〕刻本題作「曾勉耘年丈濟歸耕圖」。
〔二〕「自」，刻本作「亦」。
〔三〕「昧」，刻本作「眛」。

木天集〔一〕

元默敦牂（壬午）

渡沂水〔二〕

一笑沿沂去，吾師點也狂。春風帶楊柳，晴旭上榑桑。水活知魚樂，鷗閒看客忙。塵纓雖可濯，未敢詠滄浪。

〔一〕刻本無。

〔二〕刻本卷第八自此詩始，此詩下刻本注「壬午」。卷第八下注：「古今體詩八十六首。起壬午入都，是年登第入翰林，癸未甲申居京師，乙酉典試福建，出闈後赴廣東學政任，丙戌丁亥按試各郡作。」

茌平遇雨〔一〕

東風吹我過茌平，欹蓋衝泥彳亍行。四野濃陰含暖氣，一犂春雨足深耕。農夫待澤方占卯，僕輩祈晴只望庚。爲語汝曹休怨悵，要令霑溉遍蒼生。

〔一〕刻本無此詩。

側理紙

陟釐品壓桑根紙，今之所見毋乃是。玉版雲英化劫灰，一番孤剩珍如此。分明認取海苔紋，典午當年記策勳。水仙裁就鮫工製，隱隱天邊起碧雲。芸香辟蠹薰靈笈，封裹重重蓉粉襲。一縷銀光漾白萍，開函猶帶秋濤濕。天上輕寒賦衍波，流黄九萬洗明河。若教雷電從空下，攝取瑯玕奈爾何。流傳㫚㫚逾千載，神物護持色不改。逸少含毫未敢書，中宵煜爚流光彩。吁嗟乎，博物從來讓茂先，癡心妄擬託瑯嬛。麟毫鐵研銷沈久，不見豐城氣燭天。

送陸萊臧同年我嵩出宰閩中

登山不到第一峰，排雲不上第一重。雙舄飛入人海中，手持萬朵青芙蓉。化爲膏雨點點濃，寸長亦補大造功。金臺三月春光融，桃花李花色正穠。圍場廣闢懸犴熊，觀者如堵目力窮。萬人争奪顔高弓，我揖其耦何雍容。誰歟抗手陸士龍，心閒神定孰敢雄。中眉志目技末工，相視大笑驚兒童。天門詄蕩來薰風，詔書晝下明光宮。我留芸閣攻雕蟲，君去閩嶠司雷封。九仙樓閣煙濛濛，蓬壺相望東海東。武夷洞天靈秀鍾，螺江清泚波玲瓏。一洗磊落芥蒂胸，何論得失兼窮通。君年正壯學力充，精金百鍊試及鋒。勿躭詩酒安疏慵，飲泉懸鏡圭璧躬。力鉏頑梗蘇疲癃，佩牛帶犢歸三農。催科早竣輸正供，大開鄉校鳴笙鏞。不數石室圖文翁，後有杜母謂少京同年紹祁。前陸公。謂心蘭師。君繼其迹將毋同，三年政成歌黃龔。瑶箋報我託塞鴻，勝餽三百方家紅。

送何絜人同年覲揚出宰中州兼寄邵子山大令堂

歲在攝提格，雲物秋茫茫。我行發夷門，躡屩來帝鄉。腰間七寶劍，凛凛生寒芒。見君人海中，逸氣不敢狂。豈料五年後，與君高頡頏。君今綰墨綬，于役指大梁。大梁我舊游，利病夙所詳。爲君誦芻言，期君永不忘。

東南重財賦，西北重繇役。豫州天地中，財匱役尤劇。防河輸茭楗，徵斂有期額。上官盛供張，迎送更絡繹。排户科車牛，那復顧農隙。青青彼子衿，不免服轅軛。緊豈良吏懷，畏此簡書迫。鞭笞及寧越，徒以塞簿責。公家固有程，民力亦宜惜。忍矜一己才，而令一方瘠。

國家敷郅治，渥澤周寰瀛。百有八十載，四海安承平。奈何譸張子，草竊敢弄兵。近聞汝蔡間，遺孽猶縱橫。此輩皆土著，豈盡饑寒並。身家亦有念，胡忍輕其生。輾轉被煽惑，哀此蚩蚩氓。孰爲善化導，非在口舌争。士者四民首，源澄流自清。盍先飭庠序，比户弦歌聲。

帝重親民官，臨軒策多士。拔迹在一朝，牽絲宰百里。念兹稽古榮，受恩逾分矣。返躬問初心，夫豈爲貧仕。讀律縱未諳，清節固易矢。勿謂帝閽遠，天威近尺咫。學勤可補拙，守潔先戒侈。讀書務實用，報國從兹始。

我游蓬澤上，遂登粱王臺。簫管響沈歇，古人安在哉。下方九萬户，雲氣鬱不開。黄河天際横，八月聲如雷。我時偕邵子，攬勝起裵徊。洞觀發清嘯，題詩埽緑苔。君往尋舊軌，且傾掌中杯。跂余值羈宦，不得相追陪。寄聲成皋尹，恢恢王尊才。何時惠芳訊，好逐南風來。

趙王墳歌并叙

滸墅關金絲巷學宮後舊有古墓〔一〕，俗稱趙王墳。明榷使方公創建義塾，碑記則稱宋定城令，亦未詳姓氏。嘉慶丙子，陸子湘茂才廷爍董脩學宮封墓，得石，乃知令姓趙名用字彌明，卒以嘉定己巳，葬於嘉定乙亥，王則其夫人之氏也。何絜人屬余作詩。

長洲里，彭華鄉，佳城鬱鬱當南岡。誰歟斯邱體魄藏，土人指點説趙王。圖經但記定城令，不知世代況名姓。揭來鋤地得方磚，歷歷書年宋嘉定。筮云吉，卜云凶，龍沙之墓墮水中。不如兹地纔一弓，幽宫之文不刓不闕傳無窮。字彌明，姓趙氏，生年僅得中壽耳，葬以乙亥卒己巳。數到金蠶出土時，積歲剛周十丙子。當年佗胄召敵氛，江淮之際方紛紜。疆埸之吏職典軍，胡爲寂寂竟不聞，得毋掣肘難建勳。並無大手筆，爲作諛墓文。孰銘貞石子若孫，差勝呼爲冥漠君。吁嗟乎，荒冢纍纍半無主，松柏爲薪碣作礎。昔時千騎上北邙，今日岡頭卧牧豎。何幸六百年，保此一抔土。君不見玉匣珠襦出會稽，冬青一樹曉風淒。六陵慘澹無王氣，剩有年年杜宇啼。

〔一〕刻本無「舊」字。

陳貞婦楊氏詩

楊氏女，陳氏婦。成乎婦耶，猶未奉箕帚。全乎女耶，育于楊已久。幼失怙恃，煢煢何依依，吾母吾姑吾父吾舅。一解。香纓結兮，驪駕設兮。嘉禮未成，遽永訣兮。玉樹長埋，鏡月缺兮。女心傷摧，肝腸絕兮。二解。舅姑謂女，女非吾婦吾女也。今日事，宜從權。女乃衰絰躃踊而來前，所不生爲陳人死爲陳鬼者，上有蒼天，下有黃泉。三解。女知讀書，女知從一。夫亡年十七，女卒年七十，歷五十年如一日。四解。爲夫孝養，爲夫立後，力舉喪葬，躬操井臼。天子知之〔一〕，旌門傳不朽。里人誦之，百年不去口。楊氏女，陳氏母。五解。

〔一〕清稿本脱「子」字，據刻本補。

鹿樵觀察寄示游野狐泉詩遥和其韻〔一〕

畦亭春滿且尋幽，拓室臨池萬象收。近鹽水偏饒淡味，出山泉總是清流。政成添得扶疏柳，民静渾如浩蕩鷗。大有陶唐遺俗在，何須高蹈挹浮邱。

中條嵐翠映寒潯，鎮日周旋鶴與琴。疏鑿略施經濟手，清泠聊寫袚除心。微波不動魚忘餌，樂意相關鳥護林。莫便抽簪歸去也，好教蒲霍遍棠陰。

〔一〕刻本題作「次韻鹿樵觀察寄示游野狐泉詩」。

姜石芙編修堅花燭詞〔一〕

兩行華燭燦金蓮，盡日清才望若仙。入對乍承天語奬，退朝猶帶御香鮮。金花初上編珈飾，銀管新裁却扇篇。莫羨玉堂歸娶事，四年安穩步花磚。

邗江初迓翟車來，持節牂牁詔又催。暫綏青廬成吉禮，好持玉尺去量才。移將琴瑟歌苹鹿，采得夫容作鏡臺。從此年年桃李盛，後堂絲竹爲吹開。

〔一〕刻本無此詩。

昭陽協洽（癸未）

和盧南石師春雪用醉翁聚星堂韻[一]

新春綵燕銜花萼，亂點霜松勢猶薄。精虔一念格天心，十日春風雪仍作。下春寒霰漸飄灑，入夜同雲滿寥廓。曉來朵朵玉花飛，惟見瑶臺光灼爍。拊循畿甸有賢尹，飭吏巡行遍村落。時兼管順天府尹事務。但教萬姓免饑寒，那愧重裘擁狐貉。散糜已給人三盂，走險疇爲烏一攫。况復龍門地清峻，似水門庭可羅雀。揮翰閒酬賀版文，翹材時禮公車屬。公方憂樂爲天下，肯築園林名獨樂。三白欣看宿麥抽，二紅且借新茶瀹。朝回静坐無一事，獨敂元關歸澹漠。却將吟筆追歐陽，硬語盤空運詩槊。儻容賈島共推敲，不羡旗亭供笑噱。

〔一〕刻本此處注「癸未」。

正月十二日南石師招及門小集用坡翁聚星堂詩韻見示依韻奉和

春雲不動鏘瓊葉，暖日温暾鍊乾雪。玉虹夭矯淨無塵，瑶島樓臺正清絶。賜第在西苑東偏。先生酌酒杯唇深，弟子升堂屐齒折。卷簾拄笏看西山，松頂寒光半明滅。陽春一曲發清興，筆陣翩翩驚電掣。要先桃李門心花，未許雲霞生眼纈。年豐且復歌飯甕，才大何論鋪木屑。晚來凍合月承幌，簷際回風尚飄瞥。今宵立雪已多時，明日試燈重細説。春風一月行共坐，莫畏重裘如壓鐵。

桃花和王葒原同年藻[一]

昨夜星辰散玉衡，東風卷地綵霞輕。仙人一去空消息，漁父重來問姓名。紅雨半天春有影，緑波三月水無情。瑶池未必多奇卉，莫更殷勤戀碧城。

竹外嬋娟三兩枝，香濃露重夢迷離。窺墻肯作翾風舞，攬鏡空憐曠代姿。豔極定教神女妒，愁多生怕曉鶯知。東皇饒有栽培意，無那春光總不支。

蒼藤翠壁海邊開，遊戲曾誇玅手來。能令空山生錦繡，更淩絶頂照蓬萊。神通枉試仙丸巧，零落從教俗眼猜。他日雲臺同證果，不應無路到天臺。

年時人面記重門，一笑春風已斷魂。蜀纈怕翻新樣錦，燕支還認舊啼痕。嬌能銷恨情難化，冷到無言品自尊。珍重王郎團扇意，好浮雙槳迓桃根。

〔一〕刻本無此組詩。

爲馬式之同年方鈺題畫梅圖爲江南己卯解元嚴君保庸作〔一〕

蒼虬偃蹇枝孤撑，千年老幹作鐵聲。空山無人無世情，春星萬點明珠明。瑶臺一片何晶瑩，偶然控鶴朝玉京。左驂緑華右飛瓊，縞衣綽約吹銀笙。美人珊珊薄暮迎，仙心一縷幽香縈。天風吹夢數不清，紅霞冉冉散碧城。欲落不落月五更，翠禽低唤蛺蝶驚。江南才子擅重名，餘技猶能以畫鳴。與君握手肝膽傾，酒酣爲君揮灑成。落乾石瘦逸態横，兀傲似與造物争。霜埋雪壓性自貞，桃花李花空尒榮。山礬敢與稱弟兄，從渠修到應幾生。吁嗟乎，世間美惡何重輕，請君還問嚴君平。

〔一〕刻本無此詩。

送舒蘇橋同年夢齡出宰巢縣

冰銜忽换宰官身，休戀清班侍玉宸。漫説文章能報國，可知令長最親民。人推儒苑多循吏，帝念黎元用近臣。努力莫辭勞撫字，須教百里俗還淳。

牽絲典邑入官初，簿領何嫌晦室如。綱紀祇須除害馬，精明休恃察潛魚。安貧法好無過儉，折獄心平更要虚。差喜山衙公牘簡，未妨讀盡濟時書。

濡須遠繞橐臯城，吴楚當年此戰爭。山劃中原皆北向，關臨天塹正東横。高秋草没曹公壘，落月波連亞父營。今日太平無界限，好攜壺榼勸深耕。

皖江入夏漲連天，流到居鄛地稍偏。縱使徐塘完石堨，那堪鑊里近湖堧。饑寒或恐民無告，賙恤須防吏有權。更望略施疏鑿手，汙萊儻盡變腴田。

分曹門韻記追陪，飲罷離筵去鷁催。無計可留良友住，有人凝望使君來。西風柳盡腸空斷〔一〕，南國花多待手栽。治譜修成煩蚤寄，爲君傾取掌中杯。

〔一〕「腸空」，刻本作「空腸」。

壽蕭山王晚聞先生宗炎

會稽山峩峩，之江水粼粼。山水分動静，樂壽兼知仁。先生生其間，淑氣含清純〔一〕。窮經闢奥窔，博學通天人。射策登甲科，謂當紆朝紳。一抒素所蓄，坐使風俗淳。先生掉頭去，高隱空江濱。默觀進退際，消息全其真。擁書十萬卷，著述已等身。爾來四十載〔二〕，甲子歷绛〔三〕旬。聲名動海内，耆德彌精神。緬惟文中子，聖域開荒榛。及門得房杜，鬱爲梁棟臣。豈徒私福畤，庭誥時周諄。先生庶幾焉，福與德並臻。餘慶衍奕葉，致用期傳薪。登山必升嶽，導江必溯岷。佇行太平策，仁壽綿千春。

〔一〕「含」，刻本誤爲「分」。
〔二〕「爾」，刻本作「邇」。
〔三〕「绛」，刻本誤作「絳」。

聞鹿樵觀察乞養南還詩以賀之

熙朝孝治逮群臣，詔許還鄉侍老親。兩代承恩全絜養，一門濟美得完人。詒謀縱有延年術，報國誰抽鞅掌身。何似君家傳盛事，循陔世世沐皇仁。尊人息園先生官侍御，亦以親老乞歸。
鳳池世掌直綸闈，廿載晨昏與願違。黄閣雙扉還北向，白雲一片自南飛。已知眠食多無恙，猶有親朋訝未歸。獨我識君心事久，退朝花下每長欷。
太行山勢隔巑岏，欲奉輕軒料更難。臣志那能忘愛日，天心方倚鎮狂瀾。從容奏績期三月，愷惻陳情解一官。萬姓欲留留不住，焚香爲母祝平安。
歸去城東築養堂，琴河弦接七條長。百金初構徐公宅，千畝應增范氏莊。高閣秋風開鄴架，小園春日醉潘觴。醴泉交讓尋常事，更看新題德壽坊。
金臺賃廡乏茅椽，解帶辭家意惘然。微禄未能餬八口，慈顔况已隔三年。但教薄笨輕裝辦，擬迓安輿就養便。出處雖殊情不異，與君共譜白華篇。

閼逢涒灘（甲申）

忻州民李榮其子婦祟於狐者二年矣毉禳罔效醉以酒遂擒之縶而獻諸州州刺史浚儀宋君竹苞牒城隍神設案於側而鞫之狐俯首帖耳若伏厥辜者迺納諸罋埋東廊下爲塔以鎮焉妖竟息時嘉慶十三年三月也近山右方有閻思虎之獄偶與客閒徵舊聞感而記之[一]

縛虎易，縛狐難，導虎而游其足蟠。伏民難，伏狐易，術未通天猶可餌。餌以醇醽墮網中，雙眸睒睗兩顴紅。執而戮之斯可矣，此狐久已無生理。縶而弗殺獻刺史，此狐轉可以無死。刺史治狐如治民，强者必懲弱則馴。綏綏帖耳更俯首，飛仙伎倆亦何有。況復妖本由人興，人無釁焉妖敢憑。使君斷狐用人律，陰訟成宜輸暴室。不女忍殺女勿佚，甎石鎮之狐獄畢。吁嗟乎，鼠牙雀角無時無，牧民貴戢强暴徒。怯如狐，尚蔽辜，暴如虎，矧可逋。奈何縱虎如縱狐，終難上逭雷霆誅。傳語三晋之大夫，請看秀容城中巀嶫高浮圖。

〔一〕刻本題作「忻州民李榮其子婦祟於狐醉以酒縶而獻諸州州刺史浚儀宋君竹苞牒城隍神而同鞫之狐伏厥辜迺納諸罋埋東廊下爲塔以鎮焉時嘉慶十三年三月也近山右有閻思虎之獄感而記之」，題下並注「甲申」。

平遥東南四十里巍然聳秀者曰超山山之巔有龍神祠祠前有泉滃然而側出疑神所宅也嘉慶五年晉旱至於閏四月不雨邑令宋君竹苞禱於神即日大雨因作靈雨記以志神貺云〔一〕

麓臺南峙俯源祠，汾水清泠右繞之。想見群神來雜遝，半空飛雨卷靈旗。
深湫幽翳覆虯松，虔禱何煩起伏龍。一瓣心香能感格，蚤看甘澤遍雷封。
村甿抃舞蔚州城，聽徹歌聲答雨聲。莫道出山泉水濁，隨車都似使君清。

〔一〕刻本無此組詩。

題李母劉孺人遺照鄘水李榮蹊母，李爲邑丞，官蜀中〔一〕

太息涓埃孝，難忘河海慈。昔人曾刻木，同此有餘悲。
教子安卑秩，承先守墓田。瀧岡應有待，他日表新阡。
手奉遺容去，遺言感愴深。蜀江清見底，莫負事親心。〔二〕

〔一〕刻本題作「題李榮蹊母劉氏遺照」。

〔二〕刻本有注：「榮蹊時官蜀中。」

題某節母秋燈夜課圖

暉暉月入户，惻惻風動帷。沈沈聽遥漏，軋軋鳴寒機。中有茹荼人，篝燈課兩兒。大兒能説禮，小兒解誦詩。視兒手中書，視母機上絲。一日或輟業，後日紛難治。朝績十指瘃，暮績兩目眵。不惜十指瘃，爲兒具薄糜。不惜兩目眵，爲兒易敝衣。無衣兒苦寒，無食兒苦饑。饑寒尚小事，失學母念之。男兒不讀書，虛生亦何爲。兩兒聞母語，吟聲益酸悲。庭柯宿慈烏，驚起繞樹飛。

春暉薄西山，奄忽不少待。太息區區心，涓涘答河海。兒學日以成，母力日以殆。勒石侯瀧岡，循陔罷萊綵。二龍騁長塗，逸譽步元凱。聯鑣上計車，需次滯邑宰。悠悠九原思，忽忽十餘載。綽楔增輝煌，新祠卜爽塏。母恩何以酬，母訓幸無改。韞此璵璠珍，將爲廟廊采。升沈有遲速，精進勿豫怠。明發質先靈，庶幾無後悔。廢簨凝蛛絲，孤檠闇鸞彩。還憶授經時，音容儻如在。

披圖再三喟，愀然念高曾。寒門正中落，外侮仍憑陵。吾祖昆若季，稺弱衣不勝。賴有兩賢母，辛勤奉嘗蒸。力作偕娣姒，紡績共一燈。是時里中疫，往往有物憑。三更聞鬼嘯，髣髴形鬅鬙。一吡下階滅，皓月青天澂。回看娣姒輩，眩轉寒淩兢。始知正氣勝，邪沴不敢乘。有時喉吻燥，無水但飲冰。遂令一脈延，不絕如懸絙。爾來百餘年，里鄘猶交稱。矧在後之人，敢弗思繼承。敬繹女宗傳，令我怵惕增。題詩無飾語，永永垂雲礽。

蔣伯生丈因培入關圖

人情憎傲吏，天意惜奇才。薄謫緣時議，殊恩蚤放回。新詩吟雁磧，舊夢憶烏臺。唱徹刀環曲，山城畫角哀。

豪氣平生累，雄辭塞外尊。何當案蕭育，竟許赦虞翻。老去身猶健，歸來舌尚存。燕園松鞠好，往事莫重論。

題曾霽堂年丈暉春公餘課讀圖〔一〕

我昔匣劍游南州，雙龍蜿蜒繞斗牛。鳳山脩水在眼底，欲往從之愁無由。閒評雙井求鷹爪，雙井茶産義寧州，土人多售諸豫章〔二〕。泥飲時時過野老。爲道賢侯水樣清，官衙常聽書聲好。前年射策明光宮，公之叔子人中龍〔三〕。聯鑣恰似驂之靳，令嗣少坡同年二甲第二，余二甲第三〔四〕。却望蓬山第一峰〔五〕。今年五馬朝京闕，誼重通家初展謁。雅度欣披蔭暍風，高懷共仰新秋月。揭來子舍暫停車，涼水河南侍鯉趨。挑燈閒話西江事，示我公餘課讀圖。圖中歷歷人如見，長者題蕉少捧研。一鳳群看文彩成，聯珠合備清華選。碧梧修竹雲徘徊，桃花李花次第栽。人喧亥市莎廳靜，架插丁籤蠹帙開。紛紛綰綬分符者，亦欲心情事陶寫。文書堆案目昏眵，那有餘閒到風雅。公才恢恢無不宜，餘力講畫能兼之。焚香細讀元豐藁，行部閒徵山谷詩。山連銅鼓田墝薄，絶少餘資養籠鶴。三載差酬撫字心，一家自足神仙樂。即今雙旌返艾城，竹馬夾路兒童迎。秋成處處歌聲起，更聽秋齋夜讀聲。

〔一〕刻本無「題」、「年」兩字。

〔二〕刻本無「土人多售諸豫章」七字。

〔三〕刻本此處多注云：「令嗣少坡同年。」

〔四〕刻本無此注。

〔五〕「山」，刻本作「萊」。

題方子華孝廉鉞消寒圖即送其旋里

家山如此好，争忍别三年。記得空江畔，同登上水船。壓篷千片重，倚櫂萬珠圓。今日君歸去，增余客思牽。

君到江鄉日，寒梅影正癯。巡檐應笑爾，彈鋏竟歸乎。溷迹慚今我，高情失故吾。披圖如見憶，能惠一枝無。

戲題子華紅袖檢書圖〔一〕

臯橋西畔苧蘿村，十載歡悰剩夢痕。爲問蕊官雙姊妹，可能桃葉勝桃根。

霧閣雲窗事渺冥，肯教説與外人聽。無端省識梨花面，錯認張皇作柳星。

剪水雙瞳未有鬟，長身戍削列仙臞。而今夫壻鬑鬑甚，若見羅敷認得無。

愁絶秋風紈扇辭，重來已是負春期。饒他明月長如舊，可似盈盈十五時。

〔一〕刻本無此組詩。

贈張芥航觀察井

我昔杖策過夷門，黄河雪浪浮鵬鶤。訪君衙齋下賓榻，清秋落日開金樽。曉登吹臺望繁塔，金碧倒映榑桑暾。下方茫茫九萬户，牧澤煙樹連漁村。不知宰官何善政，但見風俗清且敦。揮手一别忽七載，清夢尚憶春雲痕。聞君歷政任繁劇，佩觿治絲能理煩。許下人物争輻輳，汝南月旦息辨論。竭來述職方就道，銅符繡幰朱兩轓。天顔未覲詔書下，拔擢不次邀殊恩。聖皇無私燭萬物，屏棄魚目收璵璠。選勤簡能列鉅鎮，要使撫字安黎元。弱翁治行天下最，佇秉節鉞升藩垣。青雲一蹴自兹始，雕鶚直上孤鴻騫。相逢握手露肝膽，同調快叶箎與塤。圍鑪細酌話疇曩，餘瀝肯顧空瓶盆。吾儕讀書期實用，豈爲俸入周兒孫。侵尋老去殊可惜，及時建豎心猶存。君今節制更遼闊，治體貴在探其原。善爲川者決使導，建瓴那患流奔渾。沿河上下五百里，屹立不動憑王尊。馮蠵切和土壤沃，行看春稼如雲屯。即今微陽水泉動，梅花破冷揺晴暄。官行有程留不住，送君雙旆還梁園。兒童喧闐騎竹馬，共提壺榼迎歸轅。大裘製成須遍被，聽君吹律回春温。

挽戴暢村年丈景和

清秋朵殿記傳宣，垂問庭闈雨露偏。曲體臣心方愛日，親承天語冀長年。暫歸初讶安輿到，無術能令上壽延。臘盡春回圓月滿，寒芒忽掩德星躔。

長身鶴髮氣如春，萬口齊聲頌善人。楨木栽成皆有用，籯金散盡不言貧。近聞巨浸漂鄉邑，猶念旁施恤族孀。丹旐祇今歸去也，哭聲應滿五湖濱。

佳兒奏第極峥嶸，差慰窮經皓首情。穆行固應邀厚佑，虚衷仍更戒持盈。酒杯百慮都能澹，文筆千篇不近名。欲奠生芻何以侑，新尊合酌玉泉清。

憶向高齋拜起居，維摩示疾浹旬初。從容譚笑如平日，浩落胸襟似太虚。勖我且求經世學，教兒多讀濟時書。延君徂謝吾安放，願共橋楊論石渠。

旃蒙作噩（乙酉）

題張仙槎山人寶泛查圖[一]

我昔掛席浮東溟，回帆倒指乘查亭。方壺圓嶠不可到，但見鬱鬱蒼梧青。芙蓉仙城在何許，靈迹尚記石與丁。冰車鐵馬閟巖谷，流蘇寶蓋高竛竮。我時丱角方八齡，閒侍石室聞傳經。誦聲瑯瑯答澒洞，靜夜時有蛟龍聽。空山坐閱雲海幻，百五十度周新蓂。水仙操成琴響絶，桃花萬樹悲凋零。乘查亭在海州，見蘇詩。余於嘉慶戊午隨侍先君子於朐陽學舍，庚午先君子卒，輿櫬還葬，凡在朐陽十有二年[二]，此上皆紀其事也。十年浪游走南北，孤鴻集木形伶仃。爾來涸迹在人海，玉堂退直門常扃。斜街地僻少車馬，與君相值如浮萍。示我泛查圖兩帙，開緘已覺風泠泠。吹臺春深繞清汴，直沽秋漲生寒汀。滕王閣前晚霞絢，嚴陵瀨下幽蘭馨。披圖歷歷溯晴曩，此地吾亦曾揚舲。丁丑夏游汴，客居二年，復入都，庚辰秋浮潞河取道津門南還，明年春由淛抵豫章，小住八月[三]。平生壯志寄五嶽，汨沒塵土真勞形。舊時鷗鷺共謿笑，安用局促紆紅綎。三更燭炧光熒熒，參旗西轉月入櫺。夢中忽歷釣游地，雲臺窈窕開蒼屏。山頭仙人亂招手，令我爲草新宫銘。俗緣恨深道根淺，天風吹墮蘧然醒。春光二月回郊坰，子規催人不暫停。黃河雪浪雲漠漠，白門煙柳花冥冥。君歸牽船岸上住，爲我寄語鍾山靈。逝將約君東海畔，春糧劚取千歲苓。乘查徑浮天漢去，耦耕高摘匏瓜星。

〔一〕刻本無「題」字。刻本詩題後注「乙酉」。

〔二〕庚午先君子卒，輿櫬還葬，凡在朐陽十有二年：刻本作「凡十有二年」。

〔三〕刻本注作：「丁丑游汴，庚辰浮潞河南還，明年由澥抵豫章。」

簡羅茗香上舍士琳

我生兩眼如矇瞍，差幸闚天識北斗。三階九列光燦陳，一一疇能辨誰某。羨君妙術通乎神，迴算帷幕書等身。握籌布畫目炯炯，騎危夜夜觀星辰。星辰誰爲立名字，此語坡公近游戲。我今形似且不知，矧乃蔀章與儀器。百年豈能窮九州，何必畫壁作卧游。今時不見古人像，焉用圖形涉冥想。獨憐人生日戴天，舉頭便見心茫然。夢中箕尾捫歷歷，覺來懷袖空雲煙。鶼溪熟絹滑于紙，要寫穹圓歸尺咫。勸君更須速示人，兩卷素書大如指。

嶺嶠集

柔兆閹茂（丙戌）

謁包孝肅祠有感〔一〕

古祠叢木鎮荒涼，極目𧿹波感喟長。冷面豈能諧俗吏，清心差可證虛堂。人間關節知難到，天上璇璣漸露芒。祠對七星巖。一事告公應鑒我，並無片石壓行裝。

〔一〕刻本無「有感」二字。詩題下注「丙戌」。

按試黎陽得黎生耀宗傅生嘉皆少年雋才也詩以志喜

揚舲擊汰泝瀧江，厭聽漁謳變越腔。試向清波釣魴鯉，更尋香氣擷蘭茳。當頭皓魄逢三五，入手明珠喜一雙。差慰南來循訪意，空山猶有足音跫。

瘴鄉煙雨冒荆榛，欲闢荒蕪更在人。苦辨靈苗識真贗，養成喬木費精神。娵隅蠻語偏諧律，黎生操土音。雛鳳清聲迥出塵。傳生之父文行亦優。何日化爲雙劍去，斗牛紫氣見龍身。

成果亭中丞格詒經圖

嶺嶠今雄鎮，勳猷古大臣。喬松占氣象，滄海見甂淪。匝歲恩皆洽，宣風俗已淳〔一〕。由來施教化，端本在人倫。

千仞翔威鳳，高梧得氣新。傳家惟孝德，析理勝經生。陋彼顓門學，徒思稽古榮。他時稱相業，不獨數元成。

石室荒蕪久，重摹第二圖。七星巖下有石室，神仙之窟宅也，余按試端州，首以此題試士。以先君子有石室傳經圖，擬繪第二圖以繼前軌。衣冠推此地，肬贅愧今吾。南海看鵬化，東溟記鯉趨。還期師哲匠，大雅藉輪扶。

〔一〕「已」，刻本作「漸」。

示九歲童子傅齡

風神秀徹貌嫺詳，更喜揮豪詠鳳凰。解説鹿鳴求食義，季方真不讓元方。

總角荷衣弟與兄，藍田雙玉色精瑩。連灘山水原清絶，合有清才應候生。

何相文前輩南鈺以重摹貫休渡海羅漢像屬題〔一〕

昔夢依蓮坐，記丙子年夢事。滄波一粒收。十年墮塵海，萬里到炎陬。寶相開新本，靈蹤憶舊游。來春渡瓊甸，儻遇本師不。

〔一〕刻本無「像」字。

梅州兩生行並叙

觀風嘉應，得李生光昭卷，嘆爲奇才，及讀劉樸石前輩彬華所輯《嶺南群雅》，見生詩〔二〕，沈雄頓挫，卓然成家，頗自信眼力之不謬〔三〕。復有徐生青者，詩學昌黎，得其神髓，擊節稱快，渴欲一見其人〔三〕。乃按試梅州〔四〕，李生以居憂不與試，徐生則以株累削諸生名籍久矣〔五〕，悵悵久之，賦此志感。

我乘星查釣炎海，拂袖珊瑚發奇彩。百尺修綸不敢收，波間恐有驪珠在。禺山二子黄子高。與梁，梅。物色久未逢孫陽。品題詎肯置軒輊，規矩焉用拘圓方。梅州人物誰冠冕，長吉攜來冰雪卷。

倚劍悲吟鐵漢樓，揮豪妙寫羅浮巔。天風浪浪吹海平，紫電一掣蛟鼉驚。冰車鐵馬散巖谷，捥底似有波濤聲。玉壺山人樸石前輩自號〔六〕。今作者，貽我新編拚群雅。就中更得徐陵詩，勍敵相逢和者寡。宵分翹首牛斗躔，寶氣煜爚光燭天。雙龍矯矯合變化，胡爲蠖屈埋深淵。竭來文壇整韉鞅，憑軾今朝得欣賞。壁上環觀笑爾曹，眼看秦楚誰雄長。那知才人合數奇，悠悠風纛增我思。一鈎寒月沈薯筆，仿佛猶疑夢見之。李生饑走荒江涘，旦夕祥琴聽復理。所嗟薦士無昌黎，東野窮愁行老矣。徐生徐生奈爾何，失脚蜃窟隨衝波。青衫一領還不得，令我兩鬢空摩挲。南溟漠漠雲如墨，入手明珠黯無色。捶破成連海上琴，釣鰲終乏千鈞力。

〔一〕「及讀」，刻本作「後見」。「見生詩」，刻本作「選其詩」。

〔二〕刻本無「頗自信眼力之不謬」八字。

〔三〕刻本無「擊節稱快，渴欲一見其人」十字。

〔四〕「乃」，刻本作「及」。

〔五〕刻本無「籍久」二字。

〔六〕刻本無「前輩」二字。

彊圉大淵獻（丁亥）

發那日至太平〔一〕

才出陽春界，山行別樣荒。畬田經燒黑，茅瘴雜雲黃。地瘠宜栽薯，人羸類暴尪。欲懷鉛槧記，無術問形方。

漠漠猶含霧，荒荒不似春。草深微有路，村遠更無人。起伏循岡勢，崎嶇歷澗濱。還應愁夏潦，到此欲迷津。

前導杳難覓，肩輿入弇中。祇防崖坼裂，絕少石玲瓏。土已千年蝕，車惟一軌通。舊游吾似歷，仿佛穀城東。

轍迹深如許，迷陽一徑微。枳籬多礙幘，藤刺怕鉤衣。擊轂知難避，蹊田計恐非。無煩飭征騎，越陌此應稀。

榜人艤船待，問渡濕車襜。絕港通潮信，停輿看水添。沙明疑積雪，波淨覺微鹹。夾岸觀如堵，吾應不汝嫌。

近海風逾勁，初晴雨乍收。炎氛薰草木，很石鬥羊牛。日暮旌旗亂，城荒鼓角遒。山農差樸野，喜聽太平謳。

〔一〕刻本下注「丁亥」。

和李陸平制軍年伯重游荔支灣集景蘇園元韻〔一〕

記得年時細雨中，清游曾許七人同。去年五月芸臺尚書招集邱氏唐荔園。雙枝緑櫂衝波膩，百顆頳珠入手融。高會虚論唐將幕，華筵莫問漢離宫。名園尚未芳鄰買，付與風荷一鏡空。去歲游讌時李氏尚未築此園也〔二〕。

遥聞鈴下遍分甘，坐嘯風澄兩度探。樹愛召公應勿拜，泉供附子不名貪。招來仙侣星辰集，傳到新篇筆墨酣。獨誦坡翁瑀俎句，軺程可惜滯廉南。坡詩謂廉州龍眼可敵荔支，時余方按試廉州，未得陪高會也〔三〕。

〔一〕刻本無「年伯」二字。

〔二〕刻本無「也」字。

〔三〕刻本無「未得陪高會也」六字。

題唐荔園圖主人邱浩川傳西洋醫痘法，名噪粵中〔一〕

曹松詩句已成塵，那數昌華霸迹湮。解噉仙家長壽果，衹應吾輩振奇人。山翁種德非充隱，游客流涎欲結鄰。不是坡公能作達，南來萬里亦何因。

又到紅雲設宴時，聲聲聽唤荔支支。行軺把卷空相憶，浹歲尋盟有所思。波暖滇池風纛遠，涼生朵殿日輪遲。還應問訊將軍樹，果否楓亭味更奇。去年五月芸臺尚書招集園亭，餉啖竟日，未幾，尚書徙鎮滇南，誠齋榷使秩滿還朝，唯益亭將軍移節閩中，想蔡宅緑紗與南海緑蘿必能譜其高下也〔二〕。

〔一〕刻本無此注。
〔二〕刻本注作：「去年阮尚書招集園亭，餉啖竟日，未幾，尚書徙鎮滇南，誠齋榷使秩滿還朝，唯益亭將軍移節閩中，故有楓亭之句。」

慶蕉園將軍保指畫蛺蝶便面爲姚虎臣茂才題

腕底生枯信有神，尋香尋豔態疑真。秋來飽讀將軍畫，怪底風花總似春。

八月南園草已稀，依然雙宿復雙飛。與君同泛靈查去，撲得羅浮鳳子歸。時將校試惠、循。

秋堂聽雨圖爲許青士觀察乃濟題並叙

圖爲杭堇浦先生在翰林時作，同集賦詩者凡七人，桂堂主人及瀓波周憲、別茶吴瑋增、夕山熊長發、靖巖許鉞、江民邵廷建、琴高高睿。書之者爲讓谷周天度，作畫者具區王任湖也。續題者二十有一人，皆一時名宿。圖作於乾隆壬戌，迨嘉慶庚辰，何藜閣太青得之以贈青士，青士，靖巖之孫也。

虚堂忽晦冥，秋在畫圖裏。中有韜精人，沈酣呼不起。昇平諸老輩，妙契達微旨。東省休沐歸，西山拄笏視。流連數上聲〔一〕。晨夕，跌宕論文史。陽關一以唱，急調變清徵。圖成之次年春，堇浦即以言事謫歸〔二〕。當時染醉翰，游戲偶然耳。豈料坐中人，流傳到孫子。南屏社久荒，松吹堂已圮。去來孰主賓〔三〕，聚散等悲喜。君家世澤延，逸轡騁千里。聯翩騰祥鸞，赫奕整繡豸。初持炎嶠節，遠望黔陽鯉。謂令弟滇生學使。無由夢連床，且聽牂牁水。我吟秋雨嘆，七葉念前軌。緬惟先大參，詩癖耽子美。善畫得蕭生，手摹三十紙。春深浣花堂，月暗夔州市。煙雲瞥焉逖，零落荒江涘。劍化定幾時，珠還竟誰俟。先大參公曾屬蕭尺木畫杜詩三十幅，宋荔裳有詩，載《安雅堂集》中，寒家中落，此圖不知歸於誰氏矣〔四〕。廣厦歡若何，素心冷如此。卷圖萬籟收，秋空淨無滓。

〔一〕刻本無此注。

〔二〕刻本無「歸」字。

〔三〕「來」，刻本作「年」。

〔四〕刻本無「載《安雅堂集》中，寒家中落，此圖不知歸於誰氏矣」數句。

題慶蕉園將軍泛月理琴圖〔一〕

晴漪千頃涵碧天〔二〕，天空雲静月浪圓。移情一曲彈水仙，刺船還者疑成連。憶昔臨安馳使節，改弦張之獄已折。湖光笑視心同潔，西泠橋外月如雪。簿書堆裏抽身來，前生明月襟懷開。湖渌韻琴琴韻回，繞指忽發賀若雷。里湖外湖人語静，大弦小弦攫醳併。瓶笙泠泠夜正永，驚破孤山鶴夢冷。自從建節過臺洋，赤嵌城外海水黄。天風吹月聲浪浪，時賡天籟諧宫商。宫商之理通治理，先生履近石湖矣。吴閶遠近弦歌起，竹馬踏月記齠齒。牂牁江上月迎人，又見黔陽秉鉞新。一琴清獻常隨身，入抱皎月無纖塵。官久年高德亦劭，三楚經臨還六詔。閩嶠灤河遍登眺，亦復彈琴倚月嘯〔三〕。即今軺傳來羊城，正值元戎出上京。膠柱而鼓慚持衡，願從絃指依和聲。況復中秋月的皪，七十正逢天壽錫。展圖恰喜盛年覿，鶴南飛曲試吹笛。

〔一〕刻本無「題」字。

〔二〕「千」，刻本作「十」。

〔三〕「亦」，刻本作「又」。

題王漢衢前輩利亨琴籟閣圖〔一〕

汾亭傳道志，霖雨濟時心。今日韓江上，誰知太古音。至和無攫醳，末俗惜澆淫。應憶唐風古，弦歌化已深。

鼓琴人未遇，寤寐想風規。清聽忽如許，披圖今見之。孤松雲去後，叢篠月來時。流水平生意，澄懷釣叟知。

〔一〕刻本無「題」字。

漢衢前輩出示竹航心迹畫册屬題〔一〕

黯然銷魂别而已，況復天涯作游子。白頭如雪淚萬行，太息孤征從此始。燕山杏陌蒸朝霞，北上初隨計吏車。温嶠絶裾非夙願，周磐解帶竟辭家。天門已展摩霄翮，又指雲中墮飛舄。宛轉慈烏徹夜啼，巢痕難向新枝易。山城斗大試鳴琴，目斷程江深復深。憑將神化丹青手，寫出陔華潔白心。衙齋聽打紞如鼓，銀筆人争修治譜。無端噩夢驚龍蛇，銜索枯魚泣風雨。披圖涕淚濕麻衣，往事從頭數夕暉。一瓣心香祝荃宰，十年春草戀萲闈。祥琴切切初成弄，東去韓山攙鸞鳳。江上煙波特地寒，時有真靈來入夢。揭陽進士山澤臞，遊戲聊與籍湜徒。退之仙人招不得，掉頭簸弄明月珠。菊坡拂衣卧南海，名動九重想風采。空勤天使走炎荒，不見皤然高節改。粤江容與山嶙峋，粤東古多沖澹人。先生抗志甘隱淪，焉肯齷齪長風塵。曩時禄仕祇爲親，親亡且自全其真。夢中覺路原了了，已悔抽身未能早，何當重踏春明道。

〔一〕刻本題作「漢衢前輩竹航心迹畫册」。

前有尊酒行

今日一尊酒，明日當案君。語君且勿悲，猶幸逢故人。故人不負君，君迺負百姓。君迺負朝廷，君迺自取病。昨朝相迎水之湄，故人知君君不知。倒持手版尚關説，齷齪致詞汗浹頤。不忍便案君，且盡一尊酒。疇昔周旋時，君今頗憶否。當時讀書史，古義夙所敦。何期涉人海，頓忘旦旦言。清漳與濁漳，異派同其源。一朝出山逝不反，清者自清渾者渾。噫吁嚱，故人知君君尚爾，何況紛紛者餘子，暮夜懷金吾掩耳。

從梅州轉按惠循冬至日舟次苦竹派爲旨雋題梅華山館圖其伯友梅遺照也〔一〕

吴儂抱梅晝掩關，裁花作骨吟魂孱。平生逸氣發遐想，幽夢忽落羅浮山。羅浮高高在何許，惟躡仙雲時往還。朅來持節到炎徼，東走甌越南駱蠻。便擬徑騎五色鳳，碧落上綴蓬萊班。麻姑送酒玉妃舞，月下珊珊聞珮環。豈知兩年絆羈靮，漸覺雙鬢生霜菅。瘴風蜑雨苦相逐，鐵橋石柱何由攀。即今軺程指循惠，揚舲夜泊東江灣。微陽一線春氣動，篷背寒雨聲潺潺。文書叢雜眼已倦，根塵束縛神先頑。松風亭下兩玉蕊，仿佛縞袂欹雲鬟。夢游咫尺不可到，况乃兩脚飛孱顔。不如高人住空谷，巡欄索笑歲月閒。安心那用擇地蹈，清福未必皆天慳。會當拂衣上烏目，醉卧萬樹瓊瑶間。

〔一〕「轉按」，刻本作「按試」。「旨雋」，刻本作「姚旨雋」。刻本無注。

卷九〔一〕

〔一〕清稿本此處浮簽僅云：「知止齋詩鈔卷第」，蓋欲從此處分卷而未填寫卷數，此據順序補填「卷第九」。刻本卷九自《倚山樓詩爲葉雲谷農部夢龍作》一詩始。

嶺嶠集

著雍困敦（戊子）

蕉園將軍屬題水仙花畫册〔一〕

銀雲匝地冰弦靜，水袂風裳耐孤冷。晶簾不卷玉玲瓏，照見珊珊佩環影。鈴轅清暇虚亭開，翠竹朱蕉相間栽。奇礓已向英州致，綽約還招野客來。花瓷銅洗無塵俗，百本靈苗藝黄玉。更煩妙手寫生綃，猶恐此花太幽獨。藐姑冰雪能分身，繪香繪影兼繪神。是耶非耶渾不辨，明璫翠羽交相親。湘煙漠漠連炎嶠，壁上盆中花四照。漢皋解佩洛神游，却顧靈斐粲然笑。先生端坐花中央，瑶琴一曲彈清商。容華絶代萬姬侍，月殿無聲露氣涼。海南嬌雲飛六出，護持憑仗春風筆。一品人宜一品花，莫教錯認維摩室。

〔一〕刻本無此詩。

題高明譚廣文良卿詩藁後兼寄徐明府應照

䍿羊峽下雨沈沈，詩境微茫不可尋。兩度端江停使節，百年庭樹見初心。春深炎嶠寒裘戀，時甚寒〔一〕。雲護崧臺鎮日陰。懶躡幽崖探勝迹，一編差喜滌煩襟。鄭虔老去酒錢空，賴有奚囊尚未窮。悟徹世情方樂道，語含天性不求工。鱣堂苜蓿荒涼甚，梓里簫韶想像中。東海使君詩筆健，定邀酬和一樽同。

〔一〕刻本無此注。

廣州城北雲泉山館攬白雲山之勝余以軺塵歷碌無暇往游近張南山同年維屏索詩未有以應也觀竹樓觀察瑞以新詩屬和率筆奉酬並柬南山〔一〕

鎮日孤吟九曜前，靈源一脈導濂泉〔二〕。使院即古藥洲地，九曜石在其旁，舊有濂溪書院，池水上接女溪，今漸堙矣。三年飽飲甘溪水，十里空懷小洞天。欲訪蘇崔無片碣，判將林壑讓臞禪。東坡《蒲澗寺詩》、菊坡《水調歌頭》，明劉介齡摹勒上石。秋深擬補鰲頭會，好訪蓬萊第一仙。

諍諍水想繞樓前，更接朋泉與泰泉。綠霧亂霏桃竹雨，紅雲隔斷海珠天。才人已集金閨彥，俗骨難參玉版禪。覓得羅浮春一盞，可容入社供詩仙。

〔一〕刻本題作「張南山同年維屏屢爲余言雲泉山館之勝無暇往游也，觀竹樓觀察瑞以新詩屬和率筆奉酬並柬南山」，下並多注「戊子」。

〔二〕「脈」，刻本作「派」。

題張仙槎漓江泛櫂圖〔一〕

我泛含湼江，楞伽同冠朵朵蓮花蹬。陰厓陽竇倏忽千百變〔二〕，但見銀房釦砌上下搘拄撐雲窗〔三〕。我躡陽春洞，金芝玉髓倒浸春星涷。劉仙歌聲縹緲千峰頭，鞭叱龍螭跨鸞鳳。崧臺七曜明銅儀，韶石雙闕吹參差。䩠羊中宿兩三峽，揚舲所歷人共知。到難古稱碧落洞，尚未及此形瓌奇。篋中磬就鵝溪絹，恨無好手模範之。猶惜瀧迴灘峻一徑入螺尾，不如桂林陽朔煙巒萬疊紛迷離。桂林高高在天上，牂牁直下桃花浪。側身西望魂夢勞，閒逐蒼梧雲蕩漾。君從灘江迴，示我橫圖二丈滄波開。瑶篸玉筍矗立杳無際，空中湧出金銀臺。眼前突兀現奇境，令我目眩舌撟心徘徊。天公故作狡獪戲，鐫劖百怪棄擲荒江隈。被君偷洩造化秘，歸舟或恐六丁追攝驅風雷。君今老矣倦行路，艤槎還指金陵樹。六月炎雲東嶠横，盍姑逭暑珠江住。更向春州連州續卧游，寫盡嶺南山水去。

〔一〕刻本無「題」字。

〔二〕「千」，刻本誤作「十」。

〔三〕「撐」，刻本作「排」。

謝佩禾青山別墅圖

買山縱無資，猶當蚤旋歸。矧玆好山色，久別計恐非。之子遠行役，長與青山違。寫山置篋中，儻與山靈依。回首敬亭雲，日暮西南飛。珠江寒汐上，蒲澗清磬微。徘徊越王臺，瘴霧霑人衣。家山花信動，園林春物菲。〔一〕何不理歸櫂，高蹈企前徽。我無山可隱，白首有慈闈。行將拂衣去，躬耕掩蓬扉。

〔一〕「菲」，刻本作「霏」。

慶蕉園將軍自友圖 戊子六月十一日〔一〕

命畫師四人各寫一像，爲漁樵耕讀四叟，環坐偶語於豆花棚下，然苦俱不甚似也。

丹山威鳳翀宵舉，下視塵寰少儔侶。碧梧修竹江雲秋，獨立蒼茫誰與伍。江邊小築四友軒，三益不來曠延佇。別開生面出新奇，幻到分形互爾汝。展圖蕩漾百東坡，倒映銀河射天宇。蕭蕭蓼潊鯉魚風，簌簌瓜疇豆花雨。戲裝樵叟及漁翁，雜貌村儒並田父。尺幅迷離四照開，圓光變現三花聚。坐覺神形影並釋，靜聽手口心相語。是一是二窮擬議，錯認星精下雷渚。維公家學紹韋平，伯仲夔龍媲伊呂。旬宣雨膏降豐年，經史瀾翻資治譜。筠籠大藥劚參苓，石鼓奇文辨魴鱮。早年揚歷遍中外，官轍東西猶可數。連鰲釣罷靖臺澎，官柳陰成惠荆楚。三吴鱣序安弦歌，六詔畬田足秔黍。即令建節五羊城，胸藴龍韜制虎旅。胡爲設想入非非，商略安閒到場圃。得毋寓言常十九，昔爲善哉今瞿所。六根已證聞思修，三命益恭傴僂俯。四分身具彌人天，一切相空孰賓主。妙明心具大神通，善慧仙人在何許。畫師各上逞能事，意匠經營力追取。公也沖然抱太和，那得全神現阿堵。子面真疑吾面同，化人肯與凡人處。神似貌似姑置之，一笑拈花呈佛祖。願公自友還自師，文武材兼憲吉甫。淩煙閣上香山巔，他日終須畫圖補。

〔一〕刻本無此詩。

送成果亭中丞格都護灤陽

豳歌正擬晋瓊筵，十月十八日爲先生六十壽辰〔一〕。玉詔新除下九天。將幕忽看移萬里，皇恩已許借三年。吏民無那攀留切，筦鑰終歸倚任專。預引離尊當壽斝〔二〕，甘溪一勺是廉泉。

壽星輝映丙丁方，恰數歸程過豫章。夾道官梅迎使節，沿堤嘉橘盡甘棠。先生前撫江右，惠政在民，至今感頌〔三〕。雙旌共喜今重駐，一酌應須累百觴。贏得穗城千萬户，每依南斗望弧光。

揚歷詞曹更六曹，回翔四鎮擁旌旄。南溟風定連天淨，東嶠煙銷拔地高。器合群材皆翕受，身親庶務不辭勞。年來報國心逾壯，未覺輕霜上鬢毛。
瞻舉真同劉穆之，即論風雅亦吾師。鈴轅休暇讎書日，講席從容校士時。延客襟期當代少，愛才心事幾人知。萬間廣厦孤寒庇，不獨蒼黎繫去思。
記從江上迎仙舟，黄木灣頭疊巘浮。朗照恍逢晴日曉，澄懷想見海天秋。乙酉冬，余自閩至粤，適先生祭南海神廟，相遇於波羅廟前。三年容我陪丹轂，一月遲公駕絳騶。更喜江陵能借宅，近看調鼎卜金甌。

〔一〕刻本無此注。
〔二〕「預」，刻本作「豫」。
〔三〕刻本無「至今感頌」四字。

梁生梅春堂藏書圖

涼飇日以厲，春暉日以徂。汍汍翳宰木，惻惻啼慈烏。堂中綀裳子，掩卷長欷歔。撫楹中夜喟，逝將辭敝廬。敝廬亦何有，縹緗富五車。兒身但安讀，母力已卒瘏。膏肓病難療，所願捐兒軀。剜肉續母命，不得延須臾。自從失恃後，銜索悲枯魚。汲古綆愈長，仰屋計轉迂。疇昔有母在，經營忘其劬。爲兒典釵釧，爲兒脱璫珠。不知無父苦，今也母又無。有臺難避債，有字難償逋。一椽不可保，忍死保遺書。此堂屬誰氏，空復抱此圖。堂前舊巢燕，兩兩棲孤雛。驚飛起繞樹，側睇形瞿瞿。披緘意轸鬱，攬筆心煩紆。中有泉臺淚，望兒眼已枯。

張南山同年維屏黃梅拯溺圖〔一〕

嗸嗸澤中雁，啞啞城上烏。開椷燈焰碧，一幅流民圖。江流莽無際，雉堞周遭孤。銀濤卷島嶼，雪浪浮村墟。居民蟻緣垤，或負擔或趨。田園已蕩盡，母子猶相扶。至今側耳聽，仿佛聞嗟吁。誰爲還定之，張侯起番禺。惟侯莅黄梅，攝篆初治邑。吏民識王尊，童子迎郭伋。太歲在昭陽，淫雨過百日。江漢從西來，怒遏水倒立。其南匯彭蠡，九派呀嘘吸。長堤紆一線，計里逾九十。庳薄形已危，衝齧勢尤急。侯也籌之殷，捐金亟補葺。下楗千鎚喧，舉鍤萬指集。拊循忘寢興，踸踔冒炎濕。數定功難施，力窮防竟蟄。白日黿鼉驕，黄昏鬼神入。下弦月正晦，野黑陰濛濛。墳原變巨浸，閭井成深泓。黔黎百萬命，久擬填龍宫。指揮豫遷避，實賴侯之功。幸猶存骨肉，遑敢悲孤窮。侯乘一葉舟，誓與百姓同。振饑備餽餌，禦濕儲鞠藭。中流觸亂石，引船遇回風。斗落箭離筈，眩轉雲飛蓬。失手那可救，性命洪流中。官清蛟蜃伏，天遠精誠通。入險復出險，登岸心忡忡。歸來操簡牘，臚實陳大府。大府動咨嗟，飛章奏當宁。上官絡繹來，騶從逮牧圉。侯曰毋擾民，於我乎授糈。維時方炎歊，紀序逢夏五。山城如斗大，入保數千户。瘡痍已蒿目〔二〕，瘴癘矧露處。不有蔭暍恩，那免揭竿聚。

侯曰毋苦民，便宜發倉庾。貸粟户一鍾，計食人三䶉。時時佐肉糜，稍稍雜糈糗。咄嗟指顧間，百事無不舉。是歲江流漲，泛濫遍吴楚。葦城探赤丸，制梃驅碩鼠。柴桑咫尺地，紞如歌五鼓。兹邑風何淳，竟忘流離苦。村農告其兒，老嫗顧謂女。汝勿愁饑寒，張侯能活汝。左飡而右粥，庶幾莫余侮。首尾百日間，帖然獨安堵。展圖意忉怛，攬筆重徘徊。念我先君子，秉鐸東海隈。丙寅夏五月，夜半河堤開。建瓴東北注，河水天上來。六塘失故瀆，萬井沈寒灰。伊廬没山腹，湍激聲如雷。先人雖閒曹，捧檄亦振災。輕舠穿樹杪，樯艣俱爲摧。力微多掣肘，紆鬱邱山隤。至今秦東門，尸祝薦緑醅。古人重荒政，治理經權賅。行藏雖有命，德業貴自恢。君今理祥琴，切切有餘哀。行展富相策，廊廟方需才。

〔一〕此詩附見張維屏《松心詩録》卷五，題作：「道光戊子仲冬，將發羊城，南山年丈出《黄梅拯溺圖》屬題，時治裝匆促，無暇握管，歸舟無事，乃續成之。」

〔二〕「瘡」，刻本作「創」。

桃花嘆

倚天照海朝霞明，冥冥花氣芙蓉城。蒼藤翠壁自千古，彷彿尚聽胡琴聲。玉簫吹徹鵜飛鞚，上有仙人騎紫鳳。銀梯纔得躡初桄，雲葉鏘然破幽夢。朅來嶺海乘仙查，榑桑百尺開日華。嫣紅籬落一枝露，疑是溪頭人浣紗。空中錦繡紛無數，手擲泥丸三萬樹。劉郎去後更誰栽，重游空記來時路。

倚山樓詩爲葉雲谷農部夢龍作[一]

萬古安期宅，詩情化白雲。樓高塵影隔，松老海濤分。耆舊今誰在，風流不可聞。躊躇思攬筆，鑾語學參軍。

一勺甘溪水，千重越嶠雲。我來嗟歲晚，此會惜途分。布襪從今始，仙蒲自昔聞。棄繻豪氣盡，莫誤認終軍。

〔一〕刻本卷九自此詩始。刻本卷九下注：「古今體詩八十二首。起戊子秋學政任滿由廣東還京，己丑直上書房，居澄懷園，庚寅仍居直廬作。」

雲谷屬題蕉園將軍畫蘭便面[一]

秋叢和露入毫端，寫贈幽人結古歡。笑煞唐朝房相國，一生惟愛董庭蘭。

〔一〕刻本無「將軍」二字。

潘季彤所藏藍田叔畫册

吾谷霜楓夕照殷，詩情恍遇畫圖間。何時歸卧東皋下，飽看西城一角山〔一〕。吾虞楓葉以吾谷爲最，余家舊墅近瞿氏東皋草堂〔二〕。

秣陵秋老莽風塵，愁絶天寒日暮身。今日江村黄葉下，不應空谷有幽人。

〔一〕「西城」，刻本作「城西」。

〔二〕刻本無此注。

題伍春嵐觀察元華聽濤樓圖卷子

根矩舊宅海上洲，廿年前憶支笻游。蒼髯白甲閲千載，百丈夭矯驂潛虬。九龍攫拏挾飛雨，天瓢倒瀉翻靈湫。松聲水聲渾不辨，但聽驚濤日夜東南流。海州雲臺山即古鬱洲，漢邴原隱居處，四面環海，有唐時松、九龍澗諸勝，余戊辰年曾游焉〔一〕。邇來塵迹溷人海，北走燕豫南閩甌。乘查徑度奇甸外，靈犀夜燭百怪愁。迴帆小艤海珠石，不見黛色參天脩。河南鬱鬱議郎宅，髩鬣瑞雪飛枝頭。嶺南少松，惟珠江南岸爲漢楊議郎宅〔二〕，有松，且時有飛雪。三年軺傳苦羈紲，一昨始得舒吟眸。雲泉新館梅萼燦，倚山傑閣松陰稠。君家珠樹元龍儔，酌我江上百尺之高樓。蒼官夾道儼成列，組甲被練森戈矛。隔園已聞浪澎湃，入户尚覺風颼飀。遠林作勢響槭槭，石瀨嗚咽奔湍幽。衝飈疾卷動地至，銀山十二排空浮。廣陵八月望胥母〔三〕，錢唐萬弩迴陽侯。砉然一聲衆籟寂，海天極目雲容收。澄懷靜參消息理，湛然耳與心相謀。清音乍聆洗箏笛，幽夢忽已隨鳧鷗。酒酣惜别重綢繆，輕齎初發沙棠舟。水松謖謖晚潮上，大通煙雨波悠悠。安期浮邱兩契闊，泉石舊願何時酬。夜來擁被濤春枕，恍聽胡琴石室秋。

〔一〕刻本此注作：「海州雲臺山有唐時松、九龍澗諸勝，余曾游焉。」
〔二〕刻本無「岸爲」二字。
〔三〕「胥」，清稿本作「骨」，據刻本改。

有以家覃溪先生摹錢舜舉和靖畫像並手臨秋涼三帖册見示者淒然有感用東坡韻〔一〕

昨朝客餉逋仙詩，葉雲谷農部以新刊和靖詩集見貽〔二〕。字字梅魂吸湖渌。今朝快覩逋仙像，姑射神人貌如玉。玉潭舊本蘇齋摹，兩帖雙鈎皆絶俗。先生化去纔十年，蠹帙飄零風轉燭。此圖忽落南海濱，如玉有脛珠有足。可憐故宅保安街，嫠稺煢煢剩骨肉。覃溪先生後惟存孤孫一人，宅在京師宣南坊之保安街〔三〕。我來粤嶠念芳徽，金石遺文補前録。已從仙掌搜硌碑，更勒貞珉照湖曲。歸來病鶴轉褵褷，悔未雲泉覓桃竹。時余方患臂痛〔四〕。何當臘日訪寶雲，手擷菖蒲餌甘菊。

〔一〕刻本題作「有以家覃溪先生所摹和靖畫像並秋涼三帖見示者凄然有感用東坡韻。」

〔二〕刻本無「農部」二字。

〔三〕「宅」，刻本作「舊宅」。刻本無「宣南坊之」四字。

〔四〕刻本無「時」字。

吴石華學博蘭修桐花閣填詞圖

春情一縷游絲杪，黄顙星星欄畔繞。博山沈水裊餘煙，細乳春藏幺鳳小。半池吹皺波淪漪，簾幕無人窣地垂。紅牙按罷閒庭靜，正是桐陰月落時。美人自合傷遲暮，如此才華天亦妒。即今聽雨到中年，苦憶二分風露句。最憶「二分風露玉釵寒」，桐花閣詞中語也。廣文官冷菜無鮭，蝴蝶一春飛上階。萬里悲笳尋舊夢，十年塵影上幽懷。白鷗闌入鴛鴦社，亦桐花閣詞中句〔一〕。一掬青衫淚如瀉。嶺南從古少詞人，標格如君真健者。湞江渺渺正愁余，尺素聊憑六六魚。他時唱遍桐花曲，愁煞新城老尚書。阮亭和漱玉詞，長安盛稱之，號王桐花，故戲以相儗云〔二〕。

〔一〕刻本作「亦詞中語」。

〔二〕刻本無「云」字。

歸舟艤中宿峽偕梁生梅盧生同伯游飛來寺

我從閩越來駱蠻，浮查南指黄木灣。武溪庾嶺未登陟，恰似飛度含洭關。三年軺傳苦羈紲，幽夢空繞羅浮山。揚舲四過中宿峽，何由雨脚飛屩顔。朅來使竣得休暇，宦情已逐閒雲閒。歸艎小艤禮古寺，招攜二子俱清孱。朝暾初上蘚徑滑，金碧晃曜通仙寰。紅泉瀉磴響瀌瀌，翠篔伏溜聲潺潺。階前瑽琤奏琴筑，林外幽咽鳴珮環。解衣坐石萬籟靜，惟見窈窕雙煙鬟。帝子吹簫嵐靄破，佳人倚竹啼痕斑。山靈笑我想涉幻，語門險怪應從删。昔聞詩人吴子野，此地追餞東坡還。鄙人豈敢企前哲，惜别但餘清淚潸。譚瑩黄子高一生夙有約，餞我蒼雪飛泉間。糾纏人事願不遂，清福未必非天慳。行年尚未滿四十，坐覺雙鬢添霜菅。蠻風瘴雨砭骨髓，右臂攣縮如弓彎。禰褷病鶴已倦舞，珥筆難點蛾眉班。會當投劾徑歸去，手擷瑶草蘇疲頑。重尋稚川乞大藥，福地飛躡詩膽豩。寄聲諸子儻相待，鐵橋石柱從躋攀。

豫章道中寄呈外舅秋濤先生用東坡將至筠先寄遲适遠三猶子韻[一]

西望筠州只百里，隔斷盈盈一江水。横江風雪暫停橈，下榻争延徐孺子。東軒長老正高眠，一籠牢收盛不起。遥想謝庭詠風絮，生女毋須嗟耳耳。時内子詣高安省親。憶昔百花洲畔住，夜半高吟殘雪裹。澄觀了了徹中邊，世論悠悠孰憂喜。祇今乘傳過南州，免俗未能聊復爾。七年所歷竟何得，一事無成殊可耻。先生道力應更堅，談笑神完中有恃。何當蠟屐陪清游，同訪真如風物美。

〔一〕刻本題作「豫章道中寄呈外舅秋濤先生用東坡將至筠州韻」。

符離懷古

誓師再出拯生靈，五國城中涕淚零。裨將喧爭誰執法，相公鼾睡未曾醒。壯懷空想吞河朔，定論終難信考亭。十萬雄兵同日潰，臨安從此小朝廷。

材兼文武古來難，況值江山半壁殘。可惜褊心排李趙，更無名將繼劉韓。三呼雅慕追宗澤，再誤何堪殺曲端。投老閩江南畔去，燕雲回首路漫漫。

滕縣道中

蕨拳欲舒爪，菜甲初冒牙。隴頭凍麥活，嶺畔晴暉斜。春來多雨雪，宿潤滋桑麻。斗米值二百，樂歲景自嘉。伊余度炎嶠，三載浮星查。歸來七千里，悠哉道路賒。行行鄒魯近，望望川原遐。輕煙含弱柳，烝麪搏飛沙。憶昔方壯歲，三上計吏車。途窮骨愈傲，逸氣淩雲霞。題詩滿村店，儻可籠碧紗。而今倦行役，始知生有涯。歲月若掣電，赴壑驚修蛇。龍鐘三十九，兩鬢添霜華。何時歌四牡，將母早還家。躬耕秔秫田，飽喫苣藤花。

道中小民多乞錢者戲作〔一〕

一個思量料亦難，休嫌乞相太寒酸。空囊趙壹徒能賦，入市西施莫想看。數去祇愁輸姹女，愛他聊自效文官。欲周萬口饑寒急，只費何曾兩頓餐。

〔一〕刻本無此詩。

題邯鄲夢〔一〕

蕭蕭白髮返鄉關，猶保微軀得放還〔二〕。一樣孤臣悲絕域，可能生入玉門關。

〔一〕刻本題作「旅舍題壁」，並注云「途遇戴相國南還而作」。

〔二〕刻本此兩句作「蕭蕭白髮返家山，終感君恩特放還」。

舊縣題壁

原隰駪征敢暫停，晚風和鐸不堪聽。殘杯冷炙憑消受，誰向郵亭問使星。
鐘聲休更怨闍黎，浪説紗籠有舊題。今日依然塵撲面，並無冷粥與冰虀。

茌平壁間有無名氏題詞意緒清婉署款曰鳳巢庵未度僧意是去秋下第者所爲也憐其有才而淪落爲賦二絶〔一〕

粉壁誰題幼婦詞，綺懷離緒亂于絲。春明一夢痕如洗，愁絶清狂杜牧之。
側豔西崑體自工，枉將心事訴秋風。可憐燭灺香銷後，猶有癡情賦惱公。

〔一〕刻本題作「茌平壁間有題詞意緒清婉意是去秋下第者也爲賦二絶」。

腰站題壁平原縣界〔一〕

東風日暮駐征輪，出岫閒雲自在身。十二年前三過客，七千里外一歸人。霜侵華鬢痕逾重，春入垂楊色未勻。莫更買絲繡公子，年來相士遍風塵。

〔一〕刻本無此注。

富莊驛題壁悼陳辛伯編修〔一〕

畿南驛堠又重經，憶與元龍簜節停。聯袂仙舟心共白，論文鏁院眼同青。棲遲我愧留炎嶠，幻化君應託尾星。今夜孤燈倍惆悵，淒涼風笛不堪聽。

〔一〕刻本無「題壁」二字。

楊生懋建春燈問字圖

梅花如雪月如弓，寂靜蘭房燭影紅。想見重闈起居罷，謝庭詩思在春風。

藜輝近映少微星，夜誦琅琅擁髻聽。掩卷不須歌五噫，眉間玉案一痕青〔一〕。

銀鴨薰殘裊篆煙，拈豪初試衍波箋。就中難字分明記，曾讀班姬第四篇〔二〕。

欝律蛟蛇易闕訛，問君何用苦吟哦。冬烘頭腦瞢騰甚，未抵深閨識字多。

果然風籜卷秋雲，好古空勞焠掌勤。悔不轉從糊閣問，伏生家學本今文〔三〕。

誰懷鉛槧學聱牙，寂寞春深揚子家。喜與紅蘭高閣近，好將雙玉勒苕華。

〔一〕刻本無此詩。
〔二〕刻本無此詩。
〔三〕「家」，刻本作「字」。

澄懷集

屠維赤奮若（己丑）

雙江引並序〔一〕

余視學嶺南，周諏原隰，溯新興江，其士民籍籍稱其令謝君崇俊之賢。及來謁，見其悃愊無華，於閭閻利病，勤勤懇懇，視若家事，異乎俗吏之爲者，心焉識之。比余使竣還朝，謝君亦適奉檄入都，出其母文太孺人行略見示，始知謝君之賢，皆其母夫人之教也〔二〕。賢哉是母，幸哉有子，嗚呼，可以風矣。湘桂二江，同出桂林之海陽山，湘江北流入楚道全州境，君之里也。桂江西南流，合鬱水東入粵東界，爲西江，君所治也。爰譜《雙江引》以遺之，俾兩粵之人風焉。

桂林之山，奇秀插天。靈源濬發，雙江出焉。湘江之漸漸兮，北經珠玉之巖兮。桂江之瀰瀰兮，東注牂牁之尾兮。一解。珠玉之澄泓匯洞庭兮，瀏其清兮。屹高臺之峥嶸兮，維母之貞兮。二解。牂牁之繚繞越海嶠兮，順以導兮。環花封之隈隩兮，維子之孝兮。三解。其孝維何，慈訓克遵。處脂不潤，在富能貧。以養以教，惠此兆人。銅鼓迓神，蘆管歙鬮。頌我侯孔仁，頌匪於其身，迺於其親。四解。其貞維何，嚼冰齧雪。雪厓之筠兮不可折，冰蠶之絲兮不可絶。忍死撫孤，忍死永訣。孤兒讀十年書〔三〕，母淚一斗血。五解。珠玉之穹窿兮，馬鬣封兮。悲回風兮。牂牁之旁羊兮。皛鳥翔兮，愴秋霜兮。丹者荔，赤者鯉，欲往遺之母不俟〔四〕。所不貽母令名者，有如雙江之水。六解。我行端州，我乘輕輶。采輿人謳，欲知茂宰之猷。汪汪萬頃，視桂江之流。七解。我思桂林，我譜瑤琴。誦女史箴，欲知賢母之心。湛湛百尺，視湘江之深。八解。

〔一〕刻本下注「己丑」。

〔二〕刻本此前作：「余在嶺南，溯新興江，士民籍籍稱謝令崇俊之賢。及來謁，見其悃愊無華，於閭閻利病，勤勤懇懇，視若家事，異乎俗吏之爲者。比余還朝，謝君亦奉檄入都，出其母文太孺人行略見示。」

〔三〕刻本無「孤」字。

〔四〕清稿本無「母」字，據刻本補。

題空山古寺圖疊和朱文正公元韻三首〔一〕

蘇嶺在浙江江山縣南，爲入閩要道。大興朱文正公六度茲嶺，三題詩于寺壁，歲久剥泐，其門下士王南陔中丞紹蘭裝潢成卷，俾寺僧藏之，復繪此圖，録公原詩，徵海内人士和之，期滿千首。余未識中丞，而於公爲門下後進，重承敦甫師之命，爰不揣弇陋〔二〕，斐然有作，聊以寄景仰之懷云爾〔三〕。

墨寶山門鎮，摩空萬仞青。大名齊軾轍，公與哲兄笥河先生文章輝映，復先後視學閩中，真不愧二蘇嶺名，若默爲符契也〔四〕。窮社陋盆瓴。籠壁逾三紀，聯珠識二星。東壁二星主文章〔五〕。驚蛇休化去，用東坡天竺寺詩語。長護梵王經。

鳥道霞標赤，龍津劍氣青。祥金捐躍冶，均土藉陶瓴。韡雅堂聽雨，福州使院堂名韡雅，笥河先生所題也〔六〕。盤陀石聚星。公自謂前身爲文昌宫中盤陀石，故晚號盤陀老人。又在閩時，命門下士人致一石，各鑴其名，建三百三十有三十亭于福州使院。他年徵逸事，好爲補圖經。聞閩中將重修通志，故及之〔七〕。

駪征曾小駐，閩越眼中青。擁絮雲封磴，銜鞍溜瀉瓴。簡書程日月，候吏測風星。悔未瞻遺墨，怱怱一度經。道光乙酉，余典試閩中，中元後一日過蘇嶺〔八〕，未及入寺小憩，緣雨甚且驛路正長也〔九〕。撤棘後遂視學粵東，無繇重過寺下矣。

〔一〕刻本無「題」、「疊」字。

〔二〕刻本無「重」、「爰」字。

〔三〕刻本無「聊」字。

〔四〕刻本注作：「公與笥河先生先後視學閩中，不愧二蘇之目。」

〔五〕刻本無此注。

〔六〕刻本無「也」字。

〔七〕刻本無此注。

〔八〕刻本無「中元後一日」五字。

〔九〕刻本無「小憩，緣雨甚且驛路正長也」十一字。

附録原詩

乾隆己亥典試過蘇嶺寺

江郎一面赭，蘇嶺萬竿青。雲路初緣磴，淙聲已建瓴。山僧諳舊雨，使者閱流星。壁上吹壎句，登臨記此經。壁有竹君家兄庚寅奉使過此一聯。

庚子視學經過疊前韻

螺髻裊煙黑，松釵插嶂青。石濡防滑砌，珠細未穿瓴。舊約懷聽雨，新恩暫聚星。重來試嶺路，桑下早三經。將與家兄交代，余庚辰、甲申、己亥、庚子往來五經此矣。

癸卯使旋三疊前韻

雪積千岡玉，煙開一抹青。小坡名坩嶺，新晛溜穿瓴。字迹驚分雁，參辰竟隔星。先兄竹君庚子冬留聯真迹也，見之黯然。無生誰解結，三復首楞經。

和黃心齋同年宅中留别原韻

閩南小聚記前年，鏁院秋深放牓天。九月登高催客别，三山舊夢證塵緣。池心劍氣雙龍躍，歐冶鑄劍池在福州城内貢院之右〔一〕。湖上珠光五曜聯。乙酉秋，余典試閩南，同年陳蘭坨、滕藍村、武樸園及君皆與分校，陸萊臧時攝閩縣篆，撤棘後偕同年會於小西湖，泛舟竟日〔二〕。慚愧銜泥追餞遠，連宵話雨海雲邊。余自閩入粤，道出泉州，雨阻兩日，君從安溪來，留連情話，致足樂也〔三〕。

重踏春明興轉豪，鬖鬖玉立曳青袍。圖中彭澤新栽柳，袖底綏山舊種桃〔四〕。銀筆輝煌書上考，君以卓異引見入都〔五〕。金臺嘯詠在吾曹。相逢排日須酣飲，莫問長安酒價高。

馳驅那乞自由身，無計攀留刈錯薪。欲視蘭陔晨夕膳，暫辭花縣簿書塵。君將暫歸山右省親〔六〕。兒童待補棠陰久，近閲邸報，大吏以君治績懋著，奏調侯官。君前攝篆是邦，德澤在人，口碑猶載道也〔七〕。閭里爭看綵服新。若到南中逢橘柚，郵封應慰白頭人。計君從山右到閩，應在十月之交矣〔八〕。

洞天深處紫宫環，儤直新叢嶺外還。薄植自憐同日及〔九〕，濃恩特許綴星班。身霑禁禦三霄露，夢斷湖壖一朵山。爲問士龍無恙在，蒓鱸可否憶雲間。謂萊臧司馬，時萊臧無故爲同僚誣訐，意鬱鬱不得舒也〔九〕。

〔一〕刻本無「貢院之右」四字。

〔二〕刻本無「時」字和「泛舟竟日」四字。

〔三〕刻本注作：「余自閩入粤，道出泉州，君從安溪來送。」

〔四〕「底」，刻本作「裏」。

〔五〕刻本無此注。

〔六〕刻本無「暫」字。

〔七〕刻本注作：「君前攝侯官令，德澤在人，今奏補是缺。」

〔八〕刻本無此注。

〔九〕「薄」，刻本作「弱」。

〔一〇〕刻本注作「謂萊臧司馬」。

上章攝提格（庚寅）

舊衙門雨中從獵庚寅三月八日〔一〕

碧縷如煙柳欲稊，春雲遥覆苑墻西。飛花和雨侵狸製，軟草無塵襯馬蹄。海户自牽蘿補屋，騎郎休惜錦障泥。蒼壇齋遬承豐澤，覗土先欣透一犁。

〔一〕刻本注作「庚寅」。

郊外遇雨

曉霧冥濛鬱不開，果然亭午起晴雷。蝦蟇吸水推雲立，蜥蜴拿空吐雹來。雨中細雹如菽。君子獨行濡有愠，聖人在上不爲災。須臾林外天紳掛，微見蒼煙破緑苔。

敦甫師以省墓詩見示敬和原韻奉呈〔一〕

迴車叱馭感勞人，誰得酬恩更報親。天上星辰仙使節，眼前霜露故園春。庚郵詔許紆驂首，讞獄閩中，歸途得旨賞假五日〔二〕，回籍省墓。丙舍堂開俯澗唇。當代歐陽榮孰比〔三〕，豐碑一片石嶙峋。

振策仙霞萬仞關，揚舲東下近家山。五年松嶠傷心別，三丈楊枝屑涕攀。洛水賦詩寒食節，潁川上冢簡書間。靈衣日暮飄飄舉，晝錦聽看兩度還。道光辛巳，吾師典試江南，撤棘後乞假省親，時太夫子精神正矍鑠也〔四〕。

鬱鬱佳城葛嶺前，巖巖華表樹牛眠。湖山生死高賢宅，堂構嶒嶸世澤延。鳳綍十行輝寶翰，龍八餅酹廉泉。歸舟宵夢汍瀾起，猶似依依杖屨邊。

玉昆華髮共論心，手種修篁已十尋。五日喜陪元慶飯，一樽聊對阿戎斟。門前桐樹清如許，堂畔荊花冷不禁。莫向鴒原嗟逝水，斜川家學衍從今。

憶昔乘軺嶺外行，白雲迴首不勝情。一江秋雨蒲帆隔〔五〕，廿載春風葛藟生。寥落枯魚銜索感，淒涼石室讀書聲。年年望斷虞山路，何日陳情慰九京。乙酉秋，余典試閩中，道出吳門，距家纔九十里耳，嗣是由閩入粵，遂無由一申展墓之懷〔六〕。

〔一〕刻本無「敬」字。

〔二〕刻本無「歸途得旨」四字。

〔三〕「榮孰比」，刻本作「人望重」。

〔四〕刻本末句作「忍憶當年晝錦還」，注作「道光辛巳，典試江南，乞假省親」。

〔五〕「雨」，刻本作「水」。

〔六〕刻本注作：「乙酉秋余過吴門，距家纔九十里，而無由一申展墓之懷。」

四月五日壬午諸同年陪敦甫師讌集花之寺同年顧杏樓水部即席成詩用東坡陪歐陽公燕西湖韻吾師次韻答之録以見示余寄迹直廬匪遑離局傾心高會謹疊和二首奉呈右安門外三官廟曾賓谷先生新題曰花之寺〔一〕

西勾橋下花如雪，日日看山笏拄頰。城南未許陪清游，有似嵇康羨王烈。先生皎如暑月霜，列宿翕集交輝煌。同年在坐者凡二十八人〔二〕。詩才已讓愷之絶，異撰應思點也狂。金瀾之酒亦不惡，況有流鶯囀丸藥。春風吹遍坐中人，差勝買園名獨樂。欒泉新甃春水生，澄懷直廬東偏有欒泉一泓，張文恪公所闢也，歲久淤塞，余新加疏浚，味極甘洌，可敵坡詩中之洞酌泉云〔三〕。殿春婪尾花光明。公來嚌詩更煮茗，聽取玉峽彈銀箏。

十年久立程門雪，論説多慚樹牙頰。自從宵雅肄鹿鳴，忽若風籥契鴻烈。朝端望重范履霜，使星南戒明煌煌。三月中旬吾師自閩讞獄還京〔四〕。行過蘇嶺誦遺墨，應念斐然小子狂。去年冬，吾師以朱文正公蘇嶺詩册屬題〔五〕，未匝月而軺車入閩，適經其地，又結一重翰墨緣矣〔六〕。淵騫在寢澹臺惡，盡作先生籠中藥。盍簪假日奉清輝，一笑知緣天下樂。公詩盎盎春氣生，鯈魚出水春波明。會當載酒重問字，鼓吹五典調琴箏。

〔一〕刻本無「同年」二字。無「吾」字。無「余寄迹直廬，匪遑離局，傾心高會」十三字。無「新」字。

〔二〕刻本注作「在坐者二十八人」。

〔三〕刻本注作：「直廬東偏欒泉一泓，張文恪公所闢也，余新加疏浚。」

〔四〕刻本無此注。

〔五〕刻本無「吾」字。無「公」字。

〔六〕刻本無「又結一重翰墨緣矣」八字。

敦甫師原作

五臟塵枯合澡雪，但見流水笑開頰。況復紫綿花爛漫〔一〕，又傾醽醁筵芳烈。瀛洲風月烏臺霜，錦帳銅符争煒煌。時在坐者翰、詹、侍御、部曹、郡守，凡二十八人。二十八宿羅四座，談笑各各攄清狂。頻年遠别情懷惡，怕説將離贈芍藥。揭來聚首游招提，樽俎論文洵可樂。酡顔拍手謝諸生，西山夕照花間明。灑然歸去發清詠，一洗耳障琵與箏。

〔一〕「綿」，刻本作「錦」。

立夏前三日丙子諸同年復陪敦甫師小集龍樹寺余亦未能從游也再疊前韻奉呈〔一〕

晴日樓頭看蘆雪，寺後對陶然亭〔二〕，秋時蘆花滿目。涼風吹遍東南頰。用蘇詩〔三〕。登高望遠易悲秋，何似皋蘭播馨烈。江南一別十五霜，夜堂記聚明星煌。絶塵共步天衢軌，不學微之爛漫狂。五更妒花風雨惡，錦幕重重護紅藥。好趁餘春尚未歸，清尊且爲時平樂。何湯舊是老門生，孤負花開兩度明。號鐘彈徹鍾期聽，猶自嘈嘈奏介箏。

〔一〕刻本無「小」字、「游」字。

〔二〕刻本無「後」字。

〔三〕刻本無此注。

敦甫師見和龍樹寺詩四疊前韻仰答並簡諸同年[一]

忘機擬學温伯雪，隱几無言但支頰。豈期玉琯吹春温，坐令陰崖轉烜烈。九鐘夜吼豐山霜，桃桃雖雖音孔煌。快哉未陪醉翁醉，率爾似恕狂生狂。四十之年已衰惡，性靈疏瀹無囊藥。敢羨山公屢出游，思從茂叔尋真樂。何須小飲避門生，蘇詩「行避門生時小飲」[二]。清濁滄浪聽倍明。繁聲儻怪顏回瑟，用盧仝詩[三]。擊節應多鍾子箏。賈彬《箏賦》：「鍾子授箏，伯牙擊節。」[四]

〔一〕「仰」，刻本作「奉」。

〔二〕刻本無此注。

〔三〕刻本無此注。

〔四〕刻本無此注。

敦甫師原作

文字之交淡如雪，士甘於肉涎流頰。精藍地僻足移情，匪乞楊枝灑火烈。凌虛閣下蒹葭霜，新詩畫卷流輝煌。鮑叔一去不可作，遠公儒雅非癡狂。鮑覺生同年與月亭上人友善，捐貲建閣，顏以蒹葭，繪圖題詩。覺生即世，月亭新構蒹葭簃於南，而刻鮑詩其壁，復於西偏築看山樓。月亭能詩善書。主人既賢客不惡，了無俗氣需醫藥。同上高樓看遠山，不思亭子陶然樂。陶然亭在寺東南。大江南北高才生，登朝同佐時休明。起予一卷瓊瑶什，雍容墳典餔琴箏。

前數章限於篇幅故祇叙文讌兼抒襟期而於吾師皇華晝錦之榮尚未略述一二也五疊前韻奉呈〔一〕

鋒車喜遇閩中雪，細點龍團烹馬頰。黄甘撲鼻發清芬，紅酒沾唇含郁烈。紅酒，閩酒也。袖中白簡飛秋霜，歐冶池邊氣煒煌。要培勁竹干霄節，肯放饑鯨跋浪狂。建溪聽遍灘聲惡，不向武夷采芝藥。驛路傳鈔上冢詩，錦衣爭羨還家樂。焦山夜游春浪生，江月一片涵空明。吾師使還〔二〕，阻風京口，偕鍾仰山侍郎月夜游焦山，有詩紀事，豪興殆突過坡公矣〔三〕。只應彌勒同龕住，厭聽揚州魔女箏。

〔一〕刻本題作「五疊前韻呈教甫師」。

〔二〕「使」，刻本作「使閩」。

〔三〕刻本無「豪興殆突過坡公矣」八字。

龍樹寺中蒹葭閣鮑覺生先生爲月亭上人鳩貲構造者也敦甫師詩中及之淒然有黄壚之感余從先生於芸館受益良多觸事興懷六疊前韻[一]

高情記誦梁園雪，曩在庶常館，先生命擬惠連《雪賦》。口講指畫，娓娓千言，然心畏其難，卒不果作，至今輒呼負負[二]。咳唾風雲生舌頰。近時賦格最精嚴，老去雄談猶激烈。磊落嶔崎兩鬢霜，摐金戛玉才章煌。三年未盡秦青技，四海爭傳李白狂。握别潸然離緒惡，乙酉夏，余典試閩中，詣先生話别，先生執手欷歔，神色甚惡[三]，以壽藤齋詩贈余，從此遂成永訣矣。駐顔難覓延年藥。騎鯉真爲海上游，奔駒不信人間樂。社酒澆殘葭菼生，遠公可尚憶泉明。城南便是西州路，愁絶春洲月夜箏。

〔一〕「爲月亭上人鳩貲」，刻本作「募貲」。

〔二〕刻本注作：「曩在庶常館，先生命擬惠連《雪賦》。」

〔三〕刻本無「執手欷歔，神色甚惡」八字。

四月廿日過祁春浦前輩食筍齋夜話承示和敦甫師韻佳什七疊前韻奉贈〔一〕

新詩字字凝冰雪，讀罷餘芬猶滿頰。池頭魚躍動蕤賓，一片宮商感精烈。直廬幽邃清含霜，卷簾銀燭光熒煌。柳綿鋪砌紅雨濕，門外春風折竹狂。是日大風〔二〕。夢痕怕説風波惡，養堂且種長生藥。譚次追述先德並太夫人教養之勤，令人感惻，時太夫人將就養來京〔三〕。愛日惟懷報國心，退朝更遂天倫樂。獨我蹉跎已半生，寒機爂荻記宵明。階前亦有忘憂草，愧乏鴻才賦鼓箏。

〔一〕刻本題作「過祁春浦前輩食筍齋夜話承示和敦甫師韻詩七疊前韻奉贈」。

〔二〕刻本無此注。

〔三〕刻本注作：「追述先德並太夫人教養之勤，令人感惻。」

春浦前輩和韻見贈八疊前韻奉酬

三年嶺表不知雪，日嚼檳榔紅上頰。乘查五度過羅浮，只有詩魂夢芬烈。余五過羅浮山下，未獲一登。海幢寺裏訪石霜，丙戌戊子兩游海幢寺〔一〕。琳宮瓊札爭巍煌。壬午秋，先生典試粵東，歸舟阻風，獨游海幢寺，嘯詠竟日，寺僧以退筆乞書，即題楹聯贈之云：「扁舟一繫海幢寺，遠客初嘗香積厨。」〔一〕貫休羅漢端石塔，山門同鎮蛟龍狂。寺有貫休羅漢一幅，又有端石塔一，高三丈許〔三〕。白鶴潭前颶風惡，懶向甘溪尋大藥。珊瑚已作網中珍，薝蔔閒參塵外樂。粤人今尚思先生，旌節會傍南離明。黄灣重扣兩銅鼓，南海神廟中有大小銅鼓各一〔四〕。壓倒琴筑琵琶箏。

〔一〕刻本無此注。

〔二〕刻本此注作：「壬午先生典試粤東，獨游海幢寺，題楹聯云：扁舟一繫海幢寺，遠客初嘗香積厨。」

〔三〕刻本此注作：「寺有貫休羅漢，又有端石塔，高三丈。」

〔四〕「有大小銅鼓各一」，刻本作「有大小二銅鼓」。

春浦前輩原作

海幢寺裏譚粤雪，妙語真能解頤頰。曩余典試粤東，瀕行阻風海幢寺〔一〕，與僧談南中氣候，僧云：自漢朝雪後直到如今。余嘆其語妙，爲之絶倒〔二〕。别來滚滚馬頭塵，翠羽梅花夢香烈。君昔校士懷冰霜，海邦衿佩容煇煌。傳經爭受文翁業，拜石還追米老狂。君於粤東試院榕根下得米元章詩石，乃蘇齋求而未獲者也，繪《藥洲訪石圖》，一時題詠極盛〔三〕。吟詩作畫殊不惡，籠取藥洲洲上藥。歸來講席直三天，更有名泉供宴樂。君直廬東有樂泉，頃疏濬之，將以瀹茗。蟹眼已過魚眼生，蘇句〔四〕。茶煙一縷射窗明。我今廢學寒竽澀，願就君家聽玉箏。

〔一〕刻本無「瀕行」二字。

〔二〕刻本無「爲之絶倒」四字。

〔三〕刻本無「一時題詠極盛」六字。

〔四〕刻本無此注。

春浦前輩詩中述海幢寺僧譚粤雪事爲之絶倒然是僧實非誑語惜其語焉不詳耳因爲徵事以實之並略及南中風物以博解頤九疊前韻〔一〕

山僧能説漢時雪，布縠瀾翻弄唇頰。君看寺畔議郎家，謖謖松風猶爽烈。羊城無雪亦無松，漢議郎楊孚自洛陽歸，種松宅畔，飛雪滿樹。議郎宅在珠江南，度其池，距寺亦不遠。南中無雪但有霜，瓦溝飄瞥珠熒煌。南人見霜呼作雪，粤人謂霜爲雪，余曩聞之，不禁撫掌大噱〔二〕。那怪犬吠蒼黄狂。蠻煙蜑雨谿山惡，右肱三折疇能藥。余在粤三年，觸冒瘴霧，歸舟忽感末疾，右臂幾折，度嶺方愈〔三〕。鐵樹開花亦有時，鐵樹遇丁年則開花，不必丁卯也，余曾見其花，娟潔可愛，特不甚多耳〔四〕。木綿飛絮差堪樂。牂牁江上彌望皆木綿花，瓊雷海岸尤盛，不減炎官火繖也〔五〕。閒傾椰酒見蘇詩，今嶺南市中多有之，味甚香烈〔六〕。進魚生，粤人喜食魚生，以菊英和之，風味亦勝〔七〕。鳳羽虬珠相映明。每思朔雪添惆悵，怕聽珠孃擫寶箏。

〔一〕刻本無「爲之絶倒然是僧實非誑語惜其語焉不詳耳」、「以博解頤」等字。
〔二〕刻本無此注。
〔三〕刻本無「度嶺方愈」四字。
〔四〕刻本無「特不甚多耳」五字。
〔五〕刻本無「不減炎官火繖也」七字。
〔六〕刻本無「味甚香烈」四字。
〔七〕刻本注作「粤人喜食生魚，以菊英和之」。

旬日之間顧杏樓同年疊蘇韻至二十八首録以相示仍疊韻見贈一篇讀之驚嘆欲絶因十疊前韻酬之從此遂當閣筆矣若再不知止恐夸父之杖將化爲鄧林也〔一〕

滇南妙舞迴風雪，唐南詔進奉聖樂舞六成序曲二十八疊〔二〕。阿堵傳神豪在頰。六花演陣開陰陽，萬騎浮江飛撇烈。霓裳秋月陽關霜，霓裳十三疊、陽關三疊〔三〕。胸羅列宿何焜煌。若教手寫雲臺迹，馬援低頭不敢狂。縱横那復愁韻惡，肘後金壺有神藥。苦吟自和于蔿于，投筆應歌樂莫樂。無窮妙義如環生，交花不斷聯珠明。曲終判裂李舟笛，口吃休笑丁稜箏。

〔一〕刻本題作：「旬日之間顧杏樓同年疊前韻至二十八首録以相示讀之驚嘆十疊前韻酬之。」

〔二〕刻本無「舞六成」三字。

〔三〕刻本無此注。

題顧俠君先生小秀埜圖禹鴻臚寫〔一〕

百卌年來迹已沈，玉河流水到如今。長安名士多於鯽，誰識先生大隱心。

緑天涼露冷如冰，菱角丫童勝橘藤。閒弄一雙紅蝙蝠，到門熱客不曾膺。

芒鞋三度踏京華，雲閣紬書蔡少霞。畢竟不如歸去好，迴廊開遍佛桑花。竹垞《秀野草堂記》：「曉則竹雞鳴焉，晝則佛桑放焉。」

玉山佳處結茅庵，金粟前身妙諦參。三百詩魂齊下拜，夢中攜手過江南。漁洋詩以顧仲瑛相儗，最精切，起二語即用其意。漁洋詩：「屋上青山看鄧尉，門前流水即滄浪。更添五畝閒花逕，何似君家舊辟疆。」「前身慧業應金粟，家世風流是玉山。他日淩風一相訪，閒吹鐵笛過雲間。」題隔水綾上，不著年月，亦無圖印〔二〕。

暖翠浮嵐王給事，斷紈零素禹鴻臚。一從妙畫通靈後，神物能令會合無。秀埜草堂圖，王麓臺作，見《曝書亭集注》。久而失之，今顧氏所藏者獨此卷存耳〔三〕。

壓卷漁洋調最工，高吟一十九人中。安安腕有義之鬼，後勁端應屬此翁。同時諸公自漁洋而下題者凡十九人〔四〕，卷尾有安安老人跋。安安，金定濤先生別號也。

小長蘆叟數招攜，采罷香蒓聽竹雞。怕向春明談舊夢，卷中好句未留題。竹垞晚年與先生爲忘年交，乃卷中獨無詩，惟卷首有分隸書「小秀墅」三大字耳〔五〕。

寒泉配食水仙王，吏部文章共一堂。他日燕臺添韻事，斜街更築小滄浪。近陶雲汀中丞、梁茝林方伯重葺滄浪亭，復於其地西偏建名賢祠，以顧君湘舟所繪名賢像五百七十勒諸石，春秋致祭，先生與其尊人吏部公皆與焉〔六〕。

黄石橋邊吊酒星，琴高乘鯉去冥冥。葑門春草年年碧，可似西山一角青。先生宅在乘鯉坊，墓在葑門外黄石橋。

招隱江東宋荔裳，少陵詩思感微茫。蕭生卅幅歸何處，愁絶乾坤一草堂。先大參公與吏部公同舉順治丁亥進士，大參公嗜杜詩，榷關蕪湖時〔七〕，屬蕭尺木作圖，凡三十幅。宋荔裳詩所謂「罷榷歸來無長物，獨攜此册還京師」者也。詩載《安雅堂集》，寒家中落，此圖不知流轉何處矣〔八〕。

〔一〕刻本無「題」字。注作「禹之鼎寫」。

〔二〕刻本注作：「漁洋詩以顧仲瑛相儗，最精切，起二語即用其意。」未録詩。

〔三〕刻本無「久而失之，今顧氏所藏者獨此卷存耳」二句。

〔四〕刻本無「凡」字。

〔五〕「乃卷中獨無詩，惟卷首有分隸書」，刻本作「卷中無詩，惟卷首隸書」。

〔六〕刻本注作：「陶雲汀中丞、梁茝林方伯重葺滄浪亭，復於西偏建名賢祠，以顧君湘舟所繪名賢像勒諸石，先生與其尊人吏部公皆與焉。」

〔七〕刻本無「榷關蕪湖時」五字。

〔八〕刻本無「詩載《安雅堂集》，寒家中落，此圖不知流轉何處矣」數句。

題顧杏樓水部小小秀野圖〔一〕

三雅堂中高士宅，醉裹狂歌拓金戟。茂京遺迹嘆飄零〔二〕，剩有奇礓數峰石。三忠祠畔幽人居，肆頭游戲壺公壺。九華電轉落誰手，恰曾摹取真形圖。丹青已失園林在，圖畫雖存池館改。江南薊北兩浮雲，留得高名滿人海。百年今見作詩孫，捧研長懷手澤存。宦迹真同依樣畫，君以庶常改官，與俠君先生同。浮家還戀舊巢痕。水曹只合親杯斝，籍甚才華掩群雅。怡園權割屋三間，君寓北半截胡同〔三〕。覆簣依然開秀野。花前酌我金叵羅，興酣手拍銅斗歌。綠天露洗愁心淨，紅葉秋隨客夢多。白雲迴首紆南望，君有南望白雲圖。茂葵窠石都無恙。江左家風世德傳，蘭成何事添惆悵。君不見西鹿城頭載酒游，一時耆宿盡名流。圓沙禊叙無人記，寂寞當年傳是樓。遂園脩禊圖，禹鴻臚爲健菴先生寫，錢圓沙作記，今尚藏徐廉峰前輩家。聞其園已屬錢唐龔定庵舍人矣〔四〕。又不見李廣橋邊樹陰翳，路人遥指南沙第。繞屋清溪蒲稗荒，皛翁浴水門長閉。空中彈指成樓臺，流光轉眼飛劫灰。琴尊歌舞安在哉，文章富貴皆塵埃。君今且賃梁鴻廡，何時歸築雲卿圃。粉本底須倩人補，卷中尚無圖，君語余將求名手補之。考小秀野卷，亦先有詩而後補圖，然余竊謂惟令名可不朽耳，昌黎所云「畫與不畫，固不論者也」〔五〕。努力揚芬足千古。

〔一〕刻本無「題」字。

〔二〕「京」刻本作「陵」。

〔三〕刻本無此注。

〔四〕刻本無「聞其園已屬錢唐龔定庵舍人矣」句。

〔五〕刻本無「考小秀野卷」以下數句。

魏笛生師命題錢南園先生灃臨爭坐位帖〔一〕

利鈍能安命，先生詩云「時命有利鈍」〔二〕，此意久所體。精誠自格天。至今公論在，當日主恩全。緬想貞元代，虛捐魯國賢。臨池感身世，應爲一潸然。

誰壞朝廷事，艱危忍具論。握拳透爪勢，墜石屈金痕。欲使官常肅，因之國體尊。怡然聽講者，能不愧朝恩。

〔一〕刻本無「位」字。

〔二〕「有」，刻本作「在」。

林少穆方伯將之楚北出其尊人暘谷先生飼鶴圖索題即以送別

我昔驂羽客，閩嶠高翺翔。三山莽超忽，海氣侵衣涼。袖中浮邱經，局促拘圓方。忽聆九皋奏，逸韻諧清商。謂是仙人驥，羅致貢帝鄉。少穆之弟雨人乙酉出余門下〔一〕。却訪華陽逸，言登竹林堂。仙人不可見，竚立空彷徨。松濤九月寒，竹影千夫長。庭前雙鶴舞，皎皎積雪光。一游碧落上，羽衣輝廟廊。瑶臺盤隼鶚，玉樹和鸞皇。遂整摩天翮，覆蔭吴越疆。嗸嗸鴻集澤，喈喈鳫在桑。填河感靈鵲，翛然下宣房。銜石功既就，斂翼歸崑陽。呼之有難色，葭岸秋蒼蒼。一憩青田側，標格何昂藏。明心抱清迥，奇氣含淑祥。小鳴迭應和，先生著有《小鳴集》。潔白聲彌彰。顧念馴養恩，河海深難量。朝饑吸霞采，暮渴餐雲漿。下視百鳥飛，飲啄何其忙。一朝仙人去，散擲瓊靡粻。雲中三神君，招手來江鄉。緱嶺尋鳳侶，茅山聯雁行。迴看丹竈畔，躑躅悲寒霜。一鶴守邱樊，一鶴翔建章。鵠頭度荆鄂，鷁首浮蘄黄。渚宫舞蹁躚，赤壁簫悠揚。高樓切霄漢，飛鳥上武昌。渺然真靈降，仿佛拖虹裳。撫琴江水咽，警露心難忘。

〔一〕刻本注云：「少穆之弟雨人爲余典試所得士。」

龔季思前輩由閣學晉升少宗伯詩以奉賀謹次大阿哥元韻庚寅七月二十一日〔一〕

曉簇仙班侍九重，俄傳新詔墨猶濃。是日上御門聽政，先生以閣學奏事，退後即奉升擢之命〔二〕。商霖群頌侍郎雨，是日辰刻大雨如注〔三〕。學海久推儒者宗。他日滋培遍桃李，于今人物仰模鎔。龍門地峻清如水，絶少親知載酒從。直廬閟邃，門庭寂然，真不減向敏中大耐官職也〔四〕。奪席爭誇五十重，三天七載被恩醲。河潼秋色來關右，乙酉秋〔五〕典試陝甘。齊魯春雲拱岱宗。丙戌督學山左。鳳閣迴翔雙日直，鴻辭淹雅六經鎔。趨陪何幸遵儀矩，樗散〔六〕猶能橐筆從。

〔一〕刻本無「升」字，無注。

〔二〕刻本無「退後即奉升擢之命」八字。

〔三〕刻本注作「是日大雨」。

〔四〕刻本無此注。

〔五〕刻本無「秋」字。

〔六〕清稿本無「樗散」二字，據刻本補。

庚寅八月二日蒙恩充補日講起居注官大阿哥賜詩獎勖謹依元韻奉呈〔一〕

蓬山九載厠詞臣，清秩榮叨寵命新。聖學高深三鑑備，乾文炳焕六經陳。幸邀欽矚趨丹陛，長近天光侍紫宸。恭儉凛承申誡切，菲材何以答恩綸。

〔一〕刻本無「庚寅」二字。

敦甫師用大阿哥韻見賀謹疊和奉酬〔一〕

三天耆德仰台臣，黼黻鴻猷禮樂新。一代醇儒繼湯陸，千秋微義衍平陳。陶鈞庶彙斟元化，密勿嘉謨獻帝宸。中夜整冠頻聽漏，師每遇奏事日，前夕宿澄懷園直廬，輒静數更籌，頻問晷刻。蓋敬事之衷倍嚴於進笏書思之際矣〔二〕。蒼生拭目佇經綸。

寒竽濫點紫微臣，法曲難追介雅新〔三〕。瑶笈未能三篋記，珠囊長願六符陳。談經愧我參蘭席，問禮隨公侍玉宸。退直更容陪杖屨，春風一室暖吹綸。

〔一〕刻本無「疊」字。

〔二〕刻本注作：「師每遇奏事日，前夕宿澄懷園，必靜數更籌，頻問晷刻。」

〔三〕清稿本脱「介」字，據刻本補。

酬許滇生前輩仍用前韻

金明視草屬儒臣，氣抱中和彩筆新。禁署由來重頗牧，家聲况復媲荀陳。星移鄂渚臨丹徼，乙酉秋典試楚北〔一〕，遂視學黔中。天近陪都扈紫宸。上年秋扈蹕詣盛京，往還逾兩月〔二〕。日下早占雲五色，君以第二人及第〔三〕。他時朝野待經綸。

〔一〕刻本無「秋」字。

〔二〕刻本無「往還逾兩月」五字。

〔三〕刻本無此注。

惠邸以詩見賀仍依韻上酬〔一〕

日理瑤編誦素臣，惠邸方治左氏〔二〕。學惟稽古義標新。鴻辭已洽三雍對，蘭席時勤五善陳。福地書聲聞上界，仙園花萼近中宸。虚襟靜契東平樂，長奉恩光被鳳綸。

〔一〕「仍依韻上」，刻本作「依韻奉」。

〔二〕刻本無「惠」字。

和季思前輩九日雨中遣悶

衡泥下直掩雙扉，蠟屐尋秋與願違。白酒誰將桑落餉，黄花更共雁書稀。入秋尚未見菊，家鄉消息亦數月不至矣。郎君東閣從長閉，給事西莊久未歸。咫尺城南千里隔，萸囊虚掛老萊衣。

庚寅九月二十四日蒙恩升授翰林院侍講大阿哥寵以詩章謹依韻仰答〔一〕

丹毫親御詔初宣，許列槐廳厠衆仙。臣志自期清似水，聖恩長戴大如天。書幃地接金鑾近，講幄班分玉案前。慚愧涓塵無補報，敢云三昧得名賢。

〔一〕刻本題作「九月二十四日蒙恩升授翰林院侍講大阿哥寵以詩章依韻奉答」。

惠邸用前韻見賀謹再依韻奉酬〔一〕

鏘然高唱八風宣，妙諦真參佛與仙。豈有微塵能坿岱，由來慧解本從天。論詩理悟無聲外，讀易精探未畫前。萬樹春花明似鏡，惠邸賜居鏡春園。盈疇蘭蕙願親賢。

〔一〕刻本無「謹再」二字。

酬敦甫師三疊前韻

絶無絲竹款彭宣，頑石都成蜕骨仙。任爾百川能學海，依然五曜自經天。夢嫺秋駕馳驅外，人坐春風几杖前。他日群倫遍陶冶，更看高館築欽賢。

季思前輩攝少司空詩以賀之四疊前韻

爽鳩五正紀朱宣，兼判新歸紫府仙。戊校籌邊通月窟，亥珠呈瑞過霜天。時西陲用兵，冬曹籌辦軍裝務正繁劇〔一〕，東南兩河臣俱報安瀾矣〔二〕。錢流少府持鞭算，册補周官借箸前。微秩自慚寒徹骨，絲綸同下忝陪賢。是日余亦被升侍講之命〔三〕。

〔一〕刻本無「冬曹」二字。

〔二〕刻本無「臣」字。

〔三〕刻本無此注。

酬季思前輩五疊前韻

欒泉分酌似王宣，耆碩同推玉局仙。坐石倒聽楓葉雨，衝泥相訪菊花天。鑾坡退食高春後，龍樹開筵落照前。若仿小滄浪韻事，畫圖不數竹林賢。前年陶雲汀、梁茝林諸前輩集壬戌同年於江蘇撫軍署，作小滄浪七友圖，近先生亦集壬戌同年十人於龍樹寺，將補圖紀之〔一〕。

〔一〕刻本注作：「前年陶雲汀前輩集壬戌同年作小滄浪七友圖，近日先生亦集壬戌同年十人於龍樹寺，補圖紀之。」

述懷六疊前韻

攬鏡頻看髮半宣，不求名利不求仙。閒庭蓺蕙留餘地，淺水垂綸學信天。知過每從臨事後，多言常恐占人前。平生未識杯中趣，清濁誰分聖與賢。

敦甫師調任大冢宰謹依大阿哥原韻奉賀

直清耆宿重容卿，位晋三曹渥澤宏。曾判東銓留藻鑑，師前任少宰，吏皆服其公明〔一〕。重司南院仰廉平。譚宜風月仙廬靜，履近星辰斗曜明。會見公忠承帝眷，金甌紗護御書名。

〔一〕刻本無此注。

十二月十九日雪後用東坡尖叉韻示兩兒

縞帶銀杯句近纖，輸他禁體十分嚴。投籤聲澀逢逢鼓，讀曲腔翻昔昔鹽。乘興思浮王氏艇，尋春時倚謝家檐。黑金價貴無人送，石鼎吟成語帶尖。

錯認錫梓薦膠去聲。牙，奴星豫結送窮車。癡兒縛帚偷模帖，嬌女裁箋學製花。苔砌冷封留待伴，瑶臺春近欲移家。時將移居旃檀寺右。松醪好供坡仙像，一塊青蚨脱畫叉。

卷十〔一〕

〔一〕清稿本此處浮簽僅云：「知止齋詩鈔卷第」，蓋欲從此處分卷而未填寫卷數，此據順序補填「卷第十」。按刻本卷十亦自此始。刻本「卷第十」下注：「古今體詩一百二十八首。起辛卯在直廬，其年分校秋闈，壬辰典四川鄉試，還京後奉命督學江西，癸巳、甲午按試畢，受代還京作。」

澄懷集

重光單閼（辛卯）

王藝齋丈家相觀察南汝述職入都訪我澄懷流連信宿臨行出夜燭治書圖索題走筆作歌即以送別〔二〕

先生授書坐青氈，夜吟刻燭雲母寒。閉門霜月滿兩廡，照見苜蓿長闌干。先生校書天禄閣，爇燭垂簾繙七略。銅龍夜靜漏沈沈，時聽宫鴉掣鈴索。先生治書冠神羊，黄樞議駁重夕郎。青驄籠燭朝天去，草罷封章夜未央。朅來整豸巡淮蔡，清恐人知常斷帶。手判爰書愷惻多，心持智燭光芒大。直轅鄖隘通夷庚，宛葉唐鄧連方城。節制遼闊界皖荆，山棚趫悍雜楚傖。販鹽椎剽奔麕麞，紅胡白撞尤猙獰。丸探赤白螳臂撑，此曹本是蚩蚩氓。胡視性命鴻毛輕，弗教洒競錐刀爭。先生字民如父兄，旁燭幽隱求其情。力鋤稂莠嘉禾萌，兩考已滿治譜成。三攝陳臬刑獄平，甘雨滿缶飛祥霙。狗生足氂牛服耕，衡石猶恐不中程。秉燭益厲精神清，申陽城下春宵明。刺桐花發蟾蜍盈，紞如衙鼓方三更。掾史魚貫花下行，後者抱牘前捧槧。洞開聽事當南榮，兩行官燭一几横。執燭旁侍俠老兵，燭然公鬚公不驚。據案直視兩目瞠，丹筆將下心怦怦。飛蛾緣撲脂膏縈，去死一線或可生。鉛水欲隨燭淚傾，按圖如聞嘆息聲。即今述職乘華轂，連宵就我澄懷宿。話到斜街聽雨時〔二〕，十年轉燭光陰速。壬午、癸巳間，先生移寓下斜街〔三〕，時余寓史望之侍郎邸舍〔四〕，相距纔百武。乙酉春，先生觀察南汝，兩公子留京邸待試〔五〕，割宅之半居余，先生寓有聽雨堂。挑燈讀畫直廬深，觸我高會槼矱心。焚香告夜存遺録，宦迹如雲不可尋。先大參公分守河陝時，著有《宏農告夜録》〔六〕。花之寺內花成市，折花壽公稱彼兕。南風之薰公行矣，汝墳棠茇道若咫。玉燭時和佐上理，行見璽書賜褒美。旌節重來覲金門，食報於身於孫子。歐陽崇公安足儗，郎君文戰秋風裏。燭盡三條劍光紫，更看泥金帖送喜。

〔一〕刻本題作「王藝齋丈家相觀察南汝述職入都過澄懷園流連信宿臨行出夜燭治書圖索題走筆作歌即以送別」，下並注「辛卯」。

〔二〕「聽」，清稿本作「話」，當係筆誤，據刻本改。
〔三〕刻本無「移」字。
〔四〕刻本無「望之」二字。
〔五〕刻本無「待試」二字。
〔六〕刻本無「著」字。

澄懷園直廬去年有燕巢成即去今年四月忽來棲止且將雛焉感而有作

落花如雪竹遮門，絮語梁間月又昏。一別怕迷仙島路，重來還認舊巢痕。窺簾剩有琴書在，繞樹都無伴侶存。不是枝棲無覓處，低徊終戀主人恩。

送李東原同年儒郊典試湖北

相門才子播清芬，玉尺裁量鄂渚文。江漢波瀾同到海，荆襄冠蓋本如雲。南溟氣靜台光近，時年伯鹿苹節相駐兵瓊海，剿撫黎夷，事竣將入覲〔一〕。西塞秋高月影分。元老朝天星使出，一時人望總輪君。

繞城官柳暮煙開，鬱鬱都成杞梓材。仙筍新班千里曙，甘棠舊蔭十年栽。鯉庭曾却胡威絹，龍節還臨宋玉臺。夾道聚觀香案吏，隴西公子又重來。年伯節制兩湖時，君曾省親官舍〔一〕。

好上南樓望庾樓，黄州東下即江州。還家恰喜雙旌駐，上壽仍容十日留。難得蘐華榮八座，更看棣蕚燦三秋。新昌儻領生徒宴，定有佳篇互唱酬。

三庚觸熱駕鋒車，惜別還來過直廬。菡萏初敷迎客笑，瑯玕共識此心虛。迂疏我自慚無似，岑寂君翻羨不如。若見士元煩問訊，可能遥寄武昌魚。指龐星齋大令。

〔一〕刻本注作：「時尊公鹿苹節相駐兵瓊海，剿撫黎夷。」

〔二〕刻本無此注。

全城圖詩並叙

圖作於康熙甲申六月，紀金別駕捍高郵水災績也。絹本，高一尺七寸二分，長七尺五寸二分。繪圖者武林謝楚玉璞、淮陰張又浦烈〔一〕。別駕不知其名，據卷中州人吴西村世燾叙稱〔二〕，其字爲景翁，然里居出處不可考矣。其叙曰：揚州別駕金公鎮郵之明年，歲在丙子。自夏徂秋，淫雨彌日夜，颶風震雷交作，河水暴溢，直薄城下。西南隅接大湖，地勢卑薄，岌岌乎不可終日。公捐俸購木，選健卒，懸重賞，率吏民堅築兩關，上下闉闍，履行泥淖中，凡三晝夜，城卒以全。又設廠煮糜〔三〕，全活無算。然卒以河事見累，摧抑頓挫者數年而不復，同時盡瘁協恭者知州事謝公晋石、營備馬君子襄云。叙後題者凡十四人〔四〕：其甥李禹脩方勤、吴都吴荆山士玉、甬東全謝山祖望、晋江陳謙季萬策、湘潭陳慈田樹萱、桐城張硯齋相國廷玉〔五〕、同江李鐵眉鍇、榆山淩新齋以煥、有參知政事印〔六〕。汲林阿相國克敦、有四渡東瀛兩馳絶域印、又有大廷同心九區方面印〔七〕。脩江李紫庭鳳翥、海寧陳蓮宇世倌、□□韓近宸光基〔八〕、湘中丁澹筠一燾，自阿相國以下，皆乾隆年間追題者也。

廷議紛紜未息爭，築堤疏濬兩無成。文襄徂謝襄勤去，又聽哀鴻亂叫聲。康熙乙丑，于襄勤以安徽按察使督理下河，請濬海口故道。時靳文襄爲河督，請於下河築堤，束水入海；又請於高堰築重堤，束淮入清口，則下河自無水患〔九〕。議不合，襄勤旋擢直撫去，臺諫交章劾文襄，文襄卒獲譴罷〔一〇〕。壬申文襄復任，未幾卒，襄勤代之，乙亥以憂去官，此皆丙子以前事也。使當時廷臣和衷共濟，疏築兼施，則淮揚七州縣之生靈，或可早紓重困歟。

村墟卷盡吏民奔，河伯西來氣欲吞。留得州城如斗大，有人屹立似王尊。

宦迹銷沈百卌年，里居名字總茫然。他時重訂秦郵志，合酹寒泉配水仙。

西華賣卜劇淒涼，斷素飄零更可傷。廉吏果然爲不得，輸他優孟代登場。卷中李君鳳翥詩云〔一一〕：「年來令子隱垂簾，談天名噪長安市。」

伊廬山腹石沈舟，八寶城頭蜃吐樓。我亦傷心似廉范，怕看淮海荻花秋。嘉慶丙寅五月，開王營減水壩洩黄，北注六塘，河隘不能容，海州平地水深數丈。先人捧檄渡民高阜，乘小艇入大伊山寺，觸石幾碎。庚午先人卒，余扶匱還鄉，舟至寶應，適運河堤潰〔一二〕，全家性命幾葬魚腹。僅而獲免，每過邗溝，未嘗不潸然淚下也〔一三〕。

〔一〕刻本無「絹本，高一尺七寸二分，長七尺五寸二分。繪圖者武林謝楚玉璞、淮陰張又浦烈」數句。
〔二〕刻本無「卷中州人」四字。
〔三〕「糜」，刻本作「米」。
〔四〕刻本無「叙後」二字。
〔五〕刻本無「硯齋」二字。
〔六〕刻本無此注。
〔七〕刻本無此注。
〔八〕刻本無「□□」。
〔九〕刻本無「則下河自無水患」七字。
〔一〇〕刻本作「文襄獲譴罷」。
〔一一〕刻本無「君」字。
〔一二〕刻本無「適」字。
〔一三〕刻本無「憧而獲免，每過邗溝，未嘗不潸然淚下也」數句。

分校京兆秋闈用壁間王衷白先生韻呈芝齡師

璇杓光曜夜堂深，共仰持衡五度臨。履上星辰仍舞綵，手栽杞梓已成林。當年奏第雲呈瑞，此日司文露是沈。令節更欣恩命下，清純原早契天心。

和張詩舲農部祥河闈中即事原韻

三天西望接樞廷，散直過從挹德馨。東閣十年人話雨，己卯、庚辰間余與君同客大庾相國邸第〔一〕。南閩兩度使占星。乙酉、戊子余與君先後典福建秋試〔二〕。君陪豹尾吟長白，己丑秋君扈蹕盛京，有《瀋陽紀行詩》〔三〕。我到羊城寫汗青。今日秋堂聯席坐，余分得第六房、君第八房，坐次最相近〔四〕。霓裳法曲好同聽。

〔一〕刻本無「余與君」三字。
〔二〕刻本無「余與君」三字。
〔三〕刻本無「有《瀋陽紀行詩》」六字。
〔四〕刻本注作「余第六房、君第八房，坐次最近」。

九月四日校文已竣即事和李文園同年棠階韻〔一〕

鏁闈又到暮秋天，攬鏡驚添髮半宣。鬱鬱寒灰三篋裏，三場落卷分爲三箱存貯〔二〕。蕭蕭冷雨十年前。已看鳳羽翔千仞，恐有驪珠墜九淵。駿骨自來無定價，燕昭齊景果誰賢。

〔一〕刻本題作「九月四日校文已畢和李文園同年棠階韻」。
〔二〕刻本無「存貯」二字。

再疊壁間王叓白先生韻贈況少吴同年澄〔一〕

寂寂西廳鏁院深，編珠恰映斗杓臨。君與文園及余皆壬午同譜，此次同分校，俱占會經堂西偏三楹〔二〕。歲云秋矣驚蓬鬢，我所思兮在桂林。君臨桂人。八樹參天雲皎皎，令弟在籍應秋試，君有詩憶之〔三〕。一聯夢草夜沈沈。哲昆馳聲芸館，與君同寓永光寺西街〔四〕。吾鄉賢守君家最，清白相期證此心。

〔一〕刻本題作「再疊壁間韻贈況少吴同年澄」。
〔二〕刻本注作「君與文園及余壬午同譜」。
〔三〕刻本無「君有詩憶之」五字。
〔四〕刻本無此注。

三疊壁間韻贈文園〔一〕

十載鷗盟氣誼深，輸君萬里快登臨。兩川文物花如錦，六詔清才竹是林。乙酉秋君典試西蜀，即視學滇南〔二〕。歸日輕齋餘款段，中年道力更深沈。蘇門正學今誰紹，與子同懷仰止心。

〔一〕「壁」，清稿本誤作「韻」，據刻本改。

〔二〕刻本無「秋」字。

辛卯除夕前數日恩福堂盆中白菊四本盛開煦齋師屬姚伯昂閣學元之繪圖志勝並命同人賦之〔一〕

玉笥山頭化鶴身，無言澹對卷簾人。百年幾見三花秀，一笑須酬萬户春。瓊島瑶臺忘色相，霜筠雪竹門精神。孤芳終荷東皇寵，又報靈苗取次新。

春風作意護秋香，斗覺壺中日月長〔二〕。坐上看花都四照，人間有菊即重陽。崢嶸晚節冰霜氣，爛漫新篇鐵石腸。迴向海幢參淨業，蒼林應供水仙王。

〔一〕刻本題作「除夕前數日恩福堂盆中白菊盛開煦齋師屬姚伯昂閣學元之繪圖志勝命同人賦之」。

〔二〕「斗」，刻本作「陡」。

張淵甫同年生洲屬題靜觀齋四圖[一]

却埽讀書[二]

鱺辰弄柔翰，功名患不早。壯志惜蹉跎，忽忽身已老。出門事交游，苦被俗子惱。衣塵日黕涴，硯水長枯槁。厭聽車馬喧，倍憶園林好。不如歸閉關，三徑猶可埽。坐擁萬卷書，精心縱深討。遥情嶺上雲，生意窗前草。此中有真樂，肯向外人道。陋哉陳仲舉，鼓吹滿襟抱。

停琴遲友

林薄曖將夕，虚筵素琴張。所思期不遠，聊復彈清商。一彈松風靜，再彈竹露涼。佳人殊未來，蟾輝滿高堂。起舞掩瑶軫，巡檐獨彷徨。沈沈玉漏斷，皎皎銀漢光。軒軒檻外鶴，鬱鬱鑪中香。尚恨餘音繞，娵隅躍橫塘。蕿倒有至理，攫醳已坐忘。願言覯牙曠，飛鴻高頡頏。

春郊放牧

春風吹平蕪，宿雨沐芳甸。晴曦彩葱曨，紅杏爛明絢。晨興驅烏犍，寢訛適所便。坡陀乍升降，林坰互隱見。黄犢隨母嬉，掉尾似相戀。長笛出遠村，悠然玩物變。笠澤煙濛濛，土膏勝陽羨。西疇將舉趾，暫息荷鋤倦。呼兒理蒲編，身甘叱牛賤。勿作寧戚歌，勿讀項羽傳。

山居種樹

結廬倚穹谷，窅曠無四鄰。形骸泉石散，氣味草木親。不種桃與李，不種荆與榛。桃李易飄零，荆榛刺著人。青松三萬栽，戢戢帶露新。會看十年後，皆作虯龍鱗。既供丁推税，亦救子孫貧。我辭家山久，豈免猿鶴瞋。何當從子去，並宅吴江濆。宅間植交讓，共享無邊春。

〔一〕刻本無「屬題」二字。下注「壬辰」二字。

〔二〕刻本詩題在詩歌後，以下三首同此。

題沈聽篁太史鑅臺花吟卷〔一〕

聽篁少時隨宦臺陽，除夕庭下十三種花同時盛開。十三種者，梅、桃〔二〕、蘭、桂、荷、菊、山茶、水仙、石榴、佛桑、茉莉、蒴春羅、美人蕉也。既作長歌，復屬江石如介圖之，遍徵同人賦詩〔三〕。

祝融海外司花命，萬花不受花王令。一年花盡迎年開，翻訝中原時節正。赤嵌城峙東瀛東，沐日浴月撑鴻濛。淋漓元氣閟不泄，獨於草木收全功。聽篁先生今作者，收拾群芳歸赤雅。已將粉本屬江郎，更發清吟補幾社。徐孚遠有海外幾社之集。飛身鰲背過鯤身，吟花貌出花精神。福臺花木添新詠，合讓東陽姓沈人。沈斯庵寓居臺陽，與諸寓公結社，稱福臺新詠。又有《花木雜記》、《臺灣》、《東海》等賦。三山我亦曾游遍，東望溇娑洋似練。閒騎仙蝶上羅浮，却泛星查到瓊甸。木棉十丈珊瑚枝，寒梅六出尤瑰奇。蘭名賀正蓮四季，男青女節開同時。炎洲花事真無匹，苦吟慚乏生花筆。輸君舌底妙蓮花，標置臺花稱第一。即今羲馭停蓬壺，玉堂清暇一事無。維摩丈室天花散，笑指訶林對曼殊。君年已六十而有妾，甚少艾，故戲及之〔四〕。他年旌節踰蠻嶂，衆香國裏花爲障。一朵名花一首詩，寫遍嵇含草木狀。

〔一〕刻本無「題」字。
〔二〕「梅、桃」，刻本作「桃、梅」。
〔三〕刻本少「遍徵同人賦詩」六字。
〔四〕刻本無此注。

岷峨集

壬辰

涉滱水

沙白晴吹雪，暾紅樹掛鉦。山連高是麓，水抱左人城。淺渡無須砯，平原不可耕。東坡遺法在，疇爲濟蒼生。

趙他祖墓

含洭尋陘劃然開，朝漢千秋尚有臺。豈必神威行絶域，端由大度服群材。霸圖已許延三世，故國終存土一坏。他日灞陵原上過，斜陽蔓草使人哀。

宿壽陽

清濁雙流合，芹泉此濫觴。城高臨馬首，徑曲繞羊腸。古驛仍蟾魄，叢祠問蚮蚄。中宵抱雲卧，塵夢亦清涼。

壽陽懷祁淳甫學士[一]

禝釚亭下路，吾欲訪祁嘉。可惜幽居好，斯人不在家。朝天籠鳳燭，計日泛星查。屈指歸程蚤，還應醉菊花。

〔一〕「淳甫」，刻本作「春浦」。

壽陽驛作家書竟戲題書尾示大兒〔一〕

忽忽傳語報平安，更説山城六月寒。恰似江南秋雨後，鞠花時節擘尖團。諺稱冷壽陽，洵非虚語，曉行服重棉，猶寒砭肌骨也〔二〕。

〔一〕翁宗慶藏詩稿長卷此處多「用昌黎韻」四字。刻本無「竟戲」二字。

〔二〕刻本注作「諺稱冷壽陽」。翁宗慶藏詩稿長卷注作「諺稱冷壽陽，洵非虚語」。

榆次道中戲作〔一〕

飛轂方成蟲，黄熊又入門。晋廷多少士，不及石能言。

〔一〕刻本無「戲作」二字。

過平遥

巖邑中都舊，晨曦蕩紫氛。煙開汾曲樹，晴射麓臺雲。闤闠皆祈澤，郊原正趣耕。我行方憚暑，況值旱如焚。

韓侯嶺淮陰侯墓[一]

雲夢成禽後，胡爲起殺機。嫉心生吕雉，得間誤陳豨。烹蒯終何忍，安劉計已非。大風思猛士，隆準亦沾衣。

〔一〕刻本題作「韓侯嶺」。

司馬文正故里[一]

中年引退一身輕，晚出群欣致太平。老僕自呼君實字，路人都識相公名。黨人碑冠朝堂籍，獨樂園羅洛社英[二]。天遣老成凋謝蚤，終令紹述誤蒼生。

〔一〕翁宗慶藏詩稿長卷題作「過司馬文正故里」。

〔二〕翁宗慶藏詩稿長卷此兩句作：「已將秕政除安石，能以虚懷用蔡京。」

過曲沃贈鄭雲壑同年秉恬

六年不見鄭夫子〔一〕，入境欣看德澤新。民逸早知爲政静，地饒難得有官貧。祈來時雨蘇枯稼，時久旱，前一日澍雨霑足〔二〕。栽遍甘棠蔭暍人。道旁新植榆柳〔三〕。一笑横汾清徹底，輸君沾溉更無垠。

〔一〕「六」，翁宗慶藏詩稿長卷作「幾」。

〔二〕刻本注作「時久旱得雨」。

〔三〕翁宗慶藏詩稿長卷注作「道旁新種樹」。

蚤發蒲州

行盡並州到雍州，河聲天外向南流〔一〕。夢回太華日初出，襟上中條雲未收。白雪成堆鹽澤廢，緑陰如幄柿林稠。上公勉爲蒼生駐，旌節猶明鸛雀樓。時長公相齡以勘蒲灘案駐此，已八日矣〔二〕。

〔一〕「南」，翁宗慶藏詩稿長卷作「東」。

〔二〕刻本無「已八日矣」四字。

風陵口渡河和滋園同年韻

清渭東來此合流，巨靈高掌擘深溝。濤奔黄巷包潼水，樹隱青山走虢州。轉漕空懷劉晏績，駪征喜附李膺舟。平生廿度安帆濟，未抵今番快壯游。

華陰道中

茫茫清渭繞城隈，極望風煙四面開。華岳高擎秋隼出，秦雲低擁美人來。五千文字留仙術，百二河山感霸才。玉露淒涼金掌折，寒蕪誰問集靈臺。

宿興平

隴蜀分途處，斜陽小駐驂。浮雲極西北，秋色滿中南。萬井豐碑矗〔一〕，三秦王氣含。廢邱殘壘在，吾欲笑章邯。

〔一〕「豐碑矗」，翁宗慶藏詩稿長卷作「清泉溉」。

馬嵬懷古

始平原下暮雲秋，千古傷心土一邱。贏得淒涼南内日，紅桃和淚按梁州。
望帝聲聲念故鄉，荒墳誰奠荔支筐。輸他隴口能言鳥，猶向空山問上皇。

馬伏波墓

矍鑠人誰念此翁，功名可惜不能終。巖巖銅柱炎荒外，跕跕飛鳶潦霧中。圖像竟難陪列宿，家山空自憶扶風。南方從古膏脂地，薏苡明珠憾未窮。

秦穆公墓

霸業銷沈草色萋，幽宫長閟槖泉西。坑儒禍已開黄鳥，易代人猶祀碧雞。兩世兒孫皇帝貴，一篇文字典謨齊。祇今宰木荒涼甚，地下應慚百里奚。

弄玉吹簫臺

瑶筐偃蹇有娀來，鳴鳳千秋尚有臺。天上方能求快壻，人間畢竟少仙才。簫聲縹緲人何在，鸞駕蹁躚事可猜。不見漢家尊五利，金枝零落劇堪哀。

寶雞道中

吴山望不極，汧渭自雙流。落日磻溪上，秋風隴水頭。神叢鳴彩雉，文梓鬥青牛。明日褒斜路，荒雞叫未休。

雨度大散關

秋雨陳倉道，西風大散關。一丸封隴蜀，兩戒劃河山。大壑龍蛇伏，清時虎豹閒。雷聲聽隱隱，知在翠微間。

暮雨抵黄牛堡

漠漠天將暮，陰陰雨又來。飛梁穿厂滑，沓嶂卷風回。冷結千秋雪，濤奔萬壑雷。迍邅信如此，陟屺發長懷。

鳳縣立秋

多情宋玉不禁秋，況復銷魂住此州。萬疊雲山皆北拱，一條江水向西流。藏彄難覓虀芽手，洗盞誰傾竹葉篘。無那金絲數行柳，挼煙綰雨伴人愁。

紫柏山謁留侯祠

古木空山白晝陰，棧雲如火尚沈沈。商顏綿亘鳥孤逝，滄海歸來龍一吟。借箸偶然成漢業，授書祇有報韓心。先朝伏臘存卷石，誰識君侯用意深。

望諸葛忠武侯墓

定軍山下路，晴晝起風雷。天漢清何極，炎劉運不回。龍興曾此地，魚復有空臺。一卧成千古，長懷管樂才。

沔縣蚤發

落月金盆側，秋風玉漏殘。曉行清沔上，前路棧雲寒。野市人方夢，陰蟲語漸酸。漢南楊柳色，相送淚闌干。

大安驛雷雨

潭毒山頭黑蜧横，龍門山下白雲生。卷來風葉三泉涌，併作天瓢萬斛傾。雌霓連蜷環廢壘，雄雷砰磕鬥空城。驚湍千載長嗚咽，猶寫神弓霹靂聲。

百牢關

丹壁千盤峻，蒼厓萬仞磨。北來秦地盡，南去蜀山多。水劃東西漢，雲連大小峩。嘉陵江咫尺，愁絶聽渝歌。

寧羌夜雨

棧道綿綿雨，真成小漏天。棧雲連樹動，崖溜入江圓。電掣金蛇急，山圍白馬偏。明朝泥淖裏，跋馬向西川。

廣元道中

嘉陵江上路溟濛，變態陰晴不定中。連日厭聽氐道雨，新涼初試利州風。秋光漸入烏奴瀆，雲氣時疑赤岸通。九十九峰明滅處，孤城一角夕陽紅。

皇澤寺則天石像同滋園作

金輪感孕此江濆，遺像猶將寶篆熏。鏡殿一春飄夢雨，錦裙千古化行雲。繙成梵夾通三教，靜對蓮花豔十分。他日玉環還入道，武擔山氣總氤氳。

上亭驛懷古

風鈴響雜雨霏微，破碎河山淚滿衣。聽徹張徽歌一闋，何如汾水雁南飛。

登七曲山

連山抱西南，十日行不盡。既苦陟降艱，復被陰雨窘。今朝登七曲，詰屈走蛇蚓。螺旋徑蜿蜒，蟻附石菌蠢。隆然起崇岡，突兀起高囷。呀然劃深谷，窈窕俯虛牝。虯幹蟠松椿，龍鱗錯原畛。潼川從西來，一髮向南引。群峰如連墻，四面列闌楯。陰陽迷向背，出没見秋隼。明霞天際横，五色燦芝菌。極望青濛濛，雲物正遒緊。看山我已厭，何苦擢肝腎。欲訪石盤陀，秋深理回軫。

綿州

山郵行盡到綿州，不見岧嶤帝子樓。巴嶺西來如玦斷，涪江東去抱城流。録参廳上丹青黯，漁父村邊草樹秋〔一〕。記取澹煙喬木句，涼風吹雨使人愁。

〔一〕「樹」，翁宗慶藏詩稿長卷作「木」。

綿州道中遇雨

漠漠濃陰布，山行路欲迷。涼風吹劍外，飛雨過巴西。野橘垂梢重，香秔厭穗低。幽篁青不斷，又聽鷓鴣啼。

自入褒斜道，兼旬驛路過。陰晴秋氣换，雷雨峽中多。黴上征衫黯，愁添客鬢皤。老親京國夢，念我更如何。

渡清白江

昔年持使節，曾飲石門泉。今日清江上，重吟諭蜀篇。臣心如此水，芳躅企前賢。並乏琴兼鶴，焚香願告天。

闈中贈郭古樵同年彬圖即用其集中韻

小隊遥分孑孑旄，相逢一笑果吾曹。筍班已見三枝秀，君戊子分校所得士，今春成進士者三人〔一〕。玉尺欣看兩度操。十載京華容我懶，一時文望讓君高。鏁闈更喜添佳話，李郭同舟快此遭。君與李滋園皆壬午同年。

〔一〕「成進士」，翁宗慶藏詩稿長卷作「登第」。

闈中題畫蘭爲滋園同年作〔一〕

筆底生香蘸嫩藍，秋深同聽鹿鳴三。與君細向江皋擷，莫遣孤芳老劍南。

浣花溪畔發幽馨，無數秋山擁髻青。試吸紅雲開夜宴，錦亭應更勝蘭亭。

〔一〕刻本無「同年」二字。翁宗慶藏詩稿長卷題作「閨中題畫蘭爲滋園同年作即和其韻」。

題畫梅竹二首爲古樵作〔一〕

折得春風第一枝，廣平心事有誰知。藐姑冰雪神仙格，不似孤山野鶴姿。解首出君房〔二〕。

牽蘿補屋動幽情，翠袖微寒薄暮生。莫更臨風憶空谷，出山泉比在山清。

〔一〕刻本無「二首」二字。

〔二〕「首」，翁宗慶藏詩稿長卷作「元」。

綿州遇雨

豆子岡頭瓦鼓秋，陽平關外雨如油。歸程重踏綿州路，怕聽渝歌惹暮愁。

宿馬道驛

孤館枕烏櫳，濤聲聒耳聾。亂山圍馬道，使節駐牛宮。月黑龍蛇窟，風號虎豹叢。當年國士去，應更嘆涂窮。

晚渡渭抵寶雞

行盡蠶叢路，前旌指鳳翔。煙籠秦樹小，天接隴雲長。清渭生秋水，高原倚夕陽。回看益門道，薄靄暮蒼蒼。

閏重九日游鳳翔東湖〔一〕

千畝湖光映蔚藍，忍教劫劫不停驂。百年幾見閏重九，一到真如歲滿三。便覺禽魚似濠濮，好尋杞菊學彭聃。簡書催我紅塵去，垂釣何由解佩簪〔二〕。

〔一〕刻本無「日」字。

〔二〕翁宗慶藏詩稿長卷題作「閏重九日游東湖」，且少「簡書催我紅塵去，垂釣何由解佩篸」兩句。

安邑道中〔一〕

板橋茅屋露微茫，驛路斜臨涑水長。狸製冷黏三里霧，馬蹄寒蹴五更霜。千林錦纈凝煙紫，一點金丸鑄橘黃。

〔一〕刻本無此首，按翁宗慶藏詩稿長卷和清稿本原詩皆似少兩句，待補。

晨發介休

殘月輝輝欲四更，參旗獵獵正西横。衣黏霜彩濃于染，人踏冰花碎有聲。漸覺遠鐘鳴野寺，回聽殘柝靜嚴城。綿山此去無多路，何日攜鋤託耦耕。

憩長新店和壁間韻〔一〕

萬里峩岷路，三秋驛騎歸。纔看寒月滿，又逐冷雲飛。晴嶺雪光壓，凍荄春意微。未成將母願，回首寸心違。

〔一〕刻本詩題作「出都憩長新店和壁間韻」。按清稿本詩題上標「壬辰」二字。

元作〔一〕

日日望鄉國，今朝始是歸。重城驅馬去，滿首又塵飛。草木積秋氣，煙雲繞翠微。生涯付長路，歷歷壯心違。

款題星甫，書法亦佳。

〔一〕刻本未附「元作」。

涂次即事

西南風太急，薄暮氣沈冥。落日痕逾淡，寒山夢不醒。鴉歸城角黑，雀啅草根青。乞食者誰子，哀嗸不可聽。

宿良鄉

浩蕩辭京闕，今宵第一程。卷簾看皓月，孤館枕高城。去國心常戀，思親夢不成。羊燈揺靜影，伴爾淚縱横。

十二月望雄縣立春即事感懷偶成長律

寒律迴雙管，陽和遍八圻。一年添閏莢，兩度見春暉。殘臘喧村鼓，高城颺繡旂。冰輪圓皎潔，綵勝翦芳菲。願我持華節，連番出帝畿。撫時欣永日〔一〕，惜别轉長欷。憶昨趨金殿，清班近紫微。每逢嘉節至，親捧御書歸。退食雖無暇，承歡喜不違。飣盤羅陸橘，宫錦舞萊衣。荏苒過駒隙，倭遲策駟騑。岷峨秋歷歷，秦鳳柳依依。萬里朝丹陛，三天侍絳幃。豈期周月琯，又復拜恩輝。江右揚瀾隔，燕南雨雪霏。未成去京邑，衹是戀庭闈。妙藥從醫乞，遐齡向佛祈。寸心隨草長，極目望雲飛。鯉淀微微泮，狐蹤漸漸稀。暄妍蘇土脈，駘蕩斂風威。暖意枯荑覺，含芽宿麥肥。背人憎去雁，夙駕唱呼豨。壯志銷軒冕，浮生困靮鞿。空懷潘岳賦，那免楚人譏。笠澤多魴鯉，虞山有蕨薇。何當事耕釣，養志息塵機。

〔一〕清稿本脱「欣」字，據刻本補。

景州道中大風寒甚和石生契蘭韻

不勞從事覓青州，且向平原問督郵。一酌衝寒湯沃雪，三更投店屋如舟。清笳悲壯添離緒，臘鼓喧闐起暮愁。明日采風到齊壤，更須詛祝聽姑尤。

即事感懷再和前韻

壯游行遍十三州，歷歷山郵更水郵。歲月侵尋催短鬢，江湖浩蕩有扁舟。歌成苞杞彌增戀，聽到哀鴻轉益愁。試向東南望星氣，天欃應已埽蚩尤。

劉智廟和壁間韻

征軺歲暮又天涯，遥指西江路尚賒。去國有心常戀闕，思親無夢不還家。鴻泥十載留陳迹，桃李三春待吐花。謂閩粤蜀諸子。愁絶上元燈火夜，潯陽江上聽琵琶。

張詩舲觀察以秋闈提調詩見示即次元韻奉酬〔一〕

嘉陵江上泛扁舟，余今秋典試蜀中〔二〕。赫奕輪君擁列騶。萬里晴宵同皓月，連年試院過中秋。去年與君同分校京兆秋闈〔三〕。錦囊定有千篇富，蠟燭頻添五夜休。余在蜀闈中手搜落卷近七千〔四〕。遥想明湖煙樹好，風光應勝浣溪頭。

駪征雨雪自年年，每憶前游倍惘然。歐冶池邊懷舊雨，乙酉、戊子余與君先後典閩省秋試〔五〕。蜀王井畔試新泉。四川貢院即明蜀王舊宫，内簾西偏有蜀王井〔六〕。雙江此去無多路，五柳高風企昔賢〔七〕。他日歸裝重載石，從君更乞九華篇。承以孫雪居畫石册見贈〔八〕。

〔一〕「即次元韻」，刻本作「次韻」。翁宗慶藏詩稿長卷題作：「張詩舲觀察祥河以秋闈提調詩見示即用元韻奉酬。」

〔二〕刻本無此注。

〔三〕刻本無「京兆秋闈」四字。

〔四〕刻本注作「余在蜀搜落卷七千」。

〔五〕刻本無此注。

〔六〕刻本注作「四川貢院明蜀王舊宫有蜀王井」。

〔七〕「企」，刻本作「合」。翁宗慶藏詩稿長卷亦作「企」。

〔八〕翁宗慶藏詩稿長卷此處多「故及之」三字。

夜渡馬頰河

積雪皚皚朔氣凝，葦橋一線似垂絚。風迴馬頰寒生粟，人躡狐蹤夜度冰。月黑戍樓聞畫角，宵分村店有懸燈。平生絶險多經慣，如此奇危得未曾。

相士

相士頻爲象罔求，又從益部到南州。延津劍氣腰間躍，炎海珠光掌上收。一鶚已看騫閬苑，謂桂生文燿。群仙應共到瀛洲。元龍百尺樓中坐，合列清班最上頭。指陳生澧。

東阿渡汶水

沙岸彎仍齧，官橋斷未修。行人長北望，汶水自西流。冰雪壓春氣，津梁生暮愁。明珠如可采，莫向洛川求。

臘月廿三日宿舊縣

爆竹喧雷日又斜，亂雲深處駐鋒車。人如司命難求醉，客到殘年倍憶家。細嚼春餳諳世味，靜看明鏡感霜華。魚山梵唱聞中夜，愁對孤燈自吐花。

過卞莊子祠有感〔一〕

入海斬長鯨，入山縛狂兕。庸衆斂衽退，壯夫投袂起。微軀詎輕捐〔二〕，激烈良有以。從容計成敗，志士所深耻。桓桓魯大夫，烈烈卞莊子。氣足慴萬夫，視虎猶彘耳。奈何聽童稺，按劍且少俟。坐收鶩犬功，兼獲鷸蚌死。此事定有無，此言良可鄙。彼哉齊晏嬰，二桃殺三士。

〔一〕刻本及翁宗慶藏詩稿長卷題作「卞莊子祠」。

〔二〕「詎輕捐」，翁宗慶藏詩稿長卷作「安足論」。

孔距心故里

伏處衡茅間，風期企千載。如何登廊廟，忽忽壯心改。牽絲一旦膺，初試百里宰。逝將抒經猷，願言效服采。矢志慕循良，詎曰敢豫怠。凶年仍薦臻，萬目民凍餒。豈無太倉粟，請振不及待。亦有大府金，擅發身葅醢。死者長已矣，存者幾人在。上書增户口，甘自蹈欺紿。中夜矍然興，三喟發深悔。胡不拂衣去，扁舟渺江海。樊籠困鵷鸞，棧豆餌駑駘。俯仰觀古今，豈獨距心罪。

二疏故里

禄厚貴知足，位高貴知止。投老念子孫，斜日不移晷。驅車過東海，緬彼二疏子。抱經侍虎闈，後先相濟美。天人禀異姿，受書通大恉。兩賢相顧謂，吾屬可行矣。連章乞骸骨，解組拂衣起。祖餞上東門，觀者傾都市。攬裾涕汍瀾，嘖嘖嘆不已。圖形播休徽，簪筆誌芳軌〔一〕。兩賢去不顧，長揖歸田里。欲往尋高蹤，蒼葭隔秋水。

〔一〕「簪」，刻本作「舞」。

滕縣道中

曾冰白皓皓，積雪迷通津。東風一夜吹，盡作波粼粼。始知造化力，浩蕩真無垠。陰陽本一氣，孰與司鴻鈞。枯荑漸萌芽，宿麥方懷新。春風詎有意，物物各自春。道旁乞食子，百結衣懸鶉。斯人皆有業，爾獨爲窮民。類同境各異，天地豈不仁。安得指泰華，化爲倉與囷。

宿利國驛

湖波三面繞孤村，簌簌隤墻過水痕。夜靜時聞新鬼哭，年荒能有幾家存。寒風入牖燈無焰，濕炭凝煙火不温。且酌濁醪拚一醉，更須剪紙與招魂〔一〕。

挑燈兀坐到宵分，孤館淒涼客思紛。湖畔老魚吹急浪，山頭頑石切寒雲。監門已上流民册，古驛新添瘞旅文。友人之僕病殁〔二〕。歲暮天涯增百感，蕭蕭白髮那堪耘。

〔一〕「與」，翁宗慶藏詩稿長卷作「爲」。

〔二〕「友人之僕」，翁宗慶藏詩稿長卷作「友僕」。

桃山驛舍見燕巢感賦

壘就香泥漸漸殘，較他巢幕尚堪安。一年一度怱怱住，只作人間傳舍看。濛濛黄月照空梁，冷眼窺人有底忙。莫笑光陰如逆旅，最無憑準是名場。欒泉西接梓花軒，幾載春風笑語温。他日重歸天上住，可能還認舊巢痕。

銅山道中

蕭條千里積秋霖，詢遍窮黎淚滿襟。芒碭西來雲漠漠，淮渦南望水沈沈。食完糠麧惟存骨，鬻盡妻兒冷到心〔一〕。我欲排空叫閶闔，哀鴻零亂不成音。

村落無人唱董逃，椎埋殘臘氣偏豪。蒼黄劫客宵鳴鏑，赤白探丸晝帶刀。祅廟腥風聞鬼哭，神叢篝火有狐嘷。災荒自古尋常事，三尺應難宥汝曹。

〔一〕「冷」，翁宗慶藏詩稿長卷作「剜」。

除夕過符離戲作〔一〕

霜華霧淞白漫漫，積潦初收路未乾。澤國魚蝦喧亥市，凶年蔬果減辛盤。雲堆鴉陣投村急，冷逼鶉衣乞食難。學得魏公高卧法，此心何處不能安。

〔一〕刻本無「戲作」二字。

除夕駐宿州和謝一庵上舍沂韻

曾踰五嶺過三巴，又向符離閱歲華。白髮趁人驚赴壑，青山笑我未還家。芙蓉才調輸君少，葵荏披尋敢自誇。坐對孤燈已愁絶，厭聽鈴鐸語喧譁。

西江集

癸巳

宿花莊[一]

入春纔兩日，投店日初西。瓦屋三家少，桃符一色齊。牢丸溲緑豆，乾肉護紅泥。此味君知否，冰壺勝冷齏。

〔一〕清稿本無此詩，據刻本補，下注「癸巳」。翁宗慶藏詩稿長卷亦有此詩，題作「宿花莊戲作」，下又有「濠上觀魚臺」詩題，然無詩。

人日定遠道中感懷[一]

淮淝風勁不知春，瑟瑟陂塘漾緑蘋。澤國淒涼多雁户，章江迢遞感波臣。空懷閩粵巴賓道，愧作東西南北人。最憶液池新柳色，分明字影照粼粼。

欲折梅花寄一枝，春寒芳訊尚遲遲。雲停薊北長回首，人在江南有所思。何日歸來滄海畔，躬耕重覓草堂貲。銀幡綵勝酬佳節，放鴿年年進壽卮。

〔一〕刻本無「感懷」二字。

雪霽後行合肥道上〔一〕

連山東南來，千里翔白鳳。金銀幻宫闕，縞紵引賓從。群仙顧我笑，翠羽喚殘夢。晨曦騰金鴉，側翅復相送。出門望原畛，一白合無縫。晶熒銀砂飛，璀璨玉梅湅。須臾土膏融，時作傾跌恐。渾如豕涉波，何異鷁退宋。彳亍俯背尻，局促敢謦控。坐愁我僕饑，行聽輿人誦。去年降淫霖，淮甸積雲葑。秋禾久無存，春蔬猶未種。斗粟直千錢，十室已九空。君看逃亡屋，鬱鬱連雲棟。至今撫瘡痏，惻惻有餘恫。造物胡不仁，五出作戲弄。行看麥苗爛，更怕冰凘壅。祥霙兆豐年，瑞雪古所重。不擇地而施，優渥亦奚用。似聞三輔旱，待澤殷且衆。何不氾濩之，一俾歌飯甕。庶幾暘雨調，寰宇太平共。南鴻高翺翔，詄蕩天門豇。安得附綠章，丹忱爲我貢。

〔一〕刻本無「後」字。

渡桃谿

侵晨臨柳岸，打槳渡桃溪。一夜東風急，春帆盡向西。晴沙鸜鵒舞[一]，密竹鷓鴣啼。愁絶龍舒道，芳泥殢馬蹄。

〔一〕「鸜」，翁宗慶藏詩稿長卷作「鴝」。

宿梅心驛

咫尺龍眠路，輕煙釀暮陰。暖風舒柳眼，古驛到梅心。殘雪千峰積，春泥一尺深。關山無限好，吾亦倦登臨[一]。

〔一〕清稿本及翁宗慶藏詩稿長卷缺尾聯，據刻本補。

白沙嶺懷謝崇之同年

前年此日龍眠下，風雨沈沈鬱不開。孤館正愁春信斷，挑燈喜遇故人來。重經謝客吟詩處，側想梁園製錦才。料得家山思正切，何因遠寄一枝梅。

擬　古

長風起澤國，前路何阻修。逝將攬征轡，飲馬西江流。西江多靈窟，寒潭伏潛虬。懷抱徑寸珠，照燭百丈湫。離婁失其明，象罔不敢求。坐令至寶物，千載無人收。我攜犀與劍，凌波狎陽侯。劍以禦魑魅，犀以鑒靜幽。采珠獻至尊，賤彼琳與璆。恐無庚辰力，惻然使心憂。

吳緒五參軍正緯禪坐圖時攝德化令〔一〕

江頭把櫓禮能仁，彈指樓臺現化身。辟得修羅三種雨，餓蛟潛伏毒龍馴。時積雨初霽〔二〕。

選佛由來勝選官，茫茫宦海路迷漫。賓迦攝取牢盛著，不信人天說法難。君方以失察盜案被大吏糾劾〔三〕。

布毛拈起諦無雙，莫向丹霞問老龐。拋却蒲團投却鉢，管教一口吸西江。

我本前生碧玉僧，夢中了了見南能。曹溪大有因緣在，何日同登最上乘〔四〕。

〔一〕刻本無此注。翁宗慶藏詩稿長卷題作：「題吳緒五參軍正緯禪坐圖。」

〔二〕刻本無此注。
〔三〕刻本無此注。翁宗慶藏詩稿長卷注作：「君方以失察盜案戴罪視事。」
〔四〕翁宗慶藏詩稿長卷此處注云：「記丙子夢中事。」

徐芸門廣文心田歸舟安侍圖辛酉庶常，前任安徽南陵令〔一〕

先生壯年登玉堂，宮袍歸省含鑪香。先生中年宰花縣，日奉潘輿侍蘭膳〔二〕。謁來吏隱潯陽城，濂溪一勺分餘清。仙衣化蝶朝翻砌，雲母籠燈夜擁檠。先生六十年未老，急流何事投簪早。示我歸舟養志圖，十年風雨傷懷抱。秋月秋風解纜時，白頭老母坐吟詩。迷津況味閒鷗覺，永日暄妍寸草知。夕陽奄忽慈顏改，高樓詠雪聲何在。太夫人著有《詠雪樓詩集》〔三〕。樓上孤雲一縷飛，忍教重山鋪成海。曩時宦游祇爲親，親亡聊自全其真。君不見圖中二百言，慈訓便是當年誓墓文。

〔一〕刻本無此注。翁宗慶藏詩稿長卷題作：「題徐芸門廣文心田歸舟安侍圖。」
〔二〕刻本此處注云：「辛酉庶常，曾任安徽南陵令。」
〔三〕刻本無「著」字。

萬觀亭大令相賓春暉圖遺册

花封近接水雲邊，飽聽循聲已卅年。曾向鶴湖堤畔過，白頭人説萬青天。先生官浙江嘉善令〔一〕，民間有萬青天之稱。

陰雲日暮滃靈旗，正直爲神信有之。不見豐碑能辟祟，羅池猶頌柳侯祠。嘉善人傳公爲城隍神，貌公遺像，禱輒應〔二〕。

石室淒涼教澤存，披圖我亦念親恩。伊廬十萬窮黎淚，灑遍桃花尚有痕。先大夫秉鐸朐陽，課士振災，州人感德，請祀名宦祠〔三〕。

〔一〕刻本無「先生」二字。翁宗慶藏詩稿長卷此注作：「先生爲浙之嘉善令，有萬青天之稱。」

〔二〕刻本無「貌公遺像，禱輒應」七字。

〔三〕刻本注作：「先大夫在海州課士振災，州人請祀名宦祠。」翁宗慶藏詩稿長卷此注作：「先大夫秉鐸朐陽，課士振災，至今朐人頌德弗替。」

新淦舟次

天邊宛宛掛晴虹，薄靄山腰一抹籠。暑氣漸消新雨後，秋光多在夕陽中。雙鷗夢穩三篙水，十幅帆分八字風。絶似嘉陵江上路，烏奴峰映晚霞紅。

上惶恐灘〔一〕

秋山雨過路漫漫，又上虔州第一灘。衹惜年華如水逝，更無惶恐此心安。風來正面收帆易，船到横流轉柁難。記得嶺南回櫂日，半江殘雪滿天寒。

〔一〕刻本無「上」字。

撫州試畢曾受恬同年興仁以板輿迎養圖索題時余方迎奉慈親久而未至感賦長篇時道光十三年十二月〔一〕

朔氣凝瑶湖，祥霙集鏁院。寒侵使者裘，冷逼諸生研。衡校雖云疲，昕夕敢辭倦。崢嶸景已迫，寂寞歲將晏。萋萋庭中萱，肅肅天際雁。矯首望白雲，迢遥不可見。賢侯我故人，示我圖一卷。披圖春融融，瑞靄豪端現。晴郊綵仗齊，官柳鞭絲罥。緩轡導安輿，婦子從婉孌。觀者填闉闍，童叟盡歡抃〔二〕。輿中白髮人，喜氣溢顔面。想見聽政聲，謳歌滿花縣。此福世希有，此樂我深羨。小人亦有母，頻歲隨羈宦。賜果欣傳柑，嘗羹飫珍簋。三年舞綵衣，萬里馳雲棧。還朝甫匝月，于役又乘傳。

稍喜西江波，就養扁舟便。九秋兒書至，上報高堂健。下言已買櫂，明旦發畿甸。清漳多風濤，長淮足冰霰。冬冬臘鼓催，冉冉年華變。尺簡斷十旬，寸腸回百遍。逝將投劾去，耕釣絜蘭膳。顧念奉簡書，暇逸天所譴。中夜聞啼烏，空梁感巢燕。卷圖再三喟，夢逐春雲轉。

〔一〕刻本無此注。翁宗慶藏詩稿長卷題作：「題曾受恬同年輿仁板輿迎養圖。」題注云：「道光十三年十二月撫州試院作。」

〔二〕「盡」，翁宗慶藏詩稿長卷作「亦」。

卷十一〔一〕

〔一〕清稿本此處浮簽僅云：「知止齋詩鈔卷第」，蓋欲從此處分卷而未填寫卷數，此據順序補填「卷第十一」。刻本卷十一自「賀錫子受祉入詞垣次煦齋師元韻」始。

章江集

甲午

開先瀑布步東坡韻甲午

峩峩太古雪，浩浩陰厓風。天瓢翻北斗，驚起雙飛龍。雷鞭裂山骨，雨脚摇晴空。餘怒殊未已，力鬥盤深谼。回颷忽掣斷，銀漢不敢東。天孫擲文綃，掛在琉璃宫。試呼謫仙人，或從長帽公。飛躡三石梁，俯視青冥中。

望鈐山堂

修篁喬木鎖煙鬟，佛殿荒涼屋數間。記向定興城外過，寒泉一盞酹椒山。
炙手威權事竟空，高樓聽雨怨西風。十年燈火鈐山夜，苦恨青詞學未工。
讀書臺畔景清幽，下有袁江日夜流。流到蕭灘嗚咽處，有人還説宋齊邱。

送桂燕山中丞良開府豫州和周穉圭中丞之琦元韻〔一〕

星軺記攬錦城秋，飽聽輿歌到蜀郵。薇省久經移穗石，棠陰猶喜遍刀州。揭來南國瞻雙節，又向西江送八騶。文武材兼仍退挹，從容時畫魏公籌。
河平無事費茭薪，砥柱終資柱石身。帝念弟兄皆許國，公思饑溺在安民。韋平門地聲名舊，嵩洛文章氣象新。五十年華階一品，蒼生屬望更何人〔二〕。

〔一〕刻本無「中丞」二字。
〔二〕刻本無此首詩。

題觀竹樓觀察瑞庾嶺探梅圖〔一〕

我從閩越游炎徼，夢魂飛度連谿嶠。松風亭下一勾留，時有縞衣來索笑。我從中宿浮湞陽，瑶篸玉筍參天長。江城五月時聞笛，不見寒梅萬樹香。君時正領梅花國，護花腕有春風力。可惜浮查汗漫游，空吟殘雪思顔色。别來嶺月百度圓，相逢同泛章江船。披圖重話雲泉事，雲泉山館在白雲山下，君曾有詩屬余和韻〔二〕。猶記先生過嶺年。圖中春色長不改，省識癯仙舊風采。聞道當時手種花，衹今夾路香成海〔三〕。百花洲畔霜風高，開尊對鞠持雙螯。海南嬌雲在何許，夢中翠羽聞啾嘈。愧我年年長作客，雪泥鴻爪尋無迹。一事誇君差自豪，載得梅花還載石。余在粤時作《藥洲訪石圖》，將歸，嶺北學侣又作《粤山探梅圖》贈行。南浦怱怱手又分，燕臺回首悵離群。天邊問訊南來雁，尚有梅花憶使君。

〔一〕刻本無「題」字。

〔二〕刻本及翁宗慶藏詩稿長卷無「君曾有詩屬余和韻」八字。

〔三〕「香成海」，翁宗慶藏詩稿長卷作「成香海」。

竹樓觀察重刊煦齋師卜魁賦成見示即和吾師元韻奉贈〔一〕

紙貴甌閩更海珠，是本孫文靖公刻之於福州〔二〕，同年羅蘿村庶子又刻之於廣州〔三〕。又傳梨棗到洪都。才名群從荀文若，循吏聲華何易于。翰墨新緣輝棣萼，文章窮徼闢榛蕪。攜歸重侍春風坐，雨雪遑辭賦載塗。

〔一〕刻本題作「竹樓重刊煦齋師卜魁城賦見示即和吾師元韻奉贈」。

〔二〕刻本無「是本」二字。無「公」字。

〔三〕刻本無「庶子」二字。

題張子畏郡守寅味菜根齋圖〔一〕

十萬窮黎灑淚痕，左餐右粥起春温。誰知太守清貧甚，自候風鑪煮菜根。君自九江移守南昌，值連歲水災，綏輯拊循，全活甚衆，復造棲流所四〔二〕，以拯流民，設體仁堂一，以澤枯骨，募建義倉，貯穀數萬石，以備水旱之災，民甚德之〔三〕。

菜把常叨地主分，天寒雁影惜離群。燕臺飛雪圍鑪夜，每嚼冰壺便憶君。

蒓絲香滑蕨拳肥，肉食應知此味稀。何日抽帆江上去，灌園長息漢陰機。

〔一〕刻本無「題」字。

〔二〕刻本無「綏輯拊循，全活甚衆，復」九字。

〔三〕刻本無「民甚德之」四字。「以備水旱之災」，翁宗慶藏詩稿長卷作「水旱無虞」。

子畏同年長城立馬圖〔一〕

我昨入蜀乘輶軒，西度雲棧登劍門。懸厓飛鞚恣臨眺，嘉陵桔柏脚底奔濤翻〔二〕。置身恍若在霄漢，仰視參旗井鉞手可捫〔三〕。却羨君家老博望，奉使徑欲窮河源。飄然路出飛鳥外，閬風縹緲欻忽淩昆侖〔四〕。如君壯游亦堪喜，匹馬長城萬山裏。馬上高歌蒼翠開，城頭棲鶻時驚起。是時君方判度支，簡書承命星軺馳。急裝櫑具跨款段，從人結束盡似幽并兒〔五〕。居庸阸塞由來古，壯士當關盛貔虎。恒代雄藩控九邊〔六〕，薊遼王氣尊三輔。太行西望高崔嵬，蜿蜒東走滄溟開。崆峒山頭返照落，蠮螉塞外秋風來〔七〕。知君此日觀形勢，定有蒼茫懷古意。當時畚鍤萬民勞，至竟金湯千載利〔八〕。即今一麾典大州，龍媒氣壓千驊騮。散原廬阜足名勝，五馬到處時勾留。却思昔日游蹤壯，筆妙經營煩意匠。想見停鞭氣倍豪，便教讀畫神猶王。愧我虛陪第七車，扈從未到醫巫閭。渝關咫尺拱京國〔九〕，對此不覺心躊躇。薊門蒼蒼鏁煙樹，他日思君夢君處。明朝襆被發江干，策蹇衝寒別君去。

〔一〕刻本無「同年」二字。翁宗慶藏詩稿長卷詩題下注：「兒子同書代作。」

〔二〕刻本無「脚底」二字。

〔三〕刻本無「仰視」二字。

〔四〕「欻忽」，刻本無此二字，翁宗慶藏詩稿長卷亦作「欻忽」。

〔五〕刻本無「結束」二字。

〔六〕「恒代雄藩」，翁宗慶藏詩稿長卷作「督亢山形」。

〔七〕「蜿蜒東走滄溟開。崆峒山頭返照落，蠮螉塞外秋風來」，此三句翁宗慶藏詩稿長卷作：「峰頭立馬何雄哉。白狼堆邊返照落，盧龍塞上秋風來。」

〔八〕「至」，翁宗慶藏詩稿長卷作「畢」。

〔九〕「渝」，翁宗慶藏詩稿長卷作「雄」。

驕兒

對案不能食，攬衣起盤桓。驕兒方五歲，勸我强加餐。我聞小兒語，涕淚流汍瀾。兒前跪致詞，阿耶且自寬。阿耶念阿姥，每食長三嘆。兒心竊自計，玆事亦何難。朝上陳情表，暮掛神武冠。扁舟還鄉里，上堂問平安。孫曾羅膝前，阿姥大喜歡。胡爲久不決，進退戀一官。我聞小兒語，嗚咽心骨酸。仰視中庭月，皓魄何團欒。慈烏繞樹飛，啞啞啼夜寒。徘徊還入户，怛焉摧肺肝〔一〕。

〔一〕「焉」，翁宗慶藏詩稿長卷作「然」。

出北郭志感〔一〕

鴻爪曾經歲一周，誰知小别竟千秋。素帷蕭寺仍飄泊，白髮他鄉尚滯留。此日龍沙過北郭，傷心馬策慟西州。麥舟慚愧無多潤，温序何時正首邱。

〔一〕刻本題作「出北郭志感示許洵緣表弟」。

渡江却寄南昌諸同學

中流擊檝去年纔，儻改初心誓不回。今日依然攜鶴去，前盟猶在任鷗猜。縱教木客能相妒，終是風神解愛才。爲語南州諸學侣，布帆安穩度江來。

乙未

賀錫子受祉入詞垣次煦齋師元韻〔一〕

詒謀衍慶福來宜，喜見泥金耀繡楣。元老經綸雙鳳繼，諸孫才調八龍奇。已傳椿蔭榮三葉〔二〕，又報瓊林占一枝。槐鼎他年繩祖武，青雲得路未嫌遲。

絳帷曾讀課孫篇，培養蘭蓀近十年。天上神仙唐李泌，相門經術漢韋賢。祥徵果應凌冬菊，辛卯除夕恩福堂中盆菊盛開。文筆欣看出水蓮。會卜科名相繼起，秋風瀋墨更書氈。

〔一〕刻本題作「賀錫子受祉入詞垣次煦齋師韻」，下注「乙未」。按刻本卷第十一自此詩始，卷第十一下並注：「古今體詩一百十九首。起乙未抵京，是秋典浙江鄉試，便道省親，旋拜奉天府丞之命，歲杪出關，丙申召還，丁酉再直上書房，戊戌以母老乞養，還里作。」

〔二〕「已傳椿蔭榮三葉」，翁宗慶藏詩稿長卷作「已傳椿蔭傳三葉」。

爲朱晴佳孝廉甘霖題觀潮向日圖其尊甫實士觀察遺照〔一〕

我昔乘查泛瓊海，榑桑十丈升鼉采。歸來奇絶詫平生，袖底熊熊紺霞在。西馳簜節九曲山，盤陀一片光斕斒。台星斂耀上天去，尚留幻相驚愚頑。觀察爲石君相國之孫〔二〕，相國自號盤陀老人。揭來賃廡依高閌，余自江右還都，僦相國舊第東偏老屋以居。遍讀遺編感存歿。已從梅石悟三生，更向蛆山賡七發。相國有《梅石觀生圖》。岱宗崩岦滄波深，韋平世澤無黄金。雲搏水擊家聲舊，莫負朝陽捧日心。

〔一〕刻本題作「朱實士觀潮向日圖爲其子晴佳孝廉甘霖作」，無注。

〔二〕「觀察」，刻本作「實士」。

張中遠上舍曜孫屬題寫韻圖〔一〕

多情方許列仙班，偶躡修翎自往還。人世不知金闕事，衹疑游戲到塵寰。研光鳳紙曉霞舒，捥底春雲乍展初。莫把長生丹訣寫，幾人曾讀上清書。綽約仙人色不歡，怕從上界拜神官。銀笙譜出雙聲調，不信璇閨問字難。點金辟穀乏神方，營室錢難二萬償。若使瑶池真富貴，肯懷鉛槧爲人忙。

〔一〕刻本無「屬題」二字。

乙未六月十二日奉命典試浙江翊日召對勤政殿面奏試竣後乞假省親得旨俞允恭紀四首〔一〕

御園雨霽敞清虛，翕艴千官列玉除。冷署正逢雙日直，是日國子監園中值日〔二〕。恩綸新下五雲書。暫辭槐市談經席，忝奉英函伴使車。雲水光中頻洗眼，肯教孤負此心初。

竹箭東南品自尊，此邦多士盡蘭蓀。持衡夙重宗工選，特簡真叨聖主恩。浙江正考官以四品充者國朝惟蔣文恪溥、鄒曉屏協揆炳泰二人而已〔三〕。吳越文章元合轍，淵源津導溯師門。吾師湯敦甫、陸心蘭兩先生皆浙人。空箱試檢麻衣看，尚有當年涕淚痕。

海天閩粵御長風，錦水章江萬里通。宦轍宛隨潮下上，掄才又到浙西東。錢塘門外濤頭白，鳳咮堂前蠟淚紅。多少孤寒齊鵠立，煎茶漫詡學坡公。

預想清秋一舸飛，故園何幸暫旋歸。人誇前度持龍節，帝許還鄉著錦衣。廿載家山勞遠夢，三年甘旨戀慈闈。遙知上壽高堂日，菊酒延齡蟹正肥。

〔一〕刻本無「乙未」二字。
〔二〕刻本無「園中」二字。
〔三〕刻本無「曉屏」二字。

星齋服闋入都偉卿招同小集即席和偉卿元韻並呈星齋〔一〕

司馬才名盛，郎官宿望誇。十年驚歲序，兩鬢各霜華。而我獨行役，將乘千里查。故人珍重意，且爲駐鋒車。

〔一〕刻本無「元」字。

出都涂中即景偶成〔一〕

匹馬東南去，渾河日夜流。秋風吹雨脚，斜景閣峰頭。天意憐行役，淫霖宿昔收。西山殊婉孌，相送似勾留。

〔一〕刻本題作「出都」。

宿良鄉

菰蒲槭槭繞荒城，初聽寒蛩第一聲。涼氣被池侵四角，愁心秋點轉三更。烏當倦後飛偏急，烏欲啼時夢不成。遥想阿同岑寂甚，小窗無侣擁書檠。

良鄉蚤行〔一〕

策策涼風動，微微暑氣收。漲消瓜蔓水，雨過豆花秋。已有豐登象，欣看景物幽。三農應慰望，豈獨豁吟眸。

〔一〕刻本無此詩。

蚤發涿州

暑雨新晴宿靄籠，漸聽易水起西風。躅星三點欲横北，蟾魄一鈎初上東。萬樹垂楊迎驛騎，滿天涼露咽秋蟲。寒衣擬索閨中寄，已隔經年尺素通。

壬辰冬出都小憩三家店曾題詩壁上已久忘之矣今年夏宋湘帆廉訪入都過訪忽琅琅誦之重經此地墨瀋依然援筆録存以志鴻爪〔一〕

誰歟弄狡獪，寓言多悒怏。嗟我亦勞人，長吟發遐想。急景迫殘年，遄征掉塵鞅。逝將抽朝簪，與君盟息壤。

〔一〕刻本無此詩。

趙北口

遠溆微茫映曉霞，估帆疏密雁行斜。鳧翁浴罷唼蓮葉，燕子飛來銜蓼花。堤外暾紅人曬網，橋邊水碧女漚麻〔一〕。江南此景還應勝，太息吾生未有涯。

〔一〕刻本此兩句作：「竿影當風人曬網，杵聲如雨女柔麻。」

曉發任邱

露華濃上豆花肥，抱葉寒蟬靜不飛。昨夜前村秋雨過，曉來凉氣透單衣。

景州道中阻水不得度至張秋岑孝廉維崧宅小憩孝廉以舟相送作詩謝之地名河溝，距景州三十里，蓋小水可通衛河者也〔一〕。

巨浸迷漫隔廣川，靈查無計覓張騫。欲尋陂底龍君杖，化作天邊太乙蓮。問渡偶停高士宅，淩波肯借孝廉船。成連一曲移情甚，邂逅欣諧翰墨緣。

〔一〕刻本題作「景州道中阻水至張秋岑孝廉維崧家小憩孝廉以舟相送作詩謝之」，注作「地名河溝，距景州三十里」。

桑園鎮渡衛夜至德州

扁舟横渡亂鳧鷗，重到山東第一州。漳衛共流清濁派，燕齊分占古今秋。長堤落日征驂急，積雨新晴暑氣收。詰曲正愁前路遠，西南纖月又如鈎。

徒駭河

滔滔東去指狂瀾，欲障長河一手難。千古名言存賈讓，八流先闕恨齊桓。于今故瀆資分泄，側想神功永不刊〔一〕。誰説遺蹤同碣石，淪湮空問海漫漫。

〔一〕「永」，刻本誤作「水」。

發平原冒雨至禹城

銅輪昨銜山，雲氣承如幔。涉波豕負塗，啄蟻垤鳴鸛。征夫畏淫霖，夜坐發長嘆。攬衣撫庭柯，矯首望雲漢。纖氛屏四隅，星斗光正燦。豈知暘雨占，造物固難算。中宵天瓢翻，淩厲勢迨旦。秣馬問前途，極目驚浩汗。荒墟杳無人，古驛訊都斷。回回原隰平，混混溝塍亂。欲濟無津梁，遵路失畔岸。水深行及脅，淖陷已没骭。邅迴至禹城，視景日雲旰。僕夫告饑疲，弭節且投館。我生本勞薪，蚤歲事游宦。頻年奉英函，艱險固所慣。回憶十載前，六月憂旱暵。伊余使南閩，過此夜將半。驚猋挾雨來，輿僕僨躡竄。悠悠人事過，忽忽流光换。炎蒸渡瓊洋，秋雨馳雲棧。寒暑久飽諳，饑渴豈敢憚。所慮兼旬陰，秋稼行將爛。淫霖儻不止，那免其魚患。遥望岱宗雲，倏忽示變幻。安得起長風，一夕爲吹散。

大雨渡汶水至崔莊

拿空黑蜧挾風雷，又注天瓢萬斛來。雨氣沈冥連海岱，雲陰儵忽失徂徠。滔滔清汶西流急，莽莽齊煙北望開。日暮且投孤館宿，長吟梁父使人哀。

郯城道中望馬陵山

秋風郯子國，斜景馬陵山。東望棲雲舍，迢迢百里間。講堂今俎豆，福地舊瑯嬛。回憶趨庭日，空餘涕淚潸。

渡　江

十年不踏金昌路[一]，夢想家山月幾回。今日重銜恩命出，扁舟又過大江來。遥知弭節三秋後，定博慈顔一笑開。傳語舊時猿鶴侶，祇應相諒莫相猜。

〔一〕「昌」，刻本作「閶」。

贈熊墨樵大令

纔送雙鳬去富春，重逢鏁院倍相親。我慚坡老無佳什，君有嚴陵作部民。乍領簿書知未慣，細論文字想前因。十年此夕章江夜，記否龍光隱劍津。

自胥江櫂小舟旋里喜遇猶子同福次子同爵來迎

扁舟一葉越裝輕，心急翻嫌百里程。故國又持龍節過，新堂真合綵衣名。遥看漁火微微閃，漸覺鄉音字字清。特遣汝曹來有意，慈親此夕倍關情。

擬古

浮雲日以深，游子日以遠。秣馬戒首塗，奄忽歲將晚。苦霧泫叢條，嚴霜被長坂。望雲雲不見，冰雪關山滿。崦嵫急景隤，原隰枯荄短。浮雲有時還，游子何日返。

涼飈厲鴻翼，嘹唳時一聲。嗟爾何爲者，肅肅事遠征。既爲稻粱計，那免矰繳驚。銜蘆縱有智，弋人終無情。天宇自寥闊，何不翔冥冥。江南足鷗侶，莫負煙波盟。

我本麋鹿姿，山林愛幽討。自從綰朝簪，郁夷長載道。十年函蕩馳，兩鬢飛蓬槁。憂勞易戕性，安得顔色好。秋風搴蒓絲，春日樹萲草。回首隔江淮，離思滿襟抱。

曉發桃源

木落風高曉角清，霜華如雪馬蹄輕。似聞寒夜啼烏怨，慚聽村農叱犢聲。蕩節初回仍奉使，蘭羞久闕待躬耕。君恩雖重親年暮，莫道思歸太不情。

有感

人子朝暮出，倚閭尚傍徨。千里與萬里，極目何能望。嚙指忽心動，引領衹内傷。伊余髫齔時，隨侍於眴陽。山城霜月苦，講舍秋風涼。母績兒夜讀，共此燈燭光。兒方治毛詩，讀至四牡章。掩卷忽有感，清淚含兩眶。阿母願兒笑，願兒學范滂。矧當太平時，馳驅敢或遑。男兒志四海，安可戀故鄉。長跪謝阿母，教兒以義方。忽忽四十載，旅力猶幸剛。于嗟奉英簜，何如菽稻粱。

任邱道中終日大風寒甚長歌述懷〔一〕

昨朝霜淞兼霧淞，琪花璚樹堆層層。河間班班車夜發，雪花朵朵寒淩兢。甘滋雖未潤宿麥，飄瞥已覺鋪寒塍。今年喜見第一白，快歌飯甕誇祥徵。那知疾風動地至，勢若萬馬來奔騰。平沙漠漠卷埃壒，朔氣浩浩盤雕鷹。巽二施威滕六避，彤雲斂盡金雅升。方今聖人正御宇，胡爲往往占風恒。計食未能人四餔，望歲或可穀再登。遺蝗明春儻螟動，所恐饑饉嗟頻仍。夕陽鄚州城外過〔二〕，九十九淀凝堅冰。頹垣四垂大于礪，縷堤一線高懸緪〔三〕。拖床穿林疾過鳥，漁船上岸空無罾。笴將飛揚似退鷁，從者瑟縮如枯蠅。呼來與語若槁木，口不能答以臆膺。夜投雄州宿孤館，被池四角寒生棱。我從南海徙北海，壯志欲駕扶搖鵬。邇來筋力倦行役，歲歲寒暑星軺乘。霜華欺人雙白鬢，風淫砭骨三折肱。刀圭欲調上池水，越人袖手稱無能。即今趨朝不數日，奉使遼瀋恩光承。廬龍巘嵲渝塞闊，巨鰲屓贔滄波澂。醫巫閭下天莽蒼，大淩河畔冰崚嶒。晝循柳邊拾松塔，夜坐茅屋爇穅燈。白雲南飛望不見，但望京闕神爲興。文章報國信何益，頭銜自笑丞哉丞。簡書可畏敢來諗，慚對招隱山中朋。排簽十指呵壁問，起視皓魄周除凝。

〔一〕刻本無「長歌述懷」四字。

〔二〕「鄭」，清稿本作「莫」，據刻本改。
〔三〕「縷」，刻本作「危」。

雄縣對月感懷十一月十五夜〔一〕

行役仍殘歲，辭親記昔年。壬辰奉使江西，十二月望宿此。今宵望明月，三十六回圓。路漸通遼海〔二〕，書難達薊燕。長征殊未已，攬鏡感華顛。

〔一〕刻本無「感懷」二字。無題下注。
〔二〕「漸」，刻本作「斷」。

新城壁上見同年陸立夫編修建瀛詩即和其韻

朔雪炎風感物華，記從禾隴泛星查。臨流聽唱公無渡，就岸牽船路恐差。水抱孤城龍作窟，雲封百堵雁爲家。歸車曉碾層冰過，剩有枯楊茁怒芽。

遼瀋集

七度河在三河縣東

頑鐵真成鑄六州，錯橋橋名，一名草橋，今廢〔一〕。嗚咽水西流。停驂七度河邊望，一度征人已白頭。

〔一〕刻本注作「橋名今廢」。

邦均道中微雪和壁間裘文達韻

麥塍枯待澤，黍谷暖吹均。微雪飛仍薄，寒山畫不真。恒暘過浹月，幾日又新春。齋遬祈年意，何由慰紫宸。時上祈雪黑龍潭。

玉田

絪縕紫氣漾晴川，樹杪銅鉦一點圓。近海樓臺銀作闕，滿山冰雪玉爲田。抄來雲子香成屑，露出峰尖態似仙。欲訪楊公高隱處，蒼蒼八柱起寒煙。

度湮水一名還鄉河

孤峰淩夕月，山名。前路指渝關。湮水東南去，行人何日還。那堪背京闕，更唱念家山。橋下流嗚咽，如聞涕淚潸。

思鄉橋懷古

危橋駐馬泣斜陽，五國城中塞草黄。艮嶽已荒神鼎徙，不知何路可還鄉。

無終懷古

射策聲名動帝都，片言悟主媲嚴朱。無終山色青如舊，還有當年徐樂無。
雄心誓欲掃烏桓，遺恨終難謝伯安。讓得侯封成底事，盧龍已賣與曹瞞。

又詠田子春

奉使間關達帝閽，歸來無力報公孫。捐軀智已輸程緒，劫首豪應愧尾敦。白馬竟淪州將士，烏丸猶感使君恩。如何轉導曹軍入，長使幽并氣欲吞。

灤州道中旅館題壁[一]

雨行人笑臧孫聖，服弊誰憐范叔寒。曾向蕪蔞亭下過，莫將一飯等閒看。

〔一〕刻本無「道中」二字。

盧龍立春

灤水鼟冰聲，天高右北平。春生孤竹細，寒壓萬峰晴。冷磧盤雕地，殘年射虎情。故鄉歸未得，回首望神京。

度渝關

白狼堆外暮煙低，磧迴沙平没馬蹄。凍日漸沈榆塞北，春風不到柳城西。律回殘臘寒逾勁，夢繞高堂路亦迷。茅屋數椽蟾魄上，可堪愁絶聽荒雞。

偕董子遠上舍思誠登澄海樓

冰鑑晶瑩朔氣遒，榑桑萬里耀金虬。獨攜南國無雙士，來上東瀛第一樓。禹迹千秋淪碣石，齊煙九點指神州。憑闌不敢高聲語〔一〕，炳煥天章在上頭。

〔一〕「聲語」，刻本作「吟嘯」。

出山海關

王氣東來接柳條，長城西去盡臨洮。雲屯萬雉環山海，天設重關劃薊遼。三輔風煙開莽蒼，兩京筦鑰鎮岧嶢。鯨波不動蒼煙碧，億載皇圖鞏聖朝。

姜女祠

精魄萬古繞秦城，化石中心尚不平。聞説多財巴寡婦，高臺巖嵲築懷清。

茫茫紫渤俯危磯，回首塵寰願息機。三十年前神告我，長城姜女送寒衣。余年十六，在海州，將歸應試，禱於神，得姜女寒衣之兆。

紅墻子

雪擁晴沙白，雲蒸夕照黃。海光摇碧玦，山影壓紅墻。回首雄關遠，何年戰壘荒。長城真自壞，失策笑熊王。

宿中前所

淒清畫角卷行旌，初入遼西第一程。罔兩夜游風四壁，髑髏人語月三更。波回紫澥冰皆立，山過青城勢不平。却望燕雲關塞隔，那堪棖觸故鄉情。

暮抵中後所

磧雪連天海氣腥，暝煙猶似陣雲停。沙埋戰骨千秋白，風颭神燈萬點青。人迹踏冰鏘碎玉，馬蹄敲石迸寒星。山城爆竹春雷響，無限淒涼不忍聽。

度大淩河

鷹隼呼風雁叫哀，大淩河畔雪皚皚。人行冰上春無迹，山入遼陽勢漸開。鐵騎三千環雉堞，天閒十二育龍媒。聖朝威略超前古，汗血何勞絶域來。

秃老婆店

東風初度女兒河，駐馬荒村一笑過。淺水桃鬟羞灼灼，遠山雲髻失峨峨。曉妝鏡底吁嗟久，夜話燈前掩抑多。擬學坡翁説春夢，不堪雙鬢已婆娑。

望醫無間

王氣龍蟠億載長，白山分脈到遼陽。星占營室臨東海，帝作高標鎮北荒。封牒千年遵舜典，藏書萬卷憶人皇。欲尋西去蜿蜒勢，極目飛雲接太行。

大白旗堡

參伐垂芒耀陸離，龍蛇交影動蹮跜。桓桓氣想中黄將，獵獵秋高大白旗。烏隼猶疑行壘地，風雲常似出師時。邊塵久靖寒山碧，不見遼金紀績碑。

丙申

人日作家書竟因題其後〔一〕

遼海登高地，春風解凍時。使星初駐節，人日怕題詩。京國書難達，家山夢到遲。寒梅花發未，爲我數歸期。

〔一〕刻本無「竟」字。下注「丙申」。

即景感懷

渾水波濤汩太虛，春風又到雁來初。鶴銜殘雪歸沙嶼，鵶帶斜陽壓草廬。千里夢迷京國路，兼旬望斷故鄉書。何時得準還山約，投紱躬耕慰倚閭。

元夕觀燈

樂郊初到喜豐登，且駐輂輶看試燈。萬户春聲天不夜，六街人語月如冰。淳風無復霞綳燦，巧製終輪火樹騰。忽憶高堂稱壽斚，銀釭瑶珥侍孫曾。

贈周雨林參軍湘澍即用其韻

書記翩翩好，曾游弱水西。輪臺辭漢月，戈壁聽荒雞。兵甲齊熊耳，勛名賤裹蹄。擻身臨鐵蓋，時向鶻巢棲。

玉關笳鼓競，薄宦又遼西。壯志淩黄鵠，雄詞儷碧雞。夢猶探月窟，迹暫阻霜蹄。幕府懷人候，謂楊誠村節帥。應憐枳棘棲。

圖鑑堂京兆明阿屬題便面

遼海風回水氣腥，乘查無計泛東溟。江南一髮青如許，輸與千年鶴姓丁。

金闕瑶扃鎮日關，神山未必勝人間。幾生修得如徐福，纔到仙風便引還。
萬里長風卷怒濤，魚龍吹沫浪花高。前頭峭壁嶙峋甚，莫到臨時始著篙。
轉頭翻悔落帆遲，千里蒓羹繫夢思。何日扁舟江上泊，蘆花深處任風吹。

題畫

山坳古寺白雲封，谿碓無人盡日舂。午枕夢回琴筑響，不知何處上方鐘。
結個茅亭俯碧流，竹林棐几最清幽。興來拓戟狂歌發，驚起沙邊雙白鷗。
閒籌家計攜魚具，舊署頭銜作釣徒。笑煞季鷹游洛後，秋來始解憶蒓鱸。

遼東三高詩[一]

挂冠泛宅效鴟夷，回首家山指不其。海外豈知王氏臘，晚年終見漢官儀。淒涼黄鵠興謡日，寂寞元亭問字時。應笑披裘垂釣客，姓名猶被故人知。逢萌。

〔一〕刻本題作「逢萌祠」，且末句無注。

九月朔陪薩湘林侍郎迎阿登慈善寺樓即和其韻

柳邊商籟動，莽莽萬山秋。天近重陽節，人登百尺樓。滃遼霜葉下，溟渤水痕收。賴有同心侶，澄觀得快游。湘林新題樓額曰「澄觀」〔一〕。共結西方社，閒傾北海觴。天懷真浩蕩，餘事到文章。過眼雲衣白，無言菊蕊黃。小乘禪可證，與道豈相妨。

〔一〕刻本無「新」字。

九日感懷和湘林韻

秋風吹作十分晴，爲怕登臨懶出城。兩月不來鴻雁信，三年長繫望雲情。南屏松徑霜鐘動，西閣珠簾暮雨行。去年九日在杭州，前年九日在南昌〔一〕。重把茱萸成獨客，海天節物倍淒清。

〔一〕刻本無「九日」二字。

奕潤峰將軍經所藏陸士衡平復帖詒晉齋中墨寶也湘林侍郎借觀臨模數日復雙鈎一本將勒石以廣其傳意頗自矜詡遣小僕馳送幕府下馬投刺取諸其懷則失去久矣將軍作詩謿之索和原韻〔一〕

朱邸琳瑯富，春卿筆札工。借臨珍副墨，馳送遣丫童。化翮元能幻，開函竟達空。索求勞象罔，盤曲想蝌蟲。已失延津劍，難歸魯國弓。重摹波折隼，兩度雪留鴻。湘林懊惱竟日，更臨一本。逸氣淩元宰，帖有董文敏跋，嘆爲難摹〔二〕。仙書學呂翁。湘林在伊吾得呂真人墨書楹帖，觀者竊疑其贋而湘林甚珍秘之〔三〕。更聯韓孟句，韻事入詩筒。

〔一〕刻本題作「奕潤峰將軍經所藏陸士衡平復帖詒晉齋中墨寶也湘林侍郎借觀臨模雙鈎一本頗自矜詡，遣僕馳送幕府不覺失去將軍作詩謿之索和原韻」。
〔二〕刻本無「嘆爲難摹」四字。
〔三〕「觀者竊疑其贋而湘林甚珍秘之」，刻本作「甚珍秘之」。

送德臨皋侍郎興移鎮泰寧

清秋鳳詔九重頒，文武才兼綴兩班。帝念弟兄官梓里，指愛棠。天移旌節護橋山。龍城月冷繁笳動，虎帳風高大旆還。五載東郊棠蔭滿，歌聲一路到榆關〔一〕。

離情已逐水西流，且盼飛鴻信宿留。後會好沽燕市酒，澄懷空對海天秋。餐英香澹思元亮，前數月惠盆菊。饋歲詩成寄子由。若遇故人相問訊，冷官無事似閒鷗。

〔一〕「榆」，刻本作「渝」。

賀德愛棠侍郎春調任盛京户部

功名端合繼難兄，謂臨皋前輩〔一〕。廿載鵷班接迹行。迭筦清曹承寵命，前擢盛京兵部、今調户部，皆代兄任〔二〕。尚留同叔在陪京。連鑣共説文壇宿，判牘真羅武庫兵。幾日對床聽夜雨，離懷應怕數上聲。歸程〔三〕。

〔一〕刻本無此注。
〔二〕刻本注作：「君所筦盛京兵部、户部皆代兄任。」
〔三〕刻本無此注。

紀夢示子遠

養堂初闢未成歸，苦欲抽簪願尚違。入世漸忘官爵好，辭親總覺宦游非。江南秋老花無恙，塞北風高鳥倦飛。何日買田陽羨去，與君同息漢陰機。

湘林侍郎以詩贈别疊和元韻奉酬〔一〕

紫芝爽氣見麋衡，績著三湘更八城。奕葉金貂承舊德，陪京筦鑰寄清卿。龍堆詩挾風雲壯，棠茇歌傳水鏡明。磊落襟懷沖雅度，照人朗朗玉山行。

久耳聲名重華衡，相逢喜在瀋陽城。纔投縞紵通蘭契，又奉絲綸佐棘卿。别緒三春花共發，素心千里月同明。燕臺握手歸期近，莫羨登仙是此行。用班景倩事〔二〕。

〔一〕「疊和元韻」，刻本作「次韻」。

〔二〕刻本無此注。

十二月望宿老邊却寄瀋陽諸公

句驪河外馬蹄驕，使節西行背斗杓。千里歸程初發軔，一年圓月剩今宵。春回臘鼓喧枌社，風送邊聲入柳條。歲暮天涯仍惜别，何時聯轡共還朝〔一〕。

〔一〕「還」，刻本作「趨」。

新民屯道中

晴沙攙雪白皚皚，極目風煙四面開。海北天光雲外變，遼西山色馬前來。難尋百保鮮卑手，且竭三韓㧉酒杯。欲訪東丹讀書處，平蕪斷碣使人哀。

小黑山過王生治成別業

遼海歸韜兩鬢皤，停驂紆轡到巖阿。爲尋伏勝譚經處，其伯恩九曾任廣文，年八十餘，精神矍鑠〔一〕。更喜侯芭載酒過。慧業因緣文字契，中年情緒別離多。毉閭山色蒼然暮，何日重來訪薜蘿。

〔一〕「年八十餘，精神矍鑠」，刻本作「年八十餘矣」。

十二月廿三日宿中後所

去年馳傳出渝關，曾記今宵駐此間。一載陪都持簜節，重過編水唱刀鐶。瓜期且喜符初願，松徑何由得遂還。聊與塗糟判一醉，那堪殘歲念家山。

十二月廿七日宿盧龍疊去年題壁韻〔一〕

駐馬盧龍塞，風煙雉堞平。春先三日到，除夕立春。暖釀一冬晴。匆匆流年换，棲棲遠宦情。莫嫌鬢毛改，兩載滯陪京。

〔一〕刻本無「十二月廿七日」六字。

卷十二[一]

[一] 清稿本此處浮簽僅云：「知止齋詩鈔卷第」，蓋欲從此處分卷而未填寫卷數，此據順序補填「卷第十二」。刻本卷十二自「題鄉耆社集圖」始。

懷歸集

丁酉元日豐潤大令劉聿南同年遵海招飲安白堂即席奉贈[二]

東風吹暖送輕煙，釀出陰陰欲雪天。恰喜新正聯舊雨，最難元日會同年。班春已聽輿謳協，餽歲仍叨地主賢。忽憶符離城外過，清尊相對倍蕭然。壬辰奉使江右，除夕過宿州，同年張白也刺史留度歲，時方振饑，未能如今日之從容讌集也[三]。

記向梁園赴幣招，繁臺高會列瓊簫。詞人競欲抽麟管，妙手爭看奪錦標。戊寅五月，今大司寇史望之先生督學中州[三]，以錦標賦試士，君名列第一，余時客公幕中，曾獲快讀[四]。忽忽廿年添雪鬢，忽忽兩度駐星軺。玉河橋下春波長，重佇雙鳧上絳霄。

〔一〕刻本無「大」字。

〔二〕刻本注作：「壬辰除夕過宿州，同年張白也刺史方振饑，留予度歲。」

〔三〕「史望之先生」，刻本作「史公」。

〔四〕刻本無「曾獲快讀」四字。

新正三日玉田道中感懷〔一〕

土膏初潤水潺潺，石氣煙光澹蕩閒。凍草有心知戀日，好雲無力不歸山。已看垂柳回春色，定有寒梅發故關。底事長征人未倦，可堪攬鏡鬢毛斑。

〔一〕刻本無「感懷」二字。

晏蔗鄉孝廉昕屬題郭蘭石詹事尚先遺册〔一〕

斯人不可作，絶調廣陵琴。直道存風節，虛懷洞古今。龍蛇符夢讖，梁棟竟摧沈。豈獨觀遺墨，彌增思舊心。

〔一〕刻本題作「晏蕉鄉孝廉昕屬題郭蘭石字册」。

臨皋節帥以詩見寄次韻奉酬〔一〕

巽命新從朵殿頒，蛾眉重許綴清班。身隨禁樹依温室，夢逐飛雲繞故山。回首三韓燒燭話，何時一櫂度江還。直廬清切春光滿，獨對寒蟾自掩關。

温嶠真成第二流，當歸頻寄更淹留。萊衣春永空藏篋，潘鬢霜添豈爲秋。乳燕營巢棲未穩，垂揚踠地住無由。宵分怕聽烏啼急，輪與江湖浩蕩鷗。

〔一〕刻本無「節帥」二字。

澄懷南垞即目

淺草緣陂水滿池，游絲倒影漾淪漪。三天退直渾無事，獨倚春風聽子規。

端五日程子廉舍人正棨招同楊疊雲方伯殿邦游尺五莊即事感賦

澂懷水木氣蕭瑟，西山窈窕開晴嵐。幽人隱几拓北牖，五月疑有秋光涵。今朝休沐入城市，索居懶似三眠蠶。延年空懷獻綵縷，封鮓欲寄無魚坩。舍人牢愁企騷客，折簡招我游城南。關西夫子正岑寂，聯轡攬勝人成三。〔一〕右安門外草橋北，新蕖澹蕩摇澄潭。滿塘柔葉響槭槭，半天高柳垂毿毿。旗亭小憩泛蒲酌〔二〕，岸巾歌嘯驚高譚。野雲雅讌詎過此，只少解語花微酣〔三〕。婆娑迎神記炎徼，韶臺雙闕明差參。戊子五日余試南雄，還過韶州，時疊雲先生正觀察是邦，盤桓竟日〔四〕。騎田萌渚妖彗爭，話到凋瘵酸辛含。指連山八排猺事。即從此地溯陳迹，廿年歲月過趍驔。故人徂謝委黃壤，戊寅、己卯間，屢偕邵蘭風鞠泉、周遠香諸君子觴詠于此，今已大半物故矣〔五〕。我亦兩鬢成鬑鬖。笛聲慷慨感向秀，花時怊悵逢何戡。觀河幻泡悟生滅，妙諦悔未皈瞿曇。世間境遇豈有定，得少佳趣心生貪。天衢日日走堀堁，濯纓何處求清甘。行人自興濠濮想，到此不覺停游驂。幽棲我本寄霞外，挹玆一勺何足躭。況憶昆承湖上宅，風荷千頃鋪雲藍。天光波影足俯仰，安事局促羈朝簪。談忠説孝兩無補，盈机堆案四不堪。家山如此不歸去，夢對猿鶴能無慚。逝將投劾返三徑，湖田深處安茅庵。明年五日觀競渡，細斫鱭鱠烹江蚶。枇杷飽啖貯筠籠，茗荈新焙擕都籃。黃山之松白門柳，舍人原籍休寧，方伯僑居白下。徑浮一舸窮幽探。

〔一〕刻本無此二句。
〔二〕刻本此句作「空亭小憩泛醽渌」。
〔三〕刻本無此兩句。
〔四〕刻本注作：「戊子五日余過韶州，與疊雲盤桓竟日。」
〔五〕刻本注作：「戊寅、己卯間，屢偕邵蘭風鞠泉、周遠香諸君觴詠于此。」

偶成

雨打新荷十畝陰，幽蘭一曲託瑶琴。廣平偶作梅花賦，肯易當年鐵石心。
楊花糝徑海棠飛，遥想江南筍正肥。昨日故人書札到，殷勤藥裹寄當歸。

伏日休沐

休沐歸來一事無，何由懷肉對妻孥。蓮心自苦花如笑，竹節逾堅色不腴。錯認敲門瞋啄木，偶思沽酒聽提壺。高堂温凊頻年闕，慚愧空書六癸符。

湘林侍郎新得趙松雪墨迹縮臨素箋見寄賦此奉謝即依松雪詩元韻〔一〕

澂懷伏日暑氣清，敂門疑是啄木聲。仙雲一朵東海下，開椷頓覺雙眸明。王孫墨迹世希有，百十二字珠璣傾。臨摹箋頭遠相寄，置之懷袖清風生。重尋詩句感深意，似諷遠宦應歸耕。白雲南飛望不見，温清久闕非人情。行當投紱還故里，采藥烏目淩崢嶸。招攜藤橘負巨扇，指揮叱石從初平。

〔一〕刻本題作「湘林新得趙松雪墨迹縮臨素箋見寄賦此奉謝依松雪詩韻」。

憶庚寅荷花生日偕同直諸君觴集藤陰老屋今忽忽八年矣聚散存殁根觸余懷率成一篇呈春浦少司馬〔一〕

脈脈淩波豔十分，蹇脩好把戒香薰。記陪高讌傾三雅，擬續清游咏五君。數畝漣漪驚驟雨，頻年蹤迹感停雲。謂季思、滇生兩學使。臨池忽憶滇南客，惆悵蓉城日又曛。池籥庭少司成已殁〔二〕。

〔一〕刻本題作「庚寅夏日偕同直諸君觴集澄懷園藤陰老屋觀荷忽忽八年矣聚散存殁根觸余懷率成一律呈春浦侍郎」。

〔二〕「少司成」，刻本作「司業」。

湘林侍郎寄示春日對梨花懷潤峰尚書及余之作走筆酬和並呈尚書〔一〕

風荷歷亂飛秋雲，金臺落月頻夢君。鏘然一聲石芝折，覺來千里歡情分。感君書箋遠相寄，筆勢超逸過羊欣。今朝長篇重惠我，咳唾珠玉含蘭薰。爲言欒郊勝香國，門前玉雨吹繽紛。所惜故人不同賞，孤吟何以張吾軍。我讀君詩憶疇曩，元戎坐上同論文。秋原聯騎訪古刹，笑傾紫瀣顔微醺。巢痕又依温室樹，驪歌疊唱思紛紜。榆關茫茫春信隔〔二〕，離抱兩地空殷勤。勸君憑闌莫惆悵，猶幸消息時相聞。素心期君似此樹，百花開盡方揚芬。報章請從尚書後，白鷗敢與鵷鸞群。

〔一〕「走筆酬和並呈尚書」，刻本作「奉和」。

〔二〕「榆」，刻本作「渝」。

湘林詩有蛾眉欲畫都不暇之句戲作三截句寄之〔一〕

輕顰淺暈託微波，淡掃春風點翠螺。誰道多情老京兆，不曾親手畫雙蛾。

駿馬豐貂出漢關，燕支山色映桃鬟。若將東海開妝鏡，照見纖纖月子彎。

新荷雨打絢朝霞，按曲應煩解語花。知否疏齋岑寂甚，遠山樓角一痕斜。

〔一〕刻本無此組詩。

秋雨述懷

深林積秋陰，涼氣卷飛雨。商飈忽以動，蟋蟀鳴我宇。退直晝掩關〔一〕，索居誰與語。遥望江南雲，渺焉在何許。日暮更淒涼，繁聲起寒杵。燕臺秋節换，客子尚單紵。呼童理蓋篋，狼籍到巾屨。多慚紆簪纓，感我長羈旅。

〔一〕「晝」，刻本作「自」。

食筍齋秋日晚坐〔一〕

高樹已黄葉，閒庭猶緑陰。林深積秋氣，日落動鄉心。雲表鳥雙去，階前蛩一吟〔二〕。涼風忽吹送，淒絶擣衣碪。

〔一〕刻本無「秋日」二字。
〔二〕「蛩」，刻本作「蟲」。

寄湘林

園池羃曾陰，落葉紛可埽。凍雨泫叢條，回飈偃庭草。獨居意尠歡，矯首望遠道。遥想關山秋，應比燕臺早。猶憶去年時，與君在豐鎬。霜郊騁遐矚，古刹淩霄顥。平攬六邊雲，俯睇三神島。澂觀滌煩襟，長嘯向晴昊。别來忽一載，坐覺風霜老。長笛感空廬，謂春海少司農〔一〕。班荆割離抱。春浦、淪齋俱出視學。憂勞易戕性，安得顔色好。寒聲起暮碪，孤夢碎如擣。悠悠江南波，擾擾遼東藻。秋期已及瓜，洄蟹正輸稻。讀君瓊瑶篇，寄示和餽瓜〔二〕、餽蟹二詩。令我歸思浩。何當謝簪纓，脱身事幽討。

古誼久不作，淳風一何微。交游滿海内，常苦知音稀。晼晚見君子，威鳳騰光輝。霞標神宇澈，玉屑清言霏。立身植矩矱，處世羞脂韋。古稱直諒友，如君其庶幾。余既趨北闕，君尚留東畿。書札通殷勤，千里遥相晞。緊余雖承乏，昕宵侍經帷。顧念八旬母，陟屺時長欷。崦嵫急景迫，鴇雁隨雲飛。徘徊未能去，有淚不敢揮。行將歌來諗，躬耕著萊衣。計君還朝時，予當蚤旋歸。人生志氣合，豈在出處違。勖哉崇令德，消息觀道機。

〔一〕刻本無「少司農」三字。
〔二〕刻本無「和」字。

戊戌

題聽松圖爲杭州駐防佟就園防禦作〔一〕

前年獨上高峰塔，夾路松風環鈴匝。下方雲海青濛濛，萬壑笙鐘相應答。去年走馬松山城，虬枝百丈晴空撑。毉巫閭前渤澥闊，蛟龍吹笛波濤驚。流光忽忽催人老，三徑就荒何日埽。夜來小夢倚高樓，靈鞠華芝滿松島。會當騎鶴返故鄉，萬松嶺下同徜徉。饑餐伏苓金粉滑，渴飲朝露珠璣香。

〔一〕刻本下注「戊戌」二字。

錢生福元慈竹平安圖

閒庭春永影檀欒，解帶思承菽水歡。一匊酸辛游子淚〔一〕，瑯玕灑遍祝平安。

階前玉筍迴清修，欲上青霄不自由。翻羨蓬蒿三徑裏，葵心菊腦奉晨羞。

我欲歸休六枳園，卅年游宦愧何蕃。長生空寫嵇含賦，難畫慈雲一縷痕。

〔一〕「匊」，刻本作「鞠」，按「匊」爲「掬」之古字，刻本作「鞠」似未妥。

仲遠屬題緑天秋意圖

萬緑回環永晝陰，一天涼意靜愔愔。燕臺無限悲秋士，誰識先生大隱心。

陔蘭階草緑千叢，歸計遲回六載中。畢竟季鷹知我意，掛帆元不爲秋風。

惠邸招同杜芝農學士受田徐惺庵學士士芬賈筠堂侍講楨孫符卿編修瑞珍游鳴鶴園應教

鳴鶴嘉名錫，飛翬舊構存。絲綸新拜賜，花萼永銜恩。葱蒨依宫樹，連延接禁垣。梓材承樸斲，桐葉焕屏藩。地迥侔仙島，朝回集晝轓。賢王偏愛士，暇日爲開樽。早夏時光麗，斜陽景物暄。瀓懷聯四友，休沐趁三番。班忝簪毫綴，文叨授牘論。幸陪公讌末，常奉霽顔温。美薮羅芳脃〔一〕，珍肴進炙燔。飲醇榮設醴，飽德感傳飧。味擷詩書雋，音躅竹肉喧。特教窮勝概，頓覺滌塵煩。仄徑青莎踏，幽岑翠葛捫。臺高迎爽氣，池皺過風痕。薝蔔參香界，園中有二樹，花小而白，馨烈異常。不知其名，疑即薝蔔也〔二〕。茭蒲隱釣舲。疏宜添月榭，静欲認江村。罨薮藤垂港，玲瓏石作門。欄迴攀傑閣，簾卷敞層軒。璀璨陳圖史，斕斒列鼎甗。茶煙封屋角，墨沼浸雲根。緑嫩庭篁擢，紅嫣砌藥翻。林泉看入妙，魚鳥澹忘言。橋亘長虹卧，亭孤彩鳳騫。有峰皆玉府，是水即瓊源。更喜清華湛，無勞畚築繁。塗丹功尚待，守素意彌敦。度仰謙謙示，祥徵止止蕃。儉惟恭所致，厚乃福之原。爲善饒真樂，勤思答至尊。頌兼規共獻，辭賦陋梁園。

〔一〕「美」，刻本作「野」。

〔二〕刻本無「不知其名，疑即薝蔔也」九字。

附惠邸和作

逸趣園林敞，前徽志詠存。西墻開老圃，北闕拜新恩。未暇翬承宇，惟將蠣飾垣。列峰如罨畫，折柳亦籬藩。陋漫譏蝸舍，閒還挽鹿轓。偶停名士屐，爲設酒人樽。野簌無珍味，輕陰有嫩暄。暢懷惟竟日，行炙或三番。餔啜堪觀法，煙霞共討論。垂楊千縷拂，新茗一杯温。冠蓋軒軒集，沈檀細細燔。對山餐以秀，呪筍待爲飧。幸挹琴書味，殊忘鳥雀喧。片時師訓接，頓滌俗襟煩。緬昔身親炙，于今手自捫。瞻星初入直，立雪每量痕。瞢學勤爲牖，迷津渡以舲。課詩追栗里，陳稼述花村。抑抑儒師範，存存道義門。記從持使節，遂爾擁輶軒。博取宏珊網，搜奇貢寶甗。兩回提玉尺，一氣證靈根。真鑑温犀照，文瀾峽水翻。士方勤日課，駕乃返星言。雛鳳聲能繼，祥鸞羽又騫。職仍清且要，道自得其源。適館簪重盍，趨朝露正繁。望雲心每切，安土度彌敦。載誦詩篇富，從知祉祚蕃。愛人真以德，勖我福之原。學步明同調，心香奉一尊。銀章青綬貴，雅譽媲東園。

來諗集

著雍閹茂（戊戌）

閏四月十一日以母老陳情拜疏乞養荷蒙恩允感極涕零恭紀〔一〕

陳情一疏去聲〔二〕。達璿除，詔許還家賦遂初。八秩衰親違定省，六年游子夢門閭。未遑求祿資三徑，敢說高蹤企二疏。聽徹林烏啼往復，此行原不爲鱸魚。

〔一〕「荷」，刻本作「仰」。

〔二〕刻本無此注。

宿雄縣

青鞋布襪紫綸巾，誰識中朝侍從臣。祇爲蘭陔增遠慕，暫辭楓陛乞閒身〔一〕。魚飧已近江南味，馬首猶霑薊北塵。十二橋邊舊鷗侶，也應相見倍相親。

〔一〕「暫」，刻本作「徑」。

河間見黄韻珊孝廉憲清支少鶴庶常清彦題壁因書其後

拙宜樂府最清新，黄九才名迥絶塵。多少公卿求識面，不知誰是護花人。

支生身到鳳凰池，四十成名莫嘆遲。讀到壁間好詩句，天懷澹定少人知。

富莊驛和壁間蔡雲士同年賡颺韻

手網珊瑚七尺稀，嶺南風物料全非。祇今唯有珠江月，還逐停雲一片飛。

平原道中

莽莽齊煙入望開，沮洳黿坼委蒿萊。九河故瀆紛難紀，不信今無賈讓才。

涼露空濛裛白沙，半天高柳濕棲鴉。行人繫馬月剛落，開遍高原苜蓿花。

宵征涼氣似清秋，向曉停驂旅館休。贏得此心無熱惱，果然五月可披裘。

宿岔河

又入江南境，愁顔一笑開。路猶千里隔，人自九霄來。前月書應達，高堂盼幾回。歸程頻屈指，夢已繞蘭陔。

懷魯通甫孝廉 一同並叙

出都日宿黄村旅店，見壁間題詩，署款曰□□，格律清蒼，書法雄秀，擊節稱快，嘆爲奇才。道經山左，行入江南，每憩逆旅，往往見題壁之作，輒吟詠不置〔一〕，玩其筆意，疑是魯孝廉作也。孝廉山陽人，爲徐辛庵學士門下士，今年春，學士以其闈作見示，高華沈實，迥異時流，乃牓發，竟不售，豈以斯才而終淪落乎。予雖未識孝廉，然神交久矣。輒成長句，俟它日驗之。

每到旗亭倦眼開，不須紅袖拂塵埃。人疑燕趙悲歌士，詩帶幽并逸氣來。滄海豈容巢父卧，巖廊終遲去聲〔二〕。長卿才。小山詞賦長淮酒，獨佩吴鈎上釣臺。

〔一〕刻本以上注作：「出都日宿黄村旅店，見壁間題詩，格律清蒼，書法雄秀，擊節稱快，嘆爲奇才。道經山左，每憩逆旅，往往見之。」

〔二〕刻本無此注。

題鄉耆社集圖〔一〕

道光丙申春，吾邑王萩齋觀察家相致仕歸，四月二日集鄉之耆宿會於城南之西莊水閣觀競渡，泛舟湖田，飲酒盡歡而罷。明年四月復會焉。與是會者，俞穆堂封君廷楫、言皋雲太守朝標、龐釣巖上舍非熊、楊訥庵上舍景聖、宗牧厓貳尹德懋、龐葉鳳封君德輝、胡翠岑廣文靜之、黄琴六茂才廷鑑、李春海少尹仁榮、陸蘭舟茂才經、蔣伯生大令因培、宗補齋茂才德潤，偕觀察爲十三人〔二〕。俞封君年八十五，齒最高，言太守次之，諸人亦皆年過七十，鶴髮童顔，精神矍鑠，鄉人聚觀，嘖嘖稱盛事，爰屬胡芑香駿聲繪圖，而琴六爲之記。未几龐上舍殁，明年夏王觀察、蔣大令、俞封君相繼謝世，圖中人僅存其九矣。哲人云亡，盛會難再，良可慨也〔三〕。

虞山峰巒巒，尚湖波粼粼。山水氣清曠，中多澹蕩人。枌榆集耆彦，觴詠陶良辰。行藏各殊趣，語默皆天真。維舟柳陰下，魚鳥來相親。是日雨濛濛，楊花飛白蘋。湖田喧競渡，簫鼓填城闉。鄉人自娱樂，豈知吊靈均。一笑姑置之，且傾若下春。宣尼亦獵較，何傷風俗淳。

鴻鵠翔高冥，燕雀賀大廈。微尚各有存，立志豈相假。嶽嶽王先生，憂樂繫天下。一疏動至尊，直聲震朝野。精誠天自鑒，碩畫知者寡。緊豈私一鄉，元氣賴陶冶。整豸巡淮西，治書燭每灺。引年謝簪紱，餘事到杯斝。奄忽梁木摧，知交淚如瀉。東南盡尸祝，奚獨祭於社。

昔者文潞國，高會聯耆英。華堂闢僧舍，圖畫遍雒城。老成既引退，新法方紛更。温公晚一出，功業竟未成。徒令千載下，景仰群賢名。兹會偶然耳，人數適合並。敢云繼前軌，所幸逢昇平。飲食安帝力，江湖忘宦情。年年社飯時，尊酒猶共傾。飲罷課南畝，及時事春耕。

〔一〕刻本題作「鄉耆社集圖」，刻本卷第十二自此詩始，卷第十二下注：「古今體詩七十八首。起戊戌抵里後家居養親，庚子、辛丑連有海警，數往還郡城作。」

〔二〕「偕觀察爲十三人」，刻本作「凡十三人」。

〔三〕刻本無「哲人云亡」四字。

黄牧村桃溪鬳樂圖

林深路千盤，日出花四照。中有餐霞人，垂綸坐長嘯。徵君鸞鳳姿，丹穴戢輝耀。婉婉長離翔，旍招應明詔。逝將淩紫氛，羽儀振廊廟。先生徑謝去，挽駕頭屢掉。目營巢父竿，興寄任公釣。春風無世情，逝水觀道妙。扁舟成獨往，荒蹊展遐眺。翻笑武陵人，比鄰有同調。濠梁迹已陳，真想企壺嶠。悠悠桐江波，芳躅庶憑吊。

屠維大淵獻（己亥）

三月十二日周鶴儕司馬壬福招同龐子方學録大堃小集擬泛舟看花雨阻不果[一]

春風湖上來，吹作四山雨。曾陰變寒燠，薄靄滿林墅。幽人耽僻静，獨坐無與語。不知春已深，開徑但延佇。良朋折簡招，爲我具雞黍。盍祓展襟期，得此素心侣。願言漾輕舟，掛席泛煙渚。滂沱勢逾急，遊攬興因阻。良辰不易得，嘉會動多沮。芳菲幸未歇，禊事儻可補。

〔一〕刻本題作，「三月十二日周鶴儕壬福招同龐子方大堃泛舟看花雨阻不果」。下注「己亥」。

老圃秋容圖爲葉鳳德輝題[一]

秋容寫出玉精神，嘯傲湖山自在身。合與太平添勝事，耆英高會十三人。
尚湖春泛木蘭船，秋日仍開杞菊筵。難得鳳雛能養志，應門持酒盡名賢。
麑眼疏籬帶水斜，秋潭倒影燦雲霞。繁葩寒豔紛如此，不數城東菊隱家。從前管虹橋明經居城東，蒔菊最盛，明經歿後，菊圃荒廢久矣[二]。

茗香堂畔月黄昏，謂王菣齋先生[三]。一角山樓静掩門。蔣伯生丈。今歲秋高重讌集，圖中省識九人存。

我亦星星感鬢絲，廿年孤負菊花期。拒霜傲骨稜稜在，珍重寒香晚節時。

〔一〕刻本題作「老圃秋容圖爲龐葉鳳題」。
〔二〕刻本注作：「管虹橋明經居城東，蒔菊最盛，明經歿後，菊圃久荒矣。」
〔三〕刻本無「謂」字。

徐亮村小照[一]

廿年不見徐孺子，一笑相逢驚老蒼。行遍天涯游已倦，而今我亦鬢成霜。
煮茗焚香讀道書，近來蹤迹溷樵漁。有時抛卷渾無語，静看孤雲過太虚。
菊鈴個個繞前榮，老眼摩抄數不清。放下水精雙靉靆，看花元怕太分明[二]。
灌園已息漢陰機，浩蕩沙鷗自在飛。何日與君上烏目，瑶琴一曲對斜暉[三]。

〔一〕「村」，刻本作「春」。
〔二〕刻本無此首詩。

〔三〕刻本無此首詩。

題陸雲儀惜花圖戊戌冬至後十日〔一〕

渺渺春江十丈深，夜來風雨過前林。生憎桃李渾無賴，孤負栽培一片心。
菀枯天意信難知，無力花簷不自持。看到燕支狼藉後，思量何似未開時。
結習維摩久坐忘，深山日日禮空王。曇花彈指渾如夢，怕見天魔舞一場。

〔一〕刻本無此組詩。

錢文伯明經廷錦屬題折蓮圖其元配方蓮芬夫人遺照也〔一〕

亭亭獨立水之涯，環珮歸來泠月斜。怪底仙雲留不住，前身元是妙蓮花。
善慧仙人了化機，隨身瓶拂鹿皮衣。瞿夷已結他生約，手散空花自在飛。

〔一〕刻本無此組詩。

歸訪齋茂才靜坐聽鳴泉遺照〔一〕

萬谷笙鐘動石湫，蒼髯白甲舞潛虯。回風獵獵陰雲合，仿佛靈旗日暮游。
碧桃初種返蓉城，嗚咽泉流恨未平。他日好思劉尹樹，出山還似在山清。

〔一〕刻本無此組詩。

龐靜園明經遺照〔一〕

萬壑丹楓夕照開，脱巾閒步破蒼苔。應嫌略彴通人徑，獨背溪雲得得來。
霜林吾谷影沈沈，采藥遺蹤不可尋。一卷離騷一杯酒，滿山寒葉寄秋心。

〔一〕刻本無此組詩。

龐子勤茂才肯堂小照〔一〕

鹿門卜築曠無鄰，驥子豐標迥出塵。屋上青山階下水，此中端合著高人。

蟹湯初瀹緑昌明，棐几桃笙暑氣清。看罷閒庭雙鶴舞，快聽泉韻和書聲。

〔一〕刻本無此組詩。

周句鑃歌 並序

乾隆戊申夏，吾邑翼京門外民鋤地得古銅器一〔一〕，俞新甫太守廷柏方家居〔二〕，以萬錢易之。其器橢圜，口徑一尺九分，中窪旁聳，腹徑一尺二分，底徑九寸二分，深五寸四分，中高五寸五分，兩旁高六寸五分，底中央有柄，長四寸，上方末鋭，通高一尺五分，前後並鐫篆銘四行〔三〕，自右旋左，各二行，銘下皆靁紋環之，聳起鋭頭十八，底界横帶一道靁紋，布滿柄近，底處八分稍寬博〔四〕，前後隆起乳各十八，左右乳各十二，底及柄皆有土蝕痕〔五〕，容米一升六合〔六〕，重五斤五兩五錢，以今尺權量，準之如此。銘文凡三十九，叔冶鮑氏份釋之曰：「惟王正月初吉丁亥，姑馮胡同之子擇乃吉金自作再右鑃以樂賓客，叔季父族子子孫孫永保用之。」而謂〔七〕：「鑃即翟上插雉羽，樂人執之，詩簡兮所稱右手秉翟者也。」其説鑿空無據〔八〕。虛庵張氏承露、筱軒吴氏憲澂續作考證，〔九〕糾鮑之失，謂鑃文通銚，銚，温器也。吴氏又謂銚形類鐎，即刁斗。其説良是。「叔季」二字，張據許子將鍾定爲「我及」，「右」字，吴據仲駒敦定爲「句」，「族」字，吴據分寧鍾定爲「兄」，皆極精審。「再」字，鮑釋固非〔一〇〕，張釋爲「商」，而以爲商器，吴釋同張〔一一〕，而以爲或用之商祭〔一二〕，或聲中商音，均近傅會。然亦疑不能明也。惟「胡」字〔一三〕，張釋作「舌」，吴疑篆體不類，而據鐘鼎文簠字證明爲「胡」〔一四〕。説恐未碻〔一五〕。竊謂古人作字，隨時損益，初無定形，不必盡與《説文》合。張氏讀作「舌」，亦未可盡非也。案舌庸，越大夫，見《吴語》，今《左傳》譌作「后」，而唐石經作「舌」，知今本經後人妄改矣。《廣韻》注舌姓，引越大夫爲祖，是舌固越中世族也。魯哀公十三年，句踐命范蠡、舌庸沿海泝淮，以絶吴路。廿六年，庸與如皋帥師納衛侯，其明年，復聘於魯，材兼文武，勳猷爛然，宜示子孫，以昭明德。考銘首〔一六〕：惟王正月初吉丁亥，以杜氏長曆推之，爲魯哀公二十年，實周元王即位之元年。其年冬十一月，越圍吴，三年，遂滅吴。時代適合。然則是鑃殆舌庸作與。欒大司徒子象之子宏作旅匜，卬仲之孫伯戔作饋盦，皆自稱名。惟延陵季子之劍不名，與此正同義，各有當，未容臆度也。吴越之地多以姑名者，姑馮當是越地舌氏之采邑，姑，發語辭，猶之句吴、於越云爾。越既併吴，盡有其地，聞家華族法物留貽，載祀三千，尚存故土。吾吴古器，莫逾此矣。鑃今藏太守季子見嵐大令焯家，見嵐以銘文拓本見示，爰爲辨證如右，並作長歌紀之。

虞山鵠峙姑胥東，勢控吴越爭豪雄。薶藏神物見光怪，燭天寶氣成長虹。乾隆戊申古鑃出，掊土得寶喧村農。攜來滌濯色蒼黝，赤鐐似笵姑中銅。橢圜中虚下承柄，規製仿佛鳧氏鍾。倨句磬折宣有半，上脣中殺旁微豐。靁紋篆帶繞其腹，鋭頭十八排矛鏦。柄環四面乳六十，只少縣鈕雕旋蟲。是古昷器或刁斗，以代聚榛傳朝饔。滎陽庫中昔有式，用之元可兼賓戎〔一七〕。銘字三十有九字〔一八〕，釋者聚訟誰適從。舌同之子遠莫紀，論世疑是越舌庸。邱明内傳譌作后，字轉洩渫聲相通。沼吴戰績亞少伯，霸越秘計參逢同。撝稱特從仍叔例〔一九〕，父在爲子明孜龔。南方圖經久茫昧，采地藉以傳姑馮。旌旗太末想姑蔑，習流屯海通姑熊。惟王正月丁亥朔，焞焞大火乘蒼龍。是時天子初踐阼，兵氛牛斗寒芒衝。君王躬帶步光劍，俊士盡佩廬生弓。六千君子怒鼃伏，涉江鳴鼓宵烽紅。大夫定持此鑼從，晝炊夜擊張軍容。前驅已圍高平里，妖夢行踐章明宫。水流湯湯植鋘鏗，鼓震篋篋有鍛工。三年歲行在星紀，越地得福吴告凶。甬東竟雪會稽恥，長洲茂苑生梧桐。山川重秀天地朗，賀臺飲至酬元功。玉門金鑽筴果應，尹卣悝鼎恩宜隆。以妥父兄樂賓客，受書告廟歆祖宗。卧龍長埋相國種，金象空寫陶朱公。聘魯定衛通上國，庸也獨以勳名終。湛盧適楚玉鳧没，此鑼猶幸留吴中。三千年來閟精彩，博識惜未歐劉逢。我生眼不識奇字，忽發異論驚兒童。願君什襲寶守器，古訓世德垂無窮。君不見北海盩室延陵劍，吷然鳥逝隨秋風。

昨過挹秀書屋，摩挲寶鑼，詳觀銘文〔二〇〕，第十一字乃𠯑非舌也。旁有剥蝕痕，故拓本不能辨識耳〔二一〕。𠂨即氏字，龍敦敔敦中氏字可證。然則𠯑殆舌之假借字歟。且括逜活等字，今皆從舌，又焉知舌姓之舌非本作𠯑，而後乃轉寫作舌歟。張吴兩君未經審視，余特爲拈出，試質之兩君以爲何如。

道光己亥六月廿七日又記〔二二〕。

〔一〕刻本無「一」字。

〔二〕刻本無「方家居」三字。

〔三〕刻本無「並鐫」二字。

〔四〕刻本無「寬」字。
〔五〕刻本無此句。
〔六〕刻本無「米」字。
〔七〕「而謂」，刻本作「又曰」。
〔八〕刻本無「其説鑿空無據」六字。
〔九〕刻本無「續作考證」四字。
〔一〇〕刻本無「鮑釋固非」四字。
〔一一〕刻本無「釋同張」三字。
〔一二〕刻本無「而」字。
〔一三〕「然亦疑之不能明也。惟」，刻本無此九字。
〔一四〕「明」，刻本作「以」字。
〔一五〕刻本無「説恐未碻」四字。
〔一六〕「考銘首」，刻本作「銘云」。
〔一七〕「元」，刻本作「本」。
〔一八〕「銘字」，刻本作「其銘」。
〔一九〕「撝稱」，刻本作「命辭」。
〔二〇〕摩挲寶鑼，詳觀銘文：刻本作「細審銘文」。
〔二一〕刻本無「識」字。
〔二二〕「張吴兩君」至文末，刻本作「己亥六月廿七日記」。

龐氏三孝婦詩並引

邑西鄉龐氏不戒於火，龐翁及二子皆他出，獨姑與婦在，火及宗祏，姑救木主，婦救姑，俱被焚死，嘉慶庚午十一月事也。

畢方鼓翼繞屋飛〔一〕，火雅啞啞鳴告災。龐公遠出子未歸，龐家婦姑守中閨。祝融中夜施炎威，高燒周垣連檫楣。婦從姑走踰門畿，欲出不出心然疑。後堂栗主忍棄遺，反身入火亟抱持。姑先奮袂兩婦隨，欝攸四合火撲衣。崑岡一炬白壁灰，紅蓮三朵明葳蕤。絳旃紫纛從兩旗，上燭霄漢揚芬菲。龐公歸來肝腸摧，搶地欲絶悲兩兒。路人聞之生嘆咨，臚厥孝行告有司，標以彤管千秋垂。君不見春秋褒善無過辭，澶淵乃録宋伯姬。

〔一〕「方」，刻本作「芳」。

率溪怨一首爲程曰璵作〔一〕並序

程曰璵字侶璠，休寧率溪人，與從弟曰瑾服賈江淮間。曰璵以母年八十，偕曰瑾歸爲壽，舟過無錫，曰璵失足墮水，曰瑾拯其兄，亦溺，舟人救之，曰璵獲免，曰瑾死焉。曰璵持喪歸，以千金予其家，且爲之立後。念弟死以己故，常忽忽不樂。一日晨起，爲位哭極哀〔二〕，疾趨出門，投水死，年僅四十有一〔三〕。乾隆五年六月二日事也。曹文敏公文埴爲作傳，余哀其志而閔其愚也，作詩吊之。

湛湛江水流，杳杳楓樹林。誰翻箜篌引，變作塤篪吟。程氏偕從弟，行賈長江潯。回舟渡梁溪，失足波間沈。阿弟援以手，倉卒力不任。上有青天照，下有黄泉深。弟死兄得活，聳身赴波心。阿兄持喪歸，血淚霑衣襟。入門長號咷，魂魄不可尋。解我舟中裝，出我橐中金。我子爲女後，葬女白嶽岑。朝夕意慘慘，歲月馳駸駸。中宵拊膺嘆，起視辰與參。上堂啟阿母，兒命當盡今。卮酒爲母壽，不足復酌斟。阿母大悲摧，舉言淚淫淫。勿作不良計，念我暮景侵。再拜出門去，冥默如聾喑。門前西溪水，夏木環蕭森。驚飆薄白日，重淵覆元黔。徘徊解屨韈，從容掛冠簪。上有青天照，下有黄泉深。弟死兄獨活，聳身赴波心。溪邊桃李花，紛㪽自成陰。根枝互蟠結，上有雙冤禽。延頸宛轉啼，自名爲歔欷。行人聞此聲，寫入成連琴。惟憐慈烏曲，掩抑難成音。

〔一〕刻本題作「率溪怨」。
〔二〕刻本無「爲位」二字。
〔三〕刻本無「年僅四十有一」六字。

歸壽谷廣文衔觀瀑圖圖爲邵貢甫聖藝畫〔一〕

同冠去聲〔二〕。晶簾卷，開先雪練深。韓蘇舊游處，山水有清音。余亦停幽屐，空懷緬古心。無因攜勝侶，一爲滌煩襟。

霜月吟舒焕，檐花酌鄭虔。斯人老邱壑，吾道在林泉。賴有青門叟，能傳白石仙〔三〕。披圖憶疇曩，萬樹咽啼鵑。

〔一〕刻本無此注。

〔二〕刻本無此注。

〔三〕刻本此句後注：「圖爲邵聖藝畫。」

曾一川先生倬騎牛圖卷有蔣文肅、徐荼坪、汪杜林、王次山諸先生題詩〔一〕。

臺笠當春風，村村滿花絮。已興千載思，復此三峰路。騎牛軒冕輕，揮麈神理寓。想見襟懷寬，悠然得真趣。百年見遺像，神采動縑素。諷詠名賢篇，嘉藻發章句。故人汪與蔣，執手惜遲暮。冥鴻已高翔，一去不返顧。讀書空山中，二紀積超悟。偶焉命駕游，邈曠遺世務。陽春二三月，萬象自和煦。撫化樂及時，齊物澹無慮。商歌非吾事，獨往隨所遇。遐哉至人心，風俗契淵度。前軌日以湮，先民彌可慕。欲訪習是堂，蒼蒼隔煙霧。

〔一〕刻本無「卷」字。

黄琴六茂才廷鑑倚仗聽泉圖

中聲日以降，大雅不可作。泠泠太古音，窅曠何所託。真想寄濠梁，委懷在巖壑。暫與塵囂辭，且遂山林樂。先生振奇人，道勝世情薄。精心探三墳，元覽苞七略。丹黄手讐勘，快若風埽籜。舊聞搜琳瑯，著《琴川三志補》。健筆淬廉鍔。謂當淩青雲，論思躋秘閣。誰知隱霧豹，竟作蟠泥蠖。百鳥方啁啾，疇能辨元鶴。六引競繁會，孰解賞牛鐸。東野終困窮，西河久離索。物情齊憂娛，至味甘澹泊。策杖聽潺湲，支頤看寥廓。想見夷曠懷，浮雲視人爵。憶昔初識君，忽忽事如昨。吾邦盛文獻，前軌遵矩矱。就中陳與張，子準、月霄兩茂才。年才最賅博。聚書萬卷多，抗志千秋各。云何委恒幹，神理歸冥漠。況復卅載來，知交漸零落。山莊荒享帚，屈侶甫廣文。蓬徑掩芬若。張椒卿明經。孤亭虛雅集，蔣伯生大令。半野罷觴酌。張鹿樵觀察。聞笛慷慨增，睎雲情緒惡。先生全其天，風采逾矍鑠。商歌金石協，談笑能羆却。時與元度偕，謂許伯緘兄丈〔一〕。周旋慰寂寞。揭來訪幽居，小築倚危彴。

門前水洄沿，籬下花綽約。手披虞氏書，心契延陵諸。伯生大令屬君校正《北堂書鈔》未竟〔二〕，而大令卒，君重亡友之託，爲藏其事，俾大令喆嗣奇男藏之〔三〕。千頃汪汪陂，靜對生愧怍。伊余秉微尚，塵事苦羈縛。朝簪幸已抽，初服猶可著。秋風吹叢桂，寒雨過山郭。逝將擕響簣，從君採大藥。

〔一〕刻本無「兄丈」二字。

〔二〕刻本無「君」、「正」二字。

〔三〕刻本無「俾大令喆嗣奇男藏之」九字。

宗補齋茂才德潤采藥圖

白雲仙棗天邊零，菖蒲澗底生幽馨。安期一去渺雲海，飛濤百尺空泠泠。甘溪下通朱明洞，羅浮窈窕開雲屏。銅龍晝吟瘖虎伏〔一〕，鐵橋石柱高竛竮。穉川苦求句漏令，溷迹瘴海哦松廳。謂哲昆牧厓貳尹。君時裹糧度炎嶠，珠江春雨連床聽。朝尋綠衣五羊觀，夜煮白石雙銅鉼。竹葉符探野人宅，桃枝杖敂元都扃。我方乘槎指瓊甸，驪珠照灼浮南溟。刺桐花開木棉謝，鞭鸞笞鳳何曾停。三山可望不可即，青鳥傳語煙冥冥。歸裝不敢載薏苡，滿籠或者收蔆苓。西馳巴邱東渤澥，百二十度周新蓂。玉床丹鏃杳難致，天風吹夢蘧蘧醒。君早倦游返吾谷，我亦來諗揚吳舲。相逢執手一大笑，聚散倏忽飄浮萍。壁間誰貌入聲〔二〕。壽者相，白鬚紅頰眸如星。手擕鴉鉏行采藥，筠籃瑤草青猿拎。太元長谷御六氣，黄精絳〔三〕樹觀三庭。塵寰游戲亦不惡，何必白日乘雲軿。昨朝過訪孝隱士，憑几正讀黄庭經。畫圖寫出兩臞鶴，遠游長史俱仙靈。牧厓亦有采藥圖。他年幽夢到碧井，一枝敲折珊瑚青。坡公定須報同叔，肉芝烹熟陳羹鉶。松肪長餌五萬石，桃實飽啖三千齡。儻留石髓幸分餽，爲君醉草新宮銘。

〔一〕「虎伏」，刻本作「伏虎」。

〔二〕刻本無此注。

〔三〕「絳」，刻本誤作「綘」。

趙氏欹器詩並序

欹器一銅爲之〔一〕，形如小鐘，圓上鋭下，口徑一寸八分，高三寸八分，環口爲旋波紋，其下作蚪形一，角額睛口耳眉顳悉具，角在鼻上，其腰兩旁繫小銅耳〔二〕，曰鑾〔三〕，各寸許，平懸之中虚可受水三四合。背篆「元光」二字，其簴亦銅爲之，底高可二寸四分〔四〕，修五寸六分，廣四寸，内嵌空〔五〕，作芝草形，四周刻文爲旋波〔六〕，下承四足，其上兩旁立小銅柱二〔七〕，高五寸，蟠以二螭，柱中各小孔一〔八〕，以貫兩耳而懸之〔九〕。相傳宋宣仁后以賜傅獻簡公堯俞者。按堯俞謚獻肅，原作獻簡，疑誤〔一〇〕。紹興中獻簡之孫忠肅公察夫人趙氏攜以入閩，遂家泉州，至明時傅氏尚世守之。蔣德璟有《觀欹器記》，叙之甚詳，載《泉州府志》。器後輾轉歸曾氏〔一一〕，嘉慶戊辰，吾邑趙鳳山大令同岐宰晋江，曾約巖工部以是器爲贈。時張蘭渚中丞師誠聞之〔一二〕，索去，云將以入貢，實亦未果也〔一三〕。大令乃命工笵白金仿製一器〔一四〕，形模畢肖，試以水，無毫髮差，櫝而藏諸家廟，以配文毅公兕觥，並繪圖記之。未幾而大令殁，喆嗣玉汝元成敬承先志，裝潢成册，遍徵題詠，來索詩〔一五〕。按背銘二字，蔣讀爲「所光」，趙疑「所」字不類，而定「光」爲「兕」，謂器鏤一角，象兕形也。鮑廑客明經偉文讀作「元光」，疑器本漢武舊製而後代仿爲之者〔一六〕，然漢武欵器不見於史，且自來鼎彝款識亦無但鐫年號兩字，其説亦未爲確也〔一七〕。

消息犧窮神，損益聖垂誥。物情多宜捊，人道嗛是好。穹圓若張弓，高下均覆幬。流丸止歐臾，坳坎因利導。陰陽劑盈虚，平陂察豐耗。聖王執厥中，右坐義精奥。後來競仿製，雕刻紛穿鑿。兹器北宋傳，法物重同瑁。虚如人磬折，俯類鳥啄菢。特頒傅獻肅，金玉勵清操。撝訶鬼物守，流轉炎方到。趙侯宰晉江，芃黍陰雨膏。邦人感嘉惠，投贈等紵縞。傳觀喧賓僚，馳索上牙纛。玉環昧辭鄭，廟鼎譏納郜。如何挈瓶智，巧作大弓盗。别笵存精鐐，摩抄釋煩懊。持以配兕觥，蘋藻庶可芼。有明十一葉，定陵初更號。沖人正恭默，元輔行品媢〔一八〕。嶽嶽文毅公，謇諤耻媚竈。上疏披忠忱，拜杖困陵暴。臘肉示子孫，竄削甘所冒。江陵綜覈才，賦性本雄驁。持盈儻守盅，虎尾或可蹈。惜哉筦子器〔一九〕，濟以苦成傲。覆餗底剭占，撲滿禍機報。鈞衡一傾欹，萬理迭顛倒。朝堂立門户，水火分濕燥。遂令覆盂安，竟貽淪鼎悼。新尊挈侑卮，工祝致孝告。挹注永無斁，洞酌神所勞。

〔一〕刻本無「一」字。

〔二〕刻本無「作」字。無「角在鼻上，其腰」六字。
〔三〕刻本無「曰樂」二字。
〔四〕「底高可二寸四分」，刻本作「高二寸四分」。
〔五〕刻本無「嵌」字。
〔六〕「四周刻文爲旋波」，刻本作「四周旋波紋」。
〔七〕刻本無「立小」二字。
〔八〕「柱中各小孔一」，刻本作「柱中小孔」。
〔九〕刻本無「以」字。
〔一〇〕刻本無「疑」字。
〔一一〕刻本無「器」字。
〔一二〕「時張蘭渚中丞師誠」，刻本作「某中丞」。
〔一三〕刻本無「實亦未果也」五字。
〔一四〕刻本無「一器」二字。
〔一五〕刻本無「未幾而大令」至「來索詩」一段。
〔一六〕刻本無「又」、「器本」、「爲」字。
〔一七〕刻本無「爲」字。
〔一八〕「品」，刻本作「忌」字。
〔一九〕「筦」，刻本作「管」。

紀螿

周官毆庶蟲，春秋書有蜮。昆蟲列八蠟，月令紀百螣。地大滋孽芽，天降痒稼穡。所以古聖人，選德伏群慝。姬公製爾匹，一一辨形色。食苗心葉根，横暴亦云極。惟兹食節者，厥名乃曰螿。細如桃李蠹，詰屈行刦仄。長身膩若脂，鋭首光有艴。其性本内訌，其用善藏匿。類聚實以方，參會備凶德。蟠生嘉禾中，竊據巧爲賊。今年暘雨時，汜濩遍澤國。稠華播芬芳，禎穗鋪稫稄。謂當畝一鍾，高廩積秭億。詎知豐歉數，造物固難測。暑退温風來，秋分苦霧塞。陰陽氣交會，激薄以自蝕。瞻彼昀田，秀挺菀者特。朝看弱穗垂，暮訝枯莖踣。初猶分町畦，俄焉混畛域。剖視藁中空，節節如齒齧。長稠質灰黯，蠹屑色黝黑。多於螋蚼蟓，毒過蛅蟖蟶。驚倒百歲翁，蓄眼未曾識。倚鉏仰天嘆，憤氣填胸臆。近聞瓜蔓水，氾濫江淮北。秈秔斷估船，來歲恐乏食。況復惟正供，飛艘泛千翼。穗秸已朽腐，安得中程則。我發京房占，戒在土功亟。我讀王充論，官刑儆貪墨。聖皇方御宇，百物各率職。胡爲華孽妖，機祥有差忒。蜃炭牡鞠灰，蠹物攻必克。不聞蠃蟲災，禜禬可致力。庶哉禋明神，昭告烈山稷。封羊雅歆閤，磔狗禮用韷。索饗通精誠，秉畀降罰殛。穹慈儻垂鑒，民氣或蘇息。

秋雨述懷

霜風撼林柯，雲氣積䨴䨹。雨聲中夜至，推枕起長喟。朝來視周除，零落感百卉。念彼中田禾，狼籍嘆有蜚。赬肩擔報官，人語縣庭沸。儻留一月晴，餘粒尚可饮。如何淫霖降，值此刈穫未。長鎌濕生衣，香穗亂如蝟。隴頭苦葢茅，塍畔泥没扉。行看下濕田，遺秉委蒿蔚。租符有程期，物價已翔貴。饑寒縱可忍，椎剽那不畏。我無祈晴方，默坐但歔欷。題餻迫嘉節，獨酌聊自慰。黄花不吾欺，紫蟹正有味。杖藜攜榼游，何惜百錢費。安得商飈生，銅鉦露髣髴。逝登百尺岡，快吐千丈氣。作詩帖丙丁，苦語瀉肝胃。莫作田舍翁，元龍所深諱。

九日對雨

昧谷陽烏潛，天河水氣泄。連旬積秋霖，及此吹帽節。虛籟飄梧桐，悲鳴感蜻蛚。潺潺霤懸繩，屑屑蟻封垤。行潦靴襠汙，衝泥屐齒折。仰看雲茫茫，峰頂影明滅。龍山罷高會，雁字寫凄咽〔一〕。西風期不來，南畝那可説。長鑱出菌芝，多稼被蟲孽。荒塍翻穲稏，束藁卧畷畷。縱使晴光回，登臨轉愁絶。不如且日飲，醉眼任生纈。離披細菊圓，瀲灩清樽凸。脈脈野芙蓉，相對傲霜雪。

〔一〕「寫」，刻本作「瀉」。

題宗牧厓貳尹德懋即題其二如齋集〔一〕

詩挾幽并氣，花看嶺嶠春。豪情銷往日，薄宦老斯人。窮達知由命，文章合有神。尚湖歔釣侶，握手倍相親。

猶記扶胥口，旌旗海霧開。十年嚴武幕，萬里尉陀臺。借箸紆長策，銘山仗大才。功成辭薦剡，頭白賦歸來。

談笑論今古，篇章見性情。琴聲空谷動，詩思妙香清。南郭偕行藥，東皋結耦耕。忘年交契在，廢學感吾生。

〔一〕刻本無「即題其」三字。

挽顧叔真孝廉

春波同上孝廉船，彈指流光二十年。壬午春與君同舟北上。羅隱清才艱一第，郗超遺恨抱重泉。君尊人在堂〔一〕。龍門定荷成書託，駟隙空傳辨命篇。聽徹山陽長笛怨，寒冰短景倍淒然。

〔一〕刻本無此注。

題黄笠犇花徑版輿圖〔一〕

柳陰停軌譜陔笙，芝朮香吹小圃清。種德亭邊花滿徑，就中嘉樹是長生。

我亦歸田荷主恩，綵衣花下奉輕軒。只慚宦拙空囊在，難覓安仁六枳園。

〔一〕刻本無「題」字。

卷十三[一]

〔一〕清稿本此處浮簽僅云：「知止齋詩鈔卷第」，蓋欲從此處分卷而未填寫卷數，此據順序補填「卷第十三」。刻本卷十三自「題西疇春及圖集歸去來辭得八十言」始。

循陔集

上章困敦（庚子）

題王蓉洲孝廉憲成紅袖添香夜讀書圖即送其北上[一]

小閣凝香繡幕垂，書聲遥和漏聲遲。巡櫚試索棋花笑，已報春風第一枝[二]。
翠被香濃夢尚温[三]，驪歌一闋黯銷魂。宵分檢取征衫看，猶有梁園舊淚痕。
江上春帆一葉開，囊書匣劍上金臺。諸公自賞凌雲賦，可似深閨解愛才[四]。

他年簪筆侍瑤除，宮錦裁紅宿直廬。蓮炬兩行香滿案，有人爭羨宋尚書。

〔一〕刻本題作「王蓉洲孝廉憲成紅袖添香夜讀書圖」。
〔二〕刻本無此詩。
〔三〕「被」，刻本作「幕」。
〔四〕刻本無此詩。

鄒小山宗伯一桂仿唐六如東坡笠屐圖卷〔一〕圖爲張鹿樵觀察所藏〔二〕

兒童吹葱弄狡獪，群犬狺狺吠所怪。人間無地著詩仙，天遣三年投海外。蠻煙蜑雨桄榔村，被酒時從黎子雲。一場富貴春夢過，眼中那復容京惇。我昔海南踏明月，回首中原青一髮。淩空飛錫夢僧伽，想見英靈朝玉闕。巫陽下招七百年，傳神妙手推龍眠。綿津縑素久零落，靈巖圖籍空雲煙。小山宗伯胸懷曠，揮毫貌出天人相。虹光怪底貫月明，近入清河書畫舫。千秋雙絶東華真，九霞空洞無纖塵。烏臺莫說舊詩案，紫府恐有仙官嗔。

〔一〕刻本無「一桂」二字。
〔二〕刻本注作「圖藏張鹿樵觀察家」。

錢梅谿山人泳屬題梅花谿第二圖

梅谿自釣渚移居翁家莊，作此圖，故覃谿學士有「吾家司寇舊山莊，手澤璇洲記草堂」之句。梅谿今年八十有三矣，而酡顔鬢髮〔一〕，齒牙完固，視之僅如四十許人。登陟山原，尚可二三十里〔二〕，真地行仙也。

石梅書屋梅花開，縞衣綽約臨瑶臺。余家先祠在虞山東麓石梅下〔三〕。初平叱石去不返，仙雲一朵天邊來。梅花谿上有逸叟，書聖名傳萬人口。淋漓元氣爭造化，錯落乾文動星斗。有時花下理素琴，羊體嵇心曠無偶。即論餘事作詩人，當代賢豪誰抗手。石墨照耀垂千春，人疑先生是古人。生同里閈未識面，齷齪悔我長風塵。今年策杖忽過訪，比鄰驚視來仙真。顔如桃花骨髓緑，年過八十尤精神。自言曾啖安期棗，幾度蒼梧拾瑶草。君嘗游海州雲臺山累月〔四〕，得隋開皇三年王謨題名，又渡海至鷹游山，有詩紀事。薜刻摹來蕭傅臺，筍鞋踏遍田横島。但從左海望神仙，肯入商顔從綺皓。倦游歸卧寫經樓，繞屋繁花向晴昊。朅來示我梅谿圖，冷雲香雪交縈紆。吾家荒莊久寂寞，結廬不異孤山孤。前身恐是林君復，撒手變現千明珠。谿頭更著書畫舫，虹光夜夜生菰蘆。我展斯圖感疇昔，烏衣門巷成陳迹。薄宦常隨學士蹤。余校士江右、粵東，皆蘇齋老人使節所臨地也〔五〕。清暉莫問尚書宅。祇餘老幹卧莓苔，曾見横塘舊泉石。七葉虚稱桐木家，十年枉作金閨客。即今歸來闢養堂，白髮滿鏡添新霜。長生擬續嵇含賦，辟穀未得留侯方。璇洲草長波渺渺，石室春滿雲茫茫。瑶華采采欲誰寄，徑思跨鶴淩風翔。鴿峰西去湖橋路，它日思君夢君處。便合移家入畫圖，與君共傍梅花住。

〔一〕刻本無「而」字。

〔二〕刻本作「日可二三里」。

〔三〕虞山東麓：刻本作「山麓」。

〔四〕刻本無「累月」二字。

〔五〕「地也」，刻本作「之地」。

龐澫香年丈敬熙聽泉得句圖遺照〔一〕

絶壑横停雲，飛泉掛危磴。泠泠滌塵襟，淲淲滿清聽。達人與天游，齊物心無競。偶來巖下坐，寂默萬緣定。糾紛息衆囂，幽迥發孤詠。鈞韶九疑奏，鸞鳳半天應。刻畫圭角巉，瓏玲肝膽瑩。想見神理超，群峰際空淨。緬昔瞿昆湖，時攬拂水勝。仰睎長松顛，閒雲態明靚。徘徊不忍去，偃卧愜幽興。遥遥三百載，高致庶可並。披圖拜遺像，嶽嶽氣嚴正。永懷夷曠蹤，夙契知仁性。衝風吹天紳，晴宇洗寒鏡。長嘯訪鹿門，深林一聲磬。

〔一〕刻本無「遺照」二字。

題張蘧若侍御瑗請平魏閹墓疏後

委鬼茄花日月昏，勝朝遺事那堪論。獨將一疏鋤奸魄，留得千秋正氣存。
白玉扶闌石辟邪，生塋高傍梵王家。祇今灌木荒煙外，開遍秋原行露花。
瘦柳低垂卓錫渠，嘯雲亭下樹扶疏。寺旁還有于經墓，恨不當時並剗除。
璇題銀牓已成煙，枉使貞魂化杜鵑。今日碧雲庵畔過，更無人憶萬屯田。
石甕山頭漾紫雲，夾城御氣繞氤氳。聖朝衮鉞昭然在，不見湖邊耶律墳。

汪秉齋茂才錫珪梅屋品詩圖

寂寂孤山處士家，亭亭冷豔玉無瑕。乾坤清氣詩人得，笑指春風第一花〔一〕。
鐵笛吹殘興太孤，忍寒擁鼻貌清臞。瑶華采采欲誰寄，祇有多情高達夫。
鑾煙蜑雨暗黄昏，落月空樽認夢痕。我似東坡老居士，海雲回首已銷魂。

〔一〕刻本無此詩。

題歸氏傳笏圖〔一〕

開囊拂拭悲風起，中有孤臣心未死。魚須文竹淚斕斑，恨不持將擊賊泚。立朝兩月出國門，麻衣腰絰星夜奔。虞淵揮戈日色昏，杜鵑啼血望帝魂。化爲朱鳥鳴煩冤，哀歌晞髮長隱淪。獨留此笏示子孫，歷二百載正氣存。君不見鄭公遺澤承高閥，猶比甘棠勿翦伐。祖風還賴魏謩傳，允矣在人不在笏。

〔一〕刻本無「題」字。

瑣尾集〔一〕

上章困敦（庚子）

聞　道

聞道舟山下，椰帆儵忽來。妖氛纏絶島，海氣沸晴雷。地險資兵力，時平少將才。書生能報國，抱石劇堪哀。謂定海令姚君懷祥。

〔一〕清稿本此處前有「知止齋詩鈔」數字，有浮簽云「不寫」。

近聞

近聞番舶信，豨突過西沙。堠火連雙鳳，連檣逼七鴉。村荒屯虎豹，人亂散麕麚。滬瀆元戎帳，秋高正建牙。

賊退志幸

罷平聲。兵嬴卒不盈千，浹日防秋氣黯然。抵鵲已判荆玉碎，啼烏何幸莒城全。年荒或恐人思逞，邑小猶蒙賊見憐。還望長官勤撫字，春陵重續道州篇。

有感

津門碧海似磨銅，忽見椰帆萬里通。聞道閉關辭馬武，欲將假道誤牛叢。廣源表自金函達，驃信書偏木札工。重譯試從夷隸問，未應鉛槧讓揚雄。

澤國妖氛未埽除，長勞屯戍護儲胥。中朝已許差巔約，行省宜通督爽書。海上三軍多化鶴，江濱萬户恐爲魚。舊時絳灌今何在〔一〕，終恨長沙策太疏。

臺衡霜鬢爲論兵，密勿經猷罷戰征。擬下柔縉牽巨鰐，試投連犗餌長鯨。歐茵誰解持囊報，罥研微聞拂袖爭。文告已修干戚舞，何緣一使有苗平。

〔一〕「絳」，刻本誤作「綘」。

秋日雜感

涼雲飛壓女墻低，暮角淒涼四望迷。番舶已迴遼海北，蠻煙猶射浙江西。星分月影傳烽燧，風送秋聲入鼓鼙。聞道新頒寬大詔，天心未忍翦鯨鯢。

黑風吹水月黄昏，戰艦如雲海上屯。失律尚稽誅馬謖，乞降真欲赦孫恩。連艅勢直窺三輔，重譯書偏達九閽。試向雪交亭畔望，國殤應有未招魂。

析津形勢控登萊，先帝經營築將臺。誰撤龍驤沿海備，遂教蜃市際天開。于今轉漕千艘集，憶昔巡方萬乘來。鏁鑰兩京根本地，遠猷須仗出群才。

之罘如玦復如環，雲海空明變幻間。刁斗三更嚴列戍，留犁百斛犒諸蠻。遥聆行炙吹脣沸，忽馭長風掉首還。大府飛章陳九陛，群公早已破愁顔。

驚濤八月射錢塘，鐵舳乘潮鬥弩强。十萬軍聲迴骨母，三重沙塹守餘皇。錦袍珠帽圖徵側，碧眼黄鬚檻鬼章。稍喜靈胥能助順，威弧從此震天方。

牙門上謁語喧闐，款塞青唐氣太驕。水落蛟門游罔象，秋高虎帳集飛鴞。一城竟欲資烏介，四路終難制曩霄。咫尺句章循故道，將軍應下霍驃姚。

莽莽蟲沙委逝波，甬東消息近如何。雨昏極浦人煙斷，月冷荒城鬼哭多。大海回風吹颶母，官軍何日復蓬婆。似聞岑港殘黎在，猶望王師夜枕戈。

螺峰虎岫勢崆峵，嗚咽濤聲怒未降。西望山溪連五筅，北來島嶼控三江。漊娑洋静秋雲暗，烽火門高雪浪撞。半壁東南資捍蔽，八閩從古是巖邦。

跕跕飛鳶海霧秋，傳聞曳足困壺頭。人情猶作長城倚，遠略須從末路收。窮塞淒涼歌樂府，籌邊巀嵲指高樓。明珠寶玉脂膏地，宵旰誰分聖主憂。

璽書捧出未央宫，將相權兼重上公。漫詡狄青能蕩寇，可知魏絳善和戎。扶胥口下油幢碧，朝漢臺前大旆紅。一出果教炎海靖，聖朝元不尚邊功。

金星芒角十分明，欲挽秋河洗甲兵。已下尺書招贊普，會看端坐埽欃槍。舟山尚作長鯨窟，滬瀆先休細柳營。傳語海濱諸父老，早完租税事春耕。

驛路飛雲護篋函，伏波橋柱績應劖。樓船好固三門戍，濠鏡常通萬里帆。驃信已曾圍蔡襲，吐蕃儻欲劫渾瑊。崢嶸劍氣千秋在，極目寒空倚碧巖。

重有感

冬雷殷地月環營，照海朱旗萬炮聲。貝闕夜移三虎力，狼烽朝達五羊城。賨滂乘桄倉皇渡，種謼飛符涕泗横。太息藩籬先自撤，彎弧疇敢射長鯨。

重光赤奮若（辛丑）

聞官軍收復定海[一]

大纛高牙擁上流，元戎半載駐明州。空聞貔虎軍中肅，坐看黿鼉海上游。納地未輸元昊表，歸俘先釋董成囚。釣鰲網鰐經綸手，真見翁洲指掌收。

笳鼓聲喧敞壁門，真從釜底赦游魂。嫚書尚自稱吾祖，異服齊看著只孫。日出妖氛消列嶼，春深灌莽長空垣。連天蔓草縈枯骨，野老歸來涕淚吞。

〔一〕刻本下注「辛丑」。

胡芑薌山人駿聲移居圖

卜居本是家山好，謖謖松風滿瑶島。結廬桃澗耕石田，安事馳驅懷遠道。不然歷覽窮八荒，閬風緤馬高翺翔。胡爲淹留睠兹土，東屯西崦空奔忙。芑薌山人古高士，妙筆丹青世無比。張彪隨母卧嵩陽，梅福攜家隱吴市。滄浪亭下秋風來，習池高讌傾尊罍。東南名士坐中集，生面一一豪端開。群公倒屣争延譽，雪泥鴻爪隨緣住。月棹時衝袁浦煙，春帆每指君山樹。一朝調絶雍門琴，衰柳斜陽白下深。輕塵已積陳蕃榻，磨鏡誰憐徐穉心。半覘園中長寂寞，青眼高歌望寥廓。貌遍尋常行路人，英姿何處求褒鄂。驚濤檝檝摇菰蒲，幽夢一片飛江湖。浮家更欲向何許，白鷗浩蕩雲饃餬。揭來有客談幽境，思從句曲尋宏景。寶籙重繙十賚文，山茨新構三茅頂。我亦東西南北人，歸來無地莪蘭蓀。仙源倘有長生藥，好荷長鑱共卜鄰。

曾烈婦詩

烈婦范氏，昭文人，舉人清彦之妹，嫁同里諸生曾敬謙。嘉慶八年，夫疾，婦刲股療之〔一〕，夫殁，吞金以殉，家人覺救之〔二〕，不得死，遂絶粒數日，姑婉諭之，乃强進飲食，越三年，夫喪大除日，一慟而絶。家人搜其篋，得七截句二首〔三〕，後書云：「喪服將除，我死日矣。」蓋絶命詞也。道光十七年大吏聞於朝，獲旌表。

于嗟烈婦可無死，上有尊章下有子。服勤縱云有娣姒，子無母兮將安恃。是呱呱者焉置此，于嗟烈婦竟死矣。兩髦告終目猶視，欲往從之已心矢。與子期乎在蒿里，二十七月須臾耳。地下相逢定歡喜，人間可哀棄如屣。血淚斕斑詩一紙，于嗟烈婦真女士。君不見厓山風雨泣三年，正氣歌成死柴市。

〔一〕刻本無「婦」字。
〔二〕刻本無「覺」字。
〔三〕「截」，刻本作「絶」。

鏡心和尚載菊歸莊圖

涼煙初重晚風微，載得秋英一舸歸。散作花臺爲供養，餘香猶染鹿皮衣。
西莊水木湛清華，留客伊蒲饌更嘉。我比淵明差勝否，不能飲酒但看花。

德新上人看雲聽濤圖

雲光漾空明，濤響答澎湃。風輪浩刧轉，倏忽生變怪。道人心坐忘，袖手閲塵界。殷雷付一吷，大地息五噫。行參聞思修，已了行脚債。君看燦忍通，終勝島可隘。

張荻洲先生蒲江政迹圖先生名應曾，子和觀察之尊人也，乾隆丙子、丁丑間曾任四川蒲江令〔一〕，圖凡八幅〔二〕。

石室祠高朕，離堆頌李冰。斯人不可作，遺愛到今稱。圖象乖崖立，弦歌益部興。鹿鳴傳雅奏，輶采記吾曾。

〔一〕刻本無「曾」字。

〔二〕刻本無「圖凡八幅」四字。

錢文伯明經廷錦招同宗牧厓丞公德懋姚湘坡吏部福增泛舟昆承湖畔觀荷牧厓詩先成疊韻奉和二首〔一〕

窺船野鶴下横塘，擘岸風來十里香。我輩不羈能避熱，主人有酒莫停觴。秋心卷露和鉛水，妙筆凌雲織錦裳。回首昆明池畔路，滄江一卧髩毛蒼。

六月清涼勝下塘，輕陰如幄玉生香。已離炎海黄茅瘴，酒間與牧厓追述粵東舊游，感喟久之〔二〕。且醉中山白墮觴。有口祇宜嘗桂醑，主人設桂酒，味甚馨烈。盍簪暢好集蓉裳。綵囊盛取珠千斛，擬换齋頭小點蒼。牧厓新得大理蟾月石屏，甚自珍秘，故戲及之。

〔一〕刻本題作「錢文伯廷錦招同宗牧厓德懋姚湘坡福增泛舟昆承湖觀荷牧厓詩先成疊韻奉和二首」。

〔二〕刻本注作：「與牧厓追述粵東舊游。」

姚旨雋明經烏目山居圖

山人未出山，鬱鬱懷遠道。壯游既已倦，始覺山居好。姚子江海士，天葩振文藻。長嘯出門去，和璧肯自寶。顧念山中居，倚閭有二老。寫圖託屺岵，抑志覓粱稻。聲名動公卿，投贈通紵縞。古心襟自披，俗眼舌終撟。空陳光範書，噂作淮監表。蹉跎謝盛年，紆壹感窮島。炎荒衝瘴癘，蠻語雜夷獠。去矣若發機，歸歟惄如擣。偏親痛長辭，才子悲蚤夭。索居無所詣，零落知交少。時復過敝廬，清談聊自飽。壯心猶未已，矯首向晴昊。近念三吴鄉，彌年積霖潦。荒村斷炊煙，敗屋有餓殍。遠念五筦外，氛祲何時埽。刑神蓐收，肅殺行金皞。斑斑春淚流，擾擾秋心攪。形容長顑頷，面目日枯槁。酌君酒一杯，爲君蠲熱惱。回憶五羊城，禡纛伸天討。紅旗蓋海明，白蜺連營繞。晴雷殷巨炮，火箭著雲堡。君如蝨其間，安否那自保。故人引領望，猶幸歸來早。端憂易傷人，且試開懷抱。君聞笑而莞，破涕爲絶倒。桃源秋澄清，石屋晴窈窕。從君更入山，攜鑱斸瑶草。

旨雋屬題天際飛帆圖

我生豪氣隘九州，西窮天漢東閩甌。北溟南海檥查遍，只恨未作瀟湘游。君亦高騫恣憑眺，三度尋詩踰嶺嶠。騎田極望衡嶽通，咫尺巴陵不曾到。忽然示我徑丈圖，稽天巨浸雲饃餬。九疑鑱天夢中見，覺來耳畔風濤驅。勝游豈必曾親歷，指點江山盡陳迹。失路空悲柳毅祠，投書欲訪靈均宅。鈞天奏罷音杳冥，峭帆遥指君山青。無由繫石沈靳尚，徑思鼓瑟邀湘靈。憶昔與君泛瓊海，金鴉騰翥魚龍駭。歸來一髮望中原，袖底驪珠發奇彩。衹今鯑渚椰帆飛，長鯨吹沫漭合圍。扶胥簸潮颶母黑，撞碎或仗雷霆威。卷圖方寸起芒角，如聽錢塘破陣樂。

題張荔門山人小像山人名式，江陰華墅人，工山水人物〔一〕，詩清瘦，性愛潔。

詩情畫筆似倪迂，潔癖高標調不孤。只莫刺船花裏去，一鑪香篆裊菰蘆。

英姿褒鄂更無倫，物色風塵託寫真。應有奇材爲時出，虎頭食肉爾何人。

〔一〕「工山水人物」，刻本作「工寫真」。

章氏兩節婦詩并叙

吴縣學生章佶、章倬，同父兄弟也，並蚤卒。佶妻王、倬妻潘，皆以苦節著。佶無子，倬有子二，以長子安誼爲佶後，而次子安止又夭，及以安誼子子安止，奉倬祀〔一〕。兩節婦同心撫孤，皆守節二十二年而卒。大吏上其事，獲旌表。安誼官餘姚廟山司巡檢，地瀕海，有土堡，今年秋八月島夷入犯四明，列城望風奔潰，安誼以小官獨激厲鄉民效死勿去〔二〕，賊竟不至，儻亦克保令名者歟〔三〕。

鬱鬱山上松，錢幹寒逾堅。丸丸岡頭柏，黛色高參天。上有兩寡鵠，各各巢其顛。朝飲香葉露，暮宿陰厓煙。一鵠失儔匹，哀鳴徹重泉。一鵠將兩雛，相依形影單。冰霜共覆翼，風雨同饑寒。一雛幸長成，當風振弱翰。一雛俄摧殞，毛羽傷凋殘。力盡竟委化，歸真返瑶田。章氏兩賢母，蘭閨稱後先。譬彼松與柏，根枝互結蟠。辛勤廿載身，絶續一脈延。跗萼遞銜接，灼灼晨葩鮮。孤也稟遺訓，薄宦姚江堧。鯨波沸海澨，措拄戈鋋間。有子幸如此，忠孝庶兩全。勖哉保潔白，用以光簡編。我吟寡鵠篇，掩淚汍瀾起。恫焉念高曾，芳躅略相似。吾家昔中落，賴我高祖妣。立孤孤又亡，忽諸幾不祀。撫我祖爲孫，愛孫如愛子。吾祖少焉孤，鞠育惟母氏。貞節一門萃，艱危柏舟矢。展分均婦姑，齊年若娣姒。篝燈顧宵杼，皸瘃勤十指。吻燥含寒冰，志定盟止水。蕭蕭巷無人，啾啾宅多鬼。正氣攝百邪，一吒寂然止。啟户皓月澂，寒空淨無滓。中庭老梅樹，璀璨發瓊蕊。兩母相顧笑，吾與爾猶是。貞徽相繼徂，樹亦立槁死。至今雙綽楔，高行式閭里。清芬遥相望，載筆告彤史。

〔一〕刻本無「及以安誼子子安止，奉倬祀」十一字。

〔二〕刻本無「以小官」三字。

〔三〕「亦」，刻本作「所謂」。

題曾某叱耕圖〔一〕

澠池一叱秦缶鳴，廣武一叱樓頭驚。不然叱馭走邛坂，不然叱石從初平。胡爲寂寂無所營，誅鉏草茆以力耕。青雲奇氣鬱不吐，安能囁嚅求成名。光風二月摇新晴，垂楊踠地春水生。閒攜長鬚叱黄犢，寢吪登降皆有情。中原有菽隰有秔，樂哉何幸逢時清。歸來左塾誦聲起，勝聽行田鼓吹聲。

〔一〕刻本無此詩。

元黓攝提格（壬寅）

題某西疇春及圖集歸去來辭得八十言〔一〕

征人倦行役，歸棹乘輕流。衡門雖可憩，農事安得休。策杖尋岫壑，觀耘涉田疇。春風吹微雲，遐心相與留。鄉園載登眄，蕪翳成荒邱。飛鳥去不息，獨往將何求。感時寓欣戚，審世懷樂憂。寄情琴酒内，逍遥任天游。

〔一〕刻本卷十三自此詩始，詩題作「題西疇春及圖集歸去來辭八十字」，詩題下注「壬寅」。卷十三後下注：「古今體詩一百五首。起壬寅、歷癸卯、甲辰，皆家居；乙巳六月以後，居張太夫人憂，無詩；丁未九月，服除，戊申主講郡城紫陽書院，己酉三月赴都作。」

題姚湘坡吏部福增居廬讀禮圖〔一〕

刪書終棐秦，禮變墨衰絰。風詩鄶以下，祥祭思素韠。陵夷逮漢魏，奪服混凶吉。金革事無辟，乃出陋儒說。禮經日淪亡，禮制久踰越。不有純孝心，疇正末俗失。之子金閨彥，聲華著朝列。一朝賦蓼莪，星奔慟銜恤。淒淒禫廬風，惻惻柱楣月。駟隙景忽過，馬鬣封已畢。逝將從國政，回軫朝天闕。徘徊邱壟下，眷戀不忍別。寫成風木圖，魂夢遶幽室。松楸厲哀響，中夜助嗚咽。春風從南來，兵氣動溟渤。西望閼伯墟，黄流駭蕩潏。至尊正宵旰，群策贊密勿。行歌宣房成，坐見妖氛豁。聽君援琴彈，悲憤聲切切。勖哉貽令名，報國在經術。

〔一〕刻本無「題」字。

挽蔣珠躔

靈巖池館鏁蒼煙，君哲兄雲泉刺史於去夏病殁〔一〕。又嘆西堂失惠連。樽酒遂虛三徑月，飈輪長息四禪天。君以末疾卒。藥鑪經卷高風在，黄閣青箱世澤延。撒手竟歸兜率去，維摩應伴散花仙。君殁之第二日，妾氏自投池中以殉〔二〕。

〔一〕刻本注作：「謂雲泉刺史。」

〔二〕刻本注作：「君殁，妾某氏自投池中以殉。」

寄鶴儕二首時鶴儕新調諸城[一]

蓋公堂下篠驂游，初領山東第二州。月照三山臨不夜，雲開千里見之罘[二]。佩牛勸種瑯邪稻，跨鶴閒登海岱樓。想得玉盤盂正盛，因風能寄一枝不。

尚父湖邊漲緑醅，勝游前度記追陪。愁看白髮華顔改，怕對青春笑口開。惡歲應嫌無好語，安邊不信少奇材。年來花事闌珊甚，休憶家山首重回。

〔一〕刻本題作「寄鶴儕二首」。

〔二〕刻本此處有注：「時新調諸城令。」

楊硯培明經希鈺以新茶蒓菜見餉賦謝二絶句[一]

茗飲曾開鳳味堂，記邀八餅賜頭綱。十年參透能仁味，未抵家山紫筍香。

配鹽幽菽和春葱，冰縠香絲入手融。莫羨季鷹歸去早，年來江上怕秋風。

〔一〕刻本無「二絶句」三字。

挽龐星齋

早年文筆軼群倫，領袖南宫第一人。射策初除仙吏籍，牽絲重現宰官身。棠陰成芨躬先瘁，薤本當門俗自淳。漫説武昌魚味好，未遑坩鮓寄慈親。

禫廬歸倚病纏綿，骨立雞斯倍可憐。幸我相逢剛一面，與君小别竟千年。魂驚海澨傳燧火，夢繞瀧岡起墓田。記得榻前嗚咽語，祇應銜恨到重泉。

題曾韻琴焚香夜省圖〔一〕

罨更咽沈沈，蟾魄光囧囧。露泫覺樹滋，蟲吟怨宵永。群囂息紛拿，幽谷轉明靚。泬寥天宇澄，萬慮一以屏。夜氣生道心，秋空抱虚警。妙香鼻觀通，瞿然發深省。嘗聞昔賢誡，去惡莫如猛。遵塗識曆機，畫地避語穽。默思一日過，赬汗愧孤影。庶知蘧瑗非，願學武公儆。晦朔悲循環，菀枯樂潛潁。香爐聞曙鐘，夢與白雲冷。

〔一〕刻本無「題」字。

昭陽單閼（癸卯）

荔峰俞壻屬書周句鑼詩於册重繫小詩一首〔一〕

寶氣千秋發，清風七葉存。琱戈文可證，井邑制同論。牛斗妖氛煽，波濤澥瀣昏。隱君三麓鼎，憶著更銷魂。

〔一〕刻本無「一首」兩字，題下注「癸卯」。

題程石函處士卦遺照〔一〕

桑柘陰陰白鷺飛，水田如罫學僧衣。城南二頃終難覓，太息毛錐作計非。

瓜廬抱膝眼常青，問字還邀載酒經。一自童烏凋謝後，更無人過子雲亭。石函精小學，二子早夭無後〔二〕。

白髪青裙拜女嬃，石函室，余從姊也。朝霞瓊蕊感黄壚。卅年遺迹分明在，認取盧鴻樾館圖。

下西荒蕪水没矼，年來氛祲滿滄江。秋塍鬼唱臺城曲，肯戀腴田四十雙。

〔一〕刻本題作「程石函玣遺照」。

〔二〕刻本無「無後」二字。

吴竹橋先生湖田書屋圖

人生局促羈塵網，常夢家山發遐想。誰似先生未出山，先與山靈盟息壤。歸來華髮未盈顛，管領騷壇二十年〔一〕。抽簪容易山難買，絶少湖堧屋數椽。憑空構出幽棲室，眼底湖山手中筆。鏁斷松筠不肯歸，輞川合笑王摩詰。我亦閒居養拙宜，結茅苦乏草堂貲。滄江一卧風波惡，長憶先生高隱時。

〔一〕刻本有注作：「先生由庚子庶常改禮部，遂乞終養，著書甚夥。」

盛芳亭花間補讀圖

空堂幽幽冰簟鋪，書城百雉環經郛。移床樹陰枕書卧，廢學聲澀吹寒竽。叩門乍驚褦襶客，照眼忽覩招涼珠。開函爽氣動豪素，滿坐疑有清風俱。長松謖謖響蕭瑟，暗水漱漱流縈紆。花間把卷者誰氏，似是山澤仙儒臞。胸中積書無地曬，聊作蠻語吟娵隅。尚嫌渴日乏修綆，假長補短忘其劬。珠璸筳典理茫昧，金鐀石室文繁蕪。就令羈丱便强識，能遍海内群書無。四十萬言臣朔誦，懷肉笑煞騶侏儒。稺圭慚負文不識，解頤工索平陵租。充箱照軫竟奚補，唇腐齒落毋乃迂。篋中半部衹論語，圯上一卷惟陰符。致身將相已足用，但仿屋角摹盤盂。而君矻矻胡爲乎，坐看霜雪盈頭顱。有時掩卷發遐想，補天無術空長吁。何不歸來傲几蘧，撫松種鞠以自娱。春秋三傳束高閣，荆州八袠捐庖厨。不然焚書學王壽，不然著論稱潛夫。囈言肯共鬼争義，元解直與天爲徒。花開花落任代謝，獨以太素還真吾。包山林屋花紛蒡，靈威丈人冰雪膚。從君賃取福地住，囊書更寫移居圖。

卷中題者甚夥，以尤堅信甫五古一首、金寶樹吟香七古一首、顧翃蘭厓、汪熹子黄詞二闋爲最佳〔一〕。

〔一〕刻本無此補注。

黄雲皋茂材春甲校獵圖

青霞奇氣欻然作，射獵西山恣行樂。紅妝玉貌馬如風，颯爽英姿陋褒鄂。黄生家住荒江隈，豪情鬱律興雲雷。綸巾按曲周郎顧，樽酒譚兵杜牧才。長楊奏賦空覆瓿，孰識雄文似誰某。年年低首事毛錐，孤負平生射雕手。揭來示我校獵圖，素練漠漠開烟蕪。圍場廣闢秋草枯，耳邊恍聽饑鷹呼。弓刀小隊絶代姝，桃李綽約冰雪膚。錦靴窄袖紅襜褕，玉鞍金勒鞭珊瑚。丈八蛇矛丈二殳，纖腰穩鞚汗血駒。追躡狂兕剸封狐，雲舒霞卷風霆驅。就中一人閒且都，鬑鬑三十頗有鬚。從容盤馬彎雕弧，星流電掣金僕鍏。翻身一箭墜雙翼，此手何如賈大夫。吁嗟乎，子虚烏有閒謿諷，胸中八九吞雲夢。兵法何妨試婦人，部勒森然真可用。即今白日鼃黽驕，安得强弩迴江潮。草間狐兔那足數，何不徑斬長橋蛟。

題陶嘯霞茂才景清所藏唐半園鴛鴦荷花巨幀其故友張吟樵明經所贈也〔一〕

甌香真迹今無價，絶筆何人問半園。難得清河書畫舫，斷縑殘墨一枝存〔二〕。

雙雙彩翼柳邊過，脈脈停雲思若何。攜向南塘最深處，怕聽秋雨蹋吴歌。

〔一〕刻本題作「題唐半園鴛鴦荷花巨幀」。

〔二〕刻本有注：「張吟樵明經所藏。」

陳韻亭春曉圖江樹叔學博之母舅也〔一〕

夜來風雨惜花殘，小坐科頭耐曉寒。多少春人渾未醒，莫嫌老眼霧中看。

照人朗朗若明珠，夢筆清才鶴樣臞。謂樹叔學博〔二〕。今日披圖知酷似，蕭侯定遜總持無〔三〕。

〔一〕刻本無此注。

〔二〕刻本無此注。

〔三〕刻本此處注云：「謂其甥江樹叔學博。」

消寒分詠却寒簾〔一〕

明珠帳外護重簾，烏骨輕裁玳瑁纖。放下玉鈎防雪到，押來銀蒜怕風尖。暖消寶鼎香煙裊，春入華堂酒力添。安得織成千萬丈，與君遮芘遍茆檐。

〔一〕刻本無此詩。

題某靜如太古圖〔一〕

喬松挺貞柯，幽石抱秋影。何必入深山，已覺靈臺靜。漉我新熟酒，摘我園中蔬。長嘯傲羲皇，古人復何如。抗懷成鳩前，極目飛鳥外。瞿然歌唐風，好樂已無太〔二〕。銀編走蛟蛇，玉字蟠螭虎。莫向月中看，今月不如古。

〔一〕刻本無「某」字。

〔二〕「已無」，刻本作「無已」。

閦逢執徐（甲辰）

夫椒山人張式與津里朱老昂之爲忘年交朱老歿後山人得其書箑於牧豎手重加裝繕來索詩〔一〕

清才世重張伯雨，耆德今無朱澤民。概念平生弄遺墨，江湖風義感斯人。

〔一〕刻本題作「張山人式與津里朱老昂之爲忘年交朱老歿山人得其書箑於牧豎手重加裝繕且來索詩」，下注「甲辰」。

蕭朗齋參軍源舊爲大庾尉倩吴江周陳之賓彝作管領寒梅萬樹花圖於便面索題〔一〕

騷人舊領梅花國，梅尉清風人未識。自從載石賦歸來，只有寒梅最相憶。梅魂澹蕩詩情孤，夢尋横浦山有無。好將周昉丹青筆，爲寫蕭齋冷豔圖。動揺懷袖香風在，入手明珠發光彩。想見巡檐索笑時，嬌雲一片春如海。我亦曾爲嶺嶠行，索居江介尚縈情。蠻煙蜑雨空怊悵，慚愧當年宋廣平。

〔一〕刻本題作「蕭朗齋參軍源舊爲大庾尉吴江周陳之寶彝爲作管領寒梅圖」。

邵沖友國録淵耀縱葦圖

飽喫松江鱠，軟嚼同州羔。解衣卧聽赤壁賦，不如徑浮一葉傾醇醪。坡公去今七百載，山色江聲長不改。誰將幻相寫髯仙，趺坐澄觀大瀛海。髯乎髯乎何絶倫，眉宇秀發酡顔春。醉翁貌類退之像，君亦將毋坡後身。崔成雷琴李委笛，道士吹簫更淒激。一尊入手壓茅柴，何似歸來從婦覓。有酒須澆萬古愁，有書須載萬斛舟。勝地何必皆黄州，勝游何必皆清秋。羽衣豈唯夢孤鶴，雲車或者驂牽牛。天容海色本常淨，清風明月無時休。君今夷猶足洄泝，莫向蓬萊問征路。眼底風波如此深，盍姑尚父湖邊住。銀山十二排空來，濤頭蹴蹋滄江開。旌旗鼓角秋聲哀，老蜃嘘氣成樓臺。仲謀公瑾安在哉，江山千古無奇才。不須苦擊唾壺碎，勸君飲竭東海生黄埃。

黄雲皋問松圖

叱石可作羊，折松聊代麈。問石石點頭，問松松不語。

蒲陶一斛酒，曾换涼州符。借問中山醪，何如五大夫。

養成大厦材，保此歲寒性。獨坐萬峰巔，寥天一聲磬。

閒却射雕手，君有射雕圖。静對蟠龍形。且攜雅鮝鉏，從君劚茯苓〔一〕。

〔一〕「君」，刻本作「吾」。

題朱景銘翁遺像

驄馬橋邊月，城南幾度經。樓高宏景宅，君家有三層樓。人識少微星。遺迹留樵箬，浮蹤撫梗萍。

喬松森百尺，髣髴見儀刑。

游龍杖歌爲蕭山協揆師賦 並引[一]

吾師湯公致政[二]，留居京師，闢舍後隙地爲圃，雜植秋卉，有蓼數十株，高可丈許，霜降後幹節勁直如會稽之竹箭。公出新意，製爲杖，質堅而輕，甚適於用。公曰：蓼一名水葒，即詩之游龍也。因名爲游龍杖，作歌紀事，貽書命賦之。

少陵雙杖削桃竹，高躡䯪䖙探峨岷。海南嘉植斲黄子，東坡創造餉卯君。至今想像見遺製，物豈足貴惟其人。不然一落博山手，靈壽瘢痕千年存。我公生平志葵藿，槐庭萬彙歸陶甄。引年致位留日下，肯策扶老尋南瀕。平泉草木菽無地，聊闢荒圃披荆榛。秋容冷澹晚節勁，不數雪竹兼霜筠。游龍掩映似圖畫，只少鷗鷺來相親。就中一株尤夭矯，寒煙卓立蒼菭皴。潁濱采摘入詩卷，公獨寓物施經綸。日鎔雨洗枝幹老，剪裁作杖高等身。桄榔椰栗鬥堅瘦，嘉名肇錫標清新。惟公用意拔幽滯，要從泥滓揚遐芬。深山大澤多杞梓，骨節磥砢蟠輪囷。致之可爲棟梁用，合煩天匠揮風斤。殷勤拂拭到朽質，毋乃搴掇遺芳蓀。豈知小草培養足，虚心直節無其倫。世間美惡混妍醜，不遇元鑒徒沈淪。量長較短各有適，鄭箋毛傳皆紛紜。我疑此杖本龍化，五老守護滋靈根。蓐收休轅戢嶷角，羲和迴轄藏修鱗。騎來或從葛陂客，捧出恐自滇池神。鏘然爪甲破壁去，嘘噏紫電拏青雲。北窮寒門西月峀，東盪滄海南朱垠。鏦蛟剸虎那足道，揮斥八極開祥氛。倦游歸卧倚牖户，尺蠖同蟄非求伸。神功收斂在掌握，始信龍性終能馴。新詩遠寄令屬和，朱弦三嘆得未聞。軨材欲仿六一語，恨無筆力迴千鈞。長楊芳枳新雨霽，絳趺璀璨淩霜晨。水鄉弱植太柔脃，行藥許乞去聲。〔三〕金庭珍。何時奉杖執丹漆，聽説詩義追申轅。倘逢太一授竹牒，青藜照耀書諸紳。

〔一〕刻本題作「游龍杖歌」。

〔二〕「湯公」，刻本作「蕭山湯公」。

〔三〕刻本無此注。

挽蔡鳳岡茂材廷烈

斜日韜短景，寒冰沍窮陰。晨春罷送杵，長笛流哀音。與君同里閈，傾蓋匪自今。廿載不相見，邈若辰與參。駕言釋組紱，耦畊契苔岑。茅衡近尺咫，春醖時酌斟。太歲在困敦，皇天降愁霖。高原阡陌失，下地井竈沈。飛鴻集藪澤，妖蜃噓氛祲。我從群賢後，誓解腰間金。活彼萬户命，酬兹一寸心。望奢拯鮒轍，力薄嘶蹄涔。夫子秉高義，豁達披胸襟。風俗激澆薄，神明鑒悃忱。周旋意氣洽，直道存所欽。洪流泛舟楫，微子疇能任。豈謂積勞瘁，末疾纏風淫。嗟哉雕鶚奮，忽爲鸞鳳瘖。沈飲鑠榮衛，礦石無由鍼。侵尋迨大暮，伏恨重淵深。伊余喪具爾，哀鳴原上禽。欲歌薤露曲，惻愴難成吟。嚴霜被棣鄂，冷月隤楓林。觸類生百感，頓絶悲人琴。

題姚履堂大令遺墨並叙

君諱懷祥，福建侯官人，嘉慶戊午舉於鄉，浙江候補知縣，歷攝劇邑，皆著政聲。道光庚子夏〔一〕，奉檄權知定海縣事〔二〕，甫匝月，暎夷犯順，首寇定海，駕巨舶乘風猝至城下〔三〕。時承平日久，民不知兵，縣治又孤懸海中，守備單弱，寇至，闔城驚竄。君慷慨登番舶〔四〕，諭以大義，不聽，總兵張從龍倉卒帥師禦之〔五〕，中炮仆，師潰，城遂陷〔六〕，君朝服投水以殉。暎夷入踞官廨，縱獄囚，典史全君福守狴犴，大罵不屈，亦死之，時六月八日也〔七〕。事聞，贈恤如例，浙人祀之於吳山。先是，乙未秋予典試浙江〔八〕，君爲同考官，校閱最敏且明〔九〕，予甚服之。君白皙美鬚眉，恂恂有儒者氣象，及臨大難，乃能從容引決如此，洵乎仁者之必有勇矣〔一〇〕。候補縣丞武進謝蘭生得君闈中藍筆手書一紙〔一一〕，裝成長卷，付守祠道士藏之，來徵詩〔一二〕。嗚呼，君之大節，炳若日星，千載而下，猶爲起敬，矧予與君又有同事之雅者乎。追維疇曩，攬筆泫然。不自知其言之痛也。甲辰十月既望〔一三〕。

南風吹炎氛，六月薄海岸。殺氣黿鼉驕，軍聲鸛鵝散。舟山峙重瀛，四望起浩瀚。烈烈姚武功，巖疆資衛扞。鼓卧長星隕，城孤外援斷。捐軀清泠淵，浩氣白日貫。猶憶鳳咮堂，與君共几案。煎茶細論文，添燭恒達旦。考閲誇精彊，辭章驚汗漫。即論筆法精，虹采亦照爛。端嚴魯公體，遒媚羲之腕。豈意五年後，騎箕返霄漢。望汨招忠魂，臨風展遺翰。斯人已千古，感事起三嘆。緬維困敦年，始構甬東亂。妖祲久潛萌，鞠張遽發難。飛符亭障空，乘桄麏麌竄〔一四〕。蔓延到江介，千里若冰泮。籌邊乏壯猷，柔遠紓廟算。不有忠義人，何以振頑愞。嚴霜隕繁英，勁節表孤幹。繼躅得數公，惟君實首冠。恩綸賁寵褒，遺廟崇輪奐。故人動愛敬，寸楮奔道觀。題詩箋澣薇，奠酹斝用瓘。極目雪交亭，寒梅萬珠粲。

〔一〕「庚子」，清稿本誤爲「戊子」，據刻本改。
〔二〕刻本無「奉檄」二字。
〔三〕刻本無「駕」字。
〔四〕刻本無「番」字。
〔五〕刻本無「倉卒」二字。
〔六〕刻本無「遂」字。
〔七〕「嘆夷入踞官廨……」一段，刻本作：「典史全君福大罵不屈，亦死之，時六月八日也。」
〔八〕刻本無「秋」字。
〔九〕刻本作「校閲明敏」。
〔一〇〕刻本無「必有」二字。
〔一一〕刻本無「候補縣丞」四字。
〔一二〕「來徵詩」，刻本作「徵詩於予」。
〔一三〕刻本無「不自知其言之痛也。甲辰十月既望」兩句。

〔一四〕刻本作「麕」，同「麏」。

長女絳齡夭逝忽已一年傷悼之懷不能自已率成五首用寫悲思

淒淒寒霧重，颯颯驚飈遒。撫序傷永逝，歲月忽已周。悲來若引緪，菀結不可抽。念汝彌留際，顧我雙淚流。纏綿無一語，決絕成千秋。奠汝一杯酒，魂來歆此不。奪我掌中珠，化爲水上漚。珠沈海水竭，此恨終難休。

步出迎春門，經行汝家街。綺疏斜日明，井乾晴雲湅。披帷人不存，笑語何由共。撫汝呱呱兒，辟咡隱含痛。平生明慧姿，嫺鄗夙所重。定知蚤生天，來往策鸞鳳。徘徊睨舊鄉，胡不入我夢。唯應亮予心，恐增過時痛。

我采黃梅花，徐步循南陔。寒香襲襟袖，湅萼橫斜開。上堂奉阿母，棖觸興悲懷。去年花開時，兒遺一枝來。今歲花重發，兒魂安在哉。春風迴黍谷，何時到泉臺。我聞阿母語，忍淚肝腸摧。棄置勿復道，蘭蕙皆塵埃。

汝亡未百日，旋哭汝中嫂。十度周新蓂，汝伯歸瑤島〔一〕。一歲見三喪，中心惄如擣。哀傷鑠精神，那不令人老。深情有通蔽，識命齊壽夭。轉嘆夜臺下，骨肉長相保。繁霜欺孤花，零露滋蔓草。天道誠難量，矯首問晴昊。

汝昔生存日，頗好誦我詩。支離干戈窟，慷慨艱虞時。我方成一篇，汝恒三復之。閔默若有感，含顰斂雙眉。考槃幸無恙，弱質嗟遽萎。欲寫衷曲哀，哽咽難爲辭。詩成無與讀，一慟當告誰。精魂倘不隔，庶能知予悲。

〔一〕「十度周新蓂，汝伯歸瑶島」，刻本此句作「汝伯本康彊，奄忽疽發腦」。

旃蒙大荒落（乙巳）

題言奕梅松菊延齡圖〔一〕

君家累葉登上壽，近者猶推柳州守。由來美意能延年，豈藉松醪與菊酎。君昔少時擅儁才，鯉庭趨侍雙江隈。灌嬰城頭寒角起，滕王閣下風帆開。壯游回首成陳迹，醉裹狂歌拓金戟。莳菊香分墨井波，種松高倚琴川驛。張生式。丹青稱入神，不逢佳士肯寫真。獨將慘淡經營筆，貌出嶔崎歷落人。五十年華未爲老，眉目清揚顔色好。貞心晚節鬥清堅，矯首傾觴向晴昊。我長於君僅四齡，霜欺兩髩已星星。歸來三徑荒蕪甚，好去從君斸茯苓。

〔一〕刻本無此詩。

題梅花居士詩册即用册中懷人詩元韻二首〔一〕

超然冰雪羨門姿，三絶聲名海外知。惆悵江城鄰笛起，落梅風裏和遺詩。

夢中飛蓋好歸休，回首塵寰八十秋。溪畔梅花三百樹，不堪重過寫經樓。

〔一〕刻本題作「題梅花居士詩册即用册中懷人詩韻」，題下注「乙巳」。

題蕭月橋大炘坐石圖〔一〕

空山劍氣入石青，爛爛巖電衝奔星。眼中之人今老矣，封侯骨相術不靈。回飆蕩潏屭窟腥，碧環歷亂迷兜零。尚湖波深石室邃，與君共讀陰符經。

〔一〕刻本無此詩。

孫復生總戎雲鴻出示其祖澹亭將軍全謀遺像爲賦長歌三十韻〔一〕

我昔艤查黄木灣，揚舲徑度瓊儋間。天容海色兩奇絶，駕空白浪高於山。中原一髮望不到，唯見島嶼相縈環。櫂船老卒箭瘢滿，爲言往日驚波艱。水仙鬼伯煽妖焰，東結甌駱西梟瞯。就中烏賊更桀黠，謂烏石大兄弟。漏刃鳥逝鮫宫跧。桓桓孫公仗鉞起，誓埽凶孽清塵寰。飛雲蓋海奮武怒，大旗十丈雙銅鐶。窮追直探蜩象窟，仰指南斗光斕斒。手提長鯨擲天網，揮戈血濺貂裘殷。雷車䨻轟舳艫碎，露布夕發鐃歌還。坐令氛祲千里豁，蘆人蜑户皆安閒。我聞此語恨來暮，側企偉略無由攀。爾來又閲二十載，拂衣蚤謝蛾眉班。晚從公孫拜遺像，顧盼凜凜冰霜顔。英姿褒鄂競颯爽，垂翅馮鄧嗤衰孱。想見生時氣咆勃，威名童孺歌黄斑。飛而食肉性嚴毅，唇不著齒多憂患。用歐陽文忠語。伏波南征冒潦霧，一車薏苡蒙譏訕。豈如公心帝昭鑒，賞延後裔恩綸頒。公孫材武稟家學，臨淮遺法心兵嫺。三沙重鎮思大樹，舊時將校涕淚潸。隼旟又移金鳳駐，高牙新建當雄關。綸巾羽扇坐憑眺，隔江窈窕開煙鬟。方今群慝已簫勺，聖德遠服稽侯姗。一鍾清酒勒盟誓，九牧鑄鼎知神奸。至尊尚廑宵旰念，幕府應恤黎甿瘝。防秋要令九邊靖，猾夏或恐三苗頑。勉酬國恩紹先業，輯和内外綏諸蠻。它年圖形戢武閣，榑桑高掛彤弧彎。

〔一〕刻本無「三十韻」三字。

復生總戎左右修竹圖〔一〕

見説將軍有報書，開械鸞節繞庭除。人間富貴真無比，千户侯封定不如〔二〕。

綸巾羽扇世無倫，未必真堂善寫真。却笑坡仙詩句陋，虎頭食肉又何人。

鳳尾高梢細柳雲，寒笳江上擁千軍。從今鷺堠烽煙静，日報平安有此君。

大纛迎風獵獵開，坐中佳士不凡材。憑君覓得青藤筆，埽取寒梢萬尺來。

煙波一片渺江湖，玉立森森十萬夫。我似論兵狂杜牧，勸君更寫釣璜圖。

樂泉近接梓花軒，食筍齋頭翠掩門。忽憶承平西掖事，十年重夢舊巢痕。樂泉西舫，余曩時直廬也，種竹滿庭，乞程春海侍郎篆其額曰「亦種竹軒」〔三〕，西即黄左田尚書之食筍齋〔四〕。

〔一〕刻本無「總戎」二字。

〔二〕「侯封」，刻本作「封侯」。

〔三〕刻本無「乞」字。

〔四〕刻本作「其西即食筍齋也」。

卷十四[一]

[一]清稿本此處僅云：「知止齋詩鈔卷第」，蓋欲從此處分卷而未填寫卷數，此據順序補填「卷第十四」。刻本知止齋詩集卷十四自「定居澄懷園池南直廬登葉亭有感」始。

出山集

强圉協洽（丁未）

松筠節操圖[一]

席節母許氏，宛山人，年二十六歸席君巽夫爲繼配[二]，未一載，夫卒，遺腹生子振麟，節母撫之成立，道光乙巳九月廿二日[三]，節母卒，年六十有六[四]，其孤哀慕不已，繪圖乞詩。

宛山石巑巑，尚湖波粼粼。山石屹不轉，湖波清且淪。席氏有賢母，淑德全貞純。姆訓習璜瑀，婦功嫺組紃。蒿簪佐君子，戒旦風常遵。中道忽捐背，煩冤動哀呻。遺孤方在腹，僶俛存此身。仰事兼俯育，一髮持千鈞。勤劬四十載，霜月含酸辛。家肥身以悴，瑶島長歸真。孤兒念罔極，孺慕何由伸。寫圖表懿範，勁節淩松筠。疇昔余奉母，浮家鈞渚濱。敬式女宗行，矢願永卜鄰。一朝愴風木，餘生哀鮮民。奔馳過駟隙，躑躅驚烏踆。祥琴聲切切，目瞿難具陳。短章播芳烈，輝映湖山春。

〔一〕刻本下注「丁未」。
〔二〕刻本無「年二十六」四字。
〔三〕刻本無「九月廿二日」五字。
〔四〕刻本無「年六十有六」五字。

龐評蘭茂材大銓秋夜讀書遺照

涼月棱櫚影亂摇，昏燈如豆黯魂銷。一篇歐九秋聲賦，抵得三閭楚些招。康樂詩名媲惠連，曉寒曾奏衍波箋。可堪一片東平樹，宿草斜陽又六年。感星齋司馬之逝也〔一〕。群從清才蓋代無，謂寶生編修。果然出手得驪珠。九原定爇靈蕪感，還見丹山起鳳雛。

〔一〕「星齋司馬」，刻本作「吾友星齋」。

酬孫小真明經即和元韻〔一〕

擬將島佛供詩龕，誰作陳蕃薦李曇。骨瘦耐寒饑似鶴，眼明書字細於蠶。愁聽風雨催殘節，坐閲星霜敢戲談。且致羅浮春一榼，要令梅雪門清酣。兼以越酒餉之〔二〕。

〔一〕刻本題作「次韻酬孫小真明經兼以越酒餉之」。

〔二〕刻本無此注。

丁未除夕立春題綿津山人守歲詩册後即和元韻〔一〕

康熙丁亥，商邱宋公犖爲太宰，年七十五矣。歲除前一日，踵合肥龔端毅、宛平王文貞、長洲汪堯峰、新城王阮亭故事，召通家子及門生爲守歲之飲，公首成十八韻，一時屬和者爲吴荆山士玉、吴寳厓陳琰、王方若式丹、宫恕台鴻歷、李蒼存嶟瑞、林吉人佶、張□□大受、陳滄洲鵬年、顧俠君嗣立、汪□□泰來、儲□□在文、沈峙公峼、郭于宫元釪、王澂川圖炳、蔣静山仁錫及公子山言至也，涇陽劉西谷灝爲之叙，徐棨追圖，言朝楫書「歲華可讀」四字於册首。册舊藏吾邑屈元安培基家，今歸沈䏰厓庭暐〔二〕。

時序珍晏陰，宦情澹華轂。祥琴聲乍和，駟隙度何速。殘臘雨雪繁，槃阿寤言獨。忽讀綿津詩，守歲緬芳躅。維時泰階平，膏澤潤滲漉。休閒召賓朋，觴詠屏囂俗。至今百卌載，高會渺誰續。伊余秉微尚，塵鞅苦局促。往者在南康，朝覲指西陸。晨策鷲林坰，芳叢浥芬馥。招尋到開先，迎笑有白足。登樓拜公像，如器容萬斛。甲午春予試南康竣，游開先寺，登七佛樓，拜公五十四歲遺像。蓋公撫吴時，寄贈開先長老心璧，留鎮山門者也。公自題二絶句，前賢題詠幾遍〔三〕。侑以淨土經，薦彼康王谷。寺僧又示《往生淨土經》一卷，亦名《大熾德盛光陀羅尼經》〔四〕，筆法絶似鍾紹京，經凡十二段〔五〕，每段有白描佛像鬼趣，精妙無匹，末署爲陳觀音慶婦人文殊連長男陳慶福造，不著年月，殆五代時物也。亦公留贈開先寺長老者〔六〕。孤煙裊香鑪，雙劍插飛瀑。白鶴蒼巖前，公靈長在不。「願同白鶴鼓雙翅，飄然獨向蒼巖翻」，公望匡廬山詩也〔七〕。爾來又一紀，生意嘆拘束。春風動銀旛，晴雪積瑶玉。夢繞匡君山，還見真面目。

〔一〕刻本無「丁未」二字。

〔二〕刻本題序作：「康熙丁亥，商邱宋公犖爲太宰，年七十五矣。歲除前一日，召通家子及門生爲守歲之飲，公首成十八韻，一時屬和者爲吴士玉、吴陳炎、王式丹、宫鴻歷、李嶟瑞、林佶、張大受、陳鵬年、顧嗣立、汪泰來、儲在文、沈峄、郭元釪、王圖炳、蔣仁錫及公子至，册藏吾邑沈亮伯上舍家。」

〔三〕刻本注作：「甲午春予試南康，游開先寺，登七佛樓，拜公小像。公撫吴時，寄贈開先長老心璧者也。」

〔四〕刻本無「寺僧又示《往生淨土經》一卷，亦名」十三字。

〔五〕刻本無「經」字。

〔六〕刻本無「也」字。無「亦公留贈開先寺長老者」十字。

〔七〕刻本注作：「公望廬山詩有『白鶴蒼巖』之句。」

意有未盡再疊前韻一首

我讀西陂詩，舊夢記輦轂。每當節序周，恒嘆日月速。長安多冠蓋，疇與慰幽獨。苦念阿戎家，守歲繼高躅。故鄉渺何許，孤館歌獨漉。六街團鼓喧，蹴蹸走塵俗。稍喜江都公，謂史望之司寇〔一〕。韻事時一續。張筵倒屣迎，折簡平頭促。自從奉英簜，乘傳遡川陸。北蹋遼河冰，南探嶺梅馥。歲除方校士，常恐日不足。最憶符離城，振廪散千斛。壬辰在宿州度歲，值水災後，州牧張白也方賑饑〔二〕。誰能回春温，吹律變黍谷。前行度匡阜，雷電雜雪瀑。簡書信可畏，懷歸吾豈不。祇今卧衡茅，塵網謝羈束。呼朋觥酌兕，炊飯匙抄玉。明旦登辛峰，聊騁千里目〔三〕。

〔一〕刻本無「謂」字。
〔二〕刻本注作：「壬辰宿州度歲，州牧張白也方賑饑。」
〔三〕「聊」，刻本作「一」。

著雍涒灘（戊申）

陸郎懷荔圖〔一〕

婁東陸視亭先生，少時在州刺史滄來于公鱟圖坐上懷荔二枚〔二〕，歸奉其母，于公大笑，爲作此圖，題詠甚夥，其孫少香茂才文海屬題。

兒時冷笑袁公路，不解分甘餉一簞。爭似于侯能教孝，畫圖留與後人看。

純孝由來德不孤，休嫌依樣畫壺盧。鬱林清白家風在，還有扁舟載石無。

曾酌天漿到嶺南，歸來賜果紀傳柑。祇今風樹增悲感，腸斷西江鮓一坩。予視學粤東，奉板輿至學廨，遍嘗增城新興、掛緑、黑葉諸種〔三〕，還朝復時拜瓜果之賜，迨官江右，吾母憚於遠涉，遂歸里門。

〔一〕刻本下注「戊申」。

〔二〕「少」，刻本作「幼」。

〔三〕刻本下多「荔支」二字。

題金氏孝烈詩册

休寧金翁僑居白下，道光壬寅五月㖑夷入犯，媪率兩子兩婦兩孫及其從子買舟泝江而上，將至蕪湖，江中遇盜〔一〕，媪投江死，兩婦抱兒隨之，兩子救母，亦殉焉。從子逸去，〔二〕次日求諸江干，僅得次婦林氏明霞尸〔三〕，葬諸路側。林氏，無錫世族也。士人哀之，爲立傳並徵詩〔四〕。

避兵翻入鯨鯢窟，烈烈貞魂咽暮潮。白骨如山潤州路，更無人賦國殤招。

滬瀆圌山玉帳屯，蟲沙猿鶴遍江村。連雲戰格成星散，誰寫煩冤告至尊。

〔一〕刻本無「江中」二字。

〔二〕刻本無「從子逸去」四字。

〔三〕刻本無「明霞」二字。

〔四〕「立」，刻本作「作」。

白雲常在圖爲姚湘坡吏部題

游子遠行役，白雲動遐思。思親不可見，猶有相見期。一朝愴風木，奄忽浮雲馳。攀號路既窮，瞿瞿庶見之。姚氏起三鳳，各各輝羽儀。乾蔭忽徂謝，令名思永貽。行者服朝政，居者奉慈闈。睠言念遺像，靈爽實在兹。純孝感天地，祝融韜其威。抱持幸在手，皇穹鑒無私。我廢蓼莪篇，行與邱壟辭。寒雲蔽宰樹，增予罔極悲。

陳氏九龍松圖

西城三檜猶巢鶴，北麓孤松已化龍。安得石田神妙筆，更從浩劫寫靈蹤。

廷尉高風繼昔賢，銅柯鐵骨鬥清堅。議郎宅畔霏霏雪，長記先生過嶺年。耕巖先生清風介節，粤人士至今誦之，予視學粤東，補勒前政題名於廨壁，自先生始。嶺南無雪亦無松，唯漢楊議郎自雒陽移植數株於珠江南，其上嘗有雪〔一〕。

〔一〕刻本無「嶺南無雪亦無松，唯漢楊議郎自雒陽移植數株於珠江南，其上嘗有雪」數句。

龐鶴颿年丈觀荷圖遺照

韡鄂儒宗望，觀蓮道力深。遺徽猶未沫，令範溯從今。奕葉登華省，孫枝發藝林。銅川家學在，端不羨籯金。

酬郭季虎鳳梁

涉園主人小匹材，愛客日日傾樽罍。嗟余蹴蹿絆塵鞅，未繇載酒相追陪。朅來折簡重開讌，索我新詩題便面。孤弦切切未成聲，那有閒情入吟卷。今春記作支硎游，寒梅萬樹銀雲流。滿懷詩思向誰寫〔一〕，却被詩僧笑不休。謂覺阿上人。祇今又向長安道，門外驪駒惜草草。他日思君夢碧雲，虹橋宛宛連瑶島。君所居曰涉園，前有橋曰宛虹〔二〕。

〔一〕「思」，刻本作「意」。

〔二〕刻本注作：「君所居有橋曰宛虹。」

孫茂材傳煜面壁圖

摩空嵐氣青，倒景澗流碧。㕒㕒厂窅深，犖確徑紆窄。中有幽棲人，無言自朝夕。跏趺對空山，萬慮久冰釋。寫此面壁圖，至理悟咫尺。何不一回顧，祇恐爲形役。尚湖多風波，吾谷有安宅。瑯瑯誦義經，環聽坐群石。

乾隆庚辰錢籜石先生載爲禮闈分校官以藍筆寫蘭石贈總裁張文恪公泰開並繫以詩公亦依韻和之題於幀首荔門山人式文恪從孫也重臨一幅索題仍用元韻二首〔一〕

雲藍染翰夜堂深，想見歐梅奉詔臨。交比幽蘭還介石，手栽修竹早成林。三千士仰鴻鈞鑄，九十年來韻事沈。留得承平嘉話在，殷勤領取愛才心。

斷素零縑歲月深，憑將意匠爲重臨。眼明南國丹青筆，夢記西園翰墨林。杏苑春濃雲彩麗，梓花香定月華沈。欒泉咫尺巢痕在，照見清泠一片心。澄懷園欒泉，公手闢也。予曩侍三天直廬在其右，程春海侍郎牓曰「欒泉」，西舫庭有梓樹，花時韻特馨烈〔二〕。

〔一〕刻本題作：「乾隆庚辰錢籜石先生載分校禮闈以藍筆寫蘭石贈總裁張文恪公泰開並繫以詩公依韻和之題於幀首荔門山人式文恪從孫也重臨一幅索題用元韻二首。」

〔二〕刻本注作：「澄懷園欒泉，公手闢也。予直廬在其右，庭有梓樹，花時韻特馨烈。」

郭季虎屬題碧雲仙館圖〔一〕

十丈虹橋抱岸迴，瑯玕萬個手親栽。論園水讓三分占，愛酒巾常一角隤。名士自應多結契，少年難得有清才。碧雲日暮涼如水，到處相逢鮑佐來。梁鮑正好交游，無日不適，人人爲之語曰「無處不逢鳥噪，無處不逢鮑佐」。君結交滿吴下，篌輿投刺，恒徹夜不休，故戲之。

〔一〕刻本無「屬題」二字。

屠維作噩（己酉）

倪蓮舫觀察良燿屬題雲煙過眼圖〔一〕己酉正月五日

我昔夢中參戒壇，壇前周遭七寶欄。煙雲繚繞波瀰漫，本師趺坐垂花鬘。瞠目熟視其神全，嘉名錫我曰了觀。洞澈三界周無邊，平看日月跳雙丸。下方漠漠紛腥羶，度人無術聞微嘆。爾來又閱四十年，東臨閩嶠西劍關。北踰嶰嶰南蜑蠻，津梁告疲心孔艱。回頭一瞥真雲煙，先生作圖豈其然。逝將扶寸敷區寰，神功收斂雲心閒。澄觀至理非逃禪，先生微笑方無言。角根道妙口不傳，春風吹和景物妍。孤雲無依辭故山，升沈變態隨因緣。眼中之人望欲穿，起視皓月當空圓。

〔一〕刻本無「屬題」二字，詩題後亦無注。

明皇甫竹坡山人欽遺墨長卷爲其裔孫小軒茂材治題

皇甫欽，順慶太守録之弟，子浚、子安、子循、子約之叔也，工書能詩，高尚不仕。此卷第一段臨襄陽書《飲中八仙歌》，前有「天香書院」長印，後有「皇甫欽」、「羅浮山人」兩方印，自跋云：「余於乙酉中秋，避兵弁峰，得陳學士家藏米海岳此紙，狂喜五日，臨此三年，不下千幅，天時人事不能稱遂。今壬戌六月既望，避暑嘉蔭衜，盟齋醉中乞書，頗訝傳神也。皇甫欽跋。」第二段書《山居志》、唐子西云云，一則跋云：「羅大紘先生《山居志》翰墨，名公各有流傳，千秋珍重，余手爲摹勒，率成卷軸，不下數十種，然最服膺者趙文敏公、宋仲温學士、祝枝山、文衡山、唐六如、王雅宜、董玄宰諸墨迹，咸以俊筆寫逸事，意外巧妙，自乙酉來垂四十年矣。今嘉蔭道盟持名紙求書，因繫以跋。壬戌夏日皇甫欽。」〔一〕

四甫騷壇迭主盟，高風畢竟讓先生。放懷詩酒難諧俗，傳世文章不近名。天水冰山終變幻，干戈江國正縱横。醉中落筆崚嶒甚，鬱鬱千秋氣未平。

〔一〕刻本題序作：「竹坡山人工書能詩，高尚不仕，此卷第一段臨米襄陽書《飲中八仙歌》，第二段書羅大紘

《山居志》一則，末署壬戌夏日書。」

郭季虎屬題聯床話雨圖〔一〕

雁斷雲埋迹已陳，衹今夜雨獨傷神。其兄桂舲太史已逝。披圖省識纏綿意，願結來生未了因。用東坡句〔二〕。

我亦鴒原繫夢思，篷窗坐雨鬢如絲。廿年往事重回首，怕説胥江夜泊時。乙酉夏，予典試閩南，道出吴門，伯兄自虞山挐舟來送，流連竟夕，今伯兄已下世六年矣〔三〕。

〔一〕刻本無「屬題」二字。

〔二〕刻本無此注。

〔三〕刻本注作：「乙酉夏，予使閩南，道出吴門，伯兄挐舟來送，今伯兄下世六年矣。」

正月廿有六日將赴都門登舟阻風重謁先墓陳詞抒懷〔一〕

澤國多陰寒，初春足風雨。俶裝已載塗，檥榜泊河滸。得毋遠行役，先人未我許。欲俾旬日留，故遣舟楫阻。重辭邱壟下，一訴别離苦。淩晨度湖曲，輕舸若掀舉。宦海風波危，先靈如告語。回頭謂長孫，守墓今仗汝。白首辭故鄉，慎毋學乃祖。我昔歸養母，嬉戲如嬰孩。逝將守絜白，百歲循南陔。我母顧而嘆，汝願恐弗諧。崦嵫景已迫，簡書行恐催。我時聞此語，摧痛傷中懷。母言猶在耳，幽明隔泉臺。石骨勵我節，松風助我哀。徘徊不能去，何日重歸來。

〔一〕刻本下注「己酉」。

過無錫有感

春風吹緑滿平蕪，路入梁谿水驛紆。山色宛同鄉國好，泉聲還似舊時無。愁聽子夜啼烏鵲，怕説寅年足虎貙。欲問元戎駐兵地，沙邊煙雨總饃餬。

小泊揚州憮然有感寄示諸孫〔一〕

東風吹五兩，送我到揚州。舊夢繁華歇，長江日夜流。雲心隨去住，春信小句留。十里蕪城路，垂楊舞未休。

花事家山滿，離懷倍黯然。蹉跎嗟往日，摇落感殘年。草長思俱遠，鶯啼夢不圓。汝曹須努力，端莫負芸編。

〔一〕刻本題作「小泊揚州寄示諸孫」。

桃源道中

天涯柳色又迷離，漫説婆娑異昔時。三月鶯花春似夢，十年湖海鬢成絲。河滑轍亂臨歧誤，溪口人喧待渡遲。欲問迷津重攬轡，那堪筋力已衰疲。

曉發衆興集

繁星漸隱曜，東方猶未晞。駕言遵大路，霜露沾裳衣。兹行非得已，矧乃筋力衰。整轡泝江介，攬轡循河麋。春風被淮北，草木皆含滋。夭桃既灼灼，弱柳亦依依。睠言禺山麓，景物正芳菲。逝與素心友，灌園長息機。胡爲遠行役，策此四牡騑。出處時有定，憂樂心無違。遥望大澤雲，蓬蓬西北飛。亮無爲霖力，孤根何時歸。

公無渡河

公無渡河，公欲渡河，河卒怒公，無錢那得渡，淩晨呼船迨日暮。車一兩，錢一千，馬一匹，索百錢，索錢已了方檥船。船錢盡入河卒手，餘者始爲榜人有。君不見柳陰踞坐彼何人，皤腹如牛引卮酒。

下邳懷古

漢家四百年天下，終始先幾兆下邳。黄石圯邊受書後，白門樓上縛渠時。天心已厭重瞳子，人望終歸大耳兒。豈獨龍興漢中地，長留炎祚肇丕基。

邳州道中遇雨

東風蕩層雲，三日吹不盡。燀陽中鬱蒸，搏激轉淒緊。既苦紆程艱，復畏陰雨窘。淋漓沾衣裳，滲漉積箱軫。涉水車泛鼃，登陀馬絶靷〔一〕。日暮投荒村，倦極翻覺近。渴飲濁水漿，饑餐脱粟飯〔二〕。

妻孥頗相怪，胡不筮嘉遯。一笑姑置之，展襆眠自穩。夢醒驛吏報，使星駐高櫶〔三〕。

〔一〕刻本此四句作：「淋漓帷蓋濡，滲漉㼧箱引。」

〔二〕刻本此兩句作：「瓦盆注湟潦，土飯雜蚯蚓。載涉輪泛梟，前登馬絶靷。」

〔三〕「櫶」，刻本作「軫」。

旅店雨中志感〔一〕

山妻忽長喟，獨抱杞人憂。今歲淮源盛，連天雨勢稠。桃花成異漲，芟玉合先籌。莫漫臨風嘆，村沽就爾謀。

〔一〕刻本無「雨中」二字。

小山題壁

占星憑候吏，立雨佇鋒車。裕國籌原亟，安民計莫疏。祇須除害馬，慎勿察淵魚。努力培元氣，忠忱庶可攄。

曉發小山道中書所見

連晨遇風雨，跋涉甚矣憊。詰朝初發軔，雲氣尚晻靄。黏泥輪常膠，陟阪驂屢絓。倏忽轉晴和，曠覽一以快。連山萬馬屯，絡繹勢奔會。陰陽互向背，妙手不可繪。川原景暄妍，塍隰氣融藹。桃擁高鬟齊，柳亦折腰拜〔一〕。上公持使節，耆介春相國〔二〕。肅駕指吳會〔三〕。故人奉英函，季仙九侍郎。接軫建旌旆。幸當善諮謀，一爲拯凋瘵。引車避道旁，不敢達情話〔四〕。前行涉沂水，喧雜渡口隘。津梁久告疲，對此發長喟。捨旃勿復道，靡靡自行邁。遙望葛嶧山，孤桐聳雲外。

〔一〕「亦」，清稿本誤作「不」，據刻本改。
〔二〕刻本無「相國」二字。
〔三〕「肅」，刻本作「夙」。
〔四〕「不」，刻本作「未」。

附同龢和韻

徐方民俗剽，瘠土物力憊。萑蒲大澤藏，氛祲動晻靄。搜擒武備荒，滋蔓吏議絓。近者申命嚴，芟夷始一快。古來海岱間，此亦一都會。史公貨殖傳，風土歷歷繪。拊循得賢能，馴擾致和藹。所以召公賢，甘棠且勿拜。王制首恤荒，周官重歲會。即今春盎盎，行見禾旆旆。儻幸遇綏豐，猶可起癃瘵。我讀地志書，兼訪農人話。梟繹魯南鄙，海邦慎守隘。浮雲連芒碭，志士發長喟。愧乏長沙才，年華日以邁。嘗聞古聖言，靖内乃馭外。

清明道中感懷

萬户千門插柳枝，平原春草緑離離。正當旅客懷鄉候，況值人家上冢時。欲待表阡慚永叔，未成誓墓愧羲之。十年展拜虞峰下，今日追思轉益悲。

鴿峰原下土清嘉，沙抱佳城水抱沙。袛竭肫誠除五患，敢營高敞置千家。乍逢雨露心常惕，欲補松楸願尚賒。馬鬣崇封剛百日，那堪游子又天涯。

夜發汶上次東平

夜半度清汶，平明入鄆州。戍樓潛魍魎，竿木揭骷髏。落月金盆側，繁星火炬幽。客途殊可畏，對此倍增愁。

東阿道中口占〔一〕

默誦陰符倚曲屏，穀城峰列四圍青。自從圯上傳書後，黄石漫山盡不靈。

藥籠閒攜過濟陰，阿膠價等紫團蔘。若教能止黄河濁，便抵宣房百萬金。

〔一〕刻本無「口占」二字。

東阿縣城東舊有橋跨大清河爲往來孔道今已頹廢設渡於其北八里驅車至此躑躅河畔斜月西匿曉風淒然感而有作〔一〕

一卧滄江晚，重來去路忘。我行涉清濟，欲度嘆無梁。引轡詢前渡，停車待野航。誰歟司牧者，更爲闢康莊。

〔一〕刻本無「縣」、「八里」等字。

夜行東阿道中

南北咽喉一徑通，碻磝列戍古稱雄。金筤不鏁嚴城静，畫角無聲廢堡空。月落鬼燈明嶂外，夜深人語聚沙中。廿年此地頻經過，曾見旌旗照日紅。

三月望後一日發茌平大風雨寒甚行五十里抵新店遂宿

昨日黄塵十丈飛，今朝甚雨漸車幃。三春垂盡寒刺骨，百里行半僕具腓。焉用聖人且飲酒，同我婦子嗟無衣。北風怒號行不得，跂脚高唱妃呼豨。

雨過高唐

暮雨吹何急，齊音聽不清。迷離辨春樹，突兀見嚴城。潢潦深三尺，崎嶇歷半程。鈴聲凄咽甚，旅夢恐難成。

自入齊西境，田禾慮暵乾。萑蒲雖稍戢，閭里未全安。一雨伊誰力，三農已告歡。豐穰行有兆，跋涉敢辭難。

夜宿劉智廟

路繞鈎盤曲，參旗尚曳斿。燕齊此分界，漳衛正交流。喜足三春雨，欣看二麥秋。客行獨惆悵，宿潦未全收。

同龢和韻

西南星奕奕，芒角動辰斿。皓月方東上，清漳自北流。梨花明似晝，麥氣潤於秋。明日登車去，應看行潦收。

景州道中

驅馬入景州，言循衛河滸。曠野何蕭條，寒風極淒楚。維時正暮春，連夕過新雨。盡日少行人，荒村渺何許。迍邅豕涉波，疲曳馬銜組。圮橋時礙轅，灌莽防伏弩〔一〕。此方地庳下，形勢本自古。

九河雖填閼，百里盡斥鹵。況復衛挾漳，衝齧勢剽怒。廬墓蕩無存，矧乃剩禾黍。我昔奉英函，歷歷記親覩。豈料十年後，修築猶未舉。至今蕩潏處，迤演成洲渚。甽澮界田疇，津梁利行旅。前政或未逮，後來庶可補。作歌風有位，懷哉嘆微禹。

〔一〕清稿本此句原作「葭菼防伏莽」，韻不協，今據刻本改。

過趙北口

九十九澱縠紋生，長堤一線垂楊平。六橋兩頭宛虹亘，千户中央如礪横。洲邊碧菼茁無數，沙際白鷗眠不驚。江南三月五湖滿，空對暮雲增旅情。

新城道中和壁間韻

高樹團雲雉隴遮，畦間石枕砑平沙。燕郊三月寒如許，不見輕陰覆麥花。

固安道中

漠漠春陰放晚晴，眼前又見大河横。天開北闕龍鱗繞，雲擁西山馬首迎。十二年中京國夢，三千里外故園情。重來已是衰殘甚，努力猶能頌太平。

南坨集

定居澄懷園直廬登葉亭有感〔一〕亭爲葉棣如閣學建

十年卧辛峰，意欲專一壑。京華冠蓋地，舊夢風卷蘀。重來蹋軟紅，香霧滿兩脚。巢痕幸未埽，倦鳥欣有託。澄懷記游息，池館尚如昨。高樓插霄漢，青翠倚碧落。入園門西北有樓曰「近光」，有扁曰「青翠霄漢」，聖祖仁皇帝御書〔二〕。蓮葧萬柄花，筍解千竿籜。谷號愚公愚，碑勒樂泉樂。中洲屋兩區，西爲食筍齋，黄左田先生所闢也。東爲樂泉西舫，程春海先生題。左有泉曰「樂泉」，張公泰開所鑿。群公動高興，勝境近增拓。神功仁智兼，意匠曠幽各。山杻方添栽，棣如門前種二杻，春海先生有記。嵐翠喜新鑿。張小浦闢一室曰「鑿翠山房」。南坨有舊廬，矩室春海先生所題〔三〕。曲而約。縱横安書架，窈窕開睡閣。連岡抱西南，仄逕通略彴。有亭聳翼然，登眺具杯酌。漣漪漾孤舟，挃栗觀秋穫。矯首望南紀，陽侯方肆虐。滔滔指江漢，莽莽無垠堮。九重閔流離，億兆或歌咢。懷襄念故鄉，浮雲極寥廓。

〔一〕刻本知止齋詩集卷十四自此詩始，卷第十四下注云：「古今體詩一百十七首。起己酉七月重直上書房，明年恭值國恤，無詩，咸豐元年辛亥典京兆試，赴東陵，壬子以後部務殷劇。癸丑罷職，甲寅再起，數十日中，詩稍多，乙卯寓集賢院作。」刻本此詩題作「定居澄懷園池南直廬登葉亭有感。」下注「己酉」。

〔二〕「有扁曰」，刻本無「有」字。「聖祖仁皇帝」，刻本作「仁廟」。

〔三〕刻本作「戴醇士所題」。

題靈簫夫人畫册〔一〕

夫人陳氏，名筠湘，長洲施君山茂才澐之配，工詩，著有《九華仙館詩集》，書學率更，畫得甌香館筆意。

吹徹參差掩佩環，尚留遺墨在塵寰。九華館裏雙聲斷，怪底詩人鬢髮斑。善慧仙人了化機，不須怊悵怨芳菲。瞿夷已證三生果，手散空花自在飛。

〔一〕刻本無此詩。

晚登葉亭廢址懷葉棣如閣學覲儀並叙[一]

棣如築亭於澄懷西南岡，牓曰「葉亭」，踞一園之勝[二]，登眺最佳，棣如病篤，以形家言毀之，旋卒[三]。

回風起南池，殘照薄西嶺。登臨憶疇曩，杯酒惜光景。太息石林子，天年竟不永。望雲願未慰，泉路定淒哽。歸艎繐帷懸，掛劍土花冷。欲答秣陵書，高亭剩空影。

〔一〕刻本無「並叙」二字。
〔二〕「踞」，刻本作「據」。
〔三〕刻本無「旋卒」二字。

重九大淵獻（辛亥）

奉敕題王羲之快雪時晴帖[一]

神物千年藴古香，星羅廿八字三行。自邀奎藻褒題後，列宿皆分倬漢章。

中秋伯遠稱佳妙，品格猶應讓此尊。恰似蓮峰三朵燦，更從玉井遡真源。

真行兩本體參差〔二〕，海岳論書每好奇。鑒别精微祛衆惑，霜寒一帖莫傳疑。

玩鵝縮本刻瓏玲，幾暇臨模百度經。珍比球圖昭法則，不須玉枕問蘭亭。

怡情染翰仿雲林，四疊重拈禁體吟。每到雪晴披玩久，授時常切聖人心。

心法欽承養太和，我皇文德戢干戈。賜觀欣協綏豐兆，安善先徵吉語多。

〔一〕刻本詩題下有注「辛亥」。

〔二〕「本」，刻本作「木」。

辛亥京兆秋闈書懷用壁間韻〔一〕

一卧滄江歲月深，廿年此地又重臨。辛卯分校，至此恰二十年〔二〕。星辰幸接群公迹，桃李都成君子林。夢裏湖山勞悵望，眼前文字判升沈。庭槐似我婆娑甚，莫忘青天皓月心。

〔一〕刻本無「書懷」二字。

〔二〕刻本無此注。

疊前韻贈杜芝農協揆

岱宗巍峻海淵深，台輔星從上界臨。身傍雲霄常捧日，手栽杞梓早成林。已孚瞅溢蒼生望，肯使孤寒白屋沈。庭誥一篇陳坐右，經綸原本孝慈心。案頭牙尺一方〔一〕，吾師石樵先生手書論語。

〔一〕刻本無「一方」二字。

再疊前韻贈柏靜濤冢宰

攬勝明湖吐納深，江南兩度使星臨。奇材盡入山公鑒，甘露頻霑柏子林。太華峰頭秋隼出，句驪河外夜珠沈。以上皆指君使車所歷〔一〕。憑將妙筆齊收拾，想見冰壺一片心。

〔一〕刻本無「皆」字。

三疊前韻贈舒雲溪少農

河聲嶽色想高深，喜見文星入座臨。袖底雙花蓮結彩，胸中千畝竹成林。

綸扉曉直金波朗，鑠院宵分玉漏沈。䆅歲關西傳正學，掄才猶是昔時心。君以陝西駐防登第。

四疊前韻贈念農編修

天目峰高鑒水深，湖山幾度此登臨。記陪驄馬持文柄，同泛仙查到武林。道光乙未，予偕張桐厢侍御典試浙中，以君爲榜首。鳳味秋清光耿耿，燕臺月滿夢沈沈。戴匡六點如珠貫，肯負傳衣一寸心。予辛卯分校掣得第六房〔一〕，今君亦如之，洵佳話也〔二〕。

〔一〕刻本無「掣得」二字。

〔二〕刻本無「洵佳話也」四字。

闈中贈曹艮甫給諫〔一〕

最難監試得髯蘇，直道清辭蓋代無。欲乞邗江汪太史，莼卿。潑藍爲寫歲寒圖。

與君共識煎茶意，面目森然活火調。祇覺魏徵殊嫵媚，不論汲黯與寬饒。

山色湖光望裏收，憑將雲水洗雙眸。卅年不到秦淮岸，忽憶江南八月秋。

〔一〕刻本題作：「贈內監試曹艮甫給諫。」

題靜濤冢宰便面蒓卿太史以藍筆畫山色湖光共一樓景〔一〕

雞鳴埭畔水拖藍，燕子磯頭雁影涵。記取秣陵秋似畫，與君翦燭話江南。

〔一〕刻本題作「題靜濤便面」。詩題下無注。

疊前韻題雲溪少農便面景同上〔一〕

渼陂蕩漾柳搓藍，紫閣峰環倒影涵。記向樂游原上度，秋風秋雨望中南。

〔一〕刻本題作「疊前韻題雲溪便面」，詩題下無注。

山色湖光共一樓得摩字辛亥京兆試詩題也汪蒓卿太史以藍筆寫景見贈即用摩字韻作七言排律詩一首謝之〔一〕

江南如此湖山好，歸卧吾廬忍便抛。十載重温京國夢，三天未掃舊時巢。空慚講室陪論思〔二〕，儗學元亭賦解謿。枯樹婆娑頻攬鏡，登樓憑眺悟懸匏。忽承恩命襄文枋，喜遇同鄉訂素交。緯聚五星輝璀璨，音鏘六呂箎笙簾。君偕董醞卿農部、徐彝舟、謝夢漁兩太史爲分校，曹艮甫給諫爲監試，與予皆江蘇人〔三〕。中秋官舍香縈篆，試帖天題韻限庨。茂對高深神共契，沖襟仁智理兼包。清漪縹緲長春接，清漪園東北門內、長春園後河北岸均有是樓。倬漢昭回御集鈔。純廟御製詩載《樂善堂》二集卷第七十六〔四〕。捧到鑠闈驚煥曜，吟來矮屋費推敲。睽罛麗欲追平子，聯句奇誰鬥孟郊。多士咿唔燒燭跋，詞曹整暇染松膠。憑將畫意傳詩意，寫出峰坳復水坳。樵徑微茫通鳥道，漁人隱約覆鰕罺。千層繡嶺環孤寺，十幅蒲颿露遠梢。鐵笛數聲聞髣髴，霞標百尺起䬉䬙。二分涼月紅橋映，七發飛濤赤岸捎。君家揚州。收拾煙雲歸妙筆，澄觀沙嶼等浮泡。量材定望青藍勝，專美應難籜石教。乾隆庚辰，錢籜石先生分校禮闈，以藍筆畫竹石贈張文恪。張氏子孫至今珍藏之〔五〕。手贈殷勤何以報，眼明鑒别儻無淆。聖功夙協乾行象，遜志常占兑澤爻。近者妖氛纏桂莞，時廑廟算轉芻茭。捷書屢奏搜巖瀆，愷樂行看擁鐲鐃。藤峽蠻花消霧瘴，羅池神旆漾參旓。柳韓頌獻鋪鴻烈，褒鄂圖成貌入聲。虎虓。還向西園勤翰墨，澗阿休更戀衡茅。

〔一〕刻本無「詩一首」三字。

〔二〕「思」，刻本作「議」。

〔三〕刻本注作：「君及董醞卿農部、徐彝舟、謝夢漁兩太史、曹艮甫給諫與予皆江蘇人。」

〔四〕刻本注作：「純廟御製詩中有是題，載《樂善堂》二集。」

〔五〕刻本無「張氏子孫至今珍藏之」一句。

送子香族姪傳桂還江右

昔時方丱角，重見更恂恂。話舊添棖觸，論心見性真。卑官期稱職，微禄爲娱親。努力承堂構，榮名在立身。

先德真仙吏，哦松品最高。煙雲供染翰，詞采妙揮毫。薄宦沈淪久，頻年夢寐勞。典型今已渺，式穀有清操。

盛事吾宗紀，高甍笠澤邊。百年喬木古，萬樹彩霞鮮。舊日繁華歇，清風德澤延。耦耕如可遂，茅屋結三椽。

宦游吾所歷，兩度到南州。五嶺雲山接，雙江日夜流。政平成美俗，官好易興謳。彭澤多鴻鴈，因風寄遠郵。

通州道中

冪歷輕陰護白沙，岧嶤層塔鏁寒霞。澌流潞水雙橋接，路入燕郊一道斜。枯樹風梢吹篳篥，凍荄雪澤養萌芽。近畿今歲秋成好，喜聽田家笑語譁。

宿燕郊

十六年前事，征轓此地經。重來雙鬢白，相對一燈青。旅館昔時夢，殘鐘何處聽。吾衰今已甚，漂泊愧浮萍。

薊州

百雉環雄郡，重關鏁薊門。天開三輔迴，雲擁五陵尊。自昔兵多勁，於今俗久敦。桑麻安儉樸，應勝樂遊原。

元默困敦（壬子）

良鄉道中

緑樹陰中石徑斜，一重岡外一重沙。連宵幾點廉纖雨，開遍高原馬藺花。

石亭

拒馬河邊春雨霏，石亭山下草痕微。欲尋西峪藏經處，洞口白雲歸未歸。

道中書所見

廢壘城闉在，荒村石逕連。堇垣通突曲，茅屋學囷圓。犢卧枳籬畔，雞鳴桑樹顛。銅輪山外隱，按轡莫蹊田。

半壁店題朱氏壁[一]

帷宮朝罷燦晨霞，乘興聊尋處士家。半榻綠陰環密樹，一簾紅雨撲飛花。嵐光屋角涼如洗，鳥語枝頭靜不譁。便欲卜鄰來鄠杜，不須題壁更籠紗[二]。

拂拭征塵滿鬢鬚，眼明驚見玉盤盂。庭前白芍藥甚爛漫。門前且繫蕭蕭馬，世上真同氾氾鳧。賣藥相將頭戴笠，灌園聊共手提壺。試開北牖安書幌，更寫房山潑墨圖。

〔一〕「氏」，刻本作「山人」。

〔二〕刻本無此詩。

奉敕題闞虎騮圖〔一〕

十駿圖中骨相奇，百年猶見嘯風姿。自經聖藻褒題後，更想皇輿翊衛時。顧影未忘千里志，長鳴深感九重知。林皋無限駑駘質，拂拭應生效駕思。

謹按：純廟有十駿圖，此其一也。絹本立幅。左方八分書題「闞虎騮」三字，下注云「喀爾喀郡王澄文扎布進」。高四尺六寸，長七尺二寸八分。乾隆癸亥孟春海西臣郎世寧恭繪，上方有純廟御題，曰：「舊時所御良馬三，今雖騶獨存，老不勝馳驅，命育之南苑，圉人牽以來，驤前顧戀如不捨，畜有若是，信乎其稱良也，以視食人之食而不知報者遠矣。」「養老育林苑，馳驅將廿年。驚看來碩果，寧忍被文韉。驌萬吉。驌翁雲。今何在，所謂三良馬也。騹騮幸尚全。銜恩遘良遇，合號馬中仙。」下方右有于敏中贊〔二〕，曰：「丹霄紫燕，雲龍降精。雄姿傑出，猛氣橫行。騰山跨壑，毛群震驚。烏菟之族，憑險誰攖。林傳風嘯，薄隱星晴。天駒怒特，振鬣長鳴。爪牙縮衄，顛隕溪阬。威神崇衛，警蹕塵清。」〔二〕

〔一〕刻本下注「壬子」。

〔二〕刻本無「右」字。

〔三〕刻本此段案語作：「謹案：純廟有十駿圖，此其一也。絹本立幅，乾隆癸亥郎世寧繪。左方八分書題「闞虎騮」三字，下注云「喀爾喀郡王澄文扎布進」。高四尺六寸，長七尺二寸八分。上方有純廟御題，下方有于敏中贊。」

壬子九月偕龍蘭簃學士元僖典武會試即事抒懷和壁間韻〔一〕

攬鏡愁看鬢雪深，一年一度此來臨。據鞍儻可平交阯，校獵還思賦上林。赭白神完憑點染，闈中例用赭黄筆。驪黄皮相感升沈。闈中去取惟憑外圍所注雙單好，其狀貌、技藝、材力均無繇知也〔二〕。鼓鼙日暮聲悲壯，應念吾皇擇將心。

湘楚烽煙歲月深，長沙節鉞盼遄臨。謂徐仲升節帥。但看下瀨來丹徼，莫使横江遍緑林。南國旌旗秋杳杳，西方參伐月沈沈。眼前多少干城士，誰抱同仇敵愾心。

〔一〕刻本無「壬子九月」、「即事抒懷」等字。另「僖」作「禧」。

〔二〕刻本無「也」字。

疊前韻贈蘭簃學士〔一〕

授簡新承雨露深，共傳佳句賦登臨。用君大考詩中語意。三長久已推儒席，時方恭修《實録》〔二〕，君爲總纂官。四教行看洽士林。君兼攝祭酒事〔三〕。吉甫清風秋皎潔，魏舒公望海淵沈。卅年嶺嶠前塵在，記取掄珠貢玉心。君爲予視學粵東所得士〔四〕。

〔一〕刻本無「學士」二字。
〔二〕刻本無「方」字。
〔三〕刻本無「事」字。
〔四〕刻本無「視學」二字。

送吴儒卿上舍鴻綸下第南還〔一〕

雪壓霜欺一樹梅，相攜擬向上林栽。馬空冀北知千里，花發江南定幾回。賦日竟迷方叔筆，去年予典京兆試，生竟被放。凌雲誰薦長卿才。歸途重過淮陰市，莫倚西風上釣臺。

飄零書劍返江東，舊宅湖田問釣翁。君爲竹橋先生曾孫〔二〕。未必文章憎命達，果然身世坐詩窮。珠穿九曲心逾細，琴學三年曲自工。轉瞬春明重把袂，一枝好傍日邊紅。

〔一〕刻本「吴儒卿」作「吴生儒卿」。另無「上舍」二字。
〔二〕「君」，刻本作「生」字。

昭陽赤奮若（癸丑）

恭和御製癸丑元旦試筆成什元韻〔一〕

元正糾縵春雲朗，喜誦奎章第一篇。辰告首從民事始，寅恭時懍聖心傳。六花瑞兆雙岐秀，七德歌成萬福延。吹琯和風閶闔應，捷書定奏試燈先。

〔一〕刻本下注「癸丑」。

恭和御製自述一首恭依皇祖詩韻八月十六日元韻〔一〕

九服承皇澤，重瀛頌永清。如何昭聖武，猶未戢神兵。帝念勤修德，天心感至誠。豈惟開霽旭，會見洗欃槍。吏改恬嬉習，材歸運量宏。郊圻臣職在，何以翊昇平。

〔一〕刻本題作「恭和御製自述一首元韻」，且移於「癸丑中秋對月感懷」詩後。

題黄忠端墨迹長卷即用卷中元韻〔一〕姚湘坡侍御所藏

豎國難求藥一丸，虞淵手捧日光寒。平臺謇諤存三疏，炎嶠崎嶇發九嘆。體託華嵩凝血碧，公詩有云「鬚髮聯華嵩」〔二〕。死依陵寢剖心丹。文山正氣常山舌，莫作人間翰墨看。

元詩云：蒼茫何處試圭丸，滚滚蛟螭毒水寒。著箭鶴逢樵子淚，開頤龍向馬皇歎。已翻白帶來剚刃，莫信青藤更煮丹。拚得一身成藥樹，解枝落節與人看。倪鴻寶疏請云：京師如海，獨無良醫，因賦以幼水，丁世兄笑正。黄道周。

〔一〕刻本無「即」字，且詩題下無注。

〔二〕刻本無「有」字。

題畹卿夫人畫蘭〔一〕

楚騷哀怨感靈均，寫出幽香一縷春。莫向沅湘浮桂櫂，女蘿山鬼也含顰。銅官谿壑委荆菅，漫説佳辰正秉簡。三月江南芳草歇，那堪重聽念家山。

〔一〕刻本無此組詩。

題潘星齋閣學畫蘭竹便面爲時軒孝廉作〔一〕

雪蘭紫竹影參差，風物滇南記訪諮。今日新陰桃李盛，轉嫌跗鄂不同時。時軒爲星齋從子，星齋今科典禮部試，時軒與其尊人補之、令兄椒圃皆回避〔二〕。

茂林修竹集群賢，高會蘭亭亦偶然。盛事君家逢癸丑，風流不數永和年。星齋尊人太傅公今年重赴瓊林宴〔三〕。

〔一〕刻本無「便面」二字。

〔二〕刻本注作：「星齋典禮部試，時軒與其尊人補之、令兄椒圃皆回避。」

〔三〕據刻本補「宴」字。

送吴竹言太史福年督學粤西

嶽色河聲擁節還，視學陝甘，上年秩滿〔一〕。金鑾重綴五雲班。已看化雨周三輔，又見文星照百蠻。桃李新陰排玉筍，本年分校禮闈，未撤棘即承恩命〔二〕。牂牁舊迹隔銅關。前曾典試黔南〔三〕。試登獨秀峰頭望，夢繞臨安萬疊山。封翁方家居，君望雲之心甚切〔四〕。

烽火連年燭桂林，至今炎嶠尚蕭森。空餘戰壘凋殘氣，未洗潢池反側心。籌饟先求民力復，補牢須念主恩深。宣揚風化詞臣職，會見飛鴞變好音。

〔一〕刻本無此注。
〔二〕刻本注作：「本年分校禮闈。」
〔三〕刻本無此注。
〔四〕刻本注作：「封翁方家居。」

蘊檢之侍衛秀贈我銀鬘馬乘之三年矣性甚調良芻秣不繼牽以還之作別雛馬詩〔一〕

潦倒情懷似樂天，劇憐隨我已三年。趨朝曉拂千門柳，扈蹕宵騰萬竈煙。驤首未應甘伏櫪，雄心猶望著先鞭。長鳴好去歸金埒，莫戀衰翁意惘然。

〔一〕刻本無「我」、「作別雛馬詩」等字。

題王佩綸孝廉恩綬山水小幅王，無錫人〔一〕

雨餘風颭竹鑪煙，曾試人間第二泉。今日九龍山下路，更無人唱夜行船。

巴山夜雨好揚舲，又向梁園弭節聽。邗上風煙淮上樹，有人鼾睡未曾醒。

〔一〕刻本無此注。

又題〔一〕

千疊江雲擁髻鬟，客愁如此那能刪。有時攲枕成孤夢，夢見淮南一角山。

佛狸祠下集神鴉，隔岸青山萬樹遮。修竹吾廬何處是，祇應回首望京華。

〔一〕刻本無第一首詩，而將第二首詩「佛狸祠下」作爲「題王佩綸孝廉恩綬山水小幅」第三首詩。

癸丑中秋對月感懷〔一〕

積潦高田尚未乾，秋中幸見月團欒。更無纖翳從旁掩，但覺清光分外寒。千里羽書勞極目，萬家鴻澤起長嘆。開蛩咽露如相語，留取冰心與照看。

〔一〕刻本題作「中秋對月」。

恭邸自易州回以詩扇見贈謹依韻奉酬〔一〕

易水波生暑氣清，開緘便覺好風迎。五更仙露毫端瀉，七字新詩馬上成。房樹村邊饒野趣，樓桑里畔起秋聲。憑將袖底淩雲筆，埽盡纖埃皓月横〔二〕。

〔一〕刻本題作「恭邸歸自易州以詩扇見贈依韻奉酬」。
〔二〕「纖」，刻本作「塵」。

卷十五[一]

〔一〕清稿本此處粘有浮簽云：「知止齋詩鈔卷第」，蓋欲從此處分卷而未填寫卷數，此據順序補填「卷第十五」。刻本知止齋詩集卷第十五自「發集賢院度盧溝橋」始。

抽簪集

連日大雪盈尺和東坡書北臺壁韻二首

三番微雪灑纖纖，不似今番朔令嚴。碾碎玉塵光撒米，栽來瓊樹氣蒸鹽。虹橋宛宛連銀闕，鴛瓦微微露畫檐。試向明窗閒攬鏡，愁痕蚤已卸眉尖。

頭白城頭瑟縮鴉，流蘇垂遍七香車。虛心忍折階前竹，過眼真成鏡裏花。挾纊歡聲騰萬帳，閉門高卧靜千家。挑錢一塊吾何有，埋没墻根玉畫叉。

歲除即事

三竿紅日照簾櫳，九陌如酥雪漸融。不事朝參容我懶，何來酒債任囊空。新詩吟就諸孫和，無米炊原老婦工。六十三年彈指過，豈應未濟筮男窮。

酬顧藹庭觀察同年椿歲暮感懷即和其韻〔一〕

堆案文書愧我生，朝衫初卸一身輕。藥鑪藤杖扶衰質，雪竹霜筠證舊盟。鑿齒應憐同病久，君感末疾，不良於行，予亦左體麻木，艱於步履〔二〕。掉頭徑欲入林行。君擬於明春遊中州〔三〕。嵩陽儻得誅茅地，擬學香山卧洛城。

〔一〕刻本無「觀察」二字。
〔二〕刻本注作：「君不良於行，予亦左體風痺，艱於步履。」
〔三〕刻本無「於明春」三字。

歲將盡矣積雪皎然病體畏寒杜門謝客日與兒孫輩賦詩自娱輒和東坡岐下三詩即次其韻

餽　歲

歲暮通問遺，情意微物佐。往年都城内，珍錯聚百貨。兼金鹿尾貴，脃玉猫頭大。黄甘三寸馨，碧釀雙瓶卧。唐花出暖窨，璀璨輝四座。飣盤重餈餻，擣屑霏臼磨。今年門設羅，寒雀噤不過。抱此一壺冰，獨餉誰與和。

别　歲

韶華昔方盛，常覺歲月遲。老大惜駒隙，一去不可追。矯首望南紀，杳杳天之涯。長江水嗚咽，東逝無還時。戈鋋滿吴會，鼙鼓震合肥。既念流離苦，彌興骨肉悲。傷長孫曾文之逝也。舊歲不足戀，新歲行將辭。醉眠夢鄉國，久矣嗟吾衰。

守　歲

析津跨溟渤，窟穴蟠修蛇。傳燧三輔警，積雪兩澱遮。防守已百日，執訊夫如何。軍容盛細柳，挾纊靜不譁。九門嚴筦鑰，令肅鼙鼓撾。中宵視太白，睒睒光西斜。明當縛於菟，明歲甲寅。時哉勿蹉跎。朝暾紅旗映，麟閣安足誇。

除夕和東坡除夜病中贈段屯田韻〔一〕

莫年行修途，九十百里半。盈虛悟至理，憂樂起長嘆。所以古聖賢，歲月懲愒玩。澂懷止水清，觀物浮雲散。我生本孤寒，涉世鮮侶伴。避風感爰居，永夜號曷旦。自從尹京圻，文籍委几案。愧無藺絲才，梳櫛整煩亂。盤旋蹲七札，袚濯勤五盥。論兵想頗牧，醫國求和緩。達時昧先幾，流俗守舊貫。屏黜分所宜，庶用儆庸懦。乾坤含瘡痍，生靈正塗炭。艱虞念天步，寂莫卧空館。未疾纏風淫，時晴就冬暖。且復春黄粱，何由飽白粲。

〔一〕刻本無「病中」二字。

甲寅元旦用東坡除夜大雪留潍州元日早晴遂行中途雪復作韻〔一〕

春風積雪消，世態浮雲送。年華畫卦周，予今年六十有四。消息吞爻夢。晨光動檐際，好鳥作三弄。朝參幸已免，舞抃妻孥共。緊余蚤迍邅，簞瓢慣屢空。行當狎鷗鳧，懶學驂鸞鳳。起行城南隅，扃鐍轟危棟。誰繪監門圖，蒿目但隱痛。芻茭輸未已，牟麥晚須種。瓊絲霧淞垂，儻可歌飯甕。

〔一〕刻本題作「甲寅元旦用東坡元日早晴韻」。

人日立春次東坡人日獵城南韻

城南冠蓋地，新歲人迹悄。軌涂雪漫漫，簾幕風裊裊。朝來望西山，爽氣破晴曉。陽回土膏動，春入銀旛小。安得移遠梅，繁花插夭矯。苦吟肩常聳，抱病首屢掉。晚飯芼茵陳，堆盤切荼蓼。仰看參旗橫，斜映月弦皎。忽憶津門戍〔一〕，征戰猶未了。獨流蛟蜃游，遺燼川原燎。殷雷萬砲轟，曾冰四圍繞。沮洳宿麥爛，村落炊煙少。穴地防鷩麕，聞獨流賊糧已盡，有突圍潛竄之信〔二〕。入懷感窮鳥。極目家山春，浮雲滿江表。

〔一〕「忽」，刻本作「苦」。

〔二〕刻本無此注。

題東坡密州題名石刻和家覃谿學士韻〔一〕

八分書，凡三行，行三字，曰「禹功傳道明叔子瞻游」。案熙寧甲寅、乙卯間，東坡守密州，常與三人倡和，喬叙字禹功，後换左藏知欽州者，時以太博爲密僚佐，章傳字傳道，閩人，爲公幕客，趙杲卿字明叔，膠西人，密州教授也。查《注》明叔膠西教授，以公詩考之，良是，而蘇齋謂非必教授於密，恐未確。《諸城縣志》云：「石高八尺，圍二尺八寸，質甚璞，中藏巖壑，石背鐫三行九字，字逕寸，隸書，自左而右。石久埋没土苴，明萬曆十九年，縣人陳某以告知縣寧嘉猷，伐石爲臺，庋置明倫堂前。」與今搨本正合。王漁洋《居易録》謂有軾字者，殆誤也。胡書巢太守、桂未谷司訓拓寄蘇齋老人，蘇齋既作考正六百餘言，復繫詩於後云：「坡公十載東州役，置酒高臺感陳迹。把苔重讀詩賦時，落日孤雲眩金碧。記來歲在龍蛇間，更溯前年記游歷。廣文太守皆依舊，授粲緇衣定常憶。當初樂飲四子俱，岸幘浩歌時倚石。飛橋不借章子厚，低唱誰憐趙成伯。粗裳醜婦且解嘲，呦鹿生鵝未將炙。盧山唱酬凡幾日，馬耳寒煙對晨夕。一卷略具岡巒勢，九字森然拓鋒戟。將軍醉尉兩不知，膠西南閫孰主客。先生署名自居後，吸月一卮光滿席。後來蘇書磨欲盡，獨以隸體蒙見匿。新城老人始表出，春渚藏來有誰識。何薳《春渚紀聞》：先生晝後作漢隸書「子瞻禹功同觀」。漢唐分法存一線，竟測圓方較肥瘠。豈知中有浩氣存，百煉剛來作努趯。蘇齋雪後作生日，正摹此字於齋壁。復畫四賢同一幀，東武北堂如咫尺。我聞蕭家一字在，腕力千鈞百金值。蘇書「超然臺」三大字石刻，今惟「超」字在耳。安得拓取頷我楣，殘石泥沙倩人剔。寄書太守並廣文，吾儕相對今猶昔。」〔二〕

我昔炎洲記于役，寶晋英光發奇迹。榕根三十一驪珠，蜃閣晴空絢丹碧。坡仙過嶺在米後，循惠瓊雷遍游歷。獨無遺墨鐫貞珉，坐令蘇齋苦相憶。豈知分隸出膠西，九字題名勒卷石。廣文太守皆好事，搨本郵書寄詞伯。森然波磔盡完好，未受雨淋兼日炙。先生爲郡常尠歡，賴有三賢共晨夕。病中煮粥調黄耆，醉後狂歌拓金戟。幕僚詩筆跨徐庾〔三〕，章傳道。匙飯盤蔬薦嘉客。酸寒薄酒勝茶湯，趙明叔。譚笑奮髯抵几席。喬禹功。是時手實降新書，尺土寸椽敢隱匿。故人書寄當歸好，苦戀籠囚意誰識。磨刀已梟竿上鯨，載糒欲起溝中瘠。濰邦魚戲看鱗鱗，蒿蔓蝝生仍趯趯。清游得此亦偶爾，歸路應呵北臺壁。爾來又閱幾甲寅，坡公題名雖不著年月，然當在熙寧甲寅、乙卯間，距今十三甲寅矣。殘歲雪深平地尺。兜零夜照甘泉明，瓴甋寒排冰筯直。空齋袖手氣如縷，懶向泥沙更搜剔。何時浮海尋蓬萊，落日孤雲感今昔。

〔一〕「學士」，刻本作「先生」。

〔二〕刻本序作：「東坡題名，隸書九字曰『禹功傳道明叔子瞻游』。案熙寧甲寅、乙卯間，東坡守密州，常與三人倡和，喬叙字禹功，後换左藏知欽州者，時以太博爲密僚佐，章傳字傳道，閩人，爲公幕客，趙杲卿字明叔，膠西人，密州教授也。《諸城縣志》云石高八尺，圍二尺八寸，質甚璞，中藏巖壑，石背鐫三行九字，字逕寸，隸書，自左而右。石久埋没土苴，明萬曆十九年，知縣寧嘉猷伐石爲臺皮，置明倫堂前，與今搨本正合。王漁洋《居易録》謂有軾字者，誤也。胡書巢、桂未谷拓寄蘇齋老人，蘇齋既作考正六百餘言，復繫詩於後。」

〔三〕「跨」，刻本作「誇」。

戲簡藹庭

劇憐行汲太槃跚，老病侵尋强自寬。草草年華隨水去，茫茫人海覓豎難。絳宫調虎煙蘿子，碧眼如猫靖長官。君到嵩陽儻相遇，金丹乞去聲〔一〕。我一圭丸。

〔一〕刻本無此注。

飲酒和東坡送碧香酒與趙明叔教授韻〔一〕

褵褷病鶴開籠放，手版抽還付丞相。養痾聊復中聖人〔二〕，日飲亡何傾越釀。起扶響簨眼生纈，鍵户修真非避謗。大兒四十兩鬢霜，馳檄飛書走牙帳。功名不用羡達夫，休咎何從問潘盎。江皋水土最肥仁，且種蔓菁佐春餉。

〔一〕刻本無「教授」二字。

〔二〕「疴」，刻本作「痾」。

浹旬連陰雨雪雜作次東坡汁字韻

陰陽氣迴薄，陬月時雨汁。穹廬天黯澹，冰鏡地蒸濕。仰觀征鴻遰，求食何所得。俯聽鸞鈴飛，風過羽書急。毒焰噴蛟螭，軍聲亂鵝鴨。平原海茫茫，野樹煙羃羃。左輪染血殷，前隊立幟赤。相持隔鯉澱，極目千里白。拊膺還厲劍，怒髮欲衝幘。徘徊斗室中，長嘯雜歌泣。默探理亂原，豈僅府藏缺。師行以順動，勢況異主客。矯首望長空，日暮霰又集。

左足疲曳入春彌甚再疊前韻

燒丹養砂床，繡佛供米汁。求艾采鞠窮，速效擬祛濕。平生性疏懶，學道無所得。椒桂含苦辛，弦韋昧緩急。毰毸羊公鶴，蹩躠元冑鴨。譬如瓦甒器，拂拭加巾羃。軨材負重任，强欲整畿赤。直轡將安歸，猶幸保清白。風痺但昏睡，亂髮不著幘。老驥伏櫪嘶，枯魚過河泣。稽首兩足尊，鑿齒半人缺。無言學喑啞，掃軌謝賓客。莫放一尊空，庶免百憂集。

寄兒子同書三疊前韻

從軍古云樂，意豈在啜汁。蕪城已荆榛，瓜步更庳濕。遥望京口雲，指縛安可得。濤奔鵁鶄散，風入鼓鼙急。唱籌但量沙，餵飯或煮鴨。連營雖周阹，薄戍尚綿羃。到時榴花紅，忽過楓葉赤。支離風塵際，鬚髮閧盡白。肅肅霜霑衣，霏霏雪侵幘。勿爲兒女悲，近已聞長孫曾文凶耗〔一〕。側聽鬼神泣。磨墨楯鼻乾，捶筆唾壺缺。牙前背嵬軍，幕下僧騰客。何日凱歌還，目斷江鵶集。

〔一〕刻本無「已」字。

爲林范亭觀察廷禧題課孫圖其生祖母余恭人遺像〔一〕

沈沈宵漏永，皎皎寒月輝。琊琊誦故訓，惻惻懷貞徽。林氏有賢母，行義追桓嫠。撫孤三十載，母也兼父師。予季遠行役，諸孫侍重闈。不分梨與栗，但習禮與詩。中庭雙梧桐，百尺高無枝。上有兩寡鵠，嗚聲一何悲。偕篴室陳安人守節撫孤，建雙節坊〔二〕。衆雛既長成，各各振羽儀。一爲丹山鳳，奮翼淩雲逵。霜風吹枯竹，斜景淪崦嵫。陳情竟不待，空懷反哺思。悠悠一寸心，長念傳經時。披圖見遺象，先靈尚鑒兹。修名貴自立，令德期無虧。勖全絜白操〔三〕，庶答河海慈。

〔一〕刻本無此注。

〔二〕刻本注作：「觀察祖母余偕箎室陳守節撫孤。」

〔三〕「絜白」，刻本作「金石」。

文式嵒觀察格之官湖南瀕行出汪蒓卿太史畫扇索題率成長篇即以送別

蒓卿自題云：「一灣流水數家村，煙樹蒼蒼緑到門。昨夜山中三寸雨，又看新筍出籬根。」筆墨極蒼潤〔一〕。

邗江太史餐霞客，驅使風濤點金碧。揮毫揔底生雲煙，千疊江山歸咫尺。相從猶記初元秋，鏁闈校藝珊網收。潑藍寫出詩中畫，山色湖光共一樓。豈知轉眼韶華改，海畔琴聲渺難再。吹破紅橋月二分，題成碧落人千載。尚留畫篋仿荆關，屋外修篁水一灣。數點歸帆天際遠，祇應魂夢繞家山。家山江上明如畫，直接岷峨劃南戒。半篙寒汐更無聲，萬里長城誰自壞。尋陽鄂渚鎮地維，祝融鑱天連九疑。蟲沙莽莽散洄洑，雉堞杳杳多旍旗。君今整豸巡衡永，控制湖湘通五嶺。戢亂休教蘭芷摧，伏戎須剗荆榛梗。春風駘蕩春酒温，送君南出春明門。憑揮白羽開氛翳，淨洗蠻煙瘴雨痕。

〔一〕刻本題作「文式嵒觀察格之官湖南瀕行出汪蒓卿畫扇索題即以送別」，題後無注。

上巳日兒孫輩游城南諸寺看花用東坡韻各賦七古一章輒次其韻〔一〕

長安三月多風雨，那得花旛護花塢。幽蘭馨烈桃李麤，一例低頭甘受侮。今朝上巳景暄妍，柳囀倉庚燕穿午。流觴修禊古所尚，假日尋春吾乞去聲。汝。招攜童冠恰五六，曠朗襟懷暢風舞。城南諸寺近咫尺，粥鼓齋魚慣清苦。安心且復訪遠公，捧腹何勞從季主。岧嶢樓閣窮目攬，窈窕煙鬟鬥眉嫵。雜花爛漫發天采，絶勝天街走塵土。共參玉版藉苔茵，更劚當歸栽藥圃。斐然有作各言志，感慨歡欣皆得所。我今示疾類維摩，空色俱忘散花女。不煩絲竹寄懷抱，聊學桔槔隨仰俯〔二〕。黄金躍冶無由成，白石充饑何術煮。若逢高會飲三升，只合參軍作蠻語。淩波誰捧水心劍，千尺寒芒開玉宇。棘門霸上張綏旌，鼉憤龍愁競鐃鼓。祓除盥絜頌簫勺，此意儻蒙天聽許。廓清宙合滌氛埃，彈壓山川剗險阻。芳林重序凱讌詩，協樂和聲歌大予。

〔一〕刻本無「七古」二字。

〔二〕「聊」，刻本作「肯」。

蕭山協揆師手書經語十二幅見示合裝成册公取閲甚喜復題數行於後謂如山雞舞鏡不休蓋自愛其毛羽也謹賦五言一篇奉謝〔一〕

公昔在廊廟，威鳳儀中宸。公今早致政，海鶴超凡塵。秉心既清迥，養壽彌精神。餘事逮文翰，筆力迴千鈞。鸞翔奮仙島，鵬運搏天垠。下方仰芭采，片羽皆足珍。顧自比山雞，毋乃擬不倫。小子繹經訓，再拜銘諸紳。翰音登天際，微命昧詘伸。鴛鴦弗戢翼，自炫迺失身。冥鴻罹魚網，文雉投修罠。逝辭鵷鷺班，長與鷗鷺鄰。主恩重憐閔，謂是調養馴。雕籠仍掛檻，飛鳥常依人。門前自羅雀，庭下無縣鶉。焉能凫氾氾，坐閲烏踆踆。中原亂無象，造物胡不仁。鴞音遠近遍，雁澤呻吟頻。要爲鷹隼擊，庶俾鳩扈民。誰歟徹桑土，協力匡時屯。肅肅鴇集棘，膠膠雞警晨。何當賡翽羽，雅頌垂千春。

〔一〕刻本題作：「蕭山協揆師手書經語十二幅次第見示合裝成册師取閲甚喜復題數行於後謂如山雞舞鏡不休蓋自愛其毛羽也謹賦一篇奉謝。」

送藹庭南還兼懷粵東舊友藹庭去秋游中州，以道梗中止，今年遂浩然歸粵東〔一〕

此番真是賦驪歌，獨立蒼茫喚奈何。京國漸看朋舊少，中原況更亂離多。八千里外雙鴻遠，三十年來一夢過。後會縱教期約準，那堪枯樹已婆娑。

旌旗杳杳萬營環，路出滄瀛海岱間。泲北淒涼雙堠柳，江南破碎六朝山。半篙寒汐空來去，一片閒雲自往還。珍重臨歧相慰藉，衰翁久不夢鄉關。君由江浙取道還鄉〔二〕。

珠江煙雨布颿回，到日紅雲宴正開。鍊藥好尋方士宅，飛觴重上越王臺。清陰三逕饒佳趣，大木千章記舊栽。寄語炎州諸學侶，濟時還仗出群才。

〔一〕刻本無此注。
〔二〕刻本無此注。

題胡扶山司馬仁頤所藏新羅山人華秋岳楓林晚照巨幀舊爲吾師李芝齡宗伯所藏，扶山性愛紅葉，嘗屬京江張深作秋紅山館圖，見此幀，以麓臺畫易歸。幀首新羅山人自題云：「草徑既寂，塵喧何至。疏簾小閣，風日自佳。或飲或吟，隨興所適。偶爾伸紙含毫，寫情散志。樵歌一唱，松籟相答。鳥夢猿游，泉落谷轉。於是雲煙結契，谿山別開顔矣。已未夏日新羅山人寫。」〔一〕

秋風生虚堂，聲在畫圖裏。蕭蕭寒葉戰，瑟瑟涼波起。開緘掛素壁，爛熳絢丹紫。霜心鬥春姿，冷豔浮木理。斜陽一以照，萬樹燦紅藹。餘霞不可拾，散亂著藤紙。平春鑒别精，愛此入骨髓。坐卧常隨身，薄宦荒江涘。漢陽樹豐茸，武昌柳旖旎。默觀苞孽萌，靜識榮枯恉。去矣若發機，歸纔三月耳。豈意鄂岳間，浩劫竟如此。野火燒庭槐，怒特走文梓。回思舊游處，華屋滿榛杞。昌黎去汴州，蹤迹頗相似。此圖幸無恙，展玩雜悲喜。我家虞山岑，楓葉最清美。中峰林壑邃，吾谷坡陀迤。往時步屧尋，據石久瞪視〔二〕。空山衆籟靜，胸次滌塵滓。惜無大癡筆，寫作行障子。風煙莽無際，歸念長已矣。悠悠弦子國，君光州人。湛湛吴江水。卷圖發三喟，極目傷千里。

〔一〕刻本題作「題胡扶山司馬仁頤所藏新羅山人楓林晚照巨幀」，題下無注。

〔二〕「瞪」，刻本作「凝」。

題藹庭觀察全州凱旋圖有敘

道光二十七年丁未冬，君服闋，將入都，值楚匪雷再浩等倡亂，擾及粤西。大府留君辦賊，是時賊衆三千餘，踞全州之八十里山，君召募鄉勇，僅得四百二十八名，出奇鵰剿。攀蘿捫葛，直抵賊巢。一戰於栗子坪，再戰於消谷灣，凡兩晝夜，賊大潰，殲斃無算，生擒賊目八十餘，並倡立邪教之鄒道遠，窮追入楚境，乃還。賊首雷再浩竄伏湖南之新田，旋亦就獲。於是楚粤餘孽漸次肅清，大府上其功，賞戴花翎，君友曾某爲作斯圖以彰偉烈云〔一〕。

楚粤分疆處，湘源據上游。黄巾方奮角，絳帕尚蒙頭。險幸雙江扼，功真一戰收。籌邊樓巘嶫，誰釋廟堂憂。

三千萌渚賊，五百背嵬軍。鳥道盤雲入，妖巢帶月焚。笑譚消霧障，笳鼓靖塵氛。豈獨安桑梓，應推第一勳。

偉績追藤峽，奇功奏栗坪。時危紓勝算，事定不言兵。尚惜趨朝蚤，俄驚伏莽生。披圖懷壯志，儻再請長纓。

北去連三楚，南來控百蠻。山川雄嶺嶠，鎖鑰重嚴關。太息先幾昧，渾忘後日艱。燎原今至此，清淚有餘潸。興安之嚴關，實爲楚粤屏蔽，若以重兵控扼，則北來之賊不能闌入，南來之賊亦不能軼出，當永安逆賊潰逸時，誠得如君者以偏師鎮之，則猶易於撲滅，乃當事者慮不及此，任令竄入楚境，馴至長沙被圍，岳州淪陷，遂蔓延不可復制矣，可勝浩嘆。

〔一〕刻本敘作：「道光二十七年冬，楚匪雷再浩等倡亂，擾及粤西。大府留君辦賊，是時賊衆三千餘，據全州之八十里山，君招募鄉勇，得四百二十八人，出奇鵰剿，一戰於栗子坪，再戰於消谷灣，凡兩晝夜，賊大潰，擒賊目八十餘，窮追入楚境，乃還。賊首雷再浩竄伏湖南之新田，旋亦就獲。大府上其功，賞戴花翎，君友曾某爲作斯圖。」

晚香集

秋日雜感

八陘蒼莽拱神京，秋日登高百感生。曉市錢刀喧九陌，宵燈碪杵動重城。龍驤未徹長蘆戍，虎旅先歸細柳營。差喜郊原禾稼熟，但銷金甲即承平。

周陆環布濁漳涯，左輔雲屯静不譁。戰格重濠朝坐甲，長圍百里夜量沙。三秋令肅聞吹角，九日霜清記禡牙。問訊蘆關防守將，幾時桑蠋卧征車。

澹雲微雨壓城低，斷續歌聲咽鼓鼙。往日風馳經百戰，早時雹埽定三齊。雄師忽阻高墉雉，密網難逃尺澤鯢。努力將軍重奏凱，不須垂翅悵回谿。

回首江皋接漢皋，荆襄群盗正如毛。雨昏沌口人煙斷，月冷磯頭鬼火高。五夜城精環堞泣，三重隧炭脱肩逃。傷心呵壁天難問，哀郢歌成第二遭。

巴陵邸閣起風雷，擊檝中流氣象開。不信儒生能報國，竟邀飛將共登臺。三千金翅横江下，五百瑚戈拓壁來。陶侃勳名温嶠節，救時須仗出群才。

濡須偃月隖彎環，秋老荆塗霍嶽間。照眼麾幢三丈壘，驚心草木八公山。圻邊群鳥焚巢避，雲外雙龍挾艦還。盼到淮淝傳露布，偏師早晚下東關。

佛狸祠下草青青，亂後蕪城灌莽腥。一片江山付啼鴂，萬家燈火化流螢。蟲沙影射中天月，牛斗芒寒上將星。三十六陂秋色滿，長淮金鼓不堪聽。

姑孰長鯨尚怒蟠，石頭城外陣雲寒。孤軍轉戰三年苦，隻手横撐半壁難。東去濤聲吞鐵甕，西來山勢走銅官。連烽更望盤龍浦，海上秋風路渺漫。

用東坡與頓起孫勉泛舟探韻得未字韻寄兒子同書〔一〕

儒生昧戎經，志士恤嫠緯。登高歌五噫，當食發三喟。獨居但深念，聊用詩自慰。黄花澹無言，紫蟹瘦少味。引杯胸填塊，抵几鬚張蝟。念汝久行役，簡書真可畏。煌煌東方星，昏見指婁胃。幕府趨經年，逐隊糜稟餼。已嗟杼柚空，盡給輿械費。侵尋師老矣，拙速古所貴。安能擁貔貅，坐視走猩威稜山壓卵，遺熸指撓沸。勉抒憂國忱，庶免元龍諱。

〔一〕刻本題作「用東坡未字韻寄兒子同書」。
〔二〕「英略超」，刻本作「𢾺略伃」。

九日和東坡黄樓韻

去年重陽不可説，用東坡句。干戈萬槊平明發。雷車齊碾聲隆隆，霜潦未收泥滑滑。白頭京尹職轉饟，籌筆横刀縛靴韈。兜零百里傳宵烽，蓐食三軍飽朝呷。牛駝牟圂雜旆旌，輂輦讙呶載版鍤。虚過佳節轉蕭瑟，但覺刑神司肅殺。一年彈指又秋風，擾擾塵塵還刹刹。已看鄂渚波滌蕩，猶聽清漳角鳴軋。黄花照眼憂難忘，一盞茅柴氣先壓。斜陽寒射積水潭，煙樹濛濛城𪓐𪓐。鐘聲虚閣卧蕟荚，人影荒陂亂鳧鴨。歸來忽夢從釣徒，蘆被詩成泛苕霅。

九日對菊用東坡韻

起扶藤杖繞東籬，腰脚槃跚且强持。晚節逾堅經日鍊，寒香自抱任霜欺。賓鴻衹爲隨陽到，鳴鶴非關好爵縻。笠澤濛濛秋色老，夢尋甫里坐支頤。

送金可亭侍讀國均歸楚覲省君家黄陂，其尊人侍御君避兵僑寓均州〔一〕

君恩深重忍言歸，太息時艱與願違。暫憩朝參辭講幄，好憑鄉信訪庭闈。漢陰秋老烏啼徹，商嶺雲隨雁影飛。稍喜荆襄氛祲遠，鹿門安穩著萊衣。近聞官軍已克復武昌〔二〕。

臨歧執手更潸然，忠孝原難事兩全。回首觚棱在霄漢，驚心閭井隔烽煙。送君歸路三千里，觸我前塵十六年。予於道光戊戌閏夏乞歸養母〔三〕。願保晨葩無點辱，循陔常補白華篇。

〔一〕刻本無此注。

〔二〕刻本無「已」字。

〔三〕刻本無「閏夏」二字。

王子槐少司馬茂蔭母吴太夫人七十壽詩〔一〕

鸞誥恩榮邁等倫，筵開八秩集朝紳。傳經久著宣文譽，教子能爲謇諤臣。帝重齊賢褒壽母，人因善果頌慈親。稱觥遥向南雲祝，定博萱堂一笑春。

〔一〕刻本無此詩。

文孔修同年慶從羅椒生少農惇衍轉假得宋拓本智永千文留置案頭兼旬愛不忍釋予復從孔修借觀孔修題一律見示即和元韻奉酬並呈椒生〔一〕

山陰快雪時晴帖，曾向三天得大觀。咸豐初元，予侍直上書房〔二〕，蒙賜觀右軍《快雪時晴》廿八字真迹，如神龍游於絳霄，仰視贊嘆〔三〕，莫繇測其變化也〔四〕。今日重窺鐵門限，臨池如飲玉泉丹。題成齏臼辭何妙，賺取蘭亭事恐難。擬學歐陽碑下卧，手摹萬本墨壺乾。

〔一〕「轉假得宋拓本智永千文留置案頭兼旬」，刻本作「假得宋拓智永千文」。

〔二〕刻本無「予侍直上書房」六字。

〔三〕刻本無「仰視贊嘆」四字。

〔四〕刻本無「也」字。

盛京大内翔鳳閣藏智永千文真迹予曩官府丞實掌文淵閣圖籍嘗以仲秋率僚屬曝書匆匆竣事未得繙視也薩湘林都護曾臨副本三不勝嘆羡復賦一章[一]

陪都秘笈藏真迹，悔未當年叩閣觀。妙手偷摹三副本[二]，仙書已奪九還丹。即看響搨流傳久，如此纖豪畢肖難。紙被卧穿池水黑，老來祇恨筆頭乾。

〔一〕刻本題作：「盛京大内翔鳳閣藏智永千文真迹，予曩官府丞，實掌文淵閣圖籍，嘗以仲秋率僚屬曝書，匆匆未得繙視也，因觀宋拓輒憶及之。」

〔二〕刻本有注：「薩湘林都護曾摹三本。」

甲寅十月二十日蒙恩賜紫禁城内騎馬恭紀和張詩舲少宰韻二首[一]

久麇芻豆合投閒，何幸重陪曳履班[二]。三載鑾坡循舊迹，道光庚戌心存曾蒙恩賜，兹復異數重叨[三]。九天綸誥荷新頒。鳴珂遥和花中漏，按轡回看雪後山。努力尚思追逸足，只慚臣馬已衰孱。

萬騎雲屯汗血紅，捷書日報快於風。凡軍旅奏進，兵部掌之，連日諸道報捷者甚多[四]。怒盤楚水吴山外，橫蹴蠻煙瘴霧中。信有龍媒騰驕驕，自憐駒影過匆匆。據鞍老我懷褒鄂，憑仗丹青點染工。

是日同被賜者刑部尚書趙光、吏部右侍郎張祥河、刑部左侍郎李鈞、正紅旗護軍統領多爾濟那木凱、正紅旗副都統倫恭，其奉恩旨特賜者則御前侍衛固倫、額駙景壽、軍機大臣、工部左侍郎杜翰也〔五〕。

〔一〕刻本題作「十月二十日蒙恩再賜紫禁城内騎馬恭紀和張詩舲少宰韻二首」。

〔二〕「幸」，刻本作「事」。

〔三〕刻本注作：「道光庚戌曾蒙恩賜。」

〔四〕刻本注作：「連日諸道報捷。」

〔五〕刻本無此段注。

兒子同書從軍邗上忽已兩年碌碌因人殊少裨益蒙恩奬勵賞戴花翎謹成長句二章恭紀即以勖之咸豐四年十二月二十八日〔一〕

飛書馳檄謝枚皋，漫説征人兩載勞。六幕春先回挾纊〔二〕，三軍氣已作同袍。元戎偉略超韓范，群帥英姿邁鄂褒〔三〕。莫倚崆峒憑一劍，舉頭長戴聖恩高。

雅歌杕杜逮儒臣，寵賁欣叨拜命新。璀璨三花彯翠羽，勤勞兩字賁丹綸。蒙上諭：兩載以來，頗著勤勞〔四〕。風和笳鼓官梅發，日暖旌旗綵勝春。磨楯會須濡大筆〔五〕，穹碑江上勒嶙峋。

〔一〕刻本題作「兒子同書從軍邗上蒙恩奬勵賞戴花翎謹成長句二章恭紀即以勖之」，題下無注。

〔二〕「先」，刻本作「光」。
〔三〕刻本此兩句作「疇能偉略追韓范，側望英姿動鄂褒」。
〔四〕刻本無此注。
〔五〕「大」，刻本作「健」。

乙卯人日以馴鹿一頭送詩舲少宰侑之以詩

蕉花溪水樂林泉，馴養茅衡性已便。故國夢隨三逕繞，閒雲地少一弓眠。正當人日思芳草，合送槐庭伴老仙。雅奏苹笙轓作畫，祝君富貴更延年。

喜聞元日官軍收復上海

近聞收滬瀆，巨憝縛孫恩。露布騰元日，星馳達帝閽。兵先銷島嶼，鬬勝奪崑崙。捷報以上元前一日至。逖聽傳諸道，同心奉至尊。

詩舲少宰視學順天用陶鳧薌前輩樑韻奉賀

羡君遭際晚尤奇，經濟文章契主知。膏雨已霑關隴後，春風又到薊門時。君由秦撫，入爲卿貳。藤廳聯步過三月，簜節遄征勸一卮。涿郡河間詩學在，千秋絶業仗維持。

合是前身住大羅，古稀雙鬢未全皤。君年七十一，鬚髮皆未白〔一〕。秋堂記共論文細，道光辛卯，偕君分校京兆鄉闈〔二〕。閩嶠輸君得士多。乙酉予典試八閩，戊子君繼之，得人尤盛〔三〕。欲障狂瀾憑道力，能扶元氣在人和。會看文教開畿甸，已聽滄瀛奏凱歌。君拜命之次日，即聞官軍克復連鎮，畿輔肅清〔四〕。

〔一〕刻本無「皆」字。

〔二〕刻本注作：「辛卯同分校北闈。」

〔三〕刻本注作：「乙酉戊子，予與君先後典閩試。」

〔四〕刻本注作：「拜命之日，聞官軍克復連鎮。」

寄兒子同書再疊前韻〔一〕

怪汝年來際遇奇，君平季主亦難知。却從虎帳論兵日，回憶蠶叢叱馭時。投袂應捐新息苡，衝冠且引舞陽巵。鞠藭麥麴都無用，憑仗丹心自護持。

三年磨楯來江上，聞道蕭蕭兩鬢皤。戰骨白看春浪洗，烽煙青比亂山多。民勞須待瘡痍復，師克全憑將士和。霖雨方濛瓜蔓長，南風何日聽鐃歌。

〔一〕刻本題作「疊前韻寄兒子同書」。

吏部藤花詩和程文恭公景伊韻六首

蒼龍蜕骨化虬枝，絳雪霏霏點畫墀。想見匏翁親手植，五雲判罷放衙時。

巡檐瞻眺重思人，劫火燒殘迹未湮。不見水曹花爛漫。更無詩句鬥清新。工部亦有紫藤二本，花時較此尤盛〔一〕，然題詠絶少，可見物以人重也。

詞壇耆宿冠清班，陶凫薌丈。正叔才高逸興閒。潘星齋〔二〕。寫入清河書畫舫，張詩舲〔三〕。不須粉本憶包山。去年春，星齋、詩舲同典銓曹，凫薌丈繼至，互有倡酬，詩舲仿包山作圖，以紀其勝，亦一時盛事也〔四〕。

老幹淩空去蜿蜒，新花璀璨百枝然。提衡我愧來三度，僂指前蹤已五年。予於辛亥九秋兼攝右侍郎事，凡四閲月，上年仲春官左侍郎匝月，皆未及花時，今到此已三度矣，殆與此花有緣也〔五〕。

落棉風裏吐香苞，纓珞紛垂左右交。堆案文書鈴索静，午陰又轉海棠梢。

緑蔓捎窗更壓闌，雨餘清氣轉生寒。雲塘詩句程文恭公詩石刻嵌庭壁。南沙篆，聽事簷前牓篆書「藤花廳」三大字，乾隆二十年蔣文恪公溥手書〔六〕。留伴花光鎮日看。

〔一〕刻本無「較此」二字。
〔二〕刻本無此注。
〔三〕刻本無此注。
〔四〕刻本無「以紀其勝，亦一時盛事也」十字。
〔五〕刻本注作：「予於辛亥秋兼攝右侍郎，去年官左侍郎，皆未及花時，今到此已三度矣。」
〔六〕刻本注作：「簷前牓『藤花廳』三篆字，乾隆二十年蔣文恪公溥所書。」

附録程文恭公藤花詩乾隆乙酉年作

吏部聽事前有古藤二株，相傳爲前明長洲吴文定公手植，蓋二百餘年物也。聞往時曾毀於火，而萌芽再生，繁茂如昔。今春初入署中，見舊架將圮，商之同事，重加修葺，工作甫竣，花開爛然，坐對之餘，偶成絶句六首。

檻外高盤屈曲枝，蒼虬拏攫蓋軒墀。摩挲樹底懷前哲，記取匏庵手種時。

甘棠偶憩尚懷人，嘉植親栽況未湮。架構重支徐引蔓，愛他老樹著花新。

吴門先後領清班，想見公餘逸興閒。好事誰當續佳話，寫圖重繼陸包山。前朝王文恪公繼文定公後，曾令陸包山繪圖。

託根畫省勢蜿蜒，小厄曾遭炬火然。靈種不隨塵劫盡，敷榮依舊一年年。

鬱盤不覺已含苞，爛熳俄驚滿院交。瓔珞懸空作香界，未妨鎮日對藤梢。花時適以察典過堂，早集晚散，爲時頗久。

垂垂紫粉好憑闌，破曉花光帶薄寒。傳語封姨莫相妒，繁英留取浹旬看。近時多風，故云。（《雲塘程景伊稿》）

吏部廳藤花盛開疊和匏翁元韻二首〔一〕

銓曹再至記前年，惟見枯藤互結纏。今日濃陰雙架滿，明霞依舊兩行懸。公餘小憩逢三月，朝罷聯吟企二賢。晁薌前輩、星齋同年〔二〕。遥憶皇華迎驛館，有人奉簜擁瑶編。懷詩舲學使〔三〕。

雨洗風磨四百年，龍蛇盤攫勢樛纏。寫生不見包山畫，妙筆空餘彩牓懸。老我婆娑如此樹，何人愛護念前賢。他時掌故須重紀，好續垞南日下編。

〔一〕「匏翁」，刻本作「吴匏庵」。

〔二〕刻本作「晁薌、星齋」。

〔三〕「懷」，刻本作「謂」。

題畫

曲隝臨流萬樹環，歸舟天際趁風還。而今杳杳旌旗外，怕看江南數點山。尚父湖邊繫釣船，潭塘蝦蟹不論錢。夢游不見耕煙畫，回首家山一惘然。

旃蒙單閼（乙卯）

訪澄懷諸友不遇獨坐近光樓

池臺幾處露隤垣，歷亂蛛絲晝掩門。魚靜不知新雨漲，燕歸難認舊巢痕。欒泉一勺源應活，矩室三弓徑尚存。南坨有屋如矩形，戴醇士侍郎顔其楣曰「矩室」，予舊時直廬也〔一〕。獨倚危欄人迹悄，西山無語又黄昏。

〔一〕刻本無此注。

集賢院閒坐[一]

虹橋流水劃西東，秋色平分御宿中。楊葉低翻千片白，蕅花冷浸一枝紅。陰晴天氣量難準，深淺煙嵐態不同。閒坐北窗欹午枕，車聲墻外又隆隆。

〔一〕刻本無此詩。

新霽口占[一]

雨脚初收夕照殷，歸雲低擁亂峰還。秋霖已灑高原遍，莫被風吹又出山。

〔一〕刻本題作「新霽」。

紀夢

天衢淖没軌，秋雨方泫然。歸來洗靴韈，跂脚窗下眠。迷離得異境，忽櫂扁舟還。入門問婦子，上堂拜慈顔。音容尚如昔，慘戚意不歡。顧我面目瘦，撫我衣裳單。别汝未云久，汝今已華顛。語罷命之退，執手涕淚漣。兒今力已倦，長願依膝前。鐘聲敲夢斷，起視月滿天。追思辭墓出，忽忽已七年。江湖波澒洞，滿地森戈鋋。松楸幸無恙，何由展墓田。轉羨長孫夭，承歡在重泉。白雲一寸心，夢繞家山巔。生還知已矣，死當長團欒。

中秋偕兒子同龢集賢院對月和東坡中秋月三首韻

浮雲斂西山，皎皎月在東。陰精乘顥氣，圓滿當秋中。清輝散林岫，流彩穿簾櫳。雷風爲先驅，氛翳掃太空。時苦秋霖，是日晡時大風雷雹從西起，向東南去，天忽晴霽[一]。羽蓋瑤池來，鸞鳳紛相從。翩然弭玉節，寶鏡開瓊宮。照見下方人，莽莽成沙蟲。安得不死藥，救此烝黎窮。月亦應有恨，百罹閔我逢。問月月不語，枯沼聽魚喁。

百年幾中秋，歲歲傷離別。中秋幾見月，今夕更淒咽。少壯不知愛，良會徒虛擲。晻晚過中宵，此後漸虧闕。呼兒起共玩，扶我度林樾。寒蛩啼草根，冷露泫松葉。入門對孤檠，辛苦向汝説。齒牙零落盡，殽核屏梨栗。鬢絲素似霜，縞衣白於雪。回首茂陵秋，寸心已摧絶。

孫曾守家街，四壁餘淒清。長男在邗上，三載從軍行。諸孫角文藝，鏁院方深扃。老妻理刀尺，寒閨聞嘆聲。而我偕季子，徙倚望月明。一家各分散，千里難合並。人生真一夢，相值如浮萍。未能共苦樂，奚必同陰晴。時會有離合，天心何重輕。默觀盈虛理，坐忘今古情。

〔一〕刻本無此注。

發集賢院度盧溝橋〔一〕八月廿四日

征人夢逐曉鴉興，天半朱霞旭采升。嵐影萬重凝黛髻，波光百頃浸丹稜。無邊秋色涼如許，剩我幽懷吐未曾。忽憶五年前此際，風雷翊衛送橋陵。

蕭蕭落木度盧溝，積雨初停潦未收。問路祇愁田父紿，乞漿還就野人謀。緑菘紅薯紛無數，白黍黄粱幸有秋。努力村農勤稼穡，早欣涿鹿殄蚩尤。

兵馬倥偬記昔年，羽書夜半達甘泉。陣開龍虎天鳴鼓，令肅貔貅月上弦。今日西山無寇盜，遥聞南國尚烽煙。防秋將士休高卧，從古居中重守邊。

回首桑乾卷怒濤，畿南三淀水周遭。已看井竈千村失，更峙芻茭百丈高。置鼓先須防寇警，浚隍疇敢惜民勞。白頭舊尹慚無術，面目應難對汝曹。

〔一〕刻本「知止齋詩集卷第十五」自此詩（刻本題下無注）始，卷十五後注：「古今體詩一百十六首。起乙卯九月勘工易州，丙辰督役駐工次，往來易州，山中作。」

過琉璃河

琉璃河外月熹微，參伐當頭列宿稀。狸製生寒知露重，牛涔多淖覺途非。棲叢白骨啾啾語，度水青燐帖帖飛。猶有道旁新鬼哭，我來攬轡爲長欷。

九日書懷

倦翮褵褷鶴在皋，傷秋人正怕登高。看囊未蓄三年艾，分韻誰題九日餻。擬脱角巾閒漉酒，空餘左手想持螯。淶水途次跌傷右腕〔一〕。眼前得失渾無據，好把心情託孟勞。是日京兆試放牓。

〔一〕此注據刻本補。

望西山雪

廉纖達曉雨初停，銀闕排空插杳冥。晴雪遠鋪千嶂白，近山低襯一重青。遥知高嶺寒先到，尚擁歸雲夢未醒。起聽雙橋橋下水，流澌敲斷玉瓏玲。

集賢院即事

平池風過蹙靴紋，愁緒如絲不可耘。擊絮繁聲春夢碎，池畔多浣衣者〔一〕。烹茶活火當去聲〔二〕。鑪熏。蕺蘱酸味牙齦沁，《爾雅》：蒧，寒漿。燕山多有之，今京師人謂之紅姑孃。榅桲微香鼻觀聞。如橙而小，京師人呼爲歐樸，以熏鼻煙。病骨支離聊偃息，西窗卷幔數上聲〔三〕。歸雲。

〔一〕刻本無此注。

〔二〕刻本無此注。

〔三〕刻本無此注。

集賢院曉起

寒月三五滿，照我池上冰。清輝相激射，上下晶光凝。積雪冒曾嶺，鋒鍔排峻嶒。嚴霜被原隰，不辨畦與塍。夢隨宵柝斷，人逐寒雅興。殷雷會方軌，繁星燦華燈。列宿漸韜影，日出萬象澄。長庚大如月，睒睒方東升。

聞林岵瞻廉訪楊祖第三子壽煦登賢書詩以賀之岵瞻爲予乙酉典試福建所得士今年福建主試爲景秋坪廉亦予辛亥順天鄉試門生也〔一〕

岵報泥金一騎馳，秦雲飛到轉嫌遲。七千里外思親日，三十年前領解時。太夫人守節撫孤，岵瞻由豫臬移駐秦中，太夫人憚遠行，遽歸，岵瞻望雲綦切〔二〕。蓮燦重臺開頖沼，莆田學泮池中蓮開重臺，則邑有以第一人發解者，郭蘭石大理暨君皆應此花之瑞。桐高百尺長孫枝。霜筠雪竹清芬遠，教育多應仰母慈〔三〕。

〔一〕刻本題作「聞林岵瞻廉訪子壽煦登賢書詩以賀之」。

〔二〕刻本無此注。

〔三〕刻本此處多注：「太夫人苦節撫孤。」

卷十六〔一〕

〔一〕清稿本此處粘有浮簽云：「知止齋詩鈔卷第」，蓋欲從此處分卷而未填寫卷數，此據順序補填「卷第十六」。刻本知止齋詩集卷第十六自「四月九日發京師往易州」始。

于役集

柔兆執徐（丙辰）

元日早朝微雪〔一〕

糾縵卿雲擁紫微，螭蚴拜舞拂珠璣。旌旗不動千官肅，韶頀初鳴五出霏。法雨頌陳虞喜筆，天花香滿謝莊衣。朝正三日春先到，上年十二月廿八日立春〔二〕。應有陽和溥帝畿。

〔一〕刻本題下注「丙辰」。

〔二〕刻本注作：「先三日立春。」

正月十七日上御正大光明殿賜廷臣宴並蒙御製詩文暨如意繡蟒文玩之錫恭紀二首〔一〕

華燈清籞九枝陳，蕭露恩醲逮下臣。如樂之和雙琯協，與民同樂萬方春。頒來玉食霑仙醞，捧出金盤列上珍。職掌銓衡襄聖治，疇咨何以答鴻鈞。

雲章仰誦愧賡歌，共濟艱難思若何。欲挽積風須紀肅，能調元氣在人和。兩朝知遇酬恩少，六載趨承負職多。獨念九重宵旰切，幾時寰海息干戈。

〔一〕刻本題作「正月十七日賜廷臣宴於正大光明殿並蒙御製詩文暨如意繡蟒文玩之錫恭紀二首」。

玉河冰泮春水沖瀜憮然有感

玉河波漾緑粼粼，又見燕臺物候新。薊北鶯花方就暖，江南煙柳不成春。音書久斷應難問，消息傳來恐未真。何日埽除氛祲了，五湖深處好垂綸。

龍翰臣學士啟瑞倡篩字韻詩淳甫相國有和篇屬和者甚夥嵲薌丈爲予述之實未睹倡酬諸作也偶有所觸漫和其韻二首〔一〕

瑣碎横窗日影篩，擁鑪還復下書帷。不辭公牘披藤紙，懶向歌筵聽柘枝。寂寂年華成過客，茫茫人海嘆無毉。用石齋先生語〔二〕。春來病骨支離甚，枯樹號風怕餓鴟。

頻擣黄精細細篩，春寒未敢卷簾帷。但驚鶴斂褵褷翮，不見花開爛漫枝。恨乏千金求大藥，誰調六氣作良毉。陽和已得扶摇力，閒看兒童放紙鴟。

〔一〕刻本題作「龍翰臣學士啟瑞倡篩字韻詩屬和者甚夥嵲薌丈爲予述之漫和其韻二首」。

〔二〕刻本注作：「黄石齋先生語。」

二月望于役易州出都遇雨雪

西山雲氣白濛濛，霰雪交霏雨汁融。寒暖未勻春正半，陰晴不定月方中。鞭絲拂柳拖微緑，輪鐵沾泥壓軟紅。跋涉敢辭行李倦，只愁興作礙匄工。

燕臺今歲多春雪〔一〕，難得晴和數日剛。陽氣已看抽宿麥，陳根猶未拔寒蔣。雨絲亂颭侵狸製，霧縠斜飛濕馬枊。不惜征人歌況瘁，播琴或恐大田荒。瑶玉銷鎔列嶂高，奔流曲折到平皋。三春桃汛防新漲，一道桑乾起怒濤。無限黎元方緯耒，幾年征戍念同袍。宵深襆被投村店，跂脚酣眠未覺勞。

〔一〕「多春」，刻本作「春多」。

雪中行雜感疊篩字韻〔一〕

彳亍徐行似簸篩，春泥活活濺車帷。已看鷺堠迷千里，定少梅花寄一枝。買骨儻能真得士，折肱未必便工醫。風來幸免塵埃汙，不見前旌載畫鴟。

〔一〕刻本題作「雪行疊篩字韻」。

發長新店至良鄉

跋馬度盧溝，山川攬雄秀。南行漸沮洳，漫漫無斥堠。行潦何縱横，脂車戒傾覆。驚心陷泥淖，矯首望巖岫。連橋跨八九，迢遰聳傑構。想見創造初，伐石工刻鏤。豈知沙水性，轉徙乃旁湊。危欄平陸卧，廢阯急湍漱。沄沄漾清波，激激瀉春溜。觸磯金鼓喧，穿徑笙竽奏。地勢固卑下，人功貴補救。遵塗察原委，脈絡可尋究。田洫儻浚深，經涂庶培厚。經營卅里間，未足稱廣袤。輿梁王政首，慎勿守卑陋。况復邇神京，萬方此輻輳。何時成亨衢，突兀眼中覯。歌謡聽載路，夷坦幸如舊。我昔偕計車，跋涉屢顛僕。曩者忝京尹，施功未遑驟。軍書日旁午，此志竟不就。重經面發騂，三喟心滋疚。經野迹易循，濟物績逾茂。覼縷諗後賢，吾言敢虚謬。

途中口占

漠漠山坳失徑蹊，茫茫路不辨東西。行人小憩日方盰，遥聽荒村啼午雞。
款段長嘶待秣芻，燎衣且慰僕夫劬。雨行飲酒寒威解，比似臧孫聖也無。
滃雲片片欲還山，斜抹林腰復水灣。莫道三農都滿望，爲霖須要遍人寰〔一〕。
水態雲容畫不成，遥山一角見分明。西風收盡征衣潤，知是明朝早放晴。

〔一〕刻本無此詩。

過良鄉用東坡岡字韻

寶塔長留佛日光，望諸祠墓已荒涼。平橋雪滿泥塗滑，高隴春來草木香。柳色漸看生意動，槐花還似舊時忙。途遇公車頗多。防秋忽憶前年事，萬帳雲屯料石岡。

望諸君墓

藍田射獵散三軍，湖上騎驢看夕曛。千古英豪同一哭，傷心豈獨望諸君。

涂中遇公車南來者

飄零書劍曳長裾，拂拭仍偕計吏車。遭亂定多拋骨肉，無家遑復顧田廬。荆揚展側兵戈際〔一〕，河泲間關覆溺餘。自是聖朝恩澤厚，未容高卧老樵漁。

回首前蹤一惘然，天衢我亦著先鞭。花開紅豆三千里，夢熟黄粱四十年。虚擬欂櫨支大厦，可堪霜雪滿華顛。衰隤自嘆婆娑甚，整頓乾坤望後賢。

〔一〕「展」，刻本作「轉」。

度牤牛湖梁二河

我行踰聖水，羸馬臨牤牛。雙橋横跨之，下有涓涓流。居人來告我，此水勁且遒。夏秋多異漲，蕩潏不復收。君看數里外，衝刷成深湫。前行度湖梁，石橋卅丈脩。勝國所營建，白玉工雕鏤。嘗披古圖經，兹境稱絶幽。垂楊夾兩岸，寒葦摇三秋。晚風送櫛響，曉月聞漁謳。今昔既殊致，何由豁雙眸。但見積行潦，泛濫盈道周。我聞北方水，事異荆揚州。東西常倏忽，盈涸難停留。挾沙水逾活，此説非謬悠。俠河一名挾活河。至今理故瀆，茫昧不可求。遷移誠水性，疏導關人謀。如何寫水地，鬱鬱桑榆稠。侵堧構茅屋，截蹬開瓜疇。日與水争地，窄同田首溝。自然壅則決，横溢妨鉏耰。芻茭稽月稰，羽書阻星郵。匪惟病農事，兼恐爲國憂。胡不廓清之，宣暢逮下游。送迎固吏職，津梁實大猷。載告賢牧宰，未雨當綢繆。

永濟橋

貕養迹久湮，淶易浸稱大。洪波匯衆流，拒馬一川最。蜚狐上通源，掘鯉下疏派。回環褫陸城，沆瀁作襟帶。此州信雄藩，輻輳萬方届。不有鉅麗觀，何以壯都會。緬惟乾隆年，時和道方泰。經始於乾隆二十五年庚辰春，至八月而工成〔一〕。詔發內府金，飛橋跨煙靄。雙標蟠蛟龍，百丈鎮神怪。雕闌虹宛宛，傑閣鳳翽翽。獻琛集共球，述職萃冠蓋。計偕槖書劍，商販整車軑。天衢坦以夷，帝力神哉沛。邇來近百載，利濟實永賴。去年兩過此，秋水正澎湃。南趨射涵洞，巀嶫相激汰。謂當導中泓，疏瀹寫清快。壅閼一以通，庶免旁掣害。兹行方春中，堤石已摧壞。即看桃汛至，深恐阻行邁。築堨糜千金，塞竇止一簣。司存失先計，攬轡發長喟。神功貴遵循，會極達中外。作歌風有位，玩愒毋已太。

〔一〕刻本注作：「乾隆二十五年建。」

涿州

雙塔霞標矗，三峰霧彩明。城開凹字古，陂想畫圖精。巨浸苞涞易，雄關鏁莫瀛。蚩尤今已滅，早晚事深耕。

發淶水至易州

沙流川壅易遷更，淶水空存故瀆名。欲訪洹桃二水名。支派別，水經注已不分明。

萬峰屏列勢巑岏，山外風多特地寒。北上高原雲樹合，葱蘢佳氣是秋瀾。路距秋瀾行宫二里許。

孤雲兩角作旌門，名門頭山。古寺山腰一抹痕。記得年時三月暮，梨花如雪繞山村。四年前扈蹕過此，梨花盛開。

石畔流泉淲淲清，樂游原上畝縱横。前宵霡霂沾濡遍，早有山農叱犢耕。

路轉峰回見麥畦，山深氣暖勢高低。茸茸緑罽鋪無數，已長新苗一寸齊。

山行盡處豁平蕪，墳壤騂剛土上腴。説與外人曾見否，擔頭萊菔大如壺。

易州懷古

金臺百尺鬱岧嶤，神駿千秋恨寂寥。祇有虚名尊郭隗，更無靈氣惜燕昭。悲歌慷慨思奇士，廢壘荒涼問霸朝。莫向酒邊聽擊筑，不堪風雨夜蕭蕭。

發易州[一]

清流一道繞城隈，白石粼粼淨點埃。萬疊煙雲皆北向，六陵風雨自西來。紫荆關外崇墉護，金粟堆前秘殿開。極目大青山山名。不遠。曾巒佳氣鬱崔嵬。

〔一〕刻本無此詩。

山中督役

曾陰被林巒，陽景遞明晦。風雲百靈趨，變幻一日内。連山互起伏，流水迷向背。沙光燦若金，石理深于黛。仰瞻闢仙扃，俯察盡物態。披衣風泠泠，穿徑暾暖暖。殷雷動磓鑿，揆日正植栽。庀材課工師，執扑廵役輩。朝出露未晞，晚歸星每戴。儉德千秋垂，成憲永膺佩。

聞雁

春來雁北鄉，肅肅事遠征。深山當二月，始聞嘹唳聲。月冷音愈厲，風高響彌清。三更來枕上，動我獨客情。中原正格鬥，豺虎紛縱横。荆揚莽烽燧，淮潁飛旆旌。得毋伴侣失，無乃矰繳驚。胡不傳書來，轉恐愁思生。更念河濟外，嗷嗷中澤鳴。何鄉覓粱稻，莫戀霄漢程。

陰雨不止寒甚成雪

枕上聞雨聲，寒威被池襲。微明射窗牖，侵曉雪又集。綏綏下未已，淅淅勢逾急。回翔到地融，飄瞥緣帷入。開軒失前山，矧迺覩遥隰。身在雲氣中，濕絮可俯拾。澗草萌難舒，枝禽語尤澀。居人添鑪炭，行子荷蓑笠。燕郊二月暮，農事告春及。雨雪方載塗，麥苗恐爛浥。安得開晴曦，陽和起潛蟄。程功有司存，荷鍤萬夫立。

復雪疊篩字韻

東風吹雪又如篩，密點斜侵薜荔帷。徑仄藤扶將墜石，天寒鳥避最高枝。已嗟馬齒添華髮，欲進豨苓亦善毉。試訪山農求大藥，輕身先學啖蹲鴟。

冉冉長空玉屑篩，淒淒孤館下重帷。饑鴉覓食搜殘粒，乾鵲安巢戀舊枝。熱不因人常滅竈，病能勿藥即中毉。仙方擬向龍宫借，炙鷰還須侑一鴟。

課役徒疊前韻

披沙蒸土密加篩，細蓋茅苫護席帷。鑿石先成青玉案，築墻須徙碧梧枝。習勞運甓能祛疾，養性觀山勝覓醫。閒與工師諳物象，中唐瓴甋辨鳩鶿。

雪中部役赴工作

同雲漠漠連峰没，微露山根青一髮。雪花片片長空飛，素練横斜冪林樾。須臾風動雲氣斂，瑶闕瓊宫敞高揭。蒼茫坡隴互隱見，遠近煙巒失凹凸。冬冬鼛鼓徵役夫，閣閣懸絙選徒卒。爬沙蟹爪行蹣跚，濡尾狐冰聲窸窣。今年北地春多寒，雨汁連旬過二月。枯荄糾結凍塊堅，徂隰何由耕一垡。桃花春漲行復生，那免三農啖糠麧。汝曹飽食水衡錢，絶勝深山采薇蕨。鶉衣莫憚風蕭蕭，龜手遑辭泥滑滑。官家興作有定程，勤惰分明敢暫歇。晚山欲暝雪愈盛，裊裊炊煙生竈突。千夫漸作鵝鴨散，我亦歸來洗靴韈。亟須軟脚沽村醪，一盞茅柴傲臧紇。三更夢醒風雨鳴，卧聽槽邊芻豆齕。

喜晴

連日多陰沍，今朝乍放晴。雪消山骨露，土暖草心萌。新蝶翩翻舞，春禽格磔鳴。遥知淶易外，高隴有人耕。

山居作

兼旬雨雪霏，晨起忽晴朗。土膏動融和，春氣已盎盎。含稊柳絲垂，卷旆草心長。偉哉造化功，一氣回萬象。我生已衰朽，暫得息塵鞅。雖無畎畝樂，幸慰煙霞想。披襟暖風柔，坐石流泉響。遥望長松巔，孤雲自來往。

山居信可樂，勝在城市中。城市亦何有，堆案文書叢。我本麋鹿姿，早歲羈樊籠。兹來躬力役，心静萬慮空。聊與群卉木，駘蕩摇春風。米麪直既賤，腶菜亦頗充。輕身餌伏苓，祛濕采鞠藭。一尊金瀾酒，陶然樂融融。

山中春已深，忽忽望節候。陰晴變旦暮，寒燠判昏晝。被池裝重棉，藥盞酌五酘。幽思忽不愜，長嘯隘宇宙。豺虎方縱横，吴楚猶戰鬥。近聞皖豫交，青犢起逋寇。王師如雨下，何日凱歌奏。天狼明煌煌，矯首望参宿。

聞道

聞道濰陽寇，披猖近宋郊。封狼方出穴，妖鳥未離巢。選將聽鼙鼓，行軍嘆斗筲。腰間三尺劍，誰爲斬長蛟。

豺牙常恣厲，蚪角久潛蟠。賴有霜威肅，能令鼠膽寒。謗書騰薏苡，載道挈壺簞。戎幕今重贊，施功想倍難。指日天兵下，當行斧鉞誅。風霆宜迅埽，蔓草恐難圖。河濟多鴻雁，淮淝足虎貙。諸軍須努力，早晚靖萑苻。

二月二十六日睡起出門至梁格莊和東坡韻

山居遠城市，客俎久無肉。糝羹波稜香，飯甑杭稻熟。野人慣此味，飽啖興自足。北窗攤飯卧，夢好更須續。不知塵世事，擾擾雜歌哭。詩成還自寫，語澹無人讀。村村聞酒香，社散人擔肉。春風吹我去，蹊徑來往熟。耕犢飲澗泉，寢訛態各足。牧童發遥唱，天籟孰能續。節候近清明，荒壟聞野哭。嶙峋三丈碑，剥蝕不可讀。

寒食二首用少陵韻

令節仍寒食，中原未息兵。餘春嗟晼晚，來日又清明。桑柘懷鄉國，鶯花想帝城。炊煙江漢斷，老淚灑縱横。

鼎湖弓劍近，儉德見堯心。風日江山麗，干戈歲月深。五雲高永護，六載恨難禁。石馬長嘶立，誰爲杜甫吟。

清明二月廿九日〔一〕

昨夜風聲送雨聲，今朝忽喜放新晴。緣坡春草茸茸長，漱石流泉濊濊鳴。那有閒情追杜牧，更無佳句擬韓翃。烽煙千里音書斷，夢繞松楸百感生。

連旬雨雪土膏凝，曉日晴烘暖氣騰。乍脱綿裘輕過鵠，初嘗乳酒冷於冰。空齋獨卧如坡老，右臂偏枯似少陵。差喜眼明能識字，焚膏更試讀書燈。

〔一〕刻本無題注。

華蓋山山有二石洞，巉巖不可登，土人云有仙人居之〔一〕

寓廬西南向，面對華蓋山。山高無松柏，戢戢多荆菅。朝昏瀉飛瀑，一洗石骨頑。絶壁兩石室，窈窕開雲關。時復見仙侶，躡屩相往還。擾擾下方人，可望不可攀。我生乏仙骨，腰脚況老孱。夕陽忽西匿，流水空潺湲。

〔一〕刻本無題注。

上巳日出游信步所之觸興有作和東坡韻〔一〕

東風吹斷檐前雨，新柳千絲覆深塢。欲尋山寺西山西，怪石蹲岡屹相侮。去此十餘里有太寧、靜覺諸寺，明弘治年建，寺隤廢，而花木泉石甚佳，欲往游，以路竣遠不果〔二〕。却循幽澗過龍華，地名。小憩茅亭方日午。路人聚觀共驚笑，野老逢迎相爾汝。塍間拍波鳧鴨飛，屋外拿雲松檜舞。轆轤汲井灌春畦，始嘆山農北方苦。憶昔鄉關修禊事，高會群賢孰賓主。瀠洄琴水照影清，窈窕虞山鬥眉嫵。獨將兩眼洗雲水，那有纖豪涴塵土。羽觴曲折泛桃源，缸面芬馨溢蘭圃。偶攜瑶徽彈曉角，徑坐筍將造竹所。城西簫管鬧如雲，一任三橋游士女。爾來陳迹又卌載，舊夢飄零成仰俯。譬如枯樹閱春秋，出火流膏自煎煮。捷書未聽奏凱歌，樂歲猶欣聞好語。安得金人水心劍，麾斥妖氛滌寰宇。重陳雅樂酌匏樽，無復春原聽戰鼓。年華似水去不回，皺面觀河已如許。鄉信何論浮與沈，幽居且卜盤之阻。會成後序續蘭亭，歸詠襟懷聖所予。

〔一〕刻本無「觸興有作」四字。

〔二〕刻本注作：「去此十餘里有太寧、靜覺諸寺。」

欲尋泰寧靜覺諸寺遺址不果率成長篇

春寒不見花，忽忽過上巳。觴詠思蘭亭，祓除想溱洧。遥望雲蓋峰，峰名〔一〕。去此十餘里。下多古廢寺，花木頗清美。乘興欲往游，塵俗洗毛髓。輿夫憚路長，紿我辭譎詭。備言鳥道仄，險滑不留趾。我心無適莫，可已亦復已。僮僕賈勇去，歸纔日旰耳。覼縷爲我言，眉間各色喜。初云踰重岡，涉澗行逶迤。每當山徑轉，劣足容車軌。繼云逢深林，夾道開桃李。如游山陰道，向背迷顧指。徑來石壁下，照眼燦紅紫。峩峩雙浮圖，對立插空峙。倚天紅杏栽，萬樹散霞綺。陽崖列諸寺，今無一椽矣。想像聞清鐘，徘徊存廢址。尚有菭蘚碑，歲月差可紀。泰寧、靜覺諸寺皆隤廢，僅存敗垣屹立，草中有穹碑，皆前明立，記弘治年造，萬曆年重脩〔二〕。海棠枝蒙茸，山藹態旖旎。仙人碧玉枰，松下聞落子。清泉霏泠泠〔三〕，瀉作三池水。聞有石魚游，沈沈呼不起。《易州志》，棋盤嶋在州西九十五里，高數里，有一徑可入，上有三池清泉，松竹滿地，有生成碧棋盤，仙人對弈於此，今遺迹尚存〔四〕。老兵煮泉餉，醲味脱飴旨〔五〕。春花自開落，何人肯來此。我聞發三喟，志乘頗蕪鄙。惡札書連篇，繁辭芟二氏。網羅遺珠玉，掇拾收穮秕。遂令名勝區，無由紀成毀。頗聞乾隆初，紺宇敞金帊。何時構連雲，一旦平若砥。變遷感滄桑，浩蕩賦沅芷。酣眠且卧游，夢入白雲裏。

〔一〕刻本無此注。
〔二〕刻本注作：「弘治年造，萬曆年脩。」
〔三〕「霏」，刻本作「飛」。
〔四〕刻本無此注。
〔五〕「醲」，刻本作「釀」。

靜覺寺即吟臺故址相傳舊是馮道宅〔一〕

夕照滄涼佛寺荒，有人齒冷説瀛王。白頭長樂逍遥甚，肯向深山築草堂。

〔一〕刻本無「舊」字。

三月六日杏花盛開和東坡韻〔一〕

簾前雙燕捎深春，青山窈窕窺幽人。宵來蹋月弄清影，不見荇藻涵青蘋。今朝紅杏忽争發，萬樹高低噴香雪。一株旖旎來墻東，薄醉酡顔倚明月。看花對月中庭中，豪情不放金樽空。眼明肯讓宋學士，兩行列燭如椽紅。

〔一〕刻本無「三月六日」四字。

早發過半壁店三月九日〔一〕

駘蕩東風迎，窈窕西山送。宿露柔荑滋，曉氣晴霞凍。微行音杭〔二〕。深谷度，疏理薄寒中。回望群峰横，飛翔若鸞鳳。排空出錦繡，懸瀑蔽巖洞。照眼繁英明，娱耳春禽哢。行過半壁店，泉語雜市閧。稽首長桑君，願入鈞天夢。華陀廟杏花數株，甚爛漫。

〔一〕刻本無題注。
〔二〕刻本無此注。

荆軻山

劍氣縱横入石理，石根皆作鋒稜起。土花凝碧飛血腥，壯士千秋心不死。咸陽殿上骨已灰，登車一去不復回。誰招毅魄瘞石塔，孤墳高等黄金臺。怪石盤旋氣悲壯，猶似當年環柱狀。殿上無且殿下郎，森立排空屹相向。可憐鶉首竟賜秦，頭顱枉送樊將軍。白楊蕭蕭筑聲絶，不如歸拜要離墳。

易州

星臨華蓋山名。近，山傍鼎湖尊。南北環三易，易水有三。東西闢二門。易州無南北門。扶風資劇郡，拱極啟雄藩。教養需賢牧，須教薄俗敦。

易州訪蘇園不遇

趙允澍，康熙甲午舉人，構蘇園，奉母課子，隱居不仕，同時諸公題贈甚夥〔一〕。

竹徑茆亭迹已荒，蘇園難訪舊山莊。南沙相國詩篇在，不見高人趙雨蒼。吾鄉蔣恒軒相國有冒雨訪

趙雨蒼宿蘇園詩二首。〔二〕

〔一〕刻本注作：「州人趙允澍，康熙甲午舉人，構蘇園，奉母課子，隱居不仕，同時諸公題贈甚夥，吾鄉蔣恒軒相國亦有詩。」

〔二〕刻本無此注。

淶水

萬笏倚岧嶢，孤城鏁寂寥。山圓疑覆釜，屋小號團瓢。下澤菰蒲長，高原棗栗饒。耦耕無伴侶，生計問漁樵。

曉發淶水

清溜鏘冰玉，連峰帶玦環。人過中易水，雲戀大房山。曉日滄溟外，春風澹蕩間。垂楊籬落畔，一笑露桃鬟。

琉璃河

比户衡閭密，衢途水陸兼。船通三輔粟，市販二沽鹽。泉布行多壅，當十錢過良鄉，即壅閼不行。魚鰕價尚廉。東西環易潞，筦鑰令宜嚴。

四月十六日發京師再赴易州

歸塗指莫春，脂轄及初夏。行役若踐更，吾生少休暇。小憩能幾時，青陽已代謝。徘徊撫序移，瀏覽悟物化。微馨聞草木，濃陰翳桑柘。紫莖筍抽蒲，緑蔓瓜引架。糝衣柳絮黏，鈎帽棗花亞。飲馬通津枯，捷徑小橋跨。生意信足娱，驕陽吁可怕。蹋月貪宵征，載燧乃夙駕。日行逾百里，計程僅三舍。遄征雖適願，久旱恐害稼。萎黄驗麥苗，翔踴問穀價。安得興油雲，酸然時雨下。平疇禾黍茂，急溜溝渠瀉。衢泥亦忻然[一]，脚踏雙不借。

〔一〕「忻」，刻本作「欣」。

大石嵎産稻稠長實大色白逾玉味甘而香江鄉秔稻不是過也

大石嵎前玉水腴，養成秔稻粒如珠。若教水利興燕薊，可省東南轉漕無。

蓄泄方多紀稻人，督亢水性亦肥仁。畫圖定有溝塍法，可惜燕丹已獻秦。

水田營度竟難成，創議空懷虞伯生。試看玉泉山下路，稻陂翦緑雨初晴。

由涿州至淶水

清蔭難求樾，涓流尚有橋。人多元凱癭，屋仿許由瓢。馬渴跑泉飲，禽言説餅焦。簡書期已迫，未敢畏途遥。

石碎妨車轍，沙深没馬蹄。驅狼墻刷堊，墻多畫白圈，云狼畏之〔一〕。捎膢網遮梨。春麥芒猶短，秋禾長未齊。甘霖儻霑足，豈惜在塗泥。

〔一〕刻本注作：「墻畫白圈以辟狼。」

雨後蚤發淶水〔一〕

昨宵日銜山，雷電起九塞。疾風卷雨過，急點未破塊。五更趁涼行，雲影一天碎。娟娟月垂珥，沓沓嵐横黛。野徑通詰屈，前峰遞明晦。束炬木魑驚，殘榛村厖吠。曉度門頭山，雙鬟屹相對。下有清泉枯，何以資灌溉。汲井憑桔槔，涓流潤麥菜。頗聞高壟上，山農輟耕慨。遥望曾巒巔，重陰羃霴。天心憫蒼黎，甘澤庶可再。

〔一〕刻本無「蚤」字。

王母方太夫人節孝詩爲子懷侍郎茂蔭賦

母，歙人，子懷少司馬之祖母也，年二十七而寡，守節撫孤，凡五十八年，性方嚴剛毅〔一〕，動循禮法，嘗自言恐殁後不得爲神耳。事迹詳子懷先德封君應矩所作行述中。

維人秉正氣，充之爲明神。神人無二理，所貴完其真。江漢濯皎潔，喬嶽高嶙峋。乾坤賴撐拄，宇宙皆彌綸。王氏有賢母，節操堅霜筠。良人早歲殁，迢遥潞河濱。誓將從地下，同穴夙志伸。下有三尺孤，上有重闈親。子職婦當代，千鈞肩一身。勉忍鐵石性，備嘗薑桂辛。峩峩高岡松，不畏風雪皺。湛湛古井水，不受纖毫塵。别嫌明微意，卓識超等倫〔二〕。浮雲視富貴，誥誡常周諄。大年躋八秩，苦節垂千春。炯然返太虛，浩氣淩星辰。文孫睠慈範，僶俛遺訓遵。體用學兼備，鬱爲梁棟臣。立朝惟謇諤，矢念存貞純。庶全忠孝志，持以質先人。

我讀山陽傳，李芝齡師爲作傳。我披攀柏圖。吾宗玉泉農部學濬爲作《攀柏圖》〔三〕。愀然念高曾，兩母同艱劬。齊年若娣姒，敬禮儼婦姑。先高祖母貞節王太孺人、本生曾祖母節孝錢太夫人，同守節撫孤，同歲生，卒年皆八十有二，同時旌門〔四〕。寒家正衰落，母也同茹荼。力延一線緒，共撫兩代孤。斷炊掩蓬蓽，却餽嚴錙銖。解渴冬含冰，禦蝨夏重襦。篝燈達旦績，籍以供朝餔。深宵聞鬼嘯，屋角鵂鶹呼。一叱倏然滅，皓月懸冰壺。中庭何所有，璀璨梅一株。嚴霜壓枝幹，素雪承鄂跗。每當花開時，鳩杖相提扶。撫樹相顧嘆，我爾猶是夫。音扶〔五〕。兩母同歸真，此樹亦立枯。湖田舊史氏，載筆良非誣。吴竹橋先生賦《古梅行》。至今百餘載，清芬播路衢。巍巍雙綽楔，過者爲嗟吁。小子慚薄植，無術匡艱虞。述德坿彤管，潔白期勿渝。

〔一〕刻本無「性」字。

〔二〕「等」，刻本作「群」。

〔三〕刻本注作：「吾宗學濬作《攀柏圖》。」

〔四〕刻本注作：「先高祖母王、本生曾祖母錢同守節撫孤，年俱八十有二，同時旌門。」

〔五〕刻本無此注。

喜雨

炎飈扇連旬，乾暵周晦朔。雷車隱砰訇，霞彩映斑駁。驕陽灼肌焦，飛埃襲衣撲。龜背坼汙萊，牛躈蹴犖確。根荄遍來牟，蔓枯到瓜瓟。臨溪泉已竭，汲井水逾濁。聖皇憂民艱，常膳先撤樂。升香達三霄，禮玉陳二珏。精誠通穹昊，膚寸起恒嶽。峩峩大青峰，高去天一握。初如仙戴笠，俄似室環幄。雨聲猶未至，涼氣已先覺。烝徒息邪許，百堵停約椓。飯牛發商歌，脱輓倚重較。滌垢快披襟，執熱皆願濯。崇朝高下遍，四野苗穎擢。近郊既涵濡，遠勢更綿邈。清流長洹涑，旱塊蘇薊涿。神功信奇偉，膏澤正優渥。遥望紫荊關，雲表露雙角。

得家書知兒子同龢應廷對蒙賜第一甲第一名及第賦詩紀恩志喜即以勖之〔一〕

泥金帖自日邊來，報道彤廷蕊榜開。弱植豈應邀拔擢〔二〕，殊恩何幸荷滋培〔三〕。天衢已奮雲霄翼，帝簡方資杞梓材。努力讀書求實用，高文典册在蘭臺。鵲巢高倚頖宮圓，道光丁未，鵲巢吾邑學宫門右；咸豐壬子，復巢其左。龐寶生太常、楊濱石編修相繼登第，今春復巢正中，里人計偕來者述之〔四〕。潮會琴河第一弦。學宮在琴川第一弦，相傳潮汐東西來會於此，則出鼎元〔五〕。漫聽鄉邦誇瑞兆，可能聲望繼前賢。吾邑孫扶桑、歸孝儀、汪東山、汪杜林四先生皆以第一人及第〔六〕。新堂十載符佳話，丙午重建會館敦睦堂，同鄉比部延部郎余君相度堂成，觴之，余君曰：「十年内必出鼎甲。」〔七〕講席三升許比肩。寶生、濱石皆予受業弟子〔八〕。差喜吾家傳盛事，科名偏在丙辰年。予五世叔祖鐵庵公以康熙壬子登京兆賢書，丙辰第三人及第，距今百八十年矣〔九〕。貞松慈竹色常青，予高祖母王太孺人、本生曾祖母錢太夫人，皆守節六十年，備人世未嘗之苦〔一〇〕。明發長懷詠鶺鴒。官冷朐陽時滅竈，堂開石室憶傳經。先大夫秉鐸海州十二載，作《石室傳經圖》，吾母張太夫人却金助廉，常以豆粥麥飯餬口〔一一〕。三秋鶚薦抽身避，萬户鴻嗸掩淚聽。先大夫以秩滿保薦爲令，力辭不就，賑災八次，全活十餘萬人〔一二〕。願比晨皅無點辱〔一三〕，家風清白守儀型。句臚三唱極崢嶸，若論科名勝父兄。敢説文章能報國，莫因温飽負平生〔一四〕。休徵先喜施霖雨〔一五〕，入夏以來，畿輔未霈甘霖，近閲邸鈔，順天、直隸皆報得雨。泰運還占洗甲兵。櫻筍厨開榮錫宴，捷書應奏廣陵城〔一六〕。

〔一〕刻本題作「得家書，知兒子同龢應廷對，蒙恩擢一甲第一名，賦詩紀恩，即以勖之」。

〔二〕刻本此句作：「薄植何因邀拔擢。」

〔三〕刻本此句作：「殊恩有意重滋培。」

〔四〕刻本無此注。

〔五〕刻本無此注。

〔六〕刻本無此注。

〔七〕刻本注作：「丙午重建會館敦睦堂，自是科名鼎盛。」

〔八〕刻本注作：「竇生、濱石兩君皆嘗從予游。」
〔九〕刻本注作：「族祖鐵庵公以康熙丙辰登第。」
〔一〇〕刻本注作：「予家兩節母苦節六十年，得延兩世一線之緒。」
〔一一〕刻本無此注。
〔一二〕刻本注作：「先大夫任海州學正十二載，振災八次，秩滿保薦知縣，力辭不就，先母却金助廉，以豆粥麥飯餬口。」
〔一三〕刻本此句作：「爲語汝曹須自立。」
〔一四〕「莫」，刻本作「恐」。
〔一五〕刻本此句作「連句尚待占霖雨」，且無注。
〔一六〕刻本後三句作：「四海何時洗甲兵。驛騎不勞頻送喜，白頭愁病卧山城。」

五月五日和東坡端午游真如韻〔一〕

自我來京華，已過七端午。夢隨綵絲葬，心似灼艾苦。今年住深山，佳節童僕數。上聲〔二〕。市遠無盤飧，也自具角黍。辟兵憫蒼赤，懷石吊荆楚。何時豁妖氛，涕泗不能語。江心鏡黯澹，湓口水騰煮。惡日呼符師，吉午禱馬祖。重鎧練犀兕，揮羽整貔虎。和衷勖諸將，慎勿相齟齬。

〔一〕刻本無「五日」二字。

〔二〕刻本無此注。

五月九日還京師早發憩易州〔一〕

雞既鳴矣夜未央，鳥噣欲没低回翔。明星有爛爭月光，脂車發軔乘夜涼。砅水激激濺帷裳，村尨如豹嘷跳踉。林間格磔啼鷟鷯，登山九折盤迴腸。亂石草際蹲牛羊，稜稜瘦骨削劍鋩。山田犖确已半荒，枯槔汲井形低昂。麥苗吐芒三寸强，僵立亦作黄雲黄。金丸一點升榑桑，下視人海青茫茫。群峰西來從太行，北列屏障如堵墻。南俯淶易控督亢，回飈東起環瀛滄。四方雲氣飛頡頏，安得霖雨敷沛滂。朝煙周羃樹鬱蒼，州城斗大開巖疆。城垣古井深復隍，易州無南門，城墻上建火神廟，廟前一井，深通地脈，它處所無也〔二〕。自端午至十日爲廟會，數百里外皆來貿易〔三〕，百貨闐集，不減鄚州。婦子雜遝提筥筐。逆旅小憩馬繫柳，塔顛鈴語替庋岡。

〔一〕刻本無「五月九日」四字。

〔二〕刻本無「它處所無也」五字。

〔三〕刻本無「數百里外皆來貿易」八字。

出都至易州感懷八月七日〔一〕

顥氣從西來，我正迎秋往。半年事巡功，三度理征鞅。初來方二月，霰雪壓輪輞。再至值熯乾，冠蓋積氛坱。茲行當秋中，雲物漸高爽。濛濛雨已收，杲杲日初上。峩峩山擁髻，坦坦路如掌。油油黍稷茂，揑揑鈎鐮響。引蔓籬垂瓜，疏花橋覆蔣。苟非旱澇區，亦足稱豐穰。澂懷紓煩紆，陳迹勞俯仰。極目望秋穹，悠然發遐想。

桑乾水蕩潏，浩浩連滄瀛。瓠子久未塞，蕩蕩吾山平。畿南仍苦旱，禾黍存枯莖。蘊隆氣搏激，戢戢蝝子生。究徐逮吴會，舟檝膠不行。半載不得雨，千里無人耕。海運苟闕額，天庾何由盈。況復邇年來，圜法權重輕。郊關已壅閼，廛市常喧爭。食貨八政首，念此心怦怦。涼飈正淩厲，羽檄馳縱横。蓐收司號令，何時銷甲兵。

矯首睎中原，悲歌夢南紀。連天草木腥，匝地烽煙起。白下成莽墟，朱方多戰壘。慘澹三茅峰，沸騰兩氿水。時危將星隕，向欣然提督榮殁於軍〔二〕。軍散鼓聲死。流民十萬衆，避亂到吴市。戚戚嘆無家，悠悠念我里。恤緯有孤嫠，守舍唯穉子。昨者附書來，間關北上矣。第三孫曾純書來〔三〕，云將奉長嫂入都覲省。松楸且不保，田園固如屣。消息恐未真，扞衛竟何恃。故鄉安足戀，時事乃如此。

駐馬易水上，想像黄金臺。靈氣久銷歇，燕昭安在哉。時無望諸君，勳業何由恢。真人起樓桑，良佐追伊萊。緬惟黄農初，皇圖此地開。神兵埽妖霧，棡鼓聲如雷。合符朝萬國，釜山高崔嵬。耕鑿固帝力，毗輔資群材。我來攬形勝，懷古空徘徊。世運有升降，天心可挽回。救時待良弼，拯亂須奇才。仰觀傅説星，煜爚明中臺。

〔一〕刻本無「八月七日」四字。

〔二〕刻本注作：「向提督榮歿於軍。」

〔三〕刻本無「第三孫」三字。

道中口占

曉霧冥濛暑氣清，眼前行潦尚縱横。芋魁煮飯瓜廬底，中有田家笑語聲。

石道嵯峩礙棧車，道旁秋色亦清嘉。疏疏密密叢蘆葉，淺淺深深籬豆花。

白憐莜麥如鋪雪，黄愛葵花只向陽。一隊騾綱山外到，微風吹過棗梨香。

涉水蹊田嘆路歧，長楊莊名。南北渺無涯。六橋半圮谿流漲，想見闌風伏雨時。

曉行良鄉道中

露氣微茫帶曙星，徑穿官柳尚冥冥。鶻巢林杪蘚花碧，蛩語草根燐火青。缺月暉暉鐮影動，殘更閣閣柝聲停。西來一騎衝煙過，耳畔風吹項下鈴。

秋山雨洗碧巑岏，長劍橫空特地寒。老樹婆娑生意盡，閒雲留滯欲歸難。温暾初日舒晴彩，挾活河河名〔一〕。流瀉急湍。差幸高原禾黍茂，桑乾回首水漫漫。

〔一〕刻本無此注。

自涿州至淶水道中口占

二水分難辨易淶，臨流欲厲且徘徊。瓜皮艇子長三尺，兩岸懸絙穩度來。

團瓢布席請比鄰，鐃鼓喧闐笑語真。稂莠早除螟螣去，村村秋社賽田神。

紫蔕檀心暈碧霞，金鈴個個護交加。秋來十日晴光好，開遍高原吉貝花。

明星萬顆掛林梢，吡吡微聞拄杖敲。記得前番停轡處，繁花罷𣣋壓檐茅。

塍邊環植一叢叢，帚尾勻圓別樣紅。莫讀毛詩如爾雅，茗華誤認作霜楓。

秋陽如火爍征鞍，下西潢汙上西乾。日午且投茅店憩，村醪何處覓金瀾。

淶水二十里鋪渡河見飛蝗

晴沙兩岸白皚皚，忽見飛蝗撲面來。聞道前宵初入界，至今結隊度清淶。高秋幸已收禾稼，斥鹵原多長草萊。衹恐田間遺種在，敢云有蜚不爲災。

中秋卞子城刺史寶書餽蟹和東坡丁公默送蝤蛑韻

山深更乏杖頭錢，堆案惟餘苜蓿盤。煩致雙螯酬令節，遠貽一簏勸加餐。新開缸面能扶老，細擣薑芽好耐寒。今夕衹愁風雨到，無繇坐對望舒團。

中秋無月和東坡中秋月三首

去年中秋月，照我紅橋東。今年悲秋人，獨坐秋山中。沈沈羃嵐靄，寂寂垂簾櫳。邀月月不見，但覺杯影空。不如去年夜，幼子猶相從。月亦韜精彩，闕此七寶宮。中原盛豺虎，八蠟多昆蟲。疇回造物心，拯彼蒼黎窮。洞庭卷飛沙〔一〕，百歲驚罕逢。吴中旱蝗，太湖水涸。枯魚中夜泣，嘘沫聞噞喁。

秋月使人悲，歲歲照離别。飄零經數載，今歲更淒咽。敉謐待幾時，流光嘆虚擲。徘徊涌玉盤，晼晚開銀闕。煙陣從西來，排空度林樾。是夕飛蝗從西來，過華蓋山前，若煙霧。回風墮深叢，浥露抱寒葉。老農扶杖訴，辛苦難具説。深恐禾苗空，蟊蝕到棗栗。連峰黑若雲，布地白於雪。涕淚理蝗餘，肝腸已摧絶。

逢掖治軍書，月暗刁斗清。大兒同書襄理江北軍務〔二〕。扁舟江上泊，提挈間關行。聞第三孫曾純將奉其寡嫂闔室北上〔三〕。玉堂坐揮翰，退直門常扃。燈昏聞婦嘆，病榻呻吟聲。六兒正理木天清課，而以婦病纏綿，百事俱廢〔四〕。一家異地隔，轉怕明月明。既經亂離苦，矧復饑荒並。獨坐百憂集，炯然撫青萍。逝將埽氛翳，快覩玉宇晴。年華秋葉脱，富貴鴻毛輕。陰蟲咽露語，惻惻傷我情。

〔一〕「洞庭」，刻本作「具區」。
〔二〕「襄理」，刻本作「佐」。
〔三〕刻本注作：「孫輩將闔室北上。」
〔四〕刻本注作：「六兒同龢以婦病纏綿，百事俱廢。」

飛蝗蔽空用東坡捕蝗浮雲嶺韻二首〔一〕

秋空策策影涵虚，布陣真疑項羽如。卷地豈能分畛域，遺黎多半委溝渠。江湖長盼諸軍報，烽火難通故里書。□□□□□□□，□□□□□□□。橫衡高嶺障斜陽，煙霧紛披月半黃。埽蕩惟須風颯爽，袪除還仗雨淋浪。關心饑饉郊圻遍，回首干戈歲月長。□□□□□□□，□□□□□□□。

〔一〕刻本無此詩。

飛蝗嘆

半天昏黑日亭午，疾若衝風吹暴雨。橫空布陣下平疇，終夜有聲聞振羽。東西指麾有神助，跳躍溝塍敢予侮。波翻萬衆齊叫譟，雲集千村卷禾黍。緣髮撲尾嗤馬牛，食葉連根到場圃。貪夫或恐隨督郵，炎火何由畀田祖。晚禾未熟且穫刈，鎌銍無容辨穡稰。隴頭散亂理蝗餘，涕泗霑胸遑致語。今年不雨夏至秋，照灼九輪蒸溽暑。桑乾滹沱河沸間，又值馮蠵恣回怒。陰陽互結質變化，水旱相乘氣騰煮。蝝生戢戢多於毛，覃及幽燕起齊魯。況兼赤地里三千，淮海維揚逮吴楚。連兵歲久踰四稔，計食不能人二鬴。明年海運闕正供，那有餘糧實天庾。已經儲積議九列，豈意災荒遍三輔。吾皇仁德邁唐宗，宵旰焦勞閔民苦。詔書愷惻慮深遠，申命疆臣勤撲禦。手量蝻子八千斛，躬歷茅檐百萬户。徐籌賙恤分重輕，更察夷傷爲摩撫。魯恭卓茂爾何人，同作王臣爲衆母。坐觀不救豈其然，忍令一夫或失所。豐年欲夢衆維魚，苛政先除猛於虎。消除六沴在人事，儻召祥雲慰聖主。

乘興游北石婁村

幽意忽不愜，南騖登高原。連岡踰八九，下投石婁村。村中數十家，風俗清且敦。編茅蓋土室，插槿當籬藩。邀我坐團瓢，酌我奉瓦盆。爲言貧薄甚，幸免賦役繁。飛蝗前日來，黍秫剩槁根。屋後菜一畦，守護猶僅存。導我入廢寺，香火冷不温。短碣立深草，古鐘卧積垣。依稀嘉靖字，點畫手可捫。居民方醵錢，葺治報佛恩。畫工三五輩，梯壁圖泥洹。自云家近漳，漳水流奔渾。連歲卷村落，幾欲爲魚黿。今年又苦旱，蝗陣如雲屯。挾技出覓食，辛苦難具論。我聞三太息，稽首白足尊。秋風埽枯葉，佛亦悄不言。歸路斜景匿，曾巒已黄昏。

東還和昌黎韻

我來方秋中，及兹秋已晚。年隨芳草衰，心共流泉遠。土功行將蕆，役車亦當返。猶有嶺頭雲，顧我態婉娩。載脂刈生芻，解轅餐糲飯。豈不念友朋，在床歌息偃。

雨霽發易州工次

空山風雨來，合沓勢未已。豫愁詰朝發，涉澗水没軌。三更枕上聽，淅瀝雨聲止〔一〕。展側寐不安，荒雞喚我起。起視星斗繁，秋空淨無滓。忽忽卷襆被，僮僕色欣喜。載脂更還車，我馬欲東矣。隔山聞潺湲，水聲猶在耳。

南經半壁店，插脚觸泥涴。東上荆軻山，險滑不可過。晨鐘濕猶瘖，牛鐸冷相和。危厓礙輪摧，急溜舂石破。琮琤金奏喧，偃蹇樹僵卧。遥知昨夕陰，山外雨更大。遺蝗抱葉枯，滌蕩良可賀。策杖撥深叢，草間無一個。

〔一〕「雨聲」，刻本作「聲漸」。

夜渡淶水

束炬趨音促〔一〕。清淶，問渡夜方半。刺船闃無人，津吏不可喚。村民代持篙，度我登彼岸。民云我識官，來往此經慣。官居京城中，肉食飽芻豢。未知何職司，諒不在閒散。大氐分曹部，如農各有畔。何緣常過此，歲歲騎款段。將毋董役徒，鈎稽工布算。暑寒迭踐更，跋涉不遑憚。今年春夏間，畿甸苦旱暵。蝗蝻多於土，禾黍蠹皆斷。況聞江以南，生靈久塗炭。何時息干戈，得免罹患難。官今在朝端，理合共勔贊。雨暘何以時，災患何以扞。應如此水清，終歲流渙渙。温和常無冰，不識凝與泮。淶水終年不冰。不然善治賦，持籌似劉晏。不然且習勞，運甓學陶侃。胡爲兩無成，辛苦徒晝熳。面黔逐烏輿，髮白若絲亂。得非無所能，資性又庸愞。徒守硜硜操，鞅掌聊自逭。聆辭未及終，赬顔愧生汗。所責誠有之，安敢蹈欺謾。芒然攬轡去，俯仰起三嘆。北斗正西揭，明星光有爛。

〔一〕刻本無此注。

涿州聞雁

嘹唳高飛過督亢，今年棲畝少餘糧。涼秋九月燕臺外，又向江南覓稻粱。
彭蠡西風咽鼓笳，洞庭六月卷飛沙。不知煙水濛濛裏，可有群鷗宿荻花。
千里寒光照鐵衣，宵征肅肅共南飛。羽書露布傳來捷，好望明年二月歸。

蔡小霞封翁八十壽梅庵太史父〔一〕

匡廬山下開蓮社，記采元芝拜老仙。廿載久分萍海迹，重逢已是杖朝年。爐煙長繞斜川樹，緯末難畊下潩田。獨有後凋高節在，黄花滿把和陶篇。

〔一〕刻本無此詩。

四月九日發京師往易州丁巳〔一〕

前宵半尺雨，晨起雲尚翳。肅將奉簡書，遄發整車軑。春泥濺馬障，濕霧擁狸製。燕郊久暵乾，不願遽晴霽。驅車過闤闠，曉市競錢幣。圜法昧重輕，鐵官久壅滯。逐末爭錐刀，平直等珠桂。忝當判度支，何以拯流弊。憂心念時艱，極目視天際。暫辭簿書煩，庶結煙霞契〔二〕。

道經城西隅，杲杲日初旦。鐘聲寺中動，施飯未及半。鳩形若蟻集，鵠結似魚貫。扶攜到老穉，提挈雜瓶罐。排墻衆聲囂，爭道人影亂。後來猿猱升，得食鵝鴨散。目營四海寬，閔默發三嘆。區區煦嫗仁，亦足振頑懦。乾坤含瘡痏，蒼黎半塗炭。側聞聖人言，化育貴幽贊。

〔一〕刻本「知止齋詩集卷十六」自此詩始，卷十六下注：「古今體詩一百四首。起丁巳再赴易州，己未引退，庚申移居南城，辛酉七月一慟絶筆，嗣後被詔再出，遂無詩矣。」

〔二〕「庶」，刻本作「敢」。

良鄉城南經過郊勞臺感賦

豐碑屹立勞軍臺，金甲銀刀捧日來。萬丈光芒奎藻朗，十全神武帝圖恢。於今南服連笳動，憶昔西陲奏凱回。麟閣功名成往事，濟時誰是出群才。

淶水感興

清淶沙擁雪皚皚，照我三年六度來。衹覺觀河顏面皺，可堪攬鏡鬢毛衰。空楊出火燔根斷，敗屋墁墻過雨穨。默察川流參物理，老夫懷抱幾時開。

挖蝻子

婦從姑，弟隨姊，齊向田中挖蝻子，蝻子若生人即死。去年八月飛蝗來，排空布陣雲不開。秋禾已刈剩莜麥，天寒蝗槁幸未成奇災。蝗蟲雖死早遺種，鑽入土中蟄蠶蛹。三冬無雪壓不深，暖氣浮蒸便蠕動。君看剛壤最韌堅，已露微芒似鍼孔。若教戢戢振羽飛，空理蝗餘泣高壟。挖蝻子，蝻子遍田塍，乘陽土脈將僨興，衱衣盛畚重不勝。挖來持向官中易，蝻子一斤米一升。攜歸與爾共一飽，明日挖蝗氣倍增。挖蝗子，鍬鍤須合併，努力朝昏免災眚。埽除淨盡仗神明[一]，村酒豚蹄賽劉猛。

〔一〕「神明」，清稿本作「明神」，據刻本改。

即景

濕雲如絮擁前山，寸碧微茫露髻鬟。天半風來忽吹散，可能霑灑到人寰。

榆莢紛飛滿地鋪，輕圓能似五銖無。提壺喚徹渾難買，一路春風聽鷓鴣。

見田間饋餘者慨然有感

新雨一犁足，春鳸方趣耕。及時務南畝，胼胝勞吾生。家人來饁汝，攜筐負瓶罌。香炊搏黍飯，芼熟羅葵羹。箕踞坐隴上，雜遝壺漿傾。幸得畎畝樂，不聞鼙鼓聲。念彼荷戈子，七載事遠征。寒暑頓芒刃，瘴霧迷旆旌。悲歌虞殯短，微命鴻毛輕。宵眠長坐甲，蓐食時呼庚。睊睊褐之父，空睆酒一盛。近聞淝水外，索饟讙環營。饋餫急飛檄，科斂朘疲甿。艱難惜天步，何日方銷兵。

蝝生

捕蝗如捕盜，當及初萌時。早時弗撲滅，蔓延遂難治。去年秋八月，飛蝗來較遲。禾稼盡刈穫，轉生慶幸私。豈知潛孕育，入土類暗滋。聖皇廑遠慮，渙號宣訓辭。疆吏承德音，收捕樹大旗。勸民急搜掘，毋俾蟲孽遺。振廩堆粟米，概甬平易之。惰農尚偃蹇，謂何勞我爲。驕陽乘孟夏，雨過流炎曦。鬱蒸氣蠕動，趯趯驚螽斯。一夕遍阡陌，二麥含瘡痍。野老坐壟上，四望吞聲悲。芟除弗早計，後悔應難追。我來聞此語，感激摧肝脾。滔天有巨寇，起自西南陲。官吏尚泄忽，彼氓又何知。所慮橫空去，日月爲蔽虧。三度復遺種，億萬無窮期。神功或可拯，人力誠難施。殄殲畀炎火，當荷蒼穹慈。

過淶水贈曹梓坪大令聯城

兩年十度淶，路熟來往慣。機心忘鷗鳧，市闐雜鵝雁。具言賢侯來，輿誦翕無間。不知何設施，但覺官事辦。昨登樂游原，喜遇蕭給諫。薌泉[一]爲子致殷勤，云子宰山澗。憶子廿載前，入試兩角丱。鴻文波千疊，好語珠一串。拔萃來長安，平行躡飛棧。摧翎阻修塗，俯首就薄宦。寂寞儒庠寒，畹晚縣符綰。終當跨溟鵬，下視笑樊鷃。環畿物浩穰，近日俗譸幻。霜威厲鷹隼，風教服虎彪。孟夏驕陽蒸，蝝生伏葭亂。害苗防浸淫，遺孽務鉏鏟。繄予領度支，衰朽更遲慢。家資謝卜式，心計愧劉晏。轉餫糧誰乞，連營甲慵擐。重輕九府淆，遠近衆口訕。逝將投劾去，漁釣理罩汕。素懷甘澹薄，此語敢欺謾。顧念時艱虞，何以弭憂患。分當效馳驅，夫豈戀芻豢。鴻嗸集千村，鶉結露兩骭。清淶灌溉遍，報最日夕盰。

〔一〕刻本無此注。

再簡梓坪

徹底長淶照眼明，瀠洄右輔拱神京。由來地是扶風劇，難得官如此水清。千斛遺蝗酬厚值，一犁新雨勸深耕。下車匝月牛刀奏，已聽郊原起頌聲〔一〕。

〔一〕「已」，刻本作「會」。

燕昭王墓

縣圃崔巍十二層，可能雞犬共飛昇。燕昭莫道無靈氣，秋雨秋風問茂陵。

涿州道中〔一〕

□□□□□□□，□□□□□□□。截楊作柱稊猶緑，敲石成星火尚紅。林外春鳩空喚雨，櫪邊老馬自嘶風。□□□□□□□，□□□□□□□。

〔一〕刻本無此詩。

羊城感事

越王臺下敞牙門，蓋海椰帆日月昏。黄籙齋開來鬼朴，白雲洞邃聽神言。銀刀忽報親軍撤，金械俄加節相尊。絳帕蒙頭千古恨，可憐孤負兩朝恩。

一髮中原隔怒濤，靦顔微命等鴻毛。窖中幽合囚粱道，厠畔深宜縛巨高。督戰更無蘇武節，防身誰贈吕虔刀。天誅縱漏恢恢網，史筆應難斧鉞逃。

國家古籍整理出版專項經費資助項目

教育部人文社會科學重點研究基地首都師範大學中國詩歌研究中心規劃項目成果

翁心存詩文集

下

（清）翁心存 著
張劍 輯校

鳳凰出版社

卷十七〔一〕

〔一〕清稿本此處粘有浮簽云：「知止齋詩鈔卷第」，蓋欲從此處分卷而未填寫卷數，此據順序補填「卷第十七」。

隱几集

自題藥洲訪石圖戊午

崢嶸蜃閣排空出，天遣蘊藏付童律。神龍拿攫守榕根，下有驪珠三十一。英光長閟七百年，鬱律蟠伏全其天。悔將混沌書眉手，鈎取蕤賓躍九淵。自從剔蘚鐫菭後，夜夜乾文射南斗。豈有夸娥負以趨，只愁寶鼎終遭掊。羊城眼底風塵昏，劫火燒殘字儻存。升沈顯晦孰得失，可惜玲瓏石不言。

潘星齋侍郎曾瑩退直侍書圖

潞公致政仍居洛，天下安危繫憂樂。神功收斂入毫端，元氣淋漓涵六幕。侍郎玉佩垂金魚，退直雍容論譔餘〔一〕。南陔絜膳方調鼎，東閣延賓更侍書。外含渾厚中遒勁，垂訓諄諄在心正。由來舉筆不忘規，累葉臣良成主聖。威鳳翀霄鶴在陰，一家羲獻重璆琳。好將神化丹青手，寫出平生鐵石心。山頹木壞人千載，切切祥琴聲已改。散帙摩挲手澤存，披圖夢寐音容在。即今辭墓還趨朝，韋平家學媲管蕭。憑君捥底千鈞力，淨埽乾坤氛祲消。

〔一〕「譔餘」，清稿本原作「餘餘」，此據刻本改。

魏氏樂賓堂圖爲魏上舍炳虎賦

迢迢故國三千里，寂寂高風四百年。記得白雲紅樹裏，豐碑猶峙孝廉阡。謂叔子先生。
樂賓遺迹劇荒涼，難得賢孫闢草堂。佳語恰符京兆宴，苹笙好奏第三章。
指點家山入畫圖，卌年鄉夢冷菰蒲。秋來采遍菩提子，不見高陽舊酒徒。上舍祖伯明翁豪於飲。

芑香山人耐寒圖

旌旗杳杳雪漫漫，南國頻年特地寒。那得大裘裁白傅，衹應高卧學袁安。披來絮帽蒙頭穩，撥盡鑪灰出手難。我亦風霜經百鍊，要留晚節與人看。

竹深荷淨圖應恭邸教

密密千竿竹，亭亭萬柄荷。賢王觀道妙，清氣得天多。勁直標高節，虛靈養太和。自然塵俗遠，涵泳盡恩波。

賜第西涯傍，名園北淀連。身依霄漢表，心結水雲緣。賫繪和煙潤，新詩帶露鮮。披圖尋樂處，應不著言詮。

送董蓉初觀察似穀之官江右己未[一]

江風引艓下洪州，記我從前兩度游。瞥眼雲煙過卅載，關心烽火近三洲。可堪寂寞高人榻，無復岧嶢帝子樓。莫道中原麐鳳少，斗牛紫氣未全收。

枋頭形勢控巖疆，先德留詒澤未忘。往日靴刀巡戍堞，至今棠茇在黎陽。嘉慶癸酉，尊公藹如先生守濬，保障畿南，功烈甚偉。拊循凋瘵恩宜遍，部勒森嚴氣始揚。努力好承忠孝志，雙江波送頌聲長。

〔一〕刻本無此注。

扁善集

奉酬祁淳甫相國鄰園老樹二首和元韻〔一〕

蒼虯蟠攫影交横，遥指星榆傍斗城。拔地高柯根柢厚，中天華闕棟梁成。更無蘿蔦枝頭繞，祇覺風泉井幹清。記寫方山濃黛色，叔鸞高致勝關荆。謂醇士侍郎。

餘蔭分來野老家，桑榆景短日西斜。已當菌壓苔蘚後，可奈飄風急雨加。朽質豈能重茁枿，醜枝生怕再開花。淮南摇落高秋感，故國雲山望海涯。

〔一〕刻本題下注「己未」。

附祁作

鄰園老樹翠煙横，矗立高岡近鳳城。但見枝柯四時貫，豈知雨露百年成。經冬秀色堅多節，入夏濃陰鬱更清。曾記樂泉泉上坐，池南橋北對柴荆。

婆娑分影到鄰家，駃雨新晴日未斜。香葉苦心應愛惜，碧梧翠竹已交加。幽棲或引西山鶴，晚節還憐老圃花。欲把濁醪呼共醉，隔籬惆悵即天涯。

讀測圓海鏡偶憶丙子夢中事因書其後

四十年前了了觀，本師導我路迷漫。衹因未測天元奥，不辨當空海鏡寬。歷劫早從推策定，量沙方覺運籌難。夙根已昧忘蕉鹿，怪底攢眉色不歡。

壬戌同年雅集圖爲卓文端題並叙[一]

咸豐乙卯，卓海帆相國以同年雅集圖屬題，未幾公薨於位。踰年，公子鶴谿侍郎又坳。此圖遂棄置篋中，不忍展視，忽忽五年矣。嗚呼，典刑猶在，宿諾敢違，追賦長篇，彌深黄壚之痛云爾，己未冬東坡生日〔二〕。

華陽相國登臺槐，陶鑄萬彙羅群材。示我横圖徑三丈，云昔齊年高會黄金臺。綸巾紗帽人十五，兩行銀燭朝天回。春風吹衣雜花放，勝游每慨流光催。當時七友屢圖畫，壬戌諸公在吴門，有滄浪七友圖，在京師，又有小滄浪七友圖。滄浪亭子胥江隈。此圖鬚眉尤逼肖，丹青欲過濠梁崔。吾師作記叙緣起，李芝齡師。意度神理能兼該。披圖歷歷溯疇曩，惜未奉杖相追陪。群公嶽嶽負重望，濟世各抱非常才。經畬已開墳典奥，辭筆更冠文昌魁。或乘輂輴肅條教，或坐棠茇躬栽培。就中長沙勳最著，陶文毅公。威鎮南服如霆雷。維公晼晚躋九列，十載鼎鉉和鹽梅。風豪雨横費調燮，不然事業追伊萊。憖遺一老天遽奪，九秋憀慄邱山隤。我時于役右肱折，束芻欲奠車輪摧。元成相繼又徂謝，峩峩雙冢生陳荄。徐君寶劍已心許，舉筆欲下重徘徊。卷圖付還文孫手，平泉池館空莓苔。五年一瞬閱三世，能不俯仰心悲哀。陰厓窮谷東風來，潛蛟蹴蹋滄溟開。大江波濤渺無際，蟲沙莽莽成飛埃。時危應有異人出，蕭曹褒鄂安在哉。何人功成圖麟閣，德星煜爚明三能。

十五人者：謝蕉石、朱雲陸、沈鼎甫、吴棣華、梁芷鄰、陶雲汀、朱蘭坡、吴退旃、申鏡汀、龔季思、孫少蘭、李芝齡、顧南雅、卓海帆、朱詠齋也〔三〕，照圖之先後序列〔四〕。

〔一〕刻本題作「壬戌同年雅集圖」，題下無「並叙」二字。
〔二〕刻本叙作：「咸豐乙卯，卓海帆相國以同年雅集圖屬題，未幾公卒。踰年，公子鶴谿侍郎又殁。此圖遂弆置篋中，忽忽五年矣。追賦長篇，不禁黄壚之感云。」

〔三〕刻本無「也」字。

〔四〕「照」，刻本作「以」字。

敏齋餽蒸鴨雙鯉走筆奉謝和東坡杜介送魚韻

桃弓射罷能言鴨，柳線穿來雙鯉魚。憐我抽簪乏公膳，故教斫鱠佐寒蔬。裹糧誰娓青荷葉，隔巷無煩尺素書。爲遇太常齋日夥，莫嫌酬報禮麤疏。

微雪和東坡訪王定國小飲清虚堂韻

月離于畢風揚沙，役車其休吏放衙。已經三壇薦瑄璧，未覩六出霏瑶花。屯膏久廑九重念，待澤奚止千萬家。連朝同雲作意釀，先噤凍雀喧饑鴉。宵來屋角息風響，曉看林表明天葩。龍公試手尚艱澀，有類郭索沙中爬。瓦溝半蘸鸜啄粒，石鼎初淪龍團茶。不知庭院積幾許，但覺街鼓微停撾。似聞郊圻猶旱暵，那免皇舞仍吁嗟。浮嵐斂空山又睡，杲杲寒日騰紅霞。

疊前韻寄兒子同書[一]

同書新得古甆瓶於塗山[二]，色白質甚麤，弇口長脰，高一尺，其銘曰「大周蘭州殄寇將軍造賞兵瓶五百尊」[三]，凡兩行，十五字，字隆起，非篆非隸。同書據字體定爲宇文周時物[四]，予按殄寇將軍[五]，正二命正九品，惟宇文周有此官，見盧辯傳及《隋書·百官志》。

唱籌徹夜惟量沙，羽書星馳晨坐衙。桓山石室發光怪，千年陶器蒙土花。銘辭十五冠周代，將軍殄寇忘其家。造瓶五百賞兵用，僧騰勇客如鳶雅。投醪饗士度淝水，想見酒肉傳滂葩。至今饑軍自轉戰，爐橋南北煩梳爬。屯田欲種芍陂稻，土貢未榷廬江茶。近聞楚軍已東下，江濤雷沸戰鼓撾。臨淮雄關被羽克，黎庶重見留子嗟。聞袁午橋星使已克復臨淮[六]。八公草木亦熛怒，千戈萬槊開雲霞。

〔一〕刻本題作「賞兵瓶歌疊前韻寄兒子同書」。

〔二〕「同書新得」，刻本作「客有得」。「塗山」，刻本作「塗山者」。

〔三〕「銘」，刻本作「文」。

〔四〕刻本無「同書據字體定爲宇文周時物」十二字。

〔五〕予按：刻本作「按」。

〔六〕刻本注作：「聞袁午橋克復臨淮。」

和詩舲尚書除夕韻二首

是翁真矍鑠，彯翠綬垂銀。物望歸京尹，朝班重老臣。一品班冠百僚，公與桂燕山相國、許滇生冢宰年最高，衆尊爲三老[一]。且圖三丈絹，莫戀五湖蒓。元日彤庭宴，本年元旦舉行太和殿筵宴禮[二]。賡颺侍玉宸。

詩律香山細，閒情妙翦裁。唐花添炕火，爆竹損階苔。雙引金蓮燭，重開玉甕醅。和羹消息近[三]，好賦廣平梅。

〔一〕刻本注作：「公與桂燕山、許滇生年最高，衆推爲三老。」
〔二〕「本」，刻本作「明」。「宴禮」，刻本作「宴」。
〔三〕「和羹」，刻本作「春風」。

庚申元日淳甫相國和微雪次東坡韻再疊前韻奉酬[一]

雪鴻陳迹風平沙，常參朝衙復晚衙。三年牙籌領計簿，五夜篆燭燒高花[二]。爾來一病卧半載，如游天上初還家。頭風椝珊學舞鶴，手棘瑟縮書塗鴉。和章忽枉報瓊玖，風格高壓瑶林葩。朔風吹鬢句奇崛，險韻筆力工搜爬。玉堂對直如夢寐，真味記啜頭綱茶。槐街地僻車馬少，侲童隊喧儺鼓撾。公心後樂肯獨樂，能不撫序興微嗟。詩成傳送迴玉珰，春韶喜氣開雲霞。

〔一〕刻本題作「庚申元日淳甫相國和微雪韻見示再疊前韻奉酬」。
〔二〕「篆」，刻本作「椽」。

附祁作

禁城東出堤擁沙，近市有宅鄰官衙。自從養疴謝朝政，老圃無地吟黄花。雰雰雨雪夢未了，憂國久已忘其家。公宅城南横街，以職事繁重，賃屋城中，獨居已數年矣。槐街病叟更惟悴，五載卧聽城頭鵶。朔風吹雪欺鬢髮，不肯散作瓊林葩。公詩示我祭詩日，快若頭垢遭梳爬。清虚堂中一翹首，寒味已領鬚蘇茶。仍依老樹誦新句，却喜閉門無客撾。密雲在郊鴻在澤，歲莫對酒三嘆嗟。報章初成斗移柄，城東爆竹催曉霞。

人日淳甫相國再疊沙字韻見示三疊前韻奉酬

先生詩筆錐畫沙，驅使屈宋欲作衙。用山谷詩句。草堂人日誦新什，滿枝未見開梅花。鐫劖造化斡元氣，春信先到詩翁家。軒軒清迥閬苑鶴，皎皎騰翥榑桑鴉。楚山猿公稱勍敵，斂手退舍驚奇葩。法華山人蚤聞道，背癢時遣麻姑爬。汗流籍湜各走避，旗槍且鬥盧仝茶。追奔三周華不注，登高憑軾鼓尚撾。更傳吉語到賭墅，笑折屐齒兒童嗟。宵來扶杖祝參昴，淨埽寥廓明江霞。

附祁作

賀春車馬風走沙，僵卧不知官散衙。連篇珠玉落懷袖，使我枯筆重生花。蕭騷白髮兩病叟，浩蕩人海同浮家。剩有寒窗伴書蠹，更無列炬驚林鴉。楚山猿公長嘯去，狂詞震耳猶滂葩。法華山人笑拈指，技癢時時煩一爬。去冬與詩舲、子貞兩先生數有倡酬〔一〕。新年閒趣那易得，霜橘沁脾勝雪茶。惠福橋。郢曲彌高和益寡，況我鼓衰難再撾。圍棋終望謝安石，佩玖欲歌留子嗟。且看瑶階列瓊樹，爲公洗盞斟流霞。

〔一〕刻本注作：「謂與子貞、詩舲倡和。」

四疊前韻酬何白英太守國琛兼呈淳甫相國

長安冠蓋恒河沙，插版疊鼓催趨衙〔一〕。豈如詩人何水部〔二〕，獨尋東閣吟梅花。謾訊辛峰兩亭長，共指城南通隱家。南陔晴暄巢乳燕，北堂松茂棲慈鴉。羨君純孝發天性，皎皎潔白侔晨葩。長才小試理軍饟，白鹽山積煩枚爬。事成拂衣歸養母，焉能遽榷荆南茶〔三〕。板輿且共兒子舁，柴扉喜無熱客撾。如此至樂那易得，觸予往事生咨嗟。春風吹和春日永，爲君介壽斟九霞。

〔一〕「疊鼓」，刻本作「束帶」。
〔二〕「如」，刻本作「知」。
〔三〕刻本此處有注：「君在浙中經理鹽茶互易事。」

淳甫相國用前韻題藥洲訪石圖五疊前韻奉謝

神物只合沈泥沙，矧迺寶氣騰官衙。當時悔施椎鑿手，劚取榕根拭蘚花。驪珠躍出卅有一，補入粤東金石家。想見米顛袍笏拜，淋漓濡筆墨點鴉。夏雲壓閣語佹怪，乾文錯落辭紛葩。使車重到戴學士，寫我擁篲勤推爬。豈知小劫廿年後，五羊穗石付五茶。夷部落名借用。琉璃盛酒爨樽勸，味任合樂銅鼓撾。垢汙何處避擊掊，護持無術空咨嗟。仗公筆端有神力，淨洗九曜開層霞。

奉賀彭詠莪相國元旦賞戴花翎即和紀恩詩元韻〔一〕

春風元日紫宸朝，上相崇班冠百僚。特賞元功彰孔翠，由來累葉珥金貂。樞垣聯騎三花粲，穆晴軒大司馬同拜恩命〔二〕。霜鬢論兵十載遥。聞道越裳今讋伏，兩階干羽媲虞韶。

〔一〕刻本題作「和彭詠莪相國元旦賜花翎紀恩詩元韻」。

〔二〕刻本無「大」字。

賀張詩舲尚書賞加太子太保銜即和紀恩詩元韻〔一〕

恩隆耆碩紫泥開，瑞協邦家頌有臺。寅亮帝嘉元老績，辰猷天錫濟時才。作朋三壽歌純嘏，愷讌千鍾慶屢陪。衰朽自慚蒲柳質，九霄雨露負栽培。

〔一〕刻本題作「和張詩舲尚書晋太子太保銜紀恩詩元韻」。

元夕詩舲尚書餽粉餈走筆奉謝和東坡贈段屯田韻〔一〕

涉春日方三，獻歲月已半。團欒符吉語，節序動咨嘆。衰齡耆飲食，餔啜聊自玩。炊糜任浮沈，抄飯感聚散。樗材天所棄，藥裹近相伴。鐃鼓喧比鄰，爆竹聲達旦。尚書餽粉餈，璀璨堆几案。春磨真味出，圓轉春燈亂。馨香鼻先通，搏挓手屢盥。老饕食指動，咀嚼不容緩。揚湯雪浪翻，盛盌珠光貫。果餡別酸鹹，酒杯欺淺慣。滑甘便牛呞，和煦減獸炭。養疴乏安巢，高誼等適館。茵陳土膏融，幡勝協風暖。明日正辛祈，庶望飽白粲。

〔一〕和：刻本作「用」。
〔二〕「疴」，刻本作「痾」。

和周益公浮圓子韻酬詩舲尚書

周必大《元宵煮浮圓子，前輩似未嘗賦此，坐間成四韻》：「今夕知何夕，團圓事事同。湯官尋舊味，灶婢詫新功。星燦烏雲裏，珠浮濁水中。歲時編雜詠，附此説家風。」〔二〕

令節逢元夕，嘉名訝許同。吴中名團圓，京師人直呼爲元宵。浮沈無定質，水火得全功。月寫團欒樣，春歸鼎鼐中。年年陪曲讌，調燮邕皇風。元夕曲宴，廷臣必賜嘗此品〔二〕。

〔一〕刻本無此序。

〔二〕刻本無「賜」字。

和敏齋太常開印詩韻

瑄璧禮神明，旂常紀義征。三壇昭敬肅，五嶽達精誠。黼座勤民切，祠官奉職清。衰羸何以報，拜跪羨身輕。

六疊前韻酬蔣霞舫少尹達〔一〕

良金不躍薤泥沙，衡文環坐如官衙。九秋高會風雨散，十載栽成桃李花。湖光山色若在眼，玉篸羅帶常思家。尚遲駿鸞篙鵷鳳，肯學嚇鼠隨烏鴉。長篇小字忽投贈，瓊枝卓立含鮮葩。逸如移情成連操，快似長嘯嵇康爬。寬饒汲黯更嫵媚，回憶試院同煎茶。引商刻羽聲慷慨，淵淵恍聽漁陽撾。橫江東來一鶴遠，朱伯韓已歸桂林，伯韓有《來鶴山房》〔二〕。側身南望長咨嗟。獨餘一鶴翥雲路，王少鶴將往津門〔三〕。逝將東瞰榑桑霞。

〔一〕刻本題作：「六疊沙字韻酬蔣霞舫府丞達」。
〔二〕「山房」，刻本作「山房集」。
〔三〕刻本無「將」字。

二月八日喜雪七疊前韻

鳳泉枯澀飛黄沙，群公齋袚愁坐衙。吾皇精誠格太社，三日灑遍瑶林花。土膏旋去聲〔一〕。融積四寸，汜布三輔周千家。九衢來往斷車徹，飛騰送喜喧宫鴉。前宵濠州馳露布，前二日袁午橋星使奏克復鳳陽，生擒逆首張元滌正法〔二〕。淋漓大筆詞紛葩。上云渠魁已就縛，下云淮甸窮芟爬。海航正輸吴會稻，方物行貢瀼霍茶。會看氛祲豁江表，鐃吹不聞鼙鼓撾。農夫緯末及雪澤，萬方歡樂無怨嗟。時晴更臨逸少帖，想見旌旆明雲霞。

〔一〕刻本無此注。
〔二〕刻本注作：「前二日袁甲三奏克復鳳陽，逆首張元滌伏法。」

春雪和白英韻

晴雪光融鳷鵲樓，來年定報十分秋。液池柳暖回青眼，潭柘峰高已白頭。乘輿君方思蠟屐，殘年吾欲老菟裘。將移寓宣南坊。自憐病鶴褵褷甚，能向支公一舞不。君擬招予陪壽陽相國小集松筠庵，病未能往〔一〕。

年時百尺上層樓，校藝分題韻賦秋。立雪真依香案吏，群仙高會玉山頭。甲戌中春望後一日大雪，學使陳雪香師集士五十六人，命各賦勵志酬知詩四章，以「舉實爲秋」爲韻，今忽忽四十五年矣〔二〕。祇今羸老歸三徑，剩取蒙茸卧一裘。怕説聚星堂故事，此生酬得舊恩不。

〔一〕刻本無「擬」、「小」字。

〔二〕刻本注作：「甲戌中春大雪，學使陳雪香師集士五十六人，賦詩四章，以『舉實爲秋』爲韻。」

移居城南柬敏齋太常

一紀交親隔巷居，每逢風雨慰吾廬。揭來别賃三間屋，乘興先移幾束書。近市祇求知藥價，短童兼便買春蔬。禁城回首如天上，莫怪周旋禮數疏。

地傍東華紫氣臨，直廬清寂晝愔愔。三天曉漏趨班近，六載春風受益深。先師在時，常謁禮堂講學。曳杖已驚梁木壞，承笄更嘆曙星沈。同穌婦，君之愛女也，已於前年殁矣。年來白髮飄蕭甚，話到親情感不禁。

〔一〕「笄」，刻本作「笄」。

酬淳甫相國賀移居八疊前韻

春城氣靜雪壓沙〔一〕，馳道平直當槐衙。條風初轉玉河柳，曉市未賣豐臺花。宣南新賃數椽屋，差近翳藥思移家。九霄高翔翽羽鳳，千仞下視爭巢鴉。新詩賀我燦花管，欲與春雪分天葩。我方拮据衙窶數〔二〕，塵編蠹簡勞羅爬。兒攜鉛槧問奇字，童拎石銚烹團茶。閉關却埽聞啄木，跫然疑是雙扉撾。斜街咫尺不可到，拄笏坐對西山嗟。息園佳想定安善，滿園晴旭烘朝霞。

〔一〕「城」，刻本作「風」。

〔二〕「据」，清稿本作「掘」，據刻本改。

附祁作

斗室日暖無風沙，凍蜂忽來喧午衙。似憐盆梅落未盡，春氣已逼花朝花。吾睡正濃尺書至，書云拙叟將移家。破壁翻笑般薑鼠，用書中語。好枝欲借藏柳鴉。書生家具書幾束，藥洲片石詩吐葩。尚煩旬日手檢點，未免塵土遭鈎爬。舊鄰豈肯厭近市，新竈但求供燒茶。況聞怡園在咫尺，與詩舲尚書同巷。得句定許晨扉撾。老松孤鶴久寂寞，楚猿一去心更嗟。安得萬花深處兩笻杖，雨後同看西山霞。

白英賀予移居依韻奉謝

軟紅香土怕塗遥，移宅宣南過雪朝。便覺濠梁生逸興，不須鷗侶苦相招。三弓地僻鉏花圃，百和爐薰透藥寮。回向五雲深處望，西山積玉未全消。

新居即事

卜宅新移履道坊，城南聊借一壺藏。已欣密蔭環蝸舍，尚厭喧聲近馬行。予所居爲兵馬司中街，近騾馬市[一]。排到乙籤書坐擁，引來午枕夢偏長。連朝又見三番雪，真合嘉名號雪堂。

〔一〕刻本無「予」字。

和陶移居

服官四十年，而無一畝宅。衡門忘去聲[一]。寒暑，逆旅數上聲[二]。晨夕。十載住東華，鞅掌事朝役。去年病在告，始得親几席。風雨感索居，悲歡泝疇昔。且誦卜居篇，端筴疑共析。

秸鞠性至拙，載詠召南詩。營巢久未成，一旦乃得之。補葺粗就緒，俯仰默有思。故居幸相近，思我初來時。決起榆枋間，翔集仍在兹。飲啄皆前定，古人豈余欺。

〔一〕刻本無此注。

〔二〕刻本無此注。

新居和東坡韻

明月照空庭，横斜散林影。不圖塵囂中，得此清幽境。返觀百慮澄，默坐萬緣屏。焉知人事紛，但覺良夜永。墢土培陳根，攜瓶灌新穎。守兹地三弓，勝彼田二頃。

詩翁書來云連日對雪時時誦香山與元八卜鄰詩馳念不已甚感其意即用香山元韻奉酬〔一〕

卌載交情老更親，衰殘憐我乞閒身。揭來近闢三弓地，相約同傾萬户春。且自牽蘿補茅屋，未違祭竈請比鄰。柴門晝閉炊煙静，倍憶江湖澹蕩人。

〔一〕「詩翁」，刻本作「詩舲」。

雜興

人海茫茫此卜居，江鄉何處是吾廬。恰當解組攜鉏後，正好牽蘿補屋初。小葺藥闌花掩映，平分鄰樹影扶疏。只愁一雨床床漏，且護窗前幾束書。

龍鍾潦倒一衰翁，那得還丹療聵聾。枕上喧豗聞耳雨，見周益公集〔一〕。眼前眩轉怕頭風。西山積雪鑱天白〔二〕，夕照夭桃特地紅。我自衰殘非好遯，不須簭易問窮通〔三〕。

鎮日衡門剥啄稀，灌園且息漢陰機。鳥如識面間關語，雲本無心下上飛。聊把長鑱尋大藥，好留餘地種當歸。朝衫典却餘寒在，底事搜尋舊篋衣。

草木蒙茸百不宜，柴門僻巷少人知。繁花謝矣風前舞，新月娟然葉底窺。鴉噪也應迷旦暮，蛙鳴渾不辨官私。休閒欲覓安心處，只有瞢騰一覺時。

〔一〕刻本無此注。
〔二〕「西山積雪鑱天白」，刻本此句作「好春芳草無情碧」。
〔三〕「問」，刻本作「決」。

薄暮偶成

三月春風力尚尖，强扶藤杖起巡檐。慈鴉棲穩須防繳，乳燕歸飛莫近簾。榆筴舞空游蝶鬧，蛛絲布網落花黏。支公病鶴褵褷甚，虚費中軍二百籤。

七十自嘆

年躋中壽亦奚爲，癃老衰殘祇自知。落日銜山方冉冉，歸巢飛鳥莫提提。鄭公扶杖傳家日，吕望投竿奮學時。太息餘生能有幾，松楸空益首邱悲。

五日感興

汨潭此日賦懷沙，欲酹湘纍轉自嗟。漫説綵絲能續命，可憐巢燕已無家。候風估舶來黄雀，辟火靈符少絳紗。回首江南歌舞地，不堪重對石榴花。

哀江南十二首[一]

斗牛紫氣斂寒芒，莽莽江南劇可傷。深塹三重環白下，妖氣一夜遍朱方。旌頭星霣隤危堞，鐵面軍來棄大航。不盡蘭成身世感，暮年詞賦太淒涼。

沿江樹柵築長圍，太息元戎計本非。九洑尚容金翅渡，三山依舊白雲飛。可能鉀斷長風夾，漫詡緪量采石磯。日日羽書騰捷奏，坐令制勝失先幾。

潛師桐汭撲臨安，鏖戰牙城萬户殘。凶焰忽銷憑鐵弩，回軍全力注銅官。縱横五堰形先據，徵調三吴勢已單。佐幕諸公多白面，誰籌大局濟艱難。

大旗獵獵萬營環，坐甲提戈鎮日閒。卷地白波踰瀨水，突圍青犢滿鍾山。柙中虎兕威難縛，帳下貔貅血盡殷。餘燼倉皇收不得，前鋒早已度昭關。

巖城百雉鬱嵯峩，轉戰連朝到曲阿。尋約漫嗤吴髮短，中宵忽聽楚歌多。鼓鼙聲死悲猿鶴，旗幟風陰散鸛鵝。招取國殤魂惝怳，練湖神亦醉婆娑。

火箭雲梯百道攻，晋陵形勝控江東。登陴固守留耆老，拜表遄征避阿童。墮淚有碑摹叔子，借籌無計勝檀公。魚緘附寄惟齏粉，走馬奔牛語未工。

爭舟拔旆似山傾，委積資裝壁壘平。督戰難求蘇武節，傳烽已逼闔閭城。更無慷慨先投袂，祇有從容自結纓。南八男兒青史在，莫將成敗論平生。

丸探赤白競分曹，比屋填闉唱董逃。極浦青蒲帆影斷，漫天朱鳥陣雲高。塍荒無地留籠稻，鬼哭何人薦艾糕。血染平江江上路，緑波紅膩去滔滔。

于思棄甲曳諸于，繡韔公然佩虎符。載寶已聯青雀舫，竄名仍隸黑雲都。雄關晝敞誰譏察，軍令宵傳定有無。眼看鴟夷浮海去，鄉民指點説萑苻。

曁陽東去接南沙，村鼓如雷四面撾。鹿苑戈鋋成一隊，鵝城煙火護千家。老羆當道誠難過，微虎宵攻靜不譁。終是弦歌遺化在，九重動色爲咨嗟。

又報孫儒走秀州，連城卷地一時休。樓頭煙雨迷離夢，湖畔鴛鴦浩蕩愁。稻蟹波沈三茆月[二]，蒓鱸風急五茸秋。傷心除却南徐樹，江左真無片壤留。

聞道南豐幕府開，援師絡繹詔書催。盧循兵已焚查浦，温嶠軍方駐大雷。上策自應全局算，遺黎久望使君來。支撑半壁清天步，旋轉終資不世才。

〔一〕《知止齋文牘稿》中附有此十二首詩，題作「感事十二首」。

〔二〕「茆」，刻本作「泖」。

白英屬予書近作於扇頭承賦長篇見贈兼乞詩舲尚書補圖山水即和元韻奉酬是日立秋〔一〕

誦詩感園桃，當食發三嘆。適詩翁餽桃〔二〕。秋風今日動，未敢學張翰。三吴佳麗地，涣若春冰散。兩月無長官，軍畫誰與贊。煌煌執法星，煜爚昏迨旦。縈回斗牛躔，芒角射斜漢。吾鄉衆一旅，統帥乏曹灌。叱咤風雷興，忠義金石貫。所虞壤地瘠，或者糗糧斷〔三〕。近聞薛使君，覲唐中丞〔四〕。轉戰誓戡亂。被羽克茸城，喜極雜悲惋。回軍收檇李，次第有成算。威騰武既揚，功倍事猶半。卷旆指平江，時哉不可玩。華亭老尚書，繪事工點竄。横雲黛色皴，泖塔花光漫。參差若在眼，絡繹齊赴腕。只愁兵火後，景物倏已换。圖成幸示我，展視手先盥。鄉思秋懷並，登樓賦王粲。

〔一〕刻本題作「立秋日白英詩來屬予書近作於扇頭兼乞詩舲尚書畫山水即和元韻奉酬」。
〔二〕「翁」，刻本作「舲」。
〔三〕刻本此處注云：「時吾邑已苦守三月。」
〔四〕刻本無此注。

得華三族叔祝封東昌訃詩以哭之

去年八九月，吾叔來京師。訪我東華館，拄杖攜幼兒。我時方在告，扶病起見之。不晤廿載餘，霜雪忽滿頤。相見久愕眙，不能措一詞。就席展情話，時復揚鬚眉。上云百年來，久已吾宗衰。丁口漸凋零，簪纓漸式微。自從我先人，僑居衛河湄。不知尚書後，今尚存幾支。惟泉亦有派，惟木亦有枝。如何千里隔，長此三鄗離。下云吾母坳，值我髫齡時。麻衣冒冰雪，徒跣輿匱歸。艱難縈片壤，北麓高厜㕒。一别六十載，魂氣常相隨。坐久進雞黍，譚深勸杯卮。覼縷述平生，纖悉知無遺。語多雖冗沓，不離孝與慈。酒冷還重温，塵落仍手持。自辰迨申酉，起視晷屢移。甚喜親情恰，未覺筋力疲。是時天氣涼，颯颯秋風吹。庭前聚落葉，旋轉鳴階墀。采采黄金英，璀璨盈東籬。白日欲西匿，揮手從此辭。年華各老大，那復訂後期。今春寄書至，鄉夢日夜馳。餘生幸未死，定酬展墓思。豈料未百日，凶耗忽已披。老成嘆凋謝，衷曲當告誰。江南亂無象，鄉國方阽危。骨肉不可保，傳聞尚然疑。作詩念邦族，匪獨長逝悲。

即景

桑柘陰濃聞布穀，芰荷葉淺立提壺。榆錢滿地無人埽，盡日春風唱鷓鴣。

偶書

弓刀小隊出郊坰，左次倉皇駐望亭。巾幗已貽蕭姥笑，莛蕁難乞蔣兒靈。斬關五夜防投礫，飲馬重邱莫毀瓶。日暮更從何處宿，小松城下好揚舲。

雜感

泥孩妙製擅鄜州，鄜田玘製泥孩兒，名天下〔一〕，見《老學庵筆記》。聞説梁谿勝武邱。今日惠山泉下過，竹罏村釀一齊休。

羊頭車子見《蓉塘詩話》。隻輪扶，月暗沙平磧練湖〔二〕。今日叢祠應載鬼，狐鳴篝火影模餬。

〔一〕刻本無「名天下」三字。

〔二〕「平」，刻本作「明」。

藥王觀世音象歌

東魏元象二年二月二日，丁連爲母病敬造藥王觀世音象，銘文二十三字〔一〕，鐫像背。

青雀東飛延十稔，殿上籠東狗脚朕。循廊空望黄髮期，只待金罌勸酣飲。碭山巨象槃散平聲〔二〕。來，蹴蹋涌見蓮花臺。神麃神雀同紀瑞，憑仗佛力消天災。二年二月重二日，丁連母病祈鴻術。鎔金鑄象禮藥王，虔心念彼觀音力。莊嚴妙相精神完，普度人間藥一丸。力通上下三關易，欲去膏肓二豎難。是時法星方入斗，劫燼灰飛亦何有。江南洛下化煙塵，無限慈悲但低首。茫茫劫運經千年，三萬寺衆絶可憐。此時佛出救不得，投擲河邊飛上天。

〔一〕「銘」，刻本作「凡」。

〔二〕刻本無此注。

中秋對月和東坡中秋月韻

年年中秋月，朗耀遼海東。今年横海鯨，掉尾畿甸中。清輝自澂澈，依然照房櫳。豈知京邑内，十室已九空。微垣帝車動，星旆雲旓從。天駟踔銀漢，鈎陳環紫宫。鞭笞駕鸞鳳，變化憐沙蟲。姮娥按舞罷，斂袂避有窮。如何倍皎潔，偏令愁人逢。潛魚亦不寐，竟夕聽噞喁。

古月影團欒，今月照離别。古今月豈異，觸事自淒咽。惜哉瑶池會，流景嘆虚擲。誰匃三萬户，守此七寶闕。念彼執殳子，暍道疇蔭樾。禁營屯棘門，飛騎穿柳葉。干戈等兒戲，盟約少成説。弦高贄乘韋，有似賦芧栗。火箭赤若雲，戰骨白于雪。時無羊侃才，目斷心摧絶。

旌旗颭萬雉，莫角吹淒清。勤王諸道師，卷甲方夜行。炊煙日數上聲〔一〕。竈，廣隊或脱扃。如何旬日久，不聞鉦鼓聲。冰輪皧皧滿，太白睒睒明。矯首望南紀，殺氣昊會并。骨肉生死地，聚散如浮萍。吾邑固守已逾百日，糧匱援絶，恐難保矣。萬方既多難，翻怕同陰晴。時危頑懦奮，世亂身家輕。默觀盈虧理，惻惻傷我情。

〔一〕刻本無此注。

長鯨篇

長鯨呿東海，隱若連山脩。朝噴三里霧，暮吸十丈舟。蝮蛇相糾結，蛟蜃從之游。神仙避凶焰，不得安十洲。一朝罹天網，騰擲辭長流。巨斧斫汝尾，長戈舂汝喉。絲緡繫汝項，撩罟籠汝頭。鱗鬣雖怒張，腮頰已掛鈎。僉謂當殺却，大憝殲蚩尤。旁有釣鼇客，䩲爾云不不。此物跋扈久，湫蝥多儕儔。逝將逞其毒，困鬥日不休。不如羈縶之，長作籠中囚。飲卧適其性，剛很制以柔。不見檻鬼章，青唐遂以收。奈何遽捨去，化作長黄虯。磨牙撼山岳，吐火焚林邱。康回鬱馮怒，奮力觸不周。天柱倏摧折，幾致沈神州。惜無煙波叟，來參肉食謀。

房山對月〔一〕

疊嶂三秋冷，孤城萬壑環。可憐今夜月，偏照大房山。氛祲何時息，鑾輿尚未還。羈臣衰朽甚，北望淚潺湲。

〔一〕刻本無「房山」二字。

九日有感

莽莽烽煙劇可哀，支離病骨怕登臺。可憐九日虛佳節，忍見三山化劫灰。木葉未霜先自隕，菊花無酒不須開。辟兵難乞長房術，且佩萸囊舞一回。

感興

威弧弢微芒，天狼齘參伐。羽林蹕右次，紫塞駐清蹕。烈焰俄燎原，兵氣漲京闕。碧眼黃鬚徒，搪突白虎闥。朝廷軫蒼黎，隱忍容此物。文告擾而馴，市肆靜以謐。深仁二百年，淪浹到肌骨。視彼唐宋代，事理固超軼。儵忽踰四旬，斗柄蚤指戌。灤陽多雪霜，原野已蕭瑟。庶幾鑾輿還，坐見祆氛豁。都人望翠華，何日慰饑渴。

惻惻秋風酸，悠悠念我里。氛祲被三吴，列郡皆風靡。吾鄉蕞爾邑，仗義乃特起。轉戰抗凶鋒，誓衆守孤壘。糧匱誰與呼，援絶復何恃。支持百餘日，危城竟陷矣。似聞殺戮慘，狼藉到犬豕。飄零想宗鄗，夢寐見生死。廬舍蕩煙塵，田園長荆杞。所痛先壟荒，松楸恐摧毀。矯首望四方，俶擾皆若此。嫠緯不自恤，遑敢計孫子。

房山道士歌贈道士王雲鶴嘉誠[一]

房山道士雲中鶴，下視人寰極寥廓。興酣潑墨寫房山，元氣淋漓滿林壑。結茆小住留侯臺，丹青肯貌尋常材。山深儻有異人至，赤松黃石安在哉。鸞吟鳳嘯出燕市，眼底風塵竟如此。但驚怪物化黃虬，豈有奇姿肖青兕。竭來顧我爲寫真，筆端奕奕疑有神。掀髯一笑拂衣起，與爾同是支離人。我年七十苦風眩，華顔已皺觀河面。出入扶持仗鐵君，不知何日休征戰。燕山十月霜風酸，蕭蕭落木易水寒。圖將巖岫孤雲易，寫出桑榆戀日難。連天兵火吴門道，苦憶龍鍾覗園老。妙筆傳神絶世無，老友胡芑香山人年已八十〔二〕，工傳神，吴下罕匹。只愁埋没隨荒草。房山道士奈爾何，滄瀛溟渤揚風波。前行貙虎後蛟鼉，削平全賴賢豪多。何不畫取下邳圯橋鬱嵯峩，纖纖殘月沈山阿。丹藜赤舄兩鬢皤，長者冉冉徐經過。三度後至煩撝訶，素書一卷歸伏哦。埽除氛祲消干戈，旋乾轉坤六合和。嗚呼旋乾轉坤六合和，與爾擊壤同高歌。

〔一〕刻本題作「房山道士歌」。

〔二〕刻本此句作：「老友胡芑香年八十。」

房山對雪用東坡韻簡黄孝侯翰林〔一〕

我行别房山〔二〕，山靈未忍送。曾冰膠我轍，飛雪卷我夢。龍公試横吹，快意作一弄。聊復出苦語，白戰與子共。趁墟寂無人，起視瓶屢空。直北望灤陽，六飛駕鸞鳳。苞羅壓毳幕，浩蕩綴松棟。周廬屯萬騎，皸瘃忍饑痛。吾儕敢即安，寒菜當自種。晚來風入牖，排拶牛鳴甕。

寓廬若比鄰，折簡互馳送。鄉關並淪胥，八月二日吾邑已失守〔三〕，廿五日徽郡亦陷，孝侯休寧人也。人鬼雜魂夢。曉行泥没踝，忽隔東西弄。呼兒起聯吟，倡和惟汝共。重衾冷到足，四壁風過空。山城聞荒雞[四]，下澤歌哀鳳。頗憶丹稜洪，烈炬摧連棟。至今流離子，露次有餘痛。天心固仁愛，宿麥及時種。且酌良鄉醪，自撥床頭甕。

〔一〕刻本無「房山」二字。

〔二〕「房」，刻本作「西」。

〔三〕刻本無「已」字。

〔四〕「山」，刻本作「巖」。

懷淳甫相國

大雲五色方山外，可有松肪采一車。正好倡酬依日下，那堪蹤迹各天涯。無家我愧鄰園樹，去國公留晚節花。十月寒風燕晉道，一齊回首望龍沙。

和白英喜雪韻二首

快雪連番喜乍晴，滋培宿麥免呼庚。人情已慰三農望，天意能教萬物生。永夜無聲催急檁，衰年不寐對寒檠。龍公試手鯨波息，盼到豐登即太平。

燕山晋水遠相望，那得婆娑似壽陽。自覺形骸成土木，更堪泉石在膏肓。光摇簾幕寒如許，韻和尖叉夜未央。莫問江南梅信息，故鄉城闕已全荒。

三月十三日約黄壽臣少宰何白英觀察祁子禾太史爲補禊之會時子禾將歸覲省矣白英賦詩二章次韻酬之兼寄壽陽相國辛酉〔一〕

小院花繁晝掩門，强扶衰病舉匏樽。已過修禊須重補，偶得新知要共論。獨樂名園誰主客，壽臣將賃相國斜街邸第。耦耕無地問乾坤。觀心静驗風旛動，是日大風〔二〕。四十年前舊夢温。

采采高原蕨不肥，蚜蚄祠外柳依依。知公舊日親朋少，嘆我殘年伴侣稀。吴地鶯花猶在否，故山城郭已全非。鸞凰鷗鷺皆同調，心逐孤鴻向北飛。

〔一〕清稿本題注無「辛酉」二字，據刻本補。
〔二〕刻本無此注。

題潘星齋侍郎小鷗波館畫册

六法精微問剡源，鹿床神契已忘言。乾坤清氣江山秀，都化淋漓筆墨痕。

讀畫南垞幾度經，石闌點筆好池亭。祇今重過丹棱汫，依舊西山萬疊青。

前詩意有未盡再賦三絶

賜研齋頭證畫禪，酒痕墨瀋兩詩仙。十年舊夢分明在，憶著杭州倍惘然。謂戴醇士〔一〕。

經營慘澹仿荆關，結想支硎鄧尉間。今日江南芳草緑，那堪聽唱念家山。

翠蓋流蘇絢紫霞，銓廳記共賞藤花。包山圖畫君須繼，莫讓雲間老法華。指詩舲尚書。

〔一〕清稿本無此注，據刻本補。

詩舲得奇石九置於案頭因顔其室曰小飛雲館繪於便面且作詩以張之屬題其後辛酉七夕〔一〕

平生未躡且蘭路，方寸嶙峋起無數。酒酣快誦猿公詩，何子貞有飛雲洞歌，子貞自號猿公〔二〕。領略飛雲巖洞趣。先生夢寐常見之，彈指幻境成須彌。更將卷石託鄉思，仿佛仇池緑似眉。九巫我亦重回首，指點齊煙坐中九。仙官雷電莫取將，亟遣夸娥二神守。

〔一〕刻本無此注。

〔二〕刻本無「子貞自號猨公」六字。

題張良哉比部臨金壽門畫册

冬心先生枯木禪，蹇驢破帽來江干。邗溝淰淰瀉急湍，腥羶羅綺孤鶴翩。閉門高卧全其天，精研畫理深九淵。毫端一縷秋風酸，神出古異淡若煙。清河公子美少年，冠佩憲憲鳴玉環。壯游東覽榑桑暾，武林湖山清且妍。游藝餘事仿壽門，臨模頃刻十二番。是真是贋孰辨論，拊掌大笑傲米顛。先生化去今幾年，公子後出追前賢。菀枯豈因集木遷，學詣詎待炳燭延。神超象外忘蹄筌，筆力所到天無權。高槐日午花影圓，小飛雲館列九仙。煩君敷衽高堂前，拙叟此語然不然。

孔孝子詩

我身安得如榻長，奇語天亦驚傍徨。願爲人兄亦此意，髫齔力比成人强。祝融回禄相摧挫，力與天爭更積貨。顔曾端木易地同，若遇柳州當致賀。霜天凍合歌無魚，北堂進膳色不愉。層冰一斧如裂帛，雙鯉躍出人歡呼。流傳軼事田間聽，野老村農言可證。采取風謡入管弦，留待他年修志乘。

卷十八

學言集

柔兆攝提格（丙寅，十六歲）

發朐城抵大伊山

乍離慈母覺衣單，强著先鞭上翠巒。乳燕蹴花春日暖，新羊卧草暮煙寒。書生本畏風塵苦，孺子偏經道路難。回望青山繞城處，那禁灑淚濕雕鞍。

淮陰侯釣臺

秦鹿才亡失楚弓，空教劉項判雌雄。淮陰果有三分志，何不當年聽蒯通。
漂流長自從亭長，長大能甘辱市中。圯上若逢黄石老，授書應與子房同。
試想淩晨奪印時，將兵雖善亦何爲。藏弓烹狗由來事，廣武鍾離弗及知。
更加平勃忌勛勞，見憚寧徒有漢高。縱使淮陰嘗學道，可能安穩似蕭曹。
釣臺高峙映蘆荻，淮水湯湯日夜流。今日行營高敞地，更無守冢一家留。

六閘阻風

飄然一葉泛歸舟，爲阻南風泊荻洲。對岸艨艟還北上，挂帆伐鼓漾中流。

過揚子江

海門氣勢望中收，直接江波萬里流。對岸青山從地涌，繞船碧浪拍天浮。林開隱約南朝寺，崖斷分明北固樓。嘆息齊梁人已遠，白雲常鎖古揚州。

舟中有感

危檣雛燕語呢喃，似道將飛尚未諳。想得母心共帆影，隨風一片度江南。

抵家

日照高林最上枝，到家徒步故遲遲。柴門依舊臨流水，茅屋仍前插短籬。幾日暫停翻似客，見人多謝不相知。白頭灶婢粗能記，省識僧虔跳地時。

又戲作一絶

揮鞭策馬逐塵埃，行李蕭條自海回。姊妹相逢都走避，共疑有客遠方來。

食鰣魚有感

買得江鰣溉釜烹，銀鱗如雪滿盤盛。甘腴絶勝吴宫鱠，滋味應過漢代鯖。每羨孟宗能寄鮓，愧非考叔得遺羹。天公肯慰兒童意，移向朐陽海畔生。

五月十四日是余初度

庭幃曠别逐風塵，孺子無才愧此身。寸草有心嗟薄植，喬松得氣願長春。未能捧檄求微禄，但冀摛文慰老親。淮北江南相隔遠，幾回淚落黯傷神。

聞説當年誕育時，艱難母氏已瀕危。生男愛惜真無比，育子恩勤竟未知。負米若還愁道遠，倚閭何以慰年衰。鳲鳩含哺多飛去，不及慈烏反哺私。

山行

青嶂巖頭仙洞，白雲影裏人家。静聽呼群林鳥，閒看落地松花。

得家君手諭

睽違庭訓五旬餘，千里遥傳雙鯉魚。尺素行行無别語，教兒讀破五車書。

掃墓

少小隨親赴古朐，每懷先隴恐荒蕪。幾年愁隔路千里，今日聊噉飯一盂。芻牧難禁憐子厚，岡巒多感嘆髯蘇。此來省墓兼辭墓，匹馬仍將到海隅。

九日單師白學傅招游虞山時余將北上矣作此謝之

雁來未見兩行書，消息難傳久倚閭。翻覺望雲愁愈起，老親望我定何如。

將之海州

欲住非無計，高堂有老親。雨留將別客，風送遠行人。南北遥千里，奔波此一身。出門多熟路，不必問迷津。

題丹桂閣

自小嬉游地，門扃八載餘。今春才返櫂，半歲此攤書。欲逐雲中雁，難忘濠上魚。明年秋桂裏，重訪舊田廬。

留别子唯兄心傳

昔年同學在朐陽，晝誦宵吟一草堂。各有會心相印證，得來好句互商量。去秋暫别添離思，今歲常依返故鄉。匹馬壯游明日去，雲山阻隔兩茫茫。

舟中偶成

荒城鼓角報更殘，夢醒推篷怯曉寒。夜雨都從愁裏過，秋山如入畫中看。在家豈識風霜苦，作客方知道路難。莫道壯游多逸興，翩翩征袖幾曾乾。

舟中感懷

暮春南下別嚴慈，今日揚帆喜可知。舟到村邊休更泊，心先風去若嫌遲。每逢醒夢遥聽漏，爲挂愁腸懶詠詩。來往不殊情景異，此身須慰老親思。

邗溝道中

水過灣頭便不平，南風五兩候舟輕。河身高壓城頭上，帆脚低從屋角横。朗月湖邊衝浪出，斷雲堤外逐人行。中宵光怪連天起，知是前途八寶城。

渡淮

楚州城畔水周遭，水國哀鴻嘆董逃。壞堞半歸龍窟底，危檣直接戍樓高。堤邊亭長誰分食，市上王孫尚帶刀。苦憶治河中下策，時無賈讓使心勞。

過王家營減水壩

河水決平堤，黃流與樹齊。岸開驚地失，水遠覺天低。人少煙都絶，舟行路欲迷。空餘鴉鵲噪，猶自啄芹泥。

入海州境喜作

小雪飄殘壓冷枝，老親屈指算歸期。重來澤國愁應破，望見雲臺喜可知。將到轉教疑路遠，兼程猶自怪舟遲。挑燈獨坐眠難穩，夢見明朝拜覲時。

寒夜獨坐

落木聲疏四壁空，寒燈明滅撲微風。冰壺花抱冬心白，銀鴨灰留火種紅。立志幾曾求飽暖，讀書寧復計窮通。淺斟低唱知無限，何似高歌雪屋中。

强圉單閼（丁卯，十七歲）

佛保姪周晬志喜

莫學驕兒學鳳雛，高堂愛爾掌中珠。靈椿秀出一枝桂，龍馬引將千里駒。便設晬盤提俎豆，即開黄卷識之無。他年隨我傳詩禮，會見重模石室圖。家君新作《石室傳經圖》。

朐陽寒食出城閒步有懷

懊惱春光動客情，清明攜伴出朐城。却思杏雨江南節，試看東風海國晴。煙鎖深林迷蝶影，花飛曲澗雜鶯聲。尋芳莫道無清興，沽酒前村且緩行。

楊柳陰中日漸斜，行行信步到田家。杏花猶間桃華放，樹色還將嶺色遮。頻囑野人挑野菜，漫敲新火煮新茶。天涯翻覺風先到，指點林間吐緑芽。

胸陽城畔踏青還，户插楊枝響獸環。風送紙鳶飄墅外，煙扶秧馬歷田間。春蕪披掩黄兒墓，夕照蒼涼白虎山。試上秦東門一望，南雲何處覓鄉關。

游圓林寺

入門才數武，便覺思無窮。神與白雲遠，心隨皓月空。泉聲鳴屋外，岫影列窗中。未得除煩俗，蕭然羡遠公。

屐齒伊誰到，階前長碧苔。禪房緣竹入，蓬徑掃花開。樹瘦疑人立，僧高厭客來。暮鐘聽又動，歸路首頻回。

憫旱

水旱頻仍自有因，莫言氣運不由人。黄流去歲漂朐邑，赤地今年遍海濱。紀事未聞書六月，救荒更急在三春。于公理獄都平否，孝婦祠前起暮塵。

布袍

布袍裁就亦生輝，春服初成試浴沂。莫笑儒生貧且窶，勝它公子綺羅衣。
子路敝袍心不耻，原思見肘志彌堅。此衣新製真華美，已覺清操愧昔賢。
春暉煦嫗意重重，衣我新袍習禮容。曳起莫教塵土涴，幾經慈母手中縫。

僧院食筍

說法從來羨老師，爲參玉版到荒祠。北人不識禪門味，稚子何曾讓肉芝。

初夏讀書夜坐偶成

入夏晴朗夜氣清，新詩裁罷斗杓横。半窗月影移花影，一逕風聲送竹聲。但使珠還堪記事，不須魚躍爲知更。披書何待囊螢照，賴有床前二尺檠。

宿安東

幾日南車指，征塵滿客襟。孤燈挑欲盡，鄉夢斷難尋。已被離懷攪，何堪酷暑侵。惟應有殘月，相印此幽心。

安東早行

殘月曉煙迷，疏星漸欲低。蟬聲才歇後，又聽鷓鴣啼。

淮陰遇雨

連夜雨濛濛，行人道不通。如何疾足驥，恰遇打頭風。去路思江左，離懷憶海東。幾時撥雲霧，南北任征鴻。

寶應道中即事口號

蜻蜓款款傍堤飛，欲集仍翔拂客衣。愧我馳驅空珞琭，未能海上共忘機。

高郵蚤行

傷别傷秋俱可憐，西風動地水連天。鴛鴦睡穩莫驚起，清露四更開白蓮。

途中苦熱連日復遇雷雨感賦三律

連日雨兼風，艱辛道路中。徑難尋上下，天不辨西東。頭壓濕雲白，眼花流電紅。此身何所似，天地一飄蓬。

急點撒平蕪，神龍起隔湖。雷霆下荒野，風雨趁寒儒。車滑將還濘，泥深欲附塗。我生惡羈束，及此悔馳驅。

驅馬入林隈，填填又晚靁。火雲朝苦熱，白雨暮頻來。村店遠難問，荒祠小欲頹。高堂應念我，回首重增哀。

金陵臥病

秋風颯然來，孤館燈炯炯。游子病魂驚，恍惚欲覲省。初夢出江口，蘆洲泊小艇。旋又泛平湖，白波漾千頃。忽然淩瑶臺，雲路氣清迥。排空馭罡風，飛度萬重嶺。上堂拜嚴親，持甌正啜茗。坐定問山川，愁絶更忻幸。慈母見我來，執手共悲哽。問我來何遲，撫我何瘦瘠。衣我以新襦，飲我酒酩酊。忽聞嚴父呼，離席急造請。吐哺唯而趨，栗階盡一等。致詞未及終，頭觸雲母屏。砉然委地碎，幽夢忽驚醒。秋蛩繞砌鳴，沈沈夜正永。

寶應夜泊集杜一律

秋色行將晚，遲遲歸路賒。野船明細火，宿鷺起圓沙。客睡何曾著，吾生亦有涯。寬心應是酒，得醉即爲家。

曉發淮安

殘月中天曉露寒，平明欲發客衣單。馬行回岸收韁易，人入荒郊覓路難。好句每從三上得，空囊留取一錢看。駝驅那似村農樂，不識風塵夢亦安。

暮行安東道中

野徑正黄昏，人家欲閉門。怪風擎亂石，鬼火入荒村。草茂怕狼伏，墳高疑虎蹲。疾驅問孤館，剪紙爲招魂。

曉發安東

旭日正初升，征人已夙興。健驢如健僕，良劍勝良朋。曉露霑衣濕，寒煙著樹凝。揮鞭莫留戀，老母望應增。

夜泊龍溝

前村蟹火露還遮，野外疏星照白沙。想得高堂夜深坐，此時頻起看燈花。

探　菊

盼望敷榮已有時，東籬花信尚遲遲。西風好護淩霜節，莫遣秋芳悵後期。

登白虎山

落日穿林映碧苔，西風吹葉滿城隈。一聲長嘯萬山動，百道飛泉破壁來。

朐山晚眺

攀蘿捫壁上層臺，暮靄蒼然滿眼來。四面山臨秋水靜，半城樓帶夕陽開。風吹野徑尋黄鞠，雲拂輕裾坐緑落。遥指秦東更東去，海中何處是蓬萊。

九日城外晚眺集杜一律

風色蕭蕭暮，村煙對浦沙。前山雲萬疊，此地兩三家。野徑雲俱黑，寒城菊自花。晚來高興盡，自覺酒須賒。

有感

呢喃新燕試春風，欲上仍低羽未豐。辜負將雛心力盡，不能振翰馭長空。

鬥雞二絶

金距紛拿衆共驚，一雄已勝獨長鳴。木雞養到知無敵，未許虚憍得共爭。

小雞竦待大昂然，介羽繽翻拆老拳。再接會須看再厲，莫因一挫讓渠先。

探菊

不信山城秋已深，荒園菊尚滯芳音。傲霜未睹枝枝白，蘸雨難窺點點金。悵望燈前空有影，徘徊月下未成陰。天教佳色遲遲放，晚節寧愁風雪侵。

昨夜西風到水隈，今朝旭日入林來。寒香冷澹猶微放，紫豔離披尚半開。空想淩霜花竟發，憶曾冒雨手親栽。明朝準擬沽新釀，重訪東籬數舉杯。

秋日書懷集杜一律

寂寞書齋裏，高秋心苦悲。形容真潦倒，少小愛文辭。世路知交薄，家貧仰母慈。吟詩重回首，步屧過東籬。

落日經檐短，流年壯士悲。無人竭浮蟻，可以賦新詩。禮樂攻吾短，幽偏得自怡。眼邊無俗物，菊蕊獨盈枝。

病卧海雲邊，雲沙淨渺然。秋風吹几杖，澤國繞迴旋。野屋流寒水，蓬門啟曙煙。遠游雖寂寞，陶冶賴詩篇。

即事口號

昨夜西風動古槐，今朝落葉遍莓苔。關心最是籬邊菊，爲冒寒霜起早來。

課奚童拔園菜疊韻三首

寒菜荒蕪室僅存，幽居蕭散似山村。揮鋤月下霜侵徑，荷劚風前雪滿門。免俗未能非學圃，適情何必不窺園。從今差免曾參杖，子細分芸未斷根。

御冬旨蓄幸猶存，風味殊佳勝野村。畦畛分應無越畔，蓬蒿鉏豈爲當門。柳横折莫歌樊圃，甕汲愚難學灌園。爲語兒童好培植，莫教放手誤傷根。

送來菜把已無存，食味無兼似小村。三十六畦居近郭，幾千百本刈填門。積甸何用憂人莧，數畝應同賦小園。準擬明春看嫩緑，雪中剩有未除根。

暖硯

莫道硯田廢，攜來手自抄。火畊方最便，筆來氣生和。豈是因人熱，何妨被墨磨。温泉資灌溉，一勺不須多。

著雍執徐（戊辰，十八歲）

感懷

十載萍蹤滯古朐，鯉庭詩禮未荒蕪。雲臺遺迹懷秦漢，石室傳經入畫圖。堪嘆飛鴞來泮水，欲將腐鼠嚇鵷雛。年來正苦懷桑梓，好趁秋風返海虞。

游雲臺山

瀟湘抱九疑，鬱鬱蟠蒼梧。一峰忽變幻，飛落東海隅。或疑君山神，乘波汨空虛。秦皇過而怒，指揮神鞭驅。巨靈施手擘，五丁揮雲鋤。海若喜欲舞，漢女愁且吁。金鰲奮厥首，赤龍張其鬚。雷公下霹靂，山靈遽奔逋。厝之秦東門，鎮以朱書符。至今斧鑿痕，流血常饃糊。郁洲本靈境，樓閣仙人居。澒洞迷玉島，縹緲連蓬壺。昔峙大海中，往來道可虞。海潮漸東徙，黑風渡遂淤。我來客東海，倏已十載餘。可望不可即，好景空心模。一朝乘興游，詰旦發自朐。小憩鳳凰城，入山日未晡。攀躋方數里，清風襲衣裾。前經十八盤，小徑何鬱紆。直上南天門，危崖路崎嶇。下涉九龍澗，清涼沁肌膚。是時天新霽，急溜狀絶殊。如掉神龍尾，如探驪龍珠。遂登清風頂，突兀撐雲衢。罡風鏘然到，善也疑仙乎。九門詄蕩蕩，乘雲馭帝車。下眂何茫茫，一氣隨卷舒。白波杳天際，縱目極尾閭。赤城起紅霞，榑桑翔金烏。衆山立或蹲，環拱青蓮趺。峰巒勢奇特，萬變難繪圖。昔讀山海經，荒怪搜秘書。一見勝百聞，紀載誠非誣。曖曖日已暮，風煙出村墟。流連幾忘倦，返駕命僕夫。樵唱喧邃谷，深林翳歸途。磨崖碑剥蝕，温泉澌清渠。稅駕宿大村，村名。叩門造草廬。主人敬嘉客，炊粱擷園蔬。飽卧續夢游，一枕清蘧蘧。誰辨真與幻，仙境元虚無。

記夢并叙

六月十日夜，夢人示予書一卷，啟而讀之，則《離騷經》及《歸去來辭》也。既而瞿然醒，恍然悟。噫嘻，吾知之矣。余少愛文辭，夙聞禮義，好修有志，昭質無虧，何意貪婪，忽來謡諑。青蠅止於樊棘，飛鴞集彼泮林。畏葈葹之盈室，蘭蕙將蕪，恐鶗鴂之先鳴，鸞皇欲逝。況乎淹留異地，非求五斗之供，悵望故鄉，非復百里之近。羲皇上人，自可聽其高卧，鄉里小兒，安能向之折腰。竊思荃化爲艾，志士所譏，鳥倦知返，達人所尚。修吾初服，返我迷途，請息交而絶游，離人群而遯逸。遠游輕舉，超氛埃而上征，今是昨非，歸田園而流憩。肯爲白駒之縶，而有遐心，迺賦鼫鼠之詩，逝將去女。不平則鳴，焉能忍而終古，撫今懷昔，用是託之短章。非賈誼之書，莫投汨水；異顔君之誄，仰企柴桑。楚左徒、晋徵士，庶幾夢寐間仿佛遇之爾。

泉明酣醉靈均醒，滋蘭采菊流芳馨。彭鏗不壽羲皇没，歸去來勝離騷經。二子遭逢竟如此，一死一遯固宜矣。初生覽揆降庚寅，投老編詩書甲子。我今運值承平時，故園蘭菊交葳蕤。胡爲鬱鬱居此土，精通二子夢見之。吁嗟乎，澤畔行吟虎溪笑，三閭五柳賡同調。桃源津杳湘水深，不如尚父湖邊釣。

初發朐城舟中感懷

連歲空爲汗漫游，飄然不繫等虚舟。燕巢幕上猶黄口，鳩待雛成已白頭。豪氣未除名士習，悲歌轉益老親愁。龍泉在匣休輕掣，恐有寒芒射斗牛。

秋波寥寂路迷漫，静坐篷窗慘不歡。東海頻年甘鷁退，南溟何日見鵬摶。功名相迫游方始，貧賤徒知別更難。嘆息道涂常僕僕，幾時方得免饑寒。

過儀真

昨宵繫纜廣陵城，今日揚帆又一程。處處堤隨秋水闊，家家屋帶夕陽明。船從柳樹岸邊過，人入桃花源裏行。暮雨驟來潮晚上，滿洲蘆荻大江橫。

秦淮旅夜

楊柳秋風古渡頭，板橋南北蕩輕舟。無情最是秦淮月，夜夜門前照水流。

鳳

銀闕珠宮曉露迷，鳳雛五色映虹霓。丹山萬里桐花放，不遇新枝不要棲。

秋日書懷二律

此身恍忽傍高堂，鎮日無言暗自傷。故土暫依非樂土，它鄉頻憶似家鄉。琴川木落悲風起，石室秋高夕照涼。直北關山千里隔，夢魂飛不到朐陽。

月落霜寒萬感生，挑燈兀坐抱離情。短書欲倩南風寄，永夜頻看北斗横。慚愧耶孃空有望。蹉跎歲月竟無成，早知名利求何益，悔别庭闈事遠征。

夜雨有感

秋雨蕭蕭冷不禁，擁衾危坐百憂侵。殘更數點蛬鳴壁，孤雁一聲風滿林。永夜淒涼游子夢，它鄉迢遞老親心。寒衣有信憑誰送，落葉飄零雜暮碪。

登城閒眺

城上寒風正怒號，閒憑雉堞覽周遭。山當秋盡渾無色，天到冬來漸覺高。塔頂摩雲雙筆健，湖心澄浪一杯操。三吴水利知難復，莫更持竿釣六鰲。

雜感疊韻三律

指點瑶臺佚女留，蹇修佻巧托雄鳩。蕙蘭屈子傷心刈，胡蝶莊生幻夢游。月魄虧成千古恨，蠟珠流盡萬般愁。蓬山若許人輕到，擬駕雲軿泛十洲。

擾擾常爲世網留，春秋變化羡鷹鳩。欲騎日月壺中住，更傍蜻蜓海上游。此去年華如隙影，夜來風雨攬新愁。五湖煙景誰爭得，便擬揚舲泛荻洲。

反哺心惟愛日留，恩勤育子感鳲鳩。絶裾擬聽霓裳詠，攀桂空懷月殿游。半世悮他名利念，孤燈觸起别離愁。鸞皇北去雛南逝，每陟虞山望鬱洲。

喜雪

琪樹摇風映室明，冰條落砌聽無聲。乍添寒氣侵衣冷，盡洗凡塵徹骨輕。宵凍玉蟾粘石几，朝暾銀海眩銅鉦。梅花朵朵銜寒舞，萬斛明珠數不清。

歲暮夜坐即事

五九寒消逼除歲，夜深愁坐憶天涯。榛聲常被風聲亂，竹影嫌將月影遮。細嚼梅花醒宿酒，漫煎雪水點清茶。江南已覺春光到，遥想朐城信尚賒。

屠維大荒落（己巳，十九歲）

迎神曲

囊中無米甑生塵，掃得庭前葉作薪。只恐送窮還不去，那能酹酒迓錢神。

春夜雨中獨坐感賦

淒涼人定掩柴關，舊句閒吟手自删。四壁孤燈寒悄悄，一簾疏雨夜潺潺。輕風難斷檐前溜，好夢常歸海上山。嘆息韶華轉頭過，何因得駐老親顔。

落花一絶

錫簫吹徹雨聲中，幾樹寒梅淺澹紅。無那春光留不住，一庭花落舞東風。

即事有感

門外溪光映柳絲，含情脈脈綰離思。夕陽影裏閒花落，腸斷春風聽子規。

花朝書所見

喧闐曉市聽錫簫，紅杏香酣入擔挑。春色曹騰雲澹沲，百花生日是今朝。
冬冬羯鼓賽花神，雲母屏風錦繡茵。折取素蘭爲供養，十分清福十分春。

春日感懷

遠山横檻水環廬，抱膝長吟四壁虚。風掃落花春漠漠，月穿深竹夢蘧蘧。韶光更引愁千縷，積卷難窺富五車。忽見梁間雙燕到，高堂可寄數行書。

邀蘇葉封桐游山不至作小詩促之

長堤行遍踏青人，桃樹霞迷洞口春。若待蘭亭修禊事，滿山紅雨委芳塵。

瞥見

游仙夢入緑霞津，瞥見三清謫降人。青雀信回媒倩鳳，碧城花滿樹生春。朝雲暮雨歸巫峽，翠羽明珠感雒神。莫道去來無定所，欲憑畫裏喚真真。

淼淼桃源莫問津，夢中人是意中人。玉簫曲罷難求鳳，菱鏡花開不當春。蠟炬有心惟滴淚，香風無力暗傷神。石榴何處通消息，一半虚無一半真。

閒居雜詠

門外臨溪溪外田，雨晴風静夕陽天。吴儂生長煙波裏，家住虞山小輞川。

水田漠漠隔清波，煙樹空濛露緑蓑。昨夜一番梅雨足，曉來齊唱插秧歌。

木應名讓谷名愚，繞屋垂楊三兩株。夜静更來林外望，半山涼月影模糊。

雨

黑風卷沙龍雨血，雷公䞓目鞭列缺。電光礮礰掣金蛇，海水舞空山骨裂。雲歸雨斂浮晴空，澗聲遠落飲晚虹。夜來皓月天心照，淨洗乾坤萬里同。

雨　晴

西山雲陣墨成堆，坤踔乾跳日月摧。湖面亂風吹水立，巖頭飛雨入城來。龍奔淨掃人間熱，車過猶聞地底雷。霽後晚涼生小閣，四圍翠滴濕階落。

感懷四律

曠日別庭闈，空箱疊彩衣。光陰雛燕語，心事亂花飛。自信貧非病，誰憐瘦勝肥。老親應念我，深愧負春暉。

南北隔千里，乾坤寄一身。恨人誰識僕，落日倍思親。勛業慚難立，文章豈救貧。鯉庭趨侍闕，落拓獨風塵。

夜永聽更漏，星沈月影殘。雲山千里隔，天地一身寒。落拓生涯薄，牢騷意興闌。龍泉三尺在，醉後幾回看。

竟夕未成寐，幽懷思不禁。老親添白髮，游子尚青衿。捧檄期它日，傳經愧此心。故園留滯久，采杞試長吟。

夏日即事

一帶蟬聲夕照低，清風送暑到槐堤。吴儂家住煙霞裏，可要珠宮辟暑犀。

北斗回環夜色闌，瑶琴五弄炷香彈。曲終已是三更後，明月一庭風露寒。

後溪風起蹙微波，鼉鼓沉沉咽曉河。夢醒不知身是幻，誰家夜唱采蓮歌。

螢燈

細稈新裁麥，紗燈好聚螢。蒲編光暎緑，藜火包分青。璅碎貼梅竹，玲瓏涵月星。夜來懸紙帳，高卧讀殘經。

示內

于歸猶未拜姑嫜，遥念慈雲仰北堂。此日采蘋盛錡釜，它時洗手作羹湯。迴文詎必吟蘇蕙，舉案還應學孟光。更望持家兼佐讀，夜窗親與製螢囊。

不寐

展轉不能寐，迢迢夜正分。月明漁笛起，風定櫂歌聞。澤國棲遲久，高堂想望殷。短書誰可寄，便擬托浮雲。

永夜醉魂驚，涼猋户外生。殘更餘犬吠，欹枕聽蛙聲。思苦詩難就，愁多夢不成。攬衣待天曙，斗枋正西横。

虚閣

夜静當虚閣，窗前事事幽。鳥棲驚月上，螢度暗星流。樹影渾疑畫，蟲吟欲報秋。閒居多逸興，起坐散離愁。

秋夜有感

黄昏獨坐對蘭釭，四壁蟲吟意未降。最是不堪人静後，秋風秋雨打寒窗。

七夕有贈

已分星妃下碧霄，斗牛宫裏夜相邀。銀河驀地風波惡，靈鵲無心爲駕橋。

效玉溪生體

孤鳳離鸞兩處棲，疏星落盡月沉西。香魂欲繞香雲去，煙路蒼茫夢又迷。
湖上浮雲化紫煙，湖心明月夜常圓。任教錦水東流碧，兩兩鴛鴦總穩眠。

贈單師白

慧業直同謝靈運，天才不讓李青蓮。若非歷劫能成佛，更恐前身是謫仙。

師白投詩見戲時余讀楞嚴經即用其語酬和並以解嘲

禪心靜豈畏登伽，慧劍凝成斷衆魔。任散天花爲供養，可能著得病維摩。

重有答

孤鶴無心斗錦雞，白雲深處自高棲。杜鵑且道將歸去，休逐春風下上啼。

秋夜玩月感興

一夕金風逼太清，常娥衣薄五銖輕。山從雲裏看逾好，月到秋來分外明。桂影蟾蜍天宇濕，簾鈎鸚鵡夜魂驚。西樓碧瓦涼波浸，秋恨成時夢未成。

鹿城返櫂

歸帆一葉度寒潯，又值秋聲滿遠林。湖底白魚吹浪涌，山頭黄月帶雲沉。遥聞犬吠知村近，更指星移識夜深。此去琴川應不遠，誰家少婦搗清砧。

志異並叙

九月廿四日夜，夢登一山，煙雲繚繞，林木陰翳，忽見銀房玉宇，高聳雲際，披榛捫蘿，循鳥道而上，則見殿門五楹，沉沉未啟，余徘徊其下者久之。俄焉，獸環乍響，中門洞開，一神人出，峨冠博帶，紫衣緋屨，捧一卷書，黄表朱裹，展以示余。予讀之，文類鳥篆，不甚可辨，仿佛有云「心藏方以知，風學聖之清」，神指而謂余曰：「記取是，它日毋相忘也。」余方欲有所詢，倏忽不見，天風怒號，砉然驚醒。於時殘月在天，秋蛩語咽。曩者之夢，是耶非耶，異其事，因亟披衣索燈，伸紙濡墨，足成一律，以俟異時符驗云。

夜入百花城，神官指示明。心藏方以知，風學聖之清。頑骨緣難證，仙雲畫不成。天風吹夢斷，一片步虚聲。

秋晚登樓閒眺

白下三霄露，紅繁兩岸楓。樹疏光漏月，燈暗影摇風。天地秋聲老，關山暮色同。樓頭閒徙倚，人在畫圖中。

無　聊

萬籟無聲後，幽齋夜寂寥。孤燈猶閃閃，玉樓更迢迢。月到秋偏好，魂驚夢又遥。永懷終未釋，吟罷轉無聊。

將挈婦至海州覲省作詩示之

生小深閨裏，初離母膝前。怕看征雁度，愁説宿河邊。旅夢迴更五，芳心怯路千。威姑憐愛甚，行矣莫洏漣。

吴門道中

寒月臨波分外清，推篷閒聽櫂歌聲。北征才淺慚難賦，又是離家第一程。

朐城寒雪

幾日濃陰釀，山城雪半遮。玉塵飛萬斛，冷氣到千家。人在光明界，天開頃刻花。書窗日又暮，枯樹噪寒鴉。

上童敦牂（庚午，二十歲）

雜憶

詩魂只合伴梅魂，仙夢蹁躚繞故園。最憶招真古梅樹，香雲冷澹月黄昏。
秦東門外曉蒼蒼，羲馭初升海氣凉。最憶維摩看日出，紅雲一帶指榑桑。
風光全不似江南，冰合前溪雪壓嵐。最憶雨絲風片裏，琴川兩岸柳毵毵。
幾番花信到天涯，寒重山城春意賒。最憶江南芳草緑，夕陽影裏酒簾斜。

送李香谷家蕙入都

怱怱又欲唱驪歌，才訂相知奈别何。良友每逢歡會少，離情況是客中多。東風愁結絲絲柳，南浦魂銷瑟瑟波。明日雲山千里隔，尊前且博醉顔酡。

杏花叢裏送征鞍，去去休嗟行路難。春水好通河鯉信，秋風佇見大鵬摶。雲沉嶺畔燕山暮，月照波心易水寒。記取明年此時節，馬蹄一日遍長安。

寒食二絶句

春城禁火賣餳天，緑樹蕭疏静百廛。多少無衣無食子，隆冬猶自斷炊煙。

榆羹隔宿酒香凝，徹骨清涼爽氣澄。最好祛除煩惱法，一杯春露冷如冰。玉溪句。

張蓴樓敦悌邀余探石室龍洞諸勝余適蒙薏苡之讒鬱鬱不樂且抱微痾不能踐約口占六絶句答之

石室傳經擬石渠，流蘇寶蓋列仙居。萬花巖下花深處，可有遺書載五車。

飛彈當年闢露叢，無言獨自笑春風。而今剩有空山在，不見桃花爛漫紅。

赤城遥想起紅霞，浮海難求貫月查。欲覓慈航登彼岸，但憑春水望桃花。

靁填填更雨冥冥，世上誰能辨醉醒。擬就幽篁訪山鬼，擬將幽恨訴山靈。

荒山魑魅伺人過，百丈深潭起怒波。如此風濤行不得，欲憑利劍斬蛟鼉。

一片香雲化作愁，夫容城裏百花秋。它時欲訪三山路，好約芳卿作夢游。

詠介子推

焚山其奈介推何，綿上忠魂似汨羅。聞道嚴陵灘水上，釣臺高峙影嵯峨。

三十多才徒爾爲，龍蛇升降自差池。群雞争食冥鴻逝，早在河投白璧時。

素心有在敢貪天，高蹈寧能復乞憐。若使當年班禄及，肯蒙謬賞食綿田。

割股充饑事可悲，賞功何忍竟相遺。金縢匱裏祈年開，弗遇風雷弗及知。

十九年來從主游，不求同樂願同憂。藏弓烹狗由來事，不見西湖范蠡舟。

千載高風仰令名，出山泉濁在山清。而今禁火臺前望，汾水年年嗚咽聲。

讀楚辭五律

萬古留孤憤，奇文日月昭。湘靈雲並迓，山鬼夜相邀。天醉應難問，魂逃不可招。遠游終未遂，定擬託王喬。

國蹙無良計，時危用佞臣。九章自哀郢，三户竟歸秦。草奪身常放，書投憤莫明。朝雲如化淚，爲灑楚江濱。

淚共湘波竭，哀同漢水深。詎從詹尹策，愁聽女嬃碪。荃自迷先路，茅寧化此心。醉醒誰復辨，日暮獨行吟。

絕筆懷沙賦，忠魂吊汨羅。春傷長薄路，秋老洞庭波。九死心無悔，千年恨不磨。申徒同抗迹，終抱石沉河。

御氣從司命，乘雲敂帝閽。鴆媒來閬苑，魚媵到崑崙。龍駕暾將出，魂歸月正昏。悲歌天地慘，風雨打柴門。

曉起即事

乍見銀河没，旋看月色闌。雞聲千户白，雲影一星寒。曉市人聲鬧，荒城鼓角殘。山齋殊寂寞，擁被數闌干。

深樹鳥猶宿，亂山鐘忽鳴。殘燈惟黯淡，春夢不分明。花氣重簾逼，溪聲一枕清。榑桑暾照檻，東指海雲生。

感懷五律

天生傲骨自峻嶒，志士多應衆口憎。投北可知客貝錦，圖南何日起冥鵬。青鋒有氣終騰虎，白璧無瑕任集蠅。留取澄懷待明月，素心宛似玉壺冰。

石室殘經抱一編，禮堂講習愧薪傳。豹雖隱霧文難潤，竹縱浮筠節自堅。皎皎不妨盟白水，夢夢真欲問青天。憑教八萬仙丁手，修殺銀蟾不肯圓。

山鬼遨嬉帶女蘿，射工含箭伺人過。空中樓閣嘘文蜃，潭底風濤起怪鼉。濟水自清河水濁，南山有鳥北山羅。冥鴻夙抱淩雲志，矰弋徒施竟若何。

羈滯朐陽歲一周，壯懷未遂尚淹留。終朝處幕真危燕，此地營巢本拙鳩。黄鳥任將粱稻啄，白駒肯爲藿苗留。庭篿何用巫咸卜，便擬靈均賦遠游。

石鼠歌殘適樂郊，楚騷讀罷手親鈔。蒖葹滋蔓何盈室，荃蕙清芬豈化茅。赤水探珠終易見，青珉雜玉詎能淆。陳詞好就重華正，不學楊雄賦解嘲。

淮海集〔一〕

〔一〕《淮海集》中凡能確認時間順序者均已補入卷一，不能確定者存於本卷。

無錫

帆檣環遠岸，城郭帶斜陽。煙暈龍山紫，霞烘佛塲黄。破窯新蓋瓦，晚稻半登場。知有豐穰意，連村榨酒香。

轉櫂沿西郭，垂楊緑覆檐。報籤知錫驛，累卵指缸尖。良冶家傳舊，修漕國課嚴。平生多感慨，對此倍愁添。

晚飯

晚飯柁樓底，孤篷落照前。炊煙重霧暝，漁火一星圓。水驛過黄埠，村沽足惠泉。長征殊未已，回首更潸然。

欹枕

水程衝夜上，欹椀倚危檣。犬吠知村過，衾寒認月涼。舟人歌欸乃，估客話滄桑。正是悲秋候，何堪客路長。

與家兄弈罷渡江

一著不容錯，風波如許寒。火攻嗤下策，冷眼任旁觀。日月重圍合，江山幾劫殘。仲宣游已倦，覆帊莫重看。

兩點鬱金焦，殘棋數寂寥。長風何浩浩，元箸自超超。轉戰懷三國，偏安話六朝。西南風急甚，指點海門潮。

過淮揚關口號

一葉扁舟襆被虛，布帆無恙渡江餘。寄聲關吏分明認，要稅窮愁還稅書。

閨意

欹枕愁聽暮雨過，深閨長夜奈情何。燈前莫譜蕭蕭曲，轉恐郎歸恨更多。

淮市行

男兒拜將登壇建旗鼓，生乃與噲等爲伍。陳豨握手蒯徹烹，呂雉司晨丞相怒。朝來徙倚胯下橋，腰間杖劍囊帶刀。無雙國士寧寄食，安能局促溷爾曹。市人粲然皆大笑，不知世上誰英豪。嗚呼不知世上誰英豪，千金亭下諸母漂。

淮海集補遺 檢閲殘稿，信手補綴，隨得隨録，不復詮次

讀禮甫終重温故業餘哀未盡彈不成聲

風雨梁山痛不禁，悲聲切切理焦琴。北邙楊樹抽三丈，南客練裳尚一衿。慟哭秋風回筆陣，未醒春夢剩名心。似聞慈母關情甚，屏却閒書不敢吟。

霜蹄歷塊數元奇，敢謂穿楊技自知。談虎已能教色變，雕蟲端合令頭垂。久抛佛脚空存慧，縱雜仙心也戒詩。慚愧孟光勤勸學，螢囊手製送書帷。

舟中讀單師白詩卷

萬派濤聲一卷詩，清商變徵兩兼之。明朝攜到江心去，爲祝江神好護時。

燈下開函焰迸青，天才仙福鬼精靈。扣舷不敢高聲詠，恐有魚龍水底聽。

鈔淮海集竟自題卷後

秋雨秋風怨别離，死灰飛後準歸期。已悲枯樹無生意，況值飛鳶欲墮時。淮海飄零誠命也，關山險阻備嘗之。揭來先索梅花笑，袖底冰霜一卷詩。

古北口〔一〕

燕南趙北咽喉地，十二長橋亘彩虹。莫問公孫舊時事，寒濤敗葦浴凫翁。

〔一〕此詩刻本無，附於清稿本卷末，今入補遺，未詳作年。

附録童時作

早梅

寒梅開最早，偏在野人家。寂寞深林裏，春風第一花。

雞

風雨瀟瀟夜，雞鳴是好音。常懷君子度，每警早朝心。

蓋

圓影垂天象，重檐覆芘深。試看張蓋者，誰有戴天心。

翁心存文集

卷十九〔一〕

〔一〕本卷各篇整理自《知止齋遺集·先文端公館課詩賦稿》，均作于道光二年至三年間。

蜃樓賦以「影臨貝闕彩曳虹梁」爲韻

東海之濱，瀛州之境。萬里波浮，三山雲靜。海潮直接於兩時，海氣平吞乎萬頃。魚龍隱現，變態俄興。鱗介縱横，奇蹤獨逞。濤間無地，何仙閣之淩虚；浪外有天，忽飛樓之倒影。驟而接之，疑化人之設以游神；徐而察之，知文蜃之嘘而成景。

原夫蜃之爲物也，潛於大水，出自淮陰。雉是前身，化期十月；蛟爲同族，大極千尋。既已氣吐風雲，立呈幻狀；何又象生樓閣，密構靈心。創格新奇，詎待人工之聚；結形宏敞，還疑神運之臨。

當其暗霧迷離，彩霞晻靄。排雲路之千層，映虹橋之一帶。月宫淩虚氣而蒼茫，玉宇徹中天而毺毷。睹彼神境之虚無，現此蜃樓之狡獪。欄干宛列璚枝，瓴甋儼排錦貝。澄鮮而迹可尋求，變化而形難圖繪。豈是蓮臺湧出，布自空中；寧從鷲嶺飛來，現乎天外。

爾乃户牖洞開，榱檐高揭。蘭橑列乎層波，蓀壁障乎清渤。薜荔帷兮羃瑶林，辛夷楣兮通翠樾。赤城霞起，竦百尺以建標；閬苑花迷，歷三層而峙闕。遇煙雨而張破浪之帆，摘星辰而探巢雲之窟。蓋凡名樓之壯麗，皆遜茲樓之奇突。

俄而麗景忽移，奇情頓改。雲屏與月鏡爭輝，瑶席共晶簾結彩。疑通鮫室，帛掛千絲；如入寶山，珠懸百琲。玉櫳金闕，水仙之館依然；魚屋龍堂，河伯之宫宛在。競指螭頭，獨立鎮此截流；爭看鰲背，高擎移來表海。

靈之來兮波中，神之降兮雲際。翠旍孔蓋之儀，虹節雲旂之衛。湘靈鼓瑟於山坳，漢女弄珠於水裔。馮夷鼓而堦下鼉鳴，海若舞而庭中鳳蔽。文虬蟉曲，繞梁棟以回翔；雌蜺連蜷，隔簾帷以摇曳。爛昭昭兮暾將出，乍瞻臺現金銀；紛總總兮飈欲回，旋悵棹浮蓀桂。

瑶臺兮縣圃，璇室兮仙宫。雲梯設兮上達，石梁跨兮旁通。藻井承乎飛雨，朱簷礙乎垂虹。孰若茲樓之運奇特見，由蜃之善變不窮。蓋能萃龍伯鰕夷之巧力，而無取紫蚶白蠣之磨礲。故其結構之完，似天造而地設；創建之速，疑鬼斧與神工〔一〕。

方今海隅永靖，海波不揚。水族久恬，舟招龍負，外荒來賀，津隘鼉梁。未聞掌蜃之職，無需守蜃之方。聖澤普於遠島，神威被於扶桑。靈物應潮而效祉，澤虞閲候而紀祥。共傳河馬洛龜，徵寶符於水德；奚羨鯨波鯷壑，奏薄技於雲鄉。

〔一〕「孰若茲樓」至「鬼斧與神工」一段文字有墨筆修改，改文爲：「孰若茲樓之憑虚特見，由蜃之善變不窮；

擅龍伯鮫人之詭譎，笑蠣墻蚶瓦之玲瓏。緬其結構之奇，恍天造而地設；揣創建之速，驚鬼斧與神工。」

任官惟賢才賦以「天下之民舉安」爲韻[一]

設官者古之制，善任者君之權。謂一夫之不獲，由庶職之未專。惟宣猷而奏績，貴掄才而進賢。必聰明之自主，乃衡鑑之無偏。才子則舉從帝裔，賢人則象應星躔。六十屬分厥官惟王建國，十二材得其任惟聖憲天。

昔伊摯之告歸，乃論人於取捨。寶已納夫三䅟，馭尤凛夫六馬。爰儆於朝，爰求諸野。贊襄則臣哉鄰哉，拜獻則賢者能者。維時賢若汝鳩汝房，才皆大雅小雅。莫不寤寐形求，儀型心寫。如良玉之待攻，似祥金之躍冶。有猷有爲有守，任或判其等差；曰清曰慎曰勤，官詎分乎高下。

誠以任無大小，官有尊卑。六官則各從其長，九官則各有攸司。稽于古則木正火正，紀于遠則龍師鳥師。苟非知人而慎簡，曷由守職而無虧。昔唐廷之師錫，與虞陛之交咨。惟任之而勿貳，斯官之而不疑。翹才則承汝俾汝，見賢則念兹在兹。求賢審官，官人語使能也；量才授任，任事然後爵之。

爾乃開菽圃，貢席珍。官不必備，任非異人。勿掣其肘，自獻其身。任之以敷文，綸綍仰風霆之令。任之以奮武，鼓鼙思將帥之臣。任以旬宣，仁聲翕如雲布；任以獻替，正論燦其星陳。或任之以字人，揆五官者所以揆事；或任之以弊吏，正百官者乃以正民。

於是顯示官常，式昭官叙。養賢用占夫頤，懷才乃詔之糈。彼甄拔之英豪，亦審詳夫出處。絲粟非臣之所安，身家皆上之所予。樂憂繫乎天下，兹惟艱哉；奔走同我太平，敬如君所。即其受任者緊重，共勵大法而小廉；知其委任者匪輕，豈僅言揚而事舉。我皇上政修六典，謨協七觀。材皆勝任，舉能其官。堯命分夫四仲，舜聰執其兩端。所由岡諧翽鳳，班集祥鸞。潔操而自期華白，盟心而彌切葵丹。仰環拱於辰居，敢謂以引以翼；奉規模於申戒，群欣已治已安。

〔一〕此爲道光三年癸未散館試賦題，賦後尚有詩題《賦得小欄花韻午晴初，得欄字，五言八韻》，翁心存列一等第一名，其詩云：「亭午晴光放，中條拄笏看。漲痕初滿嶼，花韻又浮欄。永晝交加壓，低枝曲録蟠。蜂衙圍匼匝，鈴語護團欒。綽約霞全活，迷離露未乾。煙扶還作態，日近不知寒。香國春如許，仙葩畫亦難。欣瞻琳宇植，普照聖恩寬。」

琉球貢扇賦

伊白松之疊扇，擅新製于朝鮮。惟中山之巧匠，益變體而增妍。若離若合，不方不圓。施膠漆以彌固，妙卷舒於自然。爾其隨意搜奇，因形選妙。采簳靈崖，裁筠海嶠。瓊骨冰寒，金衣日曜。霑懷袖以微馨，引長風乎清嘯。

在積能散，較短量長。刮磨粉膩，剖析豪芒。斂似六翮之雪聚，散如九疊之屏張。截琅玕以十二，配律吕於鳳皇。

體質輕盈，提攜密邇。寶釘鏤皋塗之銀，瑶翦貼密香之紙。掩魏王之九華，陋漢臣之百綺。雖流布于中區，未承恩于天子。

洪惟我皇撫運，恩風扇乎無垠。昭天下以至儉，浹天下以至仁。方且下明詔，却貢珍。憬彼波羅檀洞之長，渴刺兜氏之臣，已喁喁焉鱗集蛾伏，象來駿奔。候東風之入律，而知中國之有聖人。爰備方物，爰修職貢。放帆黿鼉之洲，轉柂高華之洞。千狀萬容，驂龍駕鳳。遵川后之夷塗，兆嘉名于安衆。

既而離滄淯，臻帝闕。太史書之，時惟六月。厥匭厥包，神采爛發。出珍篚於篋中，動涼颸于蘋末。天子曰咨，惟德其物。以供匪頒，以滌煩鬱。副以潤雨之輕容，侑以含風之細葛。於是群公卿士，穆乎遐思。仰承寵貺，俯攬秀儀。喻良金以在冶，秉直節以自持。驗詘伸之有道，悟張弛之隨時。苟攝夫尺寸之柄，自得乎應用之宜。彼開元之特賜，皇貞觀之前規。曷若兹扇之樹風聲于有截，而調元氣于無爲。

遂作頌曰：芒芒聖德，神哉沛兮。接地際天，圖王會兮。兹扇雖微，用則大兮。蔭暍宣滯，卷埃壒兮。不寶遠物，勖有位兮。奉揚仁風，覃無外兮。

運甓賦以「長沙之功爲史所贊」爲韻。五月十九日大課第二名。

陶士行高情鶚立，逸氣鷹揚。建旗江澳，擁旆巖疆。擊杜弢而威宣夏口，拒王貢而令肅沌陽。值猜嫌於處仲，乃僻陋於炎荒。一州斗大，八翼鋒藏。懷磚俗化，運甓心忙。誰教老子婆娑，空齋寂寞；正坐諸君放達，卧甕清狂。莫嫌智等挈瓶，須效寸陰之惜；要使功存磐石，應憐去日之長〔一〕。

庭無留牘，吏免排衙。終日斂膝，高風建牙。匪朝伊夕，憂國如家。憶春色於武昌，年年栽柳；聽軍聲於江上，夜夜鳴笳。拊缶吟諷，抱甕生涯。道或在乎瓦甓，形更惜其廉瑕。類泉仚之運米，似原平之運瓜。若爲飲水之清，扁舟載石；虛擬唱籌之計，徹夜量沙〔二〕。

公方勵志，客迺致疑。謂小人之勞力，豈君子之所宜。儻能運籌帷幄，運戈指麾；令嚴刁斗，器足軍持。雖復輕裘緩帶，坐嘯圍棋；亦足宣揚風化，靜鎮邊陲。又何必辨甂甎之號，詠瓴甋之詩。效磨塼之末技，儕抛堉之兒嬉。葉與塊之占，詎云天賜也；指彈丸之地，直可氣吞之〔三〕。

公乃躊躇申意，慷慨明衷。念中原之多事，誓宣力以從戎。土既瓜分於淮北，軍且瓦解於江東。幸優游以卒歲，猶矍鑠哉是翁。正恐徒誇手敏，終詘心雄。突黔未曲，瓦合難工。方將累甓以增土塢，方將履甓以告蒼穹。擊壤興謠，誰復康衢之舊；補天有術，庶收鍊石之功〔四〕。

況乎壺因擊碎，麈作談資。老莊是尚，習俗難移。疇復樂夫名教，疇復攝其威儀。參佐效猪奴之戲，公卿營兔窟之私。遂令雙龍北去，五馬南馳。墻排夷甫，塵污元規。藉此中唐之甓，聊爲大夏之支。將丕基永紹，覆簣無虧。能左右之曰以，亦朝夕恒于斯。不敢告勞，遑計其憊甚矣。以此贊國，詎必擇利而爲〔五〕。

已而闖設八州，函馳一紙。戎服言邁，投袂而起。再補金甌，重開王戺。措天下於安盂，振武功於高壘。雷雨助其騰驤，竹木供其驅使。舟船倉庫，胥見經綸；曲蓋麾幢，亦歸綜理。投石之戲樂乎，建瓴之勢成矣。際此日九門詄蕩，奏凱歌而萬瓦飛揚；記當年一室埽除，習勞筋而千鈞臂指〔六〕。所由望重乎太真，而名高於晋史也。

使其早擢孤根〔七〕，來依當宁。內鎮臺城，外撫荆楚。則石可勒於燕然，碑可沈於江渚。泰階平而羽儀廟廊，皇路馳而折衝樽俎。甄陶庶類，微斯人吾誰與歸；埏埴太和，無一夫不獲其所〔八〕。惜乎人非凡器，累代孤寒。困於無津，十年閒散。徒使擊檝心孤，著鞭望斷，灑壁勞神，晝墁紆算。縱復鼎淪終奠，迴鳳輦以抒忱；已看甑破不完，畫鴻溝而扼腕。即今景仰芳蹤，流連柔翰。念長貧以燒甓，遑辭達旦申申；步永晷於花塼，敢不思日贊贊〔九〕。

〔一〕「一州斗大，八翼鋒藏。懷磚俗化，運甓心忙。誰教老子婆娑，空齋寂寞；正坐諸君放達，卧甕清狂。莫嫌智等挈瓶，須效寸陰之惜；要使功存磐石，應憐去日之長」，此數句皆旁圈，眉批：「警卓排奡，一字一縑。」

〔二〕「終日斂膝，高風建牙」，「憶春色於武昌，年年栽柳；聽軍聲於江上，夜夜鳴笳」，「道或在乎瓦甓，形更惜其廉瑕。類泉岙之運米，似原平之運瓜。若爲飲水之清，扁舟載石；虛擬唱籌之計，徹夜量沙」，數句皆旁圈，眉批：「聲情激越。」

〔三〕「雖復輕裘緩帶」至「直可氣吞之」，皆旁圈，眉批：「頓跌盡致，筆勁以肆。」

〔四〕「土既瓜分於淮北」至「庶收鍊石之功」有旁圈，眉批：「氣倍詞前，彌復警切。」

〔五〕「況乎壺因擊碎」至「詎必擇利而爲」有旁圈，眉批：「折入波瀾愈闊。」「氣盛言浮，萬斛泉涌。」

〔六〕「再補金甌」至「習勞筋而千鈞臂指」旁圈，眉批：「驅濤涌雲，彌復細針密縷。」

〔七〕「使其」旁有三點，眉批：「縈帶一一自然。」

〔八〕「則石可勒於燕然」至「無一夫不獲其所」旁圈，眉批：「蒼茫憑吊，感慨情深。」

〔九〕「徒使擊檝」至「畫鴻溝而扼腕」，「念長貧以燒甓」至「敢不思日贊贊」旁圈，眉批：「結束完整，藻密氣遒。」文末總批：「豫章翻風白日動，鯨魚跋浪滄溟開。當代論才，定合判君八斗。（大教習汪瑟庵夫子）」

初日映九英梅賦以「腸胃文章映日可見」爲韻。五月小課。

元微之胸羅星宿，口嚼宮商。清標柳瘦，竟體蘭芳。既探梅而開閣，旋步日而循廊。則見迷離曉靄，錯落花光；霓衣霞珮，活色生香。吟成初日之詩，芙蓉體格；製就梅花之賦，鐵石心腸〔一〕。懿夫九英梅者，高壓群芳，獨超凡卉。玉砌塵清，瑤池品貴。芬菲含九點之煙，沆瀣挹九霄之氣。九霞帳裏，縞袂翩躚；九疑山前，緑華髣髴。倘使來從姑射，月明而玉潤肌膚；若教夢醒羅浮，日暮而香生腑胃。

爾乃丹霄澄霽，碧嶠氤氳。閶闔之曉光纔動，蓬萊之曙色初分。照露盤而晃朗，映珠蕾而繽紛。欣得地以敷榮，春融蕊殿；喜自天之有耀，暖入犂雲。真看色相莊嚴，疇結煙霞之契；除是風標照燭，常攜冰雪之文。

則有元和才子，粉署仙郎。置身鸞掖，聯步鵷行。倚宫梅而香霑襟袖，弄嫩日而影落衣裳。熊熊吐氣，作作垂芒。珠離玉綴，金服瑶裝。高不勝寒，雲擁玉皇之案吏；香中有韻，春歸上界之花王。渾疑素質，生煙一枝倒影；試向丹墀，賦日五色爲章〔二〕。

其金鵶軒翥以四照也，若麗藻猋豎而風飛。其蒼虯偃蹇以交柯也，若健筆横空而盤硬。其冰姿綽約以輕媚也，若仙骨珊珊而清癯。其璧采曈曨而彌鮮也，若綺思娟娟而明淨。意蕊縱横，心花怒迸。分外精神，天然閒靚。九枝浮動，咳唾則香霧霏微；一片空明，拂拭則春雲窅映。

已而絳萼呈妍，彤熹煉質。似暗還明，將疏復密。涼生點點春星，輝溢離離金橘。非煙非霧，對孤影以成三；是色是空，悟雙身之本一。爲問花前思發，幾生修到名花；果然日下才高，此手端宜畫日〔三〕。

於是千官測景以徐迴，百寮含香而列坐。望神彩之陸離，訝飛仙之謫墮。影亦好而豔灼瓊簾，氣成文而光浮金瑣。共梅花笑，高吟白雪千篇；從日邊來，湧現紅雲一朵。如遇曬書以曝腹，了了見之；定因呈佛以拈花，心心印可〔四〕。

彼夫寫從長老，短短疏籬；畫出放翁，家家團扇。山緣處士風清，亭被玉人名擅。非不傲骨孤撑，靈心宛轉；孰若茲玉樹一株〔五〕，錦霞萬片。口角香生，華池雪嚥。開向百花頭上，安排宰相之才；身依五色雲中，輝暎通明之殿。比似自鋤明月種梅，而出手生寒；何如穩步花磚捧日，而舉頭可見也哉〔六〕。

〔一〕「吟成初日之詩，芙蓉體格；製就梅花之賦，鐵石心腸」旁圈，眉批：「下語如鑄。」

〔二〕「高不勝寒」至「賦日五色爲章」旁圈，眉批：「善於烘染，活色生香。」

〔三〕「涼生點點春星」至「此手端宜畫日」旁圈，眉批：「是人是花，是二是一。鎔冶一片，融洽無痕。」

〔四〕「共梅花笑」至「心心印可」旁圈，眉批：「驅使卷軸，所向無不如意，乃筆妙也。」

〔五〕「茲」字疑衍。

〔六〕「比似自鋤明月種梅，而出手生寒；何如穩步花磚捧日，而舉頭可見也哉」旁圈，眉批：「到底不懈。」文末總批：「全從映字上著想，而靈心妙腕，足以達之。金石千聲，雲霞萬色，可以擬其雄麗。（教習吳巢松夫子）」

鏡清砥平賦以「寰海鏡清方隅砥平」爲韻。七月十三日大課第一名。

乾坤清晏，度量平頒。重光日月，一統河山。本盛德之象穹式厚，致休徵之浹宙通寰〔一〕。用以斡員照，運天關。掃氛霧，鑄神姦。惟清也鏡懸於至人，人無蓄影；惟平也砥視諸周道，道若循環。紀政績於貞元，有裴公之賦在。請銷金甲以歸農，將啟珠囊乎薄海。清惟得一，齊二曜以均明；平是登三，陳六符而煥彩。鏡握則金繩玉匣，披軒鑑以暉如；砥屬則蟠木流沙，接堯衢而礪乃〔二〕。

然而至難清者，先庚後庚之令也；至難平者，南戊北戊之性也。何以蕩滌瑕穢而清其源，何以剗袚荒茶而平其政。何以瞻紫氣而書雲，何以罄黄圖而定命。不知槃圓者水圓，儀正者景正。粲也晏也，綴珠衡璿蓂以交輝；磨之礲之，敞犀闕龍庭而受慶。此八表所以制平，而萬流於焉仰鏡也〔三〕。

原夫鏡之爲物也，占分野之象，采陰陽之精。液金膏以瑩就，施瓊粉以鍊成。不炫人以明，而人之鑒者好醜弗爭；不示物以情，而物之照者妍媸自生。或深或淺，匪將匪迎。千里坐照，萬象畢呈。是可喻夫三光之共霽，與四海之永清。

爰有砥焉，產宜水黑。碾作玉蒼，璞燕山而形劌，淬越水而質良。可以厲世摩鈍，可以用柔克剛。勸學者以爲致材由聖，比德者以爲至靜而方。將使九盤鑿險，六達成莊。視道若尺，行地無疆。蓋不煩削平之力，而月軌日域，莫不來享而來王。

穆清不言而自運，太平有象而無殊。三垂清而皎若旭日，八風平而安於覆盂。天清則榮鏡宇宙，地平則礪砥江衢。以鏡萬機，則曰鑒於今古；以砥百行，則曰飭爾廉隅。執鏡以法天臨，仰澄清者嶷嶷郁郁；握砥以馭天下，賦休平者邑邑都都〔四〕。

斯時也，上廓鵬霄，下安鰲紀。寫靄九天，遵塗萬里。鐫鏡銘於瑶闕，巍乎焕乎；構砥室於金房，廣矣大矣。由是清三辰，平五軌。九光十色，騰輝幕太史之河；六辟四通，罄域貢荆州之砥〔五〕。

我皇上清明抱蜀，平秩持衡。不必鏡以璣璇，而舜日堯曦，自無盈而無闕；不必砥以爵禄，而禹馳湯驟，乃是訓而是行。十洲之鏡，偃澄波群游秋甸；萬井之砥，羅膏壤共樂春畊〔六〕。所由鏡機者昭曠，砥斂者堅貞。咸袚濯於至清之世，而奏雅頌乎升平〔七〕。

〔一〕「乾坤清晏，度量平頒。重光明月，一統河山。本盛德之象穹式厚，致休徵之浹宙通寰」旁圈，眉批：「起勢莊雅。」

〔二〕「鏡握則金繩玉匣，披軒鑑以暉如；砥屬則蟠木流沙，接堯衢而礪乃」旁圈，眉批：「工緻。」

〔三〕「粲也晏也」至「而萬流於焉仰鏡也」旁圈，眉批：「玉質金相。」

〔四〕「執鏡以法天臨，仰澄清者嶷嶷郁郁；握砥以馭天下，賦休平者邑邑都都」旁圈。另本段上有眉批：「題字數見，當知避就。」

〔五〕「九光十色，騰輝幕太史之河；六辟四通，罄域貢荆州之砥」旁圈，眉批：「警切。」

〔六〕「十洲之鏡，偃澄波群游秋甸；萬井之砥，羅膏壤共樂春畊。」旁圈，眉批：「到底不懈。」

〔七〕文末總批：「選言宏富，尤賞其氣蒼筆老，舉止大方。誰謂玉佩瓊裾，不利走趨。（大教習那竹汀夫子）」

擬謝莊月賦 以「白露曖空素月流天」爲韻。八月大課第一名。

陳王別緒絲繁，羈愁暮積。羅帳延秋，瑶房永夕。眄孤雁之分飛，睠崇蘭而自惜。於時氣霽峰青，天高靄碧。風材有聲，雲葉無迹。三更孤朗，四望一白〔一〕。掛皎月兮清虛，悵美人兮悠隔。迺進吟賓，迺斟歡伯。授麟管於仲宣，摛鴻文於前席。

仲宣於是承命却顧，逡巡奏賦曰：臣聞月者陰宗，實主紀度。養魄居蟠，飛光顧兔。臨春陌之喧闃，照冬釭之遲暮。並撫景以流連，紛難窮其旨趣〔一〕。若夫雲夢恬波，瀟湘穩渡。霞斷鶩鳧，沙明混鷺。極浦沈煙，澄霄下露。秋欞槮以將遒，月徘徊而漸吐。其始升也，晶盤浴海以暉暉；其少進也，水鏡横天而故故。羌獨對以懷人，怨蹇修乎長路。

則有負羽從軍，搴旗領隊。圖畫功名，割離恩愛。落日歸營，高秋出塞。聽班馬之蕭蕭，見冰輪之曖曖。磧迴雲平，河澌星碎。玉笛淒迷，蘆笳慷慨〔二〕。銷壯志於刀頭，結愁心於蛾黛。莫不望漢地以絫欷，感春華之不再。

至若盧家堂畔，秦氏樓中。綺窗窅窱，珠網玲瓏。虬壺咽箭，鳳軨飄桐。璇題兮炯晃，璧彩兮朦朧。亦復羅衣怯翠，粉臉愁紅。涼雲夢濕，香霧鬟籠。織迴文兮極睇，撫角枕兮長空。瑶草芳兮將焉遺，金尊設兮誰復同〔四〕。

又若青瑣分曹，黄闈翔步。珠斗西斜，玉繩南傃。射寶掌以流黄，度銀鋪而委素。瀉穆穆之金波，散霏霏之紺霧。蚖膏罷然，猊爐小炷。坐久增淒，宵長極慕。指天上之瑶臺，憶山中之桂樹。寫用情以鬱陶，攬清輝而自訴。

爾乃幽賞未已，澄彩豔發。曲宴西園，置酒金窟。低迷三爵之臺，高耀九華之闕。邀皓魄以飛觴，弄珠暉而拄笏。俄焉纖景移，繁星没。暎緑苔，翳清樾。朱輪徐動，翠管微歇。淒入心脾，清見毛髮。緊萬古之傷懷，惟一方之明月〔五〕。

君王遂抽寶瑟，撤瓊羞。遵蘭渚，泛桂舟。猿鶴叫夜，夫容送秋。陰蟲自語，銀雲不流。憐晶英之入手，發離思於齊謳。榜人乃倚檝而歌曰：音塵絶兮道阻修，之子不來兮疇與玩此清幽。千里一爲別，江湖難久留。

歌響載闋，寒華滿天。金盆漸側，風露浩然。又歌曰：望復望兮三五夜，怨復怨兮二八年。人生哀樂不可以極兮，願與月而長圓。陳王於是縈神灑魄〔六〕，弭節言旋。洞精返視，逝將問丹訣乎奔月之仙〔七〕。

〔一〕「氣霽峰青，天高靄碧。風材有聲，雲葉無迹。三更孤朗，四望一白」旁圈，眉批：「古香盈紙。」

〔二〕「養魄居蟠，飛光顧兔。臨春陌之喧闐，照冬釭之遲暮。並撫景以流連，紛難窮其旨趣」旁點，眉批：「總引全篇，筆意疏秀。」

〔三〕「負羽從軍」至「蘆笳慷慨」旁圈，眉批：「情寄聲色，逼似齊梁。」

〔四〕「虬壺咽箭」至「金尊設兮誰復同」旁圈，眉批：「縟繡繁弦，方其哀豔。」

〔五〕「纖景移」至「惟一方之明月」旁圈，眉批：「驚心動魄，變徵之聲。」

〔六〕「縈」，原稿誤作「縈」。

〔七〕「人生哀樂不可以極兮，願與月而長圓」，「洞精返視，逝將問丹訣乎奔月之仙」旁圈，眉批：「餘音繞梁。」

另文末總批：「吐屬淵懿，結構老成。雖才思橫溢，似於擬體稍疏。然古藻新情，故應高蹤群雅。（大教習汪瑟庵夫子）」

禋于六宗賦以「主祭而百神享之」爲韻。九月大課第三名。

有虞氏按𠰸和神，乘龍御宇。光照六幽，功成六府。六符陳保泰之經，六合制還淳之舞。迺脩告攝之英規，迺肇明禋之茂矩。秩彝序于六宗，邁皇儀於三古。宗者尊也，雖至尊亦有常尊；宗者主歟，惟民主俾作神主[一]。

辨衆説之混淆，酌群言之通蔽。孔叢差得其折衷，祭法尚存夫古制。仰三光之耀景，實柴維宗伯攸司；燮四序以調元，迎氣配感生之帝。洊寒洊暑，攘祈禮殺乎犧牛；曰雨曰暘，禜禬用兼乎牲幣。禋之言潔，事有取乎升煙；禋之言堙，義更通乎埋瘞。天子有大功二十，惟帝之初；神靈之屬國七千，乃皇而祭。

原夫帝舜之敬恭神祇也，披金繩而握天鏡，開玉匣而總地維。如日月之光華，自然糺縵；暨日月所出入，罔不率俾。重瞳應乎攝提，北斗則樞精感夢；萬物得其長養，南薰則琴韻知時。扇宣五葆之和，袗衣在御；璧起三投之彩，息壤含滋。固已通微曰聖，至正無爲。蔑以加矣，俟其禕而[二]。

於是宗無二尊，禋乃咸格。黼繡周張，芬壇廣闢。牢升六鼎之香，茝設六重之席。六成樂奏韶箾，六寸幣陳瑄璧。五采朝朝，三采夕夕。於東於西，重案重帟。味心辨出内之方，賓餞定羲和之宅。

薦黑牡以除災，營朱絲以祈澤。則見高煙上通，神光若帛。祇戒精專，奄留焕赫。一人睟容燎位，禎聲告三；萬靈受職明庭，祠官建百。

肅邕恭已，夙夜惟寅。練時甲子，逢吉丁辰。九宮最貴，一氣調鈞。並佐天以育物，爰降福于嚴禋。日晷再中，蔭翳桑於下稷；月華復旦，飭舞鳳以司晨。粲金泥玉檢之文，五星游渚；貢苓落侏離之樂，八伯扶輪。若風過乎簫，吹律而麑衣自暖；曰水歸其壑，卷圖而龍性能馴。于焉恍惚之中，必見所祭；始信孝悌之至，遂感乎神。

惟是意本精純，制難依仿。特祠具列於舊儀，尊氣聿興於新莽。從馬彪之奏，宗不過三。繹叔重之言，宗惟有兩。六方則虛擬游神，六卦則空存物象。以爲六廟昭穆，既禮紊蒸嘗。以爲六代帝王，亦義乖疇曩。蓋數十家競尚紛紜，而十四說多歸誣罔。不知典重宗祈，理昭宗仰。以事舉非以時舉，同兆同壇；以神通匪以氣通，我將我享。

聖天子欽承乾構，孝奏天儀。薦禋珪以迓祉，調禋雅以延釐。歆馨而氣洽六通，珠聯璧合；推步而災弭六沴，陰化陽施。所由德符期象，勛媲姚嬀。彼漢魏之故事，又烏足以言之〔三〕。

〔一〕「宗者尊也，雖至尊亦有常尊；宗者主歟，惟民主俾作神主」旁圈，眉批：「莊靚。」

〔二〕本段上有眉批：「第三段方入舜説，此段末聯當知避就。」

〔三〕文末總批：「微有士衡才多之患，而書味自然流溢。（大教習那竹汀夫子）」

二十八宿羅心胸賦以題爲韻。九月小課。

李昌谷金粟前身，玉皇舊吏。日下無雙，天才寡二。逗秋雨兮吹笙，染朝霞兮裁帔。嶄然頭角，通眉長爪之仙；嘔出心肝，喝月驅雲之字。合是長庚入夢，位業真靈。恰逢太乙來觀，斯文游戲。迺賦高軒，迺賡雅什。新詞增風月三千，舊曲合雲韶數十。退之則涵泳聖涯，持正方浮沈下邑。共看名齊北斗，色正芒寒；果然命值南箕，陽噓陰翕。飄飄有淩雲之氣，天門倒景以崢嶸；昭昭乎履星而行，帝座上通夫呼吸。

原夫乾象晏暘，泰鴻坱圠。周穹圓之度，微星萬有一千；稽中外之官，列舍百有十八。惟連宿之甄明，有渾儀之可察。誰歟健者，酌元氣以渾淪；莫是仙乎，敷清詞而藻拔。披靈臺之一寸，光吐能熊；著織女之七襄，思抽軋軋。

夫其手抉天章，辭腴雲構。心現樓臺，胸陳錦繡。精含淵耀之輝，氣孕文昌之秀。燦九天之星斗，錯落衣裳；納兩戒之河山，動摇懷袖。滿貯五千文字，休教天上笑人；中藏十萬甲兵，不讓雲臺列宿。

則見軒軒霞舉，歷歷星羅。珠光貝彩，露洗風磨。釋形神以渾化，擢肝腎以長哦。覼縷根角之精，綰月鈎而成字；提挈陬維之妙，援斗柄而輕挼。含氣象之萬千，蕩胸則雲承紫極；吞雲夢者八九，洗心而水瀉銀河。於是靜涵賓思，圓映靈心。五雲高掩，七曜遥臨。騰壁府而詞葩灼灼，射奎光而武庫森森。絶去町畦，菽天田以左界；試澆壘塊，傾少海以孤斟。出芒角於枯腸，龍蟠虎踞；見精神之滿腹，歷井捫參。

彼夫文成白鳳，精是蒼龍。修來月斧，鍊就神鋒。並吐虹霓之逸氣，各誇仙佛之奇蹤。孰若兹風標憎定，霞佩雍容。身騎箕尾，手把芙蓉。攬取三辰之彩，拓開萬古之胸。由來夢落清虚，瑶闕之光明一片；莫道中無城府，微垣之閣道千重。

我皇上宸翰昭回，奎章挺裕。齊五緯以運行，列三階以環布。聖爲天口，調喉舌於魁杓；瑞紀人星，正陰陽於躔度。小臣思乏風雲，詞刪月露。竊願心傾葵藿，共輸向日之忱；還思胸剖琳瑯，敢奏摩空之賦〔一〕。

〔一〕文末總批：「概日淩雲，自是騷壇巨手。（教習鮑覺生夫子）」

堯舜性之賦以「獨高五帝之壽」爲韻。十月大課第一名。

德蔑以加，性無待復。惟堯步而舜趨，迺義征而仁育。陋五伯之驩虞，邁三王之旼睦。巍巍乎民無能名，孳孳焉仁在乎熟。通微成聖，聖不可知。謂神稽古同天，天之生是使獨〔一〕。

繹孟氏性仁之論，知勛華種德之高。三土爲堯，嶢嶢然上際下校。重瞳爲舜，僢僢然顧指手撓。四岳五臣不能分其美，九佐七友不能贊其勞。何畏乎巧言令色，何藉乎左禹右皋。咸若時惟帝其難，乃聖神文武；莫大乎與人爲善，自耕稼漁陶〔二〕。

觀夫堯性之本仁御宇也，推莢欽天，演圖考古。晏晏鶉居，師師龍輔。隱精神而坐起松雲，致嘉祥而厨生蓮莆。蹎山蹎垤，慄慄焉若已溺若已饑；如日如雲，欣欣焉不知喜不知怒。赫然有丹水之戰，明刑用三；泊然無黄屋之心，臨民以五〔三〕。

若夫舜性之體仁持世也，質藴温恭，道存孝悌。德本好生，聖兼博濟。風雷感其至誠，木石符其靈契。有大功二十，乃薦于天；用弼成五千，遂協于帝〔四〕。無不燾無不載，尊親者十有二州；得其壽得其名，鼓舞者百有十歲。

是蓋正性則無荒無怠，率性則不識不知。盡性則憂民如此，成性則惟帝念兹。所由垂襞幅，坐茅茨。儼北辰之拱矣，仰南風之在斯。疇能亘之哉，同寅克協；弗可及也已，恭己無爲。雖夏日葛冬日麑，與人同耳；而拜龍圖席龍垤，若固有之。

我皇上志敕幾康，德昭翕受。惟體堯而蹈舜，以奉三無；爰模唐而軌虞，用光九有。俾彌性則受禄于天，若恒性則綏猷惟后。十六字兢兢業業，咸欽心法之傳；千萬年繼繼承承，請祝聖人之壽〔五〕。

〔一〕「通微成聖，聖不可知。謂神稽古同天，天之生是使獨」旁圈，眉批：「警雄。」

〔二〕「何畏乎巧言令色」至「自耕稼漁陶」旁圈，眉批：「切響堅光。」

〔三〕「赫然有丹水之戰，明刑用三；洎然無黄屋之心，臨民以五」旁圈，眉批：「軒豁呈露。」

〔四〕「風雷感其至誠，木石符其靈契。有大功二十，乃薦于天；用弼成五千，遂協于帝」旁圈，眉批：「分疏處無一語罊互。」

〔五〕「十六字兢兢業業，咸欽心法之傳；千萬年繼繼承承，請祝聖人之壽」旁圈，眉批：「頌揚警切。」文末總批：「侔色揣稱，大雅鴻博，高文典册，合用此才。（大教習汪瑟庵夫子）」

冬筍賦 十月小課

燕市霜高，金瀾酒凍。芋糝圍爐，冰虀滿甕。良友不來，清樽誰共。有苞筍之含胎，佐伊蒲之雅供。標異種於吴都，兆嘉名於禹貢。

爾其駢頭䥫䥫，挺角森森。産海濱之絶巘，託江上之孤岑。長含生氣，獨抱冬心。異春芽而拆蘚，非夏日而抽簪。

徒觀其嫩籜攢金，霜根削玉。斑駁蟲穿，蝹蜦蠶縮。雪壓嫌鬆，雲埋欲觸。石骨斂肥，土膏養足。須看上番之成，忍令平頭之斸。

寒威漸嚴，風味轉添。暗藏直節，未出新尖。晴烘力飽，凍合漿甜。擬藺栗而差短，與戈矛而比銛。

於是采趁朝暾，形呈箣笴。最怕風吹，還防露墮。蒲蒻輕包，巾帉密裹。幾莖則盛滿筠籃，千里而遠攜蘭舸。度易水以迢遥，列都壚而玆夥。香觸手以如新，價論金而亦可。則有東吴下士，南國羈人。菜根皺慣，羊蹴夢新。枯腸芒角，酒膽輪囷。談江皋之鹽豉，牽鄉思於鱸蒓。況乃急景凋年，重陰杪歲。粒米如瓊，尺薪似桂。鸕鷀杓空，鷫鸘裘敝。笑肉食之無謀，感園官之分惠。憐紫脈之參差，惜香绷之新脆。

寒鐺自支，活火親炊。箬解蕉心之候，湯浮蟹眼之時。和黄雞而劃粥，屑紅豆以成糜。嚼冰作片，滑玉流匙。宿酲爽其若失，真味澹而堪思。

猶憶太末迴舟，釣臺斜渡。雪岸鷩鳬，沙汀集鷺。白跳叢子之魚，紅認木奴之樹。攜鴉觜以試挑，迸猫頭而無數。佐晚飯于孤篷，得煙波之逸趣。能無深故土之思，而續懷人之句也哉〔一〕。

〔一〕「猶憶太末迴舟，釣臺斜渡。雪岸鷩鳬，沙汀集鷺。白跳叢子之魚，紅認木奴之樹。攜鴉觜以試挑，迸猫頭而無數。佐晚飯于孤篷，得煙波之逸趣。能無深故土之思，而續懷人之句也哉」旁圈，眉批：「有風迴瀾紫之妙。」

文末總批：「縟理有餘，情韻不匱。（教習鮑覺生夫子）」

行不由徑賦以「砥礪廉隅君子之道」爲韻。十一月六日大課第一名。

由禮者有方，行遠者自邇。將崇正而黜邪，必考祥而視履。企芳躅於武城，緬孤蹤於高士。持躬則直本如弦，遵路而平原若砥。覺迷途其未遠，大道之行；笑捷徑以誰開，小人所視。然而俗競尚夫新奇，情更艱于迢遰。安行者多從而改圖，率由者且自爲得計。謂此中大有佳處，可以通幽；雖山下絶少人行，何妨小憩〔一〕。

原夫徑也者，密竹煙迷，連雲石細。僻豈容車，大還如礪。苟非窘步以爭先，孰與旁行而深詣。不知表坊宜謹，跬步必嚴。正誼者皇皇求義，履道者坦坦勞謙。畔胡爲而交讓，泉何事而名廉。漫詡齙齬之捷，須防瓜李之嫌。儻其遵彼微行，聊指南山以棲託；必致失其故步，頓輕東國之觀瞻。

於是端其徑術，絶彼徑踰。能由是路，維德之隅。既中規而中矩，乃亦步而亦趨。果然較短量長，不如捷之速也；爲問賢關聖域，有能從我游乎〔二〕。爰裹足而不前，遑計荆榛未闢；每掉頭而不顧，詎因松菊將蕪。

曲直之塗既判，聖狂之界斯分。洵落落而寡偶，復飄飄而不群。任蘿陰之掩月，聽樵唱之侵雲。不解尋春，那識臯蘭於斯路；無勞迴駕，空馳煙驛之移文。若延幽賞於孤琴，定難期子；試望素心於三益，徒切思君〔三〕。

蓋惟安以敦仁，樂能循理；念惕裎躬，戒深汖趾。所以由由然偕，行行且止。縱教道險，漚菅莫問吴人〔四〕；如欲迴車，耡圃或從曾子。遂令荒疇絶迹，長埋滿室之蓬蒿；空谷成蹊，虚説不言之桃李。

彼夫蕪城古井，馬邑天池。蔣氏結羊求之侶，陶家饒秔秫之資。並娱情於窈窕，咸散步以遨嬉。

孰若兹由中爲信，行道自持。逐鹿懲夫捷足，亡羊鑒彼多歧。勿嫌爾貌之不揚，遲遲吾行也；苟怵他人之先至，倀倀其何之。

士有鶉步八磚，置身三島。環佩聲和，山林迹掃。陋藜藿之逃名，惜煙霞之終老。人偕上夫雲梯，夢懶尋夫芳草。共喜風排閶闔，迴殊阮籍之途；請看馭叱邛崍，莫畏王陽之道〔五〕。

〔一〕「然而俗競尚夫新奇，情更艱于迢遰。安行者多從而改圖，率由者且自爲得計。謂此中大有佳處，可以通幽；雖山下絶少人行，何妨小憩」旁圈，眉批：「筆妙如環。」

〔二〕「不如捷之速也」，「有能從我游乎」旁圈，眉批：「宋四六中佳句。」

〔三〕本段有眉批：「由徑不是游山，此段下語尚欠斟酌。」

〔四〕眉批：「吴人應是鄙人。」

〔五〕「共喜風排閶闔，迴殊阮籍之途；請看馭叱邛崍，莫畏王陽之道」旁圈，眉批：「數語亦與第五段同病。」「收勢饒有氣勢。」文末總批：「氣機流麗。（大教習穆鶴舫夫子）」

漢文帝幸細柳營賦以「天子動容成禮而去」爲韻

維漢興將五十載，當文帝之後六年。習五戎以撻伐，命三將以備邊。棘門則負兹次矣，霸上則宗正屯焉。孰營細柳，亞夫最賢。弓刀艴若，部勒森然。兵壓秦關，勝算而形先得地；壁皆漢幟，將軍則下本從天。

方帝之自出勞軍也，風舉雲摇，淵渟嶽峙。亟整前驅，直摩堅壘。欣瞻日月之光，歡洽熊熊之士。縱復將號佽飛，營稱君子；莫不免胄而趨，負韊以俟。雖曰道無留者，畏天威哉；儻教襲而取之，如兒戲耳〔一〕。

已而絶灞滻，馳嵏巃。天駟周流，蜺幬倥偬。指柳市之森森，建高牙之總總。方期事效前規，權歸自董。而孰知夫望之如墨，能合而不能離；令出如山，可静而不可動。然此猶見前導之羽儀，而未睹皇威于鞞琫也。

爾乃千官鱗萃，萬騎景從。天行樞運，寢威盛容。值屬車之戾止，庶習禮以示共。而仍貔貅隊隊，刁斗重重。日雖壓壘，雹不韜鋒。於是馳一介，敂高墉。天子方親勞玉趾，君侯盍暫撤梯衝。仙仗雲移，弭節而傳呼蒼兕；鈞聲雷動，開關而群迓真龍。

霜鋋啞匝，月羽交横。旗分十丈，門颭雙旌。先馳者將揚麾曰蹕，守壁者已辟戟而迎。謂法由上立，而功以斷成。在軍中固無馳道，雖天子亦當徐行。帝乃顧驂乘，撫句衡。噦噦和鸞，但聽玲瓏之節；峨峨劍佩，微聞綷縩之聲。群臣失色，一軍皆驚。

遂乃臻中營，設牢醴。皇帝曰敬勞將軍，亞夫則長揖前啟。以爲上既委以三軍，臣敢展其四體。顧身方備夫折衝，斯分宜殊乎堂陛。以忠信爲甲胄，戎服輔王；作公侯之干城，君子勤禮。

帝於是乎肅然抑志，穆然長思。爰改容而憑軾，復致謝而陳辭。既迴車而去矣，猶稱善者久之。信緩急之可恃，豈儕俗之能知。卒之麾吴撕楚，强幹弱枝。兵不再試，克不逾時。始嘆將軍之功，何其神也；益昭漢帝之德，俟其禕而。

奈之何嗣主多疑，長才短馭。自壞長城，深嫌取箸。蓋機已伏於震主之威，而義尚昧乎成功者去。我聖朝文德光昭，武功遠著。詰戎而秋獮時行，柔遠而春膏常飫。鼓鼙不用，奚庸思將帥之臣〔二〕；磐石長存，何待奏治安之疏也哉〔三〕。

〔一〕「儻教襲而取之如兒戲耳」，旁批：「此意當留在後面襯發。」

〔二〕「鼓鼙不用，奚庸思將帥之臣」旁批：「非安不忘危之意。」

〔三〕文末總批：「層次極分明，微嫌字句有未老穩處，意義有不明晰處。未老穩者，研鍊之工未至也；不明晰者，假借之辭掩之也。（鮑覺生夫子）」

竹報平安賦 以「衛公故事日報平安」爲韻

若夫露冷霜凝，風尖月細。蛛網封苔，蛩吟咽砌。有嫩竹兮娟娟，托幽垠兮柔脆。仗佛日兮護持，祝慈雲兮扶衛。難憑健步之移，且說安心之偈。間參鈴閣，應隨旁午之文書；忙到綱維，亦管畦丁之郵遞。

維北平守，曰李衛公。高躅則七賢林下，清操則千畝胸中。發幽思于煙江，涼應破夢；訪疏篁于古寺，寒不成叢。愛玩而恐煩儀仗，流連而顧託書筒。劇憐遷地弗良，忍似上番草草。遮莫憑君傳語，休辭鎮日匆匆。

夫以勁節勻圓，貞柯深固。緗箬梳風，縹枝承露。猶且開曲徑以縈紆，亞雕闌以圍護。矧斯竹也，含籜離離，新梢故故。干霄抱一寸之心，臨水少三分之趣。儘饒生意，難名長樂之花；便令成林，莫認無憂之樹。

幾度沈吟，一番措置。請煩蓮社之高僧，權作梅花之驛使。匪誇千户之封，匪問三天之事。脈脈相望，心心暗記。一日三秋，千金兩字。但有微塵點涴，俗便難醫；若借病鶴支離，德將毋醉。盼到琅玕貽我，定酬縑帛三千；最難風雨思君，寫遍時辰十二。

當夫卯酒初醒，午陰乍密。鐸響東丁，風敲屈戌。憶孤淡于繁華，惜清癯之弱質。思君子兮弗諼，問主人而無術。徒見紺霧朝霏，碧煙暮溢。日影亭亭，露華瑟瑟。别來無恙，儻通好夢于三更；我勞如何，已隔此君于一日。

棨戟人喧，雕檐鵲噪。芳訊傳來，停雲飛到。話舊雨以纏綿，坐清風而嘯傲。心乎愛矣，長毋相忘。若有人兮，永以爲好。須聽老師宣説，饒舌何妨；試將居士圓通，從頭相告。不比遨遊北固，漫貽大宛之珍〔二〕；如逢問訊東橋，那待將軍之報。

六時鐘静，一徑莎平。自然斌媚，長此堅貞。見高人之直節，脱稚子之香綳。好護培根之土，宜防墜籜之聲。具小神通，爲傳吉語；皆大歡喜，共祝長生。疑分鷺堠之煙，篆煙繚繞；似寄魚書之字，个字分明。

方今皇州春滿，燕樹雲蟠。波深太液，日近長安。修竦則緑筠百頃，檀欒則翠篠千竿。豈徒美擅東南，蔚然獨秀；還見枝梢西北，偉矣環觀。長養自天，喜列清班于群玉；因依得地，更諧雅韻於祥鸞〔二〕。

〔一〕「宛」眉批：「宛，平讀。」

〔二〕此段上有眉批：「此等題，結韻有一擡頭足矣。如太液、上林之類。不必分段頌揚，轉成無謂。」文末有字一行：「評點照覺生夫子原閱。」

入學鼓篋賦以「大昕鼓徵發篋授經」爲韻。癸未二月十七日大課二等第一名。

聖天子道執大中，聲覃無外。化洽三雍，官先六太。爰舉視學之儀，特啟崇儒之會。盛禮樂之祁祁，集生徒之藹藹。振木鐸以警聵聾，開瑶函而掃蓁薈。嚴鼓協風雷之響，八音克諧；揭篋昭日月之行，六學皆大。

爾其紅輪欲上，碧宇初昕。環林耀彩，璧沼生紋。懷鉛者立鵠，負笈者如雲。方共務乎時敏，庶將進以精勤。待傳簡簡之音，金聲玉振；好發便便之笥，笙典珠墳。時則衆猶未入也，而先竦聽乎鼉鼓之遥聞。

則見訣蕩開門，喧闐奏鼓。盈耳鏘音，崇牙樹羽。命視瞭以定縣，詔大胥而按譜。初砰礚於宫墻，漸鏗鍧于堂廡。雞喔喔以和鳴，鷺振振而起舞。譁以立動，聿修震動之容；翕然同聲，共仰風聲之樹。

摳衣而入，連襟以登。禮陳篚實，雅肄筐承。坎坎未停，微聆鞺鞳。乾乾自惕，彌切冰兢。迺弛負擔，釋羸縢。共讀未見，各奏爾能。曩時大鳴小鳴，教之以道；此際聞詩聞禮，信而有徵。

於是濟濟偕來，淵淵乍歇。緗帙紛披，瑶華豔發。開篋而蝌蚪縱横，動篋而龍蛇鬱勃。尋墜緒於微茫，證遺文于疑闕。能出金玉錦繡，漫詡陰符；其文易象春秋，誰探理窟。溯昔南游挾策，少而習焉其心安；于今北面拜書，坐而遷之戒勿越。

匪誇玳瑁之裝，匪羨珠璣之壓。匪屑玉以蕞殘，匪篹金而歡愜。陳八寸之寶書，啟三緘之瓊笈。看倒篋傾筐而出，綺錯星分；記櫜鼓軒舞而來，規重矩疊。賴兹自警，詎嫌無當於五聲；翻笑多聞，僅識亡書于三篋。

是則傳鼓者所以聳神明，發篋者所以廣指授。魯薛辨其方圓，應田殊其節奏。遍觀以得其津涯，泛覽以祛其荒陋。惟初入而正其步趨，斯所學乃底于成就。觀聽者億萬計，正聲感人；誦説者三萬言，多文爲富。

我皇上德隆恭己，禮重上丁。涣汗則令如霆震，敷言則義若日星。鼓追豐水之規，春分協律；篋探汾陰之策，柔日讀經。小臣陰珍尺璧，才陋寸莛。聽嚴節於銅丸，敢緩步花磚之影；校秘文於石室，願常依金馬之庭〔一〕。

〔一〕「鼓追豐水之規」至「願常依金馬之庭」旁圈。文末總批：「題係古典，誤作今制，殊昧體裁。賦詩華贍，是其本色。（大教習汪瑟菴夫子）」按詩未見。

飲馬投錢賦以「昔人有暗室無欺」爲韻。癸未二月小課。

三輔名賢，五陵逸客。勵志斷金，貞操漱石。乘渴驥以奔泉，解空囊而攬策。念一勺之已多，詎三文之足惜。嘆濁流難溷清流，笑馬癖何如錢癖。雖一毫而莫取，逝者如斯；齊萬物而不爭，我聞在昔。

爾其驅馬駪駪，來游渭濱。蹀躞而初循曲岸，聯翩而暗度芳津。踏春波之決決，蹙暖水以粼粼。雕鞍拂柳，綵絡牽蘋。濺珠歕玉，曳雪翻銀。幸滿腹之同乎鼹鼠，豈監河之活彼波臣。若教計直以償，客何爲者；但覺荒郊以外，闃其無人。

卓彼仲山，矯然不苟。思飲啄之有方，孰報投之可負。凜四知之質以神明，陋九府之權夫子母。於是指彼水心，瞻余馬首。五銖則賫氣盈懷，一握而圜泉在手。瀏其清矣，固造物之無盡藏；薄言投之，豈吾家之所寡有。

匪投石而心通，匪投醪而味淡。匪白璧之投河，匪夜光之投暗。漾圓沫而亭亭，折方流而澮澮。倘名荇葉，拖藻帶以交横；若喚鯨文，疊魚鱗而可瞰。散渾身之榆莢，合號飛黄；映赭汗於桃花，都成子紺〔一〕。

豈同善賈之謀，豈有點金之術。豈奉錢之贏三，豈大錢之選一。揮兹阿堵，洵哉非馬其人；用若泥沙，怪彼以錢爲室。縱使河間姹女，數亦難工；或逢井上仙翁，呼之欲出。宛轉而緶環肉好，錯疑打馬之文；摇溶而輪郭分明，猶認連錢之質。

蓋其褆躬圭璧，析義錙銖。嗤看囊之何益，覺飲犢之猶愚。但表中懷之皎潔，詎同通偵於有無。抛去藕心，宛類田田之葉；擲來鵝眼，應隨汎汎之鳬。如其甃作龍形，共訝黑龍之飲；偶爾浮從水面，真成白水之符。未能買地鋪來，試編金埒；任向中流沈去，不羨青蚨。

是則志存水監，清畏人知。戒之在得，惕以自欺。即一端之足式，信百行之無虧。笑夷甫之不言，未爲俊物；惜椒邱之鬥力，徒抱雄姿。此水即廉泉，清波可挹；生平無長物，雅韻堪思。奚庸證應劭舊聞，記黄子投錢之事；且與續蔡邕樂府，翻長城飲馬之詞〔二〕。

〔一〕「散渾身之榆莢，合號飛黄；映赭汗於桃花，都成子紺」旁圈。眉批：「此與前段接軸調複。」

〔二〕文末總批：「雅有鎔裁，自饒名雋。（教習鮑覺生夫子）」

十八學士登瀛洲賦以「唐初盛舉並繪爲圖」爲韻。三月大課第一名。

治隆武德，運啟文章。材多王佐，地接仙鄉。十八子之興謡，祥生晉水；十八齡而建策，陣破秦王。爰謝弓刀之侶，特開翰墨之場。境擬瀛洲，語本傳于炎漢；官兼學士，制遂昉于初唐。

時則群雄戡定，大難削除。十洲煥若，八瀛宴如。迺卜宮城之右，肇修文學之廬。龍潛朱邸，鳳集青裾。得人爲鑑，維德之輿。從容政事，商榷圖書。詄蕩天門，當趨侍龍樓之後；就瞻日角，正發揮鴻業之初。

於是七德舞諧，三招幣聘。仙侶攜將，雲階輝映。珠塵瑟瑟，青鳥迴翔。玉雨霏霏，蒼雯明淨。闢琳宮于上界，釦砌璿題；證金粟於前身，經神草聖。漫道風能引去，往來而霞佩鏘鳴；果然高不勝寒，倡和而霓裳迭詠。蓋一時以此爲至榮，而千古遂稱爲極盛焉。

維杜與房，追伊躡吕。世南克蓋前愆，思廉紹成遺緒。雙飛而彩鳳揚芭，競爽而天潢惇叙。蔡顔則議幄思參，孔陸則經箱腹貯。考功祭酒，同列賓僚。助教典籤，實爲心膂。補闕不數夫劉，作贊乃屬之褚。即荃蕙之化茅，有著作之氏許。莫不依光日月，宛宛龍升；奮迹風雲，軒軒霞舉。

然而地近三山，風殊八等。惟能斷與善謀，實濟川而和鼎。義既著乎贊襄，功更存乎匡拯。次之或經義紛綸，或天才英挺。亦復亮節光昭，虚襟清迴。何異類之薰蕕，儼同游乎溟涬。以詞華佐其文深，以柔媚行其窺詗。雖幾生修證，同居忉利之宮；而一點圓靈，孰上須彌之頂。此則路已判乎仙凡，品自難爲比並者矣。

而乃共躡瓊梯，齊驅玉軑。疊石成盤，呼松作蓋。三番遞直，迴六幕之春熙；雙管均音，葉九成之天籟。試看六鰲曉策，定依十二瑤臺；若教五鳳晨飛，更賜十三銙帶。陋他日淩煙寫像，競耀勛名；笑當年入海求仙，徒窮摹繪。迄於今，流連往迹，緬想遺規。欲披立本之丹青，誰開生面；好誦希明之文筆，省識英姿。鑒憸人之濫厠，信貞士之堪師。將頭銜之自凛，庶心迹之無虧。徵慧業于文人，仙原可學；導詞源以至海，水本難爲。所以螭坳書侍，鶴籞朝趨。身游三島，衣著五銖。窺中秘之奇書，輝騰寶笈；飫天厨之珍品，恩湛仙壺。欣逢四海鏡清，敢奏封禪虛無之頌；共仰三台珠朗，重摹真靈位業之圖。

修身以爲弓賦 以「矯思立義發而必中」爲韻。癸未三月小課。

徵妙喻于法言，羌程材而易曉。身惟貴乎自修，弓詎嫌於持小。必量力而始均，欲無贏而宜撟。造弓有因躬之法，象擬弓形；發身詳如射之文，義嚴身表。執弓以請，引而不發能者從；藏器于身，和而不流强哉矯。

原夫弓之爲製也，勢分强弱，體辨安危。張如流水，材必因時。於是爲之懷膠而相角，爲之測漆而沈絲。爲之厚帑薄帑調其劑，爲之春綢秋綢定其差。嗤下工之不足，豈夫人而能爲。弛不失其良兮，釋之無失；調而後求勍焉，儼乎若思。

鑒彼有觩，惕然自戢。養身將以有爲，檢身惟恐不及。毋幠毋傲，恍受弼簫。不倚不偏，如調決拾。信知柔而知剛，儼就燥而就濕。堅之徵也，貞幹乃以健行；更而張之，佩弦所以自急[一]。學者至於彀，屢省乃成；君子無所爭，中道而立。

由是正直既昭，仁智咸備。惟朝修而夕修，恍角至而筋至。將挾矢以周旋，敢奉身而失墜。九能則各奏爾能，壹志則各繹己志。守身爲大，往來隨伸屈之時；寬身之仁，高下盡抑揚之致。悟盈虛於持滿，隱存自滿之箴；侔疏數於挽强，顯示自强之義。

爾其禮戒僻焉，謨明慎厥。有守有爲，不矜不伐。析義將取其衷，勤思豈虞其竭。既脈理之弗邪，自准的之罔越。以爲和以爲固，神明存乎其人；以爲子以爲臣，正鵠昭然若揭[二]。所以擇士也，示人以難；其唯賢者乎，循聲而發。

是則和而無濔，合以成規。教嫺三物，名協五儀。凡兹奠體而命中，悉本修身以爲基。苟非排檠以自正，曷見昭質之無虧。漫言能發能收，進乎技矣；端藉不徐不疾，巧者和之。補其弊而救其偏，勤有存者；智譬巧而聖譬力，勵其庶而。

非然者，即於慆淫，耽於樂逸。違厥性情，變其彀率。縱令教之以儀，何以守之勿失。必利用以安身，乃進修以全質。翩其反矣正己，在乎反求；受言藏之洗心，歸乎藏密。中何難於百步，則安則譽；學且至於三年，毋意毋必。

我皇上德備藝成，識精理洞。法天道之高張，習春蒐而簡衆。開堋影于懸熊，敞林光于翔鳳。允文允武，身度聿昭。修德修刑，威弧親控。共仰聖人之道，一弛一張；欣瞻天子之弓，百發百中[三]。

〔一〕「鑒彼有觩，惕然自戢。養身將以有爲，檢身惟恐不及。毋憮毋傲，恍受弜簫。不倚不偏，如調決拾。信知柔而知剛，儼就燥而就濕。堅之徵也，貞幹乃以健行；更而張之，佩弦所以自急」眉批：「捩拖有神。」「語皆諦當。」

〔二〕「以爲和以爲固，神明存乎其人；以爲子以爲臣，正鵠昭然若揭」旁圈，眉批：「警切。」

〔三〕文末總批：「縱横揮霍，妙合自然，固是筆精，亦由詞贍。（教習鮑覺生夫子）」

百穀仰膏雨賦以「如百穀之仰膏雨焉」爲韻

徵名卿之詞令，通妙喻于菑畬。譬三農之生穀，有百種之嘉蔬。盡力而既勤播穫，及時而還假吹噓。將仰化於大圜，雨徵時若；庶仰承于甘霤，膏莫屯如。

觀夫綺陌星羅，繡塍罫畫。粒散麐牙，苗抽燕麥。秬䅵判其黑黄，穈芑分夫赤白。楊泉之論最詳，氾勝之書尤覈。莫不擢秀原疇，殷懷潤澤。待過靈雨，好看維耦十千；不有春膏，何以取禾三百。

若夫協氣横流，甘滋滲漉。暗助膏融，平添膏沐。信好雨之知時，亦何生而不育。惟嘉穀之繁榮，得甘膏而尤速。驗先時於九日，土自生膏；徵應候於兼旬，雨原名穀。

故方其既雨也，則沃周萬井，密散千絲。濃如醇醴，滑若凝脂。紛總總以氾濩，般裔裔以萴施。乍含含而穎豎，旋驛驛而頭垂。稌宜暑而黍宜寒，膏之沃者；澤下尺而生上尺，雨以潤之。

而方其未雨也，則風有先聲，雲無定象。低覆青疇，暗連緑壤。龍夭矯以將翔，燕翩翾而欲上。冀匝宇之同霑，結自天之遐想。彌望芒芒我稼，僅資膏露涵濡；迴看厭厭其苗，誰助膏腴長養。須令三農慰滿，潤葉津莖；恰逢百穀權輿，稻垂麥仰。

仰盂則未占雷動，仰鏡則祇覺天高。瞻仰而聿歌雲漢，俯仰而匪藉桔槔。爰周綺陌，爰履平皋。待雨者或耘或耔，請雨者有舞有號。縱教雲自西郊，仰觀徒切；終望霖興東岱，仰止云勞。日月人皆仰之，離畢而應符好雨；星辰民所仰也，知期而儻肯流膏。

遂迺霢霂灑塗，霏微布縷。暖入香泥，膩融沃土。催隴畔之煙蓑，急村前之秧鼓。漬新緑而如黏，沐輕紅而欲吐。麥抽穗而懷新，麻鋪菜而漸俯。惟下流之待惠，匪今斯今；信我澤之如春，曰雨而雨。

皇上仁周䊷圃，義協情田。六府修而允治，四推舉而加虔。占雨暘之不忒，快膏澤之無偏。播穀而奏庶艱食，守穀而迄用康年。所以紀普氾於恩膏，廣矣大矣；荅麻嘉於時雨，祈焉報焉。

卷二十〔一〕

八月其穫賦以「歲豐仍儉節」爲韻

將欲準出入以爲變通，資盈虛以爲調劑。驗六穗九穗之奇，定四𤰞三𤰞之制。則必三冬足用，始落其實而取其材；十月之交，乃秉無遺而穗無滯。兹何以於八月之中，早定一年之計。猶之乃瓜者急瓜之辭，見韭者翦韭之際。蓋食惟政首，力田不如逢年；而秋爲陰中，嘗日已卜來歲。時也銀雲團桂，金井飄桐。巢空社燕，信遞征鴻。蟬已鳴而梧尚綠，鶵未啄而粒猶紅。而欲占千

〔一〕本卷各篇均整理自《知止齋遺集·先文端公詩賦稿》。其中《八月其獲賦》爲道光四年八月大考翰詹賦題，賦後尚有詩題《賦得昨夜庭前葉有聲，得心字，七言八韻》，翁心存列二等第二名，其詩云：「曉來微雨侵苔席，商意庭前忽滿林。此際繁聲催葉下，有人昨夜擁書吟。初聞故故和殘漏，復聽蕭蕭雜暮砧。風定易傳空外響，秋高常警靜中心。虚沾涼露籬邊墜，儻襯疏花砌畔深。明日隔闌黄散影，舊時繞徑綠成陰。依稀別院迴雲駐，隱約孤檠伴月沈。何似宵衣廑聖念，豐年田野報和音。」據此推本卷賦當作于道光四年或之後。

倉與萬廩，見櫛比而墉崇。將爾田之自佃，詎我稼之既同。三變首禾，豈必及時而皆熟；九期名稻，安能應候以滋豐。

而豳民則已皇然，曰惰農其可懲也，力作其可乘也。其尚庤乃錢鎛，其尚荷乃擔簦，其夙夜以往，其昧旦以興。瑠璃萬頃，穲稏千層，黍稌並納，高下畢登。同剥棗於辰畦，拄杖而呼聞叱叱；課歸犍於丁力，拊瓴而聲聽仍仍。

則見碧穟初收，黄雲漸斂。狀説由由，香生冉冉。鎌鈎映月，襲凉氣之空濛；耞板臨風，答濤聲之抑掩。莫問稻孫禾弟，樹也務滋；休嗤斗酒豚蹄，示之以儉。

皇上祈實心殷，邵農念切。鳳扆陳嘉量之圖，黼座進均田之説。曾憶省耕撫耦，翠幕連雲；迄今嘗稻登筵，銀匙翻雪。共慶一人有道，請徵百穀用成；願歌萬壽無疆，遠邁千秋令節。

擬庾子山小園賦用原韻

原夫井眉鮒轍，匪羨西江；蚊睫蟆巢，安知東海。是以登臺奏小言之賦，游仙夢小有之天。遠慚西蜀丞相，有桑八百株；近愧南岳幽居，種秔五十畝。余有舊業，面水枕山。居在廉讓之間，境出囂塵之外。園名獨樂，多開長樂之花；里號宜春，合種恒春之樹。聊以養志，聊以承歡。況乎汀瀅泉脈，本無意於出山；膚寸雲心，亦何能以及物。闢養堂而調膳，開石室以紬書。庭茂荆株，砌培蘭晼。庶成小築，用存止足之思云爾。

爾迺林溆邅徊，蝸盤蟄坏。溪横雪瀉，竇細雲來。鼓吹兩部，醽渌一杯。擬忘憂而有館，羌避債而無臺。

猶復拓室兮半弓，周垣兮十步。六枳兮楗籬，三桃兮表樹。藤上格兮遮窗，鶴梳翎兮礙路。鹿求食而相呼，狐聽冰而何懼。

蓬扃荔淆，艾席苔交。牽船就岸，泛芥藏坳。牛衣卷被，蠹帙成巢。卧如弓而隱几，室似磬而懸匏。

鷗閒鷺饑，蝶慢鶯遲。階横僵石，碑署苗茨。桐妨簷脊，墻露山眉。杞根吠狗，蓮葉巢龜。值百鳥之囀日，攜雙柑以聽時。柳三眠而已絮，蠶半繭而猶絲。未覺韶華之老，誰云思士之悲。

方將四面疏池，三分種竹。晝帳看梅，漉巾待菊。延年之芝似雞蘇，不昧之草名蘡薁。十枝五枝之花，三間兩間之屋。訪白墮於中山，覓紅梨於大谷。

流連寸陰，惋惜蓍簪。愁汗簡而春盡，據槁梧而月沈。迷藥圃於咫尺，繞煙蘿於丈尋。覈平子之靈憲，占景純之洞林。蜂懶參衙之報，魚無食餌之心。裁筍皮而篸帽，截樹癭而支琴。

於焉組織辭令，涵泳道性。陋日者之推年，問雷公以却病。掩關而敬佩桃殳，掃室而時邀冰鏡。戴叔鸞長此優游，姜伯淮虛加辟命。

自通籍於金閨，嘆鹿門之未攜；祝長生於嵇母，念偕隱之萊妻。松偃三徑，菜荒一畦。看囊中而色沮，居廡下而顔低。羨慈烏之反哺，聽班馬之長嘶。

仰榱嚼噓，迢遰年餘。雛燕辭壘，賓鴻斷書。波連澤國，歲歉鄉墟。藜藿羅含之宅，蓬蒿宋玉之廬。

遂乃麞牙米竭，鹿皮裘裂。宵夢往來，晨霞明滅。眺仄路以縈紆，度危橋之曲折。曶昕寤而長懷，悵親情之久别。周磐則翻愁帶解，温嶠則空憐裾絶。鳧飛眼底之雲，雀噤山頭之雪。

玉階兮嶢崢，高臺兮晼晚。敢初服之遽遂，幸迷途之未遠。搴葛藟兮谷深，睠霜根兮蓬轉。未營徐勉之居，終畏王陽之坂。撫四序之環周，逝心儀乎銅渾。

九河既道賦 以「禹之治水行所無事」爲韻

亦嘗循勃海之南濱，履平原之北土。指故瀆之糾紛，見廣川之舄鹵。鄭君之説可尋，許尉之言如睹。而欲遠纘豐功，希蹤前古。則自徙於宿胥，歸於章武。久實滅而難明，孰參稽而覶縷。此闕八流以自廣，曲防每慨齊桓；而導九派以安瀾，明德猶思神禹也。

時也三門既略，二渠既釃。爰載高地，爰過大伾。括清漳而涴演，灌鉅鹿而渺瀰。若箭之脱笴，若霤之實巵。羌汩然而下注，迺浩乎其無涯。凡向之羨溢於青齊，迆涎於雍冀者，又莫不雷奔雲集，而來匯於兹。信若是其急也，非禹誰能修之。

禹以爲不疏其委，則導源亦無所施也。不殺其勢，則横潰將不可支也。況乎津躔析木，實爲水維。群流交會，厥壤尤卑。流則淵潾而澔汗，壤則疏曠而平夷。尾閭之所不能泄，茨防之所不能陂。苟非別爲九道，播爲九歧。則一川兼受其任，而全河終不可治。

是故導水必以河爲先，導河必以兖爲始。惟徒駭之經流，既通津而順軌；彼八川之分支，咸一時而就理。望胡蘇之高亭，介東光而中峙。馬頰覆釜，左帶以縈紆；簡絜鈎盤，右迴而邐迆。最南爰至鬲津，最北實維太史。底定者千餘年，分游者二百里。美哉禹功，神哉德水。

且夫通水之理者，不以咫尺爭；順水之性者，不以穿鑿成。今試南瞻無棣，北極成平。沮洳散渙，川瀆縱横。度禹亦因夫形勢，固未嘗曲爲紛更。而既循其故道，詎遂改其舊名。彼李巡下士，孫炎瓴生。徒拘牽乎文義，謂徒衆所經營。審是則豈惟用民力而不惜，抑且逆地防而不行。

論者又或未察遠圖，竟崇虚語。以爲合則疾而易通，分則滯而多阻。是執救弊之規，以揆非常之舉。譬枘鑿於方圓，宜紛紜而齟齬。豈知勢貴綜其大全，害先去其尤鉅。矧地已近夫海堧，斯理更絶夫捍禦。故必苞絡山川，牢籠洲渚。多其派而使氣有所宣，空其地而使水有所處。夫然後泛濫可以無虞，而神人各安其所。

厥後支流既塞，激浪長輸。力不能以北達，道遂改而東趨。益信九河之故迹，實爲千載之洪模。迄今年湮代遠，事異勢殊。謂確有其地者誠鑿，謂苞淪於海者亦誣。王介甫之解經既誤，曾彦和之創論尤迂。縱教得其二三，已難復古；但令穿爲四五，猶勝於無。

聖朝闓澤覃敷，恩波廣被。披圖則延喜告符，如鏡而榮光獻瑞。固已修和而九叙惟歌，敷錫而九疇咸備。迺猶雖休勿休，因利而利。慎簡重臣，博求往議。疏填閼於滄瀛，闢神胦於兖冀。無煩按迹而求，自見隨時而致。善爲川者決使道，允惟天子之功；推而行之存乎通，茂矣聖人之事。

學然後知不足賦以題爲韻

吾道自足者詣之純，惟日不足者力之卓。欲所學之渾全，貴先知其醇駁。辨木性之陰陽，聆玉聲之清濁。良有藉於斧斤，敢忘情於雕琢。及其至也，固將盡利而盡神；溯厥初哉，孰是先知而先覺。故慎勿謂我其灼知，而弗勉焉從事於學。

且夫運而無積者，天也，而常不自足於九躔；流而無息者，川也，而常不自足於九淵。惟三才之異稟，備四氣而無偏。庶幾可以無學矣，豈復有所不足焉。乃猶孚於坎坎，惕若乾乾。雖念在茲、釋在茲，蔑以加矣；而我能是、我善是，自視欿然。

上哲如斯，中人則否。既探索之未勤，遂蕞殘之自守。藉一腋以成裘，享千金於敝帚。不睹滄瀛之廣，將疑水盡潢汙也。不登嵩華之崇，將謂山皆培塿也。不臨寶藏，將什襲夫珷玞；不入太倉，將較量夫升斗也。又焉知季路之惟恐有聞，顔氏之瞠乎若後。

故夫力不足者，必待學而知之。志毋疲於十駕，心先慎夫三思。學雜服以安禮，學博依以安詩。

學操縵而羽籥干戈詳其節，學興藝而射御書數習其儀。學以牖靈明，離經辨志；學以輔德行，取友親師。縱昭質之無虧，情難自足；矧罔聞之不逮，予未有知。然後義析淵微，理窮芒芴。悔向者之多疏，轉茫乎而自詘。知巴渝之不足擬鈞韶，知布素之不足儕章紱。知一臠之味不足調五鼎之甘芬，知一木之支不足構重軒之鬱崛。所以釋邱隅於知止，我勞如何；證唐棣於知權，爾思豈不。是則自謂已足者學必荒，及之後知者學乃篤。懲畫地與面墻，戒扣槃而捫燭。苟非汲汲以斯征，孰克遑遑而自勖。達禮猶窮於后夔，知非且聞於伯玉。驗性情之緩急，敬佩弦韋；辨血氣於安危，失諸正鵠。譬諸醫者，請微已事於折肱；鑒彼梓人，莫笑無能於斲足。我皇上至德光昭，天懷寬裕。幾康自敕於一心，沖挹彌貞夫百度。仔肩而學有緝熙，遜志而學惟時務。不矜不伐，量合山淵。無黨無偏，義遵道路。惟天子建中和之極，共揚玉振金聲；願聖人宏翕受之規，竊比師箴瞍賦。

教者民之寒暑賦以題爲韻

愛民者天之心，成教者樂之效。天有長養閉藏，樂以合情飾貌。欲參化育之機緘，爰比聲容以則傚。不相奪也，播於四時；過則節之，益者三樂。冬作寒而夏作暑，惟天陰騭下民；賞爲暑而罰爲寒，先王乃著其教。

原夫授度運機，居高馭下，若鼓有桴，如金在冶。吹之落而噓之生，陰居冬而陽居夏。群生所大仰，豈惟民哉；不測之謂神，無非教也。惟六氣之宣通，賴八風以陶寫。同民心而出治道，乾以君之；得民心以殖義方，聖之時者。

爾乃審音刻玉，定律吹筠。動蕩血脈，流通精神。無俟懸諸象魏，恍如播以鴻鈞。若負曝之獻於野老，若清風之扇夫暍人。神使氣，氣就形。若寒暑之不忒；律和聲，聲依永，若寒暑之相均。曰陰陽風雨晦明，天道至教；有好惡喜怒哀樂，古者因民。

彼民有欲，非教不知。以類相動，以息相吹。不言而化，不疾而馳。温温乎皆如扶纊，飄飄乎若御振絺。聆璇籥之初調黍谷，渾忘其凜冽；聽冰弦之再鼓薰琴，迴謝夫炎曦。天地將爲昭焉，故樂觀其深矣。明王以相沿也，必慎所以感之。

由是訓先胄子，制備樂官。膴民孔易，敷教在寬。教以中平，而民氣疏以達；教以莊肅，而民志靜以安。教以疏穢鎮浮，而民愀然以斂；教以贊陽出滯，而民油然以歡。移民俗，變民風，誰復咨寒而怨暑；阜民財，解民愠，豈徒逆暑而迎寒。

是蓋道契中和，神超律呂。欲民之相敬相親，必教以樂德樂語。譬氣化之循環，順炎凉以布序。陽不散而陰不密，民曰休哉；攫之深而醳之愉，民知義所。合朔南以暨訖，多暑多寒；如日月之運行，一寒一暑。

皇上化洽帡幪，恩深涵煦。調玉燭於寰區，協金聲於韶護。奏九變以還淳，節八音而定數。廣博易良爲樂教，執沖含和；思慮純固以德民，審時正度。建極而因民施教，共欽作哲作謀；省方而設教觀民，敢獻曰風曰賦。

登春臺賦以「衆人熙熙如登春臺」爲韻

化洽寰區，神游鴻洞。黍谷含和，幽垠解凍。翱翔化人之城，髣髴華胥之夢。秩然如埴之在埏，森然而松生於棟。臺居高以臨下，視遠惟明；春興物而無私，善鈞從衆。

維昔老氏，式闡道真。將游心於太古，驗郅治之如神。載斟元化，載播深仁。職職植植，悶悶醇醇。春令則懸於象魏，春風則鼓夫鴻鈞。登觀臺以書祥，福我壽我；登明臺而建議，鞠人謀人。

於時春也，百物含滋。煙輕雨細，日暖風遲。花明似幄，緑暗如帷。感春光之普被，信春事之無涯。登隴則春情蕩漾，登樓則春色融怡。已看陽氣俱蒸，撫序而三時不害；何以與民同樂，遐觀而百志惟熙。

若有臺兮，不日成之。載仁厚以爲幹，積道德以爲基。履法度以爲階級，飾禮樂以爲軒墀。雲斤月削，地矩天規。茂矣美矣，詠斯陶斯。指萬井之風煙，粲乎隱隱；近三霄之雨露，廣哉熙熙。

春妍和兮布氣，臺結構兮淩虛。鬱岧嶤以致極，儼巀嶭以扶疏。霅然風雨所會，淵然神明之居。

幕天席地，徼道周廬。登降而幽情自暢，登臨則極目爰舒。樂郊適彼，安宅依於。粲也晏也，奥如曠如。

如星之共，如日之升。如波之屬，如雲之蒸。命疇侶、集賓朋，排岩萼、躡湊兢。往來雜遝，踊躍飛騰。俯視一氣，直上千層。有地皆暖，無景不澄。同我太平，結伴則鶯歌蝶舞；超乎物外，賞心而月憩霞登。

彼夫風雩沂畔，禊飲洛濱。列仙繁吹，傑構芳塵，亦足留連勝地，嘯詠韶辰。孰若金匏夏饗，玉帛堯巡。淵旋雲被，羽萃鱗臻。或揄裳而連襶，或袨服而華茵。皞皞如與天爲徒，會其有極；飄飄有淩雲之氣，養之如春。

皇上治光八表，澤暢九垓。四序調夫玉燭，兆人範以陶坏。吹律而祥飈自扇，綿區則福地宏開。瓊島輕陰，日邊春麗。方壺勝景，天上春來。共欽捐玉投金，儉德省十家之費；願與韈童壤叟，登封頌萬歲之臺。

周郎顧曲賦以「曲有誤周郎顧」爲韻

周公瑾慧解通神，天才拔俗。談笑登壇，丰標暎玉。鷹揚而早立奇功，虎視而難停遐矚。顧瞻則氣壓湖湘，顧盼則名馳魏蜀。話交情于老輩，若飲醇醪；傳韻事於新聲，能知雅曲。

時也烽靖江東，波恬澥右。割大宅以讓兄，得小喬爲中婦。丹陽歸後，鼓吹西迎。赤壁燒殘，旌旗北走。於是騁豪情，招勝友。乘飛雲之艦艓，羽扇綸巾；指如畫之江山，當歌對酒。生小郎君一月，吴中不訝其同稱；曲終和者數人，天上亦祇應少有。

玉管輕調，銀簧暗度。響激塵飛，音遲雲駐。揚浩唱於青琴，發妍歌於絳樹。城頭之畫角低迷，帳外之銀刀森布。共説尊前，妙伎流眄聯娟；回看坐上，將軍支頤凝注。初聞按譜轉喉，而節奏均諧；不道移筝入拍，而宫商忽誤。

愕眙神留，玲瓏記不。纔停皓齒，已轉清眸。雜弦切切，三爵油油。雄姿英發，名士風流。那不低徊往復，俯仰夷猶。乍停杯而撫掌，旋振袖而回頭。得意忘言，四座之酡顔未覺；揚音竊視，兩行之紅粉含愁。析分寸於微茫，心凝形釋；授精魂於盼睞，目遠情周。

遂乃列華燭，下蘭房。寫依日來雲之韻，操歸風送遠之章。託微波以感動，抽妙緒而評量。醉眼迷離，抗容延佇。風神儋定，矯首回翔。若有人兮，秋水特翻古調；此何聲也，春風徐引清商。錯疑傾國傾城，玉貌頓迷乎下蔡；宛似一前一却，琴心忽感乎中郎。

迄於今，大江東去，折戟長留。故壘西邊，驚濤如故。猶復搔首躊躇，翹心傾慕。慨想清音，希蹤妙悟。以視惜空群於冀北，駿馬騰驤；定大計於隆中，卧龍攀附。何斯技之多疏，得知音之寵遇；願時拂夫幺弦，冀承恩於一顧。

九方皋相馬賦以題爲韻

慧眼通靈，天機獨受。遺貌取神，空前絶後。嘆十人之相誰工，知千里之馬常有。諸卿無目，多侈談筋骨形容；念我前身，那屑問驪黄牝牡。試較馬多於衛國，陋彼三千；若論相士於平原，失之十九。

昔有善相馬九方皋者，訪從秦穆，薦自孫陽。爰釋擔纏於薪菜，俾求神駿於超驤。目不停盼，群無留良。若滅若没，若失若亡。既乃得諸沙邱之野，致諸鄜畤之旁。使往觀焉，幾誤權奇於物色；公曰敗矣，難循規矩于圓方。

孫陽於是跽而稱曰，斯乃所以爲見之卓而識之高也。今將使寒風相齒，許鄙相尻。輢中視審，櫪下神勞。名則紅陽紫燕，色則白腕丹髦。誇中圖而應範，矜逸足與殊毛。孰若迴神鑒，解天弢。星電轉，月魄風豪。歷三月以旁求，忽逢雋乘；遂一朝而拂拭，戾止神皋。

且夫執經遠訪者，不足以知逸群之量也；作歌報貺者，不足以盡振奇之狀也。惟皋也妙契沖虚，獨觀昭曠；内外俱融，精粗胥忘。目營四海，洸來雲水光中；洞見一方，省識騏麟地上。始覺千人萬人之愛，未是真知；縱分畫肉畫骨之工，皆爲依樣。會見成龍有日，欻然别具神姿；如其毛馬而頒，久矣應嗤皮相。

於是控向闕前，試從軒下。沫歕殷紅，汗流浹赭。幾年棄置，氣鬱風雷。是日牽來，駕嫺魚雅。其高八尺以上，惟所納之；爲君一日而馳，稱其德也。至尊含笑，謂前賢定畏後賢；上客陳詞，問君馬何如臣馬。

是蓋材本超群，賞由神悟。買豈吝夫千金，恩更隆於一顧。高臺巀嵲，遠過燕市之珍；銅式分明，堪笑伏波之鑄。曷若服習天閑，範圍皇路。翹材而采自輶軒，泛駕則懲夫馳鶩。仰重瞳之籲俊，敬扈虞巡；總六服而收賢，慚稱顔賦。

春寒花較遲賦以題爲韻

西堂中酒，東閣懷人。關心花事，屈指花辰。年年人日，處處鶯春。挑菜而剛逢令節，試燈而恰近中旬。但見春陰澹澹，春水粼粼。新愁似織，舊夢如塵。百五日之春光，蹉跎可惜；廿四番之花信，消息難真。

人倚闌干，沈吟細看。瓊鈎怯上，翠袖嫌單。緒風料峭，密霰迷漫。煙環霧鏁，緑凍紅乾。金鈴護易，羯鼓催難。苞已含而旋勒，蕚欲坼而仍攢。從教濃到三分，儘伊醖釀；不道添來十倍，如許清寒。

猶憶年時此日，春色天涯。侵晨裛露，破暝蒸霞。影撩燕翦，香散蜂衙。千重萬重之錦，十枝五枝之花。花何春而不吐，春何花而不嘉。紅酣爛漫，翠映交加。花期有準，春序無差。何今年之芳訊，乃舊約之偏賒。

幾度評量，一番比較。來故姍姍，開應稍稍。柳搓線以垂腰，梅綻珠而磊皰。鳥聲澀而難圓，蝶夢酣而未覺。寒雲閣以不流，寒月紛其輕罩。聽郭外簫聲吹徹，擬翻陌上花開；倩尊前詞客描將，那見枝頭春鬧。

遂使熏籠倦倚，繡箔長垂。尋芳不見，鎮日相思。恐美人之遲暮，怨靈修以遲疑。簾影雙挑，屐齒邅迴之地；煙痕一抹，樓頭凝望之時。笑從前寒上眉尖，空勞起早；看此後春歸眼底，莫恨來遲。

是蓋氣候攸殊，機緘暗度。未鬥芳妍，自饒生趣。但令養成豔質，畹晚何妨。須知鍊得冰心，繁華易駐；況乎地近蓬壺，恩深雨露。人間未識，爭吟花雪之詩；天上先開，試奏曉寒之賦。

麥秋賦以「暫暄還冷麥催秋」爲韻

若夫穀雨蒸纔，梅風歇暫。芍藥含苞，櫻桃脫萏。庤錢鎛以奄觀，歷郊原而遐瞰。收翠浪之千層，割黃雲之一擔。得時之麥鋪菜，而十里聞香；如氣之秋罨畫，而孤村欲暗。

猶憶陽回歲籥，膏動春暄。緒風抽葉，晴雪培根。花落而輕挽絮點，芒垂而細抹煙痕。乍含含其已秀，忽幪幪以彌繁。回頭菽麥光陰，秋深九月；轉眼小秋時候，麥信連番。

時也青圍似幄，綠暗如環。陰遮臺笠，晝永柴關。何紀時於月令，若預報夫秋還。蓋秋者物之收，其義以揫斂爲貴；而麥者穀之始，其登在新舊之間。萬物非秋不成，故標其名以志農夫之慶；五穀惟麥最重，故著其候以知稼穡之艱。

爾其淺臥龍鱗，深藏雉影。潤欲霑衣，香添説餅。似玉露之滋英，豈金風之擢穎。鎌鈎耀雪，借秋月於三霄；隴首飛雲，界秋光之萬頃。錯認陂塘漾碧，先支五月之寒；渾疑穲稏翻紅，釀徹十分之冷。

不定温暾，最宜煙夕。秀壓芳塍，濃蒸綺陌。聽笑語之騰歡，樂京坻之高積。備四時之氣，嘗來新樣雙紅；含五行之精，話到舊年三白。漫擬獻功於蠶熟，歲有四秋；請徵故事於烏銜，天貽二麥。

則見陰陰氣合，漠漠雲開。紫初折莟，紅欲肥梅。惜餘春之小駐，占孟夏之恢台。乍雨乍晴，啼鳩未歇。輕寒輕暖，老扈頻催。還如交阯嘉禾，早卜秋登於南徼；若問崆峒小熟，真成秋色之西來。

聖天子劭農念切，祈實情周。循夏時以樹藝，申堯命以諮諏。撫序而式調玉燭，釐成而爰受來牟。所以雙歧栗栗，九穗油油。已欣東作之小休，來茲美麥；更望西成之大稔，乃亦有秋。

卷二十一

貝葉羅漢讚〔一〕

南溟嘉樹，西域奇葩。花花左紐，六出紛拿。爰采其葉，沃以井華。細筋膩理，薄似輕紗。訶林森沈，風旛不動。百八應真，紛然入夢。或騎青師，或跨白鳳。彈指樓臺，萬口讚頌。飈輪攝去，突兀孫枝。貫休遺迹，疑以傳疑。俗工點綴，變幻孰知。是空是色，一笑置之。何如偉人，現具足相。手靖鯨波，學通龍藏。樹是甘棠，木名交讓。鍊不壞身，其壽無量。

〔一〕該篇整理自《知止齋遺集·知止齋文稿》。

書簏銘〔一〕

陸公之厨與邊君之腹，與爾則何福。食古不化，防蠹魚，聚厥族。

〔一〕該篇整理自《知止齋遺集·蘭言集》。

詩匳銘〔一〕

琉璃爲承兮白玉爲鎮，函以紫泥兮鈐以金印。封緘爾司兮啟閉爾慎，仙丁攝去兮惟爾之訊。

〔一〕該篇整理自《知止齋遺集·蘭言集》。

畫叉銘〔一〕

劈開翠玉峽，撐起青芙容。洞然真面目，萬里羅心胸。策勛畫室，曰汝之功。挑錢一塊，笑彼髯翁。

〔一〕該篇整理自《知止齋遺集·蘭言集》。

劍匣銘〔一〕

勿恃爾材，干將易折。勿逞爾鋒，太阿易缺。藏之深深兮精光不滅，氣衝牛斗兮時至迺掣。

〔一〕該篇整理自《知止齋遺集·蘭言集》。

石渠緑端硯銘〔一〕

湛然天河，瑩然緑玉。桐香鳳來，慰余遐矚。

〔一〕該篇録自天津文物公司二〇一〇年春季展銷會競買專場展出圖片。

卷二十一[一]

〔一〕本卷除《孔子請討陳恒論》外，各篇均整理自《知止齋遺集·知止齋文稿》。

孔子請討陳恒論[二]

君臣之義，萬世不易之常經也。聖人在上，昭定分於天下，而天澤之辨嚴；聖人在下，伸正論於朝廷，而順逆之理著。不然，則三綱淪、九法斁，而人道或幾乎息矣。孔子於齊景公問政，既正言以告之，而舒州之事，則必請討陳恒，此《春秋》之恉也。請申論之。

蓋古昔聖王之治天下也，天子當陽，諸侯用命，列辟且無敢壞法亂紀，以干斧鉞之誅者，矧在陪臣，其或悖慢犯上，則大司馬正九伐之法以討之，所以綸紀秩然，而四海震疊也。迨周東遷，王靈不及，而會盟征伐，伯主迭興。若晋討子帶，楚討少西，猶能仗義執言，俾綱常不至墜地。洎乎定哀之際，則晋六卿、魯三家駸駸有分公室之勢，而太岳之裔將易爲有嬀矣。此春秋將變爲戰國之勢也。孔子之請討，非所以救世變歟。顧其言曰：齊民之不與陳氏者半，「以魯之衆，加齊之半，可克也」。猶必斤斤焉計較於成敗利鈍者，何哉。聖人舉動必出萬全，曩者却萊兵、墮三都，皆謀定於事先，所謂我戰則克是也。夫魯爲齊弱久矣，清之役，冉有用矛，猶遭敗衄，其勢固不敵也。幸而豆區釜鍾之惠猶未盡乎，臨淄之民尚多攜貳。亟起三郊三遂，乘其内釁，聲罪致討，長驅入齊。田氏既誅，三桓竦懼，不特齊亂可定，魯之公室亦於是而尊矣。惜乎魯君不能用也。

然則孔子豈不知其説之不用歟。曰奚爲不知也，説雖不用，存其説，猶足以立萬世之防也。自三子不可，而孔子始無意於行道矣。於是退而作《春秋》，俾亂臣賊子懼焉。舒州之事，曷爲不書。曰「不忍書也」。故《春秋》絶筆於獲麟。

道光己酉，杜文正公侍讀三天，擬是題爲日課，予亦擬作一首。竊問公此題非佳事，何爲出之。公曰「偶然耳」。固問之，默不答。然終疑公用此題必有意，惜不能測其微也。

〔一〕本篇整理自《知止齋遺集·知止齋文賸稿》。

以義正萬民論〔一〕

今夫政也者，正也。人君正身以正朝廷，正朝廷以正百官，正百官以正萬民，萬民正則天下莫敢不正。而奇衺之説，淫詖之辭，無由中之矣。雖然，民不能自爲正也，必視乎上之所以正之者。而欲正其民，捨義曷以哉。善夫，周子於仁育之後，而復言以義正萬民也。請申論之。

蓋義者，事之宜，禮之柄，而民之坊也。有秩然不可踰之分，有較然不可易之則，使之斟酌，曲當乎理，而無或卑陵尊，賤妨貴，則義之道得焉爾。且夫五方之風氣不齊，剛柔燥濕異其性，衣服言語異其制，而有義以範圍之，則莫不納身於軌物之中，而莫或自放於禮法之外者。何哉？民受天地之中以生，立中生正，所謂民之生也直是也。惟習俗囿之，遂馴至失正而偏耳。先王知其然也，故爲之禮樂以導民，周旋於義之中，而優游自化。爲之刑罰，以納民趨嚮於義之內，而畏憚以生。俾天下之民，皆有不敢欺、不敢慢之心，而後一道同風，曉然咸知本朝之所貴焉，義之爲用大矣哉。而要惟君人者以清明養其志氣，以平澹養其精神，其所體驗者無非正學，其在左右者罔非正人，斯出身加民，亦無不正耳。《易》曰：「蒙以養正，聖功也。」其《大象》曰：「君子以果行育德。」爲人君者，可不先正其身，而使萬民胥歸於正哉。

〔一〕本篇《知止齋遺集·先文端公古文稿》中亦收，文字全同。

書貞觀政要於屏風論〔一〕

自古人君體天出治，未有不本祖宗之成法，而能長治久安者也。故伊尹之告太甲，必曰：「聖有謨訓。」傅説之復殷宗，必曰：「監于成憲。」周公之戒成王，必曰：「康功田功。」蓋開創之君，櫛風沐雨，已備極其艱難，後嗣王謹恪遵循，即爲守成之令辟也。若唐宣宗書《貞觀政要》於屏風一事，可得而申論焉。

考唐臣吴兢作《貞觀政要》十卷，宣宗書於屏風，每讀必正色拱手，其法祖之心可謂勤且切矣。夫太宗，有唐之明主也，《貞觀政要》，則太宗與房杜王魏諸臣相與朝夕孜孜、以馴致太平、創垂鴻業者也。凡求賢、納諫、勤政、愛民諸善政，無一不具於其中。視《帝範》、《金鏡》諸篇，尤詳且備，洵乎軌迹之易遵矣。夫豈張藴古之《大寶箴》，李德裕之《丹扆箴》所能仿佛其萬一哉。宣宗以令狐綯爲學士，命書《貞觀政要》於屏風，時加省覽，儼乎有羹墻陟降之思焉，不啻盤杅之垂銘也，不啻丹書之敬受也。宣宗其真能法祖者歟。史稱宣宗之治，明察沈斷，用法無私，從諫如流，重惜官賞，恭謹節儉，惠愛民物，故大中之政，人思詠之，稱爲小太宗，可謂賢矣。

雖然，竊疑宣宗之法祖，尚僅崇其文，而未務乎其實也。誠使務乎其實，必能倣法前謨，勵精圖治，重府兵以削藩鎮之權，振乾綱以靖肘腋之患，明黜陟以息朋黨之爭，唐室之業未必不可復振也。何至雄藩逐命帥而不能治，中官握兵柄而不能收，卒至流於陵替乎。豈非徒知誦習其文，而不能務乎其實歟。

然而當宣宗之世，紀綱畢張，百吏奉法，海内乂安者垂十五年，則又未始非法祖之力有以致之也。若宣宗者，可不謂之賢君乎哉。後世若元仁宗，讀《貞觀政要》而稱善，命史臣譯而刊行之，亦庶幾有志純修勤求上理者，而要未若唐宣宗之能法祖，尤足昭垂於奕禩也。

爲人君者，誠能以祖宗之心爲心，即以祖宗之政爲政，毋狃於苟安，毋務爲遠大，毋囿於時俗，毋輕爲更張，則庶乎長治久安，媲隆於三代矣。

〔一〕《知止齋遺集·先文端公古文稿》中亦收此文，文字全同。

君子以自强不息論〔一〕

惟聖人有同天之量，惟君子有希天之學。同天之量，巍巍翼翼，萬事萬物不勞而理也。希天之學，楙楙惵惵，一日二日不敢或康也。《中庸》之言天道曰「至誠無息」，此自然之體也。「與天地合其德，與日月合其明，與四時合其序，與鬼神合其吉凶」，「從容中道」，所以成悠久無疆之業也。《大易》之繫《乾》象曰「自强不息」，此勉然之功也。體仁足以長人，嘉會足以合禮，利物足以和義，貞固足以幹事，循環無端，所以底純粹以精之域也，由勉然以進於自然，乃可以見天心、位天德矣。

夫天爲剛德，道在健行，以形言之，則日日而周，以氣言之，則歲歲而運，以其命言之，則於穆不已者是也。惟君子法之，清明在躬，志氣如神，一如天之穆然以清也。憂勞百姓，殫心萬幾，一如天之運而不竭也。至於夙夜基命，昧足丕顯，謹危微之旨，探精一之原，其訢合無間者，則又不在聲臭之表，而在淵微之宰矣。蓋不貳不雜，乃能不息。唯一也，故能不貳；唯純也，故能不雜。然而功非驟幾也，必也敬勝怠以去其昏，義勝欲以撤其蔽，而又學以聚之，問以辨之，寬以居之，仁以行之，毋淺嘗輒止，毋半塗而廢。以之省躬，則朝乾夕惕，聖敬所以日躋也；以之圖政，則長治久安，光華所以復旦。由格致以極治平，始終不外一敬；由中和以至位育，樞紐不外一誠。其自强不息有如此者。昔者堯有蹪山蹪垤之箴，舜有惟時惟幾之敕，禹祇承，湯日新，文緝熙，武執競，未有不本兢業以成其聖者。《春秋》以元加歲，以春加王，明王者當法天以謹其始也。舉時終歲，舉月終時，明王者當法天以謹其終也。以敬天之心，爲憲天之學，宅衷已臻醇粹，而篤恭罔懈於深宫；茂澤已盡涵濡，而宵旰更求夫上理。懋而修之，勤而行之，又何難崇建中之盛德，廣立本之大業，以仰稽乾則，上契天心也哉。

〔一〕《知止齋遺集·先文端公古文稿》中亦收此文，文字全同。

歸奇於扐以象閏論〔一〕

《易》與天地準，故能彌綸天地之道。《繫辭》曰：「乾坤之策，凡三百有六十，當朞之日。」而漢儒卦氣「六日七分」之説，又以六十四卦當七十二候，準此以運籌布算，其法密矣。然而陰陽進退，遲速不齊，此盈虚消息，占天之所以有章蔀，而觀《易》之所以貴變通也。蓋周天三百六十五度四分度之一，天行一日一周而過一度，日行少遲，一日不及天一度，月尤遲，一日不及天十三度有奇。日行三百六十日，而盈五日四分度之一，月行三百六十日，而虚五日八十一分。日之五十五，積盈虚氣餘而閏生焉，氣盈五日有奇，朔虚五日有奇，約其大數，歲常得十日爲率，不爲之閏，無以定四時而成歲功也。

而《易》之歸奇于扐則象之。王弼注謂：「奇者，四揲之餘，不足復揲者也。分而爲二，既揲之餘，合掛于一，故曰再扐而後掛。」後儒因之，謂扐者勒於左手中三指之兩間，再扐者左右各一揲而一扐也。乃考虞氏翻之説，則碩異。翻之言曰：「奇即所掛一策也，扐者所揲之餘，不一則二，不三則四也。取奇以歸扐，扐並合掛左手之小指，爲一扐，則以扐象歲，以歸奇象閏也。復分掛如初揲之，歸奇於初扐，並掛左手次小指間爲再扐，則再閏矣。又分掛揲之如初，而掛左手第三指間，則成一變。」其説不同若此。蓋嘗論之，虞氏之義爲長。夫掛一所以爲奇，若揲餘之策有二有四，安得爲奇。且扐訓餘，通作仂，《王制》「祭用數之仂」是也。蓋掛一象日餘，揲四之餘象月餘，古者歸餘於終，四時終乃計餘，餘分盈則置閏，故總所揲之餘，掛之指間象一歲，而算餘是之謂扐。後儒以左右爲二扐象二歲者，失之矣。既得月餘，乃取日餘合積之而置閏。置閏必在歲終，故既扐而後歸奇以象之。後儒以奇即爲扐者，亦非矣。此盈虛消息之理，《易》之所以與天地準也。

〔一〕《知止齋遺集·先文端公古文稿》中亦收此文，文字全同。

聽德惟聰論〔一〕

人君匪用人之難，而聽言爲難。聽言匪以納諫爲難，而聽之得其當爲難。昔者黄帝立明臺之議，堯有衢室之問，舜有告善之旌，禹立敢諫之鼓，湯有總街之廷，凡以兼聽而求直言，達聰而決壅滯也。後之王者，慮偏聽之不廣也，於是乎聽政之暇，使公卿至於列士獻詩，瞽獻典，史獻書，師箴，瞍賦，矇誦，百工諫，庶人傳語，近臣盡規，親戚補察，瞽史教誨，耆艾修之，而後王斟酌焉。聽言如是，是亦足矣。雖然，不可以不察。善乎伊尹之戒太甲也，曰「聽德惟聰」，聰者，聖之作謀也；德者，嘉謨嘉猷之入告也。惟之爲「思」，《爾雅》與「懷、慮、願、念、惄」同訓也。

蓋言非一端已也。巧言縱横而可喜，忠言質樸而多訥，諛言順意而易悦，直言逆耳而難從，此其大較然也。乃或故爲謹願以市其忠；或極意抵排以沽其直；而小臣謀國，反復指陳，則迹轉涉於巧辯矣；大臣格君，從容引喻，則迹又近於從諛矣。此非聰明睿知之君，何能聽之無弊哉。管子曰：「合而聽之則聖。」子牙子曰：「耳貴聰，以天下之耳聽，則無不聞也。」《國語》單穆公謂：心之樞機，在耳與目，聽利則聰〔一〕，猶之視正則明也。如之何勿思。

然則爲上者慮偏聽之或失，必將凝神以返聽，黈纊以塞聰乎？曰：是又不然，惟在思之而得其當而已。侈言無驗不必用，質言當理不必違，遜於志者不必然，逆於心者不必否，異於人者不必是，同於衆者不必非，辭拙而效速者不必愚，言甘而利重者不必智，惟德之所在，則可以盡天下之理，而見天下之心。夫是故「廣厦之下，細旃之上，明師居前，勸誦在後，上論唐虞之際，下及殷周之盛，考仁聖之風，習治國之道」，惟後亶聽日新厥德，豈非聽言之極軌，而致治之宏模哉。

〔一〕《知止齋遺集·先文端公古文稿》中亦收此文，文字全同。

〔二〕「利」，當作「和」。

惟學遜志務時敏論[一]

《尚書》言學，自《説命》始。昔者黄帝學於太真，顓頊學於録圖，帝嚳學於赤松子，堯學於尹壽，舜學於務成跗，禹學於西王國，湯學於威子伯，古之盛帝哲王，未有不本學以成其德者。蓋危微精一，不言學而學在其中矣。傅説之詔王曰：「惟學遜志，務時敏。」遜志者，虚以受人也；時敏者，勤以勵己也。抑抑乎不自滿，汲汲乎如不及，人己交修，而帝王之學備矣。蓋帝王之學與士庶異。士庶不過考論藝文，講求道德，以學爲孝弟忠信之事而已。帝王之學，則務得其要焉。明道術，審治體，格物致知之要也；崇敬畏，戒逸欲，誠意正心之要也；謹言行，正威儀，修身之要也；嚴内治，親九族，齊家之要也。四者之要得，而後治平可致矣。然而天錫勇智，質至聖也；高拱九重，位至尊也；臨御經筵，時至暫也。以至聖之質，處至尊之位，而其學僅出於至暫之時，非虚衷兼採，何以集思廣益乎。故聖人雖至明，臨萬幾之事，而不敢獨斷；聖人雖至聰，納群臣之言，而不敢偏聽，斯可以得啟沃之助爾。

雖然，不可不敏也。《周禮》師氏詔王三德，「二曰敏德，以爲行本」。蓋爲人君者，日出視朝，日中考政，日夕糾虔，固無一時暇逸也。必也甲夜觀事，乙夜觀書，日就月將，朝乾夕惕。日與師保講論，則侍御僕從罔非正人矣；日與《典》《墳》晤對，則服御起居不飭自謹矣。佛時仔肩，無時豫怠，所謂敏則有功者固如此。

董仲舒之曰：「尊其所聞，則高明矣；行其所知，則光大矣。」遜志者，尊聞之事也；時敏者，行知之事也。「夫廣厦之下，細旃之上，明師居前，勸誦在後，上論唐虞之際，下及殷周之盛，考仁聖之風，習治國之道」，訢訢焉日新厥德，進仁義之隆，豈非帝王稽古右文之極軌也哉。

〔一〕《知止齋遺集·先文端公古文稿》中亦收此文，文字全同。

乂用三德論〔一〕

天有陰陽，而長養揫斂之功判焉；地有剛柔，而高下燥濕之性殊焉。天不能常示其沖漠之形，地不能常設其平夷之象，勢使然也。民受天地之中以生，毗陰毗陽，剛柔相雜，其稟二氣之精，含五行之秀，能自曲直以赴於禮，而全其敦龐純固之天者，蓋亦鮮矣。

古之王者，奉三無私以建極於是，有慶賞以錫其福，有刑罰以振其威，有旌別彰癉以樹其風聲，有抑揚進退以神其鼓舞。《周官》之言治曰「八柄」，《洪範》之言乂曰「三德」，此物此志也。夫百里不同風，千里不同俗，民氣至動也，民心至變也。人君制天下之大權，所貴乎以至靜御至動，齊其至變者以一歸乎不變而已。

故正直之用一，而剛克柔克之用四，蓋所以矯其習俗之弊，而救其氣禀之偏者，其轉移之功，豈一朝一夕所能致哉。夫强梗之俗，貴逆其勢而折之，否則頑而不可制矣；靡敝之俗，貴順其勢而導之，否則弱而不可存矣。至於秀民則不然，沈潛者非有以激厲之，則不能興於仁義之塗；高明者非有以裁抑之，亦不能納於軌物之地。此又因應通變之方也。而其權要在於人主，人主治性之道，必審己之所有餘，而强其所不足，一德以格天心，九德以凝庶績，至德以爲道本，敏德以爲行本，孝德以知逆惡。夫是以措則正，施則行，爵禄以養其德，刑罰以威其惡，使民曉於禮誼而耻犯其上，然後皇極得所會歸矣。孔安國釋此條，訓「克」爲「能」，謂能正人之曲直，剛能集事，柔能任治，世平安用正直治之，世强禦不順用剛能治之，世和順用柔能治之，説猶可通。至以沈潛訓地，高明訓天，喻臣當執剛以正其君，君當處柔以順其下，則義涉支離矣。夫威福不可下移，名器不容虚假，此主德所由懋，乾綱所由飭，而大權之所由無旁落也。使謂予奪之柄，臣下可以參贊於其間，豈箕子陳疇以叙彝倫之意哉。

〔一〕《知止齋遺集·先文端公古文稿》中亦收此文，文字全同。

農乃登黍論〔一〕

黍者火穀，夏氣之主也。《月令》記天子之食，春以麥，夏以菽，季夏以稷，秋以麻，冬以黍，取五行相剋之義也。其紀成熟之候，則孟秋之麻，季秋之稻，皆言嘗而不言登；孟秋登穀，言嘗言登矣。而穀是總名，故言嘗，而不言其所以嘗者。惟麥與黍，言登言嘗，必謹而志之。然麥已稱秋，則將衰之候也；黍方當暑，則始盛之期也。故仲夏之月，農乃登黍，尤必謹而志之。

《尚書大傳》云「火昏中可以種黍」，《説文》云「以火暑而種，故謂之黍」，《齊民要術》云「黍生於巳，壯於酉，長於戌，老於亥」，而《月令》「孟秋登穀」，鄭康成注亦謂黍稷之屬，其説似與此相牴牾。不知黍之早晚有三時焉，三月種者爲上時，五月即熟；四月種者爲中時，七月即熟；五月種者爲下時，八月乃熟。然則生之候必舉其至晚者言之，布諸農書，使知耕作不容過期限也。登之候必舉其至早者言之，藏諸御廩，足徵馨香已格於神明也。故庶人薦黍必以秋者，明豐年之普告；天子薦黍必以夏者，乘火德以昭宣。貴賤之分明，而先後之期不容或紊矣。

夫黍者，五穀之長也，郊社宗廟以爲上盛。《詩》曰：「誕降嘉種，維秬維秠。維穈維芑。」周之所以發祥也，封禪於焉表瑞，祼享於焉降神，藏冰則薦之以享司寒，爲酒則酌之以養耆老，其用溥矣。且夫黄鍾之管長九寸，必以千二百黍爲準，由是三分損一，三分益一，上生下生，而十二管定焉。以輕重權之，則始於銖，兩於兩，明於斤，均於鈞，終於石，而五權謹矣。以多寡量之，則躍於龠，合於合，登於升，聚於斗，角於斛，而五量嘉矣。以長短度之，則別於分，忖於寸，蒦於尺，張於丈，信於引，而五度審矣。蓋同律度量衡，悉本於此，登黍之典，《月令》所爲尤謹而志之歟。此句向在「是月也」之上，陳澔移之於下，於文義較協，説似可從也。

〔一〕《知止齋遺集·先文端公古文稿》中亦收此文，文字全同。

松柏有心論〔一〕

今將瀏覽桃李之蹊，俯攀楊柳之條，非不灼灼然、依依然以達其生氣也，然而其材不可以歷風霜。今將徘徊靈椿之側，逍遥散樗之下，非不鬱鬱然、菀菀然以全其天年也，然而其材不足以中繩墨。且夫桐，美材也，望秋先零；橘，嘉植也，踰淮則化；桂，芳樹也，有時而蠹；求其外挺堅剛，内含正直，貫四時而不改，歷百歲而彌堅者，其惟松柏乎。

《禮器》曰：「竹箭有筠。」又曰：「松柏有心。」蓋松柏以心爲幹，猶人之以禮爲幹。人之幹立，斯可以固肌膚之會、筋骸之束矣。松柏之幹立，斯可以貞歲寒之節、後凋之操矣。試詳論之。

今夫松柏之本固，固以樹德，君子見其本則思建善不拔者；松柏之性直，直以立身，君子見其性則思中立不倚者；松柏之節貞，貞以立志，君子見其節則思砥礪名行夷險一致者，而皆自其心基之。其心堅，堅故歷久不撓也；其心純，純故含章通理也，是以君子比德於松柏焉。脩幹垂蔭，喬柯飛穎，仁也；迹絶玉除，形寄青巒，義也；紫葉吟風，蒼條振雪，文也；清音瑯然，萬壑皆應，樂也；不與衆木鬥榮，不與凡卉争豔，謙也；青陽不增其華，沍冥不減其翠，恒也；鸞鳳棲之不爲榮，尚賢進德也；蔦蘿施之不爲辱，不惡而嚴也。及其用之也，刳爲暘臼，則可以致天祖之格；裁爲田主，則可以託生民之命；斲爲棟梁，則可以勝廟堂之重任；剡爲舟檝，則可以濟川澤之不通。其功也如是，是何殊乎達禮之君子哉。彼卷旆之拔心也，葵心之傾陽也，蓬心之不扶自直也，非不具小忠小信之質，然而靡矣。坎之卦於木爲堅多心，故其象曰「常德行、習教事」，行禮之功也。又曰：「樽酒、簋貳、用缶」，行禮之器也。且竹心虛，虛故能受，坎不盈之象也；松柏心實，實故可久，坎有孚之象也。君子觀於此二者，而得「維心亨」之説矣，故制禮器者，可通于《易》。

〔一〕《知止齋遺集·先文端公古文稿》中亦收此文，文字全同。

龍見而雩論〔一〕

自古人君未有不敬天時以勤民事者也，故張昏中可以種穀，火昏中可以種黍，虛昏中可以種麥，昴昏中可以收斂。天子南面而視，四星亦既宿離不貸，毋失經紀矣。而且農祥晨正，載在《國語》，定之方中，詠於《衛風》。凡以田功之宜亟，民事之宜勤，欽哉欽哉，惟穀之恤。所以巡其稼穡，趣其耕耨，罔弗舉天象之昭垂以詔之，蓋如此其汲汲也。而其所尤重者，則莫如常雩之禮。《春秋》之雩，書秋者七，書八月者四，書七月者一，書九月者七，書冬者一，凡二十有一，皆旱暵而雩，非常雩也。非時而雩，始謹而志之。常雩則不書，故左氏於桓之五年，發凡起例，特記常雩之典，曰「龍見而雩」。龍者，東方七宿蒼龍之體也。見者，建巳之月昏見東方也。雩者，遠也。

萬物始盛，待雨而大，故祭天，遠爲百穀祈膏雨也，天子雩五方上帝，配以五人帝，諸侯則於上公之神，其必占龍見者，龍星左角曰天田，即《絲衣》所祭靈星，實主天下稼穡之事也。《周禮·舞師》：「教皇舞，帥而舞旱暵之事。」《司巫》：「國大旱，則帥巫而舞雩。」以及董仲舒所謂「開諸陰門，閉諸陽門」者，皆旱雩，非常雩也。古者旱雩於北郊，常雩則於南郊。旱雩春植蒼繒，夏植赤繒，秋植白繒，冬植黑繒。甲乙，東方，小童舞之；丙丁，南方，壯者舞之；戊己，中央，壯者舞之；庚辛，西方，老人舞之；壬癸，北方，老人舞之。常雩天子則備樂，諸侯則歌舞，《月令》所謂「大雩帝用盛樂，乃命百縣雩祀百辟卿士之有益於民者，以祈穀實」是已。顧彼言建午之月，舉其盛也；此言建巳之月，從其朔也。揆諸聖人勤民事之心，當以左氏爲正。抑又聞之，雩者吁嗟而求雨也，故春夏祈穀於上帝，必歌噫嘻之詩。夫至於八月不雨，君不舉桑林之禱，《雲漢》之詩，宜其辭之剴切矣。若常雩又何爲者。不知聖王圖儉於豐，防匱於逸，其所以爲民請命者心孔迫矣。故《甫田》之詩曰：「以御田祖，以祈甘雨。以介我稷黍，以穀我士女。」卿大夫體君之意以勤民也。《大田》之詩曰：「有渰萋萋，興雨祁祁。雨我公田，遂及我私。」農人沐君之恩而頌上也。上下交勉，協氣橫流，上天有不迄用康年介兹景福者哉。夫天人之感應至微，君人者亦本精意以格天而已矣。

〔一〕《知止齋遺集·先文端公古文稿》中亦收此文，文字全同。

寧靜致遠論[一]

天之蒼蒼，其遠而難窺耶，其淵乎莫知所終極耶，曰知之「天靜以清」而已。地之芒芒，其遠而難紀耶，其杳乎莫知所止息耶，曰知之「地定以寧」而已。天有四時，迭運不已，而天之樞穆然以居也。地有五行，生息不竭，而地之維坦然以夷也。

「夫天地之道至紘且大，尚猶節其章光，愛其神明。人之耳目，何能久熏勞而不息乎，精神何能久馳騁而不既乎」。蓋任數者勞而無益，體道者逸而不窮，必也「不彰其功，不揚其聲」，無思無爲，「以從天地之固然」。斯光暉燭萬物，而名聲被萬世矣。善乎《淮南子》之言也，曰「非寧靜無以致遠」，而諸葛亮引之，以爲主術之所由端也。蓋安者所以養德也，靜者所以養性也，其德和愉，其性恬澹，所以立命也。是故收視返聽，身之所以葆神長生也；恭己垂衣，世之所以久安長治也。

今夫飄風不終朝，驟雨不終日，而日月星辰昭然齊光者，其精完也。高岸可爲谷，深谷可爲陵，而四嶽三塗屹然永鎮者，其體奠也。止水之渟澄也，汩而決之則涸矣；靈椿之挺秀也，搔而摇之則蹶矣；緼火之傳薪也，橐而吹之則滅矣。且夫十圍之木，持千鈞之屋；五寸之鍵，制開闔之門，其所操者要也。假輿馬者，足不勞而致千里；乘舟檝者，不能游而絶江湖，其所憑者固也。然則安者心之宰，而靜者動之君，唯安與靜，儼然守默，而吉祥受福，斯道之所以常存，而治之所以永建也。

雖然，好惡相攻，情僞相感，筆策繁用，固非致遠之術矣。若乃抱其璞，嗇其真，綿綿若存，游乎太清，以守其谷神，此又黄老之學，而非聖人之道也。明主則不然，冕旒以蔽明，黈纊以掩聰，耳目不勞，精神不竭，物至而觀其象，事來而應其化。不違天道，故天與之時；不盡地利，故地生之財；不矜獨斷，故賢哲獻其忠。德澤被於寰中，淑問揚乎疆外，夫而後民心以安，民氣以靜，而成悠久無疆之業也歟。

〔一〕《知止齋遺集·先文端公古文稿》中亦收此文，文字全同。

君子小人論〔一〕

自古人無中立之理，而君子小人之途遂以分。天下之不能有君子而無小人者，勢也；天下之共樂爲君子而不樂爲小人者，情也。天下之願與君子處而不願與小人處者，又理也。人君馭天下之大權，莫重於用人。用君子則天下安，用小人則天下危。黜陟予奪之柄，即繫興衰治亂之機。載稽史策，彰彰可驗。然自今日觀之，則曰某也君子，某也小人，千載之下，固有定評矣。而當其時，邪正固未易辨也。漢之黨錮，唐之清流，宋之僞學是已。夫君子小人不容並立，則其勢必爭，爭而不已，則必有所偏勝。而天下之人，又視其勝負而左右輕重於其間焉。而君子小人之途幾混。

然則君子小人遂不可辨乎。曰：「亦辨之於其心而已。」蓋君子所守者道義，所行者忠信，所惜者名節，在下則以誠意感人，立朝則以和衷集事，治民則以實心行政，此君子之常也。小人不然，嗜欲攻取紛乎中，窮通得喪奪其外，見利必趨，見害必避，欲倚之以集事，固難矣。然而君子者，方孑然特立，泊然寡營，汲汲然返求諸己，循循然無異於衆人，未見其爲君子也。彼小人者，其心思甚巧，其才力甚雄，其辯捷足以顛倒是非，其學術足以震驚耳目，當時之人，固鮮不其所惑耳。苟非察之於心，而得其真僞之迹，何由定其孰爲君子孰爲小人哉。

《論語》記孔子之言，於君子小人之辨，既反復詳盡矣；而其贊《易》也，於陰陽進退、内外消長之機，其所以勸君子而懲小人者，尤三致意焉。於《復》曰中行，於《夬》亦曰中行，於《姤》垂包魚羸豕之占，於《剥》著得輿剥廬之戒。不特此也，《坤》之辭曰「君子攸行」，《觀》之辭曰「君子無咎」，勵君子之貞操也。《師》之辭曰「小人勿用」，《大有》之辭曰「小人弗克」，絶小人之幾倖也。爲人君者，誠能察其迹而知其心，進君子而退小人，則天下自治矣。

夫君子小人不容並立，而不能禁其不並生。唐虞之世，有禹皋亦有共驩，然而天下後世，率稱堯舜爲欽明濬哲之聖者，以其舉十六族去四凶，爲能君子小人於微也。且夫神鏡不惑妍蚩，故明鑒萬物；旭日不受穢滓，故明照四方；王者不蔽近習，故能「遏惡揚善，順天休命」。君人者將昭德塞違，以臨照百官，是必清明在躬，志氣如神，籲俊絶邪，刑賞胥當。其君子宣猷分職，既共著輔翊之勤；其小人革面洗心，亦足效奔走之用。所由百姓安、陰陽和、神靈應而嘉祥見，朝多楨幹之材，而國有苞桑之固也。

〔一〕《知止齋遺集·先文端公古文稿》中亦收此文，文字全同。

北直水利議〔一〕

燕京形勝甲天下。京東諸州邑，皆負山控海。負山則泉深而土澤，控海則水近而田肥。自密雲以東，至薊州永平之境，河泉流注，疏渠溉田，爲力甚易。而豐潤境内，瀕海之田，幾二百里，與吴越沃區相埒。

夫據上游以制六合，而遠資東南數千里之饟運，近棄可畊之田，非計之得也。故元明以來，講求規畫，代不乏人。《京東水利議》、《大學衍義補》、《潞水客譚》諸書皆指陳確切，具可見諸施行。而元托克托、明徐貞明、汪應蛟、盧觀象、董應舉諸人亦既治之而有效矣。乃論者謂其耗財擾民，遂致多方阻撓，屢興屢罷。推原其故，蓋有二焉。北方之民游惰好閒，憚於力作，水田則築塍修圩，以時蓄洩，糞穜燒薙，以時畊耘，霑體塗足，勤苦倍至，不便一也。貴勢有力之家侵占甚多，不待耕作，坐收蘆葦薪芻之利，若開墾成田，歸於業户，隸於有司，則其利盡失，不便二也。然以國家大計論之，則不便者小而便者大。前之人亦嘗計及此矣。顧其所以未能卒成之者，其故又有三。經費之不足也，用人之失當也，責成之未專也。且夫非常之功，必待非常之人。常情狃于近，智士畏其難，其不爲浮言所動者鮮矣。

雖然，興利除害者，聖王之政也，必害盡去而後利可興，則治北方之水者姑勿言興水利也，當先除水患。夫治北方之水與南方異，南方土性堅實，水勢平緩，陂塘之利易爲功也。北方土脈疏散，水勢剽疾，雖金堤千里，猶時有漫決之虞，且畿輔之水，大都皆發源于太行、恒嶽，挾沙齧石，渾濁奔騰，數年不修，立見淤墊。統京畿之大勢而論之，灤水繞其後，白河、永定、易水、滹沱、漳、衛出其前，皆勢若建瓴，一瀉千里。而永定上承宣府、大同諸水，穿西山而下合易水以注拒馬河；滹沲自南來，挾正順廣大四府之水北注爲子牙河，皆會于霸州之南北，源多而委迫，渾流淤塞，每遇霖潦，則溢而爲災，故尤號難治。且治畿輔之水者，非特通水道而已，尤須兼籌運道。水之濟運者，北則潞河，易於淺澀，是宜浚之使常通也；南則漳衛，衛弱而漳强，衛得漳而盛，亦得漳而渾，是宜疏之，使勿壅也。至於永定、滹沱，則懸流迅疾，雜糅泥沙，不獨不能濟運，且不可使之入運。不可入運則壅閼，而泛濫堪虞，賴有諸淀以爲之瀦澤，而又製爲堤牐涵洞以節宣啟閉之。俾濁者澂、清者瀉，渟涵蕩漾，既匯而盈，則滌于大清，趨西沽以爲尾閭之洩焉。

第西淀雖大周三百餘里，東淀雖大周四百里，而所受諸水，大則沽渝濡滱泒滋易涞，小則山泉澗流溝澮汙涔，亦無所不納，地隘而難容，則仍多泛溢。善乎明徐元祉之言曰：「河本以洩水，今反下壅，淀本以瀦水，今反上溢。故畿輔常苦水，順天利害相半，真定利多于害，保定害多於利，河間全受其害。」數百年來形勢瞭如指掌矣。

然則治之之法奈何，曰防川，曰濬淀，曰釃支渠以分上游之勢，曰浚海口以決下流之壅，而其致切也，當自下而及上，循委以溯源，庶幾析津、瀛、莫之間，沮洳永去，旱澇無憂，而澤國皆成膏壤。夫如是，而後水利可興也。圩田之法，當自京東始，迤至畿南諸郡次第舉行之。溝洫陂塘之法，種植疏濬之方，前規具在。明張慎言五策，確鑿可行，惟在斟酌地勢，體察人情。沙鹻不必盡開，黍麥無煩强易，應用夫役，必官募之，不拂民情，不失地利，乃爲長策耳。而其大要，則在籌經費，俾毋耗帑而病民也；慎用人，俾毋侵吞而滋擾也；專責成，俾毋旁掣而膜視也。而又明其賞罰，寬其期限，斷而行之，需以俟之，勿動于浮言而中輟，行之數年，當有成效。近以裕畿輔之民生，遠以紓東南之民力，斯誠萬年不易之良規也。

〔一〕《知止齋遺集·先文端公古文稿》中亦收此文，文字全同。

收回當千當五百大錢議〔一〕

現擬附片奏請以寶鈔收回當千當五百大錢一摺，愚初亦以爲可行，乃反覆思之，而終以爲可緩也。事體有重輕，則運用有緩急，前以此二種大錢壅閼不行，亟請暫行停鑄，此揆之以情而不可緩者也。嗣以當百以下大錢復有折算之弊，亟請申嚴禁令，此度之以勢而不可緩者也。而獨以此摺爲可緩者，何哉？

户部及克勤郡王捐鑄局各奏，皆僅曰停鑄，即兩次上諭，亦皆止曰停鑄，且户部兩次奏中，又均有已經搭放者仍聽民間行使之語，固未嘗云廢而不用也。今乃欲令兵民等悉數持換[一]，此外均以廢銅論，再有行使，立拿治罪，是非特廢而不用，抑且矯枉過中矣。此議一興，又開流弊。

竊謂其不可者有五，請得而備陳之：蓋官局停鑄者，因時而損益也；禁民行使者，成法之更張也。損益之權，必操諸上，則行權即以順民之情；更張其法，以隨乎人，則立法祇爲悦民之具。此兩種大錢，試行之初，原未盡善，然行之甫及兩月耳，已放者扞格不行，聽之可也，乃必明告於衆，汲汲焉廢之，是導民以玩法也。近日人情譸張變幻，彼習見官司之不足畏而易以要挾也，將舉當百以下大錢，亦多方撓亂，以求勝乎上，雖峻刑以坊之，猶恐不能止。其不可者一也。

大錢之制，久已通行中外，如秦閩，久著成效，各省亦陸續試行，民間或尚能遵守。今京中既更定章程，又須行文各省，一律廢棄不用矣。其聽之耶，則此疆爾界，既非畫一之規模；其廢之耶，則朝令夕更，適眩四方之視聽。其不可者二也。

現在明奉諭旨，凡私鑄之案，加等定罪。雖明指當百以下大錢，而私鑄當千當五百之例案具在也。即此後亦斷無私鑄此二種大錢之人，而從前之罹於憲典置於叢棘、以待秋讞者累累難縷計也。此等奸民誠不足惜，然犯方行之法，則殺之不爲虐，犯已改之法，則殺之轉可矜，而又萬無以錢既不行、追寬其罪之理，罔民孰甚焉。其不可者三也。

市廛之上，此二種大錢久已藏諸囊槖，相安無事矣。今忽從而收之，而真贋混淆，必啟爭執，爭執不已，又滋事端。其得收者群相欣幸，其不收者又興怨咨，且恐奸民更聞風私鑄，乘間冒充，而行使治罪之條，又將使告訐者相尋於無已。獄訟於以繁瀆，刑罰於以糾紛。是欲靖之，而適以擾之也。其不可者四矣。

天下之物，聚之見多，散之見少。自二月以至五月，户工兩局所鑄當千錢一百五十四串一百十六文，所鑄當五百錢二百九十三串六百五十二文而已。發於糧臺，行於他省者當已不少，其留於京師者，每家多不過數十文，少不過數文，貧乏之户，且一文都無，亦何至於苦累。惟富商大賈，藉爲壟斷者，所積必多。今若動於浮言，欲以煦煦之仁撫摩而噢咻之，徒使有力者得遂其願，而貧民無與焉，非爲政之大經也。且幸而行之甫四月耳，設已經年累月，又將何術以補救之乎。其不可者五矣。

户部前請停鑄，本無可議，惟以寶鈔兑收一語頗爲蛇足，與上文聽民行使之言自相窒礙，惜當時未經詳思也。今如欲必踐此言，則或將此摺更定，謂令經紀於市肆兑交收足，即行截數，而將「行使治罪」等語删却，則於官司收買之中，仍寓上下流通之義，於事理較圓，於政體亦得。彼散在民間者，將久而自廢，此潛移默運之微權也。然愚意終以爲此摺可以緩上也。孔子曰：「無欲速，無見小利。」千古爲政之道，當奉聖言爲依歸矣。謹議。

〔一〕《知止齋遺集·知止齋文稿》第一册、《知止齋遺集·知止齋文稿》第四册及《知止齋遺集·先文端公古文稿》皆有録，今互爲校正。

〔二〕「持换」，一本作「持换寳鈔」。

卷二十三〔一〕

〔一〕本卷整理自《知止齋遺集·知止齋文稿》。

聖德九歌樂章並序〔二〕

皇上御宇之廿有四年，巳紀卯冒，月符盈數，日躔析津。恭逢六旬萬壽慶辰，維時六幕豐雍，九宇滲漉，薄海内外，億兆臣庶，涵泳聖涯，潼溶壽宇，翹首跂踵，咮咮啿啿，思介蕃釐。我皇上聖懷謙挹，先期既命却珍貢、屏繁文，而特開慶榜，普免逋租，所以嘉惠士民者獨至優渥。歲元旦，乃頒恩詔，慶典聿舉，咸秩維昭，濊澤覃敷，泰龢鴹洽，懿鑠乎億萬載之宏規也。

臣仰見詔下之日，風馳雷動，氾濩寰區，駘耇春童，胥順帝則。凡諸臣之以文字進者，皆欲合東西南朔之心，積億兆京垓之算，導揚醲化，推闡貞符，而斧藻皇儀，究未能摹繪於萬一。蓋盛德大業，與天無極，固有莫罄形容者已。

臣謹案：董仲舒《繁露》曰：「壽者，酬也。」酬有德也。《鴻範》演九疇言壽必原於好德，《天保》頌九如言壽必歸於遍德，德無量斯壽亦無量焉。《皋謨》陳九德，《禹謨》叙九功，功者，德之昭也。故《左傳》曰「九功之德皆可歌也，謂之九歌」，而《周官》大司樂亦以九德之歌教國子。其時天下太平，臣民忻悦，茀禄純嘏之頌，雍容而揄揚之，播爲樂章，心平德和，所以致其歸美報上之義也。欽惟我皇上勛踰象緯，治邁軒唐，幬載紀綱，條貫至德，允宜式宣律吕，棥邕元音，詠德含醇，永永無斁。

臣請進而敬陳之。原夫穆清垂象，一德聿求。皇上虔祀三壇，齋祓儼恪，瑄玉爟火，淳濯吉圭，乾熙坤恬。仰承昊貺，用能五緯式序，八埏鞏圖，暘雨應時，嶽瀆效職。此則敬德之日躋也。天佑大清，重熙累洽，六聖統緒，全付我皇。自寅承寶命以來，睿感孝思，通寰浹宙，瑶編金鐀，日揭星陳，絢纚展儀，垂旒披讀，守成著論，衹遹前謨，豐鎬再巡，追懷燕翼。此則孝德之覈嘏也。列聖傳心，以勤爲本。皇上撫辰凝績，敬日不遑，堯步舜趨，禹寸湯尺。階籤鏘石，户律鏗銅。是以朵殿輪對，香案披章，光炳璘儀，永貞乾曜。朞三百有六旬有六日，蓋如一日一時焉。乃至鑾輅四巡，勤恤民隱，日親庶政，一如宫中。此則勤德之加勖也。民生在勤，勤則不匱，不有督勸，疇能自謀。皇上仰察四星，俯揆五土，躬撫御耦，虔禱甘霖，水旱偏災，立予振貸，給籽截漕，周浹旁皇，鞏固金堤，爲民捍患。乃猶省玉食，捐金胥，恩復丁糧，屯儲戍校。此則惠德之洪鬯也。四民之秀，烝爲髦士，朝陽翽羽，中沚菁莪。既依日月之光，麟彪倬焕矣，而聖學之閎深，則更有進焉。抉經執聖，發爲天章，蟠際二儀，囊括萬有，御集大成，金聲玉振，慶霄在上，璧燦奎明。至於儒臣編輯，一稟睿裁。唐文起八代之衰，明鑑垂千秋之誡。方略表鴻猷於勿替，文穎揚雅化於同風。此則文德之炳蔚也。經文緯武，帝式丕昭，蠢彼猰貐，弄兵伏莽。皇赫斯怒，選將九天，左律右鉞，軍容燀燿，有征無戰，七載廓清，欃槍不芒，海波澄宴，畿南小醜，敢復萌芽，雹埽風敺，三月底定，幅員清謐，威械戢弢。迺治際時邕，尚復不忘武備，木蘭秋獮，藩服永綏，大閱南郊，威弧親挽。此則武德之顯赫也。表裏文武，司契在一人，承流在群力，實惟仰賴慎簡匡飭之權。皇上立中生正，鑑空衡平，賞罰必公，黜陟惟允。內而卿貳日敬官常，外而牧令歲上計簿，萬里帷闥，咸坐照而進退之。澄心有記，表正槷盂，戒僞存誠，重申巽命，而猶慮有司折獄或失其平也。晝象敕法，欽恤祥刑，若決江河，易避難犯。廷尉持平，悉心推鞫，天語褒獎，至再至三。荼密脂凝，甲坼解散，星飛温詔，雲涌歡聲，滌濯剗磢，至清縈鏡。此則睿德之昭融，仁德之溥渥也。凡茲聖功之外運，胥本聖德之內含。所以乾象表貺，坤維薦祉，炤景飲醴，暢垓溯埏，疊貺騈祥，疇德瑞聖，僂指夫大夏、九真、條支、越裳之貢，濮鉛、僢卧、戴斗、蝙蝠之酋，莫不充溢爻閭，圜視藻帟，含和吐氣，讚揚曼齡，錫羨之符，此又大德得壽，有賅乎位禄名而翕受者，播之雅頌，洵足超咸墨而軼承雲矣。且夫五六者，天地之中合也。前者初届五旬，乾坤衍筞，今茲十年，展慶甲子周輪。聖德日新，進而益上，繼自今萬萬甲子，與天地合德，與天地同壽，延洪納祉，沛艾正無疆也。臣聞少昊之樂曰《九淵》，帝嚳之樂曰《九招》，夏籥《九成》，周舞《九夏》，古帝王之樂皆以九立名。九者，乾數所以究極中和，爲萬物元也。九六相生，陰陽丕應，故律始於黃鍾之九寸，成於林鍾之六寸，含九陽之施，楙六合之化，統四時五行而備理之，泰元神筴之綿長，允增於是矣。臣不揣檮昧，恭撰《聖德九歌樂章》九篇，篇凡九韻，韻凡九言，謹拜手稽首以獻，猶之鈞韶九奏，竊自附於儀舞之末云爾。謹序其辭曰：

昊綍眷德禔祉宣昭明，聖人饗帝馨薦達至誠。紫壇紺殿升尞躬奉盛，春祈夏雩呼吸通心精。金枝瑶卮廣樂鏗韺莖，晬容壹志肸蠁聞天聲。雷霆助順暘雨應以貞，珠璧紀瑞鼇閏齊璣衡。與天同烝久道乃化成。右一章

聖聖相傳家法垂鴻規，皇帝受璽繼緒膺帝期。躬承訓政重光協聖慈，文謨武烈實録備載之。晨興雒誦日監其在兹，再詣陪都櫛沐儼若思。舊章毋改申命訓八旗，宗潢篤慶百世固本支。於萬斯年受此丕丕基。右二章

健行不息聖敬時憲天，一日二日兢業心法傳。運而無積夤惕惟乾乾，晨章午奏萬幾攬其全。大僚群吏引對無或偏，省方問俗時邁周垓埏。無逸無曠奥旨宣經筵，敬勝義勝箴訓申鴻篇。寸陰是寶日慎垂千年。右三章

芸生覆露胥戴仁主仁，聖人心天祖心惟愛民。四推成禮覗土占雲殷，山房志喜鴻貺酬穹旻。周知稼穡黼座風圖豳，温拯偏祲弗靳千萬緍。矧今加惠蠲貰頒恩綸，皇風一鼓蕩蕩無厓垠。億秭京垓積算綿長春。右四章

帝王之學不與儒生同，經緯天地萬象咸昭融。載道出治精一貫以中，綜覽全史治忽仰折衷。載賡全韻作述垂無窮，八年一集八極平八風。簫勺宙合韶濩鏘笙鏞，耆鑄潙陶教思洽頖廱。聖壽作人同文

頌郅隆。右五章

十全偉績曠古所未聞，我皇撫運載纘葳鴻勛。神抶雷擊籌筆五夜勤，櫛髮耨苗治絲理其棼。剗荼滌茀梟獍空其群，川楚畿甸刷蕩無纖塵。渤澥如鏡九壤開祥雲，詰戎講武天容曜六軍。聰明睿知神武惟大君。右六章

睿周萬品博照仰智臨，或予或奪聖能知臣心。鵷礽鷺綴各眠力所任，一念之微聖已鑒其忱。萬里之遥聖已燭其深，裁成教誨煌煌肅官箴。因循疲玩援古以誡今，臣有闕失一一廑宸襟。永保三鑑時亮惟帝欽。右七章

好生之德秋肅兼春温，風雨露雷均沐大造恩。我皇體天除莠安黎元，刑非得已清問多平反。理得其當律令無苛煩，情得其平犴狴無滯冤。鶴書慶宥金雞銜絳幡，禁於未然治理探其原。金科訟息匝宇仁風敦。右八章

鳳紀庚辰篤祜溯發祥，慈雲濟度慧日照萬方。我皇毓慶曼壽延洪長，甲籙重周寶鬘開華光。斂更振美萬物迪吉康，六合内外和鬯仁聲揚。人天臚歡嵩祝稱瑶觴，壽佛御世帝筴賅蔀章。聖德聖壽合撰同無疆。右九章

〔一〕該篇《知止齋遺集·先文端公古文稿》中亦收，文字全同。

福建鄉試録序[一]

道光五年乙酉科鄉試届期，禮臣以福建考官請，得旨以臣翁心存偕編修臣陳兆熊往典厥事。伏念臣吴下庸材，學疏資淺，由道光壬午恩科進士選入詞垣，去年秋大考二等第二名，荷蒙皇上天恩，擢任右中允，鴻慈高厚，未報涓埃，兹復仰奉恩綸，畀以掄才重任，撫衷循省，感悚交深，即偕臣兆熊星馳抵閩。

維時監臨則兵部侍郎兼都察院右副都御史、福建巡撫臣孫爾準整釐闈務，内外肅清；提調則福建布政使臣惠顯，督糧道臣王惟誠；監試則福建按察使升授廣東布政使臣魏元烺，署福建按察使候補道臣胡祖福，鹽法道臣朱桓；内監試則福州府平潭同知臣沈欽霖，各恭厥職。於是進福建提督學政臣沈維鐈、臺灣道臣孔昭虔所録士七千七百有奇，扃院而三試之。臣心存、臣兆熊率同考官臣胡之鋘，臣余觀和，臣黄宅中，臣滕子玉，臣譚鵬霄，臣周琦，臣劉之藹，臣孫大焜，臣包幹臣，臣武耀曾，臣陳塏，臣聞超等虚懷協誠，悉心校閲，得士八十七人，副榜十七人。既揭曉，録文十四首恭呈御覽，臣例得颺言簡端。

臣惟古者鄉大夫之職，三年大比，書其賢者、能者而賓興之，此鄉舉之所由昉也。蓋世道人心之升降，每見諸一鄉；一鄉之民風，恒由於士習。士習正而後民風醇，所繫豈淺鮮哉。是故其士之厚重端方者，其鄉之人必不流爲儇薄；其士之廉貞潔靜者，其鄉之人必不肆爲侈張；其士之肅恭謹恪者，其鄉之人必不敢爲嚚陵；其士之易直温良者，其鄉之人必不忍爲狙詐。《禮記》曰〔二〕：「君子如欲化民成俗，其必由學乎。」又曰：「觀於鄉而知王道之易易。」然則舉士於鄉，烏得不慎歟。

夫取士之法無他，亦先辨其心術之邪正而已。言者，心之聲也，文辭之於言，又其精者也。程之以制藝，以覘其義理之純熟；律之以韻語〔三〕，以審其志氣之和平；衡之以經義策對，以徵其博綜傳注之功、上下古今之識，合而觀之，以驗其始終貫徹之精神，如是而心術之邪正，較然可睹已。

閩地憑山負海，扶輿清淑之氣，磅礴鬱積，篤生偉才。自宋以來，理學昌明，盛於濂洛。游、楊導其源，朱子集其成，蔡、黄、陳、李衍其派，師儒傳習，代不乏人，而又沐浴厚澤，涵泳聖涯者，已百八十餘載。士生其間，固彬彬乎日進於文矣。雖然，文盛則靡，靡則恐漓其質；習久則變，變則慮失其真。臣仰承簡命，懼無以識拔人才，勉竭愚忱，以圖報稱。爰殫二十餘晝夜之力，與臣兆熊分校互校，必精必詳，而於學問之醇疵，性情之真僞，尤兢兢乎慎之。浮夸者必屏，詭異者勿庸，即其言以知其人，要必取其近正者，庶幾上以副聖主黜邪崇正之至意，下以紹前賢格致誠正之真傳。由是而尊聞行知，反躬實踐，俾一鄉之人轉相仿效，皆茂正其德而厚其性焉。此則臣區區之心，願與閩多士共相敦勉者爾。

維時官斯土者：兵部尚書兼都察院右都御史、閩浙總督臣趙慎畛，鎮守福州將軍兼管閩海關事務臣薩秉阿，福建水師提督臣許松年，福建陸路提督臣馬濟勝，鎮守福州副都統臣富亮，鎮守福建金門總兵官臣陳化成，鎮守福建海壇總兵官臣倪起蛟，鎮守福建漳州總兵官臣黄文煜，鎮守福建建寧總兵官臣慶麟，鎮守福建汀州總兵官臣王威宣，鎮守福建福寧總兵官臣博勒果善，鎮守福建臺灣總兵官臣蔡萬齡，閩粤南澳總兵官臣劉起龍，分巡福建督糧道臣王惟誠，分巡福建興泉永道臣倪琇，護理分巡福建汀漳龍道臣戴嘉穀，分巡福建延建邵道臣祥璽，分巡福建臺灣道臣孔昭虔，署福州城守副將臣崇福，督標中軍副將臣張斯賢，署撫標中軍參將臣黄其漢，例得備書。文淵閣校理、右春坊右中允、新任廣東學政、紀録一次臣翁心存謹序。

〔一〕《知止齋遺集·先文端公古文稿》中亦收此文，文字全同。

〔二〕「禮記」，原文無「禮」字，據文意添加。

〔三〕「以」字據文義補。

四川鄉試録序〔一〕

道光十有二年壬辰，各直省補行正科鄉試屆期，禮臣以四川省考官請。奉旨命臣翁心存偕臣李菡往典厥事。伏念臣吴下菲材，學殖譾陋，叨登侍從，供職内廷，道光五年充福建鄉試正考官，旋任廣東學政，上年秋復充順天鄉試同考官，疊荷渥恩，毫無報稱，撫衷循省，兢惕方深。兹復奉命典試西蜀，召見時仰蒙聖訓，勉諭周詳。臣敬謹跪聆，益深感悚。即與臣菡星馳抵蜀，如期入闈。

時監臨則四川總督臣鄂山；協同點名則布政使臣尹濟源，按察使臣花杰；提調則鹽茶道臣李逢辰；監試則成綿龍茂道臣李宗傳；内監試則重慶府知府臣王兆琛，肅清綱紀，罔弗恪共。爰進學政臣黄琮所録士，扃院三試之。臣心存偕臣菡，率同考官重慶府江津縣知縣臣郭彬圖，順慶府鄰水縣知縣臣余紹元，叙州府宜賓縣知縣臣朱琦，嘉定府樂山縣知縣臣錢秉德，叙州府隆昌縣知縣臣楊霈，成都府金堂縣知縣臣周奕采，成都府灌縣知縣臣周因培，潼川府鹽亭縣知縣臣陳仲良，雅州府蘆山縣知縣臣段榮恩，眉州直隸州彭山縣知縣臣邊孔揚等，悉心校閱，得士如額。擇其辭尤雅者恭呈御覽，臣謹颺言簡端曰：

臣惟周官鄉大夫之職，三年大比，而興賢者、能者。鄭司農云「興賢若今舉孝廉，興能若今舉茂才」，此造士之法所由昉也。古者人心淳樸，詐僞不生，好惡既翕然大公，行誼尤灼然共見。其平時之董勸於州長、黨正、族師、閭胥者，正月、正歲、春秋、月吉有其時，祭祀、禜酺、讀法、飲酒有其禮，德行、道藝、孝弟、睦婣、敬敏、任恤有其書，宜無不詳且盡矣。然猶必俟鄉老、鄉大夫、群吏綜考而博詢之。蓋籲俊烝髦，將使出長入治，故求之之法，必如此其慎且勤也。自後鄉舉里選之法日久弊生，不得不變而爲科目試士之法。自策論、詩賦、帖經，亦屢變而爲制藝。在入試者，所賴因文以見道；在衡文者，所當即言以知人，其審端也甚微，其操術也貴當，去取一有弗慎，遴擇一有弗勤，鮮不以燕礫爲寶珠，以夜光爲怪石矣。

蜀之雄於文者，在漢推司馬相如、揚雄，然二人皆以他途進。唐之陳子昂，至以詭遇求合。宋蘇洵父子，其文辭尤卓越千古，乃洵不遇韓琦、歐陽修，亦終無由薦達。然則持衡者苟非平心靜氣以求之，人材不且終於淪棄乎。我皇上旁求俊乂，軫念寒儒，慮典試諸臣或草率從事，本年四月特頒諭旨，命將闈中試卷全行校閱。臣面聆訓誨，復蒙申誡再三，具有天良，當知感勵。此次闈中分校，諸臣皆倍加勤慎。臣與臣菡復殫二十餘晝夜之力，通校試卷六千九百有奇，反覆互觀，虛衷商榷。雖不敢謂去取皆當，而矢慎矢勤，惟期無曠厥職，無負初心，庶可仰答訓勉周詳之至意於萬一爾。抑臣又思之，唐虞之隆也，達聰明目，故能致庶績之熙；成周之盛也，求賢審官，故能宏作人之化。上以誠求，則下必以誠應，若金之受范，埴之在甄也。今者握槧懷鉛之士，涵濡至教，沐浴聖涯，宜何如砥礪躬修，講求實學，上以儲國家楨幹之用，下以成里黨敦篤之風，即以稍酬聖天子樂育人材之厚澤。是則臣悽悽微忱，尤願與多士交相勖勉者夫。

維時官斯土者，太子少保、頭品頂戴兵部尚書兼都察院右都御史、總督四川等處地方軍務兼理糧餉，管巡撫事臣鄂山，鎮守成都等處將軍臣那彥寶，提督四川全省學政、翰林院編修臣黃琮，鎮守成都等處副都統臣海明，提督四川全省軍務、健勇巴圖魯臣桂涵，四川布政使臣尹濟源，四川按察使臣花杰，鎮守建昌等處總兵官臣張琴，鎮守川北等處總兵官臣周佐勝，鎮守重慶等處總兵官臣馬騰龍，鎮守松潘等處總兵官臣世泰，通省鹽茶道臣李逢辰，分巡成綿龍茂兵備道臣李宗傳，分巡建昌兵備道臣文綸，分巡川北兵備道臣吴傑，分巡川東兵備道臣嵩齡，分巡川南永寧道臣朱棫，例得備書。日講起居注官、翰林院侍講臣翁心存謹序。

〔一〕《知止齋遺集・先文端公古文稿》中亦收此文，文字全同。

浙江鄉試録序〔一〕

皇上御極之十有五年，恭逢皇太后六旬萬壽，特開恩榜，錫福寰區，多士抃舞觀光，敷天同慶。閏六月，禮臣以浙江鄉試考官請，得旨以臣翁心存偕臣張琴往典厥事。伏念臣吴下庸材，至愚極陋，渥邀恩遇，供職成均，十載以來，屢司文柄，鴻施稠疊，未報涓埃。兹復仰荷特恩，俾掄才大省，撫衷增惕，循分難安。越日具摺陳謝，跪聆訓誨周詳，謹識之餘，彌深欽服。即偕臣琴星馳抵浙，齋祓入闈。

時監臨則浙江巡撫臣烏爾恭額，整飭綱紀，内外肅清；提調則浙江湖州府知府臣淩泰封；監試則浙江嘉興府知府臣瑞元；内監試則浙江衢州府知府臣文柱；内收掌則浙江紹興府南塘通判兼管北塘事臣王世履，協力奉公，罔不祗恪。迺進浙江學政臣史評所録士八千七百有奇，扃門三試之。臣心存、臣琴，率同考官奉化縣知縣臣李汝霖，富陽縣知縣臣熊兆麟，署寧海縣知縣臣劉儀，署寧波府石浦同知事即用知縣臣王丕顯，署武義縣事即用知縣臣金雲門，署湯溪縣知縣臣陳紹熊，安吉縣知縣臣王世荃，署淳安縣知縣臣畢華珍、即用知縣臣温廷獻，嵊縣知縣臣何瑞榴，試用知縣臣姚懷祥，於潛縣知縣臣劉鍾琪，浦江縣知縣臣黄崑、試用知縣臣張銑，署壽昌縣事即用知縣臣盧琳，武義縣知縣臣孫天樞等，悉心校閱，矢愼矢公，得士如額。擇其文尤雅者恭呈御覽，臣謹拜手稽首，颺言簡端曰：

竊惟觀人之法無他，辨之於誠僞而已；聽言之法無他，亦辨之於誠僞而已。至以言取士，則即其言之誠僞，以觀其行之誠僞，其剖析宜益精，而決擇宜益愼矣。古者鄉大夫之職，三年大比，則詢於衆庶以興賢能，逮後其法既不可復行，始不得不專以言取士，制義代聖賢立言，其心術之邪正，學術之淺深，治術之醇駁，胥於是乎見。較之唐宋之專尚詞賦，立法尤精。然而誠與僞之分，辨之不可不審也。今夫言豈一端，亦各言其志而已矣。言之温厚和平者，其人必不流於谿刻；言之剛健篤實者，其人必不入於奇衺；言之貞靜儼恪者，其人必不涉於矜夸；言之通達詳明者，其人必不局於淺近。由是以韻語驗其性情，以經義覘其根柢，以對策試其抱負，而其人之大略固可知已。

浙江山川靈秀，甲於東南，不獨文章著作代不乏人，即碩輔名儒亦接踵而起。矧復涵泳聖涯，漸摩至教，豈無揚輝巖穴，挺秀膠庠者乎。臣等此次闈中，竭一月之力，合校三場試卷，幾如會稽竹箭，美不勝收。而擇言之端，要以著誠去僞爲本。《易》之《文言》於《乾》九二曰：「閑邪存其誠。」天下文明之化也。於九三曰：「修辭立其誠。」進德修業之要也。臣等幸際文治昌明之日，持朝夕惕勵之心，庶幾爲國得人，儲材待用。俾多士他日以誠治事，則忠悃無欺；以誠治民，則循良奏績。此則臣區區之愚誠，所以仰答聖主旁求之至意於萬一者爾。

維時官斯土者，閩浙總督臣程祖洛，杭州將軍臣桓格，浙江巡撫兼鹽政臣烏爾恭額，浙江學政臣史評，杭州副都統臣伊星阿，乍浦副都統臣覺羅善英，杭州織造臣慶倫，提督浙江水陸總兵官臣戴雄，定海鎮總兵官臣莊芳機，黄巖總兵官臣湯攀龍，衢州鎮總兵官臣△△貴，護温州鎮總兵官臣邵永福，處州鎮總兵官臣汪道誠，浙江布政使臣錢寶琛，浙江按察使臣劉韻珂，浙江鹽運使臣王鑄，浙江糧儲道臣覺羅桂菖，浙江杭嘉湖道臣賨欲峻，浙江寧紹台道臣周彦，浙江金衢嚴道臣德興，護浙江温處道臣劉煜，杭州府知府臣胡元熙，例得備書。國子監祭酒臣翁心存謹序。

〔一〕《知止齋遺集·先文端公古文稿》中亦收此文，文字全同。

江西武闈鄉試録叙 道光甲午代周穉圭中丞作〔一〕

臣謹案：《周禮》鄉大夫之職，「以鄉射之禮五物詢衆庶」，三曰「主皮」，鄭衆云：「主皮謂善射，射所以觀士也。」司弓矢之職，「澤，共射椹質之弓矢」，鄭衆云：「澤，澤宫也。所以習射選士之處也。」蓋射爲六藝之一，古之人童而習焉，雖於和容興舞之餘，肄業及之，未有不射深及遠者。天下無事則用之於禮樂，天下有事則用之以戰勝。故澤宫選士，必以弓之至强者試之。有能從容引滿，發必中的者，乃爲貢士之良焉。後儒徒執弓稱繁弱，射息貫革之説，以爲射唯觀德，無取引强者，失先王擇士之恉矣。

聖朝以弧矢定天下，八旗勁旅，鸞舉麟振，義征不譓，罔弗讋服。皇上允文允武，慎簡賢才。慮諸臣之或怠忽從事也，上年冬申命直省督撫學政考試武場，秉公校閲。必以弓力强弱分别去取。仰見聖謨深遠，安益求安，思得將帥之臣，以備干城之選。臣服膺聖訓，欽頌靡涯。竊惟國家設科，文武並重。此日運稍翹關之士，即他時折衝禦侮之材。必求其有勇知方，技能出衆者，方足入備宿衛，出整戎行，使不嚴加遴選，致懦弱者得以濫充，豈爲國求才之義乎。顧或疑南北之風土不同，其資禀之强弱亦異，不知生材固不限乎地，善習亦存乎其人。況江右襟帶江湖，趫材輩出，《唐書》有云：「宣、洪、蘄、鄂强弩，號天下精兵。」又云：「豫章募士三萬……悉教蹋張，戰必注滿。」然則江西固多挽强命中之士，其見稱於前史者已信而有徵矣。臣欽遵諭旨，通校馬步射技勇之合格者，視其弓力之强弱以定去取。雖不敢謂衡校悉當，庶幾有合於古者澤宫取士之規。俾赳桓之彦，皆得宣腹心而效股肱，即以稍副聖主興賢興能之至意於萬一云爾。

〔一〕《知止齋遺集·先文端公古文稿》中亦收此文，文字全同。

順天文鄉試録後序〔一〕

皇上御極之元年，歲在辛亥，特開恩榜，嘉惠士林。秋八月，禮臣以順天鄉試考官請，得旨以臣杜受田爲正考官，臣柏葰、臣舒興阿及臣翁心存副之。伏念臣江左庸材，至愚極陋，渥蒙兩朝特達之知，侍直禁廷，洊躋卿貳，屢應衡校，未報涓埃，兹復仰荷恩綸，襄司文柄，撫衷循省，感悚彌深。謹偕臣受田等齋祓入闈，悉心甄録，得士如廣額之數，擇其言尤雅者恭呈御覽，臣例得綴言簡末。

臣惟文治之隆，關乎世運，世運之盛，視乎人心。人心者，教化之原本，風俗之樞機，所宜先正者也。是以古者域民，築城郭以居之，製廬井以均之，開市肆以通之，設庠序以教之，於里有序，而鄉有庠，序以明教，庠則行禮而視化焉。《甫田》之詩曰：「攸介攸止，烝我髦士。」謂使民鋤作耘耔，閒暇則於廬舍及所止烝之處，以道藝相講肄，以進其爲俊士之行也。唯聖人建中和之極，以臨照四方，於是民之秀而爲士者，皆得是訓是行，以成一代文明之治。在《易·觀》之六四曰：「觀國之光，利用賓于王。」此先王之所以觀民設教也。《賁》之《象》曰：「觀乎人文，以化成天下。」此君子之所以化民成俗也。且夫五方之風氣，亦至不齊矣。太平之人仁，丹穴之人智，大蒙之人信，空桐之人武，人心之限於地者也。嘽諧慢易之音作而民康樂，麤厲猛奮之音作而民剛毅，廉直正誠之音作而民肅敬，寬裕和順之音作而民慈愛，人心之因乎時者也。章志貞教，納民軌物，黎庶之心既洽，庠序之教益興。矧夫天邑神皋，八方之極，其觀化尤速，而被澤尤深者哉。皇上聖德日新，昌明正學，近復摹勒御書四言韻文，頒行天下多士，幸生首善之區，涵濡聖化，固彬彬乎質有其文矣。夫言爲心聲，文辭之醇雜，心術之邪正形焉。臣等竊持此意以爲決擇，雖不敢謂所録者悉合準繩，要必取其近乎正者，庶幾因文以見道，即言以知人，興賢興能，民知則傚，由是自內及外，自近及遠，海隅蒼生，咸蕩瑕滌穢，而鏡至清焉。此則臣等區區之忱，所以仰副聖天子黜邪崇正之至意也夫。户部右侍郎兼管錢法堂事務、上書房行走臣翁心存謹序。

〔一〕《知止齋遺集·先文端公古文稿》中亦收此文，文字全同。

武會試録前序[一]

皇上御極之二年，歲次壬子。秋九月，恩科武會試外場事竣。部臣以考試内場官題請，得旨以臣翁心存暨臣龍元僖往司厥事。伏念臣學識顓愚，疊膺文枋，渥邀知遇，洊陟正卿，塵露無裨，冰淵增惕。兹復仰承恩命，校試武闈，謹偕臣元僖就外場字號，詳加簡擇，先取雙好者，不足，始於單好卷内甄録，復覈其馬步中矢之多寡，弓刀石力之强弱以爲次第，得士如額。恭繕試録，進呈御覽，臣例得颺言簡端。

臣謹案：《周官》司弓矢之職曰「澤，共射椹質之弓矢」。澤者，澤宮。諸侯歲獻貢士於天子，既集京師，乃先於此習射也。質，正也，樹椹以爲射正也。其弓則用王弧六弓中之最强者也。已射於澤，而後天子親試之於射宮，必其挽强命中而容節又能比禮比樂者，乃爲上選焉。然則澤宮習射，殆即今會試所由昉歟。古之學者，其材皆文武兼優。而其用之也，亦文與武並重。所以虎賁趣馬，必慎簡賢智之人，以爲立政之本。下及中林之武夫，莫不秉肅敬，有策謀，外可以扞城其民，而内足任腹心之寄。逮後奚斯作頌，以美魯僖，而蹻蹻虎臣，濟濟多士，一則曰「在泮獻馘」，再則曰「在泮獻功」，俾折衝禦侮之士共嫻禕冕搢笏之儀，其意蓋深遠矣。

聖朝武科之設，其制視宋元明加詳。三年大比，必合外場内場而通校之，誠欲其惇信義、明禮讓、重廉耻、遠鄙倍，而非徒紬周史之《六弢》、黄石之《三略》已也。邇者楚粵之交，小醜不靖，天戈所指，立見蕩平。我皇上整厲戎行，猶復聽鼓鼙而思將帥。臣等忝司衡校，敢不倍矢敬共。竊願與是選者，入備宿衛，出掌候環，皆能循法度而不失職焉。而且本禮樂詩書之教，爲生聚訓練之規。功成而國安，庶有合於澤宫擇士之義云爾。經筵講官、工部尚書、上書房行走臣翁心存謹叙。

〔一〕《知止齋遺集·先文端公古文稿》中亦收此文，文字全同。

卷二十四〔一〕

〔一〕本卷除《壁勤襄公遺書叙》、《退思齋詩存叙》、《史鑑節要便讀序》、《依渌園詩草叙》外，其餘均整理自《知止齋遺集·知止齋文稿》。

刻五經題解叙

余年弱冠，始識夢華何君於亡友陳子準坐上，因與訂交。嗣後宦游四方，不通問訊者垂二十載。比來羊城，適夢華亦僑寓兹土，將刻其故友李海匏《五經題解》，而屬余叙之。

余惟説經必綜貫百家，而後可折衷於一是。漢唐迄今，名儒代出，漢人訓故，遠有師承，宋人論説，具有義理，取之不多則聞見隘，擇之不審則趨嚮偏，此五經義訓所貴詳説而反於約也，審矣。是書雖爲科場經藝而設，然能薈粹古今諸儒之説，芟繁舉要，而折衷於御案。其臚陳百家也，詳而不蕪；其審定一是也，歸於至當。聞見不虞其隘，趨嚮不患其偏，循次讀之，如導百川而納諸海焉。攻舉業者，當必寶而貴之。若夫疏證異義自成一家，我朝諸先哲著作具在，躭經嗜古之士，固有聞而繼起者，是書亦足資先路之導也。因念夢華闡揚潛學，其篤於友誼，良不可及。而余友子準長於史學，於地理尤精，惜年僅中壽，又不幸無後，其遺書殆已散如雲煙。余又遠宦數千里外，不獲亟加哀集，俾傳世而行遠，耿耿此衷，益深感喟也已。道光七年八月。

重刻沈去矜謙東江集鈔叙[一]

道光戊子三月，余校士連州，州吏目沈君保元來謁。眂其人，恂恂如儒生，無齷齪俗吏狀，心焉識之。試事既竣，沈君出其先世去矜先生《東江集》示余。余受而讀之，而竊有感於先生之身世也。先生生勝國之季，當懷宗末年，中原殘破而江左晏如，士大夫以氣節相高，猶有承平故習。先生南樓嘯詠，籍甚聲華。方開章慶之堂，張筵觴客，東南諸賢，千里命駕，簪裾群萃，冠蓋如雲，酣飲賦詩，竟日徹夜，何其盛也。洎乎神州陸沈，臯亭告警，南園池館，煙滅灰飛。先生迺著隱士衫，習長桑術，殫心著述，絶念功名。時復睠懷家國，黯然神傷，慷慨唏嘘，齎志以殁。嗚呼。其可悲也已。然方是時，先生之友陸麗京則髡緇亡命，遯迹武當；吴錦雯則晚年出山，一蹶不振。獨先生託迹岐黄，隱身闤闠，姓字不聞於傭保，徵辟不來於蓬衡，潛德韜光，全身遠害，雖韓伯休、夏仲御何以過之。讀其詩，有沖和澹遠之致，無志微噍殺之音，覺陶靖節去人不遠矣。集版久燬，沈君將重刻以廣其傳，可謂能守其世澤者。若夫砥厲名節，不以末秩自卑，將所以述祖德而紹家聲者，當更有在，沈君其勉之。

〔一〕《知止齋遺集·先文端公古文稿》中亦收此文，文字全同。

培桂軒集叙〔一〕

余少時讀魏叔子文，輒時時作夢游易堂、勺庭想。道光十三年冬十月，校士寧都，求叔子之後不可得，得寧生儀珍、儀賓兄弟，皆儁才也。試既竣，將偕州牧周君玉衡游金精山，問所謂易堂者，則已隤廢，石磴中絶，懸絙乃得上。然乘興猶欲一往，會風雨，不果。其明日，發寧都，轉試建昌，適寧生兄弟以其父徵君元讌所著《培桂軒詩文集》來謁，匆匆未暇讀也。冒雨循梅江北行，左望蓮華、石鼓諸峰，煙雨迷離，不甚可辨。獨翠微一峰，聳出雲表，突兀西向，傲然若不與群峰相聯屬。峰下村屋數十家，望之若在霄漢。茆檐粉堞，了了可睹。輿人指曰：「此魏家寨也。」意惝怳若有所失。以彼其人棲真巖谷，躡倒景而淩朝霞，下視塵世，直如蜉蝣螻蟻耳。豈復可以物色求哉。輿中無事，取《培桂軒集》讀之，沖和澹易，無激烈噍殺之音。陽都地邃而夷，山川清曠，故其士君子皆力學篤行，恬退寡營，不爲軒冕羈紲，流風至今未艾也。抑余有感焉，叔子之父天民，當明之末季，屢被薦舉徵辟，皆不就，性豪俠，好賙人之急，教其三子，皆成偉人。顧其晚年，遭逢兵燹，倉皇遯伏，流離顛踣，其遇有足悲者。今兩寧生之學，雖未能及三魏，而徵君之賢，何遽不如天民。且又幸際昇平，年豐人樂，得以養志田園，徜徉泉石，一門之内，備極雍愉，則其福勝於魏氏多矣。

暮渡梅江，望金精益遠，夜投旅館，一燈熒然，寢不成寐，爰泚筆而爲之叙。

〔一〕《知止齋遺集·先文端公古文稿》中亦收此文，文字全同。

沈蘋濱集叙〔一〕

豫章爲江以南一都會，匡廬、彭蠡皆距數百里而近，出郭西傃，散原、章貢俯仰襟帶，山水靈秀，人物瑰奇，而莅斯土者又類多名賢。故古來隱君子，每樂僑寓於是。自澹臺子羽友教三百人，始倡文學〔二〕。其後若徐孺子、陳嵩伯、蘇雲卿，皆溷迹漁樵，蜚遯不出，非留心物色，固未易知其人也。

余以道光壬辰冬視學是邦，下車數日，即出試各郡。癸巳六月，廼還南昌。張子畏太守、石瑶辰大令爲余同年生，各具牒以府縣試卷上。余覆加校閲，評騭皆允當。中有數籤自署「蘋濱」者，論文尤細心，竊異之，然未知蘋濱爲何如人也。試既竣，詢之子畏，子畏曰：蘋濱姓沈氏，名繁蓀，海寧老諸生，久游南昌、饒、信間，今客瑶辰所。」余心默識之，然亦未知蘋濱爲何如人也。

八月之望，祝子畏尊人澹村翁六十生辰，壁間見瑶辰所爲壽叙，具言翁簡於酬接，通家子弟亦拒弗一見，而獨與蘋濱詩酒往還無虚日。余始知蘋濱之爲人。其風節殆如古郭林宗、黄叔度在若遠若近之間，名可得而聞，身不可得而見者耶。九月，余秩滿俟代，蘋濱忽貽余書，且以詩文集見視。燈下亟取讀之，文似魏叔子，詩似查初白，意趣翛然，脱屣富貴，益心折其爲人。明日，訪之瑶辰官廨。先生貌若植鰭，精神矍鑠，而兩耳皆聾，覿面不能通問訊。余乃以筆代舌，先生則以目代耳，往復數四，娓娓不倦，議論上下古今是非、成敗得失若燭照而計數，若决江河而下也。於余所爲條教，口誦無遺，余又疑先生爲有心人，非忘世者矣。先生年已七十有七，性躭山水，腰脚甚健，每遇林泉勝處，輒攜笻躡屩，縋險探幽，或累日不返。其於軒冕之榮，泊然無足攖其念者。而浮湛塵俗，遨游公卿間，嘯傲自得，又若東方曼倩、嚴君平之流。然則余終未測先生爲何如人也，又烏能知先生之文耶。爰綴數語以復先生，並以質之子畏、瑶辰兩君。

〔一〕《知止齋遺集·先文端公古文稿》中亦收此文。

〔二〕「倡」，《先文端公古文稿》作「倡興」。

陳秋河刺史雲章試帖叙〔一〕

余宦游京師，即聞莆田陳秋河先生與吾師龍巖魏篴生先生齊名。及來江右，秋河方爲義寧州牧，以公事來見，沖和靜穆，有古君子風，心竊敬之。

今年鄉試，秋河與分校之役，撤棘過訪，出其所著試帖詩見示，格律精細，宗法唐賢，雖未得盡讀其所著書，而詩學之深固已與吾師相伯仲矣。

余因是有感焉。秋河與吾師，少年時偕廖儀卿、鈺夫、郭蘭石、林少穆諸先生掉鞅文壇，迭執牛耳，名譽噪於八閩，其氣誼同也。既而同舉進士，吾師官中翰、歷刑曹，回翔二十餘載，始出守河間，調劇保定。而秋河牽絲出宰，歷著循聲，幾二十年，乃遷州牧，今始擢刺史寧都。其仕官之淹滯又同也。吾師無他嗜好，獨耽墳、典，退食之暇，輒手一卷不置，與人交，絕無圭角，而遇事守正不阿，其治民也，勤勤懇懇，若慈母之保赤子。以是推之秋河，其志趣、氣節、政績亦無不同也。顧同時若廖、林、郭諸公，皆宦已顯達，入爲卿貳，出掌封圻，次之亦登九列、任監司，而吾師與秋河於諸公齒少長，位尚不過二千石，其升沈遲速，若有不同者。雖然，不朽之業固不以名位限也，其視諸公也將毋同。

〔一〕《知止齋遺集·先文端公古文稿》中亦收此文，文字全同。

萬蓬山學博青銓字體辨譌叙〔一〕

道光十二年冬，予奉命督學江西。十三年春正月，受任視事。即按試南康、九江等郡，謁白鹿洞，登庾樓，攬廬山、彭蠡、大江之勝，心嚮往之，意必有雄偉絶特非常之士生其間。夏五月，殿試榜發，一甲第一人則彭澤汪君；第二人則都昌曹君也。匡廬奇秀甲天下，文運亦甲天下矣。六月，廣信試畢回省，學博萬君青銓手是編見示，曰：「此某與余生任槐所校訂者也，將付諸梓以廣其傳。」予笑曰：「有是哉，子之好學也。國家之制，三年會試天下舉人於禮部，其文之合格者得數百人，天子臨軒親策之。命閣部大臣讀卷，必其工於文而又善書者，乃得前列，其第一甲三人尤善之善者也。字體稍譌，輒擯勿與。君之鄉一試而及第者且兩人，則江右之士其於字體固辨之審矣，又奚庸沾沾於是耶。」萬君曰：「是則然矣，然是編特爲初學設也。」予嘆曰：「善哉，君之用心也。使窮鄉僻壤，家置是編，入塾者童而習之，點畫必慎，他日聯鑣接武，取科名如拾芥，將於是乎在。江右之文運，信常甲於天下矣。且汪君以拔萃科聯捷登第，曹君浮沈於司鐸者亦有年，君與余生殆將繼之而起耶。」遂書數語，弁諸簡端。萬君，嘉慶丙子副貢，爲予同年生；余生，予歲試所拔士，選入豫章書院肄業者也，皆德化人。

〔一〕《知止齋遺集·先文端公古文稿》中亦收此文，文字全同。

字畫辨譌叙〔一〕

南昌教諭萬君青銓嘗有《字體辨譌》之刻，余既爲叙而行之矣。及按試寧都，石城教諭羅君金來，復以《字畫辨譌》一書問叙於余，視萬君之書尤加詳焉。甚矣，兩君之善教也。《周禮・師氏》以三德、三行教國子，而掌其中失之事；《保氏》復養國子以道，而教之六藝、六儀。先王所以重師儒之官，而使之教其子弟者，不憚詳且盡若此。故其時成人有德，小子有造，而人材日以奮興。後世師道不立，爲校官者多以需次日久，志氣衰茶，穨然自放，終年不一接見其弟子，而弟子亦遂蔑視其師，以爲無足輕重，所以學校日益衰，而人材日以替也。

夫六藝，不過德行之緒餘耳。書爲六藝之一事，而點畫又特六書之一節也。然使爲之師者循循善誘，俾學者童而習之，於象形、會意、轉注、處事、假借之法辨之必精，則其爲人必能專精壹志，謹小慎微，範圍於軌物之中，涵泳乎詩書之味。由是在心爲德，施之爲行者，亦有以辨邪正之趨，而不爲他歧所惑矣。小學云乎哉。余因以知兩君之善教也。

〔一〕《知止齋遺集・先文端公古文稿》中亦收此文，文字全同。

葦江詩鈔叙〔一〕

出翼京門，沿雲和塘而南，三十餘里爲吴塔，並水而居者數百家，其南與長洲接壤。予於道光戊戌告養歸田，往來郡城，舟行時過其下，煙波雲樹，縹緲無際，吾友龔君杏村之故居在焉。君舉嘉慶丁卯鄉試，後移居西莊。其地去城市稍近，亦饒陂塘竹木，蕭然有事外遠致。予時讀書北麓下，未獲一登其堂。然聞其祖復安翁年九十餘，曾玄繞膝，精神猶矍鑠。而君之尊人葦江先生亦年近六十，已謝去諸生，杜門養志，間爲歌詩自娱，心嚮往之。

方是時，國家承平已百七十載，休養生息，涵煦至深，年豐人和，疵癘不作。吾邑號稱殷富，其民務勤耕耘以奉租賦，少追呼之擾。而士之居于鄉者，皆孝弟力田，敦本務實，無紛華之者，類多康强壽考，父子兄弟白首相追隨，歲月寬閒，優游自得，伏臘飲酒，相與歌詠太平，何其盛也。自予宦游二十餘年而歸，則翁與先生皆已謝世，而杏村亦殁數年矣，爲感喟者久之。

今年冬，杏村之子縉熹、縉熙以《葦江詩鈔》視予，曰：「先大父遺詩多散佚，先人裒集甫竟而遽卒，今將鋟版以傳，願得一言以爲叙。」予惟先生之詩，邑中諸先達論之詳矣，獨嘉二子之克成先志，且不勝今昔之感也，爰叙而歸之。道光二十年十二月既望。

〔一〕《知止齋遺集·先文端公古文稿》中亦收此文，文字全同。

説文類纂叙〔一〕

漢人詁訓之學，皆有師承，其能綜覈六藝，撢擇群言者，必推叔重許氏、康成鄭氏。康成解經遠引故書，旁徵今律，方言圖讖，靡不畢晐。而許君生東漢之初，親從賈侍中受古學，博采通人，信而有證，既爲《五經異義》，又作《説文解字》十四篇，探嘖索隱，以究萬原，唐虞三代之文，賴以不墜；先聖製作之微恉，繇是丕昭，厥功爲尤大。後世能表章是書者，惟徐鼎臣、楚金兄弟。訖于勝國，其學寖微。聖朝化洽同文，教隆樸學，其書始復盛行于時。至金壇段大令勒成一家之言，而《説文》之學于是粲乎大備矣。

吾鄉宗牧厓先生落拓一官，投戟高厲，年踰八十，聰明如少壯時，論議縱横，嗜學不倦。以《説文》中多古言古義，爰輯《類纂》一編，俾幼學便于誦習，炳燭之明，良足嘉尚已。抑許君有言曰：「文字者，經藝之本，王政之始也。」蓋古人之未有不孯精小學，而能辨言觀政者。孔子與子路論政曰：「必也正名乎。」皇侃疏引鄭注云：「正名，謂正書字也。古者曰名，今世曰字。」《禮記》曰：「百名以上，則書之于策。」孔子見時教不行，故欲正其文字也。周之盛時，保氏以是教國子，司徒以是教萬民。外史既達之于四方，大行人復聚列國瞽史于天子之宫而教習焉。雖絶域遐方，亦無有敢亂名改作者。逮漢唐之世，治已不古若矣。而漢律學僮，猶試諷籀書，乃得爲史。又以八體課之，最者爲尚書史。《唐六典》亦載書學博士以石經《説文》、《字林》教士。誠以稽古之要，即從政之基也。學者誠能于許君之説重而習之，參其同異，觀其會通，則以之治經，必不至有穿鑿傅會之弊。他日揚于王庭，宣教明化，百工以乂，萬品以察，雖以之治天下國家無難矣，小學云乎哉。道光二十有三年歲在昭陽單閼橘如月朔日甲戌。

〔一〕《知止齋遺集·先文端公古文稿》中亦收此文，文字全同。

周禮詳節叙〔一〕

説《周禮》者，漢人專明典制，宋人專談義理，各執一説，所見皆偏。至俞廷椿作《復古編》變亂古經，橫生新解，嗣是紛紜顛倒，彌復穿鑿支離。迄于有明，此學幾廢。聖朝經術大昌，英賢輩出，若方氏、惠氏、江氏、戴氏諸家，類能推究禮意之精微，其言確有依據。自欽定《周官義疏》頒行海內，兼綜條貫，集漢學宋學之大成，于是周公製作之恉，燦然備著。承學之士，益知所嚮方焉。徽江陶液南孝廉嘗薈粹衆説，擷其精英，手鈔一編，爲家塾讀本。吾邑錢子賢茂材，君弟子也，謀鋟諸版，問序于予。予讀之，嘆其決擇精審，詞簡而義賅，洵足爲治經之一助矣。慨自新莽、荆舒以《周官》文其奸，而世遂用是相詬病。東漢林孝存作《十論七難》以排之，宋儒或疑爲戰國陰謀之書，而胡宏、包奎輩直以爲劉歆所作，雖淹博如洪景盧，亦力持此論。嗚呼，二王假泉府以變法，故害中於蒼生；宇文周仿六典以建官，唐代因而損益之，卒成太平之治。然則《周官》豈能誤人，實不善學《周官》者之自誤耳。旨哉，程子之言也，曰：「有《關雎》、《麟趾》之意，然後可行《周官》之法度。」世之善治經者，毋狃于一偏之見，而師心自用，則雖以之治天下可矣。豈特爲經生帖括之資哉。

〔一〕《知止齋遺集·先文端公古文稿》中亦收此文，文字全同。

月宜閣詩叙[一]

崇素鄉在邑西北，俗尚樸素，鄉以是名。其間鄽里以十數，恬莊爲大。恬莊闤闠稠密，民物殷庶，其人皆好稼穡、敦詩書，弦誦之聲，衡宇相望也，而楊氏爲最。楊氏自守默翁以馴行孝謹聞乎一鄉，族日以大，群從子弟遵其家法，份份乎質有其文矣。雲卿明經其一也。雲卿工制舉業，先予一年補博士弟子員。學使者歲科試輒入高等，而屢詘于省試。予時尚少，落落寡交游，每以試事至金陵玉峰，遇之稠人中，一揖後即别去，初不知其能詩也。其後予游宦四方，遂久不相聞。迨予乞養歸田，而雲卿已前卒矣。《月宜閣詩》一卷，蓋君於力學之暇，肄業及之，以陶寫性情者也。清而不失之儉，巧而不傷於纖，獨申胸懷，不以力構，使天假之年，所造正未可量，而惜其僅止於此也。吾聞之詩者，志也，持也，承也。在心爲志，發言爲詩，極其效可以成孝敬、厚人倫、美教化、移風俗。故古者大師教六詩，必以知仁聖義中和爲之本，正其始也。王者巡守，陳詩以觀民風，不越乎日用飲食之質，防其情也。詩之爲用大矣哉。雲卿恬澹爲心，善承先志，用能敬持其行，和洽一鄉，其發而爲詩者，自有合於風人温柔敦厚之指矣。後之君子，尚其懷舊俗而瞿然以興與。道光甲辰九月朔，同邑翁心存撰[二]。

〔一〕《知止齋遺集·知止齋文稿》第一册、第四册及《知止齋遺集·先文端公古文稿》均録有此文，今互爲校正。

〔二〕「道光甲辰九月朔，同邑翁心存撰」，一本無此句。

西谿詩叙〔一〕

《西谿詩》一卷，明鹽城王先生信簣。舊有唐襄文叙，稱先生爲人忠義勃發，尤善譚兵，有馬文淵馬革裹尸之志。襄文視師江淮，嘗過其廬，詢東南海口諸險要狀，先生繪圖以進，區處規畫，皆中機宜，而深以弗究厥用爲惜。予案《南昌府志》載：王信，淮安人，嘉靖中爲進賢縣主簿，宦迹及年月皆不詳。以襄文叙考之，先生罷官東歸，當在嘉靖三十七年，《志》列于二十一年蔡棠之前，誤也。先生曾孫百度字介石，明季官劉河游擊將軍，與海賊顧榮戰，遇伏死之。其弟揆一冒白刃入重圍，負尸出。後榮降隸軍門戲下，戴鶡冠出入，意揚揚自得，揆一與偕上謁，潛袖鐵椎擊殺榮，上官嘉焉，命代兄職，辭不就。一門忠義，光燿前人矣。

先生之詩沈雄伉爽，有河朔俠烈風。其閔時嫉俗之懷，常寓諸篇什。襄文許其必傳，欲梓行而未果。先生裔孫廷標慮其久而散失也，亟謀剞劂，並以介石遺詩附焉，而乞予一言以爲叙。予受而讀之，喟然曰：人才之顯晦，洵關乎世運哉。當明肅皇帝時，島夷不靖，瀕海驛騷，蔓延幾數千里。胡梅林開府浙江，性喜賓客，一時東南賢士大夫，若茅順甫、徐文長、沈嘉則、王仲房輩，皆羅致賓館，奇謀秘計，翊贊良多。暇輒張筵賦詩，酬贈優渥。然未嘗一登剡牘，辟置幕僚。即賢如襄文者，既知先生之才，深喜其可與共事；且李石麓、宗方城諸公方布列朝端，力可共相推挽，迺亦弗克汲引牽復，俾得稍見諸設施。豈不以分宜攬權，慈谿怙勢，貪饕無厭，罔利營私，倜儻非常之才，固宜伏匿而不出耶。洎乎末造，流寇蹂躪中原，列城長吏望風遠遯，介石奮迹，偏裨巡徼海澨，獨提一旅之卒，誓翦鯨鯢，壯志未酬，遂以身徇。其弟卒能出奇殺賊，雪憤復仇，千載而下，凜凜有生氣焉。而褒恤未紀于司勳，姓氏弗彰于史策，紀綱隳壞，國事尚可爲乎。獨幸三百年來，洊經兵燹，零編斷簡，猶僅存于塵封蠹蝕之餘，蓋忠義之氣，自有不可泯没者。而廷標克念厥祖，彙刊家集以永其傳，其志亦足尚也。是爲叙。道光二十四年甲辰八月朔。

〔一〕《知止齋文稿》第一册、第四册及《先文端公古文稿》均録有此文，文字全同。

何悔庵同年士祁村居讀書圖叙〔一〕

山陰何侯悔庵，予同年生也。道光丙午夏，侯以郡丞來攝昭文縣事。縣故從常熟析置，壤地相錯，賦重民媮，黠吏復上下其手，鄉甿嗛焉，群不逞扇之，遂洶洶不靖。城東數十村落，弗獲安居者半載矣。侯至，則論吏罪如律，而立搒奸民數人置諸法，均賦税，興教化，威德並立，民用大和。聽政之暇，出視舊繪《村居讀書圖》，屬予一言。

予方讀禮禫廬，未有以應也。越明年六月，侯將去，乃復於侯曰：「黄梨洲有言『讀書難，藏書尤難』。予謂藏書固難，藏而能讀，讀而能施諸實用則更難。侯聚書十餘萬卷，手自校讐編輯《震無咎齋書目》，決擇精當，居官恒攜書自隨。所莅皆劇邑，鈎稽聽斷，日不暇給，侯晝坐堂皇治官事，夜即爇燭讀書，三見跋乃罷。故其爲治，嚴而不苛，寬而有體，蓋服官幾三十載，未嘗一日廢書也。又奚戀戀於村居爲。」侯愀然曰：「鏡湖之西，是爲峽山，先人之敝廬在焉。幼嘗讀書其中，四時光景，懷不能忘，圖以識之，睠先澤思遂初也。」予嘆曰：「有是哉。吾嘗讀曾子固《學舍》、《南軒》諸記，歷叙其少長出處與其好慕之心。蓋將返求夫修身理人之道，而遂其志以有待也。其所學愈博，其所任愈重，豈真以困心勞形而有樂於伏閑隱陝哉。抑侯之感當更有深焉者。」辛丑壬寅之際，蠻煙障海，椰帆蔽江，東南數千里之民，重足荷擔而立，侯方隨元戎莫府下句章，飛符轉饟，馳傳過鄉關，遥望白雲蓬蓬出宛委禹穴間，度亦不遑啟處矣。今者干戈韜閣，閭井晏然，侯與吾徒方且考論道德之指歸，稱説詩書以虞樂，非仰賴聖天子懷柔有道，何以臻兹。夫除莠以安良，綏内以靖外，宣上德而達下情，俾民氣復而人心固，邊陲謐而扞城堅，此良有司職也。《蟋蟀》之首章曰：「職思其居。」其次章曰：「職思其外。」其三章曰：「職思其憂。」蓋思其居，吾職也，思其外且思其憂，乃可盡吾所居之職，而使人各安厥居也。此豈齷齪之俗吏，與夫佔畢之陋儒，所能及者乎。既以復於侯，遂書之卷末，以效凋阿之告云。

〔一〕《知止齋遺集·先文端公古文稿》中亦收此文，文字全同。

朱指山補竹思親圖叙[一]

洞庭朱君指山，性至孝，嘗爲其母石太君種竹於堂下。太君歾，朱君時時走竹所號慟，淚灑竹，竹枯，朱君即補植之。于是太君之歾且十餘年矣，朱君思慕不衰，命工繪圖，而屬予叙其事。予方居吾母張太淑人之喪，展視未竟，輒泫然以悲，既除服，迺爲之叙曰：

人子之事親也，居則致其敬，養則致其樂，病則致其憂，如是焉而已。其或采杞行吟，苞桑興慨，作歌來諗，時寫其纏綿眷戀之思。然其思亦有時而釋也，若乃蓼莪銜恤，風樹增哀，膝下之歡已同過隙，入門弗見也，上堂弗見也，入室又弗見也，亡矣喪矣，不可復見已矣。人子之思慕乃從此無窮期矣。心絶志悲，不得已而假於物以致其思。是故踐乎奥阼則思吾親之居處焉，行於庭户則思吾親之笑語焉，陳其尊俎則思吾親之厭飫焉，矧吾親所愛護而玩撫者乎。此朱君作圖之恉也。抑吾聞之，言思可道，行思可樂，臨民之則也；進思盡忠，退思補過，事上之職也。今夫竹之爲物也，勁節外挺，矢剛直也；洞心中虚，志撝抑也；柯葉不改，增美質也；浮筠紛尃，表盡飾也。采之爲箭笴，武備以飭也；削之爲簡書，學業以殖也。以是致思，可以成君子之德矣。《記》有之：「將爲善，思貽父母令名，必果；將爲不善，思貽父母羞辱，必不果。」朱君勉乎哉。顯親揚名，勤思厚植，毋徒沾沾焉思慈愛忘勞，同於小孝之用力哉。嗚呼，鮮民之生，不如死之久矣，因朱君而一抒予悲焉，願以質世之爲人子者。道光二十八年歲在著雍涒灘畢陬月既望。

〔一〕《知止齋遺集·先文端公古文稿》中亦收此文，文字全同。

衛雨莊孝廉制義叙〔一〕

釣渚在邑治西南四十里，右倚宛山，左瞰嘉陵，蕩奥如曠如，其地多讀書好古之士，先友范東叔丈之居在焉。

丈之文，亦奥如曠如，不懈而及於古者也。予每上冢，至横塘，隔湖遥望廬舍鱗次，喬木蒼然，欲往游焉而未果。壬寅夏，奉母避兵斯土，寓衛氏之誦芬堂，始與鄉之人相習。衛子小莊尤昕夕過從無間。今年春，小莊奉其尊甫雨莊先生遺稿一帙，屬加審定。且曰：「吾先人工爲制舉之文，至老不倦，顧隨手散去。兹所存僅課徒之作，非其至者，願得一言弁諸簡端，庶垂不朽。」予固辭不獲，乃受而讀之。其文樸實，説理不苟爲炳炳烺烺者，而黝然之光、盎然之味令人自得於楮墨之外。讀其文，可想見其爲人也。夫文以理爲主，理不醇而徒彫績其辭，淩厲其氣，亦足希一時之遇，而以先民之繩尺求之，猶枘鑿然。無他，詭于正也。今先生之文理既醇矣，而辭與氣又足以輔之，雖未知於范丈之文何如，然而詭于正者尠矣。予方裒集先大夫詩、古文辭及制義稿，鋟版以傳，深喜小莊之有同志也。爰爲擇其尤者若干篇，僭綴評語而序以歸之。道光戊申十一月既望。

〔一〕《知止齋遺集·先文端公古文稿》中亦收此文，文字全同，惟「而以先民……」一句脱「民」字。

壁勤襄公遺書叙〔一〕

咸豐三年秋，小醜跳梁，驛騷三輔。天子赫然震怒，命將出師，簡諸王大臣統禁旅，巡防京師。即家起内大臣壁公入參謀議，且命以所撰《聞見録》呈進，海内引領仰望，以爲殆如《詩》所稱「方叔元老，克壯其猶」者歟。踰年賊平，而公已老病，盡瘁殁矣。

公以世臣起家縣令，洊擢監司，經營西域，守孤城功最，旋鎮八閩，開府三江，事迹備載國史。晚年養痾，以平生所躬歷而心得者，著書三種。曰《兵武聞見録》，經進御覽；曰《守邊輯要》，謹邊防也；曰《牧令要訣》，飭吏治也。喆嗣月川制府彙刊行世。

翁心存曰：公之烈光炳焕昭明，公之惠澤沾渥給足，人既知之矣，亦知公之學之所本乎。蓋公之先德和泰庵尚書湛深經術，尤邃於《易》，嘗著《讀易匯參》一書。公習聞庭訓，默會乎陰陽消息之原，故能觸處皆通，用以開物而成務。《師》之象曰：「容民畜衆。」又曰：「能以衆正。」言行師必以得民爲先也。《比》之象曰：「建萬國，親諸侯。」又曰：「邑人不誡。」言禦外必以安内爲先也。《雜卦》傳首言：「《乾》剛《坤》柔。」而即繼之以「《比》樂《師》憂。」言理天下者，必抱先憂後樂之懷，而後用協剛柔，乾坤清晏也。然則公之學謂非本於《易》乎。月川秉吉甫文武之略，藴召虎肇敏之才，鎮遏嚴疆，拊循畿輔，必有以使吏畏民懷，内綏外靖，成公未竟之志者矣。咸豐九年冬十二月朔。

〔一〕本篇整理自《知止齋遺集·知止齋文賸稿》。

退思齋詩存叙〔一〕

嘉慶丙子，予與卞君光河同舉於鄉，始相識，入都客史望之尚書邸，得遍交揚州賢士大夫，而與君暨吴文節、陳仲雲最善。文節沈毅，仲雲和易，君長身玉立，才識開敏，先予一日生，予兄事之，過從尤密也。溯君與余交三十年，其始也，連試禮部不第，留京師，結文會，兩人方年少氣盛，酒酣耳熱，論議今古，縱横下上，慨然各以天下爲己任，此一時也。

已而先後成進士，入詞垣，予直三天，君歷官臺院，以直諫著聞。戊子，君典蜀試，壬辰予又銜命往，君爲予言蜀中險要、利病與夫所以掄才察弊者甚備。予以是奉使無闕事，此一時也。迨君出守鳳陽，移任寧國，尋擢監司，所至有聲，駸駸嚮用。而予以母老乞養，伏處海隅，數載不通音問。此又一時也。

洎乎辛丑之冬，島夷闌入四明，君方奉諱家居，奪情起，理浙江軍饟，道出吴門，信宿滄浪亭。予適奉母就璺入郡，握手相慰勞，君言東南兵罷耎，不可恃，當事者又馭之無紀律，輒拊膺太息，感慨欷歔，因罷去。自是遂不復相見矣。

仲雲先歾，君繼之，不數年而粤賊蠭起，蹂楚跨皖，踞金陵，熸維揚，文節提孤軍轉戰江漢間，援絶死之。嗚呼，使君尚存，相與左提右挈，於天下事或少有補救，而惜乎其已卒也。君爲詩不甚經意，隨手散佚，歾後其子捃摭鈔録爲《退思齋詩存》二卷，黄樹齋侍郎論之詳矣。予獨追念平生，悲君之未竟厥施，而重爲天下人材惜也。君長子寶書，官滄州知州；次子寶第，予門下士，官刑曹，記名以御史用，皆卓犖有父風，必能繼君之志者。咸豐九年冬十有二月。

〔一〕本篇整理自《知止齋遺集·知止齋文牘稿》。

史鑑節要便讀序〔一〕

和州鮑穆堂太史直上書房有年，會皇帝以沖齡踐阼，詔内廷諸臣采輯史事之可爲法戒者，書成進御，被旨褒嘉，恩賚文綺，穆堂與焉。其秋，奉視學粤西之命，瀕行，出其贈公古村先生《史鑑節要》一編求序，予於是知穆堂史學之有自也。

考古來以韻語叙史事者，其原出於荀卿子《成相篇》，而以四言編貫史籍，昉於宋黄繼善之《史學提要》，元錢天祐之《叙古頌》，其後明趙南星有《史韻》，國朝葛震有《詩史》，仲宏道有《增定史韻》，數家之書，不過便初學者之記誦，與好事家之藏弆耳。先生潛德未彰，身後遺書多燬於兵燹，獨是編幸存。穆堂以進於朝，得備石室金匱之儲，其爲榮多矣。抑君子之居斯世也，必求所以不朽乎斯世者。然則先生之著是書，非徒嘉惠學者，爲尚論千古之助也。穆堂行矣，苟本斯意以訓迪多士，庶幾克廣先生教人之微意也與。同治元年秋七月，常熟翁心存序。

〔一〕本篇整理自《知止齋遺集·知止齋文賸稿》。

依淥園詩草敘〔一〕

江淮間多英偉瓌異之才，然或有才而不見用，或用矣而未竟其設施，則時命存焉。予疇昔嘗遍交揚州賢士大夫，獨以未識吴君仲甫爲憾。仲甫中嘉慶丙子順天副榜，其弟德甫是年亦舉江南鄉試，皆與予爲同年生。仲甫之尊人螺峰先生，登乾隆癸卯賢書，又先大夫同年友也。先生通達時務，尤熟於水道，著有《淮揚水利編》，然卒莫有用之者，而終於司鐸。仲甫考職得湖南縣丞，歷攝縣事，政聲卓著。咸豐壬子秋，長沙被兵，仲甫老矣，又爲閒曹，亟登陴助守八十晝夜，意氣彌奮。事定，大吏奏其狀，上褒嘉焉，將擢爲令，而仲遽遽以勤事死矣。嗟乎，士之懷才待用，而沉滯阨塞以終其身者可勝道哉。

今年春，仲甫之子紫珊以孝廉方正徵，待對闕下，來謁。見其所爲《水利策》及《團練説》切實條鬯，嘆爲有用之才。其秋，以知縣分發河南，瀕行，出先生《依淥園詩》一册屬題。予受而讀之，詩雖不多，亦未嘗刻意求工，然足以覘其用世之志矣。紫珊官中州，中州數被河患，其衝壓處田尚汙萊，宜有以還定安集之。今河已北徙，順水之性導之，俾漸復禹迹，紓淮揚數郡之大害，此百世之功也。梁宋之郊，捻匪充斥，爲宵旰憂，特命大臣督辦團練。誠使牧令皆清勤明察，有以固結乎民心，其民皆愛戴而捍衛之，可以爲干城，即可以爲腹心，此一時之要也。紫珊勉乎哉。本家學爲敷施，上成先人之志，行實政以收實效，在此時矣。予耄老病瞀，蒿目時艱，日冀人才之多有益於世用，爰謹述先生之志，而深有望於後賢云。咸豐辛酉秋七月既望。

〔一〕本篇整理自《知止齋遺集·知止齋文賸稿》。

卷二十五〔一〕

〔一〕本卷除《恭祝例封孺人衛母陳太孺人七秩壽序》外，其餘均整理自《知止齋遺集·知止齋文稿》。

王蓺齋先生七十壽叙〔一〕

道光十一年春，分巡南汝光道蓺齋王先生秩滿入覲，事竣將行，於是公年七十矣。吾邑之宦游京師者，相與餞公於城南花之寺，稱觴壽公，而屬余爲之叙。

余謂以文爲壽非古也，惟公生平立言，有關於國計民生者甚鉅，余備員右史，職當執簡而書之。國家歲漕粟於東南數百萬賦，皆惟正之供，前代浮糧疊次寬減，又定爲官收官兑，俾小民毋魚肉於運丁，其立法固已盡善。顧行之既久，則法亦不能無弊，不盡去其弊，而徒欲更法以調停之，則法日壞，弊日滋，而民力且重困。今天子御極之初，飭紀整綱，百廢具舉。其時節鎮重臣，慮漕弊之不可驟除，乃以權宜之説進。公方爲御史，抗疏力言其不可，指陳利弊，反復數千言，而其大指歸於厚民生、持大體。天子慨然動容，敕下中外大臣悉心核議，言雖未能盡行，而更法之議遂中絀。當是時，公之直聲聞天下，海內人士識與不識，皆嘖嘖頌公之賢，下至閭閻小夫，争録疏藁，傳頌而贊嘆之。所謂仁人之言，其利溥者非耶。高允有言：吾有陰德，濟救民命，壽應享百年。公之言其所濟者衆矣，然則其壽亦烏可量哉。

吾邑先達中，官臺諫有聲者，康熙時則有蔣莘田先生，雍乾之際則有陶晚聞先生，而次山王先生尤著，歷八十餘年，而公繼之，洵足爲吾邑之光已。公之孝友忠信，和樂坦易，里中父老能言之。其巡淮西也，盜賊屏迹；其攝臬事也，刑獄不煩；中州之人能述之，吾故不具論。論其立言之大者如此。古者鄉飲酒之禮，工歌《鹿鳴》之三，笙奏《南陔》之三，歌《魚麗》，則笙《由庚》；歌《南有嘉魚》，則笙《崇邱》；歌《南山有臺》，則笙《由儀》，蓋古之君子，類皆馳驅王事，不遑啟處，其鄉之人，苟得以暇時相從式燕，則尤致其歡欣鼓舞之情。而其所以頌之者，一則曰德音不已，再則曰德音是茂，蓋必如是，而後眉壽可卜，黄耇可期也。公年躋杖國而德容充晬，精神强固，天子方駸駸嚮用，畀以旬宣節鉞之寄，他日嘉謨之入告者必益多，而其利濟於斯民者必益大，豈獨鄉之人交相慶幸已哉。竊附於《小雅》之頌德音者，以祝公期頤之壽云爾。

〔一〕該篇《知止齋遺集·先文端公古文稿》中亦收，文字全同。

周又谿先生七十壽叙[一]

自古人臣，利澤及人最深而享年最永者，莫如周之召公。王充《論衡》稱召公壽百有八十歲，其説不見於經，然徵之於詩，其事良可信。《甘棠》之詩，美召公也，首章曰「茇」，次章曰「税」，三章曰「憩」，其爲巡行之時愈暫，而曰勿伐、曰勿敗、曰勿拜，其不忍毁傷之意愈益深。蓋古昔聖賢，皆以天下爲己任。居是位則思澤其民，其精神恒貫乎數百世而遥，故其民謳思歌舞之亦數百年而未艾。得衆動天，美意延年，仁者必壽，豈虚言哉。夫甘棠，非召公所手植也。汝墳、江漢之間，亦非召公所專轄也，而其民尚思慕之不衰若此。則夫手開衣食之源，利澤遍於數百里，其行仁而得壽，有不如召公者乎。

吾邑周又谿先生初筮仕，宰甘肅之高臺。其地近玉門，土瘠而民窶，裋褐不完，有終其身弗知布帛之暖者，婦不習女紅，夫出，無以餬口，不一二年輒他適，先生憫焉，謀所以厚民生者。念土魯番産木綿甚夥，商販捆載入關者必經是邑，爰捐廉市綿，製紡車千餘，具召鄉之老婦入官廨，給食予錢，令妻孥教之紡藝，既成，分授以綿及紡具，俾各歸教於其鄉。紡就之綫，官平其直，募匠織之，益製布機，勸民學織，積布既多，乃招商貿之，以售於鄰邑。民皆踴躍奮興，朞年之間，户鮮號寒，歌無《行露》。上官器之，調任皋蘭，實爲甘肅省會首邑，庶務繁劇，先生爲政之暇，教民紡織一如在高臺時。又稔知其土宜綿，勸民之蓺水菸者易而蓺綿，利日益溥。上官頒其法於他邑，仿行之，皆有效，此其利澤豈淺鮮哉。

嘗怪世之爲能吏者，知有催科而已，知有聽訟而已，其有潔己奉公，稍自拔於流俗者，即詡詡焉自以爲盡職。及問以興利除弊，輒曰「是非吾力之所及也」，或又曰「昔之人胡不先我而行之，殆非其土之所宜也」。不知李冰治蜀郡，鑿江溉田；韋丹治豫章，易茅以瓦，至今民受其賜。由此言之，物土之宜而布其利，亦存乎其人耳。誠得如先生者數千百人，分治天下州縣，亦何利之不可興，何害之不可除哉。

先生氣度沖遠，睟乎其容，遇事立斷無留滯。回疆不靖，從事戎行，糗糧芻茭，轉輸無闕，殆又仁者之勇歟。兩子皆爲邑宰，著循聲。長君鶴儕知浙江西安縣，值歲祲，積粟拯饑，活人無算，洵能紹其家聲者。今年冬，先生七十初度，吾邑人士製錦鄆祝，而屬余爲文以侑之。余惟先生之仁政，已深洽於民心，里鄙之稱揚，無以逾彼都人士之謳吟頌禱也。無已，請爲誦《南山有臺》之詩，其詩三章曰：「樂只君子，民之父母。」其四章曰：「樂只君子，遐不眉壽。」其五章曰：「樂只君子，保艾爾後。」若先生者，可以爲民之父母矣。

〔一〕《知止齋遺集·先文端公古文稿》中亦收此文，文字全同。

龐子方七十壽序[一]

吾邑自明嘉靖甲辰，瞿文懿公以禮部試第一人，殿試一甲第二人，成進士，爲時名臣，閲二百七十四年，至嘉慶丁丑，而予同年生龐君星齋始舉會試第一。又三十年，道光丁未，星齋之兄子寶生以禮部試第二人、廷試一甲第三人及第，科第之盛，鄉郘榮焉。龐氏在前明時，以孝弟力田世其家。有賓虞翁者，治《詩》，精毛氏學，與瞿文懿、嚴文靖諸公友，稱「虞山十傑」。厥後守其家法，皆闇然自修，不爲炫襮之行。而寶生之尊人子方先生，邃於經術，爲國子學録，中年即謝去，以厚德矜式里閭，宜其積之久而發之盛若此也。

今年春，先生年七十，寶生服官於朝，不能歸上壽，以予知先生深，請爲文叙之。當嘉慶、道光間，先生與予以試事集京師，一時里中賢傑，若周子鶴儕、吴子偉卿、邵子鞠泉及先生之弟星齋共爲道義交，以學行相切劘，文讌無虚日，酒酣耳熱，輒抵掌論議上下古今，慨然各道其志。先生方覃思經義，邈焉若弗聞，與之語，或瞠目視，默不發一言，同人皆笑之。已而諸子或官郎曹，或仕州縣，稍稍自見其才矣，而皆未竟其設施。三十年來，零落殆盡，獨先生以經學教授生徒，從游者日衆，口講指畫，神明若少壯時，豈非仁者之壽，必本於静乎。

昔高密鄭君，隱修經業，杜門不出，邦人化之，黄巾相約不敢入縣境。然其《戒子益恩書》曰：

「入此歲來，已七十矣……案之禮典，便合傳家。」其志若無意於世者。今先生頤養邱園，隱然負東南師儒之望，方且勖其子以立身揚名，其志趣視鄭君何如也。賨生爲翰林，不數年超遷學士，兼攝司成，介然守特立不阿之操，天子知其才，擢爲光禄卿，仍權祭酒事。於是先生窮經致用之心，將托其子以大顯於世矣。《禮》「七十養於學」，虞夏殷周之養國老必於大學者，以其爲講明孝弟禮義之所也。《詩》有之：「酌以大斗，以祈黄耇。黄耇台背，以引以翼。壽考維祺，以介景福。」毛氏訓「引」爲「長」，「翼」爲「敬」；鄭君謂在前曰「引」，在旁曰「翼」，義相通也。賨生勉乎哉。長守敬慎，翼贊聖明，使孝弟發諸朝廷，行乎道路，至乎州巷，修乎軍旅，致治平而成福禄，以斯壽其親，不亦大歟。書此以質先生，當忻然而笑也。咸豐六年丙辰二月朔。

〔一〕《知止齋遺集·先文端公古文稿》中亦收此文，文字全同。

譚母章太君八十壽叙〔一〕

予與譚子謂廷爲道義交。譚子母章太君以苦節著聞，前學使延津申公書扁曰「馨烈彤書」，旌其門閭，于是太君年八十矣。康强善飯，如六十許人。譚子將以明年春正月，爲太君開九袠稱慶于堂，里人士皆賦詩爲太君壽，而乞予爲文以叙之，予不敢辭。

往者譚子嘗語予曰：「先人樂亭府君爲廉吏，嘗鬻産以償官逋，家遂落。逮府君捐館，所居屋亦轉入他氏。吾母攜子女僦數椽棲止，仰十指以爲活。某之長也，吾母每勖以讀書知大義，某之不見棄于當世君子者，吾母之教也。」又曰：「某性偃蹇，不能隨俗骫骳，以是不諧于時，吾母恒以爲戒。某輒蹙然起自責，謹志之不敢忘。」又曰：「方吾母之茹苦撫孤也，庶母胡挈所生二子别賃屋以居，既而二子皆不育，吾母迎庶母同居，待之和愛有加，蓋二十年如一日也。」譚子之自述如此，予于是嘆太君之賢爲不可及也。

嘗論婦人之行，莫重于貞節，而以苦節著者，天必報之以眉壽。猶之喬松古柏，經冰霜之慘烈，衆卉雕落，而轉益葱翠，必然之理，非倖得之數也。當太君守志之初，門户凋零，黄口孱弱，其度一歲，常艱于它人之數歲。則其晚年，固宜倍享安樂壽考，以償昔日之苦。吾知太君之壽方未有艾矣。譚子懷才不遇，久客于外，今歸而杜門養親，予亦以老母在堂，乞養歸田里。版輿之樂，予兩人皆遂其願。則夫和循陔之章，登堂鞠跽，爲太君進一觴者，固莫如予宜也。是爲叙。道光十有九年十二月。

〔一〕《知止齋遺集·先文端公古文稿》中亦收此文，文字全同。

恭祝例封孺人衛母陳太孺人七秩壽序〔一〕

懿夫。誦奚斯之詩，壽母歌其燕喜；模姜姞之鼎，晋室傳其麋蘄。聿當設帨之辰，宜有侑觴之頌。然而剡陳坤理，祓飾履祺。鋪綴秘儀，摛張洪算。觩觗之語，每易貢諛；肇帨之辭，尤多失實。轉不足以標女師之芬藻，顯母德之柔嘉。用敢芟薙卮言，庶克導揚梱緻。

惟衛母陳太孺人，江左名家，太邱嬌女。居鄰琴瀆，德紀聚星。秀毓蓉湖，才能詠雪。刺繡奪流黄之錦，巧擅針神；簪花逾飛白之書，譽高櫛士。四德夙嫺於姆教，三星正賦於風詩。聿誦宜家，來嬪君子。年甫十九，歸於孝廉雨莊先生。鵲夕牽絲，雞晨鳴珮。男錢時備，朋酒先儲。調和江檖，滄鼂職諳中饋；整頓海圖，紫鳳勤育將雛。內外俱無間言，進止皆有法度。芬溢卮匜之側，譽流娋媢之間。

孝廉君以文節之苗裔，居海虞之水鄉。屋角點螺，看苑山之秀色；闌邊射鴨，愛釣渚之晴漪。雖家本素封，而業當中落。庭懸犢鼻，知南阮之安貧；藁束牛腰，類東方之獻策。樹色溪光而外，大有清風；詩瓢畫卷之餘，別無長物。而太孺人敬恭匪懈，清白相規。鳴機分炤字之螢，瀹茗伴鑽書之蠹。遂乃鹿苹肆雅，歡洽銀笙。蟾桂攀香，名題蕊榜。雕龍學富，略抒夫子之清才；挽鹿心劬，藉答少君之苦志。既而孝廉君遇躓春官，趣耽秋士。遽捨求名之計，遂爲偕隱之謀。吟詩而老屋打頭，采菊則遠山當面。紙閣蘆簾之側，清宜江上之高人；繩床經卷之間，淡對閨中之良友。桐君之録一卷，漫叟之銘兩篇。鴻案同披，鷗波互賞。釵荆裙布，從隱君子以閒居；硯雨杯晴，占農丈人以紀候。樂可知已，清何如之。尤可敬者：延五窮於上坐，孝廉君固甘守清貧；勵一介之貞操，太孺人亦雅稱同志。所以利趨若騖，衆方謀粱稻之肥；迹遠於鷗，彼獨耐菰蘆之冷響。使閨閣有啼飢之婦，室人騰交謫之聲。亦安能全漁隱之幽懷，絶貪泉之妄念。而乃評來春月，助玉局之風流；斷到朝炊，作香閨之韻事。拔金釵以沽酒，詩和典琴；剉薦草而留賓，人來説餅。未有幾微之色，稍嫌寒素之風。此則歡開居士之顔，不礙薪添槐葉；修到詩人之婦，奚辭瘦似梅花。非獨内職之克嫺，亦見雅懷之足尚者矣。

洎乎匳鏡中分，楹書代勖。縱劉樊之偕老，始願終乖；而鍾赫之垂型，風儀益懋。令嗣小莊大兄秉孝砥行，遺榮積勤。以樸學爲家修，娱春暉於晚景。何蓄侍養，不爲科舉之文章；考叔嘗羹，自樂田園之晨夕。蘭羞能絜，蔗境方甜。矧復子舍謀詒，孫枝秀擢。爻占再索，連誕石麟；喜溢重闈，爭粘蠟鳳。視膳則婦隨夫唱，綦履衿纓；含飴則男唯女俞，瑶環瑜珥。殆所謂栽培敦厚，則竺數莔敷；闓澤深醇，則孳萌滋茁者歟。

兹者序紀寅賓，籌添亥算。寫威神於吉洗，拱繡緯於神姻。火樹星橋，户户金鰲之彩；瑶池蓬島，年年青鳥之書。酒斟延壽之觴，樂奏長生之曲。蘭裓抃慶，梓里欽儀。幸瞻寶婺之光，得檢靈妃之籍。一言恭介，八髝初開。所願綰綽長綿，菩提廣蔭。春滿大千界内，介眉斟北斗之漿；月圓第一回時，拜手晋南山之爵。謹序。賜進士出身、誥授中議大夫、大理寺少卿、上書房行走加一級、世侍生翁心存頓首拜撰並書。

〔一〕本篇整理自《知止齋遺集·先文端公古文稿》。

卷二十六[一]

〔一〕本卷各篇均整理自《知止齋遺集·知止齋文稿》。

讀書劄記[一]

《論語》首章實與《易》之《文言》相表裏。「學而時習之」即《乾》之進德修業欲及時也；「有朋自遠方來」即《乾》之同聲相應、同氣相求也；「人不知而不愠」即《乾》之遯世無悶，不見是而無悶也；而「學」之一字貫徹始終，君子之功修，畢生罔懈，則乾乾因其時而惕，即君子自强不息之全神也。然則《學而》一章，實括乾元之義藴也夫。

臯陶言「巧言令色」，而顯斥之曰「孔壬」，夬之「揚于王庭」也。孔子言「巧言令色」，而婉諷之曰「鮮仁」，《姤》之「繫於金柅」也。蓋讒諂面諛之人，便辟側媚之子，雖易惑人，而有識者，尚能一望而知之。惟夫臣奸大慝，包藏禍心，而又濟之以開敏之才，文之以堅僻之學，故能如簧如流，而莫可究詰，色莊色取，而曲爲彌縫，陽竊夫仁之名，而陰行其不仁之術，人主用之則誤國，士大夫近之則失身，所以禹皋之聖，猶動色相戒，以爲可畏，而深念夫知人則哲之難也。夫子逆探其中藏而隱奪其所恃，曰「鮮矣仁」，而後作僞者始無藏身之地矣，而後觀人者可得坐照之方矣。其辭雖緩，直如鑄鼎象物，而魑魅罔兩，俱莫能遁其形也。

不爲《泰》之拔茅，而爲《剥》之碩果，諫而不入，繼者無人，「一薛居州獨如宋王何」，謂謂之士所爲太息流涕者也。雖然，此特爲其臣言之耳。誠爲宋王計，則雖一居州庸何傷。得一薛居州，而敬之重之愛之慕之，虛心以咨之，隆禮以求之，舉國以聽之，與居州同道者進之，與居州異類者黜之，如是長幼卑尊皆薛居州矣，即不必其盡如居州，而亦化於居州矣，雖一居州庸何傷。若乃狎比匪人，播棄黎老，辯足以拒諫，智足以飾非，外博仁義恭儉之虛名，心唯聲色狗馬之是好，雖日與正士周旋，服習禮法，而其意終不屬也。退閒之暇，與爲不善者又麕集矣，即列百居州於廷，曷濟乎。

〔一〕本篇《知止齋遺集·先文端公古文稿》中亦收，文字全同。

先大參公小像畫册跋

六世祖大參公諱長庸，字玉于，號山愚，順治丙戌舉人，丁亥吕宫榜進士。授户部山東司主事，庚寅督理蕪湖鈔關，甲午授山東鹽運使運同，分司濱樂，己亥升長蘆鹽運使，庚子升河南布政司參政，分守河南道，丁未以闕裁回籍候補，癸亥卒。所著有《春秋賓筏》、《譚史》、《蓼野集》、《宏農告夜録》等書，梓行於世。

公清操絶俗，處脂不潤。其榷關蕪湖也，秩滿乞假歸省墓，將入都，資斧不具，貸於業師朱肱鄰先生，得金三百，乃束裝還朝。今手書貸券，猶藏於家也。及裁闕歸，宦槖蕭然，篋中惟貂裘一襲，藥物數裹而已。性慈祥，治洛有惠政，人呼爲「翁佛子」。每判獄，决杖至十五輒回面他顧，不忍視，人又呼爲「翁十五」云。嘗屬蕭尺木寫杜詩三十幅，宋荔裳有長歌紀其事，詩載《安雅堂集》中，寒家中落，不知何時失去。並《告夜録》諸書藏版亦久燬無存矣。

是册繪公小像二，一朝服，一僧服。舊已黴損蠹蝕，先君子幼時，與先季父重裝成帙，數十年來敬謹藏弆。道光乙酉冬，心存視學粤東，迎吾母就養，道經贑灘，從舟觸石碎，圖書盡損，獨此册以吾母藏諸巾笥，賴不沈没，良由保護之勤，抑亦先靈所默佑也。公晚年不復出山，而貧無立錐地，仍餬口四方。康熙辛酉秋游粤，故卷中有陳元孝、梁藥亭諸先生詩。歸一年而遂卒。今越一百四十五年，而心存復奉斯圖來粤。戊子冬十一月，任滿將還，粤之人士祖餞於學海堂。寒梅初華，凍煙欲暝，敬展是册，俾衆共觀。咸嘆翰墨因緣，信有前定也。公之靈儻亦往來於白雲、西樵、珠江、穗石間耶。六世孫心存謹記。

書贈張鹿樵詩後

此余庚辰夏送鹿樵先生觀察河東詩也。先生涖河東之三年，政平人和，百廢具舉，鹽筴既正，萬物流通。乃修學宫，建書院，厚其廩餼，擇子弟之開敏者教之。壬午秋，淫潦爲災，嚙鹽池馬道護堤，晝夜捍禦，得不壞。復奉命疏姚暹渠，修李綽堰，浚涑水河，三月蕆功，不愆於素。政既成，迺陳情乞養，得旨允其行。出處之際，雖古君子何愧焉。既歸，以書來曰：「檢點行裝，失君贈行之什，其爲我補書之。」余詩何足存，而先生政績與余言有適相吻合者，其庶幾無失言之誚也夫。道光三年十二月既望。

書何相文太守南鈺所藏張皋文先生楷書四賦册後

余生少晚，不獲見皋文先生。讀其書，竊心嚮往之。及入詞垣，從鮑覺生師學爲賦。師少時與先生同學，先生定秦漢以來賦爲《七十家賦鈔》，吾師别選賦，則皆刊本行世，雖宗尚不同，而其爲沈博絶麗之文一也。比余視學粵東，相文前輩出先生手書賦四篇見示，皆集中所不載者。蓋當時館中課作，以爲不足存而删之也。先生精篆隸，初不以楷法名，而風格遒古，乃逼真鍾太傅，能者固無不可耶。抑先生傳矣，其書且滿海内，此四賦之傳與不傳奚足爲先生重輕，而相文前輩猶惓惓護惜若此者，蓋相文前輩與先生及吾師皆己未同年生，又同館交，相得甚歡，宜其感舊之念歷久而不忘爾。頃京師信來，適聞吾師凶問，睹卷中跋語手迹，能無泫然。

補刻鐵庵公時文藁跋

勝國之季，制義競尚新奇，偭規改錯，剽剝經子以爲古，雕琢字句以爲工，文體至是敗壞極矣。雖有正希、大士、大力、文止諸君起而振之，然風尚所趨，莫能挽也。國朝文運初興，英豪間出。克猷、次侯高蹈於前，素存、厚庵接武於後，而佔畢之士蔽於見聞，浮僞佹僻之風，猶未盡息。逮康熙癸丑，慕廬先生舉禮部試第一，閱三載丙辰，而吾家尚書公繼捷南宫，鉅製鴻裁，菽林傳誦，翁、韓合稿，家置一編，自時厥後，文體始歸於雅正焉。公與馮香遠書有云：「僕少失怙恃，家貧廢學，年二十後，稍稍涉獵經傳子史、古今人文字，及當世事物之變、日用所遭，以至政治之得失、民風之貞淫，偶有所見，筆之於書，或於時文焉發之。」其自言所得如此。洵歐陽子所謂「爲於舉世不爲之時，始終自守，不牽世俗趨舍」者也。然卒能契真賞，登巍科，導揚盛軌，轉移風氣，豈非文章遇合有與世運相關者歟。是編爲公所手定，久經刊行，百餘年來誦習者少，版藏於家，亦漸漫漶脱落。公之元孫郢錫懼其久而散失也，爰重加校正，補其闕佚，頓還舊觀。匪特式播清塵，亦俾海内大雅宏達之材快睹先民矩矱云爾。道光癸卯夏五月，五世族孫心存謹跋。

鈔月屋樵吟跋

《月屋樵吟》四卷，元黄庚撰，庚字星甫，天台人。此本書名、卷數與《讀書敏求記》所載正同，而闕清常道人跋。《四庫全書總目》則作《月屋漫藁》一卷，《提要》云「集首自序泰定丁卯作」，而此本無之。又云「庚嘗客山陰王英孫家，試越中詩社《枕易》題，庚爲第一，考官李侍郎應祈評語與原詩並在集中」，而此本有詩無評語。《提要》又摘其五七言警語凡七聯，而「柳色獨青眼，梅花同素心」二句，此本亦佚之，不知何以互異也。

道光戊戌夏，予乞養歸里，有書估持是書舊鈔本來售，爲吾邑張氏愛日精廬故物，索值甚昂。予長子同書、長女絳齡以故紙草録兩卷，並詳記其篇葉行款，一夕而畢，以元書還之。予手鈔八葉，以事中輟，藏其藁行笈。今年冬，乃命次孫曾源繕成之。嗚呼，予自歸田後，遂天倫之樂者二年耳。庚子以來，干戈俶擾，骨肉凋零，尋至大故。絳齡適俞氏，殁踰十載。同書壬寅入都供職，出使黔南，不相見者已一紀，今年秩滿北還，復奉命從軍邗上，間關戎馬，備歷艱辛。而長孫曾文讀書守舍，又以防守庤粻，遘暑疾而殀矣。死生契闊，何以爲懷。回憶十六年前，一堂融泄，家室團欒，此樂何可復得耶。誦集中「劬勞空起蓼莪悲」之句，不禁泫然。咸豐癸丑冬十二月廿八日，大雪盈尺，拙叟記。

跋寄張鹿樵觀察書册〔一〕

鹿樵先生殁後二年，喆嗣喬生出此册見示。蓋予三十年來致先生赤牘也，繙閱一過，爲泫然者久之。先生性剛方，與人交落落難合，意所不可，雖達官貴人，視之蔑如也。以是得簡傲聲。然平生師友之誼甚篤，尤虚懷下善，能受盡言。猶憶戊寅己卯間，予客京師，與屈侶甫、程心宇下榻先生兵馬司後街邸舍。舍中竹木幽邃，隔絶塵囂。先生退直後，即就書齋與予輩促膝劇譚上下今古。侶甫援據經史，往復辨難，若長河東注〔二〕。議論偶有牴牾，侶甫輒瞠目直視，須髯戟張，大聲殷墻壁，僮僕皆驚起，竊聽户牖間。先生獨逡巡折服，擊節稱善，每至丙夜乃罷。嗟乎其高懷雅量，豈流俗人所能知哉。如予之筆札蕪陋，語言戇直，久應削而投之。乃猶攟拾弆藏，裝潢成册，甚增予愧，而益感先生用意之勤也。歲月易邁，舊齒云亡。侶甫、心宇亦先後淪謝，疇昔之樂邈不可得矣。聊綴數語以復喬生，俾後之人知先生與予氣誼之深云爾。道光二十年庚子春正月十九日。

〔一〕《知止齋遺集·知止齋文稿》第三册、第四册均録有此文，今互爲校正。

〔二〕「若長河東注」，一本作「滔滔若長河東注」。

題山陰何氏震無咎齋書目

道光丁酉，悔庵何侯薈萃所藏書，編目八巨帙，著録者凡八萬餘卷。比年續有所得，標於上閒，已踰十萬卷，可謂富矣。悔庵自叙謂所藏皆習見之書，無宋元舊本，今觀其目，所載不少驚人秘笈，特未嘗沾沾自憙，效骨董家氣習耳。然又謂巧取豪奪，或可倖免，則予竊疑之。夫以悔庵之卓識雅量，豈真深扃重楗，懼人之奪其所好者，殆故作諧語以資嗢噱歟。且夫書之爲用至神也，藏之名山，籍籍云云，或寂滅而無聞；藏之於身，含英吐芬，迺千載而彌新。悔庵既討論群籍，著爲經綸，施于政而宜于民矣。又疇得奪其希世之珍耶。丁未三月既望。

跋質邸書墨迹

曩侍直三天，屢見質邸所作山水巨幀，顧以未睹手書爲憾。今乃從宛山錢氏獲觀是卷，令人興汝陽天人之嘆。卷中臨君謨、東坡、山谷三家書，俱用晋人法，筆勢圓勁，不落宋人窠臼，視詒晋齋主人書殆如江夏、南郡未易軒輊也。卷後附船山太守書，殊不稱，亟宜割去。惜梅華老人已謝世，安得起九原而問之。

跋樓居圖册

炳也張君屬題其祖母節孝袁太君樓居圖，予方居先太淑人之喪，練祥甫屆，苄蒴銜哀，奚忍有所論説。惟是聞樓居之名，竊瞿然有隱痛焉。嘉慶庚午，先君子卒於海州學舍，先太淑人輿柩歸里，老屋數椽，湫陋特甚。先太淑人獨攜第三孫同書居一小樓，樓東西向，方廣不盈尋丈，夏則驕陽照灼，冬則烈風怒號，更歷寒暑，凡十有六載。迨歲乙酉，就養京邸，始免登降操作之勞。蓋先太淑人之稱未亡人，視太君齒已長，而境遇之阨窮殆又過之。至於勵荼蘗之貞操，訓子孫以慎交，其志行則無不同也。展閱斯圖，不勝感愴。敬跋數語而歸之，竊附於《禮》經「自言己事」之恉云爾。道光丙午六月既望。

跋吕純陽書册

董元宰謂「吕純陽書爲神仙中表表者，今所見東老詩，迺類張長史，又題黄鶴樓，似李北海，仙書尚以名家爲師如此」。予謂天仙游戲人寰，偶爾弄翰，豈必規規摹仿前賢，若楊義和《黄庭内景經》以郗氏爲師者，尚是餐霞服氣，神通未到乘青雲、騎日月、入寥天一地位也。曩予于役瀋陽，過吕翁山，髣髴睹沖舉遺迹。又於薩湘林侍郎迎阿坐上，見吕祖手書楹帖十字，云得之伊吾者，真具造雷起冰手段。今遇此册，復得瞻眄，抑何有緣耶。憶乙未秋，予在浙江試院，痁疾作，夢吕祖畀一合，貯藥二丸，金爲衣，光灼爍射眸子，曰「汝餌其一，留一奉母可也」。予私念吾兄亦善病，安得復乞一丸乎。藥忽盤旋如走盤珠，迸爲四，蘧然驚覺，大汗而愈。今吾兄殁已四載，而吾母之喪忽忽將屆大祥矣，曷禁泫然。道光丁未夏六月八日書。

册凡十葉，字徑二寸許。詩云：「整日山中玩化機，白雲隨鳥去忘歸。道人撥火添牛糞，一片真元鎖翠微。」「湘波淼淼去悠悠，七十仙峰踞上頭。白日魚龍浮水出，不知老樹已經秋。」「天際孤帆落照中，湘靈彈徹玉玲瓏。不知何處騎鯨客，又向天邊喚玉驄。」「小小秋陰寂寂香，曉涼深院試新湯。玉泉不是人間水，汲自華池浴沈郎。」「人世恩仇何用分，天生我輩續斯文。玉皇近下金鑾詔，雁塔風高點夕曛。」「贈宋子」後有「松陵吴氏步蟾手裝」長印，毛懷七絶一首。韋光黻君繡跋云：「彭氏先世奉道，鸞書丹笈，家藏最多。二林先生嘗以二册贈意香毛丈，此其一也。二林謂吕祖偶至岳陽，以煤炱火紙書者。其一册爲狂草，有二林手札及意香跋語，不知今歸何所。」

跋元祐黨籍碑

右元祐黨籍碑一册，俞婿大文所藏。按《潛研堂金石文跋尾》云「是碑元刻無有存者，今世所傳乃南宋人所翻三百九人之本。一在靜江，有慶元戊午饒祖堯跋，一在融州，有嘉定辛未沈暐跋。饒本字畫較大，於諸臣身故者名下注一故字，與沈本異」。內臣有王化臣一人；衮公適，誤衮爲兖；龔夬誤作史，今此本一一脗合，其爲饒本無疑。惟《金石萃編》謂万俟正，沈本作莫伕正，饒本作莫俠正，皆誤。而此本乃作莫伕，並非俠字，竊疑伕、俠形本相似，述庵先生所見之饒本或摹拓糢餬，遂誤仞伕爲俠耳。碑額八分書「元祐黨籍」四字，已脱去，碑首闕「皇帝嗣位之五年」以下五十字。又「詔臣京書之」以下十五字潢裱者割裂字句，連綴成文，失其舊矣。末闕「爲臣不忠、曾任宰臣章惇」一條，亦無跋語，而神彩煥發，波磔分明，尚是舊搨，可寶也。嗚呼，賢奸倒置，舉錯乖方，國是日非，馴致靖康之禍，蓋荆舒之流毒，至是而潰敗決裂，不可收拾矣。《泰》之上九曰：「城復于隍，究其終也。」《遘》之初曰：「繫于金柅，戒其始也。」千古治亂之機，當辨之於蚤。逮乎惡直醜正，實繁有徒；噂沓背憎，淪胥以敗，雖欲補救而無從矣。治天下者可不慎與。

書外舅許公遺像册後

此外舅秋濤許公三十二歲小像，胡金藩封翁所繪也。封翁工寫真，神氣逼肖，而布置景物非其所長，故往往僅畫面目而已。公既久客京邸，此像卷置故紙堆中，鼠嚙蟲穿，巨幀已損汙過半。予妻撿得，珍弆卅載於兹。洎予乞養歸田，乃割去餘幅之斷爛者，屬封翁從孫芑薌山人補繪半身小像，潢裱成册，什襲藏之。嗚呼，芳徽未沬，遺愛猶留。感東武之云亡，嘆西華之不振。厝一棺於蕭寺，何日歸骸；寄八口於章江，誰歟分宅。睠彼行路，且爲累欷。矧在世親，能無增痛。追惟謦欬，庶存髣髴云爾。

書陸朗夫先生（燿）獨立圖後

朗夫先生踐履篤實，經猷閎遠，生平出處大節，特立不阿。本朝理學名臣陸清獻、湯文正、張清恪諸公後，惟公足以繼之。曩讀公論理欲、問喪儀書，輒愾焉想慕。今獲瞻遺像，彌切高山景行之思。心存乞養歸田，實願企公高躅。而澤鴻屢告，風鶴頻驚，烏哺未伸，魚索遽蠹。自維生事喪葬未能盡禮，深疚厥心。茲將秣馬戒途，趨朝就列，雖欲自效其悃忱，又烏能希公萬一哉。敬書數語，用誌嚮往之私云爾。道光戊申冬十有二月。

題半野園圖

半野園在吾邑北門內，舊爲陸氏十五松山房。右枕山麓，有池一泓，地遠塵囂，具奥如曠如之勝。予族祖雩壇公嘗營菟裘於斯，旋鬻諸它姓。久之，歸吾友屈侶甫，植梅數百本，花時極望無際，偘甫與客觴詠其下，自名爲享帚山莊。鹿樵張先生自河東告養歸，從偘甫得之，建家祠焉。旁闢爲園，經年乃就，亭臺花木，目營心匠，視舊增華矣。憶嘉慶丁丑、己卯間，予偕計吏入都，常下榻先生宣南坊邸第。偘甫方授其兩公子嗇生、約軒讀，予與偘甫恒翦燭清譚，辯論往復，先生閒酬一語，爲通彼我之懷，至夜分乃罷。後别去不相見者十餘載。道光乙未，予㴑闈竣事，便道過里門。則偘甫既殁，先生亦病，猶力疾招予飲。於時斜景西匿，寒風射窗，相與執手，泛瀾而别。迨予戊戌乞養旋里，則先生已歸道山。重過半匹堂，不勝華屋山邱之感。未及十年，而嗇生又下世矣。悵宿草之已深，悼朝霞之難挹。撫今追昔，有恨如何。每展斯圖，輒握管不忍下。今予方促裝北上，而約軒亦將彈冠出山。回首巖阿，能無戀戀。聊述陳迹，兼志離悰，且表曩時經始之勞，俾後之人毋忘舊德也。

道光己酉正月五日。

題許伯緘廷誥碩寬堂詩集

緘翁詩學眉山，得其神髓，絶去粗豪佻巧之習。壯歲游長安，名滿公卿間，晚得一官，投轂高蹈，伏處家衖，圖書自娱，名其堂曰「碩寬」以見志。年踰八十，神明不衰，其高風不可及也。生平所爲詩甚富，鈔成七卷，復手自删定，僅存若干篇，皆雅潔可誦，杜少陵所謂「老去漸於詩律細」者與。盥誦一過，並識數語于卷端。

挑稻圖詩卷跋

吾師蕭山相國湯公致政居京師，年彌高，德彌卲，海内人士仰企德徽，若歐陽之居潁〔一〕，司馬之居洛也。顧公不著歸田之録，亦無獨樂之園，閉門樂道，悠然自得。惟時時追述祖德，以訓後昆。嘗追和其曾祖贈光禄望賢府君《挑稻圖詩》，手録成卷，並以先德清泉府君所述《先芬録》見示。心存受而讀之，迺慨然嘆善人之流澤長也。《小雅》、《楚茨》、《信南山》、《甫田》諸篇，説者謂公卿大夫有田禄者力農奉祀之詩也。推本於先祖、皇祖，報福於孝孫、曾孫。正疆埸之規，求倉箱之慶。去螟螣之害，樂秉穗之遺。有興利除弊之心，無見小欲速之意。所由處則爲善士，出則爲良臣。世樂太平，人皆壽豈。子子孫孫，勿替引之。嗚呼，盛矣。湯氏之先，以良善聞於鄉，綿綿延延，閱數百載，至望賢府君而光大之。用能啟佑後人，篤生賢相。觀其重建東陽橋，添置石牐，其設施之宏遠，豈僅一鄉一邑實蒙其休已哉。雖然，莫爲之先，雖美弗彰，莫爲之後，雖盛弗傳。吾師收斂神功，菑畬經訓，一門雍穆，七業並興。「自今伊始，歲其有。君子有穀，詒孫子」，召公之壽，百有八十。請爲公頌之矣。心存弱冠偏孤，弗克負荷，忽忽年六十矣。追念先人啖杏充饑，炙甓取暖清況，能無泫然。彌深援葛幽谷，采菽中原之疚云爾。道光庚戌重九日。

〔一〕「潁」，原文脱，據文意補。

柏靜濤太宰陪都景物略賦跋

洪惟聖朝龍興大東，肇迹遼瀋。伏讀純廟聖製《盛京賦》，規天萬地，逴漢轢周，廣矣大矣，蔑以加矣。而文學侍從之臣，作者蓋尠，曷以揄揚神偉，潤色大觀與。今太宰靜濤先生負揜雅之才，符秉鈞之望。曩者保釐東土，政通人和，紀實摛辭，爰著斯賦，題曰《陪都景物略》，自附識小之義，示沖也。惟昔周文公、召康公勷相國家，持盈戒滿。於是乎陳王業之囏難，念民生之不易，迺作《公劉》、《七月》諸篇。《七月》之詩，於農桑衣食之原，祭祀、昏媾、田獵、宮室之事，日星、霜露、昆蟲草木之化，備舉兼晐，而孝敬忠愛之忱，溢于言表。籥章歈之，所以音龤雅頌也。若夫《公劉》，則追溯立國之初，已極庶繁之象，一時軍制、賦法、作廟、立宗、燕饗諸大典秩然，見保世滋大之經猷。而且酌匏執豕，訓儉以去奢；陟巘降原，宣勤以懲逸，尤熙熙乎曲而有直體焉。先生是賦麗以則，亦正而葩。凡夫山川之崇深，物産之殷富，規摹之宏遠，風俗之樸醇，洪纖具陳，藉以通諷諭而盡忠孝，微特義正乎揚雄，事實乎相如，美哉，殆與周、召匹體比烈矣。走也不敏，曾忝采風之役，雖諳周五善，而才謝九能。三復兹篇，彌增慚羨云爾。咸豐二年冬十有二月既望。

題宗牧厓自書金字金剛經

山陽有一女巫，其神極靈，問以巾篋中物，皆能悉數。時有《金剛經》百册，盛大篋中，指以問之其中何物，則曰空篋，乃發以示之曰：「此有百册佛經，安得云空篋。」良久迺曰：「空篋耳，安得欺我，此無實非空之説也。」又昔有人授持諸經，攝心專妙，常以手指作捉筆狀，于虚空中寫諸經法。是人去後，此寫經處自然嚴淨，雨不能濕。凡見聞者，孰不讚嘆。此希有事，此無空非實之説也。是一是二，還請牧厓居士以無礙辯才宣示無上義諦，俾十方大衆香華供養是經，皆得八解脱相。

卷二十七〔一〕

〔一〕本卷各篇整理自《知止齋遺集·知止齋文賸稿》。

恭邸朗潤園記跋

恭邸撰《朗潤園記》成，翁心存受而讀之〔一〕，作而言曰：「王之學其深造乎道矣。夫紀園居之勝者，大氐鋪張晨夕之殊觀，推演高深之極致。林巒之秀色與目謀，泉石之清音與耳謀。仰觀俯察，極視聽之娱，如是焉足已。王乃悉屏外緣，收視返聽，獨葆其至虚至誠之心。如鏡之光淬而彌朗也，如水之源濬而益潤也。其始也制外以養中，其繼也積中而形外。於顔子之四勿，曾子之一貫，有默契焉。虚則涵古今之名理而折其衷，誠則應庶事之紛蕃而通其變，樂舞雩而詠歸，臨川上而興感，無往非學也，即無適非道也。彼楚《詩》沛《易》，墨守一家之説者焉，能闚其恉趣哉。」

〔一〕「翁心存」，原文以「△」代之。

書贗本斜川集後[一]

蘇叔黨《斜川集》，著録於《宋史·藝文志》者爲十卷，陳氏《書録解題》、馬氏《通考》卷數皆同。然南宋以後流傳已寡，本朝康熙間有詔索之未得。世所傳贗本，大率因謝幼槃、劉改之二人名與叔黨相類，竄改其集以欺世[二]，東南士大夫家置一編而不覺。蜀中刊本，亦龍洲道人作也。乾隆癸巳，朝廷開館，纂修《四庫全書》，山左周編修永年從《永樂大典》中録出詩文若干首，釐爲六卷，以《全書提要》將外省所進《斜川集》贗本駁去，乃亦留笥不辦。仁和吴長元鈔得副本，寄其友人鮑氏廷博，刻於《知不足齋叢書》中。然後叔黨先生之真面目，沈埋六百數十年而始見矣。此本亦是劉龍洲詩，吴君所謂錦題細帙，列之文房玩好間以供清賞者也。咸豐癸丑[三]，兒子同龢得是本於京師廠肆，攜歸呈予。予笑曰：「蘇叔黨乃與辛幼安相倡和哉。」檢《桯史》中載《京口多景樓詩》一條示之，始爽然失，亟欲棄之。予曰：「龍洲詩雖粗豪，亦自有不磨處，留備瀏覽可也。」細閱此本，尚是舊刻，每卷首及板心「斜川蘇叔黨」等字皆挖板嵌入，又撤去其叙文並目録後半，適符十卷之數以紿人，計亦黠矣哉。

〔一〕按該本現存上海圖書館，上有翁心存跋，内容與《知止齋遺集·知止齋文賸稿》中所録多寡有異。

〔二〕上海圖書館藏原跋中無「改」字。

〔三〕「咸豐癸丑」以下内容，上海圖書館藏原跋中無。

跋李元賓文編

予行笈中舊有大興朱氏所藏舊鈔李元賓文編一册，大兒同書得之京師廠肆者也。今年秋，同書復自邗上軍中寄來一本，爲秦敦甫先生石研齋中物，與朱本乃出一手所鈔，南北三千里，閱時殆踰百年，復作延津之合，亦一奇也。

是本爲秦氏重刊時，倩顧澗蘋校定者，最精當。爰手臨澗蘋校語於朱本上，而以是本付次孫曾源藏之。曾源好聚書。世有博學深識如澗蘋其人者乎，願就正之。咸豐丁巳十一月二十日書于東華寓邸。是日大雪盈尺，同書報督軍克伏瓜步。

元賓集，近南海伍崇曜刊入《粤雅堂叢書》中，即從江都秦氏本傳刻者也。憶嘉慶戊辰、己巳間，見澗蘋於吾友陳子準坐上，貌若植鰭，考訂古今書籍，剖析豪芒。予時年十八九，聆其言，噤不敢發一語。後十年，謁敦父年丈于京邸，童顔鶴髮，誘掖後進，如坐春風中。迄今四十年矣，老成凋謝，爲之憮然。戊午正月。

跋士禮居影鈔宋本儀禮單行疏

黄蕘翁歾後，百宋一廛中奇書秘笈，大半歸長洲汪氏。景德官本《儀禮疏》亦其一也。汪閬原觀察士鐘曾影宋翻雕，頗稱精好。閬原物故，其二子斥賣圖籍以多買田，吾邑龐崑圃茂才鍾琳購得數種，如《説文繫傳》等書，皆奇絶。聞《儀禮疏》北宋本亦將售去，予時告養在籍，亟欲得之。然汪氏富人子，倨甚，又索直過昂，力不能致，每一念及，意恒怏怏。今年秋，同書忽自揚州軍中以士禮居影宋精鈔本寄其猶子曾翰，繕寫謹嚴，不爽豪髮。又以脱簡、闕文、斷爛、過書四印分别鈐識，恍見宋本真面目，視汪氏刊本，殆欲突過之。蕪城兵火，幸逃浩刼，豈非有神物爲之護持乎。予舊有稽瑞樓影鈔本，僅卷一至三、廿八至三十一，凡七卷。蓋是時此書尚藏士禮居，借鈔不易，寫手又遠不逮此本之精也。曾翰其寶之。咸豐七年丁巳良月既望，拙叟。

校宋刊單行儀禮疏凡例：

一脱簡，凡宋本缺葉名之曰脱簡，悉以空白存其面目。

一闕文，凡宋本墨釘名之曰闕文。

一斷爛，凡宋本版壞名之曰斷爛，間有他本可據已經寫入行間者，仍加鈐印以存缺疑之義。

一過書，凡宋本字迹隱約，影寫錯誤，名之曰過書，各標可識之字于每行上方。

士禮居主人識。

跋朱修伯所藏攻媿集舊鈔本〔一〕

《攻媿集》足本一百二十卷，乾隆年間四庫館開，經兩淮鹽政採進。中闕七十七、七十八、七十九三卷，又闕《文苑英華》等跋三篇，館臣删併卷帙，並去青詞、朱表等文一百六十七篇，重編爲一百十二卷，用聚珍版印行，今閣本是也。此本卷數及闕卷、闕篇與《提要》所載一一符合，首册鈐翰林院印，其爲即兩淮鹺使採進本無疑，當時或漏未發還，遂流傳人間也。書中上方黏籤，殆是館臣校勘時手筆，用力亦勤〔二〕。然如第十二卷《賀瑞慶節表》「願獻語溪之頌」，「語溪」自是「浯溪」之譌，而籤云「未詳」。又第十七卷《乞御書錦照二字劄子》「楚國公」，籤云「前劄齊國，此又作楚國，未知孰是」。〔三〕按攻媿祖異，累贈太師齊國公，集中屢見，無庸致疑。此類似均未免淺陋，然勝於逞臆妄改，貽誚金根者多矣。咸豐戊午清明日，拙叟跋〔四〕。

〔一〕按該本現存上海圖書館，上有翁心存跋，内容與《知止齋遺集·知止齋文賸稿》中所録微異。

〔二〕「亦勤」，上海圖書館藏原跋作「亦頗勤」。

〔三〕「籤云前劄齊國，此又作楚國，未知孰是」，上海圖書館藏原跋作「籤謂前劄云齊國，此又云楚國，未知孰是」。

〔四〕「此類似均未免淺陋，然勝於逞臆妄改，貽誚金根者多矣。咸豐戊午清明日，拙叟跋」，上海圖書館藏原跋作「此類均未免疏漏云。咸豐戊午清明日，常孰翁心存識」。

張苑賓詩序 苑賓名鳳池

嘉慶壬申，予年二十有二，授徒三省堂張氏。張氏，邑中著姓也。門臨琴川，喬木隱蔚。堂西室曰寶閒，爲藏書所。南有軒曰春浮，老梅數株，皆百餘年物，花時香霏滿室。東爲春暉閣，牡丹爛漫如雲錦。後爲紫霞書屋，藤花一架，瓔珞四垂，蒼虬蟠結，深廣踰數丈。予每攜書坐讀其下。主人苑賓明經，年四十餘，重慈在堂，兒孫繞膝，有書數萬卷，有田數千畝，從容偃仰，致足樂也。

是歲予以無妄之災，就質淮陰者三閱月，訪南昌亭、胯下橋遺迹，憑眺欷歔，自傷坎坷，視君境遇，榮悴若霄壤。而君則悄乎其容，常若有所不足者，心竊訝之。迨君殁後，其子樹本以君所著《涵真詩草》一卷寄予，予受而讀之，多怫鬱哀怨之音，恍見君之面焉。蓋君體羸善病，中年以後又多天倫之戚，故其發而爲詩者如此。然則徒以境遇觀人，烏足見其情性哉。嗚呼，外似歡愉，中實愁苦，君既自言之矣。爰叙疇昔周旋之雅，爲志於卷端。

昭文生員張樹杰妻陶氏，夫亡，吞金以殉，嘉慶十九年事。樹杰，鳳池次子。鳳池曾祖母謝氏，母周氏，皆以節孝旌表建坊。

書孔孝子傳後

予曩遍求謝諤《孝史》不可得，然心嚮往之，及讀林同孝詩，語多質直不甚工，豈不以孝爲庸德，固無取乎浮辭夸飾歟。趙生价人以《孔孝子傳》來徵詩，予老矣，久不作詩，即作亦不工。獨念予與孝子居同里，生同時，而不能舉其姓氏，則孝子之溷迹市廛，名不出於家衖可知，而天下如孝子之湮没不彰者，可勝道哉。安得舉孝子以風厲天下，俾民俗日歸於厚也。

賀曾卓如同年咸豐九年十一月

前泐數行，想登記室。近聞恩命節制益州，外控僰蠻，内衛秦隴。綏兩川之黎庶，靖六詔之風煙。紓聖主西顧之憂，紹諸葛南征之績。名高潞國，望重乖厓。塗舞巷歌，傾風增慕。滇中小醜，偶突籓籬，立見埽除，無足深慮。惟是川省山谷阻深，土膏沃衍，五方雜處，芽孽易生。兵驕而不戢，而徵發又空；民動而喜爭，而朘削已甚。議者僉指此村爲樂土，方以聚財爲亟，而鄙人則獨謂飭吏宜先，不有以振厲而更張之，何以使吏清而民服。閣下公正嚴明，百城動色，風聲所樹，群黎蚤輿來暮之歌矣，無任翹企。

跋趙文毅公赤牘手稿册

此吾鄉趙文毅公官南雍時赤牘手稿也。是時公與申文定、許文穆嫌隙已開，而其致政府書猶以公事相往復，其力請葺廨宇，繕圖籍，則兢兢以職掌爲重也。力薦王之士、鄧元錫、劉元卿三人，則惓惓以人材爲亟也。雖極婉摯紆回，而楮墨間稜稜時露芒角，蓋其剛直之氣，固自不可屈橈耳。其與諸公書，每繫懷災沴，勤念閭閻，閔溝壑之流移，慮萑苻之滋蔓，非社稷臣孰能之。而剖别是非，尤不遺餘力。如云：「今日之弊，在名爲親君子，其實所親者皆小人，而反蒙君子以小人之稱；名爲遠小人，其實所遠者皆君子，而又能加小人以君子之號。」又云：「以依違而托之於圓融，以觀望而諉之於持重，以漫無所可否、甘心於名利之場而自詑爲中行。鄙氣節則曰壞事，惡直方則曰立異。」抉摘情狀，深中隱微，宜其不容於世矣。及讀與羅近谿論學書，乃知公生平得力，惟在「立不易方」一語，朝夕尋繹，事事脚踏實地，然後以漸擴充。故其學皆有本原，而能不爲威惕，不爲利疚也。至黨論方萌，公亟斥其足傾人國而貽後世之害矣。異日朝堂水火，乃好爲議論者激成之，而豈公之咎哉。公書端勁如顔平原，令人肅然起敬。前修在望，今尚有其人乎。价人其善守之。咸豐九年己未仲冬月朔，邑後學翁心存謹識。

跋影鈔宋本賢良進卷

《水心先生文集》二十八卷，《拾遺》一卷，明正統中黎諒重編，今世通行本是也。又有《別集》十六卷，陳振孫曰：「前九卷爲制科進卷，後六卷號外稿，皆論時事，末卷號後總，論買田贍兵。」其書世已罕見，唯吾邑張氏愛日精廬有之。若《賢良進卷》單行本，尤海内絶無僅有之書。嘉慶辛未，偶遇邑中孫氏，見此影宋鈔本，後有歸震川印，嘆爲驚人秘笈。蓋孫氏之書多得諸魚開封後裔云。因亟假歸，手自影鈔，未卒業，旋以營先大夫窀穸，請程東埜師續成之。自弟四卷五葉以下，皆吾師筆也。吾友陳子準復傳鈔一本，孫氏聞之頗愠，亟索元本去。今孫氏已式微，其書不知流落何所。子準殁後，稽瑞樓圖籍亦化爲雲煙，獨予手鈔本藏弆行篋，未嘗暫離。道光戊子，自粤東歸過十八灘，舟觸石碎，幾爲龍宫取去。亟裝潢成册，扃之書櫝，傳示子孫。噫，書之傳否不可期，未知能終逃水火刀兵之刼否也。拙叟翁心存記。

宇文周賞兵瓶銘拓本跋

咸豐九年秋，同書駐軍壽州，得古甆瓶於塗山下，色白質粗，弇口長脰，高一尺，有銘文云：

「大周蘭州殄寇將軍造賞兵瓶五百尊。」凡兩行十五字，陽文隆起，非篆非隸，字畫庸峭，拓以寄予。蓋宇文周氏物也。殄寇將軍，正二命，見《周書·盧辯傳》，《隋書·百官志》亦云後周之制，殄寇、殄難二將軍，正九品，蓋偏裨之將，品秩甚卑者也。蘭州不見於《周書》，隋初置蘭州總管府，開皇二年六月以上柱國叱李長義爲蘭州總管，殆隋始設總管，州則仍沿周之舊也。按周宣帝大象元年九月，以上柱國、鄖國公韋孝寬爲行軍元帥伐陳，徇地淮南，十一月拔壽陽，江北盡平。此瓶雖不著造者姓名及年月，其爲孝寬部將所造無疑。陶質脆薄，器又中虛，乃沈霾渦澮中，越千年而完好，洵可寶也。爰略爲考定，識於左方。咸豐十年歲次庚申正月望。

題椒花吟舫書目〔一〕

咸豐庚申嘉平月，得此册於京都隆福寺三槐堂書肆，蓋書估得之東武劉氏者。燕庭方伯一生精力萃於金石碑版，坳後已捆載歸諸城，今其子將盡室以行，酌留所藏秘笈，其餘書籍概皆斥賣，以便輕齎，而觸目琳琅。予力不能購，僅得其零編斷簡，如乞兒般漆碗，亦足自豪矣。此册鈔寫潦草，以單層楮皮紙作面，葉已破損浥爛，上標「椒花吟舫書目，笠濱手録」字樣〔二〕，蓋大興朱氏藏書目也〔三〕。朱氏藏書多用「椒花吟館」印，或作「吟舫」，或用「大興朱氏竹君藏書之印」，又有「笥河府君遺書之印」，則其喆嗣少河先生所鈐也。笥河公碩學重望，一代儒宗，少河稟承家學，亦極淹博，而湮没不彰，子孫日以困躓，深可慨也。劉氏圖書大半得之朱氏，今劉氏又不能守，化爲雲煙矣。嗟乎，難聚易散，理之常也。矧兵火浩劫，又有數存焉。能無興拔劍擊闔之嘆耶。是月立春前五日，拙叟翁心存漫志。

〔一〕國家圖書館藏清鈔本《椒花吟舫書目》中存此跋，文字微有異同。
〔二〕「録」，國家圖書館藏清鈔本《椒花吟舫書目》中作「鈔」字。
〔三〕國家圖書館藏清鈔本《椒花吟舫書目》中無「蓋」字。

書族譜後

吾翁氏自前明永樂中由相城遷居常熟西南鄉璇洲里，四傳至思隱公，以力田起家，族以滋大。國朝康熙三十五年丙子，司寇公始作族譜。乾隆二十九年甲申，慈谿公續修之，迄今幾百年矣，門户凋零，寖以不振。

先叔父耕梅公深報本追遠之思，篤敬宗收族之誼，慨然曰：「思隱公，吾族共祖也，墓在横塘，祭埽久闕。夫水窒其源則竭，木伐其本則踣，吾族衰微，非繇是與。」乃議分祠田之息，絜酒醴，治肴饌，率城鄉之族人祭思隱公以下諸墓。祭畢合食，歲一舉行，以爲常，保先塋，聯族誼也。又言曰：「吾無子，而吾之心有異乎世俗人之心，吾視親兄之子以吾父母之心爲心而已，吾視從兄之子以吾祖之心爲心而已，視再從兄弟之子以高曾祖之心爲心而已，推而至於同族之人，以思隱公之心爲心而已。」於虖，聞公是言，孝弟之心可以油然而生矣。公葺家乘，創爲世系表二卷，詳載生卒年月日，而於葬地尤必謹而志之。又手鈔先世綸誥碑志成巨帙。

道光十八年戊戌，心存乞養歸田，有志續成之。而小隱公後一支子姓最繁衍，皆居鄉務農，目不識字，問其祖父之名，且不知其世系，更無從沿溯，遂中輟。而博采蓺文，成《家録》六册，藏諸行笈，頃刻不離。今者鄉邑淪胥，先壟松楸，闔族性命皆岌岌莫保，噫嘻殆矣。次孫曾源，慮譜牒之散亡，鈔其副爲袖珍本，庶幾他日不致盡泯也。

嗚呼，世有治亂，運有隆汚，耕者或輟耕，讀者且廢讀，而孝弟忠信之理，未嘗一日而或湮也。吾子孫其勉旃。咸豐十年庚申十二月十九日翁心存述。

校魏了翁尚書要義跋[一]

道光己酉春正月，予將辭墓出山，同年生何竹薌司馬士祁以《周易要義》、《尚書要義》二書贈行，攜以入都，行笈中無它書，立秋日始取既刻注疏互勘一過，先校《尚書》，次校《周易》，冬十月十日乃竣。時予方再爲祭酒，三直三天，退食從容，劉覽墳籍。祁淳甫、陳子鶴兩樞密過予澄懷直廬，嘆爲清福。迨嘉平月杪，超擢卿貳，旋任劇職，時事日艱，補苴無術，而予亦衰病龍鍾，廢書不讀久矣。追維疇昔，良用慨然。咸豐辛酉夏四月。

〔一〕國家圖書館藏《尚書要義》中存此跋，文字微有異同，見卷二十八。

校周易要義跋〔一〕

此同年何竹薌司馬所贈也，字畫拙劣，且譌謬，幾不可讀。震無咎齋中藏書十餘萬卷，多精鈔本，何相去天淵若是。蓋其紀綱知爲贈人之物，故覓最庸之鈔胥潦草搪塞耳。噫，官事刓敝，可勝嘆哉。

〔一〕國家圖書館藏《周易要義》中存此跋，文字微有異同，見卷二十八。

魏了翁毛詩要義跋〔一〕

魏了翁《九經要義》删節注疏，最爲簡當。今《尚書要義》二十卷已佚其三，《左傳要義》六十卷幾佚其半，此《毛詩要義》，《四庫》併未著録，幾於世間罕有之書矣。上海郁氏購得宋本，屬沈曉滄司馬炳垣詳加校正，録成清本，將翻刻以廣其傳。予同年友何竹香司馬士祁以語余，余謂郁氏既得宋本，宜影寫重雕，而别附刊校勘記於後乃善。聞郁氏已付手民，未知能從予言否也。竹香從郁氏得鈔出清本〔二〕，請予爲覓書手，依沈校傳寫一部。既鈔寄之，予復欲照元本録其副藏諸家塾，而鈔非一手，或依元本，或仍依沈校改定之本，遂致歧異。時道光己酉初春也。予將辭墓出山，乃手校一卷，標明元本作某，沈校作某，俾讀者知宋本真面目，命長孫曾文竟其事，次年郵寄入都。迨癸丑之夏，三吴震驚，曾文以籌餉防禦，觸暑勞瘁死矣。此子好學能文，恂恂醇謹，冀他日必能成立，不幸一旦殀亡。閲是書〔三〕，不禁老淚之横集也。咸豐辛酉四月朔。

〔一〕國家圖書館藏《毛詩要義》中存此跋，文字微有異同，見卷二十八。

〔二〕「得」，國家圖書館藏《毛詩要義》翁心存跋中作「假得」。

〔三〕「閲」，國家圖書館藏《毛詩要義》翁心存跋中作「展閲」。

校張右史集跋〔一〕

文潛集，南宋初已有四本。十卷者名《柯山集》，三十卷者名《張龍閣集》，七十卷者名《張右史集》，一百卷者名《譙郡先生集》，蓋當時黨禁方嚴，文字秘不敢出，私家轉相傳録，難免闕遺。明胡應麟刊十三卷，郝梁刊十七卷，皆名《張文潛集》。《汲古書目》「《張右史集》六十卷」，則數百年後綱羅散失，裒集倍難矣。咸豐丁巳秋，予得是本於京都廠肆。適兒子同書自邗上以研石齋秦氏藏本寄其弟同龢，久置案頭，未暇校正也。今年新正，病起無事，乃取兩本參校，旬有五日而竣事。兩本皆六十五卷，而編次前後互異，亦各有得失。秦本闕第十一至十五卷，而以《同文倡和》抵之，闕二十一卷，而復分同文倡和方字韻一卷抵之，此其失也。而二十二至二十四卷元闕者，皆仍其舊，不敢以朊羼入，是爲得之。此本次樂府歌騷於五言古詩之前，是矣。而三十八卷後務足六十五卷之數，以《同文倡和》分爲十卷，蓋秦本尚依清常之舊，而此本重經編次，故盡失宋刻之真也，則又失之。兩本字句小譌誤處，彼此互證，差可讀。校甫竟，聞書肆有椒花吟舫朱氏鈔本，亟假歸再勘，朱本編次一一與此本同，而卷二十、二十一不分兩卷，又《同文倡和》祇作六卷，故卷止六十。惟鈔手更潦草，譌誤幾不可讀。所喜者秦本新佚卷五十至五十三一册，而朱本有之，據以略校此本一過，而亟還之。咸豐十一年辛酉上巳日，常熟翁心存識。

〔一〕國家圖書館藏《張右史文集》中有翁心存此跋，文字微有異同，見卷二十八。

卷二十八

明鈔影宋本賢良進卷跋〔一〕

辛未冬，訪小樓於聽竹齋，睹此本，大喜，亟袖歸。燈下手自鈔寫，才三數卷，以經營先君子幽宮，遂庋架頭，不復理。今秋歸自白門，始繕寫成帙，以元本歸之，因志其顛末於此，且以見予之惰也。嘉慶癸酉秋九月十日，郁洲山人翁心存並識。

〔一〕該本藏常熟圖書館，目録頁鈐有「歸有光印」（白文），題目爲編者所加。

重修琴川志跋〔一〕

道光庚子春三月，借故友屈倡甫軼家藏本手校一過，並鈔補闕葉。記吾友陳子準揆《稽瑞樓書目》中亦有陸敕先校本，子準坳後，樓中秘笈大半散爲雲煙，未知此書尚在否？令人增人琴之感。常孰翁心存書于知止齋〔二〕。

道光庚子三月假享帚山莊屈氏藏本臨校一過。五日而竣。春陰浹旬，今日晴霽，殊可喜也。遂盦記[三]。

〔一〕據國家圖書館藏清張海鵬刻本《（寶祐）重修琴川志》翁心存跋整理。

〔二〕此跋在序前護葉。

〔三〕此跋在第四册末。

玉臺新詠跋[一]

嘉慶辛未，余館於山塘涇李氏。長夏無事，借得陳子準表兄藏本，手自影臨，凡三閲月乃畢，頗自詡纖悉逼肖。今曶曶已卅載，子準久殁，稽瑞樓藏書都化爲雲煙，而余亦目力昏眵，隤然老矣。不禁感慨繫之。道光庚子小除夕遂盦記。

〔一〕據國家圖書館藏翁心存影鈔馮知十影宋鈔本《玉臺新詠》書末之跋整理。

太參公年譜跋[一]

太參公年譜，吾家舊藏鈔本一帙，僅至康熙丁未止，書頗陋劣，殆公解組時纂成，命小吏繕録者。又有公手稿一通，作小行楷，起自丁未春，訖於辛酉，先叔父耕梅公合鈔成帙。然公六十以後，目眵手戰，字迹又細如蠅頭，多模糊不可辨，故脱誤處尚多。今年秋，心存奉母就醫郡城，寓齋無事，爰據公手書重加校勘，正其譌闕凡三十餘事，於是差爲完備。謹按：公卒於康熙癸亥六月十六日，年六十有八，譜既斷乎辛酉，此後兩年遺事尚闕，玩末「卒爲餓驅」一語，則又糊口於四方矣。而公墓志已佚，行狀亦殘損不全，無從考證。惟公繪有坐立二像册，一時巨公題詠甚夥，中如曹秋岳溶、鄧元昭旭題款皆署辛酉春日，又嶺南陳元孝恭尹、梁藥亭佩蘭以下題者凡八人，東莞梁憲叙稱辛酉秋先生入粤，因得展觀，語尤明確。考是時秋岳已歸隱林泉，元昭亦自濠卜居金陵，竊意公於辛酉之春，或取道越中，或遡江西上，故得與兩公聚晤。其秋遂重游炎徼，與陳梁諸公相倡酬，卒歲乃歸，踰年而遂卒，其蹤迹可追想而知也。公歷任征榷，處脂不潤，拂衣歸里，宦橐蕭然，晚年饔飧不繼，復時時作萬里之游，弗獲稍享田園之樂。後之人睠懷祖德，尚其廉隅自飭，無愧爲清白吏子孫哉。道光辛丑冬十一月朔六世孫心存謹識於胥臺旅寓。

鄧元昭先生爲公丙戌、丁亥鄉會試同年生，由翰林官至洮岷道，家本鳳陽，而蹤迹多在吴越，譜中記其阻公上疏一事，當在詞垣假歸時，其題小像詩，則解組以後所作矣。兩姓移贈本格於成例不可行，微先生與孫孝則先生力阻，則疏再上，必獲嚴譴，愛人以德，洵道義之交也。公之五世孫爲嶰筠制府廷楨，制府公子子久編修爾恒與兒子同書同舉壬辰順天鄉試，又同爲癸卯廣東鄉試考官，累世通家，殆有前定與。甲辰五月朔心存又識。

〔一〕據上海圖書館藏清鈔本《蓼野年譜》翁心存跋整理。

盤州文集跋〔一〕

此近時傳鈔本也。譌誤處頗多，朱筆校改亦甚草略。它日當假精鈔本覆勘一過，乃可讀耳。道光丁未六月十四日遂盦記。是日大熱，揮汗如雨。

此書世無刻本，毛氏影宋鈔本已歸内府天禄琳琅，中外間莫得見也。今海内流傳者多從四庫書館稿本及閣本傳鈔，輾轉譌誤，誠所不免，安得藏書家精校本是正之。丁未八月十一日遂盦又識〔二〕。

〔一〕據國家圖書館藏清鈔本《盤州文集》翁心存跋整理。

〔二〕此跋在目録前護葉。

新刊圖解玉靈聚義占卜龜經跋〔一〕

《玉靈聚義》五册，道光丁未冬得之於吴興書估趙姓。按《讀書敏求記》云：此書泰定乙丑翰林待制趙孟暄序於簡端，平江路陰陽教授駱天祐校正，天曆二年申奉總管府指揮鋟梓刊行。當時校刻流傳，殊非草草。又云：予别藏《埜菴先生龜經》二卷。今此本題「中吴茂林陸森類編，南陽老叟駱天祐校正」。又别采埜菴語附入之。或是書肆翻雕，未必即是天曆二年本也。然可決爲元時刻本無疑。惜第一卷闕前五葉，又闕序目，并第五卷亦失之。世俗殆罕有其本，無從鈔補矣。戊申正月廿九日燈下書。翁心存。

〔一〕據國家圖書館藏明刻本《新刊圖解玉靈聚義占卜龜經》卷前護葉翁心存跋整理。

潛虛制義鈔跋〔一〕

先君子生平所作制義，多爲人弆去，手稿僅存，亦多殘闕。心存弱冠而孤，習聞庭訓之日淺，弗克紹承家學。謹就先友所評定者，繕寫得八十篇。先君子嘗謂心存曰：「吾少時喜爲瓌麗之辭，年踰二十，從仲慕陶、華雋雨兩先生游，始知作文徑術。又得益友二人，一曰范東叔，一曰李東田。東田持論精嚴，矩矱必遵先正；東叔探原經史，旁攬百家，浸淫於漢魏唐宋之文，故根柢尤深，而氣息尤厚。兩君譏弹吾文不少假借。吾賴兩君切磋之力，得不墮於歧趨，而亦坐是不諧於時尚矣，小子誌之。」鈔録既竣，敬述遺訓，著諸簡端。道光戊申二月初吉男心存謹識〔二〕。

此南昌彭文勤公督學江蘇時歲試常熟學題也。先君子名列第二，竟不獲食餼，科試復列第四，始補增廣生云。男心存謹識〔三〕。

此先君子課兒草也。心存幼時，隨侍朐陽學舍，解握管作文，先君子即自課之，未嘗從他師游。拈此題時，心存年十四，篇幅冗長，不中繩尺。先君子爲删易大半而存之。今曶曶二十五年矣。追念庭訓，能無泫然。道光戊子端五日男心存謹識於韶陽舟次〔四〕。

嘉慶戊午，先君子選海州學正，赴撫院考驗，中丞費公命此題。時方初秋，揮汗如雨，先君子下筆立成，公大嘉賞，「就簡潔高老矩矱先民，其矜慎若此」〔五〕。今則校官考驗殆成具文矣，可勝慨嘆。男心存謹識〔六〕。

是科先君子闈卷已遭本房擯棄，大主考少宰嘉善謝公搜遺得之，擊節嘆賞。時各房首卷已定，乃撥入儀徵縣知縣黄公楷房，以第十九名中式，三藝皆刻鄉墨中，今知之者鮮矣。先君子此文非謝公亦莫能識也。男心存謹識〔七〕。

簡田先生原評凡三紙，反覆數百言，讀之令孤寒之士同聲一哭。惜遺其二紙矣，世有愛才若命如先生者乎。男心存謹識〔八〕。

此先君子乙卯遺墨也。是歲先君子年四十有六，大挑得二等，司鐸海州，遂絶意進取〔九〕，不復躡春明門路矣。男心存謹識〔一〇〕。

〔一〕據國家圖書館藏翁心存鈔本《潛虚制義鈔》之跋整理。

〔二〕此跋在目録葉末。

〔三〕此跋在《吉月》（壬辰，江蘇彭大宗師歲試常熟縣學，一等二名）篇末。

〔四〕此跋在《齊必變食》（甲子）篇末。

〔五〕「下筆立成，公大嘉賞」，原爲「下筆立就，簡潔高老，矩矱先民，其矜慎若此。公大嘉賞」。

〔六〕此跋在《得天下英才而教育之》（戊午）篇末。

〔七〕此跋在《周監於二代郁郁乎文哉》篇末。

〔八〕此跋在《點爾何如鼓瑟希鏗爾捨瑟而作對曰異乎三子者之撰》（翁咸封乾隆己酉會試遺墨）篇末。

〔九〕「是歲先君子年四十有六，大挑得二等，司鐸海州，遂絶意進取」，原作「淵懿淳實，卓然名家。是科寶東皋先生爲總裁，而此文竟遭擯棄，豈非命耶。嗣後先君子遂絶意進取。」

〔一〇〕此跋在《民之所好好之民之所惡惡之》（翁咸封乾隆乙卯會試遺墨）篇末。

紫陽方先生瀛奎律髓跋〔一〕

朱筆臨默菴閱本，墨筆臨鈍吟閱本，默菴持論太峻，鈍吟則稍和平矣。黄筆不知何人評閱，亦具手眼。第一首標蔣西谷云，或是臨西谷先生閱本耶？藍筆考据事實甚精核。庚辰當是乾隆二十五年，惜無圖章，亦不自署姓字。然可想見前輩用力之勤也。道光戊申夏兒子同龢得此書於湖州書估，甚可愛玩，繙閱一過，偶識數語於簡端。遂盦翁心存〔二〕。

〔一〕據國家圖書館藏清康熙四十九年陳士泰刻本《紫陽方先生瀛奎律髓》翁心存跋整理。

〔二〕此跋在原序前。

讀書敏求記跋[一]

道光戊申伏日，假何鉏亭許氏所藏舊鈔本手校一過，知止齋居士翁心存記[二]。

道光戊申初伏日，假許緘翁所藏舊鈔本對校一過，時積雨新霽，熏風徐来，几淨窗明，煩襟盡滌。遂盦記[三]。

許氏荷鉏亭舊鈔本與此刻正同，其中字句間有互異處，視此刻較勝，且首尾完善，末處得張元幹「蘆川詞」一條，不禁狂喜。蓋緘翁娶於錢，即遵王後裔也。其本從遵王晚年定稿傳録，故特爲精妙云。戊申七月三日遂盦校畢記[四]。

〔一〕據國家圖書館藏清道光五年阮福小琅嬛僊館刻本《讀書敏求記》翁心存跋整理。

〔二〕此跋在卷一首行下。

〔三〕此跋在卷二末。

〔四〕此跋在卷四末。

也是園藏書目跋[一]

今年初秋，同里俞蓮士茂才大潤買得是書，予亟借歸，命僕楊春鈔録副本，手自臨校。嗣以營治先慈窀穸，遂中輟。九月，蓮士与幼兒同龢偕登拔萃科，亦足徵文字因緣也。此書舛錯重複處尚多，它日當求善本再校之。道光戊申十一月二日常熟翁心存校畢并識。

〔一〕據國家圖書館藏清道光二十八年翁氏陔華唫館鈔本《也是園藏書目》翁心存跋整理。

虞邑遺文録跋〔一〕

《虞邑遺文録》十卷，補録六卷，亡友陳子準集。道光丁未戊申間命僕楊春録其副。凡得三册，置諸行篋，未遑是正。己酉十一月初吉，休沐之暇，始以子準手稿粗校一過。子準目短眡，作字細如蠅頭，非予殆莫能辨識。然讀之殊費目力。每終一卷，昏眩良久，恐魯魚亥豕，尚未及細讎，俟他日當覆勘之。九日壬寅冬至日躔星紀之次。遂盦識於瀓懷之廬之矩室〔二〕。

〔一〕據國家圖書館藏清鈔本《虞邑遺文録》翁心存跋整理。

〔二〕此跋在册末。按此跋爲道光二十九年十二月九日壬寅作，是日冬至。

待訪録跋〔一〕

咸豐四年六月朔，以近時粤東潘氏海山仙館新刊本對勘一過。刻本譌謬脱落，難以枚舉，不逮此本遠甚。然此本亦頗多脱誤處，略加是正，其兩本互異、義並可通者，則注於右旁。它日得精鈔本當更詳校之。知止齋學人翁心存識。時年六十有四。

〔一〕據國家圖書館藏清鈔本《待訪録》卷末翁心存跋整理。

兩漢紀跋〔一〕

此爲稽瑞樓陳氏所藏臨黄蕘圃校本，上闌浮籤細字則吾亡友陳子準揆手書也。咸豐五年乙卯春二月十二日遂盦翁心存識〔二〕。

〔一〕據國家圖書館藏明嘉靖二十七年黄姬水刻本《兩漢紀》翁心存跋整理。

〔二〕此跋在《前漢紀》卷三十末護葉。

西巖集跋〔一〕

道光乙未冬，心存爲奉天府府丞，實司文溯閣圖籍。第閣在大内，其鑰則將軍掌之。丞唯曝書，迺得歲一至焉。丙申秋八月值曝書之期，心存率校官數人入視厥事。傑閣三重，瑶籤萬軸，發扃啟櫝，目眩神迷。爰屬諸校官用牘尾紙草録家靈舒《西巖集》一卷攜歸，藏諸行笈。戊戌夏乞養歸田，乃命次兒同爵繕寫成編，今忽忽又廿載矣。偶一披吟，不勝今昔之慨云。咸豐丁巳閏五月五日常熟翁心存識。

〔一〕據國家圖書館藏翁同爵鈔本《西巖集》書末翁心存跋整理。

吴越備史跋〔一〕

咸豐八年上元日以江節父本對勘一過，常熟翁心存記。

〔一〕據國家圖書館藏清鈔本《吴越備史》翁心存跋整理。

攻媿集跋〔一〕

《攻媿集》足本一百二十卷，乾隆年間四庫館開，經兩淮鹽政採進，中闕七十七、七十八、七十九三卷，又闕《文苑英華》等跋三篇，館臣删併卷帙，並去青詞、朱表等文一百六十七篇，重編爲一百十二卷，用聚珍板印行，今閣本是也。此本卷數及闕卷闕篇與《提要》所載一一符合，首册鈐「翰林院印」，其爲即兩淮鹾使採進本無疑。當時漏未發還，遂流傳人間也。書中上方黏籤，殆是館臣校勘時手筆，用力亦頗勤。然如第十二卷《賀瑞慶節表》「願獻語溪」之頌，「語溪」自是「浯溪」之譌，而籤稱未詳。又第十七卷《乞御書錦照二字劄子》「楚國公」，籤謂前劄云「齊國」，此又云「楚國」，未知孰是。按攻媿祖巽累贈太師齊國公，集中屢見，毋庸致疑。此類均未免疏漏云。咸豐戊午清明日常熟翁心存識。

〔一〕據上海圖書館藏清鈔本《攻媿集》翁心存跋整理。

平庵悔稿跋〔一〕

是書自秋室先生摘輯，吴太初鈔録成編後，距今將八十年，流傳甚尠。合之阮文達所進，海內度不過數本。此二册爲江都秦氏所藏，蕪城再淪，棄置頽垣敗壁間。小有浥爛，倖免劫灰。然而鯨魚跋浪，滄海横流，正未知所屆。近聞粤賊已據處州，不識松陽殘本猶得保全否。物之存毁，書之傳不傳，是有數焉。不可强也。爲之掩卷三嘆。戊午夏至日遂盦識。

〔一〕據國家圖書館藏清鈔本《平庵悔稿》第二册扉頁翁心存跋整理，按該本有翁同書兩跋。

汪文定公集跋〔一〕

咸豐八年十一月朔，依武英殿本手校一過。常熟翁心存〔二〕。

戊午十一月十日校訖，遂盦[三]。

咸豐八年戊午十一月十七日校訖。時瑞雪初霏，約二寸餘，明日適節届冬至，洵豐年之兆也。常熟翁心存記，時年六十有八[四]。

〔一〕據國家圖書館藏清鈔本《汪文定公集》翁心存跋整理。

〔二〕此跋在卷一末。

〔三〕此跋在卷八末。

〔四〕此跋在卷十三末。

玉臺新詠跋[一]

予年弱冠，曾手模馮知十影鈔宋本，自謂不爽豪髮，與此本正同。暇時當互勘之。咸豐十年庚申人日拙叟記。時年七十。

上年臘月兒子同書寄到是本。今歲予偶得兵馬司中街老屋數椽，庭多花木，爲養痾習靜之所。憶嘉慶戊寅己卯章琯香曾寓於斯，展閱此册，不禁憮然。庚申上巳日拙叟又志。

〔一〕據國家圖書館藏清影明抄本《玉臺新詠》扉頁翁心存跋整理。

張右史文集跋[一]

《文潛集》南宋初已有四本，十卷者名《柯山集》，三十卷者名《張龍閣集》，七十卷者名《張右史集》，一百卷者名《譙郡先生集》。蓋當時黨禁方嚴，文字秘不敢出，私家傳寫難免缺遺。明胡應麟刊僅十三卷，郝梁刊僅十七卷，皆名《張文潛集》。《汲古閣書目》有《張右史集》六十卷，則數百年後網羅散失，裒集倍難矣。咸豐丁巳秋予得是本於京都廠肆，適兒子同書自邗上以研石齋秦氏藏本寄其弟同龢。久置案頭，未遑校正也。今年新正，病起無事，乃取而參校，旬有五日竣事。兩本皆六十五卷，而編次前後互異，亦各有得失。秦本缺第十一至第十五卷，而以《同文倡和》抵之；缺二十一卷，而復分《同文倡和》方字韵一卷抵之，此其失也。而第二十二至二十四卷、第三十三卷元缺者悉仍其舊，不敢以臆羼入，是爲得之。此本次樂府歌騷於五言古詩之前，是矣。而三十八卷後務足六十五卷之數，以《同文倡和》分爲十卷，則又失之。蓋秦本尚依清常之舊，而此本則重經編，已盡失宋刻之真也。兩本字句譌誤處彼此互證，差可讀矣。校甫竟，聞書肆有椒花吟舫朱氏鈔本，假歸互勘。朱本編次一一與此本同，而二十、二十一不分兩卷。又《同文倡和》只作六卷，故卷止六十，但鈔手尤爲潦草，譌謬幾不可讀。所喜者秦本新佚卷五十至五十三一册，而朱本尚完好。据以略校此本一過，而亟還之。竊謂方今欲讀肥仙詩文者，莫善於殿本《柯山集》矣。咸豐辛酉夏四月朔常熟翁心存書。時年七十有一〔二〕。

咸豐十一年辛卯人日以研石齋秦氏本通校一過。兩本卷數相符，而卷次前後碩異。秦本又有空白一卷，而此無之。蓋是集趙清常始捃拾編成。秦本傳寫尚存其真，而此本則重經編定者也。互異處已標於每卷之首。兹不複出。

正月廿四日復假朱笥河先生家藏本重校一過。卷次悉與此本同。而卷二十、二十一兩卷合作一卷。同文倡和十卷，併作六卷。皆與秦本同。故卷數少五，止有六十卷也。常熟翁心存識。時年七十有一〔三〕。

咸豐辛酉人日以石研齋秦氏本校勘一過。遂盦翁心存，是年七十有一〔四〕。

辛酉正月九日校竟此卷，聞大兒同書有來京之命，喜極出涕，盖不相見者已二十年矣，得一見之，庶幾死而無憾已乎。拙叟志。是日大風，夜，風定月明〔五〕。

正月十日校此。遂盦〔六〕。

正月十日暄和。了觀記〔七〕。

十一日校。此卷秦本作第十，以下元闕，十一之十五以《同文倡和》五卷抵之。了觀〔八〕。

正月十一日，了觀校記〔九〕。

此處秦本緊接《張右史文集》卷第十八一行，下空半葉，有「直好飲耳，與世本悠悠」一行，朱筆抹去之。查此一行，乃十九卷「冬日放言」第二十首之卒章也；又有《寄都下舊友》「悲歡回首兩茫然」七絶一首〔一〇〕，按此首已見二十九卷；又《至日離許州》「先王重至日」五古一首，按此首已見第十四卷，秦本第十卷，故皆不録，仍録趙清常記於左〔一一〕。

正月十二日，沉陰雪花飄洒。拙叟記〔一二〕。

正月十三日，沉陰欲雪。了觀〔一三〕。

正月十三日校此卷訖，目眵腕澀，憊甚。拙叟〔一四〕。

正月十四日，國忌。上元日陰雨，未開卷。十六日晴，大風雨，霾，校此卷。拙叟記〔一五〕。

十七日，仍大風。了觀〔一六〕。

辛酉正月十七日校此册〔一七〕。

辛酉正月十八日校。了觀〔一八〕。

正月十八日校。天氣暄和，入春來第一日也〔一九〕。

秦本自此卷至五十三，闕四卷，無從對勘，俟它日得善本，當再校之。

癸丑以來，維揚疊遭兵燹，石研齋圖籍大半散亡，其零編斷簡尚存人間者，亦多殘蹋浥損，可勝浩嘆。了觀。

廿四日以椒花吟館朱氏本重校一過，未爲善也〔二〇〕。

聞三槐堂書肆有朱笥河先生家藏本，假歸覆勘，與此本無甚大異。唯《書鄒陽傳後》一篇移入題跋而已。而別風淮雨，譌謬滋甚，閲之令人煩懣，僅校此數卷而罷。辛酉正月廿四日，是日驚蟄節。

拙叟[二一]。

辛酉燕九日校此一卷，天氣陰寒，適得故鄉親友書，備述吾邑淪没後情狀，并言賊最惡書籍文字，見必投諸溷厠，不覺憤氣填膺，遂輟筆不復閲。遂盦記[二二]。

正月廿八日是日巳時開印。天氣晴和。了觀記[二三]。

正月廿一日午刻，楊濱石將往灤陽，來話别，飯而去。未刻雲氣陰陰，展閲此册，校畢。遂盦記[二四]。

以研石齋秦氏本粗校一過畢。咸豐辛酉正月廿二日，遂盦[二五]。

〔一〕據國家圖書館藏明鈔本《張右史文集》翁心存跋整理。

〔二〕此跋在書前扉頁。

〔三〕此跋在第一册末。

〔四〕此跋在卷第一末。

〔五〕此跋在卷第七末。

〔六〕此跋在卷第十一末。

〔七〕此跋在卷第十三末。

〔八〕此跋在卷第十四末。

〔九〕此跋在卷第十六末。

〔一〇〕按「悲歡回首兩茫然」一首題名當作「魚蝦相望」。

〔一一〕此跋在卷第十七末。按所録趙清常跋爲：「東阿于小谷于本有『直好飲耳』至『且復傾吾觴』，亦作十八卷終，姑録予此。然以『爾字』合於『直好飲耳』文義，似爲一首，予本文義，似非此首後者，當俟之異日，或得別本，再正之。清常道人記。」

〔一二〕此跋在卷第十九末。

〔一三〕此跋在卷第二十二末。

〔一四〕此跋在卷第二十三末。

〔一五〕此跋在卷第二十七末。

〔一六〕此跋在卷第三十一末。

〔一七〕此跋在卷第三十七末。按卷第四十六末有「十八日晴和」五字，跋短不録於正文。

〔一八〕此跋在卷第四十七末。

〔一九〕此跋在卷第四十九末。

〔二〇〕此跋在卷第五十末。

〔二一〕此跋在卷第五十三末。

〔二二〕此跋在卷第五十四末。

〔二三〕此跋在卷第五十九末。按卷第五十七末亦有「正月十二日」五字，跋短不録於正文。

〔二四〕此跋在卷第六十二末。

〔二五〕此跋在卷第六十五末。

周易要義跋〔一〕

道光己酉春正月，予將辭墓出山，同年生何竹薌司馬士祁以《周易要義》、《尚書要義》兩書贈行，攜以入都。行笈中無它書，立秋日始取阮刻《注疏》互勘一過。先校《尚書》，次校《周易》。冬十月十日乃竣。時予方再爲祭酒，三直三天，退食從容，瀏覽墳籍。祁淳甫、陳子鶴兩樞密過予澂懷直廬，嘆爲清福。迨嘉平月杪，超擢卿貳，旋任劇職。時事日艱，補苴乏術，而予亦衰病龍鍾，癈書不讀久矣。追維疇昔，良用慨然。咸豐辛酉夏四月拙叟翁心存〔二〕。

依阮刻《注疏》粗校一過。遂庵記〔三〕。

道光己酉八月十七日校此卷竟。秋日皎潔，涼風肅然，滴露研朱，萬慮澄寂。常熟翁心存識于澂懷園旨廬〔四〕。

己酉八月十八日，知止齋學人手校一過。此書脱落譌謬，幾至不可讀。甚矣，鈔胥之亦須略解文義也〔五〕。

二十日戌刻校畢。一燈熒然，雙眸翳如。炳燭之明，良用自愧。遂盦記，時年五十有九〔六〕。

八月廿二日退直後，校於池南舊廬〔七〕。

八月廿四日未正二刻，退直後校此。申刻大雷電，雨雹遂止。廿五日退直後校訖〔八〕。

廿六日退直後校。連日暖甚〔九〕。

連日感風寒，小極，退直後又多人事糾牽。今日始校此卷訖。九月五日〔一〇〕。

九月六日校〔一一〕。

九月八日申正校訖。是日都城亥初初刻五分交霜降節〔一二〕。

九月十一日退直後校訖。風雨颯沓，落葉滿庭。是日京兆試放榜〔一三〕。

九月十三日燈下校訖。連日大風驟寒，落葉打窗，涼月窺牖，景象彌覺蕭森也〔一四〕。

十七日未刻退直後校〔一五〕。

九月廿三日退直後校。是日立冬〔一六〕。

廿四日退直後校訖〔一七〕。

輟業旬日，十月八日退直後復校此卷訖。江南今年大水，金陵城中水深丈餘。省試第一場改於今日。遥念兒孫輩，此時正橐筆入闈矣。豈知三千里外，尚有老經生伏案作此冷淡生活耶。真不滿檻外群鷗一笑也。知止叟記於池南舊廬之矩室〔一八〕。

九日未刻校此卷，竟落葉滿階，掃盡復積，與此書譌字正復相同，令人神昏目眵〔一九〕。

九日申刻復校此卷，上燈後始竣〔二〇〕。

十月十日校訖〔二一〕。

阮刻十行本無略例，篋中又未攜它本，故此卷自第七葉以下無從是正，異日當以閩監本覆勘之。

己酉十月十日申刻記。

今年立秋日始校《尚書要義》，至八月八日而畢。中秋後校此書，至今日乃畢。雖作輟不恒，亦足見予之鈍拙矣。南中鈔《毛詩要義》成，已馳書命長孫曾文先校一過，俟寄到復勘之。鶴山遷謫，迺録九經，删繁舉要，義昭日星，緊予孤蒙，楹書猶在，白首無成，不學將殆，依光禁近，退食雍容，究心墳典，如蒿撞鐘，冰淨周除，燈昏似豆，昕夕匪遑，訂譌糾繆，茫茫墜緒，悠悠我思，永詒後嗣，尚其念兹。道光二十九年歲在祝犁作噩十月乙丑朔。越十日甲戌日躔析木之次，知止齋學人翁心存識於池南舊廬之矩室，時年五十有九〔一一〕。

〔一〕據國家圖書館藏清震無咎齋抄本《周易要義》翁心存跋整理。

〔二〕此跋在卷前護葉。此段跋亦見於上卷《校魏了翁尚書要義跋》，文字微有異同。

〔三〕此跋在卷首「周易要義序」下。

〔四〕此跋在卷首「周易要義序」末。

〔五〕此跋在卷端「周易要義卷第一上」末。

〔六〕此跋在「周易要義卷第一中」末。

〔七〕此跋在「周易要義卷第一下」末。

〔八〕此跋在「周易要義卷第二上」末。

〔九〕此跋在「周易要義卷第二下」末。

〔一〇〕此跋在「周易要義卷第三上」末。

〔一一〕此跋在「周易要義卷第三下」末。

〔一二〕此跋在「周易要義卷第四上」末。

〔一三〕此跋在「周易要義卷第四下」末。

〔一四〕此跋在「周易要義卷第五上」末。

〔一五〕此跋在「周易要義卷第五下」末。

〔一六〕此跋在「周易要義卷第六上」末。

〔一七〕此跋在「周易要義卷第六下」末。

〔一八〕此跋在「周易要義卷第七上」末。

〔一九〕此跋在「周易要義卷第七下」末。

〔二〇〕此跋在「周易要義卷第八下」末。

〔二一〕此跋在「周易要義卷第九」末。

〔二二〕此跋在「周易要義卷第十」末。

尚書要義跋〔一〕

此同年生何竹香司馬所贈也。字畫拙劣，且譌謬幾不可讀。震無咎齋中藏書十餘萬卷，多精鈔本，何相去天淵若是。蓋其紀綱知爲贈人之物，故覓此最庸下之鈔胥，潦草搪塞耳。噫，官事刓敝，可勝嘆哉。辛酉四月拙叟記，時年七十有一〔二〕。

道光己酉六月二十日，據阮刻《注疏》粗校一過。是日立秋。常熟翁心存識〔三〕。

廿一日校。得南音知水災甚鉅。讀《正義》中「堯雖獨明於上，衆多不達於下，不得副倒懸之望，以供一切之求」語，慨然久之〔四〕。

廿三日校。沉陰欝蒸殊甚〔五〕。

己酉六月廿四日校三四兩卷訖。薄暮雨〔六〕。

廿五日晨校。天氣晴爽〔七〕。

廿七日晴爽。校畢此卷。知止齋居士記〔八〕。

六月廿九日校於京寓之知止齋，秋陽燥烈，熱甚〔九〕。

七月四日，予奉命侍直上書房。六日復蒙恩補授祭酒。十一日入成均視事，録送諸生之應京兆試者。十三日始定居澄懷園之池南舊廬，即予丁酉年所居直舍也。中元日午後開函，復校此卷。微雨新霽，荷風送清，意致恬適。客來遂輟。十六日未正退直後校訖并記。知止齋學人翁心存〔一〇〕。

二十日微雨新涼，飯後客去，校此卷〔一一〕。

七月廿日申刻校竟此册。遂盦記〔一二〕。

七月廿四日校。秋熱尚烈，坐北窗下，稍涼〔一三〕。

廿五日校。此卷鈔手劣甚，字既醜惡，復多舛錯，閲之令人嘔噦。粗校一過。落葉不能盡掃也〔一四〕。

連日公私繁冗。八月六日始復校此卷。客來未竟。次日戌刻乃竣。舛錯既多，燈昏目眵，漏略殊多也〔一五〕。

己酉八月八日退直後校訖。知止齋學人翁心存識於池南舊廬之矩室〔一六〕。

〔一〕據國家圖書館藏清震無咎齋鈔本《尚書要義》翁心存跋整理。

〔二〕此跋在卷前護葉。此段跋亦見於上卷《校周易要義跋》。

〔三〕此跋在「尚書要易序説」末。

〔四〕此跋在「尚書要義卷一」末。

〔五〕此跋在「尚書要義卷二」末。

〔六〕此跋在「尚書要義卷四」末。

〔七〕此跋在「尚書要義卷五」末。

〔八〕「尚書要義卷六」末。

〔九〕此跋在「尚書要義卷十」末。

〔一〇〕此跋在「尚書要義卷十一」末。

〔一一〕此跋在「尚書要義卷十五」末。

〔一二〕此跋在「尚書要義卷十六」末。

〔一三〕此跋在「尚書要義卷十七」末。

〔一四〕此跋在「尚書要義卷十八」末。

〔一五〕此跋在「尚書要義卷十九」末。

〔一六〕此跋在「尚書要義卷二十」末。

毛詩要義跋〔一〕

魏了翁《九經要義》刪節注疏最爲簡當，今《尚書要義》二十卷，已佚其三，《左傳要義》六十卷，幾佚其半。此《毛詩要義》四庫并未著録，幾於世間罕有之書矣。上海郁氏購得宋本，屬沈曉滄司馬炳垣詳加校正，録成清本，將翻刻以廣其传。予同年友何竹薌以語予，予謂：郁氏既得宋本，宜影寫重雕，而別附校勘記於後乃善。聞郁氏已付手民，未知能從予言否也。竹香從郁氏假得鈔出清本，倩予爲覓書手，依沈校传寫一部。既鈔寄之，予復欲照元本録其副，藏諸家塾。而鈔非一手，或依元本，或仍依沈校改定之本，遂致歧異。時道光己酉初春也，予將辭墓出山，乃手校一卷，標明元本作某，沈校改某，俾讀者知宋本真面目，命長孫曾文竟其事，次年郵寄入都。迨癸丑之夏，三吴震驚，曾文以籌饟防禦，觸暑勞悴死矣。此子好學能文，恂恂醇謹，冀它日必能成立，不幸一旦殀亡。展閲是書，不禁老淚之横集也。咸豐辛酉四月朔知止齋學人翁心存書。時年七十有一〔二〕。

〔一〕據國家圖書館藏道光二十九年翁心存家鈔本《毛詩要義》翁心存跋整理。

〔二〕此跋在卷前護葉。

揭文安公詩鈔跋〔一〕

咸豐庚申冬，得此本於諸城劉氏，朱笥河先生家物也。明年夏，兒子同龢復得南昌彭氏本。行款筆迹與此如出一手。彭本經文勤公手校，尤爲精審，爰命同龢度於此本之上。辛酉立秋前十日拙叟翁心存志，時年七十有一〔二〕。

〔一〕據國家圖書館藏清鈔本《揭文安公詩鈔》翁心存跋整理。

〔二〕此跋在正文之前。

巴西鄧先生文集跋〔一〕

咸豐庚申得東武劉氏此本，譌脱幾不可讀。其明年，復得南昌彭氏舊鈔本，亦譌脱不少。兒子同龢取兩本互勘，誤者正之，闕者補之，較舊差善，而舛落處尚多，安得有善本從而是正耶。拙叟翁心存記，時年七十有一〔二〕。

〔一〕據國家圖書館藏清東武劉氏味經書屋鈔本《巴西鄧先生文集》翁心存跋整理。

〔二〕此跋在書末尾。

南村輟耕録跋〔一〕

墨莊者，四川綿州李丙村之從弟鼎元也。鼎元以乾隆四十三年戊戌入詞垣，授職檢討，改官中書，升兵部主事。殷齋居士，山西平定孝廉張石州穆也。有才無命，淪廢終身，有《殷齋文集》行世。耳山先生之子，予年十七八時，曾識之于金陵號舍，時年五十許，樸實人也。今忘其名字矣。丙村擁厚資歸里，園林聲伎之盛，甲於蜀中。殁後三十餘年，其子孫流落不偶。予道光壬辰使蜀，曾周恤之。閲此書不勝感喟。拙叟記。

〔一〕據國家圖書館藏明玉蘭草堂刻本《南村輟耕録》翁心存跋整理。此本有李鼎元指點並跋，張穆、翁心存、翁同書、朱學勤跋。

卷二十九〔一〕

〔一〕本卷各篇均整理自《知止齋遺集·知止齋文稿》。

廣東學政廳壁題名記

廣州使院之有題名也，蓋自覃谿先生始也。越十有七年，而關晋軒少宗伯續記之。自陳耕巖先生以下，則人立一石，是簡也。自胡西庚先生以下，皆闕而未書，是怠也。簡與怠，弗可以訓也。今距覃谿先生題名之歲又一甲子矣，歲月寖久，湮没是虞，烏可以弗志。爰稽諸故牘，彙而書之，置諸堂壁。噫，其人而碌碌無足重輕者，雖書焉，名將弗傳。其或瘝職曠官，爲後人所指摘，則名又不如其勿傳。守官者可不知所懼哉。道光八年秋九月，常熟翁心存記。

又按：錢朝鼎字禹九，號黍谷，常熟人，順治丁亥進士，歷刑曹，官至副都御史，督學廣東，以廉明稱，志乘失載。覃谿先生前記亦姓名舛錯，至今粵東之士罕有能知之者矣。並附正之。

仙掌石新得米元章詩刻記

石爲九曜之一，橫卧池東，老榕踞其上，舊傳石背有米元章詩，然不可尋矣。蘇齋老人在粤八年，著《九曜石考》二卷，附《粤東金石略》後，辨論最精，獨以未見米詩爲憾。遐睎旁矚，發諸詠謌，其諗我後人者，殆如盟息壤也。

予以道光乙酉來持使節，丙戌嘉平，試惠、循歸，軺塵稍息，迺乘池水方涸，疏淤剔石，缺者補之，僕者植之，凡蘇齋翁所見石上題識二十八種，一一模拓，弆置篋衍。惟仙掌石陳九仙隸書，舊止拓得三行有奇，其兩半行尚爲榕根所掩，因竭力洗刷，始得全文。又思九仙有「摩挲蘇刻，誦米南宫詩」之語，意米詩必在近側。乃復東規數尺，截去槎枒，石骨既呈，字迹可辨，濯而出之，則元章五言截句全首在焉。其文云：「九□石。第一行。碧海出蜃閣，青空第二行。起夏雲。瑰奇□怪第三行。石，錯落動乾文。第四行。米黻。第五行。熙寧六年七月。第六行。」凡六行三十一字，雖碎裂剥泐，而波磔分明，向來搜訪金石家，皆未著録，一旦快睹，如獲奇珍矣。獨怪蘇齋官斯土最久，粤東金石摹搨殆遍，此詩近在咫尺，無俟鑿險縋幽，何惜一夫之勞，不爲更一搜討，乃必需之今日，始發英光，豈遲速顯晦，數有一定耶。

蘇齋濬池，時在乾隆丙戌，迄今適甲子一周。上距米題詩時，蓋七百七十有五年矣。蘇齋爲余大父行，石殆與予家有緣也。

又按：米題「藥洲」二字，蘇齋誤連「時仲公詡」四行讀之，定爲元祐元年。近阮芸臺宫保新輯《通志》，力辨其誤，謂米熙寧八年以前在廣南，八年以後寓迹江淮，無復南來之理，然未見此刻，亦不能定其爲何年。今是詩年月具存，足資互證，則知蘇齋所訂《米海嶽年譜》，考覈尚疏，信乎古刻之可寶也。獨是石之未出，沙水浸之，其湮没也可惜；石之既出，風雨蝕之，其保護也尤艱。兹將受代，用書其事於壁，以告來者，且俾後之論列金石者得所據依焉。道光八年重九日，常熟翁心存記。

又按：陳九仙隸書一段，蘇齋拓石時其文尚闕，僅據《廣州府志》載其全文，謂第四行下云「東嘉吴偉茂遠」，第五行下云「清沅趙時瑢躬玉、長樂陳子闕一字茂客也」，今按陳子下爲「植日」二字，則舊時拓本實闕兩字，《志》謂闕一字者，亦誤也。蓋子植其名，日茂其字，與則山、茂遠、躬玉皆一時同游之客耳。「植」字頗饃餬不可辯，左旁米詩「九曜石」三字下復刻一「植」字，極分明，殆因刻工鹵莽，故重勒之與，附正於此。

道光戊戌閏四月，予陳情乞養，六月旋里。一日薄暮，納涼知止齋檐際，出米詩拓本展玩。大兒同書侍側，注目久之，躍然曰：「第三行怪字上闕處，細審似是『躋』字。」予復加諦視，字迹雖已漫漶，而波磔尚隱隱可辨，確是「躋」字無疑。於是南宫五截一章，遂成全璧矣，不禁撫掌稱快。予舊有《藥洲訪石圖》長卷，題詠甚夥，適命工重加潰褫竟，併記于左方。後之志粤東金石者，庶有所考焉。遂盦又識。

附[一]

粵東試院有池一泓，爲南漢藥洲遺阯。池中列太湖靈壁石九，名九曜石，多宋人題名。中有一石，米元章八分書「藥洲」二字，不知何時移置藩署，今存者惟八石耳。仙掌一石最大，高二丈許，横卧池東，老榕踞其上。舊傳石有米詩，然不可尋矣。蘇齋老人視學兹土，著《九曜石考》二卷，附《粵東金石略後》，辨論最精，獨以未見米詩爲憾。遐晞旁矚，發諸詠謌，有云「不知老榕脚下字，後來誰則代我摹」。蓋在粵八年，搜尋終未獲也。

予以道光乙酉來持使節。丙戌十二月，試惠、循歸，軺塵稍息，乘池水方涸，疏淤剔石，缺者補之，僕者植之，凡蘇齋所見石上題識廿八種，一一模拓，弆置篋衍。惟仙掌石陳九仙隸書，舊止拓得三行有奇，其兩半行尚爲榕根所掩。竭力洗刷，始得全文。又思九仙有「摩挲蘚刻，誦米南宫詩」之語，意米詩必在近側。乃復東規數尺，截去槎枒，石骨既呈，字迹可辨。濯而出之，則元章五言截句全首在焉。其文云：「九□石。第一行。碧海出蜃閣，青空第二行。起夏雲。瑰奇蹲怪第三行。石，錯落動乾文。第四行。米黻。第五行。熙寧六年七月。第六行。」凡六行三十一字，雖碎裂剥泐，而波礫分明，向來志乘，皆未著録，一旦快睹，如獲奇珍矣。蘇齋濬池，時在乾隆丙戌，迄今甲子一周。上距米題詩時七百七十有五年。豈遲速顯晦，數有一定耶。

又按：米題「藥洲」二字，蘇齋連「時仲公詡」四行讀之，定爲元祐元年。近阮芸臺相國新輯《通志》，力辨其誤，謂米熙寧八年以前在廣南，八年以後寓迹江淮，無復南來之理，然未見此刻，亦不能定其爲何年。今是詩年月具存，足資互證，信乎古刻之可寶也。予舊有《藥洲訪石圖》，題詠已遍，因貽書醇士供奉，屬重繪斯圖，圖成而椰帆猋忽，穗石震驚，未知寶晋英光，得與南離長照燭否也。辛丑十月望，常熟翁記，時寓郡城滄浪亭西之貞石齋。

〔一〕附録之文係翁心存綜合以上《仙掌石新得米元章詩刻記》諸篇而新成之文，可相互參看。

重修萬安縣學記

章水出聶都山，東流過南安，折而北過贛，貢水自東南來入之，合流而北，兩山並驅，奇峰怪巖，森列左右，水石相搏，爲險灘十有八，洄流激湍，雷呴電激，洞精駭目，凡三百里，而至於萬安，始豁若天開，弭節長邁，灝溔潢漾，一瀉千里，匯於彭蠡，以達於江。故萬安據虔、吉之衝，屹然爲江西上游門户。虔俗尚武，吉俗好文，萬安介其間，習俗參半。所以化其桀驁不馴之氣，而歸之彬雅者，允惟學校是賴。

道光十四年夏五月，余校士至吉安，萬安教諭徐君鵬飛、訓導程君元鑣來告曰：「邑之學在城北門外，自嘉慶五年重修以來，已閱三十四載。高甍傾隤，棼橑剥蝕，前臨贛江，數被衝齧，堤岸泐峻，門闕隳壞，泮沼淤滯，亟思修葺。以工費繁鉅，值連歲災祲，民力告匱，莫有舉其事者。朱生飛鵬、廖生璇，慨然興嘆，請之府縣，願出貲合修。經始於十三年六月，逮今落成，自殿廡以及名宦、鄉賢諸祠，與夫講藝之堂，棲士之舍，長廊周垣，外達門棘，繕完葺治，頓還舊觀。凡用木二千八百有奇，瓦二十八萬六千有奇，磚十五萬五千有奇，竹石金鐵、丹堊髹漆之屬畢具，用工一萬八千，合計費緡錢八千二百有奇，皆兩生任之，不以煩衆力也。願爲文以記之。」

余曰：「甚哉，兩生之好善也。」迺進諸生而誨之曰：「君子之爲學也，以復其性而已。性有善無惡，其有爲惡者，習使然也，非性也。自夫人之囿於習俗，而不知學也，於是有悖逆詐僞之心，有淫佚作亂之事。强者脅弱，衆者暴寡，知者詐愚，勇者苦怯，而其勢且囂然不靖矣。先王知其然也，故爲之庠序，以正其趨；爲之師儒，以董其教；爲之君臣上下父子兄弟夫婦朋友，以辨其等；爲之孝弟忠信禮義廉耻，以防其欲；爲之詩書六藝，以博其旨趣。俾游其中者，從容涵養，以復其性，而其俗亦漸化於善而不自知如是焉而已。嚮非人性本善，先王亦安能强其所不習者而使之共習哉。譬之水焉，導自濫觴，泛爲清淵，釃爲通渠，寫散平均，安翔徐回，順流而下者，水之性也。及其赴隘陋之口，觸穹石，激堆埼，於是乎砰訇淙射，盤溢鬱没，環濤轂轉，傾瀾泄注，則或撓之致然也，非水之性也。善爲水者，決之使利導，坊之使勿通，凡以宣其堙窒，俾不平者皆底於平爾。使必執其奔騰震蕩者，而曰水之性在是，豈其然哉，豈其然哉。抑吾聞之君子，見大水必觀焉，今日者堂廡聿新，諸生以時陳俎豆、習禮讓於其間，試臨章貢之水而觀焉，其有以審善惡之幾者乎。於以激濁揚清，滌瑕蕩穢，去習坎之險而集麗澤之功，則諸生之爲學，將日進於彬雅，而以復其性也不難矣。」既以告諸生，遂書之以示學官，俾勒諸石，以諗來哲。

重建南城鳳岡書院記

道光十三年冬，余校試建昌。至之日，南城紳士來告曰：「邑故有鳳岡書院，積廢久矣。士之懷鉛提槧者，多肄誦於郡之盱江書院。顧他邑皆有廣厦横舍，以作育人材。南城夙號望縣，其如台而獨闕也。今適有通判一員奉裁，其廨頗宏敞，已告之有司，將輸其直而改建焉。盱江書院額爲覃谿學士所書，先生其族也，請踵故事題其額。」

余固辭弗獲，曰：「諾，且俟落成之日書之。」既而詢之權守事史調梅司馬，史君曰：「未也，通判舊廨，官估其直才四百金，易舉耳。第庀材鳩工，費既不訾。既成之後，歲支師生脩脯若干、膏火若干，計非得萬金，未易辦也。若之何。」余曰：「南城人物海，其民又多好義，千狐之腋，奚難集焉。」史君曰：「是又有故府之經歷廳，湫隘特甚，今議者將遷於是焉，非代庖者所能專也。」余曰：「官廨如傳舍耳。書院則養士之地也，且利一人與利衆人，孰利，君獨無意乎。」史君曰：「敢不盡力。」

試事既竣，余將轉莅撫州，涂經其地。視其門，伉如秩如；闕其宇，爽塏深邃，可容數百人。俯達於大府，得如所請。余復捐俸百金，以爲之倡。邑之人士踴躍助輸，不數月，裒得萬餘金，迺諏吉興工，撤而新之。

越明年五月，科試既周，余旋省治，史君亦解郡務來謁，且告落成。余迺書額郵寄黄君，俾楬諸楣間。因謂史君曰：「甚哉，始事之難也。嚮非君與黄君之明，且決排俗議，順輿情而任之，則是舉必不成。即成矣，亦不能速且善若此也。雖然，始基之矣，終之實難。吾願後之官斯土者，必擇人而善任之，毋俾吏胥得以藉手。紳耆之膺是任者，出内必謹，毋纖豪有所欺，以貽令君羞；其爲之師者，必實心化導，毋徒挾權勢力，虚擁皋比；而士之讀書於其中者，尤必敦行力學，毋標榜爲虚名，毋漸染於外誘。吾知菶萋雝喈之盛，雖歷百代不廢可也。」既以復史君，遂書之，以諗邑之賢士大夫云。

戴氏雙節祠記

同邑戴君汝霖之母張太孺人，及本生母蔣太孺人，皆以苦節著聞。有司上其事于朝，得旌其閭。戴君乃市屋一區，於阜成門外庀材勼役，建雙節祠，樹綽楔於門，以彰兩母之節。經始于道光十九年△月△，閲月而畢工，周廡重屋，旷敞静佇，榱桷梴碩，門塾崇峻，垣墉堅完，丹雘黝堊，瞻視奂赫。其地背山面湖，據林麓之勝，攬雲物之美，欣然可悅也。或曰，甚矣戴君之孝也，亦其饒於貲有以致之也。予曰不然，戴君固非饒於貲者也。予觀戴君之爲人，好交游，喜聲氣，用財不少希，繇是旦所得者，暮立盡，人或以富厚目之，而不知其無所蓄也。然則祠之建，毋乃侈歟，非也。夫人子之于親，雖身處困乏，猶不憚竭力以奉之，況以戴君之好交游，喜聲氣，用財曾不少希，豈祠之建而顧可已乎。又其制密而不麗，完固而不侈，於以揚荼檗之操，報艱貞之志，誰曰不宜。非夫營廣厦華屋以自虞樂者之比。予于是既感戴君之孝，又嘆其裕於才而知所務也。是固兩節母之教也。凡此皆其可記者，因書以詒之，使鑱諸壁。

錢氏家慶圖記〔一〕

家慶圖一幀，故國學生愚谷錢公屬族人彩三所繪，以奉其庶母某太孺人之娱者也。公之祖爲户部郎中三峰公，諱祖壽。三峰公有子曰稼臣公，諱頤，元配許，繼配王，無子，太孺人其簉室也，生二女，而稼臣公卒。以兄介王諱象鼎之子維城爲後，是爲愚谷公。太孺人偕嫡王鞠育倍至，乾隆三年，王以節孝旌，而太孺人未與，並其姓氏亦失之。《昭文志》載「錢頤繼妻王氏與妾同撫嗣子成立」語，最有依據。《府志》則錢誤爲郭，《常昭合志》又以王譌郭，而以妾爲王氏。錢氏新修族譜並失載稼臣公一支，殆莫可考矣。今稱某太孺人，識其實，不敢傅會也。

心存六世祖河南參政山愚府君，與三峰公友善，又同舉進士，故兩家世爲婚姻。五世祖上杭縣知縣静庵府君配爲三峰公女，本生高祖尚功府君配爲稼臣公女，本生曾祖鄰哉府君配即愚谷公女也。愚谷公生三子，長家聲，次宏緒，三亦武，家聲、亦武皆無子，宏緒嗣爾大後，有子文謨，亦蚤世。愚谷公竟無後，故圖藏吾家云。

圖絹本，以今工部營造尺度之，高四尺五寸五分，廣二尺有五分。中爲池，池上石梁横跨之，池左右疊假山，雜植紅白梅十餘本，老鶴梳翎，蹁躚欲舞。其後寒雲沍空，遠梅蘽蘽，極望無際。池南坡坨逶迤，平曠處得卷石，太孺人坐焉。深青衣，手持念珠，貌怡悦慈善。其左衣淺碧、執蘭立侍者，太孺人次女，適諸生馬騭者也。前一垂髫女，衣淺紫，馬氏女也。又左少後，服淡黄衫，月華裙，撫古梅而凝眺者，吾本生曾祖母，時尚在室也。前離數武，采芝徐行，俯而有思者，公之長子家聲也；其右太湖石，嵌空偃蹇，紫衣倚石而小憩者，吾本生高祖母，太孺人長女也；並立憑石，衣嫩緑者，公之配龔孺人也。前二童子，緋袍金補戴錦帽，折梅而嬉者，馬氏子小奎官者也。衣緑襴衫、錦緣之，左持如意、右拍奎官肩者，吾曾祖文安府君，時方幼，隨母省外家也。環池而西北，臨略彴、皮冠重裘而坐石者，愚谷公也；膝前孺子，冠服烏韡，公兩手攜持之，幼子亦武也。圖凡十一人，神彩如生，布置設色，皆極精雅。

太孺人既幽光未闡，而次女適馬氏者與吾本生曾祖母俱以苦節著，乾隆三年同時旌表。雖祀膰之典顯晦攸殊，而貞徽亮節萃於一門，後先輝映，可謂盛已。圖之作，當在康熙四十七八年間，迄今已百餘載。愚谷公之邱壟久蕪没於荒榛灌莽中，而斯圖獨縑素完好，豈非三節母之靈爽實式憑之歟。且吾家二母與曾祖府君遺像存焉，尤宜世守而勿替也。圖故無題識，曾大母晚年常於正歲懸之中堂，以展孺慕，且指示子孫，皆耳熟焉，故能詳也。先君子每欲爲文記之而未果，臨終猶以爲憾。心存於是敬承遺命，請於從父秋谿公、叔父耕梅公，展圖審視，並徵舊事，謹志之，弗敢忘。今秋谿公又下世矣，懼其久而莫能辨識也。爰述所聞於諸父者，識諸幀端，以告來許。時嘉慶丙子孟秋朔也。翁心存謹記。

謹按：稼臣公繼配王氏，文學需庵公女，吾高祖母貞孝王太孺人之姑也。王與錢，亦世姻云。馬君騭之元孫家驥，今爲諸生，有聲庠序間。並記。

〔一〕《知止齋遺集·知止齋文稿》第二册、第四册均録此文，但文字差異較大，第二册所録似爲定本，故録爲正文，爲便參考，另附第四册《錢氏家慶圖記》。

附　錢氏家慶圖記

錢氏家慶圖一幀，太學生愚谷公屬其族人彩三所繪，以奉其庶母某太孺人之娱者也。翁與錢故世爲婚姻，公之女兄，吾本生高祖母，公之女，吾本生曾祖母也。錢氏絶亡後，故圖藏于吾家云。圖絹本，高若干尺，廣不及三之一。圖之中，衣青衫、手持念珠百八枚，臨池而坐石者，太孺人也。稍左衣月色衫，執蘭而立侍者，太孺人之次女，適馬氏者也。旁一未笄女，衣紫者，馬氏女也。又迤而左，高鬟，衣松黄衫，撫古梅而凝眺者，吾本生曾祖母也。環池而右爲假山，衣淺紫衫，坐於石後者，吾本生高祖母，太孺人之長女也。其右憑石離立，衣嫩緑衫者，愚谷公之配龔孺人也。前有二童子，衣緑袍，手執如意者，吾嗣祖文安公，時幼，方隨母歸寧也。戴兜牟，衣補服，跳地而嬉者，馬氏子小字奎官者也。池既盡，略彴通之，襲重裘，戴皮冠，坐於橋右石畔者，愚谷公也。膝前丱角童子，公以兩手撫其肩，咳而顧之者，公之幼子亦武公也。披裘，手執芝，繞花徐行，俯而若有思者，公之長子家聲公也。圖凡十一人，公有三子，次曰宏緒，出嗣族人後，故圖不及也。初，文學稼成公早卒，無子，愚谷公以兄子爲後，太孺人與嫡王撫之，恩勤倍至，兹圖不及王，殆已前卒與。而太孺人之次女適馬氏者，夫卒，撫孤成立，乾隆五年與吾本生曾祖母俱以節孝旌其門，蓋一圖之中有三節母焉，可謂盛已。噫，世族之家，擊鮮炰羔，以奉其親，類能延名手作圖，以寫其家人父子之樂。一旦陵谷變遷，而縹囊緹帙、牙籤玉軸，皆化爲雲煙者比比也。錢氏既絶亡後，第宅已數易其主。其先人邱隴頹没于荒榛灌莽之中，無有過而問焉者。而斯圖獨歷百餘年之久，手澤如新。豈非三節母之靈爽有以撝呵而默護之耶。夫以三節母之勁操貞標，一生荼蘗，其正氣自常在天壤間，固不繫乎斯圖之存不存。而後之人瞻仰遺容，肅然生敬慕之心焉。而況于其所自出耶。而況其子孫也耶。圖故無年月款識，先君子幼時，曾王母每於正歲出斯圖懸之中堂，以展孺慕，且指示孫輩，咸謹志之不敢忘。先君子既棄世，諸父亦相繼徂謝，余懼其傳之久而或譌也，爰請于季父，一一詳識之，退而爲之記。時嘉慶丙子孟秋朔也。

附考：謹按稼成公諱頤，元配許氏，繼配王，爲文學需庵公女，乾隆三年以節孝旌表，吾高祖母旌表貞女王太孺人之嫡姑也。王與錢亦世姻云。愚谷公諱維城，本生父介王公諱象鼎。宏緒出嗣爾大後，有子文謨，亦早世。家聲、亦武俱無子，愚谷公後竟絶矣。太孺人次壻馬名驚，邑庠生，今諸生家驥，其元孫也。又按作此圖時，本生曾祖年約二十許，其時當爲康熙四十八年。又按太孺人姓氏莫考，《昭文志》載錢頤繼妻王氏與妾同撫嗣子成立，郡志以錢譌郭，今《常昭合志》又以王譌郭，而以妾爲王氏，其以譌傳譌如此。當以《昭文志》爲正。今稱某太孺人，識其實，不敢傅會也。又按太孺人與嫡王均撫孤守節，愚谷公在時，均未及請旌。逮作此圖後將三十年，始爲王孺人舉節，而太孺人竟不與，其詳不可考矣。豈太孺人守節時，年長于王，格于成例耶。抑錢氏式微，王氏方盛，藉其力以成之，故舉止及其所親耶。姑闕疑，以俟詳考。

白鴿峰新阡記

白鴿峰在虞山西麓，出秋報門舟行，循山塘十二里，過寶巖灣前行，峰迴路轉，清瀾廣深，與湖光相激蕩，中有小洲浮水面，如鳧鷖隨波高下，四圍湍流洄洑，所謂湖波轉處是也。土音譌爲婆婆尖嘴。西北小港爲謝家浜，維舟登陸，平疇夷曠。北爲周又谿太守墓，又北踰中山路，地漸高，爲明北堂周氏阡。自兹以上至山巔，林木丰茸，蔚然深秀。俗名周家山。峰頂中央隆高石，下方上圓，遠望之，若重甗、若覆敦、若戴笠，傍翠微爲石室，軒豁谽谺。前有泉，渟泓不竭，相傳有仙鴿棲焉。群鴿鵓集以千萬計，峰以是名。或曰非也，山石色多白，兩行比櫛而下，如鴿之舒翼矣。

虞山之脈自海瀕西北來，至西湖之北爲小山，又伏而逾河，始融結成虞山，其尾則小石洞也。幹龍蜿蜒東趨，勢若飛舞，至先賢言子墓而止。支龍南北分垂無數，山南第一支自鴿峰少東折而西，至峰前高麓直下過峽，石盡而土見，細如蓮花莖，復突起爲石墩，始開帳形，如鳥之吐綬。土脈紫潤，沙水回環，天然結穴，爰度竁於斯焉。高阜穹窿，藏而不露，兩旁皆石澗，雨後奔騰澎湃，與松濤互答。其前爲周氏舊塋，乃於左闢石隥爲墓道，稍平處修治之爲坊基，折而下，雜砌小石爲路，迤邐以達中山路，建石坊焉，題曰「翁氏新阡」。路左濬深溝，導山水下，將及墓門，穿路而過，石版覆之，泉流石竇，聲瀧瀧然，至周氏墓前，右來澗水會之，曲折下注稻田，以入於山塘云。

道光丁未冬，心存始得是地於周氏。戊申春，甫營窀穸，制從樸素，無取華美也。壙中用烏樟樹汁和三合土築之，取其堅凝、辟樹根及蟲蟻也。石用他山，以本山伐石傷地脈，方偕邑人士告諸當事，申厲禁也。山故多松，墓後環植冬青、石巖，墓前植瓔珞柏二，左側坊基植盤槐二，取其蔭密且後凋也。上元梅曾亮撰志銘，錢唐戴熙書丹篆蓋，合而鐵束之，納諸壙，八月蕆功，乃以九月二十一日卯時奉太夫人靈柩窆焉。將窆之次，旭采方升，微雨忽來，旋即開朗，返而虞祭，風日晴和，先靈庶幾少慰乎。其明年己酉二月初吉，心存辭墓出山，停舟未發，復買櫂徑湖田至墓下，瞻拜凄戀。是日湖濱風甚，而墓前雙燭不摇，藏風聚氣，殆有明徵與。今者曶曶已閲六載，秣陵京口，尚阻妖氣，咫尺三吴，勢且岌岌，未知此生得歸骨故里，從先人於九原否也。咸豐四年甲寅中元日立秋，心存謹記。

卷三十〔一〕

〔一〕本卷各篇均整理自《知止齋遺集·知止齋文稿》。

擬應休璉與廣川長岑文瑜書甲戌

某白：遘兹驕陽，邇者彌熾，熙天灼地，沸海焦陵，機女絶綜，農畯釋鎛，托陰宫而懷磎鼠之冰，棲雲屋而效吴牛之喘。洪鑪鼓鞴，罔所避旃，春秋再雩，猶或遯此。俱魄暴骨于南門，肥遺圖形于北户。浹旬以來，了無影響。雖繙神農求雨之書，未究鴻範庶徵之傳也。側聞勤恤民隱，躬祠靈山，貶食省用，意良摯矣。昔三鼎致雒川之祝，五月省洛陽之囚，禱未畢而滂沲，旆乍旋而霑灑。今者月離畢而弗效，雷出地而弗盈，將毋聖凡殊軌，文質異用，鄙手愛其指爪，焚身懼其焦灼乎。夢首陽之使而靈澤横流，封東海之墳而甘滋立降。感召之理，不介而孚。古人當不我欺也。想門下少汝南之獻，裁書達意，庶望隨車。某白。

與李陸平制府書

雷州遂溪縣文童府試滋鬧一案，上年七月中接到王守通稟，請將廩生梁實瑜斥革審辦。十一月杪，復據海康縣審訊大概情形録供通詳前來，當俱逐條批駁，飭令秉公確訊在案。批詞具存卷中，可覆視也。本年正月十一日，某將按試高州，適王守來省面晤，詢及此案，據稱在護道任内已審擬定罪，梁實瑜、金如儀擬戍，伍時榮、周傑士擬徒矣。時因行李戒途，且未悉此案實在曲直情由，故未敢瀆陳左右。

兹者高涼試畢，轉按珠厓。月之廿四日，道出遂溪，有生監廿餘人，具呈爲梁實瑜申訴，恐其同黨徇私，叱之使去。是日行抵雷郡，則海康紳士迎於馬首者數十人，亦齊聲爲梁實瑜訟冤。因細訪此案顛末，則知梁實瑜之罪尚介疑似之間，諸童之罪亦有虚實之别，而差役之罪爲決不可寬也。梁實瑜之爲人，訪諸教官，詢諸衆紳士，質諸承審之海康令，俱稱其平日尚無劣迹。至論本案，則諸童果否拆毁房屋，秦令並未親勘，僅據差役之單詞，且聞梁實瑜亦未在場爭鬧。諸童之府試喧嘩，已在扃門之後，維時梁實瑜早經發學，更屬無干。而定爰書者，一則曰遞稟挾制也。夫求保，瑣事耳，謂之卑鄙則可，豈得指爲挾制。再則曰豫謀糾約也。夫梁實瑜之衣頂尚未批革，即其遞稟求保，亦未必逆料有發學之事，有何迫切而必豫謀糾約耶。縣試紛紜，不即平心勘鞫，以致府試激成事端，乃既激成事端矣，復不就案論案，而必向已就拘執者而追咎焉，真所謂「欲加之罪，何患無辭」者也。頗聞人言梁實瑜嘗有觸怒令君之處，然其詳不可得而知矣。夫法者，天下之平也。以一人之喜怒，而致人於流宥之條，未見其惟明克允也。此梁實瑜之罪尚介疑似之間者也。

金如儀首先抗辨，屢訓不遵，罪真不可恕矣。至伍時榮、周傑士兩人者，並非於喧嚷時立時拿獲者也，實於府試後數日爲梁實瑜乞恩，始被摯縛耳。當日衆童之附和者豈止此兩人，而獨坐兩人爲從者，以其爲梁實瑜之媢黨也。此則諸童之罪亦有虚實之别也。

考試大典，理宜恪守規條，諸童傲慢囂凌，自宜嚴加懲創。然而其罪難逭，其情亦可矜矣。則以兆釁實由差役也。彼差役者，平時憑恃城社，毒虐閭閻，海角窮黎，無所控告，迨縣試時，又私設棹凳，索取重價，童生中有被毆傷額者，乃始群起忿爭，而縣衙巨蠹復敢飾詞聳聽，巧計彌縫，然則蔀屋窮檐，真無所托命矣。王守言雷郡童生每於縣府試時恃衆挾制，屢求革差。試思差役雖賤，亦其同鄉井人也，有何含怒蓄怨，而必求革之，獨不慮其改名復充，陰圖報復，同類濟惡，大肆鴟張耶。且何以遇院試則皆帖然，而獨紛呶于府縣試時耶。若以爲藉此可以挾制官長，則更無是理也。豈官真視差役爲爪牙、爲腹心耶。雷郡差役素横，即徐聞拳毆監生一案，可以類推。今置差役于不問，而獨罪諸童，彼亦俯首帖耳不敢置辯矣。竊恐其心必有睊睊不平者。且夫法令之行也，必明示以較然不可欺之意，而人始曉然不疑。今將懲諸童以儆將來也，而適有差役爲之啟釁，彼惷愚下士，終不知試典之宜肅也，必謂因差役故迺重繩我耳，而差役且曰官實庇我，今而後莫余毒也已。是使差役益横行無忌，多士將積恨彌深，川壅而潰，傷人必多，它日構釁之端，正未有艾也。此則差役之罪尤不容寬也。

夫善爲政者貴鎮静，不貴張皇；貴持平，不貴偏倚；貴探原以立本，不貴選事以立威；貴勑法而使人不敢爲非，不貴嚴刑而使人不敢逞辯。某視學以來，力飭士習。凡刁生劣監，從不肯偏徇姑容。獨於此案，竊謂未得其平。今既確有見聞，若再顧惜情面，緘默不言，亦何以對此邦人士矣。夫獄辭既成，則雖皋陶聽之，亦以爲可殺也。然口碑具在，豈能以一手掩之耶。伏想旌麾所莅，采訪必周，儻以鄙言爲然，乞與中丞、臬使商酌行之，否則賜以教言，俾知遵守，幸甚幸甚。雷陽瀕海巖疆，土曠人稀，地多荒而不治，其民睢盱淳悶，尚少險詐之徒，教養兼施，必有丕變其俗者，安得有寇萊公其人者乎。狂瞽之言，伏惟矜恕。不宣。

與陸平制府第二書

梁實瑜一案，承示已提省審辦，從此可撥雲霧而見青天矣，可勝欽佩。此間議論，實有兩種。官場有官場之議論，紳士有紳士之議論，所謂彼亦一是非，此亦一是非也。定是非之準者，則在元吉之大人矣。

生員經學政批革，始與凡民無異，若猶未也，固名隸學官也。前據雷州府學詳革梁實瑜衣頂，因其未能指出實在劣迹，當即批令再詳。嗣據該府通稟該縣通詳，又因其遽行監禁，讞語深文，復經駁飭再審。當時不難即行批革，以順有司者之心，而必慎重遲疑者，則恐釀成事端，復爲向者羅定州押斃區生之續也。若梁實瑜果罪不可寬，該府縣何妨再切實詳請，俟褫其衣衿，然後定讞。乃半年以來，並無一紙文書相關白，而梁實瑜已擬戍，招解到道矣。職掌之謂何，學政一官不幾成贅設乎。日昨渡海北來，見有官役押二囚而憩道左者，赭衣在身，鋃鐺在項，察其狀貌，尪羸殊甚，似非凶徒，詢之路人，始知其一即梁實瑜，蓋由瓊解回，以候省提也。中懷惻然，引咎三嘆。夫以未經批革之生員，而刑訊、而擬罪、而囹圄桎梏焉，竊恐士氣由此日積，體制亦因之日壞矣。現在生童均集郡城，若令見此情形，必有益深憤鬱者。伏乞迅賜檄提，俾星夜就道，不致多士觸目驚心，是所切禱。某前過雷陽時，因王守言該郡士習囂淩，業已先行出示，剴切曉諭。今茲按臨，復飭各學教官嚴諭廪保，約束童生，並取具切實結狀，以憑查核，聞其尚俱帖然。即詢之王守，亦稱諸生童在寓候試，極其安靜，爲從來所未有。然則喬野惷愚，亦惟在整齊變化之，而非必其盡泯天良也。

與陸平制府第三書

此次按試雷州，先與諸生童申明約束，董勸兼施。今試事已竣，士子俱能恪循矩矱，在寓候試，閉户讀書，並無一人游蕩滋事。點名魚貫而入，謹守場規，至生童覆試，則環坐堂皇，終日肅然，不聞聲息。間有一二外來槍手，皆經廩保當場攻訐，即時拿獲。連日校閱武童騎射，凡重名替代，皆察出重懲。萬目聳瞻，嘖嘖稱嘆。察其情，似非懾於威而不敢逞，實乃動於誠而不自知。果其積習蠢頑，豈能轉移如是之速乎。惟府縣經承，頗有與童生勾通作弊者，幸立時覺察，不爲所欺，現已發交提調嚴辦矣。再徐聞生員韓纘彝、梁冠楠互控墳山一案，該縣兩次請將韓纘彝斥革，閱其讞語，情節未確，訊斷未公，俱經駁飭覆審，兩人皆生員也，某亦豈有成見乎。近聞已檄王守提勘，具徵識鑒精詳，無微不燭，佩服良深。第將來定讞轉詳時，尚須仰勞察核也。

答省垣諸公延主紫陽講席啟

歸田十載，馬齒漸增。讀禮三年，駒光迅度。睎閒雲以息影，企卿月之揚輝。幸託帡幪，彌殷泂泝。敬惟大中丞、方伯、廉訪閣下鼎符元吉，泰協彙征。朗福曜於三台，迓恩光於九陛。本寅恭以報國，同德同心；勇辰告以綏民，一夔一禼。翹瞻鈐閣，無任驀軒。頃奉台函，並頒關聘，辱承挈愛，不棄菲材。猥令衰庸，承乏紫陽講席。伻來衡泌，寵賁邱園。循分增慚，撫衷彌惕。某力疲十駕，功乏三餘，豈有傳道解惑之能，少資琢玉染藍之助。緬惟醇儒如見復先生，清望如次山侍御，皆吾鄉之先達，主斯席者有年，自顧何人，乃希前哲，固辭不獲，敢曰抗顔。願學未能，遑勤焠掌。幸偕諸生以講習，相與歌詠太平；還冀大匠之陶成，庶可闡揚盛化。

上湯敦甫師啟

先人秉鐸朐陽，曾屬吴子野山人繪《石室傳經圖》。石室者，宋石曼卿通判海州時讀書處，蘇文忠公《和蔡景繁石室詩》叙之詳矣。嘉慶壬戌，長沙唐公仲冕來牧是州，與先人以道義相重。公於城中創建書院，名之曰石室。擇生童之開敏者讀書其中，優其廩給，規制略仿紫陽，延先人主講席，一月六課，口講指畫，娓娓不倦。不數年，文風丕變。

先人念州人士就試淮安道遼遠，阻黄河，往返四周，徂歷寒暑。乃商諸唐公，議改書院爲試院，請學使者按臨，歲科併考，以省寒士跋涉之勞。乙丑，具牒上陳，大吏據情入告，得旨允行。會唐公移刺通州，屬先人董其役，而試期已迫，乃亟捐貲倡率，庀材鳩工，晝夜併營，三月蕆事，至今便之。先人力也。

先人宦迹以課士、振饑二事爲最鉅。海濱僻陋，國朝以來，舉於鄉者僅一人。迨先人以經術倡導之，士皆淬厲嚮學，及門中如喬君紹僑、許君喬林、桂林、黄君鴻業、楊君德昭，相繼登賢書，而二許學尤淵深，粹然爲儒者。迄今私淑弟子，通材猶不乏人，弦誦之聲，遍於閭塾矣。在官一紀，辦賑八次，荒墟敗屋，罔弗親歷，按户注口，無濫無遺，奸胥屏息，莫能欺隱，所全活者不下數萬人。它若捕蝗拯溺，無歲無之，捧檄即行，不避艱險，以是積勞成疾而卒。殁後，州人設栗主於石室，歲時尸祝，復籲請入祀名宦祠，凡閱十餘載，三請益堅，乃得上達，竟邀俞旨。入祠之日，門弟子皆禮服奉輿，老幼聚觀，盈衢溢巷，嘖嘖稱盛事。謂本朝校官得祀名宦者，費公我仁之外，唯先人而已。圖卷題詠已遍，心存曩在粵東，曾命工重繪一圖，貌先人像於中，而心存侍立於側，擬裝成長卷，敢求椽筆題「石室傳經圖」五大字於引首，併賜撰記文，俾得傳之不朽，世世子孫銜感無極。先人事實具詳唐公所撰《墓志》及《崇祀録》中，今附呈覽。

致唐鏡海先生書己酉二月

幼時隨侍朐陽，得親道範，洎爲後進，晋謁轉稽，中間騶從入都，某又僕直昕宵，匪遑離局，僅獲聞名於執事，歉仄殊深。

敬惟閣下文紹韓歐，學宗濂洛，入著謇諤之節，出宣遠大之猷。比來頤養林泉，士林矜式。竊謂二百年來理學名臣，如陸清獻、湯文正數公外，惟閣下實足媲美前賢，引企楷模，無任景仰。

某弱冠偏孤，邁征未逮。中年游宦，學術日荒。戊戌乞養歸田，江海風濤，備嘗艱險。烏私未展，駟隙駸馳。兹已負土成墳，便合俶裝就道。精神漸減，老大無成。尚祈錫以箴規，俾得奉爲圭臬。幸甚幸甚。

先人秉鐸海州，教士救災，俱有成效，初以不諧時俗，屢欲退休，適先師來蒞是州，遂得展其素志。相如之於文翁，林宗之於元禮，以今方古，尤徵道義之孚。坳而配食鄉祠，實出先師之賜。先人中年積勞成疾，不能多作詩文，兹摭拾遺編，僅得七卷，刊就呈正。伏乞垂念舊好，寵賁序言，庶藉鴻筆闡揚，得以永傳不朽，子孫世世銘感不忘。某謹啟。

致梅伯言同年書

伯言兄丈同年閣下：某於戊戌閏夏陳情乞養，閣下曾作序以寵其行。方冀愛日正長，可伸色養。乃數年以來，風濤震撼，骨肉凋零。膝下之歡，忽同過隙。祥禫已届，窀穸未營。慢葬之愆，撫膺增疚。蓋某於此有隱痛焉。先公暨前母許太淑人祔葬頂山祖塋之右，地僅尋丈，陿不可容，少右即逼界溝渠，深虞衝齧，一也；先公之葬已三十有七年，前母之葬且六十有五年，歲月悠邈，體魄久安，重啟幽堂，彌深摧割，二也。

先慈存時，即欲別營壽藏，竊念紫陽大賢，亦嘗行之。是以謹遵治命，別立新阡。而三載尋求，片壤難獲。近始卜吉於虞山西麓之鵓鴿峰之原，襟帶湖山，差足妥先靈而藏遺蜕。將以明春營治兆域，筮日舉襄。伏念先慈一生孝慈恭儉，動合榘儀，而却餽辭金，助成先公清德，至今海州人士尚能言之。然非得鴻筆闡揚，無以信今而傳後。竊計當代文章簡而有法者，無如閣下。用敢北向叩頭，命兒子同書奉狀踵門，代申忱悃。仰祈垂神憐閔，錫以志銘，世世子孫銜感無極。

答祁淳甫大司農書乙巳十一月

春明一别，轉眴十年。回憶食筍齋中陪侍教言，邈如天上。所以久未奉書於左右者，誠不欲以野人竿牘，瑣屑瀆辭也。閣下入參樞務，出領度支，密勿論思，海內引領。側聞曲江風度，鬚髮近已蒼然，誦裴晋公「霜鬢論兵」之句，令人益欽仰蓋懷於靡已。

兹者辱紆垂慮，下詢芻言。某素乏濟時之具，恒凛出位之思，矧當言而不語之時，尤不敢泛有論説，惟既承殷殷諮訪，敢不略布所懷。方今聖明御寓，德澤遐敷，海甸銷兵，河流順軌，中外額手，共慶太平。然消息盈虚，有識者所當長慮却顧也。聞之善爲國者，先料內以敵外，不貪外以害內。又曰王者之政，變人心爲上，因人心次之，不變不因爲下。徒務馭外而恩威不立，外夷遂有蔑上國之心；徒務變俗而法令不行，草野且有輕朝廷之意。自昔而然。然則外侮宜防，而內患尤宜早彌矣。島夷革面，業受羈縻，而喫菜事魔者蔓延草莽，攘竊劫敓者縱横道塗，芽蘖潛萌，可不根株亟拔乎。康熙年間，天主堂遍設於通闤，阿夫容盛行於臺厦，而寰海宴如，黔黎不爲所煽惑，無他，衣食足而教化行也，內固則外綏，表端則景直，培元氣、正人心固未可盡諉諸氣數耳。來書謂「因循則坐壞，變法則勢難」，誠切中今日之弊。竊謂因循所宜力挽，而變法自可無庸。我朝制度，超越前代，立法已極精詳。果能恪遵成憲，事事實力奉行，則治具畢張，庶政何虞叢脞。今日之弊，非法弊也，實不能行法之弊。但當修而明之，無事埽而更之也。漕鹽均弊，而漕尤急於鹽，正供因之日虧，官常因之日壞，丁胥因之日横，習俗因之日媮，而民生遂因之日蹙。若不亟加整頓，其害且有不可勝言者。誠使當事者中外和衷，上下協力，毋營私，毋偏徇，毋矯激，毋詭隨，始自通倉以逮有漕州縣盡除弊竇，修復舊規，固不議加議均而轉輸已立見充裕。又須有宏遠之模，静鎮之力，勿狃於目前而以悮漕爲慮，勿怵於浮説而以生事爲虞，斷而行之，庶幾有濟，即鹾政亦何莫不然。然而利權所在，疑謗易生。雖才如劉士安者，亦不能獨肩其任，此其所以難也。至於銀價翔騰，官民困乏，其源固由籬蕩然，闌出無禁，尾閭日泄，疇能以一手障之。其流亦由奸賈居奇，低昂任意，地方官徵解錢糧，雖折閲貽累，而坐受其制，莫敢誰何。乃嘆桑、孔能籠商賈之財，誠卑卑不足言，然亦談何容易。此則無從措手者，或者權其輕重，不得已而暫施通變之方乎。

若夫墾荒開礦之利病，昔人論之詳矣。某自歸田以後，澤鴻風鶴，觸目驚心，憂懣填膺，精神摇落。自遭大故，氣血益衰，終日忽忽若忘，已無意於人世。夙叨厚愛，故敢獻其狂愚，自知戇直不文，幸勿爲外人道也。房、杜勛猷，富、韓事業，惟閣下勉之而已。吴中夏間小旱，秋多風霧，田禾間被蟲傷，高下歉收，米色亦不能純淨。而客秈自楚蜀來者，估帆雲集，斗米不過二百錢，殊有穀賤傷農之患。隆冬奇冷，麥苗凍枯，菜價幾與米埒，諸物昂貴，民力拮据。所幸枹鼓不鳴，閭閻尚稱恬謐。知關廑念，並以附陳。天氣嚴寒，諸惟珍衛。不宣。

答李石梧中丞書丙午正月

蘇松漕務殷繁，敝鄉尤甚。科斂日重，情僞日滋，錮蔽愈深，官民交困。閣下恫瘝在抱，加惠黎元。舉數十年積弊，振刷而肅清之。施變通之術，定畫一之規，此誠大賢之仁心，名臣之碩畫也。周文襄、湯文正不得專美於前矣。屬在枌幪，以手加額。

某幼侍先人，讀書淮海，長而游宦，滯迹京華，中間里居教授者僅六年耳。萍梗浮蹤，久與鄉人相闊絶。迨戊戌歸田，娱親養志，晨葩自潔，孤雲無依，却埽閉關，不通賓客。閒從田夫野老晨夕情話，始知比年以來，水旱頻仍，蓋藏已罄，輸將竭蹷，習俗譸張，目擊積波，惟有浩嘆。生居學道之邦，躬乏化民之具。仰慚高密，俯愧彦方。乃蒙手教殷拳，虛懷諮訪。某材同腐木，分屬部民。恒懔越畔之訔，敢有干旄之告。矧陳守、何丞，皆公正廉明，老成練達，相與左提右挈，必能仰宣德意，下協輿情。何藉芻蕘，用裨涓壤。第既承垂問，敢不略布愚忱。

大抵章程甫立，衆庶或致生疑，格以至誠則心服；條教初頒，奸宄群知斂迹，積之又久則玩生。惟官吏皆得其人，斯奉行乃臻盡善。竊謂政必期于無弊，令貴可以常遵。表既正則景自端，用既舒則取自節。此王制所權出入之數，而周官所以重保息之經也。夫善爲醫者，必審其病之原；善行水者，必因其性而導。民力未能充裕，似宜留其有餘。公費或有浮銷，似宜加以覈實。奸胥之侵漁盤踞，當盡拔其根株；蠹棍之勾結糾紛，當豫防其萌蘖。誠使威惠並行，信義昭著，則官事無虞不給，而民氣亦得盡甦。從此漸復舊章，悉循成法，俾閭閻共蒙樂利，風俗馴致敦龐。海隅蒼生，實拜仁人之賜矣。

伏惟閣下挺命世之才，抱濟時之略。轉移盡利，張弛隨時。上籌國計而轉漕遄通，下厚民生而普存永賴。措施之要，定垂可久可大之模，故敢以古大臣之經猷仰企閣下，而非僅爲一鄉一邑言也。若夫地方公務，自有司存；委巷小夫，各圖家計。進既一辭莫贊，退亦衆口難調。劉季陵自比寒蟬，亦地與位爲之。想大君子洞察物情，必能恕其所不逮耳。區區之誠，惟希鑒察。不盡欲言。

復石梧中丞第二書丙午二月

日前肅復蕪箋，略陳芻説。愧迂疏之無補，方悚息以難名。乃承手教撝沖，齒芬獎借，溯廿年之陳迹，述五筦之游蹤。鳶跕自慚，鴻泥增感。

伏惟閣下淵襟蓋代，偉略匡時。陶士行翰墨如流，尹吉甫文武爲憲。肅宏規於浹日，已欣草靡風行；宣闓澤於三吴，佇見心歌腹詠。若營大厦，先立垣墉；若起沈痾，徐施鍼石。蓋運量必循其次第，即顓蒙亦喻夫高深。翹首載欽，服膺彌切。惟是君子自廑遠慮，善人能受盡言。敢酬延訪之殷懷，再進探原之至計。

聞之民爲邦本，食爲民天，聚人莫重於理財，綏內乃可以靖外。邇來災歉頻書，倉庾告絀，方亟逋租之課，兼籌助粟之條。正宜力督委輸，庶可漸充積貯。而江浙兩省，尤財賦要區。每計此邦一邑之糧，即抵他處數州之額，且又東臨溟勃，北屏江淮，其俗孅靡而多貧，其性輕揚而易動。若使鴻嗸偶集，即復鹿鋌堪虞，欲求安上全下之模，須得拊本引綱之要。夫損益隨時，不在下即在上；貨財有數，不裕國即裕民。從未有上慮正供之闕，下多常調之煩。竭東南甿庶之脂膏，飽綱運丁胥之谿壑。如今日之漕務者，譬諸身焉，膏肓受病則攻達均難；譬諸川焉，絡脈不通則決排何策。然則去積弊而復舊規，必自幫費始矣。國家厚恤運軍本已極爲優贍，其始也祇因州縣浮收從而勒索，其繼也又因囊槖坐擁群起分肥，於是丁力亦疲，幫規愈鉅，日復一日，加無可加，若不亟圖，何以善後。果能憲章恪守，將沿途抵通之浮費盡行革除，則正本清源，弁丁自無從藉口。或以今昔異宜，凡牐壩關纜之所需，日形繁浩，則審時度勢，津貼亦限以常經。幫規既減，則官累自輕；賦斂既平，則輸將自奮。米色純而開兑早，天庾常見其豐盈；影射去而奸蠹除，風俗漸歸於醇厚。足國便民，計無有大於此者。

然而其理固所共明，其議每至中格者，何也。一則事權分寄，懼侵官而未化畛封；一則積重難回，恒姑息而恐違期限。乃愚猶竊爲是説者，則以變通會有其時也。方今聖明在上，衆正盈廷，均節固重於度支，痌瘝尤廑夫宵旰。誠得閣下直陳民瘼，定邀立沛綸音，中外大僚和衷協力，通盤籌畫，明定章程，裁以大中，去其泰甚，俾經費無虞不足，而物力可留有餘，國家幸甚，生民幸甚。想宏抱自操成算，特嘉謨未可豫宣耳。某生居斯土，義當引嫌；躬處禮廬，禮宜守默。第坐視隤波之莫挽，幸逢福曜之來臨，是以伏念旬時，卒紓悃臆。惟願思艱以圖易，非知之艱惟行艱；誠知後樂而先憂，與民偕樂故能樂。統希裁擇，無任屏營。

復石梧中丞第三書丙午六月

春間再肅蕪函，三承手教。仰見藎懷之肫摯，碩畫之周詳。伏誦回環，以手加額。所以遲久未復者，祇緣敝邑案牘紛繁，民情浮動。苟見郵筒往復，必多道路流傳，雖執事虛衷博采，原悉本大公；即下走效悃抒忱，亦曾無私謁。而揣測者或疑其饒舌，傅會者且從而生心。是以力避陽鱎之嫌，甘冒寒蟬之誚，迂拘之見，定荷鑒原。

兹者公務稍閒，始敢裁箋仰答。敬惟閣下公忠體國，慈惠愛民，入承八座之起居，出作百城之儀表。陽士行理綜精密，杜元凱智名勇功。兼是衆長，樹兹偉績。佇見超居外相，節制連圻；霑被益宏，頌禱靡既。江左爲財賦要區，近者釐剔撫綏，均屬不易；即專陳利病，亦更僕難終。向嘗讀象山先生復當事諸公書，竊嘆吏治民風，古今一轍，而其文字之精，實皆指事類情，動中竅要。大儒經濟，正自切近易行，不得以尊德性、致高明，謂有異於考亭氏也。

閣下明體達用之學，景仰昔賢，察吏安民，必有握其要者矣。潭府蟬冕聯輝，皆出鱣堂遺澤；詒謀深遠，固宜沛艾無疆。某之先子亦嘗秉鐸朐陽，至今東海之人户祝未已。而銅川業墜，石室經蕪，清夜捫心，良用自咎。先子舊有《石室傳經圖》，題詠已遍，俟裝成副本，當敬乞鴻辭，以垂不朽。再某在粤東試院，於仙掌石上搜得米南宫詩，曾繪《藥洲訪石圖卷》。此圖今在陳雲乃别駕處，乞就其索觀，賜題卷首，蓋以文星炳燿，曾照南天，故欲俾寶晋英光，附大集以傳久遠也。

致石梧制府書己酉二月

丙午之秋，旌麾移駐。崇勛式焕於六詔，福曜重蒞乎三江。遯聽下風，欣忭無似。側聞燕閒延接，垂念殷拳。銘篆五中，匪可言喻。而兩更歲琯，音敬未申。誠不欲以蕪累之辭，瀆陳左右也。敬惟閣下藎懷篤祜，福履延釐。輯四境以乂安，迓九重之眷注。備智名勇功之略，保障全吴；鎮江淮河海之衝，中流砥柱。德威宣布，飭戎行而用逷蠻方；密勿旉陳，籌國計而力持大體。翹詹卿裔，莫罄揄揚。某服闋後，以營治新阡，未能遽出。上年爲立夫中丞延主紫陽，忝擁皋比，殊非本願。旋於九月中諏日舉襄，屏當行裝，此月初始克戒途北上。本無心而舒卷，迹似閒雲；慨生意之婆娑，出爲小草。尚祈箴規時錫，庶俾圭臬常遵。幸甚幸甚。

答石梧制府書己酉四月

渡江後沿途探問興居，恒悄然以念。比聞閣下引疾勇退，又爲江左黎庶愾然以思。兹奉還雲，又不覺躍然以喜。知台候雖未平復，而精神强固，尚不減平時也。閣下經猷宏遠，忠孝過人。當槃根錯節之要衝，抒盡瘁匪躬之藎抱。加以望雲增感，與日俱深，不敢告勞，遑云來諗。此宿疾之所以未能遽瘳也。讀折漕兩疏、請告一章，惓惓忠愛之忱，爲國家計者至深遠矣。今者聖恩俞允，暫息仔肩，歸奉萲闈，手調蘭膳。行見太夫人定慈顔載愉，閣下亦沈痾若失。泰山之雲，仍當及時溥被天下；温公獨樂，恐未能久在洛中也。伏願省思慮，近醫藥，勿投峻劑，務養本原，以體國之良謨，爲保身之要術，不勝幸甚。某出爲小草，清愧在山。需次長安，衰殘無狀。撫衷自問，何以仰答聖明，還望群公内外毗贊耳。南睇江湘，顒言不盡。

復陸立夫中丞書丁未上巳日

前聞閣下恭膺簡命，移鎮全吴，想望德音，日月以冀。爰值陽春之乘震，快逢福曜之遄臨。重拜恩綸，兼權連牧。文經武緯，整頓開明。萬户傾心，百城斂手。叨塵譜末，幸託仁帡。方當讀禮閒居，未敢裁箋陳瀆。迺荷垂情舊雨，先賁朵雲，三復深銘，五中滋愧。敬惟閣下藎懷納祜，禮履凝釐。上承丹扆之隆施，下慰蒼生之仰望。萬醇儒之經濟，追蹤文正、文恭；表廉吏之風裁，媲美清端、清恪。下風引企，頌禱難名。方今吏道雜而多端，民氣囂而不靜。食貨交匱，攘敚公行。理農政者競事紛更，飭戎行者惟工粉飾。漁同竭澤，棼過治絲。而事劇言厖，則東南尤甚。以財賦之重地，當江海之要衝。利害更切於他方，補救難求夫善策。

雖然，天下無不可爲之事，而必待大有爲之人。讀來書「培養元氣，固結人心」兩言，可謂得爲政之本矣。蓋喜紛更者，必難培養元氣，患在知私而不知有公；好粉飾者，必難固結人心，患在務名而不務其實。夫國家立法，本極周詳。法敝無庸變法也，得人則法自可行。養兵已極優渥，兵弱不必增兵也，有律則兵皆可用。故必慎舉錯而嚴懲其貪罔，然後元氣可培也；明賞罰而厚恤其身家，然後人心可固也。求慈惠之師，選廉耻之將，相與復舊章，持大體，蒐軍實，繕邊防，未有知人而民不安，亦未有人存而政不舉者也。昔宣公奏議，大指不外養民。而象山先生集中論事諸書，亦皆洞中時弊。其與辛幼安言察吏之道，抉擿私曲，尤爲深切著明。閣下誠精擇而善施之，勛業昭垂，當與兩公並稱三陸矣。

第積習未可驟移，宜順而導；求治未可太急，宜漸而推。蓋思慮雖已精詳，而視聽未窮幽隱，則措置稍有未審，即流弊因而或滋。閣下抱己饑己溺之懷，行可大可久之政，自速於置郵傳命，用酬夫宵旰疇諮。然而轉漕則彼此紛紜，未能杜其藉口也；清查則新舊填委，未能較若列眉也。禺筴久成，利孔難劑其盈虚也；錢幣盡耗，漏巵莫權其輕重也。奸胥之盤踞，何以使之洗手奉公；獄訟之糾紛，何以使之格心遷善。逋寇稽誅，海島何以埽穴而捡渠；遠夷雜處，邊陲何以綏內而靖外。諒非手足之烈，夫豈旦暮可期。竊謂閣下此時惟有遄通漕引，上裕度支；嚴遏盜萌，下安良善。其餘庶事，務攬宏綱，靜鎮末流，申明憲典。然後徐察群吏之賢否而進退之，周知甿庶之利病而興革之。胸朗於鏡，手平類衡。若導川然，疏防並用。如治疾者，攻補兼施。庶幾元氣可以漸完，人心可以漸固乎。

迂疏戇直，不達時宜。聊竭愚忱，冀資垂采。伏承台命，宣示雅懷。欲開東閣之門，特下南州之榻。藉修蘭契，兼導芻言。厚意深情，且慚且感。某滄江一臥，荏苒十年。鬢已成絲，心空卷旆。俗衰觴豆，儒賤錙銖。進既未嘗稍效埍埃，退又不能式孚澆薄。鬱壹誰語，顑頷自傷。是以力避陽鱎之嫌，甘作寒蟬之噤。兹遇閣下，託心如舊，諮事爲諏。宜攄款款之微誠，敢守硜硜之小節。惟是駟隙迅馳，烏私長戀。方營兆域，忍別几筵。且鈐閣尊嚴，觀瞻環集。雖閣下坦懷與物，悉秉虚公；即鄙人行己立身，亦有本末。然而輿情豈識，衆慮多疑。還期泰華之高，能任閒雲之懶耳。所願正色率下，監於成憲，永無僭；誠知吾面不同，心所謂危，必以告。伏希涵鑒，不盡欲言。

再啟者：某邇來時抱幽憂之疾，自奉手教，晌又經旬。念知己惓惓之懷，義難緘默，率下操牘，輒下筆不能自休。然尚語焉不詳，如欲盡言，正恐更僕難數耳。上年承石梧制府諄詢漕務，辭不獲命，乃以量減幫費爲言，然亦只説得中一段。若不清其源，不遏其流，亦終不能行。即行之，亦無益於民，且無益於國也。滇事似尚未了，旌節東來，恐石梧先生愈勞心力矣。

夫民者，可近不可下，可敬不可慢，自來地方多事，何莫非貪庸殘刻之吏釀成之。雖有賢智之上官，豈能遍親民事。此《周書·立政》所以必重用人也。去秋河北洊饑，關中尤甚，少穆先生又以病在告，深爲念之。吴中冬間雨雪未透，春來寒燠不時，設有旱潦之虞，諸務恐更形棘手。此國賦民生所繫，不可不先事豫籌也。某獨居深念，憂鬱損肝。頭眩耳鳴，精神揺落。讀書數葉，掩卷輒忘。愛我者殆猶念我壯盛之時，而不知其力已不逮耶。某又啟。

致立夫中丞書丁未六月十七日

三月上澣，肅復一函，諒登籤掌。側聞召茇循行，周歷淮甸，簡蒐軍實，按視江防，稽覈渠工，清釐鹺政，節麾所蒞，疆理宣勤，旌旆端還，和甘立霈，傾風載德，無任揄揚。某懶同野鶴，噤似寒蟬，近更衰庸，無足比數。而乃閒雲自遠，惠風轉親。每當坐上之諮諏，恒及山中之姓字。不責于鱗爲簡亢，獨蒙子羽之褒嘉。並憶前塵，曾陪芳躅。蓋惟閣下拳拳之念未嘗稍釋於懷，所以休休之心不啻若出其口。宜申報謝，終闕披陳。誠以無心之感乃爲咸，無言之説乃爲兑也。傳諭索閲墓圖，感極銘心，悲深霣涕。昔程子大賢，亦憂五患；晦翁卓識，豫券三公。本以忠誠，豈緣求福。無如敝邑山無隟地，某又識昧闚天。兩載徒勞，一坏未卜。昕宵負疚，寤寐難安。一俟秋涼，亟當塋度。如有形模粗具之地，即當詳繪一圖，敬求指示。吴中夏初頗虞旱暵，幸賴甘霖疊沛，頓有轉機。從此暘雨均調，庶幾順成可冀。惟是天心之仁愛，全憑人事爲感通。《甫田》之詩曰「介福」，《大田》之詩曰「景福」，衣食足而耕鑿安，所由民和而神降之福也。閣下恫瘝在抱，饑溺爲懷。察吏以安民，綏内以靖外，必有以培元氣而固人心者矣。更願於萬難措置之中，運與時推移之術，除一分之積弊，即元氣可多留一分，被一日之恩施，即人心可頓興一日。迂疏檮昧，不敢爲出位之謀，惟閣下熟籌而遠慮之耳。徐仲車詩云：「瀝吾之肝膽，但恐同兒嬉。又恐誤公事，公千萬慎思。如將從近功，即深圖便宜。如必謀久利，唯古人是希。」區區之忱，實有類于是。閣下幸垂鑒焉。

與陸立夫中丞書丁未十一月

蘇松太三屬漕糧，今歲試行海運。一切經畫，雖有成案可循，第昔則以河流順軌，藉省轉般遞運之勞；今則以津貼日增，别籌足國恤民之策。慮更深遠，事倍繁難。發自廷議，斷自宸衷。而非得智名勇功如閣下者，不能擔當此重任也。

伏想嘉猷旉布，昕夕勞神。誠至斯孚，遐邇胥格。惟是供諸上者，屬吏各顧考成，定可尅期集事；而取之下者，有司儻昧大體，或且陽奉陰違。苟非大爲之坊，尚恐澤難下逮。竊謂州縣辦公，固不可俾之竭蹶，然聞上届海運即將撙節之款提歸藩庫充公，彼時取民之數不過石加五六斗耳，而各屬公用已寬然有餘。今縱時勢不同，亦豈大相懸絕。設使海運之年，浮額不能略減，將來復歸河運，則幫丁已歇，運積疲蠹，吏復藉口挾制，勢必益爲無藝之求。東南之民，何以堪此。方今西陲不靖，豫省洊饑，曹兖之間，捻匪縱横出没，猶幸江浙財賦重地，尚爲完善之區。然而天時之豐歉難知，比户之蓋藏漸罄。江淮以南，呰窳媮生。輕揚浮動，自古爲然。一遇災荒，立見其匱。拊循保護，正以思患豫防，誠能減一分則民甦一分之困，寬一歲即民獲一歲之安，而實上爲國家億萬年無疆之福。

伏惟閣下公忠體國，因時制宜。鼓舞盡神，民懷吏服。必能使各務遠圖，力除積習，共宣德意，惠此疲甿也。至於漕艘水手安頓，殆鮮良方。此輩合則難制，分或易防。慴以威未必遽馴，懷以德庶幾可服。閣下智燭幾先，慮周事外，檻狼網鰐，定具潛驅默運之神矣。然而鄙人所慮，猶不僅在此也。鬼方虺蝮，蟠窟要衝。渤海鯨鯢，潛藏遠島。眈眈窺伺，在在荆榛。此在群公自有長駕遠馭之方，非下走所敢竊議。且以内地言之，江鄉港汊紛岐，易藏奸宄。自海氛不靖以來，逃兵敗勇，亡命澤中，加以本境莠民，招引外來匪類，故近年攘竊之案愈多。敝邑兩令緝捕頗勤，鄉鎮則曉諭村圖互相守望，城厢則添加更栅親自盤查，復多設巡船，遠出偵訪。比聞凶犯已次第就捦，可見行以實心，必有成效。第恐此拿彼竄，條往忽來。且時逼歲除，糧船又歸水次，宵小尤多溷迹其間，必須各邑協力搜擒，庶俾匪徒無所託足。或更籌畫經費，設局通查，務使淵藪盡空，方得閭閻安堵。想條教早頒於四境，特奉行還藉乎群材耳。某靜閲古今，每過多慮，且與閣下交深肺腑，敢不布其腹心，聊效涓埃。伏希鑒擇。

與立夫中丞書戊申八月

夏五晋省，快奉教言。嗣因霖潦暑風，孱軀時時抱恙，久未到院，歉仄奚如。敬惟藎懷多祜，潭眷凝釐，定符肊頌。海運迅速順平，功踰往昔，佇邀褒奬，特沛殊恩。内外奸宄肅清，方冀蔀檐安樂，而風濤馮怒，鴻洞横流，沿海瀕江，又成澤國，鴻嗸鳩瘠，蕩析仳離。值此財力匱乏之餘，拊循尤復不易。

閣下恫瘝在抱，綏輯多方，遺大投艱，殆以顯大賢之經濟耶。敝邑青草沙被災頗劇〔一〕，待賑孔殷，而地瘠民貧，勸分未能湊手，若再留養外來饑口，益虞竭蹷難支。幸邀體察情形，免其撥發，兩邑士庶，均沐仁施矣。議減幫費一節，伏誦諭旨，仰見聖主軫念東南民力之艱，將大沛恩膏，甦其瘝困，閣下公忠體國，惠此下民，定有嘉謨可垂久遠。夫損上益下，古人猶或爲之，矧減此中飽之漏巵，而上下均受其福耶。特是種種積弊，蟠結已深，鶩利者各懷己私，必且協力沮格，一也；事權不一，畛域攸分，意見參差，終虞掣肘，二也。然及今不亟變通，將無以善其後。伏願閣下察之以明，覈之以實，行之以斷，孚之以誠，下固人心，上培國脈，非獨三吴黎庶利賴無窮也。翹企無似。

弟樗櫟散材，近更衰朽，唯受恩深重，義不敢自逸偷安。今年補植松楸，設措資斧，或未及出山，明歲新正必須束裝北上。紫陽講席，忝竊多慚，乞豫擇明師，庶多士得有觀法。至游文一席，近因新改章程，隨課升降，故課卷尤多。且敝邑人情，必本地延師方可相習，吴偉卿比部若歸，輿論尚爲允協，否則里中亦有老宿二三人可當此任者，乞與觀察商榷之。幸甚幸甚。大兒學淺才疏，濫叨校士，深懼力薄弗勝，惟訓以清慎儉勤，以冀獲免於戾。黔中山川、土俗、土習、民風，弟所不悉，伏望長者視同猶子，諄切提撕，俾有遵循，毋致隕越。敝邑夏間低區被淹，高田風損，幸秋來晴霽，得有轉機，惟秋成分數尚未可遽定耳。

〔一〕「災」，原誤作「笑」，據文意及《翁心存日記》改。

與支少鶴學使書戊申五月

三月中接展環雲，備譾壹是。旋聞年兄榮膺簡命，視學蜀中，逖聽吉音，喜極不寐。正擬泐函奉賀，復承賁到華箋。欣悉鋒車遄發，載道福星。吉籥開時，紅榴耀彩。行見淵雲墨妙，軾轍文雄，胥歸藻鑑之中，盡入輶軒之采。得人報國，企望良殷。學使之職，首在宣揚風化，次則甄拔人材，三曰剔除弊竇。然必諸弊悉除，而後人材可出。人材既盛，而後風化可興。故剔弊尤爲急務。

考試之弊，悉數之，殆更僕難終，必平日關防嚴密，試時日坐堂皇，則徑竇庶可稍絶。至槍替之弊，必須覆試從嚴，如是而已。然而肅清紀綱，必自近始。僕從前出使，屢奉聖諭周諄，而史望之尚書亦云「學使聲名，全自宅門以内起」，真老成閲歷之言也。蓋延聘幕友，遴擇家丁，既已得人，固須隆其禮，接以恩，而防之亦不可不慎。而第一要義，尤在嚴察書役，勿俾勾串，或致線索潛通，則思過半矣。抑更有進焉者，昔人謂做官之難，莫難於學政與縣令，誠以一人之耳目心思有限，而衆人之環伺窺探最多也。誠能壁立千仞，則亦何從攀附夤緣。匪特聲色貨利之念不可存，即書畫圖籍之嗜亦宜屏。是在堅持之而已。

至於待士之方，宜嚴而不苛，寬而有體。場規宜鎮靜，毋事苛求。昔先師汪文端有云：「條教不可過多。」又云：「有文無材者必黜，勿憐其才而姑容之。」蓋於甄拔人材中，即寓宣揚風化之恉也。公文案牘，亦須事事親裁，切勿假手胥吏。阮芸臺太傅嘗曰：「學政二字能兼盡者，否則學而不政，不如政而不學。」亮哉斯言乎。

省垣各大吏晋接自有一定儀文，惟資俸未深，不妨稍加撝抑，不卑不抗，乃爲得中。其文武各屬僚，亦宜優禮。惟干謁請託者，不得不緩辭峻拒。餘雖犯亦勿校，正見器量之宏也。四川雲棧崎嶇，驛程遼遠，終歲按試，夫馬浩繁，行李須減之又減。尤宜嚴察家人從役勿挑斥供應，勿需索站規。匪特保賢聲，亦以恤下情，紓民力也。大略如此，神而明之，則存乎其人矣。

僕性本拘執，才復迂疏，三奉學差，每恨不能盡職。而凡事必持敬慎之心，敢不以所知所行者覼縷陳之，聊作識途之老馬。年兄學養深邃，練達老成，識解高明，何待鄙人饒舌。千慮一得，亦可用備芻蕘。此書願留案頭，時加省覽，幸勿以尋常尺牘置之，將來並可傳示同志，未始非嵩岱之微塵也。僕自壬辰秋入蜀，迄今已十七年，其山川形勝，猶時時形諸寤寐。今閣下遍歷各郡，游更壯豪矣。制府嚴明，吏治邊防必日有起色。姚石甫先生經濟文章，均不可及，宜敬禮之。晤張椒雲廉訪、邵蓮士太守、李子斌刺史、王海濤大令，乞道念。專泐復賀大喜，臨穎神馳。

復桂星垣太守書甲辰九月

星垣太守年兄足下：握別春明，瞬踰一紀。側身南望，寤想爲勞。幸與粤東諸君子休沐過從，藉悉足下里居清況。祇以萍蹤靡定，遂致竿牘久疏。逮乞養歸田，音訊益復遼隔。然懷念停雲，睠懷舊雨，嶺南學侶，無日或去諸懷。矧平生益友，道過君魚如足下者乎。

前聞足下假滿入都，讀書中秘，量才桂管，執憲蘭臺，風采卓然，不負所學。比膺特簡，擢守晋陵。五馬初臨，雙魚先賁。情辭肫摯，慰問殷勤。密邇徽猷，快申積愫。承詢治賦、聽獄、弭盜之方，而求所以次第施行之要。具徵實心爲政，迥越恒流。僕未嘗從事于斯，何術可裨圖治。第既辱虚懷諮訪，敢不以夙昔所聞者略陳之。

嘗謂州縣爲親民之官，而太守則去民尚近。故今日能爲賢太守者，他日必能爲賢督撫。以其利弊洞悉，而情僞周知也。然上之既無監司之權，下之又不可侵令長之職。進退可否，非吾所得專主也；簿書錢穀，非吾所得躬親也。以一身獨任其責，而周旋俯仰於上下之間，欲其盡善，難矣。

江南爲財賦之區，常州賦額較蘇松兩郡稍輕，視他省則猶重。邇來瘡痍未復，撫輯爲勞，誠有如來示所云者。惟是飛艘轉運，功令森嚴，津貼日增，科斂日亟，官民交病，調劑無方，固當上裕正供，亦貴下紓民力。至於積蠹奸胥，藉營利窟，把持蟠結，尤法在必懲。然弊去太甚，政酌至中，正難驟議更張，惟期於事有濟而已。常郡襟帶江湖，大江之中，太湖之瀕，奸人所出没而盤踞也，是宜文武員弁，協力巡緝。若夫沿江沙洲之漁户，陽羨山谷之棚民，則謹幾出入，加意拊循，自當安謐無事。所宜留意者，則尤在内河，蓋平江水道，雖屬衝途，而港汊紛歧，匯蕩錯雜，小小攘竊，嚮亦時聞。自海氛既息以後，逃伍散勇，竄伏草間，勾結漸多，盜風彌熾，公然劫敓，商旅不敢夜行。時值隆冬，亟當飭屬嚴密擒治，而躧訪窩聚，最爲弭盜良方。苟其巢窟一空，奸宄自無從匿迹，但須奉行盡善，勿俾蠹役藉端搜索，致擾閭閻耳。獄訟之道，情僞萬端，聽之以五聲，折之以片言，總不外乎公明勤慎四字。太守職司核轉於各屬，刑名案件，鞫實不憚詳求，固不可輕心以掉，徒事詭隨，亦不容成見先存，動加翻駁。至控案之應准應提者，尤宜悉心審察。省一株連之獄，即少一拖累之人，不獨婦孺老疾，在所矜恤已也。江左風氣優柔，人命械鬥之案尚少，惟尋常户婚田土細故，亦復狡詐異常。但能隨到隨審隨結，則串供朋詐之弊自除，而平時復能懲勸兼施，恩威並用，嚴治衙蠹，密訪訟師，奸慝既絶譸張，良善自然樂業。其疑難之案，律無專條者，不得不比傅例文，於輕重出入之間，切宜斟酌，以求至當。近刑部新刊《刑案匯覽》一書，其中頗多以經義決獄者，公餘時可熟覽參稽。蓋刑者，天下之平也。深文周内，固造孽無窮，而惑於四救先生之説，則沈冤亦復不少。惟於執法之中，常寓哀矜之意，斯刑獄皆得其平矣。他若江防之宜飭也，學校之宜興也，漕渠之宜疏濬深通也，圩岸之宜修築堅固也，皆政之當次第推行者也。而要以察吏爲本，於各屬之賢者禮之，才者任之，不能者教之，不肖者糾之，綱舉目張，措施自易。

江南州縣，疲累久形，近年彌甚。此時亦別無善策，但求勿增新欠，漸補舊虧，庶有起色耳。而察吏又以廉爲本，整躬率物，風響斯符，激濁揚清，才能並效。且使幕友官親，亦觀感而群勉爲善；家丁書役，皆讋服而莫敢作奸。由是培元氣，正人心，懷永圖，存大體，毋偏執己見，毋輕改舊章，毋爲急切近利之謀，毋狃苟且因循之習，行之以漸，守之以恒，豈惟爲賢太守則然哉。即異時爲賢督撫，亦不過如斯矣。

自笑粗讀古書，未嫺世務，滄江一卧，益復孤陋寡聞。惟與足下氣誼素孚，故敢直抒所懷。冀效一得，試加省覽，或可采擇施行，幸勿傳視它人，俾長於吏事者誚其迂闊也。僕受恩深重，供職内廷，豈敢退閒自逸。祇以慈親年老，久闕晨昏，聖主垂憐，時廑存問，正值昇平無事，用是懇切陳情。仰沐天恩特賜，俞允閒居，初賦菽水，差足承歡。不圖頻歲災荒，連天氛祲，澤鴻滿目，風鶴驚心。張彪則隨母流離，王粲以憂時蕉萃。幸得波恬海澨，庶幾還我嘯歌；而枯樹婆娑，輒已望秋搖落。自嘆進不能況瘁以從公，退不獲優游以養志。才識淺薄，無建樹以裨時；心力衰頽，無著述以傳世。撫衷内疚，夫復奚言。自居家衖，閉關却掃。暇即讀書，鮮山水登臨之樂，尠友朋樽酒之歡，摧落壯懷，謝絶塵紲。倦同野鶴，噤似寒蟬。咫尺蘇垣，裹足不到。性耐寂寞，非敢效李于鱗樓高白雪，簡亢自居也。二十年來，東粵諸故人已晨星寥落，每一念及，輒用憮然。南山、蘭甫，時有書來，亦懶未作答，可寄聲問之。貴治去敝邑不及二百里，盈盈一水，朝夕可以溯洄，而日侍衰親，弗克扁舟奉訪，未知何時把晤，得以罄叙闊悰耳。累牘蕪詞，願言不盡。某頓首。

與孫符卿大農書[一]

昨辱光臨，備蒙肫誼。側聆塵教，仰見藎懷。兩粤捐輸一事，承諭以「徑竇旁開，則漏卮難塞；緡錢折算，則耗蠹滋多」，切中事情，洞見癥瘕。非遠謀深識，何以及斯。令人欽佩無已。惟弟夜來不寐，轉輾思之，終有未盡釋然者。敬獻一言，乞閣下垂聽焉。

粤西土瘠民貧，正坐苦無經費，加以恬嬉日久，遂致群盜如毛。即粤東公用似屬有餘，而上年各處防堵，至今墊款尚懸，其凋敝亦可概見。若非藉資衆力，何以迅奏膚功。今者闓澤旁敷，天威震肅。幺麽小醜，何難指日蕩平。惟是轉餉裹糧，急于星火，即飛撥餉金百萬，已恐程途遼遠，或致後時。矧嶺南箐谷幽深，游匪出没靡定，窮搜餘孽，蕆事正難豫期。設該兩省續請添撥多金，又將何以應之。現在粤東調集兵勇不下萬人，粤西當亦厚集兵力，俟星使一到，即當分道進兵。時不可失，餉宜速籌，則峙楨幹而計儲胥，當以取之本地者爲一呼立辦也。且諭旨已准出力捐貲者從優議叙，穗城不乏富户，或已鳩聚麕輸[二]，今若復加駁斥，不持無以昭激勸之公，並恐以此孤士民之望矣。

弟雖以疾在告，而憂心如焚，通夕不寐，與閣下同此苦衷，意有所懷，不能自秘。伏乞閣下熟思審計，俯采芻蕘，與海帆相國、鶴汀協揆暨同事諸公共相參酌。或竟許其援例請獎，惟須責以核實，無任冒濫浮銷；或以事體重大，不敢擅專，則準駁並陳，恭候聖明裁奪。區區之忱，惟希亮之。若謂如此必有礙京捐大局，則非鄙人之所敢知矣[三]。右臂拘攣，痛徹心膂，乃知末疾之爲患，亦復匪輕也。強起握管，書不成字。十一月六日某頓首。

〔一〕本文《知止齋遺集・知止齋文稿》第二册、第四册皆有録，今互爲校正。

〔二〕「或已」，一本無此二字。

〔三〕「敢知」，一本作「知知」。

與文孔脩大農論銅務書[一]

謹案：歷代京師鑄錢之數，未有如本朝之多者。每歲所鑄不下百數十萬緡，宜其泉流地上，公私充牣矣。乃民間交易多用鋪票以當見錢，户、工兩局月鑄制錢，不足供支款十分之二，銀固日見其少，錢亦不見其多，推求其故，蓋由奸民常盜燬賣銅，商旅又日捆載以去，故民用不足。而在官之錢，有放無收，不能流通於上下，故國用亦不足，此其大較也。

國初京局之銅，皆由各省及各關採辦，後始盡仰給於雲南。以一省之銅，供天下之用，百餘年來，菁華亦竭，山空硐老，方切殷憂。乃今者銅本既無可撥給，江路又梗塞不通，寶泉庫銅業已告謦，日事搜括，何以支持，多鑄大錢，又虞壅閼。僅講補苴之術，豈爲遠大之謀。急則治標，所宜悉心熟計也。採買既不能踴躍，禁銅又恐涉驛騷。當此之時〔二〕，祇宜鎮静以安閭閻，豈可紛煩以擾市肆。再四思維〔三〕，惟有請飭江蘇等省預購洋銅數十萬斤，於明春由海運抵津，庶可迅速而節省，一也。熱河一帶，頗多銅礦、鉛礦溝，一處開採已有成效，宜再令多派幹員實力覊訪沙線，招商鳩工，庶採獲日多，可以源源接濟，二也。猶恐緩不濟急，則莫若暫開籌銅事例，亟宜分派司員妥速擬議章程，奏請行之，其浮費須概從删汰，而奬叙視諸例爲優，方足以示招徠而資鼓勵，三也。至滇黔銅鉛運道，水路既多阻梗，陸輓費復不貲，其如何繞道前來，水陸並運，必須兼諮博訪，務確鑿可行，然外寮任事能有幾人，賊勢披猖亦難揄度，部中經畫，正不得不先事而謀之，四也。此皆豫籌京銅之策也。至滇省宜令多鑄大錢、制錢，黔省宜令兼鑄大錢、鉛錢，俾各供本省兵餉。川省宜令開鑪設局，多鑄大錢，專運三楚、粤西，以充軍餉〔四〕。

方今時事孔棘，中外匱窮，匪特京餉爲急務也，外省撥解十檄九空。夫糧臺不繼，則兵勇潰逃；邊徼不安，則干戈滋起。苟非使之各固藩籬，何以善其後乎。此則吾輩謀之，尤在各疆吏實心實力以行之耳。前令廣西司分晰妥議，兹據開列五條送呈詳加披閲，如第一條減辦銅斤以免低潮，三條改買洋銅以資接濟，四條銀錢互易以濟銅本，並加鑄鉛錢一條，似皆可採。惟第二條改鑄大錢解京之説，鄙意不能無疑。查雍正十一年，曾令滇省歲運京錢三十四萬四千六十二串；乾隆二年，尹文端公又請加解三十餘萬，次年即改爲加運京銅一百八十九萬餘斤。是運錢本非舊規，且行之甫及五年，旋即停止。其中原委雖未能詳考而知，然前人識見超越後人，其所以不運錢而運銅者，必有深意。況今日形勢非但沉溺是患，又復劫敓堪虞乎。至於運道，若由嘉陵江而上溯略陽，復由略陽陸運以達衛河，紆回數千里，限以崇山峻嶺，車牛之費，譚何容易。竊謂若由夔州取小徑以達興安，浮漢而下，以抵襄樊，或較直捷。然未悉道里曲折，且届時或有隔斷之虞，亦難以懸揣也。廣西司説帖二件呈覽，候核定。再，前議當千當五百大錢於七月爲始，擬請暫行停止〔五〕。閣下與桐翁皆深以爲然，已令廣西司屬草，重爲潤色。嗣因淳甫相國在告，台候又復違和，是以稍遲數日，今似不可再緩矣。摺藁俟諸公畫定後，即可繕進覆議。呼延侍御條陳，候樞廷工部會商，尚需時日，本部職司所在，當官而行，苟可以利國便民者，似不妨徑抒所見，先行具奏也。乞裁奪。

〔一〕本文《知止齋遺集·知止齋文稿》第二册、第四册皆有録，今互爲校正。
〔二〕「之時」，一本作「時時」，誤。
〔三〕「思維」，一本作「籌維」。
〔四〕「軍餉」，一本作「軍饟」。
〔五〕「停止」，一本作「停籌」。

與王雁汀中丞書咸豐五年三月

當今時勢，自以拊循綏輯，結人心，固根本，消孽芽，防滋蔓爲第一要務，惟是兼籌兵食，格礙良多。科斂日繁，徵求愈亟，而夙稱富庶之地，既疲於繇役，復困於輸將，竊恐剜肉補創，並無可剜之肉矣。北方一冬無雪，三春恒風，麥苗多枯，旱象已見。反側者或潛煽以惑愚頑，桀黠者且連莊而抗官府，而潰逃各勇，又隨地竄伏而誘脅之。此誠今日之隱憂。而弭患之方，蓋莫先於擇賢牧令也。

春初連鎮蕩平，朝野歡娛，遂以爲晏然無事，而鄙人獨竊竊然憂之。猛獸之搏也必先伏，此三年間，逆賊分股以牽掣我師，而渠魁盤踞金陵，根深柢固，且勾結聯絡，徒黨日多，待我師老饟窮，必四出狂噬，其將何以禦之乎。兵家勝敗，誠難揄度，江州之役，幾幸成功，而將伯無人，失其左臂，遂致潯陽大挫，鄂渚重淪，江漢之間，燎原難撲，荆襄危急，豫蜀震驚。

比聞宏農芟舍棗陽，遷延左次，中州南面之藩籬，東則申陽，西則南陽，備少兵單，何以能固，此大可憂者，一也。新安山谷阻深，可云險陿，豺牙虺毒，氣已吞之，兩淛三吴，勢且岌岌，萬一嵯跌，財賦何資，且海運尚未北來，天庾尤虞告絀，此大可憂者，二也。軍興以來，祇緣將帥不和，往往僨事，一誤再誤，不可追矣。原、屏剛愎，瀋、渾紛拿，淮淝先撤輔車，邗上爭執牛耳。昔之門户在朝堂，今之門户在疆場，狡焉窺伺者必且從而生心，此大可憂者，三也。若乃荏平逋寇，曠日稽誅，服嶺妖氛，亂絲難理，此更不待言矣。憂心如惔，不敢戲談。惟願聖心感格天心，庶可默消劫運耳。三晋襟帶山河，八陘三門，水陸之險要也，曩者經理無人，遂致豕突狼奔，出入無忌。閣下熟於形勢，必已爲未雨之綢繆矣。惟蒐軍實而擇將材，未容猝辦也。惟垂神留意焉。

卷三十一

與孫復生總戎雲鴻[一]

興福寺尊勝石幢拓本，篋中偶乏是種。兹檢得梅里本奉呈，興福石幢凡二，左爲平原陸展書，右爲京兆全貞書，唐大中時立者已無存，今矗列寺門石梁外者，實宋建炎三年所立耳。今拓本年月已闕。此梅里本則確是唐乾符中故物，雖不知爲何人書，而結體秀整，似出興福本上。且此幢在一尼庵佛座後墻内，須徙佛發壁，乃可搴搨，故得之頗不易。又近時搨工鹵莽，遇石剥泐處，往往幅遺數行，行遺數字，此本尚是舊搨，以近拓本參校，多至數十字。雖經蠹蝕，重加潢裱，尚可觀也。外附柳子寬《武侯祠堂碑》並碑陰，趙子昂臨《枯樹賦》，聊備劉覽。武侯碑，經明人修改補刻，故有譌謬處，兼少精神，若得宋元時拓本觀之，則子寬筆法，洵不在誠懸下。碑陰尚是唐刻，極雄渾可愛，《金石萃編》失收，似述庵少寇未見此本耳。趙臨《枯樹賦》石二片，是明季人所刻法帖中之一種，其詳不可知。乾隆年間梅里人修塘岸，於水際獲此石，幸未爲鍬鍤所損。先外王父贈祭酒張公仲儒，以善價購得之，今歸寒家也。

上湯敦甫師第一啟[一]

翁心存謹啟中堂老夫子閣下。夏間奉到鈞函，知春初肅泐一箋，已呈慈覽。嗣緣梓鄉被水，隨邑侯及里人後設局拯饑，鞅掌泥塗，旰宵靡間，久稽啟謝，惶悚殊深。疏略之愆，伏希涵宥。敬惟中堂老夫子鈞候曼福，潭第吉祥，定符私祝。

閱邸報，知世大兄親家已記名外用，從兹稟承庭誥，實見諸施行，定當大展鴻猷，爲蒼生造福也，欣賀無似。世二兄親家下惟覃思，學養益加深邃，轉瞬春風得意，領袖群仙，接武韋平，可勝豫賀。心存奉母家居，無善可述。慈親以桑榆之暮景，值風鶴之頻傳，以致老境日增，舊疾時發，現奉板輿詣郡中延醫調治，亦未能復元。合宅人口尚屬平順，惟薄田數頃，半付汙萊，復以安集嗸鴻，傾囊助振，家無長物，典質一空，避少諺臺，逋累交集。自念安貧守分，固甘之若飴，第蘭笙乍譜，不能菽水承歡，良用鬱壹耳。大兒同書夙荷垂慈，今復得依門下，重蒙埏埴，曲賜栽培，感激之深，罔知所報。惟有勖其努力嚮學，庶幾無負厚期，更求時加訓誨，俾底成材，則感戴師恩，益無涯涘。小兒同龢今年荒廢殊甚，才讀《左氏傳》至「桓公」，明歲已另延塾師，或可稍勤課誦也。知關慈念，並以附聞。專此肅修丹啟，縷布謝忱，敬請福安暨世大、二兄親家侍祺，合第均吉。順賀年禧，統祈

〔一〕本篇整理自《知止齋遺集·知止齋文稿》。

慈鑒。不莊。心存謹啟。庚子臘八日手肅。

附上小兒同龢、長孫曾文學作試帖各廿餘首，伏祈鈞誨，欲存其真，故徑將元稿呈上，不復另謄，乞恕草率也。倥偬作輟，日進良難，至制義尚未學爲，此後稍暇，當再課之。督教子孫，殊非易事，且亦須清閒無擾，斯教者、學者皆寬然有餘，乃知此事亦關福分也。一切統祈指示爲感。心存又啟。

〔一〕本篇整理自國家圖書館藏《蕭山王氏及諸家書札》，題目係整理者所加。

上湯敦甫師第二啟〔一〕

受業翁心存謹啟中堂老夫子閣下。六月初旬奉到五月十一日鈞函，正值江介倥偬，未遑裁復。敬惟中堂老夫子進退以禮，恩榮有加，作一代之楷模，企二疏之軌躅。既協懸車之議，徒步南岡；仍申戀闕之忱，卜居東洛。富文忠堂名還政，唯以清心學道自娛；趙康靖集成諫林，猶以憂國愛君爲事。徽猷在望，素志兼符，翹企師門，可勝欽仰。

大世兄親家即日當擢監司，二世兄親家日侍鯉庭，學業益粹，令孫世兄南還應試，定已同擷泮芹，俱深馳繫。海氛不靖，彌年於兹，仰賴聖德懷柔，鯨鯢弭伏。然瘡痍之衆亟宜拊循，蹂躪之區亟宜修繕，反側者何以使之相安，桀黠者何以俾之自戢。然則培元氣、正人心、立紀綱、明賞罰、選將材、蒐軍實、籌積貯、固邊防，善後之方，似宜實力講究矣。田間伏處，不敢爲出位之思，聊向函丈一爲商度耳。

夏秋間貧病顛連，筆難具述。慈親舊疾時發，精神日衰，心存亦痁作兼旬，耳聾足弱，加以闔室困窶，四壁呻吟。大兒同書秋來患瘧，兩月始瘳，假期已逾，只得令其衝寒就道，然體中甫就平復，甚爲繫念，務祈教誨栽培，無任感荷。渠去年出都蒙垂借五十金，尚未能措繳，惶悚殊深，俟明歲當設措寄上歸款，決不敢有誤也。小兒同龢連歲讀書未免作輟，現讀古文、時義，學作試帖八韻詩，尚有思致可觀耳。兹奉上釵環兩件，衫裙衣料貳端，爲松姑娘留云之敬，伏乞莞存，肅修無啟，恭請福安暨潭第吉祥，統希慈鑒。不莊。心存謹啟。十月廿七日。

慈親命筆請安、道謝並問合第均禧，兒輩侍筆請安。

〔一〕本篇整理自國家圖書館藏《蕭山王氏及諸家書札》，題目係整理者所加。

上湯敦甫師第三啟〔一〕

受業翁心存謹啟中堂老夫子閣下。春杪肅復寸函，想邀鈞鑒。辰惟興居曼福，潭第吉祥，定符私頌。近閱邸報，世大兄親家已榮還鳳翔，大兒信來，又聞次孫世兄入泮之喜。德門厚澤，吉慶重重，遜聽下風，可勝快抃。遥想一麾出守，五馬遄征，大世嫂尚留里第，須俟棣華交映、桂子齊攀，覲省庭闈，始往官廨也。世二兄親家鯉對親承，鴻篇日富，佐理家政，於誦讀亦自無妨，比來想屢得添丁之喜矣。昔温公在洛獨樂名園，歐公居潁歸田成録，今老夫子抽簪投紱，養靜都門，人海叢中，定少山水友朋之樂，計惟有怡神文史，修學著書耳。以燕許之文章，闡濂洛之精藴，當勒成一集，傳之無窮，匪特及門得邀沾溉已也。

心存近狀如恒，慈親春間便閉甚劇，入夏始稍安和，而容顏漸瘦，視聽日衰，殊深焦慮。舍侄、次兒雖亦刻意爲場屋之文，而秉性平常，難以制勝，聊俾逐隊觀光而已。同龢、曾文學作制義僅能成篇，亦尚有思致，然教之有成，殊非易易也。大兒仰蒙訓誨，感荷良深。渠資淺才疏，得差非所敢冀，惟望其多讀有用之書耳。肅此，恭賀大喜，敬請福安暨合第均禧，統希慈鑒。不莊。心存謹啟。六月十一日手肅。

家慈命筆，兒筆侍筆叩賀請安並潭府均吉。

〔一〕本篇整理自國家圖書館藏《蕭山王氏及諸家書札》，題目係整理者所加。

上湯敦甫師第四啟〔一〕

謹啟者。心存罪釁山積，禍延先慈，日月不居，奄逾旬朔，茹哀赴告，尚未仰聞。伏蒙中堂老夫子軫恤矜憐，曲垂慰問，手書聯額，光賁九原，厚賜奠儀，恩頒仁粟，捧函嗚咽，祇奉几筵，北向叩頭，鐫銘五內。

痛念先慈一生備嘗艱苦，逮霑禄養，已近暮年。幸邀聖主之鴻施，俾遂私情於烏哺。方期永娛愛日，長戴恩暉，何意風樹銜哀，遽嬰大故。劬勞未報，抱憾終天。且心存夙遭閔凶，弱齡失怙，非賴先慈教養之力，無以至今。幼則督以詩書，長則束以禮義，一言一動，必使毋越準繩。今者杯圈尚存，音容已渺，緬懷慈訓，諮禀何從。中路嬰兒，未逾斯酷，攀號擗踊，無望生全。仰承誨勖周諄，敢不勉循禮制，苫廬視息，學昧孺悲，尚求訓迪昏迷，俾知遵守，不致隕越貽羞，實深至願。無任哀感下忱，謹扶力奉狀陳謝，敬請鈞安，伏祈鑒察，不備。不孝翁心存稽顙謹上。八月九日。

潭府均此祇謝，門生婦許氏率兒孫輩隨侍叩謝，恭請福安暨合第安祉。

〔一〕本篇整理自國家圖書館藏《蕭山王氏及諸家書札》，題目係整理者所加。

致范梁第一啟〔一〕

逕啟者。恭親王奉命前往致祭白龍潭祠，定於初五日由京起程。大約取道順義，希再專差探聽可也。前已面懇馳書沿途地方預備渡船，密雲縣祇備祭品，恪恭豐潔，想各敬遵。兹度潮、白兩河盛漲，水勢湍激，輿馬難度，而渡船甚屬寥寥。倘誤祭期，所關匪細。務祈即日飛速轉飭密雲，令多備穩實船只，於初五日催齊，並乞專差前往照料，並沿途相視，溝澗低洼處所，設法修墊，以便遄行，切切。順義界中，如有應備渡船之處，一體遵備。初六日一早在兩河干伺候，毋得慢延，大干未便。

再：恭邸諭知沿途供應一切不收。已約束從人，不許絲毫騷擾，希並傳知密云、順義兩令可也。

生翁心存手泐。初四日寅刻。

〔一〕致范梁三啟皆據《翁心存致范梁尺牘册》，題目爲整理者所加，收入《百年心畫——晚清民國名人書迹》，澳門藝術博物館二〇〇八年版。按據《翁心存日記》，第一啟時間當爲咸豐三年七月初四日，第二啟時間當爲咸豐三年七月初七日，第三啟時間當爲咸豐三年八月十三日，時范梁任順天府北路廳同知。

致范梁第二啟

來示備悉。壹是既經妥爲照料，自可放心。惟前信乃從宛平逆至良鄉，折回沙河，抑何可嘆。生嘗謂大宛書差疲玩已極，於此益可信也。順義、昌平騎馬賊案偵緝有端倪否，須嚴督之。懷慶大捷，想見邸鈔，可喜也。惟賊數既衆，豈必殄滅無遺，防其四出糾結，畿輔巡防正須益加嚴密。北路雖僻，然少東則由潞以達古北，少西由西山林谷中竄越，均不可不防。務祈飭屬認真防範，切勿視爲具文虛應故事，更飭弁兵於近京一帶晝夜巡邏，萬勿松動爲要。各屬秋成如何，甚爲繫念。吏治須時加訪察，現在順屬各令被人糾劾者層見疊出，殊覺赧顔。大約總在得民心則輿論自協，是非好惡，直道尚存，斷非盡由愛憎之口也。此覆，即俟升安，不盡。通家生翁心存手泐。七日辰刻。

輿圖之紙收到，順義稟附繳查收。

致范粱第三啟

楣孫年兄足下。不晤浹旬，惟政祺增勝爲頌。秋霖害稼，幸賴聖人齊遬躬禱，呼吸感通，頓見晴霽，欣抃奚如。北路地勢較高，若得連晴，積潦漸退，秋成或尚有幾分。潮、白諸河水已歸壑否，均深繫念。恭邸密雲之行往還平順，皆足下飭屬妥辦之力也。專此布侯升祺，並頌秋禧，不備。生翁心存手泐。八月十三日。

卷三十二〔一〕

〔一〕本卷除《安徽參將馬公世揚逸事狀》、《書南城李烈婦吴氏事》、《道光二十八年彙題請旌開具事略》三篇整理自《知止齋遺集·知止齋文賸稿》，其餘各篇均整理自《知止齋遺集·知止齋文稿》。

武岡州知州署桂陽州事李君傳

李啟詔，陝西華陰人，山東巡撫悳子也。啟詔以廩貢生官甘肅高臺學教諭，道光二十六年選授湖南會同縣知縣，歷知桃源、衡陽縣事，三十年署桂陽州知州。荆楚俗慓勇輕悍，好爲亂，啟詔少承家學，有文武材。其爲政鷹擊毛摯，奸宄斂迹，而字其良善者呴呴惟恐傷之。所至有治迹，上官以爲能。會今上御極，詔舉人才，兩湖總督裕泰以啟詔薦，稱其愛民如子，疾惡如仇。

咸豐二年擢武岡州知州，仍權桂陽事。當是時，粤匪擾桂林，楚南告警，啟詔繕城郭，濬濠塹，峙餱糧，練鄉勇，爲戰守備。三月十四日，郴州土匪戕官應賊，啟詔奉檄，立往擒首惡黄正明並其黨百餘人。而桂陽亦有賊，亟馳歸，夜捕得五人，知衡州會匪羅海等通賊狀，密告衡守，置諸法，衡賴以安。先是，啟詔令衡陽，有盜魁潛煽郡民，將剋日起事，偵得實，捕置諸獄，翼日飛書恫喝，堂壁皆滿，郡人大恐，啟詔不爲動，啟總督莅誅之，賊失内應，不敢發，憾刺骨。時總督程矞采方駐衡州辦賊，啟詔上書，請先清境内匪黨，而以一軍與粤西併力扼興安之嚴關，毋令賊闌入楚界，總督韙其言，不能用也。四月二十八日，道州失守，五月江華、永臨相繼陷，遂偪桂陽。援兵不至，啟詔知事不可爲，流涕作書與父決，遣其妾歸，語之曰：「死，吾分也。勿告吾母，恐傷母心。」六月二十八日，賊至，啟詔率鄉勇逆戰城南之錦里橋，自辰迨酉，殺傷相當。會日暮，賊大至，乃入城登陴守，城在萬山中，形若釜底，賊俯瞰，發炮環轟，屋瓦飛裂，拒守三晝夜，北門陷。啟詔猶復躍馬持矛巷戰，殺賊八九人，矛折，提刀手刃二賊，身被重創，僕地，大罵死之。僕王恩、陳義殉焉。時七月二日也。越三日賊去，州民於城隅得其尸，哭而斂之。事聞，贈恤如例，且於任所、原籍建立專祠，以慰忠魂。

啟詔死時，年四十九，無子，以弟之子爲後。初，楚疆吏以啟詔投水殉節入告，後其父德得死事狀，具疏奏之，上命宣付史館，俾紀實焉。

舊史氏曰：方賊之起粤西也，萌芽於金田，嵎負乎永安，猶釜魚檻獸耳，一縱之軼楚南，而焰始張，再縱之入楚北，而燎原之勢成矣。使當事者早聽君言，以重兵扼楚粤之交，而大軍四面蹙之，殲除尚易爲力，惜乎謀之不用也。迨至城孤援絶，以身殉之，可悲也已。厥後岳州顛覆，鄂渚淪胥，江上列城望風奔潰，守土之吏捐軀授命者何可勝數。求如君之巷戰殺賊，死而凛凛有生氣者蓋尠。嗚呼，豈不毅然大丈夫哉。

趙文學小傳

趙文學元紹，字孟囦，吾邑北山報慈里人也。北山趙氏，其先自江陰來徙，與文毅公同祖，以力穡起家。君始爲諸生，有名於時。家並山麓，有林泉之勝。父恒泉翁好客，客至，必飲之醇酒，盡醉而罷。春秋佳日，徜徉山水間。其所與游，大氐邑中鉅公、長者也。君丱角之歲，即以穎異見稱，既長，益自發憤淬厲，潛心詩古文辭。僦居桃源澗之小庵，幽篁密箐，絶去人迹，中夜咿唔，與澗泉歕薄之聲相應和也。年二十七，以疾卒。恒泉翁哭之慟。翁性剛嚴，治家凛然，君侍朝夕，訢訢如也。友愛諸弟，誘掖備至。無子，以弟叔才之子大春爲後，今從予游。

贊曰：予館叔才家，去城市之囂塵，泉石山林，有蕭然事外之致。叔才喜飲酒，好客，甚類其父。閒與予語，又輒稱其兄之賢。予雖未識孟囦，然聞其爲人沈潛嗜學，邑中人往往稱之，不誣也。因次其大略，俾大春録之，附于家乘。

錢學仲家傳

君諱貴錦，字學仲，别自號雲湘，姓錢氏，系出吴越，爲武肅王三十四世孫。曾祖祁，贈通奉大夫。祖成鈞，國子監生。父壽朋，廩膳生。壽朋有三子，君其次也。年二十，補昭文縣學生員。二十六，食餼於庠。每學使者按試，輒列高等，省試屢薦不售。讀書湖田僧舍，攻苦咯血，遘暑疾，卒。時嘉慶二十四年六月二十六日也，年三十九。

君至性醇篤，幼失怙，事母盡孝。七歲時，母病，夜焚香，叩頭籲天，額盡腫，母病漸愈，聞者以爲孝感。自後每侍母疾，衣不解帶。伯兄長於君一歲，君每事必咨稟而後行，拱立聽受，無幾微違忤。其孝友蓋天性然也。

君長身玉立，貌清羸，退然若不勝衣，而勇於爲義，喜周人之急，戚友貧困者，傾囊助之。從妹少孤，君出貲遣嫁於士族。族叔某卒，貧無以斂，君爲經紀其喪。又有從兄患時疾，人皆畏傳染，不敢近，君日夜視病，親視湯藥，疾遂獲瘳。故人貧而夭者，君皆鳩資贍養其妻子。君雖生於世族，析産故不豐，受田不及一頃，性復狷介，不妄受人財，獨推解不倦，坐是輒大困，君安之，不以介意也。生平擇友矜慎，惟日與同志數人以文章道義相切劘，有俗客至，遽支扉拒之，不與通，以是君之室無燕朋。

自君卒，至於今已二十年，而朋舊中稱亡友之賢者，必曰學仲。嗚呼，君其不死矣。君有文稿若干卷，未梓行。子福華，方爲諸生，知名於時。

論曰：先君子與君之考德培先生爲莫逆交，予與君兄弟善，而又申之以婚姻，亦先人之志也。以君篤行績學，宜有施於世，而齎志蚤𣍃，傷已，又惡知靳之於身者不將昌之於後乎。君之子疏君之遺事，求予立傳。且曰：福華少孤，不知先人行事之詳，顧所聞者皆庸行而已。嗟乎，人生惟庸行爲難盡耳，庸行詎不足以傳君耶。因詮次之，俾後之人得以知君之爲人也。

陳貞女傳

陳氏名秀，常熟人，父文玉，早卒，母鄭氏再醮。女幼，其外祖母鞠之。年十二，鬻於翁氏爲婢。十九，主人納爲妾。主母妒，常淩虐之，女無怨言。主人他出，主母遣女，令再嫁，不從，强逼之，乃削髮尤墩庵爲尼，法名貞修。時女年二十一。主人歸，大憾。微服往訪，拒弗見，遺以錢物，不受。布衲長齋，戒律精苦，凛然人莫敢犯。主母死，主人老病，招令歸，謝弗往。及主人𣍃，乃往哭之盡哀，由是遂絶迹。予祖母王太夫人素敬女，敦請乃至，後時時往來予家。吾母張太夫人亦敬禮之。予兒時嘗見女貌，若貞松古柏，森森可畏。家人無少長，皆呼爲秀師太云。女年七十餘乃卒，庵亦漸隤廢矣。

贊曰：予讀《二南》，至《小星》、《江有汜》之篇，而慨然興嘆焉。嘆其所遇不同，而能感悟其主一也。若女之所遇，尤爲至窮，而卒能自保其身，以全其志，可不謂賢矣哉。尤墩濱昆承湖，湖多蓮華，予嘗過之，見紅蕖千頃，采奪朝旭，獨白蓮一叢，亭亭特立，有皭然不滓之概，輒爲之低徊不置云。

書朱王氏獄事

朱文銘者，江西鄱陽諸生也。富而悋，年三十餘矣，妻亡，妾生一女，亦死。距文銘家十五里，有木工女王氏，年十四，有美色。文銘見而豔之，謀娶爲繼室，通媒妁焉，詭自稱年二十四。女家欲相攸，文銘慮事敗，令其姪代己往，女之父母乃許之。道光十四年十一月中事也。十二月成昏，女見夫貌不類，疑之，詰知其故，大憾。次年正月反焉，哭訴於父母。女父念事已如此，且心貪文銘富，勸女歸夫家。一日，文銘檢其篋，失百金，疑女竊以贈母家。適女之兄來視其妹，女具酒肴共酌。文銘歸見之，大詬怒，逐之去，遂反目。女欲投井死，其父母迎歸，復慰解之。秋九月，文銘應鄉試歸，幼女戲於庭，蹶而啼。文銘譙女失撫視，復大喧競。女之外祖母攜女去，再三慰籍之，送歸文銘家。十一月某日夜，文銘醉歸索飲，且喃喃駡稱「異日必殺賊婦」，飲酒醉甚，和衣卧於榻。時室中婢冬梅抱幼女寢於別室，幼婢冰雪甫六歲，爲文銘捶腰，亦倦睡。女飲泣良久，念文銘性情乖暴寡恩，遂以帶繫門闌，勒文銘咽喉，而手拽之。文銘不能出聲，手足動，小婢驚而醒，哭且叫，家人聞聲，抉門入視，文銘氣已絶矣。聞於官，鞫實，議以妄冒爲婚者律，應離異，欲以凡論，又疑例無明文，咨部請示。刑部覆稱，凡謀故殺死、誆騙財物罪人者，均比照擅殺擬絞監候。婦女以名節爲重，該氏被騙失身，較財物尤爲迫切，如果殺由忿激，並無起釁别情，即應照擅殺定擬。該省遂遵部覆題
上，刑部已具稿會題。

予時爲大理少卿，閱之，意不愜，乃偕同事諸公熟商，籤駁之。曰：「查例載，男女親屬尊卑相犯重情，或干有律應離異之人，俱照親屬已定名分，各從本律科斷，不得妄生異議，致罪有出入。又例載，凡嫁娶違律，應行離異者，與其夫及夫之親屬有犯，如係先奸後娶，或私自苟合，或知情買休，雖有媒妁婚書，均依凡人科斷；若止係同姓及尊卑良賤爲婚，或居喪嫁娶，或有妻更娶，或將妻嫁賣，娶者果不知情，實係明媒正娶，雖律應離異，有犯，仍按服制定擬各等語。是此等應行離異婦女與其夫有犯，例内本有明文，不得妄生異議，故從輕比。此案朱文銘與王氏雖係妄冒爲婚，但既有媒妁，並經女之父母許配迎娶過門，即不同於私自苟合。縱科其妄冒之罪，亦止與有妻再娶者相等。王氏既先未許人，朱文銘又非身家下賤，不過男女年歲稍不相當，豈得謂之失身，亦何損於名節。今乃因律有離異之文，轉略其已定之名分，且不僅同凡論，而竟從寬科以擅殺罪人。揆諸情法之平，似尚未爲允協。況貴部咨覆該省文内，原云『如果由殺由忿激，並無起釁别故，即依擅殺律定擬』等因，今查王氏之謀勒朱文銘，如果出於忿激，則當其過門查明瞞年冒指情由後，即應立時拒絶，誓不

共生。乃結褵已將及一年，夫婦之名分久定，復經其父兩次向勸，即隱忍轉回，設使朱文銘能以恩義相接，好合無違，該氏亦未必再萌惡念。兹特因朱文銘屢次磨折，凌辱難堪，復因其醉時有『日後總要打死賊婦』之言，頓起殺機，謀勒致斃。是該氏之被朱文銘毆罵凌虐，即是起釁别情，非因被騙不甘，殺由忿激也。王氏一犯縱因朱文銘妄冒爲婚，不得仍按服制本律定罪，亦應依凡人科斷擬斬監候。若竟照擅殺罪人定擬，恐開輕縱之端。爲此籤商貴部，請煩查核，見覆施行。」時道光十八年三月日也。

大司寇得公牘，僉慨然謂：「大理議是。」而律例館司員護前斷，斷持不可。乃改題稿，謂「王氏與朱文銘結褵已及一載，何以忽起殺心，恐有曖昧不明情事。且尚有婢女冬梅等可鞫，應令該撫另委賢員研訊確供，按律妥擬」。予曰：「此又别生枝節也。」然時將乞養南還，不暇與之辨駁矣。歸後聞該撫仍如前具題，刑部照覆，大理仍持異議。宣宗成皇帝疑之，飭該撫再審，復如前題上。次年秋審入緩決，大理執簡爭，然律牌已定，法止如是，不能更也。予謂此獄也，江西巡撫初議以凡論，尚爲平允。刑部必改照擅殺律，則偵矣，且誤覆於前，復回護於後，尤失虚衷商確之誼矣。使予尚未歸，必直糾刑部引律失當，以去就爭之，不能矯情以干譽也。嘗謂不明《春秋》之義者，必不能決獄。婦之事夫，猶臣之事君也。既已委贄爲臣，而猶自謂隱忍曲從，欲藉以逞志，是英布之於漢高，彭寵之於光武，侯景之於梁武，皆不得謂之畔逆也，有是理乎。道光年間，刑部定獄失之過寬，而卑幼殺期功尊長者皆可不死，甚至如山西張士環、士貴一案活埋胞兄，尚以無心過犯，夾籤雙請，方且斤斤自詡合於罪疑惟輕之恉，不知不孝不弟，即犯上作亂之階，宜乎世俗日偷，盜賊蠭起也。刑者天下之平也，大理一官所以平刑也。今大理失職久矣，予備官一載，偶一籤商，京師皆詫爲異事，至今尚有能言之者，然亦不以爲非也。偶憶舊事，牽連書之如此，以諗後人。咸豐六年二月既望，易州差次書。

附 節録刑部初次題稿

江西鄱陽縣犯婦王氏，謀勒妄冒騙娶之朱文銘身死一案。該省因擬罪例無明文，咨部示覆，應依擅殺律定擬，兹將王氏依律擬絞監候具題前來。查律載，爲婚而女家妄冒者，杖八十，男家妄冒者加一等，已成婚者離異。註云謂爲男有殘疾，却令兄弟妄冒相見，後却以殘疾男成婚之類。又罪人不拒捕，而擅殺者以鬥殺論，又鬥毆殺人者不問手足他物金刃，並絞監候各等語。此案王氏謀勒妄冒騙娶之朱文銘身死，查已死朱文銘欲娶王氏爲妻，恐王氏家嫌其年大，令姪朱慕膺前往相看，迎娶過門，係屬妄冒爲婚，照律應行離異。雖此等應行離異婦女與其夫有犯，應否照服制定擬，例内未經指明，第思妄冒爲婚，係屬有心欺騙，迥非鄉愚不諳例禁者可比，其被騙娶婦女殺死，自不能按服制科斷。況向來謀故殺死誆騙財物罪人，均照擅殺問擬絞候。今朱文銘設計將王氏騙娶，本屬有罪之人，婦女以名節爲重，該氏被騙失身，較之被騙財物者其情尤爲迫切。今究明該氏殺由忿激，自應照擅殺律定擬。應如該撫所題，王氏合依罪人不拒捕而擅殺者，以鬥殺論。鬥殺人者，不問手足他物金刃，並絞監候律。擬絞監候，秋後處決。

附　節録刑部改題稿

查律載，爲婚而女家冒妄者杖八十，男家冒妄者加一等，已成婚者離異。註云謂男有殘疾却令兄弟冒妄相見，後却以殘疾男成婚之類；又罪人不拒捕而擅殺以鬥殺論，又鬥毆殺人不論手足他物金刃，並絞監候。又謀殺人造意者斬監候各等語。此案王氏年甫十六，朱文銘妻故，探知王氏少艾，欲娶爲妻。因年近四旬，恐女家嫌其年大，囑朱均才等爲媒，瞞爲二十四歲。王氏之父王遺芳欲相看再許，朱文銘起意冒妄，以伊姪朱慕膺年少清秀，令朱均才等帶往相看許配。迨朱文銘迎娶王氏過門，王氏見朱文銘並非少年，後經詰知冒妄情由，歸向其父哭訴。王遺芳因事已錯誤，勸解轉回村，斥朱文銘不應冒妄騙娶，從此不睦。朱文銘遇事即將王氏苛責折磨，嗣朱文銘自外醉歸，復取酒自酌，並稱總要將王氏打死，王氏飲泣。朱文銘飲醉上床睡卧，令六歲幼婢冰雪捶腿。王氏憶及朱文銘冒妄騙娶，並歷被陵虐，一時悔恨莫遏，起意致死。乘朱文銘睡熟，冰雪在旁打盹，即尋取蔴繩，將一頭拴在床後門格上，一頭由朱文銘咽喉繞轉項頸，執住繩頭拉勒，登時殞命。前據該撫以詐冒騙娶成親即屬婚姻不得其正律，應離異，按照凡人定斷，似無輕縱。第例内究未指明，咨部示覆。經臣部以冒妄爲婚律應離異，且係有心欺騙，迥非鄉愚不諳例禁者可比，自不得按服制科斷。況向來謀殺誆騙財物罪人均照擅殺問擬絞候，朱文銘設計將王氏騙娶，本屬罪人，該氏被騙失身，較之被騙財物者其情尤爲迫切。如果殺由忿激，並無起釁別故，自應即依擅殺定擬。惟案關謀殺有無別情，仍令該撫嚴審確情，按例妥擬。去後兹據該撫將王氏依擅殺例擬絞監候等因具題。臣等詳核全案情節，王氏因朱文銘欺妄成婚，律應離異，有犯固應照凡人科斷，惟結褵將及一載，若因其欺騙忿激，何不致死于過門之時，而勒死于十餘月之後，其中恐有曖昧不明情事。至其勒斃之時，雖在旁盹睡之婢女冰雪，年甫六歲，懞懂無知，而檢閱供招，家中尚有十九歲之婢女冬梅，於該氏下手之時毫無見聞。是以臣部前令嚴究起釁情節，按例妥擬。乃該省未經細詳訊明，輒照擅殺定擬，罪名出入攸關，臣部未便率覆，應令該撫另委賢員研訊王氏之勒死朱文銘，是否另有起釁別情，仰係止因被騙忿激而殺，詳取確供，按律妥擬，到日再議。

書憨僮事

予五世祖靜庵公令上杭時，蓄一僮，閩産也。年僅十餘，性憨多力，夏浴于溪。衆逐虎，虎入溪，至僮側，僮羸而登虎背。因左手扼虎項，右夾虎尾腋間。虎虓怒，蹴水立，僮持之愈力，虎跳踉久之，卒不得脱。衆至，攢刺斃虎，僮乃下。循胯至踝，血殷然，虎毛所刷也。後攜僮歸，配以灶婢。僮每浴罷，必用井華水凍身。婦産子方浴，僮閔其熱也，密捧新汲水一器，自後灌之，婦驚且中寒，竟病死。

翁子曰：以虎之暴也，負嵎則辟易百夫，入水迺受制於一豎，失所據也。夫五方之民嗜慾不同，而欲以一己之好惡，强人所不習，難矣。僮甚愛其婦，卒以愛之者戕之，天下之誤用其愛者，獨此僮乎哉。

安徽參將馬公世揚逸事狀

公諱世揚，四川人，由甘肅行伍積官至漕標中軍都司，武力絶人，善技擊，尤喜用鐵鞭。嘉慶十三年春，奉上官檄捕海州鹽梟陳沛川。公從兩健卒，疾馳一日，至大伊山，詷知陳沛川宿土妓家。天方明，命兩卒持火槍伏門外，公急裝，手鐵鞭，叩門。門啟，公大呼「陳沛川可出」。沛川驚起，將支拒，公足蹵之仆。沛川仰曰：「若健者，願隨若往。」公掌其手以出，其黨皆愕眙慴伏，不敢動。

是年秋，署海州營游擊事。海州軍政廢弛久，公至，整齊部勒，氣象一變。千總某猶狃故習，驕蹇不奉約束。公命外委某召之來，沈閣三日，公怒，立攝兩人至。公校武教場，兩人者騎射復不中程，公大怒，命貫兩人耳，兩人叩頭流血，不應。守備某者，公父執也，爲跽而謝，不許。合營士卒皆跪謝，乞恩良久，乃貰之，猶各鞭責有差。一軍悚然，始知紀律。

州故産鹽，梟販集焉，兵役庇之，掩捕輒無所得。公一日集將士牙門，令曰：「速出南門，往朐山麓擒梟匪。」衆皆匿笑。公策馬先，衆漫隨之，至則闃無一人。公曰：「已遠遁乎，姑信馬行。」回轡北嚮，疾馳十里，至富安灘，故梟徒藪也。舉鞭指曰：「圍之，勿令逸。」公下馬入村，梟徒驚竄，公揮鐵鞭，一一踣之，咸就縛，搜獲私鹽器械若干，窩主亦弭首就縛移州，論如法。人皆驚愕，不知公何以得之也。鹽梟舊縱横州中，官兵莫敢近。公遇即手格殺之。匪遁入廢寺，燔之立燼。以是終公在任，鹽梟皆遁迹境外。

公狀貌雄偉，身長七尺，筋骨如鐵。怒則鬚髯戟張，聲若駭虎。平居氣度雍和，與人言恂恂若不出口。背誦《六韜》、《七略》如瀾翻，治家嚴。兩子，年十一二，布衣不掩膝，讀書稍惰，笞之見血。其叔某，爲東海營都司。公往見之，屏儀從，數里外步入營門，伏謁如禮，其恭慎如此。後擢安徽撫標參將，温温無所試，竟病歿。坳時猶起摩挲鐵鞭，大呼殺賊云。

書南城李烈婦吴氏事

烈婦吴氏，江西建昌府南城縣人。父銘恩，邑諸生，母鄧氏。烈婦性和婉，適李世培爲室。世培以廉吏子，讀書好學，烈婦佐其夫治家，井井有法度。咸豐六年春，粤賊踞建昌，世培家在北關外，先挈其孥入洙源，茆屋數椽，門外一溪，清澈見底。居數月，賊焚掠鄉村，漸及洙源。世培病瘧，不能行，匿林中。烈婦攜一兒抱一兒走荒山亂石間，猶時回顧其夫。賊至，烈婦亟以兩兒付小姑與乳媪分抱之，揮使疾去，反向賊罵。賊愕眙，無敢應者。遂奮身投溪水，水淺不盈尺，匍匐入深處死，死時年二十有七。咸豐六年七月二十七日也。世培間關得免，越數日，求得烈婦尸，葬之，色如生。八年四月，建昌克復。邑人士臚陳於有司，獲旌表。嗚呼，自粤賊構亂于今十年，蔓延江表，流毒海內，其間士女之捨生取義者指不勝詘，信乎正氣之常存於天壤也。烈婦一孱弱女子，獨能以智全其子，然後慷慨捐軀，從容全節，尤爲難矣。余聞而悲之，爰紀其事，俟采風者。咸豐十年庚申閏三月十九日。

翁氏家傳

郢錫，字錫蕃，號雪帆，刑部尚書鐵庵公之元孫，員外郎秋允公之曾孫，心存族叔也。少時倜儻自憙，應童子試不售，即去而習醫。爲人治病，多驗，挾其術走京師，諸貴人多重之。充翰林院供事，以功臣館議叙，將得官矣，念其父母，徑歸。踰二十年，乃選授廣東文昌縣鋪前司巡檢，巡檢官卑，瓊又遠在海外，君意不欲行，其父母以禄養責之，乃孑身往。海外多障癘，無良醫，上官聞君至，則大喜，延請無虚日。到官甫數月，聞母訃，慟絶。心存時視廣東學政，乃以百金資之歸。歸而浮湛鄉里間，家益貧，鬱鬱不自得，又踰十餘年，乃卒。卒年七十四。尚書公有第在城西偏，曰攬秀堂，其右爲清輝堂。攬秀堂久鬻於他姓，君幼時猶居清輝堂，後乃徙青浦之朱家角。自尚書公歿，其子孫尚有承平貴公子風，其後寖衰。或營微禄、求小試，或以藝術游四方，迨君之亡，而家聲日益淪替矣。

楚封，字南瞻，號二雲，郢錫之弟。久客山左，年五十餘乃歸，歸而遽卒。有一女，無子，以兄子心田爲後，又蚤世，僅存一孫。二雲工繪事，尤長於山水，著有《畫話》一書，凡四巨帙，未分卷數。張詩舲中丞祥河擬爲刊行而未果，今藏青浦席冠甫茂材家。

苞封，字竹君，楚封弟也。與心存同游於庠，工書善畫，尤精於篆刻，性孤僻好潔。初授徒里中，忽羨計然術，從人權子母，盡喪其貲。乃橐筆游山左，凡十餘年，卒無所遇。心存視學粤東，延致廨舍襄校試卷，客稍拂其意，輒嫚罵之無少詘。晚而晦迹里門，鬻字自給。所居近石梅先祠，因自號石梅子。老屋一椽，不蔽風雨。夫婦卧牛衣中，躬自炊汲，饘粥不繼，泊如也。年六十卒，有子一人，殤，以兄孫爲後。

朝階，字昇瑞，國子生，居邑之北門，是爲吾翁貞裕堂支。貞裕堂房饒於貲，後中落。昇瑞性耿介絶俗，初娶於陶，爲贈教諭季牧公女。陶氏蚤卒，昇瑞家益貧困，遂絶迹不登陶氏門。季牧公臨終，謂其子約齋〔二〕、茂君兩先生曰：「吾嘗假昇瑞百金，久未有以償也，汝曹志之。」兩先生承遺命，它日詣昇瑞門還金，昇瑞固謝無有，往復數回，堅拒不肯受。親友共勸之曰：「君家貧，有數棺未葬，今兩陶君承先人治命，醵金以助葬，義不可却也。」昇瑞不得已受之，盡以其金營葬，不留一錢，其清風高誼殆與東漢獨行之士比烈矣。

榮光，字備三，號穆齋，義發子，太常公之七世孫，懷集公之元孫也。幼隨父兄業賈，家小阜，入貲爲國子生，非其志也。獨愛爲文辭，工尺牘，詞旨雅令。自其祖廷桂移居震澤，與常熟族人慶吊不通者三世矣。榮光年二十餘，慨然以敬宗收族爲念，獨拏舟來常熟訪吾叔父耕梅公，詳問宗支派別，並詢先世軼事。公導之拜思隱公以下諸墓，顧瞻松楸，涕洟不忍去。繪《尋源圖》見意，手録譜牒以歸。自後每歲必來展墓，又至青浦訪族叔雪帆翁，求先人詩文翰墨，摹太常公遺像，潢褾成册，寄來京師，丐名人題詠。榮光來虞時，予已宦游京師，未相識也。予兒子同書時時爲予言「嘗偕穆齋叔探洞庭、莫釐之勝，興致甚豪」。道光乙未，予典試浙中，便道還家，而榮光適至。見其人，恂恂和雅，絶不類賈人子。予展謁祠墓，榮光輒笥輿隨予去，徘徊俯仰，意殊淒戀。而是時榮光家亦中落矣。迨予戊戌夏乞養歸田，則榮光已前一年卒，年僅四十有二。無子，以弟之子錫圭爲嗣。自榮光來虞後，震澤一支始復與常熟諸房往還不絶云。

心傳，字子唯，予叔元卿公次子，予同祖兄也。兄年十二喪母，吾父慮其廢學也，招之至海州學舍讀書。予母張太夫人撫之如子，衣服飲食必與予同。兄長予三歲，善讀，讀强記倍予，而失學久，尚不能通大義。每夕吾父恒爲兩兒講書，次日覆之，兄所講多舛誤，予輒從旁代正之，吾父每訶責，予以爲常。年十五，始學爲制萟。師謂其鈍，不屑加繩削。吾父見其文，曰「是非不可教者」，乃自課之。閲三月，所業漸工，且敏捷。歸應童子試，予游於庠，而兄被擯。乃益發憤，朝夕研誦，文益空靈超妙。逾一載，督學使者南昌萬公承風賞其文，拔爲弟子員，郡邑書院會課輒冠其曹，聲名鵲起。而兄亦因是意氣頗豪，不自檢攝，交游多酒徒，恒濡首滅頂，以是得奇疾，宛轉床蓐者二年，竟以嘉慶丁丑八月二十日卒，年僅三十，可哀也已。嫂氏許，荼蘖備嘗，撫孤同祜成立。同祜善書，亦工篆刻，爲人樸訥端謹，過於其父云〔二〕。

〔一〕「約齋」，原稿留空待補，據《常昭合志稿》補。按《常昭合志稿》有陶氏父子數人傳：「陶廷墀，字約齋，貞一孫，昭文籍。父承勳，字季牧。……廷墀與兄廷埬、弟廷塏、廷堉並以讀書砥行，著聞于時。乾隆乙酉與廷堉並舉於鄉，大挑二等，選寶應訓導。……廷塏，字若川，又字耕芍，諸生。……廷堉，字茂君，常熟舉人。官潛山教諭。」廷墀、廷堉皆舉人，此文言「兩陶君」當係兩人並舉。

〔二〕常熟圖書館藏鈔本《翁子唯（心傳）先生傳》一卷，文字與《翁氏家傳》全同。

先姊家傳

姊姓翁氏，諱慎儀，先考中議公女，適長洲國子生陸君子彝，以道光二十二年六月七日卒，年六十有六。姊爲先妣許太淑人所生，許太淑人卒時，伯兄年七歲，姊年裁四歲。先中議悼亡詩有云：「幼男具天性，慘慘奠朝食。嬌女茫無知，娟娟戲床側。」讀者悲之。姊貌似先妣，心存每展視先妣遺像，誦歸震川「鼻以下畫大姊」語〔一〕，未嘗不盡然心傷也。姊年十二，而吾母張太淑人來歸，撫姊如已出，始教以織紝組紃、酒漿烹飪之事。姊亦善事吾母，婉娩聽從，嘗私語諸姑姊妹曰：「吾今日始知有母之樂矣。」年二十，歸於陸。陸氏世居長洲之陸巷，子彝之尊人固亭先生贅於吾邑張氏，始遷城中，而其族仍居陸巷。先生與先中議爲道義交，遂締婣焉。君姑性嚴重，姊能得其歡心然。晨起具笄總，上堂問安，咨稟家事，必齋遬惴懼，歷三十年如一日。子彝連試於有司，不得志，財産不及中人，以喪葬婚嫁故，屢耗其貲，坐是益大困。姊持家則益勞勩，米鹽淩雜，區畫井井，悉有法度，而一以勤儉爲本。遇婢僕寬恕，未嘗以細故加譴訶，蓋慈祥仁厚，其天性然也。長子幼遘廢疾，次子蚤殤，長女適張氏者，又以免體暴卒，姊以此忽忽不樂。夙患耳疾，五十後寖劇，復得肝胃疾。庚子春，次女婿自津門歸就婣，挈眷而去。姊念女不置，神日以悴。然幼子清泰已納婦，能佐庀中饋。去年清泰游於庠，竊謂姊心大慰，從此可臻强健，而不知其疾已不可爲矣。今年春夏之交，疾大作，豎者數輩皆謂不起。會海氛不靖，吾邑介江海之間，居民倉皇驚徙，子彝亟攜其孥避地陸巷，依其兄弟以居，未及浹旬而姊竟奄逝，是可悲也。子三，長文湘；次賓泉，殤；次清泰，長洲縣學生，娶宗氏。女二，長適候選從九品張承渭；次適奉天試用從九品張葵歆。孫一，攀桂。孫女一。子彝念風鶴未息，命其子奉姊柩權厝頂山祖墓側，俟異時禮葬云。墓距先中議塋百步許。

論曰：方姊之屬纊也，予亦奉母徙居邑之西南鄉，去陸巷四十餘里，不及一視含斂，有餘痛焉。既而往哭姊於陸巷殯次，子彝涕泣，屬予作傳，且言姊臨殁時，以不獲與母一訣爲憾。予益悲慟不能仰視，哭已，乃略書其孝謹勤儉之素行，以慰吾姊地下之靈，且欲使陸氏後人知吾姊畢世之迍邅，與夫子彝伉儷之情之篤也。

〔一〕「下」，原文誤記爲「上」，據歸有光《先妣事略》改。

道光二十八年彙題請旌開具事略

翁道生妻陳氏，江蘇蘇州府常熟縣人。氏，陳金山女，嘉慶元年九月初七日生，十九年十二月二十三日適翁道生爲妻，時氏年十九。二十二年十月二十八日夫亡，時氏年二十二。至今道光二十八年，氏年五十三，計守節三十二年。氏本農家女，勤操作，工紡織，目不知書，然明於大義。幼許字道生，亦農家子也。嘉慶十六年春，氏舅雲明病篤，鄉甿信陰陽家言，以娶婦爲沖喜，迎氏往見舅姑。氏奉父母命，不得已一往見，親族僉議爲道生合巹。氏時年十六，正色曰：「吾家雖業農，奈何草草若是。且翁已瀕危，忍行嘉禮乎。」亟偕其父歸。迨舅殁，三年喪畢，翁氏始以禮迎娶焉。于歸後事孀姑盡婦道。家故貧，夫又多病，佃田數畝，恒苦不給。氏汲爨饁餉之外，即佐夫耘耨，得以無饑。夫亡，慟絶，將以身殉，繼念遺孤豫立甫周晬，乃茹痛撫孤。其姑及父母憐氏年少，欲令改適，氏誓以死守。有欲强娶之者，託親串來議婚，氏微聞之，怒曰：「未亡人所以未即從夫地下者，爲此呱呱兒耳。」指庭中石曰：「有以非禮相逼者，吾頭碎此矣。」人乃不敢言，食貧作苦，歷三十年如一日。孤豫立幼時，送入村塾讀書，稍長，即率之力田，田輒倍收，家以稍贍，爲孤娶婦，生孫三泉，今十四歲矣。氏年五十，族人以年例已符，欲爲呈請旌表。氏泫然曰：「吾知撫孤而已，薄命窮嫠，敢邀朝廷恩典耶。」其明於大義如此。

已故儒童翁心理妻陳氏，江蘇蘇州府常熟縣人。氏，陳某女。嘉慶十二年五月初八日生，年十九，歸翁心理爲妻。姑陸氏夙有痼疾，氏日侍湯藥，以孝聞，踰年姑竟不起，氏哀毀異常。道光十一年七月二十四日夫亡，僅遺一女，氏時年二十五，慟絶不欲生。以方娠身，乃忍死以待。踰五月，生遺腹子同録。氏鞠育備至，教之有義方，稍長，具脩脯，俾從師讀。舅岳封以老疾歿，氏經營喪葬事，皆如禮。家酷貧，賴十指以供饘粥，晝夜操作，雞三號乃罷。風瀟雨晦，大暑嚴寒，未嘗一日間也。竟以勞瘁成疾，道光二十七年八月二十日卒，年四十有一，計守節一十七年。氏女名素，歸言氏，亦儒家也。子同録，馴謹能作文，應童子試，授徒自給。然體孱甚，又貧不能娶。而氏之夫弟九厓者，少業賈，性游惰，嗜飲食，遂至以賣餶飿爲生。近予姪雲樵書來，云九厓將祖遺老屋數間售之他姓，致其孤姪無立錐之地矣，可勝浩嘆。咸豐甲寅冬日，遂盦記。

卷三十三[一]

[一] 本卷各篇均整理自《知止齋遺集·知止齋文稿》。

河南南汝光道王公墓碑銘

河南南汝光道王公既殁之明年，公子憲正等奉公之柩，卜葬於寶巖祖塋，以陸恭人祔。造心存之門，言曰墓上之碑礱矣，而辭未具，敢以請。心存忝爲詞館後進，辱知最深，其何敢辭。

公姓王氏，諱家相，字宗旦，號藝齋，學者稱藝齋先生。系出太原先世，自太倉遷居常熟任陽鎮，遂爲常熟人。貤贈儒林郎、廣西西隆州州同曰慶祥者，其曾祖也。祖永錫，考庭芝，皆贈如公官。公有夙慧，十歲能屬文。年十七，補博士弟子員，選充乾隆己酉科拔貢生，廷試高等，授蕭縣教諭。嘉慶戊午，舉江南鄉試。己巳，成進士，改庶吉士，充武英殿協修，旋授翰林院編修，擬撰進奉文字，充起居注、協修國史館、文穎館、治河方略館總纂，明鑑纂修。遷山西道監察御史，轉掌江西道監察御史、巡視南城，擢户科給事中。分校辛巳順天鄉試，尋轉吏科掌印給事中、巡視中城。授河南分巡南汝光道，三署河南按察使事。鑒知止之義，引疾乞休歸。歸二年，卒于里第。道光十八年五月三日也。春秋七十有七。

公自爲諸生，即負文名，試輒冠曹偶。督學平湖沈文恪公有國士之目，所試《人柳》、《春陰》諸賦膾炙人口。鄉先輩吴竹橋禮部請告在籍，爲風雅主盟，見公所爲詩，善之，曰：「宗旦之詩，芊綿麗密，詩人之詩也。」後入詞垣，法梧門先生亦亟稱之，爲序其集，其見推重于耆宿如此。居官必盡其職。嘉慶元年，河決豐縣六堡，徐州大饑。公方爲蕭縣教諭，奉上官檄振之，吏不敢欺，全活甚衆。自是曹工、邵工、唐家灣頻年水溢，上官必命公往振之。後由翰林奉諱南旋，道蕭碭，父老往往指目之曰「此非活我王公者耶」。在翰林日，留心掌故，常從梧門先生討論典章。先生卒，公爲續編《同館詩賦》、《清秘述聞》諸書。爲御史，巡視輦下，詰奸禁虣，訟無留牘。淮蔡之間，壤與皖楚連，紅鬍捻匪結黨持刀，横行廛市，公至，則嚴捕之，凶徒斂迹。乃定保甲之法，以安善良；立義學之規，以化頑梗，民俗丕變。各布政司刑名例皆總于臬使，公之履任也，適大府奏請以汝光兩屬秋審專歸巡道讞定，南汝光道治刑名自公始。公聽斷勤慎，多所平反。前後三攝臬事，亦皆然。南汝光道駐信陽州，一夕，流民襁負相屬，自東南來，譁言寇至，僚屬請閉門勿内，或言宜授兵登陴，公弗爲動，命開門内流民，親撫諭之，俄而衆定。明日詗之，果譌傳也。其持重識大體如此。

公之文章政績既爲海内所宗仰，而其卓卓可傳者尤在官臺諫有直聲。自爲侍御史，以至掌吏垣，前後章凡十數上。今上登極之元年，江南大吏議漕務利病，爲權宜之説以進，公抗章陳不可者十事，上韙其言，事遂寢。當公具疏時，有謂南人不當言南事者，公謝之曰：「方今聖人在上，從善如流，芻蕘之言，無不上達。某爲諫官，敢引嫌緘默乎。」噫，吾觀世之有言責者，非默默無所建白，即務搏擊沽名譽，公和平忠厚，未嘗輒事彈劾，而遇事侃侃直陳，無少囁嚅，卒能上契主知，下培民命，仁人之言，其利溥矣。吾于是嘆公經濟之略，蘊蓄至深，於其立言不苟信之，逮其後出爲監司，得以少見諸施行。天子知公才，方將大用公，而公之年已老，訖不得竟其用，爲可惜也。配陸恭人，繼陳恭人。子三，憲正，候選府通判，憲成，乙未科舉人，憲中，國子監生。憲成出爲從祖父後。女一，適同縣戊子科舉人施震福。皆陳出。孫四人，孫女九人。嗚呼，公之行皆可書也，予獨論次其大者，而繫之以銘。

銘曰：在昔先民，疇稱敢言。晚聞次山，著聲諫垣。公也繼之，庶幾無忸。囊封之言，謇諤不苟。賦有正供，吏私取贏。或議更法，意主調停。惟公抗疏，陳十不可。聖主嘉納，事卒不果。觀察淮蔡，未罄厥施。拂衣歸卧，初服是怡。刻此窆石，竇巖之阯。君子有穀，以貽孫子。

同知銜河南中牟縣知縣藹如董君墓志銘

嘉慶十有八年九月七日昧爽，河南滑縣教匪李文成據城作亂，知滑縣事强公克捷死之。賊遂分兵徑犯濬縣，濬距滑二十五里，食時，賊奄至城下。時事起倉卒，城中兵不滿百，衆匈懼。縣丞董君與知縣事朱君鳳森亟索賊内應者，斬以徇，慷慨誓衆，登埤固守。朱君以憂勞成疾，君獨任其事，具糗糧，繕器械，衆心乃定。賊登浮邱山，俯瞰城内，設雲梯百道環攻，勢張甚。君率士民悉力捍禦，擒斬賊百七十餘人。越十一日，援兵至，賊稍引去，而時以游兵鈔掠近郊。君晝夜徼循，氣益奮。十二月，官軍平滑，濬始解嚴。濬、滑自古皆爲險要地，濬城小而堅，形勢尤勝。賊初起謀併據爲巢窟，則可逞志於河朔，故盡鋭攻之。城垂陷者數矣，微君與朱君力扼其衝，賊幾蔓延不可制。逮事平，而上官沮其功，弗録也。久之，乃升授中牟縣知縣。又久之，以防汛出力，加同知銜。尋丁母憂歸，歸十餘年而卒。嗚呼，以君之才而不克竟其用，爲可惜也。

君諱敏善，字裕來，别號藹如。元至治間，有臣魯者自吴江徙常州，遂世爲武進人。順治己丑進士、兵部員外郎巽祥，君之高祖也。康熙壬戌進士、四川川東道佩笈，君之曾祖也。祖諱僴，候選州同知，贈朝議大夫。考諱思駉，乾隆己酉進士，廣西潯州府知府。妣陳氏，高氏，皆封恭人。

君幼穎異，長益刻志勵學，屢試鄉闈不售，遇例得濬縣丞，非其志也。君狀貌恂恂，而遇事奮發，有膽略。至爲政，獨務持大體，不爲赫赫名。其守濬也，搜捕奸黨，衆議駢斬其家屬，君省閲老穉婦女，釋之，出諸城外，全活甚多。其爲中牟也，甫蒞任，即平反李貴獄，雪其冤。朱甲寅與劉肖共毆張占元死，君驗訊得實，罪坐朱甲寅，當事者欲以劉肖同抵，且藉以撼君，君不爲動，卒如讞。奸民劉順義以拳教聚徒，大府窮治之，株連者衆。君曰：「殺人以媚人，吾不爲也。」以去就力爭，誅首惡，餘得從寬。典縣當孔道，繇役煩重，民率計田出車，君廉民困，歲減十之四五。邑無書院，倡紳民捐建，名曰景恭。君治中牟十年，獄訟衰息，中牟民至今思之。初，君守濬功既不叙，君亦絶口不自言。其後嘗奉檄攝滑縣事，道出濬縣，濬、滑兩縣民聞君至，扶老攜幼，迎拜車下者數千人。會九日，兩邑紳士讌君于大休山，酒酣賦詩，念曩昔患難相依，時坐中皆感喟泣下，君亦欷歔不自勝，因罷去。

君以道光二十年四月二十日卒，年六十有六。配卞宜人，同邑國子監生諱英女，性婉順，事舅姑尤孝。方君奉潯州府君喪歸，屋僅數楹，宜人躬親操作，茹苦備至。及在圍城中，宜人曲慰高恭人，而陰自爲死計。出金釵予乳媪，屬其幼子曰：「城破，以呱呱者累汝，勿使董氏無後也。」綜理內政，纖悉詳盡，君以是無內顧憂。先君九年卒，年五十有九。子男五，介穀，附生，國史館謄録。學灝，國子監生。似穀，道光戊戌進士、翰林院編修。學潤，候選縣丞，卞宜人出。學濟，側室王氏出。女二，適附生高瀛、浙江餘杭縣丞蔣子修。孫男六，錫康、錫申、錫嘉、錫承、錫廷、錫瓚。孫女九，曾孫女一。道光辛卯，似穀舉順天鄉試第一人，是歲朱君之子琦亦爲廣西舉首，相繼成進士，入詞垣，人皆謂天之報施不爽云。介穀等將以道光二十一年三月二十三日葬君陽湖青墩北來鶴莊之新阡，以宜人祔。似穀予門下士也，來請銘。銘曰：

黎陽金城高岿岃，南控滑臺峙河北。豺牙宓厲兕角觺，疇搤其吭縶而跌。莫府紀庸議中格，有才則豐遇則嗇。志雖未伸功在國，匪臣之功迺臣職。天之鑒之延世澤，來鶴之原卜惟食。幽宅永安石不泐，我銘斯詞無愧色。

敕封文林郎翰林院庶吉士龐公墓志銘[一]

公姓龐氏，諱敬熙，字晋民，一字緝園，晚自號藕香。先世居吴江，明洪武初，處士灤避地至常熟塘橋里，遂家焉。子姓蕃衍，族以滋大，與蕭、錢、黄並爲西鄉著姓。三族以科名顯，而龐氏獨以學行聞。嘉靖中有賓虞先生者，精毛詩學，與瞿文懿、嚴文靖諸公齊名，所謂虞山十傑者也。處士君十二傳，而爲公曾祖南池府君，諱鵬舉，國學生，敦善尚義，施予不倦。祖諱泓，邑庠生。考諱清標，國學生，貤贈文林郎，妣李氏，贈孺人。

公天資穎敏，默而好深湛之思，年二十一，補博士弟子員。久之，食餼于庠，於學無所不闚，而治經尤密。謂漢儒之訓詁，宋儒之義理，皆不可墨守。墨守則一師之説、一家之言，未必盡有合于經之本恉也。故每遇一疑義，必反復覃索，不信于心不止。爲文章鈎幽剔微，深造自得。嘗偕兩弟讀書破山寺，日坐修林穹谷下，仰睎嶺雲，俯聽澗泉，隨處觸發，悠然神會，所學益大進。然訖不諧於俗，前後應鄉舉十有一，不見録。嘉慶丁卯，佹得而復失之。公于是喟然嘆曰：「此真命也。吾不能與命爭矣。」

自南池府君以來，三世皆以孝謹聞乎一鄉。公承之，内行益醇篤，性至孝，執父喪，哀毁骨立，鬚髮盡白。兩弟殁，撫其遺孤，教養備至。輯族譜二十卷，刊行之。治家嚴而不苛，惟深疾狹邪蒱博，里鄰中有浮薄者，必誡子弟絶之。曰：「某非正人，不可與交也。」生平無戲言，雖處闇室，必正襟危坐，未嘗見惰容。子弟遵其教，皆循循謹敕，動止以禮，故邑中稱有家法者，必推龐氏。

公長身廣顙，高顴豐頤，美鬚眉。爲人和易無城府，尤敦氣誼，能急人之急。戚黨以匱乏告者，罔弗應。與人言，若不出口，而指陳得失利弊，議論侃侃無所避。甲戌歲大旱，公與邑人勸輸助賑，塘橋廠筦六圖，當事者遺其二，民環而譁，公乃亟覈四圖之濫食者以賑二圖，不足，復勸分以益之，一夕而定。癸未大水，闔邑被災，西鄉以地少高，賑弗及，公言于邑令，亟濬三丈浦，以工代賑。大府聞，檄令責專輒狀，令懼。公曰：「所以亟開濬者，爲災黎延旦夕命也。若待報可而後鳩工，民將轉于溝壑矣。」令如其言以復，大府亦無以難也。其仁心爲質，引義忼慨如此。

公既絶意進取，乃退而家居教授，遠近來學者，皆有聲黌序間，而公兩子大堃、大奎遂相繼登科第。大奎以丁丑會試第一人成進士，入詞垣，吾邑自瞿文懿試禮部第一，後閱二百六十餘年，而大奎始復褒然爲舉首，人皆謂公種德績學之報云。然公益恂恂退讓，鍵户課孫，弊衣糲食，出必徒步，不敢以軒輿傔從慁閭里也。藏書數萬卷，皆手自讎校，閒畫山水花卉以寄興，而墨蘭尤工。所著有《群經獻疑》十卷，詩文若干卷，藏于家。

公以大奎官封文林郎、翰林院庶吉士，加一級、例晋奉政大夫。道光癸巳二月十四日卒，年六十有九。配葛太宜人，國學生諱潢女，有淑德，佐公庀家政五十年，米鹽纖碎，具有程度，性尤勤儉，垂老不輟女工。公捐館舍時，兩子皆遠宦，太宜人躬理喪事，含殮饋奠，悉如禮。後公八年，辛丑五十一月四日卒，年七十有五。子男二。大堃，己卯舉人，國子監學録。大奎，幼奉公命，爲叔父後，由庶吉士改知縣，官至湖北武昌府同知，遭太宜人喪，歸，以毀卒。女一，適國學生歸令憲。孫男三。鍾璐、鍾琳，皆邑庠生。曾孫男三。先是，公以乙未十二月二十五日葬虞山西麓寶巖新阡，志石未具，逮太宜人殁，大堃將以癸卯某月某日奉其柩合葬公之兆，來徵銘。心存與大堃兄弟交最深，又與大奎同舉鄉試，親炙于公有素。竊嘆自公之殁，而吾鄉老成典型邈焉不可復見矣。爰叙公生平學行，志而銘之。銘曰：

習俗日媮，維公矯之。先民是傚，學古有獲。維公殖之，舊德是食。胡德之崇，學之充，而弗贏厥躬。匪嗇其躬，惟其報之豐。海巫之陽，原高水長。想像遺風，其人不亡。式銘幽宫，穆行用彰。後嗣克承，以永保其令名。

〔一〕《知止齋遺集·知止齋文稿》第三册、第四册均録此文，今互爲校正。一本題作「敕封文林郎翰林院庶吉士加一級例晋奉政大夫藕香龐公墓志銘」。

湖北武昌府同知龐君墓志銘〔一〕

吾邑自明瞿文懿公以禮部試第一人及第，爲時名臣，閲二百六十餘年，而吾友龐君始復舉會試第一。史稱文懿守正自立，不激不爭，君之志節亦略似之。然文懿由詞臣起家，洊陟卿貳，位通顯矣，論者猶以未及大用爲惜。而君年止於五十三，階不過五品，浮湛外僚，不克見知於世。嗚呼，其可悲也已。君卒之明年十一月二十二日，其孤葬君虞山西麓寶巖之原，來徵銘。予與君交四十載，又同補博士弟子員，同舉鄉試，知君宜莫予若，其忍不銘。

君諱大奎，字雲章，別號星齋，常熟人，世系詳予所爲君父藕香府君志中。藕香府君有子二人，君其次也。生四歲，祖命爲叔父鶴帆府君後。鶴帆府君諱純熙，廩貢生，與兄藕香府君、弟子僊先生以學行相切劘，皆粹然爲儒者。君承家學，爲文章淳雅有法。中嘉慶癸酉副榜貢生，丙子舉人，丁丑成進士，選庶吉士，充武英殿協修官。散館改知縣，謁選得湖北應山，調江夏，擢荆州府同知。未及上，丁本生父憂，服除，補武黄同知，調武昌府同知。歷署蘄水、武昌縣知縣，襄陽、安陸府同知，德安、施南、漢陽府知府。丁本生母憂，歸未一月，遽卒。實道光二十二年六月四日。

君温厚簡默，而内剛有守，臨事明決，不肯苟止而安隨，繇是落落難合，宦卒以不顯。初治應山，地當楚豫衝，厩置煩擾，俗又剽悍憙鬥。或謂君文弱吏，理劇非所宜，而君處之益辦。縣民楊勳訴其母自經鄰李甲門，君驗尸，兩手有反縛迹，叱勳曰：「若殺而母，敢誣人耶。」勳駭伏。蓋勳聽族人雲謀，縊母而嫁禍于甲也。論報諸大吏，詫曰：「龐令恂恂儒生，而斷獄迺過老吏。」黄安民譁言寇至，襁屬奔應山，應山民亦驚，夜走趣城，或走信陽州，僚吏震恐，請授兵登陴。君弗應，坐堂皇治事自若，徐起，儆備列炬，啟門内衆，親撫輯之，而戒居者毋動。明日詗之，果譌傳也。

塘角瀕大江，鹽艘數百集焉，篙工水手萬餘人，名運官綱，實盜販蔽也。鹺屬官某索賕急，衆怒，劫而閉諸舟，勢張甚。大府聞，命發兵擒治。君時爲江夏，力陳不可狀。曰：「急之變且滋大。」乃親往曉以利害，解散其衆，立出所劫者，縛首從數人歸，治如律。江夏爲布政使治所，地尤劇，君居官數月，江夏政清。會天大雨，江溢，平地水丈餘，君亟出，奉金數千，募舟栰載糗糒，渡民保高阜，計口授之食，復析地界，編甲乙户，給竹席，俾庇風雨，躬乘小舟，往還迅流中，觸石幾殆。蓋至陳牘請恤，已全活無算矣。當是時，湖北被水者三十餘州縣，總督某公念户口多費鉅，風君減之，爲它邑倡。君愀然曰：「同此災黎，孰應餓死耶。」執不可。布政使額騰伊公韙君言，爭甚力，忤總督指，被劾去，君亦坐是撤任。後數年武昌縣水，令勘災不以實，大吏乃檄君往攝縣事，民聞君至，聚觀曰：「是曩以議賑觸上官怒之龐江夏耶，吾民得生矣。」明年旱蝗，君率丞尉馳烈日中，四出撲捕。又招漁户縱鴨數萬頭食蝻，數日立盡。武昌民歌之曰：「龐公來，水旱不爲災。」漢陽郡治與會城隔一江，每日必渡江，會武昌守參決行臺省事，君寅出申歸，歸治其郡事，恒至夜分，遂積勞成疾。時大府方鋭意振刷，屬吏承望風指，多刻深，君獨持法平，無罪釋者十常四五。恩施令某失察書吏臟，大府欲予重比，君曰：「某罪止褫職爾。必曲法立威者，非所敢聞。」于是卒從君議。

君爲政，務因其俗而利導之，所至無赫赫名，而民樂其簡易。與同僚共事，逡巡退讓，不爲人先，而義之所在，介然不可奪。以故上官雖多知君者，亦莫能竟其用也。

君之學，以明體達用爲務。説經宗高密鄭氏，《易》則兼宗京、孟、荀、虞。尤精《九章算術》，旁及星壬禽遁，以爲其原皆出於《易》。江壖地坍復不常，訟累年弗決，君按視，以勾股測之，界遂定。江夏囚越獄，君占之曰「在某所，然不生得」，明日果獲其尸於江。其奇中類如此。己卯將散館，語予「今歲吾命躔七煞，度試必不利」，予謂君盍緩就試，君曰「吾知安命而已，趨避何爲」。嘗自推其命曰「歲行在寅，月加於未，吾其終乎」，然則窮通修短之數，君固知之有素矣。

元配劉宜人，性至孝，嘗刲臂愈其母疾。嘉慶二十五年四月十五日卒，年僅二十有八，已前葬矣。至是以君合焉。繼配姚宜人，子一，鍾琳，邑庠生，劉宜人出。女一，姚宜人出。孫三，添爵、添禄、添禧。銘曰：

謂世莫知邪，名則有聞于時。謂世果知邪，材則弗究厥施。天邪人邪，而止于斯，而將誰訾。噫，信吾道之無訧兮，命窅冥以孰知。而君既自知之矣，其又奚以悲。百世之下，有知君者，視兹刻辭。

〔一〕《知止齋遺集·知止齋文稿》第三册、第四册均録此文，文字全同。

曾石谿墓志銘〔一〕

道光二十三年八月辛酉，石谿曾君卒，粤十二月乙卯，葬于虞山西麓秦坡之原。其孤排簒事略，踵門請銘。曾于翁爲世戚，予邱嫂，君女兄也。君妻陳，予中表姊。而先大夫，實與君世父寧化公、君父鎮平公爲道義交，又與寧化公同舉於鄉。予年十六，即從鎮平公游，以是于君最習，歐陽子所謂「有平生之舊朋友之恩」者也，敢以不文辭。

按狀：君諱福謙，字受祉，石谿其自號也。宋右丞相少保懷後，爲吾邑右族。曾祖元復，祖立誠，皆縣學生。父涉，嘉慶辛酉恩科進士，河南鎮平縣知縣。前母錢、母張，皆封孺人。君年二十三，充昭文縣學生，旋補廩膳生，嘉慶癸酉科本省鄉試中副榜貢生，候選直隸州州判，卒年六十有六。子二人。長恭文，國子監生，候選從九品。次宗文，殤。女三人。孫一人。

曾氏以孝謹稱鄉里，而鎮平公兄弟績學砥行，尤有聞于時，皆繇進士起家爲縣令，然皆未竟其設施而卒。君之從兄芸舫君，寧化公季子也，以舉人知清豐縣，有政聲，意氣稍發舒矣，又不幸蚤世。宗鄰勸君謁選謀禄養，君以母老，不欲行。會母夫人病劬，君居喪盡禮，已而泫然曰：「使吾遠違膝下，銜恤曷有窮期耶。」既屢應行省試，不得解，遂罷舉，教授里中。諸生徒暨群從經其指授者，輒取科第去。

君爲人醇厚和易，而勇于任事，有古賢豪長者風。三峰舊有宗祠，歲久傾壞，君拓而新之。春秋享祀，必潔必虔。親族有不能衣食喪葬者，必贍給之。邑中歲比不登，君勸分振恤，必盡心力。有大興作，若修城垣、葺橫舍、濬白茆、福山塘河，君皆董其役。句稽出入必謹，尤重然諾，專趨人之急。鄉曲有忿爭者，必詣君剖曲直，君必傾身營護，各令厭其意。有負君者，亦怡然弗校也。蓋君之才既温温無所試，迺退而施之于一鄉，而其仁心爲質，敦善不怠，固未嘗不謹守其家法云。

予少與君同學，同試于有司，而兩家窮約坎坷之狀亦絶相類。嘉慶己巳冬，鎮平公卒于官廨，時先大夫秉鐸海州，一夕夢鎮平公來執手告别，驚而寤曰：「噫，牧庭死矣。」牧庭者，鎮平公號也。明年春，赴至，先大夫哭之慟，遂病不起。其秋，予兄弟輿柩還葬，道經寶應，值運河堤溢，舟幾覆，僅而獲免。而君亦奉鎮平公柩歸，渡淮風大作，檣帆摧折，或掖君避登它舟，君抱棺號慟，不肯去，俄風定，舟得無恙，歸唁予禮廬，又相嚮哭失聲也。其後予宦游京師，與君不相見者二十載，逮予乞養歸田，而君已皤然老矣。方營數椽于所居道北，榜曰「石谿小隱」，雜栽花藥，爲避囂養疴計，而遽以末疾卒。嗚呼，其可哀也已。陳孺人有淑德，讀書知大義，蚤卒，已前葬矣。至是穿其壙，以君往合焉，距鎮平公墓數十武。銘曰：

秦坡之巔，有泉出焉。注爲東澗，蜿蜒清漣。林谷窈窱，岡巒鬱盤。幽堂既考，俯臨澗瀕。遡澗西望，雙表巍然。佳城相對，宰木雲連。式承先澤，垂佑後昆。銘以識之，餘慶永延。

〔一〕《知止齋遺集·知止齋文稿》第三册、第四册均録此文，今互爲校正。一本題作「皇清例授徵仕郎候選直隸州州判曾君墓志銘」。

皇清敕封孺人杜孺人墓志銘

予友梅江陳君，爲安徽蒙城令。今年五月以薦舉卓異至都，予時方乞養得請，將脂車南下。梅江間語予曰：「某服官十年，政煩力瘁，得咯血疾，予妻數勸予退休，而未果也。今決計引疾矣，子其遲我於尚湖之涘。」已而梅江果不赴選而歸，歸月餘，以札來告曰：「予妻不幸死矣，敢以銘幽之文爲請。」予於是往唁之，則又嗚咽而語予曰：「予初不自知予妻之賢也，今而始知其艱。蓋其三十年來，曾無一日展眉，以至於死，是皆予之累之也。」又曰：「予妻所生子女，夭折殆盡，存者惟一女耳。其遇有足悲者。予悲予妻，而益悲予妻之所悲也。苟非子爲文以道予之悲，疇知予心之悲也。」予聞其言而悲之，不敢辭。

按梅江所撰行狀，其狀里居世系曰：孺人姓杜氏，淮安府阜寧縣人也，貤封武義都尉諱長春者，孺人考也。閩粵南澳鎮總兵官諱魁光者，其季父也。其狀生卒子姓曰：乾隆四十三年正月十九日，道光十八年九月二十四日，孺人生卒月日也。子三，鍾淮、鍾裕、鍾泰，皆前卒。女四，長殤。次許字衛兆奎，未嫁而卒。又次殤。季適庠生季寶光。妾胡氏所生二女亦皆殤。偉烈則予弟之子，今以爲予夫婦後者也。其狀行實曰：孺人質直，知大義，事舅姑以謹，處娣姒以和。予家貧，嫁時衣飾典質殆盡，孺人未嘗介意。予以嘉慶癸酉舉於鄉，道光丙戌大挑一等，補安徽東流縣知縣，旋調蒙城。孺人居官署，儉約不渝其素，每以清白吏相勖。予念族親多貧者，恒分俸入以周之，孺人無吝色。凡此皆孺人之賢也。孺人所舉子女輒不育，最後次男鍾裕卒，孺人尤悲之。因爲予買妾胡氏，生二女，俱殤，而胡氏亦卒，孺人之心力殫矣。此則予所爲悲孺人之所悲也。蓋梅江之言云爾。

翁心存曰：昔子夏喪其子，而喪其明，論者以爲過於情。延陵季子葬其子，三號而行，論者謂其不及於情。孺人之思子，殆有過於情者，然孺人蓋爲似續計，而非牽於骨肉之私，不得以過情論。予觀孺人之行，皆應銘法，遂銘之，以紓梅江之悲。銘曰：

噫，孺人行則賢，胡所舉之子而皆不永年。或曰不可知者天，予則曰其諸數之適然。嗚呼，苟死而有知也，則殤魂反得從孺人於黄泉，予謂陳君其又奚悲焉。後有知孺人之遇者，視予銘之傳此焉其阡。

錢梅谿先生墓志銘

吾虞爲泰伯、子游文化之邦，山水清淑，四方人士多樂僑寓于是。南宋時尤盛，若邱光禄礪，崔舍人敦詩，王忠惠萬，皆以文章著，顧其位亦稍通顯矣。越數百載，有以隱君子而名重當世者，則爲梅谿錢先生。先生諱泳，字立群，號梅谿，吴越武肅王三十世孫也。先世自宋建炎初護蹕南渡，避地台州，寶慶中始徙無錫之緱山，明嘉靖間又徙邑之泰伯鄉，縣析爲金匱，遂著籍爲金匱人。曾祖集選，祖成基，父鉞，潛德弗耀。母華太安人。

先生幼穎悟，五歲即據几作書如夙習，稍長綜覽圖籍，博聞多藝，能詩，善鼓琴，工書畫篆刻，尤長于漢隸。年十七，游吴門，前貴州按察使金公祖静奇其才，招致家塾。吴中諸先達多折行輩與交，尚書畢公沅巡撫河南，延爲上客。時孫淵如、洪稺存、馮魚山、淩仲子、徐閬齋諸先生皆在莫府，相與切劘，學益大進。迺北上京師〔二〕，與海内賢士大夫游，聲譽日起。法時帆祭酒、吾家覃谿先生尤重之。當乾嘉之際，天子方右文稽古，諸王公貴人皆禮賢下士，聞先生名，則竟邀就賓館，交相推挽。先生以母老，遽拂衣歸，奉母居常熟之釣渚，杜門養志。久之，母坳，復移居翁家莊。翁家莊者，予五世從祖尚書公別墅也，林泉幽邃，先生顧而樂之，築寫經樓，仿漢議郎蔡邕石經，寫《孝經》、《論語》、《大學》、《中庸》，刻石置蘇州府學之敬一亭。又畚所刻漢唐諸碑，藏諸虞山石室，有終隱之志焉。顧先生迹日晦，而名日高，藩邸遣使敦促，郡縣造廬禮聘，間一出，爲刊定金石文字而歸。凡中朝衣冠、天下祠觀、銘宮揭阡之文，皆欲得先生書爲重，走幣請乞無虚日。朝鮮、日本、中山遣使入貢，亦爭購片縑以去。雖荒陬遐澨，兒童野叟，無不知先生名者。

先生雖丧伏邱園乎，然其爲人常慷慨有濟世志〔二〕。歲在癸未，三吴大水，道殣相望。先生饔《水學贅言》，併陳救荒之策，大吏韙其議，得采擇施行。比年海氛不靖，又輯《守望新書》，爲捍衛鄉里計。嘗著《履園叢話》廿四卷，自託於小説者流，而於利弊興革，人材升降，風俗盛衰，每反復致意焉。可以知先生之志矣。嘗念先世功德在人，雲礽蕃衍，而墳廟蕪廢，譜牒散亡，非所以述祖德、敦族誼也。迺往來東西淛間，展謁武肅以下諸王墓，謀諸族人，請於當事，合資鳩工。首葺表忠觀〔三〕，增建長廊，樹蘇文忠所書碑及明陳柯重模本於殿庭，庀祭器，肅祀事，其祠墓之在錢唐、臨安、山陰、天台者以次葺治。輯《鐵券》、《銀簡》、《金塗塔考》，修浙江吴中族譜。人謂錢氏自五代以來，功烈烜赫，族望鼎盛，非得先生文筆不足以表揚之也。

先生長不及中人，神彩秀徹，吐辭鴻爽。性愛山水，遍游楚、豫、浙、閩、齊、魯、燕、趙，所至搜訪古迹碑記，以資考證。嘗渡東海，登鷹游島，訪蕭望之釣臺，得隋開皇二年王謨題名，詫爲奇絶。年踰八十，酡顔鬒髮，齒牙完固，貌若四十許人〔四〕。扁舟攬勝，僅攜一僕自隨。策杖攀躋，日行數十里。甲辰秋入九華，道金陵，舉耆年會於隨園，流連匝月，歸而示微疾，竟卒。實道光二十四年八月三十日也。距生乾隆二十四年月日，年八十有六。太學生，候選布政使司經歷。生平簑述甚富，有詩文藁及他雜箸三十餘種，皆鏤版行世。模刻碑帖若干種，具載《寫經樓金石目》中。配華安人，有淑行，前卒，葬常熟宛山東北原戴家灣，即先生所營生壙也。子男四人。長曰奇，前卒。曰祥，曰壽，曰富。女一人，孫男若干人，孫女若干人，曾孫男若干人。曰祥等將以某年月日合葬先生于華安人之兆，來請銘。初先生營生壙成，桐城姚公元之爲之志，先生自書之，並倣柳子厚《獨孤君碣》例，詳記師友、親鄰、弟子姓氏，勒諸碑陰。於虖，先生足以傳矣。顧念先生僑居常熟久，又辱引予爲忘年交，爰不辭而銘之〔五〕。銘曰：

交滿天下而獨守其純，名滿天下而獨韞其珍。猗與先生生泰伯之鄉，居文學之里，而爲太平之逸民。宛山之原，墨池之漘，有雲五色，而有封四尺者，是惟梅華谿叟之墳。我銘其幽，用質後人。

〔一〕此處墨筆删去數句，删文云：「入太學，試京兆不售，需次布政使司經歷，非其志也。」

〔二〕此處墨筆删去數句，删文云：「泰伯鄉有猾賊華林等七人結黨肆敓，居民苦之，先生上書言其狀，鞫實伏辜。」

〔三〕此處墨筆删去一句，删文云：「先生董其役，殿址視舊制加崇者三尺。」

〔四〕此處墨筆删去一句，删文云：「予嘗叩以養生術，先生笑曰：無之，惟不飲酒，不嗜茗飲，不食淡巴菰而已。」

〔五〕「爰不辭而銘之」，原作「爰不辭而志其墓，且歷叙吾邑寓公之賢者係諸首，竊謂如先生者，洵足爲志乘光也」，後删改。

錢文伯墓志銘

君姓錢氏，諱廷錦，字文伯，别號雲門，江蘇常熟人。明隆慶中，君九世祖侍御公岱築五堂於城西偏，前有别墅，林亭幽邃，勝甲一邑，所稱小輞川者也。子姓蕃衍，皆以耕讀世其家。曾祖祁，以長子貴，贈通奉大夫。祖成鈞，國學生。父壽朋，邑廪生，篤學有行誼，蚤卒。母袁孺人。

君生七歲而孤，家貧，感奮力學，與弟學仲互相切劘，一時有二難之目。學仲性介有守，君性通而才過之，爲文章縱横浩瀚，弱冠補博士弟子員，試輒高等，顧屢躓於鄉闈。歲庚午，已中選矣，卒以額陿絀。君喟然曰：「其命也夫。」會學仲又卒，君益鬱邑不自得，乃絶意進取，專務力田，而家日以起。君既少孤，鞠於大父。大父殁，君哀毁骨立，遂得咯血疾。母病，禱於神，願以身代。母長齋奉佛，晨夕膳羞，君必躬調以進。撫孤姪如子。從弟廷藺卒，婦史絶粒以殉，君爲之營葬請旌，復命幼子奉其祀。族人之孤寡疾阸者周恤之，貧不能婚嫁者身任之。葺家祠，治先壟，族墓湮没者必訪求表識之。其内行淳備如此。

君狀貌豐碩，美鬚髯，目炯炯有光，吐音鴻亮，遇事正辭引義，棘棘不阿，而好行其德，常若弗及。庚寅、辛卯間，連歲饑饉，塗多棄孩，君倡議設局收養，全活無算。以舟載糗糒行汙萊中，視其凍餓者量給之，不使人知也。邑中窮嫠苦節已彙建一坊，君復搜訪得三百三十餘人，上之有司[一]，續請旌表。雲和下塘斜橋將圮，君鳩貲重建，以利行旅。邑有大興作，必分任其役。庚子夏大水，衆集議勸分，君輸金百六十，予注籍誤書六百金，君即如數出金，無悋色。嗚呼，此亦人所難能者矣。小輞川久廢爲民田，五堂半歸他姓，君所居其順堂亦毁，惟宅獨存。嘗嘆曰：「城西三百年舊宅，子孫能世守者，惟此與趙氏晋德堂耳。」重加修整，而堂不可復，乃别構一堂於山塘涇，名思順，志不忘也。晚耽禪悦，自作壽藏於虞山西麓。面山枕湖，署其兆曰「一粟安居」，旁構數椽，雜植花木，恒觴詠其中。曰「死而休，何若生而游乎」。道光丙午十一月六日昧爽端坐而逝，距生乾隆庚子五月七日，年六十有七。廩貢生、候選州同知。配方安人，前卒，葬洋龍橋，君所營生壙也。繼配李安人。子三人，彦華，廩貢生，試用訓導。彦愉，候選府經歷。彦賓，即爲廷蘭後者，候選縣丞。女三人，俱殤。孫八人，禄森、禄同、禄晋、禄祥、禄封、禄籌、禄宜、禄慶。孫女四人。彦華等將以道光二十七年十月九日合葬君與方安人兆，來請銘。

予家與錢氏五業世親，並宅居者垂二百載。君父瞻藜先生，與先君子爲道義交。予又與君昆弟契最密。予子同書爲學仲女壻，君復以長孫女字予孫曾文。予乞養歸田，君每過予，輒情話彌日。予奉太淑人諱，君扶服來助喪。迨君之亡，予衰絰往哭之。嗚呼，匪惟悲親舊之凋零，且嘆吾鄉失一善士也。乃爲之銘曰：

海禺之山，曾巒鬱蟠，呀石屋兮。尚父之湖，具區委輸，漭洄復兮。中有碩人，堙曖歸真，藏太璞兮。孰纙爾芬，孰焯爾勤，儀邦族兮。幽堂既安，貞石既刊，誶爾後昆，俾式穀兮。

〔一〕「上之有司」，原誤倒爲「上有之司」。

龎子方墓志銘〔一〕

咸豐八年六月八日，吾友龎君卒於里第。其孤鍾璐方服官於朝，訃聞，予往哭之慟。鍾璐星奔歸。明年十一月二日將奉君柩，啟君配陳、趙兩夫人幽竁，合葬徐莊律字原，以書及狀來徵銘。予與君舅弟交最久，知君學行最深。君弟星齋之歿也，予既銘其墓矣。今君又歿，以墓銘屬予。予老且病，念平生道義交零落殆盡，君歿，而予所兄事者無人焉，忍不銘。

君諱大堃，字子方，其先由吴江遷常熟塘橋里，世有隱德。至南池翁而族滋大，構堂曰貽安，建柏蔭樓，藏書萬卷，是爲君之高祖。曾祖諱泓，邑庠生。祖諱清標，國學生。考諱敬熙，廩膳生。祖考、考以鍾璐貴，贈光禄大夫。祖妣李，妣葛，皆贈一品夫人。君天資異敏〔二〕，讀書目數十行，年十三，盡讀十三經[三]。與弟星齋相切劘。初爲文，引繩定墨，不失矩度。繼乃縱横馳驟[四]，後益淳潔高古。星齋既舉禮部試第一，而君尚浮湛庠序間。嘉慶己卯科始舉於鄉，應會試，屢薦不售。道光十年以特試官國子監崇志堂學録，充國子監志纂修官。丁父憂，哀毁成疾。服除，以母老不復出。時年未五十也。

君於書無所不讀，而尤長於治經，著《易例輯略》五卷、《周禮注疏節要》六卷、《儀禮注疏節要》四卷、《四書異同説》六卷、《職方地理考》一卷、《恒星考》一卷。晚年乃專究心於聲音文字之學，爲《説文校勘記》十五卷、《諧聲輯略》二卷，以爲不明等韻不可以讀書，不明古韻不可以讀古書，而欲審古音，必先究唐韻，乃可定其分合。爰取《切韻指掌圖》、《四聲等子》、《切韻指南》參互考訂，合門法爲八分十六攝，爲六十一圖，以《廣韻》、《集韻》、《五音集韻》之字按紐排纂，附注切音，爲《等韻輯略》三卷。又取大徐所引孫愐音切，參以小徐之《篆韻譜》，按韻排纂，爲《唐韻輯略》二卷[五]。乃以《説文》諧聲及經典用韻合之唐韻，按部排纂，以紐相承，而表出其分收別收之字，爲《古音輯略》四卷。君於韻學獨有神契，而其論古音尤精。我朝自崑山顧氏作《音學五書》，而古音始復明於世。婺源江氏繼之，江傳之休寧戴氏，戴傳之金壇段氏，然段氏《音均表》與戴氏《聲類表》已不能無異同出入。君乃宗戴氏説，發明而推演之，分十八部，而以入聲爲樞紐，視戴書益完密。數十年心力畢萃於斯矣。

君貌清臞，長眉修髯，與人言呐呐如不出口，而持是非之介甚嚴。里居二十餘年，足迹不入官府。食不重味，冬一敝裘，出必徒步。鍾璐官翰林，歸省，趣其就職，曰：「兒行矣，勉報國。」鍾璐請歸養，不許，固請，則遣其妻子來。鍾璐每爲予言，未嘗不涕泗横集也。君少多疾，晚乃益健，曰：「吾得心於不動心。」感微疾，遽逝。年七十有二。積封如鍾璐官。元配陳夫人，次配趙夫人，皆前卒。今夫人趙氏，子一，即鍾璐，道光丁未科一甲進士，内閣學士，署工部左侍郎。女二，長適候選訓導楊汝孫，次適刑部員外郎溧陽宋邦僡，次未字。孫二，鴻章、鴻書。嗚呼，吾鄉自陳見復、王次山兩先生以經學提倡，後進鮮有繼之者，如君之敦善行、通經誼，其庶幾焉，而又遽殁，老成典刑，無復存者，能不爲邦之人悲也。銘曰：

岷江蜿蜒趨東瀛，右帶烏目滄瀾瀠。篤生碩儒肇群經，秉德純固廉以貞。説經鏗鏗闢窔扃，獨紹墜緒求元聲。陽嘘陰吸分濁清，海山吐納涵日星。德言並立功孰成，繼厥志待後嗣承。吾言匪誣信有徵，千秋不朽視此銘。

〔一〕《知止齋遺集·知止齋文稿》第三册、第四册均録此文，今互爲校正。一本題作「敕授修職郎國子監學録誥封中議大夫晋封光禄大夫内閣學士兼禮部侍郎銜加三級龐君墓志銘」。

〔二〕一本此處有删文，云「七歲入塾」。

〔三〕一本此處有删文，云「爲制舉義，即能穿穴經傳」。

〔四〕一本此處有删文，云「沈博絶麗」。

〔五〕一本此處有删文，云「取《説文》正字，按部排纂，以聲相統，而列流變於後，爲《諧聲輯略》二卷」。

卷三十四[一]

〔一〕本卷各篇均整理自《知止齋遺集·知止齋文稿》。

皇清誥封太淑人顯妣張太淑人行述

嗚呼，痛哉。不孝心存夙遭閔凶，弱齡失怙，賴吾母張太淑人教養之力，以至於今。太淑人之所望於心存者，非徒世俗之顯揚已也。凡一言一行，必期效法古人。心存不材，弗克敬承慈訓。又以貧故，餬口四方，久違色笑。洎壬午通籍後，越三載，始迎養入都。心存駪征原隰，僕直禁廷，亦未得常依膝下。壬辰冬，心存視學江西，太淑人年老思歸，遂於次年旋里。嗚呼，饑寒無甘旨之資，限役廢晨昏之半。此二十年中情事則然矣。乙未秋，心存典試浙江，奉旨給假十日，便道省親。試竣北還，綵衣歸覲，鄉人榮之。時太淑人方感疾卧床，而心存又荷恩綸，簡任奉天學政。復命時冒昧陳瀆，懇請解官。上動容久之，然未之許也。丙申冬，心存入佐廷尉，復直上書房。謝恩之日，首蒙温旨垂詢，心存具以母老對，聖慈矜恤，曲體臣心，命且留供職，並許隨時陳奏。嗣後每值輪對，必蒙賜問臣母安否、何如。太淑人聞之，感激天恩，屢馳書勖心存「盡心報效，毋以我爲念」。心存亦以受恩深重，不敢苟順私情。迨戊戌夏，得伯兄書，備述太淑人病後衰憊狀，心存彷徨不寐者累日。迺於閏四月十一日具摺，陳情乞養，仰邀俞允。次日召見，天顔温霽，慰勞再三。心存伏地叩辭，即束裝回籍。此蓋伏遇我皇上孝治光被，下逮微臣，亦繇太淑人一生恭儉孝慈，故得膺兹異數也。八載以來，循陔視膳，方冀永娱愛日，長樂太平，而今不可得矣。嗚呼，痛哉。心存苦塊餘生，常懼猝填溝壑，致吾母孅言懿行湮没不彰，則負罪滋大。謹銜哀握管，追述見聞，略加詮次，垂諸家乘，弗敢稍有文飾，以誣吾親焉。

太淑人姓張氏，江蘇昭文縣梅里人。父諱尹賓，邑庠生，事嫡母薛，以孝聞。經明行修，鄉黨矜式。學者稱爲志軒先生。貤贈鎮江府學訓導、國子監祭酒。母吴氏，封太孺人，贈恭人。兄廷珏，乾隆庚子舉江南鄉試，鎮江府學訓導。弟廷琥、廷璜，皆諸生。太淑人生而端重，不妄言笑，幼時外王父授以四子書、《周易》、《毛詩》、《戴記》、《女誡》、《列女傳》諸書，輒通其大義，誦唐詩數百首，略皆上口，顧弗喜吟詠，以爲非女子事也。及長，習女紅，勤織紝，治酒漿脯醢，罔弗精整。外王父好客，坐上客常滿。太淑人入厨具饌，皆立辦。外王父愛之甚，擇婿嚴慎。

先考贈中議大夫潛虚府君與舅氏虞樵先生同上公車，相友善，外王父亦素重府君孝行，乃以太淑人歸焉，年已三十矣。當是時，王父母春秋高，多病，常在床蓐，前母許太淑人所生一兄一姊皆十餘歲，太淑人來歸匝月，府君計偕北上，家無儋石儲。仰事俯育，太淑人一身任之。匳田所入，悉供甘旨，不足則佐以鍼黹，時典簪珥，爲蓡术需。出入扶持，澣濯補綴，侍湯藥，滌厠牏，和氣婉容，服勤罔懈。宗鄰翕然謂府君之孝，惟太淑人能成之也。王父母嗜茗飲，遇天大雨，太淑人即手提汲具，承簷瀑貯甕中，累累滿堂下，雖夜必興，挹注達旦，衣裳盡濕。鰣魚初上市，價以金計，偶薄暮得鮮鰣，即烹以進王父，將食忽輟箸，欲留以薦新。太淑人詭辭對曰「祀先者已具矣」，亟别買一尾以祭。其他先意承志多類此。王父易簀之際，顧太淑人久之，命之前，曰：「爲我謝親家翁，令我得孝婦。」又曰：「願他日汝子婦事汝，亦如汝事我二人也。」然太淑人常憾事舅姑日淺，言及必涕泣，終其身。既佐府君連舉王父母喪葬，又爲兄姊營婚嫁，家益貧，太淑人支持家事則益以困瘁。嫁時衣裝盡付質庫，乃日夜紡織爲饘粥資。心存齠齓時，中夜覺，室中昏黑無燈火，太淑人尚紡月下，聲軋軋然也。

嘉慶戊午，府君謁選，得海州學正，州城荒僻，學舍傾圮。初至居尊經閣下，府君奉檄賑饑，道病，伯兄馳往侍疾，心存尚幼，獨隨太淑人居。僕婢盡去，太淑人躬汲水析爨，蒿朽荻炊，十指皆坼裂流血，竈無突，濕煙眯目不得開，心存嗷然而哭，太淑人亦撫之泣。米盡則屑番藷雜糝羹啖之，猶日口授心存《尚書》。已乃覓舍旁嫗爲伴，閣故空曠，多狐鬼，居是者輒惶擾徙避。太淑人居之數月，則寂然。每夜太淑人篝燈治女紅，課心存讀，燈熒然，光不滿一室。風吹敗葉入甕牖，槭槭作聲，嫗倦倚竈觚譚璅屑事，遂及閣中諸怪異狀，心存色變輟讀。太淑人叱曰：「正不懾邪，孺子何怯也。」治女紅，過夜分迺罷。

時淮北多水災，朝廷歲發帑金振貸，官吏因緣爲奸，府君誓於神，力除積弊，按户注口，稽詭冒籍盡芟之，鈐以私印，吏胥莫能措手。州牧某者，墨吏也。矚府君歲試在淮安，以百金來餽，曰：「恐薪水之闕於供也。」太淑人心訝之，曰：「是必有故。」遣人固詰之，則曰：「册有譌，須改造，欲假先生私印重鈐之耳。」太淑人使人謝曰：「印章已攜往淮安矣。」亟櫝藏之，揮其金弗受。府君以文學教於海邦，凡經指授者皆有成就。從游者日衆，堂廡恒滿。太淑人雞鳴即起，爲具饔飧，竟日不得息。甲子、乙丑，連歲旱蝗，斗米直千錢，太淑人與家人歠豆糜、饜麥飯，而以粱肉食諸生。府君秉鐸朐陽十二年，既没，而州人士思其教澤，請祀名宦，至今尸祝弗衰，亦太淑人内助之力也。會長沙唐公仲冕來牧是州，與府君爲道義交，將保薦爲令，固辭弗獲，牒既具矣。太淑人謂府君曰：「君體弱，不任繁劇，性又介，不能與俗浮湛，盍歸休乎。」府君听然笑曰：「有是哉。」卒力辭之。府君以拯災故得勞疾，庚午春疾甚，遂以不起。太淑人侍疾三月，目不交睫。及輿柩還葬，道經寶應，運河堤溢，舟幾沈，慬而獲免。歸營窀穸，事事盡禮，而太淑人備嘗艱苦，心力亦漸衰矣。

初，太淑人之來歸也，前母許太淑人卒已八年。伯兄、長姊煢煢無倚，太淑人愛之如己出，製衣履，易衾枕，盥靧光澤，兄與姊竊相謂曰「今日始知有母之樂矣」。以伯兄無師廢學，請於外王父，挈之就塾，歸必問所業，日有進則喜，試不利即不怡累日。教長姊動有矩法，姊亦婉娩聽從，故其爲婦賢明勤慎，有太淑人風。兄、姊年踰六十，侍太淑人側，孝敬彌篤，見者不知爲非所生也。

心存生時，太淑人瀕於危者數矣，乳湩不下，力不能顧乳媪，乃僦鄰婦乳，逮暮即去。中夜心存饑，呱呱啼，太淑人力疾强起，研米漿，口含哺兒，一夕數起，遂病目。心存亦病目，太淑人舐之，目復明。心存稍長，從師讀，太淑人則以紡績所易錢，日選大者別貯之，月得一緡，爲塾師脩脯。其傷哉，罔極之恩，有深於吾母者哉。然教心存極嚴，孩提時即不許妄語嬉戲。一日心存闞於門，見鬻果者，取一桃入，立命還之。及就外傅，雖盛暑，非服中單，不敢入中門。偶違師訓，必撻之流血，對案不食，心存愧悔改過乃已。夜俟心存熟寐，必手循其撻痕，聞呻吟聲，又淚潸潸下也。心存年十二三，府君自課之，其爲教，常優游不迫，太淑人顧督責如嚴師。許君桂林，府君高足弟子也，年少博學，工文辭，府君亟稱之。太淑人嘆曰：「吾兒何時得如許生耶。」其後心存與許君同舉於鄉，太淑人始解顔一笑。心存將就禮部試，旅費無所出，有以非義餽者，白太淑人，太淑人曰：「汝讀書二十年，尚不識義利二字耶。奚問我爲。」心存悚然即却之。

心存自丁丑後，則之燕、之豫、之洪州，無所遇。迨初服官，禄入尚不足以養。値吴中大饑，賴太淑人竭力經營，八口不至匱乏。且貽書誡心存以安貧立命，毋出都爲齎斧計。心存督學廣東，奉安輿至署，太淑人不以爲喜，曰：「吾聞此地有貪泉，汝其鑒之。」心存每出按試，必以「悉心衡校、振拔單寒」爲勖，曰：「汝教士，當成汝父之志矣。」待幕客館餼有加禮，曰：「諸君襄閲勞勩，且公事不可輕也。」而太淑人飲食衣服，則一如曩時，曰：「吾安之有素耳。」廨中官物，愛護惟恐或損，去之日，命籍而還之，篋中蕭然，無越裝。歸途度大庾嶺，憩張文獻祠下，瞻敬良久，手折梅花一枝示心存曰：「汝見此花，亦思昔賢風節乎。」就養京邸，遇蚤朝，太淑人必通夕不寐。心存入直三天，命毋歸寓省視。春秋佳日，間至澄懷園直廬，瀏覽林泉花木之勝，頗樂其閒曠。然慮以子職分夙夜心也，越宿即入城。心存每拜尚方珍饌、瓜果之賜，太淑人必禮服薦先，然後敢率家人嘗食。賜文綺、紈扇、荷囊、珍藥，必敬藏之。常訓心存以寡耆欲，平心氣，進德業，勤職事，毋負國恩，以貽先人羞。心存謹識之，不敢忘。心存有一言一動之失，太淑人譙責不少貸。每侍左右，凛然無異童稚時也。

教孫曾讀書立品，如教子。第三孫同書幼侍太淑人寢興一小樓，太淑人尤愛之，教養備至。庚子同書成進士，入詞垣，太淑人喜極出涕，謂心存曰：「汝父没，匒匒已三十年矣。不圖今日見吾孫之成立也。」遂相對泣下。辛丑，同書乞假歸省，假滿即促之上道，無留戀色。癸卯，同書典粤東試，太淑人欣然曰：「吾行南北萬里，獨愛庾嶺文獻公祠前風景。恨不得重游，若何幸已，兩度過之。」既而曰：「若年少，能勝此重任耶。」蓋太淑人所望於子孫者意深遠矣。

待娣姒以和，待親族有恩義。從兄心傳少喪母，從府君讀書學署，太淑人撫之如子，凡五載，心傳得補博士弟子員。親串有窮乏者必周之，馭下肅而寬，每撻婢，即涕泗交頤，終不忍予大杖。故太淑人卒，婢媪皆哭失聲。性高明，通達事體，喜觀古史忠孝節義事。好閲邸鈔，周知習俗利病。識鑒尤過人。孫君廷璵者，亦府君弟子也，甫成童，游於庠，文譽日起。太淑人曰：「是子神清而薄，恐不壽耳。」後二載，孫君果殀。心存門下士有兩生，才名相埒，人莫能軒輊。太淑人一見，即定其優劣，久之竟驗。太淑人生平嚴毅明察，强力勤敏，而處事詳慎，無疾言遽色。晚年危坐一室，終日無惓容。家中纖悉事必知之，無敢欺隱者。位置器物皆有條理，巾盂篋笥重縢疊扃，歷久啟視，若手未觸。屏玩好，戒游觀，稗官雜劇絶不寓目，尤惡蒱博佚游。訓子孫擇交必慎，居鄉里毋許與外事。子孫出，必問所往。歸或晚，必正容憑几待之。門庭之内，秩秩如也。與人言，款曲肫摯。述先世厚德及艱難狀，必反復言之，娓娓不倦。既老，歲時祭祀必進饌肅拜，間持齋頌佛，亦不甚信。尼師巫覡不令入門，惟日約敕家政，米鹽淩雜，不以爲煩，稍暇即理箴管縫紉，家人趨侍請代，笑曰：「吾以此自適耳，不費目力也。」自奉儉約，殽饌過二簋，即命撤去。衣衾樸素無華飾，一衣數十年不敝，即敝必手自改製如新，室靡棄物，家無閒人，恒計一歲所入，制用唯謹。故雖困阨時，常不至凍餒，有餘則亟視宿逋之籍，次第償之。義所當爲，施予弗少吝。心存歸時，橐中贏俸金千，將以營祭産。庚子夏，里中大水，太淑人即命輟以振饑者，亦無德色也。太淑人素强健，無疾病，中年境多拂逆，始患肝鬱頭風。七十後氣血漸衰，得便閉疾。年八十病痁，憊甚，食素少，至是僅進飯一匕。及心存告養歸，疾獲痊，視聽如常，行不扶杖。比年長姊亡，心存之一女一子婦相繼夭，太淑人傷之，精神頓減，頭眩時作。去年冬，伯兄坳，太淑人愈益悲傷，便閉遂大劇。今年春調治少瘳，體日羸瘦。六月十二日丑刻，忽感暑疾，嘔逆泄瀉，亟進和中清解之劑，而脘脅痠痛，氣息漸微，然神識炯然不亂。十三日晨起自盥濯櫛髮，易新衣，時親友問疾者畢集，太淑人呼心存婦絮語，命治具肅賓，周詳如平昔。酉刻疾革，心存等環泣榻前，太淑人顧謂曰：「大數已盡，留戀何爲。」泣請遺言。太淑人曰：「吾平日訓汝者盡之矣。」麾使退，曰：「吾欲少靜片時，毋亂人意。」遂瞑目而逝。

嗚呼，痛哉。追惟太淑人一生，自來歸之後，食貧作苦，心力交瘁者垂四十年。逮心存禄養稍豐，而太淑人刻厲自持，終未嘗一日暇逸。平居思深慮遠，悄乎常若有憂。凡人世間起居之適，耳目之娱，服御、膳饈、宴飲之精腆，舉非太淑人夙志所存，而心存亦無能僶俯致之以爲養也。惟是期頤之壽，猶冀或可永延，而天又靳之，此心存所爲抱無窮之憾，而呼籲難申者也。嗚呼，痛哉。孰謂太淑人之恭儉孝慈，可以上邀聖主之殊恩，而竟不獲蒙天之佑耶。嗚呼，痛哉。

先考府君世系、諱字、爵里並生卒年月日，具詳志狀中。太淑人生於乾隆己卯正月十五日，卒於道光乙巳六月十三日，年八十有七。以子心存忝與朝列，累遇覃恩，敕封太孺人，誥封太恭人，晋封太淑人。子男二人，長人鏡，國子監生，前卒，許太淑人出，娶曾氏。次即心存，嘉慶丙子科本省鄉試舉人，道光壬午恩科進士，由庶吉士授職編修，歷官大理寺少卿、上書房行走，告養在籍，太淑人出，娶許氏，封淑人。女一人，適國子監生長洲陸廷鉽，前卒，許太淑人出。孫男六人，佛保，蚤卒。同福，常熟縣學廩膳生。俱人鏡出。同書，道光壬辰科順天鄉試舉人，庚子科進士，翰林院編修，國史館協修。音保，殤。同爵，常熟縣學附生，嗣先叔父耕梅公爲孫。同龢，蘇州府學附生，俱心存出。孫女二人，俱心存出。曾孫男十人，曾禧，嗣佛保後。曾來，曾釗，曾祐，俱同福出。曾文，常熟縣學附生。曾源，曾桂，俱同書出。曾祥，曾榮，曾籌，俱同爵出〔一〕。嗚呼，心存見聞所及，僅能述其大略如此。至太淑人賢孝之德，與當日艱辛困苦之況，蓋有知之而不能詳者矣。伏冀當代大人先生哀而賜之一言，不孝心存死且不朽。不孝孤哀子翁心存泣血謹述。

〔一〕此處衍「人俱同福出」五字，删。

誥贈榮禄大夫耕梅翁公行述[一]

公諱穎封，字純叔，姓翁氏，吾祖贈光禄大夫贅庵府君季子也。吾祖有三子，長吾父潛虚府君；次仲父元卿公，爲伯祖後；次即公。公生之歲，而吾高祖母王太孺人以貞節旌，樹綽楔於門，故小字曰坊興。家故貧，公生數歲，值洊饑，窶益甚，遂廢書習計然術，善察陰陽，以權贏縮，精九章算法，遇有興作，度材程功，不僭于素。里人陳心見翁器之，延司會計。翁卒，其孫揆，翁氏甥也，博學有識鑒，敬公如父，每事必諮而後行。公佐陳氏治産數十年，田園日以殖，而公性狷潔，出入纖毫不苟，故卒以窮約終其身。公至性過人，事親以孝，事兩兄以悌。尤留心先人手澤，片縑寸楮，珍弆如拱璧。手鈔先世綸誥碑志，成數巨帙，重葺翁氏世系譜，考正譌闕，凡數十事。年十四五時，脩脯所入，悉以遺親。一日忽留錢數緡，吾父訝而察之，乃以潢裱先五世祖參政公小像册也。吾父嘆曰：「弟能如是，吾無憂矣。」吾家有宗祠在虞山東麓之石梅，明萬曆丙午，朔州牧昇宇公所建也。國朝康熙中，凡兩修之，歲久圮壞，而祠産僅瘠田二十畝，經理者不得其人，日以廢墜。吾祖慨然思釐正之，嘗著議十條云。乾隆丙午，族衆議以祠事屬公，公辭以難。吾祖曰：「惜吾已老，力弗任也。若年方壯，敢憚勞乎。」公悚然受命。乃告於族人，力加撙節。越五年辛亥，重建饗堂成。又七年戊午，葺司寇公專祠。又十一年辛未，以祠門東嚮偪陋不稱，改而嚮南，規制視舊加閎敞焉。植梅百本於祠下，寒香凝雪，芬郁數里，因自號爲耕梅子。又九年，積祠田所入，增置芙蓉莊田十畝。語心存曰：「假我十年，當復置墓田十畝。」竟未及期而卒。

嗚呼，公理祠事首尾三十餘年，心力亦殫盡矣。祠宇既新，公顧瞻榱桷，愀然曰：「明鄉飲賓思隱公，吾璇州翁氏共祖也，墓在横塘，祭埽久闕。夫水窒其源則竭，木伐其本則蹶，吾族衰微，非繇此與。且兹祠創自朔州公，今朔州之祖墓湮没榛蕪，吾族人其忍膜視乎。」迺於嘉慶丙子春，率群從子姓，泛尚父湖，偕居西南鄉之各支，詣横塘橋謁思隱公墓。復遍謁鞠字圩介石公、白字圩薛孺人、豈字圩石崖公墓，培邱壟，禁樵蘇，始議分祠田之息爲祭埽資。正月上旬，絜酒醴，治肴饌，約城鄉之族人皆往與祭。祭畢合食，歲一舉行以爲常。匪特保先塋，且以聯族誼也。公乃言曰：「吾無子，而吾之心有異乎世俗人之心。吾視親兄之子以吾父母之心爲心而已，視從兄之子以吾祖之心爲心而已，視再從兄弟之子以高曾之心爲心而已，推而至於同族之人[二]，以思隱公之心爲心而已。」嗚呼，聞公是言者，孝弟之心亦可以油然生矣。

公軀幹短小，高顴瘦削，寡鬚髮，衣冠樸遬，見人拱揖，必舉手高過於顙，望而知爲古君子也。口喫，造次不能以辭自通，然義有不可，必反復辯論無所詘。終日危坐，不妄發一語，亦未嘗有笑容。後生小子皆畏憚之，不敢近。家庭之内，肅若嚴君，諮白稍拂意，即默不應，家人皆自檢束，無敢嬉戲佚游者。歲時祭祀，拜跪儼恪，子弟執事，或諐於儀，即目攝之，皆惕息屏氣，罔敢惰。每夜寐，輒琅琅誦四子書及群經，不誤一字。誦竟，必呼阿孃阿孃，作小兒索乳聲而寤，其終身孺慕有如此者。

公生於乾隆己卯十一月三十日，卒以道光癸未九月六日，年六十有五。配程氏，勤儉有家法，以哭子故，眇一目，乾隆辛巳三月十日，道光庚寅八月十六日，其生卒也。合葬中峰新阡，在祖塋左少下數十步。子一，慶貽，生數月殤。女一，適邑諸生蘇桐，前卒。公既無子，吾父欲爲之立嗣，公著《支子不立後説》，詞甚辨，吾父乃不復强也。暮年始屬意於心存之次子同爵，公卒，吾母張太夫人乃命同爵爲公孫，以奉公祀。同爵，邑諸生，今以蔭爲兵部候補主事。曾孫三，曾純，邑諸生；曾榮、曾籌。

公於諸子姪中，獨愛心存。然督責之不少假借。心存年八歲，隨宦海州，少長歸里，應試娶婦，皆公提攜教育之。丙子心存舉於鄉，公始解顔一笑。壬午成進士，入詞垣，公喜極而涕，寄書數百言，縷述先世清德貞徽，及囏難困阨之況，且謂上遡先貞節母來歸之歲，正百年矣，此中殆有天道乎。所以勖厲之者備至。迨公之殁，心存遠宦京師，不得援昔人期服去官之例縗絰奔赴。其明年，心存擢中允。又明年，典試南闈，視學東粤，道出鄉關，而公已不及見矣。公殁之廿二年，心存以大理寺少卿告養在籍，始遇覃恩，貤贈公爲中憲大夫，叔母程贈恭人。又五年，心存官工部左侍郎，復遇覃恩，晋贈公爲榮禄大夫，程恭人晋贈夫人。於是公之純孝篤行，雖不獲顯榮於生前，猶得受寵褒於身後，九原有知，庶幾可以少慰也已。

緬惟公之生平，不愧爲一鄉之善士，而保守祠墓，啟後承先，其有功於翁氏者甚大。謹撰述如右，勒諸家乘，俾後之人有所觀法焉。咸豐二年壬子春正月既望，姪心存謹述。

〔一〕《知止齋遺集·知止齋文稿》第三册、第四册均録此文，今互爲校正。

〔二〕「族」，一本作「俗」，誤。

敕授文林郎江西高安縣知縣許公行狀〔一〕

曾祖天錦，國子監生，考授州同知。祖漢翔，國子監生，考授州同知，貤贈高安縣知縣。父樹功，國子監生，贈高安縣知縣。本貫江蘇蘇州府昭文縣，年六十八。狀：公姓許氏，諱夔，字鳴盛，别自號秋濤。先世河南許州人，宋太醫院使堂，扈駕南渡，始遷江陰，元處士閏一自江陰遷常熟東唐墅，七傳而家始大。自明以來，通籍者十餘人，遂爲邑著姓。公之考建平府君，娶於潘，繼娶于曾，皆無子。又繼娶于李，生二子，公其次也。

公生而敏慧，稍長，善屬文。心存前母許太淑人，爲公之女兄，以是受業于先君子。先君子每見其文，輒嘆曰：「此通才也。」年十八，受知于提學使者，補昭文縣學生員。居父喪，哀毁盡禮。久之，以諸生高第食餼于庠，聲譽日起，與兄朗軒先生齊名，時稱爲二許。公之先故饒于貲，至建平府君時稍貧矣，尚有田四頃。建平府君曠達喜施予，每鬻田得金，内篋中，探取用之不少惜，金盡則復鬻其田，由是四頃者立盡。逮公之生，已無以給饘粥，及奉建平府君諱，益困窶不可支。時李太孺人在堂，公與朗軒先生授徒以謀甘旨之養。歲大歉，日市粔籹以充饑，泊如也。乾隆乙卯舉于鄉，公時年三十一，應禮部試不第，旋遭李太孺人之喪，讀禮家衖，守約固窮。所僦屋爲其主贖歸，借親串數椽以爲棲止。比諸梁伯鸞之賃廡，其窮殆有甚焉。服闋再入都應試，數見詘于有司，以考取覺羅官學教習留京師。榮郡王聞公名，以禮招至其邸，授今貝勒奕繪讀書。公以師道自處，不苟爲唯阿，王以是益重公。知公有內顧憂，爲築館舍，迎公家累至都，廩給之甚厚。公敏于文翰，操筆立就，王扈蹕盛京、灤陽、木蘭、天津諸處，必與公偕行，每應制爲詩交，恒屬公代爲之。長篇險韻，經營慘澹，而一出之以渾成，既奏仁宗，未嘗不稱善也。

教習滿三載，奉旨以知縣用，分發江西。定例：科甲出身人員需次縣令者，教習班最在後。故公自嘉慶壬申赴江西，至道光丙戌始得補瑞之高安，凡需次者十四年。公之初至也，巡撫錢公楷招入署，課其公子讀書，其意雅重公。公遇事指陳，不以屬吏故貶損其風節，歷署上猶、上高、永新、新城、信豐、樂安縣事[二]。新城地稱饒沃[三]，公清操自厲，處脂不潤，其去新城也，不名一錢，猶以代永新民輸逋賦故，舉債千金。錢公聞而嘆曰：「廉吏也。」舉以風公之同寮曰：「女曹效許令可矣。」信豐民狡而悍，最爲難治[四]，公盡心化導，其尤桀黠者乃繩之以法，獄訟衰息。修邑志，建試院，莅事三百日，廢墜畢舉。及公去，縣民爲建去思之碑，又立生祠以頌公德。繼公爲信豐者，偃師武君穆淳，循吏虛谷先生億子也。武君之治以明察，而公以寬和，民皆便之。爲之謠曰：「前有許，後有武，真民父母。」蓋翔實矣。公之在高安也，一夕蛟發水暴至，平地深丈餘，眷屬依廨中竇蓋樓以居，家藏書籍及公之詩文藁漂失殆盡。公亟出囚于獄，屬僚掾羃之高地，而身自乘小艇往來洪波巨浸間，拊循災黎，營視保聚。越數日，水退，民乃定。又慮饑民之無所得食，乃勸賑于富民，而躬爲之倡。富民皆曰：「許公，父母也，忍無以紓其憂乎。」于是不旬日而貲集。設廠煮粥，區畫井井，擇士民之賢者董之，吏胥勿與焉。蓋公于振災一事，得民心最深，而公竟以積勞成疾苦，腰痛甚劇，遂至不起。

公既卒，高安民榜縣治聽事之堂曰「誰嗣興歌」，亦可見直道之尚存于今日矣。公善飲酒，在京師，日與名人勝流爲文字之飲，燈筵歌板，賦詩流連，極一時之盛。及宦江西，鬱鬱不得志，曰：「吾安得復有嚮者之樂哉。」然其在官，則勺酒不入口，曰：「吾懼其廢事也。」在高安，嘗步禱雨，決獄至夜分不倦。其勤于職如此。性孤介少所合，故上官多不樂公者，訖不得一登薦剡，人皆謂拙徵也。至其莅民，則一以寬厚爲本，嘗曰：「精明即刻薄之美名也，忠厚即姑息之美名也。然則刻薄之過，甚于姑息矣。」公事兄，友愛出于至性。晚年得朗軒先生凶問，一慟幾絶。生平不善治生，故其殁也，貧不能具含殮。故鄉無一瓦之庇，一壟之植，丹旐未歸，權寄僧舍，一家數口，流寓異土。嗚呼，可哀也已。公工書，寸縑尺素，時人寶貴。又工詩及駢體文，惜其藁已散失，所刻《秋濤遺藁》一卷，存什一于千百而已。貝勒得公之指授[五]，恂恂如儒者，嘗以所著《妙蓮華室集》郵寄江右，屬公定之。每曰：「吾師翰林學士才也，豈任百里吏哉。」論者以爲知公。

公生於乾隆乙酉七月四日，以道光壬辰三月八日卒于高安官舍。娶孫孺人。子一，心源，候選道庫大使。女二，長適心存，次適福建候補按察使司照磨吳江徐嶔。孫一，鍾秀。心存自幼辱知于公，道光辛巳游南昌，侍公譚讌甚樂。通籍以來，公時寓書相勉。戊子冬，心存自廣東學政任滿入都，道出章江。予妻自樟樹鎮登陸省公于高安，心存以簡書有程，不獲迂道拜公，及壬辰冬視學江西，而公已捐館矣。噫嘻，孰謂與公相見之緣竟止于是耶。心存才識駑下，不足以窺公之深。然大懼公之遺行湮没，久而莫可徵信也。將求海内蓄道德能文章者爲文以傳諸不朽，用敢攟摭其事，件繫如右。道光十有八年十月朔，女婿大理寺少卿翁心存謹狀。

〔一〕《知止齋遺集·知止齋文稿》第三册、第四册均録此文，今互爲校正。

〔二〕「歷署上猶、上高、永新、新城、信豐、樂安縣事」，一本作「歷署上猶、上高、新城、永寧、信豐，樂安縣事」。

〔三〕一本此處有删文，云：「蓋錢公知君清貧，欲以是稍潤公之槖。」

〔四〕「最爲」，一本改作「夙號」。

〔五〕「貝勒」，一本作「貝勒奕繪」。

先兄太學君行實

先生諱人鏡，姓翁氏，字朗若，一字兆蓉，常熟人，心存兄也。曾祖文安府君，贈中議大夫。祖贅庵府君，贈修職郎，晋贈中議大夫。祖母王氏，贈淑人。父灊虚府君，乾隆癸卯舉人，江蘇海州直隸州學正，入祀海州名宦祠，累贈中議大夫。母許氏，贈淑人。繼母張氏，封太淑人。

先生幼有至性，生七年，而先妣許太淑人卒，先生一慟而絶，救之良久乃蘇，居喪哀毁如成人。先君子悼亡詩有云：「幼男具天性，慘慘莫朝食。」讀者傷之。時先大父母春秋高，先生服勤左右，晨夕無倦容。迨吾母張太淑人來歸，撫先生如已出，先生亦敬事如所生。嘗竊謂人曰：「吾今者始知有母之樂矣。」愉色婉容，至老不懈。嘉慶戊午秋，先君子秉鐸朐陽，值水災，奉檄振恤，至大伊山，積勞感寒疾，幾殆。先生馳往侍疾，疾良已，則隨行漸洳積潦間。一夫彳亍，負以趨荒墟敗屋，無遠弗到，或竟日不得食。量户口，輯流亡，察詭冒，杜侵蝕，先生贊成之力爲多。

先生長不及中人，豐頤廣顙，樂易可親，望而知爲有道君子也。爲人踐履篤實，生平無妄語，無畸行，坦懷與物，一本至誠，不知人世間有機械變詐事。有負之者，夷然弗與校。寡言笑，擇交游，處事敬慎，鞠躬如畏，與人言若不出口，然義有不可，即面發頳，直言規切無所避。喜飲酒，少飲輒醉，而容益莊，即之温温如也。周旋鄉鄗間，恂恂如也。治家勤儉，纖屑必親。麤衣糲食，處約彌厲。終日危坐，喜愠不形。常誦先人遺訓以教子孫，俾毋忘舊德。故里中稱馴行孝謹，能守家法者，必推先生。

少工舉子業，好深湛之思。每一藝成，老宿皆斂手推服。然不喜爲速藻，以是就學使者試，輒不售。既踰壯歲，乃慨然曰：「吾豈能復與年少子上下角逐，爭一日之短長耶。」遂棄去，援例爲國學生，非其志也。屏絶人事，授徒自給。及予通籍後，屢寓書招先生。先生謝不往，曰：「吾絶意進取久矣，若毋慁我。」其澹于榮利如此。先祠在虞山東麓石梅，創自前明，閱三百載矣，歲久圮壞。先叔父耕梅府君葺而新之，叔父殁，先生任其事。歲洊饑，祠田所入恒不給，先生盡力支持，修舉廢墜，復植梅百本於巖竇間，花時高下璀璨，與泉石相映帶，嘗寫《補梅圖》以見志，深望後人之善繼之云。

先生長予十七歲，予年九歲時，嘗從先生受《尚書》，先生悉心指授，予終身嚴憚之。蘇文定所云「撫我則兄，誨我則師」者也。歲庚午，先君子卒於海州學舍，先生偕予輿柩南還。風波震撼，顛沛流離之狀，有不堪追述者。鴒原急難，惟我兩人同之耳。既歸，家無長物，兄弟各以研田餬口，先生兼綜家務，而使予壹志讀書。其後予游宦四方，與先生別且二十載。洎予乞養歸田，鬢已斑白，而先生强健如少壯時，貌益腴睟。方謂循陔戒養，聚首之日正長，豈意其忽嬰奇疾耶。今年春，先生右耳際生瘍，墳起如石，延及頤項缺盆，醫者曰：「是名失榮，不可爲也。」百計療治，卒無效。九月瘍潰，先生愴然曰：「脩短，命也。顧上有老親，奈何遽死乎。」越月愈劇，遂至不起。嗚呼，哀哉。先生有母有弟，而天遽奪之，使不得相處以久，死而有知，銜恨何極，而謂生者之痛其有窮期耶。嗚呼，哀哉。

先生卒於道光二十四年十月二十四日，距生於乾隆三十九年九月二十九日，年七十有一。娶曾孺人，嘉慶辛酉進士、河南鎮平縣知縣牧庭公女。子二，長佛保，早卒。次同福，常熟學廩膳生。孫三，曾禧，曾來，曾釗，皆同福出，以曾禧爲佛保後。心存不文，無以稱揚先生盛德，謹略述其生平梗概，附諸家乘，不敢有飾辭焉，亦先生之志也。期服弟心存抆淚謹譔。

卷三十五〔一〕

〔一〕本卷各篇均整理自《知止齋遺集·知止齋文稿》。

告常熟縣城隍神文

維道光二十年七月己丑朔，越三日辛卯，邑人翁心存敬告於城隍之神曰：惟神聰明正直，福佑下民。肸蠁潛通，鑒觀有赫。比歲常昭兩邑疊遘遍災，今年復降淫霖，高壤低區，均被淹没，鴻嗸遍野，鳩集無方。神式憑之，實應憫惻。兹者兩邑侯俯念民咨，衆紳士共敦鄉誼，亟籌振恤，廣勸助輸。心存猥以菲材，俾效奔走。伏念心存無康濟之略，無幹練之才，陳辭説則拙於語言，司稽覈則憒於鉤校。所賴耆德重望，義士仁人，合力同心，共成善舉。庶甦民困，無作神羞。心存惟有殫其愚悃，矢此樸誠，儻存纖芥之私，難逭神明之罰。凡我同志，共聞斯言，更願仰祈神力，上格昊穹，默召祥和，速消災沴。鯨鯢靖而枹鼓不驚，暘雨時而瘡痍漸復。拯億萬姓倒懸之民命，元氣重蘇；鞏二百年全盛之皇圖，邊隅永奠。禦災捍患，胥荷神庥。瀝膽披肝，惟神鑒察。

敬告。

張子偉哀辭

嘉慶乙亥冬十月，予養疴北山。或告曰：「嘻，疇昔之夜，張生子偉死矣。」予愕然未信，亟遣一介走詢其父苑賓。苑賓曰：「嘻，兒信死矣。死前五日猶從父兄上先人塚，薄暮歸，嗌痛不可忍，延毉來視，脈亡矣，不數日竟死云。」予乃爲位而哭之盡哀。

噫，惟予與生相知爲深，而今死矣。生名樹杰，苑賓有五丈夫子，生其次也。伯兄弱弟，矯尾厲角，後先競爽，生處其間，退然如不勝衣，孝友順祥，無子弟之過。執經于予，年方成童，悛悛穆穆如也。與之論古今，覈訓故，剖析疑滯，劃然心開。其爲文章，横從穿穴，淩厲馳驟，若風雨之萃於畢牘，江河之瀉于懷褏也。於戲，如生者成就正未可量，而何以死歟。

生幼失母，長養大母，晨夕不離左右。大母曰：「兒事我孝。」歲癸酉，大母没，生慟絶復蘇，遂得咯血疾。予固憂其不永年矣，而孰知遽死也。予館其家凡兩年，自生爲學官弟子，始别去。予久不見生，輒念之不置。惟生亦時時念我也。今年夏，予病痁，生獨拜床下，愀然曰：「杰違先生久，願卒從先生游矣。」已，復謁予北山，有墨其色，有頳其容，予心竊怪之。迺不匝月死矣，豈其中有不自得者邪。爰爲之辭，以抒予哀，且遺苑賓以相其哀焉。其文曰：

吁嗟吾徒兮，好脩爲常；制行醇粹兮，孝格上蒼。王母示疾兮，兒心痛創；緑章上訴兮，夜敂帝閶。願減己筭兮，母壽而康；上帝甚蹈兮，其命難從。呼籲弗聞兮，遘此閔凶；魂魄離散兮，大宅卒僵。炯然上征兮，隨侍母旁；徽纏解脱兮，其樂融融。受命雖短兮，秉德允長；精爽云云兮，氣如白虹。雲旗晻藹兮，流覽入荒；睠予山中兮，蜷局不行。搴帷儆夢兮，肸蠁感通；寤而求之兮，若存若亡。吾使厲神占之兮，曰厥兆不祥；僕夫黽來告哀兮，霑予襟之浪浪。鑄人無術兮，擥涕彷徨；罷易弗讚兮，掩琴弗張。摛詞寫悲兮，訊彼巫陽；魂而有靈兮，知予慘傷。

祭程東埜先生文

於虖，水僊絶弦，老龍投杖。桐子何依，鑄人安放。磨鏡光寒，瓣香煙晃。濡翰展哀，僂陳疇曩。小子始齓，從宦朐陽。健如猘子，童騃以狂。目空騏驥，口詠鳳皇。先君曰：「嘻，不學將荒。」迺延先生，下榻學舍。苜蓿槃堆，濁醪樽瀉。先生怡然，千里命駕。啟我蓬心，滋以雨化。秋宵坐雨，春日披風。螢窗月白，雪夜燈紅。書辨柳卯，詩繪魚蟲。癖左墨守，吞爻夢通。先生曰咨，小子有造。榎楚收威，逌然長嘯。包覆無方，匪怒伊教。命酒蒔花，其樂陶陶。山齋寥寂，薔翳蒿萊。先生曰咨，毋棄不材。鉏圃莪鞠，桃李雜栽。荒莊氣象，鬱鬱佳哉。荏苒六年，挈歸就試。拔幟先登，喜極不寐。試畢覲親，憐我童稚。送我遠行，不辭勞勩。其時十月，雪虐風饕。黄河冰壯，迮崿排刀。輕帆箭激，凫没洪濤。舟師絶叫，性命鴻毛。先生浪游，弟子珞琭。兩黜棘闈，俄悲風木。舆柩返葬，幾飽魚腹。先生亦歸，窮途慟哭。連遭惡歲，彌嘆長貧。蠹帙煮飯，破甑凝塵。抑鬱誰訴，沈湎酒人。枯腸雷轉，芒角輪囷。濡首兆凶，遂傷榮衛。痁作不瘳，風淫淹滯。庸醫誤人，雜投薑桂。病入膏肓，道窮反袂。孟春疾閒，就館海嚅。河干拜别，音問茫然。巫陽遽招，永訣千年。師資情誼，吞不復宣。疇昔之夜，精魂入夢。推枕漣洏，怦然心動。僕夫告哀，徒跣攀送。腰經憑棺，拊膺一慟。嗚呼哀哉，造物降鑒，信而有徵。爲善必報，爲惡必懲。云胡天醉，亦復夢夢。豐彼嗇此，理詎能憑。豈無良士，席履豐厚。哀我先生，窮餓莫救。豈無哲人，衣冠耆舊。哀我先生，不享中壽。死無以斂，生無以存。嬛嬛諸孤，告赴何門。憤氣填臆，思效手援。有志未逮，長負師恩。俟芭起墳，楊政貫索。緬彼高風，愧我涼薄。庶幾他年，弗墮顧託。猶有鬼神，敢違心諾。於嘑哀哉，手鈔《周易》，委篋縱横。輟哀跽讀，仿佛平生。斟酒三爵，設奠兩楹。先生歆此，如聞講聲。尚饗。

卷三十六

雜著

试差事宜[一]

命下之次日，若庶子以上京堂官、講官內廷人員則詣園遞摺謝恩，餘官則五鼓入朝，偕同使者及他省使者於午門外排班謝恩，行三跪九叩頭禮。

在户部領監費，兵部領勘合。

托馬館監督照料夫馬車輛，約束馬牌，至車馬之數，照例已足，不必多要。近來功令森嚴，勿自累並累人也。

報三日內起程。

整頓行裝貴速而周備。

家人多不過帶五名，須擇其幹練勤慎能耐勞苦者。轎夫頭一名，如不得其人，則派一精細之僕兼管亦可。蓋馴良之車夫最難覓也。

試差關防較學差爲易，不過約束此家丁數名而已，然稍一忽略，亦足生事，不獨沿途挑斥供應，到省需索物件已也。陸路則有長騾短價之弊，水程則有看船攬貨、索取站規、多支水脚諸弊，到省後向各房官、新門生打抽豐諸弊。且或好嫖賭，或更尚氣得罪官長，毆詈辦差，傲慢來使，虐使夫馬，如是種種，不可不防。故於飲饌之濫惡，夫馬之疲玩，斷不可被其冷言激動，稍涉怨憎，尤宜隨地隨事隨時加以嚴察，此輩自無所售其奸欺。其昏憒糊塗者，須加以訓飭。至伊等之冬衣夏帳南省蚊帳斷不可少。等物，出都時須令酌帶，即或無錢趕辦不及，出闈後可發錢爲之預備，如暖帽冬衣之類。不許向地主乞索，此亦有關士人聲名也。

正考官例須先拜副考，若爲副考，又不必拘此，不妨先往拜之。若係卿貳及前輩，尤須事事恭敬。出都後同一公館食宿，沿途凡有客來，須兩人同見，以遠嫌疑。既省沿途供應，而兩人志同道合，下人亦不得挑唆成隙。或下人彼此小有齟齬，即戒飭之，令其忍讓，此最有關係處。蓋兩主試意見稍有參商，則試卷易多屈抑也。

初出都時，沿途州縣多不來見，繁劇處亦然，其他多有來迎並稟見者。來迎時須出轎闌握手致殷勤，見時必答拜，延上坐，極意周旋，將弁亦然，並可隨手記其名字、行第、籍貫、出身，此中亦可留心人材也。往時不得答拜，須以帖謝。步回時亦可親答之。至佐雜末弁亦須加以禮貌，即停輿慰勞，答禮周諄，亦無不可。遠省致敬星軺，多有武職排隊出迎者，其官若係千把，亦不妨降輿款接。

可先令家人馳往，下馬致意，稱不敢當。若兵目屬櫜鞬領隊跪迎者，則不必停輿，拱手請起，叱輿夫疾趨過之，其兵丁則命轎頭大聲呼起去，墩汛兵丁迎者亦然，轎中略爲欠身亦可。

縉紳一部、館選録、同年録，須常置輿中以便繙閱，每一尖宿，必予一帖，稱呼勿誤。

過省會，地方大吏未必出迎。以帖來迎，即以答之。如同事有講官以上者，則地方大吏必恭請聖安，一切儀文可隨同事。至回途，則過省城必往還晋接也。

途中暑熱，藥袋須隨身可求。行人之急，茶壺、乾點心亦須備帶，勿嫌累墜。寒暑不時，衣服須備，勿受風寒。

坦途以乘涼夜行爲妙。時日若急促，破站亦可，但遇夫馬不齊，亦無可奈何。或遇大雨衝泥跋淖，甚至驟漲無舟楫，縛筏浮罌，亦時有之，切宜謹慎，勿過性急。倘遇盜賊竊發，行旅有戒心，或繞道行，或兵役護送，須智周防患，以重簡書。

入本省境，地方官例概不見，惟巡捕官來迎，見之。接待之際，須情意藹然，從容咨訪，方可從俗從宜。但亦須察其人，倘有陰巧之徒，慎勿托以心腹。

巡捕來接，即隨行，到省時先入。又有監臨遣官送封條來者，來時必皆持各大吏帖來迎，須分番一一與回帖致意，勿漏勿誤。簽明某大人，某大老爺，某太爺更好。

監司大員初次必用銜帖來，須屬巡捕諄致不敢當，或一辭不獲，須固辭，晤時再固之辭，易之乃已。此等儀文，外省習氣相似，稍忽即以爲口實。

督撫司道，前輩勿論父執，須留心勿忽。即非此兩項，而其人分位科分年紀俱高，以新進後生與之抗禮亦似非宜，如侍生之稱可酌用也。或愚侄亦可。若節相則光頭晚生，將軍亦用年家眷晚生帖。將到省，再遍發帖致督撫至首縣。即交巡捕。入省城之日，沿路各衙門俱遣丁來接，須一一答帖。下人識字者亦靠不住，必須輿中親手撿帖付之。

到省城公館後，將行李打開，拂塵更衣。如有應用物件，發價添置，下及茶葉、煙香、手紙之類，必須周匝齊全，免得入闈後周折。

轎上損壞及須添置之件，可交辦差者修補。如不肯，則告以我自發價，不過托伊代辦也。箱上夾板等物可寄公館中，不必帶入闈，稍有緊要應用者，即勿交存。

令巡捕向各衙門請台甫，開單來，便將應送扇對落款發裝軸匣。

本省例送科場條例、省例及前十科三場題、舊鄉試録來，暇時細閲並撰鄉試録、擬策題。或出都前擬數道更妙。

入闈前一日，例送請啟及儀注來，可記明詳問，以便行禮，可免失儀。

各省兩主試到省多分公館住，所有緊要事可於途次與同事預先商定。

公館中每日早晚開門進水菜，餘俱封門，各官送酒席來者受之，酬以扇對。酒席天暑喫不盡，可分送巡捕。

八月六日入闈，早起捆載行李，用官銜封條封識，先發入闈，酌留家丁二名，轎夫頭一名伺侯，餘派押行李先入，飭勿生事。

三請帖到，朝服乘敞轎至監臨公署。隨帶便頂緯帽、紗蟒袍或竟穿紗蟒，外罩朝裙，較爲省事。諸公揖坐，上茶後排班謝恩，入讌，一切儀文，須照單安詳周匝。讌畢，司道以下先行，主試與監臨、學政揖，乃登敞轎，入闈到至公堂，與監臨以下揖，少坐，亦有不少坐者。即揖入内簾，監臨司道送至内龍門，揖而入。換蟒袍補褂，向奎星行禮，與内監試、收掌、各房考相見，隨往答拜。

兩主試鋪墊器皿多是兩首縣分辦，入闈日令開一清單，照數點明，以便出闈時照單發交。

初七日掣房次簽，如無簽，即寫一、二房字樣搓團，請各同考自拈，即開單記明，注於閱卷簿。

令刻字匠將題紙上添注塗改式先行刊就，詩韻亦可先檢出，一並刊清，勘無訛誤。

外簾交進題紙，先命家人數明共若干張。每百番爲一垛，備用。

閱卷簿如不敷用，亦可發樣交匠刊刻，或稍緩亦可，已敷即不必。

初八日清晨，偕同事商定題目，須熟思有無違礙，勿尖新割裂，二、三場亦然。密行分寫，筆畫較正無訛。該用幾板則寫幾份，預問内監試照省例行。早飯訖，即請内監試傳進刻字匠刻題，刻畢用泥踢平，即請内監試將刻匠封鎖一室，仍留匠頭一二名以備修改，即傳刷字匠刷題。紙有模糊損壞者，不許該匠藏匿，即照數補足，仍數明每百張爲一垛，刷竣時必已將交四鼓，共點總數若干，敷用無誤，用桌數張，上襯紅氈，分勻搭放，以紅紙數百分送外簾各官者蓋面，傳點知會外簾。早晚時刻聽監臨酌定。

兩主試蟒袍補服，親送至内龍門内，與監臨、提調、監試隔門揖。少坐，揖而入，隨將送内監試諸君題紙分送訖。此後監臨出闈時，或閱數日入視，皆傳鼓請兩主試出閩門相語，以門限爲界，內者不得出一步，外亦然，相揖少坐，揖而散。然後就寢。

刻題刷題時，須將茶爐等物安放堂隅，令茶房伺候，將各門封閉，與內監試監視，毋任透漏。至喫點心、喫飯時，則兩主試分一人啟門放入，並傳飯與匠役食，食畢仍將門封固。蓋主試關會重在題目，而首場爲尤重，故須竭半日一夜之力親督之也。次日仍將咨部題紙刷好，即將題板起貯正考官房內，起板須遲至次日者，恐發題後外簾或來補取也。

十一日刻二場題略早，亦須監視，但少鬆耳。三場題可請房官工書者書就數分，兩主試仍細心互校，方不致有錯誤。即托內監試監視，於刻竣二場題即可刻起，蓋彼時試卷已入內簾，斷難兼顧也。仍懇內監試將匠役嚴密關防扃鎖，二場、三場送題出，漸要早些，蟒補如前。

各省貢院內簾亦有疏密不同，如四川則四圍俱是高墻，墻外無人，斷難透漏，故刻題刷題即在正考住屋前，不必如上所云云者，此則移步換形也。

頭場卷進時，內監試、收掌分束畢，簽明一、二束字樣，兩主試乃掣簽，一掣房數，一掣束數，將簽插是束上，內收掌即照簽第幾房印戳訖，登簿，乃交各房。嗣後進卷視此，二、三場則不掣矣。

兩主試須公請內監試、收掌、各房一次，或在中秋。其酒席或向外取，或取海菜果品各物內辦，可問明省例照行。外簾間一二日多送酒果，答帖酬以扇對，其酒肴可分送內簾諸君，監試較厚。

如要買物取物，開條交監試，內監試也。仍親筆畫押，計物發價，如交還，亦勿矯情也。薪米不敷，可告知內監試，但不許廚役混開耳。

入闈後即將竹紙令僕人裁簽，爲寫批之用。

立簿三本。一收卷簿，用京中坊間所售紅直格本子。分定幾頁，記一房之卷，於左角上方粘紅紙簽明第幾房，俟薦卷到時，即按各房將紅號分記，仍於格上標明某日收，此簿專爲稽查卷數而設，迨二、三場到時可對簿一查，收到者即打一圈，萬無訛錯矣。一閲卷流水簿，上標某日閲，格內書△房△△字號，格下雙行録存批語，佳者旁打單、雙、三圈以爲區别，易於檢查。一中卷簿，將中卷填注，每頁止可記兩卷，以便備録三場批語及卷中小疵處。

閲卷時佳卷固須圈點到底，不可遺漏，以防磨勘，即不取之卷，亦必花點到底，詩亦點數句，三場俱要動墨，二、三場點數行足矣。遇謄録脱落重寫錯誤處，只可抹出，不得用墨筆添改點去。

堂上例設一木箱貯卷，凡未閲之卷及不取之卷，俱貯其中，每日退堂時將卷數、束數點明入箱，仍每日記一清單以備次日查核。親手加鎖，再加封條封固，官銜封條出京時須帶，如無則向闈中照例取。即退食及有他事暫離亦須加鎖，但不必封耳。木箱及屈戍均須極結實者，鎖則自用好鎖，闈中供應者多濫惡故也。其佳卷已中及備取者，並閲卷、收卷各簿，均用書布或包袱。包好攜歸住屋，不可疏忽忘記室中。另備一結實小箱安放卧榻旁，以便將佳卷收貯，退食及他事暫離時，或一並暫存堂上木箱內，鎖固亦可。用極精之鎖鎖好。每夜將就寢時，所有現閲之卷及各簿亦均歸入，其鑰皆親身佩帶，不可暫離。同堂校閲，杜弊之一法，但外省房官多不以爲便，如遇衡鑒堂狹陋之處，或閲數日，即各歸房亦可，勿過拘泥，至二、三場則向來皆各在房内閲矣。

堂上閲卷，萬壽節前後初八日至中秋止。皆蟒袍補服，惟忌辰日穿元青。餘皆常服掛珠，逢五逢十補服，南方天氣酷暑，便服解帶亦可，只重辦公，儀文末耳。萬壽節黎明，便頂、緯帽、蟒袍補服，偕内簾諸君望闕設香案，排班恭祝，行三跪九叩禮。京兆及外省皆然，如有省例要朝服，亦從其俗可也。

中秋節與諸君亦彼此往還賀節。

各房公正廉明者固不少，而拜門買薦之風亦何省無之，更有一種老房官最號知文，而最工作弊，尤不可不防。又本省達官巨富工於請托夤緣者亦甚可嫉，主試者固無由知，然未出都以前可訪之於曾使是省者，闈中則内監試公正者亦可婉咨，更於閲卷時留心體察，庶不爲所蒙，但亦不可每事過疑，或轉有冤抑耳。卷中字句如有可疑處，總須留心。

十四藝俱工者上也，否則三篇及詩一律庶無剿襲之弊，又二、三場可覘實學，即頭場稍平，亦可取，若頭場好而二、三場太空疏庸陋者，轉宜割愛。

文體須正，貌爲高古險僻者勿取。

告知外簾向坊間吊取舊文以防剿襲，兩主試互閲並搜落卷，可看出雷同。

兩主試和衷同坐校閲，每得一佳卷即可互商，至擬定中卷後尤須互勘一遍，凡題字擡頭及各項違式處，無甚緊要者亦必須抹出，甚有關礙者則割愛易去另中，其尚可商改者，切須記出將墨卷一一照改，不可忽略，以致硃墨卷不符。又各省闈中有洗補匠，即洗涮挖補之書吏。亦或無之，須先問明，有其人方可商改，若無之，只得割愛易去，勿潦草挖洗以致磨勘被議，大不妥也，切切。

搜閱落卷，明旨森嚴，自當恪遵，只繙閱小講及詩，原非難事也。卷少之省分，或令各房閱畢五十卷即隨同薦卷呈堂以備，每日清晨薦卷少時抽空披閱，但此等卷須另設大箱數只存貯，又須另立一簿記清，且夾雜閱之，尤易忙亂混淆，莫若仍於閱畢三場薦卷後再搜方清楚。且搜頭場又不如搜二場之易得人材也，臨時酌之。兩主試分雙、單房搜，臨時刻一花押木戳，搜過不取之卷，於卷後印一戳，卷中亦可略加墨筆及批語。

發刻之卷，大約中秋後即可刻起，兩主試互閱商定。先將卷面一葉左角上方紅號斜折兩三層，如小試卷後彌封式。然後直折反卷向右如大拇指大，將房數薦戳並卷在內，屬之卷後，用竹紙兩條上下兩道横搭粘封，書一小押。但勿太粘，恐拆時揭破卷面頁也。或全刻，或刻何藝，標一浮簽發交刻匠，仍立一小簿，將某房某號刻文，或二、三場何藝或詩係某日發，均密記存查，刻匠寫成樣本，先校一遍，然後發刻。刻成且勿刷印，將板歸貯房內，細看板上有模糊錯誤者，先簽出令修改。原卷即於此時收回，收回後即將卷面彌封輕輕揭去，鋪開壓平。

刻卷面內頁官銜條，書正考官某官某姓一條，交內監試發刻備用。斷不可連「取」字、「中」字皆刻，蓋「取」、「中」字樣均須墨筆書出也。

閱二、三場時即歸入首場薦卷爲一套，如首場卷正發刻，記明，俟收回時即套入。其薦而未取之卷，則或俟定草榜後套，或隨閱隨套均可，但須仍歸箱中，勿攙中卷。

放榜早晚照省例，遲數日無妨，但大省亦不可過九月望日也。

放榜前三日，兩主試將中卷歸總一處，公定正副榜及前後名次，立一草簿，闈中有之，可取用。將名次紅號標明，各存一本，校對無訛。

各省中額多寡不同，或有官卷及另編之字號，或遇廣額幾名，旗籍、商籍、臺灣之至字號等，或中在正額內，或中在正額，或昔少今多，或昔多今少。尤宜詳查科場條例及該省舊章，至公堂咨文，切勿大意。

傳書吏須請內監試公同監視，用戳時亦然。將三場中卷每套釘成一本，釘畢將卷面內頁批語浮簽揭去，即印兩主試官銜戳。先印副主考官銜，下批「取」字，次行書批。約空兩行再印正考官銜，下批「中」字，次行書批。切勿前後顛倒被議，即畢，排齊，於卷面外頁中間墨筆大書第幾名，用壹貳叁肆字樣，考官親書。於卷面內頁銜下實書批語。可請同考工楷法者兩人代書之，再親校一次，批語四字已足，副榜二字可也。，再請同考一人書草榜，填榜時送監臨，前浙闈有之，他省未見，隨俗可也。然後將中卷分開房數，請各房官上堂領去磨勘，囑勿輕改。，並實書藍筆批語。各房中卷多寡參差，例須撥房，聽受撥者揖定，交內監試糊改房戳薦條，仍告知兩主試，於草榜簿上注明撥某房。向來房首須歸本房，亦有一房兩魁，撥一入他房者，每起忿爭，究不足法。

刷墨卷樣本一二分，排比前後，注明名次，命補刻修改，即先刷若干部，以便拆榜時分置內外諸君案前。

留下堂備數卷，以備或有換補，其餘落卷單開束數、卷數，發還各房。

放榜日監臨、學政、監試、提調各官畢入，各省或出至監臨之公堂，或入內簾，各從向例。揖畢坐定，即發卷吊取墨卷，拆彌封。四川則清晨已將墨卷送入內簾，查紅號取出墨卷比對清楚，惟俟填榜時拆封耳，他省則否。自第六名拆起，即從第六名發起，五本一發，勿過多。取視墨卷核對無訛，亦無大違礙處，即將姓名、籍貫填注草榜簿紅號下。正考官以墨筆於墨卷面大書第幾名，副考官於硃卷面名次下大書姓名，將兩卷並交本房書中條，並卷送上，然後唱名填榜。如彌封錯誤，則另查，查出，本房及兩主試閱過無謬，乃發填。若墨卷中有大違礙犯磨勘者，則臨時易去，於堂備中拔換，副榜即有小疵不礙，其卷不磨勘也。倘副榜又中副榜，或係新科選拔，亦可另易，如已填榜，則不得再易。近有挖改者，非法也。填畢放榜後各官出，然後退入，即將備卷點明，發還本房。

次日親到內監試、收掌、各房官處道謝。閱卷暇時內監試處可彼此往還，或有公事亦須商議也，草榜定後盡可便衣往內簾諸君處情話，但須兩主試同往。

放榜後在闈住兩日，以爲試録序及磨勘試卷地也。須查磨勘條例，再細心檢點，不可大意。各房考殊不可恃。各官來拜者即延入款洽，一面刷墨卷，一面令家丁摒擋行李捆載以俟，所有闈中鋪墊器皿照單一一點付辦差者，磁器損壞者取磁屑驗明。不許家丁厮役及閒雜人等竊取，仍面告知首府首縣。各省送主試闈墨有定額，多不敷用，應添若干及白棉紙若干、裝釘若干，須告知內監試預行調取紙張，各省多內監試管，惟浙省主考自管。禁止家人向匠索錢。

出闈日赴鹿鳴宴，坐暖轎。如入闈宴儀，照儀注明。禮成回公館，更補服朝珠出拜客。如備大紅拜墊及緑圍八人輿，皆預告知巡捕，辭不敢當。

出闈後拜客、見客、赴席、見新門生及一切箋札酬應棼如，日不暇給，一面令家人排日束裝，以早行爲妙，作無謂之應酬，殊苦事也。

藩司例送盤費銀來，如連學差則有繳回者，但須監臨予一咨文，以便到任後咨明户部。或竟於謝恩報起程折內附片陳明。如連學差，例須具折謝恩，其折可擬就請中丞一閲，即煩其幕友代繕，折匣、折子、夾扳、包袱等即可向乞，並倩其家人來包折印花借用，即附中丞折差賫去，酌給盤費，計道里之遠近酬之，並囑其交視學之省折差賫回。勘令到任後繳。

地主送禮自有省例，不必矯情却之。土儀酌受，累墜難帶者璧之。

有同鄉、世交打抽豐者酌送，亦不能多。不相識者勿爲所誑。

待人儀節須不亢不卑，撝恭周匝，年成分數，谷價低昂，吏治民情，兵防水利及一切時事留心確切詳訪，以備顧問，經過地方均須詳記。

起程日各官出送均有一定地方，與之從容話別即行。

歸途經省會及年世至交處，可暫駐一日半日赴其招。

天氣漸寒，途中所用皮棉各衣須另貯，以便陸續取出添補，不可受寒。

將入都，先遣家丁持信馳托友人預備到京折子，托小軍機最妙。並托崇文門務上。又借車一輛出迎至良鄉，易車而入。到盧溝橋自尖，馬牌飯錢酌給。

到京在園則宿朝房，在内或宿國史館，次日丑刻起，寅初遞折伺候召見。先見大軍機詳問一切規矩，小軍機亦可見之，宫門内監等有小使費，亦托小軍機並可，先央内監引入召見處，一看起跪起方更妙。入見時免冠跪下碰頭，口奏臣某恭謝皇上天恩，有問恭對，貴簡明敏速，勿過悚惕倉促或致失儀，對畢整冠起，退出。過門檻、下階墀須小心推放門簾，須輕緩。兩主試同召，跪起時勿攙越擠碰，有問須恭聆明白，勿急而誤，勿緩而忘。

勘令繳還兵部。

排日謁各師，答同鄉、同年諸交好之來賀來送者，送各師、同年、諸交好之代土之儀，厚薄之間，打聽旁人，並自斟酌。

磨勘諸君處須往拜，但勿面托，中有性情怪僻者尤宜引嫌爲要。

右試差事宜，追憶書之，尚多遺漏，可以博訪類推，且凡事移步換形，亦不可一一拘泥也。大抵恭以接人，嚴以馭下，自然諸事順平。衡文是本分最要事，但各人眼力不同，豈能人人滿志，祇在處處用心，便可反躬無愧矣。至於暮夜之金，則稍知自愛者皆能拒絶，不必垂戒諄諄，即一切面情皆宜防閑峻整。總期上不負恩命，下不墜家聲，可質諸鬼神，可貽於孫子。目前之恩怨，無庸縈繞於中懷也，但勿征色發聲，無益於事，徒招人謗耳。此數紙可存閱，隨地隨時皆可印證，如有不盡處，可援筆續之。左沖。

〔一〕本卷據國家圖書館藏善本《試差事宜》稿本整理，該本共七頁，前四頁爲「試差事宜」，後三頁爲「試差補遺・試差行李並各件清單及應用銀錢」。按《試差事宜》當作於道光二十三年六月，翁同書該年六月壬午典試廣東，七月閏月，《試差事宜》中有「今年有閏，晚涼須防」，與之正符；而翁同龢咸豐八年典試陝西，該年不逢閏。

試差補遺・試差行李並各件清單

朝帽連盒。係涼朝帽，若暖朝帽或到省買亦可。

緯帽連盒。藤胎尖盒，内用紬裏棉托，外用布團，必須買一个，不但出門，即都中亦最便。

呢邊絨邊帽，骨種羊帽。

貂帽，皮喇虎，秋帽。雨纓帽，多帶一纓。西瓜帽。此二件隨身帶。短飄帶，荷包。

朝裙披肩連袖，夾朝衣可不必帶。夾蟒袍，皮者不必。紗蟒袍，長飄帶，荷包，桶帶，湖縐搭膊。

長襟袍褂，自小羊皮灰鼠起今年有閏，早涼須防。至棉夾單紗俱帶，中毛、大毛可不必帶。元青單夾紗大褂各一件。忌辰須穿，如缺，必須添買。

朝珠，並匣袋多帶數掛。補子，多備數付。頂子，多備數个。扇絡、小刀、如意袋、香珠、鼻煙壺並袋、火鏈、洋表、連匣。帶鈎連帶。一切佩物俱帶。

缺衿袍馬褂，白大毛至亮紗全帶。惟貂馬褂可留京中，托廉翁收貯熨好，備回京時用。一个圓白大毛至紗全帶，皮風帽，須做一个。夾風帽。

阿倫袋、軍機袿、坎肩等不論冬夏均帶。大棉襖，夾衫、單衫、夏布衫、羅衫及各樣兩截長衫全帶。

油雨帽，必須買。雨衣，即合衫，可做一件，必要，勿惜費。厚薄小棉襖、棉袴、夾襖袴、棉夾套袴，單夏小衫袴。多帶，備替换，前寄程鄉葛已做否。

護膝、厚薄棉襪、夾襪、單襪、脚布、包脚布、浴布，多帶。方靴，乙雙。尖靴，兩雙。尖油靴，必須買。尖皮暖靴，必須買。鞋子，鞋拔、板刷，刷靴粉，胰脂肥皂，鼻煙，大小中鎖各另備數把，買廣東鎖，向廣貨店買，備場中鎖箱用。小算盤，戥子。

領子自大毛至夾紗俱帶，並領衣，須在京買添，外間不便或忘。飯單數條，袴帶，剃頭背心傢伙包。手巾，手捻，均多帶。靴掖，紬扭子，必須要。風鏡，麈尾，大小面盆，嗽口盂，剪子，小洋刀，銀硃。定及散硃均帶。

書籍必應用者須帶，詩韻，闈中閱卷簿數本，至要，如少，入闈後即發樣刻刷。紅直格數本，文格二百，竹紙一刀。

摺底一本，至要。大筆條幅筆，紫毫，羊毫，京水各種筆，多帶。大墨，小墨，敷用。墨盒，或借一个。研。數个。

宣紙及各樣箋紙一卷，備闈中倩人書。官銜封條，多些。信箋，梅紅箋，有烏絲者。梅紅單帖，略多。

梅紅大封套。

大紅官封，大紅封，多備。大梅紅簽，大護、中護、放中護、寸戶連各種簽，皮紙，多帶。圖章，印色。

到省用全帖兩分兩包，照該省官數預備，應紅應白分別稱呼，須多備些，到省後有兩番致意帖也。晚生、年家、眷晚、侍生白帖。多備，並備未寫白帖，須結實些，在外省難買也。

沿途用帖紅白俱備。凡愚弟及年家、眷侍生帖，予沿途州縣者皆是紅帖，凡一尖一宿須去一帖，可計來回程途，寬備勿少。隻買現成半帖，不必全柬。年、世、鄉、愚弟亦備。到省用紅全帖。多備些，須全幅，勿買半帖。

凡帖須多帶，並托人寫就各種稱呼，在外匆促，自寫每苦無暇也。

軟標描金大紅蠟箋八言對，扣算送將軍、督撫、關帥、藩臬及路過各省外，再多備數副。軟標冷金箋八言對。扣算送學政、觀察、首府及路過各省外，再多備數副，此二種價似略相等。

軟標灑金粉紅蠟箋八言對，約三四十副。軟標灑金粉紅蠟箋，或捶宣似略佳。七言對，約五六十副。俱十副爲一卷，厚則五付。包好簽明。

全金扇，約廿柄餘。冷[金]扇，約四五十柄。大約自督撫至首府須兩柄一匣，一全金一冷金或兩冷金，則冷金扇以多備爲要，再酌增。

白紙扇五六十柄，摺紳七八部，備帶送人，添用畫花卉團扇十餘柄，用大匣裝好。送人荷包，十餘匣。小刀，酌帶。扇絡。十个。

金頂。兩者十个，五錢者廿个，如送州縣之捕等皆可用。以上送人各物約略言之，可再問人，或近時有價廉而好看者，亦不可知也。

到省後即遣巡捕請開各大吏至首縣台甫、行第，將聯扇書款發出裝軸裝匣。全金、冷金扇雙柄一匣者，或都中帶匣出，或用棉包好到省裝匣。內廉各官扇對或點明數目發出裝軸匣，俟放榜後即令巡捕送入闈中落款，若俟出闈後，則應酬無片刻之暇矣。又記得以不必裝軸與匣，只將桃紅紙包好簽明。桃紅紙到省公館可買數十張，帶入闈用，勿忘。故初七日尚有暇，盡可問明名甫，從容落款，只交一精細識字之家人分别包好黏簽亦可，此層記不真，問諸友人與同事，商酌可也。送人之物，除大吏外，首府首縣宜從厚，餘則看交情臨時斟酌。或有省外道府廳縣，或年世交好，專人送書禮者，復書外須酬之，回涂各省亦然。

賞對賞扇。每一尖賞一扇或一對，宿則扇、對各一，又有辦差家人、馬號、書吏另乞者，須扣算來往程途，臨時酌備，寧多毋少。到省後各官送禮送食物，及各項人求乞，所用尤多，每件在該省總用二百以外，連路途所用，遠省每件須五六百，即最近之省，每件亦須三百，買就即令人印圖章，對則卷整停妥，每十件爲一包，易於取用。

賞包。五六十付。

賞刀。五六十柄。

藥物則靈寶如意丹，一兩。藿香正氣丸，二百枚。六合定中丸，百枚。鮮藿香，多帶。益元散，一斤。梅蘇丸。四錢。

人馬平安散，一千文。眼藥，數瓶。惠邸送紫金蟾酥等定須帶之，如有解暑藥亦可面乞些。黎峒、活絡、蘇合等丸、橘紅午時茶、神曲等，可向閩粵人乞些備用，跌打損傷膏藥。以上裝一二木匣，再裝一小口袋安轎中。

香片或安化茶買數斤，另裝一小口袋安轎中。連心桂元等一小袋。安轎中。

火腿、皮蛋、青筍、醬菜等食物裝二食簍，須帶，途中酒席，天暑不可下筯，托言不喜喫油膩，用茶泡飯最好。點心帶數匣。另裝馬口鐵盒內，安轎中。

修轎子。舊轎可用，但久皮閣，恐已損，第一須轎身堅固爲要，坐下簾屜亦須極堅，以防塌壞，至外圍及内外各種物件必須修整另换，添補齊全。做遮陽須得法，油圍亦最要緊，風衣及前面黑沙軟簾必不可少，至皮棉裏圍兩套，歸時亦斷不可少，或出都時來不及，可將舊皮圍（灰鼠者）帶去，到省後令彼處改做，再做棉者一套可也。至轎搡則舊者似最結實，不必另帶一副備用，以省累墜，轎杵、千斤繩及扎轎藍繩却須多備（轎中坐褥上須另買真香牛皮一塊，襯墊要緊）。

馬鞍，舊者尚有數副，可修整否。騾馱上夾板，此物京中做，亦貴，然必須有。大油布十二張，從前買十五千六百文。大油紙十五張，九千。二號油紙十四張。五千六百。小油紙卅張九百文。包物用。麻繩十九斤一千九百文。又十條，百八十。灣針四隻，四十文。包桿三副。舊者可修用否。

轎前洋燈連套及架，轎燈連油布套，俱一副。車燈連油布套，四個。黃布旂，十面。毛氈十床。六千文。

棉花數斤，塞緊物件，以多爲貴。紅繩，扎物用。如每箱内外須要新大油紙一張，外加毛氈，暑雨方不沾透，帽合被套亦須外襯油紙，至馱上轎上各處均須油布油紙，必須備帶，雖貴不可省也，切切。

約計行李皮箱二隻裝衣服，棕箱二只或三只。裝書籍，扇對零物連帽合、大被套等及下人合裝一箱之類，用騾三頭亦足矣。裝馱子箱鎖門須向下方，不透雨進去。外小包箱一隻，上包桿，下人被套及零物可用車散裝也。

帽合等必須用棉裝好，勿碰邊乃可用，到省即開看，如損可修換。各箱亦須裝極緊，内大油紙斷不可省。有匣及硬物須用棉内外實護，方不磨損，至上包桿之小箱尤須結實堅固，汝箱已舊，可另買一隻，要真皮而厚。裝法尤要緊，如放銀兩及硬物，須用棉層層遮護，安放舊棉衣内方妥，否則上包馬一顛，凡物皆損壞矣，切切。

大被套一個，汝所用太小，或另買一大者。中托油紙一張，安氈子皮褥、厚薄棉被褥、暖帳、轎圍、睡帽、暖靴等物，外包大油布，此件去時可不開。錢搭一個，裝錢零用者。

老公卷一個，至不可少，必須買。内托大油紙，裝毯子、薄棉被各一條，夾被、被單各一床，月宅門帳一頂，防臭蟲非此不可，已做否，如未做，須趕做。枕頭、枕席、棕帚、鞋子，用布包。卷席套，帳竹，捆緊上包桿。内裝刷牙盒，須用布包塞緊。面盆、夜壺，亦上包桿。面盆有套，外又須用棉布口套裝卷，方不磨損，夜壺亦然，不可用木箱。至碗套係具文，每易損壞，不用可也。連小箱一只用二包馬，若站押先行，每一包桿上外各備大油布一塊。

小皮箱内裝薄棉襖、襯油紙。夾襖袴、缺衿單袍、紗袍及馬褂一二件，葛布袍、熟羅梅衫、棉阿倫袋、棉夾馬褂、替换小衫袴、棉夾襪、包脚布、浴布，賞人荷包、小刀，路上用銀子約數十金，約略計算，敷用爲度。並一二兩、五三錢銀封，大紅封袋、戥子等。須極結實，外用毯包捆好，上包桿方不顛壞。箱口勿朝下，恐鎖門壓匾，鎖門要將棉及紙包好。

隨身拜匣内裝咨文、勘令、舊摺稿一本，帳簿，銀兩，約一二十兩並三五錢銀封數十封。鑰匙、小算盤、圖章、兩大兩小。印色、筆墨、紙研、表匣、針線、小剪，零物須周備便用。假有文房四寶布包小薄匣，可攜帶放轎中。漿糊罐及簽須備。

轎中隨身物件：拜匣，衣包一個，内油雨帽、合衫小帽、亮紗袍芝地紗馬褂、葛布袍、短風帶、棉夾單馬褂、棉軍機褂、棉坎肩、替换夏長衫、羅衫、小衫袴、包脚布、浴布、飯單、手捻等。買一油紬外包更妥。書包一個，内小本書、詩韻、日記、縉紳、齡録，梅紅、大紅大封套，館選録，竹紙，信封，封筒、筆袋、墨、墨盒等。雨纓帽，帶鈎，扇絡，小刀，火鏈，表連套，如意袋，鼻煙壺，香珠，眼鏡連套，靴掖，蠅拂，紬擔子，團扇，蕉扇，尖油靴，舊鞋，煙袋，小面盆。内裝馬口鐵點心匣。茶甌，茶葉口袋，蓮子、茶膏等袋，藥袋，帖袋，賞扇對一小包。够十日用。

不列號等：面盆，夜壺，沿途所用賞扇、賞對及紅白各帖，用油紙襯，外加毛毯包，分作兩包，取用較易。錢搭，油紬、雨纖連套。必須帶。食簍二個，洋燈，轎燈，煙口袋，備用毛毯、油布、油紙各一卷，腰刀一柄。必須買。

應用銀錢買物在外

賞頭二三報，共四千五百文。軍機轎夫二千五百。此項可省。丐頭五百。香街兵一百。長班叩喜二百文。

吏部選司三門當月等三百文。兵部鴻臚寺三百文。禮部送咨文三百文。翰林院茶房皂役二百。

走館送給户部二百。舊帳有之，殊不可解。賞走館三百文。走館送領盤費咨一千文。禮部供事送科場條例一千文。

兵部馬牌送至良鄉，飯食大錢九千文。此項須先與講明，否則至長新店必至吵鬧混喫，大受其累矣。賞馬牌酒錢一千文。

雇轎夫兩班。送涿州，共兩站。十六千文。轎夫頭另賞，約共廿千。此項須酌，緣良鄉轎夫劣甚，故雇至涿州，若良鄉夫可用，則送至良鄉，可省一半，須先打聽近時出差者如何。

兵部馬館書辦，二人。銀二兩。馬牌子須托其料理，此項斷勿省。兵部掛號一兩，送勘令來二兩。

家丁五名。每名例給馬鞍銀。舊時止每名五兩，我從前或各給八兩，或各給十兩，可酌之。若其跟隨辛苦且約束既嚴，賞犒不妨稍厚，出門時尚有另借數金者，至在外得項回京方分給伊等，出闈後亦須添置冬衣，略買土物送人，亦有公借數十金者，不妨許之，分帳時酌量扣還可也。

轎夫頭一名。馬鞍銀五兩。

帶出紋銀數。京平十兩者十封（備兑用），二兩者十封，一兩者廿封，五錢者廿封，二錢者卅封，碎銀五十兩，可於出門前秤準封好，貯扇對箱內，其沿途應用之十兩十封並二兩以下各封，可各取幾封同貯，再分貯小拜匣內，以便路上取用。

帶出錢約十千文。

路上賞轎夫，近京如良、涿一帶須略多，每站約二三百文，以後可略少，亦須視其道里之遠近，送數站則多至四五百文，近則一二百文，如半站即交卸，不賞亦可，劣者雖遠亦不賞。入本省可不賞，如暑雨艱苦酌賞。

每尖宿公館聽差人役一百文，尖或略少。民壯幫轎每交卸約賞百文。半站者不必賞。

州縣差役押行李者，間或有之。如出力無誤，酌賞一二百文，渡黄河江船數百文。辦差家丁予以扇對。

途中暑雨難行，如有格外扛擡及扎筏乘叵籮等項酌賞，路上馬牌約賞百文。亦視道里之遠近爲多寡。

江浙水程太平、江山等船户約賞二千文，衆水手二千文，隨船、火食船減半。

閩省水口船視江浙船減半，隨船、轎船等亦視江浙小船減半。

到省後各官送酒席使則予以扇對，力錢約百文。送公禮千金以上則使金八兩、十兩遞加外，另扇對數分。各房公送及同年、同鄉公送視此數，分送則臨時斟酌。

各大吏送盤費或禮物，厚者使金自四錢至一兩不等。或外扇對、荷包、小刀等，不能拘定。府廳州縣使金二兩至一兩。外加或扇對或荷包或小刀。

若物輕而收少者，扇對外或銀數錢或荷包一付，如有外道府州縣專差來送者酌厚。力錢均不過二三百文。

沿途各省大吏至州縣送禮隨時斟酌，鹿鳴入闈等宴賞封有省例，公請、專請、戲酒，加官封外賞戲錢多寡隨省例，可問巡捕。送巡捕多至十餘金，少則八金，須用梅紅大封加簽。外扇對、金頂、荷包等，其家人或酌賞一二金。

闈中辦差家人賞貳兩，公館首縣。辦差家人酌賞八兩、六兩不等，又有科場房及闈中書吏要賞者約貳兩。

差旋時公館衆人如厨夫、茶房、剃頭匠、轎夫各項，人夫、號房、吹炮手、門差、更夫、打掃夫等照例開單請賞。經巡捕手。如四川則幾及三十千文，他省似略減，須照例給之。於起身前一日發。

沿途來回或有督撫差弁護送者，或留或辭，辭則約賞二金並扇對，回帖令去，再致書謝。留則加厚，亦不過四金。

沿途廟宇和尚香資三五錢不等，如係先賢祠廟，有奉祀生者，或酌送一二金，金山寺送水一兩。勿受其菜。

復命時宫門内監蘇拉可托小軍機總包去，餘冒名來索者勿給。或帶二兩封兩個在身邊，如奏事門内内監索者酌給，不帶亦可。

軍機章京相熟者托辦摺子及一切事宜，送土宜外酌送十、八金。

卷三十七

道光四年九月十七日奏摺〔一〕

具呈新授右春坊右中允翁心存爲懇請據情代奏事。本月十七日奉旨：翁心存補授右春坊右中允，欽此。竊心存樗櫟庸材，榛蕪下質。南宫射策，忝附清班；東觀紬書，叨陪末座。涓埃未報，砥礪方殷。兹復仰荷天恩，擢升右中允。溯自簪毫麟閣，纔逢歲籥之初周；洎兹奏賦螭坳，迺沐恩綸之逾格。頭銜增耀，心惕彌深。心存惟有益勵清修，倍敦實學。勉竭恪恭之蟻悃，冀酬高厚之鴻施。所有心存感激下忱，理合懇請代奏，恭謝天恩，謹呈。道光四年九月十七日。

〔一〕此文據南京圖書館藏《陔華館摺稿》整理，並酌加標題。

道光五年九月初八日奏摺〔一〕

福建正考官、新授廣東學政臣翁心存跪奏爲恭謝天恩，仰祈聖鑒事。竊臣欽奉恩命，典試福建，當即星馳到閩，齋祓入闈，矢公校閱。茲於八月二十二日准兵部火牌遞到禮部劄開，道光五年八月初三日内閣奉上諭：廣東學政著翁心存去，著赴新任，不必來京請訓，欽此。竊臣賦材愚昧，殖學蕪疏。幸叨雨露之深恩，濫玷蓬瀛之清選。溯摛華於鳳沼，月琯初周；洎奏賦於螭坳，天波逾渥。詹僚晋秩，真夢想所難期；秘閣紬書，愧涓埃之未報。迺校藝甫榮於銜命，而持衡重荷夫宣綸。寵錫自天，悚惶無地。惟粤東係人文淵藪，而學政爲士子楷模。崇實黜華，本末貴賅夫體用；宣風調俗，薰陶尤藉夫膠庠。以臣庸材，深懼弗克勝任。臣惟有益端身範，廣厲學官。俾明理義之同心，奉聖謨爲彝訓；共勉知行之合轍，勖多士以遵循。庶以仰酬高厚鴻慈於萬一。臣業於九月初七日揭曉出闈，當欽遵諭旨，即日束裝馳赴廣東新任。所有微臣感激下忱，理合敬謹繕摺，叩謝天恩，伏乞皇上聖鑒。謹奏。道光五年九月初八日。

〔一〕此文據《知止齋遺集·摺稿》整理，並酌加標題；南京圖書館藏《陔華館摺稿》亦收此文，後附：「硃批：知道了。」

道光五年十一月初三日奏摺〔一〕

廣東學政臣翁心存跪奏爲恭報微臣到任接印日期，仰祈聖鑒事。竊臣於本年八月在福建鄉試，闈中欽奉恩命，簡任廣東學政。臣當於揭曉出闈後恭摺叩謝天恩，遵奉諭旨，即赴新任。茲於十月二十八日行抵粤省，十一月初一日准前任學政臣白鎔委員賫送關防並書籍文卷移交前來。臣當即恭設香案，望闕叩頭，祗領任事訖。伏念學政有宣揚風化之責，粤東爲人文薈萃之區。矧兹習俗之繁華，易啟士心之浮競。臣惟有廉潔自持，精勤集事。律已先端其範，型方務正其趨。以期仰報聖主鴻慈於萬一。所有臣到任接印日期，除恭疏具題外，理合敬謹繕摺奏聞。

再：閩粤兩省秋間雨澤稀少，晚禾微欠收成。臣於九月二十九日行過福建泉州，大雨兩晝夜，南至詔安，均極霑足。入廣東界，經過惠、潮、嘉等處，亦陸續得雨，雜糧俱尚暢茂，合併聲明，伏乞皇上聖鑒。謹奏。道光五年十一月初三日。

〔一〕此文據《知止齋遺集·摺稿》整理，並酌加標題；南京圖書館藏《陔華館摺稿》亦收此文，後附：「硃批：知道了。」

道光六年七月廿六日奏摺〔一〕

廣東學政臣翁心存跪奏爲恭報考試情形，仰祈聖鑒事。竊臣自上年到任，即行文各屬開考。本年開印後，出棚歷考肇慶、羅定、連州、韶州、南雄等處，於五月底旋省，即接考廣州，至七月初旬竣事。綜計各屬文風，以廣州爲最盛，肇慶次之，其餘皆屬中平。武場弓馬俱稱嫻熟，亦以廣州爲最優。臣竊惟學政之要，在乎崇尚實學，宣揚風化，釐剔弊端。粤東近年以來，人文蔚起，制義詩賦均燦然可觀，臣更與之講求根柢，其有經學淹通者，必量加獎拔，以勵虛浮。至於省會風氣，頗尚繁華，餘皆極爲淳樸。但人心趨利，易蹈刑章，雖士子亦所不免。臣以立教之端，首嚴身範，兢兢刻勵，惟以廉儉自持，並立勸戒二十四條，廣爲開導。每遇下學發落之日，多方訓迪，俾明義利之辨、奢儉之原。又飭各州縣皆設稽訟簿，凡文武各生干涉詞訟者，隨時登記，按季申報，以便於憑文取録外，核其平日行誼優劣，分別勸懲。多士似尚知激勵。惟粵省弊端較他省爲尤甚，臣平時於書吏、差役、幕友、家丁一切嚴加防範，按臨之時，無論正場、覆試，皆終日監視，頃刻不離。間有鎗冒，必立拿重懲，使知儆懼，近來亦漸肅清。臣惟有矢公矢慎，隨事盡心，以期整飭學校，甄拔人材，不敢稍萌怠忽。

再：臣經過地方雨水充足，穀價均平，早禾俱已登場，收成極爲豐稔，省會中夷民交易亦極安靜。所有臣考過各府州屬及地方情形，理合繕摺一併具奏，伏乞皇上聖鑒。謹奏。道光六年七月二十六日。

〔一〕此文據《知止齋遺集·摺稿》整理，並酌加標題；南京圖書館藏《陔華館摺稿》亦收此文，後附：「硃批：知道了。」

道光七年七月廿六日奏摺〔一〕

廣東學政臣翁心存跪奏爲恭報考試情形，仰祈聖鑒事。竊臣於道光六年七月中，業將歲考肇、羅、南、韶、連、廣六屬情形奏明在案。嗣於上年八月出棚，歷考惠、潮、嘉等處。本年正月按試高、廉、雷、瓊，該四府距省較遠，向例歲、科併考。臣以次巡試，於六月中試畢旋省，即科試廣州，已於七月中竣事。臣周歷各郡，留心考校，綜計通省文風，以廣州爲上，嘉、應次之，肇、高又次之，其餘皆屬中平。武場弓馬尚俱合式，士習亦以廣州爲最醇。其高、瓊等郡雖僻處海濱，士子均極馴謹。惟惠、潮、南、韶等屬民氣每尚囂淩，士風易滋浮動。臣以轉移之道在乎懲勸兼施，每於校試時除將文藝分別等第外，凡文武各生有品行端方者，必格外獎勵，其有不安本分、包攬詞訟者，訪聞得實，即降黜有差。俾知修詞固貴乎誠，而立志尤期於正。似於彰癉之術，不無稍裨。至於地稱沃壤，人蘊利心，積習頗深，驟難化導。臣夙夜兢兢，惟在廉以持躬，勤以集事〔二〕，並推誠開示，剖明義利之源，近來感悟漸多，諸弊似稍屏絶。現在廣州科試，多士益知嚮學，場規尚屬肅清。此後科試尚有四府四州，決擇均宜慎重。臣惟有秉公校閲，隨事盡心，以期仰副聖天子整飭學校，培植人材之至意。所有歲考各府州屬及接辦科考緣由，理合繕摺具奏，伏祈皇上聖鑒。謹奏。道光七年七月二十六日。

再〔三〕：臣巡試各屬，於隨從書役俱加意關防。每到一棚，即將該書役等點歸，近身處所概行封鎖。惟號役一項，向來於早晚兩時隨同巡捕官在儀門口登記公文，收發牌鑰。臣屢飭巡捕官嚴行稽查約束，歷次尚俱安靜。本年閏五月十一日，臣按臨高州，十四日考試各學生員正場，臣終日坐堂監視，迨傍晚淨場後，臣攜卷退入内堂，號役照例傳喚人夫打掃號舍，以備次日再考。詎巡捕官盧夢熊等忽禀稱號役余璠因人夫打掃遲延，未能潔淨，余璠恐有誤封門時刻，向其斥詈，適茂名縣管夫家人林姓聽見不依，遂相口角，彼此互毆，經該巡捕喝散，現在余璠面破血流，林姓傷痕尤重等語。臣以號役余璠因考棚打掃號舍，肆鬧爭毆，殊屬藐法，且恐其中或有别情，當將該犯余璠鎖拿，飭發提調審訊。去後旋於十五日據提調官高州府知府海壽禀稱，嚴訊余璠起釁之由委，與巡捕官原禀無異，其茂名縣家人林福業於十四日二更後身故，現已委員檢驗訊擬詳報等情。臣查號役係學政衙門官人，既因口角爭毆，致斃人命，不敢不據實具奏，其中有無起釁别情，除一面咨交督撫臣，檄飭地方官嚴審定擬外，理合附片陳奏，伏乞聖鑒。謹奏。

硃批：知道了。

〔一〕此文據《知止齋遺集·摺稿》整理，並酌加標題；南京圖書館藏《陔華館摺稿》亦收此文，後附：「硃批：知道了。」

〔二〕「廉以持躬，勤以集事」，南京圖書館藏《陔華館摺稿》中此八字加點，附眉批：「硃批：務要言行相符。」

〔三〕此段文字及後附「硃批：知道了」，皆據南京圖書館藏《陔華館折稿》補。

道光八年五月廿一日奏摺[一]

廣東學政臣翁心存跪奏爲恭報科考完竣，循例録遺，仰祈聖鑒事。臣於上年夏間歲考已周，即舉行科考，業將考過情形奏明在案。隨於秋間出棚，以次按臨。至今年五月中計科試九府四州，均已蕆事，當即旋省。伏查粵東風會日開，人知嚮學，近年科名較盛，士氣更覺奮興。臣以致用之方本乎經術，博聞之益資乎詞章，是以考校生童，必以經解覘其根柢，以詩賦驗其性情，華實兼收，使歸醇雅。惟瓊州所屬各州縣僻處海外，學舍荒蕪，文廟多有傾圮者。臣每捐廉倡修，並飭地方官廣設義學，招集生徒。比來瀕海之區，文風頗蒸蒸日上，其各學月課臣俱親加甄核，隨時批示，與之剖析義利之辨，指陳奢儉之原，俾各爭自濯磨，士習尚均安靜。本年舉行正科鄉試，現在將届録遺。臣竊惟掄才備用，所貴文行交修，苟行止不謹，即文藝可觀，亦必覈實扣除，概不録送。至於臨時校閲，臣自當潔己秉公，準額定數，固不敢過嚴而近刻，亦不敢濫取以沽名。其夤緣請託之風，臣已儆戒周防，早爲杜絶，庶幾士子進身之始趨嚮克端，以期仰副聖主興賢育才之至意。所有科考事竣及接辦録遺情形，理合繕摺具奏，伏祈皇上聖鑒。謹奏。道光八年五月二十一日。

〔一〕此文據《知止齋遺集·摺稿》整理，並酌加標題；南京圖書館藏《陔華館摺稿》亦收此文，後附：「硃批：知道了。」

道光八年十一月十四日奏摺〔一〕

廣東學政臣翁心存跪奏爲恭報微臣交送印務日期，仰祈聖鑒事。竊臣三吴下士，學識庸愚。叨沐鴻施，至優極渥。道光五年五月仰承簡命，典試閩南，八月中復荷恩綸，畀任廣東學政。三載以來，矢公矢慎。導百川以學海，欣文教之覃敷；分一勺於廉泉，益清操之自凛。涓埃未報，兢惕彌深。兹新任學政臣徐士芬業已行抵粤省，臣謹將關防文卷册籍於道光八年十一月十二日委員齎送新任學臣徐士芬收受，臣即日束裝回京，恭復恩命。喜南瀛之被澤，匝地風行；入東觀以紬書，瞻天日近。所有微臣交送印務日期，除恭疏具題外，理合敬謹繕摺具奏，伏乞皇上聖鑒。謹奏。道光八年十一月十四日。

〔一〕此文據《知止齋遺集·摺稿》整理，並酌加標題；南京圖書館藏《陔華館摺稿》亦收此文，後附：「硃批：覽。」

道光九年二月十一日奏摺〔一〕

詹事府左春坊、左中允臣翁心存跪奏爲恭復恩命事。竊臣於道光五年由福建正考官仰蒙聖恩簡放廣東學政，業經任滿卸事，恭摺具奏。兹臣於本月初十日到京，謹即趨赴宫門恭復恩命，伏乞皇上聖鑒。謹奏。道光九年二月十一日。

〔一〕此文據《知止齋遺集·摺稿》整理，並酌加標題；南京圖書館藏《陔華館摺稿》亦收此文。

道光九年六月二十四日奏摺〔一〕

臣翁心存跪奏爲恭謝天恩事。本月二十三日内閣奉上諭：翁心存著在上書房行走，欽此。竊臣吴中下士，佔畢庸材。尚疏記問之功，忝列清華之選。簪毫鳳沼，秘閣叨陪；奏賦螭坳，坊階洊陟。初典南闈之試事，掄拔多遺；旋驅東粤之輶車，宣揚寡效。考績已周乎三載，依光甫歷夫十旬。每顧職以增慚，益撫衷而滋惕。兹復仰承恩旨，俾直内廷。聞命自天，措躬無地。自惟膚末，何能温舊而知新；願效切磋，相與進德而修業。臣惟有祇勤講習，勉竭愚蒙。庶殫蛾術之拙誠，稍答鴻慈之高厚。所有微臣感激下忱，理合繕摺恭謝天恩，伏乞皇上聖鑒。謹奏。道光九年六月二十四日。

〔一〕此文據南京圖書館藏《陔華館摺稿》整理，並酌加標題。

道光十年八月初四日奏摺〔一〕

臣翁心存跪奏爲恭謝天恩事。本月初二日奉旨：翁心存著以原銜充補日講起居注官，欽此。竊臣蕪疏末學，樗散庸材。猥因朵殿之摛毫，忝歷坊階而晉秩。溯自粤闈校士，瓞征曾閲三年；逮今禁籞依光，蛾術纔周一載。愧涓埃之未報，方感悚以難名。兹復仰荷恩綸，叨承講幄。侍宸旒而鵠立，珥筆彤墀；夾香案以鳧趨，聯班青瑣。瞻雲愈近，向日彌殷。臣惟有恪矢丹誠，勉敦素守。身依温室，冀酬雨露之滋培；職凛冰銜，倍切廉隅之砥礪。所有微臣感激下忱，理合繕摺恭謝天恩，伏祈皇上聖鑒。謹奏。道光十年八月初四日。

〔一〕此文據南京圖書館藏《陔華館摺稿》整理，並酌加標題。

道光十年九月二十五日奏摺〔一〕

臣翁心存跪奏爲恭謝天恩事。本月二十四日内閣奉上諭：翁心存補授翰林院侍講，欽此。竊臣江左庸材，吴中下士。遭逢盛世，叨列詞垣。甄陶曲荷夫隆施，拔擢每逾乎常格。紬書石室，兩年而驟歷坊階；給札金鑾，一歲而連司文枋。特簡清班之末，俾直三天；仍依講幄之傍，趨承雙闕。凡此寵榮之溢分，非臣夢想所能期。兹復仰荷恩綸，擢升侍講。念自隨班九載，曾無蛾術微長；何圖巽命重申，迺沐鴻慈疊沛。悚惶無地，銜感難名。臣惟有砥礪廉隅，恪共夙夜。冰淵倍惕，敢疏循省於再三；講肆常勤，冀答生成於萬一。所有微臣感激下忱，理合繕摺恭謝天恩，伏祈皇上聖鑒。謹奏。道光十年九月二十五日。

〔一〕此文據南京圖書館藏《陔華館摺稿》整理，並酌加標題。

卷三十八

道光十二年六月初一日奏摺〔一〕

臣翁心存跪奏爲恭謝天恩事。五月二十九日内閣奉旨：四川正考官著翁心存去，欽此。竊臣榛蕪末質，樗櫟庸材。既濫厠於清華，復屢叨夫衡校。書房入直，頻霑雨露之滋培；講幄趨班，長戴生成之高厚。涓埃未報，悚惕方深。兹復仰荷恩綸，俾司文枋。念兩蜀地稱材藪，久沐聖涯；況三年典重賓興，新承天敕。上廑帝念，旁求尚恐珠遺；共矢天良，甄拔敢容竽濫。臣惟有倍勵冰淵，益勤祓濯。披文相質，必周校閲於再三；爲國得人，冀答高深於萬一。所有微臣感激下忱，理合繕摺恭謝天恩，伏祈皇上聖鑒，謹奏。道光十二年六月初一日。

〔一〕此文據南京圖書館藏《陔華館摺稿》整理，並酌加標題。

道光十二年十月十二日奏摺〔一〕

四川正考官臣翁心存、副主考官臣李菡跪奏爲恭復恩命事。竊臣等奉命典試四川，當即按程抵境，屆期入闈，取士如額。揭曉後束裝就道，兹於十月十一日到京，謹繕摺恭復恩命，伏乞皇上聖鑒。謹奏。道光十二年十月十二日。

〔一〕此文據南京圖書館藏《陔華館摺稿》整理，並酌加標題。

道光十二年十一月十八日奏摺〔一〕

臣翁心存跪奏爲恭謝天恩事。本月十七日内閣奉上諭：江西學政著翁心存去，欽此。竊臣吴下庸材，至愚極陋。遭逢恩遇，叨值禁廷。甫從蜀郡以衡文，仍入書房而供職。涓埃未報，兢惕方深。兹復仰荷聖恩，簡畀江西學政。伏念江右爲人文薈萃之區，學政有表率膠庠之責。必持躬以廉潔，而後積弊可清；必課士以嚴明，而後真才可拔。自揣駑駘之質，倍滋隕越之虞。臣惟有勉竭丹忱，益敦素守，以期仰答高厚鴻慈於萬一。所有微臣感激下忱，理合繕摺恭謝天恩，伏乞皇上聖鑒。謹奏。道光十二年十一月十八日。

〔一〕此文據南京圖書館藏《陔華館摺稿》整理，並酌加標題。

道光十三年正月二十八日奏摺〔一〕

江西學政、侍講臣翁心存跪奏爲恭報微臣到任接印日期仰祈聖鑒事。臣荷蒙皇上天恩，簡放江西學政，當即具摺謝恩，恭聆聖訓。遵即趕緊束裝，於上年十二月十三日起程，途次雨雪過多，行走未能迅速，至本年正月二十四日始抵江西省城。准江西巡撫管理學政印務臣周之琦委員齎送關防並書籍文卷到臣，臣恭設香案，望闕叩頭，祇領任事訖。伏念江右地毓英材，學政職司教誨，每戒前車之屢覆，多因輿論之未孚；豈盡習俗之漸漓，良由表坊之自隳。臣惟有精勤自勵，嚴密周防，固不敢苛刻而致失士心，亦不敢姑息而致滋弊竇。任勞任怨，旦明肯負夫初心；矢慎矢公，得失莫逃乎天鑒。所有微臣到任接印日期，理合敬謹繕摺具奏，伏祈皇上聖鑒。謹奏。道光十三年正月二十八日。

硃批：知道了。

再：臣經過直隸、山東等處，俱已連次得雪，麥苗滋潤。惟江蘇之徐州，安徽之鳳陽兩府，連年被水，民力頗形拮据。自廬州以南至江西境内，冬春雨雪過多，幸菜麥尚未受傷，民情均屬安靜，所有經過地方情形，理合附片奏聞，伏乞聖鑒。謹奏。

硃批：覽。

〔一〕此文據南京圖書館藏《陔華館摺稿》整理，並酌加標題。

道光十三年正月二十八日奏摺〔一〕

江西學政、侍講臣翁心存跪奏爲考試期迫援照成例請將南安、贛州兩府暫行歲科併考恭摺奏聞仰祈聖鑒事。竊查江西一省，統轄十三府一直隸州，學臣歲科兩試，合計二十八棚，道路遼遠，棚數繁多，向來趕緊考試，方免遲誤。上年因補行正科鄉試，前任學臣鄭瑞玉於七月中辦理文武録遺，至十月中旬始出棚考試。甫經兩月，奉旨來京聽候部議，即將考試停止。現在歲試僅考過八屬，尚有南安、贛州、南康、九江、饒州、廣信六府未經歲試。臣到任之後，即當按次接考，惟贛州在省治西南一千二百餘里，南安更在贛州之南三百餘里，灘河峻嶺，水陸均多阻滯，約計往返考試，必需兩月有餘。其南康、九江、饒州、廣信等四府亦需三月有餘方能竣事。總計歲試周遍，已在七八月之間。明年正科鄉試，應先期回省預辦録遺，中間科試之期不及一年，周歷通省十四屬，程限實爲緊迫。

伏查《學政全書》内開載，向例特開恩科之年，各省邊遠府分有因鄉試期迫，該學政奏請歲科連考者，均經議准在案等因。此次江西歲試因上年補行正科鄉試、辦理録遺，稍稽時日，合無仰懇天恩，俯准援照成案，量爲變通，將南安、贛州兩府暫行歲科併考，嗣後無故不得援以爲例。庶俾臣得以從容考試，不致辦理草率，而該處士子亦免守候跋涉之勞，如蒙恩旨俞允，即當敬謹通飭遵行。臣於拜摺後一面起馬前赴南康、九江、饒州、廣信四府，按棚歲試，其南安、贛州兩府歲科考試，恭俟批摺到時，欽遵辦理。所有考試期迫，援照成例請將南、贛兩屬暫行歲科併考緣由，理合繕摺奏聞。伏乞皇上聖鑒訓示。謹奏。道光十三年正月二十八日。

硃批：另有旨。

再：臣仰蒙訓誨周諄，以整飭士習爲首務。臣到任之後，即通飭各州縣設立稽訟簿，凡文武生員干涉詞訟者，摘叙案由，按季申報，以便按臨考試時兼核文行，分別勸懲，其包漕唆訟者，飭令隨時詳辦，冀挽澆風。至江西考試積弊，其端雖起於不肖生童，而其事多成於奸胥蠹役，把持盤結，朋比爲奸。或代爲夾帶傳遞，或從而説合僉緣，遇事招摇，無弊不作，本官約束稍嚴，不遂所欲，即内外煽構，布散謡言，積習相沿，已非一日。臣訪查得實，即當嚴行懲治，以儆奸邪。至於整肅場規，剔除弊竇，凡臣職分所當爲者，務期隨事盡心，斷不敢始勤終怠，行與言違，仰負聖恩，致滋咎戾。謹附片陳奏，伏乞聖鑒。謹奏。

硃批：知道了。

道光十三年二月二十四日内閣奉上諭：翁心存奏考試期迫，援照成例請將南安、贛州兩府暫行歲科併考一摺。江西學政歲科兩試合計二十八棚，上年因補行正科鄉試辦理録遺，稍稽時日，准其援照成案，將南安、贛州兩府暫行歲科併考，嗣後不得援以爲例。欽此。

〔一〕此文據南京圖書館藏《陔華館摺稿》整理，並酌加標題。

道光十三年四月二十二日奏摺〔一〕

新授右庶子江西學政臣翁心存跪奏爲恭謝天恩仰祈聖鑒事。本年四月十三日，臣在饒州試院准江西巡撫臣周之琦咨准吏部咨開，道光十三年正月二十九日奉旨：翁心存補授右春坊右庶子，著仍留江西學政之任，欽此。竊臣賦質庸愚，學識淺陋。荷蒙聖主栽培，備員詞館，儤直內廷。甫膺校士於蜀中，旋命衡文於江右。渥承雨露，未效涓埃。兹復仰沐鴻慈，補授今職。坊階洊陟，實叨逾分之榮；使節留衡，仍忝采風之役。荷恩光之疊被，益悚惕以難名。臣惟有倍勤策勵，愈凛冰兢。庶竭黽勉之誠，少報生成之德。所有微臣感激下忱，理合繕摺恭謝天恩，伏乞皇上聖鑒。謹奏。道光十三年四月二十二日。

硃批：知道了。

〔一〕此文據南京圖書館藏《陔華館摺稿》整理，並酌加標題。

道光十三年四月二十一日奏摺[一]

新授右庶子、江西學政臣翁心存跪奏爲恭報考試情形仰祈聖鑒事。竊臣到任後，因考試期迫，奏請將南安、贛州兩府暫行歲科併考。隨於二月初十日出省按試南康、九江等府，三月十四日在九江試院恭奉硃批，仰蒙恩旨俞允，當即敬謹通飭，欽遵辦理在案。現在南康、九江、饒州三府歲試俱已竣事，文風均有可觀，弓馬亦能嫺習，該處士氣尚屬樸醇，間有不安本分者，隨時置劣斥革，以肅學規。臣欽遵聖訓，平時於幕友、家人皆嚴密關防，留心稽察，每試一郡，無論正場、覆試，點名甫畢，即將隨從書吏概行封鎖，然後出題。臣終日坐堂監視，親自查號收卷，上下巡邏，場規尚爲肅靜。至新進文武童生覆試，向來點名多遲至辰巳之間，臣嚴飭各學教官於前一日將册卷匯齊，屆期黎明聽點，均尚無遲誤。惟考試南康府武童時，有投擲匿名書帖，誣陷新進武童爲竊者，當即遵例將書帖燒毁，密飭提調官嚴拿究辦。覆試九江文童，扣除文理不符徐毓清等三名。試饒州時，訪拿積慣隨棚撞騙匪徒劉世壽、詹初林等數名，俱發交提調審訊，從重按擬，庶俾不肖生童聞風儆畏，不致以身試法，輕蹈刑章。至江西學政衙門書役通同作弊，朦蔽本官，積錮已深，驟難釐剔。臣以爲內弊不除，則外弊必不能杜絶，抵任數日，訪查稿房書吏俞燮和即命老滿平素劣迹，責革示懲。現考饒州，復有守門皂役黄金即黄明通串通外人欲代樂平童生傳遞，經臣先期訪聞拿獲，革役發審。惟此輩鬼蜮伎倆，稽查稍一疏忽，即敢乘隙爲奸，臣受恩深重，謹當隨事整頓，殫竭愚忱，斷不敢怠逸自安，仰負聖主栽培之至意。

再：臣現由水路按試廣信，計五月中可考畢回省，即前往南安、贛州等處接辦歲科併考，合並聲明，所有臣考過各府情形，理合繕摺具奏，伏乞皇上聖鑒。謹奏。道光十三年四月二十二日。

硃批：知道了。

再：江西饒州、九江、南康等郡地瀕江湖，田本低下，冬春之交，雨雪過多，菜麥未免少損。幸三月中旬以後天氣晴和，麥秋告登，尚不至十分歉薄。現在早禾均已插蒔，臣所經過之處，水田彌望青葱，民氣亦極安樂，所有臣按試各郡地方情形，理合附片奏聞，伏乞聖鑒。謹奏。

硃批：覽。

〔一〕此文據南京圖書館藏《陔華館摺稿》整理，並酌加標題。

道光十三年六月二十五日奏摺〔一〕

新授國子監祭酒、江西學政臣翁心存跪奏爲恭謝天恩事。本年六月二十一日，准江西巡撫臣周之琦咨准吏部咨開，道光十三年四月初九日奉旨：翁心存補授國子監祭酒，仍留學政之任，欽此。伏念臣賦質庸愚，受恩深重。自上年十一月荷蒙寵命，簡任江西學政，今年春擢授右庶子，轉補左庶子。

念涓埃之未效，慚雨露之頻霑。兹復叨沐鴻慈，補授今職。清階洊陟，忝膺造士於成均；文枋兼持，仍命掄才於江右。恩重於有加無已之施，感深於莫可名言之隱。奉温綸之稠疊，報稱逾難；策駑質以馳驅，悚惶彌切。臣惟有益持公慎，倍勵精勤，以期仰答高厚生成於萬一。所有微臣感激下忱，理合繕摺恭謝天恩，伏乞皇上聖鑒。謹奏。道光十三年六月二十五日。

硃批：知道了。

再：臣試竣饒州，即接考廣信，該郡文武生童文義明暢，弓馬尚嫺，士習亦俱醇謹。現已考畢回省，即當前往南安、贛州辦理歲科併考。至臣經過地方，早稻已陸續登場，收成極爲豐稔。惟因五月中陰雨浹旬，山水驟長，南昌、饒州、九江等郡地瀕江湖，田廬多被淹浸，俟水勢漸退，高田涸出，或可補種雜糧，而民力已未免拮据。業經該地方官妥爲綏輯，閭閻均尚安静，所有臣考試及地方情形，理合附片奏聞，伏乞聖鑒。謹奏。

硃批：覽。

〔一〕此文據南京圖書館藏《陔華館摺稿》整理，並酌加標題。

道光十三年十一月十九日奏摺〔一〕

國子監祭酒、江西學政臣翁心存跪奏爲恭報考試情形仰祈聖鑒事。竊臣自本年正月到任後，所有考試各屬情形業經節次奏明在案。嗣於七月初，臣由省城起程按試南安，轉試贛州，均遵旨歲科併考，於十月初竣事。各屬歲試已周，即科試寧都州，接試建昌，現在亦俱考畢。伏查南安、贛州兩府文風，在江右較爲僻陋，弊竇亦多。臣歲考南安，覆試扣除文理不符王昌濤一名，科考尚屬安靜。歲考贛州，覆試扣除文理不符林廷彰等五名。科考正場臣終日巡查，益加嚴密，該童等不能越位傳遞，輒敢雇倩槍手頂名入場覆試。時復扣除文理筆迹不符郭爾忠、謝朝恩等二名，究出槍冒情弊，拿獲外來槍手王蘭宇一名，並查出廩生高淩雲起意雇槍，生員鍾醖祥代人説合，廩生歐陽淇挖改案册各實情，均經發交提調嚴審按擬詳辦在案。臣竊惟南、贛兩郡與閩楚粵三省毗連，山谷阻深，民俗獷悍，結黨糾搶，擄禁勒贖之風所在多有，士之稍知自愛者固不敢躬蹈匪彝，而錮蔽已深，未免囿於風氣，是以通查積案，較他郡尤多。臣校試之餘，傳集諸生諄諄開導，訓以敦孝弟、勵名節、重廉耻、辨義利。復督飭各學教官嚴傳月課，試以經義策論，俾得通曉古今。仿照明儒王守仁鄉約規條，互相砥礪。冀以詩書之澤化其頑梗之風，其教之弗悛者即分别注劣責革。所有唆訟庇犯各生，均已褫革衣頂，飭交地方官嚴拿究辦。至寧都、建昌文風頗盛，向來亦多槍替，此次尚屬肅清。再：宜黄縣匪徒鄒良俚一案已提省審辦，臣慮有不肖生員在内隨同滋事，疊次札飭該學嚴密確查。業將生員余樑即余西宿、武生鄒琯即鄒喈雲、鄒朝璘即鄒旭照三名斥革，檄行南昌府歸案嚴訊。其寧都州蕭都管一案，經臣再四訪查，尚無生監在内，臣按試各郡時仍當留心稽察，如有劣迹昭著者，即隨時懲創，斷不敢因循怠忽，稍事姑容，以期仰副聖主整飭學校、造士化民之至意。所有歲試完竣及接辦科試情形，理合繕摺具奏，伏乞皇上聖鑒。謹奏。道光十三年十一月十九日。

硃批：知道了。

〔一〕此文據南京圖書館藏《陔華館摺稿》整理，並酌加標題。

道光十四年七月初四日奏摺〔一〕

國子監祭酒、江西學政臣翁心存跪奏爲恭報科考完竣循例録遺仰祈聖鑒事。竊臣於上年十一月中在建昌試院，業將歲試已周，及科試三府一州情形奏明在案。即由建昌按試撫州，以次轉按廣信、饒州、九江、南康、瑞州、臨江、袁州、吉安等府，於本年五月三十日回省，即接考南昌，至六月二十二日而畢。通省科試均已蕆事。江右文氣清醇，士風樸茂，間有槍冒頂替等弊，臣隨事釐剔，已漸次肅清。撫州文風頗盛，弊端亦多，臣此次科試，竭力整頓，拿獲外來槍手崔述祖、湯聘三、李模堂三名，説合之崇仁生員甘鴻圖一名，雇槍之樂安童生丁欽允一名，覆試扣除文理不符之崇仁童生黄兆豐、謝君聘、陳殿華三名，均發交提調嚴審，照例懲辦在案。嗣後各屬生童皆聞風斂戢，不敢爲奸，歷次考試正場生童聽點歸號，恪守場規，均極爲安静。臣以士子作文根柢之深醇，須求經術；見聞之殫洽，貴習詞章。每於校試之餘，即與之口講指畫，近皆勉爲實學，斐然可觀。臣復以豐序書院，乃培育人材之地，尤宜加意振興。一年以來，屢捐廉俸，倡修樂安縣學宫，創建南城縣書院，興復白鹿洞學舍，重葺南昌、南康、贛州三府考棚。多士觀感漸摩，頗知自愛，包漕健訟者尚少其人。比年江右連被水災，寒士多衣食不給，然皆安貧守法，絶無分外營求。臣察核通省學規，實能漸有起色。現將考試録遺，臣謹參酌歷屆辦理成案，秉公録取，不敢過濫以邀虚譽，亦不敢過刻而失人材，所有幕友、家丁、書吏，仍照舊嚴密關防，其夤緣請托之風，概行杜絶，以端士子始進之階。臣惟有實心任事，無間初終，庶幾仰副聖主委任栽培之至意。所有科試事竣及接辦録遺情形，理合繕摺具奏，伏乞皇上聖鑒。謹奏。道光十四年七月初四日。

硃批：覽，奏均悉。

〔一〕此文據南京圖書館藏《陔華館摺稿》整理，並酌加標題。

道光十四年十一月初六日奏摺〔一〕

國子監祭酒、江西學政臣翁心存跪奏爲恭報微臣交印起程日期仰祈聖鑒事。竊臣奉命視學江西，試事期滿，業經恭疏題報在案。兹新任學政臣許乃普已抵江西，臣謹將關防文卷册籍於十一月初六日委員齎送新任學臣許乃普接受，臣即於是日起程回京。所有微臣交印起程日期除恭疏具題外，理合繕摺具奏，伏乞皇上聖鑒。謹奏。道光十四年十一月初六日。

硃批：知道了。

〔一〕此文據南京圖書館藏《陔華館摺稿》整理，並酌加標題。

道光十四年十二月十六日奏摺〔一〕

國子監祭酒、江西學政臣翁心存跪奏爲恭復恩命事。竊臣奉命視學江西試事期滿，於本年十一月初六日將學政關防及文書册籍移交新任學臣許乃普接受任事。臣即於是日自江西省起程，兹已到京，理合繕摺，泥首宮門，恭復恩命，伏乞皇上聖鑒。謹奏。道光十四年十二月十六日。

〔一〕此文據南京圖書館藏《陔華館折稿》整理，並酌加標題。

卷三十九

道光十五年正月二十日奏摺〔一〕

國子監祭酒臣翁心存跪奏爲懇恩賞假事。竊臣在江西學政任内，感受濕熱，氣血不舒。上年冬底來京，途次復增勞頓，以致積漸下注，近日胯内生癰，舉動艱難，不能常川進署辦公，實深焦灼。惟有仰懇天恩，賞假二十日，俾得趕緊醫治，以冀速痊，即行銷假當差，爲此恭摺具奏，伏乞皇上聖鑒。謹奏。道光十五年正月二十日。

〔一〕此文據南京圖書館藏《陔華館摺稿》整理，並酌加標題。

道光十五年閏六月十三日奏摺〔一〕

新放浙江正考官、國子監祭酒臣翁心存跪奏爲恭謝天恩事。本月十二日内閣奉旨：浙江正考官著翁心存去，欽此。竊臣吴下庸材，至愚極陋。渥承雨露，洊歷清華。忝從槐市以横經，屢奉英函而校藝。愧涓埃之未報，方兢惕以難名。兹復仰荷恩綸，俾司文枋。念兩浙人文蔚起，英材自獻其菁華；際三秋恩榜宏開，多士倍增夫踴躍。倘披尋之未遍，既慮珠遺；苟掄拔之失真，尤虞芋濫。臣惟有勉矢精勤，益持公慎。因文見道，敢疏決擇於再三；爲國得人，冀答高深於萬一。所有微臣感激下忱，理合繕摺恭謝天恩，伏乞皇上聖鑒。謹奏。

道光十五年閏六月十三日。

〔一〕此文據南京圖書館藏《陔華館摺稿》整理，並酌加標題。

道光十五年十月十八日奏摺〔一〕

新授奉天府府丞兼學政臣翁心存跪奏爲恭謝天恩事。本年恩科鄉試，臣仰蒙特簡，充浙江正考官。謝恩之日面奉諭旨，於差旋時賞假十日，順道回籍省親。當即星馳抵浙，届期入闈，悉心校閱，得士如額。揭曉後束裝就道，副考官臣張琴先行回京復命。臣遵旨暫回常熟原籍省視臣母，兹已假滿，行抵蘇州，晤江蘇撫臣林則徐，交閱邸鈔，欽奉上諭：奉天府府丞兼學政著翁心存補授，欽此。竊臣吴下庸材，至愚極陋。渥叨恩遇，供職成均。掄才特畀以大邦，將母曲全乎臣志。寵榮溢分，感悚難名。洊當騆轡之駪征，復荷龍綸之疊沛。仰沐殊恩於逾格，非臣夢想所能期。伏念陪都爲聖化之基，風氣最稱淳樸；學校實人文之藪，趨嚮尤貴端方。臣惟有倍敦素節，益勵丹忱。務期成就人材，以仰答高厚鴻慈於萬一。臣拜摺後即日起程回京，泥首宫門，恭復恩命，跪聆訓誨，再赴新任。所有微臣感激下忱，理合繕摺恭謝天恩，伏乞皇上聖鑒。謹奏。道光十五年十月十八日。

硃批：知道了。

〔一〕此文據《知止齋遺集·摺稿》整理，並酌加標題；南京圖書館藏《陔華館摺稿》亦收此文。

道光十五年十一月十九日奏摺〔一〕

浙江正考官臣翁心存跪奏爲恭復恩命事。竊臣奉命典試浙江，試事已竣，遵旨回籍省視臣母，假滿後行抵蘇州，接閲邸鈔，仰荷天恩，補授奉天府府丞兼學政，當即具摺謝恩，並報明起程日期在案。兹已到京，理合繕摺恭復恩命，跪聆訓示，伏乞皇上聖鑒。謹奏。道光十五年十一月十九日。

〔一〕此文據南京圖書館藏《陔華館摺稿》整理，並酌加標題。

道光十六年正月初十日奏摺〔一〕

奉天府府丞兼學政臣翁心存跪奏爲恭報微臣到任接印日期，仰祈聖鑒事。竊臣仰沐天恩，擢任奉天府府丞兼學政，陛辭之日，荷蒙訓諭周詳。臣敬謹跪聆，益深感悚。當即束裝就道，兹於正月初六日行抵瀋陽，准暫署學政印務臣德興委員齎送關防書籍到臣，臣恭設香案，望闕叩頭，祇領任事訖。伏念陪都風氣樸醇，士習素稱安靜，第恐因循玩愒，未能鼓舞奮興。臣惟有潔己奉公，盡心教士，黜華崇實，去僞存誠，務期成就人材，庶以仰答高厚鴻慈于萬一。所有微臣到任接印日期，理合敬謹繕摺具奏，伏乞皇上聖鑒。謹奏。道光十六年正月初十日。

硃批：知道了。

〔一〕此文據《知止齋遺集·摺稿》整理，並酌加標題；南京圖書館藏《陔華館摺稿》亦收此文。

道光十六年七月十一日奏摺〔一〕

奉天府府丞兼學政臣翁心存跪奏爲恭報考試情形，仰祈聖鑒事。竊臣自本年正月到任，即行文各屬科考。四月十八日臣由省起程按試錦州，五月底回省，接考奉天、吉林滿合民籍生童，於六月底竣事。本年選拔屆期例應隨棚考取，臣悉心校閱，嚴禁一切陋規，覈其文行兼優者秉公甄拔，俟傳齋到省，再會同府尹照例覆試驗看。

臣伏查奉天一省生童人數無多，文風均屬中平，考試亦少弊竇。惟距直隸、山東較近，間有外來槍手頂冒入場，又有不法棍徒專賃懷挾小本，蠅頭細字，累萬盈千，尤足壞人心術。臣申明約束，嚴密查拿。考試奉天府童生正場盤獲槍手劉叔梅等三名，又搜出夾帶多名，均發交提調審訊，分別重懲。士子各知恪守場規〔二〕，試畢俱極安靜。臣又慮通省地方廣闊，平時察識難周，分飭各州縣設立稽訟簿，按季彙詳，尚少生員滋事之案。盛京城内舊有瀋陽書院一區，擇各學生員中有造之材在院肄業。臣按月督課，訓以砥礪廉隅，敦本務實，似皆鼓舞奮興。至於陪都風氣最爲淳樸，近因五方輻湊，未免漸染紛華，民間演戲雖已通行禁止，而惰游賭博之習恐未盡除。且服飾亦競尚新奇，至有綠衣紅緣者。臣竊惟欲正民風，先端士習，業經嚴切飭禁，務俾返樸還淳，以期仰副聖主崇實黜華、化民成俗之至意。再：奉天入夏以來雨澤霑足，二麥告登，現在秋禾茂盛，可望豐收，糧價漸平，民情甚爲恬謐〔三〕。所有科試完竣及地方情形，理合繕摺具奏，伏乞皇上聖鑒。謹奏。道光十六年七月十一日。

硃批：另有旨。

附録：道光十六年七月二十五日内閣奉上諭：盛京爲根本重地，風俗素稱淳樸。前因有演戲賭博等惡習，屢經降旨，飭令該將軍等實力嚴禁，力挽頽風。因思陪都地方，近因五方輻湊，難免漸染紛華，演戲雖經禁革，難保必無賭博之習，尤爲人心風俗之害。甚至服飾競尚新奇，耳濡目染，勢所必至。著該將軍、府尹等隨時整頓，實力稽查戲班賭棍，驅逐嚴拿，其有服飾新奇不合舊式者，立即嚴行禁止，以期還淳返樸，力挽頽風，欽此〔四〕。

〔一〕此文據《知止齋遺集·摺稿》整理，並酌加標題；南京圖書館藏《陔華館摺稿》亦收此文。

〔二〕「士子」，《陔華館摺稿》中作「生童」。

〔三〕「恬謐」，《陔華館摺稿》中作「安謐」。

〔四〕附録據《陔華館摺稿》補。

道光十六年十一月廿五日奏摺〔一〕

新授大理寺少卿臣翁心存跪奏，爲恭謝天恩事。竊臣於上年九月内蒙恩簡任奉天府府丞兼學政，本年正月到任，六月中科試事竣，業經奏報在案。兹於十一月二十三日恭閲邸鈔，欽奉上諭：翁心存補授大理寺少卿，欽此。伏念臣江左庸材，至愚極陋。渥承恩遇，洊歷清班。屢馳軺傳以駪征，忝奉英函而衡校。愧涓埃之無補，幸雨露之頻霑。兹復仰沐鴻慈，補授今職。涵陪都之聖澤，欣逢歲琯初周；佐執法於秋卿，洊荷温綸疊沛。寵榮逾分，銜感難名。臣惟有勉加策勵，倍矢精勤，以期仰答高厚生成於萬一。俟新任府丞臣侯桐到任後，臣即行起程回京，跪聆聖訓，敬謹遵循。所有微臣感激下忱，理合繕摺恭謝天恩，伏乞皇上奏鑒。謹奏。道光十六年十一月二十五日。

〔一〕此文據《知止齋遺集·摺稿》整理，並酌加標題；《陔華館摺稿》中亦收此文，後附：「硃批：知道了。」

道光十七年正月初十日奏摺〔一〕

臣翁心存跪奏爲恭謝天恩事。道光十七年正月初九日，内閣奉上諭：翁心存著在上書房行走，授六阿哥讀，欽此。伏念臣材同樗質，學有蓬心。本無記問之功，濫厠清華之選。三天供職，渥叨雨露隆施；十載衡文，愧乏涓埃上報。兹復仰承恩命，俾直書房。念佔畢以多疏，益撫衷而增惕。臣惟有勵志冰淵，植躬規矩。觀摩有效，庶殫蛾術之愚誠；肄誦常勤，冀答鴻慈之高厚。所有微臣感激下忱，理合繕摺恭謝天恩，伏乞皇上聖鑒。謹奏。道光十七年正月初十日。

〔一〕此文據《陔華館摺稿》整理，並酌加標題。

道光十七年五月初十日奏摺〔一〕

臣杜受田、臣徐士芬、臣翁心存跪奏爲恭謝天恩事。道光十七年五月初九日奉旨：上書房行走杜受田、徐士芬、翁心存著各賞二等貂褂一件，加恩不必交價，欽此。竊臣等學慚集腋，技類雕蟲。共依禁近之光，愧乏絲毫之補。賚人銜之上品，恩澤頻叨；際地臘之良辰，宫衣甫錫。兹復仰承恩旨，特賜珍裘。既邀異數之優隆，更荷殊恩之曲逮。寵逾華兖，撫躬而襟袖生春；榮映朝紳，拜賜而班聯動色。感深彌惕，幸極增慚。臣等惟有敬勵章身，勉思稱服。沐鴻施於逾格，上承覆幬之仁；凛鵷翼於微衷，長戴生成之德。所有臣等感激下忱，敬謹合詞繕摺，恭謝天恩，伏乞皇上聖鑒。謹奏。道光十七年五月初十日。

〔一〕此文據《陔華館摺稿》整理，並酌加標題。

道光十八年閏四月十一日奏摺〔一〕

臣翁心存跪奏爲瀝陳下悃仰吁天恩俯准開缺回籍終養事。竊臣一介庸愚，毫無知識。渥邀恩遇，入直書房一載有餘。涓埃無補，正思力圖報效，稍答高深。無如烏鳥私情，有不得不直陳於聖主之前者。臣母張氏，今年八十歲，從前迎養在都，旋回原籍，暌離左右，已閱六年。曾蒙温旨垂詢，久荷聖慈鑒察。臣母向來氣體尚健，每寄信，令臣不必懸念，勤慎趨公，是以未敢遽行循例乞養。兹接家書，知臣母春間偶感風寒，咳嗽氣逆，服藥調理，總未復元，入夏以來，愈形衰憊，飲食漸減，氣血大虧，卧疾在床，思臣轉切。臣聞信之下，焦灼萬分，誠恐心懸兩地，有誤當差，益滋負疚，再四思維，惟有仰懇天恩，俯准臣開缺回籍終養，俾得朝夕侍奉，以延臣母餘年，則感戴鴻慈，實無既極。爲此瀝陳，恭摺具奏，伏乞皇上聖鑒訓示。謹奏。道光十八年閏四月十一日。

〔一〕此文據《陔華館摺稿》整理，並酌加標題。

道光十八年閏四月十二日奏摺〔一〕

臣翁心存跪奏爲恭謝天恩事。本月十一日内閣奉上諭：翁心存著准其開缺，回籍終養，欽此。竊臣吴下庸材，至愚極陋。遭逢盛世，洊陟清班。既文枋之屢叨，復書房之濫直。方冀時勤蛾術，藉圖稍答鴻施。衹以臣母年高，鄉閭道遠，每望雲而增慕，遂向日以輸誠。何意愚衷得邀垂鑒，甫上陳情之疏，旋蒙俞旨之宣。聞命自天，銜恩無地。伏念聖主澤周庶彙，自推錫類之仁；而在微臣身被殊恩，竟遂承歡之願。娱桑梓之暮景，長戴堯天；傾葵藿之微忱，遥瞻舜日。倚閭望慰，譜笙詩而報春暉；戀闕情殷，效衢祝而詠歌聖治。所有微臣感激下忱，理合繕摺恭謝天恩，伏乞皇上聖鑒。謹奏。道光十八年閏四月十二日。

〔一〕此文據《陔華館摺稿》整理，並酌加標題。

卷四十〔一〕

〔一〕本卷除《奏爲遵旨保舉人員仰祈聖鑒事》外，其餘據《知止齋遺集·知止齋摺稿偶存》整理，並酌加標題。

道光二十九年七月初五日奏摺

臣翁心存跪奏爲恭謝天恩事。本年七月初四日内閣奉上諭：翁心存著在上書房行走，欽此。竊臣吴下庸材，至愚極陋，渥叨恩遇，洊陟清華，幸邀逾格之鴻施，俾遂私情於烏哺。蘭陔潔養，景已永於桑榆；楓陛就瞻，心倍傾夫葵藿。兹復仰承恩命，俾直書房。荷特達之遭逢，捧温綸而兢惕。念昔日三天曾侍，自慚蛾術之多疏；逮今兹一紀將周，重沐龍光之下被。臣惟有恪敦素守，勉勵丹誠。益加循省於再三，冀答高深於萬一。所有微臣感激下忱，謹繕摺恭謝天恩，伏乞皇上聖鑒。謹奏。道光二十九年七月初五日。

道光二十九年七月初七日奏摺

臣翁心存跪奏爲恭謝天恩事。本年七月初六日内閣奉上諭：翁心存著補授國子監祭酒，欽此。竊臣榛蕪末質，樗櫟庸材，渥受殊恩，疊膺寵命。昨蒙特簡，俾侍直乎禁廷；親奉訓言，倍勤修夫德業。撫衷自凛，循分增慚。兹復仰荷恩綸，補授祭酒。三天供職甫三日，而巽命重頒；六館横經興六藝，而師資有在。凡此恩榮之逾格，非臣夢想所能期。惟有廉隅飭己，勤慎趨公。庶稍酬高厚鴻慈於萬一，所有微臣感激下忱，謹繕摺恭謝天恩，伏乞皇上聖鑒。謹奏。道光二十九年七月初七日。

道光二十九年八月奏

臣翁心存跪奏爲恭謝天恩事。本年八月初一日奉上諭：貴州學政翁同書毋庸更换，欽此。竊臣術疏弓冶，經昧菑畬。既慚清德之傳，更乏義方之訓。臣子同書材微莛管，班玷蓬瀛。紬書僅效夫編摩，授簡每叨夫恩賚。前此衡文粤嶠，識已愧乎珠遺；今兹校士黔陽，期適逢乎瓜代。毫無報稱，方切兢惶。迺復仰荷聖慈，仍俾留任。伏念文治光昭，寰海邊隅，早風協中和學。臣表率膠庠，官守宜日加謹懔。歷時逾久，曠職滋虞。臣惟有殫志思維，貽書戒勉。察弊必周於内外，慎毋忽乎細微；持躬罔懈於初終，冀稍酬夫高厚。所有微臣感激下忱，謹繕摺恭謝天恩，伏乞皇上聖鑒。謹奏。道光二十九年八月△日。

道光二十九年十二月初五日奏摺

臣翁心存跪奏爲恭謝天恩事。道光二十九年十二月初四日内閣奉上諭：翁心存補授内閣學士兼禮部侍郎銜，欽此。竊臣材同樗櫟，學養榛蕪。仰蒙特達之知，屢沐殊恩之被。論經黌舍，持躬恒凛乎鵷濡；侍直書房，修業祗勤乎蛾術。方涓埃之未效，正夙夜以難安。何期渥荷温綸，晋階閣學。念前此陳情歸養，曠官已越於十年；逮今兹逾格隆施，清秩驟超於五級。受恩愈重，稱職倍難。臣惟有恪勵丹忱，益敦素守。實心實力，勉自竭夫愚誠；矢慎矢勤，冀上酬夫高厚。所有微臣感激下忱，謹繕摺恭謝天恩，伏乞皇上聖鑒。謹奏。道光二十九年十二月初五日。

道光二十九年十二月二十三日奏摺

新授工部左侍郎臣翁心存跪奏爲恭謝天恩事。道光二十九年十二月二十二日内閣奉上諭：翁心存著補授工部左侍郎，兼署錢法堂事務，欽此。竊臣江左庸材，至愚極陋，備員禁近，渥被隆施。曾莫展夫蟻悃，屢榮叨乎鴻造。沐優除於逾格，月琯未周；撫微分以難安，冰銜自懔。涓塵無補，夙夜增慚。兹復仰荷温綸，疊承恩命。俾佐冬官之職，權兼錢法之司。寵錫自天，感深無地。伏念臣學非練達，五材未審夫規橅；識愧精詳，九府莫權乎輕重。受恩逾重，圖報愈難。惟有勉力講求，留心學習。庶稍答高厚生成於萬一。所有微臣感激下忱，謹繕摺恭謝天恩，伏乞皇上聖鑒。謹奏。道光二十九年十二月二十三日。

道光二十九年十二月二十五日奏摺

臣翁心存跪奏爲恭謝天恩事。道光二十九年十二月二十四日内閣奉上諭：翁心存著授八阿哥讀，欽此。竊臣渥承恩遇，久侍禁廷。陳情已越夫十年，就列甫經夫半載。重趨豹直，曾無蛾術之勤；疊被龍光，彌切鵷濡之懔。撫衷自惕，循分難安。兹復仰荷恩綸，俾專授讀。伏念學必端乎其始，進以漸則可底於中和；識貴立乎其誠，持以恒則自臻於醇粹。如臣檮昧，何補涓埃。惟有矢勤矢慎，實力實心。庶稍答高厚鴻慈於萬一。所有微臣感激下忱，謹繕恭謝天恩，伏乞皇上聖鑒。謹奏。道光二十九年十二月二十五日。

道光三十年二月二十六日奏摺

臣翁心存跪奏爲仰懇天恩，賞假調理事。竊臣於本月二十四日忽感風寒，頭暈吐瀉，不能起立。延醫診視，據稱風邪苞絡，鬱熱内搏，必須疏解避風，方可漸愈。臣恐誤差使，焦急萬分。惟有仰懇天恩，賞假五日，俾得趕緊調治。一俟少見痊愈，即行銷假當差。所有微臣感疾請假緣由，謹繕摺具奏，伏乞皇上聖鑒。謹奏。道光三十年二月二十六日。

［道光三十年三月］奏爲遵旨保舉人員仰祈聖鑒事〔一〕

本月初十日内閣奉上諭：飭諭在京部院大臣各舉所知，果有品學純正，才德出衆之員，無論京外家居，准其保奏，均俟召對後再降諭旨，欽此。仰見我皇上勤求上理，總攬人才之至意。伏誦之下，欽佩難名。臣備員禁近，素少交游，歸籍十年，與中外諸臣益復疏闊。逮佐冬卿，甫及三月，於司員之賢否尚未周知。夙夜傍徨，慮無以仰答明詔。第念臣渥受兩朝恩遇，又安敢緘默不言，致蹈蔽賢之咎。謹就所知中擇保△員，開列清單，恭呈御覽。抑臣聞之，任使者，官人之法也，爵禄者，馭下之權也，立賢固貴乎於無方，進賢亦如不得已。宋臣蘇軾有言：「自古用人，必須歷試，雖有卓異之器，必有已成之功。一則使其更變而知難，事不輕作；一則待其功高而望重，人自無辭。」此誠切要之良規，探原之至論。蓋措施貴循其序，斯位置皆得其宜，凡事皆然，用人尤重。臣願我皇上本知人之哲，運獨照之神，總攬而程其材能，慎簡以昭其激勸。勿以一言之合而遽擢，勿以一事之善而驟遷。庶速化之習不萌，而得人之效可睹矣。臣管窺所及，敢致芻蕘，伏乞皇上聖鑒。謹奏。道光三十年△月△日。

翰林院編修何桂珍〔二〕，雲南師宗人，道光十八年進士，該員學宗濂洛，理析程朱，趨嚮充端，踐履篤實，用以講論道藝，可以正俗維風。

前任御史朱琦〔三〕，廣西臨桂人，道光十五年進士，由編修升御史，該員學有本原，澹於榮利，直辭讜論，蹇諤不阿，不負臺諫之任。

貴州大定府知府黄宅中〔四〕，山西河曲人，道光二年進士，由庶吉士改知縣，洊升今職，該員老成練達，有守有爲，歷官閩黔二十餘年，所至循聲卓著，洵爲守牧中出色人員。

江西贛州府知府周玉衡〔五〕，湖北荆門州人，嘉慶十二年舉人，由知縣洊升今職，該員才識兼優，聽斷勤敏，盡心撫字，悃愊無華，不愧循良之目。

〔一〕據《知止齋遺集·知止齋文稿》補入，另據《清實録》，本篇奏摺是應三月十日咸豐帝舉人材詔而作。

〔二〕「何桂珍」，原留空待補，據《清代進士題名録》補。按此奏摺係草稿，多有留空待補處。

〔三〕「朱琦」，原留空待補，據《清代進士題名録》補。

〔四〕「黄宅中」，原留空待補，據《清代進士題名録》補。
〔五〕「周玉衡」，原留空待補，據《清史稿》補。

道光三十年六月初五日奏摺

新調户部右侍郎臣翁心存跪奏爲恭謝天恩事。道光三十年六月初四日内閣奉上諭：翁心存著調補户部右侍郎，兼管錢法堂事務，欽此。竊臣吴下庸材，至愚極陋，備員禁籞，洊歷華資。猥以一介寒微，渥被兩朝知遇。几筵襄禮，佐駿奔而時切戰兢；謨訓垂經，勖蛾術而待勤編輯。涓塵未效，夙夜增慚。兹復仰荷恩綸，調補今職。伏念三司總財賦之出納，均節必通劑其盈虚；九府權泉布之重輕，開鑄尤謹防其耗蠹。以臣檮昧，深懼弗勝。惟有恪矢丹誠，倍敦素守。盡心察覈，悉力鈎稽，以期稍答高厚鴻慈於萬一。所有微臣感激下忱，謹繕摺恭謝天恩，伏乞皇上聖鑒。謹奏。道光三十年六月初五日。

道光三十年六月十七日奏摺

臣翁心存跪奏爲恭謝天恩事。道光三十年六月十六日内閣奉上諭：翁同書補授右春坊右中允，欽此。竊臣身依禁籞，世受國恩。既無經術之詒，更乏義方之教。臣子同書質慚樗散，學愧榛蕪。渥蒙宣宗成皇帝逾格鴻慈，由編修簡放貴州學政。彤廷奏賦，曾邀賜綺之榮；黔省掄材，疊拜持衡之命。纖毫未效，隕越增虞。茲復仰荷恩綸，擢補右中允。甫學肄三於宵雅，原隰駪征；叨陪第七之屬車，坊堦驟歷。凡此寵榮之溢分，非臣夢想所能期。惟有共矢丹誠，勖勤素守。退思補過，庶承清白以傳家；訓懔教忠，匪僅文章之報國。所有微臣感激下忱，謹繕摺恭謝天恩，伏乞皇上聖鑒。謹奏。道光三十年六月十七日。

道光三十年七月初八日奏摺

臣翁心存跪奏爲恭謝天恩事。本年六月拔貢生朝考，臣子同龢取列江蘇省一等，由禮部帶領引見，本月初七日奉旨：翁同龢著以七品小京官分部學習，欽此。竊臣編蒲有願，式穀無方。敢期七業之興，愧乏一經之教。臣子同龢功疏蛾術，技陋蟲雕。濫拔萃於青衿，得摛辭於紫陛。幸邀欽矚，顯蒙亦荷夫甄陶；仰奉恩綸，曹署特俾之肄習。沐鴻慈之曲逮，竭蟻悃而難酬。臣惟有示以周行，策其魯鈍。遜業必先立志，時勤訓勖於再三；學古然後入官，冀答生成於萬一。所有微臣感激下忱，理合繕摺，並率臣子同龢泥首宮門，叩謝天恩，伏乞皇上聖鑒。謹奏。道光三十年七月初八日。

道光三十年九月二十五日奏摺

臣翁心存跪奏爲恭謝天恩事。本月二十四日奉上諭：朕恭送皇考梓宫奉移慕陵饗殿禮成，所有恭理喪儀之睿親王仁壽、定郡王載銓、尚書柏葰、裕誠、特登額、侍郎阿靈阿、翁心存均能恪恭將事，俱著賞加二級等因，欽此。竊臣荷宣宗成皇帝逾格隆施，至優極渥。三十載恩同覆幬，欲圖報稱而無從；八閲月職侍几筵，深懼禮儀之未習。迺蒙皇上温綸特沛，異數優加。聞命自天，銜哀伏地。瞻橋山而漸遠，攀慟難勝；仰寳訓之常垂，編摩敢懈。惟有益勤砥礪，倍惕冰淵。庶偕百爾以靖共，稍答兩朝之知遇。所有微臣感激下忱，謹繕摺恭謝天恩，伏乞皇上聖鑒。謹奏。道光三十年九月二十五日。

道光三十年十月初四日奏摺

臣翁心存跪奏爲恭謝天恩事。本年十月初三日奉上諭：户部右侍郎翁心存著加恩在紫禁城内騎馬，欽此。竊臣駑駘下質，蹇劣庸材。愧馬齒之漸增，念駒光之虚度。駪征屢賦，每懷五善以周諏；禁籞常依，夙侍三天而儤直。迺蒙皇上恩綸特沛，寵錫優加。軫其蹀躞以隨班，許以從容而策騎。九重有命，鳴珂長荷夫龍光；六十日耆，伏櫪彌慚夫驥德。臣惟有慎守範圍，勉勤鞭策。賡卷阿而頌蕃庶，益矢馳驅報國之誠；誦有駜以效趨蹌，敢忘夙夜在公之義。所有微臣感激下忱，謹繕摺恭謝天恩，伏乞皇上聖鑒。謹奏。道光三十年十月初四日。

道光三十年十一月初二日奏摺

臣翁心存跪奏爲仰懇天恩賞假調治事。竊臣于前日退直時乘馬失足，致將右臂塾傷，右脅腰膂亦被擦損。現須敷藥調理，急切未能平復。惟有仰懇聖恩，賞假十日，俾得趕緊醫治。一俟稍痊，即行照常供職。謹繕摺具奏，伏乞皇上聖鑒。謹奏。道光三十年十一月初二日。

卷四十一

咸豐元年五月十九日奏摺〔一〕

户部右侍郎臣翁心存跪奏爲恭謝天恩事。本月十七日臣子同爵以二品廕生由吏部帶領引見，奉旨著內用，欽此。竊臣夙蒙知遇，渥荷生成。班聯忝貳夫六卿，詩禮未興乎七業。佐度支而鮮效，深懍鵜濡；愧訓迪之無方，敢期鶴和。恭值宣綸紫陛，俾叨任子之榮；更邀寵記丹毫，許厠分曹之列。恩承兩世，感切五中，伏念臣子賦性本愚，服官未習。沐鴻慈之曲逮，慮駑質之難勝。臣惟有圭臬自端，廉隅共勵。使之修德學道，冀無慚清白於儒門；教以勤職奉公，庶稍報涓塵於聖世。所有微臣感激下忱，理合繕摺具奏，謹率同臣子同爵泥首宫門叩謝天恩，伏乞皇上聖鑒。謹奏。咸豐元年五月十九日。

〔一〕據《知止齋遺集·知止齋摺稿偶存》整理，並酌加標題。

咸豐元年閏八月十一日奏摺〔一〕

臣翁心存跪奏爲恭謝天恩事。八月二十七日内閣奉上諭：翁心存著仍在上書房行走，欽此。竊臣材同樗質，學有蓬心。渥叨雨露之施，愧乏涓埃之報。甫承恩命，俾襄京兆之持衡；復奉温綸，仍入禁廷而侍直。撫衷彌惕，循分增慚。臣惟有恪矢丹誠，倍敦素守。慎周旋以進退，敢疏蛾術於再三；懔矩矱以步趨，冀答鴻慈於萬一。再臣於出闈後始見邸鈔，合併聲明。所有感悚下忱，謹繕摺恭謝天恩，伏乞皇上聖鑒。謹奏。咸豐元年閏八月十一日。

〔一〕據《知止齋遺集·知止齋摺稿偶存》整理，並酌加標題。

咸豐元年閏八月十四日奏摺〔二〕

署吏部右侍郎、户部右侍郎臣翁心存跪奏爲恭謝天恩事。閏八月十三日内閣奉上諭：吏部右侍郎著翁心存兼署，欽此。竊臣賦材最下，受恩至深。久儤直於禁廷，叨備員於農部。涓埃未報，循分增慚。兹復仰荷恩綸，兼署今職。伏念度支任司，出納籌畫維艱；吏曹責重，銓衡剔釐匪易。方佐一官而鮮效，兼權二職以尤難。臣惟有倍矢恪恭，益加勤慎。勉講阜財之道，力求察吏之方。庶答高厚鴻慈于萬一。所有微臣感激下忱，謹繕摺恭謝天恩，伏乞皇上聖鑒。謹奏。咸豐元年閏八月十四日。

〔一〕據《知止齋遺集·知止齋摺稿偶存》整理，並酌加標題。

咸豐元年十二月十五日奏摺〔一〕

新授工部尚書臣翁心存跪奏爲恭謝天恩事。咸豐元年十二月十四日内閣奉上諭：工部尚書著翁心存補授，欽此。竊臣知識凡陋，學術迂疏。虚糜廪禄於卅年，未效芻蕘之一得。度支佐任，竭心力而塵露無裨；圜法兼司，權輕重而旰宵增惕。兹復仰蒙恩命，擢長冬曹。撫衷而報稱益難，逾格而生成彌厚。伏念司空之職，在度地以居民；工正之官，貴制節而謹度。曩者備員卿貳，曾省試之未諳；今叨領掌水衡，益鉤稽之匪易。以臣檮昧，深懼弗勝。惟有隨事慎勤，多方學習。禀承聖誨，庶勉矢夫蟻忱；恪守官箴，冀上酬夫鴻造。所有微臣感激下忱，謹繕摺恭謝天恩，伏乞皇上聖鑒。謹奏。咸豐元年十二月十五日。

〔一〕據《知止齋遺集·知止齋摺稿偶存》整理，並酌加標題。

咸豐元年十二月二十七日奏摺〔一〕

署經筵講官臣翁心存跪奏爲恭謝天恩事。本月二十六日翰林院奏派經筵講官，奉硃筆圈出翁心存，欽此。竊臣學疏鉛槧，功昧菑畬。时慚蛾術之勤修，渥被鴻慈之曲逮。螭坳珥筆，記輪雙日以趨陪；鰲禁紬書，夙侍三天而儤直。審良材於五庫，月試未周；辨古尺於九筵，冬官莫補。恒昕宵以自惕，何塵露之能裨。兹復仰荷恩綸，俾得隨班講幄。念經義浩如淵海，疇探作述之原；惟聖謨炳若日星，共懔君師之教。明德新民止於善，道心一以貫之；履信思順以尚賢，盛德蔑以加矣。臣管闚有願，槃叩無方。馨展芸編，輝分綵褏。祛陋儒之惑，説堯典者三萬言；近天子之光，誦敷言於千億禩。所有微臣感激下忱，謹繕恭謝天恩，伏乞皇上聖鑒。謹奏。咸豐元年十二月二十七日。

〔一〕據《知止齋遺集·知止齋摺稿偶存》整理，並酌加標題。

〔咸豐二年四月〕請停增修慕陵工程摺〔一〕

奏爲敬瀝下忱，仰祈聖鑒事。臣聞外間傳説，謂我皇上以慕陵規制儉約，將命飭材興作，式廓增新，此誠不匱之孝思，備物之隆軌也。然而事體重大，不厭求詳。臣謹再四研尋，竊見有不可者四事，用敢剴切直陳，惟聖明留神垂察焉。

我宣宗成皇帝聖德高深，邁越千古。當時相度福基，一切形勢規模皆禀聖謨裁定，因時損益，崇儉屏華，載在御製詩文集中者不一而足。煌煌聖訓，炳若日星。今若遽改前規，何以仰彰盛德。此其不可者一也。

珠阜崇嚴，肅穆閟邃，汜埽潔静，用致虔恭。今奉安之大禮甫成，增建之土功旋作，運椎鑿於平城，聚畚挶於松楸，庀徒殆過千人，蒇事動逾數月，讙譁雜遝，褻越神明。此其不可者二也。

方城、明樓皆在地宫之上，其高奚啻尋丈，其重豈止千鈞，若當日同時營建，自保永安。迨今茲從後增加，恐多未便。救隟頻築，則震動非宜，構造淩虚，則周垣難固，千百年後儻有剥泐情形，片瓦寸椽皆足爲損，一念及此，怵惕悚惶。此其不可者三也。

堪輿之説，臣素未諳，果其利害確有明徵，則動作尤宜審慎。陵寢風水關繫匪輕，豈可憑末學之游談，誤國家之大計。萬一其術不精，其見不確，不揆諸地脈，不愜於物情，徒事紛更，原無把握，異時追悔，補救奚從。此其不可者四也。

臣竊謂聖皇舉動惟上循天道，下洽人心而已。聖孝至大，不在僅飾夫美觀；聖治方新，詎宜輕更夫成憲。現在事方創始，明諭未頒，仰祈斷自宸衷，亟寢前議。臣無任激切屏營之至，謹繕摺密陳，伏乞皇上聖鑒。

咸豐二年△月，宣宗成皇帝永遠奉安於慕陵。予時以恭理喪儀隨扈，在差次草此疏甫就，適大冢宰柏公葠已奏請停工，遂未上。

〔一〕據《知止齋遺集·知止齋奏議》整理，時間據翁同書等《先文端公年譜》。

咸豐二年七月二十日奏摺〔一〕

臣翁心存跪奏爲恭謝天恩事。本月十九日内閣奉上諭：翁心存著充實録館總裁官，欽此；同日奉上諭：恭纂皇考宣宗成皇帝實録藁本，著派翁心存敬謹專司勘辦，欽此。竊臣學慚蠡測，識陋管闚。編摩已届三年，襄贊曾無一得。焚香載筆，幸仰禀夫聖裁；量晷移甎，勉共程於衆職。方深兢惕，慮蹈譽尤。兹復仰荷恩綸，專司校勘。懔責成之愈重，益悚懼以難名。臣惟有倍竭愚忱，恪勤蕆事。演軒圖於千百祀，昭垂億載以爲經；説堯典者二萬言，敬備重華之稽古。所有微臣感激下忱，謹繕摺恭謝天恩，伏乞皇上聖鑒。謹奏。咸豐二年七月二十日。

〔一〕據《知止齋遺集·知止齋摺稿偶存》整理，並酌加標題。

咸豐二年八月初七日奏摺〔一〕

臣翁心存跪奏爲恭謝天恩事。本月初六日内閣奉上諭：都察院左都御史著翁心存兼署，欽此。竊臣材原樗質，學有蓬心。冀殫葵藿之誠，願效芻蕘之獻。忝司雉正，慚同舜陛之殳斨；未陟烏臺，敢比堯廷之屈軼。涓埃莫報，兢惕方深。茲復渥荷天恩，俾暫兼權風憲。日慎倍嚴乎夙夜，月成彌懍乎冰淵。臣惟有廉潔持身，精勤集事。肅朝廷之綱紀，益加循省於再三；偕寮寀以靖共，庶答高深於萬一。所有微臣感激下忱，謹繕摺恭謝天恩，伏乞皇上聖鑒。謹奏。咸豐二年八月初七日。

〔一〕據《知止齋遺集·知止齋摺稿偶存》整理，並酌加標題。

〔咸豐二年九月〕請飭嚴緝海淀劫案摺〔一〕

工部尚書、署都察院左都御史臣翁心存跪奏爲重案盜犯日久無獲，請旨嚴飭查拿事。竊惟肅紀整綱，法先自近，詰奸禁虣，事貴防微。京師九門內外額設營汛司坊，兵役牌甲，棋布星羅，立制已極周備。果皆巡查實力，豈容奸盜潛藏。乃本年八月初三日南海淀老虎洞地方竟有連劫兩家，毆傷事主之案。其地則在御園附近之處，其時則在乘輿將出之先。膽敢劫敚公行，目無法紀。視迥卒嚴更爲狎玩之具，以往來飄忽爲嘗試之端。事屬駭聞，情殊叵測。疊奉諭旨，將汛弁坊員摘去頂帶，勒限緝拿在案。臣到署任時，即飭該司坊官上緊搜查。去後迄今一月有餘，尚未破案，緝捕懈弛已極。聞此案盜匪人數頗衆，且有騎馬持械者，其黨類既已甚多，其巢穴料亦不遠，其糾合必非一日，其窩藏必非一家。事前形迹當有端倪，事後跟尋無難弋獲。若非兵役包庇故縱，何致遠颺無蹤。輦轂重地，翊衛森嚴，法禁不行，憲典安在。相應請旨再行通飭各該管衙門督率所屬，不分畛域，協力嚴拿。毋得視爲泛常，泄忽從事。儻限滿仍不能悉數捦獲，即將專轄之文武員弁及兵役人等從重議處懲治。俾知儆惕，共厲精神。庶畿甸可期肅清，而奸宄咸知斂戢。是否有當，伏乞皇上聖鑒訓示施行，謹奏。咸豐二年九月初九日。[一]

再：各省習教匪徒名目雖異，但既奇衺之共稟，自必聲氣之潛通。即如粵西逆匪竄入湖湘，彼處莠民即聞風響應，此其明徵也。因思直隸等省亦有立教傳徒者，從前道光年間迭經查拿懲辦，第恐日久疏懈，萌蘖或又潛滋。京師人物浩穰，宵小易於溷迹，必先幾而摘發，庶消患於未形。伏乞皇上密諭步軍統領、順天府、五城御史飭屬一體巡邏，不動聲色，不涉張皇，嚴保甲之稽查，謹門關之譏禁。無論闤闠市廛、車行旅店、庵觀寺院、偏僻街坊，隨地隨時，留心偵察。如有外來面生可疑、行蹤詭秘者，立加盤詰，俾邪慝無所容身。儻實係作奸犯科，即按律治罪，但勿令吏胥兵役藉端訛索，致擾閭閻。並請敕下直隸、山東、山西、河南各督撫轉飭文武員弁分段巡緝，認真訪查。凡城市鄉村有窩頓盜賊，結會斂錢者，密速掩捕究辦。務使根株盡絕，稂莠不生。斯風俗漸挽澆漓，地方共臻綏靖矣。方今小醜跳梁，驛騷南服。練兵籌餉，在所亟圖。然臣以爲理財尤貴禁非，正人心即以培元氣；奮伐必原立極，肅綱紀乃克詰戎兵。正本清源，莫大乎是。不揣冒昧，謹附片密陳。伏祈聖鑒。謹奏。

〔一〕據《知止齋遺集·知止齋奏議》整理。

咸豐二年九月初十日奏摺〔一〕

臣翁心存跪奏爲恭謝天恩事。本月初九日順天鄉試榜發，臣子同龢中式第二十七名舉人，竊臣家承蓬蓽，世守緗緗。職每懍夫素餐，教尤慚夫式穀。臣子同龢負薪末學，拔萃叨登。甫讀律於西曹，濫校書於東觀。棘闈入試，方隨鵠立之班；蕊榜宏開，倖聽鹿鳴之奏。沐盛世作人之化，醲膏溥被乎九天；溯微臣獲解之年，榮遇適周乎三紀。恩施逾渥，兢惕彌增。臣惟有誨以立身，勖以學古。庶通經而致用，勉策駑質以馳驅。俾移孝以作忠，稍答鴻慈之高厚。所有微臣感激下忱，理合繕摺，謹率臣子同龢泥首宮門叩謝天恩，伏乞皇上聖鑒。謹奏。咸豐二年九月初十日。

〔一〕據《知止齋遺集·知止齋摺稿偶存》整理，並酌加標題。

〔咸豐三年二月〕陳時務摺〔一〕

奏爲敬陳當今切務，勉竭愚忱，仰祈聖鑒事。竊惟逆賊滋事之始，不過嶺嶠匪類，弄兵潢池耳。當事者措置乖方，一誤再誤，遂致燎原之火，撲滅無從。今江南省垣又遭塗炭矣。度支愈絀，轉餉愈繁。皇上宵旰焦勞，痌瘝在抱，集思廣益，或可仰贊高深。臣學識迂疏，不達權變。第當時事艱難之會，不敢緘默自安。謹舉其切要者臚陳八條，伏候聖明裁擇。

一速合剿以挫賊鋒。賊若意在擄掠，南竄蘇杭，則財賦之區皆被蹂躪；若盤踞金陵，南北分擾，則咽喉阻塞，爲患尤深。亟應乘賊計未定之時，敕諭向榮相機渡江，陳金綬進扼浦口，南北夾擊，以上海舟師泝流衝其前，江忠源、鄧紹良之兵掩其後，多備火攻，焚其舟艦，庶可大挫賊鋒，而圍剿易於得手。楊文定在京口防堵，兵力尚單，宜速調浙省精兵星夜赴援，並沿途翦除土匪，以防勾結紛擾。

一添重兵以守江淮。自來控制南疆以長江大河爲天塹。而防河必先防江賊，若北竄，其途有二。西路自江浦渡江，以犯廬、鳳，則大軍之駐皖省者宜進扼滁、和，憑高下擊；東路由瓜、儀徑趨淮揚，揚州城大而不堅，淮安城甚卑薄，城外運河堤高於雉堞，清江浦又無城可守，此路最爲喫緊。然守城之法，須於城外來路邀截。若僅閉門登陴，此武昌、金陵之所以失事也。臣愚以爲瓜洲、儀徵雖無險可恃，而寶塔灣、平山堂、雷塘灣頭等處皆古來鏖戰之區，可節節設伏蹙之；運河、高、寶諸湖舟楫宜盡拘藏，防賊透渡高堰及黃河；南岸宜防其偷挖堤工；又須遠斥堠，明偵探，搜伏奸，毋蹈從前覆轍。至馬隊不宜於南，所有吉林、黑龍江官兵應令駐紮河北，嚴密防範。再通州、泰州、興化、鹽城俗名下河，地產秈稻，場竈在焉，恐其窺伺掠食，宜令狼山鎮總兵並力守禦。

一清捻匪以防滋蔓。兖、豫、潁、鳳之間捻匪夥黨甚多，最爲腹心之患。現在周天爵雖招撫千有餘名，聞多桀驁不可用，而陸應穀又奏皖省捻匪四起，已帶兵往永城防堵。宜亟分兵彈壓，可撫則撫，應剿則剿，薅苗櫛髮，以次馴伏翦除，方不致合成大股。並聞皖、楚、豫三省交界有土匪數千，四出劫掠，尚無頭目，宜迅速查辦。又襄陽土匪現雖就撫，未甚擾馴，宜設法羈縻，俾之帖服。

一覈浮冒以收實用。軍興以來，部撥軍需已及二千五百餘萬兩，而剿防一無得力。迨至列城淪陷，轉藉寇兵而資盜糧，深可惜也。至糧臺款目繁多，其最易冒銷者，莫過鄉勇一項。此次各省軍餉，廣西獨撥至一千一百餘萬兩，而募勇至三十二萬八千餘名，其中雖間有驍勇，然通賊者亦多，聚之徒費口糧，散之又肆剽掠，且地方官吏因之虛報侵漁，尤可痛恨。應請敕下各省大吏，覈實鉤稽，並嚴定章程，以杜侵冒。再軍行最重糗糧，近來多支放銀兩，取便輕齎，以致向榮帶兵追賊經過地方，居民皆已遠徙，覓食無從。宜於江皖附近之處採買米石麪斤，運赴大營，源源接濟，並多備乾糒，分給裹攜，庶收飽騰之效。

一恤災黎以甦民困。各省被兵州縣及附近地方業已普被皇仁，飭令查明，分別蠲緩，特恐有司奉行不力，未能實惠均霑。自粵西以逮江左數千里中，閭井蕭索，滿目荒蕪，情形可想。凡殘破州縣，宜令各督撫慎擇循良慈惠、强幹有爲之牧令，拊循凋瘵，招集流亡，存老恤孤，掩骼埋胔，創造室廬，勸興耕作，肅清遺孽，安輯善良，並設法團練，築堡繕城，以防賊之再至。如有貪庸不職者，立予參劾，庶吏治肅而民氣可以漸蘇。

一行實政以結人心。直隸、山東、山西、河南各省拱衛神京，上年雪澤優霑，民氣尚爲恬謐。惟是兵差絡繹，小民已困於輸將。臣聞每次兵差分爲數起，每起僅官弁數員，兵二三百名，經過州縣須備酒席數十桌，過站規禮銀四五十兩、錢三四十千，而兵丁之飯食、車輛、馬匹不與焉。雖經疊奉嚴旨飭禁，而此弊未盡革除。況州縣辦差皆徵之於百姓，吏胥復從而婪索分肥，是多一次兵差，即多一番科斂。宜令封疆大吏彈壓弁兵，毋徇情面。並密查州縣中有藉端苛派者，即予嚴參懲辦，以培元氣而固民心。

一籌糧石以實倉儲。計通倉所存米石僅支一年，即今年江浙海運全數到津，亦不敷兩年支放。本年漕糧業經蠲緩，就令妖氛迅埽，而農甿甫經復業，明歲正供之額恐亦未能全完。京師兵民乏食所關匪細，現在閩粤議捐臺米、洋米，未知可辦若干。臣思京東州縣産米頗多，請敕下直隸總督就近籌款購辦。又奉天地産米穀，而高粱尤多，商販由口外運至瀋陽者甚夥，惟收買須籌經費，或開採蔘斤，可暫行停減一年，即以船規、燒鍋兩項津貼銀兩購買各項糧石，可得數十萬石。運送天津，亦可搭放俸餉，藉資民食，可否諭令將軍府尹體察情形，妥速辦理。

一整紀綱以維根本。京師者，四方之本也，前此疊奉諭旨嚴門禁，勤操練，簡軍器，詰奸宄，果皆實力奉行。自收居重馭輕之效，近又免商捐，停鋪税，綸音甫沛，廛肆騰歡。可見爲政之要，惟在審民情而示以鎮靜而已。臣願在廷諸臣共持大體，悉泯偏私，懲泄沓之風，化黨援之習，協和衷之誼，守畫一之規。毋以見小欲速輕議紛更，動摇物聽。夫天地生財止有此數，不在官即在民，今者官民交竭矣。剜肉以醫創，將無可剜之肉；取魚而竭澤，將無可取之魚。利害昭然，不可不察。更願皇上儉德日修，常以宣宗成皇帝爲法。凜古聖危微之訓，揆前代成敗之幾。鑒别群言，施行盡善。庶根本固而四方之觀聽不淆矣。至畿輔開礦之舉，恐所得不過錙銖，而招集游民，適滋流弊，非經國之遠猷也，似宜亟行停止。以上各條謹就臣管闚所及，輒獻愚忱，伏乞皇上聖鑒訓示謹奏。咸豐三年二月二十五日。

咸豐三年二月二十六日廷寄：逆匪竄入江寧，鎮江、蘇州俱已震動，浙省與蘇省水陸毘連，情形極爲喫緊。向榮現已渡江，如攻剿得力，自可遏賊東竄；陳金綬由浦口直趨儀徵，徑赴瓜洲，現在能否渡江與向榮併力攻擊，若能用船炮轟斷浮橋，燬其輜重，並分扼要隘，杜賊南北分竄之路，則蘇、常、嘉、湖一帶猶可不致擾害。琦善駐紮江北，尤宜統籌全局，相機策應。

〔一〕據《知止齋遺集·知止齋奏議》整理。

[咸豐三年三月]公薦江忠源摺同賈楨、朱鳳標上〔一〕

奏爲軍情緊急，請特簡大將以靖賊氛，謹合詞上陳，仰乞聖鑒事。竊惟逆賊竄據金陵，復陷揚州，奉旨續調精兵，允足以資防剿。但目前事勢亟須以剿爲防，若坐擁重兵待於境上，賊去而追已無及，賊來而守亦難支，貽誤機宜，莫此爲甚。而欲攻剿得力，非有身先士卒之大將，斷難期其成功。查湖北按察使江忠源義勇性成，戰功素著，實爲文臣中僅見之員。前奉諭旨，令赴江南軍營差遣，尋經張亮基奏留湖北。在疆臣各顧封守，需才良殷，然以湖北較之江南，緩急亦大有間。且此時江北尤爲喫緊，應請皇上通籌全局，破格施恩，加江忠源辦理軍務之職，假以事權，許其專摺陳奏，俾剋期進剿，當不至因循效尤。且該員親臨行間，武臣無所藉口，不惟調度便捷，亦可賞罰分明，於軍務似有裨益。再：現在調赴軍營之兵爲數不少，已足敷分剿，江忠源前帶楚勇業經遣散，似無庸再候調集，致稽時日。請即飭令酌帶親隨精勇數百名迅速啟行，相機籌辦。臣等與江忠源俱未識面，然訪之輿論，考其事迹，洵名實相符。用敢合詞上聞，伏乞聖鑒裁擇。謹奏。咸豐三年三月初七日。

咸豐三年三月初八日内閣奉上諭：湖北按察使江忠源仍遵前旨，帶領親信兵練馳赴江南向榮軍營，即著幫辦軍務。

〔一〕據《知止齋遺集·知止齋奏議》整理。

咸豐三年三月二十六日奏摺〔一〕

臣翁心存跪奏爲恭謝天恩事。本月二十五日内閣奉上諭：翁同書補授翰林院侍講學士，欽此。竊臣學承詩禮，報少涓埃。官箴每懔夫鵜濡，家訓有慚於蛾術。臣子同書駑駘下質，樗散庸材。持衡已遍乎邊庠，歸路遥經夫楚甸。恐勞驛傳，遂取道於西川；旋奉簡書，俾從軍於南服。望邛崍而叱馭，雲棧遄來；遵河洛以駪征，星軺速駕。方切稽遲之慮，彌深悚惕之思。迺復仰荷恩綸，超擢今職。沐鴻慈之逾格，竭蟻悃以難酬。臣惟有策以驰驅，勖以勤慎。誦韜鈐而參戎幕，當思僶勉從公；執鞭弭以效干城，非僅文章報國。所有微臣感激下忱，謹繕摺恭謝天恩，伏乞皇上聖鑒。謹奏。咸豐三年三月二十六日。

〔一〕據《知止齋遺集·知止齋摺稿偶存》整理，并酌加標題。

覆奏製造火藥鉛丸摺 咸豐三年四月〔一〕

奏爲籌議製造火藥、鉛丸，並硝斤、黑鉛不敷配造，及現在趕辦情形，據實密陳，仰祈聖鑒事。本月初六日，鑲黄旗漢軍都統順承郡王春山等奏請籌儲火藥、鉛丸，以備操防一摺，奉旨：著交工部，欽此。臣等竊惟行軍利器，以槍炮爲先，現值辦理軍需，火藥、鉛丸自應亟爲籌備。臣部向來定例，製造火藥有軍需、演放兩種，其工價之多寡不啻加倍，碾造之遲速亦復懸殊。軍需火藥存儲以三十萬斤爲率，演放火藥除每年支放外，存儲以三四十萬斤爲率。上年十一月間，臣部左侍郎、兼管火藥局臣哈芬以軍需火藥局存四萬餘斤、各處存備二十五萬餘斤，試驗尚堪適用，奏明先辦演放火藥，其軍需火藥俟咸豐五年再行辦造在案。臣瑞麟到署任後，因軍需火藥給發調撥吉林等處官兵，恐不敷用，當將演放火藥物料中提造加工手碾二萬斤奏明，分存兩翼前鋒營、八旗護軍營一萬八千斤亦在案。復於演放火藥内改造軍需火藥二十萬斤，加工手碾二萬斤，造成尚需時日，俟稍有成數，再由該局具奏，此現辦軍需火藥之情形也。

今八旗漢軍炮營請領火藥二百四十一萬二千七百六十餘斤，應需硝一百九十三萬二百十斤零，磺二十四萬一千二百七十六斤零，計庫存磺尚有餘，而硝斤僅存五十一萬六千零，所短甚多。除已經行取尚未解到者嚴行咨催外，現又寬爲調取，但一時未能到齊，應將庫存硝斤先行配磺發局製造，俟解到時陸續發給。惟製造火藥加碾愈多，則藥力愈猛，既不容草率減工，設遇風雨寒暑即須停手，尤未能剋期蕆事。查軍需火藥固爲刻下要需，而平時兵丁操演，所以練習準頭，亦須趕造支給。現在局設大石碾六十盤，又新修小石碾五十盤，臣等公同酌議，擬請每月碾造軍需火藥三萬斤，演放火藥六萬斤。或再另擇寬敞嚴密公所地方添設碾盤分造，庶可多爲儲備，于操防兩有裨益，伏候欽定遵行。

至鉛丸一項，據原奏單開數目，應需正耗黑鉛四百四十八萬七千七百十九斤零，查臣部庫存鉛子共二十六萬斤零，除槍營請領六萬一千六百五十斤外，所存僅二十萬斤，黑鉛現存二十五萬四千五百四十二斤。貴州解送運員報入山東境者六起，疊經嚴催未到，即到齊亦僅得六萬斤。又提取寶源局餘鉛十五萬斤，尚不敷三百八十餘萬斤。按照時價採買應需銀三十餘萬兩，爲數甚鉅。現當經費支絀之時，且恐近京一帶採買亦不能足額，應否敕下户部籌備款項，設局量爲收買，俟命下之日，臣部即行遵照辦理。

又鐵炮子、火繩等項，除廣生鐵由顔料庫行取外，通計各項物料火工銀六萬零八百餘兩，制錢三萬三千七百七十餘串文，例由户部支領，相應請旨飭令户部照數發給，工竣造册核實奏銷。謹先將原奏單開各款實數與臣部庫局實存及不敷給發細數並錢糧數目，一併另繕清單，恭呈御覽。所有臣等核議緣由，理合據實密陳，伏乞皇上聖鑒，訓示遵行，爲此謹奏請旨。

〔一〕據《知止齋遺集·知止齋奏議》整理。

〔咸豐三年四月〕覆奏查驗金鐘情形摺〔一〕

奏爲查驗金鐘情形並現擬辦理緣由恭摺奏聞仰祈聖鑒事。本年四月初十日內務府覆奏鎔化金鐘一摺，奉硃批著派恭親王奕訢〔二〕、工部尚書翁心存會同內務府認真妥辦，欽此。臣奕訢、臣翁心存遵即會同內務府大臣親赴廣儲司內庫，驗得庫存大金鐘三口。前面皆鐫高宗純皇帝御製銘，後面一鐫「鑄鐘第一黃鐘，乾隆五十有五年正月丁亥鑄成」，一鐫「鑄鐘第一黃鐘」，一鐫「鑄鐘第三太蔟，乾隆五十有五年十一月戊寅鑄成」，俱篆文，金色燦然，光彩煥發。覆秤斤數，約重八百斤、七百斤、五百八十斤不等，與內務府原秤無異。當即行查內務府製造金鐘原案，據稱册檔並未開載，無憑溯查。隨飭五城司坊官傳到金匠二名，取具切實，結狀前來，鑿下金塊試鎔，眼同磨對。該金匠亦未能確定幾成。臣等以茲事重大，不憚反復求詳，集思廣益，僉謂若必加工煎煉，提取十成足金，恐該匠等或以多報少；若捶碎後即發商取值，又必辨論金色之精粗。計較時價之高下，所得亦屬無多。當此左藏支絀之際，不得已而以庫儲成器用充籌備之資，豈可使市井細民轉得從中漁利。臣等伏思馭財有大柄，制用有大權，操縱變通攬之在上，故能立一時之法，制劑萬貨之盈虛。漢時造銀錫爲白金，緣鹿皮以藻繢，其直倍蓰，罔敢弗遵。誠以上之所貴，下自莫敢賤之也。矧此金鐘，尤爲寶器。我高宗純皇帝，制作侔於造化，律吕洞乎陰陽，維時物力豐盈，材美工巧，此鐘雖備而未用，其鑄造自必一律精純。竊謂鎔化後不必區分成色，范爲上幣，即是真金，每重一兩，準作足色紋銀十五换，以供錫賚，以酬勳庸。曩時以備宫懸，今日以利民用。俾天下咸曉然知朝廷之所貴，自然永遠珍藏。此制用之大權，馭財之大柄也。臣等公同悉心核議，擬將原金鎔成金條，或重五兩，或重十兩、十五兩[三]，前鐫「金重若干兩、準紋銀若干兩」，後鐫「咸豐三年製」，以便與銀錢通行。未敢擅便，恭候聖裁，即欽遵趕辦，至椎鑿鎔化，時日既久，諸弊易滋，尤須嚴密防範。除督飭工部内務府派出司員輪流監視外，臣等仍不時親往稽察，以昭慎重，而杜弊端。所有辦理緣由，謹合詞恭摺陳明，伏乞皇上聖鑒訓示。謹奏。

再：臣等奉命鎔化金鐘諭令，認真妥辦，敢不倍加兢惕，實力講求。是以博訪旁諮，稍稽時日。甫於本月初六日在内務府銀作開工，而金質過堅，椎鑿匪易，其始每日祇得碎金數十兩，添雇工匠，併力趕鑿，亦僅日得二三百兩。鑿下金塊，外甚晶瑩，内則色多黄白，不知當時成造之法如何。臣等初擬仿造貨幣之形以供賓用，而内府匠役亦不能創鑄鐵模，只得試取數塊，鎔作金條，色頗闇淡，現用鹽硝煉製，其光始覺爛然。詢諸金匠，據稱「細加磨驗，金止三成，其餘約銀五成，銅二成」等語，惟現當經費支絀，不得不權宜變通，以濟一時之用。臣等於正摺内未便聲叙，而實在情形亦不敢不附片密陳，庶免欺隱之咎。謹將鑿下金塊原樣六十兩零六錢二分，製過金條三件共三十兩，一併實封，恭呈御覽。將來鎔化得有成數，應否隨時進呈，或發交户部安議如何搭放之處，伏候命下祇遵。至工匠攙和偷漏等弊，現在時刻防維，已公議規條，務求周密，所有工料、鑪炭、棚座一切應用銀錢，先由內務府撙節支給，俟工竣後筭明細數，覈實報銷。臣等堂司各官，飯食均係自備，以節靡費。臣等惟有督率司員，始終奮勉，勤慎奉公，以期無負聖主委任之至意。此片係密陳事件，伏乞留中。謹奏。

〔一〕據《知止齋遺集・知止齋文稿》整理，另《知止齋遺集・知止齋奏議》中亦收此文，題目作「辦理鎔化金鐘摺」，並少「再：臣等奉命鎔化金鐘諭令」以下「密陳」文字。

〔二〕「新」，原文留空待補，今補。

〔三〕「十五兩」，《知止齋奏議》作「或重十五兩」。

[咸豐三年五月] 急籌防剿事宜摺 同賈楨、朱鳳標上〔一〕

奏爲賊氛日熾，宜速扼河防守，兼籌進剿事宜，仰祈聖鑒事。竊惟用兵之道，貴洞燭乎先幾，尤貴通籌夫全局。統計徵調各路精兵萃於淮揚者不下數萬，然未曾嚴防後路，以致別股之賊乘虛分竄，徑過滁、和，復不能分兵撲滅，俾得沿途裹聚，由鳳陽而蒙城而亳州，今歸德又失守矣。歸德爲糧臺重地，二月中河南撫臣陸應穀曾留陝西兵一千名防守，何以倉猝之間賊遽搶入。現在賊勢已逼汴梁，相距僅二百餘里。開封城垣疊遭河水衝齧，地形卑濕，守備空虛，能否固守待援尚未可料。勝保等雖已引兵而西，然僅能追躡賊後，江忠源甫由湖北東行，折回趕到，亦尚需時日。誠恐逆匪聲東擊西，由曹考、蘭儀渡河，闌入山東、直隸界內，則蔓延益不可問。臣等均係書生，不諳軍務，然目擊時艱，義難緘默，謹公同酌擬防剿事宜六條，以備聖明採擇：

一　扼河而守最爲目前要務。宜速令東河總督、河北鎮道分段帶兵防遏，所有黄河船隻總飭沿河地方官盡拘泊北岸，毋以資賊。並責成雷以諴、王履謙等往來梭查，如有奉行不力者，即嚴參治罪。並請飭令恩華統帶吉林、黑龍江官兵兼程前進，於曹州一帶擇要駐紮。山東巡撫、南河漕運各總督分扼黄河南北兩岸，以通驛路，兼護糧臺。其續調之山、陝各處官兵令駐豫省曹考、延津北岸嚴密防堵，並防奸細潛挖河堤，爲偷渡灌城之計。其迤西孟津、風陵等渡口一律嚴行防範。至汴梁形如釜底，萬難堅守，宜令撫臣駐兵河干，接仗較爲得勢。並飛催勝保等星夜赴援，毋稍延緩貽誤。

一　直隸大順廣一帶宜速調重兵防守。上年十一月間已調大名鎮兵一千前赴軍營，則彼處兵力實形單薄。宜抽撥精兵屯駐，以壯聲威。惟近京各鎮不可調撥過多，致失居重馭輕之道。且伏莽之戎所在多有，如安肅、鉅鹿等縣習天主教者尤夥，此時若紛紛搜捕，又恐別滋事端。似宜於保定、正定調集重兵，示以鎮靜，儻有蠢動，亦易剿捦。

一　河南之偃師、閿鄉、靈寶爲古桃林、殽函要塞，山西之澤潞、蒲津，陝西之潼、商兩路均宜令各督撫併力堵截，杜賊西竄之路，洛陽尤爲險要，宜設嚴防。

一前調察哈爾土默特蒙古馬隊官兵在熱河綏遠城分駐。現在軍務緊急，應否密飭整頓軍裝器械，並預撥内庫銀兩，以備軍需。俟一有徵調，即飛速進口，内衛京畿，外護山東、西兩省，庶免遲延。

一京師九門内外堆撥宜實力巡查，盤詰奸宄尤宜加緊。如近獲黄夜爬城之王孝，情節尤爲重大，應速嚴究黨羽，以靖根株。其他匿迹藏奸者恐復不少，應請敕下步軍統領衙門、順天府、五城晝夜偵察，密速拴拿，以防竊發。再海運米石宜速運入城内禄米等倉，其通倉存儲糧石亦宜俟海運事竣後陸續運入。城内各倉請密飭倉場侍郎務爲深遠之謀，毋得瞻顧徇私，藉詞欺飾，致誤大計。

一逆賊負固金陵，分踞揚鎮，以綴我師，而潛向西北肆擾，其計甚爲狡譎，總師干者豈宜智出賊下，乃各擁重兵相持不決，若復遷延時日，師老財匱，事變將生，深爲可慮。請特降嚴旨，責令琦善等剋期收復揚州，和春等水師盡焚江中賊艦，鄧紹良等進復鎮江。然後江北之師肅清淮甸，西馳擊賊，江南之師合剿金陵，埽穴拴渠，餘賊自易殄滅。尤須密敕向榮、許乃釗等布置周密，毋墮賊奸計，俾竄出重圍，又蹈永安、道州覆轍。至偵探不明，奏報失實最爲近來軍營惡習，所以不能成功。此次逆匪重擾安慶，明係由金陵江面西上之船，是否向榮等粉飾欺蒙，抑係沿江竟無斥堠，似宜申誡切責，俾速籌滅賊以贖前愆。現在賊蹤飄忽不常，併請敕下江西、湖北各督撫繕完江防，毋忘補牢之計。

以上各條似爲今日之急務，在聖主默操成算，固已計周萬全，而臣等共抱微忱，敢不獻其一得。

不揣冒昧，謹合詞繕摺具陳，伏乞皇上聖鑒。謹奏。咸豐三年五月十七日。

〔一〕據《知止齋遺集·知止齋奏議》整理。

咸豐三年五月十八日奏摺〔一〕

調任刑部尚書臣翁心存跪奏爲恭謝天恩事。本月十七日內閣奉上諭：翁心存著調補刑部尚書，欽此。竊臣材同樗質，學有蓬心。濫奉職於冬官，愧程功於日省。治經鮮術，詎知斷獄之方；讀律未能，難效明刑之績。迺蒙恩綸特賁，俾領雲司。聞命之餘，撫衷增惕。伏念五刑所以弼教，三尺尤貴持平。必兩造之簡孚，恐一成而難變。惟值譸張之日甚，尤宜淑問之需材。如臣庸愚，深虞隕越。惟有盡力學習，隨事講求，以期仰答高厚鴻慈於萬一。所有微臣感激下忱，謹繕摺恭謝天恩，伏乞皇上聖鑒。謹奏。咸豐三年五月十八日。

〔一〕據《知止齋遺集·知止齋摺稿偶存》整理，並酌加標題。

卷四十二

京兆退思録一

咸豐三年五月二十日奏摺[一]

調任工部尚書兼管順天府尹事務臣翁心存跪奏爲恭謝天恩事。本月十九日内閣奉上諭：工部尚書著翁心存調補，欽此。同日又奉上諭：翁心存著兼管順天府府尹事務，欽此。竊臣性原駑鈍，識更顓愚。庀材濫效夫工師，製錦未嫺乎吏治。明刑任重，甫領雲司；折獄才疏，方深日惕。迺蒙温綸疊沛，寵命重頒。仍奉職於工虞，俾兼司夫京尹。受恩逾重，報稱愈難。伏念器用必貴精良，輦轂首宜整肅。矧值綢繆之方切，尤當綱紀之先陳。臣惟有勉矢丹誠，倍敦素守。整躬以率屬，察吏以安民。庶幾仰答高厚鴻慈於萬一。所有微臣感激下忱，謹繕摺恭謝天恩，伏乞皇上聖鑒。謹奏。咸豐三年五月二十日。

〔一〕據《知止齋遺集·知止齋摺稿偶存》整理補入，並酌加標題。

咸豐三年七月十六日奏摺〔一〕

臣翁心存跪奏爲恭謝天恩事。本月十二日内閣奉上諭：翁同書補授詹事府少詹事，欽此。竊臣傳經有志，式穀無方。服官已懔乎鵜濡，教子尤慚夫燕翼。臣子同書賦材愚陋，禀質迂疏。甫竣衡校於黔中，旋奉簡書於江表。武事未嫻七略，象弭叨陪華資。遽歷三遷，龍綸疊沛。何裨塵露，莫報涓埃。迺復仰荷天恩，升授今職。沐鴻慈之逾格，竭蟻悃以難酬。臣惟有勖以精勤，勉其進取。習星鈐而趨戎幕，無忘夙夜在公；草露布以暢皇威，非僅文章報國。所有微臣感激下忱，謹繕摺恭謝天恩，伏乞皇上聖鑒。謹奏。咸豐三年七月十六日。

〔一〕據《知止齋遺集·知止齋摺稿偶存》整理補入，並酌加標題。

附　翁同書奏摺

新授詹事府少詹事臣翁同書跪奏爲恭謝天恩仰祈聖鑒事。竊臣於咸豐三年八月二十一日由欽差大臣琦善行知，准内閣咨開七月十二日奉旨：翁同書補授詹事府少詹事，欽此。臣當即恭設香案，望闕叩頭。伏念臣吴疆末植，詞館備員。十年身履蓬瀛，兩世同依日月。溯自花甎翔步，幸隨紫府之班；

逮從筰部掄才，載領朱衣之使。瓜期既届，芝綍特頒。敬拜命於黔中，遂從戎于江上。自顧《六韜》多昧，適成拳曲之庸材；何期一載未周，疊沐頭銜之寵晋。地皆清要，龍光真賁以絣蕃；天與栽培，虎旅亦傳爲榮幸。末由報稱，彌切悚惶。臣惟有清白恪承，寸丹益勵。遥望觚棱五色，簪毫憶曉唱之籌；會看鐃吹千官，磨盾奏功成之頌。所有臣感激下忱，謹繕摺恭謝天恩，伏乞皇上聖鑒。謹奏。咸豐三年八月二十三日。

咸豐三年八月二十八日奉硃批：知道了，欽此。

［咸豐三年七月二十七日］請將大城縣知縣陳廷鈞、南路同知丁希陶一併撤任摺

奏爲知縣派修城工奉行不善，禀經該路同知率准試行，請旨併行撤任，聽候查辦，恭摺具奏，仰祈聖鑒事。竊照北城御史具奏，客店查出大城縣民人孫德等，訊因知縣派修城垣，按地加斂，欲行京控一案。奉旨：大城縣孫德、魏致亭、尚文登、蘇天長、宋成、張興隆、王諾山均著交順天府秉公查訊，欽此。欽遵於軍機處發出原呈、該縣告示、串票，並北城將孫德等七名移解前來。臣等查閲原奏並該縣告示，有奉憲檄發章程，該縣酌令按地加斂等語。恭查上年八月内欽奉上諭：近聞各直省府廳州縣城墻，每因創建日久，坍塌甚多，著直省各督撫轉飭所屬，凡有應行修理各城，務須隨時設法籌

辦，以資保障。其有官民捐資修理者，著即核實奏請獎勵等因，欽此。經臣衙門欽遵通行各州縣，飭令各將情形開單繪圖，具詳查辦，並未發給章程。該縣奉札之後亦無稟報，當即嚴飭署南路同知李朝儀確切查案詳報。一面督飭治中訊取供詞，札委糧馬通判前赴該縣嚴提全案人證。去後隨據該署同知録案具詳，緣上年各處籌辦防堵，前任直隸臬司周啟運曾議飭令各州縣修補城垣、編查保甲、團練鄉勇，三條内修補城垣一條，有或令量力輸將，按糧攤派，富户捐資，貧家助役等語，稟經直隸督臣照開條款，飭令通行遵辦。該大城縣知縣陳廷鈞以城垣坍塌亟需修理，因恐富户無多，難以勸捐，遽擬按地加釐完銀，不及一兩者按銀一錢加釐大錢五文，不及十兩者按一錢加釐大錢十文，以次遞增，稟經南路同知丁希陶，以該縣每年起存地糧不過一萬餘兩，按糧抽釐爲修城公費，每年所積亦止大錢百千文，城工浩大，告竣無期，批令姑且試行，仍勸富户隨時捐輸，此告示内所稱奉憲檄發章程開列條約之原委也。復核該民人孫德等供詞，同稱負苦種地度日，本縣出示加徵，宋成完過糧錢一兩一錢，加城工京錢二百二十文；王諾山姪王世安完銀六錢，加城工京錢一百二十文，均有糧串可查；孫德、魏致亭、尚文登、蘇天長、張興隆尚未完糧，同縣民人許旺、蘇在墀現被嚴押。告示内稱紳士經管伊等完糧，俱係櫃書手收，曾赴南路同知衙門呈訴，批飭保定縣查復，伊等來京住店被盤獲等語。卷查本年四五月内縣民蘇在墀、李如玉等先後赴步軍統領、都察院衙門呈控户書石克讓等私派加徵等情，疊經臣衙門發交南路同知秉公訊辦，及飭該縣詳報，至今均未詳覆，於中有無徇庇書吏、勒派分肥情弊，現已督飭委員將許旺、蘇在墀守提來京，併案訊辦在案。

臣等伏查私派加徵，例有明禁，各直省辦理城工均係官民捐輸籌辦，事竣詳請議叙獎勵，歷係照此辦理。該州縣如果辦事公誠，民自輸將恐後，且修葺城垣所以衛民，豈可先行擾民，若按地畝加徵，則民力不齊，窮乏小民必多苦累，而奸胥猾吏藉此苛索侵漁，流弊益無底止。該前臬司所議各條原令各就地方情形酌辦，大城縣境内歷年多被水潦，較之他處情形尤屬瘠苦。該知縣陳廷鈞不恤民隱，不察民情，遽行出示開列條約，按地加釐，實屬任意妄爲，奉行不善。該同知丁希陶既知該縣每年起存糧銀不過一萬餘兩，所加釐錢亦難蕆事，城工浩大，仍須勸捐，乃遽批准姑且試行，又不稟明酌定，亦屬率忽。相應請旨將大城縣知縣陳廷鈞、南路同知現署通永道丁希陶一併先行撤任，俟提經手櫃書人等併案訊明有無藉端科派、例外浮收各確情，再行分别照例辦理。所有訊供查辦緣由，理合恭摺具奏，伏乞皇上聖鑒。謹奏。咸豐三年七月二十七日。

[咸豐三年七月二十七日]順天巡防事宜摺[一]

奏爲順天府屬巡防事宜分别嚴定章程，謹將現辦情形恭摺陳明，仰祈聖鑒事。竊惟肅清輦轂，法令首貴嚴明；申畫郊圻，封守必期慎固。矧值方隅之未靖，尤宜綱紀之聿修。苟非思患而豫防，何以詰奸而禁虣。臣翁心存到兼尹任後，即與臣宗元醇核定章程，嚴密布置。旋准辦理巡防王大臣咨詢東西兩路添設籌支、派撥兵役傳送規條，當即督飭所屬悉心妥議，去後隨據陸續稟覆前來，經臣等再三酌核，一面咨覆，一面飭屬實力遵行在案。臣等復體察情形，通盤籌畫，所有現行事宜，其要有四，敬爲我皇上一一陳之。

伏查京師九門内外，額設營汛、司坊、兵役、牌甲，星羅棋布，法制本極周詳。大興、宛平二縣職任地方，自應協同稽察。乃向來畫界分治，凡城内外巡捕、保甲分屬京營、五城，其營城界外地方始歸該兩縣管轄，各按界址豎立石碑，永遠遵守。原不容輕改舊章，惟當此巡防喫緊之時，似不妨權宜變通，相資爲理。第内外城地廣人稠，該兩縣又政繁事劇，臣等現擬於内城分東西兩路，添派佐雜官四員，各帶差役四名，給與腰牌，晝夜巡緝；外城按照五城地面分爲五路，派候補正印官五員，各帶差役四名，會同司坊官協力梭巡。除旗户歸步軍統領衙門管轄，門牌歸五城御史稽查外，凡廟觀、坊肆、客店、會館以及空房廢宅、幽曠偏僻處所，密行偵察。但有蹤迹詭秘、形狀可疑者，立會營城拿究。仍飭大、宛兩縣不時周歷，核其勤惰，以專責成。惟事屬創始，應請敕下步軍統領、五城御史分飭所屬，遇有該兩縣官差巡緝，毋任兵役阻攔，務期畛域不分，而巡防益加周密。此營城地界宜令大、宛兩縣一體巡查也。

營城界外與各州縣所屬村落交錯，路徑分歧，而東西兩路尤爲緊要。現在添設傳籌，巡防較更周密。東路自馬駒橋小路至通州三十八里，俱通州專轄，中經七村莊，分作五段，每段設窩鋪二座，每座兵役四名，晝則往來巡緝，夜則按更傳籌，專派佐雜官一員，駐馬駒橋稽查收發。西南路自黄村小路至盧溝橋三十五里，係大興、宛平分轄，中經村莊分作九段，每段設窩鋪、汛房各一座，兵役傳籌俱照東路辦理。專派營弁二員駐郎垡村適中之地，總司分巡。其東路由馬駒橋至通州迆北，尚有零星村莊十八處，西路由黄村至盧溝橋尚有僻徑一條，亦令該同知添派兵役，協同地保巡查，仍與送籌兵役互相接應。至南路附近，南苑現有重兵駐劄，毋庸議添籌支。第苑墻南北相距六十里之遥，稽查匪易。北路東距通州，西至盧溝，中隔營城地界，難以添設籌支，而地面亦極遼闊，應責成南北兩路同知就近輪派員弁兵役，每日各會巡一次，以昭慎密。所有委員薪水、兵役飯食、燈燭錢文，先由臣等暨各廳州縣捐辦。儻地方官督辦不力，始勤終怠，臣等即據實嚴參。此郊坰地方宜令四路同知分段稽察也。

其畿輔扼要之地，東則通州，西則涿州，皆水陸衝途。臣等先已札飭嚴密防範，凡過往客商，務須留心盤詰。而南路固安尤爲南省往來門户，永定河堤各段雖有河汛巡防，惟固安官渡最關緊要，已飭南路同知遴委文武員弁多帶兵役駐守渡口，查驗放行，並飭該廳縣隨時督率巡緝，遇有奸徒，立即拴治。此外如武清東界運河，民回又多雜處，房山西鄰淶、易，藪澤易於藏奸，北路密雲、昌平雖有雄關控扼，而山深谷邃，時有口外響馬賊匪出没其間，俱令時刻偵邏，毋稍鬆懈。此近京扼要之處，宜加意周防也。

至於團練規條，疊經欽遵諭旨，飭屬通行在案。竊謂壤地有肥磽之異，户口有衆寡之殊，惟能因地制宜，斯事不煩而民不擾。若官爲經理，則鄉胥、里保抑勒易滋；若招集壯丁，則經費不貲，亦易合難散。北方風氣剛勁，技擊素嫺，但令各該處公正紳耆廣爲勸諭，俾人自爲守，家自爲保，刀矛牌棍隨其所長，錢鎛耰鉏聽其所便，每日仍勤耕作，稍暇即習技能。如有外來匪徒，立時捆送，儻遇盜賊竊發，一村併力出禦，鄰村聞聲應援，守望既嚴，保障自固。該州縣仍力行保甲，親歷拊循。政教苟洽乎人心，官民自聯爲一氣。此各屬團練之規，宜實心辦理也。

惟四路廳捕盜營兵前經大半撤裁，今議酌量添設，順天府界內武弁向來不歸兼轄，今遵旨一併稽查。已咨商督臣，俟酌定章程再行會奏。總之居中馭外，貴存深根固柢之思；除莠安良，自收敵愾同仇之效。在臣等惟有正色率下，嚴彰癉以樹風聲；在各屬庶皆實力奉公，誡玩愒而除積習。所有現在籌辦情形，理合繕摺詳晰陳明，伏乞皇上聖鑒訓示。謹奏。咸豐三年七月二十七日具奏。

奉硃批：依議，妥速辦理，欽此。

〔一〕據《知止齋遺集·知止齋奏議》整理補入。

〔咸豐三年八月二十八日〕提訊通州控案大概情形，並請將各案一併交審摺

奏爲遵旨提審通州京控藉差科歛一案，謹將現訊供情據實具奏，並查該州尚有被控各案，請旨飭交併行查辦事。竊查臣衙門於七月二十九日奉旨交審都察院具奏，順天增生王振綱等呈控通州兵書魏七等藉差科歛等情一案。當經臣等札委經歷王鍾前赴該州嚴行守提全案人證卷宗來京審辦。嗣於本月

十三日據將該州書役魏七、張永安、韓永和、劉泰等四名解到，臣等以此案控關書役藉差苛派，必須徹底根究，嚴行懲辦，連日飭委霸昌道慶岳督同兼署治中何蘭馨研訊供詞。該原呈所控號草折錢一節，訊據劉泰供認每年辦草二十四萬斤，在里甲内派差，按每一斤錢三十文買草交號，每年有餘草八萬斤，折價二千四百吊，兩季交官屬實。兵車折價一節，訊據韓永和等供認，歷次兵差過境，官令按一輛車按日折錢，不要車輛，在於有騾馬之户，按旂三民七派辦，衆紳士並未遵辦，由伊等墊給，所有供辦兵差車輛，不要車輛，實是本官叫令交錢等語。訊據張永安供認，收過韓永和錢四十二吊，又收里甲賈萬儒等錢一百八十五吊屬實。因兩項所供，質之該原告王振綱等，尚有道光二十年委員訊辦採買草束卷宗，暨案内抄牌科書吏及要證賈萬儒等，並須提同該州該吏目之經手門丁謝九等嚴行質訊，始得水落石出，分别定擬。現經飛檄嚴行守提，並擬撤任聽候查辦。兹於本月二十六日欽奉上諭：副都御史文瑞奏順天府屬通州知州高衡枉法徇私，得受多贓，並據署通永道丁希陶聲名平常，物議沸騰各等語，著派賈楨、花沙納會同刑部提集全案人證卷宗，照按所參各款秉公嚴訊，據實具奏，高衡著先行解任，交順天府迅即委員押令來京，聽候審辦，欽此。欽遵當將該署通州知州高衡先行撤任，委員迅即押令來京聽審。惟查尚有民人范坤以張璀亭誣欠串詐，勾串該州門丁書吏藉案索詐等情赴都察院衙門具控，劄送臣衙門訊辦一案。又據侯選兵馬司吏目鮑榮棠以該知州高衡圖賴帳目，串同捏禀通永道丁希陶等詞一案，赴臣衙門具控。先後均經臣衙門嚴札守提人證，尚未解到。伏查此三案皆係控告該知州高衡之案，均應嚴加訊辦，未便久延。相應請旨將此三案一併飭交欽派大臣會同刑部審明核辦。除將三案卷宗檢齊並催提人證送審外，所有併案辦理緣由，理合恭摺具奏，伏祈皇上聖鑒。

再：臣宗元醇現在請假，未克同來，合併聲明。謹奏。咸豐三年八月廿八日。

附：八月二十八日奉上諭：翁[心存]等奏提訊順天增生王振綱呈控通州兵書魏七等藉差科斂一案，現訊供情，遵旨請交欽派大臣會同刑部審訊；又民人范坤控告該州丁書藉案索詐，候選兵馬司吏目鮑棨棠控告該州知州高衡圖賴賬目，串同捏稟二案，均著交賈楨、花沙納會同刑部嚴訊確情，據實具奏，欽此。

[咸豐三年九月九日]請將順天府屬各營暫歸管轄調遣摺

奏爲順天府屬各營弁兵請旨暫准臣等管轄調遣，以資防衛事。本年五月二十二日奉上諭：給事中長秀奏順天府屬各營武職請歸兼尹、府尹稽查一摺，順天府本有兼轄武職之責，當此籌防之際，稽查尤關緊要。現在直隸總督既赴南路巡防，所有順天府屬各營即著兼尹、府尹督率嚴定巡緝章程，實力奉行，以昭周密，倘武職内有不能得力之員及疏防案件，即由該府尹等一體嚴參，欽此。欽遵當即咨會直隸督臣、提臣並檄行藩、臬兩司妥議章程在案，日久未據咨覆。查順天府屬境内各營向不歸臣等管轄，所有將弁兵丁定額並現調各路防剿及存留本營實數，臣衙門均無文案册籍可稽，無憑查核，一切調度亦復呼應不靈。現在賊匪竄擾直境，督臣軍務紛繁，臣等若再拘泥成例，遇事往返咨商，恐致稽延時日，畿輔重地，關繫匪輕，可否權宜辦理，請旨准將順天府屬各營暫歸臣等管轄調遣。如蒙俞允，臣等即一面咨會督臣，將各營地界將弁兵丁定額、奉調存營實數、馬匹軍械清册，知照前來，以便酌量情形飭撥，擇隘防守，倘有不能得力，即據實嚴參，俟軍務告竣，即仍照舊章辦理。臣等爲地方緊要，因時制宜起見，是否有當，理合恭摺具奏，伏乞皇上聖鑒訓示。謹奏。咸豐三年九月初九日。

是日内閣奉上諭：翁心存、宗元醇奏請將順天府屬各營弁兵暫准管調一摺，順天所屬各營向係直隸總督管轄，現在軍務殷繁，自應權宜辦理，所有順天府屬各營將弁兵丁均著暫歸該兼尹府尹管轄調遣，以資防衛，俟軍務告竣，仍照舊例辦理，欽此。

〔咸豐三年九月九日〕覆奏雇備騾駝車輛情形摺

奏爲兵差起程雇備騾駝車輛徑送保定，沿途毋庸更替情形，遵旨具摺覆奏，仰祈聖鑒事。臣等於本月初三日承准軍機大臣字寄本日奉上諭：軍裝器械向用車輛裝載，當此道路難行，不得不設法變通，惟騾駝爲數過多，或難趕雇，著翁心存等體察情形，酌奪速辦，若有騾駝固好，自應直抵軍營，仍應用車輛濟之，不可拘執，亦不可畏難，以一覆奏了事。總應寬爲籌備，迅速辦理等因，欽此。遵軍機大臣在案。兹本月初五日復准軍機大臣字寄本日奉上諭：現已諭令培成等將所帶京旂各營及察哈爾官兵共四千五百名，即日由京起程，所有騾駝車輛著遵照前旨，飭令地方官迅速雇備齊全，毋許片刻延誤，仍著將現在雇備情形即行具奏。至所雇騾駝車輛若能徑赴保定，自較沿途更换爲妥速，並著酌量情形，速飭籌辦。惟所需經費恐一時措辦不及，現已諭知僧格林沁等由火器營捐輸項下撥給銀六千兩，以資協濟。總期妥速齊備，無誤軍行等因，欽此。遵旨寄信前來，仰見皇上體恤官民，無微不至。臣等跪誦之下，欽感難名。當即連日督飭大興、宛平兩縣，將騾駝車輛陸續雇覓。去後兹據該兩縣節次禀稱，現已雇得車二百輛，騾一百頭，又設法雇備駝一千五百七十隻，均先給發價值，徑送保定，沿途毋須更替。臣等查核情形，尚足敷用，已於本月初七日早晨將頭起官兵需用騾駝車輛解送南苑，妥爲支應。臣等一面仍即督飭該兩縣趕緊寬爲預備，俾各起官兵按日前進，毋得片刻遲延。其兵丁、食物各項業經札飭良鄉、涿州照例備辦，並遵旨飛速轉行直隸沿途地方，一體遵辦。

再：臣等現有督辦兵差事宜，未克分身，業經府丞臣張錫庚前往良鄉妥爲護送照料，合併聲明。

再：現在兵差陸續起程，良鄉爲出京首站，一切預備照料事宜至關緊要。查有前任良鄉縣丁憂知縣薛榮於該任内自上年以至本年承辦歷次兵差，毫無貽誤，本年夏間丁憂卸事，尚未回籍。該員在任最久，熟悉地方情形，洵屬老成練達，順屬現辦兵差並巡防一切事宜，在在需人，合無仰懇天恩，准

所有現在備辦兵差情形，理合恭摺覆奏，伏乞皇上聖鑒。謹奏。

將前任良鄉縣丁憂知縣薛榮暫留順天，聽候差委幫辦，以資熟手。臣等爲地方需人起見，謹附片陳明請旨。咸豐叁年九月初九日。

再：各起官兵現在陸續起程，所需騾駝車輛均經飭令大興、宛平二縣迅速雇備，徑送保定，可以不致遲誤。已將現辦情形奏明在案。惟此項騾駝車輛均係該兩縣分赴四鄉預爲雇覓，始臻妥速，價值頗昂，此後恐尚須續調征兵，尤應趕緊備辦。不揣冒昧，仰懇天恩，再由火器營撥給協濟銀四千兩，由臣等飭令先期寬爲籌備，核實給領，以利軍行。謹附片陳明請旨。

［咸豐三年九月初十日］查明高麗營清河等處地方並無匪徒摺

奏爲查明昌平州高麗營暨清河地方並無匪徒逗留情形，據實具奏，仰祈聖鑒事。本月初八日承准軍機大臣字寄本日奉上諭：有人奏京北昌平州高麗營暨清河等處有匪徒數百成群，俱係壯年凶悍之輩，自稱難民，形迹可疑，地方官恐干重譴，知而不問。又本月初四日健鋭營地面有匪徒多人，乘夜往來，經該翼長放鎗，始各騎馬奔竄，以致外火器營聞警，竟夜巡邏，傳至京城，人心惶惑等語。現在賊匪竄擾，逼近畿疆，盤查最關緊要，豈容奸徒溷迹。著步軍統領衙門、順天府一體迅速查拿，悉獲究辦，以除奸宄而靖人心。原摺著抄給閱看。將此諭令知之，欽此。遵旨寄信前來，臣等因各路巡防緊要，恐有奸徒溷迹，早經疊次飭屬嚴密稽查。前於八月中風聞昌平州、高麗營地方有難民入境，當經密委北路同知范梁迅赴該州密查。隨復傳聞宛平縣清河地方尚有難民，並准巡防王大臣來咨以聞得附京一帶難民甚夥，咨會嚴密搜查，妥爲安置。適值霸昌道慶岳來京委審案件，當即面飭該道星夜前往北路一帶確切查明，並委宛平縣知縣何蘭馨親往清河查辦。去後旋據該縣何蘭馨面禀，單騎親赴清河查訪，並無游民，市井極爲安静。又據該道慶岳、該同知范梁、昌平州知州吕圻先後禀覆，查得高麗營地方有山東災民郭振興等男婦大小十五名口，因原籍被水，出外求乞，攜有老弱婦女，查無刺字、暗號及别項可疑情形，經該同知等督令捐給口糧，妥爲資遞回籍，此外實無别項難民入境等語。臣等伏查高麗營、清河地方疊經飭委該道等分别密查，如果有難民多人聚集，豈能掩人耳目。茲僅老弱男婦十餘名口，該道等查係難民，所禀似無捏飾。惟現值巡防喫緊之際，自宜加意防範。一面仍嚴飭地方官慎密盤詰，並督飭道廳委員分途嚴密查拿，以期地方肅清，不得以查無奸匪稍爲鬆勁。所有現查高麗營及清河地方並無匪徒逗留情形，理合具摺陳明，伏祈皇上聖鑒。謹奏。咸豐三年九月初十日。

[咸豐三年九月十四日]劄調永定河道定保辦理隨營糧臺摺

奏爲現辦糧臺劄調直省道員隨同辦理，恭摺陳明，仰祈聖鑒事。竊臣等奉命辦理糧臺，設立之初必先明定章程，支應方有端緒。諸凡鈎稽出入、運送口糧、採買燈燭薪炭及一切物件，頭緒紛繁，在在需人料理。現在設立總局，於臣衙門已咨明户部揀派司員二人前來綜覈文案，於良鄉設立腰撥，已飛劄調到霸昌道慶岳總司辦理。惟軍行貴乎神速，轉餉更不可稽延，所有隨營糧臺尤關緊要，非得精明幹練之大員前往辦理，不足以資彈壓而利遄行。查永定河道定保才識練達，明敏有爲，以之辦理隨營糧臺，洵堪勝任。該道雖非順天所屬，而駐劄固安，距京甚近。臣等已飛劄該道即日束裝由固安馳往良鄉，前赴軍營辦理隨營糧臺事務。如直隸已接辦有人，即飭令仍回本任，俟有緊要差使再行劄調。除咨會直隸督臣外，謹繕摺具奏，伏乞皇上聖鑒。謹奏。

再：向例各省揀發舉人，由吏部給予執照，始行赴省給照限期，往往動經旬月。現在順天委用乏員，需人甚亟，所有此次奉旨揀發道府州縣各員乞敕下吏部堂官，即日當堂發給執照，以便各員迅即前來聽候差委，合併附片奏明請旨。

再：臣等承准軍機大臣字寄本月初九日奉上諭：現在僧格林沁統領官兵，於本日午刻即行起程，已令户部撥給銀二萬兩，交順天府即行趕緊設立糧臺，派委妥員承辦，送至直隸保定一帶，再由直隸糧臺接辦，毋稍遲誤，將此諭令知之等因，欽此。伏查參贊大臣僧格林沁於初九日午刻已經起程，臣等於是日申刻奉到諭旨，當即飛劄良鄉、涿州趕備飯食草料，妥爲支應。一面飭令大、宛兩縣護送火器營銀三萬餘兩前往，並飛調各員辦理糧臺差使外，隨於初十日申刻由户部領到銀二萬兩，十二日早晨始由儲濟倉領出米三百石，均即刻委派妥員將銀八千兩、米三百石趕緊運送去後。惟此次軍行迅速，恐已早抵保定一帶，所運銀米或尚未及趕到，合先附片陳明，伏乞聖鑒。謹奏。咸豐三年九月十四日。

[咸豐三年九月十六日] 請撥內庫銀十萬兩接濟軍需摺

奏爲順天糧臺支應浩繁，請旨續撥內庫銀兩以資接濟事。竊臣等於九月初九日奉到諭旨，撥給銀二萬兩設立糧臺，業將委派各員並趕辦情形奏明在案。現已陸續將銀一萬三千兩、米三百石運赴參贊大臣涿州行營，撥送良鄉腰撥銀三千兩，尚存銀四千兩。統計征兵將及萬人，每日支應口糧鹽菜及備辦各物需用浩繁，實屬不敷支放。除現仍由儲濟倉支領米三百石委員運送前往外，相應請旨再發內庫銀十萬兩以資接濟。臣等當嚴密稽查，實力撙節，分飭各員妥爲備辦，毋致貽誤，亦不至稍有虛糜。理合恭摺具奏，伏乞皇上聖鑒。謹奏。咸豐三年九月十六日。

再：本月十五日內閣奉上諭：僧格林沁奏請飭糧臺委員迅赴軍營一摺，著巡防王大臣飭令派辦糧臺之文彩等會同順天府分飭委員，即日前往涿州迅籌支應，毋稍延誤，欽此。伏思辦理行營糧臺最關緊要，臣等前已奏明調派永定河道定保前往涿州總辦，並劄飭涿州知州郭寶勳督率候補知縣佐雜各員隨同支應在案。現擬於揀發知府州縣內酌派四員，並派佐雜四員，星夜馳往協同支放。一面知照辦理巡防糧臺之文彩等遴選妥員分飭前往，以供差務。謹附片陳明，伏乞聖鑒。謹奏。

［咸豐三年九月十六日］奏報出征官兵沿途滋事摺

奏爲奏聞事。竊據良鄉縣稟稱：本月十二日據賣店甲長馮玉稟報，該村義和館店内有一人被傷躺歇，稱係跟提督府恩三老爺出京押包，行至琉璃河北，官兵嗔其阻道，用腰刀將伊腦後砍傷等語。又據琉璃河甲長高俊等稟報，十一日官兵行至該處，不知何故開放槍炮，並用刀砍扎，致死七人，被傷四人等情。該縣隨即馳抵賣店、琉璃河分别驗明各屍傷，捐棺盛殮，其餘各生傷驗訊生供，妥爲調治。至該兵丁等究係因何起衅開放槍炮，用刀傷斃七人之多，並内有一人割去首級，此外被傷四人雖有生供，究須查訊明確，方可核辦。該縣現已馳稟參贊大臣暨直隸總督，兹將驗訊各情稟報前來。臣等伏查此案既經該縣稟明參贊大臣，應由該大臣查明辦理，除仍飭該縣將被傷民人妥加照管，上緊調治外，所有驗報緣由，理合恭摺陳明，伏乞皇上聖鑒。謹奏。咸豐三年九月十六日。

［咸豐三年九月］豫籌防守摺同賈楨、朱鳳標上〔一〕

奏爲豫籌城守以備不虞，仰祈聖鑒事。竊惟賊氛肆擾畿輔，業經奉旨簡派大員帶兵迎剿，計可尅期蕩平。京城内外八旗勁旅與緑營會同巡防，亦足以資捍衛。惟輦轂之下，五方雜處，匪徒最易混迹，奸細尤恐潛蹤，似宜早爲布置，嚴密稽查。前奉諭旨，令五城清查保甲，辦理已有端緒，户口按籍可稽。宜於編查保甲之中，行按户抽丁之法，無事則各安其業，有事則用以防守。事非倉猝所能辦，必先未雨而綢繆。辦理之法，惟在得人。相應請旨，諭令在廷諸臣各慎舉清正曉事之京員協同順天府、五城辦理團練，亟籌輸經費，製造器械，以備演習。至一切章程應由該員等覆議，請旨遵行。臣等爲收輯人心起見，謹合詞恭摺具奏，伏祈皇上聖鑒。謹奏。

再：八旗生齒日繁，而披甲額缺有限，往往有赴挑數次不能補一額缺者，其挑缺時又衹以弓箭爲憑，而於技勇步伐均未豫習。臣等愚見，可否欽派王大臣於八旗閒散中通行揀選。凡年力精壯，弓馬可觀者，悉注册待缺，仍令各丁於弓箭外自備軍器一件，刀矛藤牌各聽其便，每逢本旗小操時俱令攜赴隨操，俾之演熟技勇，嫺習步伐，所置之器需費無多，偶值操期，不過數刻，於騎射並無妨礙。如此稍一變通，則餉不必增，而已暗添數萬精兵、數萬軍器，似於武備不無裨益。抑又聞之《書》曰「礪乃鋒刃」，《詩》曰「脩我戈矛」，當此有事之時，必使捍身有備，擊刺素嫺，然後人心固而士氣揚，可以同仇偕作。應請嗣後查驗軍器時，飭令王大臣同日點驗，庶免彼此通融之弊，亦簡軍實之一端也。是否有當，伏乞聖明訓示。謹奏。

〔一〕據《知止齋遺集·知止齋奏議》補入。

[咸豐三年九月二十五日] 覆奏籌議防守章程摺同賈楨、朱鳳標上[一]

奏爲遵旨覆奏事。本月十八日奉上諭：前據賈楨、翁心存、朱鳳標奏請豫籌城守事宜等語，著即妥議章程具奏，欽此。臣等竊惟京師重地，理宜肅清，自賊匪竄入畿疆，所有一切防守事宜，業經巡防王大臣布置周密。惟輦轂之下，五方雜處，鋪户、居民雖同一街坊，平日不相聯絡，而無業游民、失業貧民所在皆有，尤須加意防範。茲奉諭旨，令臣等妥議章程。臣等公同籌商，務使法歸簡易，於鋪户、居民毫無驚擾，以聯聲勢，以安人心，以戢奸宄。謹擬六條爲皇上敬陳之：

一　遴人才以專責成也。有治法賴有治人，立法之初，一切事宜應設總辦二人，綜司其事，復設幫辦數人，隨同經理，並令總辦、幫辦人員酌量街市之長短，住户之疏密，各分段落，即於各段落中無論官紳耆老，務擇公正廉明、通達事體之人，分段派定，以專責成。各須任勞任怨，實力奉行。其有與地方官交涉事件，尤當和衷商辦，不可各分畛域，亦不可互相推諉。

一　分方段以清地界也。京師地面遼闊，一時難以編查。必須先將地界劃清，於一方之中各按所分段落一體聯合。惟各街市鋪户、居民多寡不均，貧富不等，且有隱僻小巷、畸零小户，當令併入就近段落。情形不同，應由辦理各段人員詳細體察情形，分別核辦。

一　查户口以別良莠也。各段户口應由辦理人員親身逐户稽查，將各段中户數人數詳録一册。各户如有添丁病故及遷徙者，隨時登記，其遷徙之户當即移知所遷段落辦理人員，以備稽查。户口既清，則有身家、有正業者均得實數。如有窩娼聚賭人家，自可斂迹。惟游民、無業、乞丐之徒，必須早爲安置，宜於各段中覓一空閒處所，俾得棲息，亦使經理之人易於防範。

一　備丁壯以相保衛也。官紳商民無不自顧身家，宜令每户各出壯丁一人或二人，除鰥寡孤獨、老幼廢疾不與外，其年自二十以上五十以下，擇强壯妥實之人書寫姓名，各呈報各段辦理人員。所出壯丁，應由各家長、各鋪主嚴爲約束，毋許在外滋事，並通行曉諭，俾商民等皆知備丁本意不過街市比鄰互相保衛，並非派充兵勇，所備丁壯概不准官爲徵調。至貧寒無力之家及小鋪户二三人者，應免其出丁，以示體恤。

一　製器械以習技藝也。私造兵器本干例禁，惟丁壯既備，不能徒手從事，除鳥槍火器毋庸製造外，如長矛、短刀、弓箭、牌棍等件准令各家長、各鋪主呈明壯丁願製何樣器械，報知各段辦理人員，標寫名條，蓋用戳記，發交該鋪製造成就，仍由辦理人員將器械編列字號，發給各家長、各鋪户領收。至製造之費，即由各家長、各鋪主製辦，以免勒派之累。

一　除奸宄以安善良也。户口既清，游民、無業、乞丐之徒亦皆安置，奸匪已難以藏身。如有外來形迹可疑之人，許即捆送營城各官嚴行訊辦。各街市不法棍徒酗酒滋事，惡丐恃强討乞，皆許送官分别懲治。竊賊黄夜偷竊，街坊鄰舍聞聲即協力捡拿，不得坐視其持械强劫。拒捕盜犯，登時格殺勿論。至客店、車廠、僻巷小廟，易使匪徒溷迹，應責成各段辦理人員協同地方官不時稽查。其廣安門內牛街、教子胡同等處皆係回民比居，亦有仕宦殷富之家，可選擇數人倡率曉諭，使皆知所觀感，自爲保護身家之計。又右安門內空閒地址素多綹匪，南下窪一帶地方向爲土棍閒雜人等住處，居徙靡定，此等無賴之徒既不可以備用，亦且難以化導，應責成地方官加意防範，嚴密稽查。

以上六條臣等公同籌商，臚陳大概，其一切條款即由總辦、幫辦各員體察情形，應如何因地制宜，因時酌核，詳細議定，實力奉行。總期簡易便民，自然踴躍從事。所有遵旨妥議章程，謹合詞恭摺具奏，伏乞皇上聖鑒。謹奏。咸豐三年九月二十五日。

再：臣查得光禄寺卿宋晉明達有爲，太僕寺卿王茂蔭老成諳練，堪勝總辦之任。可否飭令宋晉、王茂蔭綜理其事，所有幫辦人員即由該二員慎舉所知，奏明協同辦理，謹附片具陳請旨，伏乞聖裁。謹奏。

〔一〕據《知止齋遺集·知止齋奏議》補入。

附 內閣奏爲遵旨酌覈具奏事

咸豐三年九月二十五日內閣奉上諭：賈楨、翁心存、朱鳳標奏遵籌城守章程，並保舉總辦人員等語，京師爲商民輻輳之區，五方雜處，清查保甲，訪緝奸宄，尤宜實力舉行，著即派光禄寺卿宋晉、太僕寺卿王茂蔭，並新授福建興泉永道何桂珍，會同五城御史體察情形，有無窒礙之處，酌覈具奏，總以法簡易行，不致擾累爲要等因，欽此。

仰見皇上於安民弭患之中，寓簡便弗擾之意。臣等將原奏章程六條公同參酌，除分方段、查户口、除奸宄三條與各城現辦之編排保甲、稽查奸宄大意相符，似無庸另立章程。至備丁壯以相保衛一條，據原奏稱街市比鄰互相保衛，並非派充兵勇，概不准官爲徵調等語，立意甚善，現經巡防王大臣出示曉諭鋪户、居民按段聯絡，無事各安生理，有事互相救援，原以防盜賊火燭等事，並非派民爲兵，洵屬不謀而合。惟擇强壯書姓名一層，全在善爲勸導，俾令各安其業，毋致妄生疑畏，方爲周妥。又製器械一條，據原奏稱編列字號，發給各家長、各鋪户收領等語，查民間私藏軍器，本干例禁，若概行發給，漫無稽查，恐滋流弊，而游民不逞之徒尤屬非宜。擬擇貲本較厚鋪商及京官有力者設法勸造，即由勸辦之員編號注册，分别發收。如官紳有能捐貲團練，可期有備無患者，准其報官自行辦理。如此儲用防奸，立法較爲嚴密。以上各條總期體察民情，歸於簡便。蓋迫之以威，則便民之事亦可以擾民；聯之以情，則衛民之舉即可以衛國。是全在剴切勸諭，不假衙役書差之手，則無所擾累，自可冀有成效矣。臣等合將遵議緣由具摺覆奏，伏乞皇上聖鑒訓示。謹奏。

[咸豐三年九月二十五日] 暫留通州在籍知縣辦理團練摺

奏爲通州紳民保留在籍知縣董辦團練，恭摺奏聞請旨事。竊查通州爲水陸要衝，五方雜處，一切團練事宜至關緊要。節經臣等遵奉諭旨，飭令該管道廳嚴督地方官曉諭紳民，遴保公正紳士妥爲辦理在案。兹據署通永道治中楊春和禀稱，據通州紳士五品銜丁鶴皋等具呈以邀集同城紳民鋪户商辦團練，現已辦有成規，惟經理需人。查有七月分部選發憑請假修墓之湖北嘉魚縣知縣程杰，又七月分選因病未及領憑在部請假之湖南東安縣知縣李右文，該二員公誠夙著，爲鄉里所悦服，因現有赴任憑限，未敢久稽，惟值防衛喫緊之際，禀請暫留本籍辦理團練，以資表率等語。經該署道查明屬實，具禀前來。臣等伏查團練之得力，全在本籍紳士熟悉情形，督率訓練。該二員既屬素孚衆望，合無仰懇天恩，准將通州在籍之湖北嘉魚縣知縣程杰、湖南東安縣知縣李右文暫留通州本籍董辦團練，以順輿情而期得力，如蒙俞允，臣等除咨明吏部辦理外，即飭現署通永道金肇洛督令該員等倡率商民認真妥善辦理，俟直省軍務告竣，再令該員等各行赴任。理合恭摺具陳，伏乞皇上聖鑒訓示。謹奏。咸豐叁年九月廿五日。

［咸豐三年九月二十八日］陳明兵差緊要雇辦車輛駝騾摺

奏爲陳明兵差緊要，需用車輛駝騾現在雇辦情形，仰祈聖鑒事。九月二十四日欽奉上諭：查倉御史怡康等奏領米車輛短缺，各倉米石礙難如期放竣，請飭變通辦理一摺。順天府辦理兵差應用車輛等項均有例定價，值此次特發帑金，原因需用較多，廣爲雇備，不致擾累民間。若如該御史所奏近日兵差絡繹，不但民車概被拉用，即大通橋運米官車亦復被拿，甚至將車載米石擲棄道旁，牽車徑去，以致倉米乏車領運，顯係胥役人等藉差擾累，實堪痛恨。至駝隻一項爲運煤所必需，近因被拿苦累，亦復裹足不前，殊於民間日用大有妨礙。著順天府嚴飭各屬，凡倉上載米車輛及民間運煤駝隻，一概不准任聽吏役强拉私押，並將雇覓車騾駝隻發價若干，明白出示曉諭。倘有蠹役奸胥從中侵蝕，即著嚴行懲辦等因，欽此。

臣等跪讀之下，欽悚莫名。伏查此次軍行迅速，雇備車駝運送資裝器械，需用甚多，皇上俯念官吏之竭蹷或致擾累閭閻，前後特發帑銀一萬兩，俾資接濟，聖恩高厚，至渥極優。臣等遵即發交大興、宛平兩縣領辦，該縣等亦感奮從公，不敢不實心辦理。臣等細加察訪，查知每車一輛日發行價京錢四千文，住價二千文；每騾一頭日發行價七百文，住價五百文；每駝一隻日發京錢一千文，行住同價。或道里泥淖難行，裝載斤兩過重，其價尚須格外加增。該兩縣知縣恐胥役從中乾没侵漁，皆先出示曉諭，復親自當堂給發，並無絲毫短少，此雇備發價之實在情形也。統計雇備運送之數，已有駝二千數百隻，騾五百數十頭，車二百八十餘輛，自解往涿州後皆未發回，又儘數撥給培成、達洪阿進兵之用，而各旗營至今尚陸續行文催取車騾，各户皆畏累不肯進城，京城内外幾於無車可雇，不得不四出雇覓，此雇備車騾之實在情形也。西山民人蓄養駝隻，專爲運煤之用，原不充當官差，此次多方勸諭，重價雇覓，尚恐招之不來，斷難强拿勒派。現因到營駝隻均未放回，業據駝户張成祥等紛紛赴臣衙門呈訴，或稱駝已倒斃，或稱情願棄駝回家。體察民情，深恐此後雇覓愈難措手。且運煤駝户裹足不前，誠如聖諭於民間日用大有妨礙。臣等業經設法招徠，近日始有運煤入市者。而鑲藍旗營又來調取駝一百隻，昨以僧格林沁需用馱騾五百頭，疊經奉旨，令臣等迅速照數雇覓解往應用，已嚴飭大、宛兩縣遵照備辦，毋得刻延在案，此雇備駝隻之實在情形也。臣等竊惟煤爲民用所必需，駝又軍裝之攸賴，欲示民信，復利軍行，再四思維，實無兩不相妨之長策。

伏查錫林郭勒等處捐駝二千五百隻，工部已製造駝屜架木齊備，一俟解到，即可送往軍前。可否請旨飭令兼程解京，迅送行營，將前雇之駝概行放回，庶於民用軍行兩有裨益。至騾頭車輛深藏遠避，現存已屬無多，蠹役奸胥藉差擾民，其弊亦誠難免。除再明白出示派員嚴密稽查，加等懲治外，所有雇辦駝騾車輛實在情形，理合繕摺陳明，伏乞皇上聖鑒訓示。謹奏。咸豐三年九月二十八日。

卷四十三

京兆退思録二

［咸豐三年十月五日］覆奏通州修城團練酌調官兵各事宜摺

奏爲修城團練酌調官兵各事宜，遵旨據實密陳，仰祈聖鑒事。九月二十九日准軍機大臣字寄本日奉上諭：文端等奏查看通州情形，並辦理勸捐團練各等語，據稱通州城垣坍塌過多，即敵樓門扇亦有損壞缺殘之處，若一律估修，工程浩大，非倉卒所能辦理，應如何設立磚墻，藉資防守，並捐輸團練各事宜，著順天府與倉場侍郎迅飭通永道體察情形，督率地方官紳實力趕辦，通州紳士内閣中書李焕文即准令隨同幫辦。該處文武員弁現多調遣，署副將達年標兵不敷應用，併著順天府於所屬地面内迅速酌撥兵弁，以資守衛等因，欽此。

臣等伏查通州保障畿東，守衛最關緊要。該處原設新舊兩城，乾隆三十年直隸督臣方觀承奏請動帑重修，合新舊城而爲一，迄今已閲百年，墻垣頗多坍塌。臣翁心存本年五月初旬奉命前往驗米，經過舊廢倉厫，見其墻磚尺寸寬大，堅厚異常，擬請將此磚拆卸補築城垣，計算工費浩繁，是以中止。今若移此舊磚於城外，設立短墻，恐拆運有稽時日。莫若先將敵樓門扇趕緊繕完，並深浚濠溝，即以所挖之土堅築短墻，安設炮眼，似更便捷。俟軍務完竣後，再設法勸捐，明歲春融時將舊倉拆卸，添購新磚，一律修築城垣，庶爲一勞永逸之計。當即咨商倉場侍郎，就近飭令通永道督同地方官紳體察情形，核實辦理。其團練事宜業經該署道責成紳士妥辦，皆踊躍奮興，商辦漸有成效，祇須官爲倡率，無庸官爲經理。至順天府屬各營前經奉旨暫歸臣等管轄調遣，當據各營將官兵名數申報前來，統計十四營，額設馬步守兵共二千一百餘名，除前督臣訥爾經額調赴軍營外，臣等復撥兵一百名守護糧台，其餘實存各營多者僅一百數十名，少者止十餘名。現在通州協標兵數既少，而東南各營汛皆距天津較近，未便再調，祇得於西北各營汛中量爲抽撥。臣等公同商酌，暫撥涿州營兵一百名，昌平營兵一百名，懷柔營兵五十名，湯泉營兵五十名，房山營兵四十名，居庸路兵二十七名，通共撥兵三百六十七名，已經飛檄各營將備挑選如數，即日起程，前赴通州，合之通州協標現存兵一百三十三名，共兵五百名。飭令該署副將達年統率訓練，以資防衛，事平即撤令歸伍。所有修城團練酌撥官兵各事宜，理合繕摺密陳，伏乞皇上聖鑒。謹奏。咸豐三年十月初五日。

再：逆賊竄擾天津，經兵勇擊敗，聞賊船已竄往下西河，該處與大城、文安接壤，且河淀毗連，賊可分艅肆擾。臣等已飛飭大城、文安、武清、東安、霸州、保定、永清、固安各州縣嚴密防堵，並東路之三河、香河、寶坻，寧河，西路之良鄉、涿州一體偵探。如有賊蹤，即一面馳報，一面飛稟參贊大臣行營在案。兹據署通永道金肇洛稟同前情，應請旨飭下參贊大臣僧格林沁於水陸交衝分兵扼要堵截，毋令竄入。又據該道稟稱，風聞東安縣屬之伊指揮營，通州屬之水火鋪營，兩村回匪與滄州回匪勾結七八百人，擬逆匪一到，即與合夥搶劫，並通州之于家鋪、香河之香椿營皆回匪盜賊之所等語，臣等已飭其不動聲色，不涉張皇，嚴密訪查，妥速辦理。並以通州五方雜處，訛言易起，飭令拊循鎮靜，綏輯人心。又工部磚廠在通州城外，所存臨清金磚，向歸通永道經管，擬即飭該道運至通州城內存儲，似更嚴密。

再：賊情詭譎異常，飄忽靡定，現在大兵皆萃於東路，而西路涿、良一帶空虛，尤恐賊復乘虛豕突，仰祈宸謨廣運，計出萬全，曷勝幸甚。謹附片密陳，伏乞聖鑒。謹奏。

[咸豐三年十月五日] 保薦武清縣知縣胡啟文摺

奏爲遵旨保奏辦理團練著有成效、輿情愛戴、卓著循聲之知縣，恭摺奏聞，仰祈聖鑒事。竊臣等疊奉諭旨，令各直省辦理團練，當經節次飭屬實力奉行在案。九月二十一日欽奉上諭：著順天府府尹、直隸總督嚴飭所屬各州縣迅將團練事宜妥速遵辦，如果辦理周密，輿情允協，即著據實保奏，候朕施恩等因，欽此。

仰見聖主獎勵人才，爲民防患之至意。臣等跪誦之下，欽感難名。當即恭録通行，並遍發《鄉守輯要》一書，飭令斟酌妥辦。訪察各屬辦理情形，或僅議城守而未及鄉團，或競務虚文而尚無實際，復經嚴札飭催。去後惟查有武清縣知縣胡啟文樸誠幹練，潔己愛民，嚴馭胥吏，勤於聽斷，周勘水災，不辭勞瘁，饑餐乾糒，渴飲清泉，到任以來修城垣，辦兵差，於民間無纖毫擾累。其舉行團練，即寓於清查保甲之中，遍歷鄉村，實心勸諭，民皆踴躍樂從，各備器械保衛身家。該縣復募得義勇千人，親自訓練，嚴緝匪徒，境内絶迹。天津與縣境接壤所有王慶坨、楊村、蔡村、河西務等處皆節節設防，極爲周密。民心悦服，輿論翕然。該縣士民恐其即行遷擢，失所依歸，適學臣龔文齡按試通州，曾具聯名公呈籲留。似此績著循良，實爲近來所罕見。臣等復查該武清縣知縣胡啟文係河南進士，由直隸廣昌縣調補今職，歷俸已滿三年，合例應升，已由藩、臬兩司具詳請升，涿州知州尚未具題，合無仰懇皇上鴻慈，俯順輿情，恩施格外，以直隸州知州即用，先换頂帶，仍暫留本任，俟軍務完竣，再行送部引見。庶該邑士民益加感奮，而各屬亦知激勵從公，其涿州知州一缺，容再揀員具題請升。臣等未敢擅便，理合繕摺據實奏陳，伏乞皇上聖鑒訓示。謹奏。咸豐三年十月初五日。

附一　上諭

咸豐三年十月初五日内閣奉上諭[一]：翁心存、宗元醇奏知縣辦理團練著有成效，懇恩奬勵一摺。順天府屬武清縣知縣胡啟文於團練事宜遍歷鄉村，實心勸諭，復募得義勇千人，親自訓練，匪徒斂迹，民心悦服，自應格外施恩，以爲實心任事者勸。胡啟文著以直隸州知州即用，先換頂帶，仍暫留本任，俟軍務告竣，再行送部引見。該部知道，欽此。

〔一〕「十」，原誤爲「九」。

附二　示諭武清縣紳士、軍民

爲曉諭事。照得彰善癉惡，風聲先樹。夫官常激濁揚清，水監必資乎輿論。本部尹堂職典郊圻，考察群吏。習知武清胡令之賢久矣，亟思奬拔賢能，特請升擢。第因軍務方殷，兵差絡繹，秋霖傷稼，鴻澤劬勞。恐代任者不得其人，重爲一方之累。是以欲登薦牘，輒復遲回。前接學院龔來函，並鈔録該縣士民公呈，臚陳胡令善政，慮其驟行升調，諄切籲留。本部尹堂閲之，忻然以喜，一則喜吏治積疲之際，竟有此潔己愛民之好官；一則喜三代直道之公，至今日而猶未泯也。循聲即著，遂達宸聰。果蒙聖主褒嘉賢吏，俯順民情，特沛恩綸，以胡令升用直隸州知州，先換頂帶，仍暫留本任。天恩高厚，至渥至優。恐爾士庶尚未周知，合亟通行曉諭。爲此示諭武清縣紳士、軍民人等知悉：自今以往，胡令必更力行善政，益勉拊循，不致始勤終懈。現在賊蹤尚在天津，相距密邇，爾邑士民夙懷忠義，必能父勉其子，兄詔其弟，禦災捍患，敵愾同仇。大兵現駐楊村，爾邑各鎮堡團練義勇必能揚聲合勢，共壯軍威。盤獲奸細，立即捆送到官。遇有外來土匪，協力捦拿，格殺勿論。有能捦獲賊目及出財助義者，定當遵旨奏明，從優奬勵。誓掃群孽，共樂昇平，本部尹堂實有厚望焉。勉旃毋怠，各宜敬遵。特示。

附三 札示順天府二十四州縣

札二十四州縣知悉：團練之法，所以聯絡聲勢，保障鄉閭，最爲法良意美。疊奉上諭，令地方官盡心勸諭，實力講求。早經本衙門嚴飭通行，自應妥爲遵辦。乃查順屬各州縣内，惟武清胡令深得民心，辦理已有端緒。其餘或僅於在城團練而未議及各鄉，或以空言塞責，或竟畏難苟安，延擱不辦，甘爲俗吏，罔顧民生，玩泄成風，殊堪浩嘆。須知團練之法，本屬簡易可行，並非招募鄉勇，並不奉檄征調，無須鳩集經費，亦不假手吏胥。祇須地方官諄勸紳士，耆老開導衆人，自衛身家，力清奸匪，無事則睦婣任恤，有事則敵愾同仇。與其漫無防維，而家室貲財盡委以遺賊，何如早爲警備，而父母妻子可各保其生。試觀近事，深州演劇而賊遂入城，饒陽戒嚴而賊不敢犯，孰得孰失，利害昭然。如此勸戒詳明，人自踊躍思奮。又須地方官平日潔己愛民，臨事方足資倡率。清查保甲，周歷村莊，開誠布公，無絲毫擾累，乃克有成。本部尹堂現購《鄉守輯要》一書，每州縣各發一部，務各悉心觀覽，斟酌變通，隨乎時地，原不必盡泥成規。此書京師坊肆甚多，好義之士，儘可遣人購覓，講求有素，則益熟習易行。合行札發到該州縣速行遍告士民，將此意明白宣示，自多感奮樂從者。苟能著有成效，則吏爲良吏，士爲良士，民爲良民。本部尹堂當據實陳奏，必蒙恩奬。著於文到十日內，將現在如何辦理情形詳晰稟覆，本衙門仍不時密加查訪，如有虛飾，定即嚴參不貸。凛之勉之，切速。特札。

[咸豐三年十月七日] 奏參署西路同知通州知州佈彦摺

奏爲特參畏葸規避、抗不回任之知州，據實奏聞，仰祈聖鑒事。竊查通州知州佈彦於上年五月間，經前任兼尹臣卓秉恬、前署府尹臣王慶雲檄署西路同知，本年八月底署通州知州高銜被參撤任，臣等因西路兵差絡繹，復於良鄉設立腰撥糧臺，飭令佈彦幫同辦理，未便遽易生手，所有通州一缺先經札飭東路同知吴承祖暫行兼署，旋委揀發知州祁之鑅接署。去後惟查參贊大臣行營，現經移駐武清，腰撥糧臺亦移設通州。該州事務本繁，現在防堵喫緊，該署州祁之鑅係初任人員，恐於諸事尚未諳練，是以特調佈彦到京，諭令仍回通州本任幫辦腰撥糧臺，以資熟手。乃該知州佈彦以現辦兵差，無錢賠墊，堅辭不行。臣等復再三開導，而該員輒稱情願聽參，斷不能復回本任。似此畏葸無能，實屬有心規避，若不據實參劾，何以整肅官常。相應請旨將通州知州現署西路同知佈彦交部照例議處，以示懲儆。理合據實具奏，伏乞皇上聖鑒。謹奏。咸豐三年十月初七日。

[咸豐三年十月] 奏報武清盤獲逆匪摺

奏爲接據武清縣詳報，盤獲逆匪正法，並訊出逆夥姓名，恭摺奏聞事。竊臣等於本月初五日接據武清縣知縣胡啟文詳稱，本月初一日據楊村巡檢鄒元武協同通永道委員密派兵役盤獲形迹可疑胡群、胡妮即胡勝得弟兄二人，問其籍貫，云係天津，又稱濟寧，言語支離，恐係奸匪，當即提到當堂訊供。據該二犯均供自幼使船爲生，今年五月裏在臨清州地方隨賊入伙，在河南懷慶府、直隸臨洺關、沙河、晋州、深州等處皆與官兵打仗。又查驗該犯等頭髮用剪刀剪短，鬢邊烙有圖記，肩甲墨刺字迹，袖內均有綫縫十字。並據供稱現在賊人都在靜海縣地方，小的們是十六個人，坐的胯子船上來，因滄州、天津地方打仗没有便宜，就四散了。其十六人，除胡群兄弟外，頭目王得、同夥人沈明周、張得興、張廷、張老九、趙幅貴、王三黑、王加水、王宏、王士曾、王廷柱、王青山、王三及胡群之叔胡得方都往西南逃走等供，該令於訊明後即將胡群、胡妮即胡勝得二犯遵照通行，押赴市曹正法，伊叔胡得方同餘匪仍當嚴拿，獲日另結等情詳報前來。臣等即飛札府屬各州縣將該犯所供逆夥一體嚴密訪拿，務令全數弋獲外，應請旨飭下參贊大臣欽差大臣、直隸總督一體札飭軍營、地方文武員弁嚴拿務獲。理合恭摺具奏，伏乞皇上聖鑒。謹奏。

再：據武清縣探報傳聞，東安縣屬之劉家堡地方聚匪百餘人，尚未舉動等情，臣等現聞逆賊竄踞靜海縣城東安，距靜海僅數十里，倘有逆匪潛相勾結，更恐滋蔓貽患。當即密札南路廳同知即日馳赴東安，督同該縣知縣嚴密訪查。如果有此項匪徒，立即迅速嚴拿，毋使一名漏網，合併附片奏聞。謹奏。

［咸豐三年十月十五日］奏報東三盟官兵在順義遺下火藥車輛摺

奏爲奏聞請旨事。本月初一日，據順義縣申稱，奉調東三盟官兵三千名經過，該縣護送出境，現查劉家河村西有無篷大車一輛，繩套俱全，並無牲口，亦無車夫，上載大簍六個，每簍約重四五十斤，牛皮封蓋，不知何物，小簍二個，白布紮口，各裝鉛丸半簍，其車係口外式樣，與内地之車迥別，究係第幾起官兵因何遺下，無從查訪等情前來。當經咨巡防王大臣查覆，去後旋准覆稱，除照會幫辦軍務大臣、貝子德勒克色楞轉飭各該盟官兵查明，自行認領外，仍轉飭該縣派役送至行營查交收領。復經臣等札飭順義縣派役解送軍營，去後茲於本月十二日臣翁心存在工部衙門接准熱河都統咨稱，卓索圖盟二等塔布囊布彦圖將火藥鉛丸等收領後，復於途次駁回一車等因，業經該都統毓書奏明在案。臣等伏查東三盟官兵在順義縣遺下大車一輛，車上所載之件雖該縣未敢擅自點驗，不知何物，惟既有鉛丸兩半簍，則其餘各簍似爲火藥無疑。其與駁回熱河火藥情形亦前後如出一轍。該官兵既棄置道旁，車夫又皆逸去，即令該縣解送軍營，該官兵恐亦推諉不肯認領，軍火重物未便日久躭延，漫無稽核，可否請旨飭將此項車輛由順義縣妥解來京，或交理藩院，或交火藥局點明暫存，仍請敕下幫辦軍務大臣德勒克色楞迅速查明，再行辦理。臣等未敢擅便，理合繕摺奏聞，伏乞皇上聖鑒，訓示遵行。謹奏。咸豐三年十月十五日。

［咸豐三年十月廿一日］豫籌軍餉摺

奏爲順天現辦糧臺，前撥庫銀二十二萬兩支用過半，請旨敕部速籌接濟事。竊查九月初九日參贊大臣僧格林沁奉命帶兵出京，即由順天設立糧臺供應軍餉。臣等先後調派霸昌道慶岳總辦腰撥糧臺，永定河道定保總辦隨營糧臺，並於臣衙門設立糧臺總局，派委揀發道林廷禧、治中楊春和與前經奏派户部司官員外郎驥善、候補主事盧定勳會同辦理。臣等面奉諭旨，軍營浮費均應撙節，一月以來遇有撥解餉需，隨時督飭各員核實鈎稽，不敢稍涉浮濫。惟是照例應支款項，亦未便過於裁減。

查參贊大臣原帶京旗及察哈爾兵九千名，並帶兵官及官兵之跟役，合計已有一萬三四千人，而續經奉旨調赴軍營者，又有哲里木盟兵一千名，熱河兵五百名，古北口緑營兵四百名，並幫辦軍務土默特貝子德勒克色楞所帶卓索圖、昭烏達兩盟兵二千名，護軍統領伊勒東阿所帶八旗護軍營兵一千二百八十名，密雲駐防兵六百五十名，以上各路官兵並跟役合計又將及萬人。臣等迭接隨營糧臺、永定河道定保來稟，現在僧格林沁大營重兵駐紮武清縣之王慶坨，德勒克色楞、伊勒東阿兩營亦駐紮武清縣兵前赴天津，隨同欽差大臣勝保剿賊，因直隸糧臺尚未來津接辦，此時亦係武清隨營糧臺派員前往暫行支應。此糧臺供應大營兵數既衆，需用較繁之緣由也。此項官兵應支鹽菜口糧，經臣等札飭隨營糧臺均照軍需定例支發，其兵丁鹽菜每名按一月一兩五錢之數，一日祇支銀五分，並口糧米八合三勺，較之直隸省局奏定章程每名每日支銀一錢五分之數，所省實已過半。至定例兵丁每名給馬三匹，現據隨營糧臺稟稱，以一匹支給草料，一匹照例折給乾銀五分，一匹節省，核其所發馬乾，亦尚不爲浮濫。現在各營員弁、兵丁、跟役確數迭催該道核明詳報，雖因移營靡定，尚未縷晰具詳，而合計鹽糧馬乾各項，據稟每日需銀五六千兩有奇。兼以大營先由良鄉進駐涿州，後由固安移駐武清，一切運送軍裝、鍋帳、炮位銀兩，挑挖濠溝，採買米石、燈燭等項，所費不貲。且隨營糧臺尚有隨時支應之款，如武清、王慶坨、固安、永清、東安五處各辦乾糧麪餅三萬斤，並預備犒賞銀牌等件，該道俱已督飭委員及地方官照數備辦，此糧臺需用餉銀於力求撙節之中，不能不寬爲籌備之實在情形也。自九月設立糧臺，即由部庫撥交臣衙門銀二萬兩，臣等隨於九月十六日奏蒙准撥内庫銀十萬兩，又由户部奏准續撥内庫銀十萬兩預備臣衙門及巡防處糧臺陸續支用，惟臣衙門糧臺支應參贊大營征兵較巡防處支應京城内外防兵兵數既多，需費亦鉅，且火器營續收捐項前經奏奉諭旨交順天府糧臺者，又經巡防王大臣奏明留用，臣等已咨明户部請將續撥銀十萬兩專爲臣衙門糧臺支用在案。合計奏撥内庫銀二十萬兩，已於十月十五日以前先後赴部領出銀十四萬兩，即由臣等委員陸續交腰撥糧臺轉解隨營糧臺應用。現在尚存部庫銀六萬兩，數日内亦當儘數領出解往軍前。此時賊匪困踞靜海獨流，迭經欽差大臣勝保等合力痛剿，屢報勝仗，剋期即可蕩平，自不至再延時日。但臣等轉運軍儲，不能不預籌接濟。如俟前撥之款支用將完，再請部撥，誠恐緩不濟急，有誤餉需。合應請旨敕下户部，即將順天糧臺應行續撥軍餉酌定銀數，趕緊籌備。俾臣等得以源源領運，庶芻茭無缺乏之虞，而士馬益見飽騰之效。臣等仍當嚴飭糧臺各員事事核實撙節，斷不任絲毫浮濫，以仰副皇上慎重度支之至意。所有預籌軍餉緣由，理合恭摺具奏，伏乞皇上聖鑒，訓示遵行。謹奏。咸豐三年十月廿一日。

再：本月十八日酉刻，臣衙門准巡防王大臣劄開，現有奉旨飭解欽差大臣勝保軍營炮位四尊，迅速預備大車十二輛，刻即趕赴巡防處，以便拉運等因。當即飛飭大、宛兩縣僱備，旋於是日子刻准巡防王大臣劄稱，運送炮位需用練車四輛，牲口兩班，共一百六十頭，再拉運炮車火藥什物需用五套大車十輛，照數趕緊預備等因。復經飛飭兩縣雇辦，去後當於十九日陸續雇到大車十八輛，騾一百六十頭，解送巡防處。以車騾不堪應用，均經駁斥更换。臣等伏查京城各車行並無練車，訪聞京北清河地面有蔣姓車户尚能承辦，當即漏夜遣人往覓，兹於二十日申刻始將車户蔣姓覓到。據該車户禀稱，前於道光二十年曾經承辦運送炮位到天津防堵，迨今已十餘年，車上一切器具散缺不全，必須修整兩三日，方能拉運。臣等復再三面諭開導，始據該車户禀稱於二十一日將各車拉送進城，二十二日修理完竣始可裝載炮位，臣等已嚴切諭令速行趕辦在案。所有雇覓練車未能剋期趕送緣由，理合附片陳明，伏乞聖鑒。謹奏。咸豐三年十月廿一日。

咸豐三年十一月初一日奏摺〔一〕

臣翁心存跪奏爲懇天恩給假調理事。竊臣素多痰疾，前於道光三十年春間觸受風邪，遂得頭暈耳鳴之症，數年來時發時止。兹於十月二十八日至順天府署商辦一切，歸寓時忽頭暈嘔吐，氣喘出汗，左頰左骽俱形麻木，不能起立。延醫診視，據稱脈象虚弱，心氣尤虧，肝胃不和，不能運化，必須避風靜養，始可就痊。臣焦急萬分，惟有仰懇天恩，給假數日，俾得趕緊調理，一俟稍痊，即當照常供職。現在順天府辦理糧臺，正當喫緊，所有緊要稿件仍可在寓力疾畫行，斷不敢稍躭安逸。所有臣感疾請假緣由，謹繕摺具奏，伏乞皇上聖鑒。謹奏。咸豐三年十一月初一日。

〔一〕據《知止齋遺集·知止齋摺稿偶存》整理補入，並酌加標題。

咸豐三年十一月十一日奏摺〔二〕

臣翁心存跪奏爲臣疾尚未速痊，續請賞假調理事。竊臣於本月初一日以左體麻木，具摺請假。蒙恩給假十日，當即趕緊調治，連服袪風疏肝之劑，胃脘積痰略化，左頰浮腫漸消。而頭暈耳鳴，氣喘足弱，步履艱澀，起跪不能如常。據醫家云：外風雖平，而元氣大損，必須再加靜養，始可復元。伏思臣自請假之後，雖日行稿件仍在寓閲辦，屬員以公事來見者，亦於卧室接晤商酌，而假期已滿，尚未能照舊當差，實屬萬分焦急。再四思維，惟有仰懇天恩，再行賞假數日，一俟調攝稍痊，即當銷假供職。所有臣續請給假緣由，謹繕摺具奏，伏乞皇上聖鑒。謹奏。咸豐三年十一月十一日。

〔一〕據《知止齋遺集·知止齋摺稿偶存》整理補入，並酌加標題。

[咸豐三年十一月二十八日]續請接濟軍餉摺

奏爲糧臺撥款領解將完，請旨飭部豫籌續撥，以資接濟事。竊臣衙門自九月初九日設立糧臺，先領部庫銀二萬兩，又由臣等及户部兩次奏撥内庫銀二十萬兩，嗣因所領銀兩支用過半，於十月二十一日奏請續籌接濟，經巡防王大臣會同户部遵旨議奏，請再撥内庫銀十萬兩，蒙恩允准。臣等仍督飭辦理糧臺各員，隨時隨事核實鈎稽，不敢因有續撥之項稍滋糜費。所有續撥庫銀於本月十二、十七等日甫在部庫領出五萬兩，先後解往軍營，尚有未領銀五萬兩，經户部於本月十一日議撥長蘆軍餉案内奏准借撥解往天津。臣等因糧臺存款無多，咨請户部迅籌歸款，以便領解。據户部覆稱，陸續籌畫，定於本月二十八日先行發給二萬兩，其三萬兩尚未據部覆另籌有款。臣等覆查隨營糧臺，現送各營官兵清册内除達洪阿及宗室奕紀所帶兵三千七百餘名，德勒克色楞所帶兵二百餘名前赴天津，甫經移歸天津道支應外，其參贊大臣僧格林沁等所統重兵仍駐王慶坨及分駐固安等處者，共兵一萬一千餘名，並帶兵官及官兵之跟役，尚有二萬一千餘人，兵數既多，需餉亦鉅。臣等現在擬定章程，官兵例馬既節省一匹，糧米亦照時價折給，其帶兵員弁之例支馬乾銀、跟役名數及米折銀兩均加删減，較之定例成案及各省現辦糧臺章程實已力爲裁節。此外軍營糧臺應支各款，亦俱分别定議臚列款目咨明户部核覆在案。臣等受恩深重，具有天良，當此國用支絀之時，敢不倍加樽節，可省則省，可裁則裁。惟念兵貴拙速，不貴工遲，古之善行師者，必期同心敵愾，迅奏膚功，微特以奠民生，亦所節財用也。今自糧臺設立以來，已經八十［日］矣，逆賊一日不平，則大兵未能即日奏凱，糧臺一日不撤，則轉餉未免曠日多糜，中夜傍徨，萬分焦慮。現在糧臺總局並無存銀，部庫存款又已借動，臣等因睹部臣籌畫竭蹷，知非旦夕所能集湊多金，當此四面兜剿之時，各路官兵皆裹糧進戰，軍中需用尤繁，設或接濟不及，坐失事機，所關非細，惟有先期奏聞，請旨飭令户部再籌備餉銀十萬兩，豫存部庫，以備軍需支領。如官兵圍剿得手，旬日間即當蕩平，則前次續撥之銀尚有留餘，此次請撥之款自可毋庸動用。臣等惟當嚴飭糧臺各員，事事力求節省，俟軍務告蕆，將先後用過銀數核實報銷，斷不任稍涉浮濫。所有續籌軍餉緣由，理合恭摺具奏，伏乞皇上聖鑒，訓示遵行。謹奏。咸豐三年十一月二十八日。

覆奏佈彦呈訴冤抑摺

奏爲遵旨據實明白迴奏事。本年十一月二十六日欽奉上諭：吏部奏革員呈訴冤抑，請旨飭查一摺，已革署西路同知、通州知州佈彦借用印封赴部呈訴，據稱西路同知一缺本以該員升署，因前任尚未開缺，是以未將該革員題升。今奉府尹面諭，以接准省垣來信，該員尚不合例，竟將虧空旂租一萬七千餘兩摘頂勒交之涿州知州郭寶勳升補，現已到任，頂帶如故，其虧缺之項限期已逾，又未見其報解，獨于該革員多方勒逼，遽行參劾，實屬冤抑等語，著翁心存、宗元醇據實明白迴奏，欽此。

竊查順天府屬遇有升調之缺，向來均先揀選合例人員，與直隸督臣暨藩、臬兩司往返函商，意見相同，由兩司具詳，始行會銜題請升調。所有西路同知一缺，因李正培於上年因案參革，經前任兼尹臣卓秉恬、府尹王慶雲委令通州知州佈彦署理，嗣因上年十一月二十二日臣宗元醇到任，即於十二月三十日護送兵差，於良鄉途次接到前任藩司陳啟邁來禀，據稱西路同知因案開缺，現在署事之通州知州佈彦並未遵照新例捐免歷俸，礙難請升等語。臣宗元醇因到任甫及一月，地方屬吏多未熟悉，當經函商兼尹臣卓秉恬，去後隨准覆稱以順屬雖有勞績應升人員，資格較淺，惟涿州知州郭寶勳係卓異人員，商之藩司，亦以爲合例，本年正月三十日據前任藩司陳啟邁、升任臬司穆清阿以郭寶勳才具穩練，辦事勤能，歷俸早滿三年，以之升補西路同知，與例相符，會詳前來。經臣卓秉恬、臣宗元醇會同直隸督臣訥爾經額合詞具題，經部覆准在案。郭寶勳如有不合例之處，該兩司豈肯違例請升，吏部又豈能違例覆准。至順屬各州縣旂租一項，向歸藩庫交納，臣衙門並無案據。該同知郭寶勳任內是否尚有未完旂租，摘頂勒交現在是否完解，臣衙門未准督臣咨會，亦未據藩司詳報，無憑查覆。此郭寶勳所以題升西路同知之實在原委也。迨至本年五月下旬，臣翁心存到兼尹任後，因署通州知州高衙控案累累，偕臣宗元醇逐案審訊，已將王振綱等所控一案訊有確據，其餘各案正在提訊間，高銜旋被參撤任，札飭東路同知吴承祖暫行兼攝。嗣因通州倡捐修城團練，又移設腰撥糧臺，地方尤爲緊要，是以於十月初六日檄令該員佈彥來京，諭令仍回本任，幫辦糧臺，以資熟手。詎該員以無錢賠墊，堅執不行。臣等婉曲開導，勸諭再三，並未絲毫抑勒。乃該員忽向上長跪，免冠叩頭，伏地痛哭，口稱即便被參亦斷不能再回本任。臣等駭愕避立，正色曉諭，以該員如此行徑，即合糾參。該員即將頂帽擲向案頭，負氣徑出。維時糧臺各員在旁，俱深詫異。伏思該員佈彥性情畏葸，舉止乖張，實屬有心規避，若使各屬皆似此取巧任性，何以整肅官方。因於次日奏請交部照例議處，此佈彥所以被參之實在情形也。至該員業經部議革職，早離西路同知之任，乃輒擅用該廳印封呈揭到部，亦殊違例，既經吏部奏明，應聽吏部一併查辦。所有遵旨據實明白迴奏緣由，理合繕摺具奏，伏祈皇上聖鑒訓示。謹奏。咸豐三年十一月廿八日。

卷四十四

京兆退思録三

［咸豐三年十二月］軍營搭放票鈔據隨營糧臺詳報窒礙情形摺[一]

奏爲軍營搭放官票、寶鈔據隨營糧臺詳報窒礙情形奏聞請旨事。竊臣等前於十一月二十八日因糧臺撥款領解將完，奏請飭部預籌撥解，旋於本月初二日經户部議奏，以部庫無款可籌，請發官票銀五萬兩，寶鈔錢十萬串，與前借撥解天津軍餉案内應籌還現銀三萬兩間搭支放等因，奏准行文到臣衙門。臣等以軍營支款煩多，何項必須實發現銀，何項尚可搭放票鈔，都中難以懸擬。即經咨明參贊大臣，並札令辦理隨營糧臺、永定河道定保就近體察情形，妥速議定章程詳報。去後嗣于初八日經户部先行發給現銀一萬兩，官票一萬兩，寶鈔二萬串，即日委員解往軍營在案。兹於初十日接據辦理隨營糧臺、永定河道詳稱：官票寶鈔必先由地方試行有驗，小民咸知票鈔與銀錢並重，行使方無窒礙。現在王慶坨地方褊小，並無銀錢大鋪，且附近之武清、東安一帶亦從未試行軍營搭放票鈔，設或衆兵行使不便，關係匪輕。況兵丁每日所領鹽菜、口糧，購買食物均須現錢，即採買豆草一切，亦多係零星小户，並無行商坐賈[二]，試用尤難。詳請奏撥現銀五萬兩，當十當五十大錢合制錢十萬串，俾濟軍需，並奉參贊大臣札令該道逕詳臣衙門核辦等語。臣等伏思現在經費支絀之時，票鈔已經奉旨通行，斷不敢不力求通變。惟鈔幣之法，施行當有次第，方可漸次流通。此時官票都中雖已通行，而京外偏僻州縣民商尚未必周知。至寶鈔則甫經頒發，各省地方並未試用，更難驟用之軍營。該道所詳自係實在情形，其所請酌發現銀與大錢並用之處，應請旨飭交户部妥籌議奏，仍請飭令參贊大臣僧格林沁將軍營票鈔是否可以搭放再行詳晰查明，據實具奏。臣等爲慎重軍餉起見，是否有當，伏乞皇上聖鑒，訓示遵行。謹奏。

再：本月十一日據辦理隨營糧臺、永定河道定保稟稱，本月初旬感受風寒，頭疼身熱，精神恍惚，飲食不進，延醫診視，據云係時疫傷寒之癥，已由參贊大臣給假二十日，仍稟請臣等給假回京調理，並求委員接辦糧臺等語，臣等查隨營糧臺事務較繁，該道既因患病請假，自應委員接辦，以重責成。現已飛札通永道海瑛趕緊馳往王慶坨暫行辦理隨營糧臺事務，俟定保回京調理就痊後，仍令該道回營接辦，理合附片奏聞。謹奏。

〔一〕《知止齋遺集·知止齋文稿》中亦收此文，但未附上諭。

〔二〕賈，原誤作「價」，據《知止齋文稿》改。

附　[咸豐三年十二月十三日] 軍機大臣字寄上諭

軍機大臣字寄兼管順天府府尹事務工部尚書翁[心存]、順天府府尹宗[元醇]，咸豐三年十二月十三日奉上諭：翁心存等奏軍營搭放鈔票窒礙情形一摺，官票、寶鈔之興，原以濟銀錢之不足，現當章程甫定，正期中外大臣力求變通，設法推行。順天爲首善之區，尤宜倡率遵辦，以爲各省之式。且出納皆以五成爲限，民間完繳正項錢糧，與鹽關課税及一切交官等款，皆須鈔票與銀錢相輔而行，前降諭旨甚明，民間宜無不周知，方且購求鈔票以爲交課之用，尚何窒礙之有。該兼尹等率據糧臺道員詳文，謂須先由地方試行有驗方可行使，是先存一試行無驗之心，爲此阻撓之説，並未將如何流通一爲籌及，直甘心置鈔票於不用，是何居心。該兼尹、府尹輕聽該道之詞，意存見好屬員，率請撥給現銀制錢，豈户工兩局現鑄大錢日不暇給與庫項空虚，該兼尹等竟茫無所知，即謂兵丁行使初尚未便，而隨營官員應領款項甚多，豈亦難以搭放，是直畏難不辦，竟置大局於不顧。至該員定保詳稱係奉參贊大臣札令徑詳覈辦，該兼尹等亦不及咨查是否確實，遽信爲實在情形，尤不可解。想僧格林沁公忠體國，不當如是也。所有應行次第施用鈔票之處，即著該兼尹等妥速籌商，俾無阻滯。將此諭令知之，欽此。遵旨寄信前來。咸豐三年十二月十三日。

［咸豐三年十二月十五日］提解旗租交天津充餉摺

奏爲順天府屬應解旗租現奉部議提解天津充餉，臣等現已嚴札催提，仍請旨飭令直隸督臣遵照部議，一體嚴催事。本月十二日准户部咨議覆長蘆鹽政文謙等請撥兵餉一摺，請旨敕下直隸總督、順天府府尹將順屬應解旗租款内提銀五萬兩，由順天府委員分批解交天津等語。臣等查本年九月初十日户部奏令順屬旗租地丁徑行解部，以資軍餉，臣等當即飛咨直隸督臣，並飛劄藩司，將順屬州縣應徵租銀現在已解、未解各數目開單詳報。一面嚴劄府屬二十四州縣各將本年應解租銀勒限解京。並疊次劄催該藩司及各州縣。去後嗣於十月二十四日始據該藩司以此項旗租湊撥本省兵餉，司庫窘迫難支，未便解部，已詳由督臣具奏等語詳覆前來。臣等即咨候户部核覆，旋於十一月十一日准户部咨令，仍遵前奏飭催解部。臣等復查各州縣内永清、房山兩縣已經解到之銀，由臣衙門批交部庫，保定一縣徑直隸委員勒提解省，此外如文安、固安、薊州、寧河、霸州、文城、武清、東安等州縣被水地方下忙糧租，均經督臣奏請分別蠲緩，其餘各屬均又疊次嚴催在案。至順屬本年應徵租銀確數，自九月劄查並疊催後，迄今三月有餘，並未據該藩司分晰詳覆。而各該州縣以臣衙門及藩司兩處互相催提，轉致藉詞觀望，日久遷延，實屬疲玩。其大兵經過各州縣，因墊辦兵差，未經藩司給發經費，多據稟報將所徵租銀暫行挪用，亦經臣等劄催藩司酌發經費，仍嚴飭該州縣速將挪款措還報解亦在案。現奉部議於此項租銀内提解天津充餉，臣等即又飛劄勒提，並嚴飭該藩司將應解銀數立即詳報外，復查天津兵餉刻不容緩，而各屬租銀現在甫據大興、宛平、平谷、順義、寶坻等縣陸續報解，共計不過三千八百餘兩。臣等當即日委員先行批解天津，以濟急用。其餘州縣即旬日内解到，亦未能湊足五萬兩之數。惟有請旨敕下直隸督臣併力嚴催，仍飭該藩司迅即造册具詳，以憑稽核。再由直隸藩庫趕緊籌款撥解天津，庶可藉資協濟。臣等爲天津軍餉緊急起見，理合恭摺具奏，伏乞皇上聖鑒訓示。謹奏。咸豐三年十二月十五日。

謹將各州縣解到糧租銀兩數目列後：

計開：

順義縣：地糧銀一百三十五兩三錢四分八厘，旂租銀八百零四兩七毫二絲，平飯銀八兩三分九厘九毫，三共銀九百四十七兩三錢八分八厘六毫二絲。

平谷縣：地糧銀九十兩七錢四分四厘，旂租銀九百九十三兩五錢三分八厘，二共銀一千零八十四兩二錢八分二厘。

寶坻縣：旂租銀八百十兩零二錢四分四厘，租耗銀拾兩零一錢零八厘，平飯銀七兩零九分二厘，三共銀八百二十七兩四錢四分四厘。

大興縣：旂租銀七百四十五兩八錢四分六厘。

宛平縣：地糧銀一百零八兩貳分，正耗銀十兩八錢二厘，旂租五百零一兩六錢九分七厘，二分六釐平飯銀十兩三錢五釐，又耗銀十兩五錢三分柒釐，又六釐平飯銀六錢三分二釐，六共銀六百四十一兩九錢九分三釐。

以上統共銀四千二百四十六兩九錢五分三釐六毫二絲。

［咸豐三年十二月十五日］請揀發知縣以資差委摺

奏爲順天試用委用知縣人員現在不敷差委，請旨飭部揀發知縣八員，以資委用事。竊查順天府屬州縣除現任各員外，向由直隸酌撥候補知縣數員聽候差委。本年三月間，前任兼尹臣卓秉恬與臣宗元醇因府屬候補知縣乏人，曾經奏准飭部於舉人大挑試用知縣中籤掣八員，分發前來。至九月間又欽奉上諭，著吏部於候補候選人員内揀選道府州縣各員帶領引見，發往順天府差遣委用等因，欽此。嗣經揀發知縣八員到府，前後共發十餘員。數月以來因辦理軍務糧臺總局、隨營、腰撥以及防兵各糧臺，均已分派差委。又有現經委署大城、文安等縣缺及派往五城查收房租之員，如再遇有緊要差務或委署地方，又將無員可委。惟有仰懇天恩，敕下吏部，再照例揀選知縣八員，分發臣衙門以備差委。將來軍務告蕆，此次揀發、前此揀發與各員應歸直隸按班序補之處，並請飭令吏部照例核辦。臣等爲差委需人起見，恭摺奏聞，伏乞皇上聖鑒，訓示遵行。謹奏。咸豐三年十二月十五日。

硃批：著照所請，吏部知道。

［咸豐三年十二月二十二日］覆奏涿州知州郭寶勳因公挪移旗租銀兩摺

奏爲遵旨查明據實覆奏事。臣等於本年十一月二十八日奉上諭：翁心存、宗元醇奏遵旨據實明白迴奏一摺，郭寶勳涿州任内究竟未完旂租若干兩，其虧欠限期是否已滿，未據報解，著翁心存、宗元醇詳細查明據實具奏，毋稍含混等因，欽此。

欽遵當由臣衙門咨會直隸督臣，並節次嚴劄藩司飭催查辦。去後兹於本月十六日據署藩司穆清阿具詳，以郭寶勳前在涿州任内經征本節年旂租未完，民欠銀兩延未征解，經該署司于本年八月内詳請前督臣奏參摘頂，勒限征解，因前督臣訥爾經額前赴河南督辦勦防，未及核辦，嗣經督臣桂良到任接准移交，以該員等未完糧租詳後有無完解批飭確查。現經劄委易州知州程仁傑前往該州，會同該署州呂圻確實查報，隨於二十日據該署司穆清阿、署臬司譚廷襄會詳，查得郭寶勳前在該州任内經征各項旂租，除豁免並解司外，實在征存未解二年存退等租銀四千四百四十餘兩，三年存退等租銀六千四百餘兩，内有已革户書王静安等虧欠移交後任押追三年租銀一千三百七十餘兩，實在郭寶勳虧挪二三等年各項旂租銀九千四百八十餘兩，並據稱郭寶勳因上年及本年節次承辦兵差，所領經費不敷支用，陸續挪墊，有單可核等情由，司詳請會同核辦前來。臣等伏查該同知郭寶勳前於本年二月内題升西路同知，前藩司陳啟邁並未詳有虧短之案，八月内雖曾經署藩司穆清阿詳請奏參摘頂勒催，因前督臣未及核辦，於飭赴新任時督臣未有咨會，亦未據藩司詳報臣衙門，是以無從核辦。兹既據委員會查明確，該同知郭寶勳前在涿州任内經征節年及本年旂租挪用至九千四百八十餘兩之多，雖經查明委因歷辦兵差，所請經費藩庫支絀，給領不敷，陸續挪墊所致，惟此項租銀既已征存，因何並不即時批解，輒敢因辦兵差挪用公款，庫項攸關，未便稍事姑容。除由直隸督臣會同臣等另行嚴參外，謹將查明前任涿州知州郭寶勳因公挪移旂租銀兩緣由先行具摺覆奏，伏乞皇上聖鑒。謹奏。

再：順屬州縣經征旂租恃有初參、二參限期，每年臘底多不能征齊解足，近年因辦理兵差，應領經費銀兩，藩庫支絀，又未能即時給發，各州縣輒藉詞挪移，恐尚不止涿州一處，實屬疲玩。本年十二日經户部奏准，請於旂租項下提銀五萬兩解充天津兵餉，臣等已將解到旂租地丁銀兩儘數湊足四千二百餘兩，先行委員解赴長蘆鹽政查收，而其餘解到者仍復寥寥，現已分飭委員勒限守提，催令剋日解交。去後一面仍劄飭直隸藩司迅造清册送臣衙門以憑稽核，俟清册一到，即當逐案鈎稽。除被水蠲緩及實欠在民外，有征存未解之款，即儘數嚴提，倘有挪移虧缺者即當據實嚴參，從重懲辦。謹附片陳明，伏乞聖鑒訓示。謹奏。咸豐叁年拾貳月貳拾貳日。

［咸豐三年十二月廿五日］順天府屬官員捐輸摺

奏爲臣衙門暨所屬各員量力捐輸恭摺奏聞事。本年十一月初七日准巡防王大臣議覆直隸督臣桂良，奏京外各官量力捐輸一摺，奏准行文到臣衙門。臣等即通飭所屬現任候補道府廳州縣以及教職佐雜等員一體遵照。去後臣翁心存報捐銀兩已由工部具奏在案，臣宗元醇即倡捐制錢四百千文，府丞臣張錫庚亦報捐銀二十兩，並據通永道海瑛等四十六員陸續稟報，量力捐輸，合計共收庫平銀三千二百零四兩，制錢六百千文。謹將銜名捐數開具清單，恭呈御覽。除臣宗元醇暨府丞臣張錫庚均不敢仰邀恩叙外，所有府屬各官可否飭交户部照新定章程分别給予應得議叙，其銀數不及議叙章程者，由臣衙門酌給獎勵之處，出自皇上天恩。以後各屬現任候補各官如有續報捐輸之員，再行隨時奏報。所有臣衙門暨所屬各員量力捐輸緣由，理合恭摺具奏，伏乞皇上聖鑒訓示。謹奏。

再：前奉部議通行，凡捐輸人員准其爲子弟報捐等因，現據治中楊春和捐銀一百兩，教授魯方捐銀九十兩，均願爲其子報捐監生。臣等核與新例捐監八十八兩之數有贏無絀，如蒙恩准，即由臣衙門將該二員之子開具履歷，咨送户部請發監照，以示獎勵，謹附片具奏。

謹將臣衙門暨所屬各員捐輸銀錢數目開具清單，恭呈御覽：

府尹宗元醇制錢四百千文。

府丞張錫庚庫平銀二十兩。
通永道海瑛庫平銀二百兩。
霸昌道慶岳庫平銀一百兩。
揀發道金肇洛制錢一百千文。
揀發道林廷禧制錢一百千文。
揀發知府現授河間府知府查日華庫平銀五十兩。
揀發知府郭襄之庫平銀二百兩。
治中楊春和庫平銀一百兩。
糧馬通判符泰鴻庫平銀十六兩。
署南路同知事大興縣知縣李朝儀庫平銀一百兩。
即用直隸州知州武清縣知縣胡啟文庫平銀一百兩。
北路同知范梁庫平銀一百兩。
署涿州事昌平州知州吕圻庫平銀一百兩。
署昌平州事候補知縣吕嘉端庫平銀一百兩。
題升通州知州蔣大鏞庫平銀一百兩。
薊州知州吴中順庫平銀一百兩。

揀發知州祁之鑅庫平銀一百八十兩。
署大興縣事東安縣知縣張和庫平銀一百兩。
宛平縣知縣何蘭馨庫平銀一百兩。
永清縣知縣戴沛庫平銀一百二十兩。
文安縣知縣王光熊庫平銀一百兩。
懷柔縣知縣黎鴻恩庫平銀一百兩。
署順義縣事房山縣知縣張汝弼庫平銀一百兩。
密雲縣知縣李鏡瀛庫平銀一百兩。
寧河縣知縣黄開鼎庫平銀一百兩。
三河縣知縣劉寶楠庫平銀一百兩。
平谷縣知縣汪福庚庫平銀一百兩。
署東安縣事候補知縣王啟疆庫平銀一百二十兩。
署香河縣事候補知縣吉祥庫平銀一百兩。
固安縣知縣吴燾庫平銀五十兩。
署房山縣事候補知縣周如城庫平銀五十兩。
署霸州知州候補知縣楊應枚庫平銀一百兩。

揀發知縣馮襄京平銀十兩。
即用知縣劉秉琳京平銀十兩。
丁憂前任良鄉縣知縣薛榮京平銀十兩。
府學教授魯方庫平銀九十兩。
平谷縣教諭牛昌籙庫平銀十兩。
平谷縣訓導戴嵐庫平銀十兩。
良鄉縣縣丞白維京平銀十兩。
大興縣典史李光瀾銀十兩。
平谷縣典史楊長春庫平銀十兩。
齊家司巡檢薛培樟京平銀八兩。
候補從九品趙永盛京平銀五兩。
候補從九品魯鏞京平銀五兩。
試用從九品劉君榮京平銀五兩。
試用未入流陳紹諶京平銀五兩。
試用未入流吴迪光京平銀五兩。
投效候選典史金廷鈞京平銀五兩。

共庫平銀三千二百十四兩，制錢六百千文。咸豐三年十二月廿五日。

［咸豐三年十二月廿五日］續解天津軍餉摺

奏爲應解天津軍餉因各屬旂租催解未齊，擬將現收地丁捐監及現奏官員捐輸各項銀錢先行湊解，恭摺奏聞事。本月十二日准户部覆奏行令臣衙門將順屬應解旂租内提銀五萬兩解往天津充餉，經臣等將已解旂租並地丁共銀四千二百餘兩先行委解，仍嚴催各屬趕緊解交並委員勒提，于十五、二十二等日先後奏明，均奉諭旨飭催在案。旬日之内僅據香河、固安、平谷三縣續解旂租銀二千六百五十四兩零，大興、宛平、密雲、順義解交捐監共銀一千五百六十八兩零，均係前奉部議應解部庫之款。又臣衙門及所屬各官捐輸銀三千二百零四兩，制錢六百千文，亦應彙解部庫。惟查天津需餉孔亟，按部撥銀數現在所短尚多，應請即將前項旂租、地丁、捐監並捐輸各項共銀八千八百九十八兩、制錢六百千文即日分起委員解赴天津交收，以濟急用。至各屬未解旂租，應俟勒提到日速即解往。其玩延不解者，由直隸督臣查明會參。並嚴催該藩司造册詳報，以憑核辦。仍請旨飭令督臣一面在藩庫籌款趕解天津應用，庶可無誤軍需。所有湊解天津軍餉緣由除咨明户部外，理合恭摺具奏，伏乞皇上聖鑒。謹奏。咸豐三年十二月二十五日。

卷四十五

京兆退思録四

[咸豐三年十一月廿八日]覆奏通州捕役藉端搶劫大概情形摺

奏爲通州捕役藉端搶劫，據通永道禀報審訊大概情形，先行奏聞事。竊臣等於本月十八日准軍機大臣字寄十八日奉上諭：給事中賈世行奏捕役勾結土匪肆行搶劫一摺，據稱本月十三日夜有土匪百餘名在夏店、燕郊等處連劫數家，搶奪銀物，由通州東門外土壩過河，適遇練勇跟追，拿獲多名，經練局訊明，内有通州捕頭、散役及三河、寶坻官人等語，捕役勾結土匪在近畿搶劫，實屬督不畏法，著順天府迅即嚴飭通永道親提該犯等嚴行審訊，如果屬實，即將該犯等不分首從，即行正法，並將逸犯勒限嚴拿，盡數弋獲，毋許一名漏網等因，欽此。

臣等當即飛劄通永道海瑛遵照諭旨嚴行審辦，並飭屬嚴拿逸犯務獲。去後隨於二十日據該道禀稱，本月十三日夜，風聞通州屬小張各莊有革役搶奪情事，即派把總高殿舉、吏目車德符帶同東關練勇迎拿至土壩地方，將人犯、原贓、器械並賭具開局人等一併送署。該道連日隔別研鞫，據鄧永祥、楊鳳鳴、王玉忠供稱，先充通州捕役，嗣因誤公革退，本年十一月十三日聽得州屬小張各莊有張老在張五家開場聚賭，起意堵拿，是夜隨邀散役李三等二十二人攜帶鐵尺等械，亦有徒手，均至該莊張五家，將張老、王老、田曾、曹幅貴並賭具、賭錢、人物一併拿獲，又見裏間屋内無人，搶得炕上衣物，楊鳳鳴將賭博人等先行帶回，鄧永祥、王玉忠同李三等在後，到土壩即被官弁率領練勇將伊等拿住，又將楊鳳鳴等連原贓、器械獲送到案等語。質之散役李三等二十二人，與鄧永祥等供同，訊據開賭局之張老等五人，供認開場壓寶，被鄧永祥等帶領多人將伊等拿獲，並將張五住室包袱衣物搶去，又據王六等九人供認賭錢屬實，又蔡三等十人或稱買賣食物，或供聞鬧觀看，致被拿獲各等語。該道以鄧永祥等於革退後並不奉公守法，私自拿賭搶奪衣物，難保無另有不法重情，即其餘各供亦多避就，應再研審確情，擬議詳辦等因，先行具稟前來。臣等查該犯等暋不畏法，輒敢於深夜糾約多人，騎馬持械，肆行搶奪衣物，當此巡防喫緊之際，尤宜嚴行懲創，以遏亂萌。且給事中賈世行原奏内稱有騎馬賊四人，何以該道所稟止有鄧永祥等三犯爲首，其供係已革捕役藉端拿賭，亦殊難憑信，業經詳晰批飭該道秉公嚴訊，務得確情，不准稍有徇飾在案。所有該道稟報現審捕役藉端搶劫大概情形，理合先行繕摺奏聞，伏乞皇上聖鑒。謹奏。

再：臣等正在繕摺間，伏讀上諭：給事中賈世行奏地方官承審差役勾結土匪重案，有意圖消弭情弊一摺，著交文瑞親提人證悉心研鞫，按律定擬具奏，毋稍徇隱等因，欽此。臣等復查現當巡防喫緊之際，通州密邇京師，該捕役竟敢勾結土匪搶劫，誠如聖諭不容任意消弭以貽後患。惟此案于本月十八日欽奉廷諭以前，臣等並未接據通永道海瑛禀報，至奉旨之日即經飛札該道提審，始據該道禀報前情，臣等核其所禀，與該給事中原奏尚未相符，誠恐該道或有任聽該犯狡供避就情事，業已批飭秉公嚴訊，不准徇隱。臣等職在察吏鋤奸，具有天良，斷不敢稍存消弭之意。現既奉旨交文瑞提訊所有該犯原供，是否避就，此外有無勾結土匪，及該道審辦此案有無徇庇消弭情弊，自可水落石出，執法嚴懲所有。臣等並無意存消弭之處，合併附片奏聞。謹奏。咸豐三年十一月廿八日。

附一　［咸豐三年十一月十九日］劄通永道

劄知悉本月十八日酉刻本部、尹堂准軍機大臣字寄本月十八日奉上諭：給事中賈世行奏捕役勾結土匪肆行搶劫一案摺，據稱本月十三日夜，有土匪百餘人在夏店、燕郊等處連劫數家，搶奪銀物，由通州東門外土壩過河，適遇練勇跟追，拿獲多名，經練局訊明，內有通州捕頭、散役及三河、寶坻官人等語，捕役勾結土匪在近畿搶劫，實屬瞀不畏法，著順天府迅即嚴飭通永道親提該犯等，嚴行審訊，如果屬實，即將該犯等不分首從，概行正法，並將逸犯勒限嚴拿，盡數弋獲，毋許一名漏網。又據朱鳳標奏京東有重兵駐兵，其大城、文安、霸州、固安、涿州、良鄉、房山、昌平、順義、三河等處，均係進京要路，至內城保甲亦未遍查，所有各州縣寺廟、客寓及京城內外庵觀、飯堂、車廠及雜院居户難保無窩奸之處，並著順天府迅飭各該管官一體認真嚴查，以杜奸宄而靖閭閻等因，欽此。合亟飛劄劄到該道，即行遵照諭旨，嚴行審辦，並嚴飭所屬勒限將逸犯盡數拿獲，毋許一名漏網。其追獲匪犯之練勇，該道即查明酌加獎勵，仍將辦理緣由即日迅速詳報。至三河等處稽查寺廟、客寓，亦由該道轉飭該縣認真辦理可也。特劄通永道。三年十一月十九日。

附二 ［咸豐三年十一月十八日］賈世行奏

賈世行奏爲官人勾結土匪肆行搶劫急宜盡法懲治，以免效尤事。臣聞本月十三日夜，有通州捕役鄧姓、楊姓四人騎馬，率領土匪百餘人在通州迤東之夏店、燕郊等處，連劫三四家，搶奪銀錢、首飾、衣服，並有婦女遺舄等物。劫後於四更時由通州東門外土壩過河，適遇東關練局巡夜人，該匪手執刀矛威嚇，聲言賊人已至。巡役趕赴練局齊人，仍趕赴土壩，百餘人業已不見，隨即向南蹤追，首獲騎馬賊四人，又趕至楊家坨，百餘人正欲渡河，被練勇拿獲五十餘人，餘賊逃散。經練局訊明，内有通州捕頭及三河、寶坻官人，其餘俱該處土匪。直供下處在東關鑾子營，逃散之賊俱在彼處藏匿，嗣於天明十四日，又有二人給捕頭送緝賊批文一件，被練局看出，當即拿獲，並到捕快下處用鳥槍從房上打下三人，逃逸四五人，練勇亦有受傷者。當即稟明通永道押送東路廳審訊，以在官人役膽敢勾結多人，在畿輔近地肆行搶劫，其不法已極，若不加以重辟，恐不法之徒效尤滋事，所關甚鉅。爲此請旨飭下通永道將該犯等訊明後無論首從，就地全行正法，並將逃逸餘匪趕緊拿獲，盡法懲治，毋使一名漏網，庶匪類可以喪膽，而練勇亦肯盡心也，爲此恭摺具奏。三年十一月十八日。

附三　［咸豐三年十一月十八日］朱鳳標片

朱鳳標片：再：現在京東有重兵駐守，奸匪每避道由西北一帶進京，近畿各州縣如大城、文安、霸州、雄縣、固安、涿州、良鄉、房山、昌平、順義、三河等處道路在在可通。宜飭諭直隸總督、順天府尹嚴飭各屬，於衝要處所認真遍查保甲，其寺廟、客寓、飯鋪尤宜嚴密稽察，使其無可窩存，則來路絕而混迹京門者必少。至内城保甲現亦未見遍查，所有庵觀、飯堂、車廠及雜院居户難保必無窩奸之處，宜並飭該管各官一體協力嚴查，以清内奸而肅畿禁，謹附片具陳。

附四　［咸豐三年十一月二十日］通永道海瑛稟

海瑛謹稟大人閣下，敬稟者：竊職道於十一月十三日夜風聞通州屬之小張各莊有革役搶奪賭局情事，密派捕盗營把總高殿舉、吏目車德符會營帶同東關練勇迎拿，至土壩地方將人犯連贓並器械鐵尺等件，暨開局及賭具、賭博人等一併送署，職道隨督同東路同知吴丞連日隔别研鞫。據鄧永祥、楊鳳鳴、王玉忠供稱，先充通州捕役，嗣因誤公革退，本年十一月十三日聽得州屬小張各莊有張老在張五家開場聚賭，起意堵拿，是夜隨邀散役李三等二十二人攜帶鐵尺等械〔一〕，亦有徒手，均至該莊張五家，將張老、王老、田曾、曹幅貴並賭具、賭錢人等拿獲，又見裏間屋內無人，搶得炕上衣物，楊鳳鳴將賭博人等先行帶回，鄧永祥、王玉忠同李三等在後，到壩即被官人率練勇將伊等拿住，又將楊鳳鳴等連原贓器械獲送到案等語。質之李三、王大、范十元、劉太、王吉升、李二、張五、張邦奎、姜四、宋大、王二即王玉成、劉玉、宣二、徐二、王英青、玉永太、宋連升、張七即張永順、楊大、毛四即毛樹、馮群、劉大即劉皂兒，據稱先與鄧永祥、楊鳳鳴、王玉忠充當散役，餘與鄧永祥等同供；訊據張老、王成即包牙、王二、田曾、曹大即曹幅貴、崔老供稱，伊等於十一月初八日賃得小張各莊人張五房屋一間開場壓寶，輸贏錢文，來往之人不知姓名，至十三日夜有鄧永祥等帶領多人將伊等拿獲，並將張五裏間住室包袱衣物搶去；又據王六、吳三、張老、張大、王亮、郝大、蔡四、吳五、張相供認賭錢屬實；又據蔡三、王老、張二、張四、王大即王江、蔡二、蔡大、張三、張六、張二即張旺或稱買賣食物，或供聞鬧觀看，致被拿獲各等語。職道查鄧永祥等於革退之後，並不奉公守法，既聞聚賭，又不稟官，私自往拿，搶奪衣物，實屬不法，此外難保無另有爲匪不法重情，即其餘各供亦恐多避就，除再督同嚴審確情，另録切供，擬議詳辦外，所有訊過大概供情，合先馳稟大人查核，肅此具稟。三年十一月二十日到。

〔一〕「夜」，原稿誤書爲「散」。

附五　回批［咸豐三年十一月二十日］通永道海瑛稟

批：據稟已悉，查此案，本衙門於十八日承軍機大臣字寄欽奉廷諭，飭令嚴查訊辦，甫經劄行在案。茲據該道先經風聞查拿研審各情，惟查該犯既係革役，何以暋不畏法，輒敢藉端拿賭，肆行搶奪衣物，且深夜糾邀多人騎馬持械，不法已極，當此巡防喫緊之際，尤宜嚴行懲創，以遏亂萌。至給事中賈原奏內稱有騎馬賊四人，何以該道稟中止有鄧永祥等三犯爲首，此外有無逸犯，即其所供革役亦恐係屬避就，難以憑信。仰仍遵照前劄抄飭各情節，逐一秉公嚴訊，徹底根究，務得確情。案關廷諭飭交，毋得稍有徇飾，切切，此繳。

附六［咸豐三年十一月廿一日］通永道海瑛稟

三年十一月廿一日到。海瑛謹稟大人閣下，敬稟者：竊照通州革役鄧永祥等假差拿賭等情一案，當經職道將大概情形具稟在案。茲於本月十九日申刻接奉鈞劄，以轉准軍機大臣字寄賈給諫具奏通州捕役勾結土匪肆行搶劫，經練勇拿獲，欽奉諭旨，飭道親提嚴審，令即遵照審辦，並嚴拿逸犯，暨將追獲之練勇獎勵等因。蒙此。職道查現在通州城鄉內外，刻下委無土匪搶劫之事，即鄧永祥等一案，職道先因其糾夥衆多，恐有别項重情，當此逆氛不靖，巡防喫緊之際，深慮土匪萌孽爲害，不可不嚴加懲辦，以杜其漸，迨連日研訊，犯供堅執不移，偵訪亦無别故，現惟有倍加嚴訊，如果該犯等實有結匪搶劫重大情節，即當飛稟憲鑒，候示祇遵，倘委無别情，亦必按例從重擬議，仍由職道親將犯卷解赴憲轅，聽候覆審具奏，以期仰副大人整飭地方、防患未然之至意。此案獲犯係練勇出力，職道先已量加獎賞。兹奉鈞示，自應再加犒賞，以昭鼓勵。合併聲明，肅此具稟。

再稟者：鄧永祥、楊鳳鳴、王玉忠三犯據供係是革役，究竟是否革役抑係捕役，飭州查明，尚未具覆，俟覆到再行定議。

附七　回批［咸豐三年十一月廿一日］通永道海瑛稟

批：據稟已悉，仰仍遵照前檄嚴行審訊，是否另有爲匪不法，務得各確情，照例從重擬議詳辦。此係廷諭飭交該道嚴查審辦，尤須悉心研鞫，毋稍疏縱。另單具悉該犯鄧永祥等究竟是捕是革，總須飭查明確，認真照辦，斷不可任其稍有避就也，切切。此繳。

附八 ［咸豐三年十二月二十一日］文瑞摺底及附片

文少寇摺底：刑部侍郎文瑞遵旨審擬通州捕役糾衆搶奪及原審官意存銷弭摺。奏爲遵旨審明通州捕役糾衆持械，藉端搶奪及原審官意存銷弭，恭摺奏聞，仰祈聖鑒事。咸豐三年十一月二十六日，承准軍機大臣字寄奉上諭：給事中賈世行奏地方官承審差役勾結土匪重案，有意圖消弭情弊一摺。前據該給事中奏通州地方練勇拿獲搶劫土匪多名，內有通州捕頭、散役及寶坻、三河等縣官人勾結肆搶情事，當交順天府嚴飭通永道親提審辦；茲復據奏，承審此案各員及該管上司俱有消弭之意；捕役勾結土匪，肆行搶掠，實屬大干法紀，且當巡防喫緊之時，該處密邇京畿，豈容任意消弭以貽後患，著文瑞親提人證，悉心研鞫，按律定擬具奏，毋稍徇隱，單併發，欽此。

遵即調取全案卷宗人證，於二十八日始行到齊。奴才即於城內公所連日督同隨員親加研鞫，該犯等初猶狡展，迨經隔別熬審，始各供認不諱。緣王玉恩即王玉忠、鄧泳祥即鄧二、又名鄧瘸子、楊鳳鳴等，均現充通州捕頭。鄧泳祥先因窩竊犯案刺面擬徒，釋回，於道光二十九年間在通州充役，本年十一月十一日王玉恩因白役張老即張汰送信，探聞州東小張各莊張姓家聚賭，隨約同鄧泳祥、楊鳳鳴在茶樓上商議，乘本官外出，起意糾衆搶局，得財分用。鄧泳祥、楊鳳鳴俱各允從，約定十三日日西時候在楊鳳鳴下處會齊。是日鄧泳祥帶同手下白役劉玉、劉汰、宣二、張一、李二、姜四，並糾同練勇張梆奎、宋連升即宋套兒、馮群山、范七即范十沅、王吉升，小貿營生之徐二即徐九兒、張七即張泳順，及曾充同知署内厨役之王三即王詠汰，共十五人；王玉恩約同素識之李三、王英青、王大、宋大共五人，齊至楊漏鳴下處；楊漏鳴適因署内傳唤，不能同往，當派手下白役王二即王玉城，並曾經犯竊刺字枷責之賊犯劉皂兒即劉大、張老即張汰代伊前往。共夥二十三人，分執凶器等械並徒手不等，鄧泳祥、王玉恩、張汰、李二各騎馬匹，於點燈時候偕至小張各莊張五即張得相家門首，劉皂兒、馮群山在外把門，王玉恩等一齊擁進，先至西間搶得包袱一個，内包衣服數件，復至東屋搶得竹牌、寶布、錢板並攤場錢文，宣二搶得緑布袴一條，張一搶得灰布棉襖一件，即將聚賭之王二即王城等二十二名一齊鎖至白家墳楊二店内。王玉恩在店食飯，即用所搶錢文給發，並因搶得竹牌在途遺失，嚇罵王二，令到官承認係銅盒開寶，王二畏懼應允。李二復將賭犯衣帽、搭包等物一齊剥解，同賭之郝大即郝八轉托楊二向張老説合，花京錢八千轉求王玉恩等將伊與吴三、吴五、王六四人私放。王玉恩嫌少未允，遂一併帶至楊漏鳴下處。行至東嶽廟地方，適遇團練更夫，見王玉恩等騎馬率衆持械，擬係賊匪，當即知會練長，約齊練勇將王玉恩等綑拿。此外尚有至李五家内借宿十餘名，經官兵等聞知出城，即在李五家内將案犯全行捕獲。並在王玉恩身邊搜出鴉片煙灰一小包，其衣物器械一併送至通永道衙門，經該道飭交東路廳同知吴承祖審訊。該同知不行詳查，遽於供内添寫王玉恩等均係已革捕役，並問衆役，供係拿賭，因何並無寶盒，王玉恩回明俟下堂即速呈案，隨令鄧泳祥手下白役龐三等覓，龐三即將家内存留銅寶盒代爲呈出，該同知未能審出代揑情事。旋於是月十九日經順天府劄飭通永道親提，尚未定案，即奉諭旨交奴才審辦。奴才以此案王玉恩等均係現充捕役，既知地方有賭，理宜稟官查拿。乃未奉官票，輒敢私自糾集多人，執持凶器等械肆行搶奪，難保無勾結土匪重情。再四嚴詰，據該犯等堅稱實係乘本官外出，起衆搶局得財屬實，委無另有搶劫別案。劉玉等供認聽糾同搶不諱，楊大即楊柱兒係楊淜鳴之子，毛四即毛樹，張五係其雇工，均供是日在家並同往，張二即張旺供稱因向楊淜鳴索討草錢天晚，在其下處借宿被獲，王二即王城供認用竹牌當作寶子，先後夥同張老即張坤等賃張五即張得相房屋開場窩賭，竹牌現被王玉恩搶去遺失，寶布、錢板實係己物，伊聚賭已逾十日，張老即張坤、崔老、田增、曹大即曹富潰均係隨後入夥，僅止六日，王六、吴三、王亮、郝大即郝八、蔡四、張相、王大、張六、張三、張四、張二、蔡三供認押寶賭博，張大供認賭博未成，王老供係尋覓伊姪，並未同賭，即被拿獲，房主張五即張得相供認容留王二等開賭，每日得錢六百六十文，與在逃之地保許城汶分用。當將倉場衙門軍牢牛廷璽傳案，認明張梆奎等實係伊名下練勇，訊明王玉恩等實係通州捕役，委無寶坻、三河官人幫搶情事，反覆究詰，矢口不移。奴才尤恐其中別有隱情，以致不實不盡，當傳到小張各莊之保甲賈二，據供張五即張得相家被搶實因捕役搶局，乘機搶去衣物，此外未聞另有搶奪情事。又傳龔莊文生寧德銘到案，供稱伊莊內同姓十餘家，本年十月十一月間並無劫搶等事，取具甘結存案，並另行出示招告，半月以來亦未有告發之人。是該役等私自搶賭，意在圖財，尚屬可信。許城汶弋獲無期，應即擬結。

查例載：應捕人等指以巡捕爲由搶奪財物者，犯該徒罪以上，不分人多人少，初犯一次發邊遠充軍；又民人開場誘引賭博經旬累月，抽頭放頭者初犯杖一百，徒三年；存留賭博之人初犯杖八十，徒二年；又賭博人犯嚴追賭具來歷，如不將造賣之人供出，即將出有賭具之人照販賣爲從例，杖一百，徒三年；又偶然會聚開場窩賭抽頭無多者，枷號三個月，板一百；又賭博不分兵民俱枷號兩個月，杖一百，又執持凶器未傷人者，杖一百；又正身衙役違禁私帶白役者，並杖一百，革役；又存有鴉片煙灰未經燬棄者，杖一百；又律載：制書有違者杖一百；又不應爲而爲，事理重者杖八十；又二罪俱發以重者論各等者，從一科斷各等語。此案王玉恩即王玉忠身充捕役，因聞白役張老即張汰訪知王二即王城開場聚賭，輒起意，商同捕役鄧泳祥即鄧二又名鄧瘸子等以拿賭爲由，輾轉糾人，執持凶器，乘機搶奪財物。王二等開場聚賭雖非平人可比，第該犯等意在得財，仍以搶奪平人論。鄧泳祥、楊澊鳴、張老即張汰或係捕役，或係白役，均與王玉恩同謀搶局，並糾約多人持械同往，楊澊鳴身雖未行，派出白役代搶，均係同惡相濟，與首犯王玉恩厥罪維均，查該犯等所搶各贓不及十兩，並私帶白役執持凶器，並未傷人，王玉恩撿拾鴉片煙灰未經燬棄，均罪止徒杖，係屬輕罪，自應從重問擬。王玉恩即王玉忠、鄧泳祥即鄧二又名鄧瘸子、楊澊鳴、張老即張汰，均合依應捕人等指以巡捕爲由搶奪財物者，不分人多人少，初犯一次例發邊遠充軍，現當巡防喫緊之時，應從重發往新疆給官兵爲奴，以昭炯戒。劉玉等聽糾持械搶局，係屬爲從，亦應從重問擬，劉玉、劉汰、張梆奎、宋連升即宋套兒、徐二即徐九兒、宣二、張一、劉皂兒即劉大、李三、李二、姜四、馮群山、范七即范十沅、王吉升、王三即王泳汰、張七即張泳順、王二即王玉城、王英青、王大、宋大，均照爲從滿徒例上酌加一等，擬杖一百、流二千里。以上各犯內有供親老丁單，老者情節較重，俱不准查辦留養；時屆隆冬，王玉恩等亦不准停遣，即行起解；劉玉等交地方官定地發配，到配折責安置；王二即王城初次開場聚賭已逾日，出有賭具，不能供出造賣之人，均例應滿徒，二罪相等，從一科，斷王二即王城合依開場誘引賭博，經旬累月，抽頭放頭者初次杖一百、徒三年例，杖一百、徒三年；張五即張得相賃與王二等房間聚賭，與許城汶分用頭錢，應照存留賭博之人，初犯杖八十徒二年例，杖八十徒二年；張老即張坤、崔老、田增、曹大即曹富潰夥同王二開寶賭博不及十日，應照偶然會聚開場窩賭抽頭無多者，枷號三個月，杖一百例上減爲從一等，各擬枷號八十五日，杖九十；王二即王城、張五即張得相各供親老丁單，應由犯籍查明，如果屬實，准其留養，倘係虛揑，即行分別定地充徒，到配折責拘役；龐三私充白役，罪應滿杖，復將伊舊存寶盒代王玉恩呈出，設犯存留賭具不行銷燬，亦係違禁，應照制律杖一百，酌枷號兩個月；王大、吴三、王亮、郝大即郝八、蔡四、張相、王大、張六、張三、張四、張二、蔡三押寶賭博，均合賭博不分兵民，俱枷號兩個月杖一百例，俱擬枷號兩個月、杖一百；楊二向王玉恩許給錢文，令將郝大等私放，雖係未成，究屬不合，應照不應重律杖八十折責發落；楊大即柱兒、毛四即毛樹、張五均未同往搶局，例應無罪，惟楊柱兒係楊瀰鳴繼子，毛四、張五係楊瀰鳴雇工，均非安分之徒，應酌枷號一個月，滿日杖六十，與張老即張坤等分別折責發落。其向楊瀰鳴討帳借宿之張二即張旺及賭博未成之張大、王老均毋庸議。李五之妻李李氏於伊夫未經在家借屋與人住宿，訊不知搶局情事，雖有不合，姑念婦女無知，取據伊夫李五供稱均不知情，應請從寬免議。同賭之蔡大、蔡二、吴五現已在保病故，亦毋庸議。地保許城汶明知王二等聚賭，分用錢文，容隱不報，罪有應得，現在脱逃，飭緝獲日另結。起獲王玉恩等馬匹，並張五即張得相房屋，分別變價入官，所搶攤場錢文業已花用，無力完繳，免其著追；凶器等械，案結交通州存庫；賭具並鴉片煙灰銷燬；衣物給王二即王城等具領。至練勇於查拿時因值昏夜，人數衆多，彼此抵拒，呈明有受傷人三名，當即傳案詳訊，結稱業已平復，請免驗者；又於局内拿獲送票人三名一節，據稱並無此事，均請毋庸置議。東路同知吴承祖先承審此案，明知該役等均係現充通州捕役，輒於供内添寫已革字樣，復任令捏呈寶盒，又於賭犯未能審出真情，種種紕繆，顯係規避處分，意存銷弭，應請旨即行革職，以示懲儆。前署通州知州祁之鍒雖因公出，惟與吏目車德符均係失察賭博，並王玉恩私帶白役滋事，及歷任知州失察窩竊刺面之賊等充當捕頭，白役均例有處分，應請旨交部察取職名，一併分別議處。通永道海瑛業已審出捕役未革，並及搶奪情事，尚無不合，惟近在同城，亦有失察之咎，應請旨交部察議。餘屬無干，概行省釋。除將全案供招咨部外，所有奴才遵旨審擬緣由，理合恭摺覆奏。謹遣五品銜候補副指揮朱森賫遞，合併陳明。謹奏。

文瑞片奏：再：十一月二十八日由軍機大臣寄至硃封一件，奴才當即敬謹恭閱。查原奏所稱情形，頗屬有心徇庇。此案係屬東路同知吴承祖首先承審，迨於十八日給事中賈世行參奏之後，該堂官等遵旨劄飭通永道親提，該道先後具禀二次，其初禀内稱督同同知吴承祖研鞫，聲明鄧泳祥等係已革捕役，次禀聲稱該役等是否已革，現飭州查明，尚未具覆等語。及查該道所審原供業已審明，均係未革，並王玉恩等搶奪情事亦經該道審出，惟同知初審原供卷宗内屢有已革捕役字樣，傳到該廳録供書吏萬振炬結稱該捕役等當堂並無此供，其已革字樣係署内令行添寫，是該道尚無情弊，而同知實屬意存銷弭，該堂官等何以僅據初稟入奏，竟作爲已革捕役，而摺中又未奏及同知吴承祖同審，顯係迴護屬員，預爲開脱。且既稱該道於二十日具稟，何以遲至八日之久，經科臣復參始行入奏，該堂官等恐干嚴譴，欲卸己責，竟於緊要關鍵曲爲斡旋弭縫，乃先期奏聞，預防地步，實屬有心取巧，意存徇庇。我皇上聖明如天，早已洞鑒其僞，是以特交奴才詳細研鞫。今案情已出，該州役等並非已革，復據通永道海瑛送到知州覆文，並調取卯册核對，均屬相符。該員、尹等前此所稱已革州役並將同知原審之處隱匿不言，究係是何主見。近日外省風氣日趨卑，上下聯爲一氣，通融關照，置國法民瘼於不聞，況順天爲首善之區，畿輔重地，兼尹等官皆係特簡重臣，宜如何破除情面，力挽頹風，乃不候結案，先自分晰，竟敢爭辯瀆訴，且以具有天良之語公然登諸奏牘，是否有心欺罔，諒亦難逃聖鑒。現在該處公事廢弛已極，積壓案件甚多。知州最爲要任，比年以來皆係暫署，而實缺者每藉詞規避，抗不到任。現時又係薊州知州吴中順署理，不知薊州毗連遵化，關情甚重，尤爲緊要之區，本管官詎可久離。況當巡防喫緊之際，該堂官等應如何慎重將事，乃心存漠視，毫無布置，一任屬員之作爲，而並不嚴行辦。即如奴才帶兵駐札以來，所有拿獲奸細皆在該州境内，並於城内盤獲二名，該處緝捕無聞已可概見。當十月間，逆匪至通窺伺者甚衆，若非置有四處軍營，聯絡聲勢，互相詰查，則獨流奸宄源源而來，任意盤踞，潛蓄逆謀，該處情形幾不可問。是堂官等不知遴選賢員理此繁劇，以致情事叢脞，而蠹役得以乘間滋事，復不知引咎請罪，乃先期辯白，希圖卸責，並爲屬員迴護處分，所爲有天良者固如是耶。奴才確有見聞，理合據實參奏，伏乞皇上宸斷。附片謹奏。咸豐三年十二月二十一日。

附九 ［咸豐三年十二月二十一日］上諭

奉上諭：文瑞奏遵旨查明捕役糾衆肆搶分别定擬罪名一案，著依議辦理。所有承審此案之順天府東路同知吴承祖于該犯等現充捕役，輒于供内添寫已革字樣，伏論令捏呈賭具，顯係規避處分，有意消弭，著即革職；失察賭博及私帶白役滋事之署通州知州祁之鏶、吏目車德符均著交部議處；歷任失察窩竊刺面賊犯等充當捕頭、白役之該州知州著吏部查取職名議處；通永道海瑛近在同城，亦有失察之咎，一併交部議處；兼管順天府府尹翁心存、府尹宗元醇並不將該道海瑛兩次具稟詳細察核，僅據初稟含混入奏，竟作爲已革捕役，又未奏同知吴承祖同審此案，顯係徇庇屬員，預爲開脱，且不候結案，先期辯白，希圖卸責，實屬有心取巧，翁心存、宗元醇均著交部嚴加議處，欽此。咸豐三年十二月二十一日。

附十　［咸豐三年十二月二十六日］上諭

奉上諭：吏部奏遵旨嚴議處分具奏一摺。此案失察賭博並私帶白役滋事之署通州事試用知州祁之鏶、吏目車德符均著降一級留任，仍著罰俸一個月；失察之通永道海瑛著降一級留任，均著准其抵銷；兼管順天府府尹、工部尚書翁心存、府尹宗元醇于該道兩次具禀並不詳細察核，僅據初禀含混入奏，又未奏及同知吴承祖同審此案，顯係徇庇屬員，預爲開脱，且不候結案，先期辯白，希圖卸責，更屬有心取巧，翁心存、宗元醇均著照部議革職；順天府東路同知吴承祖業經革職，著毋庸議；其失察窩竊刺面賊犯等充當捕頭、白役至歷任通州知州，仍著該部查取職名議處，欽此。咸豐三年十二月二十六日。

附十一　《京兆退思録》中所録軍機大臣字寄二十二道[一]

軍機大臣字寄咸豐三年六月三十日奉上諭：南城御史隆慶、給事中吴若准奏書吏查傳不到，請旨飭拿一摺。據稱書吏金崇坫於該御史到任後，連次告假，並不當差，經出票差傳，日久未到。訪聞該吏家住通州，外號金大侉子，在通州坐糧廳衙門兼有一缺，並往天津辦海運等事。當此巡城喫緊之際，該吏在城當差，竟敢遠颺，票傳不到，膽玩已極。且既身充兩役，難保無包攬回漕、與城上差役串通情弊。著孫瑞珍、慶祺、順天府倉場侍郎即飭天津、通州各該地方官將金崇坫一體緝拿，解交刑部究辦，以懲猾吏而儆效尤。將此各諭令知之，欽此。即日分札天津縣、通州嚴密查拿訖。

〔一〕上諭後所附小字爲翁心存遵行情況。

軍機大臣字寄咸豐三年九月初二日奉上諭：昨有旨命培成、多爾濟那木凱管帶察哈爾馬隊官兵二千名馳赴正定一帶防剿，本日復命達洪阿挑選八旗精兵二千名，管帶起程，前往直隸臨洺關一帶協同剿賊。該官兵等即日出京，所有應備車輛等項著順天府迅飭地方官趕緊預備，以利軍行，毋得稍有遲誤。如有藉詞推諉遲誤者，即著查明參辦，將此諭令知之，欽此。即日面諭大、宛兩縣妥速雇備訖。

軍機大臣字寄咸豐三年九月初三日奉上諭：昨諭令翁〔心存〕、宗〔元醇〕迅飭地方官預備官兵車輛等項，茲據僧格林沁因道路泥濘，車輛難行，請飭改備騾一千頭、駝一千隻馱載軍裝器械，每站由地方官發價，徑送直隸軍營，較爲便捷等語。軍裝器械向用車輛裝載，當此道路難行，不得不設法變通。惟車輛運送尚能接濟，若盡用騾駝，恐爲數過多，或難趕雇，且騾頭尚可催趲前進，若駝隻中途遲滯，貽誤更甚。著翁〔心存〕等體察情形，酌奪速辦。若有騾駝固好，自應直抵軍營，仍應用車輛濟之，不可拘執，亦不可畏難，以一覆奏了事。總應寬爲籌備，迅速辦理，並知照直隸沿途地方官一體遵辦，以利軍行，毋稍遲誤。將此諭令知之，欽此。札飭大、宛兩縣酌量預備，並傳沿途各州縣訖。

軍機大臣字寄咸豐三年九月初四日奉上諭：僧格林沁等奏請飭催馬匹等語，前調大淩河之哲哩木、錫林郭勒馬匹，已諭山海關迅速催解來京，並著順天府迅即派員前往探明此項馬匹行抵何處，即日迎提到京，以備應用。將此諭令知之，欽此。初五日委員迎提訖。

軍機大臣字寄咸豐三年九月初五日奉上諭：昨以撥兵前赴保定，疊經降旨，令翁［心存］等迅飭地方官，無論騾駝車輛，趕緊雇覓備用，諒經遵辦。惟軍行不容刻緩，現已諭令培成等所帶京旗各營及察哈爾官兵共四千五百名，即日由京起程，每日五百名一起，所有騾駝車輛著翁［心存］等遵照前旨，飭令地方官迅速雇備齊全，毋許片刻延誤。仍著將現在雇備情形即行具奏。至所雇騾駝車輛若能徑赴保定，自較沿途更換更爲妥速，並著酌量情形速飭籌辦。惟所需經費恐一時措辦不及，現已諭知僧格林沁等由火器營捐輸項下撥給銀六千兩，以資協濟，總期妥速齊備，無誤軍行，並飛速轉行直隸沿途地方一體遵辦。將此諭令知之，欽此。初七日札飭大、宛兩縣設法雇備，徑送保定，並傳沿途各州縣訖。

軍機大臣字寄咸豐三年九月初八日奉上諭：有人奏京北昌平州高麗營暨清河等處有匪徒數百成群，俱係壯年凶悍之輩，自稱難民，形迹可疑，地方官恐干重譴，知而不問；又本月初四日健鋭營地面有匪徒多人乘夜往來，經該翼長放槍，始各騎馬奔竄，以致外火器營聞驚，竟夜巡邏，傳至京城，人心惶惑等語。現在賊匪竄擾，逼近畿疆，盤查最關緊要，豈容奸徒溷迹。著步軍統領衙門、順天府一體迅速查拿，悉獲究辦，以除奸宄而靖人心。原摺著抄給閱看。將此諭令知之，欽此。即日密委霸昌道等前往確查訖。

軍機大臣字寄咸豐三年九月初九日奉上諭：現在僧格林沁統領官兵，於本日午刻即行起程，已令户部撥給銀二萬兩，交順天府即行趕緊設立糧臺，派委妥員承辦，送至直隸保定一帶，再由直隸糧臺接辦，毋稍遲誤，將此諭令知之，欽此。分別札調各員前往涿、良辦理訖。

軍機大臣字寄咸豐三年九月初十日奉上諭：據給事中英綬奏稱通州、昌平州等處有外來難民絡繹成群，並無老幼婦女，且扛扶木櫬而行，以及京師廣安門外藍甸廠等處難民聚集，日饜酒肉，種種情形均屬可疑，著步軍統領、順天府府尹等迅即委妥員嚴密查訪。如係難民，即應設法資送，勿令久聚滋事。倘查有奸宄蹤迹，即著嚴拿究辦。當此巡防喫緊之時，該委員等若有諱飾彌縫，著即從嚴參辦，原摺著抄給閱看。將此諭令知之，欽此。即日委員密查訖。

軍機大臣字寄咸豐三年九月十二日奉上諭：給事中張祥晋奏請多發探報，偵探賊蹤，並飭附近順天州縣各發日報一摺。逆匪竄入直境，奔突靡常，探報最關緊要。據該給事中奏稱由巡防王大臣撥發探報，每路各派妥員弁五人輪流偵探，飛速禀報，並飭令直隸、順天所屬各州縣探明賊蹤所至，由驛徑報，順天府或兩日一報，或一日一報，或一日兩報，由府尹頒給格式，俾按日照填印發等語。著巡防王大臣、順天府府尹等查照該給事中原奏妥速籌辦。總以偵探明確，禀報迅速爲要。另片奏軍營器械槍炮之外，以火藥罐爲最利，請飭製造備用，並著巡防王大臣酌量預備。又據御史王兆松奏近有回民賊船三十餘隻，由天津至通州河内游駛，復上岸至寧河、寶坻、豐潤、玉田等處搶奪行旅，打劫鹽店，本日已諭令直隸總督桂良嚴密查拿，著該王大臣府尹等派委幹員迅赴該處密加訪查，如實有賊船肆劫情事，速即會同該地方官嚴拿，務獲究辦，毋任滋蔓。原摺片均著抄給閱看。將此各諭令知之，欽此。十三日頒發各屬探報訖。

軍機大臣字寄咸豐三年九月十六日奉上諭：翁［心存］、宗［元醇］奏糧臺支應浩繁，請撥内庫銀十萬兩一摺，著照所請。該兼尹府尹等即派員赴部陸續支領，將此諭令知之，欽此。

軍機大臣字寄咸豐三年九月十六日奉上諭：本日據王茂蔭奏，於宣武門外邀集鋪户十餘家，令其自相聯絡，以爲保衛，咸欣然樂從，擬將通街各户聯絡既定，告以條約，即將辦理章程報明，如官紳商民人等有願倡率爲保衛計者，亦令仿照辦理等語。京師地面商賈輻輳，五方雜處，最易藏奸，若能彼此聯絡，互相保衛稽查，則匪徒自無從溷迹，於地方大有裨益。著步軍統領衙門、順天府、五城體察情形，勸諭籌辦，尤須示以鎮靜，勿致驚擾爲要。王茂蔭原片均著抄給閱看。將此諭令知之，欽此。即日面飭大、宛兩縣勸諭籌辦訖。

軍機大臣字寄咸豐三年九月十七日奉上諭：桂良奏接據順德府知府高午密稟，拿獲從逆賊匪李丙銀等六名，供係賊目張振宗派伊進京探聽發兵消息，尚有同黨林如寶等三人均在京城，將原稟抄録呈覽，請飭嚴密查拿等語。著順天府、五城即刻密派幹員查照原奏所開住址、年貌，迅即前往，將該匪林如寶、葛一桂捕獲，其黄誠德一犯並著確實訪查，如亦在京，即一併拿獲，查明究辦。原摺及稟詞均著抄給閲看。將此密諭知之，欽此。即日密委張瀚查拿訖。

軍機大臣字寄咸豐三年九月二十四日奉上諭：據御史隆慶奏，黄村防堵兵丁各將衣服當錢買食，甚有急成瘋疾，情迫自戕等語。著巡防王大臣、順天府分飭糧臺妥爲供給，毋令兵丁口糧稍有匱乏。原摺著摘抄閲看。將此各諭令知之，欽此。即日呈明大將軍並咨照巡防糧臺訖。

軍機大臣字寄咸豐三年九月二十六日奉上諭：前因僧格林沁奏駝馬不敷應用，曾有旨令順天府按照該大臣所請，就近雇覓馱騾五百頭，解往軍營。現在該大臣移營前駐固安，著該兼尹、府尹迅速照數雇覓解往應用。向來辦理兵差需用夫馬等項均照例價雇覓，如查有胥役人等藉差拘拿，擾累商民，或有勒索得錢賣放等弊，著即從嚴懲辦。將此諭令知之，欽此。既日面諭兩縣趕緊雇覓訖。

軍機大臣字寄咸豐三年九月二十九日奉上諭：文瑞等奏查看通州情形，並辦理勸捐團練各等語，據稱通州城垣坍塌過多，即敵樓門扇亦有損壞殘缺之處，若一律估修，工程浩大，非倉卒所能辦理。應如何設立磚墻，藉資防守並捐輸團練各事宜，著順天府與倉場侍郎迅飭通永道體察情形，督率地方官紳實力趕辦。通州紳士內閣中書李焕文即准令隨同幫辦。該處文武員弁現多調遣，署副將達年標兵不敷應用，併著順天府於所屬地面內迅速酌撥兵弁，以資守衛。原摺片抄給閱看。將此各諭令知之，欽此。咨行倉場總督及通永道籌辦訖。

軍機大臣字寄咸豐三年十月初三日奉上諭：宋晋奏請飭查官廠存礦，運赴軍營等語。現在軍務緊要，火藥一項自應寬爲籌備，所有昌平州官廠積存礦斤共有若干，著即查明迅速運赴京營，以資配造。其官商等有在火器營捐輸礦斤者，並著按照捐數全行運交京營，以備軍儲，毋稍延誤。將此諭令知之，欽此。咨直督並札藩司、霸昌道、昌平州查辦訖。

軍機大臣字寄咸豐三年十月初五日奉上諭：翁〔心存〕、宗〔元醇〕奏修城團練酌調官兵一摺，據稱通州築立磚墻有需時日，擬先修敵樓門扇，並以浚濠之土堅築短墻。現在爲時已迫，祇可照此辦理。總要妥速堅固，足資守禦，至通州現有重兵駐紥，所議抽撥西北各營官兵，如涿州、昌平、房山等營均係近京要地，且兵數無多，現經檄調，如尚未起程，即著停止，毋庸撥赴通州。另片奏請嚴防西路，已諭知僧格林沁隨時察看情形，妥籌辦理。其東安等處回匪即飭各該地方官嚴密稽察，鎮靜彈壓，勿使與賊勾結，餘著照所議辦理。將此諭令知之，欽此。咨倉督並領隊大臣暨通永道遵辦訖。

軍機大臣字寄咸豐三年十月初六日奉上諭：御史蔣達奏請飭京城各門及近畿各地方嚴防賊匪溷迹分竄等語。京師內外各城門並近畿一帶地方疊經降旨，令該管官督飭員弁嚴密稽查，現在賊竄天津，密邇畿輔，該匪詭譎異常，難保不扮作難民、乞丐、婦女人等，希圖溷迹入城。著巡防王大臣、步軍統領衙門、順天府府尹、都察院堂官轉飭巡視五城御史一體認真巡緝，實力稽查，遇有形迹可疑人等進城，務須細加盤詰，勿任奸匪潛蹤混入。並著嚴飭所屬，毋令吏胥藉端擾累，是爲至要。將此各諭令知之，欽此。札大、宛兩縣密拿訖。

軍機大臣字寄咸豐三年十月初七日奉上諭：翁〔心存〕、宗〔元醇〕奏盤獲逆匪並訊出逆夥姓名，請飭嚴拿一摺。據武清縣屬盤獲形迹可疑之胡群、胡妮即胡勝得弟兄二人，供係天津籍貫，又稱濟寧，言語支離，驗該犯等頭髮用剪刀剪短，鬢邊烙有圖記，肩甲墨刺字迹，袖內均有線縫十字；並據供賊匪現在靜海縣地方，伊等十六人坐船上來，因在滄州、天津敗竄四散，其十六人除胡群兄弟外，頭目王得同、賊夥沈明周、張得興、張廷周、張老九、趙幅貴、王三黑、王加水、王宏、王士曾、王廷柱、王青山、王三及胡群之叔胡得方俱往西南逃走等語。著步軍統領衙門、順天府府尹、都察院堂官轉飭五城御史按照所供逆夥姓名嚴密訪拿，並著直隸總督一體嚴拿，務獲究辦。又片奏探聞東安縣屬之劉家堡地方聚匪百餘人，尚未舉動等語。現在逆匪敗竄靜海一帶，距東安縣甚近，難保無匪徒暗相勾結。並著順天府府尹、直隸總督嚴飭訪查，如果有此項匪徒，務即迅速嚴拿，按律懲辦，毋使一名漏網。仍須鎮靜彈壓，勿致驚擾，別滋事端，是爲至要。將此各諭令知之，欽此。即日咨直督飭屬密拿訖。

軍機大臣字寄咸豐三年十一月十四日奉上諭：巡視北城給事中吴廷溥奏拿獲奸細李登科，供出尚有張逢異等十四名未獲。著步軍統領衙門、順天府、五城一體迅派幹員嚴密緝拿務獲，毋使一名漏網。將此各諭令知之，欽此。票飭武舉十五員密拿訖。

軍機大臣字寄咸豐三年十一月十五日奉上諭：本日據聯順等奏拿獲來京探信奸細一摺，已將該犯劉澄徹即海寬並容留該犯之開店人等交巡防王大臣嚴行審辦矣。據該犯劉澄徹供，於十月初間同李四兒、王貴子由獨流來京，進廣安門到菜市口找覓房間未得，仍回獨流。二十六日復同崔五、艾三來京找房，十一月初六日在正陽門橋頭分手等語。現在崔五、艾三自必仍在城中潛匿，著順天府、五城速即派委妥員嚴密查拿務獲，歸案審辦。至該犯於十月間來京，潛住多日，並據開店人崔五供稱有本年春間曾留該犯住宿之語。若非開店之人通同徇隱，則該犯何能來去自由，且恐來京奸細斷不止此數人，著順天府、五城密派妥員將京城内外各客店不動聲色嚴行跴查。如有來歷不明、形迹可疑之人迅即捕拿，並將容留之鋪户一併拿獲，從嚴究辦，毋稍疏縱。原摺著抄給閲看。將此各諭令知之，欽此。札霸昌及西北二廳各屬密拿訖。

軍機大臣字寄咸豐三年十一月十八日奉上諭：給事中賈世行奏捕役勾結土匪肆行搶劫一摺，據稱本月十三日夜有土匪百餘人在夏店、燕郊等處連劫數家，搶奪銀物，由通州東門外土壩過河，適遇練勇跟追，拿獲多名。經練局訊明，内有通州捕頭、散役及三河、寶坻官人等語。捕役勾結土匪在近畿搶劫，實屬瞀不畏法，著順天府迅即嚴飭通永道親提該犯等嚴行審訊。如果屬實，即將該犯等不分首從，概行正法。並將逸犯勒限嚴拿，盡數弋獲，毋許一名漏網。又據朱鳳標奏，京東有重兵駐守，其大城、文安、霸州、固安、涿州、良鄉、房山、昌平、順義、三河等處均係進京要路，至内城保甲亦未編查，所有各州縣寺廟、客寓及京城内外庵觀、飯堂、車廠及雜院居户，難保無窩奸之處，並著順天府迅飭各該管官一體認真嚴查，以杜奸宄而靖閭閻。賈世行摺並朱鳳標片均著抄給閲看。將此諭令知之，欽此。咨步軍統領、五城，札霸昌、通永各屬訖。

附十二 《京兆退思録》中所録咨覆稿三道、順天府札三道

咨覆户部稿爲咨覆事。十月二十二日申刻准户部片稱，所有順天府府尹奏請撥軍餉接濟一摺，本部查順天糧臺自奉旨撥銀二萬兩設局供支，嗣由該府尹請撥銀十萬兩，又經本部會議撥給銀十萬兩，共計二十二萬兩，於九月初九日至今支用若干，現存糧臺銀若干，並腰撥糧臺支存若干，實解隨營若干，未據分晰聲叙。且查巡防糧臺於奏請撥銀十萬兩設立以來，僅據請領過銀四萬兩，何以該府行營糧臺需費若此，相應片行順天府迅即聲覆過部，以憑具奏等語。本衙門查九月初九日，本衙門奉旨設立糧臺，專爲支應參贊大臣軍營兵餉。自九月初十日至十月十五日，先後赴部領出銀十六萬兩，已於二十一日請籌接濟摺内聲叙。又於二十一日赴部領出銀四萬兩，合計已領銀二十萬兩。内除本衙門糧臺總局留用銀七千兩，爲發買料豆、蠟燭解往軍營，並隨時支發巡防處及各旂營運送軍裝等項，車輛、騾駝、脚價喂養之用，又現存總局候解銀五萬八千兩外，實解交腰撥糧臺銀十三萬五千兩。其腰撥糧臺收到銀兩除良鄉、通州先後支用銀四千餘兩，又通州留存銀六千餘兩外，其餘十二萬四千兩迭據腰撥糧臺稟報，均已解往隨營應用。至隨營糧台收過銀兩，此時尚未必儘數支完，且未經解往之銀尚有五萬八千兩，未經赴部領出之銀尚有二萬兩，惟以大營需餉孔殷，距京較遠，倘必俟支用將完方請部撥，誠恐有誤軍需，此本衙門所以預籌接濟之緣由也。隨營糧臺支過銀兩迭據稟報，官兵鹽糧、

馬乾等項日約需銀五六千兩，今以先後調派滿蒙兵一萬四千四百三十名、緑營兵四百名計之，滿蒙兵照例每日支鹽菜銀五分，緑營兵照例每日支鹽菜銀四分三厘三毫；又滿蒙兵二名例給跟役一名，緑營兵十名例給跟役三名，合共跟役七千三百三十五名，每名每日例給鹽菜銀一分六厘六毫；又滿蒙兵照例兵一名給馬三匹，據隨營、腰撥糧臺會稟，按三匹節省一匹，其二匹以一匹發給草料，一匹照例折給乾銀五分；又緑營兵每二名例給馬一匹，並滿蒙兵之例，馬每名一匹，發草料者應每匹每日例給料三升、草十斤；又滿蒙兵每三名例給駝一隻，每隻每日例給料三升，草二十斤；又兵丁及跟役每名每日例給口糧米八合三勺，合計兵役二萬二千一百六十五名，每日共應支米一百八十三石九斗零。以上祇就兵丁及兵之跟役數目約計，其帶兵文武員弁及官之跟役應支鹽菜口糧、騎駝、馬駝草料、乾銀尚未核計。米石一項先後領過京倉米二千六百石，僅敷十二三日之用，倉米用完即須按照大營地方時價採買，並採買草料一切。軍營地方銀價必賤，米豆草各價必貴，此隨營糧臺稟報每日需銀五六千兩之大概也。至本衙門行營糧臺用銀較巡防處防兵糧臺較多者，緣防兵兵數既少，且近在京城內外，故可援照內地擒捕賊盜在二百里內外之例，不給鹽糧，仍酌量支給錢文，以資食用。而參贊大臣一路官兵由良鄉漸次移營至武清、至王慶坨，本爲進征之兵，現距静海獨流軍營不過數十里，且已分撥官兵赴津會剿，即未進剿者亦當預備調往軍前，自未便以防兵論。况參贊大臣出京之後，糧臺銀兩未到以前，已由參贊大臣奏明兵一名每日給口分銀一錢，馬一匹每日給喂養銀一錢，糧臺銀兩既到，支放鹽糧、馬乾尤未便於例内應支之款過於裁減，致兵丁日用不敷，或有觖望。且兵丁日支鹽菜五分並口糧米，合計較直隸糧臺每兵每日給銀一錢五分之數所省亦已過半。至隨營糧臺隨時支應之款，如節次移營，守站運送軍裝、炮位、米石銀兩，支發車輛、駝騾、喂養脚價，以及安設營盤、挑挖濠溝需用工價，並迭奉參贊大臣劄飭，預備乾糧麵餅十五萬斤，及劄飭預備犒賞銀牌，均不能不照數備辦。軍務緊急，其應需款項未便懸定章程，致有貽誤，此用銀比防兵糧臺較多之實在情形也。本衙門已經迭次劄催隨營糧臺，將各營各起員弁、兵丁、跟役各名數，到營、移營各日期，及採買米石、草料各價值，分晰詳報本衙門。屢奉諭旨，力求撙節，並經嚴飭該道事事核實，諒不致有虛縻。合行咨覆貴部，查核辦理。

札隨營糧臺永定河道定保：查該道辦理隨營糧臺已逾一月，迭次稟請撥解餉銀，祇叙大營官兵大數，並未將帶兵文武若干員，跟役若干名分晰聲明。迭經本衙門劄飭力加撙節，核實具詳，該道總未詳細申覆。是以本部尹堂於本月二十一日奏請豫籌接濟餉銀摺內，只據該道前稟大數聲叙，而於應發鹽糧、馬乾確數未能指實。昨據該道開列清摺前來，仍祇籠統約計，而於官員階級姓名、跟役名數俱未一一詳列。該道總司支放銀兩，豈竟漫無登記，何以含混率忽若此，業經飛劄飭查在案矣。現在本衙門豫籌軍餉一摺，欽奉諭旨交巡防王大臣會同户部議奏，復准户部劄詢，本衙門已詳悉咨覆，惟官員鹽糧、馬乾如何支應之處，未據該道稟明，未能確切聲覆。部中立等清册核算，而該道仍未解來，殊屬延宕，合再飛劄嚴催。劄該道除將各營兵丁、鹽糧、馬乾照舊按期支放外，所有文武官員應發口分緩數日支給，一面速照節次劄飭事理，將各營文武官員若干員，詳載姓名、階級及如何支放口分之處造具清册二分，限劄到三日内申覆。一存本衙門，一咨户部傒巡防王大臣、户部核定遵照辦理。其各營兵丁、跟役名數，亦即速造簡明清册二分申報，以憑稽核。總之八旗勁旅、三盟精兵效力行間者，必須士飽馬騰，方可殺敵致果，其例内應得之款自未便過於裁減，至文武員弁世受國恩，深明大義，自皆齊心協力，敵愾同仇，速奏膚功，懋膺上賞，必能身先士卒，甘苦同之也。至軍營隨時支應，如運送軍裝、鍋帳、米石、銀兩，及移營守站支過車輛、騾駝，餧養運脚，並安設營盤，挑挖濠溝，支搭望臺，雇備船隻所用工料，暨備辦乾糧麪餅，採買草料、蠟燭等件，自必按照時價實用實銷，亦即分款開具用過總數，一併稟報。其派調軍營辦差各員口分，經承貼寫等辛金，尤須大加減省，黽勉從公，毋得浮費。本部尹堂督辦糧臺，值此左藏支絀之際，不敢濫亦不敢苛，總於力求撙節之中常存慎重儲胥之意。該道隨營支應，目睹情形，務須斟酌變通，悉心調劑，於定例内再加詳核，應支者原不可少，可省者即纖毫不可多，斷勿沾染外省習氣，稍涉浮冒。倘仍含糊稟覆，致干部駁議賠，該道責有專歸，恐不能當此重咎也。懔之慎之，飛速特札。

札署大城縣知縣曾世槐：劄大城縣知悉。前據該縣稟報，盤獲奸細張來成、張盛二名，並請派兵防堵等情。當經迭次批飭劄催，將該犯張來成等迅解來轅，聽候審辦，並咨呈大將軍、參贊大臣。旋准參贊大臣覆稱，業經派撥官兵前往扼截。復劄委籍隸大城之同知銜、候補通判王曾棫帶同王家口紳衿王勇功雇募鄉勇打雁排搶，在彼揮要攔截，以助兵力等因。本衙門又經劄飭遵照在案。該縣密邇靜海，城惡兵微，誠屬萬分可慮。然亦宜激勵士民，作其勇敢之氣，親赴各鄉，拊循勸勉，力行團練，遏賊奔衝，豈得株守衙齋，一籌莫展。該縣既有紳士王曾棫、王勇功等雇募鄉勇防堵，本部尹堂又聞白洋橋紳士鄧姓亦能好義練勇，捍衛鄉閭，似此良士，境内諒不乏人。該縣來稟，何以並未叙及，殊屬玩泄。合行札飭札到該縣，務將王家口紳士王曾棫、王勇功等所雇鄉勇共有若干，如何布置，白洋橋鄧姓係何名字，練勇幾人，並此外各村鎮紳董如何團練之處，據實詳晰稟報。有能捦獲奸匪，殺賊立功者，定當遵旨破格獎勵。現在時届隆冬，河冰已合，恐賊乘虚西竄，該縣須躬自相度形勢，如有應行防堵之處，即稟知南路廳，就近稟請參贊大臣撥兵把截。其張來成等二犯亦即選派幹役迅速解來，均無違誤。飛速［特札］。

札署南路同知李朝儀：札南路同知知悉。前據藩司詳稱，以大城逼近靜海，該署縣曾令初登仕版，辦理一切恐未合機宜，請飭該廳前往督辦。經本衙門飛劄飭知，想已遵照即日前往矣。現届隆冬，河冰已合，恐賊乘虚西竄，合再密劄嚴防。劄到該廳務須親歷大城、文安、東安等縣東南各鄉鎮，相度要隘，密爲布置，偵探賊情，嚴拿奸細，並將各該縣現在辦理團練能否認真，各處民情是否安帖，各紳董有無得力之人，一一詳晰稟覆。如有應行撥兵防守之處，即就近稟請參贊大臣裁奪施行，毋稍貽誤，密速特劄。

順天征兵糧臺章程咨户部爲咨明事：本衙門自九月初九日奉旨設立糧臺，即經督飭派辦糧臺各員，一切支發款項於按照定例之中更須力求撙節。旋據辦理隨營糧臺永定河道定保、辦理腰撥糧臺霸昌道慶岳會稟，所有支放官兵鹽菜口糧等項一切均照軍需例載銀數，其兵丁每名每日鹽菜按例衹給銀五分，並口糧米八合三勺，較之直隸糧臺每兵每日給銀一錢五分之數，所省實多；其官兵例馬，均按三匹撙節一匹，亦於例數較省。本衙門已於十月二十一日奏請續籌接濟軍餉摺内聲明，隨於十月二十二日准貴部行查糧臺需費比巡防處較多緣由，復經本衙門縷晰咨覆在案。所有餉米一節，先經領出京倉米二千六百石，嗣准貴部以京倉儲備緊要，奏令本衙門另行籌辦。本衙門即經劄飭隨營、腰撥各糧臺酌核詳報，旋據該道稟請，援照軍需例内所載採買米石銀數較少四川軍需之案，每石折銀六兩支放，經本衙門以今昔情形迥不相同批駁，並行令於京倉米石放完後照軍營地方實在糧價採買供支。現據各該道會詳並來京面稟，以現在武清大營地方糧價每石值銀三兩，若就近採買、存儲、量斛，在在均添費用，設有移營前進，輾轉運載，浮費更多，不如即照時價支放折色，俾兵丁自行買食較爲便益。本衙門核其所詳糧價，與武清縣現報糧價相仿，以兵丁日支口糧米八合三勺計之，按每石三兩，每日衹支折色銀二分四厘九毫，連鹽菜銀五分核計，僅及直隸糧臺兵丁鹽菜數之半，勢不能再爲裁減，致兵丁日食不敷。至官員及官之跟役、兵之餘丁所支口糧，據該道詳請照直隸省局章程，每石折銀一兩四錢，亦足以示區别而昭節省。復查官兵口糧，計口授食，刻不容緩，現在軍營中以採買折色兩議未定，尚有暫停未給之項，本衙門已經劄飭該道即照現議折色之數分別支放。至其餘軍營一切照例應支款項，據各該道酌照例案分款擬定章程，本衙門復督飭總局各員覆加查核撙節辦理，應與鹽菜、馬乾各項一併列款開單，咨呈貴部核定示覆，以便飭遵。至隨營糧臺尚有隨時支應之項，如迭奉參贊大臣劄飭預備乾糧麪餅、犒賞銀牌，並現奉參贊大臣劄飭預備冰床、鐵脚齒及竹桿、鐵器、錫鉛等件，均不能不遵照備辦。又如軍營支應燈籠、臘燭及由京解送米豆製造口袋、解送餉銀製造木匣，均例內所未盡載，而實亦軍務所必需。諸如此類，不能一一列款，統俟事竣，據實報銷。

再：現據隨營糧臺詳送各營官兵簡明清册，係照已經支應過之官兵開送，據稟現在官兵尚有續到，且隨時升降挑補難參差，將來報銷尚當核實開報。至所開跟役名數，均照嘉慶二十年軍機大臣議奏減定之數開列，内尚有一二項未據聲明品級者，本衙門現已另行劄查。應先將原册一併咨送貴部查核可也。

計開：

一　帶兵大臣、文武員弁及兵丁鹽菜口糧。查例載由京出征，參贊大臣以至副前鋒校等員，又各處駐防各處蒙古大小官員，又部院文職派往軍營官員，各按品級分别支給鹽菜，其跟役名數自二十餘名至一名不等。滿蒙兵丁月支鹽菜銀一兩五錢，每兵二名合給兵役一名，官及兵之跟役每名各月支鹽菜銀五錢。其各省緑營武職官員亦各按品級及跟役名數支給鹽菜，緑營兵月支鹽菜銀九錢，加給四錢，每兵十名給跟役三名。滿漢官兵及跟役均日支口糧米八合三勺。又嘉慶二十年軍機大臣議奏減定跟役名數案內，參贊大臣以下跟役名數均有酌減，今擬凡官員兵丁及官之跟役、兵之餘丁應支鹽菜銀兩均照定例支發其口糧米，每員每日支米八合三勺，內兵丁所支口糧如京倉米石放完之後，請照時價每石折給銀三兩，每日米八合三勺，應折給銀二分四厘九毫，至大小官員以及官之跟役、兵之餘丁均照直隸省局章程每石折銀一兩四錢，每日米八合三勺，應折給銀一分一厘六毫零，以示區別。其帶兵大員跟役名數均照嘉慶二十年減定之案支給鹽糧。

一　官兵騎馱、馬駝應支馬乾。查例載參贊大臣給馬十七匹，駝四隻，以下遞減，各有定數，至兵丁每一名給馬三匹，每三名給駝一隻，其緑營兵每二名給馱馬一匹，又官兵之跟役每五名給馱馬一匹，今擬凡官兵之例馬均按三匹節省一匹，其二匹以一匹發給草十斤、料三升，以一匹照例折給乾銀五分，其草料應就軍營地方照時價採買，至例給駝隻均照定例每隻發給草二十斤，料三升，事竣分別報銷。

一　運送軍火、器械、帳房並撥運炮位、銅鉛、餉銀等項車馬草料。查例載運送軍裝物料如額設車夫不敷，雇用民車民夫，以一百里爲一站，按一百三十斤每站給車脚銀一錢五分，如雇用馬騾，每一百三十斤給馬一匹，或騾一頭，均脚價三錢；如車馬難行處五十斤用夫一名，每站給銀五分，糧一升，運送大炮按五十斤用夫一名，日支銀八分，米一斤。又運送軍營餉銀，如雇民夫，每銀二鞘，按站給車價銀一錢五分；如雇馬騾，每一匹頭馱銀二鞘，給脚價三錢；如雇民夫，銀一鞘用夫一名，每名每站給銀五分，糧米一升。又嘉慶十八年開州防堵成案，雇備長車，價銀每車每日給行價錢一兩，坐日銀五錢；又每車加給行價銀一兩四錢，加坐日銀七錢，其喂養馬匹草料係採買供支，每草一束例給銀二分，加給銀三分，料豆每石例給銀七錢，加給銀一兩三錢，均奉部准銷有案。此次由京運送軍裝等項雇備車輛馱騾均係劄飭大、宛二縣發價雇覓，每大車一輛行價每日京錢四千，坐價每日二千，每騾一頭行價每日京錢七百文，坐價五百文，每馱一隻行價坐價均每日京錢一千，此項價值本衙門已於九月二十八日奏明在案。隨營、腰撥各糧臺移營、守站雇備車騾爲數不少，軍需緊急，不能不寬爲預備，亦不能盡照例價，將來事竣，均應據實分別報銷。

一　安設糧臺雇募站夫、長夫。查例載軍營運送一切軍糧物件按站里夫，各按自原籍起程，每名給予安家銀二兩，口内沿途日給路費銀二分，口外改給口糧米一升，到站應差之日，照按站之例分別支給夫價、口糧等語，現在糧臺無定，搬運站夫、長夫在所必需，擬照例辦理，惟均係口内州縣，請節省安家銀兩，以歸核實。

一　奉調官兵及隨帶軍裝行李水陸應付船隻。查例載無論船隻大小，均按每員名每百里給銀三分，軍裝行［李］每百斤百里給銀一分，逆水每五員名給縴夫二名，軍裝行李一千五百斤給縴夫一名，每名給銀五分，每船一隻需水手四名，每名日支米八合三勺，至各州縣雇船赴站及守候日期總不得過三站。又嘉慶十八年開州防堵成案，咨奉户部核准船價、縴夫工食按照例價加倍供支，道光二十一年復經奏奉上諭飭令有成案者准照成案辦理。現在官兵分路征剿，有由楊芬港、王家口、一線河等處進兵，及由天津調撥船隻並本地雇備者，均係水路，需用船隻應請仿照例案辦理。

一　沿途馹站遞送軍需、文報需用車輛馬匹。查定例腰站不得過十五匹，正站不得過三十匹，俱兩馬一夫，其採買馬匹均照直隸營驲每匹給價銀九兩，現在王慶坨、黄花店等處添設腰站，先令本縣酌撥號馬支應，並行令鄰近各州縣酌撥夫馬協濟，將來如有不敷，再由各州縣採買，其價值等項均照例辦理。

一　挑挖城濠坑坎人夫工價。嘉慶十八年開州防堵成案，係按丈尺夫工置備器具核給，所有工夫每名日給銀一錢五分，奉部准銷有案。此次軍營挑挖各處濠溝，以及搭臺修橋各項工程人夫工價，應請核實支給，事竣分别報銷。

一　解送軍營馬匹及一切物件，官弁、兵役盤費。查例載都司、守備、知州、知縣、同知、通判日給銀三錢，跟役二名，千、把、外委、佐雜等官日給銀三錢，跟役一名，兵夫及各官跟役各日給盤費銀六分，去以六十里爲一站，回一百里爲一站，官員並跟役各給騎騾一頭，每頭每百里給脚力銀三錢，兵丁不給騾脚等語。現在解赴軍營銀米、駝騾及一切物件，應給官員盤等項應請照例辦理，事竣報銷。

一　派調糧臺辦事各員及跟役應支鹽菜、口糧、馬乾。例内各有定數，現在本衙門設立糧臺總局，所派辦事各員只酌給飯食燭炭，事竣核實報銷，並不支給鹽菜、口糧。其隨營、腰撥糧臺兩處差委各員，除現任人員在本境糧臺幫辦差務，未離本缺駐紥之所者，毋庸支給鹽菜馬乾外，其餘現任人員已調離本署駐紥地方及候補試用並丁艱人員，應支鹽菜銀兩，查照定例分别支給。至例給馬匹、跟役，均令照例數撙節，如道員只給馬五匹，跟役六名，知府只給馬四匹，跟役五名，同、通、州縣只給馬三匹，跟役四名，佐雜只給馬三匹，跟役三名，至員役每日各應支口糧米八合三勺，均照軍營員弁折給銀一分一厘六毫零，其投效人員毋庸支給鹽菜、馬乾，以歸節省。

一　辦理糧臺、公局書吏工食銀兩。查例載經承每名月支工食四兩，貼寫月支工食銀三兩，於餘平項下動支。現在順天府衙門糧臺總局酌派經承三名，貼寫七名，其隨營、腰撥兩糧臺亦行令查照酌派，照例支給工食，至各處需用心紅紙張，酌量撙節辦理，事竣報銷。

户部核覆糧臺章程三年十二月十二日：准順天府府尹將辦理糧臺一切支發各款，酌照例案分擬章程，並聲明隨時支應，例内未載之項，統俟事竣，據實報銷，開單咨部核覆前來。本部查單開内沿途驲站需用車馬、挑挖城濠人夫工食二款，應抄録原文、原單，移咨兵、工二部核辦，其餘各款分别循照例案，按款核覆於後。

一　據稱帶兵大臣、文武員弁及兵丁、跟役、餘丁鹽菜銀兩均照定例支發，其口糧内兵丁所支京倉米石放完之後，請照時價每倉石折銀三兩，大小官員及跟役、餘丁按照直隸省局章程折給銀一兩四錢，跟役名數均照減定成案支給等語。查軍需例載，參贊大臣與副都統各月支鹽菜銀十二兩，又貝子月支銀九兩，又各處駐防官兵月支鹽菜銀自十二兩至一兩五錢不等，官兵之跟役各月支銀五錢，官役各日支口糧米八合三勺，世職各官各按委用職任分例支給。又緑營兵丁月支鹽菜銀九錢，官員之跟役不支鹽菜，兵丁之餘丁、跟役月支銀五錢，官役各日支口糧米八合三勺，各該官兵本身及跟役、餘丁，本省者自離營之日至未出口以前只支口糧，不支鹽菜，兵丁加給銀四錢，無論本省、别省，總出邊口之日加給各等語。又嘉慶二十年軍機大臣酌議跟役案內，一品大臣並都統擬定二十名，副都統擬定十六名，巴圖魯侍衛擬定十四名，其餘均有酌減等因。又咸豐三年九月內軍機處交出晋撫恒春請查明帶兵官弁如有以額外署任支領口糧者，概行駁斥，俱照實任應得分例支給等因。奉硃批著該部速行飭令各省欽差大臣等核實辦理，欽此。當經行知各在案。是官兵並跟役、餘丁口糧等項，雖據擬照定例數目支給，惟查官兵名數册內有委署職銜及與酌減跟役之案未符之處，其兵丁所支口糧請照時價每石折銀三兩，亦屬過多，應令該府尹轉飭按照實任職分及減准跟役成案，再行詳細酌核比較辦理，並將折給米價均照官員及跟役、餘丁按省局章程每石銀一兩四錢折給，以歸畫一。如果實有不敷，仍照例據實確訪時價，奏明辦理，一面將價值報部查核。所有本省緑營官兵、跟役、餘丁例不支給鹽菜銀兩，一併劄行查照删除。再：此款鹽菜、口糧現據光禄寺卿宋晋條奏請減，本部尚未議覆，俟核議覆奏後另行知照遵辦。

一　官兵騎馱、馬駝照例定馬數，按三匹節省一匹，以一匹日給例定草料，一匹折給乾銀五分，其支給馬駝草料照就地時價採買等語。查例載，出征官兵乘騎馬匹，口內每匹日支十斤重草一束，料三倉升，如備辦不及，另爲籌畫奏報。本營原估乾銀，扣缺造報。又本年九月內准山東司傳付核覆東撫咨報軍營例，馬酌減四成，並經通行一體遵辦。今該府尹酌擬節省一匹，尚與成案不符，並請以一匹折給乾糧銀五分，一匹支給草料，與駝隻草料照時價採買，亦屬煩瑣，應令該府尹查照酌減成案，全數核給折色，每匹隻均日給乾銀五分，以歸簡便而省縻費。

一 運送軍火、軍裝、炮位、銅鉛、餉銀、米石等項雇備車輛駝騾，均係劄飭大、宛兩縣雇備。每大車一輛日給行價京錢四吊，坐價二吊，每騾一頭日給行價京錢七百文，坐價五百文，駝隻行坐日給京錢一吊，已奏明在案。至隨營、腰撥各糧臺移營守站雇備車騾，亦不能盡照例價，將來事竣，據實報銷等語。查雇備車騾行坐價值，雖稱奏明有案，惟僅止日給雇價數目，其中是否與例相仿，本部礙難懸議。應令該府尹某款某項斤重數目、雇用車騾若干，詳細查核是否與例案相符，事竣分別造報核銷，併將奏明原案抄録送部備查。至聲稱隨營、腰撥兩處糧臺，移營、守站雇備車騾，不能盡照例價之處，惟現當經費支絀，凡應支款項自應量爲酌減，並令該府尹轉飭於定例價值之中酌量核減，取具給發確據，送部核銷。

一 安設糧臺，雇募站夫、長夫，擬請照例辦理，惟係口内節省安家銀兩等語。查例載，由内地派往口外各站軍營，運送一切軍糧物件安站里夫，口内沿途日給路費銀二分，至安站之日停止，又運送糧料人夫常川在站，如遇空閒之日，每名准支米一升，不支工價，其暫行雇募事畢即散者，不准支給口糧各等語。此次糧臺雇用里夫，准其照例分别辦理，其有常川在站者，自應先將雇募花名並改移日期、安設地方、里數造册送部備查，並令照例先儘所夫應付，如不敷用，始准雇募，毋任濫支。所有站夫安家銀兩定例，專指口外而言，應毋庸議。

一　奉帶官兵及隨帶軍裝、行李應付船隻，查嘉慶十八年防堵成案，船價、縴夫工食按照例價加倍供支，又道光二十一年奏准照案辦理，現在進征官兵需用船隻請仿照例案辦理等語。查軍需例載，供應官兵船隻均按每員每名每百里給銀三分，逆水每五員給縴夫二名，軍裝行李一千五百斤給縴夫一名，每名給銀五分，至雇船赴站及守候日期總不得過三站及三日之外，船户水手以四名爲率，少則按實在數目，每名日給口糧米八合三勺等語。此次調征官兵過境需用船隻，應令該府尹遵照定例給發，不得仿照成案加倍供支，以節糜費。

一　解送軍營馬匹銀米一切物件，官弁、差役盤費等項應請照例辦理，事竣報銷等語。本部查係定例准給之款，應准其照例辦理。

一　調派糧臺辦事各員及員役應支鹽菜、口糧、馬乾，現在總局所派各員祇酌給飯食燭炭，並不支給鹽菜、口糧，其隨營、腰撥兩處糧臺差委各員，除現任未離本缺者，毋庸支給鹽糧馬乾外，其餘現任已離本署及候補試用並丁艱人員應支鹽菜銀兩，查照定例分别支給；至例給馬匹、跟役，道員祇給馬五匹，跟役六名，知府馬四匹，跟役五名，同、通、州、縣馬三匹，跟役三名，每員名口糧米八合三勺，均照軍營員弁折給銀一分一厘六毫零，其投效人員毋庸支給，以歸節省等語。查軍需例載，派往軍營辦差文員無論本省外省，現任道府出邊口之日起，月支鹽菜銀四兩二錢，跟役八名，同、通、州、縣各月支銀四兩，跟役六名，佐雜月支銀二兩五錢，跟役三名，每名月支銀五錢，官役各日支口糧米八合三勺。又外省文職官員除藩、臬以上不給外，其餘各官所需騎馱馬匹，無論本省隔省道員給騎馱馬九匹，知府八匹，同、通、州、縣六匹，佐雜四匹各等語。此次順天糧臺據該府尹酌議，總局委員不支鹽糧等項外，其隨營、腰撥兩處差委各員照例支給鹽糧並酌給跟役、馬匹，本部查核鹽菜例文，係專指出邊口者而言，即馬匹、跟役亦係行走沿途應付之項，並非在臺辦事應支鹽糧、馬乾，仍令該府尹轉飭遵照例案辦理。

一　辦理糧臺公局書役工食，酌派經承三名、貼寫七名，其隨營、腰撥糧臺行令查照酌派，照例支給工食，至需用心紅紙張酌量撙節辦理，於餘平項下動支，事竣報銷等語。本部核與定例應支款項相符，應如所咨准其在於餘平項下動用，併令轉飭隨營、腰撥兩處撙節酌派，核實支銷。以上各款如應行取具領狀者，分別飭取，俟事竣隨案送部核銷，毋稍遺漏。其隨時支應之款，總須酌核例案撙節辦理，毋得任意支銷，以節經費而杜冒濫可也。

卷四十六

咸豐四年二月十一日奏摺〔一〕

新授吏部左侍郎臣翁心存跪奏爲恭謝天恩事。本年二月初十日内閣奉上諭：吏部左侍郎著翁心存補授，欽此。竊臣賦材駑鈍，禀質迂疏。謬膺繁劇於當官，自覺愆尤之累積。致干吏議，撫衷而屏黜猶寬；仰負聖慈，計過而盱宵增疚。迺蒙皇上棄瑕録用，逾格生成。特邀恩命之頒，俾貳銓曹之掌。荷寵榮之溢分，省咎戾而滋慚。臣惟有勉竭庸愚，勤加學習。懔勿欺之戒，益深臨履於冰淵；儆有位之箴，冀答乾坤之燾載。所有微臣感激惶悚下忱，理合繕摺恭謝天恩，伏乞皇上聖鑒。謹奏。咸豐四年二月十一日。

〔一〕據《知止齋遺集·知止齋摺稿偶存》整理，並酌加標題。

咸豐四年三月十三日奏摺〔一〕

調任户部右侍郎臣翁心存跪奏爲恭謝天恩事。本月十二日内閣奉上諭：翁心存著調補户部右侍郎，兼管錢法堂事務，欽此。臣學識迂疏，愆尤叢集。荷天恩之曲被，叨貳銓曹；計月琯之方周，重蒙恩命。俾佐度支之職，仍兼圜法之司。循分自慚，撫衷增惕。伏念司農爲理劇之要區，圖政以豐財爲切務。昔年承乏，力祇效夫鈎稽；兹復備官，任更殷夫籌畫。惟盈虚之宜劑，何以使之阜成；矧輕重之相權，尤在防其流弊。補苴無術，報稱逾難。臣惟有益加策勵，倍矢冰兢，以期仰答高厚鴻慈於萬一。所有微臣感激下忱，理合繕摺恭謝天恩，伏乞皇上聖鑒。謹奏。咸豐四年三月十三日。

〔一〕據《知止齋遺集·知止齋摺稿偶存》整理，並酌加標題。

咸豐四年五月初五日奏摺〔一〕

臣翁心存跪奏爲恭謝天恩事。本月初三日内閣奉上諭：翁心存著充武英殿總裁，欽此。竊臣材同樗質，學有蓬心。久邀雨露之施，未有涓埃之報。撫衷增惕，循分滋慚。迺蒙恩命頻頒，華資叨列。憶昔日紬書金鐀，千萬言曾事編摩；幸今兹珥筆瑶墀，三十載重依禁籞。焕雲霞之色，地近接於西華；仰日月之光，班更聯夫東觀。臣惟有益勤蛾術，勉效蟲雕。常思浴德以自修，冀答深仁於大造。所有微臣感激下忱，謹繕摺恭謝天恩，伏乞皇上聖鑒。謹奏。咸豐四年五月初五日。

〔一〕據《知止齋遺集·知止齋摺稿偶存》整理，並酌加標題。

籌催滇銅陸運改道由直隸大名府龍王廟至冀州李家莊舟運抵通片奏

咸豐四年六月六日〔一〕

再：雲南委員周力墉、景堯春二運銅斤，前已由湖北運至河南内黄縣之楚望集，經臣部奏令徑由陸路解運來京，奉旨允准通行在案。現據河南巡撫奏稱，已由該省攢抵大名之龍王廟地方，尚未接准直隸總督咨報。或因該處防堵事繁，他務遂不遑兼顧；或因藩庫未能籌給運費，州縣又墊辦無資，以致遷延時日。惟京局正資鼓鑄，待用甚殷，銅斤露積河干，失散堪虞。且盛夏大雨時行，畿南地多沮洳，設逢霖潦，般運尤難。兼之農務正忙，必需車牛之力，紛紛雇募，亦於耕耨有妨。不得不於變通之中，更求撙節簡便之法。

伏思銅質本形重滯，以河運較之陸運，經費既省，難易又殊。龍王廟地瀕衛河，本屬一水可通，而連鎮尚未肅清，自須繞道前進。查滹沱河自正定東行，過冀州衡水，折而東北流至獻縣界，即爲子牙河，徑達天津入海。向來長蘆運鹽及廣平、順德一帶商販煤米之船，往來皆取道於此。船身長大堅實，可載數百石。今若將二運銅斤自大名陸運至冀州之李家莊，計程不過三百餘里，需費尚屬無多。即由該處雇備鹽船、民船數十隻，順流運至天津，轉挽抵通，似較之長途陸運尤爲節省而便易。第目下該處情形臣等未能懸揣，相應請旨敕下直隸總督確切察核，悉心熟籌，無論河運陸運，即飭屬剋日起解，務於七月内全數抵京，仍派令道府大員督同文武員弁及經過地方多選兵役嚴密護送，晝夜催趲，庶臻遄速而免疏虞。至蔡傳樞一運銅斤，節經臣部奏咨嚴催，至四月内，僅據山東巡撫咨報，上年在濟寧地方守凍，迄今仍未奏報出境，實屬任意遲滯。並請敕下山東巡撫確查該運銅船現在逗留何處，飛速派員迎提催趲，護送出境，如道途梗阻，併即咨會直隸總督一體設法繞道前進，尅期挽運交局，以濟急用。謹附片陳明。

〔一〕據《知止齋遺集·知止齋文稿》整理，另《知止齋奏議》中亦收此文，文字相同。

請停鑄當千當五百大錢摺咸豐四年六月十九日〔一〕

爲酌議變通鼓鑄，以肅錢政而便民生，仰祈聖鑒事。竊自上年以來，臣部以兵餉支絀，於五月内奏請加鑄當十大錢，八月内奏請加鑄當五十大錢，至十二月經巡防王大臣奏請加鑄當百當五百當千大錢，由臣部議覆奏，奉諭旨允准，欽遵一律辦理在案。臣部局自本年二月開爐起如式分鑄，所有每月兵餉及雜款按成分配搭放。臣等隨時察訪情形，當十當五十當百大錢，均屬行使通暢，毫無窒礙。惟當五百當千大錢初行之際，兵民尚寶貴購求，自上月以來，頓形壅滯。推求其故，實緣兵丁多係窮苦，日用飲食，所費甚微。此二項大錢折當既多，難以零星使用，持向市肆易换零錢，而奸商輒稱贋難辨，抑勒之端漸開，兵民遂以價值頓虧，苦累之情更甚。與其科條備設，而錐刀之末見利必趨；孰若操縱隨時，而損益之宜因民所利。臣等公同商酌，再四熟籌，擬請將當五百當千大錢暫行停鑄，即將此項銅斤每月改鑄當百大錢一千四百十串五百零，抵制錢十四萬一千五十餘串；再鑄當五十大錢一千五百五十四串零，抵制錢七萬七千七百五串零；又遵前奏鼓鑄兩卯鉛錢二萬四千九百九十餘串，通計每月可得制錢二十四萬四千餘串。其工銀料錢比較五月分尚有節省，如此略爲變通，折當稍輕，子母相權，即兵民均便，奸民私鑄無利可圖，亦可漸息。且加鑄大錢原爲充裕兵餉起見，今雖裁撤改鑄，而每月抵折數目較之四五月分仍屬不甚懸殊，似於國計民生兩有裨益。如蒙俞允，臣部局即於七月開爐起欽遵辦理，並即行知工部一律遵照改辦，以昭畫一。至於奸民私鑄、奸商抑勒，實爲骫法病民，仍應請旨飭下各該管衙門嚴拿重懲，以肅圜政。謹將臣等酌議停鑄當千當五百大錢，多鑄當百當五十錢文緣由繕摺具奏。伏乞皇上聖鑒，訓示遵行。

〔一〕據《知止齋遺集·知止齋文稿》整理，另《知止齋遺集·知止齋奏議》中亦收此文，文字相同。

咸豐四年十月初一日奏摺〔一〕

新授兵部尚書臣翁心存跪奏爲恭謝天恩事。九月二十九日内閣奉上諭：兵部尚書著翁心存補授，欽此。竊臣賦材庸陋，禀性顓愚。久蒙教養之隆，迭被生成之渥。昔司工正，既稱事而未能；今佐農曹，更阜財而無術。迺復仰承恩命，俾掌夏官。循分滋慚，撫衷憯惕。伏念南省重掄才之任，中樞爲繁要之區。矧當軍務之未竣，尤貴兵戎之克詰。臣惟有倍加奮勉，益矢慎勤。庶揚大造之仁，即卜偏隅之靖。颺拜而詠歌七德，群欣虎旅凱旋；安和而溥遍萬方，共仰鴻慈廣被。所有微臣感激下忱，謹繕摺恭謝天恩，伏乞皇上聖鑒。謹奏。咸豐四年十月初一日。

〔一〕據《知止齋遺集·知止齋摺稿偶存》整理，並酌加標題。

咸豐四年十月二十一日奏摺〔二〕

臣翁心存跪奏爲恭謝天恩事。本月二十日内閣奉上諭：兵部尚書翁心存著加恩在紫禁城内騎馬，欽此。竊臣質原駑鈍，資本疲羸。久叨豢養之恩，未效馳驅之力。經涂九軌，隨行祗備趨蹌；秋駕三年，履道常虞隕越。呈材彌愧，任重增慚。迺蒙皇上垂軫逾恒，温綸下賁。念衝寒而入直，俾免徒行，得聯騎於同班，重邀異數。荷鴻慈之曲逮，撫蟻悃以難安。臣惟有益慎響衔，勉勤鞭策。鼎銘恭恪，循墻倍懔乎再三；晋錫光榮，伏櫪冀酬夫萬一。所有微臣感激下忱，謹繕摺恭謝天恩，伏乞皇上聖鑒。謹奏。咸豐四年十月二十一日。

〔一〕據《知止齋遺集·知止齋摺稿偶存》整理，並酌加標題。

咸豐四年十一月二十六日奏摺〔一〕

新授吏部尚書臣翁心存跪奏爲恭謝天恩事。本月二十五日内閣奉上諭：翁心存著調補吏部尚書，欽此。同日奉上諭：著翁心存教習庶吉士，欽此。竊臣賦材愚鈍，殖學疏蕪。久叨誨育之殷，渥荷生成之厚。卅四載鵷班幸列，政事未嫺；十七科雁塔曾題，文章無補。兹復仰承恩命，俾領職於銓曹；重荷殊榮，忝培材於詞館。撫衷增惕，循分滋慚。伏念任官之要在乎得人，學古之方期於有用。選掄必先考績，涵養尤貴通經。臣惟有圭臬自端，廉隅共勵。副聖主求才之意，慎書上考循良；勖詞臣報國之誠，願奏承平雅頌。所有微臣感激下忱，謹繕摺恭謝天恩，伏乞皇上聖鑒。謹奏。咸豐四年十一月二十六日。

〔一〕據《知止齋遺集·知止齋摺稿偶存》整理，並酌加標題。

咸豐四年十二月二十五日奏摺〔一〕

吏部尚書臣翁心存跪奏爲恭謝天恩事。本月二十四日翰林院奏請派充經筵講官，奉硃筆圈出翁心存，欽此。竊臣材慚致用，學昧通經。備蒙誨育之殷，久沐栽培之渥。昔叨直講，仰聆御論之崇閎；今荷寵除，益感隆施之高厚。際盛世昌明正學，君作之師；惟大文昭布儒林，言衷諸聖。萬流仰鏡，四海同風。臣惟有勵志菑畬，服膺謨典。侍經帷而敬聽，對揚近天子之光；依香案而分輝，佩服懍聖人之教。所有微臣感激下忱，謹繕摺恭謝天恩，伏乞皇上聖鑒。謹奏。咸豐四年十二月二十五日。

〔一〕據《知止齋遺集·知止齋摺稿偶存》整理，并酌加標題。

咸豐四年十二月二十九日奏摺〔一〕

臣翁心存跪奏爲恭謝天恩事。本月二十八日內閣奉上諭：托明阿奏請鼓勵隨營委員等語，詹事府少詹事翁同書前經派赴琦善軍營差委，嗣經琦善派辦文案，兩載以來，頗著勤勞，翁同書著賞戴花翎，以示鼓勵，欽此。竊臣叨陪鷺序，濫玷鵷班，服官已懍夫鵜梁，裕後猶慚夫燕翼。臣子同書材同樗散，學昧韜鈐，猥承乏於簡書，旋佐襄夫案牘。備員幕下，既無飛符草檄之才；逐隊行間，更鮮挾經秉枹之效。無裨塵露，方惕冰淵。迺蒙皇上念其微勞，褒其勤職。荷丹綸之獎勵，逾分深慚；捧翠羽之輝煌，舉頭恩重。全家戴德，兩世增榮。臣惟有勖以靖共，勉其勤慎。勒豐碑而紀績，冀效金石刻畫之微長；占春勝以迎韶，庶酬幬載生成之大德。所有微臣感激下忱，謹繕摺恭謝天恩，伏乞皇上聖鑒。謹奏。咸豐四年十二月二十九日。

〔一〕據《知止齋遺集·知止齋摺稿偶存》整理，並酌加標題。

附　翁同書奏折

詹事府少詹事臣翁同書跪奏爲恭謝天恩仰祈聖鑒事。竊臣於本年正月初三日接准欽差大臣托明阿行知：咸豐四年十二月二十八日内閣奉上諭：翁同書著賞戴花翎，以示鼓勵等因，欽此。臣當即恭設香案叩謝天恩，伏念臣世受國恩，備員詞館。衡文嶺外，三秋泛珠海之槎；視學黔中，四載秉牂江之節。正喜瞻天之日近，適逢銜命以星馳。戎韜初肄乎柳營，清秩頻遷於芝苑。請纓有志，自慚對乏白麟；磨盾無才，猶願頌賡朱鷺。詎有微勞之足録，何期異數之忽邀。榮比惠文，耀首許螭頭之侍；勤思共武，章身懔鵜翼之濡。臣惟有勉勵羽儀，益端心術。佐幕府行軍之職，功企平淮；計鐃歌奏凱之期，誠殷戀闕。所有微臣感激下忱，理合繕摺恭謝天恩，伏乞皇上聖鑒。謹奏。咸豐五年正月△日。

硃批：知道了，欽此。

咸豐五年五月十五日奏摺〔一〕

臣翁心存跪奏爲恭謝天恩事。本月十四日管理户部三庫事務衙門奏請欽派大臣更换管理三庫事務，奉硃筆圈出翁心存，欽此。竊臣自惟薄植，迭沐隆施。曾無一得之愚，未有片長之效。昔襄農部，叨承貳令以參稽；今領銓曹，忝長六官而制用。恒冰淵之是懔，每夙夜以增慚。迺復仰荷聖恩，俾司庫務。撫衷滋惕，循分難安。伏念財用以均節爲先，出納以周知爲要。内府外府之楬物，必辨其楛良；月成歲成之書法，必謹乎權度。矧直貨泉之未裕，尤宜綜覈之倍嚴。憑短策以運籌，慮挈瓶而鮮智。臣惟有盡心釐剔，隨事講求。庶幾稍答高厚鴻慈於萬一。所有微臣感激下忱，謹繕摺恭謝天恩，伏乞皇上聖鑒。謹奏。咸豐五年五月十五日。

〔一〕據《知止齋遺集·知止齋摺稿偶存》整理，並酌加標題。

咸豐五年六月十七日奏摺〔一〕

臣翁心存跪奏爲仰懇天恩給假調理事。竊臣近日感受暑濕，時患寒熱泄瀉，仍勉力趨公，不敢怠誤。十四日退直後即覺目眩耳鳴，十五日早晨忽患鼻衄，血出甚多，頭暈舊疾復作，精神委頓，現在延醫診視，服清暑和中之劑，恐非旦夕所能復元。惟有仰懇天恩，給假十日，俾得趕緊調理，一俟稍痊，即當照常供職。所有微臣感疾請假緣由，謹繕摺具奏，伏乞皇上聖鑒。謹奏。咸豐五年六月十七日。

〔一〕據《知止齋遺集·知止齋摺稿偶存》整理，並酌加標題。

咸豐五年八月初八日奏摺〔一〕

臣翁心存跪奏爲恭謝天恩事。本月初七日内閣奉上諭：賈楨現在入闈，翰林院掌院學士著翁心存署理，欽此。竊臣材同樗散，學有蓬心。濫供職於詞垣，忝依光於講幄。紬書東觀，十萬言竹素勤披；珥筆西清，卅五載花磚曾步。蟲雕自愧，駑鈍滋慚。兹復渥荷温綸，權司冰署。念程功於芸館，方偕吉士以賡颺；更暫領夫槐廳，願與儒臣相砥礪。臣惟有自端圭臬，仰副甄陶。庶答聖主勵品儲材之至意。所有微臣感激下忱，謹繕摺恭謝天恩，伏乞皇上聖鑒。謹奏。咸豐五年八月初八日。

〔一〕據《知止齋遺集·知止齋摺稿偶存》整理，並酌加標題。

咸豐五年九月初一日奏摺〔一〕

臣翁心存跪奏爲微臣中途患病，恭摺陳明，懇恩賞假調理事。竊臣奉命偕臣阿靈阿、臣基溥恭詣慕東陵開工，八月二十四日由京起程，二十五日行抵淶水。臣風眩舊疾忽發，足軟撲地，右額角髮際、眉際顴骨俱被擦損，右腕蟄傷脱節，不能屈伸。當經隨行家人扶救，神識稍清，而遍體疼痛異常，難以行動，焦灼萬分。只得囑阿靈阿等督同司員前往，臣在旅店靜養三日，覓得土醫將腕骨按摩接筍，似可不致成廢。第淶水地方偏僻，藥物甚稀，現在力疾回京，延醫調治。惟有仰懇天恩，給假二十日，俾得上緊調理，一俟稍愈，即當銷假當差，不敢曠誤。所有微臣中途患病情形並懇恩賞假緣由，理合繕摺具奏，伏乞皇上聖鑒。謹奏。咸豐五年九月初一日。

〔一〕據《知止齋遺集·知止齋摺稿偶存》整理，並酌加標題。

咸豐五年九月二十日奏摺〔一〕

臣翁心存跪奏爲臣疾尚未就痊，續請賞假調理事。竊臣前於淶水途中頭暈蹉跌，頭面右腕受傷，當經奏明，蒙恩賞假二十日調理。臣自回京後隨即延醫診視，内服祛風平肝之劑，外敷傷藥，旬餘以來，頭面傷痕均已平復。惟右腕挫損較重，現在骨節雖經接筍，而血氣不足，浮腫未消，難以運動，不能執筆。據醫云尚須調養數日，庶可漸愈。臣以差務久曠，寢食不安。又恐勉强趨公，或多貽誤。惟有仰懇天恩，再行賞假十日，一俟稍痊，即當銷假供職。所有微臣續請給假緣由，謹繕摺具奏，伏乞皇上聖鑒。謹奏。咸豐五年九月二十日。

〔一〕據《知止齋遺集·知止齋摺稿偶存》整理，並酌加標題。

〔咸豐五年十二月初二日〕奏爲恭謝天恩事〔一〕

咸豐五年十二月初二日，內閣奉諭：怡良、吉爾杭阿奏查明被兵及鄰近州縣應徵新賦懇恩蠲緩一摺，江蘇省上元等各州廳縣衛，或被賊釁擾，或伺應兵差，均多耕種失時，瘡痍未復，若將本年新賦照常徵收，民力未免拮据。加恩著照所請，所有上元、江寧、丹徒、高淳、江浦、六合、儀徵七縣全境，江都縣附近瓜洲之八里鋪以下，運河東西兩岸及洋子橋、桂花莊、施家橋、新橋、虹橋、佛感、草龍等洲莊，同霍家橋等處河口，並上海縣被擾極重之二十五保各圖，二十四保十二圖，二十七保各圖，應征咸豐五年上下忙新賦錢糧，著全行蠲免。其上海縣被擾次重之二十四保各圖，二十六保十三圖，著減免六成。被擾稍輕之二十八九保各圖，同句容縣龍東五鎮、高家邊、橋頭鎮、嚴港等處村莊，均著減免五成。上海縣未被賊擾之十六等保各圖，著減免四成。丹陽、金壇、溧陽三縣全境，著減免三成。溧水、吴江、震澤、崑山、新陽、南匯、青浦、川沙、嘉定、寶山十廳縣全境，同句容縣未被賊擾各村莊，均著減免二成。長洲、元和、吴縣、常熟、昭文、太湖、華亭、奉賢、婁縣、金山、武進、陽湖、無錫、金匱、江陰、宜興、荆溪、靖江、太倉、鎮洋、崇明等二十一州廳縣，均著減免一成。所有應徵咸豐五年地漕、鹽課、正雜、耗羨錢糧及蘆課、學租、雜税、歸公官租、公費、闞租、地租、雜辦、攤征、河工等銀，漕南、行贈、局恤等項未足，均著按分蠲減。太倉、鎮海、金山、鎮江、揚州等六衛幫屯田，著即照坐落地方隨同民田一律辦理。又上海縣減剩本年上下忙錢糧，著緩至咸豐六年秋成後察看情形，分作兩年帶征。其減剩應征本年漕糧，仍著依限啟征兑運。句容縣被擾村莊減剩應征五成錢糧，著緩俟軍務告竣，再行酌量帶征。鎮江衛減剩本年屯折錢糧，著緩俟克復鎮江後察看情形啟征。其餘各州廳縣衛減剩銀米，仍飭分别趕緊征收。江都縣離賊較遠之腹裏村莊，及此縣未被賊擾各州廳縣各項錢糧，仍著照常征收。至減免各處之應征白糧，仍照偏災成案，於應征漕糧内照額揀選辦運。本年上忙錢糧，各屬已經完納者即著於下忙錢糧内扣除。如上下兩忙均已全完，著即流抵下年新賦，以紓民力。該督等即刊刻謄黄，遍行曉諭，務使實惠均霑，毋任吏胥舞弊，以副朕軫念民依至意。餘著照所議辦理，該部知道。欽此。

欽維我皇上德溥垓埏，恩周宙合。辰居端拱，心知稼穡之艱難；乙夜勤求，念切春秋之耕斂。箕風畢雨，恒曲慰乎人情；僻壤遐陬，咸樂霑夫帝澤。惟蘇省向稱沃衍，而頻年未戢干戈，疆牘方陳，屢動宸衷之悱惻；恩綸疊沛，均邀闓惠之優隆。減七屬之正供，欣承鳳詔；軫群黎之被擾，普荷鴻施。自一分以至十分，民屯並減；緩新賦更寬舊賦，縣衛咸周。洵廣沐夫仁慈，實共深夫感戴。臣等枌榆誼切，葵藿心傾。先黎庶以騰歡，望彤廷而申頌。惟祝欃槍迅埽，息鼛鼓於江鄉；更占暘雨均調，慶倉箱於海寓。所有臣等感激下忱，理合聯名繕摺，叩謝天恩。伏乞皇上聖鑒。謹奏。咸豐五年十二月初七日。

〔一〕據《知止齋遺集·知止齋文稿》整理。

［咸豐五年十二月十八日］奏爲恭謝天恩事〔一〕

咸豐五年十二月十五日，内閣奉上諭：怡良、吉爾杭阿奏籌撥賑需銀兩一摺，江蘇徐州府豐縣等屬因豐工未堵，本年六七月間復遭大雨，加以豫省堤工漫水下注，被淹極重，自應亟籌賑濟。加恩著照所請，所有豐縣、沛縣、邳州三州縣並徐州衛坐落豐縣屯田，成災十分八分地方乏食貧民，著於今冬給與一月口糧，貧生、兵屬、饑軍一律給發。並仿照上届成案，易錢散放。此項賑濟口糧，共需銀一萬六千兩。准其於淮安關稅銀内照數撥解，以資支放。該督等即刊刻謄黄，遍行曉諭，務使災黎得沾實惠，吏胥無從舞弊，以副朕軫念民艱至意。餘著照所議辦理，該部知道。欽此。

欽惟我皇上治協登咸，德侔幬載。宵旰勤求夫康乂，垓埏遍荷夫生成。民隱遥通，無一夫之不獲；皇恩疊沛，俾萬姓以蒙庥。兹因暘雨之偶愆，又值河流之未順。宸衷悱惻，憫饑溺於彭城；聖慮周詳，切痌瘝於黼扆。甫登疆牘，即賁綸音。賑三邑之災黎，兼周屯衛；蒙九重之闓澤，普及軍民。中命頻頒，中澤息鴻嗸之苦；庚呼頓免，康衢騰雀躍之歡。洵共沐夫仁慈，實同深夫感戴。臣等身依槐棘，誼切枌榆。先白屋以饔軒，望丹宸而舞蹈。惟祝金堤恒固，恬春浪於桃花；更占玉粒豐登，慶秋成於稌黍。所有臣等感激下忱，理合聯名繕摺，叩謝天恩。伏乞皇上聖鑒。謹奏。咸豐五年十二月十八日。

奉旨：知道了。

〔一〕據《知止齋遺集·知止齋文稿》整理。

卷四十七

咸豐六年正月初七日奏摺〔一〕

臣翁心存跪奏爲恭謝天恩事。本月初六日內閣奉上諭：翁心存著充國史館正總裁，欽此。竊臣識迷豹管，學淺牛涔。迭邀誨育之殷，渥荷生成之厚。卅年通籍，簪毫曾侍夫西清；五夜然藜，叩閣未窺夫東觀。迺沐温綸之下逮，俾登史館以紬書。顧學未能，撫衷彌惕。載筆而勤求體例，才乏三長；披圖而詳訂廣輪，愚無一得。幸編摩之共事，方董率而增慚。臣惟有勉矢蟻忱，力殫鳩輯。筆削禀聖人之論，非徒比事屬辭；昭垂成盛代之書，庶幾信今傳後。所有微臣感激下忱，謹繕摺恭謝天恩，伏乞皇上聖鑒。謹奏。咸豐六年正月初七日。

〔一〕據《知止齋遺集·知止齋摺稿偶存》整理，並酌加標題。

咸豐六年正月十九日奏摺〔一〕

臣裕誠等跪奏爲恭謝天恩事。本月十七日恩賜廷臣筵宴，蒙頒賞御製詩文手卷各一分。臣等跪讀之下，懔感交縈。欽惟我皇上宵旰殫心，羹墻纘緒。離照仰無私之鑒，乾行體不息之誠。懔成憲以寅承，所其無逸；章顯謨而申儆，敏則有功。在一人勤丹扆之修，爲百爾懲素餐之習。宸章徧逮，開誠曾荷夫鍼砭；彝訓重頒，示戒尤深夫鼎餗。值春筵之乍啟，蕭露皆恩；知文囿之親臨，松雲非願。憂能啟聖，仰見投艱遺大之思；善則歸親，倍殷僾見愾聞之慕。臣等職慚補衮，學陋吹竽。荷教育於兩朝，惕迂疏於五夜。前此闢門莅政，恭聆述志之篇；洎乎視學崇文，復拜講經之賜。凡面命耳提之所及，皆規行矩步之當循。惟有力戒模棱，時懲暇逸。捫心自勵，勉副務期實踐之箴；刻骨常銘，倍懔共濟時艱之訓。所有臣等欽感下忱，謹合詞繕摺恭謝天恩，伏乞皇上聖鑒。謹奏。咸豐六年正月十九日。臣裕誠、臣賈楨、臣文慶、臣彭藴章、臣花沙納、臣翁心存、臣朱鳳標、臣徐澤醇、臣周祖培、臣麟魁、臣趙光、臣全慶、臣聯順。

〔一〕據《知止齋遺集·知止齋摺稿偶存》整理，並酌加標題。

咸豐六年四月十一日奏摺[一]

臣翁心存跪奏爲恭謝天恩事。本月初十日會試榜發，臣子同龢中式第六十三名。竊臣家傳芸帙，世守蓬樞。服官每懔於鵷濡，教子尤慚夫燕翼。臣子同龢功疏蛾術，學淺牛涔。甫膺拔萃於江鄉，旋薦賢書於京兆。西曹讀律，濫竽而鶴俸虛縻；東觀紬書，闚管而豹斑莫睹。偕鵠袍以試藝，未啟蓬心；幸雁塔之題名，叨登蕊榜。沐盛世作人之化，醲膏溥被乎九天；溯微臣釋褐之年，榮遇適周乎三紀。一門戴德，兩世承恩。惟有共矢敬恭，倍加訓策。窮經必期致用，庶稍竭夫駑資；學古然後入官，冀仰酬夫鴻造。所有微臣感激下忱，理合繕摺具奏，謹率臣子同龢泥首宮門叩謝天恩，伏乞皇上聖鑒。謹奏。咸豐六年四月十一日。

〔一〕據《知止齋遺集·知止齋摺稿偶存》整理，並酌加標題。

咸豐六年五月十二日奏摺[一]

臣翁心存跪奏爲恭謝天恩事。四月二十五日殿試榜發，臣子同龢列第一甲第一名，賜進士及第，授職翰林院修撰。竊臣夙承知遇，迭被隆施。官箴每懔夫鵷梁，家訓尤慚夫燕翼。臣子同龢識拘闚豹，質陋駑駒。曾紬東觀之書，幸厠南宫之選。際彤廷之對策，近光而敬效芻蕘；聆丹陛之宣綸，習禮而叨陪班列。迺蒙特邀欽矚，仰荷天題。俾首冠於巍科，備簪毫於詞館。身到深嚴之地，十萬言獲誦琳瑯；材歸教養之中，二百人同霑雨露。榮極而撫衷滋懼，感深而循分增慚。臣惟有勖以讀書，教之植品。勉之忠孝，思報國非僅在文章；共礪廉隅，知立志原不求温飽。端步趨於始進，庶無負盛時遭遇之隆；矢拜獻之初心，冀稍酬大造栽培之篤。兹臣由差次回京，所有感激下忱，理合繕摺具奏，謹率臣子同龢泥首宫門，叩謝天恩，伏乞皇上聖鑒。謹奏。咸豐六年五月十二日。

〔一〕據《知止齋遺集·知止齋摺稿偶存》整理，並酌加標題。

［咸豐六年六月二十一日］爲敬陳管見仰祈聖鑒事〔一〕

爲敬陳管見，仰祈聖鑒事。竊惟用兵之道，首在運籌，必先審乎形勢之重輕，道里之曲折，然後可料敵制勝，計出萬全。江南之蘇、松、常三府、太倉一州，與浙江之杭、嘉、湖三府壤地相連，土田饒沃，民物殷闐，此國家財賦要區，而爲賊所必圖窺伺者也。自逆賊盤踞金陵，下游岌岌震動，賴向榮一軍措拄其間，力扼東壩，杜其東竄，三載以來，幸得無虞。今賊傾巢出鬥，寧國先陷，勢已逼近宜興，向榮軍潰，退守丹陽，溧水、句容相繼失守，蘇、常兩郡危在旦夕。近閲邸鈔，怡良奏報賊撲丹陽，向榮迎剿獲勝，宜興、荆溪忽有外來匪船，經民團捕斬焚燬等語，臣竊慮之。夫自金陵至蘇常，正道則由丹陽，間道則由宜興，或出正道，或出間道，聲東擊西，避堅蹈瑕，賊之故智也。賊船若至宜興，則已越東壩而南，直竄蘇州，路徑尤捷。本可不由丹陽，其撲丹陽者特分股以綴我耳。自宜興奪舟東犯，由河路則九十里徑抵無錫，由太湖聯艕而下，則徑襲蘇城，片帆瞬息可達，並可分擾嘉、湖，民團既力難扞禦，丹陽、常州之兵又隔在西北，不及救援。故防蘇州之西面，必以東壩爲第一重藩籬，宜興爲第二重門户，未有藩籬不固，門户不嚴而能坐守堂奥者。蘇郡一經蹂躪，則諸郡必被驛騷，海運之米不來，日用之需皆闕，燕晋富賈大商資本盡失，浙閩文報、行旅阻絶不通，此非細故也。臣愚以爲宜敕令向榮嚴扼丹陽，防賊陸路來犯，亟抽各路精兵，俾鄧紹良、張國樑輩統之，駐紮宜興，控扼東壩；並收集長蕩、隔湖、東西氿諸船，毋爲賊用，别簡水師一軍，選得力總兵大員帥之，駐紮太湖，並團練湖中大小漁船，俾水鄉大户分領協防，庶蘇、常兩郡可保無事。及今不圖，後無及矣。

再：皖豫捻匪已漸肅清，可否敕諭袁甲三移得勝之師渡江擇要防剿，以遏賊衝。今吴全美等統帶紅單艇船分攻沿江要害，以遮賊後。並令德興阿、和春等分路進攻，以牽賊勢。似亦通籌大局之一端也。臣才識短淺，軍事未嫻，惟籍隸江蘇，於三吴地勢程途尚能熟悉，既有所見，不敢緘默不言，略述情形，仰備采擇，謹繕摺具奏，伏乞皇上聖鑒。

再：捐釐一項，藉濟軍糧，原屬不得已之舉。蘇、常諸郡，惟布匹、棉花、米販、錢鋪皆辦抽釐，民情尚稱允洽。近有按畝捐輸，每畝制錢百文之説，未知曾否舉行。惟是欲固疆圉，宜收人心，人心不摇，疆圉自固。按畝捐輸，事同加賦，在政體似不宜有此，在民力更有所不堪。且自軍興以來，蘇、常諸郡捐項爲數已多，而各州縣未經一律申報，願捐者已觀望不前，若再爲此舉，恐官吏挪動，胥役侵吞，徒爲斂怨之資，而實無裨於用。伏乞諭令該省督撫確切查明，如果實有其事，即通行飭屬停止，小民感激皇仁，益奮敵愾同仇之氣矣。謹附片陳明，伏乞聖鑒。咸豐六年六月二十一日。

〔一〕據《知止齋遺集·知止齋奏議》整理。

附　上諭

咸豐六年六月二十一日諭軍機大臣等，據翁心存奏籌防宜興、東壩並豫堵太湖水路一摺，所稱賊越東壩而南，恐由間道内竄，則丹陽、常州之兵隔在西北，不及救援等語，於籌防形勢不爲無見。惟鄧紹良現在總統寧國諸軍，張國樑又須往來策應，均不能令其專駐下游一隅之地，宜興一路既距無錫較近，自不可不嚴爲之防。昨據怡良奏派兵三百名赴該處駐紮，是否足資堵禦；東壩一路自秦如虎折回建平後，江長貴是否已由金壇前往；明安泰現在溧陽，所統兵勇約有五六千人，能否責令兼顧東壩。著向榮等妥籌辦理。荆溪、宜興民團焚船殺賊，頗能得力，亦著怡良等加意激勸，令其自衛，萬萬不可稍形懈弛，致有意外之虞。向榮前奏驅逐寶堰一帶船隻，係防賊内犯常州，其由太湖入蘇之路，該尚書所指長蕩、隔湖、東西氿等處亦應一體收集船隻，毋爲賊用。太湖波濤浩淼，港汊紛歧，非尋常船隻所能遠涉，果能盡收各口湖船，賊匪自無從偷渡。太湖水師副將周希濂現在上游督帶艇船，其本缺係何員署理，自應責令嚴密稽查，以資防範。另片奏近日蘇常諸郡有按畝捐輸制錢百文之説，請飭停止等語，如果尚未舉行，事屬可已，自宜停辦。倘因軍餉不充不得已而出此，亦宜查照從前辦過成案，酌減成數，以順輿情，勿致滋生事端，是爲至要。原摺片均著鈔給閲看，將此由六百里加緊各諭令知之，字寄欽差大臣向，幫辦軍務革職留任西安將軍福、幫辦軍務雲南鶴麗鎮總兵余、兩江總督怡、署江蘇巡撫趙。

咸豐六年七月初一日奏摺〔一〕

臣翁心存跪奏爲恭謝天恩事。六月三十日内閣奉上諭：翰林院掌院學士著翁心存署理，欽此。竊臣材原樗質，學有蓬心。濫簪筆於西清，忝紬書於東觀。槐廳秋月，曾權領秩於詞垣；芸館春風，記共程功於吉士。兹復仰蒙恩命，攝掌清班。循分滋慚，撫衷增惕。念聖主恩隆教養，首重儲材；矧翰林地處深嚴，尤期立品。臣惟有自端圭臬，共礪廉隅。俾爲明體達用之才，庶備進賢使能之選。今日文章報國，敢詡盛朝遭遇之榮；他時楨幹得人，冀酬大造生成之厚。所有微臣感激下忱，謹繕摺恭謝天恩，伏乞皇上聖鑒。謹奏。咸豐六年七月初一日。

〔一〕據《知止齋遺集·知止齋摺稿偶存》整理，並酌加標題。

咸豐六年七月二十五日奏摺〔一〕

臣翁心存跪奏爲恭謝天恩事。本月二十四日内閣奉上諭：翁同書著補授詹事府詹事，欽此。竊臣自維薄植，迭被隆施。服官每懔夫鵜梁，貽後敢期夫燕翼。臣子同書一經素習，三略初闚。簪毫而未覲龍光，擁鐸而叨陪虎幄。軍書旁午，既無飛符草檄之才；師律重申，更乏借箸運籌之效。馳驅靡及，兢惕方深。兹復仰荷恩綸，擢升詹事。躋詞林之清秩，班上蓬瀛；賡史籀之雅音，賞歌杕杜。沐寵榮之下逮，倍感悚以難名。臣惟有勖以協和，勉其忠孝。敬奉簡書於江表，整軍而聲震雷霆；願銷兵氣於寰中，奏凱而光依日月。所有微臣感激下忱，謹繕摺恭謝天恩，伏乞皇上聖鑒。謹奏。咸豐六年七月二十五日。

〔一〕據《知止齋遺集·知止齋摺稿偶存》整理，並酌加標題。

附　翁同書奏摺

新授詹事府詹事臣翁同書跪奏爲恭謝天恩，仰祈聖鑒事。竊臣恭閱邸鈔，咸豐六年七月二十四日内閣奉旨：翁同書補授詹事府詹事，欽此。當即恭設香案，望闕叩頭。伏念臣吴中下士，江左庸材。

玉楮虛雕，金根誤讀。紬漆簡而叨窺柱史，捧篋函而濫典文衡。三秋隨海客之槎，五稔問夜郎之俗。洎迴騶轡，正圖供職於芝坊；忽奉龍綸，復賦從軍於華隰。驛臨金雁，聞命星馳；班晉銀魚，承恩露湛。撫冰銜而勵志，自知熱不因人；錫翠羽以爲儀，敢謂文能華國。軍書夜草，仍分蓮炬餘光；制誥朝傳，俾荷芝幢重寄。一門典校，世職蘭臺。三殿句臚，輝聯棣萼。希馬總蔡州之績，躬履顔行；輯洪遵翰苑之書，家傳掌故。兹復仰蒙簡擢，洊陟詹端。入承明而武接嚴、徐，出禁署而才非頗、牧。雖陣前金甲，尚未收江介之旌旗；而天上玉堂，猶時記夢中之鈴索。臣惟有恪遵指示，冀奏膚功。誓清瓜步游氛，鯨牙波息；喜見蓬山麗景，鰲背秋澄。所有微臣感激下忱，謹繕摺恭謝天恩，伏乞皇上聖鑒。謹奏。咸豐六年八月二十八日。

硃批：知道了，欽此。

咸豐六年十月十九日奏摺[一]

新授翰林院掌院學士臣翁心存跪奏爲恭謝天恩事。本月十八日内閣奉上諭：翁心存著充翰林院掌院學士，欽此。竊臣識同闚豹，技類雕蟲。幸儤直於螭坳，夙備員於鸞掖。長依温室，得聞聖學之心傳；屢攝冰銜，俾習詞曹之掌故。兹復仰承恩命，特賜真除。丹陛揮毫十萬卷，願披寶笈；玉堂回首卅五年，重到柯亭。荷天寵之迭頒，撫臣衷而滋愧。惟有益加砥礪，勉矢靖共。以讀書爲績學之源，以養望爲儲才之地。先器識而後材藝，期共效儒臣報國之思；蓄道德而能文章，庶無負盛世作人之澤。所有微臣感激下忱，謹繕摺恭謝天恩，伏乞皇上聖鑒。謹奏。咸豐六年十月十九日。

〔一〕據《知止齋遺集·知止齋摺稿偶存》整理，並酌加標題。

咸豐六年十一月初二日奏摺〔一〕

新授協辦大學士、吏部尚書臣翁心存跪奏爲恭謝天恩事。咸豐六年十一月初一日內閣奉上諭：翁心存著以吏部尚書協辦大學士，欽此。竊臣吳中下士，江左庸材。渥叨知遇之優隆，備沐生成之高厚。濫登詞館，趨班幸直三天；洊陟銓卿，奉職適周兩載，荷聖主殊恩曲逮，真同天地之仁；念微臣補過無方，未有涓涘之報。迺復榮邀特簡，班列參知。恩深而感莫能名，任重而處非所據。伏念政府秉鈞衡之要，副樞爲毗翊之司。矧當九重宵旰之時，宜抒百爾靖共之效。騐人材之進退，何以合群策群力而共勷；綜庶務之殷繁，何以敷嘉謨嘉猷而入告。衰遲滋懼，隕越堪虞。臣惟有倍矢寸丹，益嚴精白。協寅恭以勵翼，論思而勉竭愚誠；懍申誡於因循，敬事而仰酬大造。所有微臣感激悚惕下忱，理合繕摺恭謝天恩，伏乞皇上聖鑒。謹奏。咸豐六年十一月初二日。

〔一〕據《知止齋遺集·知止齋摺稿偶存》整理，並酌加標題。

咸豐六年十一月初二日奏摺〔一〕

臣翁心存跪奏爲恭謝天恩事。咸豐六年十一月初一日皇上受書禮成，内閣奉上諭：前充總裁、副總裁之吏部尚書翁心存在館四年，續辦稿本，悉心纂輯，伊孫監生翁曾源著賞給舉人，一體會試等因，欽此。竊臣識同闚管，技等濫竽。幸儤直於禁廷，忝備員於秘館。焚香載筆，咸仰禀夫聖裁；量晷移磚，勉共程夫史職。演軒圖於億禩，神功莫罄形容；注堯典者萬言，末學時虞疏略。溯隨班於四載，編摩常惕小心；矧離局以三年，蕆事實資衆手。迺蒙皇上特加優叙，俯録微勞。命錫自天，幸寵承乎温綍；賞延于世，俾濫厠乎賢書。臣孫曾源長始勝衣，齡纔弱冠。甫膺鶚薦，冀窺東觀之書；遽荷鴻慈，許應南宫之試。恩推錫類，榮被全家。臣惟有圭臬自端，廉隅共勵。守學禮學詩之舊業，毋忘清白詒謀；仰聖作聖述之宏規，願奏承平雅頌。所有微臣感激下忱，理合繕摺具奏，謹率同臣孫曾源泥首宫門叩謝天恩，伏乞皇上聖鑒。謹奏。咸豐六年十一月初二日。

〔一〕據《知止齋遺集·知止齋摺稿偶存》整理，並酌加標題。

咸豐六年十一月十三日奏摺〔一〕

臣翁心存跪奏爲恭謝天恩事。本月十二日文慶等奏實録館出力人員，臣子翰林院修撰翁同龢奉上諭：著俟散館後遇有升缺，開列在前，欽此。竊臣縑緗世守，詩禮家傳。素餐常愧夫鵜梁，式穀敢期夫燕翼。臣子同龢學疏握槧，識陋傾蠡。備末秩於雲司，忝紬書於天禄。誦千函之寶訓，敷陳而炳若日星；紀卅載之神功，尋繹而浩如淵海。書經三寫，歲閲七周。分程方慮其稽遲，課績每虞其疏略。屬以句臚奏第，幸换職於清班；兹當鉅典慶成，復仰邀乎異數。敬業正勤夫芸館，升階遥指夫蓬山。超年資而許列前行，准省牒而曾無故事。念微臣以編摩舊職，已膺懋賞之世延；而臣子以校勘微勞，更沐隆施之曲逮。恩有加而無已，躬自省以難安。臣惟有勖以讀書，勉其立品。束圭璧而時磨錯，期毋負盛朝教養之隆；勵菑畬而勿競功名，冀稍酬大造生成之厚。所有微臣感激下忱，理合繕摺具奏，謹率同臣子同龢泥首宫門叩謝天恩，伏乞皇上聖鑒。謹奏。咸豐六年十一月十三日。

〔一〕據《知止齋遺集·知止齋摺稿偶存》整理，並酌加標題。

咸豐六年十一月二十日奏摺〔一〕

協辦大學士、調補户部尚書臣翁心存跪奏爲恭謝天恩事。本月十九日内閣奉上諭：翁心存著以協辦大學士調補户部尚書，欽此。竊臣賦材庸陋，渥被生成。忝奉職於銓衡，濫參知乎政事。昔司圜法，三官淆輕重之權；今筦庫儲，九式昧楛良之辨。片長未效，寸悃增慚。兹復仰荷恩綸，俾領農部。撫衷滋懔，循分難安。伏念出納本有常經，損益貴隨時勢。矧值兵食方殷之會，正當度支告絀之時。裕國計必先念民生，綜利權尤須持政體。欲源流之不匱，慮調劑以無方。短策難籌，挈瓶鮮智。臣惟有悉心釐剔，隨事講求。以期仰副高厚鴻慈於萬一。所有微臣感激下忱，謹繕摺恭謝天恩，伏乞皇上聖鑒。謹奏。咸豐六年十一月二十日。

〔一〕據《知止齋遺集·知止齋摺稿偶存》整理，並酌加標題。

咸豐六年十二月十六日奏摺〔一〕

臣翁心存跪奏爲恭謝天恩事。准禮部文稱離館總裁翁心存蒙恩賞賚筵宴。臣當即恭赴禮部，望闕叩頭祗領訖。竊臣學疏蛾術，技等蟲雕。曾無纂述之才，忝與編摩之役。花磚量影，程功甫閲乎四年；薇省分曹，離局已逾夫三載。迺蒙醲膏渥沛，懋賞世延。已邀巽命之覃敷，復荷需雲於錫宴。馨薌玉醴，斟來常滿之樽；絡繹金盤，飽飫大官之饌。捧尚方之紈綺，笙簧雅協承筐；賚左藏之金錢，鏤錯榮深載筆。撫衷滋愧，拜賜臚歡。臣惟有倍懔素餐，益攄丹悃。荷龍光而湛恩普被，安和慶四海之同；賡魚藻而錫類宏推，福禄上萬年之頌。所有微臣感激欣幸下忱，謹繕摺恭謝天恩，伏乞皇上聖鑒。謹奏。咸豐六年十二月十六日。

〔一〕據《知止齋遺集·知止齋摺稿偶存》整理，並酌加標題。

附　翁同書奏摺

詹事府詹事臣翁同書跪奏爲恭謝天恩，仰祈聖鑒［事］。竊臣恭閲邸鈔，咸豐六年十一月初一日宣宗成皇帝實録告成，内閣奉上諭：吏部尚書翁心存在館四年，續辦稿本，悉心纂輯，伊孫監生翁曾源賞給舉人，一體會試等因，欽此。竊惟臣子曾源蟠木棄材，豨苓末品。横經槐市，肄秋駕而難工；獻菽棘闈，睇春闕而尚遠。迺以書編堯典，卿雲增黼黻之華；遂令樂譜舜韶，孫竹協笙簧之響。十行鳳詔，命同下于宣麻；三拜鹿鳴，恩聿推夫視草。分青藜之瑞彩，播丹桂之芳馨。江上書來，日邊春到。念臣父仰蒙宸眷，職初進乎參知；而臣子幸讀賜書，名復邀乎特奏。雖在大造無私于庶彙，幾若聖慈獨渥于臣家。綸綍遥傳，正玉帳論兵之日；橐鞬爭羨，知金鑾給札之榮。臣口誦制書，身居戎闈。侍養切哺烏之戀，詒芬慖秖犢之私。欣叨盛事于衣冠，敬勖義方于弓冶。敢比張憑門地，孝廉副兩字之稱；尚希韋孟家風，詩禮守一經之業。所有微臣感激下忱，理合繕摺恭謝天恩，伏乞皇上聖鑒。謹奏。咸豐六年十二月初九日。

硃批：知道了，欽此。

咸豐七年四月二十八日奏摺〔一〕

臣翁心存跪奏爲恭謝天恩事。本月二十三日内閣奉上諭：孝静康慈皇后梓宫永遠奉安慕東陵，在事王公大臣均能恪恭將事，敬慎無愆，協辦大學士、户部尚書翁心存著加恩賞加三級等因，欽此。竊臣材原庸陋，學本迂疏。荷簡畀於宸衷，俾贊襄夫大禮。旰宵祇懼，幸免譽尤。迺蒙渥沛恩施，曲加褒奬。龍綸下逮，敷天仰錫類之仁；駟轡初旋，就日拜升階之命。沐寵榮之逾分，實兢惕以難安。所有微臣感激下忱，謹繕摺恭謝天恩，伏乞皇上聖鑒。謹奏。咸豐七年四月二十八日。

〔一〕據《知止齋遺集·知止齋摺稿偶存》整理，並酌加標題。

咸豐七年閏五月二十六日奏摺〔一〕

臣翁心存跪奏爲懇恩賞假事。竊臣近日感受暑濕，身熱腹泄，兩脅腰膂疼痛異常，頭暈氣喘，夜不能寐，精神委頓，難以支持。現在部務殷繁，力疾辦公，深虞曠誤。惟有仰懇天恩，給假十日，俾得延醫調治，一俟稍痊，即行銷假供職。理合繕摺具奏，伏乞皇上聖鑒。謹奏。咸豐七年閏五月二十六日。

〔一〕據《知止齋遺集·知止齋摺稿偶存》整理，並酌加標題。

［咸豐七年八月三十日］朝審覆核趙大一起請改緩決摺奏爲請旨事〔一〕

竊臣覆核朝審招册内趙大即哈達郎阿一起，係偷竊錢票贓逾五百兩，經刑部擬絞入實，原屬照例辦理。查律例所載，竊盜三犯及私造印信各條内，均以銀十兩、錢十千相提並論，是以刑部審擬各案，計贓科罪均以制錢一千合銀一兩，所以示畫一而免參差也。惟近年銀價日增，較之乾隆年間何啻數倍。現在户部支發俸餉章程，酌中定值，均以制錢二千作銀一兩，業經奏准通行。今該犯偷竊錢票京錢一千四百七十一吊，以四吊合銀一兩計之，不過準銀三百餘兩，若仍照舊例科斷，遽將該犯入實，是偷竊實銀者雖多至四百九十九兩尚可逭其餘生，而偷竊錢票者但使數逾一千吊即難寬其一死，彼此相較，似覺輕重懸殊。且市間錢票一項，原屬便於輕齎，往往累百盈千，不過書諸片紙，方其生心之際，其數目固未能預期。迨至入手之時，其字迹亦豈能遽辨。得贓多寡，竊時不知。固非若審知實銀肆行偷竊者之罪難輕貸也。臣愚以爲法宜由舊，而制貴因時。銀價既大有低昂，罪名當稍分輕重。相應請旨，將趙大即哈達郎阿一起，可否改入緩決。並請明定章程，嗣後凡辦理偷竊錢票及偷竊制錢之案，均以制錢二千合銀一兩。如此則於矜恤之中，仍復示以限制，庶更足昭平允。論者必謂各省銀價貴賤不一，則定罪豈可概從其寬。然即銀價極賤之區，每兩亦總在制錢一千以上。況放項既頒爲定式，則科罪宜別具專條。刑罰世輕世重，亦惟劑其平而已。臣愚昧之見是否有當，伏乞皇上聖鑒訓示。

再：覆核朝審議奏時，臣適奉命入闈閱卷，未及與裕誠等會商，是以未經陳奏，合併聲明。謹奏。

咸豐七年八月三十日。

〔一〕據《知止齋遺集·知止齋奏議》整理，《知止齋遺集·知止齋文賸稿》中亦收此文，文字相同，然少附録文字。

附録 刑部謹奏爲遵旨覆核具奏事

刑部謹奏爲遵旨覆核具奏事。咸豐七年八月三十日内閣奉上諭，翁心存奏覆核朝審招册偷竊錢票賊犯趙大即哈達郎阿一起，請改入緩決，並請更定錢數合銀章程一摺，著刑部覆核具奏，欽此。欽遵抄出，到部查原奏内稱：「竊臣覆核朝審招册内趙大即哈達郎阿一起，係偷竊錢票贓逾五百兩，經刑部擬絞入實，原屬照例辦理。查律例所載，竊盜三犯及私造印信各條内，均以銀十兩、錢十千相提並論，是以刑部審擬各案，計贓科罪均以制錢一千合銀一兩，所以示畫一而免參差也。惟近年銀價日增，較之乾隆年間何啻數倍。現在户部支發俸餉章程，酌中定值，均以制錢二千作銀一兩，業經奏准通行。今該犯偷竊錢票京錢一千四百七十一吊，以四吊合銀一兩計之，不過準銀三百餘兩，若仍照舊例科斷，遽將該犯入實，是偷竊實銀者雖多至四百九十九兩尚可逭其餘生，而偷竊錢票者但使數逾一千吊即難寬其一死，彼此相較，似覺輕重懸殊。且市間錢票一項，原屬便於輕齎，往往累百盈千，不過書諸片紙，方其生心之際，其數目固未能預期。迨至入手之時，其字迹亦豈能遽辨。得贓多寡，竊時不知。固非若審知實銀肆行偷竊者之罪難輕貸也。臣愚以爲法宜由舊，而制貴因時。銀價既大有低昂，罪名當稍分輕重。相應請旨，將趙大即哈達郎阿一起，可否改入緩決。並請明定章程，嗣後凡辦理偷竊錢票及偷竊制錢之案，均以制錢二千合銀一兩。如此則於矜恤之中，仍復示以限制，庶更足昭平允。論者必謂各省銀價貴賤不一，則定罪豈可概從其寬。然即銀價極賤之區，每兩亦總在制錢一千以上。況放項既須爲定式，則科罪宜别具專條。刑罰世輕世重，亦惟劑其平而已。是否有當等因。

臣等遵查：此案趙大即哈達郎阿先經行竊過路人馬祥，賣錢花用，嗣有開設錢鋪之姚如漢由銀市買錢回，在路旁櫈上坐歇，將夏布大衫卷放身邊，趙大瞥見起意，糾允蔡大等行竊，共夥五人。趙大上前竊取布衫，逃至僻處查點，布衫内有黄布包錢票一綑，計京錢一千四百七十一吊，俵分各散。旋經官役拿獲，起出錢票、大錢合京錢二百二十餘千，給主認領，奏送到部，計贓七百三十五兩零，會同都察院、大理寺審明，將該犯依竊盜贓一百二十兩以上絞律，擬絞監候奏結在案。本年辦理朝審，臣等於堂議時公同商酌，該犯在輦轂重地糾伙肆竊，計事主失贓，除起獲外，尚失少京錢一千二百餘吊，按向辦章程贓逾五百兩，應入情實。即謂行竊時注意止在布衫，内卷錢票非其意料，且京城銀價每兩合錢七千有餘，計竊贓合銀僅止二百餘兩，與行竊實銀逾五百兩者有間，祇可於進呈黄册内將該犯情節詳細聲叙，恭候聖裁。兹據該協辦大學士以該犯偷竊錢票照户部通行支擬俸餉章程，以四吊合銀一兩計之，不過準銀三百餘兩，請將該犯改入緩決。臣等查竊盜案件定例，制錢一千合銀一兩，並不以銀價之貴賤另爲區别，向來辦理秋審，凡行竊逾貫之案，無論是銀是錢，均以贓逾五百兩入實，未至五百兩入緩，所有趙大即哈達郎阿一犯計贓已逾五百兩，例應入實，似未便擬緩，至與舊章不符。應仍入於情實，將該犯情節叙入黄册，恭候欽定。至所請明定章程，將偷竊錢票制錢之案均以制錢二千合銀一兩等語，臣等查計贓之法，如竊盜三犯及給没贓物、僞造印信、誆騙財物各條，均以銀十兩、錢十千或銀不及十千兼提並舉。誠以律例爲一定之經，原非爲一時一地而設，現在各省錢價貴賤不同，亦長落無定勢，不能改歸畫一。即以近京各州縣而論，每銀一兩易京錢三千上下者不一而足，若以竊贓京錢四千合銀一兩，亦不免情重法輕之弊。况臣部律例未便兩歧，倘將偷盗錢文一項照户部俸餉章程辦理，與各項計贓科罪及銀錢併計之案均有窒礙，未便逐條更改。且爲竊匪開一寬縱之門，似亦非因時制宜之道。是以上年十一月間御史張雲望奏請以京錢四千作銀一兩，經臣部奏駁，奉旨依議在案。兹該協辦大學士請將錢數合銀更定章程應毋庸議，所有臣等覆覈緣由，謹恭摺具奏請旨。咸豐七年九月初三日奏。

本日奉旨：依議，欽此。

咸豐七年十一月二十一日奏摺[一]

臣翁心存跪奏爲恭謝天恩事。本月十九日内閣奉上諭：德興阿、翁同書奏克復瓜洲一摺，翁同書贊畫機宜，躬親督隊，加恩著賞穿黄馬褂，以侍郎候補等因，欽此。竊惟瓜洲片壤，控引江淮。泥蟠久煽夫妖氛，嵎負尚稽乎天討。臣子同書韜鈐肄業，已及五年；戎幕佐籌，又逾一載。愧乏提鼓挾經之效，方滋老師糜餉之虞。兹者幸奏捷書，仰紓宸廑。奮三軍之武怒，騰驤共仗夫皇威；蹋五壘以蕩平，方略上承夫廟算。實師臣之協力，顧臣子以何功。乃蒙皇上録其微勞，優加恩命。榮膺法服，黄中輝映乎鑾鑣；特畀升階，丹悃許依夫鰲禁。凡此寵榮之溢分，非臣夢想所能期。惟有勖以小心，勉其嚴翼。勸深耕於邗上，澤霈祥霙；盼送喜於江南，功成指日。所願先摧鐵甕，耀軍容而永靖烽煙；還期合擣金陵，奏愷樂而群歌簫勺。所有微臣感激下忱，理合繕摺恭謝天恩，伏乞皇上聖鑒。謹奏。

咸豐七年十一月二十一日。

〔一〕據《知止齋遺集·知止齋摺稿偶存》整理，並酌加標題。

附一 翁同書奏摺

臣翁同書跪奏爲恭謝天恩，仰祈聖鑒事。咸豐七年十一月十九日内閣奉上諭：翁同書贊畫機宜，躬親督隊，加恩賞穿黄馬褂，以侍郎候補等因，欽此。當即恭設香案，望闕叩頭。伏念臣粗讀儒書，幸登詞館。殿前作賦，曾蒙賜綺之榮；使者采詩，再忝乘軒之選。正望長安而日近，又瞻周道以星馳。盾鼻宵磨，鬢霜秋早。鵷鴻滿臺閣，丹忱常戀乎觚棱；貂蟬出兜鍪，翠羽濫叨於幕府。劍横三尺，久溷戎容；冰朗一條，仍蹐詹尹。茲者氛銷瓜步，烽息萸灣。自惟張奂坐帷，非有珠鈐密運；即效顧榮揮扇，何嘗鐵甲親擐。覺掃穴之已遲，詎還階之敢冀。迺蒙寵頒丹綍，占協黄裳。俾裹九伐以宣威，待佐六卿而率屬。文在中也，慚無汗馬之功；安且吉兮，懼有濡鵜之刺。臣惟有感均挾纊，智竭叩囊。幕輕裘緩帶之風，勵擊揖投鞭之志。儻遂歡臚，凫藻盡脱征袍；庶幾音矢，鳳梧長依温室。

披宫錦而歸趨子舍，竊思舞學老萊；由幕僚而超拜侍郎，敢比碑書臣愈。所有微臣感激榮幸下忱，理合繕摺恭謝天恩，伏乞皇上聖鑒。謹奏。咸豐七年十一月二十九日。

硃批：知道了，欽此。

附一　德興阿、翁同書、鞠殿華奏摺

臣德興阿、臣翁同書、臣鞠殿華跪奏爲恭謝天恩，仰祈聖鑒事。竊臣等承准軍機大臣封咨，十一月二十六日由内交出，年終蒙恩賞臣德興阿福字一張、藍辮花大荷包一對、小荷包三對、銀錢四個、銀錁四個、食物七件；恩賞臣翁同書、臣鞠殿華福字各一張，每人藍辮花大荷包一對、小荷包兩對、銀錢二個、銀錁四個、食物七件。臣等當即恭設香案，望闕叩頭祇領訖。伏念臣等自顧庸才，迭邀異數。榮膺芝綍，搜箋瞻五鳳之翔；寵錫荷囊，佩袋焕雙魚之彩。泉幣則頒來圜府，經萬選而成文；殺蔌則擎出天厨，肅三薰而飽德。便蕃申錫，鐫刻寅衷。臣等喜見雲章，歡騰露布。撫年華之如駛，祝江介之早平。鴻疇敬體以錫民，燕喜益思夫飲至。賡福履而祥覘鴛翼，深慚上智於探囊；捧圜規而品别裹蹄，更沐殊榮於借箸。所有臣等感激榮幸下忱，謹合詞繕摺叩謝天恩，伏乞皇上聖鑒。謹奏。咸豐七年十二月二十六日。

硃批：知道了，欽此。

卷四十八

咸豐八年四月二十一日奏摺〔一〕

臣翁心存跪奏爲恭謝天恩事。本月十八日内閣奉上諭：此次進剿來安，乘勝急攻，迅拔縣城，辦理甚爲妥速，翁同書著交部從優議叙等因，欽此。竊惟浦口一軍，孤懸江表。既杜賊援之北竄，復防皖匪之東來。現經德興阿等三路進兵，分投迎擊。臣子同書馳抵六合，進剿來安。激揚士氣，幸戰壘之頻摧；上稟宸謨，遂堅城之迅拔。在將士固能用命，抑臣子豈足言功。迺蒙俯録微勞，特加優叙。荷綠綸之曲逮，聽鼙鼓而騰歡。臣惟有奉簡慚惶，馳書敦勖。度横江而擊檝，先登轂熟之城；臨大峴而麾幢，淨埽濡須之塢。所有微臣感激下忱，理合繕摺恭謝天恩，伏乞皇上聖鑒。謹奏。咸豐八年四月二十一日。

〔一〕據《知止齋遺集·知止齋摺稿偶存》整理，並酌加標題。

附 翁同書奏摺

臣翁同書跪奏爲恭謝天恩，仰祈聖鑒事。咸豐八年四月初九日克復來安縣城，經德興阿具摺馳奏，十八日内閣奉上諭：翁同書著交部從優議叙，欽此。准德興阿恭録咨會，欽遵前來。臣當即恭設香案，望闕叩頭。伏念臣本係文員，不諳軍務。此次馳往六合督兵防剿，事事與德興阿函商辦理。幸賴德興阿調度合宜，諸將士踴躍用命。力戰數日，即復來安。臣雖在行間，並無微勞足録。迺蒙天恩優渥，叙及涓埃。聞命之餘，倍增感悚。現在金陵逆匪窮極思竄，皖北之和州、含山、全椒、滁州各州縣近爲賊踞，逆黨尚有數萬，傳聞另股賊匪竄擾臨淮，皆係江北軍營後路。腹背受敵，喫緊萬分，賊衆兵單，路歧地廣，實覺防不勝防，剿不勝剿。臣惟有偕德興阿、鞠殿華共矢血誠，隨時籌辦，以期仰報高厚鴻慈於萬一。所有微臣感激下忱，理合繕摺恭謝天恩，伏乞皇上聖鑒。謹奏。咸豐八年五月初八日。

硃批：知道了，欽此。

〔咸豐八年四月二十六日〕請駕還宮摺〔一〕

奏爲時勢艱虞，恭請皇上還宮，以定衆志事。竊自海氛搆煽，析津戒嚴，警報日聞，群情惶惑。皇上赫然震怒，頒給僧格林沁欽差大臣關防，督辦軍務，命惠親王等專辦巡防，侍郎王茂蔭等辦理團防事宜。仰見聖謨廣遠，備禦周詳，外雖姑示羈縻，内則修明戰具。都城士庶，翹首跂足，咸謂聖駕當即日還宮。乃遲之數日，未奉明詔，私相揣度，莫測高深。臣愚以爲皇上批章召對，日理萬幾，宵旰勤勞，原與宮中無異，若遽還大内，則轉近張皇。是以斷自宸衷，示以鎮定。然而萬姓惷愚，但觀其迹，群疑易起，曉諭無從。且九門内外布置雖周，而籌畫機宜間不容髪，尤必近承廟略，斯克衆志成城。昔宋真宗澶州之役，寇準謂有前一尺，無退一寸，諸軍望見御蓋，踊躍歡呼，士氣百倍。矧鑾輅還宮，本屬舉以順動哉，至於御苑之寬閒，不若皇居之鞏固，周廬之巡徼，不如環衛之森嚴，皆在聖明洞鑒之中，無俟臣下再三之瀆也。臣無任激切待命之至，謹繕摺密陳，伏乞皇上聖鑒。謹奏。咸豐八年四月二十六日。

〔一〕據《知止齋遺集·知止齋文稿》整理，另《知止齋遺集·知止齋奏議》中亦收此文，文字相同。

[咸豐八年五月十六日]和議難成請速進剿摺[一]

奏爲逆夷狡譎，柔服難施，乞定宸謨，速伸天討事。竊惟自古帝王控制外夷，德威並用。有猾夏亂常者，則整飭六師，驅而出之於境，策之上也。其次不過戰與和二端。先戰而後和，則和可持久；先和而後戰，則戰必無功。若乃議戰議和回惑不定，人心漸涣，兵氣益衰，敵乃猝起以相乘，我已因循而自誤。宋之宣和、金之貞祐覆轍具在，可爲寒心，安危之幾不可不察。

今㖸、㗁、咈、咪四夷糾結同謀，聯艅内駛，犯我津郡，毁我炮臺，占我望海樓，進我三汊河，以逸待勞，反客爲主，神人共憤，婦孺同仇。廷議臚陳，封章盈篋，度其中亦必有一二可備芻蕘者。誠以逆夷此來心懷叵測，迥異前時，賴聖明洞察其奸，早已無微不燭。而議者猶信其止求通商牟利，苟安旦夕，日事羈縻。豈知撫馭無從，要挾益甚，往來條約雖秘而不宣，而道路傳聞實駭物聽。其條約中第一爲逆夷領事駐京，聽其擇地蓋造房屋。夫駐之云者，以上臨下之謂也。王畿爲四方之本，京師又爲首善之區，乃俾島夷小醜儼然臨之，伊古以來未有冠履倒置若此之甚者。且逆夷伎倆，每以甘言爲餌，及其得志，即肆猖狂。從前蹂躪江浙，闌入州縣城池，輒毒害其民人，狎侮其官吏。自五口通商後，在上海則刨挖墳墓，廣造夷樓，浸及蘇郡。在福建省城則占踞烏石山，築臺架炮，下瞰督撫衙署。上年竄入粤東省城，則焚燬民居，鈐束將軍、巡撫，據其公座，每事必使咨請而行。此皆已然之明效也。今又欲以此術行之京師。藉令來者不過數十人，而一經允准，即墮術中，必且以重利啗集漢奸，引類呼群，潛蹤踵至，自天津以至京師要隘河渠，出入無忌，道塗既熟，防範何從。其在九門以內者，必且徙我廬舍，擾我市廛，入我官廨，窺我倉庫，甚至睥睨闕廷，患伏肘腋，恐不止如唐時回紇使者犯含光門，逐長安令而已也。與其悔之於後，何如遏之於初；與其禁之而仍啟釁端，何如絶之而慎固封守。況此時民力困窮，道殣相望，亦不下唐建中時矣，豈可又招虎狼入室乎，此萬不可行者也。又聞欲在大江南北隨處設立馬頭，貿易貨物。長江天險，貫串荆揚，統壹寰區，倚爲襟帶，方今武漢甫完，瓜鎮甫復，金陵未下，皖省未清，若以形勝之地與外夷共之，則江淮以南非復我有，江浙財賦之地胥淪於夷，將何以立國，此又萬不可行者也。他如北限綏芬、南捐瓊甸，則蠶食上國，割地數州之説也；到處傳教，群奉耶蘇，則惑世誣民，煽誘畔逆之術也。又欲償其兵費，各夷皆妄逞誅求，此尤大不可者。今財力匱乏，饟糈殷繁，捐輸抽釐，搜括殆盡。徒以贍軍殺賊，疲甿尚能勉力輸將，若再朘民脂膏以供逆夷之歲幣，薄海士庶，誰不解體。倘一一均從其請，又何以固民心，申軍律，戡定粵賊，拯恤遺黎乎。

總之逆夷包藏禍心，蓄謀已久，勾結入犯，直欲以攻心之法兼爲薦食之謀。特以深入重地，未敢直前，聊藉和議款我，多方誤我，懈我軍心，探我虚實，而復以必不可行者脅我。一事不從，立即乘間蹈瑕，稱兵肆暴。即事事從之，臣又知其無厭之求方從兹始，即欲爲目前一日之安而不得也。

伏願宸衷獨斷，立振天威，所有夷書一概不許投遞。申命諸軍，信賞必罰，毋得退縮不前。團結沿海壯勇，作其鋭氣。現在僧格林沁布置周詳，正宜及時進剿，合力夾攻。庶幾國體可伸，京畿可固。臣又竊揆聖意早有成謨，而猶未遽施行者，祇以兵力尚未厚集耳。然兵貴拙速，不貴工遲，稍失事機，後將無及。臣非不知戰爲危事，原難操必勝之權，第逆夷愈撫愈驕，萬難俯就。則惟有同心敵愾，衆志成城，宗社式憑，天心佑助，以戰則克，可於理決之。若復加以含容，慮其決裂，外示修守，内習恬嬉，竊恐凶焰驟來，馴至不可收拾。《詩》有之：「六月棲棲，戎車既飭」，又曰「玁狁孔熾，我是用急」。彼文武之吉甫、孝友之張仲，豈不願伴奂優游，相安於無事哉，徒因焦穫涇陽，近在畿甸，寇鋒已迫，義難苟安耳。今日時勢，實類於是。臣愚陋迂疏，不達權變，安危所在，不敢不激切直陳，伏乞皇上聖明裁奪。謹奏。咸豐八年五月十六日。

〔一〕據《知止齋遺集·知止齋文稿》整理，另《知止齋遺集·知止齋奏議》中亦收此文，文字相同。

咸豐八年五月十七日奏摺〔一〕

臣翁心存跪奏爲恭謝天恩事。本月十六日内閣奉上諭：翁心存著充上書房總師傅，欽此。竊臣一經粗習，六藝未通。夙邀誨育之殷，渥荷生成之厚。念卅載趨公之迹，周行恒懔夫准繩；溯三天侍講之時，聖學莫窺夫涯涘。兹復仰蒙恩命，俾直禁廷。省微分而增慚，企前修而滋懼。伏念學以誠意正心爲本，功貴合乎知行；識以明體達用爲宗，原必探乎經史。撫散材之漸朽，恐舊業之彌蕪。臣惟有倍矢敬共，益嚴踐履。精心自勵，庶幾比潔冰壺；古訓是遵，非僅不言温樹。所有微臣感激下忱，謹繕摺恭謝天恩，伏乞皇上聖鑒。謹奏。咸豐八年五月十七日。

〔一〕據《知止齋遺集·知止齋摺稿偶存》整理，並酌加標題。

〔咸豐八年五月十七〕奏爲戰宜先發兵貴出奇謹披瀝密陳仰祈宸斷事〔一〕

竊臣等因暎、咈兩夷要求無厭，籲懇天恩激勵津民剿而後撫，業經各抒管見，先後具陳。荷蒙皇上不棄芻蕘，俯加採擇。從此津民獻馘之日，即夷酋弭首之機。然用剿之道不止一端，而剿夷之法尤與尋常兵事迥異，臣等不敢辭瑣瀆之咎，敬爲皇上一再陳之。

當夷舡停泊大沽，津那練勇非不整齊，而初八日之戰，一聞炮聲，相率駭走，非民力之不可恃，實遲回不決，失其可乘之機也。蓋欲戰而不即戰，其致敗之道。有亦風聲洩漏，敵人得以準備，一也；日久怒消，民心漸忘仇衅，二也；集千人萬人于一郡，聚處則轉啟戎心，散處則不能驟聚，三也；倉猝遇變，號令不能復行，四也；炮大猛烈，不得更近夷舡一步，五也；長驅入城，閉門置炮，我無用武之地，六也。議者知剿之必不能免，而遲遲以待夷人之決裂，不知夷人一發呼吸之間，不容措手，我已先處于不能勝，必致一接而潰，歸咎于戰，徒使夷人益輕津民，而委曲順夷之輩，轉得反唇相稽。必有謂主剿之説實肇此衅者，臣等議剿之人負疚固所不惜，其如撫局愈不成，國事遂不可問何。

臣等愚見，以爲不剿則已，欲剿則當先發，不可仍託待衅之名，而受後著之害。此時夷人驕滿已極，聞其每夜回船，一人出艙向西念誦，數十人持香後隨，繞船數匝，即露宿艙面，鼾如牛，此可襲而殲之也。其初到津時，見長衣纓帽之人必用鎗擊，近則乘轎往來，以二三百人前導，不復禁人觀看，此可突而執之也。乘馬夷人不過一二名，四出繪圖，近則數里，遠則十餘里，後無繼者，此又可掩而捕之也。風日炎燥，望海樓四面衡宇相接，一炬而焚之，咫尺之地不足惜也。其舡不相聯屬，爲避火攻，當黑夜風雨之時，用敢死之士潛登其舟，突起擊刺，他舡不能相救，殺一夷即少一夷，數十無賴之徒不足惜也。泅水夷人離船至三四里外洗浴，有閲數時始回者，則雁户可用也。所占雲家窑四村至三百餘間，近有滄州回民五百名潛住左近，官遣之不肯去，則回民可用也。鹽務脚販之夫現因失業，麕集津城者千計，若許以得船充賞，貨物任取，則鹽販可用也。澳門有置毒于食物以斃夷者，寧波有買囑幼孩誘與痛飲而擠使落水者。凡此多方以誤之，數驚以擾之，總以先發爲制勝之道。蓋用兵以爲防，防則宜于應敵，用民以爲剿，剿則宜于制敵，若仍託激勵之虚文，布置之下策，則炮臺之禍立見於崇朝，竊恐噬臍無及矣。至於避炮之法，臣劉成忠前次條陳皆係親歷之言，伏乞飭發該那團練，使之講求，則膽氣愈壯，似亦不無小補。臣等昨因會議面晤密商，意見相同，謹再合詞恭摺密陳，伏乞聖鑒。謹奏。

再：聞督臣譚廷襄自初八日敗後，津民皆有輕視之意，近復出示禁止居民，不准傷損夷人，以致人心不服，至有乘其出門尾而姍笑之者。若仍令其督辦民練，誠恐不能得力，且一經交仗，如桂良、花沙納、譚廷襄等大員在彼，必有投鼠忌器之心，轉致有所牽制。可否飭令暫離津郡，將用民剿夷之事責成總兵李志和、知府石贊清、知縣尹佩玱、商人張錦文籌辦，此數人者皆能與民相信，可以得其死力。用民非用兵可比，官秩之崇卑似可不論也。至俄夷、咪夷並無桀驁之迹，尤當約束津民，勿令誤傷，使諸夷知怨有攸歸，將來議撫之時仍可藉以爲用。是否有當，謹附片密奏。咸豐八年五月十七日。

附翁同龢記：此摺與大學士周祖培及各科道同上，未知奉有諭旨否，龢記。

〔一〕據《知止齋遺集·知止齋奏議》整理。

咸豐八年五月二十六日奏摺〔一〕

臣翁心存跪奏爲懇恩賞假事。竊臣近日肝胃舊疾復發，腰脅疼痛，頭暈足弱，仍逐日力疾趨公，不敢稍懈。昨又觸受暑邪，寒熱陡作，嘔逆泄瀉，精神委頓，難以支持。部務殷繁，實深焦灼。惟有仰懇天恩，給假十日，俾得趕緊調治，一俟稍痊，即當銷假供職。理合繕摺具奏，伏乞皇上聖鑒。謹奏。咸豐八年五月二十六日。

〔一〕據《知止齋遺集·知止齋摺稿偶存》整理，并酌加標題。

咸豐八年六月十五日奏摺〔一〕

臣翁心存跪奏爲恭謝天恩事。本月十三日内閣奉上諭：翁同書著補授安徽巡撫，督辦軍務，欽此。竊臣子同書本無實學，濫玷清班。既吏事之未嫻，復治軍之鮮效。聽軍聲於揚子，尚傳洞浦之宵烽；望山色於皖公，遥隔清流之戰壘。徒擊横江之檝，僅踰石磧之橋。六年未著寸功，五夜方深内疚。迺復仰蒙簡命，特畀封圻。仍膺專閫之司，俾督諸軍之務。力微任重，兢惕何涯。伏念皖省情形，凋殘已極。兵驕而不戢，糧乏而寡援。孤軍株守於一隅，群盜蔓延於四境。凡兹千里江淮之蕭索，時切九重宵旰之疇咨。是宜老成碩望與爲拊循，豈其末學銓材所能勝任。臣惟有勖其仰承廟算，下體輿情。力矢清勤，勉爲忠孝。民聽不惑，庶漸收已涣之人心；師克在和，期立奮同仇於天討。所有微臣感激下忱，謹繕摺恭謝天恩，伏乞皇上聖鑒。謹奏。咸豐八年六月十五日。

〔一〕據《知止齋遺集·知止齋摺稿偶存》整理，並酌加標題。

附　翁同書奏摺二道

新授安徽巡撫臣翁同書跪奏爲恭謝天恩，仰祈聖鑒事。本月二十日准德興阿咨開咸豐八年六月十三日内閣奉上諭：翁同書著補授安徽巡撫，督辦軍務，欽此。當即恭設香案，望闕叩頭祇謝。竊臣菰蘆下士，樗櫟庸材。咸豐三年以侍講學士馳抵揚營，忝膺聖主特達之知，洊躋詹事府兼佐戎旃。上年冬間攻克瓜洲，奉旨以侍郎候補，並賞穿黄馬褂。涓埃未效，兢惕方深。兹復仰蒙簡擢，俾撫巖疆，並授以督辦軍務重任。聞命之餘，悚惶無地。伏念皖省列郡跨越大江，今巡撫所治者僅有皖北，而皖北州郡近日又多淪陷，粤逆與捻匪勢將合而爲一，廬郡孤懸，情形岌岌。前任撫臣福濟揚歷有年，悉心經畫，猶以兵單餉絀未能迅速蕆功。況臣佔畢儒生，驟膺重寄，當此萬難支持之際，深恐力小任重，上負幬載鴻慈。惟是時值其難，正臣下勉矢靖共，力圖報效之日，亦何敢畏難退諉，暴棄自甘。惟有殫竭血誠，力圖振作，庶幾盡一分之心力，或可期一分之效驗，藉以仰答高厚生成於萬一。至江北一軍，前遏金陵逆巢竄逸之路，後爲滁全外援奔突之衝，刻下軍情與廬營同一喫重。臣抵任之日自當與德興阿、鞠殿華隨時函商，合力堵剿。德興阿軍營文案現經遴派朱履恒、孔繼鑅二員辦理，該二員品學俱優，均屬可靠，可以上紓宸念。臣現與德興阿、鞠殿華商議一切，俟部署已定，即當遵旨酌帶官兵馳赴新任。所有微臣感激惶恐下忱，理合繕摺恭謝天恩，並因事關軍務，由驛五百里具奏，伏乞皇上聖鑒。謹奏。咸豐八年六月二十四日。

咸豐八年七月初二日奉硃批：知道了，欽此。

再：刻下軍務倥偬，臣惟以滅賊爲心，不敢循例奏請陛見，更不敢以家事爲念。惟是臣有肺腑之私，不得不先陳於聖主之前者。臣雖久任京秩，馳驅十載，尚未得瞻仰天顔，依戀闕廷，至今莫釋。又臣於道光二十一年在編修任内乞假回籍，迄今已閲十有七載。今臣之父母皆在京師，年皆已近七旬，而臣母尤時多疾病，每一念及，寤寐難安。本期早克金陵，肅清江上，凱旋之日，既得以近光供職，亦得以侍養娱親，在臣下忱可爲至願。兹蒙天恩優渥，授以封疆重任，實非夢想所敢期。以臣之愚，揆度時勢，雖皖北軍情正當喫緊，而北有勝保、袁甲三，南有德興阿、鞠殿華，並能公忠任事，犄角圖功，加以楚師水陸東下，都興阿、李續賓、楊載福分道齊驅，更足使賊破膽，誠如聖諭，攻剿可期得力。臣必當和衷共事，以期早奏膚功。倘遂能迅埽逆氛，臣即當具摺奏請進京，泥首宫門，面聆訓誨，並求賞給京秩，以遂臣烏鳥之私。則臣感荷皇仁，淪肌浹髓，更無涯涘矣。臣甫膺恩命，本不當以此瀆陳，惟念三代盛時，凡臣子難言之隱，無不可以上達。而臣就日望雲之志，實已藴結有年，爲此附片籲陳，伏乞聖鑒，無任依戀屏營之至，謹奏。

咸豐八年七月初二日奉硃批：知道了，俟逆氛肅清，候朕酌度，欽此。

幫辦軍務安徽巡撫臣翁同書跪奏爲奉旨幫辦軍務，恭謝天恩，仰祈聖鑒事。竊臣承准軍機處恭録行知，咸豐八年七月二十三日内閣奉上諭：厢黄旗蒙古都統勝保著頒給欽差大臣關防，督辦安徽全省軍務，安徽巡撫翁同書著幫辦軍務等因，欽此。伏念臣通籍以來，十有九載，父子兄弟並沐殊恩。臣無頗、牧之才，而以詞臣居軍幕；無范、韓之望，而以詹尹贊戎機。上年瓜洲克復，蒙恩以侍郎候補，並賞穿黄馬褂。本年夏間攻克來安縣城，奉旨下部優叙，旋授安徽巡撫。高厚鴻慈有加無已。臣聞命後束裝冒暑，力疾起程。問途虎落之間，叱馭狼煙之側。入皖境而廬垣已陷，抵梁園而潰卒難收。不自意全，若有天幸。茲蒙皇上俯鑒廬營疲敝，特簡勝保視師，而以臣幫辦軍務。伏念勝保久總師干，必能使孱軍頓壯。微臣忝膺疆寄，猶欲期危地復安。惟有盡心力而爲之，斷不敢因時事至難稍存退諉。所有微臣感激下忱，理合繕摺恭謝天恩，伏乞皇上聖鑒。謹奏。咸豐八年八月初三日。

咸豐八年九月十六日奉硃批：知道了，欽此。

咸豐八年六月二十三日奏摺[一]

臣翁心存跪奏爲恭謝天恩事。本月二十二日内閣奉上諭：陝西副考官著翁同龢去，欽此。竊臣曾持玉尺，屢奉英函。學有愧於傳薪，教尤慚於式穀。臣子同龢濫登上第，已玷清班。方肄業於蓬瀛，正讀書於芸館。一經甫習，既蛾術之多疏；五善未諳，豈駪征之克稱。迺復渥承恩命，典試秦中。荷稠疊之隆施，益悚惶而内疚。伏念河華萃英靈之氣，鍾毓必生偉材；關隴爲理學之宗，樸樕可覘實行。當旁求之正切，恐掄擇之難工。臣惟有勖以小心，勉其勵翼。所冀因文見道，益勤衡量於再三；庶幾爲國得人，稍答高深於萬一。所有微臣感悚下忱，謹繕摺率臣子同龢泥首宫門，叩謝天恩，伏乞皇上聖鑒。謹奏。咸豐八年六月二十三日。

〔一〕據《知止齋遺集·知止齋摺稿偶存》整理，並酌加標題。

咸豐八年八月初四日奏摺〔一〕

臣翁心存跪奏爲恭謝天恩事。本月初三日内閣奉上諭：陝甘學政著翁同龢去，欽此。竊臣教慚式穀，學愧傳薪。持英簜以掄才，敢望箕裘之貽後。臣子同龢仰蒙鴻造，初與駪征。慮衡鑑之未明，懼涓埃之無補。兹復渥邀巽命，督學陝甘。荷稠疊之隆施，倍屏營而增惕。伏念秦隴爲昌明正學之區，學政有教育人材之責。苟清勤之未至，即表率以無方。臣惟有誨以嚴慎關防，勖以虚公甄拔。舉成規以切示，俾益勵宣揚風化之心；期盡職而無愆，庶上酬高厚生成之德。所有微臣感激下忱，謹繕摺恭謝天恩，伏乞皇上聖鑒。謹奏。咸豐八年八月初四日。

〔一〕據《知止齋遺集·知止齋摺稿偶存》整理，並酌加標題。

附　翁同龢奏摺

新授陝甘學政、翰林院修撰臣翁同龢跪奏爲恭謝天恩事。竊臣接准監臨巡撫臣曾望顔遞到禮部移咨，八月初四日内閣奉上諭：陝甘學政著翁同龢去，該員現出試差，著赴新任，不必來京請訓等因，欽此。竊臣濫登科目，猶有蓬心。甫窺芸館之書，未奏蘭臺之賦。荷天上龍光之錫，遽佐冰衡；念門前鵠立之時，真慚墨汁。乃寵命甫逾乎匝月，選掄更忝乎三秦。聽天語之傳來，撫臣衷而滋疚。伏念關隴爲九州之奥宅，馬班實千古之詞宗。惟此邦不乏人文，豈末學所能造就。臣惟有慎重關防，剔除弊竇。宣揚風化，甄拔真材。近文章而厲廉隅，用溥作人之盛治；先器識而後才藝，敢忘服古之微忱。期勉竭夫駑駘，庶仰酬夫鴻造。所有微臣感悚下忱，謹繕摺恭謝天恩，伏乞皇上聖鑒。謹奏。咸豐八年八月十六日。

硃批：知道了。

再：臣現在闈中校閲未畢，尚未接印任事，此次摺件係借用監臨撫臣曾望顔印花，合併聲明。謹奏。

硃批：覽。

咸豐八年九月十一日奏摺〔一〕

新授大學士、管理户部事務臣翁心存跪奏爲恭謝天恩事。本月初十日内閣奉上諭：翁心存著補授大學士，管理户部事務，欽此。竊臣賦材愚陋，殖學迂疏。衰庸濫玷於鵷行，教養渥承夫鴻造。參知忝列，陳綱紀而未能；農部旋移，判度支而鮮術。冰淵惕志，夙夜疚心。迺復仰荷隆施，特頒恩命。俾晋綸扉之秩，兼持邦賦之衡。寵錫自天，悚惶無地。伏念治理貴探其本，欲安民尤在知人；修和貴握其原，欲厚生必先正德。如臣檮昧，詎克贊襄。惟有倍矢小心，務持大體。思其艱以圖其易，敢疏循省於再三；慎厥始而惟厥終，冀答高深於萬一。所有微臣感激下忱，謹繕摺恭謝天恩，伏乞皇上聖鑒。謹奏。咸豐八年九月十一日。

〔一〕據《知止齋遺集·知止齋摺稿偶存》整理，並酌加標題。

咸豐八年九月臣翁心存跪奏爲恭謝天恩〔一〕

臣翁心存跪奏爲恭謝天恩事。本月初九日順天鄉試榜發，臣孫曾翰中式第八十八名舉人。竊臣家承芸帙，世守蓬樞。詒謀愧七業之興，述德乏一經之教。臣孫曾翰年猶稺弱，質更顓蒙。寸莛莫藉以扣鐘，咫角未嫺乎服䩞。鑠闈入試，濫隨鵠立之班；桂籍書升，倖聽鹿鳴之奏。沐九霄之雨露，九秋喜際夫清華；衍三世之科名，三省倍深夫敬恪。荷聖慈之廣被，食舊德以懷慚。臣惟有訓以讀書，勖其立品。矢寸丹以自勵，期無負盛朝教養之隆；願清白以相承，庶仰酬大造生成之厚。所有微臣感激下忱，理合繕摺具奏，謹率同臣孫曾翰泥首宫門叩謝天恩，伏乞皇上聖鑒。謹奏。

〔一〕據《知止齋遺集·知止齋摺稿偶存》整理，並酌加標題。

咸豐八年九月二十二日奏摺〔一〕

臣翁心存跪奏爲恭謝天恩事。本月二十一日奉硃筆：翁心存著爲體仁閣大學士，欽此。竊臣賦才最下，受恩至深。渥承丹綍之宣，忝進黄扉之秩。俾勤修夫政事，仍兼綜夫度支。慮稱職以未能，方撫衷而增惕。兹復重申巽命，寵授新銜。雨露頻霑，冰淵彌懔。仰體元於宸極，何以承弼乎一人；遍仁育於寰區，何以式敷乎萬姓。每顧名而思義，愈循分以難安。臣惟有夙夜不遑，靖共匪懈。繹四德長人之訓，益欽治體之崇閎；演九疇錫福之原，共樂深仁之廣被。所有微臣感激下忱，謹繕摺恭謝天恩，伏乞皇上聖鑒。謹奏。咸豐八年九月二十二日。

〔一〕據《知止齋遺集·知止齋摺稿偶存》整理，並酌加標題。

附　翁同龢奏摺二道

陝甘學政、翰林院修撰臣翁同龢跪奏爲恭報微臣到任接印日期，仰祈聖鑒事。竊臣渥邀簡命，典試陝西，入闈後接准禮部來文，八月初四日内閣奉上諭：陝甘學政著翁同龢去，欽此。當即繕摺恭謝天恩，奉硃批：知道了，欽此。嗣於十月初四日馳抵三原，初七日准前任學政臣孫如僅委員齎送欽頒學政關防並書籍、文案、卷宗前來。臣當即恭設香案，望闕叩頭，祇領任事。伏念學政有宣揚風化、遴拔人材之責。黜華崇實，稱職綦難。臣學殖迂疏，才識淺陋。惟有隨時釐剔，遇事講求。務期士習日端，文風益茂。以仰答高厚鴻慈於萬一。至考試一切事宜，臣當次第舉行，隨時具奏。所有微臣到任接印日期，除恭疏題報外，理合敬謹繕摺具奏，伏乞皇上聖鑒。謹奏。咸豐八年十月初七日。

硃批：知道了。

再：臣於九月初六日鄉試榜發後，即應馳赴三原接印任事。緣臣入闈時積受暑濕，忽患足疾，維時校閲正嚴，關防喫緊，未便令外簾官醫入簾診視。遂檢陳方，誤設峻劑，益覺腫脹不能動履。撤闈以後，即在西安省城延醫調理，幾及一月，始見漸痊。所有微臣因病接印稍遲緣由，理合附片陳明，伏乞皇上聖鑒。謹奏。

硃批：知道了。

陝甘學政臣翁同龢跪奏爲微臣感患足疾，懇恩開缺調理事。竊臣奉命典試陝西，入闈後即患足疾，維時校閲正嚴，關防喫緊，未便令官醫入簾診視。自檢陳方，誤投峻利之劑。撤闈以後調理一月，始獲就痊。十月初旬馳赴三原學政衙門接印視事，當將到任稍遲緣由附片陳明。奉硃批：知道了，欽此。十月二十八日按試鳳郡，十二月初一日接考乾州，將次完竣，校試武生騎射時忽感山風，足疾復發。雖精神尚克如常，而動履頗形竭蹷。遍詢諸醫，或云心腎不交，或云濕熱下注，補瀉雜投，未見效驗。伏思學政有剔除弊竇，遴拔真材之責。臣於按試各郡時終日稽查，通宵校閲，兢兢慄慄，尚慮不能稱職。且陝甘事隸兩省，多歲科並考之處，若使在署調理，尤恐有誤試期。輾轉思維，不勝焦急。惟有據實陳明，仰懇天恩俯准開缺回京，趕緊調理，一俟稍痊，即行銷假供職。所有微臣感患足疾情形，謹繕摺瀝陳，伏乞皇上聖鑒。謹奏。咸豐八年十二月△日。

［咸豐九年正月廿九日］議駁大理寺少卿湯修條陳軍務省分鄉試疏[一]

奏爲遵旨速議具奏事。本月十五日，大理寺少卿湯修條陳軍務省分鄉試事宜一摺，奉硃批：原議大學士九卿等妥速議奏，欽此。

竊維三歲賓興，爲掄才之大典，成法具在。其所以優恤士子，整飭場規者，至周且備。近年辦理軍務各省暫請停緩鄉試，一經地方平靖，次第奏請補行。誠以科場事重，固未敢稍事延緩，亦未敢輕議變更也。今該少卿奏請各府分試，自因慶榜既開，即望恩施遍及，故爲此權宜之計，而不自知其煩碎難行也。

鄉試之制，必合一省之士而試之，取其文之合格者貢之於朝，故謂之舉人。有巡撫以爲之監臨，有司道以爲之監試、提調，下逮印委各員、内外簾，各共厥職，糾察周巡，關防尚恐未密。若各府分試，必至散漫難稽，其難行一也。貢院坐號不敷，或有支搭席號者，考棚規制，與席號相仿，原可借用，第席號未必三場俱坐，而兹須一律通編，連几接案，閱九晰宵，風雨斜侵，寢食俱廢，恐槖筆入試者未必能堪，其難行二也。每省正副考官例止二員，豈能遍歷各府，累月窮年。分棚考試，其本省同考各官若皆隨行，則舟車供億之煩，不勝騷擾，其難行三也。各省歲科試場規原與鄉試略同，惟糊名易書之制未備，今若添設受卷、彌封、謄録、對讀各所，則考棚地隘難容，若盡去之，則易滋流弊，其難行四也。流寓士人隨在寄考，其身家籍貫何從稽核，其難行五也。

且人材難以地限，如按學額多少酌量分派，將文風較優之處或有遺珠，而文風稍次者反得濫竽充數，是該少卿欲求恩施之厚而轉薄也。軍務省分，現雖不能舉行鄉試，而烽煙一靖，不獨正科可補，即恩科廣額亦必一一補行，合省士人皆可懷才待舉。若分府考試，則未經收復地方士子斷不能赴試，而一二完善之區已得即時蒙澤，將來一律肅清，勢不能爲未考府分特簡使臣，再設一科，以教澤覃敷之曠典，乃致一方，未免向隅，是該少卿欲求恩施之廣而轉狹也。至於府城尚未收復者，所屬州縣更難設法考校，尤不待言矣。且國家取士，所以遴選英才，非以取悦庸衆；士人爲學，所以敦品勵節，非以干禄梯榮。該少卿所稱「安分讀書者心灰於力學，小才思逞者計出於爲非」等語，措詞未免過當。我聖朝德澤涵濡二百餘年之深，士子略明義理者，何至因就試稍遲便生觖望乎。總之取人固亟於旁求，而行政必施之以漸。現在軍務省分雖情形不一，而地方有司攻剿防堵，斷無暇兼辦科場，貢監生員轉徙流離，亦不能專事文藝。指日各省次第戡定，即可舉行曠典。如上年河南、湖北等省鄉試均已補行，是其明證。正不必輕議更張，致多窒礙也。該少卿所奏應毋庸議。所有臣等遵旨速議緣由，謹繕摺具奏。咸豐九年正月廿九日。

〔一〕該文《知止齋遺集·知止齋文稿》第四册録有草稿，《知止齋遺集·知止齋文賸稿》録有定稿，今據定稿。

咸豐九年四月初二日奏摺〔一〕

臣翁心存跪奏爲微臣偶感時疾，懇恩給假調理事。竊臣積受風邪，兼觸穢氣，濕痰壅滯，肝胃不調，偏左手足時形麻木，不敢自逸，仍勉力趨公。三月二十九日入署治事，回寓後陡覺寒熱嘔逆，汗出不止，頭目暈轉，不能行立，精神委頓，實難支持。惟有仰懇天恩，給假十日，俾得趕緊調治，一俟稍痊，即當銷假供職。所有微臣感疾乞假緣由，理合繕摺具奏，伏乞皇上聖鑒。謹奏。咸豐九年四月初二日。

〔一〕據《知止齋遺集·知止齋摺稿偶存》整理，並酌加標題。

咸豐九年四月十二日奏摺〔一〕

臣翁心存跪奏爲微臣疾尚未痊，續請賞假調理事。竊臣前因感冒風寒，奏請給假，仰蒙恩准賞假十日，當即延醫診視。連服祛風消痰之劑，屢得透汗，外邪漸退，而肝木太旺，心火上炎，頭暈目昏，耳鳴氣喘。加以左膝酸軟，不能起跪。節逢立夏，右臂舊傷舉發，異常疼痛，運動不靈，氣血日漸就衰，藥力驟難見效，浹旬卧疾，焦灼萬分。惟有仰懇天恩，再行賞假十日，俾得從容調理，一俟少痊，即當銷假供職。所有微臣續行請假緣由，謹繕摺具奏，伏乞皇上聖鑒。謹奏。咸豐九年四月十二日。

〔一〕據《知止齋遺集·知止齋摺稿偶存》整理，並酌加標題。

咸豐九年四月二十二日奏摺〔一〕

臣翁心存跪奏爲微臣病久未愈，據實瀝陳，籲懇天恩開缺調理，仰祈聖鑒事。竊臣因病兩次具摺請假，均蒙恩准。感激之下，悚惕彌深。近日連服清補之劑，尚與病癥相投。惟元氣太虧，急切未能見效。肝木克脾，飲食少進。濕痰凝滯胸鬲，心火又復上衝。以致頭目眴暈日甚，視物旋轉模糊。心跳耳鳴，氣喘汗出，精神恍惚，不能自持。右臂拘攣，運動不靈。右脅疼痛，左骰牽制，足心俱形麻木，行立坐卧輒須扶杖需人。欲求速愈而病勢轉增，焦灼之衷，難以言喻。伏念臣年雖已六十有九，而平時尚勉力趨公，日日進署商榷公事。兹當户部籌餉殷繁之際，而臣獨曠職兼旬。伏枕捫心，難安寢食。且現屆新進士殿試、庶吉士散館引見，内閣翰林院衙門均有應辦事件。臣假期已滿，疾尚未瘳，不能竭蹶將事，負疚益深。再四思維，不敢屢請展假。惟有仰懇天恩，賞准開缺，俾臣專心靜養，從容調理，倘荷鴻慈福芘，病體得就速痊，即當泥首宫門，叩求賞給差使。所有微臣病久未愈，籲請開缺緣由，謹繕摺瀝陳，不勝惶悚待命之至。伏乞皇上聖鑒。謹奏。咸豐九年四月二十二日。

咸豐九年四月二十二日奉硃批：卿總理部務，深資倚任，著賞假一個月安心靜攝，不必開缺，欽此。

〔一〕據《知止齋遺集·知止齋摺稿偶存》整理，並酌加標題。

咸豐九年四月二十三日奏摺〔一〕

臣翁心存跪奏爲恭謝天恩事。本月二十二日臣因病久未愈，具摺籲請開缺，奉硃批：卿總理部務，深資倚任，著賞假一個月安心靜攝，不必開缺，欽此。恭讀丹毫，莫名感激。伏念臣才識庸愚，遭逢恩遇至優極渥。近雖年力衰頹，何敢自安暇逸。每思以勤補拙，竭力趨公。無如入夏以來，感冒時疾，以致牽動舊癥，藥力驟難見功。屢次奏請給假，自維曠職兼旬，是以陳請開缺，私衷焦灼，惶悚萬分。迺蒙聖慈曲逮，逾格優容，賞假一月，諭令安心靜攝。臣何人斯，膺茲恩眷。惟有勉遵訓勵，靜養心神。儻諸病得就速痊，即當銷假供職，以冀殫竭愚誠，稍答高厚生於成萬一。所有微臣感激下忱，謹繕摺叩謝天恩，伏乞皇上聖鑒。謹奏。咸豐九年四月二十三日。

〔一〕據《知止齋遺集·知止齋摺稿偶存》整理，並酌加標題。

咸豐九年五月初三日奏摺〔一〕

臣翁心存跪奏爲恭謝天恩，仰祈聖鑒事，本月初一日内閣奉硃筆：著翁心存教習庶吉士，欽此。竊臣資同蒲柳，班綴蓬萊。每慚金殿之論思，深忝鑾坡之侍從。卅八載迴翔禁近，未報涓埃；十九科倖沐恩榮，敢言津逮。況直采薪而在告，正當行藥而繙方。舊學荒蕪，私衷恂愗。迺復仰承恩命，俾課清班。良辰欣遇乎天中，多士群依乎日下。因念詞林之根柢，當以經訓爲菑畬。固期華國文章，尤貴爲時楨幹。臣惟有講求實學，力屏浮華。澤以詩書，偕之大道。焚香薦士，願矢冰淵自勵之心；鑄劍歸農。共賡寰海承平之賦。再：微臣因病蒙恩賞假一月，現在趕緊調理，尚未就痊，所有感激下忱，理合具摺先行叩謝天恩，伏乞皇上聖鑒。謹奏。咸豐九年五月初三日。

〔一〕據《知止齋遺集·知止齋摺稿偶存》整理，並酌加標題。

咸豐九年五月十六日奏摺〔一〕

臣翁心存跪奏爲恭謝天恩事。本月十四日内閣奉上諭：國史館臣工列傳覆加編纂查改畫一，現在全書一律完竣，所有在館各員自應分别奬叙，前充總纂官安徽巡撫翁同書著交部從優議叙等因，欽此。竊臣濫司寶笈，謬掌蘭臺。愧無燕翼之詒，豈有鳳毛之譽。臣子同書學疲十駕，才乏三長。夙懷鉛槧於詞林，曾效編摩於史館。十年橐筆，旋繙牙帳韜鈐；七載論兵，久謝玉堂鈐索。兹值新編之成帙，兼臚舊史以分程。迺蒙聖主俯念微勞，渥加優叙。荷殊恩之溥被，益循分而難安。臣惟有矢志靖共，貽書敦勖。所願投戈講藝，文武各獻其丹忱；還期酌水勵清，父子無慚於青史。再：微臣因病蒙恩賞假一月，現在服藥靜養，仍急切未能就痊，合併聲明。所有感激下忱，理合繕摺先行恭謝天恩，伏乞皇上聖鑒。謹奏。咸豐九年五月十六日。

〔一〕據《知止齋遺集·知止齋摺稿偶存》整理，並酌加標題。

咸豐九年五月二十二日奏摺[一]

臣翁心存跪奏爲微臣病久未愈，謹再據實瀝陳，叩懇天恩，賞准開缺，以重職守而免貽誤，仰祈聖鑒事。竊臣因兩次假滿，疾尚未痊，於四月二十二日奏請開缺，欽奉硃批：卿總理部務，深資倚任，著賞假一個月安心靜攝，不必開缺，欽此。臣何人斯，膺兹殊寵。跪讀之下，感激涕零。當即恪遵恩旨，安心靜養。連進參苓芪朮等大補之劑，肝胃稍和，飲食亦漸知味。無如藥力雖效，而元氣太虧，目眯耳聾，頭暈不止，濕痰蒙包心絡，正午即倦而思卧，六脈時時停歇，心神恍惚，事多遺忘，偶繹尋常文義，亦必思索良久，始能貫通，至左髀重膇，右足軟弱，雖係舊疾，近更支離，非特起跪不能，即行步亦需人扶掖。醫家僉謂臣痰盛氣虚，外强中弱，故一病之後即諸疾畢臻，非旦夕所能痊愈。現在假期又屆，焦灼莫可名言。伏念臣一介庸愚，遭逢聖主特達之知，至優極渥，捐縻頂踵，未足云酬。值此時事艱難，民生凋敝，臣雖迂陋，尚思竭尺寸之力，以報朝廷，豈敢自外生成，稍圖暇逸。所憾臣病日增，臣年已老，報國之悃忱雖切，而頹齡之精力頓衰。既不能力疾趨公，竭蹶從事；又何敢以病軀戀棧，瘝曠貽譏。再四思維，若不據實瀝陳，則上負聖恩，臣罪滋大。惟有仰懇天恩，俯准將臣一切差使悉予開缺，庶公事不致日久曠誤，臣仰荷鴻慈福庇，得以調理就痊，仍即起病叩求賞給差使，以勉效駑駘之報。所有微臣病久未愈，籲請開缺緣由，謹繕摺瀆陳，伏乞皇上聖鑒，臣不勝悚惶待命之至。謹奏。咸豐九年五月二十二日。

〔一〕據《知止齋遺集·知止齋摺稿偶存》整理，並酌加標題。

咸豐九年五月二十三日奏摺〔一〕

前任大學士臣翁心存跪奏爲恭謝天恩，仰祈聖鑒事，本月二十二日内閣奉上諭：翁心存奏病久未愈，再據實瀝陳，懇請開缺一摺，翁心存著准其開缺，安心調理，欽此。伏念臣吴中下士，江左陋儒。猥以一介庸愚，渥荷九重知遇。恩深莫報，任重難勝。方思勉竭悃忱，稍酬高厚。不圖一病，遂至五旬。腰足支離，精神衰憊。終日恒思偃卧，遇事輒即遺忘。備形老景龍鍾，自愧虚糜駑棧。是以瀝情籲懇，具摺瀆陳，懼蹈愆尤，彌深惕息。迺荷聖恩優渥，體恤周詳，賞准開缺安心調理。臣惟有從容醫治，静攝心神，倘孱質得以就痊，即衰年猶思圖報。延桑榆之暮景，長承雨露之深仁；傾葵藿之微誠，彌望雲霄而增戀。所有微臣感激下忱，謹繕摺叩謝天恩，伏乞皇上聖鑒。謹奏。咸豐九年五月二十三日。

〔一〕據《知止齋遺集·知止齋摺稿偶存》整理，並酌加標題。

咸豐九年八月二十九日奏摺[一]

前任大學士臣翁心存跪奏爲恭謝天恩事。本月二十七日兵部以臣子候補主事翁同爵帶領引見，奉旨兵部職方司漢主事員缺著翁同爵補授，欽此。竊臣自維衰質，渥被厚恩。報未竭夫涓埃，教有慚於啟迪。臣子同爵駑駘下乘，樗櫟庸材。叨隨任子之班，未識服官之要。入兵曹而肄習，甫九載以趨公；佐司士而簡稽，無一長之足録。徒糜冗食，殊愧濫竽。迺復仰荷恩施，准補實缺。臣惟有加之策勵，勖以慎勤。俾勉矢夫蟻忱，冀稍酬夫鴻造。所有微臣感激下忱，理合專摺恭謝天恩，伏乞皇上聖鑒。謹奏。咸豐九年八月二十九日。

〔一〕據《知止齋遺集·知止齋摺稿偶存》整理，並酌加標題。

咸豐九年十二月初一日奏摺[一]

前任大學士臣翁心存跪奏爲恭謝天恩事。十一月二十九日，臣孫曾源由吏部帶領引見，奉旨記名以國子監學正學録用，欽此。竊臣材同樗櫟，景迫桑榆。未能奉職於當官，尤乏詒謀以迪後。臣孫曾源年踰弱冠，學未成章。夙蒙懋賞以世延，忝附賢書而名列。昨以儲材太學，欣逢特試銓曹。慮屬草之末工，倖前茅之備選。得近光於玉陛，濫隨逢掖之班；荷寵記於丹毫，許遂橫經之願。恩深逾格，感極增慚。臣惟有勖以讀書，教之立品。益加淬勵，無負成均樂育之勤；共矢觀摩，稍酬大造栽培之厚。所有微臣感激下忱，理合專摺叩謝天恩，伏乞皇上聖鑒。謹奏。咸豐九年十二月初一日。

〔一〕據《知止齋遺集·知止齋摺稿偶存》整理，並酌加標題。

附一　翁同龢奏摺

前任陝甘學政、翰林院修撰臣翁同龢跪奏爲微臣病痊銷假，恭覆恩命事。竊臣於咸豐八年六月仰蒙恩旨，充陝西鄉試副考官，八月簡授陝甘學政。維時臣適患足疾，出闈後即在陝西省城調理一月，十月初馳赴三原接印任事，旋即按試鳳翔府暨乾州、邠州等處。十二月試畢回署，觸受山風，舊疾陡發，不能動履。因具摺陳請開缺。仰荷恩准回京調理，於本年三月内交卸起程，四月中抵京，延醫服藥，漸次痊愈，秋間復染時疾，調治數月，始獲就痊。現在病體復元，理合銷假供職。謹循例具摺恭覆恩命，泥首宫門叩謝天恩，伏乞皇上聖鑒。謹奏。咸豐九年十二月十八日。

附二 翁同書奏摺

安徽巡撫臣翁同書跪奏爲恭謝天恩，仰祈聖鑒事。竊臣近接家書，知臣子曾源於上年十一月二十九日由吏部帶領引見，奉旨記名以國子監學正學録用，欽此。伏念臣世業縹緗，學慚弓冶。恐墜詒芬之緒，更無式穀之方。臣子曾源玉楮徒雕，金根未識。鹿蘋列譜，昔蒙九陛之醲恩；鱮柳徵文，今備四門之末秩。環林衍秀，綬草增榮。臣惟有勗以義方，牖其愚魯。讀韓愈進學之解，庶勵精勤；慕何蕃歸養之風，願敦名教。所有微臣感激下忱，理合繕摺恭謝天恩，伏乞皇上聖鑒。謹奏。咸豐十年正月初十日。

咸豐十年正月十八日奉硃批：知道了，欽此。

咸豐十年三月初三日奏摺(一)

前任大學士臣翁心存跪奏爲恭謝天恩事。本月初一日臣子同爵由兵部帶領引見，奉旨兵部武選司員外郎缺著擬正之翁同爵補授，欽此。竊臣猥以衰病，渥被生成。報未竭於涓埃，教尤慚於啟迪。臣子同爵年逾强仕，質本惷愚。叨隨任子之班，濫厠郎官之列。溯趨公於武部，莫效微勞；逮真授乎兵曹，復邀晋秩。荷恩施之逾分，益感戴而難名。臣惟有勖以慎勤，加之砥礪。守清白傳家之訓，俾勉策其疏庸；懍敬恭在位之箴，庶稍酬夫高厚。所有微臣感激下忱，理合專摺叩謝天恩，謹遣臣子兵部員外郎翁同爵恭遞，伏乞皇上聖鑒。謹奏。咸豐十年三月初三日。

〔一〕據《知止齋遺集·知止齋摺稿偶存》整理，並酌加標題。

咸豐十年閏三月二十四日奏摺〔一〕

前任大學士革職留任臣翁心存跪奏爲恭謝天恩事。竊臣子翁同龢由咸豐六年丙辰科一甲一名進士授職修撰，本年補行散館考試引見，蒙恩留館。伏念臣猥因衰病，疊荷生成。渥承天地之恩，難效涓埃之報。臣子同龢惷愚寡識，檮昧無知。奉英函而適遘采薪，直詞苑而濫叨簪筆。兹以玉堂散學，金陛宣題。才華既愧於九能，肄誦尤慚夫三雅。迺蒙恩留蓬島，寵賁芝綸。許隨鵷鷺之清班，勉策駑駘之下質。臣惟有教以窮理，勖以致知。以勤慎矢報國之忱，以刻勵守傳家之訓，庶稍答高厚鴻慈於萬一。所有微臣感激下忱，理合繕摺叩謝天恩，謹遣臣子翰林院修撰翁同龢齎摺恭遞，伏乞皇上聖鑒。謹奏。咸豐十年閏三月二十四日。

〔一〕據《知止齋遺集·知止齋摺稿偶存》整理，並酌加標題。

卷四十九

户部官票奏鈔〔一〕

〔一〕本卷據國家圖書館藏善本翁同龢輯《户部官票奏鈔》稿本整理，故相對獨立。

前任大學士臣翁心存跪奏爲遵旨明白回奏事

前任大學士臣翁心存跪奏爲遵旨明白回奏事。竊臣恭閱邸鈔，咸豐十年三月初一日内閣奉上諭：至短號整鈔兑换長號零鈔，據忠麟、王熙震等供稱曾經回堂議准，惟日久未能記憶所回何堂，著七、八兩年户部歷任各堂官據實明白回奏，不准稍涉推諉等因，欽此。查咸豐三年初設實鈔局之時，鈔分四種，自制錢五百文至二千文止，均係零鈔。迨五年四月，請添造五千、十千兩種，旋又請添五十千、百千兩種，均以之發給外省，始有整鈔名目，零整既殊，使用各别。又查推行實鈔章程内有准商民等以銀赴局易换實鈔者，有准其以零鈔兑换整鈔，便於輕齎者，並無准以外省整鈔赴局兑换零鈔明文，此從前辦理之大略也。臣才識迂拘，到任後凡事悉遵其舊，如果該司員等以短號整鈔兑換長號零鈔一節回堂，則顯違奏定章程。臣等必公同駁斥，豈有率行議准之理。現雖時隔數年，再四回思，實無該司員等回堂之事，理合遵旨據實明白回奏。伏乞皇上聖鑒，謹奏。咸豐十年三月初三日。

附一 [咸豐九年十月] 載垣等謹奏爲查出官票所司員代换寶鈔顯有情弊恭折奏聞仰祈聖鑒事

謹奏爲查出官票所司員代换寶鈔顯有情弊恭折奏聞仰祈聖鑒事。竊臣部於咸豐三年製造寶鈔，有五百文、一千文、一千五百文、二千文四種，其編刻字號俱直行順寫，又於咸豐五年奏准添造五千、十千、五十千、一百千四種寶鈔，其字號俱係畫碼。街市行使，分別名目，以直行順寫者爲長號，以畫碼者爲短號。凡臣部辦理入筒摯字之鈔皆係長號，其短號之鈔專備頒發各省之用，向不入筒，一切製造收發兑放，均由官家所前、中、後三廳幫辦之員分管，掌關防總辦司員總司其事，各項寶鈔俱歸中廳收存，遇有兑换之款，前廳隨時向中廳領取放給。

本年八月間，臣等風聞前廳司員有用短號鈔换出長號鈔從中漁利之事。當將掌關防員外郎景雯先行撤任，一面遴派司員細心訪查，並調閲官票所前廳、中廳帳簿，逐款核對。自七年六月起至本年五月止，統計簿内所載以短號鈔换出長號鈔共八十餘萬串，又八月十三日帳簿内寫换出長號鈔一萬串，旋於二十六日仍將長號鈔交回，核勘情節，顯有弊竇。詢據前關防員外郎忠麟、景雯暨總辦郎中王熙震等稟稱，歷次換出寶鈔，實因初定章程原准互換，是以援照辦理，期於流通鈔法，至本年五月，因製鈔紙張不敷，掌關防員外郎忠麟等商定暫停兑换。八月十三日前廳值宿員外郎崇貴向景雯言及筆帖式常禄送來短號鈔一萬串，再三央告欲换長號鈔，景雯因到任未久，不知暫停兑换之議，當經换給，次日王熙震等不允，景雯即向崇貴、常禄等將换出之鈔追回等語。詢之崇貴、常禄，則稱八月十三日所换一萬串之鈔係素識之内務府筆帖式鳳儀赴局换去，旋即向其追回，與景雯等所稟互異。臣等伏查咸豐三年初行鈔法之時所定章程，原准互相兑换，然彼時寶鈔並無軒輊，短號之鈔應尚未添造，迨五年以後添造短號寶鈔，並無准其兑换長號明文，何得援引舊章，藉號牽混。且長號雖係空鈔，而可望入筩，短號寶鈔向不入筩，低昂顯判。臣等訪聞長號鈔與短號鈔，市間價值懸殊，該員等豈能諉爲不知，乃以例無明文之事，並未回堂立稿，輒即兑换至八十餘萬串之多。即使盡係商民自换，别無情弊，已屬辦理乖謬，況本年五月既云暫停兑换，何以八月間崇貴、常禄復有向景雯央求兑换之事，難保非該員等營私漁利，習爲故常，其從前包攬兑换，恐尚不止此數，亟應徹底嚴切根究，以儆官邪。連日嚴訊前廳經手書吏俞俊、歸瓚，僉供自七年六月起至本年五月止，所换出之長號寶鈔均係不識姓名商民人等换出，惟八月間换出後仍復追回之一萬串係景雯交换，顯係恃無刑訊，堅不吐實，相應請旨，將員外郎景雯、崇貴，筆帖式常禄即行解任，並内務府筆帖式鳳儀暨書吏俞俊、歸瓚一並交刑部審明辦理，以期水落石出。前掌關防郎中忠麟，現任總辦郎中王熙震總司局務，乃於兑换之始並未將應否准其兑换之處回堂請示，迨本年五月暫停兑换，又未回堂，且據前廳幫辦各司員禀稱，因忠麟等有准其兑换之言，是以遵辦，實屬任意錯謬。前廳幫辦各員除員外郎色卿額業經病故，主事但紳業經丁憂回籍外，尚有郎中奕遷、員外郎承恩、主事豐瑞、筆帖式寶麟，曾否包攬代换，雖未查有確據，惟查其任事日期，俱在咸豐七年六月至本年五月期内，俱曾經手兑换，亦難保無前項情弊，以上六員均應聽候刑部傳訊。所有臣等查出官票所情弊緣由，理合恭折具禀，伏乞皇上訓示遵行。謹奏請旨。

咸豐九年十月△日。

附二　怡王等片

再：咸豐七年五六月間，商民人等攜取短號整鈔赴寶鈔局兑换長號零鈔，據忠麟、王熙震供稱曾經回堂之事，究竟所回何堂，抑係藉詞諉卸，各該堂官均係受恩深重之人，若使果有其事，當時因何議准兑换，自必尚能回憶，不致諉爲不知。相應請旨飭下咸豐七八年間曾任户部堂官各具折據實明白回奏，以期水落石出，爲此附片具奏請旨。

附三　咸豐十年二月二十九日内閣奉上諭

咸豐十年二月二十九日内閣奉上諭：前因户部官票所官吏交通舞弊，當經降旨令載垣會同刑部審訊，並將各官吏家産派王大臣查封。兹據載垣等奏稱，已革官票所關防員外郎景雯等先後聽受筆帖式常禄、書吏董桂庭等賄囑，用短鈔換出長號鈔，得受謝錢，常禄等又聽從已故員外郎色卿額，自咸豐八年秋間至九年春間向换鈔商民勒索使費，與書吏俞俊等分用。該官吏等交通婪贓舞弊，殊屬膽玩。所有已革員外郎景雯、崇貴，筆帖式常禄、鳳儀，郎中宗室奕邃，主事豊瑞，書吏俞俊、歸瓚、董桂庭各家産，著原派之王大臣前往先行查抄入官，俟結案時再行定擬罪名。色卿額起意勒索商民使費，雖已病故，其家産貲財著派愛仁一並查抄入官。至短號整鈔兑换長號零鈔，據忠麟、王熙震供稱曾經回堂議准，惟日久未能記憶所回何堂，著七八兩年户部歷任各堂官據實明白回奏，不准稍涉推諉，欽此。

附四　和碩怡親王載垣等謹奏爲覆訊官票所司員供出回堂情形請旨飭下該堂官再行明白回奏事

和碩怡親王載垣等謹奏爲覆訊官票所司員供出回堂情形請旨飭下該堂官再行明白回奏事。咸豐十年二月二十九日，臣等具奏官票所案內，訊明官吏交通婪贓舞弊，請旨將查封各家産先行分别入官，並附陳官票所掌關防司員忠麟等於短號整鈔兑换長號零鈔一節供曾經回堂議准，惟日久未能記憶所回何堂，請旨飭下該堂官明白回奏一折。本日内閣奉上諭：短號整鈔兑换長號零鈔，據忠麟、王熙震供稱曾經回堂議准，惟日久未能記憶所回何堂，著七、八兩年户部曾任各堂據實明白回奏等因，欽此。三月初四日奴才載垣仰蒙召對，面承訓示，諭以户部各堂官於官票所司員回堂一節明白回奏，均未承認。臣等恐耽延時日，又生變端，隨即督飭章京等覆加研鞫，忠麟等初猶以不能記憶爲詞，迨反覆究詰，始據供稱此事記曾回過尚書翁△△、侍郎杜翻兩堂，惟並無確據，無從指實，且當時既未立稿存案，該堂官若不承認，伊等不敢質訊，情甘認罪等語。臣等查咸豐三年户部初行鈔法之時，製造五百文、一千文、一千五百文、二千文四種寳鈔，其編列字號均是直行順寫，市上名爲長號，此項鈔通行中外，專歸京師入筒掣字取錢，五年添製百千、五十千、十千、五千四種寳鈔，其號數均是畫碼横寫，市上名爲短號，此項鈔先加五字戳記，發交各省蓋用藩司印並添用某郡某號取錢戳記，解回部庫搭充俸餉，及商民買回本省完納税課等項之用。嗣於七年十月，户部因發交省鈔多被截留，帶回字號取錢，外省放項，京師代償，勢將不給，復經奏准，嗣後頒發省鈔，先不加宇戳，俟該省用印注明某處取錢字樣，解京後再加宇戳。是長號鈔專由京師取錢，短號鈔應由外省備本，界限本極分明，辦理無容牽混。至官票所兼管寳鈔局設立在東交民巷地方局中，分設前中後三廳，中廳司收發，後廳司製造，其兑换事宜專歸前廳司員經理，自三年以來，所定章程原准商民以實鈔官票整散互换，然此等互換之鈔乃專指長號而言，其時並無所謂短號。迨五六年間添製短號，發交外省，因被截留帶回宇号取錢，户部於未經奏准之前節經議定頒發省鈔先不加用宇號戳記，及頒發之後仍被截留，其時始有短號空鈔來寶鈔局兑换者，忠麟等所供七年六月間議准兑换之短號鈔，即此先不加宇戳之省鈔也。七年六月尚在未經奏定章程以前，議准兑换猶可指爲京省不分，迨七年十月奏定章程以後，長號、短號判若兩途，該司員豈得援引舊章，藉口牽混。今以短號易换長號，是以外省備本之鈔，易换京師備本之鈔，不特市價參差，易滋弊混，且致庫款短絀，暗被侵挪，該堂官等豈竟無見聞，且閲時二年之久，計數八十四萬餘串之多，若使果無回堂情事，該司員等何敢率意准换，膽大妄爲，一無顧忌至於如此。各該堂官均係一二品大員，受恩深重，若因當時未曾立稿，遂爾諉爲不知，何以上對君父，又何以下對屬員。現在忠麟等既供曾經回過翁△△、杜翻兩堂，自應據實陳明，請旨飭下翁△△、杜翻再行明白回奏。謹恭折具奏請旨。咸豐十年三月十一日。

附五　内閣奉上諭

内閣奉上諭：載垣等奏覆訊官票所司員請飭該堂官再行明白回奏一折，短號寶鈔兑换長號寶鈔時閲二年，計數甚多，該司員等若未回明堂官，何敢遽行准换，現據忠麟等供曾經回過翁心存、杜翻，即不得因未曾立稿，遂諉爲不知，著翁心存、杜翻再行明白回奏，欽此。

［咸豐十年三月］臣翁心存跪奏爲遵旨再行明白回奏仰祈聖鑒事

臣翁心存跪奏爲遵旨再行明白回奏仰祈聖鑒事。竊前因官票所司員將整鈔兑换零鈔並未回堂辦理，臣業經明白回奏在案。兹恭閲邸鈔，本月十一日内閣奉上諭：載垣等奏覆訊官票所司員請飭該堂官再行明白回奏一折，短號寶鈔兑换長號寶鈔時閲二年，計數甚多，該司員等若無回明堂官，何敢遽行准换，現據忠麟等供曾經回過翁心存、杜翻，即不得因未曾立稿，遂諉爲不知，著翁心存、杜翻再行明白回奏，欽此。

臣跪讀之下，惶悚難名，竊思身爲大臣，受恩深重，今該司員等輒將整鈔兑换零鈔，臣形同木偶，聾瞶無知，方深自省愆，尤何容其推諉。惟忠麟等供稱曾經回過臣及杜翻一節，則並無其事。蓋各部院公事非一二人所能專政，該司員若果回堂，亦必遍回各堂以爲可行，方始議准，若如所供，僅稱回過兩堂，則祇憑數語立談，遂得更改舊章，自來部院辦事，斷無如是懸虚影響之理。且既經回堂，則此後兑换數目自應隨時稟聞，何以時閲二年並無一堂知其事者。況既稱曾經回過臣及杜翻，何以前又有不記所回何堂之語，先後供詞亦未免自相矛盾。臣備位大僚，不應與司員瑣屑辨論，且在任日久，毫無覺察，咎無可逭，誠如聖諭不得因未經立稿，遂諉爲不知，應請旨將臣交部從重議處，以爲庸昧不職者戒。所有再行明白回奏緣由，謹繕折具奏，伏乞皇上聖鑒，謹奏。咸豐十年三月十三日。

附一　臣載垣等謹奏爲遵旨覆訊官票所司員所供回堂情形據實奏請旨事

臣載垣等謹奏爲遵旨覆訊官票所司員所供回堂情形據實奏請旨事。咸豐十年三月十六日奉硃諭：據翁心存、杜翻再行回奏，據稱忠麟等實未將兑换之事回過，著再訊問忠麟、王熙震究係是否回堂，並有無質證確據，一並供明，欽此。臣等遵即督飭章京等復將忠麟等傳案訊問，據供約略記得回翁心存時，據翁心存問何以辦理，伊等當禀此鈔已入商民之手，不能加戳取錢，只可令其赴寶鈔局兑换常行空鈔聽候掣字，即經翁心存點首應允，隨即向侍郎杜翻照回，杜翻未置一詞，至在旁有無回堂之人，伊等實不記憶，並無証據等語。臣等查該司員等所供回堂之處，翁心存等兩次明白回奏均稱實無回過，而傳訊忠麟等則均稱曾經回堂，所供情形又似實有其事，事涉兩歧，礙難懸斷，可否請旨飭下翁心存、杜翻再行明白回奏，抑或革去頂戴，聽候傳訊之處，臣等未敢擅便，恭候聖裁，謹恭折具奏請旨。咸豐十年三月二十日。

附二　咸豐十年三月二十日内閣奉上諭

咸豐十年三月二十日内閣奉上諭：前因翁心存、杜翻再行回奏，均稱司員並未將兑换寶鈔之事回堂，當諭載垣等再訊忠麟、王熙震有無質證確據，兹據奏稱覆訊忠麟等供稱約略記得回過翁心存、杜翻，並無證據等語，此案以短號寶鈔兑换長號寶鈔，其時價值雖未有低昂，但係更改舊章，自應回明各堂立稿辦理，乃忠麟等僅稱回過翁心存、杜翻，其餘堂官概未回明，亦未立稿存案，辦理本屬錯謬，何得以影響之詞，意存諉過。惟翁心存等在部有年，即或當日疏忽，何以鈔價既有低昂之後，仍屬毫無覺察，是忠麟等回堂一節雖無確據，而該堂官於部務漫不經心，實難辭咎。翁心存、杜翻均著先行交部議處，無庸再行回奏，亦毋庸傳訊。其餘失察之户部各堂官，著俟定案時一並查取職名，交部分别議處，欽此。

附三　吏部謹奏爲遵旨議處事

吏部謹奏爲遵旨議處事。咸豐十年三月二十日内閣奉上諭：前因翁心存、杜翻再行回奏，均稱司員並未將兑换寶鈔之事回堂，當諭載垣等再訊忠麟、王熙震有無質證確據，兹據奏稱覆訊忠麟等供稱，約略記得回過翁心存、杜翻，並無證據等語。此案以短號寶鈔兑换長號寶鈔，其時價值雖未有低昂，但係更改舊章，自應回明各堂立稿辦理，乃忠麟等僅稱回過翁心存、杜翻，其餘堂官概未回明，亦未立稿存案，辦理本屬錯謬，何得以影響之詞，意存諉過。惟翁心存等在部有年，即或當日疏忽，何以鈔價既有低昂之後，仍屬毫無覺察，是忠麟等回堂一節雖無確據，而該堂官於部務漫不經心，實難辭咎。翁心存、杜翻均著先行交部議處，無庸再行回奏，亦毋庸傳訊，其餘失察之户部各堂官，著俟定案時一並查取職名，交部分别議處，欽此。遵鈔出到部。查定例，官員防範不嚴者降一級留任，又例輕而案情較重者即照加等之例辦理，其由降留加等，自一級至三級酌量遞加，止於革職留任等語。除失察之户部各堂官應俟刑部定案時查取職名再行分别議處外，此案户部司員忠麟等以短號寶鈔兑换長號寶鈔辦理本屬錯謬，經欽派王大臣載垣等覆訊具奏。欽奉上諭：翁心存等在部有年，即或當時疏忽，何以鈔價既有低昂之後，仍屬毫無覺察，是忠麟等回堂一節雖無確據，而該堂官於部漫不經心，實難辭咎，翁心存、杜翻均著先行交部議處等因，欽此。應請將前任大學士管理户部事務翁心存、前任右侍郎杜翻均照防範不嚴降一級留任，例上加等，各議以降五級留任，係公罪例准抵銷，可否准其抵銷之處，恭候欽定。所有臣等遵旨議處緣由，理合恭折具奏，伏乞皇上聖鑒，訓示遵行，謹奏。

附四 咸豐十年閏三月十一日奉硃批

咸豐十年閏三月十一日奉硃批：翁心存、杜翻均著改爲補官日革職留任，其二人失察處分並户部歷任堂官，俟定案時另行核議，欽此。

附五 户部片奏

户部片奏：再臣等前因核對處奏銷緊要，奏明令該司員等趕緊銷算，認真查核，不得稍涉含混，並飭令王正誼等指出之前任幫辦司員鄂錕、吴善寶、馨桂及書吏人等，將一切賬目詳細辨認，僉稱真實無僞，當飭令會同銷算。兹查得舊宇號册内有經費不敷找領，不敷找領各款内，惟捐銅局收鈔經費並平糶處收錢經費從前奏銷案内尚未銷過，此款自應准其開銷外，至五宇歷年食用不敷以及拉運車脚、製置紙札、修補房屋、家具、鋪底等項，共賠墊錢拾陸萬貳千柒百吊伍拾陸文。臣等查宇號經費每月支京錢捌百貳拾吊，係奏明定數，何以又有此項找領不敷經費拾陸萬餘吊，且八年七月既經歸入清結五宇案内奏銷，事先並未立有案據，至八月始行辦稿存案，實屬任意濫支。又此項食用、車脚、鋪底等費既稱歷年不敷，自應從四年開設五宇官號之日起截至裁撤之日止，即應在五、六年奏銷案内分年核銷，今查歷届奏銷每月辛金既有定額應銷之款，又未將不敷經費聲明開列，尤不應於本届奏銷匯總准銷。經臣等詢之，前任幫辦司員鄂錕等據稱八年七月清結五宇時，掌印總辦司員令職等核算帳件，職等凡親算帳册，逐款過硃，至五宇號不敷找領一款，向來帳内無此款目，是以職等未曾核計等語，臣等查八年八月存稿内粘連宇號商人所具單内有已革郎中王正誼删改字迹，現據鄂錕等均稱當日算帳時並未見有此單，其爲朦混開銷已可概見。此次奏銷案内未便准其開銷，所有找領不敷經費京錢拾陸萬貳千柒百吊伍拾肆文，相應請旨飭下怡親王載垣會同刑部提訊已革司員台斐音、王正誼及該宇號商人等，訊明歸案著追。臣等仍督飭司員詳細勾稽，凡現算奏銷賬目内有似此浮開之款，即行隨時駁斥歸案追賠，以昭核實。所有臣等查出宇號找領經費不准開銷緣由，理合附片謹奏請旨。

臣載垣等謹奏爲現訊宇商濫支經費案内情形，請旨飭下該堂官明白回奏事，准户部奏宇號找領不敷經費錢文，請訊明歸案著追一折。咸豐十年四月二十日奉旨依議，欽此。旋據户部鈔録原奏，知照前來，查原奏稱宇號經費月支京錢八百二十吊係奏明定數，何以又有找領不敷經費十六萬餘吊，且八年七月既經歸入清結五宇案内奏銷，事先並未立有案據，至八月始行辦稿存案，實屬任意濫支。又此項食用車脚、鋪底等費，既稱歷年不敷，自當從開設宇號之日起至裁撤之日止，即應在五、六年奏銷案内分年聲明開列，不應於本届奏銷匯總准銷，查八年八月存稿内黏單有已革郎中王正誼删改字迹，現據前任幫辦司員鄂錕等均稱當日算賬未見此單，其爲朦混開銷已可概見，此次未便准銷，應請訊明歸案著追等情。當經臣等調到八年八月所辦存稿查閲，該司員鄂錕等均已畫押，復將該員等傳案質訊。據王正誼供稱，宇商迭次遞呈，請將墊賠各款核銷，該革員等屢行批駁，嗣因該商以鋪存錢數太多，原租房間不敷安放，家具不敷使用，並原定火食辛金月支八百二十吊，其後銀價昂貴，鋪中火食既不敷用，商夥辛金亦行加增，勢難賠墊等情呈請回堂。議以該商所禀各情尚在情理之中，諭令嚴行核減，經該革員等議定減去六成，准銷四成，時因各項頭緒太繁，堂諭嚴催趕辦奏銷，是以未及辦稿，至奏結後始行補辦存稿等語。復將台斐音、李守愚、吴廷溥等隔别研訊，供俱相符。鄂錕等亦供認畫稿時曾經見過此項核減清單，委因回堂催辦奏銷，未及趕辦存稿，奏後始行補辦，並無情弊等語。臣等查宇號經費月支京錢八百二十吊，係屬奏明定數，何得例外再行加增。即或食用等項實有不敷情事，亦應隨時奏明，請旨辦理，何得率行混入奏銷案内，准其匯總開銷。既准開銷，即應明立案稿，以備查考。何以奏銷以前並無案據，直至事後補辦存稿。該革員等所供催辦奏銷，未及趕辦存稿，是否實有其事，並究竟因何准令濫支之處，帑項攸關，未便稍涉含混，相應請旨飭下辦理宇號奏銷及標畫存稿之户部各堂官據實明白回奏。爲此恭折具奏請旨。咸豐十年五月二十四日。

再户部奏送核對處賬簿一百八十八本，又咨送續行查出賬簿十本，當經臣等督飭章京司員等監提該革員王正誼等將所有賬簿飭令逐一辨認，按簿畫押，並取具各供咨送户部，旋經該部以所取供詞尚多含混，奏交臣等復提研鞫。查此項賬簿官非一任，吏非一手，款目轇轕，頭緒紛繁，其中情弊，非一日所能了然。而該部奏銷限届，勢難懸案久待，隨監提該革員等按照户部所指各情逐層究詰取具，切實親供，業經咨送户部查核，並聲明所供如有不實不盡及此外尚有應訊之處，隨時知照臣等會同嚴訊究追，勿令稍有遁飾。又户部查出宇恒革商顧青田虧短捐鈔六萬餘串之外，尚有另存空鈔一萬七千四百九十八串，奏請著追一款。訊據王正誼、台斐音供稱，此係八年十一月間顧青田抵交捐鈔之款，當時所繳本係入筒空鈔，先未准收，暫行扣留，令换實鈔，屢催未繳，十二月間擬辦奏銷，即將前項空鈔一並算入正款數内等語。查捐銅局捐鈔均係實鈔，該革員等經手承收，何得任其以虚抵實。又户部咨交核對處宇升捐鈔簿内，查有八年十二月宇升繳回省鈔一萬串一款。訊據書吏薛敏吾供稱，六年十二月宇升交鈔五萬五千五百串，當時未查，七年四月間開箱查點，短去一萬串，八年冬間，核計總賬，台斐音飭令韓得禄補交省鈔一萬串。並據台斐音供稱，八年冬間查出韓得禄欠交六年分十千文省鈔一萬串，回堂諭令追繳。王正誼亦供稱八年冬間台斐音告知宇升號短交六年分省鈔，現已補交足數，該員未經算駁各等語。查六年間捐鈔本係京省不分，至七年之後京省價值懸殊，雖據宇升號六年所欠之鈔的係省鈔，亦不應於省鈔價值已落之時，仍准其朦混抵交。韓得禄現已在監病故，嚴訊顧青田，堅供别無情弊。該革員等恃無質證，易爲避就，迨經反復究詰，均各自認糊塗，官款攸關，斷難以該革員等自認糊塗即將就了事，且明知奸商取巧，豈復容其以虚補實，雖無得贓確證，而營私舞弊之罪，實所難逃。相應請旨，將查封之王正誼、台斐音家産先行查抄入官，其所虧短官項，統俟結案時一並查明，分别核辦。謹附片奏請旨。

附六 咸豐十年五月二十四日内閣奉上諭

咸豐十年五月二十四日内閣奉上諭：載垣等奏訊明宇商濫支經費情形請旨辦理一折，前經户部奏五宇官號案内奏銷，先未立稿，該司員等任意濫支，請訊明歸案著追。兹據載垣等奏，訊據已革郎中王正誼供稱，宇商迭次將墊賠各款呈請回堂核銷，經該堂官等飭令嚴行核減，嗣經該革員等議定減去六成，准銷四成，時因各項頭緒紛煩，堂諭嚴催趕辦奏銷，未及辦稿，至奏銷後始行補辦存稿。又據已革户部員外郎台斐音等供認，畫稿時曾經見過此項核減清單，委因回堂催辦奏銷，未及趕辦存稿，奏後始行補畫，並無情弊各等語。此案宇號月支經費曾經奏明定數，何得再行增加，即使食用不敷，亦應奏明，請旨辦理，該司員等率行混入奏銷案内匯總開銷，事前又不明立稿案，以致漫無查考，所供因催辦奏銷未及趕辦存稿是否實有其事，並因何准令濫支之處，著辦理宇號奏銷及標畫存稿之户部各堂官據實明白回奏。另片奏革商顧青田虧短捐鈔，王正誼等任聽將空鈔抵補，朦混奏銷，實屬營私舞弊。王正誼、台斐音家産著先行查抄入官，其所虧短官項俟結案時一並查明，分別核辦，欽此。

[咸豐十年五月] 臣翁心存跪奏爲遵旨明白回奏事

臣翁心存跪奏爲遵旨明白回奏事。咸豐十年五月二十四日內閣奉上諭，此案宇號月支經費曾經奏明定數，何得再行加增，即使食用不敷，亦應奏明，請旨辦理，該司員等率行混入奏銷案內匯總開銷，事前又不明立稿案，以致漫無查考，所供因催辦奏銷，未及趕辦存稿，是否實有其事，並因何准令濫支之處，著辦理宇號奏銷及標畫存稿之户部各堂官據實明白回奏等因，欽此。

臣跪讀之下，惶悚難名。竊臣前在户部尚書任內，於咸豐八年辦理清查五宇賬目，責成承辦司員詳細鉤稽，嗣因款目紛繁，核算遂逾數月，臣等恐時日過多，易啟奸商弊竇，每諄諄諭令趕緊清算，不得再有延宕，至七月內始查明奏結，是該司員所供催辦奏結之處，係屬實有其事。至宇商添支經費一節，查設立五宇之初，每月每號給錢八百二十吊，以爲火食辛金及置備傢伙之用。八年六七月間，該司員等以五宇商人呈請添給經費等詞回堂，臣等以宇商既有例給經費，何得復請添給，飭令嚴行駁核。迨後該司員等議以減去六成，酌給四成，並稱宇商等迭次呈稱銀價日昂，食物日貴，且又添租房屋，添置器具，原給經費實在不敷。臣等體察當時物價騰踴倍前，以致奸商藉口賠墊，既經減六給四，揆諸情理，尚屬可行。其時正辦查結五宇奏折，該司員遽行列入清單，臣等未能細心查核，將此款提出，專折陳請，實屬疏漏。且該司員當時未立存稿，八月始補行呈畫，臣等又未能查出，亦屬糊塗。應請將臣交部嚴加議處，所有遵旨明白回奏緣由，理合繕折具奏，伏乞皇上聖鑒，謹奏。

咸豐十年五月二十八日。

附一　咸豐十年五月二十八日内閣奉上諭

咸豐十年五月二十八日内閣奉上諭：前因户部宇號月支經費議請增加，未經奏明，該司員等混入奏銷案内會總開銷，諭令管理宇號奏銷及標畫存稿之户部各堂官明白回奏。兹據翁心存、全慶、沈兆霖、基溥、寶鋆先後回奏，據稱該司員辦理五宇奏銷時逾數月，催令趕緊清算，因宇商添支經費曾經翁心存等駁核議減，並未奏明，該司員已將此款列入奏銷清單，並奏銷後始補畫存稿，均未查出，自請交部嚴議之處各等語。宇號月支經費係奏明定數，即使不敷，酌議加增，亦應奏明辦理，乃該堂官等於酌添經費未能專折陳奏，遽任該司員等列入奏銷清單，並當時未立存稿，事後始行補畫，種種錯誤，咎有應得。翁心存、沈兆霖、基溥、寶鋆均著分别交吏部、都察院嚴加議處。全慶於辦理五宇奏銷時尚未到任，惟隨同補畫存稿，亦有不合，著交都察院議處，欽此。

附二　吏部等衙門謹奏爲嚴議議處具奏事

吏部等衙門謹奏爲嚴議議處具奏事。内閣鈔出咸豐十年五月二十八日奉上諭：前因户部宇號月支經費議請增加，未經奏明，該司員等混入奏銷案内會總開銷，諭令管理宇號奏銷及標畫存稿之户部各堂官明白回奏。兹據翁心存、全慶、沈兆霖、基溥、寶鋆先後回奏，據稱該司員辦理五宇奏銷，時逾數月，催令趕緊清算，因宇商添支經費曾經翁心存等駁核議減，並未奏明，該司員已將此款列入奏銷清單，並奏銷後始補畫存稿，均未查出，自請交部嚴議之處各等語。宇商月支經費係奏明定數，即使不敷酌議加增，亦應奏明辦理，乃該堂官等於酌添經費未能專折陳奏，遽任該司員等列入奏銷清單，並當時未立存稿，事後始行補畫，種種錯誤，咎有應得。翁心存、沈兆霖、基溥、寶鋆均著分別交吏部、都察院嚴加議處。全慶於辦理五宇奏銷時尚未到任，惟隨同補畫存稿，亦有不合，著交都察院議處，欽此。又據户部咨稱右侍郎劉崑奏稱，查清結五宇催辦奏銷，均在臣未到任以前，臣到任後該司員等將宇號找領不敷經費存稿一件呈畫，臣因此款已經奏結，一時未能詳細駁詰，率行標畫，實屬疏忽等因，奏奉硃批：劉崑著交部議處，欽此。遵知照到部，查律載事應奏而不奏者杖八十，係公罪降二級留任，又定例官員有奉旨交部嚴加議處者查照本例酌量加等，其由降留加等者自一級至三級酌量遞加，止於革職留任。又議處案件有實係一事而其中有兩罪名相因而致者，從其重者議處，又議處事件有與例文相似而案情迥殊者，即照本條處分減等定議，係革職留任之案改爲降級留任，降級留任之案俱改爲罰俸一年各等語，除吏部尚書全慶議處之處業經都察院辦理具奏外，此案户部宇號月支經費議請加增，該司員等混入奏銷案内總匯開銷，該堂官等先既未能查出專折陳奏，並當時未立存稿，事後始行補畫，種種錯誤，咎有應得。茲據翁心存等先後回奏，欽奉上諭均著交吏部、都察院嚴加議處等因，欽此。臣等查該堂官等應得處分係屬一案，罪名相因，未便查照失於查察及處理錯誤罰俸一年等例，暨官役俸食違例支給司道督撫各等條，分款核議，統應從重照應奏不奏律上加等辦理，應請將前任户部尚書升任大學士管理户部事務翁心存，曾任户部左侍郎現任都察院左都御史沈兆霖，前任户部左侍郎基溥，户部右侍郎寶鋆，均照應奏不奏公罪律降二級留任例上從嚴加等，議以革職留任，至率行標畫存稿之户部右侍郎劉崑應酌量減等，議以降一級留任。查翁心存已經告病，應於補官日革職留任，劉崑降留處分係公罪例准抵銷，可否准其抵銷之處，恭候欽定。

附三　咸豐十年六月十四日奏奉硃批

咸豐十年六月十四日奏奉硃批：依議，劉崑著准其抵銷，欽此。

附四　兵部等部謹奏爲遵旨會同覆奏事

兵部等部謹奏爲遵旨會同覆奏事。咸豐十一年十一月初二日，刑部具奏審明五宇鈔票案情，分別擬結，請將奏銷案内應追應訊各款復加詳核一折，奉上諭：前因少詹事許彭壽、御史林壽圖先後奏户部五宇鈔票各案株連太甚，請飭清理，當經降旨，令刑部詳審案情，分別清理擬結。並據該部奏稱，五宇鈔票一案係由載垣一人主見，專務羅織，案内人證均由宗人府密札查傳，收禁空室，獨自研訊，不令該部堂司各官聞知。現在審明按律定擬，此案已革商人張兆麟、馬錫禄均充官號商人，所虧錢票既屬官物，無論在官在民，其爲侵吞肥己，貽累商民，罪無可逭，張兆麟、馬錫禄即著照監守自盜倉庫錢糧一千兩以上例斬監候，朝審入於情實，事犯雖在恩詔以前，著不准其援免，仍勒限一年全完，倘逾限不完，再行奏明辦理。已革工部主事李椿育、國子監教習錢紹昌輒因希圖酬謝，向王正誼情托，本有應得之咎，惟在恩詔以前，著准其援免，均著革職即行釋放，毋庸監禁待質。户部筆帖式薩炳阿舉薦商人進局，業已另案革職，著毋庸議。降捐州判、前任大興縣知縣賀廷鑾於特旨派辦要案未能審出實情辦理，朱洪升查封繳官款項一事兩岐，且於户部飭令開封變價解部之項未經追價報解，並失察家人撞騙得贓，均難辭咎，業已革職，著毋庸議。暫行革職前任科布多參贊大臣熙麟、甘肅鎮迪道崇保、江蘇候補道忠廉，訊無徇私受賄情事，惟開設宇號未能慎重，究屬疏忽，均著開復原官，交部議處，並飭令回任聽候部議。商人劉洪振、白亮並無侵蝕肥己情事，惟招商開設宇號，辦理不慎，羅萬象舉薦商人亦有不合，姑念市井小民無知犯法，均著免其置議。已革内務府主事存印訊無别情，已革監生葛垍代伊兄葛鏞轉賣糧石，訊係不知私挪官項及情托等事，存印著開復原官，葛垍著開復監生，均著釋放。已革户部郎中王正誼、已革御史前任户部郎中台斐音係總辦掌印司員，乃商人虧欠帑項改作私項朦混入奏，厥咎甚重，惟據王正誼、台斐音並已革司員李守愚、榮溥、吴廷溥等供稱，九號存票實係買賣私項，與正項毫無干涉，惟該革員等前後任並無虧短，肅順派員辦理奏銷，任意牽混顛倒，送到册籍多係駕空誣陷，非眼同核算不能清楚等語，王正誼、台斐音、李守愚、榮溥、吴廷溥、李壽蓉，均著即行取保，飭令前赴户部核算，並著派萬青藜、愛仁會同户部堂官派員督同原委各員及經手書吏覆加核算，秉公定擬。其查封之鄧文槐等家産現在尚未結案，暫緩給還外，熙麟、崇保、忠廉、孟來喜、劉洪振、白亮及已故之石景藼並宗人府查封之徐姓，拘訊無贓私情弊，范恬庵、胡麗南、沈慶松、李椿育、錢紹昌僅隻情托，陳熹、夏錫范、薩炳阿因人連累，所有查封家産，均著即行給還，以昭平允，餘依議，欽此。此由刑部鈔録原奏恭録諭旨咨送到部，臣等遵即派員調齊核對處案卷，傳集核對處前後任司員赴户部眼同核算。旋經前後任司員將公同畫押登覆聲明各册呈遞，嗣又據王正誼、富績等各續遞一册，當經臣等詢以何册爲憑據，稱以前册爲憑，均無異説，應静候辦理各等語。臣等查此案既據各該員禀明，自應照初遞畫押各册核辦，除將續遞各册封存外，按照户部核對處辦理奏銷案内臚列六十九條，細心查核。查後任司員辦理奏銷，因款目繁多，出入均關帑項，未便含混了事，是以分别應追應訊，並無駕空誣陷之處。惟載垣於本案並不調取卷宗細心研鞫，任意鍛煉周内，將王正誼嚴行熬審，必令其認其贓私，並將台斐音、榮溥、李守愚、吴廷溥、李壽蓉等羈禁囹圄，屢次嚴審，此外株連不少。究竟王正誼等在獄兩載有餘，並未訊出贓私實據，徒興大獄，至今案懸莫結。幸蒙聖恩准予昭雪，將此案命臣等派員眼同原委員及經手書吏覆加核算。臣等查核對處辦理奏銷原奏六十九條内，惟官私款一條最爲此案緊要關鍵，督飭司員將此條詳細查核。兹據稱九官號鋪存宇謙、宇豐號票九十萬五千二百串二百六十文一款，後任司員以九官號報明有案，且係墊放兵餉等項之款，前經准其作抵正項，因奏請更正，作爲官款，而前任司員王正誼等以該號鋪存宇謙、宇豐票存積不用，以爲此票係私相川换兑换，應歸商人自行清理，且前任該員查明各該商官款已清，私賬未了，奏送刑部返繳，尚無爲商人開脱罪名情弊。查前後任辦法均係爲公起見，尚無不合。此項九官號所存宇謙、宇豐票雖准其作抵正項，而仍由九官號墊發，於款項並無出入，總之商欠應歸商還。刑部奏稱張兆麟、馬錫禄既充當官號商人，無論虧項在官在民，均應於革商名下追繳，最爲允當，應仍由刑部於該革商名下返出歸還九官號以清款項。其餘六十八款除已定交清楚並業經聲明辦理緣由、查核相符各款應毋庸議外，如宇謙等號找領經費准四駁六奏銷，後辦有存稿可憑，拉錢平價等項逐漸增加均屬有因，盤錢穿錢及搭蓋天棚等款查係實用實銷，應分别准銷准領。又收回省鈔一項按收發省鈔數目核計，尚未濫收。又准宇升將賠項抵完官項，尚屬允協。其馬錫禄欠九官號款項，並顧青田虧短捐鈔，前任司員曾經送刑部追繳。至該革商所交空鈔業經按照該司員聲明原委，酌核應不准作抵，仍於革商馬錫禄、顧青田名下追完。其餘各款或准登收或准列抵外，凡應追各款均應著落該革商等名下追繳，以昭平允而歸核實。並查明前任司員於收支款項實無營私舞弊、掩飾朦混及妄行列抵、濫支濫收各項情弊等語，臣等覆核無異。謹按户部原奏六十九款繕具清單，恭呈御覽，所有户部原奏應追賠錢一百九十一萬一千八百餘串，除此次准銷准抵暨准登收及免追賠外，尚有追繳若干，由户部開單咨送刑部辦理。至此案前任司員王正誼等既無前項情弊，自應開復革職處分，惟王正誼於九官號鋪存宇票准抵正項及奏結五宇請將九官號鋪存宇票由該商自行清理各案内，前後畫稿事涉兩歧，雖係無關弊竇，究屬疏忽。又查台斐音、榮溥、吴廷溥、李守愚、李壽蓉等於收放款項僅辦月存稿，未及趕辦月存總稿，亦屬疏忽。臣等公同商酌，擬請將王正誼、台斐音、榮溥、吴廷溥、李守愚、李壽蓉等六員開復原官，仍交部分别議處。如蒙俞允，除台斐音曾任御史應由吏部核辦外，其郎中王正誼、員外郎榮溥、吴廷溥、候補郎中李守愚、候補主事李壽蓉等五員應令回原衙門當差，聽候部議。又王正誼等六員既經刑部研審，並無贓私，所有榮溥、吴廷溥、李守愚、李壽蓉等查封家産應行給還，台斐音、王正誼等抄後入官尚未變價之物産亦應一並給還，可否發還之處，恭候欽定。如蒙恩准，由户部行文各該衙門遵照辦理。又由刑部送回户部算賬之書吏徐繹、莫家瑞、薛敏吾、陳方城、蕭焕章五名，商夥陳燾、夏錫范二名，查徐繹、莫家瑞、薛敏吾、陳方城、蕭焕章、陳燾六名並無應追之項，應即釋放，其夏錫范一名係高德林保商，高德林虧項未還，該商即不得置身事外，應仍交坊取保，由刑部隨時傳訊追繳。至在逃之宇謙等號保商鄧文槐、樊大旺、王廷榮，及有應賠款項之張藝達、王金榜等，應仍令步軍統領衙門暨順天府五城嚴緝，一俟獲到，即送刑部究辦。再此折因稿案繁多，逐一檢查有需時日，是以覆奏稍遲。又前任科布多參贊大臣現任户部右侍郎臣熙△於此案例應回避，未經列銜，合並聲明。所有臣等會同核算緣由，理合恭折具奏，是否有當，伏乞皇上訓示遵行。謹奏請旨。

附五　同治元年三月十五日奉旨

同治元年三月十五日奉旨：依議，欽此。

附六　禮部給事中臣卞寶第奏爲户部會奏五宇鈔票辦理未能允協仰祈聖鑒事

禮部給事中臣卞寶第奏爲户部會奏五宇鈔票辦理未能允協仰祈聖鑒事。竊以斷兩造之獄，必有一非；剖一事之中，斷無兩是。伏查咸豐九年十月間，户部奏稱督飭派查司員查出郎中台斐音、王正誼等清結五宇官號朦混辦稿，將官款作爲私欠等因，將台斐音等查抄嚴訊，侍郎基溥、寶鋆及曾經畫稿之前任堂官均經議處。十一年三月間，户部奏保辦理奏銷清查積鈔悉心稽核之司員富績等各保升叙；十一月間，刑部奏王正誼、台斐音並已革司員李守愚等供稱肅順派員辦理奏銷，任意牽混顛倒，送到册籍多係駕空誣陷等情。奉上諭：飭令王正誼等赴户部核算，並派愛仁、萬青藜會同户部堂官秉公覆核，定擬具奏各在案。昨聞外間傳云户部會奏，業將此案擬結，王正誼等開復原官，被參及查各員均無不合。論者謂户部原辦之堂官周祖培等論奏先後歧異，一事若出兩人，非議相傳，聞者咸愕。臣復加詢訪，及臣官刑部時，見提審此案被參各員當堂剖辨，有以商欠商人之款與官款無涉、户部指爲官款者，有昏爛鈔票業經查銷户部稱爲虧短者，有省鈔放出之數少叙一半以爲溢收、户部指爲抵摻朦混者，有賠項不准算還虧空、户部指爲濫收列抵者，並有將王正誼出局後九年二三月之款列入其任内者，彼時被參各員均在刑部監禁，何難調齊原存册簿核對清查。乃聞刑部曾經調取册籍，户部匿未送案，僅將所查情形聲復。此時覆奏既爲被參各員實用實銷，則原查之司員辦理含混可知矣。至户部原辦之堂官周祖培等始終此案，前後兩歧，於查原參各員朦混舞弊之奏，則標畫之；於保清查各員悉心稽核之奏，則標畫之；於查原奏各員實無營私舞弊掩飾朦混之奏，則又標畫之。若謂前此所奏係因派辦之載垣意存周内而助成其惡，則取悦殊失大臣之節；若謂前此所奏係畏同堂之肅順聲勢烜赫而無敢異議，則尸位有幸特簡之恩；若謂前此所查者是，則台斐音、王正誼等骫法營私，應罹重典，而原查之司員與户部堂官所保皆是矣；若謂後此所查者是，則富績、彭祖賢等迎合希榮，似難免議，而原查之司員及户部堂官所保皆非矣。據理衡情，勢難中立，臣愚以爲時事之弊多習於顢頇，世道之興必懲夫欺飾。今聞此案奏覆，與原查既不相符，而謂被參與原查司員均無不合，無怪議者之謂天下無其是非也。應否飭諭户部原辦之堂官或派查之大臣明白回奏，及原查司員應否議處之處，伏候聖裁。謹奏。

卷五十

［咸豐十年七月二十七日］諫阻巡幸灤陽疏[一]

奏爲請定聖志，以鎮人心，敬瀝愚誠，仰祈宸斷事。竊臣老誖昏愚，百無聞見，自逆夷犯順以來，道路傳言，疑信參半。然而羽書絡繹，京師晏然，市肆不驚，閭井安堵。近日忽聞調集車馬，累百盈千，衆説紛紜，群情惶惑。或云聖主將親統六軍大張撻伐，或云鑾輅將以時順動，巡幸灤陽，中外人民，罔不駭懼。夫島夷小醜，擾我顔行萬乘之尊，豈屑與犬羊對壘，此固萬不可行者也。若乃木蘭秋獮，原有成規，第皆值宸游暇豫之時，爲講武治兵之舉。今則山莊久未繕修，馳道久未平治，所過之處，山徑崎嶇，地方苦瘠，糗糧樵爨，倉猝難齎，萬一軍士怨謗，部伍離次，伏戎於莽，在在堪虞。一摇足而事已蹉跌，此尤萬萬不可行者也。京師者天下之根本也，天下者我列祖列宗二百年來創造經營之天下也。宗廟社稷之靈爽，實式憑焉。一旦委而去之，視同敝蹝，皇上縱不念億兆黎民，其如祖宗付托之重何。《春秋》於河陽翟泉之事，必謹而書之。後世若唐宋遼金元諸君，亦有遜荒遯野者，皆不旋踵而覆亡相繼，可不戒哉。然前代播越之君，或因權倖敢於淩逼，或當國勢已極阽危。今日情形，實大異於是。嘆咈兩夷，衆不踰二萬，藐視中國，其志已驕，且懸軍深入，遠離舟船，又失其所恃。我軍前雖小挫，今已厚集兵力，不啻倍之。秣馬厲兵，鼓勇奮怒，謀定而動，此賊可悉數殲也。伏願皇上乾綱獨斷，毋惑浮言，即日聖駕還宫，整飭戎行，繕完守備，以作將士之氣，以定黎庶之心，天下幸甚，社稷幸甚。臣衰病日增，智識短淺，安危所繫，敢不激切直陳。伏乞皇上聖鑒。謹奏。咸豐十年七月二十七日繕此。疏成是日，聞硃諭王大臣有親征之舉，因將草稿删易，另繕一疏，於二十八日呈遞。

〔一〕據《知止齋遺集·知止齋文牘稿》整理。

〔咸豐十年七月二十八日〕請駕還駐京城摺〔一〕

臣翁心存跪奏爲敬瀝愚忱仰祈聖鑒事：竊臣老眊庸愚，百無聞見，自逆夷占踞天津府城，道路傳言，疑信參半，數日來傳聞有鑾輿巡幸木蘭之説，中外紛紛，方深駭慮。今聞皇上赫然震怒，下詔親征，聖語煌煌，昭如日月，上慰宗社之靈，下振臣民之氣，聖心一轉，天意自回，蠢爾跳梁，殲除當盡。

然臣竊有慮者：兵家之法，有進一尺，無退一寸。皇上恭行天討，自宜即日還宫，整飭六師，繕完守備，庶幾作我勇氣，揚我先聲，誠不在躬出國門，以萬乘之威，與犬羊對壘也。今若統帥六軍，駐蹕郊外，無高城深池之限，乏糗糧楨幹之供，進不相及，則敵無懼心，退無所憑，則人尠固志。且溽暑未收，秋陽方熾，聖躬初愈，寢膳宜調，固不宜櫛沐雨風，蒙犯霧露也。況夷情狙詐，詭計百端，知僧格林沁重兵力扼潞河，必不犯我中堅，設從間道豕突狼奔，致驚行幄，倉猝之際，備豫益難。此豈人臣愛君之心，百萬黎民戴戀闕廷之意哉。伏乞皇上特回天聽，旋蹕京城，安坐指麾，和戰均便，實爲萬全之策。臣衰病日增，智慮短淺，不勝淒淒圖報之忱，管見所及，謹瀝誠專摺具奏，伏乞皇上聖鑒。謹奏。咸豐十年七月二十八日。留中。

〔一〕據《知止齋遺集·知止齋文賸稿》整理。

咸豐十年十一月十一日奏摺〔一〕

前任大學士革職留任臣翁心存跪奏爲恭謝天恩事。十一月初六日内閣奉上諭：賈楨等奏練勇出力各員懇恩鼓勵，開單呈覽一摺，兵部員外郎翁同爵著賞加知府銜等因，欽此。竊臣自維衰朽，莫效馳驅。徒殷向日之忱，時切瞻天之願。愧涓埃之無補，益惕厲而難安。臣子同爵秩隸兵曹，班叨任子。從長官而宣力，本有攸司；稽案牘而奉行，原無著績。迺蒙皇上曲加奬叙，録及微勞。銘心版而懷慚，懍頭銜而增悚。臣惟有勉其忠孝，教以慎勤。庶酬高厚之恩施，稍盡桑榆之依戀。所有微臣感激下忱，理合專摺恭謝天恩，伏乞皇上聖鑒。謹奏。咸豐十年十一月十一日。

奏事處口傳：奉旨，知道了。

〔一〕據《知止齋遺集·知止齋摺稿偶存》整理，並酌加標題。

咸豐十一年十月二十三日奏摺〔一〕

奏爲恭謝天恩並陳明微臣現在感疾未瘳，恭摺奏聞，仰祈聖鑒事。本月二十一日内閣奉上諭：予告大學士翁心存守正不阿，學問淹博；前任太常寺少卿李棠階學養深邃，方正老成。朕當御極之初，亟應延訪耆儒，以資輔翼。翁心存尚未出京，著即銷假聽候簡用。李棠階現在河南辦理團練，亦著即行來京候旨。以副朕側席興賢，人惟求舊至意，欽此。臣跪聆之下，恐懼戰兢，罔知所措。伏念臣吴中下士，至陋極愚，仰蒙兩朝特達之知，由詞林洊擢至大學士，進無補益，退鮮論思，竊禄滋慚，積憂成疾。先帝鑒臣愚闇，遇事矜全，再造之恩，侔於天地。臣雖庸下，尚思竭犬馬之力，以報朝廷。無如志與願違，病隨年進。纏綿積歲，以迄于今。茲者恭遇皇上龍飛踐祚，天亶聰明。慎簡賢良，旁求遺逸。詔書敦勉，並及微臣。竊思臣在先朝，循分供職，曾無讜言直論稍益涓埃，尸素之愆，臣不能免。至臣學術本不如人，加以衰年，精神惝恍，少所誦習，多半遺忘，晚而進修，益滋荒落。臣之弇陋，實自知之。何敢忝竊虚名，濫膺褒語。伏乞皇上特迴天鑒，博求名實相副，惇大篤實之儒，俾資輔翼，不勝幸甚。再臣素患足疾，步履艱難，前於道旁叩謁大行皇帝梓宫時，攀慟之餘，頭風舊疾復發。服藥調理，稍見痊愈，而眩暈氣喘，尚不能支。一俟稍痊，即當敬謹泥首闕廷，面聆訓諭。理合先行專摺叩謝天恩，並陳明微臣現在感疾未愈緣由。謹遣臣子翰林院修撰翁同龢恭齎代遞。伏乞皇上聖鑒。謹奏。咸豐十一年十月二十三日。

〔一〕據《知止齋遺集·知止齋文牘稿》整理，並酌加標題。

咸豐十一年十一月十一日奏摺〔一〕

奏爲微臣力疾趨叩闕廷，並自揣衰病日增，不能供職，籲懇聖恩俯垂矜察事。竊臣猥以衰年，濫膺徵召，詔書迫切，悚懼交並。當即具摺恭謝天恩，並陳明感疾未愈情形。仰蒙聖鑒在案。旬日以來，延醫服藥，風寒外感漸已痊愈，而痰喘氣促，舊疾總不能除。緣臣於數年前曾得偏中之癥，一遇外風感襲，頭目眩暈，有頃刻顛僕之虞。兼之左足不能跪起，精神恍惚，遇事遺忘。據醫云，氣血不調，病在肝肺，本原虧耗，非藥石所能奏功者也。臣伏念皇上沖齡繼序，訪落思賢，兩宫皇太后親理萬幾，勤求郅治。值此時事艱難之日，臣工士庶皆當感奮圖報之時，況臣身受累朝知遇之隆，雖質本駑駘，豈敢忘蹇蹇匪躬之義。無如臣年已老，臣病日深。若使僶俛就列，則病體先已不支，於公事必多曠誤。輾轉思維，惟有仰懇鴻慈，毋庸賞給差使，俾臣得閒居調理，冀可就痊。感荷恩施，實無既極。所有微臣力疾趨叩闕廷，並陳明衰病不能供職緣由，謹繕摺具奏。伏乞皇上聖鑒訓示。謹奏。咸豐十一年十一月十一日。

〔一〕據《知止齋遺集·知止齋文牘稿》整理，並酌加標題。

〔咸豐十一年十一月〕薦舉人材疏〔一〕

臣聞爲治之道，首在得人。得人之效，在乎審其才而用之。而後衆職以舉，萬民以理。臣伏見皇上御極以來，孜孜以進賢退不肖爲急務。夫賢不肖之辨，亦存乎心術而已。若論其外著之才，則賢者未必皆優，而不肖者未必見絀。臣愚以爲朝廷用人，當先觀其心術，心術不可見，則必試之以事，以觀其能否。其敦厚堅卓者，皆君子之徒也；其儇巧捷給者，皆小人之徒也。既識其才，然後任之以責其效。近來大吏中如曾國藩、駱秉章、胡林翼等，皆篤實沉默，循循無異於人，先帝用之不疑，畀以重任，果能卓然表見，名聞當時。故有德之才與無本之學二者相似而實殊，幾微之間，不可不察。《書》曰：「敷納以言，明試以功。」又曰：「與人不求備。」此千古用人之良法也。臣見聞寡陋，惟取其平日行誼灼然可信者，略舉數員，用備採擇：

左都御史倭仁，體用兼備，足資輔翼；

前侍郎羅惇衍，人品粹然，識微見遠；

前侍郎王茂蔭，性情真摯，謇諤敢言；

已革四川總督曾望顔，辦事實心，任勞任怨；
前浙江布政使徐宗幹，察吏勤能，字民慈惠；
直隸按察使吴廷棟，學養素優，操守卓絶；
前九江道沈寶楨，器局恢閎，可膺疆寄；
前御史蘇廷魁，直言極諫，不忝言官；
前御史朱琦，淹通經史，有知人之明；
翰林院編修劉熙載，清介絶俗，有古人之風。
以上各員才有大小，官有崇卑，伏乞皇上博訪旁諮，擇能而畀，俾之盡心效力，則其才當有可觀。臣素少交游，兼以告病累年，知識益隘，容隨時留心察訪，如有材堪任使者，即當專摺具陳，以副聖主籲俊求賢之至意，所有微臣薦舉人材緣由，謹密封陳奏，伏乞皇上聖鑒。謹奏。

〔一〕據《知止齋遺集·知止齋文賸稿》整理。

咸豐十一年十一月十三日奏摺〔一〕

奏爲恭謝天恩並陳明下悃，仰祈聖鑒事。本月十一日内閣奉上諭：前任大學士翁心存著開復革職留任處分，以大學士銜管理工部事務，欽此。竊臣猥以衰病，兩疏具陳，皆係實在情形，非敢自耽安逸。前日跪安之後，仰蒙簾前召對，温諭諄詳，旋復特降恩綸，宥其既往之愆，畀以管部之任。隆施稠疊，天地莫量。捐麋頂踵，不足爲報。臣伏念察吏之道，首貴知人；辨公之方，必先盡職。臣精神衰眊，於屬員之賢否既恐不能周知，於稿件之繁多又慮不能遍悉。雖朝廷鑒臣老病，許以寬閒，而臣貪冒之譏，清夜捫心，將何以解。是以聞命之下，輾轉思維。與其蹈尸位素餐之咎，有負聖恩；莫若攄陳力就列之誠，瀆陳天聽。可否籲懇恩施，准臣前奏。則微臣仰沐高厚生成，益無既極，不勝激切待命之至。所有微臣叩謝天恩並陳明下悃緣由，謹繕摺具奏。伏乞皇上聖鑒。謹奏。咸豐十一年十一月十三日。

〔一〕據《知止齋遺集·知止齋文牘稿》整理，並酌加標題。

［咸豐十一年十二月］敬陳管見疏〔一〕

奏爲敬陳管見，請力保通泰、規復蘇常事。竊惟逆賊自金陵突圍之後，席卷而東，蘇常數郡之地，糜沸魚爛，盡爲賊踞。嗣後曾國藩軍威大振，徽州、安慶次第克復。於是蘇常之賊悉其精鋭與曾國藩相抗，不能得志，則併力竄突浙中。其留守蘇常者，類多本處亂民，爲賊奔走，飾詞就撫。夫賊勢方張，焉有就撫之理，是直以術餌我耳。而上海兵勇數萬，江海關税及一切釐金並沙船捐項，每月不下數十萬，按甲不動，僅能自完。轉欲購求内應，以倖成功，此蘇常所以久不克復，而百姓終陷於水深火熱之中也。

東南之民，感沐國家深仁厚澤，嚮義甚堅。即如臣本籍常熟縣，去歲自四月至八月，孤城屹立，相持至百有餘日。外援不至，終以失陷，而鄉民中尚有團結自保，不願從賊者。其流亡渡江之人，日夜思招徠義勇，克復鄉里。雖事功未能遽就，然其區區報國之忱亦深可憫念矣。臣思通州、泰州、如皋、興化一帶，沃野膏腴，俗稱下河，産米甚富。淮南鹽場鱗次櫛比，課税所出。與蘇常屬縣僅隔一江，風帆瞬息可達。賊非不垂涎此地，所以不即渡江者，特以迎敵上游，無暇分顧耳。設全浙振動，巢穴已成，回兵北竄，則下河必不能保。

今年六月，賊擾壽興沙，去通州密邇，而通州防禦甚疏，並無守具。臣里士民，雖有在通州集貲募勇、思奮一旅者，特以無人提倡，力微形格，不克有爲。臣按沿江形勢，西則瓜、儀，東則通、泰，今瓜、儀已有重兵控制，而通、泰猶覺空虛。此時曾國藩駐紮安慶，力扼上游，所部兵勇無多，斷不能浮江直下。即左宗棠、李元度等力救杭州，肅清兩浙，亦斷不能遠顧江北。臣每接閲鄉人來信，皆望曾國藩如慈父母。以臣愚見，可否密飭曾國藩擇一廉明果敢、素能辦賊之員，馳赴通、泰一帶察看情形，收拾將散之人心，激勵方興之義旅，果能自立，則乘虚進擣蘇常，當自江陰、常熟始；如或不能，則力保下河數百里沃壤，峙備兵食，遏賊北趨，非特於東南大局爲有關繫也。

竊謂國家財賦，首重蘇常，而欲克復蘇常，宜及百姓引領望救之時，方可奮發集事。若復玩愒遷延，恐賊勢已成，民心漸涣，而克復益難爲力矣。至上海一隅，尤宜固守，取江海關無窮之利，以供曾國藩等有用之兵。籌兵糈者莫要於是，不可忽也。臣籍隸蘇州，見聞較確。敬陳管見，是否有當，伏乞皇上聖鑒施行。

再：臣傳聞上海縣知縣劉郇膏官聲素好，甚得民心，屢次帶勇捍賊，聞警即行，奮然不顧。伏祈飭下曾國藩查明該員是否名實相副，有無戰績，量材擢用，於地方不無裨益。謹附片具陳，伏乞聖鑒。謹奏。

〔一〕據《知止齋遺集·知止齋文牘稿》整理。

［同治元年八月初五日］星文示異應詔陳言疏〔一〕

奏爲應詔陳言仰祈聖鑒事。伏念十年以來，海内多故，民不聊生。皇上沖齡踐阼，恭奉皇太后垂簾聽政，勤求治理。兹以七月十五日夜間衆星流向西南，二十五六等日彗出西北，恭讀上諭，奉皇太后懿旨，上下同心，修省闕失，並命中外大小臣工讜言無隱。仰見聖慈虚己寅畏天變之至意，臣愚不勝欽忭。

臣聞人事兆於下，則天象見於上。天人相與之際，其幾蓋甚微矣。謹案宋仁宗景祐四年七月戊申，有星數百，西南流至壁東。是時元昊侵軼西邊，寇患無已。兹者陝西漢回構釁，民人死徙流亡，不可勝計。粤匪闌入漢中，鴟張嘯聚，捻匪往來峭函，如入無人之境。流星之象，有同景祐，其殆專爲秦事敫。近奉特旨，以僧格林沁節制北路諸軍，肅清中原，而移勝保一軍入陜辦賊。廟謨閎遠，於居重馭輕之道，權衡至當矣。竊謂僧格林沁統轄四省軍務，似宜移駐直隸、山東、河南交界地方，庶呼應較靈，而調遣較便。其防陜之師，誠以潼關、武關爲扼要。而山西之河東、運城鹽池沃饒，宜防窺伺。且黄河劃分秦晋，南北綿亘千餘里，在在可以偷越。宜責成諸將相機堵剿，仍將辦理情形咨報僧格林沁查核，庶足以一事權而資控馭。至於彗出紫微，宜有咎徵，垂象著明，赫然可畏。謹案彗之所出，地近宫掖，毗連鈎陳，現奉明詔，申嚴門禁，宜更慎簡侍御僕從之臣，益加謹毖。本年九月間，奉移文宗顯皇帝梓宫，自宫禁以至山陵，凡蹕路所經，尤宜申儆，環衛周廬，巡徼整肅，倍於往時，以合思患豫防之義。古人君恐懼修省，雖值豐亨豫大之時，猶切苞桑之戒。況當此兵革未息，四野流離，而可不以爲懼哉。

臣愚伏願兩宫皇太后綜攬紀綱，明慎賞罰；皇上勤思典學，無怠無荒，隨時隨事而深自抑畏，惟以固結人心爲本，則於制治保邦之道其庶幾矣。臣衰耆昏愚，直言無忌，是否有當，伏乞皇太后、皇上聖鑒。謹奏。同治元年八月初五日。

再：南糧不至，京師有乏食之虞，所幸三輔連歲有秋，藉資接濟。近聞良鄉、涿州、安肅一帶間有蝻孽萌生，若遷延日久，長翅飛騰，則爲害滋大。乞飭下直隸總督、順天府府尹飭屬實力巡查，亟行撲捕收買，毋令蔓延，致傷禾稼。謹附片具陳，伏祈聖鑒。謹奏。

〔一〕據《知止齋遺集·知止齋文賸稿》整理。

〔同治元年八月十五日〕密陳愚悃疏同祁寯藻、倭仁、李鴻藻上〔一〕

奏爲密陳愚悃、仰祈聖鑒事。竊臣等恭讀上諭，九月初九日文宗顯皇帝梓宫奉移隆福寺行宫暫安。我皇上恭奉靈輿，一切典禮躬親將事。仰見聖孝肫誠，追慕無已之至意。臣等伏思禮有經權，以時爲大。現在定陵工程告竣尚須時日，隆福寺暫安處所究在陵門之外，雖有守衛，似不如觀德殿近在禁城，尤爲周密。皇上時親奠祭，亦得曲盡孝思。近時北省軍務方殷，陝西又有回匪滋擾，警報頻聞，人心未免惶惑。兩宫皇太后念宗社之重，保衛聖躬，自必憂深慮遠，無微不至。況星象屢屢示警，舉動何可不慎乎。在廷諸臣，以皇上親送梓宫，咸存過慮。祇因典禮重大，未敢遽行諫阻。臣等再四思維，揆諸時勢，惟有擬請暫緩梓宫奉移日期。俟來年體察情形，再諏吉舉行典禮。於權宜之中，隱寓慎重之意。而聖心戀慕之誠，亦足以昭示中外矣。臣等不揣冒昧，謹合詞繕摺密陳，伏乞皇太后、皇上聖鑒。謹奏。同治元年八月十五日。

〔一〕據《知止齋遺集·知止齋文賸稿》整理。

附録一　相關傳記資料選輯

一、翁同書等《先文端公行述》

嗚呼！我先考遂庵府君服官四十年，以清介正直，受累朝特達之知，由詞臣致位宰輔。凡所規畫，務崇大體，未嘗爲國家言利。自庶僚以至權貴，有以言利之説進者，必抗詞執奏，不爲少詘。碩德清節，海内引重。今皇帝御極之初，府君方以疾在告，兩宫皇太后圖任舊人以輔聖德，特旨起用，以大學士銜管理工部事務，有「守正不阿」之褒。府君兩疏固辭，卒不獲請。明年春，奉懿旨在弘德殿授讀，日侍經帷，寅入申出。十一月朔退直後，遘寒疾，越五日疾篤，遂至不起。遺疏入，上震悼，命醇郡王率侍衛十員奠醊，賜陀羅經被，晋贈太保，入祀賢良祠，予謚文端，賜祭葬飾終之典，隆天厚地。

不孝同書等痛念府君立朝本末，當有《列傳》在於《國史》，又將求當代立言君子作爲碑表銘幽之文，恐生平行事世或未能盡知，不可以無述，謹和淚濡墨，纂次其略，曰：

府君姓翁氏，諱心存，字二銘，自號遂庵，先世自明永樂中由長洲相城里遷常熟，遂爲常熟人。

五世祖玉於公諱長庸，順治丁亥進士，河南布政司參政，分守河南道。四世祖林一公諱大中，康熙丁丑進士，福建上杭縣知縣，皆以廉惠爲士民所頌。高祖天申公諱倖，暨配錢孺人，先後卒，繼聘王孺人，未婚守節，立兄子文安公爲後。文安公諱汝明，是爲府君曾祖，早卒未娶，復以兄子贅庵公爲後。贅庵公諱謙，府君祖也，性純孝，隱居不仕。考潛虛公諱咸封，乾隆癸卯舉人，海州學正，祀海洲名宦。自文安公而下三世皆贈光禄大夫，體仁閣大學士，祖母王、前母氏許皆贈一品夫人，母氏張封太淑人，累贈一品夫人。本生曾祖鄰哉公諱汝弼，貤贈光禄大夫，配節母錢氏，貤贈一品夫人。

府君幼奇慧，七歲能屬文，十三遍誦經史，下筆累千言，隨侍潛虛公於海州，唐陶山先生仲冕爲州牧，見而奇之，遂師事焉。十六補弟子員，二十丁潛虛公憂，哀慕毁瘠，偕兄朗若公自海州扶柩歸。值寶應運河決，同行之舟盡覆，獨一舟得全，人以爲孝感。服除，食餼於庠，屢試高等。新城陳侍郎希曾督學江蘇，試《玉皇香案吏賦》第一，有國士之目。

二十六，應嘉慶丙子科江南鄉試，中式第三名。卷中爲謄録生訛一字，已擯落矣。主考内閣學士湯公金釗、刑部員外郎陸公言搜得，奇賞之，遂冠其房。入都會試，賢士大夫聞其名，皆願納交。嘗游汴梁、南昌，所至覽觀山川形勢，名賢遺迹，往往作爲詩歌，以道其懷。

道光二年壬午恩科成進士，總裁協辦大學士英公和，尚書汪公廷珍，侍郎湯公金釗，李公宗昉，同考則龍岩魏笛生先生茂林也。時府君年三十有二矣，殿試二甲第三名，改庶吉士。次年散館一等第一名，授翰林院編修。

四年四月，充武英殿總纂，八月大考，二等第二名。奉旨遇缺提奏，九月升右春坊右中允，是冬充文淵閣校理。

五年，充福建鄉試正考官，闈中聞命，簡任廣東學政。六年轉補左中允。九年二月差竣回京，六月奉旨入直上書房。十年八月充日講起居注官，九月擢翰林院侍講。十一年充順天鄉試同考官。十二年充四川鄉試正考官。甫還朝，而有江西學政之命。十三年正月，補右春坊右庶子，三月轉補左庶子，四月升國子監祭酒，仍留江西學政之任。十四年十二月回京。十五年充浙江鄉試正考官。差旋過吴門，乞假回籍省親，適奉旨補授奉天府府丞兼學政，入都復命，即赴瀋陽任。十六年授大理寺少卿。十七年抵京，特旨授六阿哥讀。

十八年閏四月以母張太夫人年屆八十，乞養旋里。初，張太夫人就養京師，中間嘗一至粤東，後不樂北方風土，遂由潞河南歸。及是朝夕侍側者八年，怡顔養志，若將終身。二十五年六月，丁張太夫人憂，哀毁猶處濳虚公之喪。二十七年九月服闋。次年卜吉壤，得白鴿峰下新阡，奉張太夫人柩葬焉。先是，府君之告歸也，宣宗成皇帝意方向用，以府君疏辭懇惻，不得不如所請，至是上亟望其還朝。會不孝同書授貴州學政，召見於勤政殿，上問曰：「汝父豈終不來乎，葬事將以何日畢乎。」同書再頓首謝，具對：「臣父受恩深重，今葬事將畢，期以明春北上。」上喜曰：「汝父固當速來，汝其具家書述朕意，趣其行。」同書復頓首：「謹奉詔。」

府君聞命感泣，既葬張太夫人，遂以二十九年三月抵京。召見，詢家居十年狀，七月復直上書房，再授國子監祭酒，十二月遷內閣學士兼禮部侍郎銜，是月授工部左侍郎兼署錢法堂事務，奉旨授八阿哥讀。

三十年正月，文宗顯皇帝登極，特派偕諸王大臣恭理喪儀，二月充實録館副總裁，六月調户部右侍郎兼管錢法堂事務，十月賜紫禁城騎馬。咸豐元年八月，充順天鄉試副考官，閏八月兼署吏部右侍郎，十二月補授工部尚書，充經筵講官。二年四月充殿試讀卷官，七月充實録館總裁，專司恭纂稿本，八月兼署都察院左都御史，九月充武會試正考官。三年五月，調刑部尚書，旋仍調工部尚書，命兼管順天府尹事務，是年十二月以順天府屬員失察盜案牽連，絓吏議落職。四年二月，起爲吏部左侍郎，計去官不及五十日。三月調户部右侍郎兼管錢法堂事務，五月充武英殿總裁，九月補授兵部尚書，十月仍命在紫禁城内騎馬，十一月調吏部尚書，教習庶吉士，十二月復充經筵講官。五年二月，上謁西陵，命留京辦事，五月，管理户部三庫事務，七月命恭理孝靜成皇后喪儀。六年正月，充國史館正總裁，十月充翰林院掌院學士，十一月奉上諭，以吏部尚書協辦大學士，調補户部尚書。八年五月，充上書房總師傅，九月奉上諭補授大學士，管理户部事務，旋授爲體仁閣大學士。九年四月，因病陳請開缺，予假一月，温旨慰留，五月，奉命教習庶吉士，是月以假滿未痊，再請解職，始蒙恩允。府君疏謝並陳明在京調養，上每召見大臣，猶時時垂詢府君病狀。十一年七月，文宗顯皇帝升遐，十月梓宫自熱河至京師，府君偕在京臣工迎謁哭臨。是月上嗣位，府君被命再出理部務。同治元年，充實録館監修總裁，並閱直省拔貢覆試卷。此府君生平出處及歷官除拜之大略也。

吾常熟翁氏，自明萬曆間太常公憲祥兄弟四人以科第仕進，而吾先世獨潛德弗耀。入國朝，參政公父子起家進士，爲廉吏，家愈貧。其後門祚衰落，賴節母王孺人茹苦撫孤，以延世緒。先祖考潛虚公幼時饘粥不繼，及爲海州學正，先後五次振饑，無纖毫侵冒，清介絶俗，張太夫人克贊成之。海州僻陋，學者無所師承，潛虚公日召諸生授以經義，張太夫人親執爨以食諸生，繇是州人奮興，喬君紹僑始舉於鄉，又有許君喬林與其弟桂林皆博學有譽，府君並與定交，互相規切，有斷齏畫粥之風。比丁外艱還里，則大困。府君落落不以介意，與同人講學論文無虚日。及登賢書，嫉鄉人包漕陋習，歲晚出游大江南北以避之，里黨姍笑，意夷然不屑也。通籍後慎交游，絶餉饋，不渝其素。典浙試，還入里門，步行蕭然如諸生。洎告養歸，奉母讀書，邑中每有公事，縣令禮請，皆謝不往。庚子歲，吾邑大水，府君乃捐貲振饑，率紳士誓于城隍神，有私一錢者禍且及子孫，在事者皆悚惕無敢欺隱。生平篤於行誼，事季父耕梅公極謹。先祖母許太夫人生一子一女而卒，張太夫人視前室子女如己出。府君與先伯父朗若公及適陸氏姑皆友愛無間言。家既貧，尤尚樸素，恒布衣糲食無所嗜，所至惟以書卷自隨。愛誘掖後進，有知人鑒，前後所取士，以學術、政事、文章、氣節著者凡數十人。主講游文、紫陽兩書院，勉肄業生以樸學。在成均日，興修南學，六館之士彬彬焉。及官卿貳、爲院長，薦達賢俊不可勝數。其手疏密陳者，輒焚其稿。曰：「吾爲大臣，爲國求賢職也，不可使外人知。」今上初登極，即一再上封事，及詔下中外大臣博舉遺逸，褒揚府君，以爲不失「以人事君之義」，人始知府君所建白，蓋以人才爲首務云。府君初入詞館，才名籍甚公卿間，然於詞賦，實非所深好，獨好經史實學、儒先説理之書及古名臣論奏。座師湯文端公深器之。自盛京還，再直上書房時，宣宗成皇帝以皇子初入學，重師傅之選，賜裘賜饌，恩遇優異。每蒙召對，必温諭移時乃罷。及家居再出後，入直如故。維時文宗顯皇帝猶在潛邸，授讀者爲濱州杜文正公，遇杜公休沐日，府君亦得侍學。一日論唐史，及德宗世，于陸贄、盧杞賢奸進退，反覆講晰數百言，文宗動容嘉納焉。翼日因以宣公奏議進。咸豐初以尚書兼管順天府尹事，時粵寇北竄，畿輔驛騷，徵調關東索倫兵及東三盟蒙古兵雲集京畿，所需車馬槖駝之屬無算，有不給者以乏軍興論。府君每日自實録館出，公事旁午，披覽文書，至夜分不倦，事皆以辦。及筦大農，領度支，值軍旅繁興，國用日絀，勞神焦思，至廢寢忘食。嘗以議洋藥税事與尚書肅公順廷爭，繇是有隙。府君既去位，而肅公方貴重用事，會户部鈔票案起，遂興大獄，欲以奇禍中府君。上知府君無它，卒不深罪。當是時，微上保全，幾不測。府君每與家人言及兩朝厚恩，輒嗚咽流涕，故不獨在朝之日指陳朝野利病，軍事得失，侃侃謂謂，必殫忠竭誠而後已。即家居十年及晚歲養痾京邸，每聞四方水旱兵革之事，未嘗不憂見顏色。咸豐十年，京師有警，都人洶洶，言聖駕且出巡，廷臣交章固爭，府君時已退居，亦上疏力言不可，上皆採納，不以爲迕也。府君之奉詔再出也，足疾猶未瘳，有旨免帶領引見及一切勞苦事，以示優恤。直弘德殿，每出入，命内侍扶掖以行。夜中或籠燭前導，皆異數，非故事所有。時同直者爲相國祁公、倭公、侍講李公，每日晏授經之暇，則進講《帝鑒圖説》，退直輒紬繹《大學衍義》、《帝學》諸書，曰此致君堯舜之本也。疾革時猶惓惓以聖學早成，四方早靖爲念，無一語及家事。命繕遺疏，言願皇太后調護聖躬，慎擇近侍，皇上懋修正學，親近正人，端蒙養之本原，致中興之事業。既繕疏，命不孝同龢恭讀一過，點頭者再，閉目端坐，遂無一言。不孝同書有罪繫獄，蒙恩暫釋侍疾，比抵舍，府君猶啟目微視，頃之而府君長逝矣。嗚呼痛哉！

府君生於乾隆五十六年五月十四日，卒于同治元年十一月初七日，享年七十有二。詩文集若干卷，尚未刊行。娶吾母許夫人，贈奉直大夫、高安縣知縣秋濤公夔之女。生子四，長不孝同書，道光庚子進士，曾任安徽巡撫，以罪削籍，娶同邑錢氏，廪膳生貴錦女。次音保，早卒。次不孝同爵，附學生，二品蔭生，兵部武選司員外郎，記名以道府用，出嗣堂叔慶貽公爲後，娶同邑楊氏，惠州府知府希銓女。次不孝同龢，咸豐丙辰進士，右春坊右贊善，娶蕭山湯氏，前任太常寺卿修女，即湯文端公女孫也。女二，長適優貢生俞大文，前卒，次適國子監司業錢振倫。孫六，長曾文，優廪生，早卒；次曾源，國子監學正，欽賜進士；次曾純，附學生，即選同知；次曾榮，欽賜舉人；次曾桂，刑部候補郎中；次曾翰，咸豐戊午舉人，欽賜内閣中書。曾孫五人、曾孫女三人，皆幼。

不孝同書等賦質駑下，不克禀承家學，遭罹大故，痛不欲生。惟是故里被兵，窀穸未卜，加以老母在堂，不得不視息人世，謹撰次崖略，上諸史氏，並乞當代立言君子錫之鴻文，以垂史乘而光泉壤，感且不朽。不孝孤子同書、同爵、同龢泣血謹述。

賜進士及第、光禄大夫、禮部右侍郎兼署吏部右侍郎、門下士龐鍾璐頓首拜填諱。

二、翁同書等《先文端公年譜》

乾隆五十六年辛亥五月十四日未時，先君生於常熟南門内九萬圩舊宅。時先祖潛虛公年四十二，先祖母張太夫人年三十三，產難幾殆。

五十七年壬子，二歲。

五十八年癸丑，三歲。

五十九年甲寅，四歲。能讀漢魏詩，一日大風潮溢，喟然曰：「真枯桑知天風，海水知天寒也。」

六十年乙卯，五歲。解屬對，舅氏張虞樵先生廷玨偶試之曰「雲開見日」，即應聲曰「露結爲霜」。

嘉慶元年丙辰，六歲。入塾，受學于族叔雨松公。

二年丁巳，七歲。能屬文。

三年戊午，八歲。隨先祖赴海州學正任。署中多鬼狐，先祖奉檄出勘災，先祖母張太夫人夜績課先君讀，一燈熒然，婢媪有懼色，太夫人叱曰：「鬼畏人，人反畏鬼耶？」績如故。

四年己未，九歲。

五年庚申，十歲。從同邑程東野先生受學。

六年辛酉，十一歲。

七年壬戌，十二歲。海州牧唐公仲冕見先君所作論曰：「是童子當有名于世。」遂受業焉。

八年癸亥，十三歲。遍誦十三經、三史、《楚辭》、諸子、唐宋文，先祖遂授以前明隆、萬、天、崇人制義，於是始學爲制義，下筆千餘言。

九年甲子，十四歲。

十年乙丑，十五歲。

十一年丙寅，十六歲。三月旋里，應童子試，受業于曾牧庭先生涉，嘉慶辛酉進士，河南鎮平縣知縣。及母舅許朗軒先生。金照，歲貢生。八月，學使通政莫寶齋先生晋科考，取入常熟縣學第二名。首題「齊戰」，次題「拱把之桐梓」，詩題「細雨疏燈聞落葉，得疏字」。十月赴海州。

十二年丁卯，十七歲。受業石室書院山長石楞緣先生，文煃，嘉慶辛酉進士，内閣中書。秋，應鄉試，仍回海州。

十三年戊辰，十八歲。六月赴金陵補歲考録遺，入場試畢，旋里。十一月，吾母許夫人來歸。

十四年己巳，十九歲。肄業游文書院，受業于父執劉廣涵先生，晋燾，乾隆己酉舉人，銅山縣訓導。九月，學使侍郎玉研農先生麟。科試，一等第三名。十月，謁唐陶山先生于松江，不值，回里，即攜眷至海州。時先祖有疾，吾母夢至一聽事，顔曰「樂志堂」，旁有聯曰「樹静風不息，魚横索尚銜」，以語先君，先君駭汗，戒勿告人，蓋樂志堂者，先大參公所建，額爲宋比玉珏。所書，堂毁久矣，乃見異於夢，故先君訝其不祥。

十五年庚午，二十歲。上元日，先祖聞二叔祖味蘭公卒，一慟幾絶，病遂劇。先君與先伯父朗若公朝夕侍湯藥，四月，先祖卒於官，哀毁骨立。六月，不孝同書生，其名猶先祖所豫命也。九月，扶柩旋里，屢易舟，始抵淮上，艱苦萬狀，至寶應道中，值運河堤潰，舟盡覆，獨一舟得全，人以爲孝感。十月抵里，停柩于西門外蘇氏丙舍。十二月，唐陶山先生權蘇州守，先君往謁，以墓志請。時陳曼生鴻壽爲贛榆令，具書幣招入署，先君辭弗往，家貧幾無以度日，鶉衣蔬食，舉室安之。

十六年辛未，二十一歲。館山塘涇李氏，時與陳子準先生揆。討論經義，假其稽瑞樓藏書讀之，並爲照曠閣張氏校勘書籍。十二月，葬先祖于頂山祖塋，哀痛過甚，中寒氣絶，逾時乃蘇。

十七年壬申，二十二歲。館張苑賓先生鳳池。家。試游文書院，輒前列，偕陶靜涵、貴鑒。周小江、敦臨。陳梅江、觀理。趙叔才、元愷。沈華林、毅。吴偉卿廷鈐。諸先生爲文會。秋，爲吴朝棟牽控事赴海州。吴朝棟者，海州劣生，以訐告尊長被斥，銜先祖舉報劣行，妄謂先君實主其事，屢訟於州，至是與人訟于淮海道，復及前事，故有是行。瀕行，山長宣城張先生燾，字涵齋，以侍講家居，主講游文書院。謂曰：「君必爲大器，凡横逆之來，皆所以玉成我也，君自此勉之矣。」因以千錢贈行，先君感其意，謹受教。至海州，朝棟情虚畏質，匿不敢出，事得直。十二月，還家。是年次男音保生。

十八年癸酉，二十三歲。仍館張氏。秋赴金陵試，學使工部侍郎新城陳公希曾蒞任觀風，取列一等第一名。

十九年甲戌，二十四歲。館趙叔才先生家。先生好客善飲酒，座客無不沾醉，先君獨不飲，莊坐相對。二月，學使陳公歲試古學，試《玉皇香案吏賦》，取列蘇太兩屬第一，試作傳誦大江南北，正場取列一等第二名，遂食餼。八月，不孝同爵生。

二十年乙亥，二十五歲。仍館趙氏，秋應科試，學使工部侍郎王勿庵先生以銜。取列一等第一名。

二十一年丙子，二十六歲。正月，發疹甚危，不孝同書與弟音保同時患疹，音保殤焉。七月復病，小愈即往金陵鄉試，嘗夢前身爲僧，號了觀，作《碧玉篇》紀其事。九月榜發，中式，首題「殷因于夏禮，所損益可知也，周因于殷禮，所損益可知也」，次題「唯天下至誠爲能盡其性，能盡其性則能盡人之性，能盡人之性則能盡物之性」，三題「夫明堂者王者之堂也」，詩題「其穀宜稻，得宜字」。座主則內閣學士蕭山湯敦甫先生、金釗。刑部員外郎仁和陸心蘭先生，言。房師則金山令江夏林桂舟先生沛。也。卷爲謄録生訛一字，已被擯矣。心蘭先生搜落卷，與湯公大賞之，桂舟先生亦悟爲訛字，亟補薦，擬定元，及得林年丈端。卷，乃改置第三。十月，赴金山謁房師林公，留閱縣試卷。十一月，往揚州謁劉金門先生，鳳誥。劉爲桂舟先生座師，先生命之往也。歸途謁唐陶山先生于鎮江，時署常鎮道。雪後登北固山，游甘露寺。吾鄉陋習，凡登賢書者輒包攬漕糧抽索陋規，先君深嫉是風，故出游以避之，歲暮乃歸。

二十二年丁丑，二十七歲。入都會試，寓同邑張鹿樵先生大鏞。所。四月榜發，龐星齋年丈大奎。中會元，先君薦而不售。卷出定安張海珊先生岳崧。房。先是，協揆大庾戴公均元。磨勘江南試卷，見先君文，擊節，是科公適爲總裁，先君文已入彀，已而復抑之，出闈知爲先君卷，乃大悔。榜後赴汴梁就學使史問山先生致儼。之聘，爲課其郎君三人讀書。時謝方齋榮埭。在署中，亦受業焉，並襄閱開封試卷。

二十三年戊寅，二十八歲。六月，送生徒入都鄉試。九月仍回汴梁。

二十四年己卯，二十九歲。入都會試，卷爲房考陳耕餘先生繼義，大興籍，會稽人，己巳進士，時官編修。力薦，仍爲戴可亭相國所擯。相國深以不得先君爲憾，延至邸第，課其兩孫讀。

二十五年庚辰，三十歲。會試仍落第。張詩舲丈祥河。以是科中式，亦客戴相國家。此兩年中，先君與同郡蔣香廣、廷恩。同邑邵鞠泉、日誠。吴偉卿、廷鈐。屈侃甫、軼。程心宇、定謨。張鹿樵、大鏞。龐子方、大堃。星齋、大奎。程子廉正榮。諸先生往還最稔。六月，考取宗學教習，閱卷者侍郎王公鼎，那公清安，廉公善，閣學杜公堮也，題爲「知者無不知也」四句，「賦得荷翻北潭影，得潭字」。七月，以久客於外，將回里省親。時戴相國遣其孫嘉德還江右，請同行，且約先君于明年春爲章江之游。遂自潞河登舟，十月歸里。時不孝同書、同爵皆失學，先君親督課之。

道光元年辛巳，三十一歲。三月赴南昌踐可亭相國之約。過富春，登嚴子陵釣台，慨然作出世想。既至南昌，與江右名士熊墨樵先生兆麟。等游，得詩甚多。時先外祖許公諱夔，字秋濤，乾隆乙卯舉人，後官高安縣知縣。以知縣候補在省，相聚數月，冬仍返里門。是年七月，長女壽珠生。

二年壬午，三十二歲。入都會試，舍于史問山先生老墻根寓齋，榜發，中式第二十一名。座師協揆長白英公和、尚書山陽汪公廷珍、侍郎蕭山湯公金釗、山陽李公宗昉，房師宗人府主事龍岩魏笛生先生茂林，己巳進士，後官通永道。也。題爲「子曰：學如不及，猶恐失之」，《詩》云「鳶飛戾天」一節，「子貢曰：見其禮而知其政」，「賦得春風風人，得風字」。闈中得先君卷，與呂年丈龍光、陸年丈我嵩卷，皆以爲可填榜首。及定呂爲會元，以三卷皆出笛生先生房，十八名中例不得並列，乃以陸列十九名，而先君得二十一名云。覆試一等，殿試二甲第三名，朝考入選第四名，改庶吉士。冬，充武英殿協修。

三年癸未，三十三歲。散館試「任官惟賢才賦」，「小闌花韻午晴初詩，得蘭字」，列一等第一名，授翰林院編修。是年九月，叔祖耕梅公卒於家。耕梅公一子早卒，以不孝同爵爲嗣孫。

四年甲申，三十四歲。充武英殿總纂。八月，大考翰詹，試「八月其獲賦」，「昨夜庭前葉有聲，得心字」七言排律詩，列二等第二名，奉旨遇缺提奏。九月補右春坊右中允。十二月，充文淵閣校理。

五年乙酉，三十五歲。四月，先祖母張太夫人率吾母許夫人及不孝同書、同爵至都，先君通籍後仍館史氏，至是始僦屋下斜街。五月，充福建鄉試正考官，副之者編修陳辛伯先生兆熊也，己卯進士，崇明人。得士林君揚祖等八十七人，副榜十七人。闈中奉督學廣東之命，十月抵廣州。十二月張太夫人挈眷屬自京抵粤。

六年丙戌，三十六歲。轉補左中允，按試肇羅南韶連，還試廣州。復出按惠潮嘉。回省度歲，别署中榕根九曜石，得米黻詩刻。是年正月，次女端恩生。

七年丁亥，三十七歲。舉行高廉雷瓊歲科，兩試瓊州，隔大海，食頃而渡，歸舟以無風漂至廣州一晝夜，始得回艤雷州海口。六月，還試廣州。秋冬按惠潮嘉。是年，不孝同書由粤旋里，授室，補諸生。

八年戊子，三十八歲。科試肇羅南韶連，回省録遺。粤東童試多弊竇，先君釐剔殆盡，粤人稱神明。所取士若桂君文燿、盧君同伯、龍君元僖、楊君榮、陳君澧、石君衡皆一時之選，學海堂中知名士，爲先君所識拔者，則以黄君子高、梁君梅、譚君瑩、温君訓、侯君康、儀君克中、樊君封爲最。任滿時，從游諸子餞於白雲山，爲圖賦詩以贈行，代者徐辛庵先生士芬也。十一月，度嶺，除夕泊舟滕王閣下。

九年己丑，三十九歲。正月，張太夫人及眷屬由浙歸里，先君自沙井陸行抵京。四月，張太夫人挈全家至自里門，賃屋于石駙馬街羅圈胡同。六月，奉旨入直上書房，授惠邸讀，同直者仁和龔季思先生守正也，居澄懷園之樂泉西舫。

十年庚寅，四十歲。三月，扈蹕南苑，數拜麀鹿黄羊之賜，並賜《御製巡幸盛京詩》及《御製詩初集》。四月，不孝同龢生。八月，充日講起居注官。長孫曾文生。九月，遷翰林院侍講。

十一年辛卯，四十一歲。派閲考試御史卷，六月，賜《御製文初集》，秋，充順天鄉試同考官，得士解元董君似穀等三十二人。十二月，移寓旃檀寺興盛街。

十二年壬辰，四十二歲。春，堂兄同福補諸生。五月，典試四川，李滋園年丈菡爲副，得士閻君希哲等六十二人，副榜十二人。是科不孝同書舉順天鄉試。十月，回京。十一月，簡任江西學政，十二月，單車就道。

十三年癸巳，四十三歲。正月，抵南昌，擢右春坊右庶子。二月按南康，渡鄱陽湖，風作，舟幾覆，禱於神，得濟，游白鹿洞。三月，轉左庶子，四月，擢國子監祭酒，試九江、廣信、饒州畢，回省。秋，按南安、贛州，皆歲科並試。冬，試建昌、撫州，至廣信度歲。是年秋張太夫人由潞河還里，僦屋南門内板橋。

十四年甲午，四十四歲。科試饒州、九江、南康，游開先、歸宗二寺，接考瑞州、臨江、袁州、吉安。五月，不孝同書、同龢侍吾母許夫人至南昌。同爵時已授室，留侍張太夫人于里中。六月，還試南昌。七月，録遺。先君蒞江右不及兩年，得士稱極盛，其後登科第、官中外者指不勝屈，代者爲許滇生先生乃普。十一月交卸起程，由沙井還京，眷屬仍由浙河旋里。是年五月，孫曾源生，十一月，孫曾純生。

十五年乙未，四十五歲。二月，不孝同爵補諸生。六月，典試浙江，副之者張桐厢先生，琴，雲南人，癸未翰林，時官御史。得士沈君祖懋等九十六人，副榜十八人。還過吴門，便道省親，適聞命授奉天府丞兼學政。先君欲疏請解職侍養張太夫人，不許。十一月，覆命。十二月，出關。

十六年丙申，四十六歲。正月莅任，試錦州、奉天，並考試拔貢。秋，恭晾列祖聖容，曝文溯閣書，與薩湘林侍郎迎阿。倡酬甚樂。十月，補大理寺少卿，召還。是年十一月，孫曾榮生。

十七年丁酉，四十七歲。正月抵都，直上書房，奉旨授六阿哥讀。時同直者濱州杜公受田、平湖徐公士芬、黃縣賈公楨、濟寧孫公瑞珍、同郡吴公鍾駿，直南齋者壽陽祁公寯藻、錢塘許公乃普、固始吴公其浚、襄陽單公懋謙，皆寓直澄懷園，退直後時相過從。先君所居在故居樂泉西舫之西，黃左田尚書所名「食筍齋」者也。先君植雙柳于池上。五月，特賜貂褂一件。先後内直數年，書畫、宮箋、文綺、甘鮮之賜便蕃相屬，歲終則賞御書福字。是年七月，孫曾桂生。十一月，孫曾翰生。

十八年戊戌，四十八歲。每遇三法司會讞，時援經義駁難。三月，扈蹕南苑。閏四月，以張太夫人年八十，具疏乞終養。先是，自浙還，即陳母病願歸養，上不許。曰：「俟汝母年八十再請。」自瀋陽還，復面陳之。上曰：「得人甚難，汝其少留。」至是以疏詞懇惻，特旨俞允，陛辭日慰問再三，先君頓首流涕，自惠邸而下至同朝官賦詩送行，梅伯言年丈曾亮爲作序，不孝同書侍行，六月抵里。

十九年己亥，四十九歲。奉母家居，杜門不與外事。辟一室曰「知止齋」，著書自娛。時友朋淪落殆盡，惟與言皋雲、朝標。錢梅溪、泳。許伯緘、廷誥。陶靜涵、貴鑒。黃琴六、廷鑒。孫小真、文杓。周鶴儕、壬福。龐子方、大堃。邵盅友淵耀。諸先生時時相見。

二十年庚子，五十歲。不孝同書成進士，改庶吉士。吾邑大水，先君倡捐千金，匄資振饑，率紳士誓于神，人莫敢欺。六月，張太夫人就醫靈岩山，假蔣氏丙舍以居，即畢尚書靈岩山館也。九月，賃屋郡城吉慶衖，奉張太夫人居焉。

二十一年辛丑，五十一歲。在郡之日爲多，間一回家。十二月，張太夫人病痊還里。時不孝同書留館授編修，回籍省親。

二十二年壬寅，五十二歲。正月，長女適同邑廪生俞大文。五月，海舶犯吴淞口，旋入長江，江南數郡之民紛紛遷徙，先君奉張太夫人避地南鄉釣渚渡。六月，適陸氏姑母卒。九月，海警息，還家。十一月，不孝同書入都供職。

二十三年癸卯，五十三歲。稍聚書籍，校讀無虚日。修族譜，手裝先世手澤。五月，不孝同書典廣東鄉試。十二月，適俞氏長女卒。

二十四年甲辰，五十四歲。主講游文書院。二月，不孝同爵婦楊氏卒。十月，先伯父朗若公卒。

二十五年乙巳，五十五歲。六月，張太夫人棄養，居喪一用古禮。八月，不孝同龢及長孫曾文同補諸生。

二十六年丙午，五十六歲。吾邑漕務日壞，至是官出令大小户一律徵收，率以五斛米當一石，總督李公星沅貽書問利病，答以民氣宜培，浮收宜革。八月，鄉民有聚衆抗糧者，有司請上官發兵剿捕，先君力阻之。已而諸犯皆就縛。時龐君鍾璐、楊君泗孫、徐君元達、錢君彦華、張君瑛等及堂兄同福皆從受學。

二十七年丁未，五十七歲。校刊先祖潛虛公《文鈔》四卷，《詩鈔》三卷，《制義》一卷。九月服除，主講郡城紫陽書院。是冬，得吉壤於西山白鴿峰下。

二十八年戊申，五十八歲。每月至郡，與諸生講習，暇則出游支硎、天平諸山，倘徉山水間，有終焉之志。七月，不孝同書簡放貴州學政，召見，詢先君家居狀，命同書傳旨趣令來京。十月，葬張太夫人于白鴿峰新阡，始俶裝爲出山計。

二十九年己酉，五十九歲。三月，先君偕吾母挈次女及不孝同龢抵京，寓兵馬司中街，詣宫門遞折，召見。上曰：「時日甚速，汝歸十年矣。」四月，次女適歸安錢編修振倫。是月，不孝同龢娶婦湯氏。七月，入直上書房，補國子監祭酒，秩從四品。而先君以大理寺少卿服闋候補秩正四品，例不得通補，上意亟欲擢用，故有是命。先君於是兩爲祭酒矣。與同官勝公保奏葺南學。十二月，擢内閣學士兼禮部侍郎銜，旋升工部左侍郎兼署錢法堂事務，尋命授八阿哥讀，直廬在澄懷園南垞，同直者濱州杜公、黄縣賈公、濟寧孫公及蕭山朱公鳳標，六安葉公覲儀、膠州匡公源，直南齋者錢塘許公及涇陽張公芾，錢塘沈公兆霖也。

三十年庚戌，六十歲。正月，宣宗成皇帝升遐，文宗顯皇帝嗣位。命偕諸王大臣恭理喪儀，百日釋縞素，直書房如故。二月，充實録館副總裁，賜成廟遺念衣物。六月，調户部右侍郎兼管錢法堂事務。不孝同書擢右中允，不孝同龢拔貢，朝考以小京官用，分刑部學習。九月，梓宫奉移禮成，特旨加二級。十月，賜紫禁城騎馬，賃屋數椽于東華門外，爲退朝休息之地。一日出禁門，墜馬傷臂，久之乃愈。時議蘇松漕糧改征折色，先君持不可，事得寢。十二月，賜《宣宗御製詩文餘集》。

咸豐元年辛亥，六十一歲。正月扈蹕，恭詣西陵。五月賜《御門聽政詩石刻》。不孝同爵考試蔭生，以主事用，簽分兵部。七月，上出内府所藏右軍《快雪時晴帖》墨迹，與内直諸臣同被命分體賦詩。八月，閱考試御史卷，偕協揆杜公受田、塚宰柏公葰、少司農舒公興阿典順天鄉試，得宗室瑞君聯等五人，王君題雁等三百六人，副榜四十三人。閏八月，兼署吏部右侍郎。十月，恭詣東陵驗收工程。十二月，遷工部尚書，署經筵講官。是年侄孫曾禧、孫曾純同補諸生。

二年壬子，六十二歲。二月，山陵禮成，以恪勤將事，特旨加四級。三月，閱覆試宗室貢士卷，奉敕題内厩馬《闞虎騮圖》詩。四月，扈蹕恭詣慕陵還，閱覆試貢士卷，充殿試讀卷官。是月相國杜公往南河振饑，命接辦《實録》稿本。五月，閱大考翰詹卷，考試蔭生卷。六月，與萬壽節筵宴。七月，充實録館總裁，專司恭纂《稿本》。八月，充經筵講官，上臨御經筵，命直講。是月兼署左都御史，疏請嚴緝海淀老虎洞盜案。九月，充武會試正考官。十月，充武殿試讀卷官。十二月，進乾清宫，賞福字，自後歲以爲常。是年，不孝同龢中式順天舉人。

三年癸丑，六十三歲。正月恭和御製元旦詩。初命舉行重華宫茶宴，已而罷之，仍賜内直諸臣尚方珍玩，先君與焉，並與保和殿筵宴。二月，上釋奠文廟，命於孟子位前分獻，越六日，臨雍講學，仍命分獻，賜臨雍御論，閱覆試舉人卷。是時粤寇陷金陵，先君疏陳八事：一速合剿以挫賊鋒；一添重兵以守江淮；一清捻匪以防滋蔓；一核浮冒以收實用；一恤災黎以蘇民困；一培元氣以固民心；一籌糧食以實倉儲；一振紀綱以維根本。三月，與賈公楨、朱公鳳標疏薦江忠源，請畀統帥重任。是月，命偕閣臣會同户部統籌内外軍餉，派大挑舉人。四月，移寓南横街。閲覆試貢士卷，進士朝考卷。盤查銀庫，監視鎔化金鐘，凡黄鐘二、太簇一，皆乾隆五十五年所鑄鎛鐘也。五月，至通州驗海運米，復偕賈公、朱公疏陳防剿事宜，調刑部尚書，越二日仍調工部尚書，命兼管順天府尹事務。七月，閲考試國子監學正、學録卷。八月，恭和御製自述詩，查勘京師内外城墻。九月，粤匪北竄，時天津戒嚴，畿輔震動，先君條上守禦事宜，飭所屬州縣不得派捐累民，並親歷郊坰撫循激厲，士民感勸，都城百里之外守具粗備。復疏陳京城團防之法，舉光禄寺卿宋公晋、太僕寺卿王公茂蔭司其事，薦循吏武清縣知縣胡啟文，又請以順天府屬各營暫歸府尹管轄調遣，俱蒙允行。時郡王僧格林沁駐兵王慶坨，貝子德勒克色楞、大臣伊勒東阿分駐楊村、固安，衆不下二萬，鍋帳、火藥取給工部，而順天府則供橐駝車馬人夫之屬，設糧臺於順天府署，文書旁午，日數十至，先君退直，治部務畢，則馳入府尹署治事，迨暮方歸。一夜十數起，以爲常。十二月，部議以銀票、鈔票給軍食，先君以事屬試行，疏言其不便，有旨切責。無何通州有捕役搶劫之案，先君已嚴飭緝捕矣，侍郎文瑞劾奏兼尹等徇庇屬員，下部嚴議，遂與府尹宗公元醇俱落職。

是年不孝同書學政任滿，于成都途次奉旨馳赴琦公善軍營，遂令眷屬回京，而只身赴揚州。三月擢侍講學士，尋轉侍讀學士，遷少詹事。八月，長孫曾文卒，不孝同書之長子也，弱冠食廩餼，能文，生一子亦殤，先君深惜之。

四年甲寅，六十四歲。二月，特旨起用爲吏部左侍郎。三月，調户部右侍郎兼管錢法堂事務。五月，充武英殿總裁。六月，疏請停鑄當千、當五百大錢。九月，遷兵部尚書。十月，復賜紫禁城騎馬。十一月，調吏部尚書，教習庶吉士。十二月，復充經筵講官。

五年乙卯，六十五歲。三月，上謁西陵，偕諸王大臣留京辦事。四月，閱考試試差卷，盤查三庫。五月，命管理户部三庫事務。六月，患鼻衄甚劇。七月，命偕王大臣恭理孝靜成皇后喪儀，寓海淀集賢院。八月，署翰林院掌院學士。是月查勘慕東陵工程，行次淶水，眩暈傾跌，傷右腕，自是累年不能作細書。十月，恭奉孝靜成皇后梓宫暫安慕東陵隆恩殿。

六年丙辰，六十六歲。正月，充國史館正總裁，與廷臣宴，賜御製詩。二月，赴慕東陵督工。三月，閱覆試宗室貢士卷。四月，復赴慕東陵工次。不孝同龢成進士，廷試第一，授翰林院修撰。六月，江南官軍失利，退至丹陽，先君疏陳吴中形勢，請駐軍東壩，收集長蕩、隔湖、東西氿民船，毋爲賊有。別練太湖水師，以保蘇常兩郡。又請罷蘇常畝捐。是月，復署翰林院掌院學士。七月，閱考試教習卷。不孝同書擢詹事。十月，充掌院學士。十一月，《宣宗成皇帝實録》告成，以悉心纂輯，賞次孫曾源舉人。恭和御製禮成恭紀詩，賜禮部筵宴。命以吏部尚書協辦大學士旋調户部尚書。是年二月，曾孫奎孫生。

七年丁巳，六十七歲。正月，與廷臣宴。二月，經筵直講，閱考試御史卷。四月，詣慕東陵恭視掃青及奉安禮成，賞加三級。六月，萬壽節與宴。八月，閱考試謄録卷。是月，覆核朝審，有竊錢票七百串者，刑部依贓逾五百兩律定擬。先君駁議改緩，下部議行。十月，命覆鞫刑部案犯。十一月，攻克瓜州捷聞，不孝同書蒙恩賞穿黄馬褂，以侍郎候補。

八年戊午，六十八歲。三月，不孝同龢婦湯氏卒。四月，海船逼天津，疏請聖駕還宫。五月，疏請速定進剿之策，復偕尚書周公祖培等連名疏論兵事。是月充上書房總師傅。六月，萬壽節賜筵宴。不孝同書授安徽巡撫。不孝同龢典試陝西旋授陝甘學政。八月，覆核朝審。九月，孫曾翰中式順天舉人。是月奉旨授大學士，管理户部事務，尋奉朱筆授爲體仁閣大學士。時度支日匱，言利者稍稍進，先君曰户部古之司農也，諸君盍顧名思義乎。内務府請撥帑協濟，先君以軍餉方亟，疏請停撥。十二月，賜御書扁額墨刻。是年十一月，曾孫安孫生。

九年己未，六十九歲。初，廷臣中有言弛鴉片煙禁者，先君數於上前爭之。至是户部尚書肅公順議請收洋藥税，先君毅然不可。曰：「若然，何以見先皇帝于地下。」其他事近掊克者皆力阻也，由是有隙。正月，與廷臣宴。二月，閲覆試舉人卷。三月，閲覆試宗室貢士卷，命偕王大臣挑選侍衛，尋以眩暈足弱，請假二十日，旋請開缺，朱批：「卿總理事務，深資倚任，著賞假一個月，安心調攝，不必開缺，欽此。」五月，命教習庶吉士，假滿未痊，再請開缺，始得俞旨，陳明在京調理。九月，户部五宇案起。是年四月，不孝同龢由陝西告病回京。八月，不孝同爵補兵部主事。曾孫潮孫生，二歲殤。十一月，孫曾源考取國子監學正、學録。

十年庚申，七十歲。二月，始由東安門遷居兵馬司中街，以南横街屋隘不便養疴也。三月，怡親王治五宇獄，羅織多人，欲因以傾先君，衆皆爲先君危之，先君讀書自若。讞上，上知先君無它，釋不問，僅下部議處補官日革職留任。七月，京師有警，聖駕將出巡，廷臣交章言事，先君與相國祁公亦各有密疏，上皆採納。九月，聞吾邑失守。是年二月，曾孫斌孫生。三月，不孝同爵升武選司員外郎。十二月，曾孫椿孫生。

十一年辛酉，七十一歲。正月，不孝同書奉旨來京，另候簡用。先君自庚申八月後不復作詩，日讀經史自遣。七月，文宗顯皇帝晏駕于熱河行宫，先君赴内閣哭臨，具折慰聖哀。十月，梓宫還京，偕在京諸臣迎謁於清河。今上御極，諭曰：「予告大學士翁心存守正不阿，學問淹博，前任太常寺少卿李棠階學養深邃，方正老成，朕御極之初，亟應延訪耆儒，以資輔異，翁心存尚未出京，著即銷假候簡用，李棠階現在河南辦理團練，亦著即來京候旨，以副朕側席興賢、人惟求舊之至意，欽此。」是月，蒙賜文宗遺念冠服。十一月，詣宫門謝恩，自陳衰老不堪任使，因上封事。兩宫皇太后召見于養心殿，命開復革職留任處分，以大學士銜管理工部事務，先君具疏力辭，優詔不許，特予免派一切差使，以示體恤，尋有旨褒獎先君臚舉人材不失以人事君之義。十二月，疏請力保通泰，規復蘇常。

同治元年壬戌，七十二歲。正月，不孝同書回京。越三日以壽州事被劾褫職逮繫。二月，奉慈安皇太后、慈禧皇太后懿旨：前因皇帝沖齡，亟宜典學，曾經降旨令議政王保舉師傅，嗣經該王大臣等各舉所知，臚列以聞，當皇帝養正之年，自應及時就學，以裕聖功。現諭欽天監選擇吉期，於二月十二日皇帝在弘德殿入學讀書。翰林院編修李鴻藻，前蒙文宗顯皇帝派令授讀，茲復特簡禮部尚書、前任大學士祁寯藻，管理工部事務、前任大學士翁心存，工部尚書倭仁，均屬端謹，學問優長，堪膺師傅之任。祁寯藻、翁心存、倭仁、李鴻藻均著在弘德殿授皇帝讀。該大學士、尚書等各以耆碩重望，爲時所推，歷受累朝知遇之隆，至優極渥。編修李鴻藻經先皇帝特加簡用，其各朝夕納誨，同心啟沃帝王之學，不在章句訓詁，惟冀首端蒙養，懋厥身修，務於一言一動，以及天下民物之賾，古今治亂之原，均各講明切究，悉歸篤實，庶幾輔成令德，措正施行，宏濟艱難，克光大業等因，欽此。遂移寓西華門靜默寺，以便趨直。不孝同爵京察一等，記名以道府用。不孝同龢充會試同考官，尋升右贊善，典試山西。六月，閱拔貢朝考覆試卷。七月，充實録館監修總裁。八月，以星變言事。閏八月，移居經板庫。曾孫熙孫生。九月，梓宮奉移禮成，賞加二級。十月，賜宣宗成皇帝《聖訓》。自皇上入學後，先君偕同直諸公寅入申出，日以爲常，進講《帝鑒圖説》，上每動容稱善。十一月朔，衝寒入直，夜分疾作，痰壅氣喘，請假調理，投藥罔效，越三日疾篤，趣具遺疏，遂瞑目不語。初六日奉特旨，暫釋不孝同書出侍湯藥。初七日寅時遂棄養。次日遺疏上。諭曰：「大學士銜管理工部事務翁心存品學純粹，守正不阿，自翰林洊擢正卿，入直上書房，迭受先朝知遇之隆，簡任綸扉，總理部務，嗣于咸豐九年間因病開缺。朕御極之初，蒙我兩宮皇太后簡用耆臣，重加倚畀，以大學士銜管理部務，並命在弘德殿授讀，朝夕納誨，啟沃深資，方冀克享遐齡，長承恩眷，兹聞溘逝，悼惜良深。著賞給陀羅經被，派醇郡王帶領侍衛十員，即日前往奠醊，加恩晋贈太保，照大學士例賜恤，入祀賢良祠，任內一切處分悉予開復，應得恤典該衙門察例具奏。伊子翁同書昨經有旨令刑部暫行釋放，並著俟穿孝百日後再行監禁；伊孫舉人翁曾源著賞給進士，准其一體殿試；候選同知翁曾純著以同知即選；監生翁曾榮著賞給舉人，准其一體會試；刑部學習郎中翁曾桂作爲候補郎中；舉人翁曾翰著賞給內閣中書，用示篤念藎臣至意。欽此。」禮部以恤典請予祭葬，內閣請謚，賜謚曰「文端」。

孤子翁同書、同爵、同龢謹撰。

三、楊彝珍《體仁閣大學士翁文端公神道碑銘》

同治元年十月初七日，體仁閣大學士翁文端公薨于京邸之寓舍，上聞震悼，飾終之典一如故事。越三載，其嗣子同書等以墓隧之碑久未立，奉狀來乞爲文，表於神道。彝珍不幸，不及識公，仰公清節碩望久，竊願有紀也，謹詮次其事如左方：

公姓翁氏，諱心存，字二銘，世爲常熟人。曾祖諱汝明，未娶卒，以兄子諱謙者爲之後，是爲公祖，生公考潛虛公，諱咸封，以舉人官海州學正，及公貴，皆贈如其官。祖母氏王，前母氏許，母氏張，皆一品夫人。公幼奇慧，七歲屬文，敏有思致，隨侍海州，唐陶山州牧見而奇之，使從受學，淹貫經史百家言，年十六，著學籍，譽藉甚，試輒高等。越十年，中丙子科江南鄉試，道光壬午進士，選庶吉士，散館授翰林院編修，大考優等，升中允，五年，充福建鄉試正考官，尋簡任廣東學政，九年，入直上書房，充日講起居官，擢侍講，十二年，典試四川，甫還朝，旋奉江西學政之命，十三年，補庶子，遷祭酒，仍留學政任。十五年，典試浙江，差旋，補授奉天府丞。十六年授大理少卿。十七年，抵京，命授皇六子讀。十八年，以母老乞養歸。二十七年，母服闋，上促其還朝。二十九年，抵京，復直上書房，再授祭酒，遷内閣學士，再遷工部左侍郎，命授皇八子讀。三十年正月，文宗皇帝御極，特派偕諸王大臣恭襄禮儀，調户部侍郎兼管錢法堂事務，賜紫禁城騎馬。咸豐元年充順天鄉試副考官，兼署吏部右侍郎，擢工部尚書，充經筵講官。二年，充殿試讀卷官，實録館總裁兼署左都御史，典武會試。三年，調刑部尚書，旋仍調工部，命兼管順天府府尹事務，坐失察通州捕快劫民財落職。四年二月，補吏部左侍郎，三月調右侍郎兼管錢法堂事務，充武英殿總裁，九月補授兵部尚書，十月仍命紫禁城騎馬，十一月調吏部尚書，教習庶吉士，復充經筵講官。五年三月，上謁西陵，命留京辦事，管理户部三庫事務。六年，充國史館正總裁，翰林院掌院學士，十一月，以吏部尚書協辦大學士調户部尚書，八年，充上書房總師傅，九月，奉旨拜體仁閣大學士，管理户部事務。九年四月，因病乞休，温旨慰留，五月，奉旨教習庶吉士，再請解職，允之。十一年七月，文宗皇帝升遐，十月，今上嗣位，被命再出理部務。同治元年充實録館監修總裁，明年，奉兩宫皇太后懿旨，在弘德殿授讀，日侍經帷，授經之餘，嘗舉古今治亂成敗爲上晰陳之，上每動容稱善。十月朔退直後遘寒，越五日疾篤，輒趣繕遺疏成，令恭讀一過，再頷之，遂瞑目，端坐薨矣。年七十有三。

公性純孝，少居父憂，哀毁過禮，中歲乞養歸，朝夕侍太夫人側，色養備至，憂愉不主於己，如是者七年，遂有終焉之志。遠近學者時從問經史疑義，每隨其淺深開迪之。暇則撰杖履徜徉山水間，趾遠公府門庭，落然清素，海内無不高仰之。其再起也，當兼尹順天時，值粵寇北竄，人情震恐，徵調關東索倫兵及東三盟蒙古兵駐畿甸外，公親巡勞諸軍，饋餉芻糧，皆先期治辦。軍用不乏，士氣以振，並爲審量敵情，密授成算諸閫帥，規度可控扼地，列柵屯守，又簡料民兵以壯聲援，舉光禄寺卿宋公，太僕寺卿王公司其事，百里之外，烽堠相望，金鼓之聲四聞，寇窺其有備，遂不敢近，畿輔帖然安堵。其領司農也，值軍旅繁興，度支刼刼無餘，經用有闕，主計者輒巧爲名色以掊克於民，公每持其事不下，所規畫惟塞弊源，窒滲漏，以寬養民力，民賴以安。公故和易，外温其顔，内確然有執。時尚書肅順方暴起領事，凶焰赫然，公不肯施施承迎之，職事所及，有不可，必固爭，積與之忤，後興五宇獄以螫公，賴上眷公深，不之罪。方初直上書房，文宗皇帝猶居潛邸，一日，侍學進講《唐書》，及陸贄、盧杞，進退反復數百言，翼日即以宣公奏議進。後參知政事，凡民生利病，與吏治得失，無不盡言。遇星變言事，語尤切直。及海舶逼天津，文宗將出巡，公聞，亟具疏力言不可。稿多削不存。平生好善如嗜欲，遇知名士輒汲汲推引之，海内士趨之若鶩。迨官卿貳後，所薦士尤多，恒秘不之泄。今上御極初，一再上封事，有頃詔中外博舉遺逸，旋降旨褒公，謂能以人事君，人始知由公疏請云。

公配許夫人，高安縣知縣諱夔公之女，有賢行。生子男四人，長同書，道光庚子進士，由編修歷任安徽巡撫，坐事免。次音保，早卒。次同爵，以廕生爲兵部員外郎，湖南鹽法道。次同龢，咸豐丙辰一甲一名進士，官右春坊、右贊善。女二，長適俞，次適錢。孫男六人，長曾文，優廩生，早卒；

次曾源，同治癸亥一甲一名進士，官修撰；次曾純，即選同知；次曾榮，欽賜舉人；次曾桂，刑部候補郎中；次曾翰，咸豐戊午舉人，欽賜內閣中書。曾孫五人、曾孫女三人。

公恬于榮利，其退由力請，進由特召，出處本末，甚爲較然，歷受三朝知遇之隆，寵眷加等，頒賜上方珍物甚厚，守正不阿之獎，章于王言，存有榮施，殁猶延賞於後，此固由朝廷念公有舊有勞，終始篤其恩禮，亦用以風勵百有位，作彼忠貞，以康靖我國家于永世，乃爲之銘曰：

天祚我邦，育聖於沖。爰賚碩輔，俾正其蒙。如金資礪，如木資攻。時陳帝鑒，以浚天聰。於昭聖學，克明且融。胡不慭遺，承弼有終。悠悠永歸，帝心是恫。曷其陟恪，左右皇躬。回斡元化，使日再中。有豐者石，墓門崇隆。過者式之，肆纘乃忠。

四、陳澧《體仁閣大學士贈太保翁文端公神道碑銘》

皇上御極之初，褒諭大學士翁公曰：「守正不阿，學問淹博。」未幾公薨，賜恤，又諭曰：「品學純粹，守正不阿。」內閣請謚，賜謚曰「文端」，維公歷任三朝，自詞臣至宰相，始遇升平，終濟時艱，忠孝勤勞，事在國史及海內士大夫所稱述不可殫紀。而明詔褒揚，一曰「守正」，再曰「守正」，易名以「端」，職此之由，千秋之論定矣。公子前任安徽巡撫同書、兵部武選司員外郎同爵、右春坊右贊善同龢，以公將歸葬，奉《行述》、《年譜》，寓書于公門下士陳澧，爲神道碑銘。澧再拜而書之曰：

公諱心存，字二銘，號邃庵，江南常熟人。曾祖諱汝明，早卒，本生曾祖諱汝弼，祖諱謙，皆不仕，考諱咸封，官海州學正，皆贈光禄大夫，本生曾祖妣錢氏，祖妣王氏，前妣許氏，皆一品夫人，妣張氏太淑人，累贈一品夫人。

公七歲能屬文，人稱神童，稍長，爲生員、舉人，才名大震，體貌魁碩，見者知爲偉人。丁學正憂，家貧，常館於外。道光二年中進士，改翰林院庶吉士，散館授編修，升右春坊、右中允，典福建鄉試，督廣東學政，轉左中允，直上書房，授惠郡王讀書，升侍讀，典四川鄉試，督江西學政，歷左右庶子，國子監祭酒。十五年，授奉天府丞兼督學政。公事母至孝，奏言臣母七十餘，不能迎侍關外，乞解職歸養，上意方向用，慰諭曰：「俟汝母八十，許汝歸。」公感涕，赴任，旋授大理寺少卿，召還，復乞歸，上曰：「得人甚難，汝少留。」復直上書房，授皇六子讀書。十八年，奏言臣母年八十，乞歸，許之。二十五年，丁憂服闋，欲不出，會同書以編修督貴州學政，召見，上命傳諭，趣公還朝。復直上書房，授皇八子讀書，再補祭酒，升内閣學士，兼禮部侍郎銜，授工部左侍郎。文宗即位，調户部右侍郎。咸豐元年，典順天鄉試兼署吏部右侍郎，升工部尚書兼署左都御史，充實録館總裁，經筵講官。三年，廣西賊竄入湖南北，遂陷江寧，公疏陳八事，一曰速合剿，二曰守江淮，三曰清捻賊，四曰核浮冒，五曰恤災民，六曰籌糧食，七曰培元氣，八曰振紀綱。上命會同大學士、户部統籌軍餉，又命兼管順天府事務，賊犯天津，京師震動，公條奏守禦事，請順天府各營歸府尹管轄，又奏京城團防法。時關東索倫兵、東三盟蒙古兵屯京城外，皆工部、順天府供給，公晝夜勞瘁，巨細無不辦。户部議以銀票給軍食，公奏言不便，有旨切責。會通州捕役有搶劫者，部議革職。居月餘，起爲吏部左侍郎，調户部右侍郎，升兵部尚書，復充經筵講官，翰林院掌院學士，協辦大學士，調户部尚書。八年，充上書房總師傅，授體仁閣大學士，管户部事務。

公屢掌户部，慎持大體。初爲侍郎，衆議蘇松漕糧改征銀，公持不可，事得寢。再爲侍郎，請停鑄當千、當百大錢。至是度支日匱，公勞神焦思，至廢寢食，而言利者競進。公曰：「户部，古之司農也，諸君盍顧名思義乎。」會有請弛鴉片煙禁者，公數於上前爭之，而户部尚書肅順主弛禁收税，廷臣集議，皆默然。公正色曰：「若此，何以對先帝。」乃罷會。凡肅順所爲掊克事，皆力止之。肅順大憾，每事相齟齬，公以足疾請假，旋請開缺，上許之。初，户部設官錢鋪行鈔票，積久生弊，公擇司員廉潔者司之，肅順欲傾公，奏請除奸商，遂興大獄。上命怡親王載垣治其事，逮司員下獄，欲坐以贓，而窮治無所得；肅順請命公詣刑部。當是時，大學士柏葰下獄棄市未久，人皆爲公危，僚友莫敢至門，公夷然曰：「是欲我爲蕭望之耶。」上知公清正，釋不問。惟交部議處，補官日革職留任。

今上即位，兩宫皇太后臨朝，誅端華、肅順，命公銷假，聽候簡用，公自陳衰老，不堪任使，因上封奏，臚舉人材，有旨開復革職留任處分，以大學士銜管工部事務，公以足疾辭，命免帶引見及一切勞苦事。同治元年皇上讀書弘德殿，皇太后命公授讀，使内侍扶掖出入。十一月朔入直，遘寒疾，越五日薨，年七十二。皇太后、皇上皆震悼，命醇郡王奠醊，贈太保，照大學士例賜恤，入祀賢良祠。先是，同書爲安徽巡撫，被劾下獄，公疾甚，有旨出獄侍疾，及公薨，有旨俟百日後入獄，遂加恩遣戍烏魯木齊，加恩公諸孫曾源以舉人賞進士，一體殿試，曾純以候選同知即選，曾榮以監生賞舉人，曾桂以刑部學習郎中爲候補郎中，曾翰以舉人賞内閣中書。先是，同龢以咸豐六年一甲第一名及第，至是曾源復以一甲第一名及第，海内榮之。

公所著詩文集若干卷，藏於家，早年詞賦偉麗，擅名于時，非所好也。中年研精經史，敦尚實學，嘗告陳澧曰：「漢儒之學如治田得米，宋儒之學如炊米爲飯，無偏重也。」此公學問大旨，澧所得聞者，敢附著之。蓋上諭所謂淹博而純粹者歟。銘曰：

維公名儒，位極臺輔。先帝所拔，以遺聖主。維公大老，德如皋夔。皇后所命，以爲帝師。中更病退，保身之哲。豈惟保身，國體罔缺。中更吏議，聖主之恩。豈惟施恩，扶持正人。公如松柏，孰伐孰剪。惟欲伐剪，公名益著。公如山嶽，孰撼孰傾。惟欲撼傾，益彰公名。公名隆隆，克正克端。明詔所垂，史筆不刊。公德淵淵，惟忠惟孝。學綜群籍，心通大道。國恩既渥，家祚彌光。巍科高秩，子孫大昌。爰知正人，實天所佑。刻此豐碑，示千載後。

五、孫衣言《體仁閣大學士贈太保文端翁公墓志銘》

公翁氏，諱心存，字二銘，明永樂中有自長洲遷常熟者，遂爲常熟人。曾祖汝明，祖謙，父乾隆戊午舉人海州學正咸封，皆贈光禄大夫，祖母王氏，母許氏、張氏，皆一品夫人。公以嘉慶丙子舉人中道光壬午進士，由翰林院庶吉士歷官編修、右中允、翰林院侍講、左右庶子、國子監祭酒，奉天府丞兼學政，大理寺少卿，内閣學士，工部、户部侍郎，工部、刑部尚書兼管順天府尹，吏部尚書，以户部尚書協辦大學士，體仁閣大學士，歷充上書房行走，日講起居注官，經筵講官，教習庶吉士，實録館國史館武英殿總裁，上書房總師傅，廣東、江西學政，福建、四川、浙江、順天鄉試考官，弘德殿行走，兩賜紫禁城騎馬，而國子監祭酒，户部侍郎，工部尚書皆再任，吏部侍郎，都察院左都御史皆兼署，年七十有二，以同治元年十有一月初七日薨於位，予謚曰文端。

公幼奇慧，而家貧甚，然自爲諸生，即恢廓有大度，及既貴至宰相，自處猶如儒生。其立朝務持大體，常爲國計慮深遠，於是東南用兵，海上數有警，縣官經費益不支，大臣謀爲一切苟且，公輒持不從，或抗疏諫止，而尤以引拔人材爲急，顧未嘗自以爲名。故公所薦，自前安徽巡撫江忠烈公，侍郎王公茂蔭三四人外，人亦莫得而紀也。及今上改元，詔中外舉遺逸，獨稱公有以人事君之義，人以爲公蓋薦士尤多云。

於是新天子年甫七齡就學，而公與壽陽祁公皆以大學士再起，入直弘德殿，當是時，朝廷方用古誼尊禮師傅，而二公皆惇誨故老，日引經陳大義，欲以成就聖德，爲國家無疆之庥，未及一年，而公薨，又四年而祁公亦亡，此一時賢士大夫有心斯世者所爲痛也。

公初以中允直上書房，及自奉天學政歸，復以大理少卿直書房，於是張太夫人年八十，即疏乞終養。宣宗成皇帝以公言悲切，無以留也。公歸八年，而張太夫人始壽終，既服除，公猶未起。會公長子同書以視學貴州，入謝見上。上曰：「汝父其終不來耶。」同書頓首言公即來，上喜曰：「汝父固當速來。」明年公至京師，遂由祭酒連擢至工部侍郎，仍直上書房。於是濱州杜文正公方授文宗皇帝讀書，遇休沐公輒得侍文宗。一日講《唐書》，公極言陸贄、盧杞賢奸，進退反復數百言，文宗爲動容，次日即以陸贄奏議進。蓋公在書房時，遇事納誨，用意多類此。及文宗即位，遂以工部侍郎調户部，即擢工部尚書，筦國計，而粤賊陷江寧，且北擾，公陳備禦六事，其請罷奉天采參及言京師根本宜飭紀綱，審民情，無妄紛更，而近畿開礦宜亟止，人尤以爲知言。其後大臣以經用絀，議造寶鈔官票，益改鑄大錢，而京師至今受其困，蓋公先言也。公之兼管順天府尹，而通州徼巡卒有爲盜者，言者並劾公，奪職。甫逾月，復起爲吏部侍郎，擢兵部尚書，遂以吏部尚書協辦大學士，復調户部尚書。哈達朗阿竊錢票七百串，刑部以爲贓逾五百兩，當絞決，會朝審，公即奏言：「今户部俸餉皆制錢二串當銀一兩，而錢票僅當制錢半，哈達朗阿贓不及律，刑部議非。」哈達朗阿得緩死，其後刑部獄上，有疑者，上復下公讞，而公亦不固爲異也。咸豐八年，番舶薄天津，求甌脱地，又請行天主教，遣其酋居京都，沿江爲互市。大臣有主之者，而公力言其不可，大臣固已深嗛公。而先是尚書肅順請收鴉片煙税，爭尤力，當是時，肅順方用事貴倨，輒自奏上，公遂引疾去，肅順亦觖望。會户部所設官錢局有言司官爲奸利者，上命怡親王載垣與肅順雜治之，遂謀以奇禍中公，而上固知公無他，不深罪也。其明年，番舶復逼天津海口，求道北塘，趨京師，大臣又許之，已而京師警，天子將幸熱河，時公已在告，即具疏力爭，而廷臣亦多言不可，不能得。其明年，文宗崩於熱河，今天子即位，即起公以大學士銜管理工部。同治改元，遂以大學士銜入直弘德殿，而以是年十一月朔日早朝得寒疾，越六日竟卒，遺疏猶以擇近侍、親正人、懋修聖學爲言，蓋公之可紀其大者如此。

公修偉嚴重，美須髯，儀表特異於人。以大學士再起時，特命無帶領引見，無與一切差使。每入直，内侍扶掖出入，夜則籠燭導，皆非故事所有。及公薨，又特贈公太保，命醇郡王即其家祭，又命入祀賢良祠，又賜其孫曾源進士，曾榮舉人，曾純即選同知，曾桂即補郎中，曾翰中書。而自公初爲大學士時，長子同書已由翰林爲安徽巡撫，次子同爵復以武選郎爲湖南長寳道，擢四川按察使，同龢復以侍講入直弘德廷試第一爲翰林修撰，幼子同龢已以修撰爲陝甘學政，公薨未久，而孫曾源復以殿，蓋公遭遇之盛，子孫之賢，自成皇帝以來諸大臣中未見其比。公固可以無恨，而一時之論，特以國家多事，又當新天子向學之初，而公方以三朝舊臣爲時輕重，其惡可以遽亡也哉。

公娶許氏，誥封一品夫人，有婦德。子四人，長即巡撫同書，道光庚子進士；次音保，早卒；次即按察使同爵，附學二品蔭生；次即侍講同龢，咸豐丙辰進士。女二人，適優貢生俞大文，國子司業錢振倫。孫六人，長曾文，優廪生，亦早卒；次則曾源、曾純、曾榮、曾桂、曾翰也。曾孫五人、曾孫女三人。其葬在常熟西門外白鴿峰下，實張太夫人墓次。

始公爲大理少卿，在上書房，衣言以拔貢生至京師，而弟鏘鳴鄉試出公門下，因得執贄以謁公。其後衣言在上書房，公以故師傅時得至西苑，所謂三天者，蓋數見公。及爲安慶守，公長子適爲安徽畀爲銘，衣言雖不文，其安可以辭也。遂書而銘之。銘曰：

帝者之學，虞書夏謨。我嘗有言，左史右圖。豈宜娓娓，爲章句儒。未明入講，辛苦朝晡。徒勞弗獲，記誦其粗。今皇念典，漸趣大道。誰實牖之，宿儒元老。元老謇謇，帝鑒之篇。祝我天子，有道萬年。蝥臣柄國，苟己便利。謂彼龍蛇，爲我族類。公言弗庸，遂狂不制。公有憂之，榷算錐刀。而流軼出，湖江滔滔。柄臣有謀，公抗勿與。或慍其旁，搖沙伏弩。雖毒弗呻，先皇之仁。恩禮終始，康此耆臣。耆臣多壽，子孫趾美。生榮歿哀，勿悲有喜。顧我所悲，謂亂未已。庶益公年，四海蒙祉。于嗟遠矣，議郎博士。匪獨銘公，亦書我悱。

六、李元度《清朝先正事略》卷二十五《名臣·翁心存》

翁文端公事略

常熟翁文端公，服官四十年，以清介正直，受累朝特達之知，由詞臣致位宰輔，凡所規畫，務崇大體，未嘗爲國家言利。自庶僚以至權貴，有以言利之説進者，必抗詞執奏不少詘。生平恬于榮利，其退由力請，進由特召。出處本末較然，海內引重。今皇帝御極之初，公方以疾在告，兩宮皇太后圖任舊人以輔聖德，特旨起用，以大學士銜管理工部事務，有「守正不阿」之褒。公兩疏固辭，卒不獲請。明年春，奉懿旨在宏德殿授讀，日侍經帷，寅入申出。十一月朔，退直後遘寒疾，越五日薨。遺疏入，上震悼，命醇郡王率侍衛十員奠醊，賜陀羅被，贈太保，入祀賢良祠。予謚文端，賜祭葬，飾終之典至優渥矣。

公姓翁氏，名心存，字二銘，號遂庵，江蘇常熟人。父咸封，乾隆癸卯舉人，官海州學正，祀海州名宦。公幼奇慧，七歲能屬文，十三徧誦經史，下筆累千言。隨侍學正公於海州，唐公仲冕爲州牧，見而奇之，遂師事焉。十六補弟子員，越十年，舉嘉慶丙子鄉試，出湯文端之門。入都會試，賢士大夫聞公名，皆願納交。嘗游汴梁南昌，所至覽觀山川形勢，名賢遺迹，往往作爲詩歌，以道其懷。道光壬午成進士，選庶吉士，授編修，充武英殿總纂。大考優等，升中允，充文淵閣校理。五年，典福建鄉試，督廣東學政。九年，入直上書房，充日講起居注官，擢侍講。十一年，分校順天鄉試。十二年，典試四川，甫還朝，而有江西學政之命。十三年，補庶子，遷祭酒，仍留學政任。十五年，典試浙江，差旋過吴門，乞假省親。適奉旨補奉天府丞兼學政。十六年，授大理寺少卿。十七年抵京，特旨命授皇六子讀。十八年，以母年八十，乞養歸。先是公之告歸也，宣宗皇帝意方向用，以疏辭懇惻，不得不如所請。至二十七年，母服闋，上亟望其還朝。會公子同書授貴州學政，召見，上問曰：「汝父豈終不來乎，葬事將以何日畢乎。」同書奏：「臣父受恩深重，今葬事將畢，期以明春北上。」上喜曰：「汝父固當速來，汝其具家書述朕意，趣其行。」同書頓首謹奉詔，公聞命感泣，遂以二十九年三月抵京，召見，詢家居十年狀，七月，復直上書房，再授祭酒，遷内閣學士，再遷工部左侍郎，奉旨授皇八子讀。三十年正月，文宗皇帝登極，特派偕親王大臣恭理喪儀，調户部右侍郎，兼管錢法堂事務。賜紫禁城騎馬。咸豐元年，充順天鄉試副考官，兼署吏部右侍郎，擢工部尚書，充經筵講官，二年，充實録館總裁，兼署左都御史，與武會試。三年，調刑部尚書，旋仍調工部尚書，命兼管順天府尹事，以失察屬員盜案牽連，經吏議落職。四年二月，起吏部左侍郎，計去官不及五十日也。三月，調户部右侍郎，兼武英殿總裁，九月，授兵部尚書，十月，仍命紫禁城騎馬，十一月，調吏部尚書，教習庶吉士，復充經筵講官。五年三月，上謁西陵，命留京辦事，管理户部三庫事。六年，充國史館總裁，兼掌院學士。十一月，以吏部尚書協辦大學士，調户部。八年，充上書房總師傅，九月，拜體仁閣大學士，管理户部事。九年四月，因病請開缺，予假一月，温旨慰留，五月，奉命教習庶吉士，再請解職，允之。公疏謝，並陳明在京調養。上每召見大臣，猶時時垂詢公病狀。十一年七月，文宗升遐，十月，梓宫自熱河至京師，公迎謁哭臨，是月今上嗣位，公被命再出理部務。同治元年充實録館監修總裁。此公生平出處，及歷官除拜之大略也。

常熟翁氏，自明以來多顯宦，而公先世獨潛德勿耀。學正公官海州，饘粥常不繼，先後五次奉檄賑饑，無纖毫侵冒，清介絶俗。嘗出查賑，州牧欲更所造饑民册，饋重金於其婦，請補印，婦峻拒之。公秉庭訓，力學食貧。及鄉舉，姨鄉人包漕陋習，歲晚出游大江南北以避之，里黨姍笑，意夷然不屑也。通籍後，慎交游，絶饋遺，不渝其素，典浙試還，入里門步行，蕭然如諸生。洎告養歸，奉母讀書，邑中每有公事，縣令禮請，皆謝不往。庚子歲，邑大水，公捐貲賑饑，率紳士誓于城隍廟，有私一錢者禍及子孫，在事者皆悚惕，無敢欺隱。篤于行誼，友愛無間言。家既貧，尤尚樸素，布衣糲食無所擇，所至惟以書卷自隨。喜誘掖後進，有知人鑒。前後所取士，以學術、政事、文章、氣節著者，凡數十人。主講敷文、紫陽兩書院，迪諸生以樸學。在成均日，興修南學，六館之士彬彬焉。及官卿貳，爲院長，薦達賢俊，不可勝數。其手疏密陳者，輒焚其稿，曰：「吾爲大臣，爲國求賢職也，不可使外人知。」今上初登極，即一再上封事，及詔下中外大臣博舉遺逸，褒揚及公，謂不失以人事君之義，人始知公所建白，蓋以人才爲首務云。

公初入詞館，才名籍甚，然於詞賦，非所深好，獨好經史實學，儒先說理之書，及古名臣論奏，湯文端深器之。自盛京還，再直上書房，時宣宗皇帝以皇子初入學，重師傅之選，賜裘賜饌，恩遇優異，每召對，必温諭移時乃罷。及家居再出後，入直如故。維時文宗皇帝猶在潛邸，授讀者爲濱州杜文正公，遇杜公休沐日，公亦得侍學。一日論《唐史》，及德宗世，于陸贄、盧杞賢奸進退，反復講晰數百言，文宗動容嘉納焉，翌日因以宣公奏議進。其以尚書兼尹順天也，時粵寇北竄，畿輔驛騷，徵調關東索倫兵，及東三盟蒙古兵，駐畿甸外，所需車馬芻糧之屬無算，有不給者，以乏軍儲論。公皆先期辦治，民不知役。並規度可控扼地，列栅屯守。又料簡民兵，以壯聲援。舉光禄卿宋公，太僕卿王公司其事，百里外烽堠相望，金鼓聲四聞，寇窺其有備，遂不敢逼。其再筦大農也，值軍興，國用日絀，主計者輒巧爲名色，以掊克於民，公每持其事不下，所規畫，惟塞弊源，窒滲漏，以寬民力。嘗以議洋藥税事，與尚書肅慎廷爭，由是有隙。公既去位，肅慎方貴重用事，會户部鈔票案起，遂興大獄，欲以奇禍中公。上以公無他，卒不深罪，當是時，微上保全，幾不測。公每與家人言及兩朝厚恩，未嘗不嗚咽流涕也。咸豐十年，京師有警，都人洶洶，言聖駕且出巡，廷臣交章固爭，公時已退居，亦上疏力言不可，上皆採納，不以爲迕。公之奉詔再出也，足疾猶未瘳，有旨免帶領引見及一切勞苦事，示優恤。直宏德殿，每出入，命内侍扶掖以行，夜中或籠燭前導，皆異數也。每日晏授經之暇，則進講《帝鑒圖説》，退直輒紬繹《大學衍義》、《帝學》諸書。曰：「此致君堯舜之本也。」疾革時，猶惓惓以聖學早成，四方早靖爲念，無一語及家事。命繕遺疏，言願皇太后調護聖躬，慎擇近侍，皇上懋修正學，親近正人，端蒙養之本原，致中興之事業。繕畢，命子同龢恭讀一過，點頭者再，閉目端坐，遂瞑。年七十有二。子四，長同書，道光庚子進士，由編修歷任安徽巡撫，坐事免；次同爵，以蔭生爲兵部員外郎、湖南鹽驛道；次同龢，咸豐丙辰一甲一名進士，授修撰，遷贊善，仍直宏德殿。孫曾源，同治癸亥一甲一名進士，官修撰。

七、《清史列傳·翁心存傳》

翁心存，江蘇常熟人。道光二年進士，改翰林院庶吉士。三年散館，授編修。四年，大考二等，命記名遇缺題奏，旋擢詹事府右春坊右中允。五年，充福建鄉試正考官，提督廣東學政。六年，轉左中允。九年，任滿，在上書房行走，授惠郡王讀。十年八月，充日講起居注官。九月，遷翰林院侍講。十一年，充順天鄉試同考官。十二年，充四川鄉試正考官，提督江西學政。十三年正月，補右春坊右庶子，三月，轉左庶子。四月，擢國子監祭酒，均留學政任。十四年，任滿。十五年，充浙江鄉試正考官。尋授奉天府府丞，兼學政。十六年，補大理寺少卿。十七年，命在上書房行走，授六阿哥讀。十八年，以母老乞養，回籍。二十五年，丁母憂。二十七年，服闋。二十九年七月，命仍在上書房行走，授八阿哥讀。復授國子監祭酒。十二月，擢内閣學士，兼禮部侍郎銜。旋授工部左侍郎，兼署錢法堂事務。

三十年正月，宣宗成皇帝升遐，充恭理喪儀大臣。二月，充實録館副總裁，調補户部右侍郎，兼管錢法堂事務。八月，江蘇巡撫傅繩勳奏請將蘇、松二府，太倉一州漕糧，改征折色，下部核議。心存等以爲蘇、松、太三屬額征米一百十四萬餘石，一旦盡改折色，恐京倉不敷支放，尤慮不肖州縣借折色之名，抑勒倍取，是便民而適以厲民，具疏駁議。命兩江總督陸建瀛等按照所指各情節，悉心體察，事遂寢。十月，賜紫禁城騎馬。咸豐元年八月，充順天鄉試副考官。閏八月，兼署吏部右侍郎。十二月，升工部尚書，充經筵講官。二年三月，宣宗成皇帝梓宫奉安慕陵禮成，賞加四級。四月，充新貢士復試閲卷大臣、殿試讀卷官，命恭勘《宣宗成皇帝實録》稿本。五月，充大考翰詹閲卷大臣。七月，充經筵直講、實録館總裁。八月，兼署都察院左都御史。疏請嚴緝海淀刼案。九月，充武會試正考官。十月，充武殿試讀卷官。

是月，疏陳各省教匪恐與粵逆聲勢相通，請飭直隸、山東、河南各督撫認真訪查，務使根株淨絶。三年正月，與廷臣宴。二月，粤逆陷江寧，疏陳時務：「一、速合剿以挫賊鋒。賊若南竄蘇杭，則財賦之區皆被蹂躪，若盤踞江寧，南北分擾，則咽喉阻塞爲患尤甚，亟應乘賊計未定之時，飭向榮相機渡江，陳金綬進扼浦口，以上海舟師溯流衝其前，以江忠源、鄧紹良之兵掩其後，多備火攻，焚其舟艦；一、添重兵以守江淮。賊若北竄，其途有二：西路自江、浦犯廬、鳳；東路由瓜、儀趨淮、揚。應飭大兵進扼滁、和，而運河、高、寶諸湖，舟楫宜盡拘藏，防賊偷渡，通州等處素稱産米之區，鹽場在焉，應飭並力守禦，防賊窺伺；一、清捻匪以防滋蔓。兗、豫、潁、鳳之間，捻匪四起，最爲腹心之患，急宜分兵彈壓，可撫則撫，應剿則剿，以次剪除，毋令合成大股；一、核浮冒以收實用。軍興以來，部撥軍需二千五百餘萬兩，防剿一無得力，徒藉寇兵而齎盗糧，宜嚴定章程以杜侵冒；一、恤災黎以蘇民困。自粤西以逮江左殘破州縣，宜飭各督撫慎選牧令，拊循凋瘵，招集流亡，築堡繼城，防賊再至；一、籌糧石以實倉儲。京東州縣産米最多，奉天高粱尤夥，請暫停開採參斤，以船規、燒鍋兩項津貼購買糧石，搭放俸餉，藉裕民食；一、整紀綱以維根本。京師者四方之本也，近來免商捐，停鋪税，綸音甫沛，廛肆歡騰。可見爲政之道，在審民情而示以鎮静，不必妄議紛更，庶根本固而紀綱立，四方之觀聽不淆矣。至畿輔開礦之舉，流弊滋多，宜亟行停止。」疏入，上多採納。

三月，命偕大學士裕誠、尚書柏葰會同户部速議籌餉，心存等議上六條，並請推廣捐輸，每省捐銀至三十萬兩者，加文武鄉試定額一名，每府、廳、州、縣捐銀至一萬兩者，加文武學定額一名，詔如所議行。是月，疏薦湖北按察使江忠源，請畀統帥重任，從之。四月，充新貢士覆試、朝考閲卷大臣。五月，命赴通州覆查海運米石，調補刑部尚書，復調工部尚書，命兼管順天府尹事務。疏陳：「賊氛逼近，急籌防剿事宜：一、扼河而守，最爲目前要務。應飭河北鎮道分段防遏，所有防河船隻，拘泊北岸，毋以資賊；一、直隸大、順、廣一帶，宜速調重兵防守，以壯聲威；一、河南、山西、陝西各要隘，應飭各督撫並力堵截，杜賊西竄之路，洛陽尤爲險要，更宜嚴防；一、前調察哈爾、土默特蒙古馬隊官兵，在熱河、綏遠城分駐，應密飭整頓軍裝、器械，飛速進口，内衛京畿，外護山東、山西兩省。一、京師九門内外，應飭嚴緝奸宄，以防竊發；一、海運米石及通倉存糧，宜運入城内各倉存儲；一、逆賊負固江寧，分踞揚、鎮，而潛向西北肆擾，應嚴飭琦善等克期收復揚州，鄧紹良等進復鎮江，然後以江北之師肅清淮甸，江南之師會剿江寧。並請飭江西、湖北各督撫繕完江防，爲補牢之計。」

七月，充考試學正、學録閲卷大臣。是月，疏陳：「順天府防守事宜：一、京師九門内外，向來畫界分治，其營城界外，始歸大、宛兩縣管轄。今擬變通辦理，内城分東西兩路，外城按五城地面，各派員役協力巡查；一、東路自馬駒橋至通州，分作五段，西南路自黄村至盧溝橋，分作九段。每段設立窩鋪、汛房，各派員弁督兵按更傳籌；一、固安官渡爲南北要衝，添委弁兵，駐守渡口；一、團練規條，擇簡要易行者，令紳耆逐户曉諭，不派經費，聽民自便，仍力行保甲，親歷周查。」得旨，照議妥速辦理。八月，命查勘京師内外城墻。先是，順天府屬各營隸直隸總督管轄，心存以軍務殷繁，奏請將所屬弁兵暫准管調，以資防衛，允之。

九月，粵逆竄天津，參贊大臣科爾沁郡王僧格林沁督兵駐王慶坨，命於順天府設立糧臺，籌備乾糧數萬斤、騾駝千餘匹、車數百輛，源源接濟，毋少延緩。心存先後奏請撥內帑銀三十二萬兩、京倉米二千六百石，以給軍食，並偕部臣奏添製爐鍋、帳房、鉛丸、火藥，詔皆從之。復疏陳京城防守事宜，請于編查保甲之中，行按户抽丁之法，命妥議章程具奏。尋偕大學士賈楨、尚書朱鳳標奏：「守城章程六條：一、遴人才以專責成，應設總辦二人，幫辦數人，經理其事；一、分方段以清地界，京師居民于一方之中，各按所分段落一體聯合，其偏僻街巷畸零小户就近併入；一、查户口以别莠良，各段中人數、户數詳録一册，隨時稽查；一、備丁壯以相保衛，每户各出壯丁一人或二人，守望相助，不准官爲徵調；一、製器械以習技藝，准各家長鋪主自製刀矛、弓箭，發給應用；一、除奸宄以安良善，强劫盜犯許登時格殺勿論。」並舉光禄寺卿宋晋、太僕寺卿王茂蔭綜理其事。疏入，命宋晋、王茂蔭、福建興泉永道何桂珍會同五城御史酌核具奏，悉如所請行。

十月，奏修通州城，並保舉武清縣知縣胡啟文辦團有效，卓著循聲，得旨升擢。十二月，疏言：「軍營搭放票鈔，諸多窒礙。鈔幣之法，施行當有次第。此時寶鈔甫經頒發，並未試用，勢難驟用之軍營。請飭户部再議。」諭曰：「官票寶鈔原以濟銀錢之不足，順天爲首善之區，尤宜倡率遵辦。該兼尹等謂須先由地方試行有驗，方可行使。是先存一試行無驗之心，爲此阻撓之説，是何居心。所有應行次第施行之處，著妥速籌商，俾無阻滯。」先是，給事中賈世行奏通州捕役勾結土匪搶奪，命刑部侍郎文瑞提訊。至是，訊明捕役王玉忠搶奪得財，論罪如律；並奏心存等僅據通永道初稟，稱爲已革捕役，實爲回護屬員，下部嚴議，尋議革職。諭曰：「兼管順天府府尹翁心存、府尹宗元醇於該道海瑛兩次具稟，並不詳細審核，僅據初稟含混入奏，又未奏同知吴承祖承審此案，顯係徇庇屬員，豫爲開脱。且不候結案，先期辨白，希圖卸責，更屬有心取巧。翁心存、宗元醇均照部議革職。」

四年二月，特旨起用，授吏部左侍郎。三月，命覆查北新倉攙和米石，調補户部右侍郎，兼管錢法堂事務。五月，充武英殿總裁。六月，請停鑄當千、當五百大錢，允之。九月，擢兵部尚書。十月，賜紫禁城騎馬。十一月，調吏部尚書，充教習庶吉士。十二月，充經筵講官。五年三月，上謁西陵，命留京辦事。五月，命管理户部三庫事務。六月，署吏部左侍郎沈兆霖請暫設皖南巡撫，心存等會議，請以皖南徽寧池太廣兵備道改爲皖南兵備道，專轄徽州、寧國、池州、太平、廣德五屬，仿臺灣道例，加按察使銜，添設總兵一員，統轄五營，得旨允行。七月，命偕王大臣恭理孝靜康慈皇后喪儀。十一月，梓宫奉移慕東陵，禮成，賞加一級。六年正月，充國史館總裁，賜御製詩。

六月，疏陳吴中形勢，略曰：「江南之蘇、松、常三府，太倉一州，與浙江之杭、嘉、湖三府壤地相連，久爲賊所窺伺。今寧國先陷，逼近宜興，向榮退守丹陽。溧水、句容相繼失守。賊船若至宜興，則已越東壩而南，直竄蘇州，路徑尤捷。故防蘇州西面必先防東壩、宜興。應敕向榮嚴扼丹陽，而亟抽精兵，令張國樑等統之，駐紮宜興，控扼東壩；别簡水師，分駐太湖。庶蘇、常兩郡可保無事。又近有按畝捐輸之説，既失政體，又竭民財，請查明停止。」上嘉納之。十月，充翰林院掌院學士。十一月，《宣宗成皇帝實録》、《聖訓》告成，以心存悉心纂輯，賜禮部筵宴，鞍馬、銀幣，並賞其孫曾源舉人，命以吏部尚書協辦大學士，尋調補户部尚書。十二月，命辦慕東陵工程。七年二月，充經筵直講、考試御史閱卷大臣。四月，孝靜康慈皇后梓宫奉安禮成，賞加三級。八月，充考試謄録閱卷大臣。

是月，復核朝審，有哈達郎阿竊錢票七百串一案，刑部依贓逾五百兩擬絞入實，心存駁議，以爲户部俸餉，皆以制錢二串作銀一兩，該犯所竊錢票以二串合銀計之，不過准銀三百餘兩，應改緩決，並請明定章程，嗣後偷竊錢票應以制錢二千合銀一兩，以昭平允，下部議。尋議哈達郎阿應改緩決，而竊贓仍依舊例核計，從之。先是，刑部侍郎國瑞以朝審案内胡大誘拐幼女一案，擬罪未協，交軍機大臣議奏。議上，諭曰：「著翁心存、瑞常秉公查辦。翁心存曾駁哈達郎阿一案，足征留心民命，此案諒能認真研鞫，懔之。」尋訊明應照原擬科斷。八年四月，充上書房總師傅。

是時，天津戒嚴，疏請聖駕還宫，以定衆志；並疏稱和議難成，請速進剿。略言：「京師重地，不可令外國領事駐紮。長江之形勢不可失，綏芬之邊地不可捐，兵費不可再償，耶穌教不可遠播。」上韙其言。七月，湖北巡撫胡林翼奏通除漕務中飽之弊，命部臣議奏，心存等奏言：「湖北漕務積弊已久，詳核所擬改折新章，實爲民間減省錢一百四十餘萬千，爲國帑增籌銀四十餘萬兩，節省銀三十一萬兩，於厘剔弊竇之中，寓裕餉便民之意，應悉如所請。惟漕運舊制，不容盡廢，應於停運之年，豫爲籌及，以期推行無弊。並定章程五條：一、漕糧折色，按各州縣歷年浮收實數，分別核減，明定折價；一、漕折銀兩及幫船兑費，准其提充軍餉；一、滿、漢各營兵糧，應領本色者，以每石九錢支給，應領折色者以每石七錢支給；一、漕南水脚等項，一律節省歸公；一、上下衙門一切陋規，概行裁革。」疏入，從之。九月，補授大學士，管理户部事務，旋命爲體仁閣大學士。十二月，賜御書匾額。九年二月，充覆試舉人閲卷大臣。三月，充覆試宗室貢士閲卷大臣，命偕王大臣挑選侍衛。旋因病奏請開缺，朱批：「卿總理部務，深資倚畀，賞假一月，安心調攝，不必開缺。」五月，命教習庶吉士，具疏再請開缺，允之。

十年三月，怡親王載垣等會鞫户部官票所司員有兑换寶鈔情弊，命户部堂官明白回奏，心存以並未議准覆奏，而載垣等嚴訊司員忠麟、王熙震，稱記曾回過尚書翁心存、侍郎杜翻，命再明白回奏。心存奏言：「各部院公事，非一二人所能專政，斷無立談數語更改舊章之理。」下載垣等再訊。旋載垣等奏，雖無確據，仍請將心存等革去頂帶，聽候傳訊。諭曰：「此案以短號寶鈔兑换長號寶鈔，忠麟、王熙震僅稱回過翁心存、杜翻，其餘各堂概未回明，亦未立稿存案，何得以影響之詞，意存諉過？惟翁心存等在部有年，何以毫無覺察，實難辭咎。著先行交部議處，無庸再行回奏，亦無庸傳訊。」尋議降五級留任，朱筆改爲俟補官日革職留任。五月，載垣等奏「宇」商濫支經費，請飭明白回奏。心存復奏：「原給經費，實在不敷。當時物價銀價騰踴倍前，是以添給。」諭曰：「『宇』商添支經費，曾經翁心存等駁核議減，尚未奏明。該司員已將此款列入奏銷清單，咎有應得。著交吏部嚴加議處。」尋議革職留任。

是年七月，聖駕將幸熱河，具疏切諫。十一年七月，文宗顯皇帝升遐。十月，梓宫自熱河還京，心存偕在京諸臣迎謁。穆宗毅皇帝御極，諭曰：「予告大學士翁心存守正不阿，學問淹博。朕御極之初，亟應延訪耆儒，以資輔翼。翁心存尚未出京，著即銷假，聽候簡用，以副朕側席興賢、人惟求舊之至意。」十一月，疏陳衰老，不堪任使，特旨開復革職留任處分，以大學士銜管理工部事務。心存復具疏辭，上不許，命仍管工部事務，毋庸帶領引見人員，並免派一切差使，以示體恤。尋疏舉人材以供任使，諭曰：「爲政之要，首在得人。翁心存臚舉人材，洵屬當務爲急，不失以人事君之義。所保諸人，業有降旨宣召及擢用者，余俟隨時征起，同資郅治。」十二月，疏請力保通、泰，規復蘇、常，略曰：「東南之民，向義甚堅。各郡縣陷後，流亡渡江之人，日夜思招徠義勇，克復鄉里。特以無人提倡，不克有爲。請敕曾國藩擇一素能辦賊之員，馳赴通、泰一帶，收拾將散之人心，激勵方興之義旅。進則直擣蘇、常，退可力保下河數百里沃壤。至上海一隅，賦税所出，宜取江海關無窮之利，以供曾國藩有用之兵。」上嘉納之。

同治元年二月，奉兩宫皇太后懿旨：「前因皇帝沖齡，亟宜典學。曾經降旨，令議政王等保舉師傅。嗣經該大臣等各舉所知，臚列以聞。當皇帝養正之年，自應及時就學，以裕聖功。現諭欽天監選擇吉期，於二月十二日皇帝在弘德殿入學讀書，翰林院編修李鴻藻，前蒙文宗顯皇帝派令授讀，兹復特簡禮部尚書前任大學士祁寯藻、管理工部事務前任大學士翁心存、工部尚書倭仁，均屬老成端謹，學問優長，堪膺師傅之任，均著在弘德殿授讀。該大學士等各以耆碩重望，爲時所推，歷受累朝知遇之隆，至優極渥。其各朝夕訥誨，同心啟沃。帝王之學不在章句訓詁，惟冀首端蒙養，懋厥身修，務於一言一動，以及天下民物之賾，古今治亂之原，均講明切究，悉歸篤真。庶幾輔成令德，措正施行，宏濟艱難，克光大業。」六月，充拔貢朝考覆試閱卷大臣，命查辦撤任治中蔣大鏞呈訴屈抑一案。七月，充實録館監修總裁。九月，以梓宫奉移禮成，賞加二級。十月，頒賞《宣宗成皇帝聖訓》。

十一月寢疾。先是，心存子同書以前撫安徽，緣事逮繫。至是，特命暫釋出侍湯藥。是月，心存卒，遺疏入，諭曰：「大學士銜管理工部事務翁心存品學純粹，守正不阿。自翰林薦擢正卿，入直上書房，迭受先朝知遇之隆，簡任綸扉，總理部務。嗣于咸豐九年間，因病開缺。朕御極之初，蒙我兩宫皇太后簡用耆臣，重加倚畀，以大學士銜管理部務，並命在弘德殿授讀，朝夕納誨，啟沃深資。方冀克享遐齡，長承恩眷，兹聞溘逝，悼惜良深。著賞給陀羅經被，派醇郡王帶領侍衛十員即日前往奠醊。加恩晋贈太保，照大學士例賜恤。入祀賢良祠。任内一切處分，悉予開復。應得恤典，該衙門察例具奏。伊子翁同書昨經降旨，令刑部暫行釋放，並著俟穿孝百日後，再行監禁。伊孫舉人翁曾源，著賞給進士，准其一體殿試；候選同知翁曾純，著以同知即選；監生翁曾榮，著賞給舉人，准其一體會試；刑部學習郎中翁曾桂，著作爲候補郎中；舉人翁曾翰，著賞給内閣中書；用示篤念藎臣至意。」尋賜祭葬，予謚文端。五年十二月，《文宗顯皇帝實録》、《聖訓》告成，上以心存曾充監修總裁，賜祭一壇，並賞其子同龢四品銜。子同書，安徽巡撫，謚文勤；同爵，湖北巡撫，均自有傳。

同龢，軍機大臣、户部尚書，毓慶宫行走。孫曾源，翰林院修撰；曾純，候補同知；曾桂，江西按察使；曾翰，内閣中書。曾孫斌孫，侍讀銜翰林院檢討。

八、《清史稿·翁心存》

翁心存，字二銘，江蘇常熟人。父咸封，官海州學正。知州唐仲冕見心存有異才，奇之，授之學。道光二年，成進士，選庶吉士，授編修。大考擢中允，督廣東學政。任滿，入直上書房，授惠郡王讀。尋督江西學政，累遷大理寺少卿。十七年，復直上書房，授六阿哥讀。逾年，以母老乞養。家居十年，終母喪。會子同書督貴州學政，陛辭，宣宗命傳諭促之來。二十九年，至京，仍入直，授八阿哥讀。補祭酒。歷内閣學士、工部侍郎，調户部。江蘇巡撫請蘇州、松江、太倉漕米改征折色，心存謂：「三屬額征米一百十四萬餘石，一旦改折，慮京倉不敷支放，州縣假折色抑勒倍征，便民適以累民。」主駁議，事乃寢。

咸豐元年，擢工部尚書。三年，江寧陷，心存疏陳兵事，請乘賊勢未定，飭向榮渡江，陳金綬進屯浦口，以上海水師溯流衝其前，江忠源、鄧紹良之師掩其後，四路進攻；增重兵守江、淮杜北竄；急清兖、豫、鳳、潁捻匪，毋令與粤寇合勢；並核軍需，恤災黎；籌京倉積貯，整飭紀綱，以維根本。疏上，多被採用。又薦湖北按察使江忠源，請畀統帥重任，尋即擢爲巡撫。調刑部，再調工部，兼管順天府尹。

粵匪北犯，心存疏言賊氛逼近，請扼河而守，畿南直駐重兵，河南、山西、陝西各要隘並力堵截，速調駐熱河、綏遠之蒙古馬隊進口內衛京畿；京師九門嚴緝奸宄，運通倉存糧入城；並敕琦善、鄧紹良規復揚州、鎮江，爲會剿江寧之計。又疏陳順天防務，畫分汛地，舉行團練；府屬各營舊隸總督管轄，請旨暫歸調遣。未幾，賊犯天津，僧格林沁率師進剿，命順天府設糧臺。心存請發內帑三十二萬兩、京倉米二千六百石以給軍食，添製軍需火藥。又偕團防大臣會議京城防守事宜，舉光祿寺卿宋晉、太僕寺卿王茂蔭綜理其事，並詔允行。時議行鈔幣，心存疏言：「軍營搭放票鈔，諸多窒礙。鈔幣之法，施行當有次第，此時甫經頒發，並未試用，勢難驟用之軍營。」詔斥爲阻撓，即責籌次等施行之法，俾無阻滯。會言官論通州捕役勾結土匪行劫，命刑部侍郎文瑞鞫得實，心存以徇庇革職。

四年，起授吏部侍郎，調户部，擢兵部尚書，調吏部。六年，疏陳江南軍事，略曰：「蘇、松、常、太三府一州，及浙之杭、嘉、湖三府，久爲賊所窺伺。今寧國先陷，逼近宜興，向榮近守丹陽，溧水、句容相繼失守，宜責向榮嚴扼丹陽，令張國樑率精兵駐宜興扼東壩，别簡水師駐太湖，庶蘇、常兩郡可保無事。又近有按畝捐輸，失政體，竭民財，請查明停止。」是年冬，兼翰林院掌院學士，以吏部尚書協辦大學士，尋調户部。

八年，充上書房總師傅。英法聯軍北犯，天津戒嚴。心存疏請聖駕還宫，以定衆志，力言京師重地，不可駐外國領事；長江形勢不可失；綏芬邊地不可捐；兵費不可再償；傳教不可推廣；和議難成，宜速進剿。湖北巡撫胡林翼奏除漕務中飽之弊，請改征折色。心存力贊其議；由部定章程五事，滿、漢兵糧折價支給，上下衙門一切陋規概行裁革焉。拜體仁閣大學士，管理户部。與肅順同官，不相能，屢乞病，不許。九年，復固請，乃予告去職。

十年，户部迭興大獄，肅順主之，多所羅織。怡親王載垣等會鞫，謂司員忠麟、王熙震以短號鈔兑換長號，曾面啟心存，心存回奏部院事非一二人所能專政，斷無立談數語改舊章之理。載垣等遂請褫頂帶歸案訊質，文宗鑒其誣，僅以失察議處，免傳訊，議降五級，改俟補官，革職留任。復以五「宇」商號添支經費，心存駁令議減，未陳奏，司員即列入奏銷，下嚴議，革職留任。是年秋，車駕將幸熱河，心存上疏切諫。

十一年，文宗崩於行在。梓宫還京，心存偕諸臣迎謁，特詔起用，以大學士銜管理工部。疏舉人材，詔嘉其不失以人事君之義。又疏言：「東南之民向義甚堅，各郡縣陷後，流亡渡江者，日夜思招練義勇，克復鄉里。請敕曾國藩擇能辦賊者馳赴通州、東台，收拾將散之人心，激勵方興之義旅，進搗蘇、常，退保下河。上海一隅賦税所出，宜取江海關無窮之利，以供曾國藩有用之兵。」疏上，被嘉納。同治元年，入直弘德殿，偕祁寯藻等授穆宗讀。兩宫皇太后慎重師傅之選，倚畀彌篤。是年冬，寢疾，子安徽巡撫同書方緣事繫獄，詔暫釋侍疾。尋卒，優詔賜恤，稱其「品端學粹，守正不阿」，贈太保，入祀賢良祠，謚文端。賜其孫曾源進士，曾榮舉人，曾純、曾桂並以原官即用，曾翰賜内閣中書。逾年，文宗實録告成，以心存曾充監修總裁，賜祭一壇。子同書、同龢自有傳，同爵官湖北巡撫。

……

論曰：文宗初政，杜受田以師傅最被信任，贊畫獨多。祁寯藻、彭蘊章皆久領樞務，翁心存數論軍事，久筦度支。三人者並與肅順不協，先後去位；同治初元，聯翩復起。寯藻、心存三朝耆碩，輔導沖主，一時清望所歸焉。

九、《常昭合志稿·翁心存傳》

翁心存，字二銘，號邃庵，咸封次子。幼奇慧，七歲能屬文。道光壬午成進士，改庶吉士，授編修，歷官至大理寺少卿，以母老乞養歸。母没，服闋，授祭酒，遷内閣學士，工部、户部侍郎，晋工部、刑部尚書，兼管順天府尹事。以失察盜案事，罷職。旋起爲吏部、户部侍郎，擢兵部尚書，調吏部尚書，翰林院掌院學士，協辦大學士。旋授體仁閣大學士，時咸豐八年也。方是時，東南用兵，部庫支絀，言利者搜剔至纖屑，心存深憂之。謂國計與民生，相爲表里，欲裕國計，當恤民生。故於言利之事，一切奏罷之。而尚書肅順，方議查順天所屬黑地，開鴉片煙禁，心存誦言，斥爲奸邪，擯其奏不署名，肅順大恨，欲以危法中之。朝廷鑒其無他，不深罪，心存遂引疾去位。同治初元，被召再出，以大學士銜管理工部，入直弘德殿授讀。每出入，命内侍扶掖以行，夜中或籠燭前導，皆異數，非故事所有，而心存疾已日篤矣。心存有文望，爲直省考官者再，爲順天考官者一，任學政者三，所至稱得人。其論學以躬行爲本，平居以天下安危爲欣戚。其在朝無直諫之名，而造膝密陳，多所裨益。前後論薦數十人，皆極天下之選。直上書房三十年，諭教諸王，必以禮法。嘗侍文宗讀《唐書》。及德宗世，因論陸贄、盧杞賢奸，反覆講晰。翌日，因以宣公奏議進，及在弘德殿授讀，尤以啟沃君心爲己責。每日宴授經之暇，則進講《帝鑒圖説》，退直輒紬繹《大學衍義》、《帝學》諸書，曰：「此致君堯舜之本也。」同治元年十一月卒於位，朝廷震悼，命親王奠醊，入祀賢良祠，追贈太保，謚文端，賜祭葬。喪歸，沿途護送。孫五人，賜進士、舉人有差，所著有《知止齋文集》、《詩集》及《奏議》。《先正事略》，參家述。

附録二　相關詩文評論資料選輯

一、祁寯藻《次和遂庵相國〈謝詩舲尚書餉粉餈用東坡〈贈段屯田〉韻〉》〔一〕

每觀坡谷詩，次韻幾及半。源流出國風，一唱再三嘆。高誼互投報，深情謝嘲玩。以彼萬斛泉，珠璣觸地散。豈如招舟子，褰裳必待伴。蘋高鹿呼群，風雨雞叫旦。乃知同聲應，前賢有同案。才大心轉虚，絲棼治不亂。聆君白雪歌，晞髮已五盥。《微雪》韻已五疊矣。焦明翔寥廓，鶱翥一何緩。復誦饋歲篇，坡谷兩融貫。品茶習苦硬，題餻就甘愞。想見老舲笑，添酒費爐炭。槐街有嘉客，坐我春陰館。開緘遞傳觀，斗室風驟暖。白頭愧彩筆，更望三英粲。是日林穎叔、何白英、王少鶴在坐，約共攀和。

〔一〕選自《祁寯藻集》，三晋出版社二〇一一年版。按祁寯藻有多首與翁氏唱和詩，此首譽翁詩「坡谷兩融貫」，與錢仲聯以唐詩論翁不同。

二、曹楙堅《遂庵前輩有用壁間韻之作書諸扇頭依韻奉和》〔一〕

鑪火功夫判淺深，通才誰是馬端臨。廿年衡鑑歸公望，七字詩篇壓士林。劍氣欲騰星北向，燭光未灺月西沈。不須催較煩監試，立鵠門前識此心。

〔一〕選自曹楙堅《曇雲閣集》詩集卷八，清光緒三年曼陀羅館刻本。按曹氏集中亦有多首與翁氏唱和詩。

三、徐世昌《晚晴簃詩話·翁心存》〔一〕

《詩話》：文端幼慧，七歲能屬文，唐陶山見而奇之，使從授學，淹貫經史百家言。及貴，務持大體，尤以引拔人材爲急。而不居其名，久贊講帷，因事納誨，計慮深遠。發爲歌吟，亦有訏謨定命氣象。諸子並顯世，比韋平繫海內士望焉。

〔一〕選自徐世昌《晚晴簃詩匯》卷一百三十，民國退耕堂刻本。

四、錢仲聯《翁同龢詩詞集序》[一]

……茲專論其詩。阮元雄視嘉、道時期，祁寯藻導晚清宋詩派之先河，二銘詩結道光前宗唐之局，曾國藩爲山谷詩之首倡者，張之洞號稱以宋意入唐格，巍然鉅子，是皆宰相而無慚爲專家詩人，並足以領袖風雅，與其同時名家若姚燮、錢儀吉、鄭珍、何紹基、江湜、李慈銘、王闓運、輔綸、高心夔、袁昶、范當世諸人角高下者。至於松禪，書名掩蓋其詩，而其詩實亦名家，不在前數子之下者也。何以言之。道、咸以降，宋詩派興，松禪爲詩，不類其父之恪守乾、嘉宗唐之矩，而肆力於東坡、山谷，然亦不同於當時宋詩派諸家之務求刻意，有心爲詩人。……

〔一〕選自《翁同龢詩文集》，上海古籍出版社二〇〇九年版。